國學

诗教三卷

陈立基 / 著

漓江出版社
·桂林·

图书在版编目（CIP）数据

诗教三卷 / 陈立基著. -- 桂林 : 漓江出版社,
2024. 9. -- ISBN 978-7-5407-9894-9

Ⅰ. I227

中国国家版本馆CIP数据核字第202444DG52号

诗教三卷

SHI JIAO SAN JUAN

作　　者　陈立基

出 版 人　刘迪才

责任编辑　苏子新　黄　圆　　助理编辑　王钧易

　　　　　吴　桦　宁梦耘　　责任监印　杨　东

装帧设计　曾　意

出版发行　漓江出版社有限公司　　社　　址　广西桂林市南环路22号

邮　　编　541002　　发行电话　010-85891290　0773-2582200

邮购热线　0773-2582200　　网　　址　www.lijiangbooks.com

微信公众号　lijiangpress

印　　制　广西壮族自治区地质印刷厂

开　　本　710 mm × 1010 mm　1/16

印　　张　59.5

字　　数　950千字

版　　次　2024年9月第1版

印　　次　2024年9月第1次印刷

书　　号　ISBN 978-7-5407-9894-9

定　　价　168.00元

作者简介

陈立基，广西北海市人。教育学博士。著有《妙境诗源》《妙谛诗说》《诗化美质》《诗化智慧》《鹏风翱翔》《硕人含章》《云之道远》《惠风和顺》《幽人贞吉》《万里信步》《体育魂》等著作十余部。

自序

无边锦绣胸襟塞，万斛烟花眼界收

诗教，广义指诗词教育，狭义指中国古诗词教育。诗词在中华传统文化中具有特殊的教育意义，故有“诗教”之称，甚至有人称诗教是中国人特殊的宗教。孔子说“入其国，其教可知也。其为人也，温柔敦厚，《诗》教也”，还说“温柔敦厚而不愚，则深于《诗》者也”（《礼记·经解》）。到一个国家，可以从各个方面看出这一国度的教养素质程度，如果民众普遍待人温和宽厚，那么就是诗教发挥了作用。“温柔敦厚”又不至于愚蠢迂腐，这是诗教真正的教育作用。通过诗教挖掘和传承中华优秀传统文化蕴含的思想观念、人文精神、道德伦理、美学精神具有积极的意义，是推动中华优秀传统文化创造性转化、创新性发展的具体实践。我们传承中华优秀传统文化，最重要的是传承中华文化的根与魂，这根与魂就是我们的价值观念、哲思智慧和审美理念。诗教不仅仅是对诗词的背诵吟唱，也不仅仅是“温柔敦厚”，更重要的是通过诗词达到树人的教育功能，实现“教者以正”的教育意义。“真善美”是人类社会追求的最高目标，而诗教的教育目标在于对人们“真善美”境界的培育，寓教于诗，以诗明德，以诗明道，以诗修身，以诗载道，以诗涵美，以诗化美。诗教重在：修品德，增智慧，悦美感；炼意志，育人格，正三观；扬传统，传文化，弘文明。

谁挥鞭策驱四运？万物兴歇皆自然

真是指符合客观事实的规律和特点，包含着自然运行客观规律、社会发展客观规律和不同领域或不同行业的运行规律。中华传统文化的传世经典和智慧凝练出许多思想和真谛，比如天人合一、道法自然、中庸和谐、实事求是等。通过对诗词的学习教育，使人们感悟、理解蕴含在诗词中的哲理，能够增强人们辩证思维、历史思维的能力，树立正确的世界观、人生观、价值观和审美观，正所谓“片言可以明百意，坐驰可以役万景，工于诗者能之”（刘禹锡《董氏武陵集序》），诗歌的作用就是用简单的、优美的语言阐明很多哲理、智慧和美质，而不用长篇大论。中国经典诗词名句就特别能起到片言警语的效果。

其一，对自然运行客观规律的观察和感悟。古人对自然规律的认识具有高度的概括性，体现出一定的科学性，“沧海桑田”“物无全美”“一分为二”“物竞天择”“有无相生”“物极必反”“负阴抱阳”等都是经典的概括和总结。中国古诗词中有大量的哲理诗词，这些都是先人们对自然界认真地观察和思考而总结提炼出的优秀作品。比如，说明自然规律不因人的意志而转移的，有“草不谢荣于春风，木不怨落于秋天。谁挥鞭策驱四运？万物兴歇皆自然”（李白《日出行》）。芳草不会因为在春天萌发而感谢春风，树木也不会因为叶子枯落而怨恨秋天。万物兴衰是真实的，是自然的规律。自然规律不以人的意志为转移，但人可以发挥主观能动性。治理之道在于顺应自然，遵循规律。

其二，对社会发展规律的总结和认识。中华传统文化中蕴涵大量对社会发展规律的认识与总结，“天下为公”“均平天下”“礼法合治”“兴利除害”“以和邦国”等都是经验与智慧的体现。古诗词中也有大量关于社会及国家发展规律和治理规律的诗词，比如为政以德，“无竞维人，四方其训之。有觉德行，四国顺之。讦谟定命，远犹辰告。敬慎威仪，维民之则”（《诗经·大雅·抑》）。有了贤良人才国家才能强盛，让四方归诚。君子有德行正直，诸侯顺从庆升平。建国大计定方针，长远国策告群臣。举止行为要谨慎，人民以此为标准。又比如治理国家，要使事业兴旺发达，选拔有德才的贤良是首要任务。“江山也要伟人扶，神化丹青即画图。赖有岳于双少保，人间始觉重西湖。”（袁枚《谒岳王墓》）人才是国家发展的基础，江山社稷需要发现、培养并团结有雄才大略的人才来齐心建设，才能描绘出美好的蓝图。

其三，对不同领域和行业规律的总结和认识。比如，“民惟邦本”是治国理政的基本要义，同谷子的《五子之歌》给人以深刻的教育警示：“邦惟固本自安宁，临下常须驭朽惊。何事十旬游不返，祸胎从此召殷兵。”民惟邦本，本固邦宁。又比如，“学思践悟”是读书学习的一条重要法则，陆九渊的《读书》给人深刻的启迪：“读书切戒在慌忙，涵泳工夫兴味长。未晓不妨权放过，切身须要急思量。”读书一定要戒除粗心匆忙，要沉浸在书中反复咀嚼品味，才能体会出无穷的意趣。有不明白的地方暂且放过也没问题，与自己密切相关的问题则一定要认真思考。

雨顺风调百谷登，民不饥寒为上瑞

善是对待自然、社会、国家和他人的价值观和态度，概括地说，善就是有益于社会和大众。善具有以下四个维度：

其一，对待自然万物的态度。“仁爱万物”“民胞物与”“和谐共生”“与物无对”“斧斤以时”等都是先人善待自然、尊重自然的态度和理念。“字纸莫乱废，须报五谷恩。做事循天理，博爱惜生灵。”（范仲淹《范文正公家训百字铭》）要勤俭节约，常怀感恩之心；顺应天理，珍惜爱护生灵。这是仁爱万物的价值取向。

其二，处理社会关系的最佳方式。“礼义廉耻”“天下为公”“均平天下”“止戈为武”等是处理社会关系的准绳和智慧。比如杜甫的《茅屋为秋风所破歌》：“安得广厦千万间，大庇天下寒士俱欢颜，风雨不动安如山。呜呼！何时眼前突兀见此屋，吾庐独破受冻死亦足！”就体现了一位忧民爱民志士的情怀。

其三，爱国是善德的具体表现。中华传统文化倡导“精忠报国”“爱国如家”“以身许国”“保国安民”“为国捐躯”的精神。许多诗人也是坚贞的爱国者，比如屈原、杜甫、陆游、范仲淹、辛弃疾、文天祥等等。中国诗词中有大量的爱国佳作，比如文天祥的《过零丁洋》:“人生自古谁无死，留取丹心照汗青。”自古以来人皆有一死，但要死得其所，重于泰山，要留一片爱国的丹心映照史册。林则徐的《赴戍登程口占示家人》：“苟利国家生死以，岂因祸福避趋之？”只要对国家有利，即使牺牲自己的生命也心甘情愿，绝不会因为祸患而逃避，也不会因为福禄而趋附。

其四，善待民众和他人的态度与方式。“计利天下”“广求民瘼”“忧民之忧”“仁以厚下”“严于律己”“和而不同”“各美其美”等都是处理人与人之间关系的理念和智慧。苏轼的《荔枝叹》：“我愿天公怜赤子，莫生尤物为疮痏。雨顺风调百谷登，民不饥寒为上瑞。”但愿风调雨顺、百谷丰登，因为老百姓免受饥寒便是最好的祥瑞。诗作体现了作者对民众的仁爱之心。乐善好施，乐于助人，必须努力提升自己各方面的实力，“夫仁者，己欲立而立人，己欲达而达人。能近取譬，可谓仁之方也已”（《论语·雍也》）。儒家特别注重对恕的态度，强调自己先要站得住，才能帮助别人站得住，自己能够以仁德立身，才能成为别人立身的榜样；同时还强调“己所不欲，勿施于人”（《论语·颜渊》），自己不希望发生的，不要强加于别人。在处理人与人的关系时，首先是解决自身的问题，推己及人，同时，对人对事不要求全责备，戴复古的《寄兴》就体现了这个道理：“黄金无足色，白璧有微瑕。求人不求备，妾愿老君家。”金无足色，人无完人，不要苛求别人完美无缺。

万壑有声含晚籁，数峰无语立斜阳

美指能使人身心产生某种愉悦、美感的事物和形象。美是建立在真与善统一基础上的主体与客体、感性与理性等方面的和谐自由状态。诗词能够从文字、语言、节律、思维、哲理、意境、典故、文化等方面培养人的诗性审美。美包括以下三个维度：

其一，道义境界之美。孟子提出以仁义为美："齐人无以仁义与王言者，岂以仁义为不美也？"（《孟子·公孙丑下》）以仁义为美就是指以仁义道德的精神和行为作为审美对象和审美主体。"闻得乡人说刺桐，叶先花发始年丰。我今到此忧民切，只爱青青不爱红。"（丁谓《咏泉州刺桐》）诗中体现了浓厚的爱民思想。朱熹认为审美与内容美、形式美、德行美、人格美密切相关，"美者，声容之盛；善者，美之实也"（《四书章句集注》），主张美与善的统一，同时更强调善。追求尽善尽美的大美是中国传统美学的崇高境界。

其二，文化艺术之美。美是所有文化艺术追求的目标，中国文化艺术，包括文辞、诗词、书画、音乐、建筑、舞蹈、雕艺等表现出中国传统美学的风格和特征。通过学习和欣赏诗词，人们可以领略文辞的"拔地倚天"，"西风烈，长空雁叫霜晨月。霜晨月，马蹄声碎，喇叭声咽。雄关漫道真如铁，而今迈步从头越。从头越，苍山如海，残阳如血"（毛泽东《忆秦娥·娄山关》）；感受诗词的"豪放旷达"，"日照香炉生紫烟，遥看瀑布挂前川。飞流直下三千尺，疑是银河落九天"（李白《望庐山瀑布》）；倾听"萧萧天籁"，"锦城丝管日纷纷，半入江风半入云。此曲只应天上有，人间能得几回闻"（杜甫《赠花卿》）。

其三，自然世界之美。庄子说"天地大美"，大自然的美无穷无尽，以至于让古人不禁发出"风月无边"的感慨，"斜阳一抹，青山数点，万里澄江如练。东风吹落橹声遥，又唤起、寒云一片"（滕宾《鹊桥仙》）；使人沉醉在"山水诗境"之中，"众芳摇落独暄妍，占尽风情向小园。疏影横斜水清浅，暗香浮动月黄昏"（林逋《山园小梅二首·其一》）；教人留恋于"樵山渔海"，"岸芳春色晓，水影夕阳微。寂寂深烟里，渔舟夜不归"（司空曙《黄子陂》）；引导人行走在"重岩叠嶂"间，"天地有五岳，恒岳居其北。岩峦叠万重，诡怪浩难测"（贾岛《北岳庙》）。自然之美，美在"参差万象"，美在"出神入化"。

晴空一鹤排云上，便引诗情到碧霄

"乐者，圣人之所乐也，而可以善民心，其感人深，其移风易俗，故先王导之以礼乐而民和睦。"（荀子《乐论》）"观乎天文，以察时变，观乎人文，以化成天下。"（《周易·贲卦·彖传》）文化艺术可以提升人们的审美境界，改变社会风气、风俗，具有教育与教化作用。诗教的意义在于德、智、美的教化。

一年好景君须记，最是橙黄橘绿时——诗教可以培育智慧。古诗词蕴含着丰富的智慧和哲理，是历代诗人们通过自己长期的积淀和感悟而总结、提炼出来的。这些智慧有认识和处理自然关系的智慧，比如“天人合一”的智慧：“阳春布德泽，万物生光辉。”（《长歌行》）“沧海桑田”的智慧：“白浪茫茫与海连，平沙浩浩四无边。暮去朝来淘不住，遂令东海变桑田。”（白居易《浪淘沙》）“见微知著”的智慧：“竹外桃花三两枝，春江水暖鸭先知。蒌蒿满地芦芽短，正是河豚欲上时。”（苏轼《惠崇春江晚景》）

君能洗尽世间念，何处楼台无月明——诗教具有德育作用。诗教能激发“志存高远”的崇高理想。“丈夫志四海，万里犹比邻。”（曹植《赠白马王彪·其六》）大丈夫应当志存高远，四海为家，为国奉献。李白赋诗道：“仰天大笑出门去，我辈岂是蓬蒿人。”（《南陵别儿童入京》）诗教能激发“忧民之忧”“仁以厚下”的情怀。“衙斋卧听萧萧竹，疑是民间疾苦声。些小吾曹州县吏，一枝一叶总关情。”（郑燮《潍县署中画竹呈年伯包大中丞括》）诗教能敲响“廉洁自律”“慎独慎微”的警钟。“绢帕蘑菇与线香，本资民用反为殃。清风两袖朝天去，免得闾阎话短长。”（于谦《入京》）

烟中列岫青无数，雁背夕阳红欲暮——诗教能够涵养审美。诗词是中国传统美学特有的审美形式，具有独特的艺术风格，诗词的美体现在诗性与哲性两个方面。诗教能涵养并提升人的审美品味，分享自然、精神和人文之美。自然之美有“天地大美”“风月无边”“山水诗境”之美。精神之美包括前面提到的智慧之美、美德之美。人文之美体现在文辞、诗词、书画、音乐、建筑、园林等艺术成就之中。“自古逢秋悲寂寥，我言秋日胜春朝。晴空一鹤排云上，便引诗情到碧霄。”（刘禹锡《秋词》）“为我一挥手，如听万壑松。客心洗流水，余响入霜钟。”（李白《听蜀僧濬弹琴》）“枕中云气千峰近，床底松声万壑哀。要看银山拍天浪，开窗放入大江来。”（曾公亮《宿甘露寺僧舍》）

中华优秀传统文化源远流长、博大精深，是人类文明的巨大宝库。这些精神、智慧和理念对解决现实中出现和存在的问题和矛盾具有积极的意义。本书将中华传统文化的哲理、思想、谋略、军事、教育、科技、文辞、书画、音乐、舞蹈、园林、建筑、戏曲、节气、节庆等不同侧面通过诗词融合到诗教之中，希望把正确的思想道德观念寓于诗词之中，再以诗教的形式加以传播，同读者一道学习、欣赏、领悟。本书由“智慧卷”“美德卷”和“美质卷”三部分组成，以六百条传统文化术语、成语或短语表现出不同的智慧、美德和美质，采用相对应的诗词加以阐释和简评，在每条成语或词组短语前配上诗句，使读者更加形象地理解传统思想、哲理，以实现“下学上达”的目的，并在每个条目的最后以“诗境深造”的形式为结尾，突出诗词“片言可以明百意，坐驰可以役万景”的简洁特点，将诗词学习、欣赏和传承真正融于教化。同时，从中华传统文化经典中选取圣贤的箴言和警策融入书中，“得万人之兵，不如闻一言之当”（《淮南子·说山训》），让诗教的内容更丰富、更立体、更简约。《诗教三卷》的创作目的在于教育、教化和育人。所谓诗无达诂，“诗境深造”部分并没有将诗义解释出来，而是给出留白让读者自我感悟、理解和延伸学习。本书是在已经出版的《诗化智慧》《诗化美质》的基础上，重新修改、整理和创作而成。

陈立基

2022年6月于南宁青秀山羿园

目录

智慧卷

十一　军事篇　161

十二　谋略篇　175

十三　化危篇　191

十四　创新篇　207

美德卷

二十三 敬民篇 347

二十四 任贤篇 361

美质卷

三十五 音乐篇 532

三十六 书画篇 549

四十一 戏曲篇 622

四十二 体育篇 635

四十五 湖海篇 684

四十六 山川篇 698

五十三 西湖篇 791

五十四 村落篇 805

智慧卷

一、圣贤篇

告诉我那智慧来得离奇，
说是河马献来的馈礼；
还告诉我这歌声的节奏，
原是九苞凤凰的传授。

……

再告诉我，那一滴清泪，
是孔子吊唁死麟的伤悲？
那狂笑也得告诉我才好，——
庄周，淳于髡，东方朔的笑。

请告诉我谁是中国人，
启示我，如何把记忆抱紧；
请告诉我这民族的伟大，
轻轻的告诉我，不要喧哗！

——闻一多《祈祷》（节选）

圣贤是指品德高尚、才智超凡的人。千百年来，中华民族涌现出了无数的圣贤，如伏羲、神农、黄帝、尧、舜、大禹、孔子、孟子、老子、庄子和墨子等。这些圣贤为古老灿烂的中华文明做出了卓越的贡献，立下了不朽的功勋。

1. 包羲一画开天地，仓颉之先有文字　一画开天

出处：《读易》：“无端凿破乾坤秘，祸始羲皇一画时。”

解析：指远古伏羲绘制八卦图，始于乾卦“☰”之第一画“—”，乾为天，故说“一画开天”。

诗化：

古像赞二百零五首（其二·伏羲）

〔明〕孙承恩

羲皇圣神，开物成务。

画卦造书，文字之祖。

神明以通，造化以宣。

万世道统，兹其发源。

诗义：伏羲是一位伟大的圣神，通晓万物规律和原理。他绘制了八卦图，创造了文字，是华夏文字之祖。他的神明智慧在于通晓万物，他的造化功绩在于传授技艺，是万世正统的周公与万世师表的孔子思想和智慧的源泉。

简评：伏羲，又名宓羲、庖牺、包牺、伏戏等，被后世称为“太昊伏羲氏”。他是中华神话中人类的始祖，是中国最早的有文献记载的创世神，也是古代传说中的三皇（伏羲、神农、黄帝）之一。相传其为燧人氏之子，也有说传说中居于陈地的远古东夷族首领太皞即伏羲。伏羲所处时代约为旧石器时代中晚期的渔猎时期，其传说反映了中国古代开始从事渔猎畜牧活动的情况。“庖牺氏人首蛇身古而怪，鼓弄着百姓结网打净了湾。”（贾凫西《木皮散人鼓词》）相传伏羲人首蛇身，通晓天地万物的变化规律，创造了八卦，在仓颉之前创造数百个文字，发明了“结绳记事”。此外，伏羲发明了结绳织网用于打猎捕鱼，并发明了琴瑟、创作了曲子。

“包羲一画开天地，仓颉之先有文字。河图洛书圆复方，龟龙泄尽先天秘。”（成鹫《题百寿图》）据说伏羲时，黄河出现背负“河图”的龙马，洛水出现背负“洛图”的神龟，伏羲根据河图与洛书创制八卦。“古者包牺氏之王天下也，仰则观象于天，俯则观法于地，观鸟兽之文与地之宜，近取诸身，

远取诸物，于是始作八卦，以通神明之德，以类万物之情。”（《周易·系辞下》）“伏羲坐于方坛之上，听八风之气，乃画八卦。”（《太平御览》）以“—”为阳（爻），以“--”为阴（爻），组成八卦：乾为天，坤为地，震为雷，巽为风，坎为水，离为火，艮为山，兑为泽，以类万物之情。八卦分据八方，中绘太极之图。八卦分别代表八种物象，称为经卦。八个经卦中两个为一组排列组合，则构成六十四卦。八卦图是远古时期供人们记事、占卜的工具，也是中国古代用以预测吉凶的图案。

后世敬奉伏羲为神。“庖牺之亲临佃渔，神农之躬秉耕稼。汤则救旱而忧勤，禹则正冠而无暇。”（庾信《周五声调曲二十四首·其十七》）“揖逊干戈两不知，巢居穴处各熙熙。无端凿破乾坤秘，祸始羲皇一画时。”（陆游《读易》）“中原万树带秋阴，陵寝苍茫一气深。龙驭杳然归太始，蓍丛犹发白云岑。”（佘翔《谒伏羲陵》）“太极本无形，阴阳互消长。庖牺百王先，作易原俯仰。”（于谦《读易》）“一画起于乾，先天至后天。灵岩天一线，想在伏羲前。”（张清子《灵岩一线天》）

诗境深造：“庖牺古圣皇，画卦发天秘。”（叶懋《感兴二十一首·其十》）

2. 神农为人辨五谷，涉历山川尝百草　神农百草

出处：《史记·三皇本纪》：“以赭鞭鞭草木，始尝百草。”《淮南子·修务训》：“尝百草之滋味，水泉之甘苦。”

解析：指上古时期还没有发明医药之时，神农氏就尝遍百草的滋味，体察百草治病的药性并用百草来治疗疾病，是为以中草药治病之起源。

诗化：

杂咏一百首·神农

〔宋〕刘克庄

尽识参无毒，明知堇有灾。
安知尝试者，百死百生来。

诗义：现在的人都知道人参是没有毒的，也知道堇菜不能大量食用。但有

谁知道最早尝试这些药草的神农氏到底经历了多少危险才总结出这些经验？

简评："神农为人辨五谷，涉历山川尝百草。"（《十二时·其四》）神农氏为传说人物，为五氏（有巢氏、燧人氏、伏羲氏、神农氏、轩辕氏）之一。神农氏最大的贡献是教人种植五谷、豢养家畜，使中国社会走向农业社会，"教民食五谷"（陆贾《新语·道基》）。此外，他还发明了农具，教人制陶、纺织，被后世尊为华夏农神。相传神农亲自尝百草以辨别百草的药物作用，并写下最早关于草药医疗作用的《神农本草经》。一说传说中上古姜姓部族首领炎帝即神农氏。

后世有大量的诗词称颂神农："民食腥膻鸟兽同，那知土谷利无穷。后人只祀勾龙弃，谁念艰难起帝功。"（王十朋《神农》）"耒耜肇兴，自神农氏。稼穑滋殖，为农者始。作配明祀，奠以告虔。万世佃渔，帝功卓然。"（《绍兴以后蜡祭四十二首·神农位奠币》）"尝谷教民，爰制农事。爰有医药，民鲜疵厉。养生大端，惟皇之仁。泽流无穷，与天地均。"（孙承恩《古像赞二百零五首·其三·神农》）"繄昔炎帝神农氏，品尝百草医药始。轩辕代起征不附，浮化草木及虫豸。"（袁华《赠葛进善》）"燧人钻炎凉，炎帝饵甘苦。"（白玉蟾《述古·其三》）

诗境深造："神农尝草木，济世以仁爱。"（刘迎《再次前韵》）

3. 轩辕事业与唐虞，总是规模后世书　人文初祖

出处：《周易·贲卦·彖传》："观乎天文，以察时变，观乎人文，以化成天下。"《新嘉量铭》："黄帝初祖，德帀于虞；虞帝始祖，德帀于新。"

解析：指礼乐教化等各类文化现象的始祖。

诗化：

祭黄帝陵（节选）

毛泽东

赫赫始祖，吾华肇造。

胄衍祀绵，岳峨河浩。

聪明睿知，光被遐荒。

建此伟业，雄立东方。

诗义：黄帝是赫赫有名的人文初祖。子孙万代生生不息，香火绵延；山岳巍峨，江河浩瀚。黄帝聪明睿智光耀后代，一直照耀到荒僻的边疆。开拓中华文明是其千秋伟业，中华民族傲然屹立于世界的东方。

简评：“黄帝者，少典之子，姓公孙，名曰轩辕。生而神灵，弱而能言，幼而徇齐，长而敦敏，成而聪明。”（司马迁《史记·五帝本纪》）黄帝为传说中中原各族的共同祖先，上古时期华夏部落联盟首领，被尊为中华“人文初祖”。梁启超有言：“我黄帝子孙，聚族而居，立于此地球之上者既数千年，而问其国之为何名，则无有也。夫所谓唐、虞、夏、商、周、秦、汉、魏、晋、宋、齐、梁、陈、隋、唐、宋、元、明、清者，则皆朝名耳。”（《少年中国说》）孙中山更是赞曰：“中华开国五千年，神州轩辕自古传。创造指南车，平定蚩尤乱。世界文明，唯有我先。”（《黄陵祭词》）黄帝在位期间，发展生产，改善民生，特别是在探索文明、创新文化方面做出了卓越贡献，比如发明钱币，“昔神农氏没，黄帝、尧、舜，教民农桑，以币帛为本。上智先觉变通之，乃掘铜山，俯视仰观，铸而为钱。故使内方象地，外圆象天。大矣哉”（鲁褒《钱神论》）。

黄帝在许多领域为中华文明做出了开拓性的贡献，可谓当之无愧的人文初祖。在国家治理制度和礼法方面，“轩辕事业与唐虞，总是规模后世书”（耶律铸《读史·其二》），“轩辕文治日中天，云锦丝纶制衮年”（金天羽《古史宫词·其一》）；建造宫殿、车船、兵器等百物，“正名百物自轩辕，野老何知强讨论”（王安石《进字说二首·其一》）；发明文字、历法、衣冠、音乐、算数及养蚕抽丝技术；编写《黄帝内经》，“黄帝钧天曲未终，至今烟浪舞鱼龙”（胡寅《岳阳楼杂咏十二绝·其三》），“内经黄帝留针诀，三品神农辨药苗”（蓝仁《寄余炼师居玉蟾丹室》）。

“黄帝修真万国朝，鼎成龙驾上丹霄。”（刘沧《过铸鼎原》）后人把黄帝神化，有许多关于黄帝的传说，如“黄帝铸鼎于荆山，炼丹砂。丹砂成黄金，骑龙飞上太清家，云愁海思令人嗟。宫中彩女颜如花，飘然挥手凌紫霞，从风纵体登鸾车。登鸾车，侍轩辕，遨游青天中，其乐不可言”（李白《飞龙引二首·其一》)。

诗境深造:“轩辕应玄期,幼能总百神。”(曹毗《黄帝赞诗》)

4. 魑魅魍魉各消散,尧天舜日光融和　尧天舜日

出处:《潜山集·卷九·梅雨》:“尧天舜日远,怀抱若为舒。”

解析:指古代在尧、舜两位贤君治理时天下太平,形容太平盛世。

诗化:

鸣琴

〔宋〕范仲淹

思古理鸣琴,声声动金玉。

何以报昔人,传此尧舜曲。

诗义:弹琴追忆着古代的圣哲,琴声曼妙,悦耳动情。用什么来报答前人呢?就传颂这轻妙的尧舜曲吧!

简评:“魑魅魍魉各消散,尧天舜日光融和。”(宋永清《扶桑海日》)尧和舜都是传说中父系氏族社会后期部落联盟首领。“尧舜圣而慈仁兮,后世称而弗忘。”(东方朔《七谏·沉江》)尧和舜仁慈圣明,关爱老百姓,为后世所称颂。尧,史称唐尧,以品德高尚、仁爱百姓而著称。相传“其仁如天,其知如神,就之如日,望之如云”(司马迁《史记·五帝本纪》),也就是说,唐尧的仁爱如天,像神一般知晓万物,接近他知他如太阳般温暖灿烂,望着他知他如云霞一样绚丽。“帝莫陶唐盛,巍巍冠百王。德于天并运,道合地无疆。圣学传千古,钦明照万方。有生穷宇宙,孰不戴休光。”(孙承恩《鉴古韵语五十九首·其一·唐尧帝》)

“尧舜慈仁性自然,爱民如子食为天。”(王仲修《宫词·其四十七》)舜,史称虞舜,相传其目生双瞳,所以又名重华,因其孝顺友爱、德高仁慈,得到当时四方部落首领四岳的推举,尧命舜摄政。尧去世后,舜继位,开创了政通人和的历史。虞舜最大的贡献在于对中华道德文化的建设,有“天下明德,皆自虞帝始”(司马迁《史记·五帝本纪》)的说法。虞舜提倡“德为先,

重教化”，对推动上古华夏社会由野蛮走向文明起到极大的推动作用，开启了德治的历史。

诗人将人民安居乐业的太平盛世称为尧天舜日、舜日尧年等。“翡翠群飞飞不息，愿在云间长比翼。佩服瑶草驻容色，舜日尧年欢无极。”（沈约《四时白纻歌·春白纻》）“伊川桃李正芳新，寒食山中酒复春。野老不知尧舜力，酣歌一曲太平人。”（宋之问《寒食还陆浑别业》）“自扫松阴寄醉眠，龙吟虎啸满霜天。却思初到人间世，似是唐尧丙子年。”（陆游《松下纵笔四首·其一》）“万里承平尧舜风，使君尺素半空空。庭中无事吏归早，野外有歌民意丰。”（范仲淹《酬李光化见寄二首·其二》）

诗境深造：“海晏河清代，尧天舜日时。”（宋素梅《迎銮》）

5. 力平水土势回天，功业三千五百年　大禹治水

出处：《庄子·天下》：“昔禹之湮洪水，决江河而通四夷九州也。”

解析：指古代大禹受命于尧、舜二帝，负责治理黄河的传说。

诗化：

禹庙

〔唐〕杜甫

禹庙空山里，秋风落日斜。
荒庭垂橘柚，古屋画龙蛇。
云气嘘青壁，江声走白沙。
早知乘四载，疏凿控三巴。

诗义：大禹庙坐落于幽静的山坳里，此时秋风飒飒，金色的夕阳照在庙宇上。荒芜的庭院里树上挂着柑橘和柚子，古屋的墙壁上还绘着飞舞的龙蛇。大禹治水时开凿的石壁上云雾缭绕，波涛阵阵，江水沿着白沙道向东奔流。早就听说大禹为治理水患，水上乘舟、陆上乘车、山中乘樏、泥里乘輴，开凿石壁、疏通水道，终于治服了三巴地区的水患。

简评：禹，姒姓，史称大禹、戎禹，因治水有功，受舜禅让而继承部落

联盟首领的位置。禹死后，其子启自继其位，与原定继承人伯益争斗并将伯益杀害，确立王位世袭，从部落联盟转为世袭国家。禹是中国古代与尧舜齐名的贤君，其主要历史功绩是治理洪水。“昆仑东分一枝浑，奔蹴砥柱经龙门。羲皇受图抚上古，神禹治水开中原。”（陆游《送潘德久使蓟门》）大禹吸取其父亲鲧治水失败的经验，认识到不仅要筑堤防水，还要疏导河川，于是，他利用水向低处流的自然趋势，疏通了九河，还开凿渠道，把洪水导出。在治水的过程中，大禹留下了“三过家门而不入”的传说。

后人赞颂大禹以其治水之功为多，诗词作品也常以其为主题或化用其典故。“力平水土势回天，功业三千五百年。四海九州皆禹足，独留陵寝越山边。”（宋无《大禹祠》）“斩断灵鳌劈两崖，汤汤淮水自西来。信非天遣神工助，大禹何缘凿得开。”（汪广洋《峡石口》）“古祠曾记祷灵神，旱雨滂沱救越人。大禹恩深无以报，我惟朝夕退藏身。”（赵抃《寄前人二首·其二》）“黄河万里贯长城，势落龙门太华倾。一自鸿蒙开大禹，至今形胜壮神京。”（屈大均《黄河》）

诗境深造：“大禹理百川，儿啼不窥家。”（李白《公无渡河》）

6. 六经如日朝出东，夫子之教百代崇　万世师表

出处：《三国志·魏书·文帝纪》：“昔仲尼资大圣之才，怀帝王之器……可谓命世之大圣，亿载之师表者也。”

解析：指孔子永远是值得学习的榜样。

诗化：

小儿何所爱（其四）

〔明〕解缙

圣人有六经，天地有日月。

日月万古存，六经终不灭。

诗义：圣人孔子整理并传授《书》《诗》《礼》《乐》《易》《春秋》这六部经典，好像日月照亮了天地。日月万古长存，六经的思想和智慧亦永不磨灭。

简评：孔子（公元前551—公元前479），名丘，字仲尼，春秋末期著名的思想家和教育家，儒家的创始人。孔子大力提倡教育，传播儒家思想。他教诗书，传六艺，相传先后有弟子三千，其中贤人七十二，声誉非常高。在古代，孔子被尊为“圣人”，也称“孔圣人”。后世亦尊其为至圣先师、万世师表等。司马迁《史记·孔子世家》评论道：“天下君王至于贤人众矣，当时则荣，没则已焉。孔子布衣，传十余世，学者宗之。自天子王侯，中国言六艺者折中于夫子，可谓至圣矣！”《庄子·渔父》评说孔子：“孔氏者，性服忠信，身行仁义，饰礼乐，选人伦，上以忠于世主，下以化于齐民，将以利天下。此孔氏之所治也。”孔子所创立的儒家思想教化天下，培育出一代又一代的儒家继承者，孔子的精神已经化育万千个儒者。正是：“千夫合作一贤人，合数贤人是圣神。莫道眼前无孔子，一身散作万千身。”（陈藻《读史偶作二首·其一》）

李隆基曾赋诗赞孔子：“夫子何为者，栖栖一代中。地犹鄹氏邑，宅即鲁王宫。叹凤嗟身否，伤麟怨道穷。今看两楹奠，当与梦时同。”（《经邹鲁祭孔子而叹之》）孔子生不逢时，一生时运不好，处于乱世穷道。所幸孔子的学说和思想为后世所传承和弘扬，成为中华主流思想。这首诗表面上是感叹孔子怀才不遇、漂泊流离、衣食难求的境遇，实际上表现出诗人对孔子的尊敬和佩服。作者在孔子像前谦恭行礼，心中感慨万千，口内喃喃自语，非常佩服孔子在人们对他的思想和精神还不太理解的情况下，四处奔走，广泛教育，称赞孔子“知其不可为而为之”的积极作为的精神。孔子一生忧国忧民，致力于思考人生哲理奥妙，即便在生命的最后也不曾放弃：“泰山其颓乎？梁木其坏乎？哲人其萎乎？”（孔子《曳杖歌》）

汉代以后，儒家文化成为中华传统文化的主流，也成为中国古代治国思想的主流。儒家思想是古代中国社会公益伦理与政治学说的一种思想体系。“儒家者流，盖出于司徒之官。助人君，顺阴阳，明教化者也。游文于六经之中，留意于仁义之际。祖述尧舜，宪章文武，宗师仲尼，以重其言，于道最为高。”（《汉书·艺文志》）儒家学派的主要特征是：其一，以孔子为宗师，视孔子为精神领袖；其二，以《书》《诗》《礼》《乐》《易》《春秋》六经为经典；其三，以仁与礼作为思想核心；其四，追求内圣外王的人格模式；其五，注重人与社会、人与人之间的伦理关系。正是这种宽仁爱众、讲究秩序、修己济人、积极有为的智慧，使中华文明生生不息、代代相传。

诗人们对孔子敬佩有加："六经如日朝出东，夫子之教百代崇。揆之千圣无不合，施之万事无不中。"（陈献章《次韵庄定山谒孔庙》）"万里乾坤万水东，偶从庙貌得瞻崇。六经此学千年外，万古心香一瓣中。"（庄昶《谒孔庙》）

诗境深造："先师有遗训，忧道不忧贫。"（陶渊明《癸卯岁始春怀古田舍二首·其二》）

7. 战国甚于狼虎斗，孟子力将仁义兴　仁政爱民

出处：《孟子·梁惠王上》："王如施仁政于民，省刑罚，薄税敛，深耕易耨，壮者以暇日修其孝悌忠信，入以事其父兄，出以事其长上，可使制梃以挞秦楚之坚甲利兵矣。"

解析：指宽厚待民以取得老百姓信任和拥护的施政方略。

诗化：

孟子·仁者无敌

〔宋〕陈普

仁人所在人心萃，鱼爵丛渊固自归。
天命到头还不外，东征西怨岂容违。

诗义：有仁者的地方人心就能凝聚一致，这就像丛林渊潭得以深固后，鱼雀就会自然回归。自然法则终究没有例外，施行仁政，以民为本，兴利除害，必将深受百姓的拥戴。仁者无敌于天下的道理岂能违背？

简评：孟子（约公元前 372—公元前 289），战国时期思想家、教育家，儒家学派的代表人物，有"亚圣"之称。孟子的主要思想有四个方面。其一，主张仁政。政治上提倡"以民为本"，提出"民贵君轻"的思想；经济上主张"民有恒产"，让百姓有一定的土地使用权，减轻税负。其二，性善论。孟子认为人先天就具有四种善的萌芽：恻隐之心、羞恶之心、辞让之心、是非之心。这四种善是后天仁、义、礼、智四种道德发展的基础与条件。其三，"内

圣外王”是理想人格，高尚的道德是治理好天下的重要素质。提出“大丈夫”要有崇高的志向和高尚的精神境界，要有守正的高度自觉性，要有坚定的信念和高洁的气节。其四，重视德治。推行教化治理，提出以仁、义、礼、智四德为道德教育内容，主张存心寡欲、养浩然气、反求诸己等道德历练方法。

“战国甚于狼虎斗，孟子力将仁义兴。”（徐积《送张子厚滕县行》）孟子极力主张仁政。“今夫天下之人牧，未有不嗜杀人者也。如有不嗜杀人者，则天下之民皆引领而望之矣。诚如是也，民归之，由水之就下，沛然谁能御之？”（《孟子·梁惠王上》）仁政的内涵包括以民为本、民有恒产、仁义之师等。孟子提出“民为贵，社稷次之，君为轻”（《孟子·尽心下》），主张“老吾老，以及人之老；幼吾幼，以及人之幼”（《孟子·梁惠王上》）。仁政爱民是治国的根本。“祖训昭昭日月新，由来治国本天伦。令名要使传千载，仁政须教及万民。”（方孝孺《侍世子奉献蜀王十首·其三》）

诗境深造：“仁声入人深，孟子言之醇。”（王安石《寓言九首·其七》）

8. 当年不授关门尹，万古谁知道德尊　老子出关

出处：《史记·老子韩非列传》：“居周久之，见周之衰，乃遂去。至关，关令尹喜曰：‘子将隐矣，强为我著书。’”《列仙传》：“老子西游，关令尹喜望见有紫气浮关，而老子果乘青牛而过也。”

解析：指老子骑牛西出函谷关，辞官隐退。

诗化：

老子度关图

〔宋〕郑思肖

紫气东来压万山，老聃吐舌笑开颜。

青牛车外天风阔，摇动当年函谷关。

诗义：祥瑞的紫气从东方吹来，浩浩荡荡力压崇山峻岭，老子吐着舌头，眉开眼笑，心情格外舒畅。青牛车外天高云淡，风清气爽，当年老子的到来惊动了整个函谷关。

简评：老子（约公元前 571—公元前 471），又称李耳、老聃。中国伟大的哲学家和思想家，道家学派的创始人，提出道法自然、无为而治、有无相生、福祸相依等思想，著有《道德经》，即《老子》。

《史记》记载，老子看到周朝的腐败没落，就辞官西去，走到函谷关时，被守将尹喜挽留。尹喜知道老子要出关去云游，觉得很可惜，就对老子说："先生想出关也可以，但是得留下一部著作。"老子就在函谷关住下。几天后，他交给尹喜一部约五千字的著作，而后骑着大青牛西去。据说，这篇著作就是流芳千古的《道德经》。老子出关的典故体现了道家崇尚自由淡泊的逍遥的人生态度、追求朴素自然的生活理念，以及摒弃功名利禄的价值观。正是："叹息淳风日已沦，深探性命著微言。当年不授关门尹，万古谁知道德尊。"（黄仲昭《题老子授尹喜道德经图》）

诗人围绕老子出关的传奇，写下许多诗作："不驰骏马驾青牛，西度函关紫气浮。文字五千传道德，仅同释教让儒流。"（刘意《刘待诏老子出关图卷》）"道大无传受，骑牛西出关。刚留五千字，遗智满人间。"（张琦《老子出关图》）"道德经文只五千，当时尹喜得亲传。出关又跨青牛去，万里流沙几日旋。"（陈琏《老子出关图为松江陈宗仁赋》）以老子出关为创作题材的画作也不在少数，著名的作品有宋代晁补之的《老子骑牛图》和明代张路的《老子骑牛图》。后人有诗赞老子曰："函谷关头紫气浓，独教关尹喜相逢。如何道德五千字，不载周家藏室中。"（张良臣《老子像》）

诗境深造："道德五千言，巍巍众妙门。"（陆游《读老子》）

9. 一觉千年一转机，觉来还是梦还非　庄周梦蝶

出处：《庄子·齐物论》："不知周之梦为蝴蝶与？蝴蝶之梦为周与？周与蝴蝶，则必有分矣。此之谓物化。"

解析：指对逍遥自在人格的向往和追求，蕴含物我为一、万物一体的思想。

诗化：

庄子梦蝶图

〔宋〕郑思肖

素来梦觉两俱空，开眼还如阖眼同。

蝶是庄周周是蝶，百花无口骂春风。

诗义：向来做梦时和醒来之后都是空的，睁开眼睛和闭上眼睛所呈现的情景都是同样的。蝴蝶是庄周，庄周也是蝴蝶，百花没有口却都在责怪春风的无情。

简评：庄子（约公元前369—公元前286），名周，战国时期著名的思想家、哲学家和文学家，道家学派的主要代表人物，主要著作为《庄子》。庄子生平只做过漆园吏，相传楚威王曾以重金聘庄子为楚相，但庄子婉拒。庄子为老子思想的继承和发展者，认为“道”无所不在，强调事物的相对性与相互转化，提出“物我为一”为人生的最高境界，认为可通过“忘我”达到此境界。庄子思维活跃，想象丰富，语言流畅，说理巧妙。庄子的著作被称赞为“文学的哲学，哲学的文学”。庄子的一些理念也为儒家所推崇，比如“内圣外王”，这一思想对儒家影响深远。

“莫论西竺与南华，了得真筌只一家。声色外来无物我，茫茫名利是空花。”（金君卿《题晞上人齐物堂》）庄周梦蝶出自《庄子·内篇》的第二篇《齐物论》。该篇的中心思想是“齐物”。所谓“齐物”，是说世间一切事物没有是非、美丑、善恶、贵贱之别，归根到底都是相同的，而且，万物是浑然一体的，相互之间总是处在转化之中。庄周梦蝶的典故蕴含着通过梦境消除主客体之间的隔阂，达到物我合一之境的意味。物我合一是庄子齐物论的重要哲学基础。庄子认为，从更高远的角度来看，世界上的一切都是一样的。所谓的喜怒哀乐、荣华富贵、生老病死，最终的结果都是一样的；所谓的失败挫折、飞黄腾达，也只是过眼云烟。千百年来，人们感叹“庄周梦蝶”是人类最美的梦境。这梦境，美在人于梦中实现了精神和人格的自由，实现了逍遥的愿望；美在人远离了物我对立，实现了物我合一的追求；美在人忘却了现实自我的存在，忘却了富贵荣辱、功名利禄，尽情地享受生命的自由和快乐。

庄周梦蝶及其蕴含的哲理是诗人们喜欢的题材。“一觉千年一转机，觉来还是梦还非。当时梦里如为蝶，便好穿花傍水飞。”（柯梦得《梦蝶》）“休将憔悴感生平，眼底荣枯颇不惊。万蜡高烧终是夜，一灯孤对也能明。”（俞樾《齐物诗·其三》）“世间倚伏本相因，何处亨衢何处屯。乌喙毒偏能治病，马肝美或竟伤人。”（俞樾《齐物诗·其九》）“穿花终日去，据槁霎时回。”（刘克庄《题四梦图·梦蝶》）

诗境深造：“庄周言达理，吾以蝶为优。”（刘克庄《蝶》）

10. 皋夔周公佐中古，萧曹房杜兴汉唐　尚贤政本

出处：《墨子·尚贤上》：“夫尚贤者，政之本也。”

解析：指崇尚和使用贤能的人是为政的根本大事。

诗化：

春日郊行

〔明〕庄昶

春满江山桃李新，芳菲洗眼是何春。
大贤为政今如此，不道今人少古人。

诗义：春色洒满了江山，桃李芬芳，尽情欣赏着满眼的春色。德才超群的人才治理朝政就像如今眼前这和谐繁荣的春色，不要说当今的人不如古人了。

简评：墨子（约公元前468—公元前376），名翟，战国初期思想家、哲学家，墨家学派创始人，主要的思想理念有“兼爱”“非攻”“尚贤”“尚同”“天志”等，在哲学理念上强调“功利”“实用”，编著有《墨子》一书。《墨子》为墨家学派思想的总汇，现存五十三篇，有《尚贤》《尚同》《兼爱》《非攻》《节用》等篇章。其中，《尚贤》主要论述重贤、爱贤、用贤的思想，指出“夫尚贤者，政之本也”，把任用贤能看作为政的根本。

“皋夔周公佐中古，萧曹房杜兴汉唐。”（王象祖《诗一首》）墨子非常重视人才，他指出：“入国而不存其士，则亡国矣。见贤而不急，则缓其君矣。

非贤无急，非士无与虑国。缓贤忘士，而能以其国存者，未曾有也。”（《墨子·亲士》）如果一个国家，其主政者无法蓄纳贤士，那就要亡国；其国君没有求贤若渴的意识，贤人就会怠慢其国君。缺乏贤才就不能处理和化解危难，缺乏贤才就不能与之周全谋虑国事。怠慢贤才、放弃良士还能让国家不灭亡的事，从未有过。墨子还认为从政人才讲道义、重品行是关系国家长治久安的重要因素，“义人在上，天下必治”（《墨子·非命上》）。有道义的人执政，国家就能治理好，天下就能安定。崇德尚贤是十分重要的治理智慧，在今天仍有意义。人才乃兴业之基、强国之本。在实践中要善于发现人才、任用人才、凝聚和成就人才，要立足长远，注重培育和锻炼人才，为人才成长营造良好环境，为国家和事业的发展源源不断地输送各类人才。

诗境深造：“举世皆杨朱，方思墨翟贤。”（朱彝尊《杂诗二十首·其十五》）

二、经典篇

漫天的思想，
收合了来罢！
你的中心点，
你的结晶，
要作我的南针。

——冰心《繁星·一〇九》

经典是中华传统文化的精髓。由古至今，经典已成为涵养中华民族智慧和灵魂的思想源泉，照亮了一代又一代中华儿女的心灵，成为指引中华民族不断前进的灯塔。一代又一代的中华儿女在诵读、感悟经典著作中成长。这些经典名著包括《周易》《大学》《中庸》《论语》《道德经》《庄子》《孟子》等。这些名著展现着中华民族的智慧、精神和品格，是人类文明的精华与智慧的结晶。

11. 床头周易真良药，不是书生强自宽　开物成务

出处：《周易·系辞上》："夫《易》开物成务，冒天下之道，如斯而已者也。"

解析：指通晓万物的规律和道理并依照行事，把事情办好。

诗化：

冬夜读书示子聿八首·其二

〔宋〕陆游

易经独不遭秦火，字字皆如见圣人。

汝始弱龄吾已耄，要当致力各终身。

诗义：唯独《易经》没有被秦始皇焚毁，此书读起来每字每句都鞭辟入里，能使人开物成务，如同得到圣人教诲。你现在尚且年幼，而我已经年老，希望你终身努力读书学习。

简评：陆游这首《冬夜读书示子聿八首·其二》勉励年幼的儿子要终身刻苦读书，尤其是研读《易经》。开物成务是《易经》经典智慧之一。《易经》即《周易》，为群经之首，相传系周文王姬昌所作，内容包括《经》和《传》两个部分。其中《经》主要是六十四卦和三百八十四爻，卦和爻各有说明，作为占卜之用。《周易》在经、传、学方面均居于中国古代学术核心地位，对中国人观察思考宇宙万物及人生、养成人生观、构建思维模式，形成中国哲学体系、文化内涵，有着不可替代的作用。在中国悠久的历史中，《周易》是对中华文化影响深远的一部书，它的思想在军事、政治、建筑、艺术、医学、武术、养生等方面产生了重要影响，其中有许多光耀万世的经典智慧。如："天行健，君子以自强不息。"（《周易·乾卦·象传》）"地势坤，君子以厚德载物。"（《周易·坤卦·象传》）"潜龙勿用……亢龙有悔……"（《周易·乾卦·象传》）"积善之家，必有余庆；积不善之家，必有余殃。"（《周易·坤卦·文言》）"德薄而位尊，知小而谋大，力少而任重，鲜不及矣。"（《周易·系辞下》）

《周易》被奉为儒门圣典、六经之首，为历代文人所推崇。"卑以自牧，谦而益光。进德修业，既有典常。晖光日新，照于四方。小人勿用，君子道长。"（傅咸《〈周易〉诗》）"周易一书，更三圣人，深切著明。凡变通动静，

有形有象，盈虚消息，时止时行。天相名卿，日探妙趣，往古来今无两心。”（刘仙伦《沁园春·寿共大卿恕齐治易》）“楼前山色古今景，楼外溪声日夜雷。静坐焚香读周易，丁宁莫放俗人来。”（骆罗宪《与廖检法同行口占分水岭诗·其八》）“开物成务非翰墨，贲饰乾坤乃能事。”（李流谦《贺王制置敷学之除》）“易经致民用，肇自羲农先。”（熊禾《上致用院李同知论海舶》）

陆游酷爱研读《周易》，把《周易》作为毕生钻研修炼的经典，留下了大量与《周易》有关的诗作：“床头周易在，端拟绝韦编。”（《病中作》）“研朱点周易，饮酒和陶诗。”（《客有见过者既去喟然有作二首·其二》）“病中看周易，醉后读离骚。”（《自诒二首·其一》）“老无添处仍逢病，春欲残时未减寒。架上汉书浑忘尽，床头周易却常看。”（《杂兴六首·其三》）“得过一日且一日，安知今吾非故吾。袖手明窗读周易，不辜香饭一斋盂。”（《杂咏四首·其二》）“体不佳时看周易，酒痛饮后读离骚。骑驴太华三峰雪，鼓棹钱塘八月涛。”（《杂赋十二首·其五》）“久已悠悠置恩怨，况能一一记悲欢。床头周易真良药，不是书生强自宽。”（《叹老》）从这些诗作可以看出，《周易》成了陆游安心、安神、安身，甚至治疗病体的良药，成为其安度晚年的最好伴侣。

诗境深造：“乾行配天德，坤布协地文。”（朱熹《斋居感兴二十首·其十一》）

12. 内圣外王同贯合，身谋国计总相因　内圣外王

出处：《庄子·天下》：“是故内圣外王之道暗而不明，郁而不发，天下之人各为其所欲焉，以自为方。”

解析：指既具有圣人一般的才德，又能够施行王道。这是修身为政的最高境界。

诗化：

大学·三关

〔宋〕陈普

致知格物最为难，梦觉关中善恶关。

若得二关俱过了，方成人在两仪间。

诗义：把握事物发展的规律，从而真正认识事物、增长知识最为艰难，要在人生的迷茫与执悟中闯过是非善恶之关。若能明辨是非善恶，树立正确的价值观，才能顺利渡过这两关，成为立于天地间的成熟健全的人。

简评：“内圣外王同贯合，身谋国计总相因。”（杨爵《杂咏五首·其四》）《大学》原为《礼记》中的一篇，是儒家专门论述修身齐家治国平天下的经典作品，后被单独抽出，与《中庸》《论语》《孟子》合为儒家的“四书”，并经儒学大师不断挖掘、创新、充实和注解，如宋代大儒朱熹作了《大学章句集注》。宋元之后，《大学》成为学校的教科书和科举考试的必读书，成为读书人修身养性、步入仕途必须研读的励志书。

儒家提出了“三纲领八条目”。“三纲领”就是指《大学》里的“明明德”“亲民”“止于至善”。“明明德”是指人的禀性受制于天，善明的德性是人与生俱来的，人性是向善的。人之所以行善避恶，是因为有着内在的本源基础，对此要加以彰明弘扬。“亲民”是指仁爱关怀他人，帮助他人去除心灵的污垢，从而达到心灵纯洁澄明的境界。“止于至善”是指永远追求向善向上的目标，达到完美的境界。“明明德”和“亲民”的目标都是“止于至善”。“格物”“致知”“诚意”“正心”“修身”“齐家”“治国”“平天下”就是“八条目”。“八条目”是实现“内圣外王”的途径。“格物”是指学习求知，注重实践，多历练，多经历，从而实现即物穷理，增长见识。“致知”是指求为真知，把握事物的特点与规律，实现举一反三、思维明了、推理准确、明辨是非。“诚意”是指信念坚定，意念诚实，做到不欺人亦不自欺，慎微慎独，严格要求自身，修养德性，知至而后意诚。“正心”是指去除各种杂念，摒弃各种欲望，不为名利物欲所蔽，保持心灵的安宁，保持内心的正直公道，公正诚明，无所偏倚。“修身”是指不断地提高品德修养。修身的理想是形成“富贵不能淫，贫贱不能移，威武不能屈”（《孟子·滕文公下》）的大丈夫人格。修身是格物、致知、诚意、正心的目的，也是齐家、治国、平天下的基础。“齐家先正己，标准自吾身。动息从心里，规模卫武箴。”（金朋说《齐家吟》）“齐家”是指要管理把持好自己的家庭和团队，树立良好的榜样，以此教化大众。“治国”“平天下”是指治理国家，使国家繁荣昌盛，人民安居乐业，天下和谐太平。

治国、平天下是儒者追求的人生目标，而正心、修身是治平的前提。修己的目的是治国、平天下，为国家、为大众服务。《大学》文辞直白简约，内涵深刻，思想积极，高度概括了儒家道德修养的思想，提出了修身的原则和方法，系统阐明了儒家的政治思想主张，对于为人处世、修身治国等有深刻的教育意义。孔子所说“士志于道，而耻恶衣恶食者，未足与议也”（《论语·里仁》）中的“道”就是治国、平天下之道，就是为国家和老百姓服务、奉献之道，如此“大道”让孔子感慨说：“朝闻道，夕死可矣。”（《论语·里仁》）在人生之中，如果在早上能领悟并实施仁政德治的治国之道，实现治国、平天下的理想抱负，那么即便晚上死去，那也是值得的，这就是儒家志士们的终身追求。正是这样积极的人生观，千百年来人们才如此执着于尊儒尚孔。

诗境深造：“内圣与外王，言实而弗文。”（弘历《题养正图六十首·乐受格言》）

13. 致知格物最为难，梦觉关中善恶关　止于至善

出处：《礼记·大学》：“大学之道，在明明德，在亲民，在止于至善。”

解析：指以善为目标，追求最完美的境界，直到趋于至善才停止。

诗化：

止斋吟

［宋］金朋说

知止于至善，修身止用诚。

五伦止此定，明德日新民。

诗义：以心地善良、品质淳厚为目标，是求知追求的最完美的境界，修身要追求真诚。以人世间的忠、孝、悌、忍、善五伦为准则，这些美德常常教育着广大民众。

简评：“知止于至善，修身止用诚。”止于至善是《大学》追求的最高境界，“大学之道，在明明德，在亲民，在止于至善”。止于至善就是要追求完美的境界，同时也须量力而行，不必过于苛求，在臻于至善之时停止，追求真善。至善首先就是要加强内在的修炼，达到内圣外王的要求。内在要历练包容、宽容之心，谦虚、自牧之心，接纳、平常之心，宁静、澄澈之心，淡定、淡泊之心。善就是外王的具体表现，要做到上善若水。“居善地，心善渊，与善仁，言善信，正善治，事善能，动善时。”（《道德经·第八章》）通过这样的历练才能达到止于至善。

“致知格物最为难，梦觉关中善恶关。”（陈普《大学·三关》）《大学》成为教育民众的教科书，止于至善的思想则成为人们修身治学追求的目标，也成为教育的任务。“苟不知所止，定心终无由。所止非至善，此心犹可忧。卓哉陈使君，立志希前修。名堂以止善，善外俱无求。”（王旭《止善堂》）“杖策游园处，乘风坐沼时。生涯从淡淡，归计任迟迟。万事信随遇，一身当自持。熟思今古辙，至善是吾师。”（吴与弼《游园》）

诗境深造：“大学融智门，至善在所止。”（徐元杰《和金兄》）

14. 古时泽被禽与鱼，博施所以为唐虞　博施济众

出处：《论语·雍也》：“如有博施于民而能济众，何如？可谓仁乎？”

解析：指给予老百姓或他人以恩惠和救济。

诗化：

读论语

〔宋〕陆游

壮岁贪求未见书，归常充栋出连车。

晚窥阙里亲传妙，数简方知已有余。

诗义：青壮年时对知识如饥似渴，就像一个从未见过书籍的人，抱回家的书籍堆满了整个房间，出门时运书的车一辆又一辆。晚年时再得到儒学大师的亲自传授，体会到了学问的精妙，能够领悟《论语》中几句精辟的名句

就足够了。

简评：《论语》的内容非常丰富，涉及哲学、教育、政治、伦理、经济、美学、文学、音乐、道德等方面。历史上有“半部论语治天下”之说。《论语》是孔子及其弟子的语录结集，由孔子弟子及再传弟子编写而成。全书共20篇492章，以语录体为主，叙事体为辅，表述了孔子的政治观点、伦理思想、道德观念、教育原则、教育方法等，为儒家学派的经典著作之一。宋时将《礼记》中的《大学》《中庸》抽出，与《论语》《孟子》并称“四书”，再加上自汉始称的《诗经》《尚书》《礼记》《周易》《春秋》“五经”，总称“四书五经”。“博施于民而能济众。”（《论语·雍也》）博施济众、修已安人是孔子追求的圣境，正是：“古时泽被禽与鱼，博施所以为唐虞。”（陆游《读书》）

《论语》的主要思想包含仁、礼和中庸三个方面。仁属于社会伦理道德范畴，礼属于社会政治范畴，中庸则属于认识方法论范畴。

关于仁，《论语》有许多阐述：“君子务本，本立而道生。孝弟也者，其为仁之本与！”（《论语·学而》）“克己复礼为仁。一日克己复礼，天下归仁焉。”（《论语·颜渊》）“能行五者于天下，为仁矣。”（《论语·阳货》）以恭、宽、信、敏、惠指导和规范实践，即为仁，而仁的内涵则是孔子一以贯之的忠恕之道。忠恕之道也是儒家处理人与人之间关系的原则。忠是指尽力为人思虑、对人赤诚。“吾日三省吾身：为人谋而不忠乎？与朋友交而不信乎？传不习乎？”（《论语·学而》）关于恕，孔子从两个方面解释：一是从消极方面提出“己所不欲，勿施于人”（《论语·卫灵公》）；二是从积极方面指出“夫仁者，己欲立而立人，己欲达而达人”（《论语·雍也》）。

礼的本质与内涵是仁，是修养和情感。仁义是内容，礼文是形式；义在内，礼在外。“人而不仁，如礼何？人而不仁，如乐何？”（《论语·八佾》）礼的范围十分广泛，包括个人修养、家庭关系、社会秩序和国家治理等。比如关于个人修养的“非礼勿视，非礼勿听，非礼勿言，非礼勿动”（《论语·颜渊》）；“恭而无礼则劳；慎而无礼则葸；勇而无礼则乱；直而无礼则绞”（《论语·泰伯》）；“君子有三戒：少之时，血气未定，戒之在色；及其壮也，血气方刚，戒之在斗；及其老也，血气既衰，戒之在得”（《论语·季氏》）。又如关于家庭关系的“弟子，入则孝，出则悌，谨而信，泛爱众，而亲仁。行有余力，则以学文”（《论语·学而》）。

中庸思想是孔子及儒家提倡的一种宇宙观、方法论和道德的境界。“天之历数在尔躬，允执其中。四海困穷，天禄永终。”（《论语·尧曰》）“中庸之为德也，其至矣乎！”（《论语·雍也》）中庸之道是最高的道德标准。在为人处世的方法论上主张“君子和而不同，小人同而不和”与“君子泰而不骄，小人骄而不泰”（《论语·子路》）。在工作方法上提倡“过犹不及”（《论语·先进》），认为过度与不及一样，都是不妥的。

《论语》成为历代教化的经典。“博而寡要岂通儒，三万牙签亦太虚。一编论语用不尽，世间何必许多书。”（王柏《题书目》）“仲尼初不离灵台，请业门人日日来。一念回光是论语，何须尘简面前开。”（邹浩《读论语》）“专心于内最为难，又主其三得大端。曾识中庸并孟子，正如江水发岷山。”（陈普《论语·三省章》）“仁民爱物本亲亲，有子当年见亦真。第一注中明体用，洗空千载说经人。”（陈普《论语·孝悌章》）

诗境深造：“博施志虽勤，济众诚难哉。”（韩雍《久苦淫雨喜晴登聚奎楼有作》）

15. 庸字莫将容易看，只斯为道用无穷　大中至正

出处：《传习录》：“不知先生居夷三载，处困养静，精一之功固已超入圣域，粹然大中至正之归矣。”

解析：指极为公正公平，不偏不倚。

诗化：

诵中庸

〔宋〕陈藻

端把中庸诵一篇，眼前神物顿森然。

尘埃扫尽无他虑，尽管高楼自在眠。

诗义：端起《中庸》认真地诵读一篇，顿时觉得眼前浑浊的事物变得清晰明了。扫尽心中的私欲杂念，内心坦然澄澈。没有了其他欲念困扰，尽情

地在高楼上轻松睡个好觉。

简评:《中庸》也是儒家经典著作，相传为战国时期子思所作，“四书”之一，原为《礼记》中的一篇，主要讲述人生道德修养，提出“中庸”是道德行为的最高标准，把“至诚”作为人生的最高境界，并提出“博学之，审问之，慎思之，明辨之，笃行之”的学习和认识的方法。

《中庸》的中心思想为“中庸之道”。所谓中庸之道，是指不偏不倚、折中调和的人生观和处世哲学。宋代朱熹对中庸之道做了精辟的总结:“过兼不及总非中，离却平常不是庸。庸字莫将容易看，只斯为道用无穷。”(朱熹《训蒙绝句·中庸》)中庸之道有四个方面的含义。其一，中不偏，庸不易。“中庸之为德也，其至矣乎！”(《论语·雍也》)人生不偏离、不变换所追求的目标，持之以恒地努力方可成功。其二，中正、平和。“天理有至正，吾道惟大中。”(孙承恩《展谒孟庙》)为人处世要保持中正公道，心态情绪要保持平和。失去中正公道，就失去人心，失去信任。过度的喜、怒、哀、乐有害于人际关系，亦伤害身体。其三，强调自身内在修养。“中庸十五章，此理非外铄。反身若不诚，为善终未乐。”(彭龟年《慈顺堂》)其四，好而中用。中庸还有中用的意思，指人要拥有一技之长，做一个有用的人才；又指人要坚守自己的岗位，在其位谋其职。中庸不仅是方法论，也是认识论，更是道德观。

诗境深造:“要识中庸义，中庸乃是庸。”(李公明《中庸》)

16. 七篇切切言仁义，功利场中有此人　穷达乐义

出处:《孟子·尽心上》:“尊德乐义，则可以嚣嚣矣。故士穷不失义，达不离道。穷不失义，故士得己焉；达不离道，故民不失望焉。古之人，得志，泽加于民；不得志，修身见于世。穷则独善其身，达则兼善天下。”

解析:指一个人身处逆境或穷困时不失去仁义，身处顺境或显达时不背离道德。即穷困时独善其身，显达时兼善天下的高尚人格。

诗化：

新制布裘

〔唐〕白居易

桂布白似雪，吴绵软于云。
布重绵且厚，为裘有余温。
朝拥坐至暮，夜覆眠达晨。
谁知严冬月，支体暖如春。
中夕忽有念，抚裘起逡巡。
丈夫贵兼济，岂独善一身。
安得万里裘，盖裹周四垠。
稳暖皆如我，天下无寒人。

诗义：桂布洁白好似白雪，吴绵比白云还绵柔。桂布结实而吴绵松厚，做成袍子，穿在身上感觉温暖。早晚都披在身上，睡觉时就当被子来盖。哪知道在这寒冬腊月，浑身竟温暖如春。半夜里忽然萌发出一些感悟，抚摸着棉袍，起身来回踱步。大丈夫贵在兼济天下，岂能只顾独善其身，求得自己安稳呢？普天下哪里有万里长的棉袍，能把四方覆盖，让饥寒的人们都能像我一样温暖安居，让天下再没有人受寒挨冻呢？

简评：白居易的这首诗是一首言志诗，诗人在孟子“仁政”思想的影响下，树立了“穷达乐义”的世界观。其中“丈夫贵兼济，岂独善一身”一句，说明其志气超越了“独善”的境界，表达了作者跨越自我、兼济天下的崇高品格和博大胸襟，思想纯正，感情真挚，语言朴实。

“战国谁能识道真，故将性善觉生民。七篇切切言仁义，功利场中有此人。”（徐钧《孟轲》）《孟子》为“四书”之一，为战国中期孟子及其弟子万章、公孙丑等著。《孟子》一书现存《梁惠王》《公孙丑》《滕文公》《离娄》《万章》《告子》《尽心》等七篇，主要记载孟子及其弟子关于政治、哲学、教育、伦理等的思想观点和政治活动。《孟子》气势磅礴，雄辩滔滔，感情丰富，感染力强，对后世影响深远，是儒家经典著作，正是：“书到七篇偏有味，诗留千载待知音。从来一点圆明处，不是禅心是本心。”（林希逸《夜坐》）

"瞻拜三迁地，松杉古殿阴。大刚千古气，仁义七篇心。"（邓云霄《孟庙》）"穷达乐义"思想是孟子继承"孔颜之乐"思想，对儒家浩然之气的一次飞跃式的发展。"尊德乐义，则可以嚣嚣矣。故士穷不失义，达不离道。"（《孟子·尽心上》）无论是顺境或是逆境，也无论是困顿还是显达，都不能丧失道义原则。"古之人，得志，泽加于民；不得志，修身见于世。穷则独善其身，达则兼善天下。"（《孟子·尽心上》）品德高尚的人得志时能施惠于百姓，为民办实事，解难题；不得志时则修身养性，坚守道义。穷困时独善其身，显达时兼善天下。穷达乐义是千百年来中华传统文化所秉持的风格，也是中国文人的气质、中国知识分子的天趣。

孟子"穷达乐义"的精神与风骨激励着其后一代又一代的仁人志士。"达兼济天下，穷独善其时。"（陈子昂《同宋参军之问梦赵六赠卢陈二子之作》）"穷达虽不同，在我固无异。独善与兼善，此道一而二。"（王绂《独善堂为施惟政赋》）"穷达乐义"的谛训，让诗人们更加豁达、洒脱。"溪上秋来风露清，萧然浴罢葛衣轻。看云舒卷了穷达，见月亏盈知死生。"（陆游《溪上》）"三亩青蔬了盘箸，一缸浊酒具杯觞。丈夫穷达皆常事，富贵何妨食万羊。"（陆游《村居酒熟偶无肉食煮菜羹饮酒》）

诗境深造："大刚千古气，仁义七篇心。"（邓云霄《孟庙》）

17. 孟子岂无仁义国，荀卿犹作帝王师　隆礼贵义

出处：《荀子·议兵》："隆礼贵义者其国治，简礼贱义者其国乱。"

解析：指荀子认为治理国家必须重视礼义，以礼义为本。

诗化：

杂咏一百首·荀卿

〔宋〕刘克庄

历历非诸子，骎骎及圣丘。

乃知焚籍相，亦自有源流。

诗义：荀子的思想学说自成一说，具有独特的见解，与诸子有明显的不

同，但他的思想并非无源，他追随圣人孔子，对儒家有十分重要的影响和贡献。现在我们知道提出“焚书坑儒”主张的是秦相李斯，他却是儒学大家荀子的学生。

简评：“孟子岂无仁义国，荀卿犹作帝王师。”（郑獬《勉学者》）《荀子》又称《孙卿对书》或《孙卿子》，为战国末期赵人荀况及其弟子所著，西汉刘向整理时定为三十二篇。《荀子》对儒家思想有所发展，提出了独特新颖的论断，比如在人性问题上，提出人性有恶，主张性恶论。他否认天赋的道德观念，强调后天环境和教育对人的影响，提出国家和社会治理要施行“隆礼贵义”“隆礼至法”。

所谓隆礼贵义，是指以礼义为治国之本，认为“隆礼贵义者其国治，简礼贱义者其国乱”，并且要将礼义推向法度，“至道大形：隆礼至法则国有常，尚贤使能则民知方”（《荀子·君道》）。“治之经，礼与刑，君子以修百姓宁。明德慎罚，国家既治四海平。”（《荀子·成相》）隆礼贵义的理论基础，就是荀子关于人性恶的思想。荀子认为，人性是恶的，人的本性是好利恶害，如果任人顺性发展，人与人之间就会互相争夺，社会就要陷入混乱，所以必须制定礼义进行教化，如此才能使人向善，进而引导人为善，使社会正常安定。

“善性自孟子，恶性由荀卿。气质诚有驳，良心乃其纯。荀卿言治气，孟子言养心。治如治稊稗，恶去善自生。养如养佳谷，善长恶亦亡。善善而恶恶，孟荀同臭馨。”（陈宗远《有感》）将孟子与荀子相比较，若说孟子属理想主义者，荀子则属于现实主义者。徐钧有诗评荀子曰：“老废兰陵已可悲，著书强欲晓当时。一言性恶真成缪，读者何云但小疵。”（《荀卿》）

诗境深造：“荀卿独老师，着论推儒墨。”（胡俨《述古·其七》）

18. 文字五千传道德，仅同释教让儒流　老子三宝

出处：《道德经·第六十七章》：“我恒有三宝，持而宝之：一曰慈，二曰俭，三曰不敢为天下先。夫慈故能勇，俭故能广，不敢为天下先，故能为成器长。”

解析：指老子提出的慈善、节俭、不露锋芒的为人处世的原则和思想。

诗化：

桂隐纪咏四十八首·咏老轩

〔宋〕张镃

因看上下经，便无烦恼事。

慈俭不为先，躬行五个字。

诗义：因为研读了老子《道德经》的上篇和下篇，内心再也没有烦恼的事情。铭记老子慈善、节俭、不露锋芒等训导，在人生的旅程中躬行“慈俭不为先”。

简评：《道德经》又称《老子》《五千言》《道德真经》《老子五千文》，是春秋时期老子的著作，有《道经》《德经》两篇，其内容阐释了道家思想的核心。胡适将道家的中心思想总结为：“自然变化的宇宙观；养生保真的人生观；放任无为的政治观。”（《中国中古思想史长编》）《道德经》意蕴为哲学意义的道德纲领，论述修身、治国、用兵、养生之道，内容深奥广博，包罗万象，对中国传统哲学、科学、政治、宗教、美学等均产生了深刻影响，被誉为“万经之王”。《道德经》的主要智慧有道法自然、自然无为、涤除玄览、天道好还、自知之明、慎终如始、祸福相依、知足不辱、知止不殆、大巧若拙、被褐怀玉、见素抱朴、知足常乐等。其中，道法自然是《道德经》最核心的思想。

《道德经》提倡以柔克刚、上善若水、虚怀若谷、知雄守雌、以弱为贵、和光同尘等谦虚、低调、简朴、不张扬的智慧，其中老子最为称道的就是慈、俭、不敢为天下先三条妙谛，即“三宝”。老子提出“三宝”，其精神内涵是以退为进，以收为放，以藏为进。在处理人与人的关系时，慈善怀柔为第一法宝；在处理人与自然的关系时，简约、简朴、自律，不放纵暴殄为第二法宝；在处理人与社会的关系时，谦逊、谨慎、内敛，不好勇逞强为第三法宝。正是：“努力努力遵三宝，何愁何虑不全身。”（王梵志《回波乐·其六十一》）

历代诗人对《道德经》十分推崇。“言者不如知者默，此语吾闻于老君。若道老君是知者，缘何自著五千文。”（白居易《读老子》）“叹息淳风日已沦，深探性命著微言。当年不授关门尹，万古谁知道德尊。”（黄仲昭《题老子授尹喜道德经图》）“斗智饶君三十里，著书还我五千言。只将得一观天下，约法刘公已太繁。”（唐庚《跋道德经》）“不驰骏马驾青牛，西度函关紫气浮。文字五千传道德，仅同释教让儒流。”（刘意《刘待诏老子出关图卷》）

诗境深造：“道德五千言，巍巍众妙门。”（陆游《读老子》）

19. 庄生齐物同归一，我道同中有不同　道通为一

出处：《庄子·齐物论》：“故为是举莛与楹，厉与西施，恢诡谲怪，道通为一。”

解析：指庄子关于道的哲学思想，认为道是万物的本原，是一个相互联系的整体，万物互通。

诗化：

读庄子六绝句·其二

〔宋〕李纲

世间物论最难齐，有万初从一气吹。

若会此心平等法，天渊元自绝高卑。

诗义：宇宙间各类事物千差万别，难以齐同而论，但那些看起来的千差万别，归根结底却又是齐一的，没有所谓是非或差异。如果能够领悟庄子万物互通、万物齐一的思想，就能感悟到高天与深渊原本没有分别。

简评：《庄子》又名《南华经》，是战国中期思想家庄周和他的门人及后学所著，原有五十二篇，目前所传三十三篇，分为内篇、外篇和杂篇，由晋代郭象整理而成。《庄子》具有较高的哲学、文学和伦理学价值。全书想象丰富，气势磅礴，倚天拔地，浪漫逍遥，哲理深邃，语言自如，灵活多变，被后世誉为“文学的哲学，哲学的文学”。荀子评价道：“庄子蔽于天而不知人。”（《荀子·解蔽》）

道通为一是《庄子》关于道的哲学思想。《庄子》提出道是宇宙的本原，具有先在性和超越性；道具有普遍性，内在于万物之中；道是一个整体，是万物浑然相通哲学思想的高度概括。“故为是举莛与楹，厉与西施，恢诡谲

怪，道通为一。”纤细的草秆和巨大的柱子，生了癞病之人与美人西施，各种恢宏、畸变、诡诈、怪异的千奇百怪的事物都是相互联系的，都是相通而浑然一体的。

《庄子》文采绝丽，辞约旨丰，典故深邃，发人深省，是享誉古今中外的哲学和文学作品。司马迁评价说：“其学无所不窥，然其要本归于老子之言。故其著书十余万言，大抵率寓言也……然善属书离辞，指事类情，用剽剥儒、墨，虽当世宿学不能自解免也。”（《史记·老子韩非列传》）鲁迅认为《庄子》其文“汪洋辟阖，仪态万方，晚周诸子之作，莫能先也”(《汉文学史纲要》)。

《庄子》的内容广博深厚，纵横开阖，气势恢宏，文思驰骋自如，同期各流派的著作都无法超越。诗人们大多喜欢研读领悟《庄子》，从中汲取精华。“万古高风一子休，南华妙道几时修。谁能造入公墙里，如上江边望月楼。”（李白《咏庄子》）“巨细同一马，物化无常归。修鲲解长鳞，鹏起片云飞。抚翼抟积风，仰凌垂天翚。”（孙放《咏庄子诗》）“庄生齐物同归一，我道同中有不同。遂性逍遥虽一致，鸾凰终校胜蛇虫。”（白居易《读庄子》）“圣泽安排当散地，贤侯优贷借新居。闲中亦有闲生计，写得南华一部书。”（李九龄《写庄子》）“尧无是处桀无非，此语堪惊与道违。造物恩私多魄琐，始知庄子得真机。”（陈藻《读庄子》）“清燕新碑得自蒙，行吟如到此堂中。吏无田甲当时气，民有庄周后世风。庭下早知闲木索，坐间遥想御丝桐。飘然一往何时得，俯仰尘沙欲作翁。”（王安石《蒙城清燕堂》）

诗境深造：“逍遥有妙处，领略归一途。”（谢薖《读庄子内篇》）

20. 孙武倾心与万夫，削平妖孽在斯须　经之以五

出处：《孙子兵法·计篇》：“故经之以五事，校之以计，而索其情：一曰道，二曰天，三曰地，四曰将，五曰法。”

解析：指要对敌我双方的五个方面进行比较分析，从而做出关于战争形势和胜负的判断。

诗化：

春秋战国门·孙武

〔唐〕周昙

理国无难似理兵，兵家法令贵遵行。

行刑不避君王宠，一笑随刀八阵成。

诗义：如果治理国家如同治理军队一样就不难了。兵家的法令贵在执行，量刑也不避君王的宠妃。孙武执法严明，斩杀了在练兵阵前嬉笑的吴王宠妃，军事阵法马上操练成功。

简评：周昙的这首短诗通过孙武在练兵操场处死吴王宠妃以严肃军纪的故事，赞扬孙武治军严明、执法如山的作风。

《孙子兵法》又名《孙子》《吴孙子》等，成书于春秋末期，为孙武所著。《孙子兵法》是中国古代最著名的兵书，分为《始计》《作战》《谋攻》《军形》《兵势》《虚实》《军争》《九变》《行军》《地形》《九地》《火攻》《用间》等十三篇，从战略高度论述了军事领域若干重大问题，揭示了一系列具有普遍性的军事规律，形成了系统的军事理论体系。《孙子兵法》有许多经典的智慧和思想，如"经之以五事，较之以计""上兵伐谋""不战而屈人之兵""知己知彼，百战不殆""避实就虚，奇正相生""因敌制胜，出其不意"等。《孙子兵法》从整体、综合和变化的角度总结了军事的规律和原则，体现了谋定而动的战略和随机应变的战术，充满辩证的智慧。《孙子兵法》是中华传统文化的精髓，其思想博大精深，逻辑缜密严谨，实用而精练，是中华传统文化的大战略、大智慧。曹操说："吾观兵书战策多矣，孙武所著深矣。"（《孙子略解》）李世民赞："观诸兵书，无出孙武。"（《唐太宗李卫公问对》）

"孙武倾心与万夫，削平妖孽在斯须。"（方干《狂寇后上刘尚书》）经之以五是指军事行动最基本，也是最重要的策略。孙武在《孙子兵法》中总结道："故经之以五事，校之以计，而索其情：一曰道，二曰天，三曰地，四曰将，五曰法。道者，令民与上同意，可与之死，可与之生，而不畏危也；天者，阴阳、寒暑、时制也；地者，远近、险易、广狭、死生也；将者，智、信、仁、勇、严也；法者，曲制、官道、主用也。凡此五者，将莫不闻，知之者胜，不知者不胜。故校之以计，而索其情，曰：主孰有道？将孰有能？天地孰得？法令孰行？兵众孰强？士卒孰练？赏罚孰明？吾以此知胜负矣。”要认真从政治、天时、地利、将领和法治五个方面，结合统帅是否贤明、将帅是否优秀、天时地利是否具备、军纪是否严明并执行有力、武器装备是否精良先进、士兵是否训练有素、赏罚是否公正严明等七种情况来分析比较敌我双方的优劣，从而判断战争的趋势和胜负的结果。

诗境深造：“上将元知敌，全军用伐谋。”（孙一元《赠李将军征南十八韵》）

三、天人篇

是自然的美，
是美的自然。
绝无人迹处，
空山响流泉。
云在青山外，
人在白云内。
云飞人自还，
尚有青山在。

——李大钊《山中即景》

中华优秀传统文化中关于天人的各种说法是在探索天与人、人与大自然的相通之处，以求天人和谐。天地与“我”并生，万物与“我”为一。天人合一是人们追求的理想境界，要达到天人合一就必须充分了解事物的客观规律。

21. 能从定里息奔驰，即是天人合一时　天人合一

出处:《庄子·达生》:“天地者，万物之父母也。”《春秋繁露·阴阳义》:“天亦有喜怒之气、哀乐之心，与人相副。以类合之，天人一也。”

解析：指天道与人道、自然与人相通，人与自然和谐，符合事物运行规律。

诗化：

鹿柴

〔唐〕王维

空山不见人，但闻人语响。
返景入深林，复照青苔上。

诗义：空荡荡的山中看不见人影，只隐约地听见人说话的声音。夕阳照在幽深的丛林中，霞光映在青苔上。

简评：《鹿柴》是王维《辋川集》中的一首山水诗，《辋川集》的二十首诗描绘了辋川一带山明水秀、自然天成的自然景观，表达诗人澄澈晏然、恬静淡泊的心境，宛如一幅天人合一的水墨山水画。黄叔灿赞曰：“《辋川》诸诗，皆妙绝天成，不涉色相……色籁俱清，读之肺腑若洗。”（《唐诗笺注》）

中国古代先哲们主张天道与人道、自然与人相通，反对天与人对立，讲求天人合一。《周易·乾卦·文言》曰：“夫大人者，与天地合其德，与日月合其明，与四时合其序，与鬼神合吉凶。先天而天弗违，后天而奉天时。”品德高尚的人，功德与天地契合，光明与日月辉映，作息与四季同步，攻守与鬼怪适应，能预知天时而不违背自然规律，遵循自然变化规律而行。庄子把天人合一看作人生的理想境界，认为“天地与我并生，而万物与我为一”(《庄子·齐物论》)。司马光所描绘的天人合一是：“今人主和德于上，百姓和合于下，故心和则气和，气和则形和，形和则声和，声和则天地之和应矣。故阴阳和，风雨时，甘露降，五谷登，六畜蕃，嘉禾兴，朱草生，山不童，泽不涸，此和之至也。”(《汉书·公孙弘卜式倪宽传》) 上下意志相统一就会天地和安，天地和安就会出现风调雨顺、甘露普降、五谷丰登、六畜兴旺、稻禾茁壮、瑞草茂盛、山岭不秃、湖泊不枯的和谐景象。“欲把西湖比西子，淡妆浓

抹总相宜。”（苏轼《饮湖上初晴后雨二首·其二》）大自然就像那美丽的西施，不管是浓墨重彩还是淡妆轻描，总是那样和谐得体。辜鸿铭指出中国人的精神就是“敬天法祖，尽忠报国”（《中国人的精神》）。

古人把茫茫宇宙看作天，对天的看法大致有三个方面。一是对天心存敬畏。《尚书·尧典》记载：“乃命羲和，钦若昊天，历象日月星辰，敬授人时。”尧帝命令羲氏与和氏敬慎地遵循天数，推算日月星辰运行的规律，制定出历法，再敬慎地把天时节令告诉人们。荀子指出：“故养长时则六畜育，杀生时则草木殖，政令时则百姓一，贤良服。”（《荀子·王制》）动物饲养、植物种植、行政管理都要符合天时。二是天人感应。墨子说：“五谷不熟，六畜不遂，疾灾戾疫，飘风苦雨，荐臻而至者，此天之降罚也，将以罚下人之不尚同乎天者也。”（《墨子·尚同中》）这里所说的天人感应，实质是人对天的认知和祈盼。三是应时使之。根据客观规律适应和利用自然。荀子指出：“从天而颂之，孰与制天命而用之？”（《荀子·天论》）如果人的行为与社会规律和自然规律相悖，就有可能造成人祸。“少时学语苦难圆，只道工夫半未全。到老始知非力取，三分人事七分天。”（赵翼《论诗五首·其四》）事业的成功除了自身努力外，还取决于机遇、时局和形势。

当然，先哲们也认识到天人是有区别的。荀子说：“天行有常，不为尧存，不为桀亡。应之以理则吉，应之以乱则凶。强本而节用，则天不能贫；养备而动时，则天不能病；修道而不贰，则天不能祸……故明于天人之分，则可谓至人矣。”（《荀子·天论》）强调自然有特定的运行规律，不以人的意志为转移；又指出人具有主观能动性，不完全受制于自然，要把握规律，主动有为。“能从定里息奔驰，即是天人合一时。往哲藩篱吾剖破，动无方所静无私。”（杨爵《和人韵四首·其一》）纷繁杂乱、奔驰不息的思绪平静下来之时，就是天人合一的时候。要悟透先哲们深奥的思想境界，做事应主动作为，不自设界限，处事要公正无私。

诗境深造：“日入群动息，归鸟趋林鸣。”（陶渊明《饮酒·其七》）

22. 谁挥鞭策驱四运？万物兴歇皆自然　道法自然

出处：《道德经·第二十五章》：“人法地，地法天，天法道，道法自然。”

解析：“道法自然”是老子的基本思想之一。“道”是指宇宙的本原和实质，宇宙万物产生于“道”的运动和变化；“道”最根本的原则取决于自然的规律。

诗化：

日出入行（节选）

〔唐〕李白

草不谢荣于春风，木不怨落于秋天。
谁挥鞭策驱四运？万物兴歇皆自然。

诗义：芳草不会因为在春天的茂盛而感激春风，树木也不会因为叶子的凋零而埋怨秋天。有谁挥舞鞭子催促四季轮转？其实，万物的兴衰都是自然的规律。

简评：世间万物的繁荣和凋落、兴盛和衰歇，都是自然规律的表现。“天不言而四时行，地不语而百物生。”（李白《上安州裴长史书》）大自然有自身的运行规律，万物都按各自的规律运行，没有任何力量可以抗拒。老子认为“道生一，一生二，二生三，三生万物。万物负阴而抱阳，冲气以为和”（《道德经·第四十二章》），提出“人法地，地法天，天法道，道法自然”的观点。“道法自然”是老子思想的精髓，老子从天道自然的体悟中，认识到尊重客观规律的重要性。“道法自然”的“道”是指宇宙的本原和实质，“自然”则不仅是指自然界，更是指自然规律。人和天地万物都以道为本原，道是自然与人存在的共同基础，也是人与万物的共同本性。天之道是自然规律，人之道就是人类社会为人处世的原则。“屈平词赋悬日月，楚王台榭空山丘。”（李白《江上吟》）正义正直属于进步的力量，其终将不朽；腐朽堕落属于落后，它终将灭亡，这就是道——人之道。“天下之事不可为也，因其自然而推之。”（《淮南子·原道训》）万事万物的运行都有其法则，自然之道、社会之道和人生之道都应遵循不同领域、不同层面的规律。“采薜荔兮水中，搴芙蓉兮木末。”（屈原《九歌·湘君》）在水中摘取薜荔、在树梢采摘荷花，都是违反自然规律、不切合实际的。人们要把握不同领域的特点和规律，采取不同的处理方法。

“天地皆得一，澹然四海清。”（李白《古风·其一》）所谓“天之道，利而不害；人之道，为而弗争”（《道德经·第八十一章》），人要顺应天道、依循自然而行动，要遵循规律去实现目的。老子和孔子是古代两位卓越的智者。与孔子提出希望通过每个人，尤其是执政者的修身立德以平天下、造福万民不同，老子提出了“道法自然”“无为而治”这样约束执政者的欲望、追求自然而然的社会秩序的观点。

《道德经》是一部重要的哲学著作，白居易在认真研读该书之后写下了一首诗：“吉凶祸福有来由，但要深知不要忧。只见火光烧润屋，不闻风浪覆虚舟。名为公器无多取，利是身灾合少求。虽异匏瓜难不食，大都食足早宜休。”（《感兴二首·其一》）吉凶祸福的产生都有其根源，要去理解把握其根源而不必过分担忧；富丽堂皇的楼宇常常会引来烧身大火，而大风大浪中的空舟却能安然无恙。名声就像是公用的器物不可多取，钱财会带来灾祸最好少追求。虽然名利与匏瓜不一样，但对二者的追求都需要恰到好处，适时停止。白居易的这首诗道出了他读了《道德经》之后，对老子的辩证统一、有无相生、福祸相依等思想的收获和感悟，认为人世间“名”与“利”不宜过分贪求，以免招致灾祸。

诗境深造：“四时循化机，万物随动息。”（陆文圭《雪夜不寐偶成短句十首用渭北春天树江东日暮云为韵》）

23. 烂熳却愁零落近，丁宁且莫十分开　中庸和谐

出处：《论语·雍也》：“中庸之为德也，其至矣乎！民鲜久矣。”

解析：中庸是指处理事情不偏不倚、恰到好处，既不能过，也不能不及。和谐强调不同对象彼此无矛盾，和睦协调共生。

诗化：

梅花六首·其三

〔宋〕陆游

一花两花春信回，南枝北枝风日催。
烂熳却愁零落近，丁宁且莫十分开。

诗义：几朵梅花的绽放预示着春天的归来，满树的枝叶沐浴着温暖的春风。待到花儿烂漫时却又担忧即将凋落，梅花呀梅花，切莫开得太盛了，凡事都有一个度呀！

简评：中华优秀传统文化十分注重中庸和谐的思想。《尚书·大禹谟》指出："人心惟危，道心惟微，惟精惟一，允执厥中。"认为人心险恶难料，道心微妙居中，只有诚心地处理好每一件事，言行不偏不倚，符合中庸和谐之道，才能处理好各种关系。中庸和谐包含三个层次的内涵。一是个人道德的中庸和谐，通过学习自省，不断修身养性、涵养性情，达到自觉守正、处世适度、中正和谐的境界。二是处理各种社会关系的中庸和谐，以此实现家庭和睦、邻里友善、社会和谐。"春风来融融，好花自为开。好鸟林间鸣，求友声喈喈。我心适无事，触物俱和谐。鸟尚求其群，人岂无同侪？"（沈钦圻《春日招诸生》）三是人与自然关系的中庸和谐，人与自然和谐共处，达到天人合一的境界。中庸和谐是儒家思想倡导的一种道德境界，也是处理人与人之间关系、人与社会之间关系、人与自然之间关系的智慧，主张采取不偏不倚、调和折中、适度发展的准则，以达到人与人、人与社会、人与自然关系的和谐。中，是指中正、中和、不偏不倚，要求处世理事"事举而中"，切莫"过"或"不及"。程颐认为："不偏之谓中，不易之谓庸。中者，天下之正道；庸者，天下之定理。"（《河南程氏遗书》）中庸的关键在于把握合理的度。把握好度就能处理好事物之间的关系，实现和谐统一；就能处理好人与自然的关系，实现人与自然和谐共生；就能使社会稳定团结。极盛则衰，这是中庸的辩证智慧。保持适度发展、促进和谐协调，始终是中庸智慧的目标。

诗境深造："庶洽朝野意，旷然天地均。"（李适《中和节赐百官燕集因示所怀》）

24. 深处种菱浅种稻，不深不浅种荷花　实事求是

出处：《汉书·河间献王传》："修学好古，实事求是。"

解析：指从实际出发，探求事物的内部联系及发展规律，认识事物的本质。

诗化：

吴兴杂诗

〔清〕阮元

交流四水抱城斜，散作千溪遍万家。
深处种菱浅种稻，不深不浅种荷花。

诗义：四条河流交错环绕着吴兴城，而从四条河分散出的千百条溪水滋养着千家万户。人们因地制宜，实事求是地利用自然资源，在水深的地方种上菱角，在水浅的地方种植水稻，而在那不深不浅的地方种上了荷花。

简评：实事求是是一种辩证的思维方式和智慧，是研究和掌握客观事物发展规律，认识和改造客观世界的科学方法。实事求是是唯物论与辩证法在实践基础上的有机统一，是辩证唯物主义认识论基本观点的概括和具体运用。只有从实际出发，做好调查研究，具体问题具体分析，才能做出正确的判断和决策。

清代唐甄指出："量力而行则不竭，量智而谋则不困。"（《潜书·审知》）做任何事情都要从实际出发，因地制宜，按客观规律办事，即所谓"深处种菱浅种稻，不深不浅种荷花"。要实事求是，不搞"一刀切"、绝对化，反对形式主义、浮夸空谈，保持谦虚谨慎、戒骄戒躁的作风；工作中求真务实、注重实干。

诗境深造："但愿崇事实，虚名等箕斗。"（黄庭坚《用明发不寐有怀二人为韵寄李秉彝德叟·其三》）

25. 暮去朝来淘不住，遂令东海变桑田　沧海桑田

出处：《神仙传·王远》：“麻姑自说：‘接待以来，已见东海三为桑田。’”

解析：大海变成桑田，桑田变成大海。形容自然界变化太大，也指人世间变化很大。

诗化：

浪淘沙

〔唐〕白居易

白浪茫茫与海连，平沙浩浩四无边。

暮去朝来淘不住，遂令东海变桑田。

诗义：大海茫茫，海浪无边，平缓的沙滩漫无边际。日复一日，年复一年，海浪不停地淘着沙子，泥沙不断地堆积，终使沧海变成了桑田。

简评：白居易的《浪淘沙》讲的是自然界沧海桑田的变化，暮去朝又来，东海变桑田。张以宁的《浙江亭沙涨十里》也描绘了大自然沧海桑田的变化，诗云：“重到钱唐异昔时，潮头东击远洲移。人间莫住三千岁，沧海桑田几许悲。”韦庄的《台城》讲的则是人世间沧海桑田的变化，感叹物是人非，诗云：“江雨霏霏江草齐，六朝如梦鸟空啼。无情最是台城柳，依旧烟笼十里堤。”诗人在春雨纷飞、春草茂密的三月，来到六朝古都台城，回想起三国吴，东晋，南朝宋、齐、梁、陈六个朝代先后建都于此，曾经繁华一时。然而，它们却一个接一个地衰败消亡，如同一场大梦了无踪迹。可那台城的春柳依然郁郁葱葱，容颜不改，绿遍十里长堤，丝毫没有被朝代更迭的悲剧所影响，真是草木无情。

“天地有终穷，桑田几迁变。”（吕岩《口占》）表达人世间沧海桑田变化的诗词还有崔颢的《黄鹤楼》：“昔人已乘黄鹤去，此地空余黄鹤楼。黄鹤一去不复返，白云千载空悠悠。”表达了昔人已去，空留故楼的惋惜之情。刘禹锡的《西塞山怀古》：“王濬楼船下益州，金陵王气黯然收。千寻铁锁沉江底，一片降幡出石头。人世几回伤往事，山形依旧枕寒流。今逢四海为家日，故垒萧萧芦荻秋。”人生中多少伤怀往事，但沧海桑田，不变的只有青山绿水。苏轼的《八声甘州·寄参寥子》：“有情风、万里卷潮来，无情送潮归。问钱

塘江上，西兴浦口，几度斜晖。不用思量今古，俯仰昔人非。”风有情时从万里之外卷潮扑来，无情时又送潮返回。试问在西兴渡口，我们共赏过几次夕阳斜晖？不用去思量古今的变迁，一俯一仰的工夫，早已物是人非。

沧海桑田，世事变幻。时间有巨大的力量，无论是自然界还是人类社会都阻挡不了沧海桑田的变化。“才看艳蕾破春晴，又见飞花点点轻。纵是闲花自开落，东风毕竟亦无情。”（翁卷《观落花》）事物不断变化，不以人的意志为转移，人不能违背自然规律，故要善于把握趋势，用发展的眼光看待事物。同样，沧海桑田，世事变幻，也是不以人的意志为转移的，只能坦然对待。王安石历经政坛波澜，在诗词中写出了人生的感悟：“荷叶参差卷，榴花次第开。但令心有赏，岁月任渠催。”（《题何氏宅园亭》）只要心中有美可以赏析，何惧光阴流逝、沧海桑田？

诗境深造：“涧水流年月，山云变古今。”（崔曙《缑山庙》）

26. 天晓不因钟鼓动，月明非为夜行人　天行有常

出处：《荀子·天论》：“天行有常，不为尧存，不为桀亡。应之以理则吉，应之以乱则凶。”

解析：指宇宙万物运行有其特点和规律，不以人的意志为转移。

诗化：

赋得古原草送别

〔唐〕白居易

离离原上草，一岁一枯荣。

野火烧不尽，春风吹又生。

远芳侵古道，晴翠接荒城。

又送王孙去，萋萋满别情。

诗义：辽阔古原上茂盛的芳草，年复一年地经历繁荣枯死。野火只能烧毁枯叶，春风吹来，野草又呈现出勃勃生机。野草生长蔓延，淹没了古老的道路，连绵的青翠连接着远方的古城。又送别知己好友，茂盛的芳草恰似

我的深情厚谊。

简评：“离离原上草，一岁一枯荣。”宇宙万物的运行变化有一定的规律和特点。顺应规律的治理才能得到理想的效果，轻忽甚至违背规律的治理则会招致坏的结果。荀子认为天道自有其运行规律，不会因为尧的圣明或桀的暴虐而改变，体现了唯物主义色彩。管仲也说：“春者，阳气始上，故万物生。夏者，阳气毕上，故万物长。秋者，阴气始下，故万物收。冬者，阴气毕下，故万物藏。故春夏生长，秋冬收藏，四时之节也……天，覆万物而制之；地，载万物而养之；四时，生长万物而收藏之。古以至今，不更其道。”（《管子·形势解》）春夏生长，秋冬收藏，这是四时的节令，从古至今，这一常规从未改变。运动变化是永恒的，变与不变是相对的。“飞花两岸照船红，百里榆堤半日风。卧看满天云不动，不知云与我俱东。”（陈与义《襄邑道中》）躺卧在船上看到天上的云朵似乎不动，但其实云和船都是往一个方向运动。对此，禅师云盖智本总结得精辟而富于诗意：“一年春尽一年春，野草山花几度新。天晓不因钟鼓动，月明非为夜行人。”（《无题》）天不是因为敲了钟才亮，月也不是为了行人而明，那都是自然界天行有常的缘故。

在诗人的眼里，天行有常、四季有序皆有其意境。“碧玉妆成一树高，万条垂下绿丝绦。不知细叶谁裁出，二月春风似剪刀。”（贺知章《咏柳》）春天到来的时候，柳树会长满翠绿的新叶，春天用它那灵巧的手剪出片片细细的嫩叶。“毕竟西湖六月中，风光不与四时同。接天莲叶无穷碧，映日荷花别样红。”（杨万里《晓出净慈寺送林子方》）西湖六月的景色与其他季节不同，碧绿的荷叶一望无际，阳光下荷花格外艳丽鲜红。“枯藤老树昏鸦，小桥流水人家，古道西风瘦马。夕阳西下，断肠人在天涯。”（马致远《天净沙·秋思》）黄昏中小桥边庄户人家炊烟袅袅，古道上一匹瘦马艰难地前行。夕阳渐渐地从西边落下，凄寒的夜色里，孤独的旅人漂泊在远方。“日暮苍山远，天寒白屋贫。柴门闻犬吠，风雪夜归人。”（刘长卿《逢雪宿芙蓉山主人》）暮色苍茫，山路遥远，天寒地冻，茅屋人家更显清贫，忽然听到柴门狗叫，应该是主人风雪夜归，声情兼具、诗中有画、画外见情、诗品清妙。

诗境深造：“天行有常便，努力安可忘。”（刘鸿渐《杂诗·其二》）

27. 草萤有耀终非火，荷露虽团岂是珠　去伪存真

出处：《续传灯录》："权衡在手，明镜当台，可以摧邪辅正，可以去伪存真。"

解析：指透过现象看本质，除掉虚假的，留下真实的东西。

诗化：

放言五首·其一（节选）

〔唐〕白居易

草萤有耀终非火，荷露虽团岂是珠。
不取燔柴兼照乘，可怜光彩亦何殊。

诗义：萤火虫能发光但其光亮并非火光，荷叶上的露珠虽圆却不是珍珠。若不拿燔柴大火和照乘宝珠来对比，去伪存真，又何从判定草萤并非真火、荷露并非珍珠呢？

简评："鹦鹉能言，不离飞鸟；猩猩能言，不离走兽。"（《礼记·曲礼》）鹦鹉和猩猩虽然能学舌，但改变不了它们禽兽的本质。宋代秦观的《还自广陵》写道："天寒水鸟自相依，十百为群戏落晖。过尽行人都不起，忽闻水响一齐飞。"大冷天水鸟相互抱团取暖，它们在夕阳下簇拥在一起戏耍。行人从旁边走过，它们也不躲开。忽然听到一声冰裂响声，水鸟一齐飞了起来。冰裂是现象，本质是春天到来，河水变暖，冰开始融化了。

透过现象看本质，才能真正把握事物发展的特点和规律。生活中常有以假乱真的现象发生，不被表象所迷惑，全面深入地观察事物，学会去伪存真、由表及里，才能真正了解事物的本来面目，实现认知上的飞跃。宋代杨万里的《晓行望云山》写道："霁天欲晓未明间，满目奇峰总可观。却有一峰忽然长，方知不动是真山。"东方欲晓，迷雾漫天，奇峰连绵，影影绰绰。忽然一座山峰不断长高，这才发现那不动的山才是真山。明代高濂的《题壁》云："鹊噪非为喜，鸦鸣不是凶。善淫分祸福，岂在鸟鸣中。"福祸是由善良和淫恶造成的，而不是由喜鹊和乌鸦的噪鸣引起的。《晓行望云山》《题壁》这两首诗都是表达由表及里、去伪存真的哲理诗。

诗境深造："五行识颠倒，八卦知推移。"（郭印《谢曾帅养生诀》）

28. 道通天地有形外，思入风云变态中　应时使之

出处：《荀子·天论》："望时而待之，孰与应时而使之？"

解析：指顺应自然变化，掌握自然规律并加以利用。

诗化：

子房（节选）

〔明末清初〕顾炎武

天道有盈虚，智者乘时作。

取果半青黄，不如待自落。

诗义：自然规律有盛有衰，智者会把握时机，随着时机而行动。与其摘取半青半黄、还没有熟透的果实，不如等待它自己瓜熟蒂落。

简评：荀子（约公元前313—公元前238），名况，战国末期思想家、教育家。《天论》节选自《荀子》。《荀子》共32篇，是儒家学说的代表作。《天论》揭示了自然界的运动变化有其客观规律。其主要思想是，社会无论是清明富足还是黑暗混乱，全是人事的结果。这有力地否定了当时的各种迷信思想，强调了人力的作用，在当时的历史条件下具有很强的进步意义。荀子指出在社会实践中不能违背自然的规律、社会发展的规律、人类生存的法则，既不要"替天行道"，妄图造就一个随心所欲的理想王国，也不要"代天行事"，妄行妄动，违背自然规律。

在强调"天行有常"的同时，荀子还强调"天人之分"，提出"应时使之"的观点，鼓励人们"制天命"，意即认识、掌握"天命"。这个态度是积极的，认为人们在天命面前可以有所作为，与其望天时而静候，不如掌握自然规律并加以利用。《天论》中比较经典的论点是："大天而思之，孰与物畜而制之？从天而颂之，孰与制天命而用之？望时而待之，孰与应时而使之？因物而多之，孰与骋能而化之？思物而物之，孰与理物而勿失之也？愿于物之所以生，孰与有物之所以成？故错人而思天，则失万物之情。"荀子对盲目的自然崇拜提出了具有挑战性的论点：与其尊崇天而思慕它，何不把天当作物一样将其蓄养起来而驯服它呢？与其顺从天而颂扬它，何不掌握自然的变化规律而利用它呢？与其盼望等候天时，何不适应天时而驾驭它呢？与其依

顺万物任由其生长繁衍，何不发挥人的能动性使它们按人的需要来增减呢？与其思慕万物而使它们成为能供人们使用之物，何不管理好万物而不失掉它们呢？与其寄希望于万物能自然生长出来，何不掌握万物的生长规律呢？放弃人的努力而只是寄希望于天，就不能理解万物的本性，也就不能去掌握和利用它们了。

“道通天地有形外，思入风云变态中。”（程颢《秋日偶成二首·其二》）规律和道理无处不在，把握规律、明悟道理也就抓住了机遇，在风云变幻的时局之中不断思考、归纳、总结、判断和抉择才是智者之道。“天道有盈虚，智者乘时作。”诸葛亮借东风就是一个典型的应时使之、乘势而作的案例。赤壁大战前夕，周瑜做了充分的准备，计划用火攻烧毁曹军的战船，但周瑜忽略了火攻必须有大风相助，而冬季长江中游一带多刮西北风，很少刮东南风。如果刮西北风放火，曹军处在上风，根本烧不到曹军，反而会烧到处在下风的吴军。周瑜非常焦急，一下子病倒了。诸葛亮知道周瑜的病因，给周瑜开出了“欲破曹军，须用火攻。万事俱备，只欠东风”的妙方。于是，周瑜请诸葛亮想方设法去借东风。诸葛亮在七星坛作法，祈求刮东风。果然，在发动进攻的那天，东南风大起，周瑜用火攻击溃了曹军。其实，诸葛亮是善于把握天气规律，通过观天看地准确地预测到哪天会刮东南风。东风不是借来的。

周瑜在天气的帮助下大破曹军，引发了杜牧的感慨：“折戟沉沙铁未销，自将磨洗认前朝。东风不与周郎便，铜雀春深锁二乔。”（《赤壁》）诗中隐含周瑜取胜颇有“借天”的侥幸之意。

诗境深造：“农时不可缓，岁计在于春。”（卢龙云《春雨》）

29. 去留一一旧天择，物自争存我大公　物竞天择

出处：《原强》：“物竞者，物争自存也；天择者，存其宜种也。”《新中国未来记》：“因为物竞天择的公理，必要顺应着那时势的，才能够生存。”

解析：对生存竞争和自然选择的概括。自然界中各种生物相互之间存在生存竞争，由大自然来选择，适应自然变化的就存活，不适应的就被淘汰而灭亡。社会领域也存在同样的道理，能适应环境变化的就能生存发展，否则

就会被淘汰。

诗化：

日来意兴都尽，今日涉想所至，率然书之·其一

〔清〕严复

镇日闲行镇日思，吾生谁遣著斯时。

千般作想古皆有，一味逃名我自痴。

世界总归强食弱，群生无奈渴兼饥。

茫然欲挽羲和问，旋转何年是了期。

诗义：整天地闲游，不停地思考探究我这一生该如何度过。千百种设想，历史上都曾发生过，一味地逃避、埋名而自我陶醉。世界总是弱肉强食，百姓无奈饥寒交迫。茫然中想向羲和请教，这样的循环往复何时才是尽头。

简评："无情草木竞争春，不问兴亡自红绿。"（李廌《上林道》）竞争是无情的，无论是自然界还是人类社会，都存在"物竞天择，适者生存"的法则。严复以"物竞天择"概括达尔文的生物学理论并向国人译介，认为"物竞者，物争自存也；天择者，存其宜种也"。梁启超指出，"我寻风潮所自起，有主之者吾弗详，物竞天择势必至，不优则劣兮不兴则亡。水银钻地孔乃入，物不自腐虫焉藏。尔来环球九万里，一砂一草皆有主，旗鼓相匹强权强。惟余东亚老大帝国一块肉，可取不取毋乃殃"（《二十世纪太平洋歌》），认为物竞天择是大趋势，优胜劣汰，不兴则亡。猎豹从小训练幼豹捕食技能，目的是让幼豹在磨炼中成长，适应环境，更好地生存。在飞速发展、快速变革的时代，谁能适应这种变化，谁就能生存成为强者；如无法适应，就有被淘汰出局的危险。

中国在甲午战争惨败的切肤之痛唤起了严复救亡图存的决心。他发表了《论世变之亟》《原强》《救亡决论》等论著，抨击时弊，呼吁维新图强。戊戌变法前后，他翻译了一批西方哲学社会科学和自然科学名著，有重点地介绍了当时西方资产阶级政治经济思想。其中，他将英国生物学家赫胥黎的《进化论与伦理学》以《天演论》为名译出，将英国社会学家斯宾塞的《社会学研究》译为《群学肄言》一书，介绍西方进化论和社会学思想。在《天演论》

一书中，严复表达了其维新见解，提出“物竞天择，适者生存”，用以表达生物进化的基本规律，并将此引申至社会发展领域，宣扬历史进化观点，强调中华民族需要自强，否则五千年的中华文明将毁于一旦。这为当时处于衰败和迷惘的中国点亮了一道光，激励了几代人的革命斗志，对近代思想起到了启蒙作用。

“无边落木萧萧下，不尽长江滚滚来。”（杜甫《登高》）无边无际的树木萧萧地飘下落叶，望不到头的长江滚滚奔腾而来。在物竞天择之中，新事物代替旧事物的规律是不以人的意志为转移的。“乳草删除缘几美，旧花别换日新红。去留一一旧天择，物自争存我大公。”（黄遵宪《己亥杂诗八十九首·其二十》）物竞天择、去存由天是最基本的自然法则。

诗境深造：“冉冉春行暮，菲菲物竞华。”（王安石《春日》）

30. 岁华流转只常在，月魄盈亏未尝死　天道盈亏

出处：《周易·谦卦·彖传》：“天道亏盈而益谦，地道变盈而流谦，鬼神害盈而福谦，人道恶盈而好谦。谦，尊而光，卑而不可逾，君子之终也。”《白日歌》：“衰为盛之终，盛为衰之始。”

解析：指宇宙天体的运行是有盈有亏、相互更替的。四时交替也是一种盈亏的转化过程。盈亏是自然的规律和特点，给人们以祸福相倚的启示。

诗化：

水调歌头·明月几时有

〔宋〕苏轼

明月几时有？把酒问青天。不知天上宫阙，今夕是何年。我欲乘风归去，又恐琼楼玉宇，高处不胜寒。起舞弄清影，何似在人间。　　转朱阁，低绮户，照无眠。不应有恨，何事长向别时圆？人有悲欢离合，月有阴晴圆缺，此事古难全。但愿人长久，千里共婵娟。

诗义：明亮的月亮何时有？我端起酒杯问苍天。也不知天上的宫殿是何年何月。我有乘着长风到天上之意，又恐在那琼楼玉阁忍受不了天上的寒冷。

月光下翩翩起舞，仿佛已不是在凡间。月亮转过朱阁的另一面，低低地挂在花窗上，照得人睡意全无。明月不该对人间有怨恨吧，为什么偏在人们相离别时才盈圆呢？人有悲欢离合的境遇，月有阴晴圆缺的轮回，这种事自古以来就难以十全十美。只希望这世上所有人的至亲好友都能平安健康，纵然天各一方，也能共享这美妙的月色。

简评：“人有悲欢离合”是人生必然遭遇，“月有阴晴圆缺”是自然运行规律，世上难有十全十美的事。有分有合，有盈有亏，这是事物发展的规律。“四时更变化，天道有亏盈。常恐今夜没，须臾还复生。”（孟郊《感怀八首·其六》）四时不断变化，天道在盈亏之中不断交替，这些观点体现了古人对于天道盈亏的深刻理解和认识，彰显了中国古人独特的智慧，蕴含着中国古人的忧患意识和对生存的关怀。

唐太宗李世民对“盈亏”之道的理解集中在其讲述治国修身的政治论著《帝范》中，他指出：“夫君者，俭以养性，静以修身。俭则人不劳，静则下不扰。人劳则怨起，下扰则政乖。人主好奇技淫声，鸷鸟猛兽，游幸无度，田猎不时。如此则徭役烦，徭役烦则人力竭，人力竭则农桑废焉。人主好高台深池，雕琢刻镂，珠玉珍玩，黼黻缔绤。如此则赋敛重，赋敛重则人才遗，人才遗则饥寒之患生焉。乱世之君，极其骄奢，恣其嗜欲。”盈极生亏为天道法则，故应当注意保持有度，正所谓“岁华流转只常在，月魄盈亏未尝死”（胡寅《仁仲小圃》），一年四季的轮转是常事，月亮盈亏与它是否消亡无关。

诗境深造：“圆亏各有时，晴明焉常保。”（恒仁《和韩秋怀诗十一首·其十一》）

四、辩证篇

你站在桥上看风景，
看风景的人在楼上看你。
明月装饰了你的窗子，
你装饰了别人的梦。

——卞之琳《断章》

“看似寻常最奇崛，成如容易却艰辛。”辩证是指用系统全面、发展变化及相互联系的眼光去看待问题和事物。盈与亏、长与短、泰与否等，往往相反相成。福祸相依、有无相生、负阴抱阳、辅车相依等都揭示了事物发展的本质规律，以及事物存在和发展的奥秘。辩证地看待事物才能更好地认识事物。

31. 有无无有两难谋，要是天公忌全美　物无全美

出处：《墨子》："甘瓜苦蒂，天下物无全美。"

解析：指天下的事物是没有十全十美的。

诗化：

不负如来不负卿

〔清〕仓央嘉措

自恐多情损梵行，入山又怕别倾城。

世间安得双全法，不负如来不负卿。

诗义：自己曾经患得患失，担心多情触犯梵界的清规戒律，逃避进入深山老林却又怕失去都市的繁华。世界上哪有两全其美的好事，能不辜负如来佛又不辜负你的感情？

简评："不负如来不负卿"，如果动情了，就违反了佛法；如果不动情，就辜负了爱情。任何事情都有利有弊。唐代罗隐的《雪》也体现了物无全美的哲理："尽道丰年瑞，丰年事若何。长安有贫者，为瑞不宜多。"人人都说瑞雪兆丰年，可丰年情况将如何？长安城里有穷人，我说瑞雪不宜多。瑞雪兆丰年，固然是大家所期盼的，但对于那些食不果腹、衣不蔽体、露宿街头的穷人来说，也许他们盼不到"丰年瑞"所带来的好处，却会因那严寒的风雪而冻死。从这个角度来说，瑞雪又是不好的。

"天道有迁易，人理无常全。"（陆机《塘上行》）任何事情都不可能十全十美，再甜的瓜也有苦蒂。任何事物都是优缺点并存、利弊相生的，绝对完美是不存在的。这就是事物本身所包含的相对性，只有充分认识到这一点，才能避免陷入绝对化、片面性。其实，现实中不仅是物无全美，人亦无完人。"不吹毛而求小疵，不洗垢而察难知。"（《韩非子·大体》）不要吹开皮毛去找皮下的小伤疤，不要洗掉污垢后去细查难以知晓的毛病。尺有所短，寸有所长。金无足赤，人无完人。学会接受缺憾，包容他人的缺点，是一个人成熟的体现，切莫"以分寸之瑕，弃盈尺之夜光，以蚁鼻之缺，捐无价之淳钧"（葛洪《抱朴子·内篇·论仙》）。因为分寸大的瑕疵就抛弃尺大的夜明珠，因为细微的缺口就舍弃无价的淳钧宝剑，都是不值得的。"尺之木必有节目，寸

之玉必有瑕璶。”（《吕氏春秋·举难》）一尺长的木头必有节眼，一寸见方的玉石也会有瑕疵。

“有无无有两难谋，要是天公忌全美。世途茫茫寓万事，颠之倒之亦如此。”（沈周《中秋无月歌》）中秋无月，说明“无”与“有”都是难以预料的，这些事老天爷也难以使之十全十美。人生不可能永远一帆风顺，有时是顺境有时是逆境。要淡然地面对一切不完美，不强求，不偏执，凡事尽力即可。“自恨寻芳到已迟，往年曾见未开时。如今风摆花狼藉，绿叶成阴子满枝。”（杜牧《叹花》）错过了万紫千红、百花盛开的季节固然令人遗憾，但春日之后还有绿树成荫、果实累累的时候。追求完美是美好的理想，接受缺憾则是成熟的心态。“人谁无过？过而能改，善莫大焉。”（左丘明《左传·宣公二年》）对待他人，也要包容谅解。“人有厚德，无问小节；人有大举，无訾小故。”（马总《意林·体论》）一个人有厚重的德行，就不要太计较他的小节；一个人有较高的成就，就不要太过分地纠结于他的小过错。

诗境深造：“乃知鲜全美，安得咸满意。”（弘历《热》）

32. 月有阴晴与圆缺，人有悲欢与会别　一分为二

出处：《黄帝内经太素》：“一分为二，谓天地也。”《皇极经世绪言》：“是故一分为二，二分为四。”

解析：指任何事物都存在相互对立的两个方面，是一个矛盾的统一体。

诗化：

无一歌（节选）

〔元〕李道纯

道本虚无生太极，太极变而先有一。

一分为二二生三，四象五行从此出。

诗义：天道本体混沌虚无而生太极，太极运动变化而形成一个统一体。一分为阴阳二者，即天地也。从二生三，就是阴、阳和气。从三以生万物，出现春、夏、秋、冬四时，日、月、星、辰四象，产生金、木、水、火、土

五行，继而出现各种自然现象，宇宙分时化育，以成万物。

简评：一分为二是中国传统智慧对事物对立统一关系的高度概括。春秋末年史墨提出："物生有两，有三，有五，有陪贰。故天有三辰，地有五行，体有左右，各有妃耦……皆有贰也。"（《左传·昭公三十二年》）《周易·系辞上》提出："一阴一阳之谓道，继之者善也，成之者性也。"隋代杨上善指出："从道生一，谓之朴也。一分为二，谓天地也。从二生三，谓阴阳和气也。从三以生万物，分为九野、四时、日月乃至万物。"（《黄帝内经太素》）"一分为二"命题的提出是杨上善对中国古代辩证思想的一大贡献。宋代邵雍提出："太极既分，两仪立矣。阳下交于阴，阴上交于阳，四象生矣。阳交于阴，阴交于阳，而生天之四象。刚交于柔，柔交于刚，而生地之四象。于是八卦成矣。八卦相错，然后万物生焉。是故一分为二，二分为四，四分为八，八分为十六，十六分为三十二，三十二分为六十四……犹根之有干，干之有枝，枝之有叶。愈大则愈小，愈细则愈繁。合之斯为一，衍之斯为万。"（《皇极经世·观物外篇》）邵雍通过先天图揭示了"统一物之分为二"的客观事物发展变化的法则。朱熹则在解释"理一分殊"原理时指出"一分为二，节节如此，以至无穷，皆是一生两尔"（《朱子语类》），认为一个事物分化为两个事物，每一个步骤都是如此，以至于无穷，也预示任何事物均可一分为二看待，有利有弊。

"月有阴晴与圆缺，人有悲欢与会别。"（王娇红《寄别申生二首·其二》）一分为二是中国古代辩证思想的体现，古人很早就认识到世界万物的产生与变化都遵循这一规律，事物之间存在着互为条件、相互依存、相反相成的关系。古人常常用阴晴圆缺、悲欢离合来代表事物的两个方面。"人生聚散不可料，如月圆缺与阴晴。"（沈继祖《和阎帅侍郎见寄》）"人有悲欢离合，月有阴晴圆缺，此事古难全。"（苏轼《水调歌头·明月几时有》）"圆缺有常守，阴晴无定期。"（释居简《十六夜月》）"圆缺阴晴转眼间，古人今人几惆怅。"（郭钰《高节宅中秋宴集》）"阴晴明晦天无准，离合悲欢态不同。"（艾可叔《中秋风雨》）现代唯物辩证法关于一分为二的观点认为，一切事物、现象和过程都可以分为两个相互对立又相互统一的部分，任何一个事物既有有利的一面，也存在不利的一面。一分为二的原理不但能明晰自然科学中各门类学科的规律，而且能明晰社会科学中各类学科的规律，它揭示了宇宙万物万事万象产生发展变化灭亡运动的根本。正是："一分为二有津梁，久矣名言日月光。求是更须尊实事，莫教舞袖太郎当。"（程千帆《戏为九绝句·其九》）

诗境深造："太极生阴阳，阴阳各有画。"（王义山《赠点易娄君复》）

33. 世间万事何足恃，祸福倚伏常相寻　福祸相依

出处：《道德经·第五十八章》："祸兮，福之所倚；福兮，祸之所伏。"

解析：指任何事物都存在有利和不利的一面，并有可能相互转化。

诗化：

赐齐州李希遇诗

〔唐〕吕岩

少饮欺心酒，休贪不义财。

福因慈善得，祸向巧奸来。

诗义：不要参加违背良心的酒宴，不要贪图不义之财。福气会因为仁慈善良而得到，灾祸会跟着奸诈邪恶而来。

简评："祸福回还车转毂，荣枯反覆手藏钩。"（白居易《放言五首·其二》）祸福像车轮一样反复轮转，繁荣枯萎翻来覆去像手中来回的钩刀。福祸相依既是一个哲学命题，又是一句充满智慧的警言。有时灾祸就在幸福之中，有时幸福也隐藏在灾祸里面，有谁能确定究竟是灾祸还是幸福呢？祸与福是相互依存、相互转化的，在一定条件下，好事会转化为坏事，坏事也会转化为好事。福祸相依揭示了事物自身存在的矛盾，在一定条件下，矛盾双方会向其相反的方向运动和转化。

"东隅有失谁能免，北叟之言岂便无。"（刘禹锡《乐天寄重和晚达冬青一篇，因成再答》）"塞翁失马，焉知非福"的典故蕴含着"福祸相依"的哲理。据说古代有位老人的马不见了。大家都来宽慰他，那老人却说："这可能是福气。"几个月后，那匹失去的马带着几匹良马回来了。人们都前来祝贺，那老人又说："这也许是一种灾祸。"他的儿子喜欢骑马，结果从马上跌下来摔断

了腿。人们都来慰问他，那老人反而说："这可能是一件福事。"不久战争爆发了，男子被征去作战，村子里应征的人十有九死，老人的儿子则因腿瘸而免于征战保全了性命。"世间万事何足恃，祸福倚伏常相寻。"（黄干《勉都干权君》）得失难以避免，祸福皆有可能，不可能发生之事却会发生。清代张问陶从另一个角度理解"福祸相依"："人从虎豹丛中健，天在峰峦缺处明。"（《煎茶坪题壁二首·其一》）虎豹丛里是危险的境地，却可以使人更加强健；峰峦有奇缺，但能使阳光照射进来。任何事物都有有利和不利的一面，应取其利而用之，克其不利而弃之。

"福因慈善得，祸向巧奸来。"从来没有无缘无故的福与祸，福与祸都是有根源的。先人也感悟到福与祸从来不是无缘无故发生的，而与人的善良、正直、廉洁或是残暴、邪恶、贪婪等品行有着直接的关联。"惯听孺子歌，喜观沧浪水。清浊乃自召，祸福岂无自。"（王缜《观沧浪亭在均州北五里许》）"福祸递隐伏，荣辱相因依。"（章云心《古意十四首》）"不贪何祸福，无患即神仙。"（梁成楠《南湖五六里人家》）理解了福祸相依的哲理，才能坦荡地对待人生，对待权力地位、金钱。陆游对福祸相依有特别深刻的理解，并将之融入他的人生观之中。他在《书室名可斋或问其义作诗告之》一诗中写道："得福常廉祸自轻，坦然无愧亦无惊。平生秘诀今相付，只向君心可处行。"一个人处在顺境、权力在握的时候若能保持清廉，自然就会福重祸轻。这样就能心地坦然，无愧又无惊。平生所奉行的秘诀就是善良正直地为人处世。人处于逆境，可以砥砺意志，锻炼品格；拥有极权，就容易滥用职权。清贫可以使人节俭，金钱易使人腐化。正是："历观成败与兴衰，福有根由祸有基。"（俞樾《病中呓语九首·其一》）

诗境深造："得失相乘除，倚伏两福祸。"（邓深《次韵答杜友》）

34. 桃李因风花满枝，因风桃李却离披　有无相生

出处：《道德经·第二章》："天下皆知美之为美，斯恶已；皆知善之为善，斯不善已。故有无相生，难易相成，长短相形，高下相倾，音声相和，前后相随。"

解析：指有无双方在一定条件下可以相互转化。

诗化：

入若耶溪

〔南朝梁〕王籍

艅艎何泛泛，空水共悠悠。

阴霞生远岫，阳景逐回流。

蝉噪林逾静，鸟鸣山更幽。

此地动归念，长年悲倦游。

诗义：在水天一色的溪上荡舟。暮霞笼罩着山坡，阳光照耀着蜿蜒的溪水。蝉鸣却让树林更显宁静，鸟唱反使深山格外清幽。此情此景让我萌生了归隐的念头，多年以来早已厌倦了仕途生涯。

简评："蝉噪林逾静，鸟鸣山更幽"表现事物对立统一的哲理。"噪"与"静"、"鸣"与"幽"对立统一，静藏于噪之中，幽隐于鸣之内。噪凸显静，鸣更显幽。王维的"倚杖柴门外，临风听暮蝉"（《辋川闲居赠裴秀才迪》），杜甫的"春山无伴独相求，伐木丁丁山更幽"（《题张氏隐居二首》），也是用声响来衬托静的境界。王安石也有以动衬静的感悟："涧水无声绕竹流，竹西花草弄春柔。茅檐相对坐终日，一鸟不鸣山更幽。"（《钟山即事》）庄子说："是故大知观于远近，故小而不寡，大而不多，知量无穷。"（《庄子·秋水》）具有大智慧的人观察事物从不局限于一隅，不会因为体积小就看作少，体积大就看作多，智者理解事物的量是相对的，是变化不可穷尽的。

苏轼的《题沈君琴》写道："若言琴上有琴声，放在匣中何不鸣？若言声在指头上，何不于君指上听？"演奏一首好的曲子需要有琴、手指、乐感、技术、思想等各方面的配合，表达了事物之间相辅相成、相互联系、相互依存的哲理。正是："桃李因风花满枝，因风桃李却离披。"（邵雍《桃李吟》）

诗境深造："动静皆无意，唯应达者知。"（刘长卿《和灵一上人新泉》）

35. 过犹不及天谁管，世事终求恰好难　过犹不及

出处：《论语·先进》：“子贡问：‘师与商也孰贤？’子曰：‘师也过，商也不及。’曰：‘然则师愈与？’子曰：‘过犹不及。’”

解析：指超过事物一定的界限与未达到一定的界限同样都是不好的，也就是事情做得过头，就跟做得不够一样，都是不合适的。

诗化：

饮酒不醉最为高

〔明〕冯梦龙

饮酒不醉最为高，好色不乱乃英豪。

无义之财君莫取，忍气饶人祸自消。

诗义：饮酒以不醉为最高境界，不迷恋美色乃英雄豪杰。切莫盗取不义之财，和气忍让怒气自然消失。

简评：孔子的学生子贡问孔子，子张和子夏哪个更贤明。孔子说子张常常超过周礼的要求，子夏则常常达不到周礼的要求。子贡又问，子张能超过是不是好一些，孔子回答说：超过和达不到的效果是一样的。这就是“过犹不及”典故的由来。

“爽口物多须作疾，快心事过必为殃。”（邵雍《仁者吟》）任何事情都有一定的限度，如果超出了这个限度，事物就朝相反的方向发展，起到不好的效果。现实中，太过于理性就显得迂腐，说得太多显得浮夸，太过犹豫就容易丧失机会，太过热情容易失态，太过坦诚容易轻率，太过谦虚就显得虚伪。过犹不及具有辩证的哲理，即关于事物发展的质与量的界限，“过”与“不及”都会影响事物质的变化，因此，高明的智慧就是把握好处世之度，而中庸之道就是处理好度之道。“今日多愁后日悭，晚田要见是秋残。过犹不及天谁管，世事终求恰好难。”（林希逸《连日雨骤颇以关心·其二》）在一定限度之内风光无限，超过这个度，就会走向极端，事物的性质就会发生变化，过犹不及。正是：“纵横妙用中心定，危者安而微者明。”（李道纯《儒理十五首·允执厥中》）

在《警世通言》中，冯梦龙借李生之口，提供了对酒、色、财、气的一

种理解：把握好度，避免过犹不及。相传佛印禅师也曾警醒人们不应过度追求甚至沉溺于酒、色、财、气："酒色财气四堵墙，人人都往墙里藏。若能跳出墙垛外，不活百岁寿也长。"

诗境深造："执中遵圣轨，大智秉谦虚。"（孙承恩《鉴古韵语五十九首·其三 虞舜帝》）

36. 一年好景君须记，最是橙黄橘绿时　审时度势

出处：《资政新篇》："夫事有常变，理有穷通。故事有今不可行而可豫定者，为后之福；有今可行而不可永定者，为后之祸。其理在于审时度势，与本末强弱耳。"

解析：指观察分析时局，估计各方面的情况变化，进而做出合理的判断和决定。

诗化：

七律·人民解放军占领南京

毛泽东

钟山风雨起苍黄，百万雄师过大江。
虎踞龙盘今胜昔，天翻地覆慨而慷。
宜将剩勇追穷寇，不可沽名学霸王。
天若有情天亦老，人间正道是沧桑。

诗义：解放战争的暴风雨扫荡着南京城，人民解放军的百万雄师突破长江天险。地势雄奇险峻的古都南京回到了人民怀抱，它比任何时候都美丽壮观。这天翻地覆的巨大变化，使人们欢欣鼓舞、畅怀高歌。应该趁着大好时机乘胜追击，解放全中国，而不可学当年的楚霸王，丧失决战的机会。对于国民党反动派的黑暗统治，老天爷若有情感，也会痛苦而变衰老。但人世间正义的力量是阻挡不住的，它会使沧海变为桑田，正义战胜邪恶是社会发展的必然规律。

简评："明者因时而变，知者随事而制。"（桓宽《盐铁论·忧边》）聪明人会随着时势的变化而改变策略，智者会按照世事变化的情况来做出判断。审

时度势就是认真观察分析时势，估计和判断情况的变化，积极根据时代发展的要求做出适当的调整，主张与时俱进，反对因循守旧。“试与极言当世计，达变通经还审势。”（陈恭尹《赠任五陵》）要审时度势，准确地把握形势，做到“知己知彼，百战不殆”。抗日战争初期毛泽东科学地分析了中日战争的形势特点，得出敌强我弱、敌小我大、敌退步我进步、敌寡助我多助的结论，准确地判断中国的抗日战争必然是持久战，最后的胜利属于中国。得时者昌，失时者亡。解放战争时期毛泽东吸取历史教训，果断提出“宜将剩勇追穷寇”的论断。可见，审时度势是战略智慧、决策智慧。“一年好景君须记，最是橙黄橘绿时。”（苏轼《赠刘景文》）最美的时节要记住，最好的机遇要把握，要审时度势，切莫丧失机会。

诗境深造：“候虫善审时，鸣鸟常伺晨。”（梁有誉《杂诗二首·其一》）

37. 平明忽见溪流急，知是他山落雨来　见微知著

出处：《韩非子·说林上》：“圣人见微以知萌，见端以知末，故见象箸而怖，知天下不足也。”

解析：指发现细微的苗头，就能预知事物发展的方向。形容能透过微小的现象看到本质，并推断结论或结果。

诗化：

惠崇春江晚景·其一

〔宋〕苏轼

竹外桃花三两枝，春江水暖鸭先知。

蒌蒿满地芦芽短，正是河豚欲上时。

诗义：竹林边的两三枝桃花刚刚绽放，鸭子在水中嬉戏，它们最先察觉到初春江水的回暖。河滩上已经长满了茂盛的蒌蒿，芦苇也开始发出短短的嫩芽，而河豚此时正要逆流而上。

简评：这首诗充满了哲理，通过观察到竹林外的两三枝桃花和江面上戏耍的鸭子，见微知著地感觉到春天的脚步已经到来了。见微知著是一种透过

现象看本质，通过微小的细节预知趋势的智慧。“溪云初起日沉阁，山雨欲来风满楼。”（许浑《咸阳城东楼》）溪云突起，红日落在阁楼上，山雨到来之前狂风吹满咸阳楼。这是预示着局势将有重大变化的迹象。“松下柴门闭绿苔，只有蝴蝶双飞来。蜜蜂两股大如茧，应是前山花已开。”（饶节《偶成》）诗人足不出户，通过细微的观察，看到蜜蜂的腿上沾满了厚厚的花粉，就能推断出前山那山花烂漫的美景。“一夜满林星月白，亦无云气亦无雷。平明忽见溪流急，知是他山落雨来。”（翁卷《山雨》）诗人看到溪流突然变得湍急，就推断出别的地方下雨了。

司马光指出，“夫事未有不生于微而成于著，圣人之虑远，故能谨其微而治之”（《资治通鉴》），认为凡重大事件发生之前必然会有相应的征兆；又“明者远见于未萌，而知者避危于无形”（《资治通鉴》），强调明智的人会把祸患消灭于萌芽之中。而捕捉和把握这些征兆需要有“见微知著”的敏锐。马总认为：“道自微而生，祸自微而成。”（《意林》）规律和法则都是通过微小的事物总结出来的，而灾难大都是由微小的粗心大意酿成的。

“山僧不解数甲子，一叶落知天下秋。”（强幼安《句》）要善于观察周围的事物，发现和把握事物的本质和规律；要通过发现微小的不足而采取措施改正，避免酿成大祸。要改正就事论事、浅尝辄止的做法，提高透过现象把握事物本质和规律的能力。这需要长期读书学习，积累古今中外的知识，提升“见微知著”的能力。

诗境深造：“祸消未萌际，勇退急流中。”（史鉴《哭林侍御五首·其一》）

38. 阴阳各有时中处，不可相无似两轮　负阴抱阳

出处：《道德经·第四十二章》：“万物负阴而抱阳，冲气以为和。”

解析：指万物蕴含着阴阳两种相反相成、相互转化、相互依存的状态。

诗化：

有感二首·其二

〔宋末元初〕许月卿

日忽出天将有雪，雨将降地忽无风。

阴阳二气循环耳，静入儒生一笑中。

诗义：太阳忽然出来而天将要下雪，雨将要降落大地却突然风止。这只是阴阳二气在不断地循环变化罢了，万物普遍存在的负阴抱阳、相互依存、相互转化的现象都在儒者的观察、认识和把握之中。

简评：“阴阳各有时中处，不可相无似两轮。”（陈普《愿月得雨兼旬秋暘人望已切再和前韵·其一》）负阴抱阳是事物存在的基本形态。“万物负阴而抱阳，冲气以为和。”老子认为阴和阳就如矛和盾，都是事物的整体。万物都有阴有阳，阴阳相互联系、相互转换，从而形成平衡和谐的形态，即“冲气以为和”。在这种平衡和谐的状态下，万物才能存在与发展，否则事物会因为自身的分裂而毁灭，也会因内部的纷争而无法正常发挥作用。物体之间也是同样的道理，正如日月交替，地球才能正常运转。任何事物都存在有利和不利的一面，要发挥有利的一面，避免不利的一面。

“阴阳妙合互藏精，万物森然各有神。”（胡宏《靡草》）中国古代哲学认为阴阳是世界最基本的属性。“无极而太极。太极动而生阳，动极而静，静而生阴，静极复动。一动一静，互为其根。分阴分阳，两仪立焉。阳变阴合，而生水火木金土。五气顺布，四时行焉。五行一阴阳也，阴阳一太极也，太极本无极也。”（周敦颐《太极图说》）宇宙之初为无极，逐步演变为太极。太极动而生阳，动极而静，静而生阴，静极复动。动静互化。负阴抱阳，阴中有阳，阳中有阴，阴阳融合生出金木水火土五行。五行有序组合排列，遂生春夏秋冬四时。五行来源于阴阳，阴阳来源于太极，太极来源于无极。周敦颐认为由于阴阳的互动，万物生生不息，因万物的结合，又产生其他万万种物，因此变化无穷。同时他认为：“立天之道，曰阴与阳；立地之道，曰柔与刚；立人之道，曰仁与义。”（《太极图说》）。

诗境深造：“阴阳分二气，钧播立万物。”（李吕《温泉·其一》）

39. 泰到盛时须入蛊，否当极处却成随　物极必反

出处：《吕氏春秋·博志》：“全则必缺，极则必反。”《鹖冠子·环流》：“物

极则反，命曰环流。”《论衡·累害篇》：“处颠者危，势丰者亏。”

解析：指事物发展到极端，会向相反方向转化。

诗化：

落花

〔清〕宋荦

昨日花簌簌，今日落如扫。

反怨盛开时，不及未开好。

诗义：昨日花团锦簇，今日花落如扫。现在反而埋怨花开得太极盛，还不如还没有开花时好。

简评：“语曰：‘日中则移，月满则亏。’物盛则衰，天之常数也。”（《战国策·秦策》）太阳运行到中天则西移，月亮满盈后就亏损，万物极盛后就会衰败。老子说“物壮则老”（《道德经·第三十章》），程颐指出“物极必反，其理须如此。有生便有死，有始便有终”（《河南程氏遗书》）。动而生阳，动极生静，静而生阴，静极复动，“物极理必反，否泰如循环”（冯时行《龙鹤祷雨》）。传统哲学早就认识到事物转化的必然性。

诗人们在平常的自然现象中敏锐地捕捉到了物极必反的哲理。“泰到盛时须入蛊，否当极处却成随。”（邵雍《桃李吟》）邵雍通过对桃李的观察，得出物极必反的感悟，诗中的“泰”“蛊”“否”“随”均为《周易》卦名。其中“蛊”“否”卦为凶卦，“泰”“随”卦为吉卦。“泰”卦到达鼎盛必然要进入“蛊”卦，“否”卦达到极点却会转成“随”卦。“雨过横塘水满堤，乱山高下路东西。一番桃李花开尽，惟有青青草色齐。”（曾巩《城南二首·其一》）桃李盛开之后就凋零了，唯有朴素无华的小草依然生机勃勃。“只隔中秋一夕间，蟾光应未少清寒。时人不会盈虚意，不到团圆不肯看。”（林一龙《十四夜观月张氏楼》）诗人告诫世人对所谓盛极、圆满不必太在意、太计较，把握好事物的度是最重要的。

诗境深造：“万事有厥中，毋使血气横。”（方岳《梦方饮药或告之曰攻伐太过斯伤天和觉而识之》）

40. 金石交情知不改，辅车形体自相依　辅车相依

出处：《左传·僖公五年》：“辅车相依，唇亡齿寒。”

解析：指颊骨和齿床互相依靠。比喻两者关系密切，互相依存，利害相关。

诗化：

自春徂秋，偶有所触，拉杂书之，

漫不诠次，得十五首·其二（节选）

〔清〕龚自珍

黔首本骨肉，天地本比邻。

一发不可牵，牵之动全身。

圣者胞与言，夫岂夸大陈？

四海变秋气，一室难为春。

诗义：百姓间本是亲骨肉，天地间本为邻居。牵一发而动全身。圣贤之人要对世间万物仁爱，这绝非老夫我夸大其词，而是千古不变的真理。天下都已经秋风萧瑟，一室的锦华难以成为处处繁荣的春天。

简评：“金石交情知不改，辅车形体自相依。”（苏颂《次韵刘莘老学士惜别言怀兼呈次中察院二首·其二》）辅车相依揭示的是事物之间存在着密切关系的道理。春秋时期，晋国欲消灭虢国，可晋国和虢国之间隔着虞国，讨伐虢国必须经过虞国。晋国大夫荀息建议，把晋献公的美玉和宝马送给虞国国君，请求借道。虞君见到礼物，很高兴，答应借道。虞国的大夫宫之奇阻止说：“不行啊！虞国和虢国就像脸颊和牙床的关系，我们两个小国相互依存，应彼此帮助。万一虢国被消灭了，我们虞国也就难保了。借道给晋国万万使不得。”虞君不听。晋国军队借道虞国，消灭了虢国，后来也把虞国灭了。

龚自珍的这首诗更加形象地体现出事物之间存在普遍联系的道理，表现了整体与局部的关系。百姓之间兄弟相戚、骨肉相亲。天地之间虽然遥远，但也恰如比邻。任何一个微小的局部波动都会引发全局的波动。蝴蝶效应体现的就是这样的道理。蝴蝶效应说明事物发展的最终结果高度依赖初始条件，极为敏感地反映初始条件的变化。初始条件的细微变动就会让整个系统产生

长期性的连锁反应，表面上看似微小，与结果毫不相关的事情，其变化也可能引发其他事物的变化，最终导致远超预期的巨变。可见，客观世界存在着普遍联系。

诗境深造：“上而下四方，相依为齿唇。”（陈著《用前人示诸儿韵》）

五、治国篇

飞吧，鸽群，按照自己的心意，

我的祖国把所有的天空全交给你，

能对你说出这句话，我多么自豪，

祖国啊，是你给了我这种权利！

——严阵《飞吧，鸽群》

治国指治理国家政务，使国家强盛安定。治国的目标是实现“天下太平”“四海一统”，让国民过上幸福、稳定、富足的生活。万世太平、长治久安是人们治国安邦的理想和目标。治国的基本手段是“礼法合治”，提倡“礼义廉耻”，重在“兴利除害”“以和邦国”，处理好国与国之间的关系。治国必须“捍蔽边疆”“止戈为武”。

41. 唐虞盛世逢今日，从此苍生乐太平　万世太平

出处：《张子语录》：“为天地立心，为生民立道，为去圣继绝学，为万世开太平。”

解析：指给千秋万代开创永久太平的伟大基业，打下牢固的基础。

诗化：

青玉案·元夕

〔宋〕辛弃疾

东风夜放花千树。更吹落、星如雨。宝马雕车香满路。凤箫声动，玉壶光转，一夜鱼龙舞。　　蛾儿雪柳黄金缕。笑语盈盈暗香去。众里寻他千百度。蓦然回首，那人却在，灯火阑珊处。

诗义：像春风吹开了千树繁花、万朵礼花纷纷扬扬，如流星雨散落夜空。豪华的马车经过，留下一路芳香。悠扬的凤箫声四处飘荡，玉壶般的明月渐渐西落，鱼龙灯彻夜飞舞，笑语喧哗。佳人的头上都戴着艳丽的装饰物，笑语盈盈地飘然而去，身上散发出芬芳的玉香。在熙熙攘攘的人群中寻找她千百回，猛然回头，却在隐约的灯火中看见了她。

简评：《青玉案·元夕》这首词描写了绚丽多彩、喜气洋洋的元宵之夜，反映了百姓安稳太平生活的场景。“为天地立心，为生民立道，为去圣继绝学，为万世开太平”，这是中国古代儒者推崇的崇高境界，其中包含人生价值、生命意义、学统传承、社会理想等，即为社会重建精神价值，为民众确立生命的意义，为前圣继承已绝之学统，为万世开拓永久太平的基础。万世太平、长治久安是人们治国安邦的理想和目标。人们都希望能过上太平日子，平安稳定，避免战乱。正是：“四海风生春霭霭，九霄云静月明明。唐虞盛世逢今日，从此苍生乐太平。”（吴伯宗《寄奉按察司廉访使》）

“山外青山楼外楼，西湖歌舞几时休。暖风熏得游人醉，直把杭州作汴州。”（林升《题临安邸》）在青山叠翠、高楼林立的风景之中，歌舞升平，令人流连忘返，差点把杭州当成了汴州。历史上的封建政权都没有能够解决“其兴也悖焉，其亡也忽焉”的问题。“十年天地干戈老，四海苍生痛苦深。”（顾炎武《海上》）封建时期不管君主多么圣明，不管官员如何勤政廉政，最

终都没有办法打破“人存政举，人亡政息”的历史“魔咒”。从有明确文字记载的历史以来，许多封建王朝都只有一百年左右甚至几十年的“寿命”，只有汉、宋、唐、明和清五个朝代超过了两百年。“太平无事，四边宁静狼烟眇。国泰民安，谩说尧舜禹汤好。”（《贺圣朝·预赏元宵》）在朝代的更迭中，人们对万世太平的期盼更为强烈。

诗境深造：“国泰兵戈偃，顷亩农夫羡。”（王哲《黄鹤洞中仙》）

42. 出入台阶谢奋庸，白头持节更为公　天下为公

出处：《礼记·礼运》：“大道之行也，天下为公，选贤与能，讲信修睦。”

解析：指天下是公众的。凡事应以公心、以大众利益为准绳。

诗化：

茅屋为秋风所破歌（节选）

〔唐〕杜甫

安得广厦千万间，
大庇天下寒士俱欢颜，
风雨不动安如山。
呜呼！何时眼前突兀见此屋，
吾庐独破受冻死亦足！

诗义：怎样才能有千万间宽敞的房子，给天下贫困的百姓一个避寒的地方，使他们都开颜欢笑，即使在风雨之中也能安稳如山？若能在眼前突然出现这样的房子，即便唯有自己的房子破烂不堪甚至自己被冻死，心亦足矣。

简评：“出入台阶谢奋庸，白头持节更为公。”（宋庠《宫保庞丞相以诗二首见寄次韵和答·其二》）天下为公，是一种美好社会的政治理想。“为公”就是为祖国、为国家、为人民，做到敬业奉献、尽己奉公、敢于担当、忠于国家、忠于人民。“公心”就是把最广大人民群众的根本利益放在最重要的位置，提倡爱国主义、集体主义精神；追求平等、公正，公众利益高于一切；做到大公无私、先公后私、公而忘私。天下为公是历代先贤建立美好社会的

政治和道德理想。《吕氏春秋·贵公》曰："昔先圣王之治天下也，必先公，公则天下平矣。""天下非一人之天下也，天下之天下也。"姜尚曰："利天下者，天下启之；害天下者，天下闭之。"（《六韬·武韬·发启》）韩非子指出："小知不可使谋事，小忠不可使主法。"（《韩非子·饰邪》）不任用仅有小聪明、自私自利的人参与谋划国家大事，不让只忠主子而不忠国家的人掌管法制。谷永指出："去无道，开有德，不私一姓，明天下乃天下之天下，非一人之天下也。"（《汉书·谷永杜邺传》）黄宗羲认为："天下之治乱，不在一姓之兴亡，而在万民之忧乐。"（《明夷待访录·原臣》）

天下为公是一种大格局、大气度、大智慧。孙中山特别推崇天下为公的理念，他说："提倡人民的权利，便是公天下的道理。公天下和家天下的道理是相反的。天下为公，人人的权利都是很平的。"（《对驻广州湘军的演说》）在南京中山陵有孙中山宽博、浑厚的手书——天下为公。天下为公包含着"民有、民治、民享"的思想，也就是国家为人民所共有，治理为人民所共管，利益为人民所共享。

杜甫这首《茅屋为秋风所破歌》表达的是对"天下寒士"，即广大人民群众的关心与关怀，通过描写他自身的困境和疾苦来表现"天下寒士"的困境和疾苦，反映社会的苦难。杜甫的诗歌具有极高的艺术性和思想性。他经常深入社会关注民生疾苦，忠实地描绘出时代的面貌和自己内心的情感，写出了不少流传千古的佳作。他被尊称为"诗圣"，韩愈有"李杜文章在，光焰万丈长"（《调张籍》）的赞许。

诗境深造："能怀天下心，肯了人间事。"（邵雍《能怀天下心》）

43. 泾渭同流无间断，华夷一统太平秋　四海一统

出处：《晋书·虞溥传》："今四海一统，万里同轨。熙熙兆庶，咸休息乎太和之中，宜崇尚道素，广开学业，以赞协时雍，光扬盛化。"

解析：指国家统一，天下太平。

诗化：

春愁

〔清〕丘逢甲

春愁难遣强看山，往事惊心泪欲潸。

四百万人同一哭，去年今日割台湾。

诗义：春愁难以解除，对春天的秀丽山色毫无兴致，往事的悲哀让人触目惊心潸然泪下。四百万台湾同胞齐声痛哭，去年的今日，就是宝岛台湾被割让的日子。

简评：这首诗作于 1896 年春，即《马关条约》签订一年后，表达了诗人对宝岛台湾被割让的痛心疾首，抒发了强烈的爱国之情。维护国家统一是中国人最强烈的情怀。杜甫写有《闻官军收河南河北》：“剑外忽传收蓟北，初闻涕泪满衣裳。却看妻子愁何在，漫卷诗书喜欲狂。白日放歌须纵酒，青春作伴好还乡。即从巴峡穿巫峡，便下襄阳向洛阳。”这首诗感情奔放，表达了诗人对收复失地、国家统一的无比喜悦之情。

“寰球自合大一统，圣教终行新九州。”（丘逢甲《次韵答陶生》）四海一统不仅指国家疆土的统一，还包含思想和法度的统一。丘逢甲的愿望就是用尧、舜、文、武、周公、孔子的思想统领九州。战国时秦君、秦王朝建设者秦始皇完成一统大业，实现四海一统，结束了数百年的战乱局面，建立了中国历史上第一个中央集权的封建国家，实行郡县制，建立了全国统一的刑律法规，统一了文字、货币、度量衡、驿道车轨等，这些举措有力地促进了社会生产力的发展，奠定了中国大一统的文化基础，基本做到了“四海一统，万里同风”（《晋书·华谭传》）。

“《春秋》大一统者，天地之常经，古今之通谊也。”（董仲舒《举贤良对策》）要保持政治格局的大一统，必须保持思想的统一。四海一统的智慧，自董仲舒开始内涵更加丰富。其一，统一疆土，反对分裂割据。“泾渭同流无间断，华夷一统太平秋。”（耶律楚材《洞山五位颂》）“万里车书尽会同，江南岂有别疆封。提兵百万西湖上，立马吴山第一峰。”（完颜亮《南征至维扬望江左》）其二，统一政治，加强中央集权。“四海于今归一统，皇风万里被诸蛮。”

（朱克瀛《梁王山吊古》）“一则治，异则乱；一则安，异则危。”（《吕氏春秋·不二》）统一就能治理好，不统一就乱；统一就有利于稳定平安，反之就出现危亡。其三，统一思想，提倡尊孔尚儒。“四海车书今一统，典章何处不尊崇。”（祁顺《谒孔庙》）几千年来的历史证明，大一统的智慧，可以应对地理条件千差万别、气候条件复杂、民族众多、疆域辽阔等实际情况，大一统的政治格局、高度统一的思想意志，对中华民族是比较适合的。

诗境深造：“四海大一统，五兵不敢侵。”（钱宰《龙剑谣题延平剑去图》）

44. 九州道路无豺虎，远行不劳吉日出　均平天下

出处：《礼记·乐记》：“修身及家，平均天下。此古乐之发也。”

解析：指历史上消除贫富差距悬殊，协调财富分配，以保证社会稳定有序、国家长治久安的政治智慧。

诗化：

忆昔（节选）

〔唐〕杜甫

九州道路无豺虎，远行不劳吉日出。
齐纨鲁缟车班班，男耕女桑不相失。

诗义：天下太平，社会安定，路上没有强盗横行，旅途平安。不必选什么好日子，随时可以出门远行。运输各种名贵丝织品的车辆络绎不绝，男耕女织，安居乐业，各得其所。

简评：均平天下是历代贤能之士苦苦追求的理想和目标。孔子主张施行仁政：“有国有家者，不患寡而患不均，不患贫而患不安。盖均无贫，和无寡，安无倾。”（《论语·季氏》）不担心分配得少，而是担心分配得不均匀，造成贫富差别太大。老子的思想包含着均平理念：“高者抑之，下者举之；有余者损之，不足者补之。天之道，损有余而补不足。人之道则不然，损不足以奉有余。孰能有余以奉天下？唯有道者。”（《道德经·第七十七章》）针对社会生活中的贫富不平等现象，提出“损有余而补不足”的构想。

儒家提倡修身、齐家、治国、平天下。平天下指天下太平，安抚黎民百姓，使他们能够丰衣足食、安居乐业，共同建立一个公平、公正、均富、有秩序的社会。平等是社会发展的基本价值取向，体现了对每一个个体的关爱。《礼记·礼运》将理想社会描绘为“大道之行也，天下为公，选贤与能，讲信修睦。故人不独亲其亲，不独子其子；使老有所终，壮有所用，幼有所长，矜寡孤独废疾者皆有所养；男有分，女有归。货恶其弃于地也，不必藏于己；力恶其不出于身也，不必为己。是故谋闭而不兴，盗窃乱贼而不作，故外户而不闭，是谓大同”，还强调“善为政者”必须通过均田、均田赋、均力役等手段消除贫富不均。要实现发展成果由人民共享，使发展的成果惠及全体人民。

诗境深造：“阳春布德泽，万物生光辉。”（《长歌行》）

45. 谤声易弭怨难除，秦法虽严亦甚疏　礼法合治

出处：《论语·为政》：“道之以政，齐之以刑，民免而无耻；道之以德，齐之以礼，有耻且格。”

解析：指德治与法治相结合的一种治国理念和智慧。

诗化：

过骊山作

〔唐〕杜牧

始皇东游出周鼎，刘项纵观皆引颈。
削平天下实辛勤，却为道旁穷百姓。
黔首不愚尔益愚，千里函关囚独夫。
牧童火入九泉底，烧作灰时犹未枯。

诗义：秦始皇出游东方，要把周代的九鼎运到都城咸阳，引来了刘邦与项羽的不满。秦始皇平定天下、统一六国实在艰辛，但他施行暴政，没有让道路两旁的穷苦百姓过上好日子。老百姓不笨，那不知体恤仁爱老百姓，不懂民惟邦本这个道理的秦始皇才是最愚蠢的，那固若金汤的函谷关成了囚禁

秦始皇的囚牢。为寻找失踪的羔羊，牧童误入秦始皇的墓道，不慎引燃了地宫，导致整个秦始皇陵的毁灭，而那时秦始皇的尸骨还没有干枯。

简评：杜牧这首诗主要是抨击秦始皇的暴政，劝谏当朝统治者吸取秦残酷治民而导致灭亡的教训，提倡礼法合治，体恤百姓，施行仁政。正是："谤声易弭怨难除，秦法虽严亦甚疏。"（陈恭尹《读秦纪》）中国传统治国的"政道"智慧中，为了更好地实现治国的目标，达到良好的治理效果，根据不同时期的社会条件和发展状况，人们探索施行了不同的治国理念和模式，存在或侧重于礼治（德治）或侧重于法治的现象，有的时候强调法治，有的时候强调礼治。在漫长的历史发展过程中，更多的是实行德主刑辅、礼法合治的模式，特别强调德教与刑政相统一。要将道德教化与法治相结合，道德教化是培育善人，法治是惩戒恶人，二者缺一不可。古人对"政道"问题的关注集中于治国的理念、目标和实质效果。

孔子主张"为政以德"，强调"道之以政，齐之以刑，民免而无耻；道之以德，齐之以礼，有耻且格"。孟子也提倡以礼治为主，指出："无礼义，则上下乱。"（《孟子·尽心下》）商鞅主张法治，提出："法令者，民之命也，为治之本也。"（《商君书·定分》）王安石也指出："盖君子之为政，立善法于天下，则天下治；立善法于一国，则一国治。"（《周公》）包拯说："法令既行，纪律自正，则无不治之国，无不化之民。"（《上殿札子》）有法可依、有法必依、执法必严、违法必究构成了法治的总体构架。"故用国者，义立而王，信立而霸，权谋立而亡。"（《荀子·王霸》）荀子认为，治理国家倡导礼仪可以称王，树立信誉就可称霸，玩弄权术必然灭亡。荀子比较崇尚礼法合治："人无礼则不生，事无礼则不成，国家无礼则不宁。"（《荀子·修身》）同时指出："《礼》者，法之大分，类之纲纪也。"（《荀子·劝学》）

汉代之后历代治理者比较崇尚礼法合治。道德是软约束，是人们内心的法，法是硬约束，是最基本的道德规范，二者功能互补、相辅相成。"法律是由人制定的，而道德则是人们心灵上的一种感悟。道德取决于一般精神，法律与特殊制度有关。推翻一般精神和变更特殊制度是同样危险的，甚至前者比后者更危险。"（孟德斯鸠《论法的精神》）有效的法治来自良好道德文化的指引。"昔者先王之训天下也，莫不导以《诗》《书》，教以《礼》《乐》，移其风俗，和其人民。故恭俭庄敬而不烦者，教深于《礼》也；广博易良而不奢者，教深于《乐》也；温柔敦厚而不愚者，教深于《诗》也；疏通知远而不诬者，教深于《书》也；洁静精微而不贼者，教深于《易》也；属辞比事而不乱者，教深于《春秋》也。夫《乐》以和神，《诗》以正言，《礼》以明体，《书》以广听，《春秋》以断事，五者盖五常之道，相须而备，《易》为之源。”（李延寿《北史·列传第三十·常爽》）要从中华优秀传统文化中汲取营养，取长补短。建立和形成道德社会的关键是教育，“人无常心，习以成性；国无常俗，教则移风”（白居易《策林》）。中华民族自古以来就十分注重道德的教化和养成，孟子就曾提出“善政不如善教之得民也”（《孟子·尽心上》）。

“小智治事，中智治人，大智治制”是务实的治理风格。小智慧是解决事的问题，中等智慧是解决人的问题，大智慧是解决制度的问题。“是以圣王在上，经国序民，正其制度；善恶要于功罪而不淫于毁誉，听其言而责其事，举其名而指其实。”（司马光《资治通鉴》）制度引导人，人决定事。解决具体问题靠“小智”，但定格局、明方向、看趋势靠“大智”。“小智谋子，中智谋局，大智谋势”，大智不是小智的简单叠加，能否具有大智，取决于眼界的大小、胸襟的宽窄、境界的高低。

诗境深造：“德刑相济用，自古意犹深。”（陈深《赠张受益检校·其二》）

46. 礼义廉耻四维立，纲常名教万古植　礼义廉耻

出处：《管子·牧民》：“国有四维，一维绝则倾，二维绝则危，三维绝则覆，四维绝则灭……何谓四维？一曰礼，二曰义，三曰廉，四曰耻。”《新五代史·杂传第四十二·序》：“礼义廉耻，国之四维；四维不张，国乃灭亡。”

解析：指中国传统的规范人、社会和国家的四种伦理。

诗化：

阎君谣

阎君赋政，既明且昶。

去苛去碎，动以礼让。

诗义：阎宪施政绵竹，开明达理，祛除苛政陋俗，以礼义廉耻教化百姓，百姓相互礼让，当地政通人和、社会安定。

简评："礼义廉耻四维立，纲常名教万古植。"（宋景卫《正俗歌为陈媛作》）中华民族历来有崇德重德的传统。商代提倡"知、仁、圣、义、忠、和"六德。春秋时期孔子提出"仁、孝、悌、忠、信"五常规范。宋元时期形成了"孝、悌、忠、信、礼、义、廉、耻"八德。现代学者将中国道德文化理念归纳为"忠、孝、和、礼、义、仁、恕、廉、耻、智、节、谦、诚"十三个方面。

管子认为"礼、义、廉、耻"四维是支撑国家大厦的四根柱子，是社会的道德标准和行为规范：礼定贵贱尊卑，义为行动准绳，廉为廉洁方正，耻为有知耻之心。关于四维，管子进一步论述道："礼不逾节，义不自进，廉不蔽恶，耻不从枉。故不逾节则上位安，不自进则民无巧诈，不蔽恶则行自全，不从枉则邪事不生。"（《管子·牧民》）他认为有礼，人们就不会超越应守的道德和行为规范；有义，就不会妄自求进；有廉，就能明察善恶，不会掩饰过错；有耻，就不会趋附邪恶。人们不越出应守的规范，管理就有序；不妄自求进，人们就不巧谋欺诈；不掩饰过错，行为就自然端正；不趋附邪恶，邪乱的事情也就不会发生了。顾炎武指出："礼义，治人之大法；廉耻，立人之大节。"（《日知录·廉耻》）张天赋曾赋诗阐述"孝悌忠信礼义廉耻"八个字，其中关于礼义廉耻，他写道："礼礼礼，天下古今人共履。纲常万古重如山，须要持循有文理。""义义义，寸心藉此为裁制。遵行正路不差移，四通八达无颠踬。""廉廉廉，本分之外莫求添。贪泉不改夷齐操，煮石餐霞味亦甜。""耻耻耻，一事不如人所鄙。直须猛省洗前羞，进入圣贤门户里。"（《孝悌忠信礼义廉耻八字赞》）

历史上还有许多流芳千古的关于礼义廉耻的典故，如"孔融让梨""程门立雪""曾子避席""千里送鹅毛""张良拜师"等。古人言"人无德不立，国无德不兴"，强调的就是道德对于个人修身立业和国家长治久安的重要作用。加强道德建设需要法律和制度作保障。德以劝善，法以诛恶。"百余年间未灾变，叔孙礼乐萧何律。"（杜甫《忆昔二首·其二》）唐代开元年间推行德治，开创了"开元盛世"，社会风气良好，人们互相友善，关系融洽，此后百余年间没有发生过大的祸害。国家昌盛，政治清明。“礼义廉耻”四维的建立必须以教化为主，而教化重在学校，重在家庭。教化必须从小抓起。尊师重教，把教育作为一个民族的根本事业，把立德树人放在教育首位，全力提高全民族的科学文化素质和思想道德素质。

诗境深造：“地维赖以立，天柱赖以尊。”（文天祥《正气歌》）

47. 却是平流无石处，时时闻说有沉沦　居安思危

出处：《左传·襄公十一年》：“《书》曰：‘居安思危。’思则有备，有备无患，敢以此规。”《乐府诗集·隋元会大飨歌·皇复》：“居高念下，处安思危，照临有度，纪律无亏。”《颂德赋》：“疆事渐宁而备不可去，居安思危睹灾而惧。”

解析：指虽然处在和平的环境里，但也要想到有出现危险或失败的可能。要做好预防和应对意外事件的准备。

诗化：

杂诗

〔宋〕释遇贤

扬子江头浪最深，行人到此尽沉吟。
他时若向无波处，还似有波时用心。

诗义：扬子江头浪最高，行舟到此需要格外细心沉着。到了风平浪静的地方，也需要像有波涛的时候一样全神贯注，切莫掉以轻心。

简评：“家国兴亡自有时，吴人何苦怨西施。西施若解倾吴国，越国亡来又是谁。”（罗隐《西施》）国家的兴衰存亡有多方复杂的原因，吴国倾颓怎么能归咎于西施呢？不应把亡国的责任推到一个弱女子的身上，必须居安思危，防患于未然。“仰止晨风，豫登数仞。我闻有言，居安思危。位极则迁，势至必移。上德无欲，遗道不为。”（棘腆《答石崇诗》）“或多难以固邦国，或殷忧以启圣明。”（刘琨《劝进表》）不同类型的灾难给人类社会带来的伤害是深刻的，但人们在面对灾难时展现的强烈的对生活的热爱、对生命的敬重，以及百折不挠的毅力、克服万难的勇气，客观上可以团结稳固国家。居安思危能

够激发振兴的智慧。“泾溪石险人兢惧，终岁不闻倾覆人。却是平流无石处，时时闻说有沉沦。”（杜荀鹤《泾溪》）往往是平流无石处容易放松警戒而翻船。

“制治于未乱，保邦于未危。”（《尚书·周书·周官》）唐太宗曾经对大臣说：“治国就像治病一样，即使病好了，也应当休养护理。倘若立即放开纵欲，一旦旧病复发，就没有办法解救了。现在国家得到和平安宁，四方的边域都服从，这是自古以来少有的。但我一天比一天谨慎，只害怕这种情况不能维护长远，所以我很希望能多听听你们的进谏争辩啊。”魏徵回答说：“国内外得到治理一片安宁，臣不认为这是值得欢庆的，只对陛下居安思危感到非常欣慰。”在唐太宗善于纳言的鼓舞下，大臣们积极进谏，敢说真话。比如，左庶子张玄素针对太子挥霍无度，上疏唐太宗要求约束太子：“苦药利病，苦言利行，伏惟居安思危，日慎一日。”（司马光《资治通鉴》）正是：“忠言逆耳利于行，毒药苦口利于病。”（《史记·留侯世家》）

诗境深造：“独念居安徒，思危乃良策。”（李东阳《篁墩所藏宾头卢说法图》）

48. 无私济世世兴矣，有德于民民祀之　兴利除害

出处：《墨子·兼爱中》：“仁人之所以为事者，必兴天下之利，除去天下之害，以此为事者也。”《荀子·王霸》：“兴天下同利，除天下同害，天下归之。”

解析：指兴办对人民群众有益的事，革除对国家、对群众不利之事。

诗化：

柳州城西北隅种柑树

〔唐〕柳宗元

手种黄柑二百株，春来新叶遍城隅。
方同楚客怜皇树，不学荆州利木奴。
几岁开花闻喷雪，何人摘实见垂珠？
若教坐待成林日，滋味还堪养老夫。

诗义：亲自种下黄柑二百株，春天到来的时候枝繁叶茂，整个城西北角一片苍翠。就像屈原一样喜爱这婆娑的柑树，不要学李衡那样只把树当作木奴来谋利。多年以后闻到那雪白的花香，又是谁来摘下那垂珠般的果实？如果让我等到柑树成林的那一天，它的美味定会让老夫我养身受益。

简评：兴利除害是历代有识之士追求和倡导的社会理想，也是国家和社会治理的智慧之一。柳宗元任柳州刺史期间大力奉行兴利除害，惠以养民举措，废俗释奴除旧疾，开荒挖井植黄柑，兴办学堂，政绩卓著，口碑甚佳。柳宗元在柳州兴利除害的具体实践中，还留下了诗篇为证，这首《柳州城西北隅种柑树》便是一例。柳宗元在柳州不仅种柑橘，还植柳树。“柳州柳刺史，种柳柳江边。谈笑为故事，推移成昔年。垂阴当覆地，耸干会参天。好作思人树，惭无惠化传。”（柳宗元《种柳戏题》）柳宗元在柳州的政绩得到了广泛的赞誉。柳侯祠大门上有副著名的楹联：“山水来归黄蕉丹荔，春秋报事福我寿民。”“山水来归黄蕉丹荔”指柳宗元任柳州刺史时开凿水井，使乡民有水可用，并引水浇灌香蕉、荔枝，种植柑橘；“春秋报事福我寿民”写的是柳宗元兴办学堂造福百姓的事情。柳侯祠有楹联赞曰：“无私济世世兴矣，有德于民民祀之。”

柳宗元是唐代著名文学家，他一生留有诗文作品六百余篇，著名的诗歌《江雪》《重别梦得》《渔翁》等脍炙人口。柳宗元的散文论说性强，笔锋犀利，讽刺辛辣，如《捕蛇者说》《黔之驴》《三戒》等。哲学著作有《天说》《天时》《封建论》等。其中，《三戒》是包括《临江之麋》《黔之驴》和《永某氏之鼠》的三篇寓言，柳宗元通过麋、驴、鼠这三种动物形象，借题发挥，警示人们必须兴利除害，莫让坏人倚势逞恶。“吾恒恶世之人，不知推己之本，而乘物以逞，或依势以干非其类，出技以怒强，窃时以肆暴，然卒迨于祸。”（《三戒》）

诗境深造：“补天烦大笔，医国见名方。”（刘一止《参政大资张公挽诗二首·其一》）

49. 九天阊阖开宫殿，万国衣冠拜冕旒　以和邦国

出处：《周礼·夏官司马》：“以小事大，以和邦国。”

解析：指用礼典协调天下，使国与国之间和睦相处。主张国与国之间要讲信修睦、和平相处。

诗化：

赠缅甸友人（节选）

陈毅

我住江之头，君住江之尾。
彼此情无限，共饮一江水。
我吸川上流，君喝川下水。
川流永不息，彼此共甘美。
彼此为近邻，友谊长积累。
不老如青山，不断似流水。

诗义：我住在澜沧江的上游，君住在江的下游。彼此的情谊无限，共饮着一江之水。我喝着上游的水，你喝着下游的水。江水川流不息，我们共同享受着江水的滋润。彼此是近邻，友谊长存，恰如那不老的青山、不断的流水。

简评：1957 年 12 月 14 日，国务院副总理陈毅在陪同周恩来总理访问缅甸时挥毫赋诗《赠缅甸友人》，赞颂中缅两国间兄弟一般的友谊。以和邦国，讲信修睦，处理好国与国之间的关系，实现和平发展、共同发展是中华文化的内在基因，也是中国同周边国家开展外交的基本策略。尧舜时代，鉴于当时处于“天下万邦”的状况，尧帝提出治理智慧：“克明俊德，以亲九族。九族既睦，平章百姓。百姓昭明，协和万邦。”（《尚书·虞书·尧典》）即主张由家族和谐扩展到社会和谐，乃至不同邦族之间的和谐。以和邦国，睦邻友好，才能和平共处，友好往来。“九天阊阖开宫殿，万国衣冠拜冕旒。”（王维《和贾舍人早朝大明宫之作》）

诗境深造：“推诚抚诸夏，与物长为春。”（李适《中和节赐百官燕集因示所怀》）

50. 天涯静处无征战，兵气销为日月光　止戈为武

出处：《左传·宣公十二年》：“夫文，止戈为武。……夫武，禁暴、戢兵、保大、定功、安民、和众、丰财者也。”

解析：止戈为武，从字面上是解释“武”字由“止”和“戈”两部分组成，因此，制止战事称为“武”。另外，也有人认为，其意思是能够制止战争的才算“武”，武力存在的意义是维护和平。

诗化：

前出塞九首·其六

〔唐〕杜甫

挽弓当挽强，用箭当用长。
射人先射马，擒贼先擒王。
杀人亦有限，列国自有疆。
苟能制侵陵，岂在多杀伤。

诗义：拉弓要拉最强的弓，射箭要射最锋利的箭。射人先要射马，擒贼先要擒住他们的统帅。各个国家都有各自的疆土和边界，只要能够制止敌人的侵犯就可以了，打仗的目的不是多杀人。

简评：“天涯静处无征战，兵气销为日月光。”（常建《塞下曲四首·其一》）春秋战国时期，楚国战胜了晋国。楚国大夫潘党劝楚庄王把晋国人的尸体堆起来，建一座“骷髅台”，作为胜利的纪念并威慑诸侯。楚庄王却不同意，说：“战争不是为了宣扬武力，而是为了禁止武力，给百姓带来安定的生活。从文字组成上讲，‘武’字是由‘止’和‘戈’两个字组成的，‘止戈’才是‘武’！止息兵戈才是真正的武功。武功应该具备七种德行：禁止强暴、消除战争、保持强大、巩固基业、安定百姓、团结民众、增加财富。”《百战奇略·好战》指出：“黩武穷兵，祸不旋踵。”意即穷兵黩武、称霸好战，很快会招致祸害。

“苟能制侵陵，岂在多杀伤。”中华民族强调“以和为贵”的智慧，中和是天下之根本。《中庸》指出：“中也者，天下之大本也；和也者，天下之达道也。致中和，天地位焉，万物育焉。”孟子曰：“天时不如地利，地利不如

人和。”（《孟子·公孙丑下》）罗隐指出：“三教之中儒最尊，止戈为武武尊文。”（《代文宣王答》）所以，尊崇止戈为武，强调真正地消灭暴乱，停止动用武器，这才是真正的“武”，同时也强调只有保持强大的武力才能制止战争。“国虽大，好战必亡；天下虽安，忘战必危。”（《司马法·仁本》）商鞅指出：“故以战去战，虽战可也。”（《商君书·画策》）这些表述正确地阐述了止战与备战的关系。

诗境深造：“兴文盛礼乐，偃武息兵民。”（玄烨《法海寺瞻皇考御书敬佛二字》）

六、理政篇

肩脚上并没有翅翼
四蹄也不会生风
汗血马不知道人间美妙的神话
它只向前飞奔
浑身蒸腾出彤云似的血气
为了翻越雪封的大坂
和凝冻的云天
生命不停地自燃
流尽了最后一滴血
用筋骨还能飞奔一千里

——牛汉《汗血马》

理政是指处理具体政务。自古以来，以民为本就是中国执政理念的精华。从盘庚的“重民”到周公的“保民”再到孔子的“爱民”，从孟子的“民贵君轻”到荀子的“君舟民水”再到汉唐以来的“民惟邦本”，理政的中心长期围绕着敬民、爱民、利民、惠民，推行的是“计利天下”的理政方略。施政的效果取决于是否有“文武兼备”的治理人才，是否“明于下情”，是否“以实则治”。

51. 邦惟固本自安宁，临下常须驭朽惊　民惟邦本

出处：《尚书·夏书·五子之歌》：“皇祖有训：民可近，不可下。民惟邦本，本固邦宁。”

解析：指老百姓是国家的根本。只有根本稳固，国家才能安宁。

诗化：

五子之歌（节选）

〔唐〕同谷子

邦惟固本自安宁，临下常须驭朽惊。
何事十旬游不返，祸胎从此召殷兵。
酒色声禽号四荒，那堪峻宇又雕墙。
静思今古为君者，未或因兹不灭亡。

诗义：民惟邦本，本固邦宁，对待百姓要细心谨慎。能有什么事让你数十日都不回来料理朝政？如此的后果就是从此留下了叛军的祸根。哪里承受得了你整日沉迷酒色、荒淫无度，大力兴建豪华奢侈的宫殿？静静地思量，古往今来的亡国之君，没有哪一个不是因为这些而灭亡的。

简评：民惟邦本主要的思想内涵有三个方面：一是民为政本、执政为民的重民思想，二是富民裕民、惠民利民的经济思想，三是教民启智、化民成俗的教育思想。这些思想相互联系，相互作用，构成了中华传统文化中民生观的主干。中国传统的政治智慧认为：“天地之间人为贵。”（真德秀《卫生歌》）从盘庚的“重民”到周公的“保民”再到孔子的“爱民”，从孟子的“民贵君轻”到荀子的“君舟民水”再到汉唐以来的“民惟邦本”，以民为本的思想被大量的论述不断阐释，并在具体的施政过程中得以实施。“政之所兴，在顺民心；政之所废，在逆民心。”（《管子·牧民》）孟子提出：“民为贵，社稷次之，君为轻。”（《孟子·尽心下》）荀子认为：“君者，舟也；庶人者，水也。水则载舟，水则覆舟。”（《荀子·王制》）先贤们提醒统治者要实行德治和仁政，要求统治者首先自身要有“仁德”，“为政以德，譬如北辰，居其所而众星共之”（《论语·为政》）；其次要施仁德于民，“以不忍人之心，行不忍人之政”（《孟子·公孙丑上》）。

得民心者昌，失民心者亡。最典型的例子当数秦朝。秦王朝本上应天意，下顺民心，统一了六国，结束了天下分裂、战乱不断的局面。但面对百废待兴的时局，秦王朝没有采用安顺民心、休养生息的政策，而是奉行严刑峻法，激化社会矛盾，导致秦王朝只短短十五年就灭亡了。章碣写有《焚书坑》："竹帛烟销帝业虚，关河空锁祖龙居。坑灰未冷山东乱，刘项原来不读书。"焚烧竹简的烟灰散尽，秦王朝也随之灭亡，函谷关和黄河的天险，也守不住秦始皇的辉煌宫室。焚书坑的灰烬还没冷却，群雄就已揭竿而起，起义军领袖刘邦和项羽原来都不是读书人。该诗讽刺秦始皇的苛政"焚书坑儒"，指出人民群众才是国家政权的根本，只有根本稳固，国家才能安宁。秦始皇把"书"和读书人看成社会动荡的根源，认为只要把书烧掉了，就不会有祸乱，就能保住秦王朝的江山。但"民惟邦本，本固邦宁"，老百姓才是立国之本、稳定之源。焚书坑儒也没用，刘邦和项羽都不是儒生，却把秦王朝给灭了。

中国古代民本思想政治家从现实和历史的角度，充分认识到了民惟邦本的重要性。以民为本有几个方面的理由。其一，国家和社会财富源自民众。国家和社会的财富是由广大民众创造的，孔子指出："百姓足，君孰与不足？百姓不足，君孰与足？"（《论语·颜渊》）孟子则认为："治于人者食人，治人者食于人：天下之通义也。"（《孟子·滕文公上》）天下普遍的情况是被人治理的人养活别人，治理人的人靠别人养活。陆逊认为："国以民为本，强由民力，财由民出。夫民殷国弱，民瘠国强者，未之有也。"（陈寿《三国志·吴书·陆逊传》）其二，国家兴亡取决于民众。荀子指出："用国者，得百姓之力者富，得百姓之死者强，得百姓之誉者荣。三得者具而天下归之，三得者亡而天下去之。"（《荀子·王霸》）治理国家得到百姓勤劳出力就富足，得到百姓拼死奋战就强大，得到百姓称颂就是荣耀。三者俱得国家就兴旺，失去民众的支持就灭亡。一切事业之成功也取决于民众，"先王先顺民心，故功名成。夫以德得民心以立大功名者，上世多有之矣。失民心而立功名者，未之曾有也"（《吕氏春秋·顺民》）。民众是决定事业成败的根本力量。其三，战争胜负取决于民众。"士民不亲附，则汤武不能以必胜也。故善附民者，是乃善用兵者也。故兵要在乎善附民而已。"（《荀子·议兵》）历史上，商汤、周武王依靠民众的力量而取胜。荀子十分清醒地洞察了民众的力量，他还指出：

“故有社稷者而不能爱民、不能利民，而求民之亲爱己，不可得也。民不亲不爱，而求其为己用、为己死，不可得也。民不为己用、不为己死，而求兵之劲、城之固，不可得也。兵不劲、城不固，而求敌之不至，不可得也。”（《荀子·君道》）得到民众的支持和拥护，才能取得战争的胜利。

以人民为中心的发展思想是对民惟邦本智慧的继承和创新。该思想科学地回答了经济社会发展的根本目的、动力、趋向等问题，具有十分丰富的内涵。第一，发展的目的是人民。把增进人民福祉、提高人民生活水平和质量、促进人的全面发展作为根本出发点和落脚点，把实现好、维护好、发展好最广大人民的根本利益作为发展的根本目的。第二，发展的动力来自人民。要把人民作为发展的力量源泉，充分尊重人民主体地位，充分尊重人民所表达的意愿、所创造的经验、所拥有的权利、所发挥的作用，充分尊重人民群众的首创精神，从人民群众中汲取智慧和力量。第三，发展成果由人民共享。要使发展的成果惠及全体人民，逐步实现共同富裕。

诗境深造：“邦本重惟民，五常次以义。”（白廷璜《义民祠》）

52. 千秋龟鉴示兴亡，仁义从来为国宝　为政以德

出处：《论语·为政》：“为政以德，譬如北辰，居其所而众星共之。”

解析：指以道德原则治理国家，让道德高尚的人来治理国家。

诗化：

诗经·大雅·抑（节选）

无竞维人，四方其训之。有觉德行，四国顺之。

讦谟定命，远犹辰告。敬慎威仪，维民之则。

诗义：治理国家最重要的是得到贤才，四方诸侯有着深刻的教训。君子德行光明正大，天下百姓都归顺拥戴。建国方针大计、长远国策要及时告知百姓，使上下同心。举止行为要严肃谨慎，人民要以此为准绳。

简评：“为政在人，取人以身，修身以道，修道以仁。”（《礼记·中庸》）为政者有高尚的道德并以德治国，能获得天下人的拥护爱戴，恰如北极星四

周总有群星环绕。为政以德是儒家的政治智慧之一。为政者必须以德为先，以德行政，吃苦在先，享受在后，以身作则，并以此作为治理国家和管理社会的基本方针。孔子十分重视“官德”，认为评价为政者是否合格，要看其品德是否高尚，指出：“其身正，不令而行；其身不正，虽令不从。”（《论语·子路》）当政者必须品行端正，做出表率，如此，不用下命令，民众也会跟着行动起来；相反，如果当政者自身品行不端正却要求民众品行端正，那么，纵然三令五申，民众也不会服从。孟子曰：“上有好者，下必有甚焉者矣。君子之德，风也；小人之德，草也。草尚之风，必偃。”（《孟子·滕文公上》）地位高的人有什么喜好，下面的人也一定会跟着喜好什么。

管子说：“政者，正也。正也者，所以正定万物之命也。是故圣人精德立中以生正，明正以治国。”（《管子·法法》）治理国家要公正，治理者自身要加强德行修养，要树立正直的榜样，还要以公正的态度来治理国家。司马光指出：“自古昔以来，国之乱臣，家之败子，才有余而德不足，以至于颠覆者多矣，岂特智伯哉！故为国为家者，苟能审于才德之分而知所先后，又何失人之足患哉！”（《资治通鉴》）自古以来倾覆家国的乱臣和败家子均是才有余而德不足，所以审视人才应该以德为先，以这样的标准去选拔官员就不必担心失去人才。

“阳春布德泽，万物生光辉。”（《长歌行》）春天把高尚的德行和恩惠洒向人间大地，百姓和万物就会生机勃勃。“国者，天下之利势也。得道以持之，则大安也，大荣也，积美之源也。不得道以持之，则大危也，大累也。”（司马光《资治通鉴》）国家集中了天下的资源和权力。德行高的人执权，国家就会安宁和繁荣，成为幸福的源泉；若被无德行的人把持，就会带来危险和拖累。历代政治家、思想家基本主张德治为主并辅以法治，对掌握权力的各级官员要求比较严厉，所谓“故严以治吏，宽以养民，无择于时而并行焉，庶得之矣”（王夫之《读通鉴论》），即用严厉的措施来治理官吏，以宽容的态度来涵养百姓。唐代一方面推行“贞观修礼”，制定了以“正家”“定天下”为目的的道德标准体系；另一方面又制定了比较完善、严密的法律体系。“制礼以崇敬，立刑以明威”，推行德治与法治相结合。

“为政以德”成为中华民族千百年来治国理政的重要理念和智慧，正是

"千秋龟鉴示兴亡，仁义从来为国宝"（张映斗《咸阳》）。

诗境深造："纳善察忠谏，明科慎刑赏。"（李世民《帝京篇十首》）

53. 计利当计天下利，求名应求万世名　计利天下

出处：《明夷待访录·原君》："不以一己之利为利，而使天下受其利；不以一己之害为害，而使天下释其害。"

解析：指治国理政应当为天下大多数人着想，为大多数人谋利益。

诗化：

题赠蒋经国对联

于右任

计利当计天下利，

求名应求万世名。

诗义：出计谋就要出为全体老百姓着想的计谋，而不是为一己私利的计谋。求功名就要做到流芳百世，而不是谋取短期的名声，要做经得起历史和时间考验的好事。

简评：1961年，国民党元老于右任写下的这副对联深刻诠释了"利""名"二字的内涵，并晓以"天下""万世"之理，反映了"天下为公"的价值观及追求谋万世的名利观。于右任从圣贤之道的名利观出发，规诫蒋经国从国家民族的长远利益出发，计天下利，求万世名。1982年，时任全国人大常委会副委员长廖承志在致蒋经国的公开信中引用了于右任这一联语："吾弟尝以'计利当计天下利，求名应求万世名'自勉，倘能于吾弟手中成此伟业，必为举国尊敬，世人推崇，功在国家，名留青史。"劝告蒋经国以国家民族利益为重，为祖国统一大业出力。

关于"名"与"利"，古来论述较多。"举一而为天下长利者，谓之举长。举长则被其利者众，而德义之所见远。故曰：'举长者可远见也。'"（《管子·形势解》）办一件大事而为天下取得长远利益的，叫作"举长"。举长则受益的人众多，而德义的影响十分深远。《史记》中也记载贤明的尧帝选接班

人是以“终不以天下之病而利一人”，即不使天下人受害而只让一个人得利为原则的。黄宗羲指出：“不以一己之利为利，而使天下受其利。”庄元臣认为：“好闾阎之名与目睫之利者，众人也；好士大夫之名与终身之利者，君子也；好圣贤之名与子孙数十世之利者，圣贤也。人之所以异者，非以其遗名利与不能遗名利也，惟其所以好名利者，有远近大小之不同而已矣。”（《叔苴子·外编》）

秦始皇实现统一后，在全国推行郡县制，这一制度是计利天下、利及万世的大计。郡县制构成了基本统一的国家结构，形成了国家统一安定的基础。同时，郡县制还有利于天下的优秀人才参与地方的治理，“于是分国而为郡县，择人以尹之”（王夫之《读通鉴论》）。郡县制下，郡县主要长官均由中央政府任命，其益处在于对地方官员可进贤退邪，赏罚严明，能者给赏，罪者黜之。“朝拜而不道，夕斥之矣；夕受而不法，朝斥之矣。”（柳宗元《封建论》）即便是早晨刚任命的官员，如果他不按正道办事，当天晚上也可撤他的职；即便是晚上刚任命的官员，如果他违法乱纪，次日早晨也可罢他的官。郡县制极大地改变了分封制“士之子恒为士，农之子恒为农，而天之生才也无择，则士有顽而农有秀。秀不能终屈于顽，而相乘以兴，又势所必激也”（王夫之《读通鉴论》）的局面，成为专制主义中央集权政权的一项重要制度。

诗境深造：“貌瘦天下肥，恶食良自爱。”（庞嵩《和颖翁邹公祖署中纪怀四章·其四》）

54. 雨顺风调百谷登，民不饥寒为上瑞　德高爱民

出处：《晏子春秋·内篇问下》：“叔向问晏子曰：‘意孰为高？行孰为厚？’对曰：‘意莫高于爱民，行莫厚于乐民。’又问曰：‘意孰为下？行孰为贱？’对曰：‘意莫下于刻民，行莫贱于害身也。’”

解析：指最高尚的品德在于爱民。

诗化：

咏泉州刺桐

〔宋〕丁谓

闻得乡人说刺桐，叶先花发始年丰。

我今到此忧民切，只爱青青不爱红。

诗义：听乡亲说，如果刺桐树先吐叶后开花就是丰收年。我刚到此地，十分担忧百姓的收成，只喜欢看见青青的树叶，不希望看到艳丽的刺桐花。

简评：最高尚的品德，莫过于爱民；最宽厚的行为，莫过于让民众安乐；而最卑劣的行为，则莫过于残害百姓。“得人者兴，失人者崩。……恃德者昌，恃力者亡。”（司马光《资治通鉴》）“国以民为本，社稷亦为民而立。”（朱熹《四书章句集注》）唐代有歌谣赞颜有道爱民如赤子：“廉州颜有道，性行同庄老。爱民如赤子，不杀非时草。”（《廉州人歌》）苏轼在岭南任官时，勤于深入了解民生，劝课农桑、兴医治病，切切实实地为民办事，他的《荔枝叹》就体现了他爱民的品格：“我愿天公怜赤子，莫生尤物为疮痏。雨顺风调百谷登，民不饥寒为上瑞。”希望天公可怜百姓，不要生荔枝这样的尤物又让它成为人民的祸害。只愿风调雨顺五谷丰登，百姓免受饥寒就是最好的祥瑞。

对于如何才能做到爱民这个问题，历代政治家、思想家有着精辟的阐述。其一，思想上要爱民重民。“若保赤子，惟民其康乂。”（《尚书·周书·康诰》）像保护婴儿一样保护人民，人民就都能平乐安康了。其二，政治上要安民保民。使百姓生活安定、利益不受侵犯，是执政者的责任。“知人则哲，能官人。安民则惠，黎民怀之。”（《尚书·虞书·皋陶谟》）选拔贤能和安定民众是治国理政的两大要事。要为百姓的生活小事着想，使他们的生活得以维持，免除艰难，得以安稳。“夏暑雨，小民惟曰怨咨；冬祁寒，小民亦惟曰怨咨。厥惟艰哉！思其艰以图其易，民乃宁。”（《尚书·周书·君牙》）其三，经济上要富民利民。治国理政要让民众得到利益，得到实惠。孔子积极倡导利民富民，提出“因民之所利而利之”（《论语·尧曰》）。荀子继承孔子的利民富民思想，提出：“利而不利也，爱而不用也者，取天下者也。利而后利之，爱而后用之者，保社稷者也。不利而利之，不爱而用之者，危国家者也。”（《荀子·富国》）让百姓得利而不是从百姓身上取利，爱护百姓，就能取得天下。其四，文化道德上要教民化民。治国之根本在于治民，而治民的根本在于思想道德与行为规范。孟子说："仁言不如仁声之入人深也，善政不如善教之得民也。善政民畏也，善教民爱之，善政得民财，善教得民心。"（《孟子·尽心上》）善于教民才能使上下意志一致，才能使民众心悦诚服。吕不韦也赞成以教化民，"古之君民者，仁义以治之，爱利以安之，忠信以导之，务除其灾，思致其福"（《吕氏春秋·适威》）。

历代盛世都十分重视农业问题，统治阶级通过鼓励农耕，削减赋税来发展农业、手工业及商业，如汉光武帝刘秀通过"抑制豪强势力，实行度田政策"等措施，开创了光武中兴；注重减轻国家的赋税，轻徭薄赋，藏富于民，国家自然富足，社会自然安定，否则的话，无异于杀鸡取卵，将弄得民不聊生；倡导"深耕易耨"，教百姓把握农时，勤于耕作，改良农业技术以促进生产。康熙以"裕民为先"为目标，注重发展农业，鼓励垦荒，赈济灾荒，这些措施使社会经济迅速得到恢复和发展，为康雍乾盛世奠定了坚实基础。

诗境深造："有位欲行志，爱民无小官。"（韦骧《送处道丈之台任民掾》）

55. 子房帷幄方无事，李牧耕桑合有秋　文武兼备

出处：《汉纪·宣帝纪》："文武兼备，惟所施设。"

解析：指文武双全、能文能武。

诗化：

读子房传

〔宋〕杨万里

笑赌乾坤看两龙，淮阴目动即雌雄。

兴王大计无寻处，却在先生一蹑中。

诗义：笑看天地间楚汉双龙争霸，淮阴侯韩信的举动决定着双方的胜负。刘邦称霸的良策无处寻觅，其实就在张良轻轻的脚踩提醒之中。

简评：张良，字子房，封为留侯，文武兼备，是助汉高祖刘邦建立基业

的开国元勋。这首诗写作的年代正处于楚汉对峙的关键时期，刘邦被项羽的楚军围困在荥阳。汉军大将韩信在平定齐国后，给刘邦去信要求任齐国的代理王来稳定齐国。刘邦看信后大怒，厉声骂道："我在这儿被围困，你却想自立为王！"此时，张良暗中踩了踩刘邦的脚，对刘邦说："目前汉军处境不利，怎么能禁止韩信称王呢？不如趁机册立他为王，让他镇守齐国，不然可能会发生变乱。"刘邦立即醒悟，册立韩信为齐王。韩信被立为齐王后，一心一意归属汉国。项羽派人劝韩信背叛汉国归属楚国，被韩信拒绝。谋士劝韩信自立门户与项羽、刘邦争雄，也被韩信拒绝。后来，刘邦与韩信的军队包围项羽的楚军，韩信率军在垓下与刘邦会师，将楚军击败，逼迫项羽自杀。楚汉战争以汉军胜利而告终。

"夫草之精秀者为英，兽之特群者为雄……是故聪明秀出谓之英，胆力过人谓之雄……故一人之身，兼有英雄，乃能役英与雄。能役英与雄，故能成大业也。"（刘邵《人物志·英雄》）古人对文武者在德方面的标准有特别的要求，对文人的要求是"夫子温、良、恭、俭、让"（《论语·学而》），对武者的要求是"将者，智、信、仁、勇、严也"（孙武《孙子兵法·计篇》）。司马光将"武者"定义为具有果断的决策能力、抵御各种诱惑的能力，以及不为花言巧语所迷惑的能力的人。他指出："武者，非强亢暴戾之谓也。惟道所在，断之不疑，奸不能惑，佞不能移，此人君之武也。"（《三德》）张良就是历史上的英雄。刘邦对张良的评价很高："夫运筹策帷帐之中，决胜于千里之外，吾不如子房。"（司马迁《史记·高祖本纪》）张良辅佐刘邦，历经了智取宛城、攻破口关、鸿门历险、火烧栈道、广武对峙、鸿沟议和、修武夺印、移都长安、荐封雍齿等一系列重大事件，展示了张良大智深谋、胜人一筹的才能和坚忍执着的性格。

"子房帷幄方无事，李牧耕桑合有秋。"（范仲淹《河朔吟》）张良、李牧都是历史上文武双全的人才。文武兼备，集多种才能于一身者能成大业。文人中的武将，武将中的文人，都是稀缺的人才。对文武兼备、智勇双全的人才要特别珍惜。要有慧眼识才的本领，切莫让文武兼备之才有千古的遗憾："前不见古人，后不见来者。念天地之悠悠，独怆然而涕下！"（陈子昂《登幽州台歌》）

诗境深造：“修文整武艺。文武足相济。”（傅玄《晋宣武舞歌四首·穷武篇》）

56. 圣贤心术无偏倚，只在能权识变通　守经达权

出处：《汉书·王贡两龚鲍传》：“守经据古，不阿当世。”《宋史·列传第一百三十二·洪迈》：“不谓书生能临事达权。”

解析：指既能坚持原则，又能根据实际情况变通，不固执。

诗化：

孟子·执一

〔宋〕陈普

事理纷纷千万亿，岂容执一以为中。

圣贤心术无偏倚，只在能权识变通。

诗义：世间事物纷乱复杂，难道仅抓住一点就能把握原则和正道了？孟子的思想不偏不倚，就在于能权识变通，既能坚持基本原则，又能通晓变化的道理。

简评：“经权两不废，道立知亦周。”（刘基《咏史二十一首·其四》）“经”指基本遵循的、常行不变的法则和规律。《礼记·中庸》曰：“凡为天下国家有九经。”朱熹注曰：“经，常也。”“权”是指变化、变通。《说文解字》曰：“权，黄华木……一曰反常。”孟子曰：“杨子取为我，拔一毛而利天下，不为也。墨子兼爱，摩顶放踵利天下，为之。子莫执中。执中为近之。执中无权，犹执一也。所恶执一者，为其贼道也，举一而废百也。”（《孟子·尽心上》）杨朱主张为自己，即使拔一根毫毛就会有利于天下，他都不肯干。墨子主张兼爱，即便是浑身受伤，只要是对天下有利，他都肯干。子莫则主张中道。主张中道本来是不错的，但如果不知道权变，那也就和执着于一点没什么区别。为什么厌恶执着于一点呢？因为它会损害真正的道，只坚持了一点而废弃了其他很多方面。守经达权还要保持分析精神，应能辨别是非曲直，切莫盲从。

“预支五百年新意，到了千年又觉陈。”（赵翼《论诗五首·其一》）新事

物、新思想层出不穷，即使当下能预支未来五百年的新意来创作，一千年过后也会觉得陈旧了。“阴阳迭运有饶乏，化机妙斡存经权。”（徐瑞《己亥二月仲退寄桃花雪倡和诗卷次韵》）人类活动过程中面对的事物纷繁复杂、千差万别，只有既把握其中的规律和原则，又能根据不断变化的内外部环境因地制宜、因人而异、因时而变，才能实现有效治理。魏源指出：“履不必同，期于适足；治不必同，期于利民。”（《古微堂集·默觚》）世界上没有固定的发展和治理模式，能够持续造福人民的治理，才是最好的治理。

诗境深造：“人谋寓经权，天机隐成败。”（田登《感兴》）

57. 月儿弯弯照九州，几家欢乐几家愁　明于下情

出处：《薛子道论·下篇》：“为政，通下情为急。”

解析：指充分了解、掌握基层的情况。治国理政，最急迫的就是要充分了解基层和下级的真实情况。

诗化：

新制绫袄成感而有咏（节选）

〔唐〕白居易

宴安往往叹侵夜，卧稳昏昏睡到明。
百姓多寒无可救，一身独暖亦何情！
心中为念农桑苦，耳里如闻饥冻声。
争得大裘长万丈，与君都盖洛阳城！

诗义：宴罢友人，叹息黑夜降临，昏昏沉沉躺下，一觉睡到天明。百姓大多饥寒交迫得不到援助，一人独享荣华我实在没什么好心情。心里惦记着农民耕作的艰辛，耳边好像听到饥寒交迫的呻吟。我想取得一套有万丈之长的裘皮大衣，与你一起把整个洛阳都盖起来，使老百姓不至于受寒挨冻。

简评：明于下情，体察民情，是做出正确决策的重要前提。司马光《资治通鉴》曰：“上情不通于下则人惑，下情不通于上则君疑。疑则不纳其诚，惑则不从其令。”下级对上级的意图不了解就会产生迷惑，上级对下级的情况

不了解就会产生怀疑。上级产生怀疑就不会采纳下级的真诚意见，下级产生迷惑就不会认真执行上级的政令。《后汉书·张衡列传》指出："亲履艰难者知下情，备经险易者达物伪。"亲身经历艰难险阻的人能够了解下情，备经安危险易的人容易辨明事物的是非真伪。邵雍对民情感悟比较深刻，写下了《民情吟》一诗："民情既乐，和气为祥。民情既忧，戾气为殃。祥为雨露，天下丰穰。殃为水旱，天下凶荒。"

"月儿弯弯照九州，几家欢乐几家愁。"（《京本通俗小说·冯玉梅团圆》）重视和加强调查研究是了解民情，提高认识能力、判断能力和工作能力的重要法宝。毛泽东十分重视调查研究。第二次国内革命战争时期，他先后在宁冈、寻乌、兴国等地进行了八次范围较大、时间较长的调查研究，提出了"没有调查，没有发言权""不做正确的调查同样没有发言权"等著名论断。延安时期，毛泽东先后撰写和起草了《改造我们的学习》《中央关于调查研究的决定》等系列文章和文件，号召全党充分认识调查研究的重要性。毛泽东指出："在全党推行调查研究的计划，是转变党的作风的基础一环。"（《改造我们的学习》）深入实际、深入基层、深入群众，进行各种形式的调查研究，有利于深切了解基层的需求、愿望，学习了解基层的创造精神、实践经验。

诗境深造："尧聪能下听，汤网本来疏。"（马戴《新春闻赦》）

58. 堪笑牡丹如斗大，不成一事又空枝　以实则治

出处：《潜书·权实》："然有治不治者，以实则治，以文则不治。"

解析：指以务实的作风治理国家，国家就会安定兴旺，反之，浮夸文饰、徒有虚名就无法治理国家。

诗化：

咏牡丹

〔宋〕王溥

枣花至小能成实，桑叶虽柔解吐丝。

堪笑牡丹如斗大，不成一事又空枝。

诗义：枣树开花很小却能够结出果实，桑叶虽然很柔，却可用之以养蚕缫丝。可笑那牡丹开得像斗一样大，却毫无用处，只能白白缀满花枝，不结一颗果实，花谢后只留下一丛空枝。

简评：《潜书》为明末清初思想家唐甄所著。唐甄是一个注重实际行动的人。在任山西长子县知县时，他曾为了动员百姓种桑养蚕，挨家挨户做说服指导工作，还带头做示范，结果不发文书通告，一个月内就在全县种桑八十万株。唐甄认为，为政最重要的是重视实际行动，这样天下就可以太平；反之，浮夸文饰百姓就不得安宁。唐甄指出，不抓落实，不付诸行动，其结果只会是“百职不修，庶事不举，奸敝日盛，禁例日繁，细事纠纷，要政委弃”（唐甄《潜书·权实》）。墨子也是一位实干家，他说：“慧者心辩而不繁说，多力而不伐功，此以名誉扬天下。言无务多而务为智，无务为文而务为察。”（《墨子·修身》）意思是智慧而务实的人心里明白而不多说，努力做事而不夸饰自己的功劳，因此名扬天下。说话不在多而要讲究智慧，不图文采而应讲究明白。

“空谈误国，实干兴邦。”历史上有许多空谈误国的教训，如战国时期的大将赵括，只会“纸上谈兵”，使赵国四十万大军全军覆没，赵国从此灭亡。明代何乔新有诗批评空谈浮夸者曰：“赵括谈兵世鲜伦，长平一败血成津。谁知蹙项安刘者，却是当时重厚人。”（《坐客有谈兵者纵横无穷谩成一绝以警之》）“道虽迩，不行不至；事虽小，不为不成。”（《荀子·修身》）以实则治往往会出现“当庭锄土栽桑柘，成级开田种麦麻。可喜此邦皆务实，学儒学稼是生涯”（陈炎《出乡》）的良好局面。“以实则治”的关键是解决实际问题。“千形万象竟还空，映水藏山片复重。无限旱苗枯欲尽，悠悠闲处作奇峰。”（来鹄《云》）绝不能像只顾悠悠闲处的云一样不解决实际问题。“古人树声名，根柢性情地。一一践履真，实心贯实事。”（张藻《近得沅儿出抚秦中之信因作诗以箴之》）凡是问题解决得好、群众满意的，靠的都是不躲不绕，具体抓、抓具体。只有脚踏实地真抓实干，才能解决问题，才能取得实际效果。正是：“春风贺喜无言语，排比花枝满杏园。”（赵嘏《喜张渍及第》）

诗境深造：“留心在庶绩，厉精思治纲。”（徐勉《和元帝诗》）

59. 人惟邦本本由农，旷古谁高后稷功　大本在农

出处：《汉书·文帝纪》："农，天下之大本也，民所恃以生也，而民或不务本而事末，故生不遂。"

解析：指农业是天下最大的根本，是百姓赖以生存的根基。

诗化：

三代门·后稷

〔唐〕周昙

人惟邦本本由农，旷古谁高后稷功。
百谷且繁三曜在，牲牢郊祀信无穷。

诗义：百姓是国家的根本，而百姓的根基在于农业和农村，自古以来有谁的功劳能高于治农的官员呢？农业丰收、五谷丰登就能国泰民安、六畜兴旺，治国能取得如此效果就能得到百姓的信任。

简评：我国人口众多，大部分地区农耕条件不是十分优越。作为一个农业大国，农业不兴，无从谈百业之兴，农民不富，难保国泰民安。"表章有道诚长策，衣食无功本拙谋。国制由来重农亩，太平政不在他求。"（范榟《伏睹中书以内郡饥遍行拯救新令，感激有作》）从经济角度看，农业是国民经济的基础，是经济发展的基础。从社会角度看，农业是社会安定的基础，是安定天下的产业。从政治角度看，农业是国家自立的基础。我国的自立能力有赖于农业的发展程度。必须将农业放在整个经济工作的首位，高度重视农业生产，在经济发展的任何阶段，农业的基础地位都不能削弱，只能加强。正是："重农藏富屡诏谕，雨旸时若歌丰穰。"（玄烨《长安行》）

北魏著名农学家贾思勰主张重视农业，提倡奖励农耕，提出农业是百姓的根基，也是利国安民、巩固国家政权和维护社会稳定的重要一环，他写出了我国最早、最完整的农业百科全书《齐民要术》。晋代陶渊明十分重视农业，他写道："哲人伊何？时维后稷。赡之伊何？实曰播殖。舜既躬耕，禹亦稼穑。远若周典，八政始食。"（《劝农六首·其二》）大意是最为智慧的贤者是谁？是被称为谷神的后稷。后稷何以使民富？他教导百姓耕田种谷米。舜帝亲自于垄亩耕作，大禹亦曾事农艺。周代典籍早有记载，八政中食排第一。

古诗词中有大量描写农业、农村和农事的作品，其中宋代范成大所作十分具有代表性。范成大与陆游、杨万里、尤袤齐名，为“南宋四大家”之一。他曾任徽州知州，重视农业，减轻赋税，兴修水利，颇有政绩。他的诗歌以反映农村生活的作品成就最高，尤以六十首《四时田园杂兴》组诗为代表。比如：“梅子金黄杏子肥，麦花雪白菜花稀。日长篱落无人过，惟有蜻蜓蛱蝶飞。”（《四时田园杂兴·其二十五》）《四时田园杂兴》组诗比较全面深刻地描写了农村四时的风光景物、风俗习惯，反映了农民的辛勤劳动和生活面貌。其诗风格纤巧婉丽，温润精雅，富有民歌风味。

诗境深造：“不须论贤愚，均是为食谋。”（苏轼《除夜直都厅囚系皆满日暮不得返舍因题一诗于壁》）

60. 些小吾曹州县吏，一枝一叶总关情　广求民瘼

出处：《后汉书·循吏列传·序》：“广求民瘼，观纳风谣，故能内外匪懈，百姓宽息。”

解析：指广泛关注了解老百姓的疾苦和困难。

诗化：

悯农·其一

〔唐〕李绅

春种一粒粟，秋收万颗子。

四海无闲田，农夫犹饿死。

诗义：春天种下一颗种子，秋天时可以收获万颗的粮食。四海之内并无闲置的田地，可是仍有辛劳耕作的农民饿死。

简评：“圣人不利己，忧济在元元。”（陈子昂《感遇诗三十八首·其十九》）高尚的人，不求一己之私，他关心、济助的是普天下的老百姓。1094 年，苏轼被贬至惠州任官，他结合朝政身世，抒发感情，创作了多首荔枝诗，其中的《荔支叹》有较为深刻的内涵：“十里一置飞尘灰，五里一堠兵火催。颠坑仆谷相枕藉，知是荔支龙眼来”，以无比愤慨的心情，批判统治者的荒淫无耻；“我

愿天公怜赤子，莫生尤物为疮痏。雨顺风调百谷登，民不饥寒为上瑞”，表达了对民众的深切同情。李绅的“锄禾日当午，汗滴禾下土。谁知盘中餐，粒粒皆辛苦”（《悯农·其二》），也是一首朴实无华、朗朗上口，体现老百姓的勤劳与艰苦，情感真挚朴实的短诗，千百年来家喻户晓、老少皆知。

水能载舟，也能覆舟。“吏之于民必相知心，然后治也。吏知民心则明，明则政平矣。”（李觏《李觏集》）官吏和百姓应当相互知心，这样有利于治理。官吏了解百姓的实情就能贤明，贤明则政治清明。张居正指出，“致理之要，惟在于安民，安民之道，在察其疾苦而已”（《请蠲积逋以安民生疏》）。治国理政的关键在于让老百姓安居乐业，而让百姓安居乐业，离不开为政者体察他们的疾苦。李商隐曾经赋诗讽刺不关心老百姓疾苦的情况：“宣室求贤访逐臣，贾生才调更无伦。可怜夜半虚前席，不问苍生问鬼神。”（《贾生》）郑燮在任山东潍县知县时，曾写下“衙斋卧听萧萧竹，疑是民间疾苦声。些小吾曹州县吏，一枝一叶总关情”（《潍县署中画竹呈年伯包大中丞括》），以此来勉励自己关心百姓的疾苦。

毛泽东非常重视共产党员与人民群众的关系。他说，“人民，只有人民，才是创造世界历史的动力”（《论联合政府》），要求党员和群众打成一片，“我们应该走到群众中间去，向群众学习，把他们的经验综合起来，成为更好的有条理的道理和办法，然后再告诉群众（宣传），并号召群众实行起来，解决群众的问题，使群众得到解放和幸福”（《组织起来》）。

诗境深造：“苟有爱物心，稚老皆蒙德。”（司马光《和聂之美鸡泽官舍诗七首·题厅壁》）

七、治制篇

一代人

代表中国答卷代表中国入学

接受历史和未来的严格检验

《史记》《资治通鉴》的笑容

舒展开东方的眉头

忙于招生忙于考试的中国

进入了青春时代

淘汰无知淘汰失望淘汰懒惰

男男女女们进入考场进入学校

一个民族的充实和自信

在中国大地上冉冉升起

——邢海珍《忙于招生忙于考试的中国》（节选）

治制是治理国家的法度、体制。我国历史悠久，积累了大量治国理政的经验和制度。其中，郡县制、尊儒制、盐铁制、科举制、谏议制、军兵制、屯田制、监察制、税制和举荐制等都是十分重要的治制。

61. 天戈南指皆薅锄，设立郡县轨同车　郡县分治

出处：《逸周书·作雒解》："分以百县，县有四郡。"《左传·哀公二年》："克敌者，上大夫受县，下大夫受郡。"

解析：指中国古代实行在中央集权体制下，郡、县二级政权的地方行政制度。

诗化：

郡县

〔宋〕晁公溯

郡县纷纷数代更，循良少似汉西京。
未闻子产能宽服，谁见翁归有急名。
所望家无空杼柚，常令天下害粢盛。
打门不怕催科吏，愿与君王竭地征。

诗义：数个朝代以来，郡县制度的改革变化不断，很少见到像汉代长安的官吏这么奉公守法、勤政廉政的。未听说过子产仁爱宽待百姓而得人心吗？又有谁会说翁归靡归顺汉室是为了短期利益呢？但愿家家都没有空置的纺织机，愿天下百姓不用为收成而祭祀祈祷，不用害怕催租的官吏敲门，心甘情愿地给国家交征粮。

简评：晁公溯这首《郡县》反映了国家与地方的行政治理体制与老百姓息息相关的道理。郡县制是中国古代以郡统县的两级地方行政管理制度，延续了数千年，郡、县长官一般由中央直接任免并实行任期制。郡县制的实施，有利于中央集权的加强和国家的统一，有利于国家和地方治理人才不断涌现。县制起源于春秋时期的楚国，郡制则源自秦国。经过秦始皇的进一步改革，郡县制成为秦汉之后中国古代的地方政治制度。唐乾元元年（758），改郡为州，以州县制取代了郡县制。

中国古代文人对郡县制给予了高度的认可。唐代柳宗元评论秦朝迅速灭亡的原因时说，秦朝"失在于政，不在于制"（《封建论》），认为导致秦朝迅速灭亡的不是郡县制，而是过于残暴的执政手段；又指出郡县制"使贤者居上，不肖者居下，而后可以理安。今夫封建者，继世而理；继世而理者，上

果贤乎，下果不肖乎？”（《封建论》）认为郡县制和分封制的最大区别就是，郡县制能广揽人才，使其参与地方的治理，分封制则不能。明末清初顾炎武指出，“封建之废，非一日之故也，虽圣人起，亦将变而为郡县”（《郡县论》），认为郡县制的产生和形成经历了漫长的历史、总结了经验得失，并非一日、一人就能制定、实施和推广。

纵观历史，历次试图恢复分封制的举动大多引发了战祸。比如，西汉初期在实行郡县制的同时又分封诸侯国，结果因诸侯王与皇权之间出现冲突，汉景帝时爆发了七个刘姓宗室诸侯王的叛乱，史称“七王之乱”。“然而封建之始，郡国居半，时则有叛国而无叛郡，秦制之得亦以明矣。继汉而帝者，虽百代可知也。”（柳宗元《封建论》）又如，西晋夺取曹魏政权之后，认为只有分封宗室子弟、广设诸侯国才能免蹈覆辙，结果导致中国历史上最为严重的皇族内乱，史称“八王之乱”。八王之乱严重破坏了社会经济，导致西晋亡国，中国历史进入东晋十六国的动荡时期。

“天戈南指皆薅锄，设立郡县轨同车。”（姚鼐《赏番图为李西华侍郎题》）郡县治，天下安。郡县制有利于中央垂直管理地方，确保地方严格服从中央，避免地方诸侯割据；有利于发现和使用优秀人才来治理地方，避免诸侯的世袭制；有利于政令通畅，有效加强中央集权；有利于形成政治安定、社会和谐和经济发展的治理格局。秦汉以后，郡县制的行政管理体制在大一统的中央集权治理中发挥了重要作用，在某种程度上避免了因诸侯割据而产生周期战乱的状况。

诗境深造：“寂寥虽下邑，良宰有清威。”（裴说《南中县令》）

62. 周王常德须攘狄，汉帝雄才亦尚儒　尊儒尚学

出处：《讲古文联句》：“汉承秦弊，尊儒尚学。”

解析：指中国古代将儒学作为最重要的思想文化，重视对儒家思想和儒家经典的教育。

诗化：

赠青滩将谢承制

〔宋〕苏轼

吾皇有意缚单于，槌破铜山铸虎符。

骁将新除三十六，精兵共领五千都。

周王常德须攘狄，汉帝雄才亦尚儒。

君学本兼文武术，功名不必读孙吴。

诗义：我朝皇帝意图征服匈奴单于，耗尽国力财富去建设军队。新提拔将领三十六人，共领精兵五千。周王宽厚仁慈也要防备敌人入侵，汉武帝雄才大略也要尚儒尊孔。教育就应该兼顾文功武略两个方面，做到文武兼备，取得功名，也不是非要去读兵法。

简评：尊儒制是中国古代同郡县制、盐铁制和科举制影响相当的四大制度之一，历朝历代基本上推崇儒家，使儒家文化成为中国古代社会的主流文化。尊儒制始于汉武帝时期，董仲舒向汉武帝提出尊崇儒术的策略。汉武帝采纳了董仲舒的意见，推行尊儒制度。具体的措施体现在：思想上，对董仲舒的新儒学思想予以支持和肯定；政治上，启用儒士参与国家大政，采用选拔方式建设官僚队伍，提升官员的文化素质；教育上，兴办太学，传授儒家经典著作，传播儒家思想。桂林秀峰书院有楹联：“先有本而后有文，读三代两汉之书，养其根，俟其实；舍希贤莫由希圣，守先正大儒之说，尊所闻，行所知。”体现了书院教育对儒家思想的传承。

尊儒制的实施有助于统一思想，有助于国家的长治久安和发展。“尊儒敬业宏图阐，纬武经文盛德施。”（《唐释奠文宣王乐章·舒和》）尊儒制在后世也得到了杰出人士的支持，唐代韩愈就是大力提倡尊儒的人物之一，所谓“排斥异端尊孔孟，推原人性胜荀杨。平生胆气尤奇伟，何止文章日月光”（徐钧《韩愈》）。

诗境深造：“问道图书盛，尊儒礼教兴。”（裴漼《奉和圣制送张说上集贤学士赐宴》）

63. 裕国折衷盐铁论，匡时原委治安书　盐铁官营

出处：《管子·海王》："海王之国，谨正盐策……今夫给之盐策，则百倍归于上，人无以避此者，数也。"

解析：指中国古代对盐铁实行管制和专卖的政策。

诗化：

盐商妇

〔唐〕白居易

婿作盐商十五年，不属州县属天子。
每年盐利入官时，少入官家多入私。
官家利薄私家厚，盐铁尚书远不知。
何况江头鱼米贱，红脍黄橙香稻饭。
饱食浓妆倚柁楼，两朵红腮花欲绽。
盐商妇，有幸嫁盐商。
终朝美饭食，终岁好衣裳。
好衣美食有来处，亦须惭愧桑弘羊。
桑弘羊，死已久，不独汉时今亦有。

诗义：丈夫做盐商已有十五年，州县管不着他，他直属于皇帝管理。每年所交纳的盐利，小部分上交官家，大部分归属自家。官家所得微薄而私家所得丰厚，管盐铁的尚书远在京城，根本就不知具体情况。现在江边鱼米价贱，盐商的妻子吃的是红脍、黄橙和香喷喷的米饭，饭后浓妆斜倚在舵楼上，粉红的双腮像两朵鲜花欲绽。成为盐商的妻子真是好福气啊！一日三餐美味佳肴，一年四季绫罗绸缎。丰衣足食何处来？愧对桑弘羊的是那盐铁尚书。桑弘羊死去已久，能和汉代那些杰出人才媲美之人现在还是有的。

简评："裕国折衷盐铁论，匡时原委治安书。"（成鹫《呈贾青南鹾使·其一》）盐铁官营是中国古代对盐铁实行专卖的财政政策，最早可追溯至春秋时期齐国的管仲对齐桓公提出的"官山海"策略。齐桓公为了增加国家的收入，想增收房屋税、林木税、牲畜税甚至人口税等税种，但都遭到管仲的反对，"夫以室庑籍，谓之毁成；以六畜籍，谓之止生；以田亩籍，谓之禁耕；以

正人籍，谓之离情；以正户籍，谓之养赢”（《管子·国蓄》）。管仲认为，若是征收房屋税，会造成房屋毁坏；若是征收六畜税，会限制六畜繁殖；若是征收田亩税，会破坏农耕；若是按人丁收税，会断绝人的情欲；若是按门户收税，无异于优待富豪。管仲给齐恒公出了一个为国家增加财力的谋略，即“官山海”政策，也就是盐铁官营。

任何政府都不可避免地要征税，但如何有效地增加财政收入而又不引起民怨？管仲不赞成横征暴敛，指出“重赋敛，竭民财，急使令，罢民力，财竭则不能毋侵夺，力罢则不能毋堕倪。民已侵夺、堕倪，因以法随而诛之，则是诛罚重而乱愈起”（《管子·正世》）。征税是一项重要而必须审慎的治理制度，而且是一门非常有讲究的治理艺术，管仲的“官山海”就是堪称治理艺术的策略，盐铁官营实现了无形征税。

汉朝设置专门机构大司农负责处理全国盐铁事务。汉之后，中国古代各朝代基本上也采取了盐铁官营的策略。盐官营有不同的做法，包括民制、官收、官运、官销等。

白居易这首《盐商妇》揭露的是中唐时期，官方把盐业专利包给盐商但又监管不力，以致出现盐商与盐官勾结，随意抬高盐价、隐瞒真正收入以获取高额利润的现象。白居易对这种现象极为不满，以此诗抨击这一现象。但总体上，盐铁官营的政策还是积极的，盐铁官营增加了国家财政收入，提升、改进和推广了先进生产技术。盐铁官营对后世的国家治理和经济模式产生了深远的影响。

诗境深造：“早成盐铁论，国计借良筹。”（李英《送王运使赴长芦》）

64. 异言异服休相讶，同轨同文本一家　同文同轨

出处：《礼记·中庸》：“今天下车同轨，书同文，行同伦。”

解析：指文字、度量衡等制度和标准保持一致，后来多以此比喻国家统一。

诗化：

古风·其三（节选）

〔唐〕李白

秦王扫六合，虎视何雄哉！
挥剑决浮云，诸侯尽西来。
明断自天启，大略驾群才。
收兵铸金人，函谷正东开。

诗义：秦始皇以虎视龙卷之势横扫六国，统一中国，何等雄威！他利剑一挥，扫尽浮云，各诸侯尽数面西称臣。他处事果断，天资聪慧，雄才大略，能自如地驾驭群雄。他假令顺应天意，收缴兵器，铸成十二金人，函谷关的大门向东大开，神州太平安定。

简评：李白这首诗一开始就以力透纸背的描述，展示了一代枭雄秦始皇的雄才大略及其一统天下的雄风，比较客观地评价了秦始皇统一中国的历史。在中国的悠久历史中，统一局面是主流。统一的中国是中国所处的自然环境决定的，也是历史经验决定的。史书记载，华夏曾小国林立，“当禹之时，天下万国，至于汤而三千余国”（《吕氏春秋·用民》）。后经过多年的战争，小国逐渐减少，“又遭纣乱，至周克商，制五等之封，凡千七百七十三国，又减汤时千三百矣”（《后汉书·郡国志一》）。到春秋时期，各诸侯国之间相互讨伐，战祸不断，被吞并的国家越来越多。据统计，楚灭掉四十三国，晋灭掉三十四国，秦灭掉二十三国，齐灭掉十国，鲁灭掉九国，宋灭掉七国，吴灭掉五国，郑、卫各灭掉三国。

“车书共文轨，律度出声身。”（刘攽《嘉祐大行皇帝挽诗十首·其九》）华夏大一统的思想在春秋时期就出现了。公元前 651 年，在春秋第一霸主齐桓公召集的葵丘之会上，参会的诸侯国达成一条盟约：“无曲防，无遏籴，无有封而不告。”（《孟子·告子下》）各国约定，不得修建有碍邻国的水利工程，不得在天灾时人为阻碍粮食的流通。由于地处季风气候区，且地势西高东低，华夏大地自古灾害频发。历史学家黄仁宇统计，在 1911 年之前的 2117 年间，官方有记录的水灾 1621 次、旱灾 1392 次。面对灾害，需要团结一心、众志成城的强有力体制和国家才能战胜。先人们高度认识到统一对华夏的重要性，在政治上、思想上推崇大一统的观念。《诗经》《礼记》都体现了天下一统的观念："溥天之下，莫非王土；率土之滨，莫非王臣。"（《诗经·小雅·北山》）"天无二日，土无二王，家无二主，尊无二上。"（《礼记·坊记》）

孔子提出："君子敬而无失，与人恭而有礼，四海之内皆兄弟也。"（《论语·颜渊》）孟子指出天下安定的唯一出路是一统："（天下）定于一。"（《孟子·梁惠王上》）荀子提出"天下一统"的框架就是以"思想一统"为核心，以"制度一统"为保障，以"君权集中"为要素的新秩序。管子终生以天下一统为己任，"以家为家，以乡为乡，以国为国，以天下为天下"（《管子·牧民》），提出以齐家的规矩治家，以富民的规矩治乡，以强国的规矩治国，以平天下的规矩匡正天下。墨子的政治主张也体现了大一统的思想："故古者圣人之所以济事成功，垂名于后世者，无他故异物焉，曰：唯能以尚同为政者也。"（《墨子·尚同中》）墨子认为，古代圣人之所以功业有成、名垂千古，是因其崇尚统一，将天下一统作为行为准则。

"文明履运，车书同轨。巍巍赫赫，尽善尽美。"（《享太庙乐章·景云舞》）秦始皇在消灭六国之后，在疆域上统一了中国的版图，在中国历史上第一次完成了统一大业。不仅如此，他还通过构建一系列制度，从思想上、文化上和制度上使统一的内涵更加丰富、统一的基石更加牢固。政治上确立中央集权制，行政管理上推行郡县制，社会、文化上采取"车同轨，书同文，行同伦"的政策和统一的度量衡单位制。这些制度的实施，有效地消弭了地区间的沟通障碍，减少了列国时期形成的文化差异，在国家内部塑造出共同的文化心理和制度规范，为中华的长期统一做出了不可磨灭的贡献。梁启超称赞说："秦汉以降，以统一为常轨，而分裂为变态。"正是："粤水燕山路未赊，观风问俗兴无涯。异言异服休相讶，同轨同文本一家。"（成鹫《送高邑佐伴贡入京用来韵十首·其八》）

诗境深造："永从文轨一，长无外户人。"（庾信《周五声调曲二十四首·其四》）

65. 取士皆知有科举，进身初不在文章　开科取士

出处:《儿女英雄传》:“你只想朝廷开科取士，为国求贤，这是何等大典。”

解析：指古代通过科举考试来选拔优秀人才的制度和措施。

诗化：

嘉泰改元桂林大比与计偕者十有一人九月十六日用故事行宴享之礼

〔宋〕王正功

桂林山水甲天下，玉碧罗青意可参。
士气未饶军气振，文场端似战场酣。
九关虎豹看劲敌，万里鹍鹏伫剧谈。
老眼摩挲顿增爽，诸君端是斗之南。

诗义：普天下桂林山水最美，山峰宛如碧玉簪，江水好像青罗带，这青山绿水的意境，意蕴深厚，值得细细品味。文人博取功名的志气不弱于军人取胜的志气，文场上的较量拼杀就像战场一样惨烈。面对强大的对手，要有关外虎豹的勇猛，要像翱翔万里的鲲鹏，志存高远，自信从容。今天各位后生取得的成绩令老夫喜不自胜，双目增爽。祝愿各位的前程像南斗六星君一样，高悬天空，闪闪发光。

简评：南宋嘉泰元年（1201），主政桂林的王正功在独秀峰下宴请桂林乡试中举的学子，席间写下了这首诗，寄托了他对学子们的殷切期望和祝福。后来，参加此次宴席的门生张次良将诗文镌刻在了独秀峰的石壁上，以纪念恩师，勉励后人，“桂林山水甲天下”成为千古名句。其实从诗中还可以看出当时社会对科举考试的重视程度。

“文章天地分经纬，鸾凤云霄展羽仪。”（张天赋《壬子秋科送从侄伯珍赴科场兼嘱三儿云》）科举制是中国古代通过考试来选拔官员的一种制度。分科考试，取士权归于中央，允许自由报考，所以叫作科举。科举制开始于隋朝大业元年（605），至清朝光绪三十一年（1905）举行最后一科进士考试，经历了1300年，一共举行了700多场，产生了700多名状元，进士更是数不胜数。科举制度在中国古代的人才选拔中发挥了重要作用，为国家选拔了大批人才，孙中山肯定了我国历史上以科举制度为核心的人才选拔制度。科举

制有着严密的考试程式和制度，是中华民族的杰出创造。科举制使许多寒门子弟获得相对平等的竞争机会，为国家和社会广泛搜罗人才，做出了巨大贡献。“自知群从为儒少，岂料词场中第频。桂折一枝先许我，杨穿三叶尽惊人。”（白居易《喜敏中及第，偶示所怀》）

中国自古就重视人才的选拔，汉代推行了“乡举里选”的选拔制度。汉高祖十分重视人才的选用。他深知人才的重要性：“夫运筹策帷帐之中，决胜于千里之外，吾不如子房；镇国家，抚百姓，给馈饷，不绝粮道，吾不如萧何；连百万之众，战必胜，攻必取，吾不如韩信。此三者，皆人杰也，吾能用之，此吾所以取天下者也。”（司马迁《史记·高祖本纪》）汉朝建立以后，为了招揽人才，他下诏称愿与天下贤士大夫共治天下，在全国实行察举选官制度。察举分为诏举和常举两种方式，诏举由皇帝不定期地直接下诏向各地征召人才，常举是定期选拔官员的制度。汉武帝时期，又实行了“州举茂才”“郡举孝廉”制度。凡举荐的官员，都实行一年的试用期。

隋朝为了招揽人才，将选官权力收归中央政府，设贤良科负责推举人才，并以“志行修谨”“清平干济”二科推选人才，从德才两方面考核人才。唐代唐高祖进一步扩大选人用人的途径和范围，规定士子可自行荐举和参加朝廷考试。唐代的科举包括常举、制举和武举，是历代考试中科目最多、范围最广、制度最精细的，也成为宋、元、明、清科举的蓝本。科举考试中，最为传奇的当属宋仁宗时期嘉祐二年的科举。这次考试的主考官为欧阳修，小试官是梅尧臣，选拔出的前十名进士中，出现了唐宋八大家中的苏轼、苏辙、曾巩三位，探花章惇成为宰相，还有理学创始人之一的程颢、提出“为天地立心，为生民立命，为往圣继绝学，为万世开太平”的张载，以及王安石变法的核心人物吕惠卿、章惇、曾布、蔡卞等。科举考试通常分为地方上的乡试、中央的省试与殿试。乡试第一名为“解元”，中央省试为“省元”，殿试第一名为“状元”，倘若三试均为第一名，则称连中“三元”。明清时期，科举制更加完备，采取院试（即童生试）、乡试、会试和殿试四级考试制度。

“取士皆知有科举，进身初不在文章。”（郭宣道《送同舍张耀卿补掾中台》）科举制为古代中国社会选拔了一大批精良的人才，许多人对中国历史和思想文化的发展有重大贡献。唐玄宗开元年间宰相、诗人张九龄为周武则天长安年间进士，为相直言敢谏，作文高雅超逸。唐玄宗开元年间武举高第郭子仪，在平定安史之乱、收复两京、智退吐蕃回纥等事件中立下赫赫战功，为维护唐朝的安定统一做出了重大贡献。南宋末年政治家、文学家、军事家文天祥为宋理宗宝祐四年（1256）状元。在宋代，凡考取进士，可直接授官，许多人才脱颖而出，成为重要官员，如赵普、王安石、李纲、周必大等。这些优秀人物，激励着一代又一代年轻人刻苦攻读，奋发进取。“闻说三魁是少年，世间何必叹才难。我生亦是奇男子，莫作时人一例看。”（陈著《闻状元是少年》）诗中反映出古代科举考试中，乡试、会试、殿试的第一名有不少是少年郎，提醒世人切莫瞧不起年轻人。

当然，科举制也存在一定的弊端，如这副对联指出的：“上钩为老，下钩为考，老考童生，童生考到老；一人是大，二人是天，天大人情，人情大过天。”

诗境深造：“一经传世业，三试逐时髦。”（罗洪先《世光子赴乡试》）

66. 屯田布锦周千里，牧马攒花溢万群　寓兵于农

出处：《汉书·西域传下》：“自武帝初通西域，置校尉，屯田渠犁。”

解析：指中国古代历代政府为取得军队给养或税粮而组织经营的兵农结合的耕作制度，屯田制是其中典型。

诗化：

屯田词

〔唐〕戴叔伦

春来耕田遍沙碛，老稚欣欣种禾麦。
麦苗渐长天苦晴，土干确确锄不得。
新禾未熟飞蝗至，青苗食尽余枯茎。
捕蝗归来守空屋，囊无寸帛瓶无粟。
十月移屯来向城，官教去伐南山木。
驱牛驾车入山去，霜重草枯牛冻死。
艰辛历尽谁得知，望断天南泪如雨。

诗义：春天来了，大家在戈壁滩上耕田，男女老幼兴高采烈地播种麦苗。可是麦苗慢慢长高，老天爷却不下雨，以致土地干裂得无法下锄。庄稼还没有成熟，又闹起了蝗灾，所有的青苗都被蝗虫吃尽，只留下遍地的枯茎。全体老小只能又出动去驱除蝗虫，回到家里却四壁空空，缺衣缺粮。冬天来了，屯兵们只好移屯到城市附近扎营安顿，可是又被派去南山中伐木，于是驾着牛车就进山去了。在霜重草枯的严寒里，牛都冻死了。边疆驻屯军的艰辛，有谁能了解？遥望南方的故乡，有家而无法归去，悲伤的泪水如雨水般落下。

简评：屯田制，是指中国古代利用军队和农民垦种荒地，直接供应军队的需要和税粮，以达到守边戍边的目的。屯田制最早出现在西汉时期，为了防御匈奴的侵扰，汉文帝采纳了晁错提出的"募民徙塞下"（《汉书·爰盎晁错传》）的建议。这个建议的具体做法是：官府先于"要害之处，通川之道"修筑城邑，每个城邑可居千家；为了安置被徙者，先在城内修好室屋，备齐田器，使被徙者"至有所居，作有所用"（《汉书·爰盎晁错传》）。汉武帝面对匈奴的侵扰，采取了强硬的武力政策，将匈奴逐出黄河以北、以西地区。为了减少财政开支，就地解决军粮问题，汉武帝采纳了主父偃的建议，开发河套地区，在收复的地区设立相应的郡，并将民众迁移至该地区进行屯田耕垦，开启了大规模的军屯。"初置张掖、酒泉郡，而上郡、朔方、西河、河西开田官，斥塞卒六十万人戍田之。"（司马迁《史记·平准书》）屯田制有利于扩大疆土、开发边疆、巩固边疆，有利于减少开支、发展经济、增加收入。

寓兵于农、兵与农一、以边守边的主张得到历代政治家、军事家的高度赞许。"敌来，则与统军司并兵拒之；敌去，则务农作，勿劳士马。"（《辽史·列传第八·萧思温》）屯田制自汉朝出现之后，为三国曹魏、孙吴、蜀汉，及唐、宋、元、明、清等朝代所采用，是中国古代历朝治国、治军的重要制度。从古人的作品中可以了解古代屯田的状况："屯田布锦周千里，牧马攒花溢万群。白云本是乔松伴，来绕青营复飞散。"（卢纶《送饯从叔辞丰州幕归嵩阳旧居》）"屯田数十万，堤防常慑惴。急征赴军须，厚赋资凶器。"（杜牧《感怀诗一首》）"武威张掖至敦煌，自昔屯田足外攘。莫说明初关外事，数声羌笛转凄凉。"（董谷《塞上曲八首·玉门》）

诗境深造："今将赴营田，尽室载边疆。"（吴清鹏《屯田行》）

67. 独有相如能进谏，声华不愧汉衣冠　公规密谏

出处：《三国志·魏书·桓二陈徐卫卢传》：“时太子未定，而临菑侯植有宠，阶数陈文帝德优齿长，宜为储副，公规密谏，前后恳至。”

解析：指通过公开或私下的多种方式和渠道提出建议和意见。

诗化：

魏徵葬日登凌烟阁赋七言诗

〔唐〕李世民

劲筱逢霜摧美质，台星失位天良臣。

唯当掩泣云台上，空对余形无复人。

诗义：挺拔秀丽的苍竹被寒霜严重摧残，三台星陨落，魏徵逝去后，我失去了辅佐我的良臣。如今只有在凌烟阁上掩面而泣，遗憾的是，我只能空对遗像，再也见不到魏徵其人了。

简评：“独有相如能进谏，声华不愧汉衣冠。”（黎贞《观猎西苑呈西庵孙先生》）谏议是中国古代由大臣向君王，或由下级向上级提出意见、观点甚至批评的一种制度。谏议制度对于中国古代皇权过于集中的现象，有一定的纠偏作用。孟子曾告诫说：“君有大过则谏，反覆之而不听，则易位。”（《孟子·万章下》）假若君主有重大的过失便要劝阻，如果反复劝阻不听，就要另立君主，以免给国家和人民造成更大的损失和灾害。荀子认为“兼听齐明则天下归之”（《荀子·君道》），又说“故正义之臣设，则朝廷不颇；谏争辅拂之人信，则君过不远”（《荀子·臣道》）。在荀子看来，正直忠良的大臣得到重用，朝廷的政务就不会出现偏差；敢于劝谏、苦诤，有辅助、匡正之才干的人得到信任，君主的过错就不会太严重。

开明的君主喜欢团结大家共事，愚昧的君主喜欢独断专横。英明的君主推崇贤德的人，使用有才能的人而享有他们的成果；愚昧的君主忌妒有贤德的人，惧怕有才能的人而埋没他们的功绩。惩罚忠臣，褒奖奸贼，便是极大的昏庸，这就是夏桀、商纣灭亡的原因之一。唐太宗指出：“一日万机，一人听断，虽复忧劳，安能尽善？”（吴兢《贞观政要·求谏》）一天处理上万件政务，仅靠一个人听断，即使再辛勤，也难以完全办好。唐太宗时，魏徵、房

玄龄、王珪等谏官均对唐太宗产生过积极的影响。“兼听则明，偏信则暗。”（司马光《资治通鉴》）治国之道须广开言路成为历代贤明君主的共识，形成必要的谏议制度被认为是治理国家的重要保障。隋唐时期的谏议机构分隶中书、门下两省，与台谏形成并立局面。宋代设立谏院，元朝取消谏院，台谏合一。

唐代魏徵是历史上极负盛名的谏臣。魏徵备经丧乱，仕途坎坷，但阅历丰富，有雄才大略和敏锐的洞察力，为人耿直不阿，遇事无所屈挠，深得精勤于治的唐太宗器重。著名的《谏太宗十思疏》，是魏徵给唐太宗的谏文，意在劝谏太宗居安思危，戒奢以俭，积其德仁。唐太宗对这位谏臣非常敬佩，曾这样评价魏徵：“以铜为镜，可以正衣冠。以古为镜，可以知兴替。以人为镜，可以明得失。”（《旧唐书·列传第二十一·魏徵》）一个人用铜当镜子，可以整理好自己的衣服和帽子；用历史当镜子，可以知道国家兴亡的原因；用人当镜子，可以发现自己的对错。唐太宗还说：“徵一言，贤于十万众。”（《新唐书·列传第三十五·冯盎》）

诗境深造：“先朝纳谏诤，直气横乾坤。”（杜甫《别李义》）

68. 天下持平廷尉在，关中居重相侯来　居重驭轻

出处：《吹剑录外集》：“故自三代、秦、汉迄我朝，皆以兵得天下，人主皆亲历行阵，习知武事，知居重驭轻之势。承平既久，则习文忘武。”《议京兵》：“自古帝王之立国也，莫不欲居重驭轻，以为长远之计。”

解析：指掌握兵权以制政权。

诗化：

题淮阴侯庙十首·其九

〔宋〕邵雍

韩信恃功前虑寡，汉皇负德尚权安。

幽囚必欲擒来斩，固要加诸甚不难。

诗义：韩信居功自傲、考虑不周而留下祸根，刘邦杀韩信纵然有负道义，

但尚有对天下安定、谋求统一的权衡。幽禁韩信会引起其部下的怨恨而导致兵变，所以必须擒下斩首消除后患。

简评：军制，又称“兵制”，是中国古代军事制度的总称，主要包括军事体制、编制、管理、训练、军职、兵役动员、军队调发与战时指挥、粮饷兵器与后勤保障等制度。不同的朝代有不同的军制。如秦汉时期，军制分为中央军、地方军和边防军三部分。唐代初期继承了北周、隋代的府兵制，即中央设置军府，士官平时耕种，战时召集到一起。府兵制节省了军费开支，保障了经济发展。到了唐玄宗开元时期，朝廷于边地设十个兵镇，由九个节度使和一个经略使管理。这些节度使以数州为一镇，不仅拥有军事权力，还基本拥有行政、财政、户口、土地等大权，“既有其土地，又有其人民，又有其甲兵，又有其财赋”。（《新唐书·志第四十·兵》）这样的军事制度实际上违背了居重驭轻原则：在沿边设节度使，其兵强马壮，造成内地空虚，埋下了安史之乱的祸患。

“天下持平廷尉在，关中居重相侯来。”（屈大均《上某佥事》）北宋吸取晚唐五代军阀割据的教训，改革军制，强化皇权，中央政府亲掌军队的建置、调动和指挥，其下兵权三分，枢密掌兵籍、虎符，三衙管诸军，率臣主兵柄，各有分工。军队分禁兵、厢兵、乡兵和边境地区的蕃兵，其中禁兵是主力，最多时达百万以上，实行“居中驭外”军制。元代初期军事与社会组织融为一体，各部落按百户、千户、万户编制，成年男子上马出战，下马牧养，兵牧合一。明代实行以屯田制为基础的卫所军制，全国遍设卫所，控扼要害，其军队分京军和地方军两大部分。中央设五军都督府掌全国卫所军籍，设兵部掌征讨、镇戍和训练。战时命总兵官出征，战罢兵归卫所，将印归朝，实行统军、调军与指挥权分离的“军不私将、将不专军”的制度。

诗境深造：“居重安如石，官清凛似霜。”（毛奇龄《送梁京兆之任奉天兼讯姜少京兆》）

69. 剔弊何如能责实，但循成法一条鞭　一条鞭法

出处：《明史·志第五十四·食货二》：“逋欠之多，县各数十万。赖行一

条鞭法，无他科扰，民力不大绌。一条鞭法者，总括一州县之赋役，量地计丁，丁粮毕输于官。一岁之役，官为佥募。力差，则计其工食之费，量为增减；银差，则计其交纳之费，加以增耗。”

解析：指明代嘉靖时期的赋税及徭役制度，具体是把田赋、徭役及其他杂征总归为一条，合并征收银两，按亩折算缴纳。

诗化：

和北吴歌三十首·其二十三

〔明〕范景文

十家九尽垫官钱，敲扑声高欲彻天。

昨日相逢开口笑，徭差新改一条鞭。

诗义：十户人家有九户倾家垫交了官税，官府处罚欠缴税款的敲打声响彻云霄。但昨日百姓们相逢时人人笑口开，因为徭役制度改革为一条鞭法。

简评：唐代初期延续了隋朝的租庸调制，轻徭薄赋。这是一种以均田制为基础推行的赋役制度，以征收粮食、布料或为政府服劳役为主，规定凡是均田人户，不论田地多少，均按丁缴纳定额的赋税并服一定的徭役。租庸调制以均田制为基础，均田制一旦被破坏，实行租庸调制就会导致社会不均。武周后，人口激增，土地兼并愈演愈烈，国家已无土地实行均田制，男丁所得土地不足，又要缴纳定额的赋税，农民无力负担，大多逃亡。安史之乱后，朝廷负担剧增，入不敷出。唐德宗年间开始实行宰相杨炎提出的两税法，以征收银钱为主，因在秋夏时候实行两征，故称两税。原有的租庸调三个项目都并入两税，不得另征。

“剔弊何如能责实，但循成法一条鞭。”（徐兆玮《感怀五首·其四》）赋税制度历来是治国理政的重要组成部分，关系到人民群众的福祉，关系到国家的繁荣和安危。从先秦到明清，“敛从其薄”（《左传·哀公十一年》），“节用而爱人”（《论语·学而》）均是古代重要的财政治理原则。前者为财政征收的原则，后者为财政支出的策略。量入为出是制定政策和权衡利弊的重要原则。唐代杨炎说：“凡百役之费，一钱之敛，先度其数而赋于人，量出以制入。”（《旧唐书·列传第六十八·杨炎》）明代海瑞说：“量入为出，其取给则缓。

损益盈缩，权诚悬焉，凡以为天下之人利之而已。”（《海瑞集》）

北宋时因赋税问题引发了王安石变法。北宋中期，土地兼并愈演愈烈，地主阶层却享有不缴纳赋税的特权。国家财政收入不断减少，出现入不敷出的现象。为了改变这一局面，时任宰相的王安石推动变法，变法主要分为理财和整军两大类，目的是富国强军。理财改革包括均输法、青苗法、农田水利法、免役法、市易法和方田均税法等，强军改革包括将兵法、保甲法、保马法、军器监法等。均输法、市易法和青苗法意在打击富商和地主囤积居奇、盘剥农民等行为，增加政府收入；方田均税法和免疫法旨在限制官僚地主的特权，减轻农民的负担，增加政府收入；保甲法、保马法、将兵法等则有利于加强军事力量，巩固边防。

一条鞭法是明代张居正推行的新税制度，具体内容是将田赋、徭役及其他杂征合并一起征收银两，按亩折算缴纳，将部分丁役负担摊入田亩。把过去按户、丁出办徭役，改为按丁数和田粮摊派；赋役负担除官府需要征收粮食外，一律折收银两；农民及各种负担，力役户可以出钱代役，力役由官府雇人承应；赋役征收由地方官吏直接办理，废除了原来通过粮长、里长办理征解赋役的制度，由“民收民解”制，改为“官收官解”制。一条鞭法大大简化了税制，方便征收税款，有效地防止地方官员的作弊，增加财政收入，缓解了官民的矛盾。

诗境深造：“国家定两税，本意在爱人。”（白居易《秦中吟十首·重赋》）

70. 经国理财当世务，登车揽辔古人情　登车揽辔

出处：《后汉书·党锢列传·范滂》：“滂登车揽辔，慨然有澄清天下之志。”

解析：指古代巡行监察各地官吏的行为。

诗化：

宿开封后署

〔元〕王恽

拂拭残碑览德辉，千年包范见留题。

惊乌绕匝中庭柏，犹畏霜威不敢栖。

诗义：轻轻拂拭开封知府题名碑上的尘埃，缅怀先贤的丰功伟绩，流芳千年的包拯、范仲淹的英名就刻在上面。四散的飞鸟围绕着庭院中的古柏飞来飞去，好像惧怕那寒霜肃杀的威严而不敢栖停。

简评：这首诗是颂扬宋代包拯、范仲淹德业功绩的作品。包拯为北宋名臣，曾任监察御史，行使“登车揽辔”的职责。包拯廉洁自律，铁面无私、不附权贵，敢于替百姓鸣不平，有“包青天”的美誉。范仲淹为北宋初年政治家、文学家。能秉公直言，铁面无私，世称“范文正公”。范仲淹政绩突出，文学成就丰硕，他倡导的“先天下之忧而忧，后天下之乐而乐”（《岳阳楼记》）的思想和品格，深刻地影响了其后的仁人志士，垂范后世。

“经国理财当世务，登车揽辔古人情。”（顾清《杨从龙郑采东二给事钩考边储临别有赠》）中国古代的历代政府都比较重视对官员的监察工作，并派员到地方进行巡查、巡视。早在战国时期就产生了监察制度，监察机构专门监督各级官员。秦代在中央设御史大夫，负责监察工作，并派监御史驻地方郡县，负责监察郡内各项工作。汉代承袭秦制并有所发展，在中央仍设御史大夫，到汉武帝时期，全国被分为十三个监察区，称作州部，每个州部设刺史一人，为专职监察官，对州部内所属各郡进行监督。刺史为中国古代最早成型完备的巡察官。刺意为检举不法，史意为皇帝所派的特使。

唐代在中央设御史台，其内部包括台院、殿院和察院，监察百官。其时，全国分为十道监察区（后增为十五道），每区设监察御史一人，经常性地巡回按察所属州县。唐代进一步扩大了监察机构和御史的权力，御史台享有一部分司法权，有权监督大理寺和刑部的司法案件审判。宋代监察制度进一步得到发展并加强，其基本情况是在中央层面沿袭唐制，御史台仍设三院，地方设通判，与知州平列，号称监州，并有权随时向皇帝报奏。路一级的转运使、提点刑狱等长吏负有监察州县的责任。此外，宋代特别注重对监察御史从政经验的考察，明确规定未经两任县令者不得任御史之职。

诗境深造：“赤汗青丝鞚，修途款问津。”（程公许《送别长翁制干制赴审察》）

八、法治篇

我来到这个世界上，
只带着纸、绳索和身影，
为了在审判之前，
宣读那些被判决了的声音：
……

——北岛《回答》（节选）

法治是实现国家长治久安的重要保障。中华优秀传统文化中有深厚的法治底蕴，中国古代法治思想凝聚了中华民族的精神和智慧。数千年以前中国就把法治视为“天下公器”“国之权衡”，提倡法治必须正其制度、立法分明、执法如山、法不阿贵，要有宽严相济、人法相维、随事制法、任法去私等法治智慧和思想。

71. 一代兴亡存法令，百年文物见衣冠　天下公器

出处:《变法通议》:“法者，天下之公器也；变者，天下之公理也。”

解析：指公共资源、物品、财物或公共制度。法制是规范所有人行为的公共制度。

诗化：

咏史上·宣帝

〔宋〕陈普

不将法律作春秋，安得河南数国囚。

莫道汉家杂王霸，十分商鞅半分周。

诗义：如果不将法治作为治理国家的主要措施，怎能让河套地区的数国归顺？不要说汉代汉宣帝的治国只是单纯地将王霸之道兼而并用，其实他是十分采用了法治，半分采用了仁治。

简评：法治是实现国家长治久安的重要保障。“法者，天下之公器也。”对公器要保持敬畏的态度，不可侵占、不可违背、不可践踏。所谓的法治就是要贯彻法律至上、严格依法办事的治国原则和方式。“以治法者，强。”(《商君书·去强》)“道私者乱，道法者治。”(《韩非子·诡使》)能依法治理国家，国家就能富强，就能长治久安。法治要求反映社会主体共同意志和根本利益的法律具有至高无上的权威，并在全社会得到有效的实施、普遍的遵守和有力的贯彻。“夫法者，天下之准绳也”(《文子·上义》)要求整个国家以及社会生活均依法而治，无论是管理国家还是治理社会，都依照普遍、稳定、明确的法律来规范，而不是靠任何人格权威，更不是以当权者的威严甚至特权来规范，不以任何个人意志为转移。法制是法治依靠的一套行之有效的法律制度。

“一代兴亡存法令，百年文物见衣冠。”(李稷勋《酒集江亭饯送于侍郎三首·其一》)汉宣帝刘询对法治的重要性有比较深刻的认识，他曾指出：“汉家自有制度，本以霸王道杂之，奈何纯任德教，用周政乎？”(《汉书·元帝纪》)他认为，汉朝的治理制度，历来就是“王”“霸”兼用，礼法并重，怎能只依靠德教一家，仅仅施行仁治呢？汉宣帝在其执政时期，大兴法治，尤

其是在政风吏治方面，制定了奖励制度，在选拔和任用贤能官员方面取得了较好的效果。刘向：“中宗之世，政教明，法令行，边境安，四夷亲，单于款塞，天下殷富，百姓康乐，其治过于太宗之时，亦以遭遇匈奴宾服，四夷和亲也。”（《风俗通义》）

诗境深造：“所不卖公器，动为苍生谋。”（王维《献始兴公》）

72. 秤头蝇坐便欹倾，万世权衡照不平　国之权衡

出处：《商君书·修权》：“故法者，国之权衡也。”

解析：指法度是治国的权衡。

诗化：

戏子由（节选）

〔宋〕苏轼

眼前勃谿何足道，处置六凿须天游。

读书万卷不读律，致君尧舜知无术。

诗义：眼前简陋贫困的生活使家人争吵烦扰，可这又算得了什么？要摆脱这凡尘情绪的扰攘，须修炼出旷达的胸怀和脱俗的情思。你博览群书，读书万卷却不读当今实用、具体的法律和制度，若想辅佐君主，最终还是缺乏实用的治国理政本领。

简评：法度，也就是法制，是指法律和相关制度。法制是治国理政的重要手段和方法。法制包括三方面的含义：其一，狭义的法制，认为法制即法律制度，是指掌握政权的社会集团按照自己的意志、通过国家政权建立起来的法律和制度。其二，广义的法制，是指一切社会关系的参加者严格地、平等地执行和遵守法律，依法办事的原则和制度。其三，法制是一个多层次的概念，它不仅包括法律制度，而且包括法律实施和法律监督等一系列活动过程。

若国家法制不健全，执法不严，就容易出现像唐朝藩镇拥兵自重、割据一方、飞扬跋扈、贪赃枉法、欺压百姓、横行无忌的情况。“今法令所不能制

者，河南北五十余州。”（司马光《资治通鉴》）唐代曾实行藩镇制的军事制度，藩镇拥有重兵，严重削弱了中央的权威。危害国家的藩镇，其残害百姓的行为比猛虎还要凶残。因此，建立健全国家治理的法律制度，完善国家治理的法律体系并严格执法是治国理政的权衡。正是：“秤头蝇坐便欹倾，万世权衡照不平。斤两锱铢见端的，终归输我定盘星。”（释正觉《颂古一百则》）

诗境深造：“富贵拘法律，贫贱畏笞榜。”（梅尧臣《长歌行》）

73. 义理彝伦精讲究，礼乐制度须详明　正其制度

出处：《前汉纪・孝武皇帝纪一》：“是以圣王在上，经国序民，正其制度。”

解析：指建立健全各项规章制度。

诗化：

惜往日（节选）

〔战国〕屈原

惜往日之曾信兮，受命诏以昭时。
奉先功以照下兮，明法度之嫌疑。
国富强而法立兮，属贞臣而日娭。
秘密事之载心兮，虽过失犹弗治。

诗义：惋惜地想起过去曾得到的宠信，受皇上的诏令而立法治国，促使世上政治清明，政通人和。继承历代先祖的功绩伟业，德泽恩惠天下百姓，法度严明，消除是非争议。国家富强得益于法度的建立，君王任用贤良忠诚的大臣而自己得以四处游息。忠诚勤勉的大臣一丝不苟地理政处事，即使偶有失误，也不至于使国家发生颠覆性的危险。

简评：“不以规矩，不能成方圆。”（《孟子・离娄上》）孟子所强调的规矩，就是制度的意思。吕不韦指出：“欲知平直，则必准绳；欲知方圆，则必规矩。”（《吕氏春秋・自知》）意思是要想知道平直与否，就必须借助水准墨线；要想知道方圆与否，就必须借助圆规矩尺。治理国家必须正其制度。制度指要求公众必须共同遵守的办事规程或行动准则，也可以指在一定历史条件下形成

的政治、经济、文化等方面的体系。各行业、各部门以及不同的岗位都有各自的办事制度、准则和规矩。

“义理彝伦精讲究，礼乐制度须详明。”（陈普《劝学歌》）中国自古就重视完善法律制度，许多政治家、思想家对依法治国有比较深刻的认识，管子提出法度就是治国的规矩，强调法律制度是治国之本，是律民的规矩。“规矩者，方圆之正也，虽有巧目利手，不如拙规矩之正方圆也。故巧者能生规矩，不能废规矩而正方圆。虽圣人能生法，不能废法而治国。”（《管子·法法》）“法律政令者，吏民规矩绳墨也。夫矩不正，不可以求方。绳不信，不可以求直。”（《管子·七臣七主》）商鞅指出：“法令者，民之命也，为治之本也，所以备民也。为治而去法令，犹欲无饥而去食也，欲无寒而去衣也，欲东而西行也，其不几亦明矣。”（《商君书·定分》）认为法是百姓生存的根本，是治理国家的基础，能保护百姓。抛弃法令，好比希望不挨饿却抛弃粮食，希望不受冻却抛弃衣服，希望到东方却向西走一样。朱熹说：“政者，法度也，法度非刑不立。故欲以政道民者，必以刑齐民。”（《答程允夫》）认为治国就是法制，法制要有刑罚作保障，要顺利地治国理政就必须使广大民众遵守法律。

诗境深造：“制度移民俗，文章变国风。”（白居易《开成大行皇帝挽歌词四首，奉敕撰进·其一》）

74. 号令明兮赏罚信，赴水火兮敢迟留　立法明分

出处：《商君书·修权》：“故立法明分，而不以私害法则治。”

解析：指立法必须具体明确责任、权利和惩罚。

诗化：

劝学歌（节选）

〔宋〕陈普

希圣必须志尧舜，希贤必有为颜曾。

义理彝伦精讲究，礼乐制度须详明。

诗义：若想要成为圣人就必须向尧舜学习，想要成为贤者就要以颜回和

曾参为榜样。思想哲理和行为规范要十分讲究，礼仪制度立法要详细明确。

简评：“号令明兮赏罚信，赴水火兮敢迟留？”（戚继光《凯歌》）立法是指国家权力机关按照一定程序制定或修改法律。中国古代十分注重立法的明确性、具体性和普及性。“故圣人为法，必使之明白易知，名正，愚知遍能知之。”（《商君书·定分》）制定的法令一定要明白易懂，无论是愚人还是智者都能看得懂。唐太宗李世民指出：“国家法令，惟须简约，不可一罪作数种条。”（吴兢《贞观政要·赦令》）明太祖朱元璋也指出：“立法贵在简当，使人易晓。若条绪繁多，或一事而两端，可轻可重，使贪吏得借手为奸，则所以禁残暴者，适以贼良善，非良法也。”（谷应泰《明史纪事本末·卷十四·开国规模》）立法要简明合理，让人容易知晓。若头绪条款太多，模棱两可，可轻可重，则会让贪官有使奸耍滑的空间，最终伤害的还是善良的老百姓。

诗境深造：“是非予夺间，立法垂万世。”（李昱《五言古诗凡十四首·其八》）

75. 执法如山人可近，守身如玉道能坚　执法如山

出处：《饬属疏》：“当此人情营竞，私意窥瞷，故必冷面似铁，执法如山。”

解析：指执法像山一样不可动摇。比喻毫不动摇地严格依法办事。

诗化：

挥泪斩马谡

〔元末明初〕罗贯中

失守街亭罪不轻，堪嗟马谡枉谈兵。

辕门斩首严军法，拭泪犹思先帝明。

诗义：丢失街亭的罪不轻，感叹马谡只会空谈兵法。诸葛亮执法如山，将马谡推到军营外斩首示众，以正军法。悲痛间，诸葛亮想起了先帝刘备的先见明智，不禁后悔莫及。

简评：“执法如山人可近，守身如玉道能坚。”（陈恭尹《别罗雄州水裕》）执法是指执行法律。执法必须遵循依法行政、讲求效能和公平合理的原则。

严格执法比立法难度更大，“盖天下之事，不难于立法，而难于法之必行；不难于听言，而难于言之必效”（张居正《请稽查章奏随事考成以修实政疏》）。中国古代十分重视执法，历代都设有专门的执法官员，如汉武帝时期设有执法官绣衣御史，后来王莽改称绣衣执法。“湛性孝友，少传父业，教授数百人。成帝时，以父任为博士弟子；五迁，至王莽时为绣衣执法，使督大奸，迁后队属正。”（《后汉书·伏侯宋蔡冯赵牟韦列传》）

《挥泪斩马谡》这首诗反映的是三国蜀魏战争时期，诸葛亮为实现统一大业，发动了伐魏的战争。他任命爱将马谡为前锋，镇守战略要地街亭，并再三嘱咐马谡街亭虽小但关系重大，切莫掉以轻心，警示马谡应靠山近水安营扎寨，谨慎小心，不得有误。但马谡到达街亭后，并没有按诸葛亮的指令依山傍水去部署兵力，而是自作主张，想将军队部署在远离水源的街亭山上。结果，被魏军切断水源，掐断粮道，马谡部队被围困于山上。马谡部队饥渴难忍，军心涣散，蜀军大败。马谡失守街亭，战局骤变，诸葛亮被迫退回汉中。诸葛亮为了严明军纪，不得不将马谡斩首处决。在悲痛之中，诸葛亮想起刘备临终前的叮嘱，说马谡此人“言过其实，不可大用”。诗中表达了诸葛亮对未听刘备嘱咐之悔。

诗境深造：“害群应自慑，持法固须平。”（岑参《饯王岑判官赴襄阳道》）

76. 生平正气肃朝端，胸次忠清世所难　法不阿贵

出处：《韩非子·有度》：“法不阿贵，绳不挠曲。法之所加，智者弗能辞，勇者弗敢争，刑过不避大臣，赏善不遗匹夫。”

解析：指法律对地位高贵的人和有权势的人不偏袒、不徇情。比喻执法公平公正，法律面前人人平等。

诗化：

长歌行

〔宋〕梅尧臣

富贵拘法律，贫贱畏笞榜。

生既若此苦，死当一切平。

诗义：富贵者不应拘束于法律，贫贱的人也不需要畏惧法律，法律面前一视同仁，人人平等。人人皆如此，都是一生下来就啼哭不已，死后万事皆空，没有什么差别。

简评：法不阿贵是中国古代韩非子的法律思想，他提出："刑过不避大臣，赏善不遗匹夫。"

无论官职高低、权力大小、地位轻重，法律面前人人平等，对权贵也绝不徇情偏袒。只要违反法律，就必须"刑过不避大臣"。法不阿贵的思想是对中国法治思想的重大贡献。

历史上海瑞罢官的故事就是一个法不阿贵的典型案例。明嘉靖年间，松江百府权贵太师徐阶的儿子徐瑛鱼肉乡里，强占民田，强霸民女赵小兰。赵小兰的母亲洪阿兰状告徐瑛。徐阶买通了华亭县令王明友，并打死了赵小兰的祖父。巡抚海瑞微服出访途中遇见洪阿兰鸣冤。海瑞主持正义，为民申冤，查明真相，判处徐瑛、王明友死罪，饬令退田。然而，徐阶不甘心，买通太监、权贵，试图罢免海瑞，推翻定案。海瑞识破奸计，断然处斩二犯，然后交出大印，辞官归故里。正是："生平正气肃朝端，胸次忠清世所难。忠似赤葵倾烈日，清如秋水挽狂澜。"（海瑞《苏州府学生凌霄汉》）

诗境深造："有讼皆持法，惟情不敢私。"（何绛《赠程克庵县尉·其二》）

77. 世吏宽严若夏冬，欲安欲富此情同　宽严相济

出处：《左传·昭公二十年》："政宽则民慢，慢则纠之以猛。猛则民残，残则施之以宽。宽以济猛，猛以济宽，政是以和。"

解析：指各项法律法规要宽严结合，互相补充。

诗化：

春秋战国门·子产

〔唐〕周昙

为政何门是化源，宽仁高下保安全。

如嫌水德人多狎，拯溺宜将猛济宽。

诗义：什么是治理国家的根源？宽厚仁慈是能保障不同人群都安全稳妥的办法。如果担心宽仁的治理会使人懒散放肆、法纪不严，那么解救这种危难局面的措施是严以济宽，宽严相济。

简评：周昙这首《春秋战国门·子产》主要是赞颂子产“宽猛相济”的治国理念。子产是春秋时期著名政治家、思想家，提倡宽猛相济的执政理念，“宽”即强调仁慈、怀柔和道德教化的手段，“猛”即采取严刑惩处等手段。相传儒家继承和发展了子产宽仁的理念，法家则继承和发展了子产猛济的思想。孔子对子产评价很高，“及子产卒，仲尼闻之，出涕曰：‘古之遗爱也’”（《左传·昭公二十年》），称赞子产是古代圣贤的继承人和仁爱的践行者。

“世吏宽严若夏冬，欲安欲富此情同。”（刘克庄《三和二首·其二》）宽严相济是中国传统法治的重要经验。《诗经》也有相关的诗句：“不竞不絿，不刚不柔。敷政优优，百禄是遒。”（《诗经·商颂·长发》）执政要做到从容施政，不急不争、不刚不柔、宽严相济、仁治宽裕，这样才能带来福禄吉祥，实现国泰民安。孔子对宽严相济的治理艺术有着精辟的论述：“善哉！政宽则民慢，慢则纠之以猛。猛则民残，残则施之以宽。宽以济猛，猛以济宽，政是以和。”（《左传·昭公二十年》）政策过于宽厚民众就可能懒散怠慢，此时可用严厉的政策来纠正。而政策过于严厉，百姓容易受到伤害，此时则可以实施宽厚的政策。宽严施政都有各自的不足，要相互补充，适时调整，这样治理就能调和平衡，社会就能稳定。

“刑罚世轻世重，惟齐非齐，有伦有要。”（《尚书·周书·吕刑》）宽，指宽容、宽宥及减轻、放宽，包含非犯罪化、非刑罚化，以及其他法律规定的从宽处理的情节；严，则指严格、严厉。法律的严格指的是该定罪的必须定罪，该判刑的必须判刑；严厉是指判处刑罚时，该重则重。宽严相济的“济”就是协调、配合、结合，以调和宽严达到惩治罪犯的目的。宽严相济的法治精神要求在立法、执法和司法的过程中做到严中有宽、宽以济严，宽中有严、严以济宽。采取积极审慎、公平公正、依法办理、平稳有序的原则，坚持证据裁判，严把办案质量。

诗境深造：“政在宽严间，寒屋自回枯。”（朱应登《何中丞四图诗·其四》）

78. 禹贡九州经制法，周官六典太平书　随事制法

出处：《旧唐书·志第二·礼仪二》：“随时立法，因事制宜，自我而作，何必师古？”

解析：指根据形势的变化和事物的发展而制定、修改法律制度。

诗化：

皋陶祠

〔清〕沈育

虞廷推执法，才子产高阳。
主德宽三宥，臣心慎五章。
讦谟同禹益，奸宄服蛮荒。
遗庙杨侯国，青松近北邙。

诗义：虞舜推行法治，高阳氏才子得到重用。明君德仁在于宽恕三次，但不能为情违法，臣子应当依法依规，谨慎处理政务。贤臣的谋略和功绩与大禹和伯益相当，将违法乱纪者发配蛮荒边疆。皋陶祠庙位于古杨侯国遗址内，高耸苍翠的青松耸立在北邙山上。

简评：随事制法是治国理政的法治智慧。“凡举事必循法以动，变法者因时而变化，若此论则无过务矣。”（《吕氏春秋·察今》）凡事要按照法律制度而行，制定和修改法律要随时代变化而变化，非常明确地提出了行事的原则性、规定性，以及法律、法规的时代性、科学性。“治国无法则乱，守法而弗变则悖，悖乱不可以持国。”（《吕氏春秋·察今》）应当根据情况的变化和事物的发展而制定、修改法律制度，以及时解决新出现的问题和矛盾。

“禹贡九州经制法，周官六典太平书。”（杨守阯《腊月十一日奉天殿进书》）皋陶，与尧、舜、禹合称为“上古四圣”，被奉为中国司法鼻祖。皋陶辅助尧、舜、禹，主要功绩是制定刑法，提倡德教。“明于五刑，以弼五教。”（《尚书·虞书·大禹谟》）皋陶提出的五刑有“甲兵、斧钺、刀锯、钻笮、鞭扑”，规定了犯什么罪用什么刑，“大刑用甲兵，其次用斧钺，中刑用刀锯，其次用钻笮，薄刑用鞭扑”（《国语·鲁语》）。甲兵是外敌侵略或内部叛乱，所以要动用军队，是最大的刑罚；斧钺是执行军法，这也是最早的军法；刀锯就是

死刑或非常严重的肉刑，动用刀锯惩治，非死即残；钻笮指黥刑，是在受刑者脸上刻字或印后用墨涂抹；最轻的是鞭扑，用鞭子或木棍打一顿。

皋陶所提倡德教，有“五教”“五礼”“九德”之说。“五教”是指“父义、母慈、兄友、弟恭、子孝”五个方面，从家风入手，构建家庭和顺、和睦的格局，实现社会和谐、天下大治的目标。“五礼”指“吉、凶、宾、军、嘉”五种礼仪规范，吉指祭祀之礼，凶指丧礼，宾指部落联盟之礼，军指参军的义务，嘉相当于婚礼。“九德”指为人处世九个方面的品德和原则，“宽而栗、柔而立、愿而恭、乱而敬、扰而毅、直而温、简而廉、刚而实、强而义，彰厥有常，吉哉！”（《尚书·虞书·皋陶谟》）。宽而栗，待人宽厚，处事谨慎；柔而立，为人谦和，立场坚定；愿而恭，待人随和，得体庄重；乱而敬，处事稳妥，公正持重；扰而毅，耐心随顺，果敢坚定；直而温，严以律己，宽以待人；简而廉，平易近人，公正廉明；刚而实，刚正果敢，厚重扎实；强而义，勇敢强悍，肩担道义。

皋陶的法治思想对后世影响很大，主要有如下几个特点：一是德法结合。提倡德治与法治、德教与律教结合，奠定了德主刑辅、明德慎罚的慎刑思想基础。二是民本思想。强调重民、爱民、惠民，关注民生，听取民意，“安民则惠，黎民怀之”“天聪明，自我民聪明”（《尚书·虞书·皋陶谟》）等即说明此理。三是公正执法。提出公平公正是司法的最重要原则。

诗境深造：“法制遵周礼，根原本孝经。”（梁鼎芬《课儿联·其一百九十八》）

79. 民租屡减追胥少，吏责全轻法令宽　人法相维

出处：《元史·列传第四十五·许衡》：“治人者，法也；守法者，人也。人法相维，上安下顺。”

解析：指人与法相互依存的关系。

诗化：

石鼓歌（节选）

〔宋〕苏轼

扫除诗书诵法律，投弃俎豆陈鞭杻。

当年何人佐祖龙？上蔡公子牵黄狗。

诗义：秦朝扫除诗书，崇尚严酷的法律，放弃了祭祀祖先的礼器而陈列刑具。当年是谁辅佐暴君秦始皇？哦，是那牵着害民黄狗的上蔡公子李斯。

简评：“民租屡减追胥少，吏责全轻法令宽。”（陆游《秋兴二首·其二》）人法相维指出了立法和法律应为人而服务的真谛。正如元代许衡指出的：“治人者，法也；守法者，人也。人法相维，上安下顺。”法律是用来规范人的行为、处理人与人之间的关系的。人人守法，人与人之间的关系就有序稳定。人民和法律相互依存，相互作用，向上安稳，向下安顿。

秦国重视法治，采用商鞅、李斯等法治思想，对于其迅速强大，以及之后统一六国起了极大的作用，但秦法过于严厉，引起了民愤。秦朝推行严法治国，即便是比较轻的罪行，也要进行严酷的惩罚，许多刑罚听起来就让人毛骨悚然。比如死刑的手段，有生埋、五马分尸、腰斩、绞刑等；肉体处罚有割鼻子、宫刑、斩左趾、刺面、鞭打等。“秦暴二世灭，周仁八百春。”（许月卿《甥馆五首》）秦代法律过于严酷，违背人性、践踏人性，违反了法律为人而服务的根本宗旨，成为灭绝人性的工具，必定遭到人民的反对。暴政不得人心，故秦朝仅历三世就被汉朝所取代了。汉代刘邦建立政权之后，吸取秦朝灭亡的教训，逐步废除秦代的苛法，采取了相对宽仁的治国策略。“亭长何曾识帝王，入关便解约三章。只消一勺清冷水，冷却秦锅百沸汤。”（冯必大《咏史》）

诗境深造：“因知古圣人，立法万世安。”（苏舜钦《杨子江观风浪》）

80. 读律看书四十年，乌纱头上有青天　任法去私

出处：《商君书·修权》：“君臣释法任私必乱。故立法明分，而不以私害法，则治。”

解析：指立法、执法、司法都必须公正无私。

诗化：

天理为百姓

〔五代〕王梵志

天理为百姓，格戒亦须遵。
官喜律即喜，官嗔律即嗔。
总由官断法，何须法断人。
一时截却头，有理若为申？

诗义：如果法律遵从天理，是为老百姓而立的，那么人民也必须遵守法律规定。但实际上，法律往往由人来控制，当官之人喜好的也就是法律喜好的，当官之人反对的也就是法律反对的。官员往往根据自己的判断来断法，而不是根据法律本身。若因一时不公正而被杀了头，那么有理也无法申辩。

简评：商鞅是中国古代法家的代表人物，对中国古代法治思想的建立、完善产生了重要的影响。商鞅法治思想的内容，主要包括四个方面：一是关于法律的平等思想；二是任法去私的公正思想；三是民不从官的自治思想；四是依法治吏的思想。其中，任法去私指立法、执法、司法都必须公正无私。商鞅指出："故立法明分，而不以私害法，则治。""公私之分明，则小人不疾贤，而不肖者不妒功。故尧、舜之位天下也，非私天下之利也，为天下位天下也。"（《商君书·修权》）

"读律看书四十年，乌纱头上有青天。男儿欲画凌烟阁，第一功名不爱钱。"（杨继盛《言志诗》）要实现任法去私，关键是要实现任法与任吏相统一，善法与贤吏相结合。立法、执法、司法都是靠人去制定、执行和监督的。"故公私之交，存亡之本也。夫废法度而好私议，则奸臣鬻权以约禄，秩官之吏隐下而渔民。"（《商君书·修权》）

诗境深造："赏罚国之权，毋以逞私欲。"（赵溍《秋浦楼义训》）

九、教育篇

小时候
我以为你很有力
你总喜欢把我们高高举起
长大后我就成了你
才知道那支粉笔
画出的是彩虹
洒下的是泪滴
长大后我就成了你
才知道那个讲台
举起的是别人
奉献的是自己

——宋青松《长大后我就成了你》（节选）

教育能提高民众的认知和素养，是对社会进行有效管理，培养大批优秀人才，推动社会经济发展和进步的重要措施。中国自古以来就十分重视教育，有尊师重教的传统，中国古代的思想家、教育家提出了“治天下以教化为大务”“教者，治化之本”等许多影响深远的教育思想、教育原则和教育方法，历朝历代也积极搭建教育体系，大力兴办官学、私学及书院等教学机构。

81. 庖羲可作三才主，孔子当为万世师　尊师重教

出处：《后汉书·儒林列传上》："臣闻明王圣主，莫不尊师贵道。"

解析：指尊敬老师，尊重老师的教诲，重视教育。

诗化：

孔子

〔宋〕王安石

圣人道大能亦博，学者所得皆秋毫。
虽传古未有孔子，蠛蠓何足知天高。
桓魋武叔不量力，欲挠一草摇蟠桃。
颜回已自不可测，至死钻仰忘身劳。

诗义：圣人孔子的思想宏大而渊博，学者们所掌握的皆为细微皮毛。虽然历史上出过很多圣贤，但在孔子之前，从未有过像他那样的圣人，就像这小小飞虫一样，哪里懂得天有多高。桓魋和武叔不自量力，企图用一根小草去撼动那巨大的蟠桃树。孔子最得意的弟子颜回，其才学和能力无法测量，临死前还在苦苦地钻研老师孔子的学问而忘却身上的劳疾。

简评："庖羲可作三才主，孔子当为万世师。"（邵雍《首尾吟一百三十五首·其九十七》）中国自古以来就非常重视教育，是一个尊师重教的国度。中国历代有识之士对于教育的重要性有着深刻的认识。"仁言不如仁声之入人深也，善政不如善教之得民也。善政，民畏之；善教，民爱之。善政得民财，善教得民心。"（《孟子·尽心上》）"夫万民之从利也，如水之走下，不以教化堤防之，不能止也。是故教化立而奸邪皆止者，其堤防完也；教化废而奸邪并出，刑罚不能胜者，其堤防坏也。古之王者明于此，是故南面而治天下，莫不以教化为大务。"（《汉书·董仲舒传》）古代的王者明白教育的重要性，所以坐朝治理天下，没有不把教化当作主要任务的。"人君之治，莫大于道，莫盛于德，莫美于教，莫神于化。"（王符《潜夫论·德化》）治理国家，最有效的办法是用道德来约束百姓，用教育来感化引导群众。"致天下之治者在人材，成天下之材者在教化，职教化者在师儒，弘教化而致之民者在郡邑之任，而教化之所本者在学校。"（胡瑗《重修松滋县学记》）治国安邦的关键在于人

才，而培育人才的重点在于教化。育人是教师之职，发展教育、推广教化以使百姓受益则是地方官员的责任，而教化的根本在于学校教育。《礼记·学记》是中国古代最早的关于教育、教学问题的论著，其对教育的详尽论述成为中国传统教育智慧的精华。

一是关于教育的重要性。其一，教育工作的好坏决定着国家的兴衰。国家的兴衰在于人才的多寡，人才的多寡则由教育的好坏所决定。其二，教育是纯化风气、提升文明的基础。《礼记·学记》的开篇提出："君子如欲化民成俗，其必由学乎。"要形成良好的社会风气，社会成员就必须经过学习、接受教育。"建国君民，教学为先。"治理国家、安定民众，第一要务就是重视教育，实行道德教化。"玉不琢，不成器；人不学，不知道。"民众的教化，人才的培养必须经过有计划、有目的的精心培养。

二是关于教育制度和教育体系。《礼记·学记》提出了一套从中央到地方，官办和民办教育按行政建制设学的思想，对后世兴办学校产生了很大影响："古之教者，家有塾，党有庠，术有序，国有学。"其对各阶段学生的学习要求、考查方式等也有具体的论述："比年入学，中年考校。一年视离经辨志；三年视敬业乐群；五年视博习亲师；七年视论学取友，谓之小成。九年知类通达，强立而不反，谓之大成。夫然后足以化民易俗，近者说服而远者怀之，此大学之道也。"按学年规定学生的学习要求与顺序，学习内容包括德育与智育，注重集体学习、乐群亲师的作用。

三是关于教学的原则。《礼记·学记》提出了豫时孙摩、长善救失、诱导启发和藏息相辅等教学原则，其中，豫时孙摩原则的内涵是："大学之法：禁于未发之谓豫，当其可之谓时，不陵节而施之谓孙，相观而善之谓摩。此四者，教之所由兴也。"在教育学生的过程中，要注意防微杜渐、及时施教、循序渐进、取长补短。

四是对教师的要求。首先，对教师的要求必须严格。"凡学之道：严师为难。师严然后道尊，道尊然后民知敬学。是故君之所以不臣于其臣者二：当其为尸，则弗臣也；当其为师，则弗臣也。大学之礼，虽诏于天子无北面，所以尊师也。"为师者要治学严谨，为人师表，他所传授的道理、知识、技能才能得到尊重，师道才有尊严。其次，要严格选拔教师。"能为师然后能为长，能为长然后能为君。故师也者，所以学为君也，是故择师不可不慎也。”能当好教师才能做好长官，能做好长官才能当好人君。教师的工作是引导人们成为君子。因此，选择教师不可不慎重。最后，对教师的条件提出具体要求。“君子知至学之难易，而知其美恶，然后能博喻，能博喻然后能为师。”

诗境深造：“谁为尧舜徒，孔子而已矣。”（王安石《读墨》）

82. 合安利勉而为学，通天地人之谓才　有教无类

出处：《论语·卫灵公》：“子曰：‘有教无类。’”

解析：指人人都可以接受教育，受到教化，不能因为身份、等级、贫富、贵贱、智愚、美丑、善恶等而把人排除在教育对象之外。

诗化：

孔颜画像

〔宋〕许景衡

亭亭一气自浑沦，蔼蔼和风与庆云。
画手千年聊写似，岂知天未丧斯文。

诗义：有一股清新之气，源自那最初的混沌与融合，温和的风与吉祥的云彩相互交融。画家千年前的妙手写真，画中的圣人孔子和复圣颜回形象高大，他们慈祥的面容亲切和蔼，如春风化雨。老天不会灭绝儒家学说，而是让儒家思想得以兴盛传承。

简评：“合安利勉而为学，通天地人之谓才。”（岳麓书院赫曦台楹联）有教无类是由孔子最早提出的教育思想。这一思想的内涵有以下几个方面：其一，受教育对象不分族类。孔子的弟子来自鲁、齐、卫、晋、蔡、秦、宋、吴、楚等地。其二，受教育对象不分等级，不分贵贱，不分出身。在孔子的学生中，不仅有形同乞丐者，甚至还有犯人和大盗。其三，教育对象不分年龄、不问智愚。孔子的弟子年龄各不相同，有小孔子许多岁的曾子，也有只小孔子几岁的子路。

孔子有教无类的思想，理论上承认人人都享有受教育的权利，但事实上

并不等于人人都能接受教育。他也看到经济发展与教育之间相辅相成的关系，认识到倘若连温饱都无法解决，教育便无法实施、推广。而在满足了基本物质需求之后，人们也应该追求精神层面的提升。《论语·子路》记载了孔子与子路的一次对话。子路问："既富矣，又何加焉？"孔子则回答："教之。"衣食富足之后，应继续教育。

孔子和颜回分别被儒家尊为圣人与复圣。颜回是孔子最得意的学生，是孔子思想最忠实的继承者和传播者。在《论语》中，有许多孔子对颜回的赞扬。颜回素以德行高尚而著称，他严格按照老师关于"仁礼"的要求来约束自己的行为。其中，"孔颜之乐"就是为历史所称颂的。所谓的"孔颜之乐"是儒家思想推崇的一种人格理想与道德修养的境界，汉代之后的儒者都把它奉为最高的人格理想与道德境界。"饭疏食，饮水，曲肱而枕之，乐亦在其中矣。不义而富且贵，于我如浮云。"（《论语·述而》）"贤哉，回也！一箪食，一瓢饮，在陋巷，人不堪其忧，回也不改其乐。贤哉，回也！"（《论语·雍也》）对于孔子、颜回而言，人生的快乐不在于物质享受，而在于对高尚道德情操的追求。"古之人，得志，泽加于民；不得志，修身见于世。穷则独善其身，达则兼善天下。"（《孟子·尽心上》）"富贵不能淫，贫贱不能移，威武不能屈，此之谓大丈夫。"（《孟子·滕文公下》）"孔颜之乐"代表了中国古代知识分子安贫乐道、达观自信、积极有为的人生态度与境界。

诗境深造："圣人教无类，仆隶犹子弟。"（陈斌《示仆人邹坤·其一》）

83. 万世师表祖题额，孝悌忠信人伦基　为人师表

出处：《北齐书·列传第二十三·王昕》："杨愔重其德业，以为人之师表。"

解析：指在人品学问方面可作为他人学习的榜样，尤其指教师给学生做出好的示范。

诗化：

训儿童八首·孔子

〔宋〕陈淳

孔子生东鲁，斯文实在兹。

六经垂训法，万世共宗师。

诗义：孔子出生在东边的鲁国，为人师表，温文尔雅，学识渊博。他整理传授的《诗》《书》《礼》《易》《乐》《春秋》六经，成为垂示教育后代的经典，孔子本人则被誉为儒家的万世宗师。

简评："万世师表祖题额，孝悌忠信人伦基。"（旻宁《至圣庙古柏歌》）孔子作为中国古代伟大的思想家、教育家，被后世封了许多荣誉称号。公元元年，汉平帝刘衎追封孔子为公爵，称"褒成宣尼公"。其后，历代先后将孔子尊封为"文圣尼公""至圣文宣王""大圣先师""大成至圣文宣王""至圣先师"等。孔子作为"人伦之楷模""万世之师表"而被后人尊崇，他积极倡导教师要在培养人的过程中发挥主导作用，为人师表是首要。

孔子关于为人师表的思想有丰富的内涵和具体要求。一是关爱学生，诲人不倦。"求也退，故进之；由也兼人，故退之。"（《论语·先进》）要爱护学生，针对每一个学生的具体情况，采取不同的教育方式。二是修身正己，以身作则。"其身正，不令而行；其身不正，虽令不从。"（《论语·子路》）为人师，必须以身作则，先正己而后正人。三是学而不厌，终身好学。"圣则吾不能，我学不厌而教不倦也。"（《孟子·公孙丑上》）孔子的自我评价是学而不厌、教而不倦。四是教学相长，师友辅仁。"三人行，必有我师焉；择其善者而从之，其不善者而改之。"（《论语·述而》）"君子以文会友，以友辅仁。"（《论语·颜渊》）教学、交友都可以相互学习、相互提高。

诗境深造："师为众人重，始得众人师。"（方干《清源标公》）

84. 诲人独乐身忘倦，览物豪吟意未阑　诲人不倦

出处：《论语·述而》："学而不厌，诲人不倦，何有于我哉？"

解析：指教育人、指导学生特别有耐心，从不厌烦。

诗化：

示宪儿

〔明〕王守仁

幼儿曹，听教诲。勤读书，要孝悌。学谦恭，循礼义。节饮食，戒游戏。毋说谎，毋贪利。毋任情，毋斗气。毋责人，但自治。能下人，是有志。能容人，是大器。凡做人，在心地。心地好，是良士。心地恶，是凶类。譬树果，心是蒂。蒂若坏，果必坠。吾教汝，全在是。汝谛听，勿轻弃。

诗义：我的孩儿们，好好地听听我的耐心教诲。要勤读书，要孝顺，为人处世要谦虚，遵循礼义规矩。要节制饮食，要戒除过度游戏。不要说谎，不要贪小利。遇事不要任性，不要与人斗气。不要斥责他人，要学会自省。能放低姿态、谦逊待人，是有志气的表现。能包容他人，是心胸宽广的表现。做人重在心地。心地好的人，就是优秀善良之士；心地恶的人，就是凶险恶毒的败类。这好比果树，果蒂就像是心，果蒂若坏了，果子必然坠落。我的教诲全部在这儿了。希望你们认真聆听，切勿轻易忘却。

简评：诲人不倦是孔子提出的教育基本准则。诲人不倦的思想基础是仁者爱人、博施济众，具备仁者之心才能做到教育、教诲、教导学生孜孜不倦。对于愿意接受教育的人，应给予其教育、教诲。“互乡难与言，童子见，门人惑。子曰：‘与其进也，不与其退也，唯何甚？人洁己以进，与其洁也，不保其往也。’”（《论语·述而》）孔子认为不要因为某乡民风刁横、其乡人难以交往，就把他们拒之门外。哪怕一个人过去做了错事，只要他有向善的要求，都可以给予教诲。相传孔子有弟子三千，其中有七十二贤者。有一部分弟子生活在孔子身边，经常聆听孔子的教诲。孔子对弟子的教诲不仅在课堂上，还深入日常生活之中，这正是言传身教。

诲人不倦的目的是教育人，孔子主张只要愿意接受教育的，不管是谁都给予教育、教诲。要对未立、未达之人加以教诲，使之成为君子。“道之以政，齐之以刑，民免而无耻；道之以德，齐之以礼，有耻且格。”（《论语·为政》）诲人不倦的落脚点在“不倦”上，“不倦”既是方法手段，也是品格素质，要求教师始终热爱学生，热爱岗位。孔子一辈子从事教育事业。他三十岁开办私学，招收弟子。孔子也坚持终身学习，终身保持学习钻研。孔子晚年还整理了大量的文献典籍，包括《诗》《书》《礼》《乐》《易》《春秋》等。“诲人独乐身忘倦，览物豪吟意未阑。”（朴祐《题佚》）

诲人不倦的教育品格也体现在孔子因材施教的教育理念上。所谓因材施教，是指根据不同人的身心特点、志趣和能力等具体情况进行不同的教育。因材施教是孔子在其长期的教育实践中首创的教育原则。这一原则的核心内涵有两个方面。一是人的先天潜质不同。有的人潜质好，接受能力、理解能力强，有的人潜质欠缺，接受能力差，理解能力不足。二是每个人都有自己擅长之处，各有差异。这种差异会通过个性、志趣、不同的能力表现出来。基于此，孔子提出对不同的受教者采取不同的教育手段，对不同情况的学生采取不同的教学方法。这一教育思想，不仅使孔子在教育实践中取得了巨大的成就，而且对我国教育的发展产生了深远的影响，对当今教育仍然具有十分重要的指导意义。

诗境深造：“吁吁教诲言，举举仁义辞。”（王令《谢李常伯》）

85. 民风莫讶北南异，身教始为今者称　言传身教

出处：《庄子·天道》：“语之所贵者，意也，意有所随。意之所随者，不可以言传也。”

解析：指既用言语讲解、传授和教导，又用行动、行为来示范、引导和教导的教育方法。

诗化：

二子读诗戏成

〔宋〕叶茵

翁琢五七字，儿亲三百篇。
要知皆学力，未可以言传。
得处有深浅，觉来无后先。
殊途归一辙，飞跃自鱼鸢。

诗义：老朽我琢磨五言七言诗句，儿子喜欢《诗经》。要知道所有的学习本领和能力，不可以只是靠言传，还需要悟觉。学习收获有多有少，但感悟却没有先后。殊途同归，万物皆有所得。

简评：言传身教是教育教学的一个重要方法。其中身教的作用尤为历代思想家、政治家、教育家所重视，比如孔子就曾指出："其身正，不令而行；其身不正，虽令不从。"（《论语·子路》）若教育者行为端正，能为人表率，不用命令，被教育者就会跟着行动起来；相反，如果教育者自身不端正却要求学生端正，学生就不会服从。范晔指出："以身教者从，以言教者讼。"（《后汉书·第五钟离宋寒列传》）以自己的模范行动教导民众，民众就接受你的教化；但如果说一套做一套，只是流于语言，百姓就不接受你的教化。魏源指出："身教亲于言教。"（《古微堂集·默觚》）用模范、示范行动来施行教育，比单纯用言语进行教育更亲近人心，更加有效。王夫之说："身教重于言传。"教育活动必须从教育者、管理者、施政者自身的德行与自身的行动做起，教育不能只流于口头。教育者本身的模范作用，对教育效果起着至关重要的作用。因此，教育者，尤其是教师必须首先在自我修养、自身学识上下功夫，以身作则。正是："民风莫讶北南异，身教始为今者称。"（郑元祐《舒大尹伯洪之任晋陵》）

诗境深造："不须经史训，身教易渐摩。"（张宁《乌程贰教李春夫四首·其二》）

86. 书囊无底探不竭，深造自得匪求名　深造自得

出处：《孟子·离娄下》："君子深造之以道，欲其自得之也。"

解析：指通过更进一步学习和研究，得到更深的感悟，并有所发现、有所创新的境界。

诗化：

夜学

〔宋〕文同

已叨名第虽堪放，未到根原岂敢休。

文字一床灯一盏，只应前世是深仇。

诗义：虽然我已经取得了名第，可以放松歇一歇，但我知道自己还没有达到深造自得的境界，岂敢就此停下。孤灯下书本摆了一床，这样废寝忘食、乐此不疲地折磨自己，恐怕是与前世有冤仇了吧！

简评：孟子提出“重思”的教育思想，特别提倡自学为主、深造自得的学习方法，主张要激发和保护学生的主观能动性。孟子曰：“君子深造之以道，欲其自得之也。自得之，则居之安；居之安，则资之深；资之深，则取之左右逢其原，故君子欲其自得之也。”（《孟子·离娄下》）君子按照正确的方法深造，是希望自己获得道理。自己获得的道理，就能牢固掌握它；牢固掌握了它，就能积蓄很深；积蓄深了，就能左右逢源取之不尽。所以君子总希望自己获得道理。“学非探其花，要自拨其根。”（杜牧《留诲曹师等诗》）读书学习不能仅仅停留在表面上，要追根溯源，把握规律，领悟要旨。深造自得的学习方法，对于有强烈的学习研究愿望且具有较深厚知识基础的人来说是非常重要的。在长期接受教育的过程中，只有掌握自学为主、深造自得的学习方法，才能形成终身学习的习惯，才有可能在某个领域有所创造、有所建树。正是：“书囊无底探不竭，深造自得匪求名。”（钱大昕《题冯巽泉太守秋缸补读图》）

“独坐不须禅，山水得妙悟。”（李石《九里松》）儒家的另一位思想家荀子则提倡“学思行结合”的教育思想。“不闻不若闻之，闻之不若见之，见之不若知之，知之不若行之。学至于行之而止矣……故闻之而不见，虽博必谬；见之而不知，虽识必妄；知之而不行，虽敦必困。”（《荀子·儒效》）没听到不如听到，听到不如见到，见到不如理解，理解不如实行。听到却没见到，即使听到很多，也可能有谬误；见到但不理解，即使记住了，也可能有虚妄；理解了而不实行，即使知识渊博，也必然会陷入困境。荀子“学思行结合”的思想与知行合一、学思践悟的理念是一致的。

诗境深造：“意诚而动化，岂不在深造。”（韩淲《赵履常入建阳·其一》）

87. 空阶向日春风度，栋宇凌云化雨周　春风化雨

出处：《孟子·尽心上》：“有如时雨化之者。”

解析：指适宜万物生长的和风细雨，形容在良好环境下的熏陶和教育，也指教育的方法手段恰当。

诗化：

孟母断机图

〔元末明初〕凌云翰

慈亲教子意何如，直至三迁始定居。

一自寒机初断后，经纶都在七篇书。

诗义：严慈的孟母为了什么，一直经历了三次搬迁才定居？自从孟母剪断织布机上的布训导孟子后，孟子便开始刻苦读书，最终成为满腹经纶的亚圣。

简评："空阶向日春风度，栋宇凌云化雨周。"（姚颖《题絜斋书院》）教育环境对人的成长成才非常重要。孟母三迁的典故说的就是孟子的母亲为了孟子的成长，不断搬家，直到找到适合孟子成长的环境才停止搬迁的故事。"邹孟轲之母也，号孟母。其舍近墓。孟子之少也，嬉游为墓间之事，踊跃筑埋。孟母曰：'此非吾所以居处子。'乃去，舍市傍。其嬉戏为贾人衒卖之事。孟母又曰：'此非吾所以处吾子也。'复徙舍学宫之傍。其嬉游乃设俎豆，揖让进退。孟母曰：'真可以居吾子矣。'遂居之。及孟子长，学六艺，卒成大儒之名。君子谓孟母善以渐化。"（刘向《列女传·邹孟轲母》）孟子的母亲，众人称她为孟母。孟子小时候，住的地方离墓地很近，孟子学了一些祭拜之类的事。孟母认为这个地方不适合自家的孩子居住，于是举家搬到集市旁边。在周边环境影响下，孟子学了些做买卖的本事。孟母还是认为此处不利于孩子的成长，又将家搬到学校旁边。在这样的环境下，孟子学会了鞠躬行礼及进退等礼节和规矩。孟母认为这样的环境才有利于孩子的成长，于是就定居下来了。孟子长大后钻研六艺，成为大儒，被后人尊为亚圣。儒士们都称赞孟母循序渐进、春风化雨地教育了孟子。

诗境深造："桃李春风茂，松筠化雨饶。"（王在晋《子贡手植楷》）

88. 五千言里教知足，三百篇中劝式微　学以明道

出处：《亭林文集·与人书二十五》："君子之为学，以明道也，以救世也。"

解析：指教育治学的目的，在于弘扬正道、明道救世，倡导经世致用。

诗化：

治乱吟五首·其三

〔宋〕邵雍

精义入神以致用，利用出入之谓神。

神无方而易无体，藏诸用而显诸仁。

诗义：精辟的经典原理，均以实用务实的方式进入神妙的境界，能够运用原理（明道）解决具体的事物就是神妙，这是教育治学的关键。神妙的原理无具体的形体，只存在于经世致用的行动中，表现为治世拯民的各种仁爱、仁政和仁慈的政策措施。

简评："哦诗岂诧文章好，立教先须义利明。"（陈藻《次韵吴推官见赠经理达翁家事之什》）学以明道是中国古人对教育目的的思考、总结形成的教育智慧。教育的目的是培养人，培养什么样的人是最基本的问题。"仕而优则学，学而优则仕。"（《论语·子张》）孔子认为教育的目的在于培养治世之士，在于培养信念上"天下大公"、精神上"仁者爱人"、人格上"忧道乐贫"的治世君子。扬雄提出教育的目的在于学以化民、知玄为道。"辟雍以本之，校学以教之，礼乐以容之，舆服以表之。"（扬雄《法言·孝至》）教育是化民成俗的有效途径。教育要提倡知玄为道，即了解和把握天、地、人的规律和原理，摒弃无为避世的思想，尚智力行，有为为道。

针对佛家、道家对儒家的冲击，韩愈提出教育的目的在于"学以明道，文以载道"，教育的宗旨在于"明先王之教"，认为要引导人们学习和领悟儒家思想的精髓，以此恢复儒家思想的正统地位。他指出："夫所谓先王之教者，何也？博爱之谓仁，行而宜之之谓义。由是而之焉之谓道。足乎己无待于外之谓德……是故以之为己，则顺而祥；以之为人，则爱而公；以之为心，则和而平；以之为天下国家，无所处而不当。"（《原道》）教育就是要培养具有仁义博爱之心，秉公明德，为国家天下服务的人才。顾炎武认为培养经世致

用的人才是教育的目的："君子之为学，以明道也，以救世也。徒以诗文而已，所谓雕虫篆刻，亦何益哉！"（《亭林文集·与人书二十五》）君子做学问，在于弘扬正道，济世博众。空谈诗文义理的雕虫小技对治世毫无益处。

"五千言里教知足，三百篇中劝式微。"（白居易《留别微之》）教育的目的就是培养人，培养出优秀的人才是国家稳定和发展的关键，立德树人、明道济世是教育的智慧。

诗境深造："讲学思明道，正气留人寰。"（刘绎《金牛洞书院怀罗文毅公四首·其二》）

89. 芝兰子弟相薰习，金石交朋互切磋　藏之名山

出处：《报任安书》："仆诚以著此书，藏诸名山，传之其人，通邑大都，则仆偿前辱之责，虽万被戮，岂有悔哉。"

解析：指著作深藏在名山大川之间，传给志趣相投的人，也比喻著作很有价值，值得被珍藏并传承给后世或志同道合的人。

诗化：

读书台

〔唐〕杜光庭

山中犹有读书台，风扫晴岚画障开。
华月冰壶依旧在，青莲居士几时来。

诗义：深山中遗存着李白的读书台，清风吹开了云雾，秀美的风光呈现在眼前。美丽的月亮依旧悬挂夜空，青莲居士何时再来这里秉烛夜读。

简评："学道志云霄，自然尘念抛。雨宽琴上线，风响树间瓢。"（宋无《山中书事》）中国古代的文人雅士有到风景美丽、僻静的山里刻苦读书的爱好。有的人成为名人之后，其读书修身之地就被誉为某人的读书台，成为供人们学习、瞻仰的地方。读书台有环境清幽、风景秀丽的天然之地，也有人们为了读书而专门建造的书房、楼房等。这些地方有的成为藏书之地，有的则继续作为后人的读书台使用。比如位于南京无想山的韩熙载读书台，位于四川

省遂宁射洪市金华山的陈子昂读书台。李白的读书台不仅四川江油市有，安徽铜陵市也有。“太白骑鲸天上游，空余台榭倚山丘。开元风月诗千首，万丈豪光射斗牛。”（黎贞《铜陵县访谪仙读书台》）

藏之名山的不仅有名著典籍、名人读书台，还有中国古代教育的重要组成部分——书院。书院最早出现在唐开元年间，“书院之名，起唐玄宗时，丽正书院、集贤书院，皆建于省外，为修书之地”（袁枚《随园随笔》）。位于洛阳紫微城的丽正修书院是中国最早的官办书院，但还不是后来教学意义上的书院。后来的书院，一般由富商、文人筹款兴建，官方给予认可、扶持，大多藏于名山，处于山林僻静之处。宋代朱熹大力提倡兴办书院，著名的白鹿洞书院、岳麓书院、嵩阳书院、石鼓书院、鹅湖书院等均在宋代及以后得到较好的发展。

“芝兰子弟相薰习，金石交朋互切磋。”（孙何《咏华林书院》）书院在办学宗旨上坚持弘扬儒家思想，提倡自由讲学、研讨学术，注重藏书、读书。江苏无锡东林书院的对联“风声雨声读书声，声声入耳；家事国事天下事，事事关心”正是儒家正统教育宗旨“修身齐家治国平天下”的体现。书院有着各自的办学特色和理念，如湖南长沙岳麓书院的办学宗旨是：“盖欲成就人才，以传道而济斯民也。”（张栻《岳麓书院记》）“治无古今，育才是急，莫漫观四海潮流，千秋讲院；学有因革，通变为雄，试忖度朱张意气，毛蔡风神。”（岳麓书院大门楹联）这副对联体现了岳麓书院与时俱进、实事求是、通权达变的办学精髓。清代左宗棠曾题联赞岳麓书院：“学贯九流，汇此地人文法海；秀冠三湘，看群贤事业名山。”

各书院也都有各自的学规，也就是办学的教育方针和学生守则，这些学规基本上是集儒家经典语句而成。比如《白鹿洞书院学规》：“五教之目：父子有亲，君臣有义，夫妇有别，长幼有序，朋友有信。为学之序：博学之，审问之，慎思之，明辨之，笃行之。修身之要：言忠信，行笃敬，惩忿窒欲，迁善改过。处事之要：正其谊不谋其利，明其道不计其功。接物之道：己所不欲，勿施于人，行有不得，反求诸己。”《岳麓书院学规》：“时常省问父母；朔望恭谒圣贤；气习名矫偏处；举止整齐严肃；服食宜从俭素；外事毫不可干；行坐必依齿序；痛戒讦短毁长；损友必须拒绝；不可闲谈废时；日讲经书三起；

日看纲目数页；通晓时务物理；参读古文诗赋；读书必须过笔；会课按刻蚤完；夜读仍戒晏起；疑误定要力争。”书院作为中国古代独具特色的教育机构，形成了特有的教学和管理传统，培养了一代又一代的文人志士，范仲淹、朱熹、陆九渊、王守仁、王夫之、康有为等都在书院得到熏陶、历练和培养。

诗境深造：“瞻彼衡岳麓，松柏何青青。”（顾璘《谒岳麓书院》）

90. 诗书自古不误人，明经不但为干禄　兴盛千年

出处：《后汉书·左周黄列传》：“光武以圣武天挺，继统兴业。”

解析：指国家、事业欣欣向荣，繁荣旺盛。此处指教育事业、学府发展长盛不衰。

诗化：

鉴古韵语五十九首·光武帝

〔明〕孙承恩

武致中兴盛，文成帝载熙。
持循每谦约，治理更勤咨。
物欲无私好，权纲只自持。
崇儒兴教意，永作后人规。

诗义：军事实力的增强使光武帝实现了汉代中兴的昌盛，他偃武修文，以仁义治国，使国家充满了光明祥和。他遵循谦恭简约的原则，治理国家更加勤奋和注意纳谏。他对于物欲没有特别的私心和偏好，使用权力能自持克制。他推崇儒家思想，积极兴办教育，为后世做出了示范。

简评：“诗书自古不误人，明经不但为干禄。”（陈普《劝学》）史料记载，我国的学校最早出现在夏朝。“序，夏后氏之序也。”（《礼记·明堂位》）“夏曰校，殷曰序，周曰庠……皆所以明人伦也。”（《孟子·滕文公上》）周代初步形成了一套学制系统，学校分为国学和乡学两类。教学以“礼、乐、射、御、书、数”六艺为内容，以“明人伦”为目的。春秋时期，官学衰落，以孔门为代表的私学兴起，孔子以《礼》《乐》《书》《诗》《易》《春秋》为教学的基本

内容，奠定了以通六经为贤、以培养德行为本、以治国平天下为目标的儒家精神，提倡积极有为的人生态度。孔子的教育思想和理论影响后世，延续千年。战国时期私学进一步发展，诸子兴起，形成百家争鸣的局面，出现稷下学宫等新的学校形式。

汉代是中华文明呈现出勃勃生机的时代，也是封建社会学校教育制度初步形成的阶段，无论是以太学为代表的官学还是以精舍为代表的私学，都非常兴盛。汉武帝接受董仲舒的建议尊崇儒术，董仲舒的“文治三策”对当时的教育办学也产生了极大影响：“臣愿陛下兴太学，置明师，以养天下之士，数考问以尽其材，则英俊宜可得矣。”（司马光《资治通鉴》）官学、私学的教学内容基本上以儒家经典为主。学校以培养国家所需要的管理人才为主。汉代的教育制度和教学内容基本上为唐、宋、元、明、清等朝代所借鉴和学习，对中国传统教育智慧的发扬光大、兴盛千年产生了重要影响。

诗境深造：“师为众人重，始得众人师。”（方干《清源标公》）

十、财富篇

千里的牧场
大队的牛羊。
手伸出来
把玉石采，
回到故乡去
和大自然挑战。
只要做两件事：
在地面上造森林，
在地底下开矿产。
打开所有的矿
采煤，铁，盐，石油……

——徐迟《中国的故乡》（节选）

财富影响国家兴衰，关系到各项事业的发展和成败。宋神宗赵顼说：“财足粮丰家国盛，气凝太极定阴阳。”唐代宰相杨炎说：“夫财赋，邦国之大本，生人之喉命，天下理乱轻重皆由焉。”要做到国富，就应藏富于民。藏富于民就要推行“以政裕民”的政策，发展金融业、工业和商业等。要富国，就要注意节用和蓄积，注意量入为出；还必须提倡“义以利生”，鼓励勤劳致富。

91. 利出私情害万端，义循天理乐而安　义以生利

出处：《左传·成公二年》："礼以行义，义以生利，利以平民，政之大节也。"

解析：指按照道义礼法来取得利益。

诗化：

言志

〔明〕唐寅

不炼金丹不坐禅，不为商贾不耕田。
闲来画幅青山卖，不使人间造孽钱。

诗义：不求神仙也不拜佛，不做买卖也不种田。有空写写字画卖，从不赚那些不义之财，也不花那些来路不正的钱。

简评："君子尚义，小人尚利。尚利则乱，尚义则治。"（邵雍《义利吟》）义包含正义、道义、公义之意。义是人立身处世的根本，是判断是非善恶的基本道德规范。韩愈指出："博爱之谓仁，行而宜之之谓义。由是而之焉之谓道，足乎己无待于外之谓德。"（《原道》）博爱为"仁"，"仁"即"义"，顺着"仁义"的道路前行便为"道"，使自己具备较高的修养而不靠外界的力量就是"德"。义利问题是中国古代伦理思想的基本问题之一。"义"是指人的思想行为要符合一定的道德标准，"利"是指利益、功利。"君子爱财，取之有道"（《增广贤文》）。古人强调利益的取得要合乎礼法。司马光《资治通鉴》指出："得财失行，吾所不取。"取得财物却丧失德行是不可取的。

传统财富观的主要观点有三。其一，肯定财富的意义。管子提出"夫凡人之情，见利莫能勿就，见害莫能勿避"（《管子·禁藏》），认为趋利避害是人之常情。"仓廪实则知礼节，衣食足则知荣辱"（《管子·牧民》），认为只有在粮仓充实、衣食饱暖的条件下，才能崇尚礼仪并形成正确的荣辱观。孔子也认为获取财富是人之本性，并不是只要仁义而不要利欲："士志于道，而耻恶衣恶食者，未足与议也。""富与贵，是人之所欲也。"（《论语·里仁》）鲁褒指出："天有所短，钱有所长。四时行焉，百物生焉，钱不如天；达穷开塞，赈贫济乏，天不如钱。"（《钱神论》）上天有它做不到的地方，钱财有它的独

特优势。对于四季的运行、万物的生长，钱肯定比不上天的作用；而使穷困的人显达，使处境窘迫的人得以摆脱困境，上天的力量就不如钱财大了。

其二，强调财富获取的正义性。“利出私情害万端，义循天理乐而安。是非得失分霄壤，相去其初一发间。”（陈普《孟子·义利》）中华传统文化的义利观摒弃“财之日进而德之日损，物之日厚而德之日薄”的观念，提倡财富的获取必须通过正当合法的途径，主张见利思义、义利并举、先义后利，要安贫乐道、谋道不谋食。孔子说：“不义而富且贵，于我如浮云。”（《论语·述而》）董仲舒提出：“正其谊不谋其利，明其道不计其功。”（《汉书·董仲舒传》）“正谊明道”是儒家义利观的思想精华，反对近利远亲、见利忘义、唯利是图、损人利己等行为。

其三，肯定财富的作用。“夫钱，穷者能使通达，富者能使温暖，贫者能使勇悍。故曰：君无财，则士不来；君无赏，则士不往。”（鲁褒《钱神论》）钱有着广泛的实用价值，能使困窘者通达，能令富有者温和，能让软弱者勇悍。《礼记·大学》指出“仁者以财发身，不仁者以身发财”，即仁者利用财富实现自己的理想，不仁者以心身作为获取财富的代价。“以财发身”体现了中国古人对待财富的认识和哲学思考：追求财富的终极目标不是过上奢华的生活，而是实现人生价值。

义并不排斥利，处理好义利关系社会经济才能平稳发展，如若不然就会出现危机。“重义轻利”“以财发身”“君子爱财，取之有道”等是中国古人普遍认同的理念。古代诗人对树立正确的义利观有着充分的认识：“义利毫发间，其末分舜跖。”（王炎《和赵行之三首·其二》）“义利明千古，躬行勇不疑。”（曹彦约《故邕管安抚李思永挽章三首·其二》）“建立天地心，透彻义利界。”（魏了翁《虞永康生日》）“文辞乃枝叶，界限在义利。”（周密《藏书示儿》）“义利不知辨，所得皆害名。”（黄节《当公无渡河》）

诗境深造：“义利界限分，我心石不移。”（董嗣杲《爱客有感》）

92. 富国不须搜粟尉，劝民当应力田科　财富大本

出处：《上皇帝书》：“财者，为国之命而万事之本。”

解析：指财富是关系到国家存亡，关系到各项事业发展和成败的重要因素。

诗化：

己亥杂诗三百一十五首·其一百二十三

〔清〕龚自珍

不论盐铁不筹河，独倚东南涕泪多。

国赋三升民一斗，屠牛那不胜栽禾？

诗义：清政府不重视盐铁的生产和税收，不注重筹划对黄河的水利治理，一味地依赖东南的漕河水运征调粮食，依赖东南人民流着眼泪上缴的赋税。国家的赋税是一亩田征收三升粮食，加上其他苛捐杂税，农民实际上要缴纳一斗的粮食，种田人无法生活，怎能不认为宰牛弃农要比种田强呢？

简评：清代龚自珍的这首诗严厉批评了清王朝不注重生活要素盐铁的生产，不注重发展经济以增加国家财富，而是依赖东南地区的粮食征调和赋税，加重江南百姓的负担，使农业凋敝，民不聊生，国家财富被掏空，经济危急。"民事农则田垦，田垦则粟多，粟多则国富。国富者兵强，兵强者战胜，战胜者地广。"（《管子·治国》）国家富足军队就强大，军队强大就能多打胜仗。战国时秦国名将司马错说："欲富国者，务广其地；欲强兵者，务富其民；欲王者，务博其德。三资者备，而王随之矣。"（《战国策·秦策》）他认为要使国家富庶就一定要扩大地盘，要使军队强大就要让百姓富足，要建立王业就一定要广施恩德。唐代宰相杨炎说："夫财赋，邦国之大本，生人之喉命，天下理乱轻重皆由焉。"（《旧唐书·列传第六十八·杨炎》）认为财政税收是国家的根本，它好比人的咽喉命脉，天下的有序与混乱、强盛与衰弱都跟财政与税收有重要的关系。

"富国不须搜粟尉，劝民当应力田科。"（晁公溯《次刘机将仕韵》）关于财富问题，看问题的立场不同，观点也不同。宋代王安石站在宰相的位置，从民生的角度去看，得出"无财民不奋发，无气国无生机"的结论，认为财富是激发民众发奋的动力，是国家生机勃勃的源泉。宋神宗赵顼则站在国君的高度，指出"财足粮丰家国盛，气凝太极定阴阳"，把财富视为国泰民安的基础、人民幸福的根本。

诗境深造：“国廪矜流衍，农畴喜富饶。”（赵抃《送李运使学士赴阙十咏·其七》）

93. 但令闾阎常富足，国家何用储金玉　藏富于民

出处：《朝闻道集》：“国富民穷，此路不通；藏富于民，康庄大道。”

解析：指富国先富民，把财富归于民，使人民富裕安定。

诗化：

忆昔二首·其二（节选）

〔唐〕杜甫

忆昔开元全盛日，小邑犹藏万家室。
稻米流脂粟米白，公私仓廪俱丰实。

诗义：回忆起当年开元盛世，即使小县城也有上万户人家。农业大获丰收，粮食储备充足，公家和私人的粮仓都装得满满的。

简评：“凡治国之道，必先富民。民富则易治也，民贫则难治也……故治国常富，而乱国常贫。是以善为国者，必先富民，然后治之。”（《管子·治国》）“夫为国者，以富民为本，以正学为基。”（王符《潜夫论·务本》）治国理政，以富民为根本，以教育为基础。清代张鹏翀有诗赞“藏富于民”曰：“汉高大度膺神器，弘远规模传世世。恭俭尤称文帝贤，身衣浣濯为民先。年年祷祀祈民福，郑重农功珍五谷。但令闾阎常富足，国家何用储金玉。”（《经史法戒诗·其六》）

开元盛世指唐玄宗李隆基统治前期出现的盛世。唐玄宗即位后，以开元作为年号，励精图治，任用贤能，改革吏治，发展经济，提倡文教，使得天下大治，史称“开元之治”。政治方面，改革吏治，制定官吏的迁调制度，改革科举制度，提高官吏的整体素质；经济方面，重视农业生产，兴修大型水利工程，广泛采用水稻育秧移植，提高农耕技术水平，同时注重商业和手工业发展；军事方面，开展兵制改革与边疆防御，为国家稳定发展提供了保障；文化方面，大力发展诗歌、书法、绘画等。

藏富于民是一种富有智慧的治国方略，也是国家强盛的表现。经济和社会发展的最终目标应是让人民能够过上安康富裕的美好生活。藏富于民可使社会安定和谐、民众安居乐业。“我愿岁丰水旱无，公赋早输私有储。国家富足民欢娱，且免使者勤驰驱。”（陶安《送庸田佥事》）

诗境深造：“为政本忧民，民忧政何德。”（赵蕃《书事·其七》）

94. 拟把婆心向天奏，九州添设富民侯　钱货为本

出处：《魏书·列传第六十五·高崇》：“四民之业，钱货为本，救弊改铸，王政所先。”

解析：指货币是国民经济的基础，在农工商士各行各业中具有重要的地位。

诗化：

钱

〔唐〕李峤

九府五铢世上珍，鲁褒曾咏道通神。

劝君觅得须知足，虽解荣人也辱人。

诗义：国库里的五铢钱为世上的珍宝，鲁褒曾经著有《钱神论》咏颂钱的神通广大。但我劝告各位求钱寻财要知足，钱虽然能让人荣耀，但也能使人蒙羞。

简评：“人生薪水寻常事，动辄烦君我亦愁。解用何尝非俊物，不谈未必定清流。”（袁枚《咏钱》）钱币关涉金融安全，金融安全是国家安全的重要组成部分，是经济平稳健康发展的重要基础。维护金融安全，是关系到经济社会发展全局的大事。金融活，经济活；金融稳，经济稳。

晋代鲁褒对钱币的意义有精辟的论述：“钱之为体，有乾坤之象，内则其方，外则其圆。其积如山，其流如川。动静有时，行藏有节。市井便易，不患耗折。难折象寿，不匮象道，故能长久，为世神宝。亲之如兄，字曰‘孔方’。失之则贫弱，得之则富昌。”（《钱神论》）彼时钱币的形态蕴含了天地的

象征。它的内部效仿地的方，外部效仿天的圆。把它堆积起来，就好像山一样，它流通起来，又好像河流。它的流动与静止都有它的时机，无论是流通还是储蓄都有一定的规则。钱币在街市上使用很方便，不用担心它有所损耗。它很难腐朽，就好像那些长寿的人；它不断地流通却不会穷尽，就像“道”一样运行不息，所以能够流传这么久，如同神明宝贝。大家像敬爱兄长那样爱它，给它起了个名字叫“孔方”。一旦失去它，人们就会变得贫困虚弱，而一旦拥有它，人们就获得了富有和昌盛。

“拟把婆心向天奏，九州添设富民侯。”（袁枚《咏钱》）历史上的治理者都十分重视货币问题。汉武帝非常重视货币管理，鉴于币制混乱和铸币失控后引起的吴楚叛乱的严重后果，汉武帝先后进行了六次币制改革。其中，最重要的是第四次货币改革，即“废三铢钱，改铸五铢钱”。五铢钱的形制有一定的规定，钱文“五铢”从此起用。五铢钱轻重适中，合乎当时社会经济发展状况与价格水平对货币的要求，因而在汉武帝以后的西汉以及东汉、魏、蜀汉、晋、南齐、梁、陈、北魏、隋均有铸造，历时700余年，是我国历史上铸造数量最多、时间最长、最为成功的钱币。

近代以来，货币对社会经济的影响越来越大。清朝末期，外国银行不仅向清政府提供贷款，而且操纵了中国外汇市场，使大量外国银圆流入中国。外国银行还大量发行纸币，直接控制中国金融业。大量外国货币在中国市场流通，严重冲击了中国金融市场。政府无力管理金融市场，导致金融脱离实体经济，打破了金融市场与实体经济之间的平衡，社会陷入混乱。1910年上海发生的“橡胶股票风潮”就是一个典型案例。

诗境深造：“八政首食货，钱币通有无。”（刘基《感时述事十首·其八》）

95. 历览前贤国与家，成由勤俭破由奢　富国节用

出处：《荀子·富国》：“足国之道，节用裕民，而善藏其余。”

解析：指节约用度，使人民过上富裕的生活，使国家富强。

诗化：

草茫茫（节选）

〔唐〕白居易

奢者狼藉俭者安，一凶一吉在眼前。

凭君回首向南望，汉文葬在霸陵原。

诗义：骄奢者危亡而节俭者安定，一凶一吉就摆在眼前。请君回首向南看去，提倡富国节用的汉文帝，其陵墓依然在霸陵之上。

简评：汉文帝刘恒为汉高祖刘邦之子，他及其子汉景帝刘启吸取秦亡的教训，采取轻徭薄赋、与民休息的措施，减轻农民的徭役和劳役等负担；着力恢复农业生产，注重发展农业生产；提倡富国节用，节俭治国；重视“以德化民”，以清静不扰民为政策，稳定社会秩序。二人统治时期，海内富庶、国力强盛，历史上称这一时期为“文景之治”。

“历览前贤国与家，成由勤俭破由奢。”（李商隐《咏史二首·其二》）富国富民是历代政治家、思想家关于治国理政的基本观念。春秋战国时诸子都提出了富国富民的思想，其中荀子比较完整、科学地提出了“富国”的理论体系。关于“富国”与“富民”的内涵，荀子提出“上下俱富，交无所藏之”（《荀子·富国》）。“上富”即“富国库”，“下富”即“富民”，既富国库又富民，国家和百姓的财富都多得无处收藏，这才称得上“富国”。关于富国与富民的关系，他提出“王者富民，霸者富士，仅存之国富大夫，亡国富筐箧、实府库。筐箧已富，府库已实，而百姓贫，夫是之谓上溢而下漏，入不可以守，出不可以战，则倾覆灭亡可立而待也”（《荀子·王制》），主张必须以富民为富国的基础，若仅考虑富国库而不考虑富民，就会出现靠搜刮和聚敛来积累国库财富的现象，那样达不到富国的目的，反而会导致国家灭亡。

诗境深造：“岁丰仍节俭，时泰更销兵。”（白居易《太平乐词二首·其一》）

96. 纲纪修明储蓄广，王者之守在四夷　蓄积足恃

出处：《汉书·食货志》：“古之治天下，至纤至悉也，故其蓄积足恃。”

解析：指国家蓄积充足，以备战备荒。

诗化：

咏菊

〔明〕朱元璋

百花发时我不发，我若发时都吓杀。
要与西风战一场，遍身穿就黄金甲。

诗义：百花盛开时我不开花，我若盛开必定一鸣惊人。要和寒冷的西北风斗一场，菊花绽放，宛如浑身都披着黄金盔甲。

简评：“纲纪修明储蓄广，王者之守在四夷。”（林廷玉《出塞行次韵》）中国古代的治国者非常重视蓄积，“夫积贮者，天下之大命也。苟粟多而财有余，何为而不成？以攻则取，以守则固，以战则胜”（《汉书·食货志》）。积蓄储备是国家存亡的大事，如果粮食、财富积蓄有余，事情做成功的可能性就大，有助于营造攻可以取、守可以稳、战可以胜的局面。“生之有时，而用之亡度，则物力必屈。古之治天下，至纤至悉也，故其蓄积足恃。”（贾谊《论积贮疏》）生产东西受时间、环境等因素的限制，而消费却没有限度，如果不加节制地消费，那么社会财富一定会匮乏。古人治理国家，考虑得极为细致和周全，所以他们十分注重和提倡积贮，以备万一。

朱元璋在起义之初，由于力量还不够强大，采纳了学士朱升给他出的谋略：“高筑墙，广积粮，缓称王。”朱元璋非常清楚粮食等物资对他的政权与军事活动的重要性。因此尽管军务繁忙，但他每到一地，也总要关心当地农业生产，鼓励种田养蚕。他安排军队耕种粮食，任命专管官员负责修筑堤防、兴修水利，保证军粮的供应。朱元璋正是通过这些措施，一步步成就了自己的帝业。

诗境深造：“国朝广储蓄，任法先任人。”（祁顺《贵阳雅颂二十四首同翠渠作·其十四》）

97. 农工商贾皆同气，草木虫鱼是一家　工商皆本

出处：《明夷待访录·财计三》："世儒不察，以工商为末，妄议抑之。夫工固圣王之所欲来，商又使其愿出于途者，盖皆本也。"

解析：指工商业和农业一样都是民生之本。

诗化：

望海潮·东南形胜（节选）

〔宋〕柳永

东南形胜，三吴都会，钱塘自古繁华。烟柳画桥，风帘翠幕，参差十万人家。云树绕堤沙。怒涛卷霜雪，天堑无涯。市列珠玑，户盈罗绮，竞豪奢。

诗义：杭州地处东南方，地理位置优越，风景优美，是三吴的都会，自古以来就十分繁华富庶。杭州城柳树如烟、桥梁绘彩，帘幕交叠，楼阁参差，大约有十万户人家。高大的树木环绕着钱塘江的堤岸，汹涌澎湃的潮水掀起了雪白的浪花，江面一望无际。市场上的珠宝琳琅满目，家家户户堆满了绫罗绸缎，相互间比谁更奢华富有。

简评：《望海潮·东南形胜》这首词的上片赞美杭州历史悠久、风景秀丽，描写了杭州都市繁华、商业发达的景象，详尽地反映了当时杭州市场繁荣、民众殷富的情景。我国古代对工商业的重要性有较深的认识，南宋陈耆卿提出："古有四民，曰士，曰农，曰工，曰商。士勤于学业，则可以取爵禄；农勤于田亩，则可以聚稼穑；工勤于技艺，则可以易衣食；商勤于贸易，则可以积财货。此四者，皆百姓之本业。"（《嘉定赤城志》）许景衡指出农工商贾没有高低之分，"末学纷纷只是夸，孔颜门户本无遮。农工商贾皆同气，草木虫鱼是一家"（《送商霖兼简共叔》）。

工商业在唐代已经非常发达，商人们走南闯北，搜罗各地的特产，贩运做买卖。"求珠驾沧海，采玉上荆衡。北买党项马，西擒吐蕃鹦。炎洲布火浣，蜀地锦织成。"（元稹《估客乐》）商人们东去大海，西入吐鲁番，北进沙漠，南至炎州，购买沧海珠、荆衡玉、党项马、火浣布、吐蕃鹦、蜀地锦。"边城暮雨雁飞低，芦笋初生渐欲齐。无数铃声遥过碛，应驮白练到安西。"（张籍《凉州词三首·其一》）张籍这首诗描写的是唐代中原与西域商业往来

的情景。黄昏时，低飞的雁群在边城上盘旋，初生芦苇正在努力地成长。一群骆驼满载着货物伴着叮当的驼铃声缓缓前行。西去的驼队驮运的应是丝绸，他们要沿着这条大道去远方的安西。

黄宗羲是明末清初经学家、思想家，有“中国思想启蒙之父”之称。他提出“工商皆本”的思想，认为要使民富，必须“崇本抑末”。所谓“崇本”，即“使小民吉凶，一循于礼”（《明夷待访录·财计三》）；所谓“抑末”，即凡为佛、为巫、为优倡及奇技淫巧等不切于民用而货者，应“一概痛绝之”。“世儒不察，以工商为末，妄议抑之。夫工固圣王之所欲来，商又使其愿出于途者，盖皆本也。”黄宗羲认为，那些迂腐的儒士不体察国情民情，认为工业和商业是不重要的，妄图压制工商业。然而，工业可以为人们提供其想要的东西，商业则使人们可以买到其想要的东西，所以工业和商业都是十分重要的行业，是发展之本。黄宗羲的观点是对传统“重本抑末”观念的大胆否定。

诗境深造：“士农与工商，执业分彼此。”（郑用锡《感叹·其一》）

98. 但愿官清不爱钱，长养儿孙听驱使　以政裕民

出处：《荀子·富国》：“节用以礼，裕民以政。”

解析：指通过政策措施使老百姓富裕。

诗化：

宿花石戍（节选）

〔唐〕杜甫

罢人不在村，野圃泉自注。
柴扉虽芜没，农器尚牢固。
山东残逆气，吴楚守王度。
谁能扣君门，下令减征赋。

诗义：村中空荡无人，野地里泉水自涌。破败的木门被荒草淹没，各种农具搁置在边上，还比较牢固，但已好久没用。山东逆贼反叛，而吴楚社会

秩序尚好。谁能够斗胆叩开君王的大门，劝说他下令减免赋税？

简评："但愿官清不爱钱，长养儿孙听驱使。"（黄庭坚《上大蒙笼》）减免赋税是以政裕民的主要政策之一。明太祖朱元璋说："夫善政在于养民，养民在于宽赋。"（谷应泰《明史纪事本末》）张居正则指出："余以为欲物力不屈，则莫若省征发，以厚农而资商；欲民用不困，则莫若轻关市，以厚商而利农。"（《张太岳集》）汤显祖曾经抨击乱摊派赋税的现象："五风十雨亦为褒，薄夜焚香沾御袍。当知雨亦愁抽税，笑语江南申渐高。"（《闻都城渴雨时苦摊税》）他感叹连雨都害怕被抽税，所以雨才不敢进入京城呀！

汉文帝刘恒是历史上减税较多的皇帝。他施行的主要政策有以下几个方面。一是减税。汉文帝将汉高祖的"十五税一"税率到了"三十税一"，把人头税从每人每年一百二十钱减至每人每年四十钱。二是减轻徭役。徭役是我国古代封建社会平民的一项重要义务，每个成年男子每年都要为国家义务劳动一段时间。汉文帝把徭役减为每三年一次。三是免税。汉文帝十三年（公元前 167），他下诏免除全国的农业税。据考证，封建时代不用缴纳农业税，这在历史上只有汉文帝十三年到汉景帝三年（公元前 154）的这段时间出现过。由于"以政裕民"的成功，汉文帝、汉景帝统治时期出现了"文景之治"的气象。

推行减免赋税政策，减轻百姓负担的同时，中国古代还注意扩大财源，提出"夫农工商贾者，财之所自来也"（司马光《司马光奏议》）等观点，强调既要养护财源，又要取财有度。坚持取之于民、用之于民的财政支出原则。宋代王安石提出："盖因天下之力以生天下之财，取天下之财以供天下之费。"（《上仁宗皇帝言事书》）我国古代政府的财政支出除用于公职人员的俸禄、军费等涉及国家治理、国家安全和公共事业的事项，还用于社会救助事项。其中最为典型的就是为应对灾荒而建立的赈灾制度，即荒政制度，比如建立常平仓来调节粮价、应对粮荒的制度。财政支出还包括兴修农田水利、交通建筑、城市建设、江河治理、航运工程等利国利民的重大工程。

2005 年 12 月 29 日，中华人民共和国第十届全国人民代表大会常务委员会第十九次会议通过了《全国人民代表大会常务委员会关于废止〈中华人民共和国农业税条例〉的决定》，在中国历史上存在了两千多年的农业税自

2006 年 1 月 1 日起废止。这极大地调动了农民的积极性，解放了农村生产力，推动了农村经济的快速发展和社会的和谐进步。

诗境深造：“纳善察忠谏，明科慎刑赏。”(李世民《帝京篇十首 · 其十》)

99. 量入为出可不谨，斤斤饥食寒有衾　量入为出

出处：《礼记 · 王制》：“冢宰制国用，必于岁之杪。五谷皆入，然后制国用……量入以为出。”

解析：指按收入的多少来决定开支的数额。

诗化：

赠友五首 · 其三（节选）

〔唐〕白居易

吾闻国之初，有制垂不刊。
庸必算丁口，租必计桑田。
不求土所无，不强人所难。
量入以为出，上足下亦安。

诗义：我闻知唐朝立国之初，延续着原有的租庸制。劳役按人丁数来计算，佃租按田亩数量来计。不要求田地一定要有产出，不强人所难。量入为出，这样国家上下都安定太平。

简评：“量入为出可不谨，斤斤饥食寒有衾。”（楼钥《送郑楚客司法之岳阳》）量入为出是最简单、最基本的一个财政政策，大到一个国家，小到一个家庭都必须量入为出。没有量入为出的理念，没有量入为出的习惯，无限度地挥霍浪费，即便是坐拥金山银山，早晚也会变穷。

杨炎是唐代德宗时期的宰相，被誉为财政改革家。安史之乱后，针对移贮宫廷的大盈内库由宦官掌管，而宦官中饱私囊、账目混乱、不可究诘的弊端，杨炎提出国家祖赋不能变成皇帝私产，提议把大盈内库财赋划归行政部门管理，并提出废除租庸调制，实施两税法。杨炎还积极推行量入为出的财政政策，主张“凡百役之费，一钱之敛，先度其数而赋于人，量出以制入”

(《旧唐书·列传第六十八·杨炎》)。国家的各项开支与分厘的征收，都应当首先测算准确再向老百姓征税，根据费用的支出来控制收入数额。这样就可以减少浪费，减轻老百姓的负担。

中国古代的理财智慧十分重视量入为出，对量入为出有着精辟的论述。唐代陆贽指出："国家府库，出纳有常……王者之体，天下为家，国不足则取之于人，人不足则资之于国，在国为官物，在人为私财，何谓盈余，须别收贮？"(《旧唐书·列传第八十五·裴延龄》)国库的财物收支必须正常有数。仁慈英明的君主应当以天下为家，国力不足时依靠百姓，百姓不足时依靠国家。明代海瑞说："量入为出，其取给则缓。损益盈缩，权诚悬焉，凡以为天下之人利之而已。"(《海瑞集》)

诗境深造："量入以为出，上足下亦安。"(白居易《赠友五首·其三》)

100. 须信家由勤俭起，莫言勤俭不肥家　勤劳致富

出处：《周易·谦卦》："九三：劳谦，君子有终，吉。"

解析：指通过辛勤劳动而获得物质财富和精神财富。

诗化：

九章·抽思(节选)

〔战国〕屈原

善不由外来兮，名不可以虚作。

孰无施而有报兮，孰不实而有获。

诗义：善良的品德不靠外力取得，只能通过自己努力去修炼，美好的声誉也不是靠虚假取得。谁能够没有付出就得到回报？谁又能够不经历辛勤的劳动就有收获？

简评："业精于勤，荒于嬉。行成于思，毁于随。"(韩愈《进学解》)一分耕耘，一分收获，勤劳始终是致富的根本手段和措施，必须摒弃那些不劳而获、投机取巧、一夜暴富的不切实际的幻想。"不论平地与山尖，无限风光尽被占。采得百花成蜜后，为谁辛苦为谁甜。"(罗隐《蜂》)无论是在平地还是

在高山，哪里鲜花迎风盛开，哪里就有蜜蜂奔忙。蜜蜂是勤劳的象征，它们酿造了甜美的蜂蜜，却从不图回报。颜钧有诗劝人们勤奋曰：“生理随时只要勤，有何大小富豪贫。人凭信行当钱使，无本皆因无信人。劝君勤俭度年华，谨慎长情莫谎奢。须信家由勤俭起，莫言勤俭不肥家。”（《各安生理》）

曾国藩在《诫子书》中指出：“古之圣君贤相，盖无时不以勤劳自励。为一身计，则必操习技艺，磨炼筋骨，困知勉行，操心危虑，而后可以增智慧而长见识。为天下计，则必己饥己溺，一夫不获，引为余辜。大禹、墨子皆极俭以奉身而极勤以救民。勤则寿，逸则夭，勤则有材而见用，逸则无劳而见弃，勤则博济斯民而神祇钦仰，逸则无补于人而神鬼不歆。”古代圣贤时刻以勤奋努力作为座右铭来激励自己。勤劳有助于增长才干，勤劳能解决百姓的温饱。

“功崇惟志，业广惟勤。”（《尚书·周书·周官》）崇高的志向造就伟大的功业，而要实现伟大的功业，必须辛勤不懈地努力工作。所谓“敬时爱日，非老不休，非疾不息，非死不舍”（《吕氏春秋·上农》），提倡的就是遵循农时，珍惜光阴，勤勉不辍。勤劳节俭是中华民族的传统美德和智慧，政府和社会应采取各种措施，从制度上保障劳动者能够凭借辛勤的劳动获取财富。“大众创业、万众创新”就是鼓励人们勤劳致富，激发全民族的创业精神。为勤劳者拓宽创业、创富通道，既是对劳动者的极大激励，也是社会发展的客观要求。

诗境深造：“勤劳有坚体，节俭无荒年。”（姚燮《田家杂兴十五章·其九》）

十一、军事篇

假使我们不去打仗，

敌人用刺刀

杀死了我们，

还要用手指着我们骨头说：

“看，这是奴隶！”

——田间《假使我们不去打仗》

军事关系到国家安危、生存与发展，是“国之大事”，强国必须强军。鸦片战争以来近代中国处处挨打、受辱的一个原因就是国防、军事实力落后。历史表明，一个强大的国家必定有能够维护国家主权、安全、发展利益的强大军事力量作为后盾。“天下虽安，忘战必危。”战争是实力的较量，没有强大的综合国力作为后盾，仅仅靠道义和真理，是无法对抗强大的敌人的。

101. 洗兵条支海上波，放马天山雪中草　国之大事

出处：《孙子兵法·计篇》：“兵者，国之大事，死生之地，存亡之道，不可不察也。”

解析：指军事关系到国家安危生存与发展，是国家首要的大事，必须认真对待。

诗化：

大风歌

〔汉〕刘邦

大风起兮云飞扬，

威加海内兮归故乡，

安得猛士兮守四方！

诗义：大风吹起啊云飞扬，四海一统啊衣锦还乡，如何才能得到智勇双全的勇士为国家镇守四方！

简评：公元前 196 年，刘邦的手下淮南王英布起兵反叛，刘邦亲自率部出征。在平叛得胜归途中，刘邦回到了故乡沛县，宴请了昔日的朋友和尊长。在共叙友情、开怀畅饮之时，刘邦即兴创作了《大风歌》并起舞吟唱。这首歌抒发了他远大的政治抱负，也表达了他对如何选拔忠诚将领、建立强大军队、巩固国家政权的思考。

“洗兵条支海上波，放马天山雪中草。”（李白《战城南》）发展和安全是一体之两翼、驱动之双轮，而安全与发展权益的获得与保障，与国防和军事的强大与巩固息息相关。国防和军事建设与政治、经济、外交、法律等方面一样，是国家治理不可或缺的一个重要方面。古代文献表明中国古人对国防和军队建设有着深刻的认识。“兵者，国之大事，死生之地，存亡之道，不可不察也。”战争关系国家的生死存亡，必须从国家安危的高度来做谋划和准备。“价人维藩，大师维垣。”（《诗经·大雅·板》）军队是屏障，大众是垣墙。管子指出：“兵者尊主安国之经也，不可废也。”（《管子·参患》）刘璞说：“兵为邦捍，国家之威望。”（《将略要论》）刘璞认为，军队是国家的保障，也是国家的威望所在。

诗境深造：“勒兵充宇宙，按剑待烟尘。”（吕陶《送冯枢密》）

102. 长安城头挥羽扇，卧甲韬弓不忘战　忘战必危

出处：《司马法·仁本》：“故国虽大，好战必亡；天下虽安，忘战必危。”

解析：指若放松警惕、松懈备战，必定会让国家处在危险之中。

诗化：

边风行

〔唐〕刘禹锡

边马萧萧鸣，边风满碛生。
暗添弓箭力，斗上鼓鼙声。
袭月寒晕起，吹云阴阵成。
将军占气候，出号夜翻营。

诗义：边关的战马嘶鸣，风沙滚滚。将士的士气高昂，不忘备战，增添挽弓力气，练兵的鼓声不绝于耳。乌云遮蔽了月亮，阴风阵阵寒气逼人。将军预测天气后，出征的号声响彻军营。

简评：“长安城头挥羽扇，卧甲韬弓不忘战。持重能收壮士心，沉机好待凶徒变。”（吴伟业《雁门尚书行》）和平时期松懈备战、放松警惕是十分危险的。国家的安全、政权的巩固，都有赖于常备不懈的国防和军队建设。麻痹懈怠的思想害国害军，英明的军事家无不重视武备。墨子说：“库无备兵，虽有义不能征无义。”（《墨子·七患》）仓库中没有足够的武器储备，即使有真理和正义在手，也无法去征讨叛逆和不义。“兵者百岁不一用，然不可一日忘也。”（《鹖冠子·近迭》）刘基说：“凡安不忘危，治不忘乱，圣人之深诫也。天下无事，不可废武，虑有弗庭，无以捍御。必须内修文德，外严武备，怀柔远人，戒不虞也。四时讲武之礼，所以示国不忘战。不忘战者，教民不离乎习兵也。”（《百战奇略·忘战》）处于和平时期，也要居安思危、治理有序，不可忘记祸乱一旦发生会带来什么后果。天下太平，但不能废弃武备，一旦废弃武备，将无法在战争到来之时卫国御敌。必须对内修明政治，对外加强

战备，行仁德以怀服边远地区百姓，时刻警惕意外事件的发生。要常年坚持武备教育，以此表明国家时刻不忘战备。所谓不忘战备，就是教育全民经常练兵习武，搞好军事训练。

“秦家筑城避胡处，汉家还有烽火燃。”（李白《战城南》）中国从来不是一个好战的国家，但和平时期仍须时刻保持警惕，不能忘记危险，要加强练兵备战。要发挥军事力量在塑造态势、管控危机、遏制战争、打赢战争方面的战略功能，统筹考虑备战与止战、威慑与实战等方面，为国家和平发展创造有利条件，为谋求战略主动提供有力保障。

诗境深造：“世治非去兵，国安岂忘战。”（萧衍《宴诗》）

103. 生女犹得嫁比邻，生男埋没随百草　极武者伤

出处：《弩铭》：“忘战者危，极武者伤。”

解析：穷兵黩武，过分迷信武力，动辄兵戎相见，会加重人民的负担，势必会给国家带来损伤。

诗化：

石壕吏

〔唐〕杜甫

暮投石壕村，有吏夜捉人。老翁逾墙走，老妇出门看。
吏呼一何怒！妇啼一何苦！听妇前致辞：三男邺城戍。
一男附书至，二男新战死。存者且偷生，死者长已矣！
室中更无人，惟有乳下孙。有孙母未去，出入无完裙。
老妪力虽衰，请从吏夜归。急应河阳役，犹得备晨炊。
夜久语声绝，如闻泣幽咽。天明登前途，独与老翁别。

诗义：夜宿石壕村，差役来强征兵。老翁越墙逃走，老妇哭啼哀求。差役凶狠狂吼，老妇啼哭令人心碎。老妇说：“三个儿子去邺城服役。其中一个儿子捎信回来，两个兄弟刚刚战死了。人活一天算一天，死去的人永不复生！家里再无其他人，只有还在吃奶的孙子。因还有孙子在，他母亲还没有

改嫁，可怜的儿媳甚至没有一件完整的衣服。老妇我虽年老力衰，但可跟你回军营去。赶到河阳去应征，为军队准备早餐。”夜深了，说话的声音消失了，但还能听到断断续续低微的哭声。天亮临走的时候，只同那个老翁告别。

简评：“夫兵不可偃也，譬之若水火然，善用之则为福，不能用之则为祸。”（《吕氏春秋·荡兵》）大意是战争是不可避免的，正像水和火一样，善于运用它就能造福国家，不善于运用它就会祸害人民。“兵者不祥之器，非君子之器，不得已而用之，恬淡为上。”（《道德经·第三十一章》）兵器这个不祥的东西，不是君子所使用的东西，只有到万不得已的时候才使用它，最好谨慎处之。“若繁为攻伐，此实天下之巨害也。”（《墨子·非攻下》）频繁地发动战争乃天下之大害。李白也指出：“乃知兵者是凶器，圣人不得已而用之。”（《战城南》）“穷兵黩武今如此，鼎湖飞龙安可乘？”（《登高丘而望远》）自古以来，极武者穷兵黩武，皆没有好下场。

《石壕吏》反映了唐代安史之乱给人民带来的深重灾难，表达了诗人对老百姓的深切同情。759 年春，杜甫途经新安、石壕、潼关，目睹哀鸿遍野，民不聊生，这引起他感情上的强烈震动。杜甫的《兵车行》也是一首描绘战争给老百姓带来苦难的诗作，诗中末尾几句写道：“生女犹得嫁比邻，生男埋没随百草。君不见，青海头，古来白骨无人收。新鬼烦冤旧鬼哭，天阴雨湿声啾啾。”生个女孩还可以嫁给隔壁邻居，生个男孩就只能将其尸骨埋在战场草地。您没看见吗？青海边，白骨堆成山也没人去打理。新鬼哀怨痛苦，旧鬼哭泣不停，若是阴雨天，更是一片凄厉的哭声。杜甫在《阁夜》中也描写了战争给老百姓带来的苦难：“野哭千家闻战伐，夷歌数处起渔樵。”荒野中的千家万户为战争而痛哭，远处传来渔夫悲凄的歌声。王翰也在《凉州词二首·其一》一诗中表达了对战争的哀怨：“醉卧沙场君莫笑，古来征战几人回？”洪昇的《衢州杂感·其五》描绘的战争惨景更令人毛骨悚然：“一片夕阳横白骨，江枫红作战场花。”

诗境深造：“黩武疲中夏，穷兵攘四夷。”（耶律楚材《怀古一百韵寄张敏之》）

104. 健儿击鼓吹羌笛，共赛城东越骑神　在乎壹民

出处：《荀子·议兵》：“凡用兵攻战之本，在乎壹民。”

解析：指取胜最重要的是使民众团结一致，上下一心。

诗化：

破阵子·为陈同甫赋壮词以寄之

〔宋〕辛弃疾

醉里挑灯看剑，梦回吹角连营。八百里分麾下炙，五十弦翻塞外声。沙场秋点兵。　马作的卢飞快，弓如霹雳弦惊。了却君王天下事，赢得生前身后名。可怜白发生！

诗义：醉梦里挑灯观赏宝剑，梦中回到了当年的战场，军营里号角声此起彼伏。与麾下分享香喷喷的烤肉，雄壮的军乐声响彻边塞。秋天在战场上阅兵。战骑像的卢马一样跑得飞快，弓箭像惊雷闪电一般飞疾离弦。收复失地，完成统一大业，在生前就留下为国立功勋的美誉。只可惜现在已经成了白发人！

简评：这是一首报国诗，表达了诗人报国杀敌的决心，抒发了诗人壮志难酬的心情。全篇豪放劲健，雄浑有力，一气奔注，酣畅淋漓。后人评价道：“字字跳掷而出，‘沙场’五字，起一片秋声，沉雄悲壮，凌轹千古。”（陈廷焯《云韶集》）

“在乎壹民”是荀子关于民本思想之后提出的另一重要理念，指出人民的力量是关系国家存亡、战争胜负的决定性力量。荀子指出：“弓矢不调，则羿不能以中微；六马不和，则造父不能以致远；士民不亲附，则汤、武不能以必胜也。故善附民者，是乃善用兵者也。故兵要在乎附民而已。”（《荀子·议兵》）弓与箭不协调，就是善射的后羿也不能射中微小目标；拉车的六匹马不和谐，即便是善御的造父也无法驾驭马车到达远方；民众不亲附国君，即使是商汤、周武王也不能取胜。因此，善于使百姓归附的人，才是善于用兵的人。用兵的要领就在于得到百姓的支持和拥护。商鞅也对战争与统一思想的意义和作用提出了独特的见解：“凡战法，必本于政胜。”（《商君书·战法》）战争的法则，要以政治上取得优势为基础。“自古及今未尝有也，民勇者，战

胜；民不勇者，战败。能壹民于战者，民勇；不能壹民于战者，民不勇，圣王见王之致于兵也，故举国而责之于兵。”（《商君书·画策》）要赢得战争胜利，必须得到民心，鼓舞民心，保持上下一心。

孙武《孙子兵法·计篇》指出：“道者，令民与上同意，故可以与之死，可以与之生，而不畏危也。”上下一心，泰山可移，民心统一与否对战争的胜负具有决定性作用。司马光也指出：“故仁人之兵，上下一心，三军同力；臣之于君也，下之于上也，若子之事父，弟之事兄，若手臂之捍头目而覆胸腹也。”（《资治通鉴》）顾炎武深明“在乎壹民”的重要性，赋诗吟道：“勾践栖山中，国人能致死。叹息思古人，存亡自今始。”（《秋山》）

“凉州城外少行人，百尺峰头望虏尘。健儿击鼓吹羌笛，共赛城东越骑神。”（王维《凉州赛神》）毛泽东在《论持久战》中也论述了全面抗战、全民抗战的观点，提出了“兵民是胜利之本”“战争的伟力之最深厚的根源，存在于民众之中”等许多著名的论断。

诗境深造：“众心如一心，积渐通穹苍。”（李惺《庚戌元日日食一百二十韵》）

105. 追奔露宿青海月，夺城夜踏黄河冰　胜而强之

出处：《孙膑兵法·见威王》：“战胜而强立，故天下服矣。”

解析：指采取战争手段取得胜利并居于强者地位，才能以战止战，取得绝对优势。

诗化：

哥舒歌

〔唐〕西鄙人

北斗七星高，哥舒夜带刀。

至今窥牧马，不敢过临洮。

诗义：北斗星高高地悬挂在夜空，哥舒翰将军佩着宝刀在夜幕中威武地巡察。敌军只敢在遥远的地方窥视放牧的马群，再也不敢越过临洮来骚扰。

简评：《哥舒歌》表达的思想正是胜而强之，以战止战。哥舒翰是唐玄

宗时期一位战功赫赫的守边将军，具有强大的战斗力，多次击退敌人的侵扰，安定边境，保护人民生活。胜而强之和以战止战是孙膑的著名论断。孙膑是战国时期著名军事家，著有《孙膑兵法》。“田忌赛马”的典故是孙膑“着眼全局，舍弃局部，出奇制胜”军事思想的重要体现，这也被视为“对策论”的最早运用。

“猛虎啸洞壑，饥鹰鸣秋空。翔云列晓阵，杀气赫长虹。”（李白《登广武古战场怀古》）要实现繁荣稳定、安居乐业，必须建立一支强大而忠诚的军队，所谓“战胜而强立，故天下服矣”。孙膑认为，在一定形势下，战争不可避免，只有迎战并取得胜利，才能解决问题。“万鼓雷殷地，千旗火生风。日轮驻霜戈，月魄悬雕弓。青海阵云匝，黑山兵气冲。战酣太白高，战罢旄头空。”（高适《塞下曲》）取得战争的胜利可以避免亡国，所以用兵不可不慎重对待，那些轻率用兵的人常遭失败。胜利不是靠急功近利就能得到的，用兵必须做好充分准备，才能付诸行动。

“追奔露宿青海月，夺城夜踏黄河冰。铁衣度碛雨飒飒，战鼓上陇雷凭凭。”（陆游《胡无人》）“古圣王有义兵而无有偃兵。兵之所自来者上矣，与始有民俱。凡兵也者，威也；威也者，力也。”（《吕氏春秋·荡兵》）古代的圣明君主主张正义的战争，从未有废止战争的。战争的由来相当久远了，它是和人类一起产生的。大凡战争，靠的是威势，而威势是力量的表现，“兵强胜人，人强胜天”（《逸周书·文传解》），说的就是这个道理。“叠鼓蹙成汾水浪，闪旗惊断塞鸿飞。边庭自此无烽火，拥节还来坐紫微。”（刘禹锡《和白侍郎送令狐相公镇太原》）

诗境深造：“横行负勇气，一战净妖氛。”（李白《塞下曲六首·其六》）

106. 四边伐鼓雪海涌，三军大呼阴山动　师必有名

出处：《礼记·檀弓下》：“师必有名。”

解析：指不可轻易发动战争，出兵动武必须有正当的理由。

诗化：

五律·挽戴安澜将军

毛泽东

外侮需人御，将军赋采薇。

师称机械化，勇夺虎罴威。

浴血东瓜守，驱倭棠吉归。

沙场竟殒命，壮志也无违。

诗义：国难当头，面对日本侵略者，亟须仁人志士奋起抵抗，戴安澜将军受命于危难之中，率部远征，用实际行动谱写了一曲抗日的《采薇》诗篇。戴安澜将军率领的机械化师英勇善战，横扫了日军的嚣张气焰。在东瓜战斗中，将军率领将士浴血奋战，舍命相守，守住了东瓜重镇，阻挠了日军的进攻进程。在棠吉之战中，他率领将士击退日军，夺回了棠吉要塞。一代抗日英雄牺牲在缅北战场，将军用年轻的生命践行了自己的凌云壮志，虽壮志未酬，但死而无憾。

简评：戴安澜是抗日爱国将领，他在战斗最惨烈的时候给妻子王荷馨写下遗书说："现在孤军奋斗，决以全部牺牲，以报国家养育！为国战死，事极光荣。"抗日战争是中国人民反抗日本军国主义侵略的正义战争，是中华民族历史上最伟大的卫国战争，也是中国近代以来抗击外敌入侵第一次取得完全胜利的民族解放战争。战争有正义和非正义之分。正义的战争得到人民的拥护，最终必将取得胜利；非正义的战争不得民心，最终必将失败。孔子以"道"为标准衡量战争的性质，他说："天下有道，则礼乐征伐自天子出；天下无道，则礼乐征伐自诸侯出。"（《论语·季氏》）他认为凡是救民于水火、吊民伐罪，为维护国家大一统局面和为实施仁政开辟道路的战争都是正义之战，应该支持和拥护。相反，为争名逐利而戕害生灵、恃强凌弱、以众暴寡的兼并战争都是不义之战，应该坚决反对和谴责。"征伐自诸侯出"是天下无道的表现，这种战争就是不义之战。孔子的战争观立足于战争的性质，反对违背道义原则的战争。

黄石公指出："以义诛不义……其克必矣！"（《黄石公三略·下略》）强

调正义之师讨伐不义之师，其胜利是必然的。“顺道而动，天下为向；因民而虑，天下为斗。”（《淮南子·兵略训》）为正义而战，天下会归顺；为人民利益而着想，人人都会参战对敌，因此，用兵必师出有名，不可轻易用兵挑衅，否则终将玩火自焚。正是：“四边伐鼓雪海涌，三军大呼阴山动。”（岑参《轮台歌奉送封大夫出师西征》）

诗境深造：“海内兴义师，欲共讨不祥。”（蔡琰《悲愤诗》）

107. 何日请缨提锐旅，一鞭直渡清河洛　兵贵于精

出处：《东周列国志》：“兵贵于精，不贵于多。”

解析：指军队重要的是精锐坚强能战，而不在于数量的多少。

诗化：

塞下曲六首·其三

〔唐〕李白

骏马似风飙，鸣鞭出渭桥。

弯弓辞汉月，插羽破天骄。

阵解星芒尽，营空海雾消。

功成画麟阁，独有霍嫖姚。

诗义：骏马像狂风般飞驰，在马鞭挥动声响中奔出了渭桥。弯弓辞别汉地的明月，在箭羽的挥动下，打击了凶悍的匈奴。敌军被击溃，边境的危机解除，敌营空无一人，紧张的气氛消失了。立大功而立像于麒麟阁的，唯独霍去病一人。

简评：霍去病（公元前140—公元前117），西汉名将，官至骠骑将军，封“冠军侯”。他英勇善战，勇猛果断，用兵巧妙，注重方略，善于率领精锐搞长途突袭、闪电战和穿插作战，初次征战即率领八百名骁骑深入敌境数百里，把匈奴兵杀得四散逃窜。霍去病两次大破匈奴，直取祁连山，控制河西地区。霍去病的精锐骑兵成为汉武帝镇定西域的重要军事力量，霍去病也受到诗人们的广泛赞誉。王维的《少年行四首·其二》写道：“出身仕汉羽林郎，

初随骠骑战渔阳。孰知不向边庭苦，纵死犹闻侠骨香。”李白的《胡无人》写道：“严风吹霜海草凋，筋干精坚胡马骄。汉家战士三十万，将军兼领霍嫖姚。流星白羽腰间插，剑花秋莲光出匣。天兵照雪下玉关，虏箭如沙射金甲。云龙风虎尽交回，太白入月敌可摧。”

官渡之战是以少胜多、以弱胜强的典型战役。东汉末年，诸侯割据，汉献帝建安五年（200），十万袁绍军队与三万曹操军队对峙于官渡并展开决战。曹操采取谋士许攸的计谋，派出精锐骑兵，巧施火攻，奇袭并焚烧了袁军在乌巢的粮仓，从而击溃袁军主力。这也是曹操珍惜人才而取得的胜利。曹操珍惜人才，曾说过：“吾任天下之智力，以道御之，无所不可。”（陈寿《三国志·魏书·武帝纪》）

“何日请缨提锐旅，一鞭直渡清河洛。”（岳飞《满江红·登黄鹤楼有感》）军队的规模与战斗力的强弱并无必然联系。若军队过于庞大却行动迟缓、军需供应困难，反而会削弱战斗力。所以名将治兵，宁要少而精，也不愿统领多而庞杂的军队。

诗境深造：“四镇富精锐，摧锋皆绝伦。”（杜甫《观安西兵过赴关中待命二首·其一》）

108. 上下心同铁石坚，城池势若金汤固　兵以形固

出处：《心术》：“故善用兵者以形固。夫能以形固，则力有余矣。”

解析：指善于用兵打仗的人能够利用各种条件来巩固自己。能够利用各种条件来巩固自己就能壮大力量，应尽可能做到天时地利人和，以使形势有利于我方。

诗化：

西江月·堂上谋臣尊俎

〔宋〕刘过

堂上谋臣尊俎，边头将士干戈。天时地利与人和，“燕可伐欤？”曰：“可。”　今日楼台鼎鼐，明年带砺山河。大家齐唱《大风歌》，不日四方来贺。

诗义：谋臣们在筵席上商讨国事，边疆将士提高警惕，紧握着手中的武器。作战的时机十分有利，天时地利人和，而且众志成城。“可以讨伐燕国了吗？”大家回答说：“可以。”今日在一起楼台上共谋国政，来年建立不朽的功勋。大家齐声高唱《大风歌》，不需多日四面八方就来归顺庆贺。

简评：“上下心同铁石坚，城池势若金汤固。”（刘鹗《关武行》）若要做到“兵以形固”，最主要的是尽可能做到天时、地利与人和。《孟子·公孙丑下》曰：“天时不如地利，地利不如人和。”《孙膑兵法·月战》曰：“天时、地利、人和，三者不得，虽胜有殃。”天时指时机、天气等因素，地利指地势地貌等自然条件，人和主要指民心。“胜勇必以智，胜智必以德。”（揭暄《兵经百篇·胜》）想要战胜勇猛的敌人，要靠智慧；想要战胜有智慧的敌人，要靠德行。荀子说：“兵要在乎善附民而已。”（《荀子·议兵》）用兵的关键在于得到人民的支持，获得民心。

诗境深造：“耕牛朝挽甲，战马夜衔铁。”（于濆《沙场夜》）

109. 方今选将须才杰，好展胸中百万兵　兵贵选将

出处：《除李端懿宁远军节度使知澶州制》：“用兵之要，在先择于将臣。”

解析：指用兵的关键在于挑选优秀的将领。

诗化：

赵括

〔宋〕徐钧

少年轻锐喜谈兵，父学虽传术未精。

一败谁能逃母料，可怜四十万苍生。

诗义：赵括年少时浮夸，喜好谈论兵法，父亲虽给他传授了兵法，但他并未精通。赵母事先就预料赵括会打败仗，只是可怜了赵括率领下被歼灭的四十万赵军。

简评：“方今选将须才杰，好展胸中百万兵。”（徐溥《送重庆聂震指挥》）三军易得，一将难求。将领是军队的首脑，是统帅。“置将不善，一败涂地。”

（司马迁《史记·高祖本纪》）“将不知兵，以其主予敌也；君不择将，以其国予敌也。”（《汉书·爰盎晁错传》）将领不懂兵法，是把他的君主奉送给敌人；君主不精心选择将领，是把国家奉送给敌人。“得贤将者，兵强国昌；不得贤将者，兵弱国亡。”（姜尚《六韬·龙韬·奇兵》）国家拥有贤能将帅，就会兵强国昌；国家缺乏贤能将帅，就会兵弱国亡。对将领的人品和才能要有比较高的要求。明代西湖逸士指出，“三军之势，如人一身。大将，心也；士众，四体百骸也。……是三军之势，莫重于将，选将之道，不可不慎也。”（《投笔肤谈·军势》）将帅是军队的灵魂、战斗的指挥者，将帅的能力、才华、意志等很大程度上决定了军队的战斗力。决定军队胜负态势的关键是将帅是否优秀，故选用将帅不可不慎重考虑。秦末汉初黄石公指出：“将能清，能静，能平，能整，能受谏，能听讼，能纳人，能采言，能知国俗，能图山川，能表险难，能制军权。”（《黄石公三略·上略》）作为将帅，要做到廉洁无私、沉着冷静、公平处事、严肃军纪、接受劝谏、处理诉讼、接纳人才，要能倾听不同意见、了解不同地方的风土人情、掌握山川地理情况、把握险境要塞、控制军队的形势。正是：“西蜀地形天下险，安危须仗出群材。”（杜甫《诸将五首·其五》）

历史上有许多选将用将不慎而致失败的事例，赵括“纸上谈兵”就是其中典型。赵括是赵国名将赵奢的儿子。赵括小时候爱学兵法，谈起用兵的道理来头头是道，自以为天下无敌，连自己的父亲也不放在眼里。公元前262年，秦国大举进攻赵国。在局面有利于赵国的情况下，赵王不听赵括母亲的劝阻，执意以赵括取代经验丰富的老将廉颇。结果，在赵括的错误指挥下，赵军中计，赵括被乱箭射死，四十万赵军也全军覆没。从此以后，赵国一蹶不振。

诗境深造：“所向无空阔，真堪托死生。”（杜甫《房兵曹胡马诗》）

110. 西山烽火照边城，殉国何人更请缨　用军一时

出处：《汉宫秋》：“养军千日，用军一时。”

解析：指长期储备、训练军队，以备战争、应急的需要。

诗化：

岁暮

〔唐〕杜甫

岁暮远为客，边隅还用兵。
烟尘犯雪岭，鼓角动江城。
天地日流血，朝廷谁请缨？
济时敢爱死？寂寞壮心惊！

诗义：临近年关，我在异乡做客，边城的战事还在进行。烟尘弥漫，传来了敌人进犯雪岭的警讯，鼓角鸣响震动了整个江城。前线的将士每日都在流血牺牲，朝廷的要员谁人敢自告奋勇请命出战？国难当头岂敢吝惜生命？我却报国无路，空有一片壮志豪情！

简评："兵可千日而不用，不可一日而不备。"（《南史·陈暄传》）国家养兵可以千日不用，却不可以一日没有军队，放松戒备。墨子指出："故备者，国之重也。食者，国之宝也；兵者，国之爪也；城者，所以自守也。此三者，国之具也。"（《墨子·七患》）防备是国家最重要的事情。粮食是国家的宝物，兵器是国家的爪牙，城郭是自我守卫的防线。这三者是护卫国家的工具。养兵强调一个国家必须强军备战，做到有备无患，防患于未然。正是："西山烽火照边城，殉国何人更请缨。"（于慎行《闻子冲被征寄问兼趣早出四首·其二》）

诗境深造："独立扬新令，千营共一呼。"（卢纶《和张仆射塞下曲六首·其一》）

十二、谋略篇

宇宙的灵魂，

我知道你了。

昨夜蓝空的星梦，

今朝眼底的万花。

——宗白华《宇宙的灵魂》

谋略是认识和处置利害关系时采用的具有一定目的、手段的构想或行为。谋略可以“屈人之兵而非战也”，可以化异为己。谋略能实现先谋先胜，纵横捭阖。具有深谋远虑的人是智者，智者既能谋一时，也能谋万世；既能谋一域，也能谋全局。

111. 教战虽令赴汤火，终知上将先伐谋　上兵伐谋

出处：《孙子兵法·谋攻篇》："故上兵伐谋，其次伐交，其次伐兵，其下攻城。攻城之法，为不得已。"

解析：指最成功的军事行动是依靠谋略来取胜的，不用兵戎相见。

诗化：

燕支行

〔唐〕王维

汉家天将才且雄，来时谒帝明光宫。
万乘亲推双阙下，千官出饯五陵东。
誓辞甲第金门里，身作长城玉塞中。
卫霍才堪一骑将，朝廷不数贰师功。
赵魏燕韩多劲卒，关西侠少何咆勃。
报仇只是闻尝胆，饮酒不曾妨刮骨。
画戟雕戈白日寒，连旗大旆黄尘没。
叠鼓遥翻瀚海波，鸣笳乱动天山月。
麒麟锦带佩吴钩，飒沓青骊跃紫骝。
拔剑已断天骄臂，归鞍共饮月支头。
汉兵大呼一当百，虏骑相看哭且愁。
教战虽令赴汤火，终知上将先伐谋。

诗义：汉朝的锐旅文武双全、雄才大略，出征前于明光宫拜见皇帝。皇帝在宫殿下亲推战车送军队出征，众多的官员在五帝陵东面为军队饯行。将帅们发誓要杀敌立功，辞别繁华舒适的京城后，要以血肉身躯在玉门关筑起牢固的长城。大将军卫青和骠骑将军霍去病只能充当骑将，朝廷也不会在乎贰师将军李广利的功劳。赵、魏、燕、韩的士兵强悍英勇，关西的少侠勇猛过人。以卧薪尝胆激励杀敌士气，用饮酒刮骨的精神鼓舞坚忍的勇气。画戟雕戈闪着白日的寒光，漫漫旌旗淹没在滚滚黄尘之中。急促的击鼓声震得大漠地动山摇，嘹亮的胡笳撼动了天山上的月亮。将军身披绣有麒麟的战袍，手持锋利的吴钩扑向敌阵，飞驰的青骊马和紫骝马追逐驰跃。一出剑就砍下

天骄的臂膀，胜利归来摆着敌人的头颅欢庆共饮。汉军杀声震天，士兵以一当百，敌人的骑兵面面相觑，愁眉苦脸，毫无对策。兵书教战虽让人们赴汤蹈火，但是卓越的将帅总是知道先从谋略上战胜敌人。

简评："故上兵伐谋，其次伐交，其次伐兵，其下攻城。攻城之法，为不得已。"伐谋，指以智谋相伐，通过智慧和谋略来迫使敌人屈服。伐交，以交相伐，指采取外交手段取胜。伐兵，指动用武力取胜。攻城，指展开你死我活的拼杀。高明的用兵之道是凭借谋略取得胜利，其次是用外交战胜敌人，再次是用武力击败敌军，最下之策是攻打敌人的城池。攻城是不得已而为之，是没有办法的办法。"故善用兵者，屈人之兵而非战也，拔人之城而非攻也，毁人之国而非久也，必以全争于天下，故兵不顿而利可全，此谋攻之法也。"(孙武《孙子兵法·谋攻篇》) 善于用兵者，不通过打仗就能使敌人屈服，不通过强攻就能取得对方城邑，摧毁敌国不必旷日持久，一定要用全胜的策略争胜天下，不使国力、兵力受挫便能获得全面胜利，这就是谋攻的方法。王维《燕支行》的结尾两句"教战虽令赴汤火，终知上将先伐谋"，画龙点睛地点出将军善于练兵、用兵，必须智勇双全，高超的谋略更是战争胜利的关键，与"汉家天将才且雄"首尾呼应，点出了该诗的中心思想——"终知上将先伐谋"。

草船借箭的故事也是一个典型的上兵伐谋的案例。周瑜妒忌诸葛亮的才华，有意为难，让他十天内造箭十万支。诸葛亮胸有成竹地答应三天内交十万支箭。他向鲁肃要了二十条快船，在第三天夜里朝北岸驶去。此时，大雾漫天，江上连面对面都看不清。诸葛亮下令把船头朝西，船尾朝东，一字摆开，又叫船上的军士擂鼓呐喊。曹军以为东吴来攻，调集一万多名弓弩手朝江中放箭。不多时，船的草靶子插满了箭。军士们高喊"谢谢曹丞相的箭"，将船驶回南岸。周瑜派来的军士正好来到江边搬箭，二十条船总共有十万多支。周瑜得知借箭的经过，长叹一声，说："孔明神机妙算，吾不如也！"正是："一天浓雾满长江，远近难分水渺茫。骤雨飞蝗来战舰，孔明今日伏周郎。"(罗贯中《三国演义》)

"上兵伐谋"不仅是一句军事名言，也是一句富有哲理的名句。一切社会活动，如办厂经商、投资入股、市场营销、立项决策等，克服一个困难，解决一个矛盾，都应首先明确以谋略取胜的思路，谋而后动才能取得良好的效果。“珍其货而后市，修其身而后交，善其谋而后动，成道也。”（扬雄《法言·修身》）好货要珍藏到最值钱的时候才出售，人要经过学习、修炼来提升自我再与他人交际，计划要经过精心谋划才付诸行动，这是成功的途径。应用到实际生活，从实施一项工程到规划建设一座城市，都要进行反复研究、审慎论证，在充分准备的基础上再实施，才能取得好的效果。上兵伐谋是一种非常高明的智慧。

诗境深造：“上兵贵伐谋，此道不能为。”（储光羲《同诸公秋日游昆明池思古》）

112. 捭阖乾坤若有神，崎岖长短困仪秦　纵横捭阖

出处：《鬼谷子·捭阖》：“捭之者，开也，言也，阳也；阖之者，闭也，默也，阴也。”《战国策·序》：“苏秦为从，张仪为横，横则秦帝，从则楚王，所在国重，所去国轻。”

解析：指为了达到一定的目的，在政治、外交上运用手段联合或分化。

诗化：

隆中决策

〔元末明初〕罗贯中

豫州当日叹孤穷，何幸南阳有卧龙。
欲识他年分鼎处，先生笑指画图中。

诗义：豫州刺史刘备曾经感叹孤立而危险，缺乏高明的谋士相助，但幸运的是，他在南阳遇到了诸葛亮。若想知道将来在哪里雄踞一方，卧龙先生笑着指向那西川五十四州的地图。

简评：“捭阖乾坤若有神，崎岖长短困仪秦。”（薛季宣《读鬼谷子》）纵横捭阖是一种高超的军事和外交智慧。纵横捭阖可以联合众多弱小者形成强势力量抗衡强者，也可以与强者形成联盟，采取“刚柔相济，急缓相通；捭阖自如，阴阳互动；张弛有度，动静结合；因人而异，因事而治”的智慧来处

理事态。纵横捭阖也可以防止和瓦解敌方战略同盟的形成，“伐交者，绝敌之援，使不能合也”(《武经总要·前集》)。

刘备三顾茅庐之后，诸葛亮决心辅助他，向他提出了三分天下的战略意图。诸葛亮指着西川地图对刘备说：“将军欲成霸业，北让曹操占天时，南让孙权占地利，将军可占人和。先取荆州为家，后即取西川建基业，以成鼎足之势，然后可图中原也。”（罗贯中《三国演义》）因当时曹操实力最为强大，所以诸葛亮给刘备出计谋，先联合孙权一致抗击曹操。这是纵横捭阖的典型案例。

诗境深造：“运筹风尘下，能使天地开。”（刘长卿《归沛县道中晚泊留侯城》）

113. 自是兵家贵伐谋，鏖锋擒敌未为优　先谋先胜

出处：《孙子兵法·计篇》：“夫未战而庙算胜者，得算多也；未战而庙算不胜者，得算少也。多算胜，少算不胜，而况于无算乎！吾以此观之，胜负见矣。”

解析：在未开战或未采取行动之时，要认真地分析、比较敌我双方的条件，谋划采取的战略战术方案，做到未战而先胜。

诗化：

诸友偶赋克己以战喻次韵酬之

〔宋〕许景衡

闻道除戎戒不虞，何须深考七家书。

万全要在先谋帅，多算安能便胜予。

岂止边陲卧鼙鼓，尝闻俎豆荐牢蔬。

古来偃武修文者，会使人人有室庐。

诗义：曾闻古训说审慎用兵的同时，必须修治兵器、操练军队、抓紧备战以防不测，何必去深究那七家兵书？要做到万无一失，重在将帅要先谋先胜，深思熟虑才能使敌人无法战胜自己。战争不只是在边疆上擂响战鼓，驰

骋战场，曾经听说古人在出师前还要用各种荤素食品举行祭祀，妙算于庙堂之上。自古以来那些慎行武事、振兴文教的人，都能使百姓人人有居室，过上安居乐业的生活。

简评："夫未战而庙算胜者，得算多也；未战而庙算不胜者，得算少也。多算胜，少算不胜，而况于无算乎！吾以此观之，胜负见矣。"开战之前就预测能够取胜，是因为筹划周密，胜利条件充分；开战之前就预测不能取胜的，是因为筹划不周，缺乏胜利条件。筹划周密、条件具备就能取胜；筹划不周、条件缺乏就不能取胜，更何况不做筹划且毫无取胜条件呢？我们根据这些来观察，胜负就显而易见了。庙算是古代朝廷或君王对战事进行谋划。自夏朝开始，国家凡遇战事，都要告于祖庙，议于庙堂，并成为一种仪式。

小说《三国演义》中描绘了一场先谋先胜、以少胜多、以弱胜强的战斗。汉献帝建安十三年（208），曹操率领百万水陆大军讨伐孙权。孙权和刘备组成联军，由周瑜任统帅，利用火攻，在赤壁一带大败曹军。战前，庞统诈降曹操，并给曹操献连环计，即用铁环将船连起来，以防魏军不适应水战。诸葛亮与周瑜英雄所见略同，他们把计谋各自写在手掌之中，然后同时亮出手掌，不约而同地出现一个"火"字，即用火攻。为了给火攻创造条件，周瑜用了一系列计谋，包括黄盖的苦肉计、阚泽的诈降等。正是："赤壁鏖兵用火攻，运筹决策尽皆同。若非庞统连环计，公瑾安能立大功？"（罗贯中《三国演义》）

"自是兵家贵伐谋，鏖锋擒敌未为优。沈沈刁斗三更月，玉帐威行紫塞秋。"（释大观《颂古十七首·其二》）先谋先胜是取胜、成事、成功的重要智慧，人们在日常工作生活中也应善于运用这一智慧。"计者，所以定事也，不可不察也。"（《韩非子·存韩》）谋略决定着成败，必须慎重考虑和谋划。

诗境深造："伐谋为上策，何用长缨羁。"（徐积《大河上天章公顾子敦》）

114. 风威已落诸蕃传，上兵伐谋军贵全　大兵无创

出处：《六韬·武韬·发启》："全胜不斗，大兵无创，与鬼神通。微哉！微哉！"

解析：指用兵如神的优秀军队不必战斗就能取得全胜，并且没有伤亡损失。

诗化：

空城计

〔元末明初〕罗贯中

瑶琴三尺胜雄师，诸葛西城退敌时。
十五万人回马处，土人指点到今疑。

诗义：竟用三尺瑶琴战胜了勇猛的军队，诸葛亮不费一兵一卒就在西城吓退了敌人。十五万人马都退却了，当地人至今还怀疑这样的故事是不是真的。

简评："白骨露于野，千里无鸡鸣。"（曹操《蒿里行》）战争的后果是严重的，不经过战斗就能够取得胜利是一种高明的智慧。三国时期诸葛亮的"空城计"就是一个典型的"大兵无创"的战例。诸葛亮出师北伐取得了一系列胜利，但由于马谡大意，痛失街亭，战局急转而下。当时，司马懿得到魏主曹睿的重用，他出奇兵，夺取了街亭，并带领十五万大军直逼西城，而此时诸葛亮仅有二千五百名士兵留守西城。兵临城下，诸葛亮展现出了非凡的智慧和勇气，从容不迫，传令打开四个城门，命士兵扮作百姓清扫街道，他则身披氅，头戴纶巾，带着两位小童在城楼上焚香抚琴。司马懿生性多疑，不敢贸然进攻，最终选择退守。诸葛亮不损一兵一卒，全身而退。正是："风威已落诸蕃传，上兵伐谋军贵全。"（周紫芝《沈元用太守和具茨诗张元明两用其韵见邀同赋》）

《草庐经略》指出："虚而虚之，使敌转疑以我为实。"面对懂得"实则虚之"谋略的司马懿，诸葛亮采用"虚而虚之"的战法来克制他是非常有效的。

诗境深造："愿采谋略长，勿倚干戈锐。"（陶弼《兵器》）

115. 三分割据纡筹策，万古云霄一羽毛　运筹帷幄

出处：《史记·高祖本纪》："运筹策帷帐之中，决胜于千里之外。"

解析：指谋划、制订作战方案，也指在后方谋划计策，做出重大决策。

诗化：

念奴娇·赤壁怀古

〔宋〕苏轼

大江东去，浪淘尽，千古风流人物。故垒西边，人道是，三国周郎赤壁。乱石穿空，惊涛拍岸，卷起千堆雪。江山如画，一时多少豪杰。　遥想公瑾当年，小乔初嫁了，雄姿英发。羽扇纶巾，谈笑间，樯橹灰飞烟灭。故国神游，多情应笑我，早生华发。人生如梦，一尊还酹江月。

诗义：大江浩浩荡荡向东而去，在那滔滔的历史长河中涌现出了无数名留千古的英雄人物。西边那遗留下来的堡垒，人们说正是三国时期周瑜鏖战曹军的赤壁。陡峭的石崖高耸云天，惊涛如雷鸣拍击着江岸，激起的浪花像是卷起千万堆白雪。雄伟壮丽的江山画卷一般，一时间涌现出多少英雄豪杰。遥想当年的周瑜春风得意，绝代佳人小乔刚嫁给他，他英姿焕发，豪气满怀。手摇羽扇，头戴纶巾，谈笑之间，强敌的战舰已被烧得灰飞烟灭。今日神游当年的战地，可笑我多愁善感，过早地长出白发。人生犹如一场梦，洒一杯清酒祭奠那江上的明月。

简评：《念奴娇·赤壁怀古》这首词是千古绝唱，全篇抒发对壮丽河山的赞美、对英雄豪杰的倾慕，雄浑劲健、豪放旷达、气象磅礴、笔力纵横、感情奔放。

运筹帷幄是汉高祖刘邦制胜的关键。刘邦夺取天下后，曾与群臣讨论为何自己能胜出而项羽失败。刘邦指出："夫运筹策帷帐之中，决胜于千里之外，吾不如子房。镇国家，抚百姓，给馈饷，不绝粮道，吾不如萧何。连百万之军，战必胜，攻必取，吾不如韩信。此三者，皆人杰也，吾能用之，此吾所以取天下也。项羽有一范增而不能用，此其所以为我擒也。"（司马迁《史记·高祖本纪》）刘邦非常客观地评价自己："要说到运筹帷幄之中，决胜于千里之外，我比不上张良；镇守国家，安抚百姓，供给粮饷，保障后勤，我比不上萧何；统率百万大军，每战必胜，攻则必取，我比不上韩信。这三个人都是人中俊杰，而我能够用好他们，这就是我取得天下的原因。项羽虽然有英才范增，却不重用他，这就是他被我擒获的原因。"

“运筹帷幄，庙算制胜”是先胜的理论。不只是全局、战略上要考虑先胜问题，局部战役、单个战斗、具体竞争也要考虑先胜问题。孙武在《孙子兵法·军形篇》中说：“胜兵先胜而后求战，败兵先战而后求胜。”能够获得胜利的军队总是先创造胜利的条件然后获得胜利，失败的军队往往是冒险同敌人交战，企求侥幸取胜。因此，不具备胜利条件就要慎战。诸葛亮“神机妙算”的“妙”就在于其每次作战前都计划得非常周密。决策正确，就有了获取胜利的先决条件。

《草庐经略》说：“夫敌情叵测，常胜之家必先翻敌之情也。其动其静，其强其弱，其治其乱，其严其懈，虚虚实实，进进退退，变态万状，烛照数计，或谋虑潜藏而直钩其隐状，或事机未发而预揣其必然。盖两军对垒，胜负攸悬，一或不审，所失匪细。必观其将帅察其才，因其形而用其权。凡军心之趋向，理势之安危，战守之机宜，事局之究竟，算无遗漏，所谓运筹帷幄，决胜千里也。”敌情难以预料，想要取胜就必须首先了解敌情。对于敌方是动是静、是强是弱等情况必须了如指掌，准确判断。两军对垒，胜负攸关，一招不慎，损失巨大。所以，一定要深入研究敌方各方面的情况，做到万无一失。这就叫作“运筹帷幄，决胜千里”。

“三分割据纡筹策，万古云霄一羽毛。”（杜甫《咏怀古迹五首·其五》）运筹帷幄是一种大智慧，它给我们的启迪是，做出任何重大决策之前，必须经过深思熟虑、充分论证。要做到程序规范、民主决策，避免“拍脑袋、拍胸膛”的决策，避免错误决策造成重大失误和损失。

诗境深造：“嘉谟凭献纳，大事费经纶。”（吕陶《送冯枢密》）

116. 纵横舌上鼓风雷，谈笑胸中换星斗　化异为己

出处：《百战奇略·离战》：“凡敌有谋臣良将，须伺其隙以离间之。使彼猜贰而去，我必得所欲。”

解析：指把与我方有异见者转化为志同道合者，或者把敌方转化为友方。

诗化：

舌战群儒

〔元末明初〕罗贯中

纵横舌上鼓风雷，谈笑胸中换星斗。

龙骧虎视安乾坤，万古千秋名不朽。

诗义：诸葛亮雄辩的口才可以鼓动风雷，他胸中的雄韬伟略可以改换星斗。他的雄才壮志能够安邦定国，他的英名千秋万古永不朽。

简评：战争对交战各方都不利，最高明的办法是不战便能达到目的。能把对我方有异见者转化为志同道合者，或者把敌方转化为友方，是一种极高明的智慧。面对曹操大军压境，东吴内部出现了主战派与议和派。为了实现削减曹操势力、达到三分天下的目的，诸葛亮出使东吴，游说孙权共同抗曹。面对东吴诸儒的诘难，诸葛亮神态自若，对答如流，以高超的言论反驳了议和派，鼓舞了主战派，成功说服孙权联合对抗曹操，并取得了赤壁之战的重大胜利，表现出化异为己的高超智慧。

诗境深造："招怀及蛮徼，指顾下洮岷。"（吕陶《送冯枢密》）

117. 行藏莫遣沙鸥识，一片浮云是此身　兵无常势

出处：《孙子兵法·虚实篇》："夫兵形象水，水之形，避高而趋下；兵之形，避实而击虚。水因地而制流，兵因敌而制胜。故兵无常势，水无常形；能因敌变化而取胜者，谓之神。"

解析：指用兵无一成不变的规律，必须依据客观条件灵活应变，随着条件的变化而更改策略。

诗化：

七律·长征

毛泽东

红军不怕远征难，万水千山只等闲。

五岭逶迤腾细浪，乌蒙磅礴走泥丸。

金沙水拍云崖暖，大渡桥横铁索寒。

更喜岷山千里雪，三军过后尽开颜。

诗义：红军不怕长征的艰难险阻，把崎岖的千山万水看得极为平常。在红军将士的眼里，绵延千里的五岭只不过是微微起伏的细浪，气势雄伟的乌蒙山也不过是一颗小小的泥丸。金沙江浊浪滔天，拍打着高耸的峭壁悬崖，水雾缭绕，给人温暖的感觉。大渡河飞架着险桥，凌空高悬的铁索，使人感到深深的寒意。红军翻越了积雪千里的岷山后，个个都笑逐颜开。

简评：红军长征途中四渡赤水战役是典型的兵无常势的例子。遵义会议后，在毛泽东的领导下，中央红军三个月之内六次穿越三条河流，四渡赤水河，转战云贵川三省的崇山峻岭，巧妙地穿插于敌人的重兵“围剿”之间，灵活地变换作战路线，迷惑和扰乱敌人，主动创造战机，在运动中大量歼灭敌人，把被动变为主动，以少胜多，取得了胜利。正是：“行藏莫遣沙鸥识，一片浮云是此身。”（戚继光《督兵过潮州渡》）

孙武《孙子兵法》指出：“因利而制权……故兵无常势，水无常形，能因敌变化而取胜者，谓之神。”因为兵无常势，所以必须不断根据敌我双方的情况变化及时做出决断，采取克敌制胜的有效手段。有很多用兵的方法体现了兵无常势的观念，如虚则实之、实则虚之、虚而虚之、实而实之、虚张声势、以假乱真、虚实相乱、诈败诱敌、佯动欺敌等。兵无常势是一种随机应变的智慧，也可广泛应用于其他方面。比如在处理各类事务时，要因时因地制宜，具体问题具体分析，用不同的办法去解决。

《草庐经略》指出：“实而示之以虚，以我之实，击彼之虚，如破竹压卵。”孙膑的“增兵减灶”是一个典型的以实击虚的战例。公元前 341 年，魏国出兵攻打韩国，韩国求救于齐国，齐国派田忌、孙膑出兵。孙膑采取“围魏救赵”的办法攻打魏国都城，迫使魏将庞涓放弃攻打韩国而领兵回师救国。孙膑根据庞涓的心理，佯装怯战，诱敌上钩。齐军见魏军到来便主动撤退，庞涓率军追赶，孙膑则令士兵每天减灶。庞涓追至灶边，一查数，第一天的灶可供十万人吃饭，第二天追到之处的灶减少了，只够五万人吃饭，第三天更少。庞涓认为齐军逃跑者不少，于是不免大意轻敌。岂料齐军十万之众于马陵道设下埋伏，击溃魏军，庞涓兵败自杀。

诗境深造：“伐谋师以律，贾勇士争先。”（权德舆《送灵武范司空》）

118. 见说云中擒黠虏，始知天上有将军　知己知彼

出处：《孙子兵法·谋攻篇》：“故曰：知彼知己，百战不殆；不知彼而知己，一胜一负；不知彼不知己，每战必殆。”

解析：指对敌我双方的情况都了解透彻。如此，打起仗来就可以立于不败之地。泛指用兵、外交、经商等必须对各方面的情况都了如指掌，才能占据优势，夺取成功。

诗化：

水淹七军

〔元末明初〕罗贯中

夜半征鼙响震天，襄樊平地作深渊。

关公神算谁能及，华夏威名万古传。

诗义：半夜里的战鼓震天响，襄樊变成了好似一片深渊的危险之地。关将军的神机妙算谁能比得上，其威名震华夏、传万古。

简评：“知彼知己，百战不殆”是一种制胜的战争智慧。毛泽东在《论持久战》中评价道：“但战争不是神物，仍是世间的一种必然运动，因此，孙子的规律，‘知彼知己，百战不殆’，仍是科学的真理。”《十一家注孙子》中杜牧注曰：“以我之政，料敌之政；以我之将，料敌之将；以我之众，料敌之众；以我之食，料敌之食；以我之地，料敌之地。较量已定，优劣短长皆先见之，然后兵起，故有百战百胜也。”《六韬·虎韬·垒虚》曰：“将必上知天道，下知地利，中知人事。”为将者必须知晓天时的规律，了解地势的利弊，明白人事的得失。揭暄指出：“先心敌心以知敌，敌后我意而意我。”（《兵经百篇·识》）先揣测敌人的心思，从而了解把握敌人的意图，然后推测敌人对我方意图的了解程度进而谋划我方的行动。

“水淹七军”是非常著名的一次战役。关羽进攻樊城，曹操命大将于禁为

南征将军，庞德为先锋，统率七路大军，连夜去救樊城。曹兵移到城北驻扎。关羽骑马登高观望，看到北山谷内人马很多，又见襄江水势凶猛，便决定采取水淹七军之计。最后，关羽水淹七军，擒于禁，斩庞德，威名大振。正是："见说云中擒黠虏，始知天上有将军。"（王维《赠裴旻将军》）

在军事纷争中，如果既了解敌人又了解自己，基本上就立于不败之地了；如果不了解敌人只了解自己，那么胜败的可能性各占一半；如果既不了解敌人又不了解自己，那就会每战必败。孙武指明了作战前了解敌我情况的重要性，揭示了打胜仗的基本法则是先求可胜的条件，再求必胜之机。

诗境深造："从来学兵法，本学万人敌。"（王佐《虞美人草》）

119. 霜溪曲曲转旌旗，几许沙鸥睡未知　兵不厌诈

出处：《韩非子·难一》："臣闻之，繁礼君子，不厌忠信；战阵之间，不厌诈伪，君其诈之而已矣。"

解析：指用兵作战不排斥运用诡变、欺诈的策略或手段克敌制胜。

诗化：

晓征

〔明〕戚继光

霜溪曲曲转旌旗，几许沙鸥睡未知。
笳鼓声高寒吹起，深山惊杀老阇黎。

诗义：军队沿着蜿蜒曲折的溪水奔袭，连睡着的沙鸥都未曾知晓。笳鼓号角声突然响起，这可吓坏了深山里的老僧侣。

简评："谈笑已看功业就，指麾能使鬼神惊。"（丘濬《运筹亭为韩都御史题》）戚继光是明朝抗击倭寇的民族英雄，杰出的军事家、书法家、诗人。戚继光智勇双全、善于用兵，在东南沿海抗击倭寇十余年，扫平了多年为虐沿海的倭患，取得了岑港之战、台州之战、福建之战、兴化之战、仙游之战等战役的胜利，史称"血战歼倭，勋垂闽浙，壮猷御虏，望著幽燕"（《明神宗实录》）。戚继光还是著名的军旅诗人，留下了"汗血炎方七见春，又随残月

渡江津。行藏莫遣沙鸥识，一片浮云是此身”（《督兵过潮州渡》），“南北驱驰报主情，江花边月笑平生。一年三百六十日，多是横戈马上行”（《马上作》）等不朽诗篇，其著作有《纪效新书》《练兵实纪》《止止堂集》等。

孙武《孙子兵法·计篇》指出：“兵者，诡道也。故能而示之不能，用而示之不用，近而示之远，远而示之近。利而诱之，乱而取之，实而备之，强而避之，怒而挠之，卑而骄之，佚而劳之，亲而离之。攻其无备，出其不意。此兵家之胜，不可先传也。”孙武认为战争是一种诡诈之术，所以，能战却示之软弱不能战，欲攻却装作退却，要攻近处却装作攻击远处，要想远袭却装作近攻，敌方贪利就用小利引诱，敌方混乱就趁机攻取，敌方力量充实就要防备，敌方兵强卒锐就避其锋头，敌方易怒就设法激怒、扰乱，敌方谦卑就要使之骄横，敌方安逸就要使之疲劳，敌方内部和睦就要离间其心。总之，要在敌方没有防备处攻击，在敌方料想不到的时候采取行动。这是用兵制胜的秘诀，不可预先讲明。“道取其平，兵不厌诡。实虚虚实，疑神疑鬼。彼暗我明，我生彼死。出奇无穷，莫知所以。”（冯梦龙《智囊》）走路要走平坦的大路，打仗却不能拒绝诡诈。虚中有实，实中有虚，这样才能使敌人疑神疑鬼，防不胜防。敌人迷惑，我方清楚，才能令我方生、敌人死。出奇制胜，变化无穷，使敌方完全无法掌控我方意图。

兵不厌诈的目的是形成相对敌弱我强的态势，制造敌方虚空的机会，瞒天过海、围魏救赵、声东击西、暗度陈仓、调虎离山、金蝉脱壳、偷梁换柱等均属兵不厌诈的战法，运用运动战的原理，在敌强我弱或势均力敌的情况下制造战机，从而取胜。《六韬·文韬·兵道》曰：“欲其西，袭其东。”《百战奇略·声战》曰：“声东而击西，声彼而击此，使敌人不知其所备，则我所攻者，乃敌人所不守也。”

诗境深造：“是知用兵术，在人不在器。”（陶弼《兵器》）

120. 兴酣落笔摇五岳，诗成笑傲凌沧州　智者无疆

出处：《周易·坤卦·彖传》：“坤厚载物，德合无疆。含弘光大，品物咸亨。牝马地类，行地无疆，柔顺利贞……安贞之吉，应地无疆。”

解析：指智者或思想广博者对后世的影响和贡献恒久且广泛。

诗化：

题三会寺仓颉造字台

〔唐〕岑参

野寺荒台晚，寒天古木悲。

空阶有鸟迹，犹似造书时。

诗义：夜晚，山野间三会寺的造字台一片荒凉，寒冷的天气里古树显得格外悲凉。空荡荡的台阶上布满了鸟儿的足迹，就像是当年仓颉造字时候的情形。

简评："运筹风尘下，能使天地开。"（刘长卿《归沛县道中晚泊留侯城》）智者的贡献是穿越时空的，智者的思想和理念是博大精深的。孔子说："知者不惑，仁者不忧，勇者不惧。"（《论语·子罕》）即智慧的人不会迷惑，仁德的人不会忧愁，勇敢的人不会畏惧。"智者，其所能接远也。"（《吕氏春秋·知接》）有智慧的人，他们的思想和成就影响深远，能够超越时空。智者的思想、作品和成就具有恒久性。"一之理，施四海；一之解，际天地。"（《淮南子·原道训》）智者揭示的道理能施于四海，涵盖天地。在中华民族众多的智者中，仓颉是非常伟大的一位。史料记载，仓颉有双瞳四眼，天生睿德，他观察星宿的运动趋势、鸟兽的足迹，依照其形象创制文字，被尊奉为"文祖仓颉"。仓颉所创的文字有指代事情的字，如"上、下"；有象形字，如"日、月"；有形声字，如"江、河"等。

"兴酣落笔摇五岳，诗成笑傲凌沧洲。"（李白《江上吟》）当然，汉字的诞生经历了漫长的过程，它是众人在生产生活中集体实践的产物。但仓颉整理、完善和创造了部分文字，对中国文字的贡献功不可没。他对图画文字进行广泛搜集并认真加以整理，从而创制出一套成体系的规范的象形文字。荀子对其评价极为客观："好书者众矣，而仓颉独传者，一也。"（《荀子·解蔽》）荀子认为，仓颉是一个整理众人创造成果并使之流传下来的人。汉字是中华文明的重要标志，也是传承中华文明的重要载体。仓颉的智慧使中华民族的文明成果穿越时空，他在想象力、创造力等方面给后人的启发是永无止境的。

仓颉那种敢为人先的创造精神、孜孜不倦的探索精神、好学思考的进取精神是永恒的。正是："道通天地有形外，思入风云变态中。"（程颢《秋日偶成二首·其二》）

诗境深造："人生处万类，知识最为贤。"（韩愈《谢自然诗》）

十三、化危篇

五月的鲜花开遍了原野，
鲜花掩盖着志士的鲜血。
为了挽救这垂危的民族，
他们曾顽强地抗战不歇……

——光未然《五月的鲜花》（节选）

危机是一件事转好或者恶化的分水岭，是紧要关头，是关键时刻，处于危机之中，或巧妙化解而转败为胜，或消极应对而一败涂地。化解危机就是在不利的情况下，果断做出正确的决定并采取有效的措施，成功解除危险的过程。化解危机是魄力、能力和智慧的体现。

121. 西蜀地形天下险，安危须仗出群材 转危为安

出处：《晋书·谢安传》："隐居会稽东山，年逾四十复出为桓温司马，累迁中书、司徒等要职，晋室赖以转危为安。"

解析：指局势等从危险的境地或状况转为安全平稳的状态。

诗化：

重有感

〔唐〕李商隐

玉帐牙旗得上游，安危须共主君忧。
窦融表已来关右，陶侃军宜次石头。
岂有蛟龙长失水，更无鹰隼与高秋。
昼号夜哭兼幽显，早晚星关雪涕收。

诗义：节度使的声势处于有利的形势，危难之时必须为国分忧。要像东汉窦融那样主动请缨出征，也要学东晋陶侃主动扬起讨伐叛逆的大旗进攻石头城救国家于危难。世上哪有蛟龙缺水而被钳制，可偏偏就看不见鹰隼在爽朗的秋空中翱翔。叛军的暴行使百姓日夜哀号，分不清是人间还是阴间，但迟早一切会转危为安，化悲为喜。

简评：这首《重有感》的创作有着特殊的历史背景。835 年，由于宦官猖獗，唐文宗李昂授意宰相李训、凤翔节度使郑注策划诛灭宦官集团的计划，但计划暴露，李、郑等先后被株，造成"流血千门，僵尸万计"（司马光《资治通鉴》）的惨剧，史上称为"甘露之变"。事变后，宦官集团气焰更加嚣张。但昭义军节度使刘从谏不顾安危，两次上表指斥宦官集团"擅领甲兵，恣行剽劫"（司马光《资治通鉴》），揭露仇士良等人的罪行。这一正义行为感动了李商隐，故李商隐作此诗，希望国家转危为安。

历史的经验证明，发展道路上不可能一帆风顺，困难、曲折、危机总会不断出现，只有迎难而上，勇敢地面对挑战，才能化危为机、转危为安。转危为安首先是要保持战略定力。"夫立策决胜之术，其要有三：一曰形，二曰势，三曰情。形者，言其大体得失之数也。势者，言其临时之势、进退之机也。情者，言其心志可否之实也。故策同、事等而功殊者，三术不同也。"（司

马光《资治通鉴》）保持战略定力，确立决定胜负策略的方法主要有三：一是形，分析整体来看得与失的趋向；二是势，指临时情况、进退时机；三是情，指坚定或懈怠的实际心理。若采用的策略相同，所遇的事情性质也相同，取得的功效却不一样，即是由于这三个方法各有不同性质。

其次是用好人才。“夫为国家者，任官以才，立政以礼，怀民以仁，交邻以信。是以官得其人，政得其节，百姓怀其德，四邻亲其义。夫如是，则国家安如磐石，炽如焱火。触之者碎，犯之者焦，虽有强暴之国，尚何足畏哉！”（司马光《资治通鉴》）治理国家应当任命有才能的人，按照礼制确立法律政策，以仁爱之心安抚百姓，凭借信义结交邻邦。这样政事得到礼教的节制，人心归向他的德行，四邻亲附他的恪守信义。这样，国家就会安如磐石、炽如火焰，触犯它的一定被撞得粉碎，冒犯它的一定被烧得焦头烂额，即便有强暴的敌国存在，也没有什么值得畏惧的。“凡战，三军一人胜。”（《司马法·严位》）“皆高才秀士，度时君之所能行，出奇策异智，转危为安，运亡为存，亦可喜，亦可观。”（刘向《战国策·序》）“西蜀地形天下险，安危须仗出群材。”（杜甫《诸将五首·其五》）“用贤必远佞，果断贵无疑。”（方孝孺《新栽柏为瓠蔓所缠令诸生披解以遂生意有作》）

最后是团结一致。事业、战争的成败无不与人的因素有密切的关系，“有胜败之势者，事皆系于人也”（许洞《虎钤经·兵机统论》）。在天时、地利、人和三个方面，宋代许洞强调人事为头等重要：“先以人，次以地，次以天。”（《虎钤经·三才应变》）此外，他认为要转危为安，取得胜利，还要实现“三和”：“和于国，然后可以出军；和于军，然后可以出阵；和于阵，然后可以出战。”（《虎钤经·先胜》）

诗境深造：“转危以为安，其易犹反掌。”（卫宗武《留侯》）

122. 兴亡楚汉两干将，开辟乾坤双白璧　化险为夷

出处：《捧读留别榆林士民之作谨步原韵》：“乾坤易色起边屯，忽变尧天舜日春。化险为夷文亦武，爱民若子官如亲。”

解析：指将危险化为平安。形容转危为安。

诗化：

公莫舞歌

〔唐〕李贺

方花古础排九楹，刺豹淋血盛银罂。
华筵鼓吹无桐竹，长刀直立割鸣筝。
横楣粗锦生红纬，日炙锦嫣王未醉。
腰下三看宝玦光，项庄掉鞘栏前起。
材官小尘公莫舞，座上真人赤龙子。
芒砀云端抱天回，咸阳王气清如水。
铁枢铁楗重束关，大旗五丈撞双环。
汉王今日须秦印，绝膑刳肠臣不论。

诗义：雕刻着花纹的方形老石墩，竖立九根巨大的立柱。刚刚被杀的豹子血迹斑斑，将它的鲜血注入银瓶痛饮。丰盛的宴席上没有丝管歌舞声，只有阵阵军乐。直竖的长刀好像要割断筝弦般寒光闪闪。横梁下的粗锦泛着鲜艳的颜色，烈日烤着粗锦，项王还没有醉意。范增着急地瞟了三次腰间的玉玦，项庄拔剑出鞘，上前起舞佯作欲为喝酒助兴。项庄这有勇无谋的小臣休想妄动，座上的汉王是赤帝之子，不得乱来。当年芒砀山上祥云瑞雾在天空中萦回，咸阳宫的王气已像清水一样淡薄。铁枢铁键把雄关紧锁，汉军的五丈大旗已一举攻破咸阳大门。今天汉王掌秦印理所当然，为保护他，我们割膑刨肠也甘心。

简评："鸿门宴"的故事是化险为夷的一个典型案例。李贺这首诗通过描写鸿门宴紧张而危急的场面，表现出"项庄剑舞，将杀高祖，项伯亦舞，以袖隔之"（《旧唐书·志第九·音乐二》）的气氛。公莫舞，后被改编巾舞。《史记》记载，秦朝末年刘邦联合项羽起兵反秦，楚怀王与诸侯约定"先入咸阳者王之"。刘邦攻入咸阳后，欲在关中称王。此时项羽的实力比刘邦要强很多，获此消息后，项羽极为愤怒，准备攻打刘邦。刘邦得此消息后，便率张良、樊哙等前往鸿门向项羽道歉。见面后刘邦对项羽毕恭毕敬，并且装作毫无戒意地留在了帐中与项羽饮酒。席间，谋士范增数次举玉玦示意项羽下令杀掉刘邦，但项羽默然不应，范增则让项庄借机除掉刘邦。项庄以助兴为由拔剑起舞，项伯亦拔剑起舞并以身体保护刘邦。张良又令樊哙前去助舞以掩护刘邦。最终，刘邦借机逃离大帐。刘邦之所以能化险为夷，主要有这三个原因：一是刘邦能屈能伸，知人善用，善于应变，口才伶俐；二是张良深谋远虑，判断准确，忠心耿耿，有情有义；三是樊哙忠勇兼备，有勇有谋。可见，化险为夷的决定因素有智慧、谋略、勇气、忠诚等。鸿门宴也是张良与范增两位谋士的较量，正是："兴亡楚汉两干将，开辟乾坤双白璧。"（周权《鸿门宴》）

鸿门宴这决定楚汉之争胜败的关键时刻，既惊心动魄，又富有戏剧性，为历代诗人创作的重要题材。有表现故事情节的作品，如宋代谢翱的《鸿门宴》："天云属地汗流宇，杯影龙蛇分汉楚。楚人起舞本为楚，中有楚人为汉舞。"有歌颂刘邦的作品，如唐代王毂的《鸿门宴》："寰海沸兮争战苦，风云愁兮会龙虎。四百年汉欲开基，项庄一剑何虚舞。殊不知人心去暴秦，天意归明主。项王足底踏汉土，席上相看浑未悟。"也有为项羽错失良机而惋惜的作品，如唐代胡曾的《咏史诗·鸿门》："项籍鹰扬六合晨，鸿门开宴贺亡秦。樽前若取谋臣计，岂作阴陵失路人。"更有为范增感到惋惜的作品，如宋代方凤的《鸿门宴同翱作》："项王煦妪无一言，楚国孤臣泪流血。玉玦何劳再三举，拂衣竟作彭城死。"明代张宪的《鸿门会》："披帷壮士发指冠，侧盾当筵请公舞。白发老臣心独苦，玉玦三看君不语。"

诗境深造："临事见谋断，时亦赖杜房。"（吴清鹏《送董通副南归》）

123. 殊方又喜故人来，重镇还须济世才　匡时济世

出处：《后汉书·荀韩钟陈列传》："平运则弘道以求志，陵夷则濡迹以匡时。"

解析：指挽救动荡危急的局势，救济世人使其转危为安。

诗化：

还陕述怀

［唐］李世民

慨然抚长剑，济世岂邀名。

星旗纷电举，日羽肃天行。

遍野屯万骑，临原驻五营。

登山麾武节，背水纵神兵。

在昔戎戈动，今来宇宙平。

诗义：刚刚经历了一场酣战，手抚着宝剑慨然长叹，挺身而出，是为了匡时济世，而不是为了争名夺利。战争的场面如惊雷电闪，军情十万火急，战事当机立断，短兵相接，急促迅猛。山野间驻扎着千军万马。战场复杂多变，指挥需要灵活机动、随机应变。是因为昨天的大动干戈、流血牺牲，才换来了今天的和平统一。

简评：唐太宗李世民为唐高祖李渊的次子，唐朝第二位皇帝，是历史上杰出的政治家、战略家、军事家，也是一位诗人。这首《还陕述怀》的创作背景是唐朝建国初期，李世民率部平定关东势力后，返回关中时所创作。隋朝末年，李渊部占据关中，刘武周在山西，王世充在洛阳控制河南，窦建德在山东、河北一带。唐高祖武德四年（621），李世民先消灭了刘武周，接着攻打洛阳。窦建德闻讯率兵来救王世充。李世民坚持包围洛阳，并亲率几千骑兵奔虎牢关，俘获窦建德，而王世充主动投降。彼时李世民刚刚二十三岁，年轻气盛，才华卓越，以少数兵力战胜王、窦，体现了其匡时济世的胸怀和卓越的统帅才能。

自古以来，人们都希望有匡时济世的人才，“夫为国之道，恃贤与民”（黄石公《黄石公三略·上略》）。治理国家要依靠贤才和民众。“殊方又喜故人来，重镇还须济世才。”（杜甫《奉待严大夫》）“圣朝尚飞战斗尘，济世宜引英俊人。”（杜甫《暮秋枉裴道州手札率尔遣兴寄近呈苏涣侍御》）“巨镇还须济世才，要宾览古笑谈开。”（郭祥正《次韵行中龙图游后浦六首·其四》）人们也期盼在社稷危难时刻，有人能挺身而出，匡时济世。“地寒谩忆移暄手，时急方须济

世才。”（罗隐《孙员外赴阙后重到三衢》）“三关两镇思经过，匡时济世义不颇。”（沈炼《将苑谣》）

诗境深造：“时危见臣节，世乱识忠良。”（鲍照《代出自蓟北门行》）

124. 祸福回还车转毂，荣枯反覆手藏钩　反败为胜

出处：《三国演义》：“将军在匆忙之中，能整兵坚垒，任谤任劳，使反败为胜，虽古之名将，何以加兹！”

解析：指扭转败局或转变不利局面，使之变为胜利。

诗化：

题乌江亭

〔唐〕杜牧

胜败兵家事不期，包羞忍耻是男儿。

江东子弟多才俊，卷土重来未可知。

诗义：胜败是军事上常见的事，难以事前预测，能忍辱负重才是真豪杰。江东人才济济，若项羽能退一步重整旗鼓，卷土重来，他与刘邦之争，谁胜谁负真的很难说。

简评：这首诗取材于项羽和刘邦的楚汉之争。楚汉之争的结果是强者落败，弱者转胜。“包羞忍耻是男儿”一句暗含诗人的评价：刘邦之所以能取胜是因为他心胸开阔，能包羞忍耻，能礼贤下士采纳良策；而项羽心胸狭窄，不能团结诸侯，滥杀诸王，缺乏大将气度。转败为胜的关键在于善于把握机遇，善于听取好的建议，还要善于吸纳人才、使用人才。

“祸福回还车转毂，荣枯反覆手藏钩。”（白居易《放言五首·其二》）公元前207年，以项羽、刘邦为首的楚汉联军，推翻了秦朝的统治。项羽于巨鹿之战一举歼灭秦军主力，而刘邦所部先行入关接受秦王子婴投降，按照“先入咸阳者王之”之约，刘邦欲称王于关中。但此时项羽军力雄厚，为刘邦的数倍。刘邦主动前往鸿门赴宴，向项羽请罪并巧妙逃脱被谋杀的危险。项羽自恃强大，遂自行分封天下，并拒绝把先入关的刘邦封为关中王，将其改封

汉中王。此举引起刘邦不满，但由于实力相差悬殊，刘邦采纳了萧何的建议，屈就汉王封号。刘邦去汉途中烧毁所过栈道，防止诸侯军偷袭，也借此表示无东向之意，以麻痹项羽。公元前205年，刘邦以项羽杀害义帝为由，以为义帝报仇讨逆为政治号召发动对项羽的战争。经过彭城之战、睢水之战、京索之战、成皋之战、荥阳之战、井陉之战等一系列较量，刘邦逐步处于有利地位，军事实力逐渐增强。公元前202年，汉军将十万楚军包围于垓下，此时项羽处在四面楚歌的困境，虞姬自刎，军心瓦解。项羽率少数骑兵趁夜突围，逃至乌江（于今安徽和县乌江镇的长江边），自刎而亡。

与杜牧的观点恰好相反，胡曾认为即便有船愿意渡项羽过江，助其逃脱刘邦的追兵，项羽也再没脸去见江东父老："争帝图王势已倾，八千兵散楚歌声。乌江不是无船渡，耻向东吴再起兵。"（《咏史诗·乌江》）

诗境深造："兵家互胜负，凡百慎前筹。"（张琰《出塞曲·其二》）

125. 拼将十万头颅血，须把乾坤力挽回　扭转乾坤

出处：《周易·说卦》："乾为天……坤为地。"《典引》："经纬乾坤，出入三光。"

解析：指从根本上改变整个局面。

诗化：

二月下浣军次遂安城北吟于行府

〔清〕洪仁玕

鞑秽腥闻北斗昏，谁新天地转乾坤？

丈夫不下英雄泪，壮士无忘漂母飧。

志顶江山心欲奋，胸罗宇宙气潜吞。

吊民伐罪归来日，草木咸歌雨露恩。

诗义：腐朽的清朝统治腥臭熏天，就连北斗星也被熏得昏暗无光。谁能扭转乾坤，力挽狂澜，缔造一个崭新的国家？大丈夫在危难前不轻易落泪，也从不忘记曾经受过的帮助和恩惠。怀着拯救祖国的雄心，意气高昂，胸中包罗天

地，气吞山河。待为民除害奏凯时，百姓将感谢恩泽并为功臣歌功颂德。

简评：洪仁玕为洪秀全的族弟，在太平天国运动中发挥了重要作用，被封为干王，提出了著名的《资政新篇》。南京被清军攻陷时，他保护幼天王转战到江西，后被俘并在南昌遇害。这首诗表达了诗人对清朝腐朽统治的极度愤恨，抒发了参加反清革命的雄心壮志。

“拚将十万头颅血，须把乾坤力挽回。”（秋瑾《黄海舟中日人索句并见日俄战争地图》）太平天国运动历时十四年，是中国近代全国规模的农民起义。太平天国运动建立了农民政权，开创了中国农民起义的许多先例。例如在政治上提出了一整套纲领、制度和政策；首次遭到中外封建势力和帝国主义势力的共同镇压；第一次利用西方宗教发动起义、反对帝国主义侵略；等等。面对灾难深重、国力逐渐衰弱的中国，太平天国运动的目的是扭转乾坤，拯救鸦片战争之后面临被列强瓜分之危机的中国，反对腐败的清朝封建统治和清廷对老百姓的沉重剥削，反对资本主义列强侵略。由于农民运动的局限性，其政治上延续封建化，政权治理能力不足、领导集体内部严重不团结、军事上战略决策一再失误，加之外交上缺乏经验等诸多原因，运动最终失败。但它严重动摇了清朝统治，打击了外国侵略者，对中国近代历史影响深远。

要扭转乾坤，除了天时地利的因素，还需要有核心人才和核心团队，他们要有坚强的意志力、足够的实力和卓越的能力。“古之明王，必谨君臣之礼，饰上下之仪，安集吏民，顺俗而教，简募良材，以备不虞。”（吴起《吴子·图国》）管理者平时就要注意选拔和招募有能力的人，以应对不测。

诗境深造：“五丁扶造化，一柱正乾坤。”（张祜《读狄梁公传》）

126. 乾坤苍莽正风尘，力挽狂澜仗要人　力挽狂澜

出处：《进学解》：“障百川而东之，回狂澜于既倒。”

解析：指全力以赴扭转危险的局势并反败为胜。

诗化：

小孤山

〔宋〕谢枋得

人言此是海门关，海眼无涯骇众观。
天地偶然留砥柱，江山有此障狂澜。
坚如猛士敌场立，危似孤臣末世难。
明日登峰须造极，渺观宇宙我心宽。

诗义：人人都说这是海门的关卡，激流湍急让人胆战心惊。这小孤山是天地偶然留下的中流砥柱，江山有此山作为屏障就还可以力挽狂澜，抵挡任何狂风巨浪。它固若金汤，犹如战场上的勇士；它孤耸高危，又好像末世艰难中那些无助的臣子。明天我要登上峰顶，放眼眺望世界，这样才会让我内心得以宽慰。

简评：“乾坤苍莽正风尘，力挽狂澜仗要人。”（丘逢甲《村居书感，次崧甫韵·其二》）自古以来，历史发展的危急关头总能见杰出的雄才挺身而出、力挽狂澜。在中华五千多年的文明史上，这样的人物数不胜数。

“江左风流属谢公，人怀遗爱召棠同。从知淝水成奇捷，不是清谈幸奏功。”（史朴《过邵伯泽》）东晋宰相谢安在淝水之战中作为东晋的总指挥，沉着应战，临危不乱，团结一致，以八万兵力打败了兵力十倍于自己的前秦苻坚的军队，力挽狂澜，为东晋赢得了数十年的和平。

诗境深造：“晋闻淝水捷，汉解白登围。”（吴琏《八喜》）

127. 众志成城百战场，直同疏勒守危疆　众志成城

出处：《国语·周语》：“众心成城，众口铄金。”

解析：指万众团结一心，共同应对危险和困难。形容齐心协力，步调一致，就像城墙般牢不可破。

诗化：

筑城谣

〔清〕陈锡金

筑城不须大，国帑防伤害。筑城不须高，民力防疲劳。城大城高何足恃，古来成城在众志。欲防胡人不胜防，长城枉筑万里长。君不见，秦始皇。

诗义：城墙不需要筑得很宏大，切莫乱花国家的款项。城墙也不需要筑得太高，要防止造成劳民伤财。仅仅依靠城墙之高大是不够的，自古以来真正牢固的城墙是民意民心，是众志成城。欲防止胡人的入侵却防不住，长城枉费修筑了万里长。看不见那修建万里长城秦始皇的下场吗？

简评："众志成城百战场，直同疏勒守危疆。"（赵翼《拟杜甫诸将·其五》）众志成城、万众一心是克服困难、化解危急、反败为胜的重要法宝，中华传统智慧对众志成城的认识非常深刻，历史文献有着丰富的论述。众志成城的内涵主要有以下三方面。

其一，意志统一。要达到众志成城、牢不可破的局面，必须形成上下统一的意志。"君臣亲，上下和，万民辑，故主有令则民行之，上有禁则民不犯。君臣不亲，上下不和，万民不辑，故令则不行，禁则不止。故曰：'上下不和，令乃不行。'"（《管子·形势解》）"夫君使臣以礼，臣事君以忠，是以上下休嘉，道光化洽。"（陈寿《三国志·魏书·崔毛徐何邢鲍司马传》孙盛注）"臣闻上下同心，君臣勠力者，事无不济；上下相蒙，君臣异志者，功无不隳。"（陈亮《陈亮集》）

其二，团结一致。团结一切可以团结的力量，并使其发力方向一致。"夫众煦漂山，聚蚊成雷。"（《汉书·景十三王传》）众人一起吹气能使大山移动，蚊子小小的声音聚集起来会成为轰鸣的雷声。"万夫一力，天下无敌。"（刘基《郁离子》）万人的力量集中在一起，天下就没有敌手。"天下安，注意相；天下危，注意将。将相和，则士豫附；士豫附，天下虽有变，则权不分。权不分，为社稷计，在两君掌握耳。"（《汉书·郦陆朱刘叔孙传》）将相团结和谐，则官员队伍的人心安定，即使是遇到危急情况，国家也不会因权力被瓜分而分裂。"大鹏之动，非一羽之轻也；骐骥之速，非一足之力也。"（王符《潜夫论·释难》）大鹏的扶摇万里，绝非仅靠一片羽毛的轻劲；骏马奔驰，并不只靠一只马蹄的力量。只有形成合力、相互配合才能形成强大的力量。

其三，民心归一。要形成众志成城的力量，必须得到民众的支持和拥护，而要得到民众的拥护，就要与民众同甘共苦，使天下所有人共同分享天下利益。“天下非一人之天下，乃天下之天下也。同天下之利者，则得天下；擅天下之利者，则失天下。”（姜尚《六韬·文韬·文师》）恩德所在，天下之人就会归附。和人们同忧同乐、同好同恶的，就是道义。道义所在，天下之人就会争相归附。“众之所助，虽弱必强；众之所去，虽大必亡。”（《淮南子·兵略训》）得到民众的拥护，虽然暂时弱小但一定会强大；失去民众的支持，虽然暂时强大但一定会衰亡。

诗境深造：“众志乃成城，斯任须并肩。”（吴迈《读书大林寺》）

128. 逆耳忠言反见仇，独夫袁绍少机谋　多谋善断

出处：《辩亡论》：“畴咨俊茂，好谋善断。”

解析：指平时勤于观察，勤于思考，计策办法多，在面对紧急情况或处在紧要关头时能做出决断。

诗化：

咏史诗·官渡

〔唐〕胡曾

本初屈指定中华，官渡相持勒虎牙。

若使许攸财用足，山河争得属曹家。

诗义：本来袁绍即将平定中原大地，可在官渡与曹操的相争中被钳住了虎牙。袁绍倘若能发挥许攸多谋善断的才华，采纳他的计策，北方的大片河山怎么会属于曹操呢？

简评：多谋善断是一项重要的能力。多谋，要求平时就养成多学习、多思考、多观察的习惯，学习古今中外的智慧和成败经验，从中把握成败的规律，多思考事物发展的过去、现在和未来，把握事物的发展趋势，对变化的

情况要有所预判，做到居安思危，未雨绸缪。善断，就是要学会在复杂的局面中做出果断的决定，要有当机立断的魄力。“战胜而欲必胜者，定谋贵决，机巧贵速，机事贵密，进退贵审，兵权贵一也。”（许洞《虎钤经·胜败》）制定决策，采取策略，贵在当机立断。“顾小而忘大，后必有害；狐疑犹豫，后必有悔；断而敢行，鬼神避之，后有成功。”（司马迁《史记·李斯列传》）有了正确的判断，果断采取行动，鬼神都会让路。“有智而迟，人将先计；见而不决，人将先发；发而不敏，人将先收。难得者时，易失者机，迅而行之，速哉！”（揭暄《兵经百篇·速》）有好的计谋但犹豫不决，敌人就将先机谋我；发现战机而优柔寡断，敌人就将先发制我；我虽先发而行动不快，敌人就将先收其利。战机难得，最容易失掉的也是战机，所以行动要快。

历史上的官渡之战就是一个多谋善断、当机立断而决胜的例子，小说《三国演义》对此有精彩的描述。袁绍率十万大军向许昌进发，企图一举消灭曹操。而当时曹操军力才两万，双方实力相差悬殊。袁绍却败在“疑行无成，疑事无功”（《商君书·更法》）。袁绍的谋士田丰劝袁绍不要急于出兵，应待时机；谋士沮授在分析了敌我双方的优劣，认为粮草补给对两军来说都是一个至关重要的因素，对袁绍献计说：“我军虽众，而勇猛不及彼军；彼军虽精，而粮草不如我军。彼军无粮，利在急战；我军有粮，宜且缓守。若能旷以日月，则彼军不战自败矣。”而袁绍均不采纳，执意出兵。在两军相持数月之后，曹操逐步不支，出现退守许昌的想法。谋士许攸给袁绍出谋，认为曹操屯兵官渡，曹操的大本营许昌必然空虚，请袁绍分兵袭击许昌。但袁绍疑心太重，还怀疑许攸不忠。无奈之下，许攸投奔曹操，并向曹操献上出轻兵奇袭袁绍粮草大营乌巢，烧其辎重的计策。曹操当机立断，立即付诸行动，亲自率领五千锐骑，冒用袁军旗号，偷袭乌巢，放火烧了粮草。袁绍十万大军缺乏粮草，故军心动摇，加之内部分裂，最终崩溃。有诗讽刺袁绍曰：“逆耳忠言反见仇，独夫袁绍少机谋。乌巢粮尽根基拔，犹欲区区守冀州。”（罗贯中《三国演义》）多谋善断使曹操最终消灭了袁绍，尔后统一了北方。

诗境深造：“安危与时俱，穷达须预防。”（吕南公《有虫》）

129. 败走苻坚兵百万，围棋别墅意从容　沉着应对

出处：《旧唐书·列传第七·刘世龙》："而思礼以为得计，从容自若，尝与相忤者，必引令枉诛。"

解析：指从容镇定地应对危险和挑战。

诗化：

谢太傅像

〔元〕郑元祐

秦兵百万压东南，宗社安危已独担。
却置捷书棋局底，诸君犹认罪清谭。

诗义：前秦的百万大军在苻坚的带领下向位于江南的东晋逼近，国家的安危就落到了宰相谢安一个人的身上。谢安沉着应对，以少胜多，取得了淝水之战的胜利，捷报传来，谢安却将战报放在一边，继续下棋，诸位将军还责怪谢安太过于悠闲淡定了。

简评：元代诗人郑元祐的这首《谢太傅像》讲述的是东晋时发生的淝水之战。383年冬，前秦的首领苻坚率雄兵近百万攻打东晋。东晋宰相谢安奉命率八万人马迎战。谢安临危不乱，沉着应对，指挥若定，分析了交战双方的优劣形势，扬己之长，挫敌兵锋，诱其自乱，并采取坚壁清野、断其供给等措施，最终取得了胜利。而秦军则因骄傲自大、主观武断、内部不团结、人心不稳、战线太长、兵力分散、补给不足、缺乏协同等而败。

"败走苻坚兵百万，围棋别墅意从容。"（吕声之《与丁抚干》）沉着稳定是应对危急情势的重要心态，古人说："未乱，易治也；既乱，易治也；有乱之萌，无乱之形，是谓将乱。将乱难治，不可以有乱急，亦不可以无乱弛。"（苏洵《张益州画像记》）祸乱没有发生，容易治理。祸乱已经发生了，也容易治理。若是出现了祸乱的苗子但还没实质发生，这种情况就叫将要发生的祸乱，这样的情况最难治理。切莫因为出现了危险就惊慌失措，要沉住气，要迅速形成处置的思路和措施，也不能因为危险没有发生而麻痹松懈。

历史上曹植避害的故事就是一个生动的例子。《世说新语·文学》记载：曹操在位时，比较欣赏曹植的才华，对曹植宠爱有加。这引起了曹植的哥哥

曹丕的嫉妒，曹丕做了皇帝后，千方百计地想迫害曹植。有一次，曹丕以曹植未能及时吊唁先父为由，要曹植在走七步内作一首诗，否则就要杀了曹植。曹植面临杀身之祸，面不改色，心神淡定，沉着应对，不仅摆脱了危机，而且还留下了千古佳作《七步诗》：“煮豆持作羹，漉菽以为汁。萁在釜下燃，豆在釜中泣。本自同根生，相煎何太急？”煮豆做豆羹，过滤了豆渣就成了汁。豆秆在锅下燃烧，可豆子在锅中哭泣。豆秆和豆子本来都是从同一条根上生长出来的，为什么要相互煎熬、相互残害得那么狠呢？正是：“每从沉着见空明，一片冰心彻底清。”（叶嘉莹《寒假读诗偶得二首・其一》）

诗境深造：“从容扶日毂，慷慨扫边尘。”（吴芾《范丞相生日》）

130. 溪云初起日沉阁，山雨欲来风满楼　未雨绸缪

出处：《朱子家训》：“宜未雨而绸缪，毋临渴而掘井。”

解析：指天还没下雨的时候就先修缮房屋门窗，做好防雨的修补工作。比喻事先做好应急准备。

诗化：

题土备塘

〔清〕弘历

土备塘云海望修，意存未雨早绸缪。
石柴诚赖斯重障，是谓忘唇守齿谋。

诗义：用于防范大海潮的土备塘由海望所修建，目的是未雨绸缪，做好防备。用木桩和石头构筑的塘体相互依附，构成防潮水的重要设施，若外围石塘被潮冲坏，它可成为第二道防潮屏障。

简评：《题土备塘》这首诗告诫我们做任何事情，都需要对有可能出现的问题和情况有预先的判断，从最有可能出现的情况入手，事先做好准备工作，以备不测。切忌临渴挖井，临阵磨枪。中国古代贤哲对未雨绸缪的认识非常深刻，形成了大量精辟的论述。老子对于危险的预防，不是采取无为的态度，而是积极主动的态度，“为之于未有，治之于未乱。”（《道德经・第六十四章》）

凡事要在尚未发生之时就着手处理。治国理政，要在危机产生以前就做好准备。管子认为：“惟有道者，能备患于未形也，故祸不萌。”（《管子·牧民》）只有能未雨绸缪的人，才能在危险发生之前有所防备，才能制止祸害发生。

“溪云初起日沉阁，山雨欲来风满楼。”（许浑《咸阳城东楼》）骤雨欲来，风先雨至，智者未雨绸缪。孟子指出：“君子有终身之忧，无一朝之患。”（《孟子·离娄下》）长期保持防微杜渐的忧患意识，就不会因一时突发的危险而手足无措。武则天也指出：“早虑则不困，早豫则不穷。”（《臣轨·慎密》）凡事若能尽早考虑，就不会陷入困境；在问题发生之前，及早预防，就不会遭遇困厄。“凡事预则立，不预则废。”（《礼记·中庸》）桑弘羊说：“事不豫辨，不可以应卒。内无备，不可以御敌。”（桓宽《盐铁论·世务》）

诗境深造：“尽力除患始，毋致日蔓延。”（弘历《麦收二首·其二》）

十四、创新篇

大海中的落日
悲壮得像英雄的感叹
一颗星追过去
向遥远的天边

黑夜的海风
刮起了黄沙
在苍茫的夜里
一个健伟的灵魂
跨上了时间的快马

——覃子豪《追求》

创新是指以现有的思维模式提出有别于常规思路的见解，创造出新的事物、方法，并获得一定有益效果的行为。“变则通，通则存，存则强。”创新是一个民族进步的灵魂，是一个国家兴旺发达的不竭动力。正如习近平总书记指出的：“在激烈的国际竞争中，惟创新者进，惟创新者强，惟创新者胜。”

131. 造物无言却有情，每于寒尽觉春生　变法则存

出处：《周易·系辞下》：“穷则变，变则通，通则久。”《论最古各国政学兴衰之理》：“变则通，通则存，存则强。”

解析：指事物发展到了极点，就会发生变化，只有发生变化才会使事物的发展不受阻塞，实现不断发展。说明在面临不能发展的局面时，必须改变现状，进行变革和革命。

诗化：

乌衣巷

〔唐〕刘禹锡

朱雀桥边野草花，乌衣巷口夕阳斜。
旧时王谢堂前燕，飞入寻常百姓家。

诗义：朱雀桥边野草野花茂盛，乌衣巷口夕阳斜挂。当年王导、谢安那些富豪人家檐下的燕子，如今已经飞进普通老百姓的家中。

简评：“治世不一道，便国不必法古。汤、武之王也，不修古而兴；殷、夏之灭也，不易礼而亡。”（《商君书·更法》）治理国家不一定仅用一种方式，只要对国家有利就不一定非要效法古人。商汤、周武王称王于天下，并不是因为他们遵循古代法度，夏朝和商朝的灭亡，也不是因为他们更改了旧的礼制。《吕氏春秋》指出：“世易时移，变法宜矣。”时代发生了变化，变法也应该跟上。历史上商鞅的改革，为秦王朝的强盛起到了极大的推动作用。

朱雀桥、乌衣巷曾经是东晋繁华之地，是豪门贵族聚居的地方，东晋开国元勋王导和指挥淝水之战的谢安都住在这里。然而，沧海桑田，世事变化，不变则亡。东晋虽然是司马氏政权的延续，但由于司马氏在政治上威望不高，整个朝廷都由世族大家把持，最先的是出身琅琊王氏的王导，其后又有陈郡谢氏的谢安、谢玄、王敦等。这些世家大族并不真正忠于司马氏，尤其是他们都拥有大量田地，甚至拥有自家部队，有足够的实力抗衡司马氏政权。最初由王导主持大局，东晋政权得以稳定，故时人有“王与马，共天下”之说。国家无法形成强有力的领导，内乱频生，如早期有王敦之乱、苏峻之乱，后期又有孙恩、卢循之乱等。“旧时王谢堂前燕，飞入寻常百姓家”，诗人的感

慨更是藏而不露，寄寓在景物描写之中。

元代萨都剌化用前人的诗句和典故，也创作了一首类似的诗篇《满江红·金陵怀古》："六代豪华，春去也、更无消息。空怅望，山川形胜，已非畴昔。王谢堂前双燕子，乌衣巷口曾相识。听夜深、寂寞打孤城，春潮急。思往事，愁如织。怀故国，空陈迹。但荒烟衰草，乱鸦斜日。玉树歌残秋露冷，胭脂井坏寒螿泣。到如今、只有蒋山青，秦淮碧！"诗人慨叹繁华易逝、富贵短暂，作品饱含深沉的对人生易逝、贵贱无常的感叹，具有超越时空的永恒意义。唯有审时度势、与时俱进、改革创新，才能有无限的生机与活力。"造物无言却有情，每于寒尽觉春生。千红万紫安排着，只待新雷第一声。"（张维屏《新雷》）

诗境深造："强国在变法，天语真煌煌。"（缪荃孙《郡城赠金淮生表兄一百韵》）

132. 放开明月照河山，人间旧历从新注　旧邦新命

出处：《诗经·大雅·文王》："周虽旧邦，其命维新。"

解析：指在具有古老历史文化的国家，也要根据实际情况和时代赋予的新使命与时俱进，不断革新发展。

诗化：

与诸子登岘山

〔唐〕孟浩然

人事有代谢，往来成古今。
江山留胜迹，我辈复登临。
水落鱼梁浅，天寒梦泽深。
羊公碑字在，读罢泪沾襟。

诗义：人世间的事情都有更替变化，来来往往就形成了历史。江山到处都保留着名胜古迹，而今我们这一辈再次登临。水落下去，鱼梁洲露出江面，天寒之时，梦泽显得更迷蒙幽深。羊公碑如今依然耸立，读罢碑文，感动的

泪水打湿了我的衣襟。

简评："周虽旧邦，其命维新"蕴含丰富的哲理。自古以来，历代有识之士就都十分重视革新。《礼记·大学》记载，早在商汤时期，其盘铭中就有"苟日新，日日新，又日新"的字句。《尚书·康诰》云"作新民"，强调要造就一代自新的人。"虞夏以文，殷周以武，异时各有所施。"（桓宽《盐铁论》）从虞舜到夏禹是以文德禅让君位的，从殷商到周朝则是用武力争夺天下的，时代不相同，就应有各不相同的策略、方法和措施。"放开明月照河山，人间旧历从新注。"（傅熊湘《踏莎行·壬子又新秋》）康有为等人公车上书，将"周虽旧邦，其命维新"引申发展成"刚健日新"思想，"苟日新，日日新，又日新"是中华民族生生不息、不断进取的精神源泉。

诗境深造："畏途逢改革，新法忤权奸。"（何景明《寄赠王子衡御史时按关中》）

133. 只消一勺清冷水，冷却秦锅百沸汤　革故鼎新

出处：《周易·杂卦》："革，去故也；鼎，取新也。"《周易参同契》："御政之首，鼎新革故。"

解析：指去除旧的，建立新的。革除旧弊，创立新制，多指重大变革、改革等。

诗化：

咏史

〔宋〕冯必大

亭长何曾识帝王，入关便解约三章。
只消一勺清冷水，冷却秦锅百沸汤。

诗义：亭长出身的刘邦并不认识帝王，入关中时与百姓约定除杀人者死、伤人及盗窃要抵罪，废除其他严苛的秦法。这个亭长只用一勺清凉的水，就把秦朝那沸腾的水锅给冷却了。

简评："圣人苟可以强国，不法其故；苟可以利民，不循其礼。"（《商君

书·更法》）只要能使国家强盛，就可以不沿用旧的法度；只要有利于人民，就可以不遵守旧的礼制。《吕氏春秋》指出："治国无法则乱，守法而弗变则悖，悖乱不可以持国。世易时移，变法宜矣。"战国韩非子认为："故治民无常，唯治为法。法与时转则治，法与世宜则有功。"（《韩非子·心度》）治理民众没有一成不变的常规，只有法度才是治世的法宝。法度顺应时代变化就能治理好国家，统治方式适合社会情况就能收到成效。

汉高祖刘邦曾担任泗水亭长，取得政权后，他变革废除了秦朝的严苛法令，与老百姓"约法三章"，只提出了三条：杀人者要处死，伤人者要抵罪，盗窃者也要判罪。与秦朝严苛的法令相比，百姓感受到了不同，就好像"清凉水"和"百沸汤"的比较。刘邦革故鼎新，采取宽大的法令，得到了百姓的拥护。当时有传言："项羽惊天下以弓，刘邦饮天下以水。"社会不断向前发展，社会制度也要适应时代的需要而变革。

诗境深造："鼎新麾一举，革故法三章。"（李商隐《赠送前刘五经映三十四韵》）

134. 沉舟侧畔千帆过，病树前头万木春　日新月异

出处：《礼记·大学》："苟日新，日日新，又日新。"

解析：指事物发展或进步迅速，不断出现新事物、新气象。

诗化：

酬乐天扬州初逢席上见赠

〔唐〕刘禹锡

巴山楚水凄凉地，二十三年弃置身。
怀旧空吟闻笛赋，到乡翻似烂柯人。
沉舟侧畔千帆过，病树前头万木春。
今日听君歌一曲，暂凭杯酒长精神。

诗义：巴山楚水偏远荒凉，在这我默默谪守了二十三年。怀念故去旧友徒然吟诵闻笛小赋，久谪归来感到已非旧时光景。千帆浩浩荡荡地从沉舟旁

边驶过，势不可阻挡；枯萎的病树面前，万木生机勃勃，欣欣向荣。今日听君高歌一曲，暂借这杯酒振作起精神来。

简评："沉舟侧畔千帆过，病树前头万木春"蕴含新事物代替旧事物、新气象不断涌现的哲理。"日新月异"是对事物处于永恒的运动变化之中，新事物、新气象不断涌现这一规律的总结。"故飘风不终朝，骤雨不终日。孰为此者？天地。天地尚不能久，而况于人乎？"（《道德经·第二十三章》）自然界的暴风骤雨都有停止的时候，何况人事呢？"允公允能，日新月异"是南开大学创办人之一、校长张伯苓于二十世纪三十年代为南开大学创制的校训，他提出"教育要为社会谋进步，为公众谋幸福"。"允"是"既、又"的意思；"公"指爱国、爱民等品德；"能"指所拥有的能力、才能，要具有服务祖国、服务社会大众的超凡能力。"允公允能"指既有爱国爱民的品德，又有服务社会大众的能力。

"日出江花红胜火，春来江水绿如蓝。"（白居易《忆江南》）面对社会变革和科技的飞速发展，必须审时度势、积极进取，更新知识，改革陈陋，紧跟社会发展的潮流。"李杜诗篇万古传，至今已觉不新鲜。江山代有才人出，各领风骚数百年。"（赵翼《论诗五首·其二》）赵翼提出诗词的创作也要创新发展，他认为李白和杜甫的诗篇流传千古，但现在感觉已经没有什么新意了。每一代都会人才辈出，他们的诗篇文采也会流传数百年。现代艺术大师徐悲鸿也指出："道在日新，艺亦须日新，新者生机也；不新则死！"

诗境深造："识时为俊杰，卓见在人先。"（章际治《赠徐吉云军门六首·其二》）

135. 桐花万里丹山路，雏凤清于老凤声　青出于蓝

出处：《荀子·劝学》："青，取之于蓝而青于蓝；冰，水为之而寒于水。"

解析：青色取之于蓼蓝，但颜色更深于蓼蓝。形容学生超越老师，后辈超越前辈。

诗化：

韩冬郎即席为诗相送·其一

〔唐〕李商隐

十岁裁诗走马成，冷灰残烛动离情。

桐花万里丹山路，雏凤清于老凤声。

诗义：他才思敏捷，十岁就能够即席作诗，酒宴上的冷灰残烛触动了在座所有人的情感。美丽的桐花覆盖遥远的丹山道，丹山路传来的雏凤声音，比老凤的鸣叫显得更为悦耳动听。

简评：“青出于蓝而胜于蓝”是社会发展规律的一个体现。“雏凤清于老凤声”是我们的主观愿望也是现实的需要，我们必须正视这一问题，既要着手培养年青一代，也要适时放手，给后一辈发展的空间。也只有“青出于蓝而胜于蓝”，事业才有发展，国家才有希望。唐代顾况的《岁日作》说道：“不觉老将春共至，更悲携手几人全。还丹寂寞羞明镜，手把屠苏让少年。”诗中更有让贤给年轻人，祝福后一辈前程似锦，一代比一代强的鼓励和殷切期望。“道边残雪护颓墙，墙外柔丝露浅黄。春色虽微已堪惜，轻寒休近柳梢傍。”（刘因《探春》）对于新生事物还要倍加珍惜呵护，即便是“轻寒”也莫伤害“柔丝”。老一代应该为新一代提供条件，创造机会，使之早日成才，早日超越。正所谓：“新竹高于旧竹枝，全凭老干为扶持。明年再有新生者，十丈龙孙绕凤池。”（郑燮《新竹》）

诗境深造：“人事有代谢，往来成古今。”（孟浩然《与诸子登岘山》）

136. 问渠那得清如许？为有源头活水来　新陈代谢

出处：《淮南子·兵略训》：“若春秋有代谢，若日月有昼夜，终而复始，明而复晦。”

解析：指自然界生物体不断用新物质代替旧物质的过程，也指社会新事物不断产生、发展并代替旧的事物。

诗化：

元日

〔宋〕王安石

爆竹声中一岁除，春风送暖入屠苏。
千门万户曈曈日，总把新桃换旧符。

诗义：在爆竹声中送走了旧岁，饮着醇美的屠苏酒感觉到了温暖的春天的气息。初升的旭日照耀着千家万户，家家户户都换上了新的桃符。

简评：王安石，北宋时期著名的思想家、政治家、文学家。1067 年，宋神宗继位，起用王安石为江宁知府。1068 年，王安石上书主张变法。1069 年，王安石任参知政事，次年拜相，主持变法。同年新年，王安石见家家户户忙着准备过春节，联想到变法伊始的新气象，有感创作了这首《元日》。王安石力主变法，提出了“天变不足畏，祖宗不足法，人言不足恤”（《宋史・列传第八十六・王安石》）。这句话表达了王安石变法的决心，也成为后世许多改革者自我激励的豪言壮语。王安石的另一首绝句“飞来山上千寻塔，闻说鸡鸣见日升。不畏浮云遮望眼，自缘身在最高层”（王安石《登飞来峰》），也表现出诗人朝气蓬勃、不畏阻力、立志改革的勇气，表现其对新生事物的向往和信心。正是：“问渠那得清如许？为有源头活水来。”（朱熹《观书有感二首・其一》）

《元日》这首诗表达的是春节欢乐喜庆、万象更新的气氛，流露出诗人在春节之时的喜悦心情，更表达了诗人推行改革、除旧布新的决心。王安石变法在历史上具有重要影响。千百年来，人们对于王安石变法的历史意义有越来越深刻的认识，对王安石给予积极评价的人也越来越多。王安石变法的具体措施主要有青苗法、方田均税法、免役法、农田水利法、均输法、保甲法等，这些变法皆以发展生产、富国裕民强兵为目的，以“理财”“整军”为中心，意在扭转北宋积贫积弱的局势，涉及政治、经济、军事、社会、文化等各个方面，是中国古代史上一次大规模的社会变革运动。

诗境深造：“翠肥红瘦损，代谢不由人。”（陈忠平《临江仙・梅子雨》）

137. 请君莫奏前朝曲，听唱新翻杨柳枝　与时俱进

出处：《周易·乾卦·象传》：“终日乾乾，与时偕行。”《中国伦理学史》：“故西洋学说则与时俱进。”

解析：指思想观念、战略策略、行动措施等随着时代和形势的发展而不断发展。

诗化：

杨柳枝词九首·其一

〔唐〕刘禹锡

塞北梅花羌笛吹，淮南桂树小山词。
请君莫奏前朝曲，听唱新翻杨柳枝。

诗义：在塞北用羌笛演奏《梅花落》，淮南小山创作了楚辞《招隐士》。请不要再演奏这些过时的老曲调，听听新编的《杨柳枝》曲吧。

简评：“与时俱进”着眼点在于“时”，“时”指的是时代和时机，要正确地把握和判断“时”；落脚点在于“进”，即发展和创新，针对“进”提出科学客观、实事求是的方针、政策和措施。“夫无力之力，莫大于变化者也。故乃揭天地以趋新，负山岳以舍故。故不暂停，忽已涉新，则天地万物无时而不移也。”（向秀、郭象《庄子注》）古人早就认识到世界处在不断的变化发展之中，天地万物每时每刻都在变化。诗圣杜甫也积极提倡与时俱进，反对步人后尘：“不薄今人爱古人，清词丽句必为邻。窃攀屈宋宜方驾，恐与齐梁作后尘。”（《戏为六绝句·其五》）既要重视今人的作品，也要诚恳地向古人学习，要把他们的清词丽句引为同调。切莫一味地追攀屈原、宋玉的创作道路，但应当具有和他们并驾齐驱的志气和才华，否则只会步齐、梁时期那种轻浮侧艳的后尘，毫无创新。

“海日生残夜，江春入旧年。”（王湾《次北固山下》）太阳初升，大地还处于黑暗之中，但夜幕已被撕破，残夜终将消失。旧年的冬天还没有褪去，但春天已让江边的柳树露出新绿。新生的力量不可阻挡，必须与时俱进，顺应新旧递替的规律。与时俱进，就是根据形势的发展，以全新的方式思考事物、调整结构、谋划活动，力求寻找新思路、打开新局面、开创新境界。实现战

略目标必须注重创新，缺乏创新，就无法实现目标。创新是一个民族进步的灵魂，是一个国家兴旺发达的不竭动力。在激烈的竞争中，唯创新者进，唯创新者强，唯创新者胜。创新就是改变思路，变换形式，整合融合，细节精准等。与时俱进是继承和发展的统一，是整体与局部的统一，是适应时代发展变化的必然要求。

诗境深造："我欲往从之，俯首观时代。"（郑学醇《郭弘农游仙》）

138. 处世功名莫躁为，识时机变在防危　识时达变

出处：《东周列国志》："识时务者为俊杰，通机变者为英豪。"

解析：指认清时势并能适应其变化。

诗化：

红叶·其一

〔清〕弘历

识时真个是丹枫，灼灼初翻八月风。

雅助山庄秋半景，一枝相映晚荷红。

诗义：最能认清形势、识时达变、真正跟上潮流的是枫树，鲜艳的红叶随着八月的秋风不停地翻动。美丽的红叶映衬着山庄的大半个秋景，一枝嫣红的晚荷花与丹枫交相辉映。

简评："处世功名莫躁为，识时机变在防危。"（王镃《书怀》）时代在变，环境在变，观念也在发生变化，必须做到识时达变。每个时代都应创新、进步，不能因袭古人，不求进取。处理事情应遵循一定的原则，但是也要根据情境、形势的不同而灵活变通。因时制宜地实行变法改革是合乎客观规律的，因为客观事物总是在发展变化，老是用古已有之的陈规旧法来应对变化了的现实，无异于刻舟求剑，是绝不会收到预期效果的。但变不是关键，变的关键在于更适合、更符合现实。

"古称识时务，必在贤与智。"（赵友直《卜居二首·其二》）历史上著名的商鞅变法就是一个识时达变的范例。春秋战国时期，铁器的使用和牛耕的

逐步推广显著提高了农业生产力，导致落后的奴隶主的土地国有制逐步被高效率的封建土地私有制所代替。新兴地主阶级随着经济实力的增长，纷纷要求获得更多的政治权利。商鞅在公元前356年和公元前350年推行了两次变法。第一次变法，主要是推行什伍连坐法、赏军功、禁私斗等，使国家“家给人足”“民勇于公战”。第二次变法，包括废除井田制、普遍推行县制、统一度量衡等内容。两次变法使秦国由弱变强，达到了富国强兵的效果，为秦国实现统一奠定基础。“杨花不倚东风势，怎好漫天独自狂。”（袁枚《偶作》）杨花借着东风的力量，漫天飞舞自由翱翔。识时达变也需要讲究策略和艺术，切忌操之过急，须知欲速则不达。

诗境深造：“识时贵知今，通情贵阅世。”（黄遵宪《感怀三首·其一》）

139. 删繁就简三秋树，领异标新二月花　标新立异

出处：《世说新语·文学》：“支道林在白马寺中，将冯太常共语，因及《逍遥》。支卓然标新理于二家之表，立异义于众贤之外，皆是诸名贤寻味之所不得。”

解析：指阐明新颖的义理，提出与众不同的见解。

诗化：

出纸一竿

〔清〕郑燮

画工何事好离奇？一干掀天去不知。

若使循循墙下立，拂云擎日待何时！

诗义：画家为什么喜欢标新立异？把竹子画到纸外，就好像冲天而去。假如一味循规蹈矩地倚墙而立，何时才能拂云擎日，出人头地呢？

简评：“删繁就简三秋树，领异标新二月花。”这是清代书画家郑燮扬州书斋的一副对联，也是他艺术创作的一种心得。郑燮总结出“删繁就简”“领异标新”的书画创作之法，作画趋于简明，从而使其艺术效果如同“三秋之树”，除去繁杂的部分，保留简洁清晰的部分。郑燮在书画上独树一帜，尤其

擅画兰竹，以草书中竖长撇法运笔，体貌疏朗，风格劲峭。

前文所提的对联，据传是郑燮写给学生韩镐的。有一次韩镐向郑燮请教为文之道，郑燮指出韩镐的文章虽有文采，却比较冗长，而好文章总是删繁就简、言简意赅；另外，其文过于泥古，不能标新立异。他强调作文以识见为主，见题立意，非识见高超不能切中要害，才、学、识三者，识尤为重要，有识才能不落俗套，认为韩镐只要克服这两个毛病，就可以大有进步。

诗境深造：“如披枕秘书，标新复领异。”（允礼《九折坂》）

140. 春色满园关不住，一枝红杏出墙来　独树一帜

出处：《随园诗话》：“欧公学韩文，而所作文全不似韩，此八家中所以独树一帜也。”

解析：指单独树立一面旗帜。比喻与众不同，自成一家。

诗化：

论诗三十首·其二十一

〔金〕元好问

窘步相仍死不前，唱酬无复见前贤。

纵横正有凌云笔，俯仰随人亦可怜。

诗义：已因处境艰难而脚步蹒跚，却仍然裹足不前，即使模仿前人唱和，也再见不到前代贤才的精彩。发挥想象的空间，用凌云之笔独创新体，那种什么都随人的创作实在可怜。

简评：金代元好问《论诗三十首》的主要观点是提倡“自然”，主张性情之“真”，倡导雄劲豪放的诗风，提倡性灵、神韵、格调的兼容，提倡多元继承的诗风。在组诗中，他特别强调创新的重要性，如：“奇外无奇更出奇，一波才动万波随。只知诗到苏黄尽，沧海横流却是谁？”（《论诗三十首·其二十二》）在诗词、书画等艺术的创作中，古人特别强调独创精神，如“文章自得方为贵，衣钵相传岂是真？已觉祖师低一著，纷纷法嗣复何人”（王若虚《论诗诗四首·其四》），提出诗歌创作要有自己的感悟和思想，不依傍他人。

“春色满园关不住，一枝红杏出墙来。”（叶绍翁《游园不值》）火药、指南针、活字印刷术和造纸术等是中华民族独树一帜的发明成果。英国哲学家培根提醒人们注意“发现的力量、效能和后果。这几点是再明显不过地表现在古人所不知、较近才发现，而起源却还暧昧不彰的三种发明上，那就是印刷、火药和磁石。这三种发明已经在世界范围内把事物的全部面貌和情况都改变了：第一种是在学术方面，第二种是在战事方面，第三种是在航行方面；并由此又引起难以数计的变化来；竟至任何帝国、任何教派、任何星辰对人类事务的力量和影响都仿佛无过于这些机械性的发现了”（《新工具》）。产生于中国古代的丝绸、中医药、十进制计数、珠算、交子（纸币）、历法、雕版印刷等都是对人类社会有巨大贡献的创造发明。

“孤峰独特谁为伴，尘世忙然我道奇。”（释印肃《偈颂三十首·其二十六》）现代科技的飞速发展，更需要有独树一帜的创新精神。创新具有灵感瞬间性、方式随意性、路径不确定性等特点。牛顿看到苹果自由落体而发现了万有引力，瓦特受水蒸气冲开水壶盖的启发而改进了蒸汽机。创新需要勇于疑问、自由畅想、大胆假设。如果没有独树一帜的创新思维，就无法在新一轮的科技浪潮竞争中，在人工智能、基因技术、量子科技、新能源和新材料技术等领域上取得发展的先机和突破。

诗境深造：“万木碧无色，一花红独殷。”（李公明《木芙蓉》）

十五、科技篇

我赞美那与我日夜相守的
数字、字母、符号、式子和图形，
像浮在空中轻轻飘荡的五色花瓣，
萦绕在我的脑海之中；
像一个个流动的金属音符，
碰撞发出一串串清脆叮咚之声；
像钢琴上的键盘，
弹奏出悦耳的谐音；
像一道划破长空的闪电，
将我灵感的引线接通。

——易南轩《赞美诗》

中国古代的科技发明曾有过辉煌的成就，火药、指南针、造纸术、活字印刷等科技发明推动了世界历史的进程。稻谷、茶叶等物种的发现与培育，陶瓷、丝绸等物品的发明与创造，都对人类的生存、生活方式产生了巨大影响。此外，中国古人在天文历法、数学算法等方面都有不可磨灭的贡献。这些发现、发明与创造是中华民族智慧的结晶。

141. 鱼虾接海随时足，稻米连湖逐岁丰　盈车嘉穗

出处：《拾遗记·周》："成王五年，有因祇之国，去王都九万里，又贡嘉禾，一茎盈车。"

解析：指稻谷长得茁壮茂盛，一棵稻穗就能装满一车。比喻粮食丰收的景象。

诗化：

田家乐

〔宋〕杨万里

稻穗堆场谷满车，家家鸡犬更桑麻。
漫栽木槿成篱落，已得清阴又得花。

诗义：稻穗堆满了晒场，也装满了车，家家户户养鸡又养狗，还种植桑麻。到处栽种木槿树并围成了篱笆，这样既可纳凉又可以赏花。

简评：水稻是人类的主要粮食作物之一，全世界有一半以上的人口以稻米为主食。相关考古研究表明，中国史前栽培稻谷的遗存地点就有一百多处。传说在远古的大禹时期中华民族就广泛种植水稻，司马迁《史记·夏本纪》载："令益予众庶稻，可种卑湿。命后稷予众庶难得之食。"大禹让伯益向百姓分发水稻种子，并教人们将之种在水田里，还令后稷给大家分发食物。后来，水稻栽培技术流传到印度，在中世纪时传入欧洲。中国古代对水稻有大量的研究，形成了以耕、耙、耖为主的整田技术，以育秧移栽为主的播种技术，以耘田、烤田为主的田间管理技术，并在收割、储藏等方面形成了比较成熟、科学、完整的水稻种植管理的理论体系。中国古代围绕水稻生产中整地、育苗、插秧、除草除虫、施肥、灌排水、收割、干燥、筛选进仓等环节，发明了许多当时先进的生产方法及制作工艺；对包括水稻在内的整个农业，形成了大量的专著，其中比较著名的是氾胜之的《氾胜之书》，贾思勰的《齐民要术》，陈敷的《陈敷农书》，王祯的《王祯农书》，徐光启的《农政全书》。

古诗词中有大量与水稻种植、收获等劳作，以及水稻成熟丰收之景有关的佳作。描写插秧的有契此的《插秧诗》："手捏青苗种福田，低头便见水中

天。六根清净方成稻，后退原来是向前。”范成大的《插秧》：“种密移疏绿毯平，行间清浅縠纹生。谁知细细青青草，中有丰年击壤声。”郑樵的《插秧歌》：“漠漠兮水田，袅袅兮轻烟。布谷啼兮人比肩，纵横兮陌阡。”描写收稻谷的有宋伯仁的《村》：“又是江南割稻天，家家儿女笑相牵。芙蓉占断清溪水，独许渔人醉舣船。”王质的《夜泊获港二首·其一》：“落日人家已半扉，隔篱问答语声微。桑枝亚路蝉争噪，一似南村割稻归。”吴嘉纪的《夜发》：“田家夜收稻，吾亦适江关。灯火远相映，去留俱不闲。”还有描写乡村稻田的美景以及丰收的喜悦心情的：“翠岚迎步兴何长，笑领渔翁入醉乡。日暮渚田微雨后，鹭鹚闲暇稻花香。”（郑谷《野步》）“城上城隍古镜中，城边山色翠屏风。鱼虾接海随时足，稻米连湖逐岁丰。”（朱明之《寄王荆公忆江阴》）“儿童篱落带斜阳，豆荚姜芽社内香。一路稻花谁是主，红蜻蜓伴绿螳螂。”（乐雷发《秋日行村路》）“湛碧随人山涧水，清香迎我稻花风。也知吟者多幽趣，物态偏能与意同。”（黄裳《浦城道中》）

诗境深造：“插秧如插针，琐细亦良苦。”（姜特立《观插秧》）

142. 千门万户易桃符，东舍西邻送历书　太初历法

出处：《史记·孝武本纪》：“……汉改历，以正月为岁首，而色上黄，官名更印章以五字，因为太初元年。”《汉书·武帝纪》：“太初元年冬十月，行幸泰山。十一月甲子朔旦，冬至，祀上帝于明堂。……夏五月，正历，以正月为岁首。色上黄，数用五，定官名，协音律。”

解析：指汉朝汉武帝时期制定的一部比较完整的历法。

诗化：

和观新历·其二

〔宋〕韦骧

龙蛇蛰久待春雷，鸿雁图南去却回。

山国不惊时节改，九天新赐历书来。

诗义：龙和蛇蛰伏已久，期待着春雷，鸿雁向南飞去又归来。山国的人

并不在乎季节的变化，帝王新赐的历书刚刚送到。

简评：太初历是我国古代一部比较完整的历法，在我国历法发展过程中具有划时代的意义。太初历在汉武帝时期由落下闳、邓平等研究制定，是中国最早的根据实际观测而制定的历法，是当时世界上最先进的历法，也是保存下来的第一部完整历法。太初历正式启用于公元前 104 年，比古罗马儒略历约早 58 年。太初历的特点主要有以下几个方面：一是精确度高；二是首次将二十四节气融入历法，更有利于农事生产；三是以正月为岁首，更加科学地反映了时令季节的变化，并一直沿用至今；四是推出了 135 个月有 22 次交食周期的规律。太初历囊括了二十四节气、五星、交食周期、闰法、朔晦等，确立了我国传统历法的体系，后世各朝代的主要历法，如三统历、大明历、戊寅元历、授时历等，基本是在太初历的基础上完善修订而成的。

中国古代在天文历法方面也取得了显著的成果。早在公元前 613 年，就有发现彗星的记载，“有星孛入于北斗”（《春秋》），这一纪录比欧洲早 600 多年。此外，先秦时期，中国还形成了独特的历法系统，基本上确立了“十九年七闰”的原则，比西方早 160 年。汉代，中国最早发现了太阳黑子的活动；张衡发明了能够遥测地震方向的地动仪，并对月食做出了科学解释。唐代僧一行制定了能准确地反映太阳运行的规律的大衍历，使中国古代历法体系进一步成熟。唐宋时期，产生了天文历算著作《甘石星经》。宋代沈括将二十四节气和一年 12 个月统一起来，形成有利于农事耕作的“十二气历”。元代郭守敬提出“历之本在于测验，而测验之器莫先仪表”的主张，创制了简仪和高表等天文观测仪器，还主持编定授时历，这一历法中一年的周期与现行公历基本相同，比现行公历早 300 年。

“一派银河似练横，浅深波浪浸天青。夜阑忽有风吹动，摇漾南箕北斗星。”（苏泂《秋夜·其一》）在中国古代众多的天文历法的贡献中，有几样贡献是最值得称道和骄傲的。其一，干支符号系统。商代曾有牛胛骨刻有干支表的记录。干支是中国古代用于计时和表示方位的符号系统，由甲、乙、丙、丁、戊、己、庚、辛、壬、癸十天干，以及子、丑、寅、卯、辰、巳、午、未、申、酉、戌、亥十二地支组成。天干地支组合成六十个计时序号，作为纪年、月、日、时的名称，称“干支纪年法”。其二，阴阳历法。也就是中国的农历。阴阳合历，有别于仅考虑太阳运转的纯阳历，也有别于只考虑月亮运转的纯阴历。中国古代的原始天文历法不仅以太阳、月亮的运转作为依据，更重要的是以更多的“天体”运动为主要依据来制定阴阳合历。干支纪年、二十四节气制定的依据是天极、天赤道、二十八宿、北斗、五大行星、太阳、月亮等天体的运动变化。其三，二十四节气。中国古代严格根据太阳等天体的运行情况，订立了一种用来指导农事、把握身体养生的历法，包括立春、雨水、惊蛰、春分、清明、谷雨、立夏、小满、芒种、夏至、小暑、大暑、立秋、处暑、白露、秋分、寒露、霜降、立冬、小雪、大雪、冬至、小寒、大寒。

关于天文历法的诗词作品有很多：“历法推三统，人情见五辛。不曾争岁月，何事鬓毛新。”（李谷《立春》）“年光未必协天时，月令徒教纪地支。三百六旬拘一格，不如桐叶闰犹知。”（萧雄《历法》）“千门万户易桃符，东舍西邻送历书。”（文徵明《甲寅除夜杂书五首·其一》）

诗境深造：“藻绘太初历，设画随启闭。”（李复《杂诗》）

143. 蜀锦机长越罗短，绣出鸳鸯春水暖　蜀锦吴绫

出处：《一枝花·赠美人号展香绵杨铁笛为著此号》：“价重如齐纨鲁缟，名高似蜀锦吴绫。惜花人故把杨花并。缠联月户，缭绕云屏。”

解析：蜀锦指四川的彩锦，吴绫指出于吴郡的绫缎。蜀锦吴绫常用来形容各种精美的丝织品。

诗化：

漳州白莲僧宗要见遗纸扇每扇各书一首

〔宋〕蔡襄

山僧遗我白纸扇，入手轻快清风多。

物无大小贵适用，何必吴绫与蜀罗。

诗义：山僧留给我一折白纸扇，拿在手上十分轻巧，扇起来凉风习习。物品没有大小贵重之分，而重在适用。何必计较究竟是吴绫还是蜀锦呢？

简评：“蜀锦机长越罗短，绣出鸳鸯春水暖。”（方式济《蜀锦曲》）中国是丝绸制品的发源地，在中国发现了现存最早的丝绸织物。根据结构、原料、工艺、质地、外观和用途，丝织品也分成纱、罗、绫、绢、纺、绡、锦、缎、呢、绒、绸等类别。丝织品的主要原料为蚕丝，蚕丝的生产、制作就是中国古代发明创造的。其中，养蚕和缫丝是最重要的发明。约 5000 年前，中国先民就开始养蚕，在河南仰韶文化遗址、浙江钱山漾遗址等都有丝织品片的出土。在周代已经有了专门的养蚕室。“古者天子诸侯必有公桑蚕室，近川而为之，筑宫仞有三尺，棘墙而外闭之。”（《礼记·祭义》）北魏贾思勰的《齐民要术》对种蚕挑选、防病等技术都有详细的介绍。元代的《士农必用》对蚕生长的各个阶段所需要的温度有专门论述。

缫丝，就是将蚕茧抽出蚕丝的工艺。中国古代发明了养蚕缫丝、织绸刺绣的技术。传说黄帝之妻、西陵氏之女嫘祖，教民育蚕治丝茧，以供衣服。原始的缫丝方法，是将蚕茧浸在热盆汤中，用手抽丝，卷绕于丝筐上。有许多描写缫丝劳作的诗词作品：“缫丝织帛犹努力，变缉撩机苦难织。东家头白双女儿，为解挑纹嫁不得。”（元稹《织妇词》）“辛勤得茧不盈筐，灯下缫丝恨更长。著处不知来处苦，但贪衣上绣鸳鸯。”（蒋贻恭《咏蚕》）“东家打麦声彭魄，西家缫丝雪能白。中间草屋眠者谁？不农不桑把书册。”（方岳《扣角》）“山店煮烟缫丝日，野田锄水插秧时。农桑劝课非无力，为报新安太守知。”（曾布《诗一首》）“煮酒青梅次第尝，啼莺乳燕占年光。蚕收户户缫丝白，麦熟村村捣麨香。”（陆游《初夏闲居八首·其八》）

诗境深造：“桃花开蜀锦，鹰老化春鸠。”（元稹《咏廿四气诗·惊蛰二月节》）

144. 九秋风露越窑开，夺得千峰翠色来　唐陶宋瓷

出处：《成窑鸡缸歌》：“李唐越器人间无，赵宋官窑晨星看。”

解析：指唐代的陶器和宋代的瓷器在制作技术、工艺和艺术上的成就，它们也代表了中国古代的科技水平。

诗化：

以乾隆青花瓷盆种牡丹

〔清〕曾习经

朝朝数叶复量枝，不数金盘芍药诗。

特与此花添色相，千山秋翠越窑瓷。

诗义：每天早上起来就细数着叶子又认真测量枝干，不再去吟诵那些有关日月和芍药的诗句。特别能给牡丹花增添美色的，是这体现千山秋色的越窑器。

简评：“今日萧萧风物好，官窑瓶里插红蕉。”（舒岳祥《初七日》）“陶镕尽出春工巧，磨就多应雨夜零。”（赵企《萍》）陶瓷是陶器和瓷器的总称，中国陶瓷艺术是人类文明的重要标志。历史上，唐代的陶器和宋代的瓷器都在陶瓷工业的发展过程中占重要地位。在英语和阿拉伯语中，“瓷器”与“中国”同义，可见中国古代的陶瓷对世界的贡献和影响程度。公元前 4500 年至公元前 2500 年，中国就出现了制陶技艺。瓷器是在制陶技术的基础上产生的，约在商代早期就出现了原始的瓷器。陶瓷的原料是韧性较强的黏土，如高岭土、膨润土等。经过萃取，黏土遇水可塑，稍干就可以雕塑，全干可以打磨；烧至 700℃可成陶器能装水，烧至 1200℃则会瓷化，瓷化就成了不吸水且耐高温耐腐蚀的瓷器。东汉末期，以越窑为代表的青釉瓷烧制成功，标志着中国成为最早发明瓷器的国家。

唐代的陶器以唐三彩最具代表性。唐三彩是一种低温釉陶器，用白色的黏土作胎，釉料的着色剂为含有铜、铁、锰、钴等元素的矿物质。釉彩有黄、绿、白、褐、蓝、黑等色彩，其中以黄、绿、白三色为主，所以被称为“唐三彩”。唐三彩的器皿较少，而以人物、动物、建筑、家具居多，均具丰富深厚的艺术意象和生活气息。陶器古朴雅致，光彩润泽，展示了东方神秘古雅、韵厚的艺术魅力。

“釉色全消火气鲜，碌青卵白润成瑞。”（弘历《咏官窑纸槌瓶·其二》）北宋是中国古代陶瓷发展史上的一个繁荣时期，开辟了陶瓷美学的新境界。据统计，现已发现的古代陶瓷遗址分布于全国约 170 个县，其中有北宋窑址的就有

130 个县。宋瓷的审美风格十分丰富。宋代的汝窑、定窑、官窑、磁州窑、耀州窑、景德镇、龙泉窑等瓷窑的产品各具特色。其中，钧瓷的海棠红、玫瑰紫，宛若晚霞秀色，变化如行云流水；景德镇的青白瓷色润如玉；汝窑器若芙蓉出水，润如堆脂；官窑器釉色粉青，色调淡雅，简极而美；哥窑器的釉色以青为主，铁足紫口，釉面有碎纹，以残缺美、瑕疵美为特征。

中国古代不仅陶瓷技术非常发达，冶铸技术也非常先进。沧州铁狮就是中国古代冶铸技术水平的集中体现。沧州铁狮，又称“镇海吼”，位于河北沧州开元寺，铸造于后周广顺三年（953）。铁狮身长 6.264 米，体宽 2.981 米，通高 5.47 米，重约 31.5 吨。铁狮采用特殊的“泥范明铸法”分节叠铸而成。清代李云峥的《铁狮赋》对铁狮的雄姿和气势进行了生动的描述：“飙生奋鬣，星若悬眸，爪排若锯，牙列如钩。既狰狞而蹀躞，乍奔突而淹留。昂首西倾，吸波涛于广淀；掉尾东扫，抗潮汐于蜃楼。”

赞陶瓷的佳作有：“大邑烧瓷轻且坚，扣如哀玉锦城传。君家白碗胜霜雪，急送茅斋也可怜。”（杜甫《又于韦处乞大邑瓷碗》）“九秋风露越窑开，夺得千峰翠色来。好向中宵盛沆瀣，共嵇中散斗遗杯。”（陆龟蒙《秘色越器》）“芝为华彩玉为肌，火气全无古气披。恰似白描吴道子，观音妙相手中持。”（弘历《宋瓷胆瓶》）

诗境深造：“妙象生丹青，利器资陶镕。”（黄裳《读罗隐孟郊集》）

145. 邪法难扶只自谙，东西不辨作司南　司南朝夕

出处：《韩非子·有度》：“先王立司南以端朝夕。”

解析：指用指南针来判断方位。司南即指南针。

诗化：

扬子江

〔宋〕文天祥

几日随风北海游，回从扬子大江头。

臣心一片磁针石，不指南方不肯休。

诗义：在海上随大风漂泊了好几天，又不畏艰险回到了扬子江头。我忠心耿耿就像那指南针，不向着南方誓不罢休。

简评："邪法难扶只自谙，东西不辨作司南。"（释居简《寄胜乐居士》）指南针，中国古代称司南，是中国古代四大发明之一，主要组成部分是一根装在轴上的磁针，磁针在天然地磁场的作用下可以自由转动并保持在磁子午线的切线方向上，磁针的北极指向地理的南极，利用这一性能可以辨别方向。《韩非子》和《论衡》都提到了司南。"夫人臣之侵其主也，如地形焉，即渐以往，使人主失端，东西易面而不自知。故先王立司南以端朝夕。"（《韩非子·有度》）"司南之杓，投之于地，其柢指南。"（王充《论衡·是应篇》）将类似勺子的器物置于占卜用的"地盘"上，其柄指向南方。王伋曾有诗描写指南针："虚危之间针路明，南方张度上三乘。坎离正位人难识，差却毫厘断不灵。"（《针法诗》）

有于司南、罗盘以及磁针的诗词也不少，如方回的《赠程山人》："青囊遗论究几深，屋宅为阳墓宅阴。元出易中后天卦，更凭心上指南针。"《赠地里周国祥》："多少幽明不平处，烦君端试指南针。"

诗境深造："万端无彼是，中有指南针。"（王夫之《和白沙八首·其八》）

146. 伊昔黄门蔡伦造，鱼网麻头尽称好　蔡伦造纸

出处：《后汉书·宦者列传》："伦乃造意，用树肤、麻头及敝布、鱼网以为纸。元兴元年奏上之，帝善其能，自是莫不从用焉，故天下咸称'蔡侯纸'。"

解析：指东汉蔡伦改进了造纸术。

诗化：

郴江百咏并序·蔡伦宅

〔宋〕阮阅

竹简韦编写六经，不知何用捣枯藤。
自从杵臼深藏后，采楮舂桑事已更。

诗义：用皮绳编缀竹简编写六经，就不知道如何像蔡伦那样捣烂枯藤去

造纸。自从好好地把杵臼保存，采集楮树皮，捣烂桑叶造出纸张之后，编书著述的事都发生了深刻的变化。

简评："伊昔黄门蔡伦造，鱼网麻头尽称好。"（陈昌《奉谢杨同府惠笺》）造纸术是中国古代四大发明之一。西汉时，人们已懂得造纸的基本方法；及至东汉，蔡伦改进了造纸术。《后汉书·蔡伦传》载："自古书契多编以竹简，其用缣帛者谓之为纸。缣贵而简重，并不便于人。伦乃造意，用树肤、麻头及敝布、渔网以为纸。元兴元年奏上之，帝善其能，自是莫不从用焉，故天下咸称'蔡侯纸'。"蔡伦用树皮、麻头及破布、渔网等原料，经过挫、捣、炒、烘等工艺造纸。纸的发明与改进对人类文明的发展起到了极大的推动作用。一般认为在晋代纸张就成为中国主要的书写材料。

唐代李峤的《纸》就生动地描写了纸的影响和作用："妙迹蔡侯施，芳名左伯驰。云飞锦绮落，花发缥红披。舒卷随幽显，廉方合轨仪。莫惊反掌字，当取葛洪规。"神妙的书画得益于蔡侯纸的发明，流传千古的芳名有赖于左伯纸的传颂。那些美丽的彩笺宛如浮云轻飘、彩锦绮落，又好像五彩缤纷的花瓣。纸张可以随意舒展和蜷缩，而且方正有棱，符合君子法则。不要惊诧那正反面都写满字的纸条，著有《抱朴子》的葛洪是我们学习的榜样。

诗境深造："妙迹蔡侯施，芳名左伯驰。"（李峤《纸》）

147. 韦编屡绝铁砚穿，口诵手钞那计年　活字印刷

出处：《梦溪笔谈》："庆历中有布衣毕昇，又为活板。其法用胶泥刻字，薄如钱唇，每字为一印，火烧令坚。先设一铁板，其上以松脂蜡和纸灰之类冒之。"

解析：指由北宋毕昇发明的使用泥活字的印刷术。

诗化：

东阳十题·蠹简

〔元〕杨载

往古韦编在，何年始汗青。
蠹虫深卜宅，科斗少成形。

泯灭阽秦火，搜罗出汉廷。

斯文天未丧，不敢望全经。

诗义：古时候竹编的简书还保存着，但不知是何年撰写的。蠹虫侵入了老宅，那些古籍被蛀得破败不堪。它们差一点就被秦火焚灭，后来搜集整理出来奉献给了汉廷。幸运的是文化并没有被上天泯灭，但不敢指望能获得全部的典籍。

简评：活字印刷是中国古代四大发明之一，由毕昇于北宋庆历年间（1041—1048）发明。活字印刷是使用可以移动的金属或胶泥字块来取代人工抄写及雕版。活字印刷的方法是先制成单字的阳文反文字模，然后按照书稿把文字挑出来，将其排列在字盘内并加固，涂墨印刷，印完后再将字模拆出，待下次排印时再次使用。活字印刷的发明是人类文明史上一次伟大的技术革命，极大地提高了人类生产精神产品的效率。

诗境深造：“彩笺蹲鸷兽，画扇列名翚。”（羊士谔《和武相早朝中书候传点书怀奉呈》）

148. 长创洞中连弩射，铳筒喷弹飞炮石　火药火器

出处：《本草纲目》：“硝石，丹炉家用制五金八石，银工家用化金银，兵家用作烽燧火药，得火即焰起，故有诸名。”

解析：指中国古代四大发明之一的火药。古代，人们在炼丹过程中发明了火药技术。

诗化：

千金记·延烧

〔明〕沈采

忽闻上命差行，差行。火焖火箭随身，随身。仓廒粮米变成尘。火把上，焰腾腾。天燥烈，火云奔。

诗义：忽然接到军令而出行，随身带上火器。火攻开始，敌人粮仓里的

粮食化作尘烬。火把点上，火焰四腾。干燥炎热，火光冲天，云被火光染红，四处飞散。

简评：火药是中国古代四大发明之一。据记载，火药的发明与古代的炼丹术有密切的关系。从战国至汉初，皇家贵族沉迷于长生不老的幻想，驱使方士们炼造“仙丹”，而在这漫长的炼制过程中形成和积累的大量知识和经验为火药的发明奠定了基础，特别是对硝石和芒硝的鉴别，比如南朝齐梁陶弘景采用火焰实验法来鉴别硝石（硝酸钾）与芒硝（硫酸钠）。鉴别区分之后，前者主要应用于火药制作，后者主要供药用。“炼丹费火石，采药穷山川。”（李白《留别广陵诸公》）唐高宗永淳元年（682）炼丹人首创了硫黄伏火法，用硫黄、硝石，研成粉末，再加皂角子；唐宪宗元和三年（808）又创造了火矾法，用硝石、硫黄及马兜铃一起烧炼。这两个配方的目的虽是“伏火”，但已经初步具备了火药所含的成分。

“峨峨云梯翔，赫赫火箭著。”（韩愈《晚秋郾城夜会联句》）火药被发明之后，广泛应用于军事，并非现在一些人所说的中国人发明了火药之后，只会用于烟花爆竹。唐朝末年，杨行密将军围攻豫章，曾用火炮、火箭之类的武器攻城。当时的火炮是把火药制成环状，把吊线点燃后用抛石机抛掷攻击。而火箭则是把火药球缚于箭镞之下，将引线点燃后用弓射出以攻击。在宋代，火药武器得到进一步发展，设立了专门的火药作坊制造火药箭。大量的火器在军事中使用，“八月，神卫水军队长唐福献所制火箭、火球、火蒺藜”（《宋史·兵志十一》）。火蒺藜是在火药球中加入带刺的铁蒺藜制作而成的。及至南宋，人们造出了以巨竹为筒，内装火药的火枪。元代又造出了铜铸火铳。当然，火药也广泛应用于民间，如用于节庆和祭祀活动的烟花爆竹。

从火药的发明到火器的使用，中国人对火药的探索在诗词中都有所体现。“奇兵工炮石，健士斗熊狻。”（黄衷《出塞曲》）“长创洞中连弩射，铳筒喷弹飞炮石。”（刘璟《送戎医玉液子徐文显还槜李》）“当空炮石云雷奔，将军见敌不见身。”（袁枚《赠杨将军》）“铁球步帐三军合，火箭烧营万骨干。”（释行海《次徐相公韵十首·出塞》）

唐代，由于社会尊崇道教，许多著名诗人也曾迷恋于道术和炼丹，因此出现了许多关于炼丹的诗词，特别是诗仙李白的诗：“黄帝铸鼎于荆山，炼丹砂。丹砂成黄金，骑龙飞上太清家，云愁海思令人嗟。”(《飞龙引二首·其一》)“闻说神仙晋葛洪，炼丹曾此占云峰。庭前废井今犹在，不见长松见短松。”(《炼丹井》)宋代也有不少关于炼丹的诗作：“清泉一派水潺潺，石穴端然一臼安。洗药炼丹仙已去，只留踪迹与人看。”(宋煜《石臼洞》)“天地为炉变化间，丹砂点石石成丹。丹成遗灶空陈迹，留与高人图画看。”(黄甲《炼丹观》)“群峰耸拔更回环，鹤驾分明缥缈间。金鼎丹成人不见，但留名字镇空山。”(刘安上《登炼丹山三绝句·其三》)

诗境深造：“火箭侵乘石，云桥逼禁营。”(李商隐《送千牛李将军赴阙五十韵》)

149. 太阳年与太阴年，算术斋期自古传　析理以辞

出处：《九章算术注》：“析理以辞，解体用图。”

解析：指用逻辑推理分析原理来剖析和解构问题。

诗化：

水调歌头·历法渊源远

钱宝琮

历法渊源远，算术更流长。畴人功业千古，辛苦济时方。分数齐同子母，幂积青朱移补，经注要端详。古意为今用，何惜纸千张。　圆周率，纤微尽，理昭彰。况有重差勾股，海岛不难量。谁是刘徽私淑？都说祖家父子，成就最辉煌。继往开来者，百世尚流芳。

诗义：历法源远流长，算术的历史更为悠久。精通天文历算的人功垂千古，他们的艰辛努力取得了惠及后世的天文历法。齐同术进行分数通分运算，青朱出入图来证明勾股定理……这些《九章算术》的注解可谓科学严谨。古人的思想今人得以应用，何必惋惜那千张稿子。圆周率无穷尽，遵循数理规律。还有勾股定理和重差测量术，海岛再也不难测量。谁是刘徽的尊师，人人都说祖冲之父子成就最辉煌。继承前人成果，开创新的业绩，也能流芳百世。

简评：“太阳年与太阴年，算术斋期自古传。”（林则徐《回疆竹枝词三十首·其七》）中国古代数学成就辉煌，在四大文明古国中，中国数学持续繁荣时间最为长久。史料记载，早在商代的甲骨文中就有比较完整的数字系统。春秋时期《周易》的阴阳卦爻就是组合数学的萌芽。《墨子》的重要部分《墨经》涉及光学、力学、逻辑学、几何学等方面的数学问题。最迟成书于西汉时期的《周髀算经》首先提出勾股定理。南北朝时期，祖冲之首次将圆周率精算到小数点后第七位。

宋元时期，中国古代的数学达到了鼎盛时期，出现了杨辉、秦九韶、朱世杰、李冶四大数学家，这四位数学家的很多成果达到了当时中国甚至世界数学的顶峰。其中，南宋的杨辉著有《详解九章算法》《日用算法》《乘除通变本末》《田亩比类乘除捷法》《续古摘奇算法》等著作共五种二十一卷。秦九韶著有《数书九章》一书，创造了“大衍求一术”，被称为“中国剩余定理”。他所论的“正负开方术”被称为“秦九韶程序”。目前，世界各国从小学、中学到大学的数学课程，几乎都涉及他的定理、定律和解题原则。

魏晋刘徽是中国古代重要的数学家，著有《九章算术注》和《海岛算经》。《九章算术》被认为是中国传统数学最重要的著作，其主要内容在先秦时已具备，但在秦火中散坏，后经西汉张苍、耿寿昌先后删补而成，有两百多个问题的解法，在解联立方程、分数四则运算、正负数运算、几何图形的体积面积计算等方面，在当时属于世界先进之列，不过解法比较原始，缺乏必要的证明。三国魏景元年间，刘徽完成了《九章算术注》，对上述问题进行了补充证明。这些证明显示了他的创造性贡献，比如在世界上最早提出十进小数概念，并用十进小数来表示无理根的近似值；在代数方面，提出了正负数的概念及其加减运算的法则，改进了线性方程组的解法；在几何方面，提出了“割圆术”，即将圆周用内接正多边形穷竭的一种求圆面积和圆周长的方法，还利用割圆术求出圆周率的近似值 3.1416。

诗境深造：“运筹见奇偶，落笔判升沉。”（方回《赠数学萧吉卿》）

150. 竹下忘言对紫茶，全胜羽客醉流霞　茶韵幽香

出处：《留未央仲昌小饮着铜雀瓦研》："酒花浮玉肠生雪，茶韵吹兰气带秋。"《东郊行》："绿渚幽香生白苹，差差小浪吹鱼鳞。"

解析：形容茶韵味悠长、香气清幽，也比喻饮茶较高的境界和雅趣。

诗化：

一七令·茶

〔唐〕元稹

茶。

香叶，嫩芽。

慕诗客，爱僧家。

碾雕白玉，罗织红纱。

铫煎黄蕊色，碗转曲尘花。

夜后邀陪明月，晨前命对朝霞。

洗尽古今人不倦，将知醉后岂堪夸。

诗义：茶，叶片幽香，叶芽稚嫩。引得诗人倾慕、僧人偏爱。茶蹍为白玉雕的，茶筛是红纱做的。把茶在铫中煮煎成黄蕊色，再盛在碗里去掉浮沫。夜晚邀明月共饮，清晨同朝霞品茗。无论是古人或今人，饮茶后都会感到精神饱满，醉酒后喝茶还有助于醒酒。

简评：元稹这首《一七令·茶》是一首一字至七字诗，也称宝塔诗，属杂体诗的一种。诗中表达了茶自然的本性为人们所喜好，又从煮茶说到饮茶习俗，再谈到茶的功用等，生动形象，饶有趣味，平易近人。

茶是中国古代对人类的又一重大贡献，中国是最早把野生茶树驯化栽培为作物并发明饮茶的国家。"茶之为饮，发乎神农氏。"（陆羽《茶经》）汉代，茶已经成为今四川一带人们日常的饮品，时人王褒的《僮约》提到饮茶、买茶。到了唐代，茶得到更广范围的普及，喝茶、品茶的茶文化已经成为文人雅士及百姓日常生活不可缺少的内容之一。"白鸽飞时日欲斜，禅房寂历饮香茶。"（王昌龄《题净眼师房》）"三献蓬莱始一尝，日调金鼎阅芳香。"（卢纶

《新茶咏寄上西川相公二十三舅大夫二十舅》）“竹下忘言对紫茶，全胜羽客醉流霞。尘心洗尽兴难尽，一树蝉声片影斜。”（钱起《与赵莒茶宴》）自古以来，品茶就是中国人休闲及待客的生活方式。“寒夜客来茶当酒，竹炉汤沸火初红。寻常一样窗前月，才有梅花便不同。”（杜耒《寒夜》）同挚友一起于寒夜围炉品茶，炉火正旺，茶汤沸腾，窗前明月照着绽放的梅花，这是何等惬意。

唐代陆羽的《茶经》是中国第一部关于茶的专门著作，共三卷十篇，介绍了茶的渊源、茶具、制茶、茶器、茶艺、茶疗、茶事、茶名和铭志等。宋代徐钧有诗赞陆羽：“野客耽茶著作经，一时评品亦良精。谁知茗饮成风后，从此朝廷榷法行。”（《陆羽》）

诗境深造：“一汲清冷水，高风味有余。”（裴迪《西塔寺陆羽茶泉》）

十六、工程篇

故宫仍封闭在往日的宫墙里
旧王朝的空壳
像一堆蚕蜕，悄无声息
却让人想起震耳的轰鸣

当一切归于沉寂
沧桑之变
距我们仅一步之遥

——韩作荣《故宫》（节选）

中国是一个文明古国，除了有大量的科技成就，还有大量的工程成就，其中最具代表性的有万里长城、京杭运河、都江堰、北京故宫、敦煌莫高窟、秦始皇陵、布达拉宫等，它们都是中华民族文明的成就和智慧的结晶。

151. 天畔浮云云表峰，北游奇险见居庸　万里长城

出处：《齐记》：“齐宣王乘山岭之上筑长城，东至海，西至济州，千余里，以备楚。”

解析：指中国古代伟大的军事性防御工程长城。长城始建于春秋战国时期，秦始皇完成统一后，将原秦、赵、燕三国的北边长城连贯为一，后世多有增建或整修。

诗化：

经行塞上二首·其二

〔明〕李梦阳

天设居庸百二关，祈年更隔万重山。
不知谁放呼延入，昨日杨河大战还。

诗义：天然屏障居庸关有一百二十个险要关隘，居庸关离皇城的祈年殿更是相隔万重山。但不知道是谁将外敌放入了关，昨日将士们在杨河进行了一场生死之战，刚刚归还。

简评：长城又称“万里长城”，是中国古代在不同时期为抵御北方游牧部落侵袭而修筑的规模浩大的军事工程的统称。长城始建于春秋战国时期。秦始皇统一六国后，将原秦、赵、燕三国修建的北边长城连接起来，形成万里长城。在其后2000多年的历史中，多个朝代都曾营造或修缮长城。现今所说的万里长城多修建于明代，它东起鸭绿江，西至嘉峪关。中国历代长城墙壕遗存总长度为21196.18千米，分布于北京、天津、河北、山西、内蒙古、辽宁、吉林、黑龙江、山东、河南、陕西、甘肃、青海、宁夏、新疆等15个省（自治区、直辖市），包括墙体、壕堑、单体建筑、关、堡等遗存数万处。

“城堞逶迤万柳红，西山岧嵽霁明虹。”（康有为《过昌平城望居庸关》）长城主要用于军事防御，特别依凭山川的险阻，按照“务据形胜”而“不资丁赋”的原则修建，形成了雄伟壮阔、气势磅礴的景观。“峻岭拂阳乌，长城连蜀都。石铭悬剑壁，沙洲聚阵图。”（庾信《别庾七入蜀诗》）“拥旄为汉将，汗马出长城。长城地势险，万里与云平。”（虞羲《咏霍将军北伐》）“长城飞雪下，边关地籁吟。蒙蒙九天暗，霏霏千里深。”（陈叔宝《雨雪曲》）“肃肃秋风起，

悠悠行万里。万里何所行，横漠筑长城。”（杨广《饮马长城窟行》）“峻岭崎岖古栈长，蛟龙盘互郁苍苍。翠华北望关门锁，玉辇西来石路荒。”（叶兰《居庸关怀古》）“居庸关高五十里，壁立两崖雄对峙。回峰作势遮欲断，百曲盘旋如磨蚁。”（贡奎《居庸关》）“天畔浮云云表峰，北游奇险见居庸。力排剑戟三千士，门掩山河百万重。”（梵琦《居庸关》）“望长城内外，惟余莽莽；大河上下，顿失滔滔。”（毛泽东《沁园春·雪》）

在冷兵器时代，长城对于抵御北方游牧部落入侵中原发挥过重要作用，但也有诗人认为国家的安危重在人心，重在民意，重在内部的治理和稳定。“秦筑长城比铁牢，蕃戎不敢过临洮。虽然万里连云际，争及尧阶三尺高。”（汪遵《咏长城》）“广德者强朝万国，用贤无敌是长城。君王若悟治安论，安史何人敢弄兵。”（杜牧《咏歌圣德远怀天宝因题关亭长句四韵》）“祖舜宗尧自太平，秦皇何用苦苍生。不知祸起萧墙内，虚筑防胡万里城。”（胡曾《咏史诗·长城》）“失国之君多咎政，兴王者作著休符。亡秦天告由胡亥，非谓长城外有胡。”（刘克庄《二世》）

诗境深造：“长城地势险，万里与云平。”（虞羲《咏霍将军北伐》）

152. 运河水满万艘通，汶泗交流无壅土　京杭运河

出处：《瓜州歌》：“参差女墙月，深夜照敌楼。泊船运河口，颇为执事羞。”

解析：指世界上开凿最早、规模最大、里程最长的人工河——大运河。其南起余杭（今杭州），北到涿郡（今北京），流经天津、河北、山东、江苏和浙江，沟通海河、黄河、淮河、长江和钱塘江五大水系，全长 1794 千米。

诗化：

汴河怀古二首·其一

〔唐〕皮日休

尽道隋亡为此河，至今千里赖通波。

若无水殿龙舟事，共禹论功不较多。

诗义：世人都说隋朝的灭亡是因为修大运河，但时至今日，这条河道仍

通航千里，造福百姓。如果隋炀帝开凿大运河后没有乘坐宫殿般的龙船沿运河下江南游山玩水，他的功劳可以和大禹不相上下。

简评：“运河水满万艘通，汶泗交流无壅土。”（吴宽《为徐仲山题虎丘观泉图》）京杭运河亦称“大运河”，连接长江、黄河、淮河、海河、钱塘江五大水系，全长1794千米。运河最早于公元前486年由春秋时期的吴国开始建造，吴王夫差为争霸中原，在今江苏扬州附近开凿了连接长江和淮河的运河（称邗沟）。此后，在此基础上，运河不断向北向南扩展、延长，特别是经过隋朝和元朝两次大规模的扩展和整治，形成了现在京杭运河的规模。隋朝隋炀帝时，开凿京淮段至长江以南的运河。元朝定都大都（今北京），为了把物资从南方运到北方，先后开凿了三段河道，把原来以洛阳为中心的隋代横向运河修筑成以大都为中心、南下直达杭州的纵向大运河。运河的修建基本上是利用各地的江河湖泊和地形特点，选择有利于水道，并将各地区的运河连成一体。建成后的运河成为南北运输的大动脉，尤其是明清时期江南漕粮经运河运到北京，运河更是成为国家经济命脉。宏大的运河体现了中国古代水利技术的水平与成就。正是：“运河水满万艘通，汶泗交流无壅土。”（吴宽《为徐仲山题虎丘观泉图》）

历史上，对隋炀帝有着不同评价。正面评价认为他对历史还是有一些杰出的贡献，比如结束了数百年的分裂混乱局面，实现了国家统一大业；修通京杭运河；开创科举考试制度；西巡张掖，开发西域，开拓疆土畅通丝绸之路；建立朝贡体系，等等。但隋炀帝时期兵役太重、用民过重，修建大运河客观上造成劳民伤财的后果，这些也危及国家的稳定。故历史上诗人对运河也有批评：“汴水通淮利最多，生人为害亦相和。东南四十三州地，取尽脂膏是此河。”（李敬方《汴河直进船》）“汴水东流无限春，隋家宫阙已成尘。行人莫上长堤望，风起杨花愁杀人。”（李益《汴河曲》）也有诗人认为，修大运河的劳民伤财导致隋朝灭亡：“千里长河一旦开，亡隋波浪九天来。锦帆未落干戈起，惆怅龙舟更不回。”（胡曾《咏史诗·汴水》）更有诗人对隋炀帝修运河后，又不惜财力，造奢华龙船用于自己游玩扬州提出严厉批评：“帝业兴衰世几重，风流犹自惜遗踪。但求死看扬州月，不愿生归驾六龙。”（宗元鼎《炀帝冢》）这些不同的观点，共同构成了对隋炀帝之功过的评价。结合这些意见，才能对其做出较为客观的评价。

诗境深造：“横陈流运水，直接度浮桥。”（弘历《过运河》）

153. 离堆砥柱屹相望，湍流横溃不得狂　都江分水

出处：《宋史·列传第六·宗室四》：“永康军岁治都江堰，笼石蛇绝江遏水，以灌数郡田。”

解析：指位于成都西部的岷江干流上的中国古代大型水利工程都江堰。

诗化：

都江堰

〔清〕黄俞

岷江遥从天际来，神功凿破古离堆。
恩波浩渺连三楚，惠泽膏流润九垓。
劈斧岩前飞瀑雨，伏龙潭底响轻雷。
筑堤不敢辞劳苦，竹石经营取次栽。

诗义：岷江从遥远的天际奔流而下，李冰精心谋划设计，巧妙地开凿了古老的玉垒山。浩渺的江水连接起三楚大地，惠泽滋润着九州。陡峭的悬崖前飘着飞瀑激起雨雾，伏龙潭底波涛汹涌发出轰轰的雷鸣声。李冰父子筑堤开渠不辞辛劳，巧用大竹笼填石的方法，将石块沉入江底，战胜了湍急的江水，筑成了分水鱼嘴。

简评：都江堰是秦昭王末年（约公元前 256—公元前 251）任蜀郡守的李冰及其子在前人鳖灵开凿的基础上组织修建的大型水利工程。工程的渠首由鱼嘴、飞沙堰、宝瓶口三大主体工程组成，共同实现分水、溢洪排沙和引水的功能。分水鱼嘴位于江心沙洲处，将江水一分为二。分流后的江水，西边的外江以行洪为主，沿岷江顺流而下；东边的内江是引水总干渠，主要服务灌溉。鱼嘴利用地形地势调节内外江的分流比例，是都江堰之关键。在枯水季节，约有六成江水流入内江，保证成都平原的灌溉和生活用水；当洪水来临时，大部分江水从江面较宽的外江排走，避免灌区被淹。这就是都江堰自

动分水的“分四六、平潦旱”。

2000 多年来，都江堰水利工程一直发挥着防洪灌溉的功能，成都平原成为沃野千里的天府之国与之有很大关系。都江堰设计科学合理，布局巧妙，效益显著，利用地形和水流等自然条件，以最少的人为工程设施实现了引水、排洪、排沙等功能，是举世闻名的水利工程。今天，都江堰水利工程灌区达 30 余县市，面积近千万亩，是世界上现存最古老、规模最大、维护最完整的灌溉工程之一，其对科学、自然和人类利益的平衡体现了中国古代“天人合一”的思想。这一利国利民的工程得到了许多诗人的赞许。“岷峨一线江滥觞，意行万里无留藏。五湖洞庭洑熊湘，衡岳岿然锁其旁。离堆砥柱屹相望，湍流横溃不得狂。挽回断港济绝航，一齐众楚势莫当。”（许及之《上南轩先生寿》）“盈盈一水隔，兀兀二山分。断涧流红叶，空潭起白云。凭空桥架索，薄暮树浮曛。龙女今何在，悬崖问柳君。”（何盛斯《伏龙观》）“峡口雷声震碧端，离堆凿破几经年！流出古今秦汉月，问他伏龙可曾寒？”（董湘琴《游伏龙观随吟》）“都江堰水沃西川，人到开时涌岸边。喜看杩槎频撤处，欢声雷动说耕田。”（山春《灌阳竹枝词》）

诗境深造：“驱鳄唐韩愈，刑蛟蜀李冰。”（吴镇《武昌杂诗将之沅州任作三首·其三》）

154. 帝城鼓角促朝晖，紫禁烟花锦绣围　北京故宫

出处：《汉书·食货志下》：“公卿白议封禅事，而郡国皆豫治道，修缮故宫。”《昭明文选·宋孝武宣贵妃诔》：“掩彩瑶光，收华紫禁。”李善注：“王者之宫，以象紫微，故谓宫中为紫禁。”

解析：指明清两代的皇家宫殿，旧称紫禁城，为中国古代宫廷建筑的精品。

诗化：

太和殿视朝

〔清〕弘历

五更微雨鸡鸣止，衮衮千官肃侍仪。

金鼎烟中三殿曙，林钟律里八音披。

升迁毕谢萃朝彦，职贡例瞻引海夷。

蒇事更衣向西苑，出城欲趁晓凉宜。

诗义：凌晨五更时分，天空下了湿润的微雨，晨鸡停止了鸣啼，众多官员神情严肃恭敬地侍立等候着早朝的开始。在金色大鼎的袅袅烟幕中，紫禁城的太和殿、中和殿和保和殿沐浴在斑斓的朝霞之中，各式各样的乐器演奏起寓意着万物繁荣茂盛、优美动听的林钟旋律。获得提拔升迁的官员进行了谢礼，朝廷又得到了一批出类拔萃的人才，各藩属国按律列队观摩，并引见了海外远道而来的使臣。临朝听政的各项议程完成后，便随即更衣前往西苑离宫，还是趁着清晨比较凉爽出城比较合适。

简评：北京故宫，以南京故宫为蓝本，始建于明永乐四年至十八年（1406—1420），后经多次重修与改建，为明清两代的皇家宫殿，旧时称紫禁城。紫禁城东西宽753米，南北长961米，四周有宽52米的护城河环绕，城墙四面有高大的城门，城墙四隅有华丽的角楼。紫禁城分为外朝和内廷两部分。按照“前朝后寝”的布局，外朝有太和殿、中和殿、保和殿，统称三大殿。其中，太和殿是举行大典礼的地方。乾隆皇帝弘历这首《太和殿视朝》描写的正是其在太和殿视朝的盛况。中和殿是皇帝去太和殿大典之前稍事休息或演习礼仪的地方。保和殿是每年除夕和元宵宴请王公大臣之处，清乾隆年间殿试进士亦安排于此。内廷有乾清宫、交泰殿、坤宁宫，是皇帝和皇后居住的正宫。北京故宫是中国古代宫廷建筑之精华，是世界上现存规模最大、保存最为完整的木质结构古建筑群之一，在1987年被列为世界文化遗产。北京故宫的文化核心要素有壮丽宏伟、美轮美奂的建筑，天禄琳琅、丰富多彩的各式藏品和生动离奇、惊心动魄、悲欢离合的历史故事等。

“帝城鼓角促朝晖，紫禁烟花锦绣围。”（黄佐《乙酉守岁》）中国古代天文学家把天上的恒星分为三垣、二十八宿等星座，其中三垣为太微垣、紫微垣和天市垣。紫微垣位于中央，居中永恒不变，代表至高无上的天帝，因此，人们常将皇帝居住之地称为紫宫、紫禁。这一点早在明清之前的诗词就有所表现，如唐代李峤的《门》：“奕奕彤闱下，煌煌紫禁隈。阿房万户列，阊阖九重开。”张仲素的《思君恩》：“紫禁香如雾，青天月似霜。云韶何处奏，只是在朝阳。”宋代周必大的《立春帖子·皇帝阁》：“紫禁风光早，深仁夺化工。试看澄碧殿，池冻已全融。”

“紫禁梨花飞雪毛，春风丝管翠楼高。城里万家闻不见，君王试舞郑樱桃。”（刘言史《乐府杂词三首·其一》）紫禁城的建筑特点在于，其是以复杂的四合院群体组成的建筑群体，规划布局上表现出了王朝的权威与宏伟的气势，建筑色彩基本上是屋顶覆以金黄色的琉璃瓦，台基为白色，柱子和门窗为红色，色彩强烈而鲜明。在古代，黄色被认为是中央正色、正统之色、中和之色。“君子黄中通理，正位居体，美在其中而畅于四支，发于事业，美之至也。”（《周易·坤文言》）红色则代表权威、喜庆。因此，紫禁城作为皇家禁地，以黄色与红色为主色调是有依据的。清代皇帝也将黄色作为正色：“清香拂槛入，正色与心齐。”（玄烨《咏金莲》）“黄华钟正色，必向御园开。”（弘历《菊》）“肃穆泽坛方，绨帷正色黄。”（弘历《夏至日北郊》）

诗境深造：“紫禁千花绕，金门五夜开。”（周述《赐观灯诗》）

155. 古佛庄严千变相，残碑剥蚀几经秋　敦煌石窟

出处：《汉书·地理志》应劭注：“敦，大也；煌，盛也。”

解析：敦煌石窟是中国著名的石窟，包括今甘肃敦煌的莫高窟、瓜州的榆林窟、玉门的昌马石窟等八区。其中，莫高窟最负盛名，是世界上现存规模最大、内容最丰富的佛教艺术胜地。

诗化：

莫高窟咏

〔唐〕敦煌人

雪岭干青汉，云楼架碧空。
重开千佛刹，旁出四天宫。
瑞鸟含珠影，灵花吐蕙丛。
洗心游胜境，从此去尘蒙。

诗义：巍峨的三危雪山直插蓝天，高耸的楼阁凌于碧空。崖壁上遍凿佛窟，两端布列着四大天王的殿堂。祥瑞的仙鸟自由飞翔，灵花开放，兰蕙吐芳。游览莫高窟这胜境，让我接受了一次心灵的洗礼，除去了俗世的尘垢。

简评：敦煌莫高窟，俗称千佛洞，位于今甘肃敦煌东南，相传始建于十六国的前秦建元二年（366），历经十六国、北朝、隋、唐、五代、西夏、元等朝代的兴建，逐步形成了拥有735个洞窟（现存有壁画塑像者共492窟）、4.5万平方米壁画、2000多身彩塑，规模巨大、内容丰富、艺术价值珍贵的宗教艺术胜地。

莫高窟是融绘画、雕塑和建筑艺术于一体，以壁画为主、塑像为辅的大型石窟群，雄浑宽广，鲜艳瑰丽，具有形象生动的艺术风格和特色。莫高窟的彩塑和壁画，大多数为佛教的内容，比如彩塑和壁画的尊像，释迦牟尼的本生、因缘、佛传故事画，等等。壁画中也有表现骑射、蹴鞠、角力、弈棋、游泳、马术、马球等体育游戏的场面。清代苏履吉有诗赞咏："南山一望晓烟收，石洞岭岈景色幽。古佛庄严千变相，残碑剥蚀几经秋。摩挲铜狄空追忆，阅历沧桑任去留。玉塞原通天竺国，不须帆海觅瀛州。"（《敦煌八景咏·千佛灵岩》）

诗境深造："重开千佛刹，旁出四天宫。"（敦煌人《莫高窟咏》）

156. 始皇陵上千年树，银鸭金凫也变灰　秦始皇陵

出处：《水经注·渭水三》："秦始皇大兴厚葬，营建冢圹于骊戎之山，一名蓝田，其阴多金，其阳多美玉，始皇贪其美名，因而葬焉。"

解析：指位于陕西省西安市临潼区骊山北麓的秦始皇陵墓。

诗化：

始皇陵

〔唐〕罗隐

荒堆无草树无枝，懒向行人问昔时。
六国英雄漫多事，到头徐福是男儿。

诗义：秦始皇陵墓已成荒堆，树没有枝杈，四周连荒草都没有。懒得向行人打听过去的事情。诸侯六国英雄辈出，演绎着丰富精彩的历史故事，但都已灰飞烟灭。到头来唯有徐福才是真正的英雄好汉。

简评：秦始皇陵墓，是中国历史上第一位皇帝嬴政的陵寝，位于今陕西省西安市临潼区城东 5 千米处的骊山北麓。陵墓建于公元前 246 年，历时 39 年，是一座规模庞大、设计完善的帝王陵寝。据记载，陵墓中建有各种宫殿，陈列着大量珍宝，其四周还有大量形制不同的陪葬坑和墓葬，现已探明的有 400 多个。秦始皇陵是世界上规模最大、结构最奇特、内涵最丰富的帝王陵墓之一。

由于目前还不具备挖掘的条件，所以无法对秦始皇陵进行大规模考古挖掘，但偶尔发掘出的文物就已经令人叹为观止了。一是秦代兵马俑坑。1974 年 3 月，临潼县骊山镇西杨村民在打井时，偶然发现泥土烧制的陶俑，专业考古队勘探和试掘后，发现了秦始皇陵兵马俑坑，秦代兵马俑重见天日，它也被誉为“世界第八大奇迹”。二是秦陵铜车马。1980 年在秦始皇陵西侧发现了两辆青铜战车，是现存最完整、外观最大、工艺最精湛的铜车马。其结构精巧，制作精细，艺术精美，集中反映了 2000 多年前中国古代车辆设计水平、金属工艺水平以及马匹驯养和系驾技术的水平，令今人叹为观止！清代袁枚感叹道：“生则张良椎之荆轲刀，死则黄巢掘之项羽烧。居然一抔尚在临潼郊，隆然黄土浮而高。”（《始皇陵咏》）

秦始皇大兴土木、劳民伤财修建陵墓也招致后世的讽刺和批评：“龙盘虎踞树层层，势入浮云亦是崩。一种青山秋草里，路人唯拜汉文陵。”（许浑《途经秦始皇墓》）“白浪漫漫去不回，浮云飞尽日西颓。始皇陵上千年树，银鸭金凫也变灰。”（韦检《梦后自题》）

诗境深造：“但见三泉下，金棺葬寒灰。”（李白《古风·其三》）

157. 丹碧飞甍阁道连，层栏日月势回旋　布达拉宫

出处：《西藏志》：“布达拉乃平地起一石山，高约二里许。”

解析：指位于西藏拉萨市西北角玛布日山上的宫殿建筑。

诗化：

登布达拉诣圣容前行礼恭纪，兼示达赖喇嘛

〔清〕孙士毅

丹碧飞甍阁道连，层栏日月势回旋。
人从鳌背排烟上，地接龙潭得气先。
竺法僧归多宝志，禅宗雅重释弥天。
生平不解西来意，瞻礼恭依御座前。

诗义：朱红的飞檐飞阁流丹，宫殿之间由阁道相连，层栏叠砌，迂回曲折，殿宇嵯峨，气势雄伟。人好像是从传说中的大鳌的脊背排开云雾攀登而上的，布达拉宫宝地接着龙潭获得了无限的灵气。宫殿收藏了许多佛经宝藏，禅宗大师雅正持重地解经说法。我一生未能完全理解佛祖将佛教传入东方的意图，但在高僧座前瞻仰致礼之时，内心依然充满了恭敬与虔诚。

简评：布达拉宫位于西藏拉萨玛布日山上，始建于公元7世纪吐蕃王朝藏王松赞干布时期，距今有1300余年的历史。史料记载，公元7世纪初，松赞干布迁都拉萨，为迎娶唐朝的文成公主，特修建了三座九层楼宇的宫殿，取名为布达拉宫。之后宫殿曾经历数次损毁和重建。现存的布达拉宫包括红宫与白宫，东西长400余米，南北宽100余米，高117米。布达拉宫的建筑风格体现了古代西藏的特点，其建筑设计、土木工程、外观装饰、金属工艺、雕塑壁画等都反映了古代藏族人民的智慧与建筑艺术的成就，是中华民族灿烂多彩文化的结晶。

诗境深造："藏果饤宾筵，法华琅梵放。"（沈叔埏《藏香酬袁春圃方伯》）

158. 三保当年曾到处，南洋诸国尽称神　郑和航海

出处：《明史·列传第一百九十二·宦官一》："成祖疑惠帝亡海外，欲踪迹之，且欲耀兵异域，示中国富强。永乐三年六月，命和及其侪王景弘等通使西洋。"

解析：指明代永乐、宣德年间郑和远航西太平洋和印度洋的航海活动。

这一系列航海活动充分体现了中国古代造船和远航的工程技术水平。

诗化：

纪行诗（节选）

〔明〕马欢

皇华使者承天敕，宣布纶音往夷域。

鲸舟吼浪泛沧溟，远涉洪涛渺无极。

洪涛浩浩涌琼波，群山隐隐浮青螺。

占城港口暂停憩，扬帆迅速来阇婆。

诗义：皇帝的使团奉永乐朱棣的诏令，宣布前往西洋诸国访问。巨大的宝船乘风破浪在茫茫的大海上，远涉重洋，万里无际。波涛滚滚汹涌着蔚蓝的波光，群峰缥缈宛如浮动的青螺。先是在占城国的港口停歇，而后又扬帆起航直奔爪哇国。

简评："中官三宝下西洋，载得仙桥白玉梁。甲翼迎风浑欲动，睛珠触日更生光。"（陶崇政《玉蛛桥》）明代永乐三年（1405）由郑和担任使团政使开始首次航行，末次航行结束于宣德八年（1433），共计七次。在七次航行中，郑和率领船队从南京出发，远航至西太平洋和印度洋，访问了三十多个国家和地区，包括现在的越南、印度尼西亚、泰国、马来西亚、印度、斯里兰卡、孟加拉国、马尔代夫、阿曼、也门、伊朗、索马里等，最远到达东非、红海一带。

"将士卒二万七千八百余人，多赍金币。造大舶，修四十四丈、广十八丈者六十二。自苏州刘家河泛海至福建，复自福建五虎门扬帆，首达占城，以次遍历诸番国，宣天子诏，因给赐其君长，不服则以武慑之。五年九月，和等还，诸国使者随和朝见。"（《明史·列传第一百九十二·宦官一》）郑和船队规模庞大，船只数量在二百艘以上，人员达二万七千人。其中最大的"宝船"，长四十四丈，宽十八丈。郑和航海是中国古代造船技术的展示，体现了航海技术的成就，促进了与亚洲、非洲国家的交往。郑和航海是世界古代航海史上时间早、规模大、技术先进、活动范围广的航海活动，比哥伦布航海到美洲大陆早八十七年，比伽马到达印度的航行还早九十二年。

“三保当年曾到处，南洋诸国尽称神。”（黄叔璥《番社杂咏二十四首·浴儿》）在郑和航海的沿途，马来西亚的马六甲市是一个重要的地方。马六甲市古称满剌加，位于马来半岛的南部。据《明实录》等资料，郑和船队自1409年第三次下西洋后，均把满剌加作为后勤补给的基地。满剌加使节出使中国和其苏丹来访中国的次数约为二十次。郑和的船队七下西洋，其中有五次都经过马六甲。郑和还护送满剌加苏丹祖孙三代朝贡往返。郑和船队的到来给马六甲带去了无限商机，使马六甲地区从一个人口稀少的小渔村发展成为重要的贸易港口和沟通东西方的商业中心。

诗境深造：“鲛宫初织罢，海国远输来。”（李昌祺《谢赐西洋布》）

159. 驾石飞梁尽一虹，苍龙惊蛰背磨空　赵州石桥

出处：《送行者妙淙往青龙谒陈七官人》：“三生同听寺楼钟，紧峭芒鞋任所从。莫向华亭觅船子，赵州桥下有青龙。”

解析：指位于河北省石家庄市赵县洨河上的赵州桥。

诗化：

安济桥三首·其一

〔宋〕杜德源

驾石飞梁尽一虹，苍龙惊蛰背磨空。
坦途箭直千人过，驿使驰驱万国通。
云吐月轮高拱北，雨添春水去朝东。
休夸世俗遗仙迹，自古神丁役此工。

诗义：石桥横空飞架宛若一道彩虹，仿佛是青龙惊起腾跃在空中。在平坦笔直的大桥上，无数人轻松往来，信使策马飞驰通向各处。一轮明月从云中出现，银色的月光照耀在高拱的桥上，河水因绵绵春雨而增了活力，向东流去。不要夸赞这是仙境中的遗迹，要认识到自古以来都是人间的神工巧匠造出这般巧夺天工的大桥。

简评：赵州桥又称安济桥，建于隋开皇、大业年间，由匠师李春设计建

造，至今已有1400多年的历史，是世界上现存最完整的古代单孔敞肩石拱桥。该桥净跨度37米多，桥体全部用石料建成，故也称作“大石桥”。赵州桥是一座空腹式的圆弧形石拱桥，是中国现存最早、保存最好的大型石拱桥。赵州桥与沧州铁狮、定州开元寺塔、正定隆兴寺菩萨像并称为“华北四宝”。宋代范成大有诗描绘赵州桥：“石色如霜铁色新，洨河南北尚通津。不因再度皇华使，谁洗奚车塞马尘。”（《赵州石桥》）

诗境深造：“石梁跨飞虹，水清鱼可数。”（《安济桥》）

160. 世传灵渠自秦始，南引漓江会湘水　桂林灵渠

出处：《百越先贤志》：“始皇帝伐百越，使尉屠睢发卒五十万为五军，遣禄转饷凿渠而通粮道。”

解析：指开凿于秦代的位于今广西桂林兴安的灵渠水利工程。

诗化：

灵渠

〔明末清初〕屈大均

开陡船争上，灵渠水满时。

穿来自秦汉，流出注湘漓。

片雨添三尺，千峰绕一丝。

相思如此水，南北不相知。

诗义：打开陡门船只争着上前，在灵渠水满的时候，能浮船过岭。船只来自秦汉大地，穿越湘水和漓江。一阵暴雨能使灵渠涨水三尺，秀美的群峰环绕着蜿蜒的漓江。思念着如此美妙的灵渠，但南来北往的人们却不曾相知。

简评：灵渠，古称秦凿渠、陡河、兴安运河、湘桂运河等，位于现在广西桂林兴安县境内，是古代沟通长江水系与珠江水系的人工运河，全长36.4千米，与都江堰、郑国渠并称为“秦代三大水利工程”。秦始皇统一六国后，为加强对岭南的统治，他派遣军队开凿修建灵渠，最初由秦朝的监御史史禄主持修建，后经汉、唐、宋等历朝的不断改建整治，形成了比较完整的工程。

灵渠对于打通湘水与漓水，使西北、中原对接岭南地区，连接陆海丝路成为现实，所谓的“湘桂古道”“潇贺古道”“龙虎古道”等水陆通道都与灵渠有着密切关系。其中，由“潇贺古道”可从中原地区至湖南的潇水，经灵渠后进入广西贺江、黔江、郁江、北流江和南流江，直达合浦，再通往东南亚、印度、中东、非洲等地区。灵渠的主体工程由铧嘴、大天平、小天平、南渠、北渠、泄水天平、陡门、水涵、秦堤、堰坝、桥梁等组成。灵渠反映了中国古代卓越的规划、测量和施工技术，兼具交通运输、灌溉调水等功能，对于联通中原、汉中及长江地区起到重大作用。

古诗词中有不少关于灵渠的佳作。一类是介绍灵渠工程的诗。“世传灵渠自秦始，南引漓江会湘水。楚山忧赭石畏鞭，凿崖通堑三百里。”（刘克庄《铧觜》）“惊泷下走三百滩，上流何至一掬悭。漓源滥觞乃在此，七十二重湾复湾。此渠凿自秦史禄，初仅能通不能蓄。迨唐观察李渤之，添设陡门三十六。石槽石斛升斗储，一门典守用两夫。铧堤前启后下板，修绠汲船如辘轳。”（查慎行《灵渠行》）“一陡复一陡，舟从陆地走。下陡三十六，上陡四十九。中凸巨石岭，湘漓之枢纽。同源而别流，凿肇嬴秦后。湘水达洞庭，漓趋东海受。河广不盈丈，河深不如斗。”（席子研《陡河谣》）一类是介绍灵渠功能的诗。“中间安南大将出，尝愿奋身借一戟。翻蒙羽檄督军粮，灵渠首运三千石。”（沈辽《赠送卢总赴调》）“兴安治灵渠，三十六闸勒。南北导湘漓，渼潭毒龙匿。”（严遂成《家司空》）三是介绍灵渠风景的诗。“淡日轻风细雨余，阴阴溪柳映溪蒲。清流平岸舟行疾，野鸟时闻声自呼。”（吕本中《兴安灵渠》）“青山通象郡，白浪下灵渠。”（陶弼《句·其三十九》）

诗境深造：“南北导湘漓，渼潭毒龙匿。”（严遂成《家司空》）

十七、中医篇

一生的伤痛集中于一个阴天
集中于健忘的老年
老年的秋雨连绵的一天

一生的伤痛集中于心脏
曾经因欢忭因悲伤因恐惧而
心律失常的心脏

…………

一生的伤痛集中于
淅淅沥沥的阴雨
一针针扎着的所有地方

比针扎更疼的是怎么苦苦回想
也想不起　是何年何月在何处受的
老伤

——邵燕祥《老伤》（节选）

一根银针，通筋脉之阻塞；三根手指，辨疾病之浅深；六味草药，补气血之亏虚。中医是中国古代的医学智慧，蕴含着丰富的文化内涵，其思维具有哲学性，其临床实践则是一门技术。中医通过“望闻问切”等方法，探求病因，分析病性、病位、病机及体内五脏六腑、经络关节、气血津液的变化，判断邪正消长，进而找出病根，归纳出证型，以辨证论治原则，制定“汗、吐、和、温、清、补、消”等治法，使用中药、针灸、推拿、按摩、拔罐、导引、食疗等治疗手段，使人体阴阳调和而康复。

161. 斑虎杏林神护春，白燕梨花画亦神　医德双馨

出处：《国语·周语》："其德足以昭其馨香。"

解析：指医生的品德和医术都具有较好的声誉。

诗化：

医人

〔唐〕苏拯

古人医在心，心正药自真。
今人医在手，手滥药不神。
我愿天地炉，多衔扁鹊身。
遍行君臣药，先从冻馁均。
自然六合内，少闻贫病人。

诗义：古人的医术重视医德，内心正直下药自然就真实有效。现在人的医术重在手艺上，滥用药效果也不好。我希望天地如同熔炉，多一些像扁鹊那样的好医生。四处寻找有效的配方，意识到要先从解决好饥寒交迫做起，如此，天地间贫穷和生病的人自然就少了。

简评：中医是中华传统文化的精华，也是世界医学的重要组成部分。中医的精华，主要包括提倡医德双馨、大医精诚和医者仁心的思想文化，主张天人合一、内因为本的中医理论，信奉辨证施治、未病先治的中医医术，以及亲尝百草、救死扶伤、舍己为人的中医品德，博采众长、兼容并蓄的中医风格，等等。此外，辨证施治、扶正祛邪、内因治本、外因治标、望闻问切、简便验廉等也都是中医的精华。"斑虎杏林神护春，白燕梨花画亦神。莫嫌画燕只供眼，有日双双语向人。"（徐渭《题梨花白燕赠医者》）中医提出"医者仁心"是医学的首要美德，对从医者提出了医德双馨的标准，归纳起来就是"精、诚、仁"三个方面。

一是精通医术。精通医术是对医者的最基本要求。精湛的医术能助患者治愈疾病、恢复健康，能保护生命、拯救生命。粗糙、笨拙的医术，或者技术成熟但滥用、乱用药物，则无益于治疗，甚至有可能造成伤害。因此，医者必须不断加强学习、钻研业务、精通医术，要科学严谨、精益求精、遵循

规范、谨慎操作。唯有技术上求精、操作上求细、微小之处慎之又慎，才算践行了医者仁心的理念。

二是诚心救护。这是对医者道德品质的根本要求。“若有疾厄来求救者，不得问其贵贱贫富，长幼妍媸，怨亲善友，华夷愚智，普同一等，皆如至亲之想。亦不得瞻前顾后，自虑吉凶，护惜身命，见彼苦恼，若己有之，深心凄怆，勿避险巇，昼夜寒暑，饥渴疲劳，一心赴救，无作功夫形迹之心。如此可为苍生大医。”（孙思邈《千金方·大医精诚》）。医者对待患者，不应分高低贵贱、老幼亲疏、仇者朋友，而要一视同仁，尽心、尽力、尽职救治，不能依仗自己的专长谋取财物而蔑视生命。医者应做到诚心诚意、竭尽全力地救死扶伤。

三是仁爱之心。医者要具备仁者爱人、备至关怀的思想情操和价值取向。唐代孙思邈指出：“凡大医治病，必当安神定志，无欲无求，先发大慈恻隐之心，誓愿普救含灵之苦。”（《千金方·大医精诚》）人命千金，医生要安定神志，心无杂念、欲无所求，要有慈悲之心，拯救病人的痛苦。作为医者要树立“生命至上”理念，爱惜生命，关爱患者。

诗境深造：“名医能医人，大医能医国。”（湛若水《题芳洲为袁御医作》）

162. 年年二月花如海，应是先生树德深　杏林春暖

出处：《题杏林春晓图》：“十年种杏已成林，知子能存济物心。万树彩霞凝艳色，满园晴旭散清阴。”

解析：指春天的杏林生机盎然，形容医术高明。“杏林”同三国吴董奉为人治病的典故有关，后常用之以称颂医家，“杏林”也成为中医药行业的代名词。

诗化：

杏林

〔清〕吴荣棣

春暖青囊草木苏，北山分艳杏千株。

成林都为疮痍起，仁术何须诩扁卢。

诗义：春天渐渐回暖，草木都复苏了，北山分散栽种的千株杏树格外艳丽。成片的杏林是因为治疗伤病而种下的，德高的医者不需要自诩为扁鹊。

简评：相传三国时期，有位医者名叫董奉，医术极为高明，他周游天下，以医术济世救人。董奉看病不收费，而是让经他诊治的重病者病痊愈后种植五株杏树，病轻者痊愈后种一株杏树。由于董奉医术高明，医德高尚，远近的患者纷纷前来求治，数年之间就种植了万余株杏树，成为一片杏林。杏子成熟时，董奉又定下规矩：想要杏子的人，无须说与他听，只要拿个容器装谷子来并留在他的仓库中，就可自行摘走一容器之量的杏子。董奉用这些交换来的谷子救济贫民。为了感谢董奉，人们赠予董奉“杏林春暖”的字幅。此后，民间中药店常挂有“杏林春暖”的匾额。

历代都有诗人赋诗赠医德高者，如“茅山无四邻，红杏万株春。收谷还凭虎，栽花剩有人。学仙离世久，访病出山频。我独怀芳躅，君能继后尘。”（徐贲《题杏林图赠陈子京》）“董奉仙居不可寻，君家种杏亦成荫。禁方传后龙归洞，嘉果生时虎守林。不厌邻翁来乞药，每留渔父坐听琴。年年二月花如海，应是先生树德深。”（成廷圭《题金太医杏林诗卷》）“仙医何处住，卖药到山城。岁月壶中度，人烟醉里行。杏林春树晓，橘井野泉清。已饮上池水，何论指下明。”（王恭《赠医者》）

诗境深造：“杏林春树晓，橘井野泉清。”（王恭《赠医者》）

163. 一泓碧甃涵云母，万颗金丸铸木奴　橘井泉香

出处：《念奴娇·朝来佳气》：“闻道久种阴功，杏林橘井，此辈都休说。”

解析：指与传说中汉代苏耽有关的典故，后世以“橘井”形容良药。

诗化：

赠医师

〔明〕庞尚鹏

悬壶长揖玉堂仙，细饮尝甘橘井泉。

神农往矣不可问，华佗妙处谁能传。

采药玄岩降虎豹，烹丹石鼎生云烟。

共论医国回天手，调燮须从未病年。

诗义：医者祭拜殿堂里的神仙，仔细品尝井泉泡的橘叶水。神农的丰功伟业无法追寻，华佗的神医妙术也无人传承。驱除虎豹，在悬崖上采药，用石鼎熬制丹药，烟云滚滚。共同探究高超的回天医术，调养身体治疗疾病必须从未病开始。

简评：相传汉文帝时有一得道之人名作苏耽，他在得道成仙之前就曾展露过神异之术。有一天，他突然洒扫门庭，旁人问起，他只回答说有神仙将降临。没过多久，果然有数十只白鹤落在他家门前并化作少年。苏耽对他母亲说，他受天命成仙，这些白鹤即迎他上天的护卫。他嘱咐母亲说，次年将有瘟疫流行，请母亲照看好庭子里的井水和橘树，说届时用一升井水和一枚橘叶就能治疗一个人。第二年果然发生了瘟疫，苏耽之母按苏耽所说，用家里的井水和橘树给患者治病并很快治好了患者。此后，人们便以"橘井泉香"赞扬医者治病救人的功绩，医家也以此来明志。

围绕"橘井泉香"这一美好的传说，诗人们留下了大量诗词。"灵橘无根井有泉，世间如梦又千年。乡园不见重归鹤，姓字今为第几仙。风冷露坛人悄悄，地闲荒径草绵绵。如何蹑得苏君迹，白日霓旌拥上天。"（元结《橘井》）"入户衣裳冷，傍檐苍翠阴。主人已跨鹤，芳树尚悬金。缥缈游仙路，迟回恋母心。真源知几许，看取井泉深。"（邓云霄《橘井观二首·其一》）"凿井仙翁本姓苏，后皇嘉树翠纷敷。一泓碧甃涵云母，万颗金丸铸木奴。"（胡奎《赠医士长律十首·橘井》）

诗境深造："杏林蔼春意，橘井流香泉。"（金幼孜《思全室为李士文赋》）

164. 悬壶别有无穷思，欲种杏林万树春　悬壶济世

出处：《后汉书·方术列传下》："市中有老翁卖药，悬一壶于肆头，及市罢，辄跳入壶中。市人莫之见，唯长房于楼上睹之，异焉，因往再拜奉酒脯。"

解析：赞美医者医术高明，救人于病痛。

诗化：

药市

〔宋〕陈应斗

肘后应难一一传，多将灵药种仙山。

仙禽捣就仙翁卖，挑杖悬壶走世间。

诗义：神奇的药方很难一一相传，应多将那些妙药种在仙山上。由仙鹤捣好，由仙翁售卖，挑着悬壶行医走四方。

简评：悬壶是一个神奇的故事。《后汉书·方术列传下》记载，东汉有个负责市场管理的，叫费长房，他意外发现一个卖药的老翁，悬挂着一个葫芦卖药。待市场顾客渐渐散去，老翁便悄悄钻入了葫芦之中。费长房断定这老翁绝非等闲之辈，便恭敬地拜见老翁，恳请拜其为师。老翁见他为人谦虚，待人知礼，便授予其医术。老翁还送他一根竹杖，骑上如飞。原来，这老翁是神仙。从此，费长房有了高超医术，能治百病，驱瘟疫，甚至让人起死回生。后来，民间的郎中就在药铺门口挂一个葫芦作为行医的标志。"悬壶"也成了医者的别称。

借悬壶赞医者的诗文佳作不在少数。"悬壶大如斗，紫芋高五尺。物能充其量，满彻无不极。人禀天地正，性分亦有则。充之足为尧，不充乃为跖。"（陈普《悬壶》）"卖药不二价，悬壶无姓名。逍遥城市间，心与造物并。"（张昱《拙逸诗》）"跳入无人见，谁知有路通。长房非黠者，草草出壶中。"（刘克庄《杂咏一百首·壶公》）"岂必桃源远避秦，市廛何处不藏身。悬壶别有无穷思，欲种杏林万树春。"（佘翔《赠医士·其二》）

诗境深造："疾病当治本，神医古难遭。"（陆游《家居自戒六首·其四》）

165. 扁鹊名世解说死，华佗活人须浣肠 华佗再世

出处：《三国志·魏书·方技传》："晓养性之术，时人以为年且百岁而貌有壮容。又精方药，其疗疾，合汤不过数种，心解分剂，不复称量，煮熟便饮，语其节度，舍去辄愈。""佗之绝技，凡此类也。"

解析：指某人医术高明如同华佗再世。形容医术高超。

诗化：

咏华佗二首

〔明〕罗贯中

其一

治病须分内外科，世间妙艺苦无多。

神威罕及惟关将，圣手能医说华佗。

其二

华佗仙术比长桑，神识如窥垣一方。

惆怅人亡书亦绝，后人无复见青囊！

诗义：治病须从内外观察分析致病的原因，世上像华佗这样的神医并不多。神威勇猛唯独关羽将军，而医术高超有起死回生之力的也就数华佗了。华佗的医术堪比扁鹊的老师长桑，其出神入化的诊断力好像能看透墙壁的另一面。令人悲哀的是华佗早已逝去，所著医书也已失传，后人再也看不到他所作的《青囊》医书。

简评："扁鹊名世解说死，华佗活人须浣肠。"（郭印《送李去病赴召》）华佗是我国东汉末年的医学家，与董奉、张仲景并称为"建安三神医"。他医术全面，尤其擅长外科，精于外科手术，被后人称为"外科鼻祖"。华佗在中医养生、方药、针灸等方面做出了重大贡献，编创有五禽戏等养生导引术。他临证施治、诊断精确、方法简捷、疗效显著，被誉为"神医"。

后人将医术高超的医者称为"华佗"，或以"华佗再世""元化重生"称赞。"六籍虽残圣道醇，中更秦火不成尘。华佗老黠徒惊俗，吾岂无书可活人。"（陆游《读华佗传》）"古来神异少，天下妄庸多。文帝能全意，曹瞒竟杀佗。"（刘克庄《杂咏一百首·华佗》）

诗境深造："神膏既傅之，顷刻活残朽。"（王安石《赠陈君景初》）

166. 所贵知微蚤从事，可通治理讵惟医　工治未病

出处：《黄帝内经·素问》："是故圣人不治已病，治未病；不治已乱，治未乱，此之谓也。"

解析：指采取相应的措施，防止疾病的发生发展，是未病先防和既病防变的中医思想。

诗化：

题扁鹊墓·其三

〔清〕弘历

桓侯有疾云无疾，退走已成不治时。

所贵知微蚤从事，可通治理讵惟医。

诗义：战国时期的齐桓公自己身体有病却说没病，名医扁鹊数次劝其医治，齐桓公都置之不理，等到扁鹊不愿见他，远走秦国后，齐桓公的病已经到了不可医治的地步。凡事最可贵的是见微知著，治于未病。治于未病等同于治于未乱，可通用一切治理，而不仅仅局限于治病上。

简评："古之善为医者，上医医国，中医医人，下医医病。又曰上医听声，中医察色，下医诊脉。又曰上医医未病之病，中医医欲病之病，下医医已病之病。若不加心用意，于事混淆，即病者难以救矣。"（孙思邈《千金方·诊候》）"治未病"是中医的重要思想，包括未病先防、既病防变、已变防渐等多个环节和步骤，要求人们不但要治病，而且要防病，要注意防止病变发生，并在病变未产生之时采用各种有效的治疗方法，掌握治疗的主动权，以达到"治病十全"的"上工之术"。

老子"治之于未乱"的思想是治未病的哲学来源。"其安易持，其未兆易谋，其脆易泮，其微易散。为之于未有，治之于未乱。"（《道德经·第六十四章》）。治未病主要包括三重含义：一是防病于未然，强调养生调理，重在保健，预防疾病的发生；二是既病之后防其质变，强调早期诊断和早期治疗，及时控制疾病的性质演变；三是治愈后防止疾病的复发及后遗症。根据治未病的原理，中国古代传统医学发明了预防天花病的"人痘接种术"。天花是一种伴有疱疹、脓疱的烈性传染病。据推测，天花可能是在汉代由战俘传入中

国的。中国古代医学在医治和预防天花的长期实践和摸索中，大约在明代发明了预防天花的方法——人痘接种法，“闻种痘法起于明隆庆年间宁国府太平县……由此蔓延天下”（俞茂鲲《痘科金镜赋集解》）。历史上记载的人痘接种法大致有痘衣法、痘浆法、旱苗法和水苗法。

关于治未病的古诗词有：“汲泉撷芬英，神功治未病。味真乏佳色，苦坐芳筵屏。”（阳枋《峡州程彦彪签判赋桃花菊读之良有佳致嗣韵敬呈觉其东涂西抹也》）“害浅药易治，害深药难任。谁能知未病，何药能相寻。”（邵雍《悲怒吟》）

诗境深造：“抑过补不足，辅相其适平。”（陆游《养生》）

167. 单传扁鹊卢医术，不用杨高廓玉针　法灸神针

出处：《西厢记》：“虽不会法灸神针，更胜似救苦难观世音。”

解析：指神奇高超的针灸医术。

诗化：

赠针医范秀才

〔宋〕戴表元

不但针经熟，言谈语语真。
炼形如铁佛，信手合铜人。
秘摄鱼千里，空飞鹤当轮。
功成倘相挟，平地脱风尘。

诗义：先生不但针法熟练，而且语言和蔼可亲，句句真切。练就了一身如铁佛的体形，随手就可以准确插入穴位，与铜人模型一般准确。他可以用针射到好远的鱼，也能射中天上的飞鹤。功名利禄也无法相挟，保持平常心就能达到超然物外的境界。

简评：“有病颈痈者，或石治之，或针灸治之，而皆已。”（《黄帝内经·素问》）针灸是以针刺或艾灸防治疾病的方法，是中华传统文化和科学的宝贵遗产。针法是使用金属制成的针刺入人体特定的穴位，并运用手法调整，以调和气血。刺入点称为人体腧穴，简称穴位。人体共有 361 个正经穴位。灸法

是使用艾条或艾炷，点燃以温灼穴位，达到温通经脉、调和气血的效果，因以艾草最为常用，故而称为艾灸，另有隔药灸、柳条灸、灯芯灸、桑枝灸等方法。针灸由“针”和“灸”构成，是中国传统医学的重要组成部分，其内容包括针灸理论、腧穴、针灸技术以及相关器具，具有鲜明的中华民族文化与地域特征。正是：“单传扁鹊卢医术，不用杨高廓玉针。”（赵必瑑《鹧鸪天·戏赠黄医》）

《黄帝内经·素问》对针灸有精辟的论述：“故善用针者，从阴引阳，从阳引阴，以右治左，以左治右，以我知彼，以表知里，以观过与不及之理，见微得过，用之不殆。”意思是善于运用针灸法的人，审察经脉虚实，有时要从阴引阳，有时要从阳引阴。取右边以治左边的病，取左边以治右边的病。用自己的正常状态来分析比较病人的异常状态，由表及里去了解病变，这是为了观察病得太过和不及的原因。如果真看清了哪些病是轻微，哪些病是严重，再给人治疗，就不会失误了。

诗境深造：“吾怀一寸针，不得起民瘼。”（湛若水《题芳洲为袁御医作》）

168. 问诊首当问一般，一般问清问有关　望闻问切

出处：《难经》：“望而知之谓之神，闻而知之谓之圣，问而知之谓之工，切脉而知之谓之巧。何谓也？”《古今医统大全》：“望闻问切四字，诚为医之纲领。”

解析：指中医的望、闻、问、切四种诊断方法。

诗化：

十问歌

〔清〕陈修园

一问寒热二问汗，三问头身四问便。
五问饮食六胸腹，七聋八渴俱当辨。
九问旧病十问因，再兼服药参机变。
妇女尤必问经期，迟速闭崩皆可见。
再添片语告儿科，天花麻疹全占验。

诗义：一是要问冷热情况，二要问出汗发汗情况，三要问头脚身体情况，四要问大小便情况，五要问饮食情况，六要问胸部呼吸情况，七要问耳朵听力情况，八要问口渴喝水情况，九要问旧病历史，十要问发生病情的原因，以及患旧病的时候吃过什么药物、效果如何。对妇人必须问月经的情况，对先期后期、经闭崩漏这些情况都要问清楚。对于儿科还要增加一些儿科的内容，天花麻疹等情况都要问诊了解。

简评："望闻问切四字，诚为医之纲领。"（徐春甫《古今医统大全》）望闻问切是中医的四种基本诊断方法。这四要领源自《黄帝内经·素问》："善诊者，察色按脉，先别阴阳。审清浊而知部分；视喘息、听音声，而知所苦；观权衡规矩，而知病所主；按尺寸，观浮沉滑涩，而知病所生。以治无过，以诊则不失矣。"医术高的医者，观察病人的肤色，诊病人的脉搏，辨明病理的阴阳属性。审辨经络的清浊，从而知道是何经发病；看病人呼吸喘息的情况并听其声音，从而找出病人的病痛所在；观察不同时候的脉象，判断是哪个脏腑生病；诊察尺肤的滑涩和寸口脉的浮沉，判断疾病的部位。缜密地进行四诊，是力争在治疗上没有过失，但归根结底还是要确保诊断没有失误。

其一，望诊。指观察病人的神色、形态、舌象等，以了解脏腑的情况，中医认为人的面部、舌质、舌苔与脏腑机理有着密切关系。"视其外应，以知其内脏，则知所病矣。"（《黄帝内经·灵枢》）比如，舌苔可以反映脾胃的问题，舌苔黄说明脾胃火大，舌苔白说明脾胃寒了，都要养胃养脾。其二，闻诊。指通过听觉和嗅觉，了解由病人体内发出的各种声音和气味。听声是了解病人说话、呼吸、咳嗽、呻吟、肠鸣等声音，嗅气味是嗅病人的口气、体味等气味。其三，问诊。指医者通过询问病人或陪诊者，了解疾病发生、发展、治疗的过程，以及目前的症状和其他与疾病有关的生活情况，以诊察疾病。"问诊首当问一般，一般问清问有关。"（《新编十问歌》）其四，切诊。包括脉诊和按诊两种方法。指医者对病人的脉象和全身进行触、摸、按、压，以了解病情，诊察疾病。

诗境深造："医道思卢扁，儒家学孔周。"（徐庸《秦淮书舍》）

169. 病体尚须勤药食，闲居时复解冠襟　药食同源

出处：《黄帝内经太素》："空腹食之为食物，患者食之为药物。"

解析：指许多食物即药物，两者之间并无绝对界限，食物和药物一样能够防治疾病。

诗化：

满庭芳·静夜思

〔宋〕辛弃疾

云母屏开，珍珠帘闭，防风吹散沉香。离情抑郁，金缕织硫黄。柏影桂枝交映，从容起，弄水银堂。连翘首，惊过半夏，凉透薄荷裳。　一钩藤上月，寻常山夜，梦宿沙场。早已轻粉黛，独活空房。欲续断弦未得，乌头白，最苦参商。当归也！茱萸熟，地老菊花黄。

诗义：打开云母屏风，闭合珍珠帘子，防止风吹散了沉香。离别让我心情郁闷，郁金交织着硫黄。柏叶和桂枝相互映衬，从容而起，弄水于银堂。举首望，惊叹夏天已过一半，凉风透过了轻薄的衣衫。一弯上弦月挂在天上，在这个平常的山夜里，梦里回到了战场。早就对美女不感兴趣，独自居于孤室。欲与你重逢却无法如愿，黑发变成了白发，最苦是两地分离。待到茱萸成熟，菊花盛开，大地一片收获之时，我就会归去。

简评："病体尚须勤药食，闲居时复解冠襟。"（孙承恩《闲居述怀》）所谓药食同源，是指许多食物也具有药性功效，在药物和食物之间并无绝对的分界线。有的饮食活动，在日常生活中是食用食物，对患者来说则是服用药物。"五谷、五畜、五果、五菜，用之充饥则谓之食，以其疗病则谓之药。是以脾病宜食粳米，即其药也；用充饥虚，即为食也。故但是入口资身之物，例皆若是。"（杨上善《黄帝内经太素》）

《淮南子·修务训》指出："尝百草之滋味，水泉之甘苦，令民知所避就。当此之时，一日而遇七十毒。"远古时代药与食不分，无毒者可就，有毒者当避。使用的原则是"大毒治病，十去其六；常毒治病，十去其七；小毒治病，十去其八；无毒治病，十去其九；谷肉果菜，食养尽之，无使过之，伤其正也"（《黄帝内经·素问》）。毒性作用大的食用量小，毒性作用小的食用量大。

据说辛弃疾在新婚之后便赴前线抗金杀敌，《满庭芳·静夜思》这首词是他在疆场夜静时给妻子写的思念情词。词中嵌入了云母、珍珠、防风、沉香、郁金、硫黄、柏叶、桂枝、苁蓉、水银、连翘、半夏、薄荷、钩藤、常山、缩砂、轻粉、独活、续断、乌头、苦参、当归、茱萸、熟地、地黄、菊花等二十六种中药名。这首词慢慢读起来非常有趣。无独有偶，皮日休等人也用药名作了一首《药名联句》："为待防风饼，须添薏苡杯。香燃柏子后，樽泛菊花来。石耳泉能洗，垣衣雨为裁。从容犀局静，断续玉琴哀。白芷寒犹采，青箱醉尚开。马衔衰草卧，乌啄蠹根回。雨过兰芳好，霜多桂末摧。朱儿应作粉，云母讵成灰。艺可屠龙胆，家曾近燕胎。墙高牵薜荔，障软撼玫瑰。鼯鼠啼书户，蜗牛上研台。谁能将藁本，封与玉泉才。"诗中有防风、薏苡、柏仁、菊花、石木耳、苁蓉、白芷、青箱、云母、龙胆等多种药物。

诗境深造："药补清羸疾，窗吟绝妙词。"（严维《酬刘员外见寄》）

170. 渤海名医术有神，功同岐伯世无伦　妙手回春

出处：《赠医》："自从逢妙手，作字复灯前。"《浪淘沙·探春》："槛内群芳芽未吐，早已回春。"

解析：指医术高超，能把生命垂危的病人治愈救活。

诗化：

吾乡陈万卿儒者能医见宜春赵守盛称其医药之

〔宋〕戴复古

本草有折衷，儒医功用深。
何须九折臂，费尽一生心。
药物辨真伪，方书通古今。
有时能起虢，一剂直千金。

诗义：本草能调和身体使之适中平和，儒医陈万卿的医术高深。何必耗尽一生的心力，反复折断胳膊又多次治疗才能熟知医术呢？医生们要能辨别药物的真假，熟悉专门记载药方和医术的古今书籍。有时候高明的医术能起

死回生，一剂药方能值千金。

简评：“渤海名医术有神，功同岐伯世无伦。”（弘历《题扁鹊墓·其二》）扁鹊、华佗、张仲景、孙思邈、李时珍是中国古代的五大名医，五人各有特长。扁鹊精通内、外、妇、儿、五官等科，应用针灸、砭刺、按摩、汤液、热熨等方法治病，提出了“望闻问切”中医四法，被尊为中医医祖。范成大赋诗赞扁鹊：“活人绝技古今无，名下从教世俗趋。坟土尚堪充药饵，莫嗔医者例多卢。”（《扁鹊墓》）华佗擅长外科手术，精通针灸之术，编创有五禽戏，著有青囊书。张仲景擅长内科，特别是伤寒病，包括现在的流行感冒和病毒性感冒，著有《伤寒论》。孙思邈是一位全科医生，对内科、妇科、儿科、外科、五官科都比较熟悉，是第一个麻风病专家，也是第一个提出防治比医治重要的医者，著有《千金方》。李时珍钻研药物，著有《本草纲目》等著作。

诗境深造：“先生妙药石，起虢效何速。”（王磐《扁鹊墓》）

十八、生态篇

地球，我的母亲！
我过去，现在，未来，
食的是你，衣的是你，住的是你，
我要怎么样才能够报答你的深恩？

……

地球，我的母亲！
我羡慕那一切的草木，
我的同胞，你的儿孙，
他们自由地，自主地，随分地，健康地，
享受着他们的赋生。

——郭沫若《地球，我的母亲！》（节选）

生态是指生物在一定的自然环境下生存和发展的状态。优美的生态环境是幸福美好生活的基础。“绿水青山就是金山银山”，维护和改善生态环境，首先必须树立正确的生态观。“亲亲而仁民，仁民而爱物。”要学习和借鉴中华传统文化中“仁爱万物、和谐共生、物我合一、依正不二、泽被后世”的理念。

171. 不令一物伤天理，仁爱方知真宰心　仁爱万物

出处：《孟子·尽心上》："君子之于物也，爱之而弗仁；于民也，仁之而弗亲。亲亲而仁民，仁民而爱物。"

解析：指仁爱之人用仁爱之心对待万物。

诗化：

孟子

〔宋〕王安石

沉魄浮魂不可招，遗编一读想风标。

何妨举世嫌迂阔，故有斯人慰寂寥。

诗义：漂泊不定的思绪和灵魂无法找到归宿，拜读了孟子的著作就找到了方向。举世嫌弃改革的宏图又何妨，还有孟子的精神可以安慰我的寂寥。

简评："苟有爱物心，稚老皆蒙德。"（司马光《和聂之美鸡泽官舍诗七首·题厅壁》）孟子继承和发展了孔子"仁爱万物"的思想，提出了"亲亲而仁民，仁民而爱物"的思想，提倡仁爱百姓，爱惜万物，珍惜草木禽兽及自然资源，保护好自然环境。孟子指出世人对人对物，都应该持有一份"不忍之心"。孟子在拜见梁惠王时说："不违农时，谷不可胜食也；数罟不入洿池，鱼鳖不可胜食也；斧斤以时入山林，材木不可胜用也……"（《孟子·梁惠王上》）不违背农时，收获的粮食就吃不完；不用网眼太细的网去捕鱼，鱼鳖等水产就吃不完；砍伐林木节制，那木材使用之不尽。《礼记·月令》中指出："（季春之月）田猎罝罘、罗网、毕翳、喂兽之药，毋出九门。"春季正处于鸟兽孕育成长的时期，打猎所用的捕不同鸟兽的各种网具，射猎用的暗器，喂兽的毒药，都不得出都城九门。仁爱万物就可以促进形成"明月如霜，好风如水，清景无限。曲港跳鱼，圆荷泻露，寂寞无人见"（苏轼《永遇乐》）的和谐景象。

"不令一物伤天理，仁爱方知真宰心。"（司马光《昌言谪官符离有病鹤折翼舟载以行及还修注始平公以诗问之命光同赋二首·其二》）仁爱万物的思想广泛地深入人心，放鳅知德的典故就是一个典型。相传孔子的学生宓子贱在单父做官，有一次在鱼市，他看到一条活蹦乱跳、怀有鱼子的鱼，当即将其

买下，还买了小鱼。随后，他把鱼拿到河边都放了。宓子贱告诉大家："大鱼有孕，正是产子期；小鱼还没有长大。如果把这两种鱼吃了，河里的鱼不就越来越少吗？"后来，老百姓也学宓子贱的做法，渔夫打到小鱼都放了。宓子贱以实际言行传播仁爱万物的理念，使之成为老百姓的自觉行动。

诗境深造："作事循天理，博爱惜生灵。"（范仲淹《范文正公家训百字铭》）

172. 父天母地元同体，物与民胞总是春　民胞物与

出处：《西铭》："民吾同胞，物吾与也。"

解析：意思是民为同胞，物为同类。指爱人和一切物类。

诗化：

奉制文武诗·其六

〔明〕徐溥

覆载中存报主身，庙堂须用读书人。

民胞物与皆吾分，一视应同万里仁。

诗义：天地间承载着报答圣上的躯体，朝政应该启用有学识的读书人。爱人及爱万物都是我分内之事，普天下都应以仁爱对待万物。

简评：宋代张载提出了"民吾同胞，物吾与也"的观点，表达了爱人和一切物类的"民胞物与"的思想。仁爱、仁政不仅在于施恩于黎民百姓，使他们安居乐业、怡然自得，而且应该拥有博大宽广、泛爱万物的胸怀，使万物和谐共生、协调相处。张载提出了"天下一家"的宇宙观："乾称父，坤称母；予兹藐焉，乃混然中处。故天地之塞，吾其体；天地之帅，吾其性。民吾同胞，物吾与也。"（《西铭》）张载认为乾卦乃万物之父，蕴涵自强不息的精神；坤卦作万物之母，代表厚德载物的品德。人类渺小却能浑然于其中，生存于天地之间。气充塞宇宙，天地间有形体的人与物同源；统领天地万物以成其变化的，就是自然的本性。所以，世人皆同我是同胞，万物皆与我为同类。

"知化则善述其事，穷神则善继其志。不愧屋漏为无忝，存心养性为匪

懈。”（张载《西铭》）只有把握了其中的妙谛，才能把握大自然善化万物的功业，才能领会乾坤阴阳的业绩，才能悟透自然造化深奥的玄妙，才算是传承和弘扬乾坤的宏愿。即便在独处时也能不欺暗室、无愧无怍。必须时常存仁心、养天性而不懈怠。“民胞物与”的观念受到人们的重视和继承，宋代何梦桂有诗赞曰：“勘破西铭识本真，添来注脚又重新。父天母地元同体，物与民胞总是春。”（《答杨冰崖寄韵问注西铭》）

诗境深造：“博爱儒生量，矜全物性心。”（赵公豫《主簿陈元矩署中畜鹅》）

173. 笋因春雨朝朝吃，橘待秋霜颗颗肥　和谐共生

出处：《管子·兵法》：“畜之以道则民和，养之以德则民合。和合故能谐，谐故能辑。谐辑以悉，莫之能伤。”

解析：指事物相互依存、相辅相成、共同发展的关系，尤指人与自然的相互关系。

诗化：

滁州西涧

〔唐〕韦应物

独怜幽草涧边生，上有黄鹂深树鸣。
春潮带雨晚来急，野渡无人舟自横。

诗义：特别喜爱涧边生长的茂盛的野草，以及树丛深处啼叫的黄鹂鸟。夜晚伴随着淅淅沥沥的细雨，春潮上涨很急。野郊的渡口空无一人，一只小舟悠闲地横在水面。

简评：这首诗写的是暮春雨景，野趣盎然，展现出一幅人与自然和谐相处的闲适雅致景象。和谐共生的思想是中国传统生态智慧的重要内容。“六爻相杂，唯其时物也。”（《周易·系辞下》）人与自然和谐共生是指人与自然是生命共同体，两者之间保持可持续发展的良好状态。“江南可采莲，莲叶何田田，鱼戏莲叶间。”（《江南》）人类必须尊重自然、保护自然，使各种生物各得其所，自然界才会出现生机勃勃的景象。

“笑听采莲频度曲，惊看垂柳乍栖鸦。”（薛蕙《莹心亭观荷花作》）《礼记·王制》记载，古代帝王诸侯狩猎时“不合围”，“不掩群”，不把一群动物都杀死。据说商汤有“网开三面”的故事，在捕猎时不能“一网打尽”、斩尽杀绝，要给野兽留下一条生路。“草木零落，然后入山林。昆虫未蛰，不以火田。不麛，不卵，不杀胎，不夭夭，不覆巢。”（《礼记·王制》）草和树叶零落才可以进山林砍伐；昆虫还没有冬眠，不可放火烧荒；不捕获幼兽，不取鸟卵，不杀怀孕的母兽，不杀兽仔，不倾覆鸟巢。

孔子反对竭泽而渔、覆巢毁卵的行为，“子钓而不纲，弋不射宿”（《论语·述而》）。不用大网打鱼，不射夜宿之鸟，对自然界的获取要有度。“道不远人，人之为道而远人，不可以为道。”（《中庸》）强调“道”和“人”之间不可分割。孔子说：“启蛰不杀，则顺人道：方长不折，则恕仁也。”（《孔子家语·弟子行》）春天不杀复苏的动物，是遵从做人的道理，不折断正在生长的树木，是“推己及物”的仁爱。

荀子说：“草木荣华滋硕之时，则斧斤不入山林，不夭其生，不绝其长也。”（《荀子·王制》）草木正在开花、新枝正在发芽的时候，不准带斧头进入山林，这是为了林木不至于夭折，不终止它们的生长。老子提出“道法自然”的思想，认为世间最根本的原则是自然，听任世界上所有事物自生自灭而不加以干涉，主张崇尚自然，强调人与自然要和谐相处，认为人类不应该破坏自然的自化、自宾、自均、自定、自正，即应依靠自然界自身的力量，自发地达到生存和发展的最佳状态。正是：“笋因春雨朝朝吃，橘待秋霜颗颗肥。”（虞集《白云间上人度夏》）

诗境深造：“同根而并蒂，蔼蔼共生成。”（方孝孺《勉学诗·其六》）

174. 耳声眼色总非真，物我同为一窖尘　物我合一

出处：《庄子·齐物论》：“天地与我并生，而万物与我为一。”

解析：指宇宙万物与我浑然同为一体。

诗化：

读庄子

〔唐〕白居易

庄生齐物同归一，我道同中有不同。

遂性逍遥虽一致，鸾凰终校胜蛇虫。

诗义：庄子的齐物论讲的是万物相同而浑然一体的道理，我却认为相同之中还是有所不同。率性和逍遥虽然一致，但事物还是有所区别的，鸾凤总比蛇虫更胜一筹。

简评："耳声眼色总非真，物我同为一窖尘。"（释文珦《嘲蝶》）庄子继承和发展了老子的"道"，与老子并称为"老庄"，主张"万物皆一"和"吾生也有涯，而知也无涯"等。《齐物论》是《庄子·内篇》的第二篇。其主要思想是一切事物归根到底都是相同的，没有什么差别，也没有是非、美丑、善恶、贵贱之分。"天地与我并生，而万物与我为一"强调自然与人是有机的统一体，肯定物我之间的同体融合。"齐物"意为"物齐"或"'物论'齐"，即把各种不同性质的事物，把现实世界的各种差别与"不齐"，均视为无差别的"齐一"。这就要求我们以"不齐"为"齐一"，提升自己的精神境界，在接受、面对真实生活的同时，调整心态，海纳百川，包容并蓄，超越俗世，摆脱烦恼。正是："山河了了穷千界，物我纷纷共一尘。"（朱松《和人游仙峰庵三首·其三》）

"你是秋，秋水一样的名字。眼睛，在叶子后面闪光。你以九月的小溪说话，说池荷一到下午便单纯多了，说月光的手指太凉……"（洛夫《秋语》）在处理人与自然万物关系的时候，庄子特别强调遵循万物的自然与天性。他借鲁侯养鸟的寓言来说明这一观点："昔者海鸟止于鲁郊，鲁侯御而觞之于庙，奏《九韶》以为乐，具太牢以为膳。鸟乃眩视忧悲，不敢食一脔，不敢饮一杯，三日而死。此以己养养鸟也，非以鸟养养鸟也。"（《庄子·至乐》）一只海鸟飞到鲁国都城，鲁国国君把海鸟接到宫里供养，奏乐使它高兴，用丰盛的牛、羊、猪大餐作为膳食。海鸟眼花缭乱忧心伤悲，不敢吃一块肉，不敢饮一杯酒，三天就死了。"以己养养鸟"，说的是按自己的生活习性来养鸟而不是按鸟的习性来养鸟，反而害了海鸟。把人类的标准强加于万物，往往等于加害万物。“不嫌榆荚共争翠，深与桃花相映红。”（杜牧《柳长句》）万物与人是平等的，对于万物来说，其各自的“天性”和自然状态最为合理，人类对此必须予以充分尊重和顺应，不能随意改变万物的“天性”。

“心无私滓与天同，物我乾坤一本中。”（朱熹《训蒙绝句·仁》）诗人们大多追求物我合一的境界：“至人齐物我，持此悦高情。”（萧悫《听琴诗》）“顿忘物我情，天地本宽饶。”（张九成《读书·其二》）“若能忘物我，天下尽平衢。”（彭龟年《燕居十六首·其九》）“百川日夜逝，物我相随去。”（苏轼《初秋寄子由》）“一净百亦净，物我皆如如。”（苏辙《次韵子瞻和渊明拟古九首·其三》）

诗境深造：“物我一无际，人鸟不相惊。”（王僧孺《秋日愁居答孔主簿诗》）

175. 物我都归造物中，存神过化本同风　与物无对

出处：《传习录》：“良知是造化的精灵。这些精灵，生天生地，成鬼成帝，皆从此出，真是与物无对。”

解析：指人与万物和睦相处，处于没有对立的状态。

诗化：

胡季亨圃中有观生亭取观天地万物生意杨诚斋

〔宋〕周必大

物我都归造物中，存神过化本同风。

静观此理怡然顺，岂间深青与浅红。

诗义：自然界的其他生命与我都是自然界的整体，圣者仁爱万物、与物无对的思想如出一辙，永远感化教育着民众。冷静地观察感悟这一道理就会愉悦顺畅，安适自在，何必去对深青与浅红计较太多呢？

简评：“物我都归造物中，存神过化本同风。”自然界的所有生命种群对于其他生命，包括人类和其他生命以及各种生命赖以生存的环境都有着不可忽视的存在价值。张载提出：“圣人尽性，不以见闻梏其心，其视天下无一物

非我。”（《正蒙·大心》）程颢则认为：“仁者，浑然与物同体。”（《河南程氏遗书》）这些思想都把人与世界万物看作一个息息相通的整体，认为世界的每一部分都与人类有联系，甚至是人类的一部分。应该说这些思想是王守仁生命关怀和生态智慧思想的来源，王守仁“与物无对”的思想就是这些观点的集中体现。“与物无对”是一种对生命的关怀和生态智慧。王守仁提出：“大人者，以天地万物为一体者也，其视天下犹一家。”（《大学问》）进而提出“与物无对”，这与儒家的仁爱万物是一脉相承的。正是：“穿花蛱蝶深深见，点水蜻蜓款款飞。传语风光共流转，暂时相赏莫相违。”（杜甫《曲江二首·其二》）

诗境深造：“自然至和生，自然元气实。”（赵汝绩《无罪言》）

176. 放生鱼鳖逐人来，无主荷花到处开　依正不二

出处：《大明三藏法数》：“正由业力，感报此身，故名正报；既有能依正身，即有所依之土，故国土亦名报也。”

解析：指人类和自然之间不是相互对立的关系，而是相互依存的关系。

诗化：

池上·其二

〔宋〕孔平仲

群鱼散漫吸新水，好鸟间关啼翠阴。

悠然物我俱自得，一霎南风吹我襟。

诗义：鱼群无拘无束地呼吸着春水，鸟儿在翠绿的树林中婉转欢唱。自然界的万物与我一样都悠闲自得，依正不二，一阵温暖的和风吹拂着我的衣襟。

简评：“依正不二”是佛学的重要思想。“依正”是依报和正报的简称。《大明三藏法数》云：“依谓依报，即世间国土也，为身所依，故名依报。正谓正报，即五阴身也，正由业力，感报此身，故名正报。”佛学将生命主体所依存的国土称为依报，即生存环境；将众生乃至诸佛的身心称为正报，即生

命主体。“不二”也称“无二”，是指矛盾的双方实际上并非彻底、绝对对立的关系，而是相互统一、相互依存的整体。“依正不二”要求人们对自然界心存敬畏，保护自然界。

“几处早莺争暖树，谁家新燕啄春泥。乱花渐欲迷人眼，浅草才能没马蹄。”（白居易《钱塘湖春行》）“马蹄踏水乱明霞，醉袖迎风受落花。怪见溪童出门望，雀声先我到山家。”（刘因《山家》）这两首诗都形象地描绘了人与自然依正不二的和谐关系。宋代赵禥的《授衣》也描写了物我合一、依正不二的人与自然的和谐景象：“从来人事顺天时，九月才更即授衣。可笑索裘临岁晚，履霜犹自未知几。”正是：“放生鱼鳖逐人来，无主荷花到处开。”（苏轼《六月二十七日望湖楼醉书·其二》）

中国的都江堰水利工程是“依正不二”智慧的具体体现。该工程充分利用地理条件，根据江河出山口处特殊的地形、水势，因势利导，采用无坝引水，自流灌溉，使堤防、分水、泄洪、排沙、控流之功能相互依存，保证防洪、灌溉、水运和社会用水综合效用能够得到充分发挥。两千多年来它巍然屹立，产生了巨大的效益，确保了生态环境的自然和谐，造福了子孙万代。当前人类发展面临许多全球性的环境问题，与自然和谐相处的“依正不二”的智慧会给我们许多启示。

诗境深造：“忘机齐物我，鱼鸟与君游。”（李纲《次韵和归去来集字十首·其十》）

177. 布谷声中送雨声，劝农时节看农耕　四时有序

出处：《黄帝内经·素问》：“夫四时阴阳者，万物之根本也，所以圣人春夏养阳，秋冬养阴，以从其根，故与万物沉浮于生长之门。逆其根，则伐其本，坏其真矣。”

解析：指人与自然的生长变化有一定的规律和秩序。四时狭义指春夏秋冬四季或农时，广义指自然运行规律。

诗化：

观田家（节选）

〔唐〕韦应物

微雨众卉新，一雷惊蛰始。

田家几日闲，耕种从此起。

丁壮俱在野，场圃亦就理。

归来景常晏，饮犊西涧水。

诗义：春天的细雨使百草生机勃勃，一声霹雷预示惊蛰的来临。种田人家没有几天空闲，播种耕作的农活从此忙碌起来。身强力壮的劳力都在田野耕作，把田地菜园整理得井井有条。从田间回家的时候通常是太阳下山之后，还要牵上牛犊到西边的山涧喝水。

简评：“一年春尽一年春，野草山花几度新。天晓不因钟鼓动，月明非为夜行人。”（云盖智本《无题》）万物有理，四时有序。四时有序是先天固有、自然形成的。春生秋杀，阳开阴闭，动静两端，循环不已。《尚书·虞书·尧典》曰：“以闰月定四时成岁。”这里的四时指的是四季。《管子·小匡》曰：“今夫农群萃而州处，审其四时，权节其用，备其械器。”此处的四时指的是农时。而荀子所谈的四时指的是自然规律：“列星随旋，日月递照，四时代御，阴阳大化，风雨博施，万物各得其和以生。”（《荀子·天论》）星旋转，日月交替，四季轮回，阴阳化生，风雨博施。万物在这样的和谐有序、阴阳平衡之中受滋养而成长。贾思勰提出：“顺天时，量地利。”（《齐民要术·种谷》）要顺应天时，把握地利。

《黄帝内经·灵枢》指出：“故智者之养生也，必顺四时而适寒暑，和喜怒而安居处，节阴阳而调刚柔。如是则僻邪不至，长生久视。”明智之人其养生方法，必定是顺应四季的时令，以适应气候的寒暑变化；不过于喜怒，并能良好地适应周围的环境；调节阴阳平衡，刚柔致和。这样就能抵抗病邪的侵袭，从而延长寿命，不易衰老。

《黄帝内经》还利用人体经络和生物钟的原理提出了养生的理念，提出了“四季养生法”和“十二时辰养生法”。《黄帝内经·素问》中说：“春三月，此谓发陈，天地俱生，万物以荣，夜卧早起，广步于庭。”春天在五行中属木，与五脏中的肝相对应，主生发和疏泄。和植物一样，人在春季也处于生长的状态。应早睡早起，多进行户外锻炼。庄子劝告说：“缘督以为经，可以保身，可以全生，可以养亲，可以尽年。”（《庄子·养生主》）遵循自然的生长规律，便可以保护身体，保全生命，养育至亲，享尽天年。

西汉的太初历是中国历史上第一部比较完整的历法，也是当时世界上极为先进的历法。它首次把二十四节气编入历法，二十四节气成为中华民族从事农业生产和休养生息的时间表。二十四节气记录了一年四季天地变化的规律，也反映了中国人了解自然、适应自然、改造自然的智慧。从那些富有诗意的天气谚语和农事谚语之中，人们能感受到中华民族的智慧。天气谚语说：“立春三日，百草发芽。雨水有雨庄稼好，大春小春一片宝。惊蛰不动风，冷到五月中。春分秋分，昼夜平分。清明要明，谷雨要淋……”四时有序是万物变化的规律，必须遵循这一规律，有序进行农事生产。农事谚语说：“小寒节日雾，来年五谷富。苦寒勿怨天雨雪，雪来遗到明年麦，大寒不寒终须寒。立春雨水到，早起晚睡觉。立春后断霜，插柳正相当。雨水节，接柑橘，雨水前后，种瓜种豆……”“夏至无雨，囤里无米。”“夏至刮东风，半月水来冲。”春耕夏耘，秋收冬藏是农家的应时而为；春捂秋冻，夏静冬动是养生者的处方。正是：“布谷声中送雨声，劝农时节看农耕。”（徐庸《和曾大尹去思十咏·娥江听雨》）

诗境深造：“圆象无停晷，四序迭相循。”（梁有誉《杂诗二首·其一》）

178. 斧斤丁丁空谷樵，幽泉落涧夜萧萧　斧斤以时

出处：《孟子·梁惠王上》：“斧斤以时入山林，材木不可胜用也。”

解析：指砍伐林木要按季节，按照林木的生长规律和周期来进行，给予林木足够的再生长时间。泛指对自然资源的占有和消耗要有所节制。

诗化：

感松三首·其二

〔宋〕李光

根盘厚地干参天，护养龙髯几百年。

忍把斧斤频剪伐，坐令鳞甲化非烟。

诗义：古松盘根错节地深深扎入地下，巨大的树干高耸参天，数百年来滋养着茂盛的枝叶。怎忍心用斧锯频频砍伐这样古老苍劲的树木，让宝贵的树木化为灰烟？

简评：李光这首《感松三首·其二》表达了对古树的珍惜之情，体现了古人的生态观念和审美文化。《诗经》中有大量诗篇体现了保护生态环境的思想，如《小雅·伐木》："伐木丁丁，鸟鸣嘤嘤。出自幽谷，迁于乔木。嘤其鸣矣，求其友声。相彼鸟矣，犹求友声。矧伊人矣，不求友生？神之听之，终和且平。"这首诗主要表达的是对友情的渴望和思慕，也在某种程度上，通过鸟儿表达了对因伐木而破坏了环境的不满。"出自幽谷，迁于乔木。"鸟儿被迫离开了深山幽谷，失去了亲友的相伴。"神之听之，终和且平。"鸟儿希望天上神灵听见这吵闹的"丁丁"声，恢复山谷的和乐与宁静。陈宓也在诗中表达了对古树名木的珍爱情结："天生栋梁质，挺挺自幽伦。斧斤浑不施，绕柱起龙鳞。"（《南园杂咏·松亭》）

"斧斤丁丁空谷樵，幽泉落涧夜萧萧。"（黄庭坚《西禅听戴道士弹琴》）斧斤以时是中国传统生态智慧的思想，古人早就认识到万物的生长与季节时序有密切的关系，人类要去获取、消耗自然界的资源，必须按时序有节制地去获取，否则就会破坏自然生态的平衡，最终会损害人类自身。荀子指出："草木荣华滋硕之时，则斧斤不入山林，不夭其生，不绝其长也。"（《荀子·王制》）草木开花生长之时，不能进山林砍伐，不能砍伐幼苗，不能断绝它们的生长。《吕氏春秋·义赏》则提出："竭泽而渔，岂不获得？而明年无鱼；焚薮而田，岂不获得？而明年无兽。"对于大自然应该保持取之以时、取之有度的思想。不要想吃什么就吃什么，想砍什么树就砍什么树。对自然界的伤害，最终会让自然失调而对人类社会造成伤害。李时珍早就指出了吃野生动物会引发疾病："凡鸟自死目不闭，自死足不伸，白鸟玄首，玄鸟白首，三足、四距、六指、四翼，异形异色，皆不可食，食之杀人。"（《本草纲目》）

诗境深造："天地生万物，节度各有常。"（陈普《冬华一夜霜》）

179. 蒲根水暖雁初浴，梅径香寒蜂未知　顺天应地

出处：《齐民要术·种谷》："顺天时，量地利，则用力少而成功多。"

解析：指顺应天时，因地制宜，根据自然规律和环境条件来处理人与自然的关系。

诗化：

劝农

〔宋〕楼钥

一番好雨润桑麻，和气欢声十万家。
太守劝农才出郭，老农含哺竞随车。
土膏泽泽地宜稻，云物阴阴天养花。
愿得四方无旱潦，尽教乐岁似东嘉。

诗义：一番合时的好雨滋润着农田，使十万家农户处在欢乐祥和之中。太守出巡农耕刚刚离开村头，老农户受到鼓舞和支持后安心地开展耕作。肥沃湿润的土地适宜种稻谷，云雾迷蒙的时节适合养花。但愿天下没有干旱和水灾，听任吉祥丰年好似富庶的东嘉。

简评：这首诗反映了中国古代特别重视顺天应地、因地制宜、不违农时地开展农业生产。顺天应地是中华民族传统的生态智慧。顺天应地才能不违时节，才能达到事半功倍的效果。贾思勰提出："顺天时，量地利，则用力少而成功多。任情返道，劳而无获。"（《齐民要术·种谷》）王祯认为："天气有阴阳寒燠之异，地势有高下燥湿之别，顺天之时，因地之宜，存乎其人。"（《农书》）天气千变万化、土壤千差万别，在天时、地利等自然条件特别复杂情况下，人们要根据气候变化，因地制宜开展农业生产。

"蒲根水暖雁初浴，梅径香寒蜂未知。"（杜牧《初春雨中舟次和州横江，

裴使君见迎，李、赵二秀才同来，因书四韵，兼寄江南许浑先辈》）古诗词中有许多关于顺天应地的作品，如“七月流火，八月萑苇。蚕月条桑，取彼斧斨。以伐远扬，猗彼女桑。七月鸣鵙，八月载绩。”（《诗经·豳风·七月》）七月天气渐渐转凉，八月收割芦苇。三月取来斧子，修剪桑树的枝条。砍去多余的长枝，攀着树枝采摘绿嫩的桑叶。七月伯劳鸟开始不断地鸣啼，八月就该开始织麻布了。诗中反映了人们顺天时，修剪植物和收获作物的情景。“从来人事顺天时，九月才更即授衣。可笑索裘临岁晚，履霜犹自未知几。”（赵禥《授衣》）九月刚刚过去就要备制御寒的冬衣，强调人世间的事情都要顺应天时而为之的道理。

诗境深造：“清明雨应时，大地报春知。”（张鹏翮《清明雨》）

180. 行人不见树栽时，树见行人几回老　泽被后世

出处：《艺文类聚》：“人君无施泽惠利于下人，则致旱也。”《尚书·虞书·尧典》：“允恭克让，光被四表，格于上下。”

解析：恩惠遍及世世代代的民众。

诗化：

种树

〔唐〕于鹄

一树新栽益四邻，野夫如到旧山春。
树成多是人先老，垂白看他攀折人。

诗义：一棵新栽种的树有益于四周的邻居，我心情愉悦好像又回到春天的故乡。树木长大成材时种下它的人多半已经老朽了，满头白发时就看着攀爬折枝的后人享受着前人的成果。

简评：“行人不见树栽时，树见行人几回老。”（释仲皎《静林寺古松》）中国古代很早就意识到破坏环境和无度获取资源的做法是愚蠢而不可取的，倡导“泽被后世”的生态理念，反对“竭泽而渔”的短视行为。“竭泽而渔，岂不获得？而明年无鱼；焚薮而田，岂不获得？而明年无兽。”（《吕氏春秋·义

赏》）把池水排干去捕鱼，哪能捉不到呢，可是这样一来第二年就没鱼了；把焚毁山林而去狩猎，哪能打不到呢，只是如此第二年也就没野兽了。唐代皮日休专门写了一首诗抨击“竭泽而渔”的错误行为：“吾无竭泽心，何用药鱼药。见说放溪上，点点波光恶。食时竞夷犹，死者争纷泊。何必重伤鱼，毒泾犹可作。”（《奉和鲁望渔具十五咏·药鱼》）诗人没有排干池塘水去抓鱼的念头，更反对拿药去捕鱼。听说有人在溪流中药鱼，诗人觉得水面上那点点的波光都是可恶的。那些人吃鱼的时候竟然还心安理得，死去的鱼却大片地泛起。何必这么狠地去伤害鱼？向河里下毒来捕鱼这样伤天害理的事是绝对不能做的。用药去药鱼，下一次也没有鱼可要了。现在，有的地方还用电去电鱼。这些做法都是短视且伤天害理的，会对生态环境造成极大的破坏。“万物生芸芸，与我本同气。氤氲随所感，形体偶然异。丘岳孰为高，尘粒孰为细。忘物亦忘我，优游何所觊。”（李复《物我》）人类要对大自然有所敬畏，要善待自然，保护好绿水青山，做泽被后世的善事，切莫欲望太高、贪心不足。

诗境深造：“前辈栽花树，留香与后来。”（阮元《栽花》）

十九、节气篇

不经意间，农历已至秋日
夏天里的秋天
热烈已渐趋平和
湛蓝会在纯净里一点一点升高

禾谷的锋芒之下
鼓胀诚实的籽粒
令人感知沉默里的凝重
色泽的变换中
甜蜜在果肉里聚集
躁闹安静下来
一颗心也沉实开阔了许多

由青涩走向成熟
大野缤纷的初秋多么饱满

——韩作荣《立秋·饱满》

节气，指二十四节气。节气是中国古人根据气候变化规律和农作物生长规律等制定的一套指导农事作业、日常生活的休息养生的历法，是中华民族长期经验积累和集体智慧的结晶。二十四节气分别为：立春、雨水、惊蛰、春分、清明、谷雨、立夏、小满、芒种、夏至、小暑、大暑、立秋、处暑、白露、秋分、寒露、霜降、立冬、小雪、大雪、冬至、小寒、大寒。由于篇幅有限，本篇只介绍立春、春分、立夏、夏至、立秋、秋分、立冬、冬至八个节气，所介绍节气的天气、农事、物候等也以中原和江南地区为主。

181. 春夏秋冬捻指间，钟送黄昏鸡报晓　四时八节

出处：《周髀算经》：“凡为八节二十四气。”《诗三百三首·其二七一》：“四时周变易，八节急如流。”

解析：指春、夏、秋、冬四个季节，以及立春、春分、立夏、夏至、立秋、秋分、立冬、冬至八个节气。也泛指一年中的各个节气。

诗化：

寒食篇（节选）

〔唐〕王泠然

天运四时成一年，八节相迎尽可怜。
秋贵重阳冬贵腊，不如寒食在春前。

诗义：天体运转产生春夏秋冬四季，也形成了气候意义上的一年，相继迎来的立春、春分、立夏、夏至、立秋、秋分、立冬、冬至这八个节气皆值得珍惜。秋天最宝贵的是重阳节，而冬天最看重的是腊八节，但这些都不如初春的寒食节重要。

简评：农历以五天为一候，三候为一气，一年四季共有二十四气，在月初为节，月中以后为气，称二十四节气。节气体现了天体运行规律与自然气候变化规律的和谐统一。人生在年复一年的四时八节中流淌，在时光面前，明代潇洒倜傥的江南才子唐寅也不禁感叹道：“春夏秋冬捻指间，钟送黄昏鸡报晓。请君细点眼前人，一年一度埋荒草。”（《一世歌》）

中华传统文化对天运天时比较崇拜，不仅体现在天人合一、道法自然这些理念之中，也常常表现在古诗词之中。南北朝时期的《子夜四时歌·春歌》：“春风动春心，流目瞩山林。山林多奇采，阳鸟吐清音……”详细而诗意地描写了春夏秋冬的景色和气候变化情况，全篇婉约清丽，质朴清新。还有许多诗人作有关于“四时”的作品，如陶渊明、陆蒙龟、高启等。晋代陶渊明的《四时》：“春水满四泽，夏云多奇峰。秋月扬明晖，冬岭秀孤松。”唐代寒山的《诗三百三首·其十七》：“四时无止息，年去又年来。万物有代谢，九天无朽摧。东明又西暗，花落复花开。唯有黄泉客，冥冥去不回。”宋代魏了翁的《次韵黄侍郎海棠花下怯黄昏七绝·其六》：“天运自消息，诗人费平章。

何花春不红，何草冬不黄。”元代马臻的《客夜不寐偶成短句十首用渭北春天树江东日暮云为韵·其二》：“四时循化机，万物随动息。众星纷荧荧，天运齐拱北。”

同时，古人也将人生与天运结合，感悟人生，表达不同的人生观和世界观。其中，比较著名的是唐代韩愈的《君子法天运》：“君子法天运，四时可前知。小人惟所遇，寒暑不可期。利害有常势，取舍无定姿。焉能使我心，皎皎远忧疑。”韩愈提出有贤能的人能顺应天时，把握自然规律，洞察四季物候的变化，应时而为；而目光短浅的人只知道眼前所见到的，对寒暑冷热无法预知。利与弊、得与失乃常事，但如何取舍却没有固定模式。类似的诗作还有：“君子法天运，不言行四时。提提无近功，成岁乃可知。明窥秋毫端，耳察穴蚁争。群材极为力，阴拱收视听。”（黄庭坚《拟君子法天运》）“君子法天运，小人昧时几。法天贵自强，时哉几甚微。强则无退惰，微则有是非。终期德业成，无为小人归。”（徐瑞《君子法天运》）“男儿生作事，豪杰死留名。天运常相禅，江流自不平。”（文天祥《题得鱼集史评》）

诗境深造：“维天运四时，万品均化育。”（顾清《闻蛙》）

182. 东风吹散梅梢雪，一夜挽回天下春　斗柄指东

出处：《鹖冠子·环流》：“斗柄东指，天下皆春。”

解析：指北斗星的柄指向东方。形容到了立春。

诗化：

减字木兰花·立春

〔宋〕苏轼

春牛春杖，无限春风来海上。便丐春工，染得桃红似肉红。　　春幡春胜，一阵春风吹酒醒。不似天涯，卷起杨花似雪花。

诗义：鞭打着人工扎成的春牛。温暖的春风从海上吹来。好像是请来了春神的功力，把桃花染得嫣然粉红。竖起春旗，挂起春联，一阵春风把醉意吹散。此时此地并不觉得是遥远的天涯海角，风中飞卷的杨花好像洁白的

雪花。

简评："东风吹散梅梢雪，一夜挽回天下春。从此阳春应有脚，百花富贵草精神。"（白玉蟾《立春》）立春是二十四节气中的第一个节气，一般在公历2月3至5日。立春意味着春季的开始、春天的到来，预示着春暖花开、鸟语花香、耕耘播种。立春有三候：一候东风解冻，二候蜇虫始振，三候鱼陟负冰。古时候，立春有迎春的习俗。天子亲率三公九卿诸侯大夫，举行祭祀迎春仪式。民间扎春牛并鞭打之，以此示迎春劝农。此外，民间还有游彩龙、占春候、望云气、卜岁成、挂生菜、吃春盘等习俗。

"立春一日，百草回芽。"立春节气天气逐步转暖，但由于我国幅员辽阔，南北东西的气候还是有较大的差异的。立春时节，北方还春寒料峭，江南已开始春暖花开，西北风沙凛冽时，华南却春雨潇潇。在农事方面，各地也不一样，华北地区主要做春耕准备，耙麦、积肥、送肥。华中地区麦地横耙，清疏麦沟，追肥油菜。华南地区给冬薯培土追肥，播种玉米。在养生方面，立春时节注意衣着下厚上薄，注意保暖，保持春捂。注重进补辛甘发散之物，适当食用一些韭菜、香菜等。千百年间，人们通过观察总结，从立春日的天气情况来预测未来的天气和农事情况，比如"立春晴，一春晴；立春下，一春下。最好立春晴一日，风调雨顺好种田""打春下大雪，百日还大雨。雷打立春节，惊蛰雨不歇。立春晴一日，耕田不费力。立春不晴，还要冷一月零。立春热过劲，转冷雪纷纷"。立春，为一年农事之始。对于农事而言，立春宜晴不宜阴，晴则诸事吉，阴乃万事愁。

有关立春的诗词佳作有很多，比如"春候侵残腊，江芜绿已齐。风高莺啭涩，雨密雁飞低。"（吴融《渚宫立春书怀》）"春饮一杯酒，便吟春日诗。木梢寒未觉，地脉暖先知。鸟啭星沉后，山分雪薄时。赏心无处说，怅望曲江池。"（曹松《立春日》）"春度春归无限春，今朝方始觉成人。从今克己应犹及，颜与梅花俱自新。"（卢仝《人日立春》）"律回岁晚冰霜少，春到人间草木知。便觉眼前生意满，东风吹水绿参差。"（张栻《立春偶成》）"东风吹散梅梢雪，一夜挽回天下春。从此阳春应有脚，百花富贵草精神。"（白玉蟾《立春》）"一二三四五六七，万木生芽是今日。远天归雁拂云飞，近水游鱼迸冰出。"（罗隐《京中正月七日立春》）"旧历年光看卷尽，立春何用更相催。江边野店寒

无色，竹外孤村坐见梅。”（李郢《立春一日江村偶兴》）

诗境深造：“春冬移律吕，天地换星霜。”（元稹《咏廿四气诗·立春正月节》）

183. 三阳开泰万象罗，朝尽深红与浅绿　三阳开泰

出处:《周易·泰卦·彖传》:“泰，小往大来，吉亨。”《宋史·乐志》:“三阳交泰，日新惟良。”

解析：三阳开泰为传统吉祥语和吉祥图案，寓意着春天的到来，生机盎然的春天开始。

诗化：

踏莎行

〔宋〕欧阳修

雨霁风光，春分天气，千花百卉争明媚。画梁新燕一双双，玉笼鹦鹉愁孤睡。　　薜荔依墙，莓苔满地，青楼几处歌声丽。蓦然旧事上心来，无言敛皱眉山翠。

诗义：雨后天晴，风光旖旎，天气宜人。百花斗艳，万紫千红，春色明媚。刚刚归来的燕子，成双成对地出入在屋檐画梁之上。玉笼中的鹦鹉独自睡眠。薜荔香草攀上了墙面，莓苔绿藓满地生长，远处的青楼传过来美妙的歌声。忽然间往事涌上心头，眉头紧皱静默无语，远眺山峦一道青翠。

简评：春分是二十四节气之一，为春季九十天的中分点。古人将《周易》的卦爻同农历月份相联系，认为十月为纯阴之象；十一月冬至过后白昼渐长，为一阳生；十二月为临卦，二阳生于下；正月为泰卦，至此三阳生。朝阳启明，其台光荧；正阳中天，其台宣朗；夕阳辉照，其台腾射，皆为生机勃勃之意。三阳开泰象征着冬去春来，阴消阳长，万象更新，有吉祥亨通之象。立春是二十四节气中的第一个节气，但从天文学的角度来看，及至春分才象征着北半球春季之开始。春分时节春光明媚、莺飞草长。春分的习俗有踏青，放风筝，摘野菜等。有“惊蛰到春分，下种莫放松”的农谚。

春分是重要的农事节气，是播种的时节。北方有“春分麦起身，一刻值千金”的说法，春分时节要抓紧做好春灌、浇水拔节、施拔节肥、防御晚霜冻害等。南方则在这一时刻开展早稻育秧、排涝防渍工作。春分时节也是植树造林的好时节。农谚说：“二月惊蛰又春分，种树施肥耕地深。”正是：“古今画品各成局，点染烟云不一足。玉堂春色大文章，赏心无分于雅俗。众香林里占花王，斗艳争奇归统属。三阳开泰万象罗，朝尽深红与浅绿。”（章甫《玉堂春图》）

春分也是一个迷人的节气，引得诗人们诗兴大发。“芳树千株发，摇荡三阳时。气软来风易，枝繁度鸟迟。春至花如锦，夏近叶成帷。欲寄边城客，路远谁能持。”（李爽《芳树》）“二气莫交争，春分雨处行。雨来看电影，云过听雷声。山色连天碧，林花向日明。梁间玄鸟语，欲似解人情。”（元稹《咏廿四气诗·春分二月中》）“春分雨脚落声微，柳岸斜风带客归。时令北方偏向晚，可知早有绿腰肥。”（徐铉《七绝·苏醒》）“云淡风轻近午天，望花随柳过前川。旁人不识予心乐，将谓偷闲学少年。”（程颢《偶成》）“乍展芭蕉。欲眠杨柳，微谢樱桃。谁把春光，平分一半，最惜今朝。花前倍觉无聊。任冷落、珠钿翠翘。趁取春光，还留一半，莫负今朝。”（顾贞观《柳梢青·花朝春分》）

诗境深造：“社日双飞燕，春分百啭莺。”（权德舆《二月二十七日社兼春分端居有怀简所思者》）

184. 行人便觉须眉绿，一路蝉声过许州　五黄六月

出处：《西游记》：“只为五黄六月，无人使唤，父母又年老，所以亲身来送。”

解析：指农历五六月间天气比较炎热的时候。

诗化：

立夏

〔宋〕赵友直

四时天气促相催，一夜薰风带暑来。

陇亩日长蒸翠麦，园林雨过熟黄梅。

莺啼春去愁千缕，蝶恋花残恨几回。

睡起南窗情思倦，闲看槐荫满亭台。

诗义：春夏秋冬四季追逐轮回，一夜的东南风将夏暑带来。立夏之后日照的时间更长，蒸黄了农田里翠嫩的小麦，雨后原野上的黄梅就熟了。莺鸟好像对已去的春天依依不舍，伤心地鸣啼，蝴蝶在残花之中来回飞旋，无可奈何春去也。我睡眼惺忪地独倚窗前，痴痴地望着槐荫遮掩下的亭台。

简评：立夏是二十四节气较为重要的节气，一般在公历的5月5日或6日。立夏标志着一年中夏季的开始。立夏的气候特点是天气渐热，雷雨增多，此时要注意预防冰雹的发生。立夏处在忙春夺夏的关键时候，是各种作物需要进入田间管理的阶段，是一个忙碌的时节。俗话说："春争日，夏争时，一年大事不宜迟。""立夏三天遍地锄。"

立夏也是一个杨花散去、杨柳依依的时节。"满城杨柳绿依依，背着春风自在飞。却是杨花有才思，一时收拾伴春归。"（项安世《立夏日南风大作》）满城杨柳依依，随着春风自在飞舞。最聪明的还是那杨花，把自己收拾干净，就随着春天远去了。立夏还是一个万物竟发、百灵活泼、郁郁葱葱的时节。"满天飞絮，正夏初临也，晴和时节。嘶断玉骢斜照里，乱扑银鞍如雪。竹粉新含，蜂黄渐褪，巧剪雏莺舌。先裁白苎，楝花开后微热。"（曹尔堪《念奴娇·立夏日同友人集王丹麓斋中》）"欲知春与夏，仲吕启朱明。蚯蚓谁教出，王菰自合生。帘蚕呈茧样，林鸟哺雏声。渐觉云峰好，徐徐带雨行。"（元稹《咏廿四气诗·立夏四月节》）"绿树阴浓夏日长，楼台倒影入池塘。水晶帘动微风起，满架蔷薇一院香。"（高骈《山亭夏日》）"到处陂塘决决流，垂杨百里罨平畴。行人便觉须眉绿，一路蝉声过许州。"（沈德潜《过许州》）

诗境深造："泥新巢燕闹，花尽蜜蜂稀。"（陆游《立夏》）

185. 清酣暑雨不缘求，犹似梅黄麦欲秋　长天老日

出处：《红楼梦》："你也去，连你母亲也去，长天老日的，在家里也是睡觉。"

解析：指漫长的白天。

诗化：

咏廿四气诗·夏至五月中

〔唐〕元稹

处处闻蝉响，须知五月中。

龙潜渌水坑，火助太阳宫。

过雨频飞电，行云屡带虹。

蕤宾移去后，二气各西东。

诗义：四处都能听见蝉鸣的噪声，就知道到了五月中旬了。龙蛇潜藏于深水潭之中，骄阳似火，天气炎热。暴雨夹带着闪电，浮云映挂着彩虹。五月夏至日之后，阴气逐渐上升，阳气慢慢下降。

简评：元稹这首《咏廿四气诗·夏至五月中》将夏至的蝉鸣、骄阳、暴雨、闪电、浓云等物候特征都生动地表现了出来。夏至是二十四节气之一，一般在公历6月21日或22日。夏至时节，太阳光几乎直射北回归线，北半球的白昼达最长。夏至前后我国大部分地区气温较高，日照充足，作物生长很快，需要大量养分，农事有“夏至雨点值千金”之说。夏至的天气特点是比较闷热，雨水偏多。初夏，在长江中下游一带恰好有一个梅雨期，因正值梅子成熟的季节而得名。此时，南方地区高温高湿，容易引起霉变。正是：“清酣暑雨不缘求，犹似梅黄麦欲秋。”（杨万里《和昌英叔夏至喜雨》）

夏至是一个万物兴盛，生机勃勃的时节。“燎沉香，消溽暑，鸟雀呼晴，侵晓窥檐语。叶上初阳干宿雨，水面清圆，一一风荷举。”（周邦彦《苏幕遮》）“夏至南风盛，维舟向河澳。问君何淹留，南园荔枝熟。”（区大相《舟行杂咏·其十》）夏至也是一个多雨湿闷的时节。“清酣暑雨不缘求，犹似梅黄麦欲秋。”（杨万里《和昌英叔夏至喜雨》）“十日雨晴喧曙雀，半庭绿暗长秋花。”（郑孝胥《夏至》）“窗间梅熟落蒂，墙下笋成出林。连雨不知春去，一晴方觉夏深。”（范成大《喜晴》）

诗境深造：“江雨晴难得，炎风郁不宣。”（潘希曾《夏至后苦雨四首·其二》）

186. 岁华过半休惆怅，且对西风贺立秋　一叶知秋

出处：《淮南子·说山训》："见一叶落而知岁之将暮。"

解析：指从一片树叶的枯黄凋落，就知道秋天的到来。比喻通过细微的现象，预判到整个形势的发展趋向与结果。此处介绍立秋节气。

诗化：

立秋

〔宋〕刘翰

乳鸦啼散玉屏空，一枕新凉一扇风。

睡起秋声无觅处，满阶梧桐月明中。

诗义：吱吱呀呀的小乌鸦散去后，房间里一片空寂，只有玉雕的屏风孤零零地立着。秋风吹过，枕边一阵清凉，好像有人用绢扇扇风。睡梦中朦朦胧胧地听见秋风萧瑟，醒来后四处寻觅，却什么也找不到，唯有满台阶的梧桐叶，沐浴在银色的月光中。

简评："睡起秋声无觅处，满阶梧桐月明中。"夏秋之交一阵秋风一阵凉，秋天在不经意间悄悄地来临，瞬间已是满街的梧桐黄叶，正所谓"一叶落而知天下秋"。立秋是二十四节气中的第十三个节气，在公历8月7至9日之间。立秋意味着秋天的开始，天气总体上由热转凉。立秋十五天分为三候，一候，凉风至；二候，白露降；三候，寒蝉鸣。立秋时节梧桐开始落叶，禾谷开始成熟。立秋日对农事尤为重要，农民常常通过立秋日天气预判农事，农谚有"雷打秋，冬半收""立秋晴一日，农夫不用力"等等。如果立秋日听到雷声，冬季时农作物可能会歉收；立秋日天气晴朗，也许会风调雨顺。

立秋，木叶飘零，一枝一叶都预示着秋的到来。"秋。一叶飘来便是愁。良宵静，况见月当头。秋。触怵离心著处愁。风来也，独是下帘钩。"（张玉珍《苍梧谣·立秋》）"山云行绝塞，大火复西流。飞雨动华屋，萧萧梁栋秋。"（杜甫《立秋雨院中有作》）"不觉初秋夜渐长，清风习习重凄凉。炎炎暑退茅斋静，阶下丛莎有露光。"（孟浩然《初秋》）"秋日寻诗独自行，藕花香冷水风清。一凉转觉诗难做，付与梧桐夜雨声。"（方岳《立秋》）

"云天收夏色，木叶动秋声。"（刘言史《立秋》）立秋，凉风逐起，梧桐渐

黄，一草一木都能惹人起秋愁。“不期朱夏尽，凉吹暗迎秋。天汉成桥鹊，星娥会玉楼。寒声喧耳外，白露滴林头。一叶惊心绪，如何得不愁。”（元稹《咏廿四气诗·立秋七月节》）“病眠夜少梦，闲立秋多思。寂寞余雨晴，萧条早寒至。鸟栖红叶树，月照青苔地。何况镜中年，又过三十二。”（白居易《秋思》）“叶声落如雨，月色白似霜。夜深方独卧，谁为拂尘床。”（白居易《秋夕》）“早秋惊落叶，飘零似客心。翻飞未肯下，犹言惜故林。”（孔绍安《落叶》）“三伏熏蒸四大愁，暑中方信此生浮。岁华过半休惆怅，且对西风贺立秋。”（范成大《立秋二绝·其一》）

诗境深造：“万影皆因月，千声各为秋。”（刘方平《秋夜泛舟》）

187. 最是秋风管闲事，红他枫叶白人头　金风玉露

出处：《辛未七夕》：“由来碧落银河畔，可要金风玉露时。”

解析：指秋风和秋露。形容秋天宜人的天气和景色。

诗化：

咏廿四气诗·秋分八月中

〔唐〕元稹

琴弹南吕调，风色已高清。
云散飘摇影，雷收振怒声。
乾坤能静肃，寒暑喜均平。
忽见新来雁，人心敢不惊？

诗义：弹奏着南吕调的曲子，天清气爽，薄云飘散，雷声已远。天地显得格外宁静，气候冷热均衡，气候宜人。忽然看见天上从北方飞来了新雁，怎让人不惊叹岁月的飞逝。

简评：秋分，二十四节气之一，在公历 9 月 23 日前后。秋分意味着秋天和昼夜的平分。“秋分者，阴阳相半也，故昼夜均而寒暑平。”（董仲舒《春秋繁露·阴阳出入上下》）秋高气爽是秋分典型的气候特点。“淅淅风清叶未凋，秋分残景自萧条。”（韩琦《庚戌秋分》）秋分之后天气逐渐变冷，民间有“一

场秋雨一场寒”“白露秋分夜，一夜冷一夜”之说，让人有逐渐萧条之感。秋分时节也是一个成熟的季节。“万木已清霜，江边村事忙。故溪黄稻熟，一夜梦中香。”（钱珝《江行无题一百首·其九十八》）

秋分时节凉风习习，气候宜人，其景让人赏心悦目。“天光如水，月光如镜，一片清辉皎洁。吹来何处桂花香，恰今日、平分秋色。芭蕉叶老，梧桐叶落，老健春寒秋热。须知光景不多时，能几见、团圆佳节。”（顾太清《金风玉露相逢曲·丙寅中秋，是日秋分》）“秋分一夜停，阴魄最晶荧。好是生沧海，徐看历杳冥。层空疑洗色，万怪想潜形。他夕无相类，晨鸡不可听。”（李频《中秋对月》）“返照斜初彻，浮云薄未归。江虹明远饮，峡雨落余飞。凫雁终高去，熊罴觉自肥。秋分客尚在，竹露夕微微。”（杜甫《晚晴》）“金气秋分，风清露冷秋期半。凉蟾光满。桂子飘香远。素练宽衣，仙仗明飞观。霓裳乱。银桥人散。吹彻昭华管。”（谢逸《点绛唇二首·其二》）

秋天常见晴空万里，但也有阴霾沉沉、细雨绵绵的时候。白居易的《秋雨夜眠》：“凉冷三秋夜，安闲一老翁。卧迟灯灭后，睡美雨声中。灰宿温瓶火，香添暖被笼。晓晴寒未起，霜叶满阶红。”耿沣的《九日》：“横空过雨千峰出，大野新霜万叶枯。”道潜的《江上秋夜》：“雨暗苍江晚未晴，井梧翻叶动秋声。楼头夜半风吹断，月在浮云浅处明。”纳兰性德的《南乡子·秋暮村居》：“红叶满寒溪，一路空山万木齐。试上小楼极目望，高低。一片烟笼十里陂。”

触景生情，情生诗歌，赵翼用诗歌描绘了不一样的秋天：“峭寒催换木棉裘，倚杖郊原作近游。最是秋风管闲事，红他枫叶白人头。”（《野步》）

诗境深造：“燕将明日去，秋向此时分。”（柴静仪《秋分日忆子用济》）

188. 秋将归去冬又至，寒色不遮万山翠　山寒水冷

出处：《五灯会元》：“秋至山寒水冷，春来柳绿花红。”

解析：指寒气萧瑟，冷冷清清的样子。形容冬天的景象。

诗化：

立冬前一日霜对菊有感

〔宋〕钱时

昨夜清霜冷絮裯，纷纷红叶满阶头。

园林尽扫西风去，惟有黄花不负秋。

诗义：昨夜降下了冷霜，身上盖着被褥也感到十分寒冷，纷纷扬扬的红叶铺满了门前台阶。园子里的草木已被寒风吹打得七零八落，唯有那金黄的菊花不负秋光，傲霜绽放。

简评：立冬，二十四节气之一，一般在公历11月7日或8日。吴澄《月令七十二候集解》说："冬，终也，万物收藏也。"民间有贺冬拜冬，吃饺子、汤圆的习俗。

立冬意味着冬天的开始。"冻笔新诗懒写，寒炉美酒时温。醉看墨花月白，恍疑雪满前村。"（李白《立冬》）立冬日天气寒冷，笔端被冻结，正好懒得写新诗，火炉上的美酒时常是温热的。醉眼看月下砚石上的墨渍花纹，恍惚间以为是大雪落满山村。"霜降向人寒，轻冰渌水漫。蟾将纤影出，雁带几行残。田种收藏了，衣裘制造看。野鸡投水日，化蜃不将难。"（元稹《咏廿四气诗·立冬十月节》）"秋将归去冬又至，寒色不遮万山翠。"（张侃《立冬后述情》）"旱久何当雨，秋深渐入冬。黄花犹带露，红叶已随风。边思吹寒角，村歌相晚舂。篱门日高卧，衰懒愧无功。"（陆文圭《立冬》）

诗境深造："天水清相入，秋冬气始交。"（释文珦《立冬日野外行吟》）

189. 黄钟应律好风催，阴伏阳升淑气回　一阳复始

出处：《万花楼》："转眼又是一阳复始，家家户户庆贺新年，独有那公子母子寂寥过岁。"

解析：古人认为天地存有阴阳二气，每年到冬至日后，白天时间渐长，阴气尽，阳气逐渐回升。指冬至之后，春天又将归来。

诗化：

小至

〔唐〕杜甫

天时人事日相催，冬至阳生春又来。

刺绣五纹添弱线，吹葭六琯动浮灰。

岸容待腊将舒柳，山意冲寒欲放梅。

云物不殊乡国异，教儿且覆掌中杯。

诗义：大自然的时节变化和人间事态的交替相催，冬至日阳气初生，春天又要到了。女孩子添丝加线赶做刺绣春衣，律管内预测来年收成吉凶的灰相应吹出就知道冬至来临。岸堤等待着腊月早点过去，好让柳枝随风舒展，山中的寒气让蜡梅傲霜绽放。这里的景致与故乡没有多大差别，让儿子斟满美酒，举杯一饮而尽。

简评：冬至，二十四节气之一，又称“冬节”“贺冬”。古人认为，此日阴极之至，阳气始生，日南至，日短之至，日影长之至，故曰“冬至”。据记载，先秦以冬至为岁首过新年。冬至除了是二十四节气，还是传统的节庆日，民间有“冬至大如年”的说法。

冬至开启了一年最冷的时节，北方冰天雪地，寒风刺骨。“南极日差永，幽人喜不胜。阳生渐堙郁，阴老尚凭陵。风解吴山雪，江流蜀地冰。冲寒强乘兴，屣履过邻僧。”（刘敞《冬至即事》）“榆关书不至，雪又满平芜。指冷频呵玉，胸寒屡掩酥。绿尝冬至酒，红拥夜深炉。塞上风沙恶，征衣到也无。”（唐庚《雪意二首·其二》）

冬至也是阴止阳生时。冬至日开始，阳气逐渐回升，春天开始逐渐靠近。“冬至至后日初长，远在剑南思洛阳。青袍白马有何意，金谷铜驼非故乡。”（杜甫《至后》）“衔泣想慈颜，感物哀不平。自古九泉死，靡随新阳生。禀命异草木，彼将羡勾萌。人实嗣其世，一衰复一荣。”（梅尧臣《冬至感怀》）“黄钟应律好风吹，阴伏阳升淑气回。”（朱淑真《冬至》）“寒谷春生，熏叶气、玉筒吹谷。新阳后、便占新岁，吉云清穆。休把心情关药裹，但逢节序添诗轴。笑强颜、风物岂非痴，终非俗。清昼永，佳眠熟。门外事，何时足。且团栾

同社，笑歌相属。著意调停云露酿，从头检举梅花曲。纵不能、将醉作生涯，休拘束。”（范成大《满江红·冬至》）

诗境深造：“一阳初起处，万物未生时。”（邵雍《冬至吟》）

190. 节气今朝逢大雪，清晨瓦上雪微凝　逢时遇节

出处：《儒林外史》：“方才老爹说的，他是个诰命夫人，到家请会画的替他追个像，把凤冠补服画起来，逢时遇节，供在家里。”

解析：指一年之中恰逢四季节令，也指逢年过节的时候。

诗化：

天净沙

〔元〕白朴

春

春山暖日和风，阑干楼阁帘栊，杨柳秋千院中。啼莺舞燕，小桥流水飞红。

夏

云收雨过波添，楼高水冷瓜甜，绿树阴垂画檐。纱厨藤簟，玉人罗扇轻缣。

秋

孤村落日残霞，轻烟老树寒鸦，一点飞鸿影下。青山绿水，白草红叶黄花。

冬

一声画角谯门，半庭新月黄昏，雪里山前水滨。竹篱茅舍，淡烟衰草孤村。

诗义：春天，凯风吹拂，暖阳高照，春山翠绿，卷起帘子，在楼阁上凭栏而立，见庭院里杨柳依依，秋千轻摇。莺啼鸟啭，燕子纷飞，小桥流水边野花飘零。夏天，云消雨停，水面升高，浪花汹涌，远处楼房显得格外高耸，水更凉、瓜更甜了，屋檐下绿树如荫，遮住了画檐。纱帐里的藤席上，有位佳人身着轻衣，手执罗扇，优雅地享受夏日的阳光。秋天，寂静的小村笼罩在落日的余晖中，四周飘荡着袅袅炊烟，几只乌鸦停息在老树上，一只鸿雁飞掠而下。原野上青山绿水，白草、红叶、黄花参差夹杂，构成了一幅绚丽多彩的秋景。冬天，黄昏城门上号角长鸣，夜晚新月照亮半个庭院，山上白

雪皑皑，山脚下水流潺潺。孤村的竹篱茅舍升起几缕炊烟，不断暮霭中弥漫飘逸。

简评：白朴这四首《天净沙》以优美、简练的语句描绘了春夏秋冬四季的特点和景色，每一首都是一幅充满了意境的画。中国是一个灿烂的文明古国，有着丰富多彩的文化和许许多多的节庆和节气，传统节日有春节、元宵节、寒食节、端午节、七夕节、中元节、中秋节、重阳节、下元节、腊八节、除夕等。这些古老传统的节日，涵盖了原始信仰、祭祀文化、天文历法、易理术数等内容，蕴含着深邃丰厚的文化内涵。二十四节气中的一些节气日，既是节气点也是传统节日，比如清明、夏至、冬至等，这些节日兼具自然与人文两大内涵。一年之中，每隔半月左右就有一个人文或自然的节庆或节气，每隔不久就会逢时遇节。“春雨惊春清谷天，夏满芒夏暑相连，秋处露秋寒霜降，冬雪雪冬小大寒。”（《二十四节气歌》）

在二十四节气中，体现四季变化的节气有立春、春分、立夏、夏至、立秋、秋分、立冬、冬至八个节气。其中立春、立夏、立秋、立冬齐称“四立”，表示四季开始的意思。“春冬移律吕，天地换星霜。冰泮游鱼跃，和风待柳芳。早梅迎雨水，残雪怯朝阳。万物含新意，同欢圣日长。”（元稹《咏廿四气诗·立春正月节》）“欲知春与夏，仲吕启朱明。蚯蚓谁教出，王菰自合生。帘蚕呈茧样，林鸟哺雏声。渐觉云峰好，徐徐带雨行。”（元稹《咏廿四气诗·立夏四月节》）四季循环往复，寒暑轮回交替，阴阳交互转换，二十四节气就源自古人对天地运行规律的总结。

反映温度变化的有小暑、大暑、处暑、小寒、大寒五个节气。“泽国已炎暑，夏天仍永朝。炙床炉焰炽，薰野水波摇。飞鸟不敢度，鸣蝉应自焦。可怜花叶好，憔悴苦霜凋。”（孔平仲《大暑》）“平分天四序，最苦是炎蒸。在我须无欲，于斯患不能。又应当闵雨，谁识始藏冰。人力回元造，生生实所凭。”（方回《乙未六月大暑》）“秋分斫早谷，寒露斫晚稻。寒露无青禾，霜降一齐倒。小暑一声雷，四十五日到黄梅。小暑一条吼，拔下黄秧种赤豆。”（王润生《物候》）

反映天气现象的有雨水、谷雨、白露、寒露、霜降、小雪、大雪七个节气。“春涨一篙添水面。芳草鹅儿，绿满微风岸。画舫夷犹湾百转，横塘塔近依前远。江国多寒农事晚。村北村南，谷雨才耕遍。秀麦连冈桑叶贱，看看尝面收新茧。”（范成大《蝶恋花·春涨一篙添水面》）“霜降碧天静，秋事促西风。寒声隐地，初听中夜入梧桐。起瞰高城回望，寥落关河千里，一醉与君同。叠鼓闹清晓，飞骑引雕弓。”（叶梦得《水调歌头》）“狂风昨夜吼棱棱，寒压重衾若覆冰。节气今朝逢大雪，清晨瓦上雪微凝。”（陶宗仪《十一月朔大雪节早见雪》）

反映物候现象的有惊蛰、清明、小满、芒种四个节气。“浮云集。轻雷隐隐初惊蛰。初惊蛰。鹁鸠鸣怒，绿杨风急。玉炉烟重香罗浥。拂墙浓杏燕支湿。燕支湿。花梢缺处，画楼人立。”（范成大《秦楼月·浮云集》）

诗境深造：“二十四节气，来自混元前。”（陈著《次韵王得淦长至》）

二十、幸福篇

从明天起，和每一个亲人通信
告诉他们我的幸福
那幸福的闪电告诉我的
我将告诉每一个人

给每一条河每一座山取一个温暖的名字
陌生人，我也为你祝福
愿你有一个灿烂的前程
愿你有情人终成眷属
愿你在尘世获得幸福
我只愿面朝大海，春暖花开

——海子《面朝大海，春暖花开》（节选）

幸福感是一种复杂多变的感受，人在不同的阶段、不同的情境下会有不同的体会，不同的人也有不同的幸福追求。有人说心安是福，有人说博取功名是福，也有人说为大多数人谋利是福。中国传统的幸福观是康寿福禄积德的圆融，是无疾而终的长寿，是后人贤孝的和睦，是造物成己的满足，是助人解忧的快乐，是恬淡自在的平和。

191. 观书已获千秋镜，积德长为万岁山　德福圆融

出处:《尚书·周书洪范》:“一曰寿，二曰富，三曰康宁，四曰攸好德，五曰考终命。”

解析：指幸福与高尚的道德一致、融通。高尚的品德是幸福的基础，健康长寿、生活富裕、身心愉悦、品德高尚、老而善终，便是圆满的福分。

诗化：

续梅花百咏·竹梅

〔清〕陶德勋

曾见梅斜竹外枝，竹枝竟尔向梅垂。
庭前种得添双喜，五福三多独自知。

诗义：曾经欣赏到疏梅横斜在翠竹边上，竹枝也竟然向梅鞠躬低垂。在庭院前栽种了这两种象征高洁、清雅的植物，内心中那种德福圆融以及多福、多寿、多子的喜悦只有独自享受。

简评：这首诗表达了只有秉持像梅、竹那样高洁坚贞、虚心谨慎的品格，才能有德福圆融的福寿，体现出中华文化追求德福圆融的传统理念。德是福的基础，有德可以千禄百福，德高能受福无疆。《诗经》中就有体现德福融圆的诗句:“假乐君子，显显令德。宜民宜人，受禄于天。保右命之，自天申之。千禄百福，子孙千亿。”(《诗经·大雅·假乐》) 君主风度翩翩，品德高尚，进而得到百姓的支持、群臣的辅助、上天的恩惠，从而五福降临，德福圆融。

“夫德，福之基也。无德而福降，犹无基而厚墉也，其坏也无日矣。”(《国语·晋语》) 道德是幸福的基础。如果没有道德幸福却降临了，就像没有打地基而筑高墙，迟早会倒塌的。因此，若想得到安稳、持久的幸福，就必须遵守道德，以立幸福之基。正是:“长兄能友弟能恭，廉让家风比孔融。寿永萱堂多幸福，孙谋燕翼乐无穷。”(庞履廷《和青县张树筠先生咏怀五首·其五》)

“福以德昭，享以诚接。”(张九龄《南郊文武出入舒和之乐》) 幸福观是人生观、价值观中的重要内容。人的幸福感是一种复杂多变的感受，不同的阶段、不同的情境下会有不同的体会。幸福是什么？有人说幸福是儿时手中的

一颗奶糖，捏在手里会高兴地笑；有人说幸福是晚归时家里的一盏明灯，看到它心里会暖暖的。“事国一心勤以瘁，还家五福寿而康。”（欧阳修《纪德陈情上致政太傅杜相公二首·其二》）“观书已获千秋镜，积德长为万岁山。”（苏轼《兴龙节集英殿宴教坊词致语口号·其二》）不同的思想流派也有不同的幸福观。儒家的幸福观是“修身、齐家、治国、平天下”。在儒家看来，人生的幸福既包括身体健康、物质生活富裕，也包括精神上的愉悦和道德品质的高尚；人生不仅要追求个人的幸福，更要谋求天下人的幸福。道家的幸福观是清净无为，顺其自然，返璞归真，过原始质朴的自由自在的生活，心安即是福。

诗境深造：“令名香宇宙，厚德福山河。”（危稹《寄真西山》）

192. 家无儋石犹能乐，腹有诗书未是穷　仁者无忧

出处：《论语·子罕》：“知者不惑，仁者不忧，勇者不惧。”

解析：指具有仁爱的人常常乐观而无忧无愁。

诗化：

寿同父兄七十二首（节选）

〔宋〕陈著

安贫真味齐眉馈，养善良方高枕眠。

更看灯宵儿迎妇，一家春与月团圆。

诗义：享受安贫乐道的滋味流露在眉间，心存仁慈善良才能高枕无忧。看到儿子夜里迎接媳妇归来，心里美滋滋的，一家人和睦团圆是多么美好。

简评：“仁”是中国古代一种含义极广的道德范畴。孔子把“仁”作为最高的道德境界。他第一个把整体的道德规范集于一体，形成了以“仁”为核心的伦理思想结构，包括孝、悌、忠、恕、礼、知、勇、恭、宽、信、敏、惠等内容，其中孝悌是仁的基础。陈著这首诗表达了心存仁慈，甘守安贫乐道，享受一家人和睦团圆美好生活的心情。

何谓仁者？其一，有德行的人。《左传·定公四年》曰：“《诗》曰：‘柔

亦不茹，刚亦不吐。不侮矜寡，不畏强御。’唯仁者能之。”仁者能够做到正直不阿，不欺软怕硬。《墨子·节葬下》曰：“仁者之为天下度也，辟之无以异乎孝子之为亲度也。”其二，有恩情的人。《礼记·丧服四制》曰：“比终兹三节者，仁者可以观其爱焉，知者可以观其理焉，强者可以观其志焉。”郑玄注：“仁，有恩者也。”孔颖达疏：“孝子居丧，性有仁恩则居丧思慕，可以观其知爱亲也，若不爱亲，则非仁恩也。”墨子认为，人人实行“兼爱”，视人若己，爱人若爱己，不仅无损自己的利益，且自己的利益正是通过爱人、利人才能得到保障。通过“兼爱”，能够把“爱人”与“爱己”、“利人”与“利己”统一起来，即“爱人不外己，己在所爱之中”。墨子把“兼爱”看成是“仁者”所追求的最高道德理想。其三，心存善意的人。心存善意就能胸怀开阔，雅量容人，放大他人优点，缩小他人缺点。心存善意就能学会欣赏，就能“大其心，容天下之物”(金缨《格言联璧》)。学会欣赏就能少一分怨气，多一分宽容理解；学会欣赏就能多一分热爱，少一分猜疑嫉恨。

仁者安贫乐道，“君子忧道不忧贫”(《论语·卫灵公》)，“饭疏食饮水，曲肱而枕之，乐亦在其中矣”(《论语·述而》)。正是：“家无儋石犹能乐，腹有诗书未是穷。”(李正民《人日和同院·其二》)

诗境深造：“博爱儒生量，矜全物性心。”(赵公豫《主簿陈元矩署中畜鹅》)

193. 天生我材必有用，千金散尽还复来　造物成己

出处：《礼记·中庸》：“诚者，非自成己而已也，所以成物也。成己，仁也；成 物，知也。性之德也，合外内之道也。”

解析：指对社会或在文化上有所贡献，同时自身的思想境界、意志品格也有所提升。

诗化：

将进酒（节选）

〔唐〕李白

人生得意须尽欢，莫使金樽空对月。

天生我材必有用，千金散尽还复来。

诗义：人生在顺境之时应当尽情欢乐，莫要让这无酒的金杯空对明月。每个人生下来都有用处，要各尽所能，努力去为社会做出贡献，就算是上千两黄金耗尽，也还是能够重新得回来，切莫过于失望悲伤。

简评：这首诗表明了李白乐观、积极、进取的人生态度，抒发了豪迈、自信、狂放的性格，天生我材必要造物成己。人生最大的价值是什么？人生的幸福是什么？李商隐进行了深入的思考："锦瑟无端五十弦，一弦一柱思华年。庄生晓梦迷蝴蝶，望帝春心托杜鹃。沧海月明珠有泪，蓝田日暖玉生烟。此情可待成追忆，只是当时已惘然。"(《锦瑟》) 沧海月明高照，鲛人才会泣泪成珠，蓝田的美玉只有在日暖之时才升腾飘逸的烟霞。针对同样的问题，李白笑吟："天生我材必有用，千金散尽还复来。"造物成己是人生最大的价值，也是最令人满足的幸福。

造物成己是崇高的人生智慧，也是高尚的人生目标。孟子曰："君子有三乐，而王天下不与存焉。父母俱存，兄弟无故，一乐也；仰不愧于天，俯不怍于人，二乐也；得天下英才而教育之，三乐也。"(《孟子·尽心上》) 孟子认为人有三大快乐：父母健在，兄弟平安，是第一大快乐；上不愧于天，下不愧于人，是第二大快乐；得到天下优秀的人才进行教育，是第三大快乐。造物成己属于其中第二大快乐，而称王天下并不在其中。

造物成己就要实现"三立不朽"。"大上有立德，其次有立功，其次有立言，虽久不废，此之谓不朽。"(《左传·襄公二十四年》) 人生最高的意义是在德行上有所建树，其次是功业上有所成就，再其次是言论上有所创造。"立德"指道德操守，"立功"指事业功绩，而"立言"指的是把具有真知灼见、至道恒经形诸语言文字，联结篇章，著书立说，传于后世。孔颖达在《春秋左传正义》一书中对立德、立功、立言分别做了明确的阐释："立德，谓创制垂法，博施济众"；"立功谓拯厄除难，功济于时"；"立言谓言得其要，理足可传"。

简而言之，造物成己也就是立德、立功、立言而已。立功、立言是造物，立德是成己。在自然山水和艺术山水的基础上，形成心中的山水，再造人间的山水，在人生的旅途中，形成造物而成己、成己而造物的循环上升的过程，使造物与成己不断升华。

"学以经纶展，才缘著述雄。"(戴梓《赠王大京兆国安》) 造物成己是由哲学家梁漱溟提出来的。他认为人生的意义在于创造，创造莫过于成物和成己。他说："创造可大别为两种：一是成己，一是成物。成己就是在个体生命上的成就，例如才艺德行等；成物就是对于社会或文化上的贡献，例如一种新发明或功业等。"造物成己是人生的幸事，而这必须经过奋斗才能取得。孟郊在四十六岁那年及第登科之后，写下的"昔日龌龊不足夸，今朝放荡思无涯。春风得意马蹄疾，一日看尽长安花"(《登科后》)就充分表达了考取功名后春风得意的喜悦。这是历经奋斗"成己"后的由衷喜悦之情。

诗境深造："生当作人杰，死亦为鬼雄。"(李清照《夏日绝句》)

194. 幽人贞吉万虑消，直比雪洲春水落　幽人贞吉

出处：《周易·履卦》："履道坦坦，幽人贞吉。"

解析：指遵循万物原本和规律，守正道而不自乱，为人处世大公无私、光明正大、胸怀坦荡，这样的人将永远获得吉祥。

诗化：

牧童

〔宋〕黄庭坚

骑牛远远过前村，短笛横吹隔陇闻。
多少长安名利客，机关用尽不如君。

诗义：牧童悠闲地骑在牛背上经过远处的山村，他欢快地吹着短笛，我隔着对面的田垄都能听到悠扬的笛声。那些在长安的追逐名利、你争我斗的官商们，绞尽脑汁都不如牧童你潇洒清闲啊！

简评："贞吉"在《周易》里出现比较多。在乾卦中，"贞"代表着正道、正直、正义，"吉"代表顺利、和谐、吉祥和成功；坤卦里的"贞"有坚守正义，坚定意志真诚忠贞的寓意，"吉"则是吉祥、吉利之意；需卦中的"有孚光亨，贞吉"，是指诚信、诚实能得到人们的信任和支持，必定吉祥；谦卦的"鸣谦，贞吉"指谦虚谨慎，谦虚和蔼地表达自己的观点与主张，谦和处

理人的关系，就会得到尊重，得到吉祥；豫卦的“介于石，不终日，贞吉”指正直、稳妥、不偏不倚，意志坚定，可获得顺利；随卦的“官有渝，贞吉”说的是能坚守立场、原则，保持纯正忠诚的品格，又能审时度势，灵活驭变，妥善应对，如此会有吉祥的结果；临卦的“咸临，贞吉”指深入基层，了解民意，关心疾苦，解决民生，与民同心，必有吉祥结果；噬嗑卦的“噬干胏，得金矢，利艰贞，吉”意为吃骨头上的干肉，得到铜箭头，指克服艰难险阻，在艰难中持守正道，就会好运吉祥；贲卦的“贲如，濡如，永贞吉”指文质彬彬，表里如一，心地善良，容貌优雅，吉祥顺达。

履卦中的“履道坦坦，幽人贞吉”，孔颖达疏：“履道坦坦者，易无险难也。幽人贞吉者，既无险难，故在幽隐之人，守正得吉。”“道”是天道，“履道”就是履天之道，“坦坦”则是天道自衡。履道强调处世坦诚、安贫守道、光明磊落、雅量宏度、沉稳平和。“幽人”就是正直善良、大公无私、胸怀坦荡、淡泊名利、坚守中正之人。这样的人则前进之路平坦，永远吉祥。幽人的品格有四。一是高山仰止，景行行止。幽人敬慕德行高尚的人，以学识深厚的学者为师，推崇“古人有高德者则慕仰之，有明行者则而行之”（《诗经·小雅·车舝》郑玄注）。二是蓄素守中，喻彼行健。“门对鹤溪流水，云连雁宕仙家。谁解幽人幽意，惯看山鸟山花。”（李白《春景》）幽人自诩为君子，君子坦荡荡，心底无私，心地善良，淡然安逸。三是处变不惊，渊静自守。幽人恬淡寡欲，志向高远，心无杂念，排除干扰，发奋努力。四是高风亮节，涅而不渝。“为将之道，当先治心。泰山崩于前而色不变，麋鹿兴于左而目不瞬，然后可以制利害，可以待敌。”（苏洵《心术》）幽人坚守着君子贵自立的原则，不随流俗。正是：“幽人贞吉万虑消，直比雪洲春水落。”（黄廷用《题澹轩图》）

不少诗人写有许多关于幽人的诗歌，他们都以幽人自诩，或赞美幽人的品格，或描写幽人的行为，如李白《山中与幽人对酌》：“两人对酌山花开，一杯一杯复一杯。我醉欲眠卿且去，明朝有意抱琴来。”诗中的“幽人”是对志同道合的挚友和知己的尊称。酒逢知己千杯少，诗人已醉欲眠，无须挽留相送，任幽人自行离去。这是何等的洒脱！志趣相投，不需寒暄客套，自是心照不宣、心意相通。“乌台诗案”之后，苏轼并没有因为被贬黄州而沉沦，相反，心态更加超脱，这从他的《卜算子·黄州定慧院寓居作》就感觉得到：

"缺月挂疏桐，漏断人初静。时见幽人独往来，缥缈孤鸿影。惊起却回头，有恨无人省。拣尽寒枝不肯栖，寂寞沙洲冷。"诗人的心境如幽人那样超凡脱俗，像飞鸿般自由潇洒。独来独往的幽人是强大的，他的强大来自内心的强大，幽人并非孤寂，他的心灵与天地万物交流往来。正如孟浩然《夜归鹿门歌》所言："鹿门月照开烟树，忽到庞公栖隐处。岩扉松径长寂寥，惟有幽人夜来去。"

诗境深造："居然成独清，可以掩众媚。"（陈傅良《临桂尉杨渭夫以诗来因次其韵兼简同僚》）

195. 但愿苍生俱饱暖，不辞辛苦出山林　乐善好施

出处：《史记·乐书》："闻徵音，使人乐善而好施；闻羽音，使人整齐而好礼。"

解析：指乐于行善，以帮助别人为乐。

诗化：

精卫

〔明末清初〕顾炎武

万事有不平，尔何空自苦？
长将一寸身，衔木到终古。
我愿平东海，身沉心不改。
大海无平期，我心无绝时。
呜呼！君不见，
西山衔木众鸟多，鹊来燕去自成窠。

诗义：人世间总会有不公平之事，你何必自寻烦恼和辛苦呢？为何不顾那弱小的身躯，持久不停地衔来木石填入东海？我发誓填平大海，即使是葬身海底志向也不改变。不到大海填平的那天，我填平大海的意志不会改变。唉，精卫呀！去西山衔木石的鸟儿很多，它们都只顾筑好各自的安乐窝呀！

简评："德莫高于博爱人，而政莫高于博利人。"（贾谊《新书·修政语上》）

乐善好施、助人为乐是中国传统美德之一。乐善好施是善良的人主动给他人以无私的帮助，并从中感到愉悦的一种行为。古人有许多关于乐善好施、助人为乐的论述，如“忽己之慢，成人之美”（贯休《续姚梁公座右铭》），“贵人而贱己，先人而后己”（《礼记·坊记》），“趋人之急，甚己之私”（司马迁《史记·游侠列传》），“悯济人穷，虽分文升合，亦是福田；乐与人善，即只字片言，皆为良药”（金缨《格言联璧》）。孟子说：“出入相友，守望相助。”（《孟子·滕文公上》）墨子倡导“摩顶放踵利天下，为之”（《孟子·尽心上》），其意是说，对别人有利的事，即使自己从头顶到脚跟都受到损伤，也要干。这种精神在当下，就是我们提倡的“毫不利己、专门利人”（毛泽东《纪念白求恩》）的精神。

“但愿苍生俱饱暖，不辞辛苦出山林。”（于谦《咏煤炭》）乐善好施、助人为乐要有一种忘我的奉献精神，要将其贯穿于自己的生活，作为为人处世的一种准则。陈寿《三国志》说：“每有患急，先人后己。”要求人们临危不惧，见义勇为，这是乐善好施、助人为乐精神的鲜明体现。要做到乐善好施、助人为乐，首先，要树立正确的价值观，把为他人谋福利当作自己的职责；其次，要树立正确的处事观，遇事要设身处地为他人着想；再其次，要树立正确的知行观，让乐善好施、助人为乐成为行为操守。

诗境深造：“敬长与怀幼，怜恤孤寡贫。”（范仲淹《范文正公家训百字铭》）

196. 子顺亲慈有余乐，自然福至由家和　家庭和睦

出处：《左传·成公十六年》：“上下和睦，周旋不逆。”《谭意歌传》：“意治闺门，深有礼法，处亲族皆有恩意，内外和睦，家道已成。”

解析：指家人相处融洽。

诗化：

座右铭（节选）

〔唐〕陈子昂

事父尽孝敬，事君贵端贞。

兄弟敦和睦，朋友笃信诚。

从官重公慎，立身贵廉明。

待士慕谦让，莅民尚宽平。

理讼唯正直，察狱必审情。

谤议不足怨，宠辱讵须惊。

诗义：侍奉父母要尽心孝敬，侍奉国君贵在正直忠贞。兄弟之间要崇尚和睦，朋友之间要注重诚信。为官要注重公正慎重，立身贵在廉明。待士要追求谦让，对待百姓要崇尚宽大平和。处理狱讼要正直，审查案件必须根据实情。别人的诽谤议论不值得怨恨，对待自身的宠辱要淡定不惊。

简评：“子顺亲慈有余乐，自然福至由家和。”（陈文蔚《老人生旦》）中华民族重视家庭和睦。正所谓“天下之本在家”（荀悦《申鉴·政体》），“修身、齐家”才能“治国、平天下”。尊老爱幼、妻贤夫安、母慈子孝、兄友弟恭等是中国传统的家庭理念。家庭对于中国人来说是希望和寄托的所在，不仅具有很强的凝聚力，且有着强大的影响力和约束力。“家和人兴百福至，儿孙绕膝花满堂。”人们把家庭和睦作为人生幸福的目标，并在代代传承中形成了特有的家庭价值观。孟子曰：“人有恒言，皆曰‘天下国家’。天下之本在国，国之本在家，家之本在身。”（《孟子·离娄上》）常言道“天下国家”，天下的基础是国，国的基础是家，家的基础是人。朱柏庐说：“家门和顺，虽饔飧不继，亦有余欢。”（《朱子家训》）若家庭和睦，哪怕早晚两餐断餐，也觉得快乐。

家庭和睦需做到以下几点。首先是夫妻同心。“夫有人民而后有夫妇，有夫妇而后有父子，有父子而后有兄弟：一家之亲，此三而已矣。”（颜之推《颜氏家训》）一生陪伴自己时间最久的是爱人，夫唱妇随，相互应和，夫妻同心就能营造幸福之家。其次是兄弟情同手足。王维十分珍惜兄弟的情谊，他在重阳节写下名诗：“独在异乡为异客，每逢佳节倍思亲。遥知兄弟登高处，遍插茱萸少一人。”（《九月九日忆山东兄弟》）“兄弟不睦，则子侄不爱；子侄不爱，则群从疏薄；群从疏薄，则僮仆为仇敌矣。”（颜之推《颜氏家训》）兄弟不和是人间的悲剧，曹植面对哥哥曹丕的迫害，悲愤地作出了《七步诗》：“煮豆持作羹，漉豉以为汁。萁在釜下燃，豆在釜中泣。本是同根生，相煎何太急！”再次是家人齐心，相互爱护、关心、支持，不拘小节，有事共担当。“鞠育当知父母恩，弟兄更合识卑尊。孝心尽处通天地，善行多时福子孙。”（真德秀《长沙劝耕·其七》）

“兄友弟恭存礼义，每事无难易。父慈子孝说言同。和顺好家风。”（《求因果·其七》）家庭和睦重在对家风的培育和建设。家风指的是一个家庭的风气、风貌。家风是一种关于理念、知识和礼仪的特殊的教育，主要是父母和长辈的言传身教。家风对人的影响像春雨，润物无声，良好家风浸润儿女和后辈的德行修养。幸福的家庭必然要以良好的家风作为基础。家庭幸福和睦才能实现国泰民安。正是：“初来作舍少人行，桥外如今满市声。绕岸种成桃间柳，一家和气万家生。”（张镃《南湖书事五首·其一》）

诗境深造：“子壮闲专日，家和笑答天。”（陈著《次韵竺梅潭老境》）

197. 人言坐脱是仙归，无疾而终世所希　无疾而终

出处：《喻世明言》：“到三十六岁，忽对人说：‘玉帝命我为江涛之神，三日后，必当赴任。’至期，无疾而终。”

解析：指没有特别痛苦的疾病而逝世。

诗化：

拟古十二首·其九

〔唐〕李白

生者为过客，死者为归人。
天地一逆旅，同悲万古尘。
月兔空捣药，扶桑已成薪。
白骨寂无言，青松岂知春。
前后更叹息，浮荣安足珍？

诗义：活着的人犹如匆匆的过客，死了就像是一个归家的人。天地之间就像是迎送过客的客舍，最让人感到悲哀的是每一个人都终究会化为万古的尘埃。月宫的兔神徒劳捣了那么多的长生不老药，不朽的扶桑神木已变成

取火的干柴。地下白骨寂冷无语，再也没有了生前的荣辱毁誉，葱郁的松树自生自灭，麻木不仁，是否还能感受到冬去春来的变化？思前想后更加感慨万千，虚浮的富贵荣华真的不足稀罕。

简评：“有生必有死，早终非命促。”（陶渊明《拟挽歌辞三首·其一》）生与死是人生的开始与终结，是人生旅程的起点与终点。孔子曰：“未知生，焉知死？”（《论语·先进》）孟子曰：“生，亦我所欲也，义，亦我所欲也；二者不可得兼，舍生而取义者也。”（《孟子·告子上》）葛洪指出：“夫有始者必有卒，有存者必有亡。”（《抱朴子·内篇·论仙》）“生死悠悠尔，一气聚散之。”（柳宗元《掩役夫张进骸》）苏轼有诗道：“死生祸福久不择，更论甘苦争媸妍。”（《和蒋夔寄茶》）陈继儒说：“透得名利关，方是小休歇；透得生死关，方是大休歇。”（陈继儒《小窗幽记》）

生，既是幸福的开始，又是苦难的开端。生，固然有诸多之乐，有天伦之乐，有久旱逢甘霖之乐，有他乡遇故知之乐，有金榜题名之乐，有洞房花烛之乐……然而，生，也是一段痛苦的开始。佛教说人生是苦海，苦海有八苦：生、老、病、死、求不得、爱别离、怨憎会、五蕴炽盛。前四者是指生理上的痛苦，后四者是指精神上的痛苦。任何一苦，身处其中，便是痛苦；二苦并受，便是极苦。正如列子所言：“人胥知生之乐，未知生之苦；知老之惫，未知老之佚；知死之恶，未知死之息也。”（《列子·天瑞》）

“人言坐脱是仙归，无疾而终世所希。”（章甫《哭父·其三》）人生是一台戏，生是开幕，死是闭幕，关键在于谢幕的掌声。高质量的人生是乐多苦少。人生的智慧就是让幸福多一些、悲伤少一些。死并不可怕，它固然悲伤，却免去了“八苦”的折磨。古有庄子妻死“鼓盆而歌”之说。生老病死是生命的必然的经历，幸福与悲伤是人生旅途必定会遇到的风景。晚年是每一个人都绕不过的旅程，这样的旅程连一生豁达的苏轼也免不了伤感，“心似已灰之木，身如不系之舟。问汝平生功业，黄州惠州儋州”（《自题金山画像》）。人生不在于生命的长短，而在于生命的质量。活得要有尊严，要有质量。死也应有尊严，无疾而终乃人生之幸。

诗境深造：“人生如逆旅，我亦是行人。”（苏轼《临江仙·送钱穆父》）

198. 自古圣贤把道传，孝道成为百行源　后人贤孝

出处:《论语·为政》:“父母唯其疾之忧。”《孟子·万章上》:“唯顺于父母，可以解忧。”

解析: 指子孙后辈既有才能又有高尚的品德，德才兼备，能孝顺父母长辈。

诗化:

西江月·批宝玉（节选）

〔清〕曹雪芹

富贵不知乐业，贫穷难耐凄凉。可怜辜负好韶光，于国于家无望。　天下无能第一，古今不肖无双。寄言纨绔与膏粱，莫效此儿形状。

诗义：荣华富贵不知安居乐业，穷困失意难以忍受生活的凄惨。可惜啊，辜负了大好时光，持家治国都无法指望他。他没有半点本事，无德无孝，数天下最愚蠢，从古至今难找第二个。奉劝那些富贵的公子哥们，千万不要学贾宝玉的样子。

简评：“自古圣贤把道传，孝道成为百行源。”（朱柏庐《劝孝歌》）子孙贤孝是人生的大福。中国古代认为孝顺是人应具备的第一品格。“夫孝，德之本也，教之所由生也。”（《孝经·开宗明义》）孝是一切德行的根本，也是教化产生的根源。孔子指出“孝悌也者，其为仁之本与”（《论语·学而》），又说“夫孝，天之经也，地之义也，民之行也。天地之经，而民是则之。则天之明，因地之利，以顺天下。是以其教不肃而成，其政不严而治”（《孝经·三才》）。孔子认为，孝道与天上日月星辰的运行、地上万物的自然生长一样，乃人类最为根本的品行。因为它是天地运行的常道，所以民众效法它而行事。效法天上的日月星辰，依循大地的利人特征，用它来理顺天下。因此，其教化不须严厉施行就可成功，其政令不须严厉推行社会就得以治理。孔子还说：“教民亲爱，莫善于孝。教民礼顺，莫善于悌。移风易俗，莫善于乐。”（《孝经·广要道》）意思是教育人民互相亲近友爱，没有比倡导孝道更好的了；教育人民礼貌和顺，没有比服从自己兄长更好的了；转变风气、改变旧的习惯制度，没有比用音乐教化更好的了。

“创业成难今日勿忘前日德，立基匪易先人只望后人贤。”（九江云居山祖堂楹联）先人对后人的期望就是“贤”，就是道德高尚、有才华。“望子成材”是先人的期盼。后人只要能够以德报恩，事业有成，就是对先辈最大的安慰。“只望后人贤”是中华民族历代先人的愿望。孝不仅仅是尊重父母长辈、赡养父母。曾子曰：“孝有三：大孝尊亲，其次弗辱，其下能养。”（《礼记·祭义》）大孝是使父母受人尊敬，其次是使父母的名誉不受辱，最基本的是能赡养父母。孟子曰：“世俗所谓不孝者五：惰其四支，不顾父母之养，一不孝也；博弈好饮酒，不顾父母之养，二不孝也；好货财，私妻子，不顾父母之养，三不孝也；从耳目之欲，以为父母戮，四不孝也；好勇斗狠，以危父母，五不孝也。”（《孟子·离娄下》）

由于仕途的不顺和人生的挫折，苏轼对于后人却有另一番感悟：“人皆养子望聪明，我被聪明误一生。惟愿孩儿愚且鲁，无灾无难到公卿。”（《洗儿诗》）这首诗的写作背景是“乌台诗案”后，苏轼被贬至黄州期间，侍妾朝云为苏轼生下了一个男孩。对于刚刚经历一场大磨难的苏轼来说，他不求儿子富贵荣华，但求其平安顺祥，这是能够理解的。《洗儿诗》即为此男孩而作。后代一些诗人对苏轼消极的《洗儿诗》不以为然，纷纷与他“唱反调”。瞿佑似乎境界更高：“自古文章厄命穷，聪明未必胜愚蒙。笔端花与胸中锦，赚得相如四壁空。”（《漫兴》）杨廉也写了一首《反东坡洗儿诗》：“东坡但愿生儿蠢，只为聪明自占多。愧我生平愚且鲁，生儿哪怕过东坡。”钱谦益的《反东坡洗儿诗》则更直接：“东坡养子怕聪明，我为痴呆误一生。但愿生儿狷且巧，钻天蓦地到公卿。”

不同的人生经历，会让人有不同的人生感悟，有不同的人生智慧，更有不一样的幸福观，何必强求一致呢？无论如何，贤孝始终是共同的标准。教育是使后人贤孝的主要途径，教育主要包括学校教育和家庭教育。为人父母，必须教育子女明礼义、守礼法，方不愧对天地，不愧对圣贤。

诗境深造：“孝顺理当然，不孝不如禽。”（徐熙《劝孝歌》）

199. 青山一道同云雨，明月何曾是两乡　志同道合

出处：《三国志·魏书·任城陈萧王传》：“昔伊尹之为媵臣，至贱也，吕尚之处屠钓，至陋也，乃其见举于汤武、周文，诚道合志同，玄谟神通，岂复假近习之荐，因左右之介哉。”

解析：指人与人之间彼此志向、兴趣相同，理想、信念契合。

诗化：

送杜少府之任蜀州

〔唐〕王勃

城阙辅三秦，风烟望五津。
与君离别意，同是宦游人。
海内存知己，天涯若比邻。
无为在歧路，儿女共沾巾。

诗义：巍巍的长安，雄踞三秦之地。透过渺渺雾霭，遥望迢迢川蜀。与君作别，但彼此心心相印。你我命运相仿，远离家乡，奔波于仕途。四海之内你就是志同道合的知心朋友，即便是在天涯海角，也会感觉像就在旁边。不要在岔路口分手时，像年轻人一样伤心落泪染湿了衣巾。

简评：《送杜少府之任蜀州》这首诗意境高朗，情志高远，清新豪放，简练流畅，书写了志同道合者之间那即便远隔千山万水也无法阻隔的深厚的友谊。“同声相应，同气相求。”（《周易·乾文言》）志同道合者是人生难得的知己。“以势交者，势倾则绝；以利交者，利穷则散。”（王通《中说·礼乐》）为了扩张势力而结交的朋党，在没有势力的时候就会绝交；为了谋获财利而结交的朋党，在没有财利时就会分离。“归同契合者，则不言而信著；途殊别务者，虽忠告而见疑。”（葛洪《抱朴子·内篇·微旨》）志同道合的人，即使不交谈也能够相互信任；志趣不同的人，即便是忠心相劝也会受到怀疑。“君子忌苟合，择交如求师。”（贾岛《送沈秀才下第东归》）君子相交切忌随意凑合，择友如择师。庄子说：“君子之交淡若水，小人之交甘如醴。”（《庄子·山木》）君子志同道合，友谊像水一样淡，他们相交不求私利。小人以私利交换，他们的交情像甜酒，变了味。欧阳修也指出：“大凡君子与君子以同道为朋，小

人与小人以同利为朋。”（《朋党论》）

“人之相知须知心，心通道气情转深。”（张咏《与进士宋严话别》）人生的苦恼之一，在于走了一段很长的旅途后，却发现自己找不到旅途的快乐，找不到可分享旅途风景的朋友。正如王维《送元二使安西》所描写的：“渭城朝雨浥轻尘，客舍青青柳色新。劝君更尽一杯酒，西出阳关无故人。”遥远的西域，大漠孤烟，黄沙漫漫，没有知己相伴是一件苦恼的事情。这样的人生体验，得到李叔同的共鸣：“长亭外，古道边，芳草碧连天。晚风拂柳笛声残，夕阳山外山。天之涯，地之角，知交半零落。一壶浊酒尽余欢，今宵别梦寒。”（《送别》）

“远信入门先有泪，妻惊女哭问何如。寻常不省曾如此，应是江州司马书。”（元稹《得乐天书》）历史上白居易和元稹的友谊是一段佳话。白居易与元稹一起登科，一起在朝任职，又在同年被贬，于同年生子。相似的经历、相当的文学修养和造诣，把两位才子紧紧地联系在一起，两人彼此欣赏。白居易对元稹诗歌的赏识，表现在他的这首诗中：“蓝桥春雪君归日，秦岭秋风我去时。每到驿亭先下马，循墙绕柱觅君诗。”（《蓝桥驿见元九诗》）史料记载，白居易曾被谪江州，自长安经商州这一段，与元稹西归的道路是一样的。白居易在蓝桥驿看到元稹的诗，想到此后沿途驿亭很多，可能也留有元稹的题咏，所以白居易就养成了“每到驿亭先下马，循墙绕柱觅君诗”的习惯。两人成为挚友后，无论在哪里，相互赠、寄、酬、唱、和、答的诗作总是源源不断。白居易夜读元稹的诗作，写下“把君诗卷灯前读，诗尽灯残天未明。眼痛灭灯犹暗坐，逆风吹浪打船声”（《舟中读元九诗》）并赠予元稹。元稹读罢又和一首诗给白居易：“知君暗泊西江岸，读我闲诗欲到明。今夜通州还不睡，满山风雨杜鹃声。”（《酬乐天舟泊夜读微之诗》）正是：“同声者相求，同志者相好。”（《孔丛子·杂训》）

“青山一道同云雨，明月何曾是两乡。”（王昌龄《送柴侍御》）中国古代相当一部分文人墨客觉得人生一大幸事是他们在漫长而坎坷的人生道路上拥有知己。从他们感情丰富而细腻的诗篇中，可以体会到那种人逢知己的惬意。比如李白的《赠汪伦》：“桃花潭水深千尺，不及汪伦送我情。”王维用相思子红豆来寄托友谊和爱情：“红豆生南国，春来发几枝。愿君多采撷，此物最相思。”（《相思》）王昌龄的《芙蓉楼送辛渐》：“洛阳亲友如相问，一片冰心在玉壶。”高适的《别董大二首·其一》：“莫愁前路无知己，天下谁人不识君。”黄庭坚的《寄黄几复》：“桃李春风一杯酒，江湖夜雨十年灯。”龚自珍的《投宋于庭翔凤》：“万人丛中一握手，使我衣袖三年香。”

“正是江南好风景，落花时节又逢君。”（杜甫《江南逢李龟年》）人生的一大快乐，在于走了一段很长的旅途，即便旅途很艰辛、很孤寂，但始终能找到可与之分享旅途风景与收获的朋友。能够相互欣赏，关键是敬于才华、合于性格、久于善良、终于人品，在于“物以类聚，人以群分”的本质上。

诗境深造：“相知无远近，万里尚为邻。”（张九龄《送韦城李少府》）

200. 小楼一夜听春雨，深巷明朝卖杏花　恬静自在

出处：《东观汉记·闵贡传》：“恬静养神，弗役于物。”《自在》：“内外及中间，了然无一碍。所以日阳中，向君言自在。”

解析：指心绪安静坦然，安闲舒服，自由自在。

诗化：

临安春雨初霁

〔宋〕陆游

世味年来薄似纱，谁令骑马客京华。
小楼一夜听春雨，深巷明朝卖杏花。
矮纸斜行闲作草，晴窗细乳戏分茶。
素衣莫起风尘叹，犹及清明可到家。

诗义：近年来对世俗仕途的兴趣已淡如薄纱，是谁又让我骑马来到这繁华的京城？独自一人悠闲地住在小楼里，听着春雨彻夜淅淅沥沥的声音，曚昽的早晨，幽深的小巷里传来了卖杏花的叫声。闲来写几行草书，晴窗下细细品尝淡淡的清茗。不要叹息那京城的尘土将我玷污，清明节前还来得及赶回老家祭祖。

简评：“以恬养性，以漠处神，则入于天门。”（《淮南子·原道训》）幸福

感源自心境，乐观、健康向上的心境是幸福感的重要源泉。恬静自在是幸福的心境，也是幸福的途径。恬静自在，不是倡导非要过那种田园牧歌、闲云野鹤式的生活，而是重在不浮躁，不为名利所累，保持心灵的安宁。李涉对恬静自在的幸福感有着深刻的感受："终日昏昏醉梦间，忽闻春尽强登山。因过竹院逢僧话，偷得浮生半日闲。"（《题鹤林寺僧舍》）忙忙碌碌地耗费人生，忽然有一天发现春天即将过去了，于是便强打精神去南山赏春。在路过鹤林寺时，无意中与一位高僧闲聊得十分投机，这片刻的清闲自在就是最惬意的。"以恬愉为务"是《黄帝内经》里提出的一条重要养生原则。恬，安静也；愉，即乐观、开朗。"以恬愉为务"，是要以恬静乐观为任务。恬静自在也是一种修炼，一种巨大的力量。君不见礁石静静盘踞在海边，任凭滔天恶浪咆哮扑打，岿然不动。君不见高山顶上的青松，顶着狂风暴雨，昂首挺立。君不见春雨滋润万物细无声。恬静是一种气质，一种智慧，一种高贵的生活方式。

"欲寡心自恬，风波亦可耐。"（庞嵩《和颖翁邹公祖署中纪怀四章·其四》）恬静自在源于淡泊。做到淡泊名利、落花无言、人淡如菊，就能恬静自在。孔子说："士志于道，而耻恶衣恶食者，未足与议也。"（《论语·里仁》）老子也说："五色令人目盲，五音令人耳聋，五味令人口爽……难得之货令人行妨。"（《道德经·第十二章》）陈普认为："心体自然安用养，多因迷欲易成昏。但能寡欲无私累，本体清明理自存。"（《孟子·养心寡欲》）林则徐说："壁立千仞，无欲则刚。""采菊东篱下，悠然见南山"的陶渊明因恬静自在而留下千古佳作《桃花源记》。袁枚有诗曰："成见年来久不存，麻鞋随处踏芳尘。朱门蓬户无分别，只要能容自在身。"（《入武林城作四首·其四》）

"枕上诗书闲处好，门前风景雨来佳。"（李清照《摊破浣溪沙·病起萧萧两鬓华》）恬静的人能享受安详的幸福，能自在地品味人生一点一滴的美好。白居易在五十六岁时对能保持恬静的心态、拥有闲暇的时光感触很深："五十年来思虑熟，忙人应未胜闲人。林园傲逸真成贵，衣食单疏不是贫。专掌图书无过地，遍寻山水自由身。傥年七十犹强健，尚得闲行十五春。"（《闲行》）诗人五十余年的人生经历，让他悟出什么是贵，什么是贫。苏轼悟出清欢是人间最美的味道："细雨斜风作晓寒，淡烟疏柳媚晴滩。入淮清洛渐漫漫。雪沫乳花浮午盏，蓼茸蒿笋试春盘。人间有味是清欢。"（《浣溪沙》）唐珙的恬静自在是将自己融入诗境的梦幻之中："西风吹老洞庭波，一夜湘君白发多。醉后不知天在水，满船清梦压星河。"（《题龙阳县青草湖》）梁实秋说："人在有闲的时候才最像是一个人。手脚相当闲，头脑才能相应地忙起来。我们并不向往六朝人那样萧然若神仙的样子，我们却企盼人人都能有闲去发展他的智慧与才能。"（《闲暇》）

恬静是一种可将有化为无、将无变为有的力量，是一种可将高变低、将低变高的力量。

诗境深造："水流心不竞，云在意俱迟。"（杜甫《江亭》）

美德卷

二十一、信念篇

信念是一株树
一株坚强的高山柏
在险峻的群峰中
高山柏站在崖层上
长年不息的风
像无数发怒的雄狮
向它奔袭而来
高山柏站立着
不弯腰，不屈膝

——罗洛《信念》（节选）

信念是意志坚强、行为坚定的基础，信念是主动作为的动力。“为天地立心，为生民立道，为去圣继绝学，为万世开太平”是无数先贤的重要信念，激励着无数仁人志士为之奋斗。“仰天大笑出门去，我辈岂是蓬蒿人”是不甘平庸者的座右铭。“路曼曼其修远兮，吾将上下而求索”是信念坚定的人追求真理的独白。信念坚定的人“贵在弘道”“刚健笃实”“威武不屈”。有坚定的信念，为理想而奋斗，人生才有意义，才能奏出雄壮、优美、高亢、精彩的人生乐章。

201. 不畏浮云遮望眼，自缘身在最高层　志存高远

出处：《诫外甥书》："夫志当存高远，慕先贤，绝情欲，弃凝滞，使庶几之志，揭然有所存，恻然有所感。忍屈伸，去细碎，广咨问，除嫌吝。虽有淹留，何损于美趣？何患于不济？"

解析：指树立远大的目标和理想，在事业和人生之中追求卓越。

诗化：

望岳

〔唐〕杜甫

岱宗夫如何？齐鲁青未了。

造化钟神秀，阴阳割昏晓。

荡胸生曾云，决眦入归鸟。

会当凌绝顶，一览众山小。

诗义：巍巍的泰山有多么雄伟？齐鲁大地处处可见那苍翠的山。神奇的大自然汇聚了万种风情，泰山的南北分隔出清晨与黄昏。白云层叠，荡涤澄澈；翩翩归鸟，飞入眼帘。登上泰山之巅，群峰尽收眼底。

简评："取法于上，仅得为中；取法于中，故为其下。自非上德，不可效焉。"（李世民《帝范》）志存高远，胸怀远大理想，做人才有大格局，才能行稳致远。只有志存高远，才能至臻致远。"弃繻怀远志，封泥负壮情。"（李世民《入潼关》）中国古代的有识之士胸怀社稷，忧国忧民，成就了伟大而壮阔的人生。他们勤于思考，勇于创新，提出了许多精辟的思想理论，体现出可歌可泣的圣贤气象。山水诗人陶渊明讴歌夸父逐日的志向，敬佩夸父的精神："夸父诞宏志，乃与日竞走。俱至虞渊下，似若无胜负。神力既殊妙，倾河焉足有？余迹寄邓林，功竟在身后。"（《读〈山海经〉十二首·其九》）夸父萌生了要同太阳赛跑的宏伟志愿。夸父和太阳一齐到达虞渊，彼此难分胜负。既有如此特异的神力，为何倾河而饮也无法解决他的焦渴？这片桃林是夸父为了惠泽后人而用手杖化成的，夸父的遗愿寄托在这片桃林中，他的奇功在身后还是完成了。叶燮指出："志高则其言洁，志大则其辞弘，志远则其旨永。"（《原诗·外篇上》）志趣高尚、宏远的人，行文风格就会简洁流畅，措辞刚健，

思想深邃，耐人寻味。诗人流沙河指出理想信念就是前进的方向：“理想是石，敲出星星之火；理想是火，点燃熄灭的灯；理想是灯，照亮夜行的路；理想是路，引你走到黎明。饥寒的年代里，理想是温饱；温饱的年代里，理想是文明。离乱的年代里，理想是安定；安定的年代里，理想是繁荣。理想如珍珠，一颗缀连着一颗，贯古今，串未来，莹莹光无尽……请乘理想之马，挥鞭从此起程，路上春色正好，天上太阳正晴。”（《理想》）理想是希望，理想是力量，理想是追求。

曹植说：“丈夫志四海，万里犹比邻。”（《赠白马王彪·其六》）人应当志存高远，不要过于守家恋乡，要四海为家，为国奉献。李白赋诗道：“仰天大笑出门去，我辈岂是蓬蒿人。”（《南陵别儿童入京》）苏轼指出：“古之立大事者，不惟有超世之才，亦必有坚忍不拔之志。”（《晁错论》）要成就一番大事，不仅要有超人的才干，也需要有坚韧不拔的志向。“俱怀逸兴壮思飞，欲上青天揽明月。”（李白《宣州谢朓楼饯别校书叔云》）一个人要想取得成功，首先必须立下远大志向，只有立下大志，才有工作学习的动力，否则哪怕以严格的训练与管理来约束，也会萌生三天打鱼两天晒网的念头。

“有志者事竟成。”（《后汉书·耿弇传》）立志是一个人成才的重要条件，趁早立志尤为重要。早立远志，久磨品格，谦善待人，勤精抱朴。一个人生命中的一大幸事，莫过于在他年轻的时候就能立下远大的理想和志向。左宗棠在青年时代就志向笃定，他在二十三岁时自题对联以明志：“身无半亩，心忧天下；读破万卷，神交古人。”早立远志，明确人生奋斗的方向，可以避免随波逐流，浪费宝贵的人生时光。“学之广在于不倦，不倦在于固志。志苟不固，则贫贱者汲汲于营生，富贵者沉沦于逸乐。”（葛洪《抱朴子·外篇·崇教》）广博的学识源自勤奋学习，而孜孜不倦地刻苦努力靠的是坚定的意志和信念。正所谓：“不畏浮云遮望眼，自缘身在最高层。”（王安石《登飞来峰》）

诗境深造：“青云怀远志，白雪操淳音。”（林弼《别胡景昭》）

202. 仰天大笑出门去，我辈岂是蓬蒿人　自强不息

出处：《周易·乾卦·象传》：“天行健，君子以自强不息。”

解析：指自立自强、勤勉上进、发奋有为的进取精神。

诗化：

龟虽寿

〔三国·魏〕曹操

神龟虽寿，犹有竟时。
腾蛇乘雾，终为土灰。
老骥伏枥，志在千里。
烈士暮年，壮心不已。
盈缩之期，不但在天。
养怡之福，可得永年。
幸甚至哉，歌以咏志。

诗义：龟虽然长寿，但生命也有终结的时候。腾蛇尽管能乘雾飞行，终究也会化为尘土。年迈的千里马尽管躺在马棚里，但仍然有雄心壮志，希望自强不息驰骋千里。怀抱远大志向的人哪怕到了晚年，奋发进取的雄心也不会停止。人生命的长短，也不只是由上天决定。只要注意调养锻炼，也可以益寿延年。我非常庆幸，能以这首诗来表达内心的志向。

简评：208 年曹操平定乌桓叛乱、消灭袁绍残余之后，南下征讨荆、吴。这一年曹操已经五十三岁，人生进入了暮年。对生命规律的清醒认识令他感慨万千："神龟虽寿，犹有竟时。腾蛇乘雾，终为土灰。"可心中一统天下的雄心壮志犹在："老骥伏枥，志在千里。烈士暮年，壮心不已。"《龟虽寿》表现了曹操鞍马为文、横槊赋诗、悲壮慷慨、震古烁今的气概，表现了其老骥伏枥志在千里的雄心以及虽已步入暮年但壮心不已的进取精神。曹操的这首诗广为后人所赞赏："名言激昂，千秋使人慷慨。孟德能于《三百篇》外，独辟四言声调，故是绝唱。"（陈祚明《采菽堂古诗选》）

中国传统哲学思想普遍推崇动态的宇宙观，以运动的眼光去看待社会和人生。儒家强调发挥人的主动性、能动性，奋发有为，保持乐观，主张人生在世要有历史担当，有所作为，积极投身于社会和人生，正所谓"路曼曼其修远兮，吾将上下而求索"（屈原《离骚》），追求真理的人生道路漫长而曲折，但仍要百折不挠，竭尽全力去追求和探索。“为天地立心，为生民立道，为去圣继绝学，为万世开太平”（张载《张子语录》）史称“横渠四句”，强调要为社会重建精神价值，为民众确立生命意义，为前圣继承已绝之学统，为万世开拓太平之根基。朱熹指出：“盖是刚健粹精，兢兢业业，日进而不自已。”（《朱子语类》）要不断提升自己的道德境界，完善自己的人格，在修业上不怕困难，执着坚持，有为于天下。“立志欲坚不欲锐，成功在久不在速。”（张孝祥《论治体札子》）确立了志向后不急于求成，成功在于持久地坚持，在于坚持不懈地努力。“守其初心，始终不变。”（苏轼《杭州召还乞郡状》）要坚守最初追求的理想，始终不变，自强不息。“夫子在川上，示以逝如斯。法天以行健，见易时见之。”（庞嵩《丁四首，俱吉阳书院景物·其四》）法家主张革新鼎故，变法图强，采取主动有为的态度，投身于国家、社会的伟业之中。道家则以反求正，以无为的策略达到无所不为的目标。这些思想和理念构成了中华民族自强自立、自力更生的文化传统。

“天行健，君子以自强不息。”天的运行刚健笃实，永不止息；君子要效法天，发挥能动性，坚持不懈地努力、奋斗，在修业进德上锐意进取，决不懈怠，才能锻造一个强大的自我。“仰天大笑出门去，我辈岂是蓬蒿人。”（李白《南陵别儿童入京》）自强不息就是要让优秀成为一种习惯，它能使人们保持积极向上的精神。自强不息是一种人生的态度，宋代苏轼的《浣溪沙·游蕲水清泉寺》表达的正是老当益壮、自强不息的精神：“谁道人生无再少？门前流水尚能西！休将白发唱黄鸡。”谁说人老了就不会再有年少的时光呢？门前的流水尚能向西流淌呢！切莫在老年感叹时光流逝，而应意识到尚需自强不息、奋发有为。

自强不息、壮心不已是伟大诗人的共同品格，杜甫在晚年也表达了这样的胸怀：“江汉思归客，乾坤一腐儒。片云天共远，永夜月同孤。落日心犹壮，秋风病欲苏。古来存老马，不必取长途。”（《江汉》）像白云那样与天共远，与月同孤。虽然年老体衰，但雄心犹存，自古养老马唯用其智，不必再在乎其体力。

诗境深造：“读书延古哲，修己惜璠玙。”（杨大纶《斗室》）

203. 俱怀逸兴壮思飞，欲上青天揽明月　人贵弘道

出处：《论语·卫灵公》：“子曰：‘人能弘道，非道弘人。’”

解析：指真理和正义需要人去维护弘扬，而热爱真理与正义的人一定能从中受益或得到庇护。人要勇于坚持真理和维护正义。

诗化：

赠韦侍御黄裳二首（节选）

〔唐〕李白

太华生长松，亭亭凌霜雪。
天与百尺高，岂为微飙折？
桃李卖阳艳，路人行且迷。
春光扫地尽，碧叶成黄泥。
愿君学长松，慎勿作桃李。
受屈不改心，然后知君子。

诗义：华山顶上的青松，挺拔玉立凌霜傲雪。巍巍的百尺长松，岂能为微不足道的狂风所折曲？但桃李却与长松不同，它们卖弄着妖艳的美色，使路人着迷。当春光已尽之时，它的艳丽就化成了黄泥。祈望君学长松，切记不要作桃李。受委屈而气节不改，然后才能分辨出谁是真正的君子。

简评：“俱怀逸兴壮思飞，欲上青天揽明月。”（李白《宣州谢朓楼饯别校书叔云》）唐代是中国文学发展，尤其是诗歌创作的一个“黄金时代”，其时出现了不少杰出诗人和大量优秀作品。在这些诗人中，以诗风飘逸、气势豪迈、想象丰富、文辞瑰丽著称的李白，被认为是屈原之后中国最具浪漫主义精神的诗人。历代文人对李白的诗歌评价很高，如唐代韩愈说：“李杜文章在，光焰万丈长。”（《调张籍》）宋代欧阳修说：“蜀道之难难于上青天，李白落笔生云烟。千奇万险不可攀，却视蜀道犹平川。”（《太白戏圣俞》）正是：“平生德义人间诵，身后何劳更立碑。”（徐夤《经故翰林杨左丞池亭》）

“为善则流芳百世，为恶则遗臭万年。”（程允升《幼学琼林》）。弘道是人一生的追求，一生的坚守。“长风破浪会有时，直挂云帆济沧海。”（李白《行路难三首·其一》）坚持真理和正义会遇到重重困境，但坚持弘道终会乘风破

浪，挂上云帆，横渡沧海，到达理想的彼岸。“立志欲坚不欲锐，成功在久不在速。”（张孝祥《论治体札子》）立下志向还需坚定不移，取得成功还贵在持久地坚持不懈。“忘忧乐道志不二，守穷待变变则通。”（耶律楚材《用前韵感事二首·其一》）“贫不足羞，可羞是贫而无志；贱不足恶，可恶是贱而无能；老不足叹，可叹是老而虚生；死不足悲，可悲是死而无闻。”（陈继儒《小窗幽记》）贫穷不必羞愧，该羞愧的是没有志气。

诗境深造：“会当凌绝顶，一览众山小。”（杜甫《望岳》）

204. 高山仰止堪模楷，百世闻之尚激昂　高山仰止

出处：《诗经·小雅·车舝》：“高山仰止，景行行止。”《史记·孔子世家》：“高山仰止，景行行止。虽不能至，然心向往之。”

解析：指品德崇高的人，就会有人敬仰。比喻对品德崇高、境界高尚、知识渊博之人的崇敬和仰慕。

诗化：

赠孟浩然

〔唐〕李白

吾爱孟夫子，风流天下闻。
红颜弃轩冕，白首卧松云。
醉月频中圣，迷花不事君。
高山安可仰，徒此揖清芬。

诗义：我敬仰孟先生的庄重潇洒，他为人高尚，风流倜傥，闻名天下。年轻时鄙视功名不爱高官厚禄，年纪大了之后又归隐山林摒弃尘杂。明月夜常常饮酒醉得潇洒非凡，他不事君王而迷恋自然山水，花花草草，心胸豁达，宠辱不惊。他品格高尚，让人高山仰止，只此揖敬他高洁的人品。

简评：“夫尚贤者，政之本也。”（《墨子·尚贤上》）崇尚并任用贤能的人是为政的根本。“经师易遇，人师难遭，愿在左右，供给洒扫。”（司马光《资治通鉴》）教文化知识的老师容易找，教如何做人的老师却难遇。所谓人师，乃德

行才识皆卓越者，其可以“学为人师，行为世范”，不必在朝在位。孔子答季康子问政说：“子欲善，而民善矣。君子之德风，小人之德草。草上之风，必偃。”（《论语·颜渊》）有影响的人物或官员具有榜样的作用，他们的德行像风一样，百姓和下属的德行如草一般。风吹在草上，草一定顺着风的方向倒去。

“高山仰止堪模楷，百世闻之尚激昂。”（李昴英《同刘朔斋洲蒲涧谒菊坡祠》）榜样是一种无穷的力量，它彰显进步，激励人心；榜样是一面旗帜，鼓舞斗志。褒扬和宣传榜样，就是在社会上树起一个标杆，确立一种道德风尚，弘扬一种主流价值观。向榜样学习可以改变人的精神和行为。人的精神具有奇妙的力量，向什么样的人看齐，往往就会成为什么样的人。“高山仰止从吾好，明德惟馨自古然。”（吴与弼《题乌冈别墅》）多仰望人类历史上的各类伟人，倾听他们的教诲，用他们的事迹激励自己，洗涤心灵。学习榜样的智慧和品格，人生将会有所不同。

诗境深造：“何妨云影杂，榜样自天成。”（张镃《桂隐纪咏·俯镜亭》）

205. 刚健中正纯粹精，含弘光大品物亨　刚健笃实

出处：《周易·大畜卦·彖传》：“大畜，刚健笃实辉光，日新其德，刚上而尚贤。能止健，大正也。”

解析：指刚强而又忠诚老实，内蕴自强不息的精神和深厚的道德修养。

诗化：

橘颂（节选）

〔战国〕屈原

后皇嘉树，橘徕服兮。受命不迁，生南国兮。
深固难徙，更壹志兮。绿叶素荣，纷其可喜兮……
嗟尔幼志，有以异兮。独立不迁，岂不可喜兮？
深固难徙，廓其无求兮。苏世独立，横而不流兮。

诗义：橘树啊，你这天地间的名树，天生适应当地的水土。你品质坚贞，生长在江南的国度。根深难以迁移，那是由于你执着的意志。绿叶衬着白花，

繁茂得人人喜爱……啊，你年少的志向，就与众不同。行思独行永不改变，怎不让人尊敬爱戴？你品格坚定，胸怀开阔大公无私。你远离尘世独来独往，敢于坚守原则而绝不随波逐流。

简评：“天行健，君子以自强不息。”（《周易·乾卦》）“自强不息”是《周易》倡导的人生之道，主要包括刚健和笃实两层意思。“刚健”指刚强、雄健。《周易》中多处出现这两个字，如“刚健而文明”“刚健而不陷”“动而健，刚中而应”“健而巽，刚中而志行”“刚健笃实辉光”等。《周易》中所指的“刚健”是适度的、恰到好处的，即“刚中”“刚健中正”。“笃实”指脚踏实地、百折不挠地奋斗不已。正是：“刚健中正纯粹精，含弘光大品物亨。”（项安世《弘斋诗》）

精卫填海、刑天战帝也是中国古代关于坚韧不拔、刚健笃实的典故。晋代陶渊明曾赋诗赞曰：“精卫衔微木，将以填沧海。刑天舞干戚，猛志固常在。同物既无虑，化去不复悔。徒设在昔心，良辰讵可待。”（《读〈山海经〉·其十》）精卫含着微小的木块，要用它填平沧海。刑天被砍了头但仍挥舞着盾斧，刚毅的斗志始终存在。同样是生灵不存余哀，化成了异物并无悔改。如果没有这样坚忍的意志品格，美好的时光又怎么会到来呢？精卫和刑天都是《山海经》的神话形象。精卫是发鸠山的一种鸟。相传炎帝的女儿女娃因游东海淹死，化为精卫鸟，经常衔木石去填东海。刑天则因和天帝争权，失败后被砍去了头，但他不甘屈服，以两乳为目、肚脐当嘴，挥舞着盾牌和板斧以示抗争。

“自古逢秋悲寂寥，我言秋日胜春朝。晴空一鹤排云上，便引诗情到碧霄。”（刘禹锡《秋词》）秋天在大多数人眼里满是枯萎的景象，充满了悲愁，但在刘禹锡的笔下却展现出天朗气清、万里晴空的壮阔景象，他直言秋天的美好更胜春天。全诗表达了刚健笃实、积极向上的情怀。“莫言下岭便无难，赚得行人错喜欢。政入万山围子里，一山放出一山拦。”（杨万里《过松源晨炊漆公店六首·其五》）艰难险阻无处不在，必须具有刚健笃实的意志品格和脚踏实地的务实作风。

诗境深造：“小人散阴霾，君子履刚健。”（朱德润《廿四日出京口河冰阻舟二日方抵吕城》）

206. 凛然浩气天地间，眇视万古同人寰　养浩然气

出处:《孟子·公孙丑上》:“我善养吾浩然之气。”

解析：指刚正宏大的精神。

诗化：

对酒

〔清〕秋瑾

不惜千金买宝刀，貂裘换酒也堪豪。
一腔热血勤珍重，洒去犹能化碧涛。

诗义：不吝惜花巨资去买一把好刀，用貂皮大衣换酒也堪称豪迈。要充分爱惜那满腔的热血，抛洒鲜血做出惊天动地的事业。

简评：浩然正气是至大至刚之气。文天祥《正气歌》云：“天地有正气，杂然赋流形。下则为河岳，上则为日星。于人曰浩然，沛乎塞苍冥。”浩然正气由多种气节和作风构成。一是志气，指不甘落后，力求达到一定目的的决心和勇气。有志气的人，奋斗目标明确，意志坚定。“浩然一气古到今，古人无愧惟此心。青天为幕地为席，醉里聊作乌乌吟。君不见人生所重独名谥，一代简书耀青史。”（岳珂《浩歌行》）二是清气，指光明正大的高雅之气。“身安气定色如玉，脱遗世俗心浩然。”（苏辙《宣徽使张安道生日》）三是勇气，指敢作敢为的气魄、毫不畏惧的气概。“平生万事付之天，百折犹能气浩然。试问软尘金络马，何如柔橹月侵船。英雄到底是痴绝，富贵但能妨醉眠。三百里湖随意住，人间真有地行仙。”（陆游《舟中戏书》）“有时抱琴花下弹，有时展易花前读。浩然清气满乾坤，坐觉心胸绝尘俗。”（于谦《梅花图为严宪副题》）四是骨气，指刚强不屈的人格及操守。相传乐羊子妻曾说：“志士不饮盗泉之水，廉者不受嗟来之食。”（《后汉书·列女传》）五是锐气，指勇往直前、不怕困难的气势。六是豪气，指豪放、不自私等气概。

“素养浩然之气，铁石心肠谁拟。嵩目县前江，不逐队鱼游戏。藏器。藏器。只等时乘奋起。”（冯熔《如梦令·题龙脊石》）浩然正气，是优秀人士应具有的素质。培养正气就要从志气、清气、勇气、骨气、锐气、豪气等气节入手，磨砺品德、修炼言行。正如《黄帝内经》开篇所说：“夫上古圣人之教

下也，皆谓之虚邪贼风，避之有时，恬淡虚无，真气从之，精神内守，病安从来？”正气充足，人体健康，百病不入。心有正气，淡泊名利坚若磐石；身有正气，刚直正大浑身是胆。正是：“凛然浩气天地间，眇视万古同人寰。”（岳珂《浩歌行》）

诗境深造：“一点浩然气，千里快哉风。”（苏轼《水调歌头·黄州快哉亭赠张偓佺》）

207. 我自横刀向天笑，去留肝胆两昆仑　威武不屈

出处：《孟子·滕文公下》：“富贵不能淫，贫贱不能移，威武不能屈，此之谓大丈夫。”

解析：指暴力、强权不能使之屈服。

诗化：

狱中题壁

〔清〕谭嗣同

望门投止思张俭，忍死须臾待杜根。

我自横刀向天笑，去留肝胆两昆仑。

诗义：望门投宿想到了东汉时期的张俭，但愿你们都有人接纳和保护，也希望你们能像东汉时的杜根那样，忍死求生，坚持斗争。屠刀架在脖子上，我也要仰天大笑，面不改色，出逃或留下来的人，肝胆相照，都是像昆仑山一样的英雄豪杰。

简评：谭嗣同，“戊戌六君子”之一，早年在家乡湖南倡办时务学堂、南学会等，主办《湘报》，又倡导开矿山、修铁路，宣传变法维新，推行新政。1898 年 6 月 11 日，光绪皇帝颁布“明定国是”诏书，宣布变法，史称“戊戌变法”。谭嗣同参与了戊戌变法。1898 年 9 月 21 日，慈禧太后发动政变，幽禁光绪皇帝并大肆捕杀维新派人物。谭嗣同拒绝了他人请他逃亡的劝告，决心一死，愿以身殉法来唤醒和警策国人。他说：“各国变法，无不从流血而成，今中国未闻有因变法而流血者，此国之所以不昌也。有之，请自嗣同

始。”他威武不屈，凛然赴刑场，展现了如莽莽昆仑一样的浩然之气。

威武不屈具体表现在气节上，古代仁人志士讲究气节操守，强调在生死关头要有坚定的意志和定力。孔子曰：“三军可夺帅也，匹夫不可夺志也。”（《论语·子罕》）“志士仁人，无求生以害仁，有杀身以成仁。”（《论语·卫灵公》）曾子曰：“可以托六尺之孤，可以寄百里之命，临大节而不可夺也。”（《论语·泰伯》）孟子曰：“富贵不能淫，贫贱不能移，威武不能屈，此之谓大丈夫。”（《孟子·滕文公下》）威武不屈就是要坚守做人的原则和立场，不因蝇头小利而牺牲大节，在权力、金钱等诱惑面前要做到立场坚定，洁身自好。

1935 年，方志敏被捕后，在牢狱里写下《可爱的中国》《清贫》《狱中纪实》等多篇感人肺腑的文章，那些铿锵的句子至今环绕耳边：“为着阶级和民族的解放，为着党的事业的成功，我毫不稀罕那华丽的大厦，却宁愿居住在卑陋潮湿的茅棚；不稀罕美味的西餐大菜，宁愿吞嚼刺口的苞粟和菜根；不稀罕舒服柔软的钢丝床，宁愿睡在猪栏狗窠似的住所。”（《死！——共产主义的殉道者的记述》）表现出了威武不屈的风骨。

诗境深造：“努力崇明义，岂为威武屈。”（纳兰性德《卢子谅时兴》）

208. 长风破浪会有时，直挂云帆济沧海　敦品励行

出处：《归田琐记·谢古梅先生》：“先生敦品励学，实为儒宗。”

解析：指修身养性，注重品格，刻苦读书，砥砺言行。

诗化：

登鹳雀楼

〔唐〕王之涣

白日依山尽，黄河入海流。
欲穷千里目，更上一层楼。

诗义：夕阳沿着西边的山徐徐落下，滚滚的黄河向东海奔腾。若想看到更遥远的风景，那就要登上更高的一层城楼。

简评：这首诗蕴涵着深刻的哲理，表达了诗人不凡的胸襟和抱负，表现

出积极向上的进取精神。孟子说："天将降大任于是人也，必先苦其心志，劳其筋骨，饿其体肤，空乏其身，行拂乱其所为，所以动心忍性，曾益其所不能。"（《孟子·告子下》）曾国藩指出："古来圣贤豪杰，何人不从磨炼出来？磨折愈甚，学养愈进。但求志弥刚，气弥静，磨不倒者，即是高人一等耳。"（《曾国藩全集》）一切事物都是变化发展的。

"有卓君子，励行自修。夙夜惕若，反躬是求。"（吴当《修省斋诗·其二》）"敦品"意为砥砺品德，重在平时的修炼。首先，要涵养足够的正气，树立淡泊名利、宠辱不惊、进退泰然、心态平和的浩然正气。其次，要志存高远，胸怀大志。不为蝇头小利所困扰，不为浮躁所迷惑。再其次，要博学好读。读书是获取知识的途径，也是敦品砺行的方法。越是博学的人，视野越开阔，越能保持头脑冷静、心态平和。在学习中探索自然、认识社会、开阔视野、提升境界。"终徇己以效能，靡因人而成事。"（骆宾王《萤火赋》）任何事首先最重要的是靠自己不懈地奋斗和努力，凡事不能靠别人。

"恭俭以立身，坚强以立志。"（《慎子曰恭俭》）砺行就是磨砺操守和品行。要在工作和生活中修身养性，提高品格。"思凌广宇千秋短，行到危崖寸步长。"能把每一件小事做好就是不平凡，高尚的美德并非高不可攀，它们就体现在我们的言行之中。"书山有路勤为径，学海无涯苦作舟。"（韩愈《古今贤文·劝学篇》）为了使自己能够在思想、学识和品行上有所进步，必须学习掌握更多的知识，不断加强自身的修养，磨砺意志品格，才能"更上一层楼"。正是："长风破浪会有时，直挂云帆济沧海。"（李白《行路难三首·其一》）

诗境深造："行矣图树立，庶当光远期。"（杨士奇《题竹为族孙挺》）

209. 宁可枝头抱香死，何曾吹落北风中　穷不变节

出处：《孔子家语·在厄》："芝兰生于深林，不以无人而不芳。君子修道立德，不为穷困而改节。"

解析：指处于逆境或困难的时候不改变节操和志向。

诗化：

寒菊

〔宋〕郑思肖

花开不并百花丛，独立疏篱趣未穷。

宁可枝头抱香死，何曾吹落北风中。

诗义：菊花开在秋天而不是百花盛开的春天，独自立在稀疏的篱笆旁边，其高洁的情操未曾衰退。宁可在枝头上怀抱着清香而死，也绝不会被凛冽的北风吹落。

简评：郑思肖，南宋末诗人。元兵南下，郑思肖忧国忧民，上疏直谏，痛陈抗敌之策。南宋灭亡后，郑思肖学习伯夷、叔齐不食周粟的精神，不臣服元朝的统治。因肖是赵（赵是宋的“国姓”，繁体为“趙”）字的构成部分，所以改名思肖，字号忆翁和所南也都含有怀念赵宋的意思。郑思肖把居室题额为“本穴世家”，如将“本”下的“十”字移入“穴”字中间，便成“大宋世家”，以示对大宋的忠诚。

“竹死不变节，蕙焚尚余馨。”（宋濂《杂体五首·其三》）孔子曾路经陈、蔡打算去楚国讲学。陈、蔡的官员担心孔子的威望会危及自己的国家，便派兵阻止孔子前行，导致孔子等人陷入困境。但孔子却不因处境艰难而放弃追求，以“芝兰生于深林，不以无人而不芳。君子修道立德，不为穷困而改节”来鼓励随行的弟子。兰花长在幽深的丛林之中，不会因为没人观赏就不散发芬芳；君子修养自身品德，不会因为处境艰难就改变节操。穷不变节，要有坚韧的意志力，切莫像徐渭那样自暴自弃，发出“半生落魄已成翁，独立书斋啸晚风。笔底明珠无处卖，闲抛闲掷野藤中”（《题葡萄图》）的喟叹。

“第三之兄更奇异，昂昂独负青云志。下看金玉不如泥，肯道王侯身可贵。”（李渤《喜弟淑再至为长歌》）孟郊面对纷纷扰扰的社会，写下《寓言》诗句自勉：“谁言碧山曲，不废青松直。谁言浊水泥，不污明月色。我有松月心，俗骋风霜力。贞明既如此，摧折安可得。”为人处世，要立志做品德高尚的人，要有坚定的信念和顽强的意志，也要有平易恬淡的心态，“平易恬淡，则忧患不能入，邪气不能袭，故其德全而神不亏”（《庄子·刻意》），要经得起艰难困苦的考验。

诗境深造：“竹死不变节，花落有余香。”（邵谒《金谷园怀古》）

210. 何人更似苏夫子，不是花时肯独来　我心有主

出处：《元史·列传第四十五·许衡》：“许衡尝暑中过河阳，渴甚，道有梨，众争取啖之，衡独危坐树下自若。或问之，曰：‘非其有取之，不可也。’人曰：‘世乱，此无主。’曰：‘梨无主，吾心独无主乎？’”

解析：指一个人能够坚持自己的主见，恪守自己的操行，排除外界的干扰和诱惑，不为外物所役，不被名利所困。

诗化：

竹石

〔清〕郑燮

咬定青山不放松，立根原在破岩中。

千磨万击还坚劲，任尔东西南北风。

诗义：竹子抓住青山毫不放松，它的根牢牢地扎在岩石缝中。经历了千万次来自东西南北方向狂风的折磨和打击，仍然坚韧挺拔，顽强地生存着。

简评：许衡，宋元之际理学家、教育家。1233年蒙古军攻打金朝，黄河以北处于兵荒马乱之中。一日正值暑天，许衡路过河阳（今孟州），同行的人都非常渴，恰巧路旁有梨树，大家就争先恐后地去摘梨吃，只有许衡一人坐树下动也不动。有人便问许衡：“你怎么不去摘梨吃呢？”许衡回答说：“那梨树不是我的，怎么能随便去摘？”那人说：“现在是乱世，这棵梨树早已没有主了。”许衡说：“梨树虽没主，难道我的心也没有主吗？”

“守节抱苦贞，岂不幽且寒。由来松柏性，羞学桃李颜。”（孙蕡《赠从弟三首·其二》）韩非子说：“中无主，则祸福虽如丘山，无从识之。”（《韩非子·喻老》）说内心没有主见，祸福即使像山丘那么明显，也无从认识它。“四月清和雨乍晴，南山当户转分明。更无柳絮因风起，惟有葵花向日倾。”（司马光《客中初夏》）这首诗也含蓄地表现了诗人“我心有主”，不会像柳絮

那样随风飘扬，不会见风使舵或随波逐流，而是像向日葵具有忠贞不贰的品格。王守仁指出：“身之主宰便是心，心之所发便是意，意之本体便是知，意之所在便是物。”（《传习录》）身的主宰在人心，内心净化、志向高远，才能防止歪风邪气近身附体，才能具有无比坚定的力量。龚自珍说：“道力战万籁，微芒课其功。不能胜寸心，安能胜苍穹？”（《自春徂秋，偶有所触，拉杂书之，漫不诠次，得十五首·其一》）精神的力量能够与外界的一切干扰相抗衡，一点一滴取得功绩。如果不能战胜自己的私心杂念，又怎能够征服客观世界呢？

“不是乘春绿，终无变节黄。惟应清白操，岁晚映冰霜。”（张宁《为姚公绶题飞白竹》）思想决定了人的行为方式。“我心有主”使一个人能够坚持主见，恪守操行，排除外界的干扰和诱惑，不为外物所役，不被名利所困，从而做到“一念之非即遏之，一动之妄即改之”（薛瑄《读书录》），“只眼须凭自主张，纷纷艺苑漫雌黄。矮人看戏何曾见，都是随人说短长”（赵翼《论诗五首·其三》）。“我心有主”，不人云亦云，不随波逐流，坚守精神家园，努力进取，方能成就一番事业。正是：“井底微阳回未回，萧萧寒雨湿枯荄。何人更似苏夫子，不是花时肯独来。”（苏轼《冬至日独游吉祥寺》）

诗境深造：“我心得所安，不谓尔有知。”（柳宗元《掩役夫张进骸》）

二十二、报国篇

一条大河波浪宽，
风吹稻花香两岸。
我家就在岸上住，
听惯了艄公的号子，
看惯了船上的白帆。
这是美丽的祖国，
是我生长的地方。
在这片辽阔的土地上，
到处都有明媚的风光。

——乔羽《我的祖国》（节选）

报国之心是指甘愿为自己的国家奉献甚至牺牲一切之心。岳飞的母亲期盼儿子为国尽忠，在岳飞的背上刺下“尽忠报国”四个字。烈士们爱国如家。先贤们为国赤胆忠心，不求富贵。勇士们面对牺牲，敢于以身许国，为国捐躯。“苟利国家生死以，岂因祸福避趋之？”“金瓯已缺总须补，为国牺牲敢惜身。”

211. 江如赤壁英雄少，山似新亭感慨多　江山如画

出处：《念奴娇·赤壁怀古》：“江山如画，一时多少豪杰。”

解析：指祖国山河壮丽如画。

诗化：

沁园春·雪

毛泽东

北国风光，千里冰封，万里雪飘。望长城内外，惟余莽莽；大河上下，顿失滔滔。山舞银蛇，原驰蜡象，欲与天公试比高。须晴日，看红装素裹，分外妖娆。　　江山如此多娇，引无数英雄竞折腰。惜秦皇汉武，略输文采；唐宗宋祖，稍逊风骚。一代天骄，成吉思汗，只识弯弓射大雕。俱往矣，数风流人物，还看今朝。

诗义：北方寒冬的风光，大地被厚厚的坚冰覆盖着，万里长空任雪花飘舞。遥望巍峨长城的内外，旷野无边，一片苍茫。黄河的上下游波涛滚滚。山峦像银蛇蹁跹起舞，原野如白象群浩浩荡荡，奔驰飞疾，好像都想和天公比高低。待到天晴旭日东升，漫天的红霞笼罩大地，将显得格外妩媚妖娆。祖国的河山如此美丽，有多少英雄豪杰为之抛头颅洒热血。只可惜秦始皇和汉武帝略输在文学才华；唐太宗和宋太祖稍逊文治业绩；称雄一世的成吉思汗，也只知道拉弓射大雕。他们的功绩都成为历史，称得上能建功立业的英雄人物，还要看今天的人们。

简评：江山如画，一代又一代的英豪为之倾倒，甘愿为之折腰。《沁园春·雪》雄阔豪放、气势磅礴，展现了诗人博大的胸襟和远大的抱负，表达了对秀美如画的祖国江山的钟爱之情。

江山如画，值得为之折腰。1934 年，方志敏率部北上抗日，被国民党军队拘捕入狱。他在狱中写下了著名的《可爱的中国》，其中说道：“朋友！中国是生育我们的母亲。你们觉得这位母亲可爱吗？我想你们是和我一样的见解，都觉得这位母亲是蛮可爱蛮可爱的……中国许多有名的崇山大岭，长江巨河，以及大小湖泊，岂不象征着我们母亲丰满坚实的肥肤上之健美的肉纹和肉窝？……至于说到中国天然风景的美丽，我可以说，不但是雄巍的峨

嵋，妩媚的西湖，幽雅的雁荡，与夫‘秀丽甲天下’的桂林山水，可以傲睨一世，令人称羡；其实中国是无地不美，到处皆景，自城市以至乡村，一山一水，一丘一壑，只要稍加修饰和培植，都可以成流连难舍的胜景；这好像我们的母亲，她是一个天姿玉质的美人，她的身体的每一部分，都有令人爱慕之美。”写罢这篇不朽之作不久，方志敏英勇就义。正是：“江如赤壁英雄少，山似新亭感慨多。”（袁华《江山如画轩》）

诗境深造：“江山如画里，人物更风流。”（元好问《临江仙·荷叶荷花何处好》）

212. 辞家壮志凭孤剑，报国先声震两河　精忠报国

出处：《宋史·列传第一百二十四·岳飞》：“初命何铸鞫之，飞裂裳以背示铸，有‘尽忠报国’四大字，深入肤理。”

解析：指竭尽忠诚报效国家。

诗化：

满江红

〔宋〕岳飞

怒发冲冠，凭栏处、潇潇雨歇。抬望眼、仰天长啸，壮怀激烈。三十功名尘与土，八千里路云和月。莫等闲、白了少年头，空悲切。　靖康耻，犹未雪。臣子恨，何时灭。驾长车踏破，贺兰山缺。壮志饥餐胡虏肉，笑谈渴饮匈奴血。待从头、收拾旧山河，朝天阙。

诗义：愤怒使头发竖起，独自登高远眺，疾风骤雨刚刚停歇。抬头远望，禁不住仰天长啸，报国之情充满心怀。三十多年来的功名，如同尘土微不足道，转战南北八千里，经历了多少风风雨雨。好男儿，要抓紧为国建功立业，不要将青春时光消磨，等年老时独自悲伤。靖康之变的耻辱还没有被雪洗。臣子的愤恨，何时才能泯灭！我要驾着战车踏平贺兰山。满怀壮志，饿了就吃敌人的肉，谈笑间喝着敌人的血。待我重新收复那丢失的故土，再向祖国报送捷报。

简评：精忠报国是无数仁人志士的伟大志向。三国蜀汉诸葛亮《后出师表》写道："鞠躬尽瘁，死而后已。"在西方的价值观中，爱国也是一个重要的观念。古希腊柏拉图指出："人不仅为自己而生，而且也为祖国活着。"法国拿破仑说："爱国是文明人的首要美德。"

北宋末年，金国大举侵宋。岳飞的母亲希望岳飞尽忠报国，为了鼓励儿子报效国家，她在岳飞的背上刺上"尽忠报国"四个字。岳飞勇敢地担负起了率兵讨贼、图复中兴的重任，大败金兵，屡建功勋。《满江红》是一首千古传诵的爱国诗篇，曲折回荡、铿锵有力，表达了诗人立功杀敌、视死如归的豪情壮志，以及对祖国的一片赤诚之心。宋高宗御赐了"精忠岳飞"四个字给岳飞，并让手下做了一面写有"精忠岳飞"的旗帜。明清以后，"尽忠报国"逐步变为"精忠报国"流传于世。

历代有不少赞颂岳飞的诗词佳作，如明代吴炎的"将军野战最知名，半壁河山一力撑。义在春秋臣节殚，法过韬略阵云明。运移宋历终江海，功就蕲王敢弟兄。痛饮黄龙千载恨，钱塘夜夜有潮声"（《咏岳忠武》），清代毛师柱的"破竹真能复两京，十年功绩痛垂成。但知金币坚和议，忍使香盆聚哭声。手挽山河心未死，身骑箕尾气犹生。经过当年班师地，千古令人涕泪横"（《朱仙镇拜岳武穆王庙》），彭定求的"忠武乡闾驻辙过，柏阴森列更摩挲。辞家壮志凭孤剑，报国先声震两河"（《汤阴谒岳忠武故里庙像》）。这些诗歌表达了人们对精忠报国的岳飞的崇敬。

诗境深造："小来思报国，不是爱封侯。"（岑参《送人赴安西》）

213. 王师北定中原日，家祭无忘告乃翁　爱国如家

出处：《抱朴子·外篇·广譬》："烈士之爱国也如家。"

解析：指爱国就像爱自己的家一样。国家就是我们的共同家园。

诗化：

示儿

〔宋〕陆游

死去元知万事空，但悲不见九州同。
王师北定中原日，家祭无忘告乃翁。

诗义：我知道死后人间的事就与我无关了，但使我悲哀的是没能亲眼看到祖国统一。等到我军收复中原的时候，你们举行家祭，千万别忘把胜利的喜讯告诉我！

简评：《示儿》表达了作者至死不渝的爱国情感，体现了对生死的旷达态度。陆游是宋代杰出的诗人，自言“六十年间万首诗”，存世诗作九千余首，其诗、词、文均有很高成就，兼具李白的雄奇奔放与杜甫的沉郁悲凉，尤以饱含爱国之情的诗词对后世影响深远。他的爱国诗词直抒胸臆、托物言志、悲壮沉痛，可泣鬼神，光照千秋。陆游一生致力于抗金斗争，一直希望能收复中原。其著名诗篇有《书愤五首·其一》：“早岁那知世事艰，中原北望气如山。楼船夜雪瓜洲渡，铁马秋风大散关。塞上长城空自许，镜中衰鬓已先斑。出师一表真名世，千载谁堪伯仲间。”《十一月四日风雨大作》：“僵卧孤村不自哀，尚思为国戍轮台。夜阑卧听风吹雨，铁马冰河入梦来。”《夜泊水村》：“腰间羽箭久凋零，太息燕然未勒铭。老子犹堪绝大漠，诸君何至泣新亭。一身报国有万死，双鬓向人无再青。记取江湖泊船处，卧闻新雁落寒汀。”这些诗篇诗风雄浑豪迈、刚劲有力，表现了陆游报国的豪情壮志和一往无前的气概，激励了无数后人的报国热情。

梁启超十分崇敬陆游的爱国主义精神和为国而战的尚武精神，在戊戌变法失败后出走日本期间，曾写下读陆游诗集后所引发的感慨：“诗界千年靡靡风，兵魂销尽国魂空。集中什九从军乐，亘古男儿一放翁。”（《读陆放翁集·其一》）

陆游对祖国忠贞的品格体现在他对梅花的偏爱上。梅花不畏严寒，不惧寂寞，不与百花争春。陆游特别喜爱梅花，一生写了无数咏梅花的诗歌。著名的有《卜算子·咏梅》：“驿外断桥边，寂寞开无主。已是黄昏独自愁，更着风和雨。无意苦争春，一任群芳妒。零落成泥碾作尘，只有香如故。”《梅花绝句六首·其三》：“闻道梅花坼晓风，雪堆遍满四山中。何方可化身千亿，一树梅花一放翁。”“清逸”是古代文人推崇的品格，梅花所表现的正是诗人欣赏的品质，因而备受诗人喜爱。

爱国如家就是把国家当作我们共同的家园。于右任身居台湾，对于自己不能叶落归根，感到十分遗憾、痛苦。他曾立下遗嘱说：“我百年之后，愿葬玉山或阿里山树木多的高处，山要高者，树要大者，可以时时望大陆。”其在诗歌中满怀深情地表达了其爱国如家的感情：“福州鸡鸣，基隆可听。伊人隔岸，如何不应？沧海月明风雨过，子欲歌之我当和。遮莫千重与万重，一叶渔艇冲烟波。”（《鸡鸣曲》）“葬我于高山之上兮，望我大陆。大陆不可见兮，只有痛哭！葬我于高山之上兮，望我故乡。故乡不可见兮，永不能忘。天苍苍，野茫茫，山之上，国有殇！”（《望大陆》）

诗境深造：“磊落忠义人，爱国忧黎元。”（晁冲之《送王敦素》）

214. 愿得此身长报国，何须生入玉门关　赤胆忠心

出处：《牡丹亭·淮警》：“贼子豪雄是李全，忠心赤胆向胡天。靴尖踢倒长天堑，却笑江南土不坚。”

解析：指十分忠诚可靠。

诗化：

会同馆

〔宋〕范成大

万里孤臣致命秋，此身何止一沤浮！
提携汉节同生死，休问羝羊解乳不。

诗义：肩负着朝廷的使命来到万里之外，微薄的身躯不就是小小的水泡吗！身任汉朝的使节早把生死置之度外，不要问我公羊能否产奶！

简评：范成大，南宋诗人，以起居郎、假资政殿大学士出使金朝。范成大到达中都，在会同馆下榻，闻悉金国要扣留他做人质后，写下这首诗以表

示自己要像汉朝使节苏武那样坚持对祖国赤胆忠心。这首诗短小精干，但慷慨激昂，动人心魄，感人至深。据记载，匈奴人把汉朝使节苏武流放到北海（今贝加尔湖）荒无人烟的地方，说等到公羊产奶了才能回来。

“刳肝以为纸，沥血以书辞。”（韩愈《归彭城》）范成大是一位爱国诗人，写了不少爱国诗篇，比如《双庙》：“平地孤城寇若林，两公犹解障妖祲。大梁襟带洪河险，谁遣神州陆地沉？”双庙是为纪念唐代安史之乱时苦守孤城不屈而死的张巡、许远而建的。这首诗的大意是：一马平川的孤城被安禄山众多的军队包围，两位忠贞之士坚守城池，阻挡叛军的进犯。城陷被缚，两公大义凛然，骂贼而死。汴京倚傍黄河，地势险要，应设兵布防，可抵御敌人。现在国家沉沦又该谁负责任？正是：“愿得此身长报国，何须生入玉门关。”（戴叔伦《塞上曲二首·其二》）

诗境深造：“赤胆犹斗悬，寸心亦金坚。”（戚继光《入关述》）

215. 苟利国家生死以，岂因祸福避趋之　不求富贵

出处：《礼记·儒行》：“苟利国家，不求富贵。”

解析：指只求对国家有利，不求个人名利富贵。

诗化：

赴戍登程口占示家人（节选）

〔清〕林则徐

力微任重久神疲，再竭衰庸定不支。

苟利国家生死以，岂因祸福避趋之。

诗义：我曾以微薄的力量为国担当重任，现在感到身心疲惫。如果再这样竭尽全力下去，肯定无法支撑。但只要对国家有利，即使牺牲自己的生命也心甘情愿，绝不会因为祸患而逃避，也不会因为福禄而趋附。

简评：林则徐，清末政治家，曾主张严禁鸦片、抵抗西方列强的侵略，以虎门销烟而闻名中外，为一代名臣、民族英雄，但也正是禁烟和抗英，遭革职充军。《赴戍登程口占示家人》这首诗是1842年林则徐被充军去伊犁，

自西安启程前留别家人所作。诗中表明了林则徐在禁烟抗英问题上，不顾个人安危的态度，虽遭革职充军也毫不后悔。正是：“不戚戚于贫贱，不汲汲于富贵。”（陶渊明《五柳先生传》）

“苟利社稷，死生以之。”（《左传·昭公四年》）爱国使人更加坚强。俄国列夫·托尔斯泰指出：“崇高的感情——对祖国的爱，能使人在枪林弹雨下，在九死一生中，在不断地劳动、熬夜和艰苦的环境下泰然自若。”另一位俄国文学家车尔尼雪夫斯基也说：“爱国主义的力量多么伟大呀！在它面前，人的爱生之念、畏苦之情，算得了什么呢？在它面前，人本身又算得了什么呢？”宋代陆游有诗曰：“江声不尽英雄恨，天意无私草木秋。”（《黄州》）滔滔的江水道不尽英雄报国的遗恨，即便是像秋天的草木一样枯老，也无怨无悔。这与林则徐“苟利国家生死以，岂因祸福避趋之”的报国情怀异曲同工。

诗境深造：“名声实无穷，富贵亦暂热。”（苏轼《屈原塔》）

216. 人生自古谁无死，留取丹心照汗青　匹夫有责

出处：《日知录·正始》：“保国者，其君其臣，肉食者谋之。保天下者，匹夫之贱，与有责焉耳矣。”

解析：指对于国家民族的兴衰存亡，每一个人都有责任。

诗化：

过零丁洋

〔宋〕文天祥

辛苦遭逢起一经，干戈寥落四周星。
山河破碎风飘絮，身世浮沉雨打萍。
惶恐滩头说惶恐，零丁洋里叹零丁。
人生自古谁无死，留取丹心照汗青。

诗义：回想自己当年仕途的艰苦经历，如今战火消歇已过了四个年头。山河破碎，祖国危在旦夕，好像狂风中的柳絮，自己一生坎坷如同暴雨中的浮萍。惶恐滩头的惨败至今依然让我惊慌，零丁洋身陷元军的包围可叹我孤

苦伶仃。人生自古以来谁都有一死，但我要死得其所，要重于泰山，要让一片爱国的红心映照史册。

简评：南宋末年，文天祥在广东海丰被元军俘虏，被押往北方的途中经过零丁洋，写了《过零丁洋》这首诗，表达了诗人的爱国之情，充分体现了诗人的高风亮节和他舍生取义的人生观，以及他的民族精神。诗的下半阕“惶恐滩头说惶恐，零丁洋里叹零丁。人生自古谁无死，留取丹心照汗青”成为千古名句及中华民族崇高爱国气节的概括。爱国是一个人对祖国的深厚感情，是一种对自己的故土家园和民族的认同感与归属感，是一种至高无上的民族精神。天下兴亡，匹夫有责，每个人对自己的国家和民族都应抱有责任感和使命感。爱国是一个国家稳定发展并走向强盛的巨大动力。

爱国是历代仁人志士共同的底色，从古至今产生了不少体现家国情怀的经典语句。如：“苟利国家，不求富贵。”（《礼记·儒行》）“位卑未敢忘忧国。”（陆游《病起书怀》）“平生铁石心，忘家思报国。”（陆游《太息》）“丈夫所志在经国，期使四海皆衽席。”（海瑞《樵溪行送郑一鹏给内》）“金瓯已缺总须补，为国牺牲敢惜身。”（秋瑾《鹧鸪天》）“灵台无计逃神矢，风雨如磐暗故园。寄意寒星荃不察，我以我血荐轩辕。”（鲁迅《自题小像》）“国人无爱国心者，其国恒亡。”（李大钊《厌世心与自觉心》）“爱国心为立国之要素。”（陈独秀《爱国心与自觉心》）“假如我还能生存，那我生存一天就要为中国呼喊一天。”（方志敏《可爱的中国》）

诗境深造：“恢复山河日，捐躯分亦甘。”（岳飞《归赴行在过上竺寺偶题》）

217. 金瓯已缺总须补，为国牺牲敢惜身　以身许国

出处：《南史·羊侃传》：“久以汝为死，犹在邪？吾以身许国，誓死行阵，终不以尔而生进退。”

解析：指把自己的生命无私奉献给祖国。

诗化：

鹧鸪天

〔清〕秋瑾

祖国沉沦感不禁，闲来海外觅知音。金瓯已缺总须补，为国牺牲敢惜身。　嗟险阻，叹飘零，关山万里作雄行。休言女子非英物，夜夜龙泉壁上鸣！

诗义：祖国危亡令人忧愁悲哀，我在海外寻求志同道合的同志图强救国。破碎的河山需要有人为之献身重整，为了祖国我敢于牺牲自己。叹息人生的道路有险阻，叹息孤独飘零无知音，我把这万里壮丽的雄关隘口当作我雄行的背景。莫说女子中没有豪杰，你听，为杀敌立功，我那壁上的宝剑夜夜都在发出声响。

简评：“带长剑兮挟秦弓，首身离兮心不惩。”（屈原《九歌·国殇》）近代以来在崇高的爱国精神激励下，以林则徐、徐锡麟、秋瑾等为代表的无数中华儿女不惜抛头颅、洒热血，前仆后继、英勇斗争，挽救民族于危亡之中，其精神感天动地。秋瑾，中国民主革命烈士，积极投身革命，提倡男女平等，先后加入光复会、同盟会等革命组织，曾联络会党计划响应萍浏醴起义，因起义失败遂止。1907 年，她与徐锡麟等组织光复军，拟于 7 月在浙江、安徽同时起义，事败被捕，同年 7 月 15 日从容就义于绍兴轩亭口。1912 年 12 月，孙中山在杭州给秋瑾题赠挽幛“巾帼英雄”。1939 年，周恩来在绍兴题词“勿忘鉴湖女侠之遗风，望为我越东女儿争光”，号召世人向秋瑾学习。

秋瑾一生留下 120 多首诗词。她的诗词文辞朗丽高亢，反映出她以天下为己任、大义凛然的豪迈气概，表达了浓厚的爱国主义情怀。如《黄海舟中日人索句并见日俄战争地图》：“万里乘云去复来，只身东海挟春雷。忍看图画移颜色，肯使江山付劫灰。浊酒不销忧国泪，救时应仗出群才。拼将十万头颅血，须把乾坤力挽回。”又如《日人石井君索和即用原韵》：“漫云女子不英雄，万里乘风独向东。诗思一帆海空阔，梦魂三岛月玲珑。铜驼已陷悲回首，汗马终惭未有功。如许伤心家国恨，那堪客里度春风。”

诗境深造：“丈夫誓许国，愤惋复何有！”（杜甫《前出塞九首·其三》）

218. 只解沙场为国死，何须马革裹尸还　为国捐躯

出处：《封神演义》："可怜成汤首相，为国捐躯。"《说岳全传》："为国捐躯赴战场，丹心可并日争光。"

解析：指为国家牺牲一切，献出生命。

诗化：

出塞

〔清〕徐锡麟

军歌应唱大刀环，誓灭胡奴出玉关。
只解沙场为国死，何须马革裹尸还。

诗义：出征的将士应当高唱凯歌而还，誓死把腐朽的清朝统治者逐出山海关。勇士以战死沙场为国捐躯而自豪，何必非得马革裹尸归还？

简评：徐锡麟为中国民主革命烈士。1907 年，光复会会员徐锡麟和秋瑾计划在浙皖两省同时起义，因起义失败，被捕就义。孙中山在辛亥革命成功之后，亲到杭州致祭，说："光复会有徐锡麟之杀恩铭……其功表见于天下。"并写挽联一副表示哀悼："丹心一点祭余肉，白骨三年死后香。"章太炎著文歌颂徐锡麟大无畏的革命精神和爱护学生的勇气："山阴徐君，生当其辰。能执大义，以身救民。手歼虏首，名声远闻。"历史上许多仁人志士都将为国捐躯视为无上的光荣。鸦片战争以后，中国逐渐沦为半殖民地半封建社会，中国人民处于水深火热之中。为救亡图存，无数仁人志士前仆后继寻找救国救民之路。中国共产党成立后，中国革命面貌焕然一新，中华民族迈向了解放、复兴之路并逐步强大。

有诗献给为国捐躯的中国人民志愿军战士曰："未曾与襁褓里的孩子告别，便随着雄赳赳气昂昂的歌声，跨过了波涛滚滚的鸭绿江，战火纷飞何惧那险峰的峥嵘。未曾见过皑皑的白雪，穿着薄薄的单衣扛上钢枪，只顾着往前冲锋陷阵，早忘记了脚下那刺骨的寒冬。未能品尝一下妈妈做的烩面，啃个生土豆喝着冰冷的雪水，照样能用胸膛挡住喷火的机枪，生死面前好汉从不改容。未曾好好地陶醉那新婚的温情，在金达莱盛开的山冈上，凶恶的凝固汽油弹呼啸飞来，年轻的鲜血把大地染红。啊！那一年，你长眠于三千里

河山，一躺就是六十多年！早就知道你回家心切，这一天，你魂归故里，我们已期待得太久太久。啊！这一刻，祖国母亲为你敞开了胸怀，翱翔的战鹰为你护航，子孙后代为你烧香磕头，最可爱的人永远是你们。”（陈立基《鹏风翱翔·英魂归来》）

“全中国为自由而战的民众是不死的呵！”（《中国共产党为孙中山之死告中国民众》）“人谁不死，死国，忠义之大者。”（陈寿《三国志·魏书·杨阜传》注引皇甫谧《列女传》）一个民族在任何时候都应崇敬英雄，将其视为民族精神的标志。为国捐躯是大忠大义，这些英雄永远活在人民心中。讴歌英雄、捍卫英雄、传承英雄的精神是人们的责任。正是：“黑云压城城欲摧，甲光向日金鳞开。角声满天秋色里，塞上燕脂凝夜紫。半卷红旗临易水，霜重鼓寒声不起。报君黄金台上意，提携玉龙为君死。”（李贺《雁门太守行》）

诗境深造：“捐躯赴国难，视死忽如归！”（曹植《白马篇》）

219. 但使龙城飞将在，不教胡马度阴山　保国安民

出处：《水浒传》：“依此而行，可救宋江，保国安民，替天行道。”

解析：指保卫国家，确保人民生活安定。

诗化：

出塞二首·其一

〔唐〕王昌龄

秦时明月汉时关，万里长征人未还。
但使龙城飞将在，不教胡马度阴山。

诗义：仍然是秦朝的明月汉时的边关，征战万里的将士还没归来。倘若龙城的飞将军李广还健在，绝不会让南下的匈奴骑兵翻越阴山。

简评：这首诗表现了保国安民的英雄主义气概和对国家忠诚、勇往无畏的精神。所描写的内容由古至今，有深沉的历史感；场面辽阔，有宏大的空间感。字里行间充满了强烈的爱国精神和豪迈的英雄气概。

王昌龄被誉为边塞诗人，其边塞诗诗风劲健奔放、雄浑豪迈、超逸旷达，

如："骝马新跨白玉鞍，战罢沙场月色寒。城头铁鼓声犹振，匣里金刀血未干。"（《出塞二首·其二》）"大漠风尘日色昏，红旗半卷出辕门。前军夜战洮河北，已报生擒吐谷浑。"（《从军行七首·其五》）"饮马渡秋水，水寒风似刀。平沙日未没，黯黯见临洮。昔日长城战，咸言意气高。黄尘足今古，白骨乱蓬蒿。"（《塞下曲四首·其二》）"秋风夜渡河，吹却雁门桑。遥见胡地猎，鞴马宿严霜。五道分兵去，孤军百战场。功多翻下狱，士卒但心伤。"（《塞上曲》）

保家卫国是每一个公民的神圣使命。历史上有许多保国安民的英雄人物，如花木兰、李广、卫青、霍去病等。有不少诗句赞誉他们，如赞扬花木兰从军："绝塞春深草不青，女郎经久戍龙庭。军中万马如挝鼓，只当当窗促织听。"（吴镇《木兰女》）又如赞扬少年从军、英勇杀敌、抗击匈奴的名将李广："林暗草惊风，将军夜引弓。平明寻白羽，没在石棱中。"（卢纶《和张仆射塞下曲》）

诗境深造："天威清朔漠，仁泽被黎氓。"（《郊庙朝会歌辞建隆乾德朝会乐章二十八首》）

220. 黄沙百战穿金甲，不破楼兰终不还　捍蔽边疆

出处：《贞观政要·安边》："置降匈奴于五原塞下，全其部落，得为捍蔽，又不离其土俗，因而抚之。"

解析：指捍卫边疆。

诗化：

从军行七首·其四

〔唐〕王昌龄

青海长云暗雪山，孤城遥望玉门关。
黄沙百战穿金甲，不破楼兰终不还。

诗义：青海湖上乌云密布，笼罩着连绵的雪山，边塞的孤城与玉门雄关遥遥相望。戍边将士身经百战，铠甲已被磨破。但他们壮志未灭，发誓不打

败进犯之敌决不回家乡。

简评：这首《从军行七首·其四》抒写了戍边将士的豪情壮志和捍蔽边疆的决心。铠甲可以被残酷的战事所磨破，但将士们的报国壮志却不会消磨，而是在大漠边疆中变得更加坚定。“不破楼兰终不还”，就是身经百战的将士豪壮的誓言。

宋代文学家、政治家范仲淹曾被派往西北前线，担负西北边疆防卫重任，在戍边期间写下了著名诗篇《渔家傲·秋思》：“塞下秋来风景异，衡阳雁去无留意。四面边声连角起，千嶂里，长烟落日孤城闭。浊酒一杯家万里，燕然未勒归无计。羌管悠悠霜满地，人不寐，将军白发征夫泪。”词句悲壮感人，表达了边防军人捍蔽边疆的英雄气概。陆游一生对国家怀着深厚的感情，即便躺在病榻上，也还想着为国家防卫边疆：“僵卧孤村不自哀，尚思为国戍轮台。夜阑卧听风吹雨，铁马冰河入梦来。”（《十一月四日风雨大作二首·其二》）近代出身钦州的刘永福也是一位捍蔽边疆的名将。刘永福曾参加广西天地会起义，太平天国失败后组织黑旗军，后赴越南。1882 年 4 月，法国派遣李维业率法军攻占越南河内。次年 3 月，法军攻陷南定，越南北圻总督请求黑旗军援助。刘永福满怀“为中国捍边，为越南平寇”的宏愿，率领黑旗军 3000 人挺进河内，发挥近战、夜战的优势，诱敌深入，使法兵腹背受敌，陷入重围。这一仗打死李维业及其他军官 30 多名，打死法兵 200 多名，夺得军械弹药无数。这就是举世闻名的纸桥之役。

历代治国者非常重视捍蔽边疆。《明通鉴》曰：“处太平之世，不可忘战；开荒裔之地，不如守边。”指出太平盛世不要忘却备战，开垦荒蛮之地不如固守边疆。汉代晁错向汉文帝上奏了《守边劝农疏》和《募民实塞疏》，建议采用移民实边的办法来代替轮番戍边，用经济措施鼓励人民移民边疆，抵御外患，这是最早的屯田戍边制度。唐代采取了全面的屯田政策，负责管理西域的军政部门安西都护府在西域建立了 56 个屯田区域。唐代陆贽指出：“备边御戎，国家之重事。”（《旧唐书·列传第八十九·陆贽》）加强边境的防御以抵御侵略，是国家最重要的事。明代则把屯田制度发展到了新的高峰，除了原有的军屯制度外，还推出了民屯和商屯制度。

诗境深造：“每经霜露候，报国眼常明。”（戚继光《辛亥年戍边有感》）

二十三、敬民篇

他一头扎进土壤里，
和大地结成一体。
他伸开千万条触须，
和地球一同呼吸。
燕雀蝴蝶讥笑他，
他一概置之不理。
他牢牢地深入地壳，
吸取无穷的精力。
为了那参天的大树，
他埋头苦干到底。

——光未然《巨根》

“水则载舟，水则覆舟。”自古统治成败皆在民心。“政之所兴在顺民心，政之所废在逆民心。”民心蕴藏着看不见的力量，一定要爱民敬民。敬民首先要使老百姓安居乐业，使老百姓生活幸福。“衙斋卧听萧萧竹，疑是民间疾苦声。些小吾曹州县吏，一枝一叶总关情。”要做到乐民之乐，忧民之忧。敬民就是要“仁者爱人”，要关心人、爱护人、尊重人，把仁爱内化为自身的德行。

221. 桑柘影斜春社散，家家扶得醉人归　安居乐业

出处：《道德经·第八十章》：“甘其食，美其服，安其居，乐其俗。”《汉书·货殖传》：“各安其居而乐其业，甘其食而美其服。”《将苑》：“圣人之治理也，安其居，乐其业。”

解析：指生活安定，对所从事的工作感到满意。

诗化：

社日

〔唐〕王驾

鹅湖山下稻粱肥，豚栅鸡栖半掩扉。

桑柘影斜春社散，家家扶得醉人归。

诗义：鹅湖山下稻粱长势良好，丰收在望。圈栏里猪壮鸡肥，家家户户木门半开半掩。直到夕阳衬托着桑树柘树的影子，春社的欢宴才渐渐散去，喝得醉醺醺的人在家人的搀扶下高高兴兴地回家。

简评：“波静童闲笛，舟横翁卖鱼。村村皆乐业，处处尽安居。”（赵蕃《田家即事八首·其四》）安居乐业是老百姓期待的生活，是治理者要努力达到的治理效果。《礼记·礼运》提出的安居乐业是“老有所终，壮有所用，幼有所长，鳏寡孤独废疾者皆有所养”，让老年人能终其天年，壮年人有机会尽其所能为社会效力，少年儿童能健康成长，孤独老人、失去父母的孩子、残疾人等都能得到供养，生活有所保障。老子提出的安居乐业则是“甘其食，美其服，安其居，乐其俗”，老百姓天真善良、性情淳朴、恬淡寡欲，人民有甘甜美味的食物、华丽的衣服、舒适的住所、欢乐的风俗。正是：“豚栅鸡埘暗霭间，暮林摇落献南山。丰年处处人家好，随意飘然得往还。”（王安石《歌元丰五首·其五》）

诗境深造：“安居元自好，春昼更迟迟。”（戴炳《安居》）

222. 春风杨柳万千条，六亿神州尽舜尧　人皆尧舜

出处：《孟子·告子下》：“人皆可以为尧舜。”

解析：只要刻苦努力，每个人都可以成为尧、舜那样杰出的人物。

诗化：

送瘟神·其二

毛泽东

春风杨柳万千条，六亿神州尽舜尧。
红雨随心翻作浪，青山着意化为桥。
天连五岭银锄落，地动三河铁臂摇。
借问瘟君欲何往，纸船明烛照天烧。

诗义：春天千万条杨柳随风飘舞，六亿人民当家作主，为国家建设发挥聪明才智，人人皆是舜尧。春天的喜雨飘入水中，随人的心意翻着波浪，一座座青山相互连通，就像专为人们搭起的凌波之桥，整个中国呈现出一派兴盛的气象。高高的五岭上有银锄起落，广阔的大地上有铁臂在摇动。借问一声瘟神想去哪里呢，糊个纸船点着蜡烛向天烧。

简评：“立人以善，成善以教。”（李觏《李觏集》）为人处世要靠善行，而行善行要靠教育。人皆尧舜是一条高明的化民智慧，鼓励人们自觉地以有才华、品格高尚的人为榜样，都向好的看齐，向好的学习。1909 年，16 岁的毛泽东写了一首《七绝·改诗呈父》：“孩儿立志出乡关，学不成名誓不还。埋骨何须桑梓地，人生无处不青山。”从中可看出毛泽东崇高的人生目标和追求。

“人人皆可尧舜，物物各具乾坤。”（丘葵《观物·其二》）人皆可以为尧舜是实现人生崇高价值的一种目标、一种奋斗理念。这一理念对于发挥人的主动性、锻造人的优秀品质和提升人的生命价值具有积极作用。人人不一定都可成为职位上的“尧舜”，但可成为品行上的“尧舜”。正是：“笑语再逢熙穆世，讴歌齐效舜尧人。”（区元晋《元夕漫兴》）

诗境深造：“人皆可尧舜，身自有乾坤。”（陆游《书意三首·其一》）

223. 同是天涯沦落人，相逢何必曾相识　当兼相爱

出处：《墨子·兼爱上》："故圣人以治天下为事者，恶得不禁恶而劝爱？故天下兼相爱则治，交相恶则乱。故子墨子曰'不可以不劝爱人'者，此也。"

解析：指人人平等相爱的一种理念，倡导人人相互敬爱，相互帮助。

诗化：

春日杂兴十二首·其四

〔宋〕陆游

夜夜燃薪暖絮衾，禺中一饭直千金。

身为野老已无责，路有流民终动心。

诗义：流浪的人们夜晚烧柴取暖，平日里偶然得到一些残羹剩饭也仿佛如获至宝。自己已退离官场，但路边的荒民又燃起我对百姓的怜悯，心中充满不安和羞愧。

简评：这首诗表达了陆游一贯心系百姓的仁爱之心，以及无论是"居庙堂之高"还是"处江湖之远"都具有的忧国忧民的崇高品格。

"兼爱尚同，疏者为戚。"（曹操《度关山》）"兼相爱"劝告人们要相互帮助，相互关爱。"夫爱人者，人必从而爱之；利人者，人必从而利之；恶人者，人必从而恶之；害人者，人必从而害之。""天下之人皆相爱，强不执弱，众不劫寡，富不侮贫，贵不傲贱，诈不欺愚。凡天下祸篡怨恨可使毋起者，以相爱生也。"（《墨子·兼爱中》）墨子的思想核心是"兼相爱""交相利"。"兼相爱"指不分亲疏、贵贱、贫富，一视同仁地爱所有的人；"交相利"主张人们互相帮助，共谋福利，反对互相争夺。治理天下，应当摒弃互相仇恨而劝导相爱。墨子认为天下相亲相爱就可以治理好，相互憎恨就会混乱，所以他说"不可以不劝爱人"。在墨子看来，天下的大害是国与国之间的战争、人与人之间的争斗，而造成这种现象的根本原因是人们不相互敬爱，因此他主张国与国之间、人与人之间都应当"兼相爱""交相利"。

"同是天涯沦落人，相逢何必曾相识。"（白居易《琵琶行》）曹操曾写下一首政治抒怀诗《度关山》："天地间，人为贵。立君牧民，为之轨则。"这首诗表达了诗人爱民、崇德、尚贤、节俭的政治抱负和政治理想。首先，高度肯

定了世间万物中“人为贵”的思想；其次，论述了国家最高统帅在治理国家中的地位和作用；再其次，对于建立法治社会给予肯定，并且大力提倡崇尚节俭、贤能和道德的社会风尚，强调“兼爱尚同，疏者为戚”，表达了对和睦相处，天下大同的向往。

“爱人者，人恒爱之；敬人者，人恒敬之。”（《孟子·离娄下》）“兼相爱”也体现在伟大的长征之中。红军长征经过湖南汝城县沙洲村，三名女红军借宿徐解秀老人家中，临走时，把自己仅有的一床被子剪下一半给老人留下了。老人十分感动地说，什么是共产党？共产党就是自己有一条被子，也要剪下半条给老百姓。习近平总书记指出：“同人民风雨同舟、血脉相通、生死与共，是中国共产党和红军取得长征胜利的根本保证，也是我们战胜一切困难和风险的根本保证。”

诗境深造：“诵诗从稚子，分肉遍邻人。”（顾璘《除夕和边太常庭实》）

224. 衙斋卧听萧萧竹，疑是民间疾苦声　忧民之忧

出处：《孟子·梁惠王下》：“乐民之乐者，民亦乐其乐；忧民之忧者，民亦忧其忧。”

解析：指以百姓的忧愁为忧愁。

诗化：

潍县署中画竹呈年伯包大中丞括

〔清〕郑燮

衙斋卧听萧萧竹，疑是民间疾苦声。
些小吾曹州县吏，一枝一叶总关情。

诗义：躺卧在衙门小屋里静听着竹叶的沙沙声，似乎是民间百姓疾苦的呼喊声。我们这些地位卑下的州县官吏，民间的每一件小事都牵动着自己的心。

简评：战国时期伟大的思想家、教育家，儒家学派的代表人物孟子，其民本思想对后世影响甚深。他主张实施仁政，提出“民贵君轻”。孟子深受后世尊崇，宋代王安石有《孟子》诗赞曰：“沉魄浮魂不可招，遗编一读想

风标。何妨举世嫌迂阔，故有斯人慰寂寥。”

宋代文学家、政治家范仲淹说：“不以物喜，不以己悲，居庙堂之高则忧其民，处江湖之远则忧其君。是进亦忧，退亦忧。然则何时而乐耶？其必曰‘先天下之忧而忧，后天下之乐而乐’乎！”（《岳阳楼记》）不因外部条件的好坏和自己的得失而悲喜，做官时要为百姓分忧，不做官时也要为国分忧。什么时候才能快乐呢？必然是“先天下之忧而忧，后天下之乐而乐”。“忧民之忧”要求从人民群众普遍关心的问题入手，想群众之所想、急群众之所急、解群众之所困，在学有所教、劳有所得、病有所医、老有所养、住有所居上持续取得新进展。正是：“忧民白发三千丈，报国丹心十二时。”（魏了翁《送安同知赴阙五首·其一》）

诗境深造：“忧民如有病，见客似无官。”（魏野《上陈使君》）

225. 一民之生重天下，君子忍与争秋毫　仁以厚下

出处：《资治通鉴》：“仁以厚下，俭以足用。”

解析：指对百姓要仁慈并给予厚待。

诗化：

暑旱苦热

〔宋〕王令

清风无力屠得热，落日着翅飞上山。
人固已惧江海竭，天岂不惜河汉干？
昆仑之高有积雪，蓬莱之远常遗寒。
不能手提天下往，何忍身去游其间？

诗义：清风没有能力赶走酷热，西落的太阳好像长了翅膀飞旋在山头，久久不愿下降。人人都担心江河湖海都要枯竭，难道老天就不怕银河也被晒干？高耸的昆仑山有常年不化的积雪，遥远的蓬莱岛有永不消失的清凉。我不能够携带天下人一起去避暑，又怎能忍心独自去那儿逍遥自在呢？

简评：《暑旱苦热》这首诗抒发了愿与天下人共苦难的豪情，显示了厚以

仁下的博大胸襟，饱含着济世安民的情结，想象翩跹、气魄宏伟、色彩烂漫。“仁”是儒家思想的核心，随着儒家文化成为中华传统文化的主流，仁成为历代有识之士追求的道德境界。孟子说“仁者爱人”（《孟子·离娄下》），就是要关心人、爱护人、尊重人，把仁爱内化为内在的德行。人人都以仁爱之心善待他人、善待社会、善待自然，从而建立和谐仁爱的社会。孟子还提出：“亲亲而仁民，仁民而爱物。”（《孟子·尽心上》）提倡仁爱之心从家庭之爱推广到所有人，惠及天地万物。“仁以厚下，俭以足用。”意即对百姓要仁慈并厚待，自己则要节俭，足用就够了。“仁以厚下”首先要做到与人为善。孟子所说“君子莫大乎与人为善”（《孟子·公孙丑上》），以及管子“善人者，人亦善之”（《管子·霸形》）的观点，均倡导人向善。心怀善意、宽容待人、助人为乐，可积小善为大善。马戴诗赞“仁以厚下”曰：“道在猜谗息，仁深疾苦除。尧聪能下听，汤网本来疏。”（《新春闻赦》）

“我愿君王心，化作光明烛，不照绮罗筵，只照逃亡屋。”（聂夷中《咏田家》）刘备被刻画成典型的仁以厚下的人物，如“三让徐州”的礼让、“接纳吕布”的宽容、“不取荆州”的仁德等。正是：“一民之生重天下，君子忍与争秋毫。”（王安石《收盐》）

《三国演义》也有刘备厚以仁下的故事。“临难仁心存百姓，登舟挥泪动三军。至今凭吊襄江口，父老犹然忆使君。”（罗贯中《三国演义》）诗中描写了刘备在新野大败曹军之后，曹操为了报仇，分兵八路，杀奔樊城而来，刘备被迫撤退。刘备不忍抛弃跟随多时的百姓，就派人在城中遍告：“今曹兵将至，孤城不可久守，百姓愿随者，便同过江。”城中百姓皆宁死相随。百姓拖家带口，扶老携幼，号泣而行，两岸哭声不绝。刘备在船上见此情景，心中悲恸不已。他到了南岸，回顾江北，发现还有很多百姓未渡江，便急令催船速去渡百姓过江。直到百姓快要渡完，他才上马离去。正是其在自身遇到危难之时仍心存百姓、愿与百姓共存亡的情怀感动了三军，老百姓至今常常凭吊襄江口，怀念刘备。

诗境深造：“善政俱修举，仁声远播扬。”（方孝孺《次危纪善五十韵倍成千字献蜀王》）

226. 仁当养人义适宜，言可闻达力可施　无为而治

出处:《道德经·第三章》:“使夫知者不敢为也。为无为，则无不治。”《道德经·第五十七章》:“我无为，而民自化；我好静，而民自正；我无事，而民自富；我无欲，而民自朴。”

解析：指不妄为，有所为有所不为，充分发挥社会和百姓的创造力，实现自我治理。

诗化：

春夜喜雨

〔唐〕杜甫

好雨知时节，当春乃发生。
随风潜入夜，润物细无声。
野径云俱黑，江船火独明。
晓看红湿处，花重锦官城。

诗义：好雨应时节而来，伴着和睦的春风在夜晚悄悄地下起来，无声地滋润着大地上的万物。乌云密布，笼罩着田野小路，江上渔船闪烁着点点渔火。早晨再去看那带露的鲜花，成都必将是满城繁花似锦、万紫千红。

简评：“无为其所不为，无欲其所不欲。”（《孟子·尽心上》）无为而治是老子关于治国理政的重要理念，蕴含着丰富的智慧。其一，顺应规律，尊重自然，不刻意去求德施德。老子曰：“上德不德，是以有德；下德不失德，是以无德。”（《道德经·第三十八章》）意思是真正品德高尚的人不刻意去追求德，反而有德；一些追逐名声的人，刻意去追求德，反而失去了德。现实中，有人为了追求政绩，刻意求德施德，大搞形象工程，劳民伤财，反而失去民心。其二，顺应规律而不妄为。老子推崇的“无为”，是要遵循事物发展的规律，根据实际情况和客观条件采取准确、适当的措施，而不是乱作为、假作为，随意地破坏自然。

“仁当养人义适宜，言可闻达力可施。”（欧阳修《食糟民》）无为而治是治理和管理的一种高超智慧，需要把握高明的管理艺术。老子将为官的治理水平分为四个层次：“太上，下知有之；其次，亲而誉之；其次，畏之；其下，

侮之。信不足焉，安有不信。悠兮其贵言，功成事遂，百姓皆谓我自然。”（《道德经·第十七章》）最好的管理者，民众不知道他的存在；次一等者是民众亲近并赞美他；再次一等者是民众畏惧他；最差一等者是民众轻侮他。最成功的领导者是“不知有之”，这并不是指游手好闲、无所作为，而是把握“无为而治”的道理，“因物之性，顺物之情，顺势而动”，按照事物的发展规律，依顺人的本性去办事。这个道理孙蕡的《耕牛词》讲得比较简明：“朝出牛亦出，暮归牛亦归。牧牛如种树，贵在不扰之。放牛散食山下草，草香水甜牛易饱。”耕牛的品性是勤劳、踏实、沉稳、憨厚，要顺着耕牛的本性去管理，切莫轻易打扰之。

要有所为，有所不为。树立正直公道的榜样，百姓会跟着自我教化；实在踏实，不虚张声势，百姓会跟着走正道；不骄奢淫逸，百姓就会敦厚朴实。道家主张“不尚贤，使民不争”（《道德经·第三章》），通过“无为”达到治理的目的；主张不要刺激人的欲望和攀比心理，一旦把人的欲望刺激起来，相互攀比，就会纷乱、相争。“使夫知者不敢为也。为无为，则无不治。”要让那些智巧者也不敢妄为造势。圣人按照“无为”的原则去做，办事顺应自然，天下没有治理不好的。

儒家和墨家十分强调通过尚贤的引导作用和德治的教化作用来实现有序治理。孔子十分注重“为政在人”“政在选臣”，他通过列举舜帝依靠禹、稷、契、皋陶、伯益五位贤臣把国家治理好的例子，论证了任贤的重要性。孟子也强调任用贤才的重要性：“虞不用百里奚而亡，秦穆公用之而霸。”（《孟子·告子下》）荀子说：“故上好礼义，尚贤使能，无贪利之心，则下亦将綦辞让，致忠信，而谨于臣子矣。”（《荀子·君道》）意思是君主如果爱好礼义，尊重贤德的人、任用有才能的人，没有贪图财利的思想，那么臣下也会极其谦让、忠诚、谨慎。墨子指出：“国有贤良之士众，则国家之治厚；贤良之士寡，则国家之治薄。故大人之务，将在于众贤而已。”（《墨子·尚贤上》）认为一个国家，如果贤良之士多，那么国家的治理绩效就大；如果贤良之士少，那么国家的治理绩效就小。

陆贾针对汉初面临的诸侯王、旧贵族、匈奴、社会残破等问题，以及秦朝严厉的刑罚给百姓带来的伤害问题，提出了其无为而治的理念：“是以君子之为治也，块然若无事，寂然若无声，官府若无吏，亭落若无民，闾里不讼于巷，老幼不愁于庭，近者无所议，远者无所听，邮无夜行之卒，乡无夜召之征，犬不夜吠，鸡不夜鸣，耆老甘味于堂，丁男耕耘于野。”(《新语·至德》)无为而治并不是不作为，而是顺应自然不妄为，遵循事物发展规律而为，根据不同的发展环境和发展条件，有所为亦有所不为。

无为而治就像春雨一般，无声无息地滋润万物。不浮夸，不好大喜功，定会呈现出“晓看红湿处，花重锦官城”的美景。

诗境深造：“乐善人心悦，无为国本强。”（方孝孺《次危纪善五十韵倍成千字献蜀王》）

227. 但得官清吏不横，即是村中歌舞时　水能载舟

出处：《荀子·王制》：“庶人安政，然后君子安位。传曰：‘君者，舟也；庶人者，水也。水则载舟，水则覆舟。’”

解析：指老百姓如水，水能载舟也能覆舟。民心能决定国家的生死存亡。

诗化：

春日杂兴·其三

〔宋〕陆游

小甑有米可续炊，纸鸢竹马看儿嬉。

但得官清吏不横，即是村中歌舞时。

诗义：只要瓦罐里有米可以继续做饭就很满足，闲来无事就看看孩子们放风筝、骑竹马，嬉戏玩耍。官吏清廉，不横行霸道，便是村中百姓安居乐业、载歌载舞的时候。

简评：“莫言天下至柔者，载舟覆舟皆我曹。”（水神《霅溪夜宴诗》）“水能载舟，亦能覆舟。”（吴兢《贞观政要·政体》）这是自然现象，也是社会现象。民不聊生、民怨沸腾、人心背向就有可能“覆舟”，这在历史上是有无数教训可以证明的。正是：“太行之路能摧车，若比人心是坦途。巫峡之水能覆舟，若比人心是安流。”(白居易《太行路》)

“意莫下于刻民，行莫贱于害身也。”（《晏子春秋·内篇·问下》）“民惟邦本，本固邦宁。”（《尚书·夏书·五子之歌》）得民心者得天下，失民心者失天下。任何国家、政党，都要时刻牢记“水能载舟，亦能覆舟”这句话。中国共产党把全心全意为人民服务作为根本宗旨，坚持一切为了人民，把人民对幸福美好生活的追求作为奋斗目标，为人民群众谋利益、谋福祉。

诗境深造：“载舟与覆舟，水性本无二。”（钮树玉《感兴·其四》）

228. 昼出耘田夜绩麻，村庄儿女各当家　民生在勤

出处：《左传·宣公十二年》：“民生在勤，勤则不匮。”《醒世恒言》：“富贵本无根，尽从勤里得。”

解析：指人民的生计在于勤劳，只要勤劳就不会缺少物资。

诗化：

夏日田园杂兴十二绝·其七

〔宋〕范成大

昼出耘田夜绩麻，村庄儿女各当家。

童孙未解供耕织，也傍桑阴学种瓜。

诗义：白天耕田，夜晚搓麻线，村中男女老少各自勤勉劳作。孩子们虽然不会耕田织布，但也在那桑树边的树荫下学着种瓜。

简评：中华传统文化十分崇尚勤劳的品格。陶渊明在《劝农》一诗中写道：“民生在勤，勤则不匮。宴安自逸，岁暮奚冀。儋石不储，饥寒交至。顾尔俦列，能不怀愧。”大意是人生在世须勤奋，勤奋衣食不匮乏。贪图享乐自安逸，岁暮生计难维系。家中若无储备粮，饥饿寒冷交相至。“每一食，便念稼穑之艰难；每一衣，则思纺绩之辛苦。”（吴兢《贞观政要·教戒太子诸王》）劳动是人类的本质活动。“樱桃好吃树难栽，不下苦功花不开，幸福不会从天降……只要汗水勤灌溉，幸福的花儿遍地开。”（马烽《幸福不会从天降》）幸福和财富不会从天降，美好生活要靠劳动创造。

“一番好雨带星耕，白水青秧叱犊声。郭外薄田无半顷，一家辛苦望秋

成。”（杨士云《栽秧》）勤于劳动、善于创造是一个民族生存发展、强盛的根本。正是因为劳动创造，我们拥有了辉煌的历史；也正是因为劳动创造，我们拥有了今天的文明成就。秉承中华民族勤劳的理念是我们可持续发展的重要基石，必须尊重劳动，褒奖勤劳之人。

诗境深造：“勤苦守恒业，始有数月粮。”（黄燮清《秋日田家杂咏》）

229. 富国要先除国蠹，利民须急去民蟊　安民利民

出处：《答福建巡抚耿楚侗》：“治理之道，莫要于安民；安民之道，在于察其疾苦。”《周官辨非》：“利民之事，丝发必兴；厉民之事，毫末必去。”

解析：指治理国家重要的是使老百姓安定，并兴办于民有利的事情。

诗化：

己亥杂诗三百一十五首·其五

〔清〕龚自珍

浩荡离愁白日斜，吟鞭东指即天涯。
落红不是无情物，化作春泥更护花。

诗义：在夕阳的衬托下离别愁绪更加浓郁，策马东驰仿佛人就在天涯。凋零的红花不是无情之物，它会化作春天的泥土，为养护来年新开的花朵尽一份力量。

简评：“治国有常，而利民为本；政教有经，而令行为上。”（《淮南子·氾论训》）过上安稳太平的生活，是千百年来老百姓的最大愿望。辛弃疾在《清平乐·村居》写道：“茅檐低小，溪上青青草。醉里吴音相媚好，白发谁家翁媪？大儿锄豆溪东，中儿正织鸡笼。最喜小儿亡赖，溪头卧剥莲蓬。”诗中描绘了五口之家怡然自得的乡村生活，表现了朴素的田园生活之美和人情之美，这种平静的幸福生活正是老百姓所向往的。

“富国要先除国蠹，利民须急去民蟊。”（李光《阜通阁》）安民利民是政府治理的目的。要做到安民利民，首要的是体察大众的疾苦。我们要心系人民群众，切莫忽略任何一个与人民群众利益相关的问题，如住房问题、教育问

题、食品安全问题、道路交通问题等，要把解决这些具体问题作为抓手，实实在在抓出成效，不断增强人民群众的幸福感，要有“落红不是无情物，化作春泥更护花”的无私奉献精神。

诗境深造：“请言尧舜道，第一在安民。”（晁公溯《送刘文潜如吴下》）

230. 丰年处处人家好，随意飘然得往还　足食为先

出处：《论语·颜渊》：“子贡问政。子曰：‘足食，足兵，民信之矣。’”《朱文公文集·卷一百·劝农文》：“生民之本，足食为先。”

解析：指百姓的温饱是民生之基本。

诗化：

西江月·夜行黄沙道中

〔宋〕辛弃疾

明月别枝惊鹊，清风半夜鸣蝉。稻花香里说丰年，听取蛙声一片。　　七八个星天外，两三点雨山前。旧时茅店社林边，路转溪桥忽见。

诗义：明月升上了树梢，惊动了枝头的喜鹊，清凉的晚风送来蝉鸣。在稻花的芬芳里，人们笑谈着丰收的年景，田间传来阵阵青蛙的叫声。夜空上星星时隐时现，山前下起了零星的小雨，那记忆中的茅店依然坐落在土地庙旁边的树林里，山路一转，熟悉的小桥就呈现在眼前。

简评：辛弃疾的诗词以豪放风格著称，但这首词朴实灵秀，充分表达了人们对丰收年景的期盼和喜悦。“五谷者，万民之命，国之重宝。”（《范子计然》）粮食是百姓生存之所系，是国家之至宝。“食者，民之本也；民者，国之本也。”（《淮南子·主术训》）足食为百姓的根本需求，老百姓则是国家的根基。“王者以民为天，而民以食为天。”（《汉书·郦陆朱刘叔孙传》）人首先要吃饭生存，才能发展生产。“国以民为本，民以食为天。故一夫辍稼，饥者必及。仓廪既实，礼节自兴。”（《宋书·本纪第五·文帝》）对国家而言，老百姓就是天，老百姓的事情就是天大的事情；对老百姓而言，吃饭就是大大的事情。

“尧舜慈仁性自然，爱民如子食为天。”（王仲修《宫词》）“足食”对人类是至关重要的。李白曾借宿于五松山下一位姓荀的农妇家，受到主人诚挚的款待，看似普通平常的一餐，对困难的人家来说却很不容易，李白由此对生活的艰辛有了深刻体会。他写诗说道：“我宿五松下，寂寥无所欢。田家秋作苦，邻女夜舂寒。跪进雕胡饭，月光明素盘。令人惭漂母，三谢不能餐。”（《宿五松山下荀媪家》）人类每一天都离不开饮食，这是人类生存的基本需求，满足这一需求人们才能开展各项工作，投入各项建设。正是：“丰年处处人家好，随意飘然得往还。”（王安石《歌元丰五首·其五》）

诗境深造：“万姓食为天，风淳赖养先。”（戴亨《题孟颖仙治平略后》）

二十四、任贤篇

我若是一片火石，
不愿埋在荒凉的山底，
我要去找打火的铁刀，
请它把我痛击：
我只要发一星美丽的火花，
不管击碎我的身体！

——汪静之《我若是一片火石》（节选）

“江山也要伟人扶，神化丹青即画图。”江山社稷需要有雄才大略的人才辅佐，才能描绘出美好的蓝图。历史上得人才者得天下的例子不少，刘邦因得张良、萧何、韩信等雄才的辅助而得天下。“欲存老盖千年意，为觅霜根数寸栽。”要想得到人才必须“育才造士”，要有“不拘一格降人才”的气魄，也要有“海纳百川”的宽广胸怀。“得人之道，在于识人。”为事业发展筑牢人才根基，尤须具备识别、发现人才的慧眼，力争成为伯乐。

231. 有国由来在得贤，莫言兴废是循环　育才造士

出处：《权载之文集》：“育才造士，为国之本。”

解析：指为国家培育和造就优秀人才。

诗化：

读三国志

〔唐〕李九龄

有国由来在得贤，莫言兴废是循环。

武侯星落周瑜死，平蜀降吴似等闲。

诗义：贤良的栋梁之材历来是立国之本，关系到国家的兴旺与存亡，不要说国家的兴废存亡是自然循环的规律。诸葛亮和周瑜死了之后，魏国平定蜀国、降服吴国就变得非常容易轻松。

简评：“为政之本，必求有道贤人与之为理。”（司马光《资治通鉴》）为政的首要任务是寻求选拔有贤能的人才，并与他们一起治理国家。“士者，国之重器。得士则重，失士则轻。”（司马光《资治通鉴》）人才是国家的重要宝器，得到人才国家就稳固，失去人才国家就不稳。“治身者以积精为宝，治国者以积贤为道。”（董仲舒《春秋繁露·通国身》）善于治理国家必须以集聚贤才为主要途径。宋代王安石认为：“夫材之用，国之栋梁也，得之则安以荣，失之则亡以辱。”（《材论》）清代颜元指出：“盖学术者，人才之本也。人才者，政事之本也。政事者，民命之本也。无学术则无人才，无人才则无政事，无政事则无治平、无民命。”（《习斋记余》）

“落落出群非榉柳，青青不朽岂杨梅。欲存老盖千年意，为觅霜根数寸栽。”（杜甫《凭韦少府班觅松树子》）若想拥有老树那苍翠千年的古意，还要寻找那些经得起风霜雪雨摧打的松柏好苗来栽培。纵观中国历史上有“盛世”之称的时期，会发现虽然具体情况有较大差异，但其时统治者都特别重视选拔和任用人才。如南朝宋元嘉之治时采取劝学、招贤的措施；唐代贞观之治时任人唯贤，知人善用，广开言路，虚心纳谏；清代康雍乾盛世时采取御门听政、共议朝政的措施，全面了解官员的德才。唐代李德裕指出：“国之隆替，时之盛衰，察其任臣而已。”（《任臣论》）国家的兴废盛衰，看其所任用的大

臣就知道了。其实，一个地方、单位或部门也是如此。

诗境深造：“圣人乐育才，充庭皆济济。”（许景衡《别毛德修》）

232. 江山也要伟人扶，神化丹青即画图　礼贤举士

出处：《后汉书·韦彪传》：“国以简贤为务，贤以孝行为首。”

解析：指治理国家以选拔有德才的贤良为首要任务。

诗化：

谒岳王墓

〔清〕袁枚

江山也要伟人扶，神化丹青即画图。
赖有岳于双少保，人间始觉重西湖。

诗义：江山社稷需要有雄才大略的人才辅佐，才能描绘出美好的蓝图。有赖于岳飞、于谦这样的英才，太平盛世、安居乐业的美好景致又重现在西湖边上。

简评：中国古代智者认为“尚贤”是治理国家之本。“治国之难，在于知贤而不在自贤。”（《列子·说符》）指治理国家最艰巨的是识别并选用贤能的人才，而不在于自己有贤能。“贤者举而上之……不肖者抑而废之。”（《墨子·尚贤中》）墨子认为治理社会和国家必须崇尚德才兼备的人，以德才兼备的人为楷模。他提出贤才的标准是“厚乎德行，辩乎言谈，博乎道术”（《墨子·尚贤上》），认为贤良之士是国家的财富：“是故国有贤良之士众，则国家之治厚；贤良之士寡，则国家之治薄。故大人之务，将在于众贤而已。”（《墨子·尚贤上》）管子指出：“闻贤而不举，殆；闻善而不索，殆；见能而不使，殆。”（《管子·法法》）治理国家需要千千万万的人才，对人才视而不见、听而不闻，不重用甚至不任用，国家就危险，事业就荒废。切莫让人才有香山居士白居易的遗憾和不满：“君因风送入青云，我被人驱向鸭群。雪颈霜毛红网掌，请看何处不如君？”（《鹅赠鹤》）

曹操十分重视网罗人才，认为“争霸天下”最重要的是人才。在起兵讨伐董卓之初，他与袁绍的一次对话充分反映了他对人才的重视。曹操说：“吾

任天下之智力，以道御之，无所不可。”袁绍则说：“吾南据河，北阻燕代，兼戎狄之众，南向以争天下，庶可以济乎？”（陈寿《三国志·魏书·武帝纪》）曹操的观点是用好天下的人才才能无所不可，而袁绍则认为，拥有地理上的优势就能争霸天下。曹操曾千方百计地求贤纳士。比如曹操非常赏识关羽的勇武，对他重以赏赐，封他为汉寿亭侯，赠其赤兔马，希望留住关羽。又比如曹操也比较赏识赵云，在长坂坡一战中，赵云单骑救主，曹操起爱才之心，下令不得放箭，使得赵云在曹军中七进七出，最后救得阿斗，脱险而去。

曹操一生重视人才。赤壁之战后，孙刘势力逐渐强大，三国鼎立之局面基本形成，这对曹操一统天下的愿望是极大的阻力。建安十五年（210），曹操以非常迫切而诚恳的心情，写了著名的《求贤令》，发出“自古受命及中兴之君，曷尝不得贤人君子与之共治天下者乎？及其得贤也，曾不出闾巷，岂幸相遇哉？上之人求取之耳。今天下尚未定，此特求贤之急时也”“二三子其佐我明扬仄陋，惟才是举，吾得而用之”的呼唤，希望能吸纳众多的“贤人君子”和他“共治天下”。曹操对人才的渴望还表现在他的诗作《短歌行》中：“青青子衿，悠悠我心。但为君故，沉吟至今。呦呦鹿鸣，食野之苹。我有嘉宾，鼓瑟吹笙……月明星稀，乌鹊南飞。绕树三匝，何枝可依？山不厌高，海不厌深。周公吐哺，天下归心。”

诗境深造：“国待贤良急，君当拔擢新。”（杜甫《送陵州路使君赴任》）

233. 天涵地育王公旦，德备才全范仲淹　德才兼备

出处：《元史·列传第六十四·臧梦解》：“乃举梦解才德兼备，宜擢清要，以展所蕴。”

解析：指兼有优秀的品德和才能。

诗化：

入邑道中三首·其三

〔宋〕许月卿

天涵地育王公旦，德备才全范仲淹。

万世直教悬日月，肯如秋雨谩廉纤。

诗义：天地培养了王公旦、范仲淹这样德才兼备的人才。恰如日月光照万代，若秋雨绵绵滋润大地。

简评："从来擢督抚，德才量并重。"（弘历《故大学士兼两江总督高晋》）德才兼备的人才难能可贵。德是才的统帅，决定着才的作用、性质、方向和效果。司马光指出："是故才德全尽谓之'圣人'，才德兼亡谓之'愚人'，德胜才谓之'君子'，才胜德谓之'小人'。凡取人之术，苟不得圣人、君子而与之，与其得小人，不若得愚人。"（《资治通鉴》）德才兼备可称圣人，无德无才则称愚人，德优于才可谓君子，才优于德可谓小人。在使用人才上，假如找不到圣人和君子而委任，与其用小人，不如用愚人。要把干部的德放在首要位置，用人者首先要有德，才能以好的品德选人，选出品德好的人。要注重从履行岗位职责、面对急难险重任务、关键时刻表现、对待个人得失、对待荣誉升迁等方面考察干部的德行。

"德"是指品德素养，包括在日常工作生活中表现出的事业心、责任心等方面的素养。"才"指智力和能力水平，包括理论和实践知识、分析解决问题的能力、决断能力、指挥协调能力和创新能力等。任何单位都需要德才兼备的人，因此，要想得到重用，就必须提高德与才。

诗境深造："人生德与才，兼备方为善。"（夏伊兰《偶成·其一》）

234. 二三豪俊为时出，整顿乾坤济时了　任贤必治

出处：《汉书·眭两夏侯京翼李传》："任贤必治，任不肖必乱，必然之道也。"

解析：指任用优秀人才，事业就会兴旺，国家就会得到有效治理。

诗化：

赐萧瑀

〔唐〕李世民

疾风知劲草，板荡识诚臣。

勇夫安识义，智者必怀仁。

诗义：只有在狂风中才能分辨哪一棵是刚劲的韧草，只有在危难和动荡之中才能识别哪一个是坚贞的忠臣。有勇无谋之人未必懂得道义，而智慧的人心中必定怀有仁慈。

简评：历史上将唐朝初期出现的太平盛世称为"贞观之治"。贞观是唐太宗李世民的年号。唐太宗任人唯贤，知人善用；广开言路，虚心纳谏；采取了以农为本、减轻徭赋、休养生息、厉行节约、完善科举制度等政策，使社会出现了安宁的局面，建立了中华历史上极为强盛的朝代。"二三豪俊为时出，整顿乾坤济时了。"（杜甫《洗兵马》）萧瑀曾辅助唐高祖李渊和唐太宗李世民。作为贞观时期的宰相，他曾经五遭罢免，又都以忠诚耿直、不徇私情、不越法度而得到重用。

墨子认为尚贤事能是"政事之本"，墨子指出："国有贤良之士众，则国家之治厚；贤良之士寡，则国家之治薄。"（《墨子·尚贤上》）对有贤能的人才要人尽其才，合理使用，"以德就列，以官服事，以劳殿赏，量功而分禄"（《墨子·尚贤上》）。"构大厦者先择匠而后简材，治国家者先择佐而后定民。"（杨泉《物理论》）治理国家先选择优秀人才辅助而后才能安定百姓。《草庐经略》指出："一贤可退千里之敌，一士强于十万之师，谁谓任贤而非军中之首务也。天生贤才，自足供一代之用。不患世无人，而患不知人；不患不知人，而患知之而不能用。知而不善用之，与无人等。"

"何须细问兴亡事，自是当初少用才。"（于谦《徐州戏马台》）干部素质高低、品质优劣，直接影响事业发展的成效，决定治理的成败。任贤不但要注重任人唯公、任人唯贤，还要用能否干事来衡量，如此才能实现"必治"。

诗境深造："从来擢督抚，德才量并重。"（弘历《故大学士兼两江总督高晋》）

235. 我劝天公重抖擞，不拘一格降人才　海纳百川

出处：《庄子·秋水》："天下之水莫大于海，万川归之。"

解析：指大海容得下成百上千条江河之水。比喻做人要胸怀宽阔、豁达大度，要有容人之量，接纳各类人才。也比喻容纳的内容广泛，知识博大，

学习各种知识。

诗化：

己亥杂诗三百一十五首·其一百二十五

〔清〕龚自珍

九州生气恃风雷，万马齐喑究可哀。

我劝天公重抖擞，不拘一格降人才。

诗义：让九州大地重新呈现勃勃生机，需要像疾风迅雷般的改革。倘若万马齐喑，那就是一场悲剧。我奉劝当权者重新振作精神，像海纳百川一样不拘一格地选拔人才、重用人才。

简评："巨海纳百川，麟阁多才贤。"（李白《金门答苏秀才》）大海容纳百川，麒麟阁内多有贤能的人。"海不辞水，故能成其大；山不辞土石，故能成其高；明主不厌人，故能成其众；士不厌学，故能成其圣。"（《管子·形势解》）海不排斥水，所以能够成为大海；山不排斥土石，所以能成为高山；明君不厌恶百姓，所以能实现人口众多；士不厌学，所以能成为圣人。"海纳百川，有容乃大"，一个国家、一个民族、一个城市的发展，都离不开开放和包容。博采众长、师行天下是我们进步的法宝，也是一种需具备的智慧。

"山不厌高，海不厌深。周公吐哺，天下归心。"（曹操《短歌行》）周公，即姬旦，周文王的第四子，周武王的弟弟，周朝著名的政治家，曾两次辅佐周武王东伐纣王，并制作礼乐，实现天下大治。因其封地在周，爵为上公，故称周公。周公吐哺的故事是指武王去世时成王幼小，尚在襁褓之中，周公担心国家和社会动荡，就登位替成王处理政务，主持国家大权。周公非常重视和爱惜人才，也告诫属下要尊重贤才，说："我文王之子，武王之弟，成王之叔父，我于天下亦不贱矣。然我一沐三捉发，一饭三吐哺，起以待士，犹恐失天下之贤人。"（司马迁《史记·鲁周公世家》）周公求贤心切诚恳，曾经洗一次头多次握起头发，吃一顿饭多次吐出正在咀嚼的食物，哪怕中断日常起居之事也要第一时间接待贤士能人。"江河浪如屋，要须沧海容。可怜狄仁杰，犹复负娄公。"（苏辙《读史六首·其六》）《唐语林》记载，唐代武则天时期，狄仁杰与娄师德同为国相。狄仁杰千方百计地排斥娄师德，而娄师德欣赏狄仁杰的治国才华，并没有以牙还牙，还多次上表推荐狄仁杰，体现了海纳百川、以德报怨的气度和胸怀，为后世所称颂。

“马效千里，不必胡、代；士贵成功，不必文辞。”（桓宽《盐铁论·论儒》）管理者要广泛吸纳各方面的人才并虚心听取他们的意见和建议，充分发挥他们的才干，包容他们的不足，坚持“德才兼备，以德为先”的用人原则，让“能者上，平者让，庸者下”，努力做到“使海内豪俊，奔走而归之”（李白《与韩荆州书》）。做人要有气量、要大度，如果没有容人之量那就难以成就大事，“大度能容，容天下难容之事，慈颜常笑，笑天下可笑之人”（朱元璋《联句》）。

诗境深造：“巨海纳百川，麟阁多才贤。”（李白《金门答苏秀才》）

236. 骅骝捕鼠不如狸，镆干缀履不如锥　人尽其才

出处：《元史·列传第四十四·刘秉忠》：“明君用人，如大匠用材，随其巨细长短，以施规矩绳墨。”

解析：指充分发挥每个人的才华与能力。

诗化：

杂兴

〔清〕顾嗣协

骏马能历险，力田不如牛。
坚车能载重，渡河不如舟。
舍长以就短，智者难为谋。
生材贵适用，慎勿多苛求。

诗义：骏马能够飞快地穿越艰难险阻之地，但耕田却不如笨牛了。牢固的车子能够载很重的货物，但渡河就比不上舟船了。舍弃它们的长处而要求它们在不擅长的地方发挥作用，再聪明的人也很为难。使用人才要做到扬长避短，不要过分求全责备。

简评：“骅骝捕鼠不如狸，镆干缀履不如锥。”（陈杰《题驿壁》）万物各有所长，骅骝骏马捕捉老鼠不如狸猫，镆干宝剑纳鞋比不上小锥子。“猛虎浮

水，不如凫鸭；麒麟登木，不如猿猴。”（张俨《默记》）游泳猛虎不如水鸭，爬树麒麟比不上猿猴。“骐骥、绿耳、蜚鸿、骅骝，天下良马也，将以捕鼠于深宫之中，曾不如跛猫。”（东方朔《答骠骑难》）骐骥、绿耳、蜚鸿和骅骝都是天下的良马，若用来在深宫之中捕鼠，真不如瘸了腿的猫。“量力而任之，度才而处之。”（韩愈《上张仆射书》）应根据人的才能与特点来安排工作。“善用人者，必使有才者竭其力，有识者竭其谋。”（欧阳修《乞补馆职札子》）善于用人的人会使有才能的人竭尽其力，让有智慧的人竭尽其谋略。“任人之长，不强其短；任人之工，不强其拙。”（《晏子春秋·内篇问上》）用人要让他做他所擅长的事，不要对他不擅长的事吹毛求疵。“人固难全，权而用其长者，当举也。”（《吕氏春秋·举难》）很难有十全十美之人，经考察后用其所长，这是举荐选拔人才最好的办法。人尽其才十分重要，否则将会糟蹋浪费人才。正是：“长育人材今久矣，行看中选尽英豪。”（孔武仲《试院书事呈子骏明叔三篇·其二》）

诸葛亮认为将分九种类型，即仁将、义将、礼将、智将、信将、步将、骑将、猛将、大将，每一种类型都各有其独特的才能：“道之以德，齐之以礼，而知其饥寒，察其劳苦，此之谓仁将。事无苟免，不为利挠，有死之荣，无生之辱，此之谓义将。贵而不骄，胜而不恃，贤而能下，刚而能忍，此之谓礼将。奇变莫测，动应多端，转祸为福，临危制胜，此之谓智将。进有厚赏，退有严刑，赏不逾时，刑不择贵，此之谓信将。足轻戎马，气盖千夫，善固疆场，长于剑戟，此之谓步将。登高履险，驰射如飞，进则先行，退则后殿，此之谓骑将。气凌三军，志轻强虏，怯于小战，勇于大敌，此之谓猛将。见贤若不及，从谏如顺流，宽而能刚，勇而多计，此之谓大将。”（《将苑》）诸葛亮此说真正体现了以岗选才、以事择人的原则。

诗境深造：“大匠无弃材，寻尺各有施。”（韩愈《送张道士》）

237. 古人学问无遗力，少壮工夫老始成　百年树人

出处：《管子·权修》：“一年之计，莫如树谷；十年之计，莫如树木；终身之计，莫如树人。一树一获者，谷也；一树十获者，木也；一树百获者，人也。”

解析：指培养一个人才需要很长时间，要尽早培养，从长计议。

诗化：

小松

〔唐〕杜荀鹤

自小刺头深草里，而今渐觉出蓬蒿。

时人不识凌云木，直待凌云始道高。

诗义：松树幼苗被埋没在浓密的草丛中，到现在才发现它渐渐高出了那些野草。那些人当时不懂得赏识这栋梁之材，直到它高耸入云才说它挺拔高大。

简评：培养人才是长期而艰巨的事，具有较长的周期性，如同杜荀鹤诗中的“小松”一样，也有一个漫长的过程。唐代刘禹锡指出：“俟自直之箭，则百代无一矢；俟自圆之木，则千岁无一轮。”（《答道州薛郎中论书仪书》）好的材料很难天生而成。若等着使用本来就很直、很圆的木材，无论多少年也难求一木。优秀的人才更是如此，要从长计议，百年树人。宋代王十朋对于十年树木、百年树人的道理也深有感触：“窃禄清源愧不才，贡闱临去尚徘徊。青青万本新移桂，尽是梅仙手为栽。”（《临行至贡院观桂赠致约》）“古人云：‘千载一圣，犹旦暮也；五百年一贤，犹比髆也。’言圣贤之难得，疏阔如此。傥遭不世明达君子，安可不攀附景仰之乎？”（颜之推《颜氏家训》）古人说，一千年出一位圣人，还好像早晚之间那么快；五百年出一位贤人，还密得像肩并肩。这里讲的是圣人贤人的难得，相隔久远到如此地步。假如遇上世所罕见的明达君子，怎能不去攀附景仰呢？“玉经磨琢多成器，剑拔沉埋更倚天。”（王涣《上裴侍郎》）要从长计议，着眼于未来，着眼于长远，精心培养国家和事业发展需要的各类人才。

“古人学问无遗力，少壮工夫老始成。”（陆游《冬夜读书示子聿八首·其三》）百年树人，尤其要重视让人才到基层锻炼。“宰相必起于州部，猛将必发于卒伍。”（《韩非子·显学》）纵观历代贤哲，无论是具有文治韬略，还是身怀盖世武功，莫不来自基层的磨砺和锻炼。唐代张九龄就提出“凡官，不历州县不拟台省”。（《新唐书·志第三十五·选举下》）汉代“飞将军”李广最早是弓箭手，三国名将关羽也做过弓马手，宋代范仲淹早年在亳州集庆曾担任军节度推官，王安石则在扬州做过签书判官。基层的磨炼是宝贵的阅历和财富。要扎根基层，丰富阅历，磨砺品性，担当重任。

种树要讲究科学，要掌握要领，讲究“一垫二提三埋四踩”。人才培养更要讲究科学，来不得半点虚假作秀，更不能揠苗助长，或人为捧杀。当下实施的选拔大学生到基层工作、担任村干部，是一项有利于加强基层组织建设、促进农村发展、让农民受益的举措，也是一项有利于培养一批了解国情、心贴群众、实践经验丰富的人才的举措。

诗境深造：“育材登廷珍，计功倍千百。”（宋褧《送太原房淳德赴上长芦校官廿四韵》）

238. 不是不堪为器用，都缘良匠未留心　知人善任

出处：《王命论》：“盖在高祖，其兴也有五：一曰帝尧之苗裔，二曰体貌多奇异，三曰神武有征应，四曰宽明而仁恕，五曰知人善任使。”

解析：指善于认识人的品德和才能并合理地使用人才。

诗化：

马诗二十三首·其四

〔唐〕李贺

此马非凡马，房星本是星。
向前敲瘦骨，犹自带铜声。

诗义：这匹马不是一般的马，而是天上的天马星下凡。敲一敲它那嶙峋的瘦骨，好像还能听见铮铮的铜声。

简评：“世有伯乐，然后有千里马。千里马常有，而伯乐不常有。”（韩愈《马说》）伯乐就是能够识别人才并能合理使用人才的智慧之人。伯乐识千里马是一个典故。千里马被赶去拉盐车爬太行山。它的蹄子僵直，膝盖折断，皮肤溃烂，口水洒到地上，满身汗水，被皮鞭抽打得再也走不动了。伯乐见到千里马，立刻从车上跳下来，抱住它痛哭，并脱下衣服给它披上。千里马

低下头叹了一口气，又昂起头高声嘶叫，那声音直上云天，如金石相撞般响亮。有诗歌感叹道：“千里马常被撵去拉盐，‘蹄申膝折，尾湛胕溃’，古往今来这不幸的事常见。毛驴被‘加封晋爵’赶上了沙场，有多少将士无为而去，有多少阵地无奈失守，可逝者依旧如斯，长河照流。又一批千里马声抵九霄，又一茬伯乐叹‘天下无马’。历史上最可叹的是：千里马与伯乐不常遇。历史上最伟大的是：成就一座使千里马与伯乐不期而遇的金桥。”（陈立基《鹏风翱翔·金桥》）千里马遇见伯乐是马之幸，贤才遇见伯乐是群众之幸、国家之幸。

诸葛亮分析了各级将领必须具备的素养和才干，指出：“将之器，其用大小不同。基乃察其奸，伺其祸，为众所服，此十夫之将。夙兴夜寝，言词密察，此百夫之将。直而有虑，勇而能斗，此千夫之将。外貌桓桓，中情烈烈，知人勤劳，悉人饥寒，此万夫之将。进贤进能，日慎一日，诚信宽大，闲于理乱，此十万人之将。仁爱洽于下，信义服邻国，上知天文，中察人事，下识地理，四海之内，视如室家，此天下之将。”（《将苑》）这些观点对于选拔任用各级管理者和培养人才具有积极的意义。正是：“磨看粹色何殊玉，敲有奇声直异金。不是不堪为器用，都缘良匠未留心。”（褚载《移石》）

“故善将者，必有博闻多智者为腹心，沉审谨密者为耳目，勇悍善敌者为爪牙。”（诸葛亮《将苑》）明智的将帅，一定要选用学识渊博、足智多谋的人做自己的心腹，要选用机智聪明、谨慎保密、有很强判断力的人做自己的耳目，还要选择勇敢、彪悍的士兵做自己的部下。

诗境深造：“智则谋朝野，勇则卫疆场。”（赵汝绩《无罪言》）

239. 试玉要烧三日满，辨材须待七年期　八观六验

出处：《吕氏春秋·论人》：“凡论人，通则观其所礼，贵则观其所进，富则观其所养，听则观其所行，止则观其所好，习则观其所言，穷则观其所不受，贱则观其所不为。喜之以验其守，乐之以验其僻，怒之以验其节，惧之以验其特，哀之以验其人，苦之以验其志。八观六验，此贤主之所以论人也。”

解析：指通过不同的环境和条件来识别人才和甄选人才。

诗化：

放言五首·其三

〔唐〕白居易

赠君一法决狐疑，不用钻龟与祝蓍。

试玉要烧三日满，辨材须待七年期。

周公恐惧流言日，王莽谦恭未篡时。

向使当初身便死，一生真伪复谁知？

诗义：赠给你一个可以消除多疑的方法，用不着龟板和蓍草来占卜。检验玉石真假要烧满三日，辨别木材优劣要等七年之久。周公辅佐成王时害怕社会的流言蜚语，而王莽未篡王位之时一直装得谦恭虚己，假如他们都在当时早早便死去，又有何人能辨别出他们谁是真心谁是假意呢？

简评：中国历史上人才辈出，辉煌的中华文明离不开这些人才的贡献。古人总结出了有效的识人之法。战国时期李克有“居视其所亲，富视其所与，达视其所举，穷视其所不为，贫视其所不取”（司马迁《史记·魏世家》）的“识人五法”。《吕氏春秋》提出“喜之以验其守，乐之以验其僻，怒之以验其节，惧之以验其特，哀之以验其人，苦之以验其志”的“识人六法”。

三国蜀汉诸葛亮在《将苑》中提出了识别将才的七种方法：“一曰，问之以是非而观其志；二曰，穷之以辞辩而观其变；三曰，咨之以计谋而观其识；四曰，告之以祸难而观其勇；五曰，醉之以酒而观其性；六曰，临之以利而观其廉；七曰，期之以事而观其信。”用离间的办法询问他对某事的看法，以考察他的志向、立场；用激烈的言辞故意激怒他，以考察他的气度、应变能力；就某个计划向他咨询，征求他的意见，以考察他的学识；告诉他大祸临头，以考察他的胆识、勇气；利用喝酒的机会使他大醉，以观察他的本性、修养；用利益对他进行引诱，以考察他是否清廉；把某件事情交给他去办，以考察他是否值得信任。

人才对于事业的成功至关重要，而发现和使用人才的前提是能慧眼识人。毛泽东指出：“必须善于识别干部。不但要看干部的一时一事，而且要看干部的全部历史和全部工作，这是识别干部的主要方法。”（《中国共产党在民族战争中的地位》）必须提高识人用人的能力和水平。历史经验表明，如果知人不深、识人不准，就容易出现任人不当、用人失误，给事业造成损失。要在工作和生活中深入了解，考察其本质、认识其德行、分析其优缺点以及显绩潜绩，既看工作又看生活，全面辩证地甄别人选，这样才能选出真正的人才。

诗境深造："人生而有才，用才在识真。"（顾玫《览古》）

240. 一花独放不是春，百花齐放春满园　百花齐放

出处：《帝城花样》："百花齐放，皇州春色，尽属春官矣。"《镜花缘》："百花仙子只顾在此着棋，那知下界帝王忽有御旨命他百花齐放。"

解析：指各种各样的花卉同时开花。比喻不同形式和风格的文艺作品自由发展，也指各行业蓬勃发展的繁荣景象。

诗化：

春日

〔宋〕朱熹

胜日寻芳泗水滨，无边光景一时新。

等闲识得东风面，万紫千红总是春。

诗义：在风光明媚的泗水之滨踏青游玩，无限的风光焕然一新。人人都认识春天的面貌，那就是百花齐放、万紫千红的景致。

简评：汉代董仲舒说："天积众精以自刚，圣人积众贤以自强；天序日月星辰以自光，圣人序爵禄以自明。天所以刚者，非一精之力；圣人所以强者，非一贤之德也。故天道务盛其精，圣人务众其贤。盛其精而壹其阳，众其贤而同其心。"（《春秋繁露·立元神》）圣人一定使他的贤才众多，并使他们同心同德，共同努力建设治理好国家。

百花齐放、万紫千红是春天的景致，也比喻人才辈出、人才众多的现象。中华文化博大精深，同一语句有不同的含义。"百花齐放"用在文艺作品上，指各种不同形式和风格的艺术作品普遍发展，优秀作品层出不穷。用在世界的发展上，则指世界各国、各地区发展好了，才称得上理想世界。一个地方、

一个单位发展好，只能是一枝独秀，所以说“一花独放不是春，百花齐放春满园”（《古今贤文》）。“百花齐放”告诉我们要处理好整体与局部的关系、普遍性与特殊性的关系，鼓励并积极推动形成百花齐放的局面，促进事业兴旺发达。

诗境深造：“盈盈发春葩，烨烨竞芳辰。”（袁凯《古意二十首·其二》）

二十五、廉政篇

悄悄的我走了，

正如我悄悄的来；

我挥一挥衣袖，

不带走一片云彩。

——徐志摩《再别康桥》（节选）

清正廉洁、克己奉公，是为官从政的基础。“粉身碎骨浑不怕，要留清白在人间。”廉洁的关键是做到“慎独慎微”，这是人生修养的一种崇高境界。即人在独处的时候也能严于律己，谨慎地对待自己的言行，牢固坚守清白之本，做到“挥一挥衣袖，不带走一片云彩”。

241. 儒餐自有穷奢处，白虎青龙一口吞　廉不言贫

出处：河南内乡县衙旧址楹联：“廉不言贫，勤不言苦；尊其所闻，行其所知。”

解析：指廉洁的人不会说自己如何清贫，勤政的人不会抱怨自己如何辛苦。

诗化：

墨梅

〔元〕王冕

我家洗砚池头树，朵朵花开淡墨痕。
不要人夸好颜色，只留清气满乾坤。

诗义：我家洗砚池边栽有一棵梅花树，绽放的梅花都显出淡淡的墨痕。不需要人夸它的颜色好看，只愿那淡淡的清香弥漫在天地之间。

简评：“宽仁恤下孚群望，廉洁居心凛自持。”（胤禛《怡贤亲王挽诗三十韵》）廉不言贫，见得思义。遇见可以取得的利益时，要想想是不是合乎义理。“廉者常乐无求，贪者常忧不足。”（王通《中说·王道》）清廉的人无私奉献，一心为公，知足常乐。“临官莫如平，临财莫如廉。”（刘向《说苑·政理》）为官公平最重要，面对钱财，廉洁最可贵。贪婪的人欲海难填，常忧不足。那些淡泊名利、重义轻财、先义后利，能做到安贫乐道、恬于进趣，坚持慎独、慎始、慎终的人，往往流芳百世。战国时期的伟大诗人屈原廉洁无私、忠贞不渝，汉代司马迁称赞屈原曰：“其文约，其辞微，其志洁，其行廉。其称文小而其指极大，举类迩而见义远。其志洁，故其称物芳；其行廉，故死而不容。”（《史记·屈原贾生列传》）屈原年少时就开始修炼清廉的德行，并献身于正直道义且其志从未改变。他一生以清廉为荣，廉不言贫，“朕幼清以廉洁兮，身服义而未沫”（屈原《招魂》）。

“变民风易，变士风难；变士风易，变仕风难。仕风变，天下治矣！”（吕坤《呻吟语·御集·世运》）官风政风可以带动社风民风，毛泽东曾提出：“只要我们党的作风完全正派了，全国人民就会跟我们学。”（《整顿党的作风》）官风乃民风之源，官吏乃百姓表率。“廉不言贫”当是为官者的座右铭，要做

到“土铛煤炉老瓦盆，莫因鼎食羡豪门。儒餐自有穷奢处，白虎青龙一口吞”（赵翼《儒餐》）。

诗境深造：“何如身心间，廉洁无所辱。”（周馨桂《古诗》）

242. 粉身碎骨浑不怕，要留清白在人间　公明廉威

出处：《论语·子路》：“其身正，不令而行；其身不正，虽令不从。”明代年富《官箴》刻石：“吏不畏吾严而畏吾廉，民不服吾能而服吾公。廉则吏不敢慢，公则民不敢欺。公生明，廉生威。”

解析：公正则百姓不敢轻慢，廉洁则下属不敢欺蒙。处事公正才能明辨是非，做人廉洁才能树立权威。

诗化：

石灰吟

〔明〕于谦

千锤万凿出深山，烈火焚烧若等闲。
粉骨碎身浑不怕，要留清白在人间。

诗义：石灰只有经过千锤万凿才能从深山挖采出来，它把烈火焚烧看成是平常的事，即使粉身碎骨也无所畏惧，甘愿把一身清白留在人世间。

简评：“公以生其明，俭以养其廉。是诚为邑之要道，处事临民之龟镜也。”（海瑞《令箴》）公心乃做人之德，清廉乃为政之本。为官者要把国家和人民的利益放在第一位，甘愿自我牺牲，默默为人民谋利益，为社会发展作贡献。“欲影正者端其表，欲下廉者先之身。”（桓宽《盐铁论·疾贪》）若想影子正，先得确保身正；要想下级廉洁，自身首先得廉洁。为官者应重品行，轻名利；遵纪守法，诚实守信；守得住清贫，经得住诱惑，保持浩然正气。做到“一尘不染香到骨，姑射仙人风露身”（张耒《腊初小雪后圃梅开二首·其二》），才能树立公明廉威的作风；做到公明廉威，才可能坚不可摧，经受考验。正是：“教汝百胜术，不贪为上谟。”（寒山《诗三百三首·其八十七》）

诗境深造：“从官重公慎，立身贵廉明。”（陈子昂《座右铭》）

243. 激浊扬清荡妖秽，诛龙斩虎灭蛟螭　激浊扬清

出处：《尸子》：“扬清激浊，荡去滓秽，义也。”《贞观政要·任贤》：“激浊扬清，嫉恶好善。”

解析：指荡去污水，换来清水。比喻清除坏的，发扬好的。

诗化：

观书有感二首·其一

〔宋〕朱熹

半亩方塘一鉴开，天光云影共徘徊。

问渠那得清如许？为有源头活水来。

诗义：半亩大的方形池塘像镜子展现在眼前，天上的云彩在镜子里徘徊。这池塘的水为何会这样清澈？是因为有清新的活水源源不断地涌进，把浊水排走。

简评：“激浊扬清，摧邪显正。”（释慧开《执剑吕洞宾赞》）所谓官德如风，民德如草，官风正则民风纯。良好的社会风气，必能营造一个良好的社会环境。社会风气好，人心就顺、正气就足。净化社会风气，必须激浊扬清，扶正祛邪。“且夫有国家者，赏善而诛恶，故为善者劝，为恶者惩。”（司马光《资治通鉴》）中央八项规定的出台，开启了一场正风肃纪、刷新吏治的变革，既解决思想认识问题，又从细微处解决抓手问题。中央八项规定利剑所指，可谓细大不捐、无远弗届，以一个个细小的具体问题为突破，带动面上问题的解决，形成改进作风的整体效应，是激浊扬清的有力举措。“每事谨持三尺法，何人敢饵四知金。平生自信如弦直，激浊扬清正在今。”（董纪《开司日偶书》）激浊扬清要成为每一个人的自觉行为，成为一种社会风气。

“风俗之变，迁染民志，关之盛衰，不可不慎也。”（王安石《风俗》）唯有“激浊扬清”，清新的活水才能源源不断，社会风气才能保持清新，如此才能形成一个崇尚廉洁、体现公平正义的社会。正是：“激浊扬清荡妖秽，诛龙斩虎灭蛟螭。”（李道纯《慧剑歌》）

诗境深造：“渊明颇解事，舍浊扬清波。”（张纲《次韵虞章》）

244. 清风两袖朝天去，免得闾阎话短长　廉洁自律

出处：《楚辞·招魂》："朕幼清以廉洁兮，身服义而未沬。"

解析：指能自我约束，自觉遵循法纪，品行端正，清白高洁，不损公肥私，不贪污，保持清廉。

诗化：

入京

〔明〕于谦

绢帕蘑菇与线香，本资民用反为殃。

清风两袖朝天去，免得闾阎话短长。

诗义：绢帕、蘑菇、线香这些东西本是民众日常用品，却因贪官的大肆搜刮而成为民众之祸害。所以我什么也不带，只带两袖清风去朝见天子，免得老百姓街头巷尾说长短。

简评：古人云："盖崇德莫大乎安身，安身莫尚乎存正，存正莫重乎无私，无私莫深乎寡欲。"（潘尼《安身论》）崇尚美德首先要修身，修身首要的是持正，持正关键在于无私，无私则要淡泊名利。"不能胜寸心，安能胜苍穹？"（龚自珍《自春徂秋，偶有所触，拉杂书之，漫不诠次，得十五首·其一》）一个人如果连自己都战胜不了，怎么能战胜客观世界呢？

孟子说："天将降大任于是人也，必先苦其心志，劳其筋骨，饿其体肤，空乏其身，行拂乱其所为，所以动心忍性，曾益其所不能。"（《孟子·告子下》）只有从自身入手，磨砺心志，练就坚韧不拔的意志品格，改掉贪婪、懒惰等缺点，方有可能成就一番事业。廉洁自律必须心存敬畏，敬畏人民群众，敬畏法律法纪。"予独爱莲之出淤泥而不染，濯清涟而不妖，中通外直，不蔓不枝，香远益清，亭亭净植，可远观而不可亵玩焉。"（周敦颐《爱莲说》）要学习莲的气度和气节，不受环境影响，自觉保持清正廉洁。

"一生中，究竟需要抵挡多少诱惑，才能平安地度过一生。一生中，究竟要经历多少磨难，才能顺利地走过一生。一生中，究竟需要放弃多少选择，才能轻松地安享一生。在这漫长的旅途中，何处是终点？终点那么遥远，错一步也许便误入歧途。"（陈立基《惠风和顺·无题》）廉洁自律，就是甘于做

一个高尚的人，一个纯粹的人，一个有道德的人，一个脱离了低级趣味的人，一个有益于人民的人。

诗境深造：“谦恭尚廉洁，绝戒骄傲情。”（范仲淹《范文正公家训百字铭》）

245. 身后有余忘缩手，眼前无路想回头　慎独慎微

出处：《礼记·中庸》：“是故君子戒慎乎其所不睹，恐惧乎其所不闻。莫见乎隐，莫显乎微，故君子慎其独也。”

解析：慎独，指在无人监督的情况下也能够谨慎不苟，有监督和没有监督一个样，在任何时候、任何情况下都能把持住自己，自觉遵循道德规范和相关要求。慎微，就是从小事做起，从细微做起，防微杜渐。

诗化：

明神

〔唐〕李商隐

明神司过岂令冤，暗室由来有祸门。
莫为无人欺一物，他时须虑石能言。

诗义：英明的日月山川之神掌管着人间的是非黑白、功过冤屈，不会枉使人间黑白不分；在自以为无人知晓之处做亏心之事，终将会招来祸患。别以为暗室空无一人，便可以胡作非为、为所欲为，要考虑到总有石头也会开口说话的那么一天！

简评：李商隐的这首《明神》旨在警示人们注意慎独慎微，刘备遗诏中广为人知的训诫“勿以恶小而为之，勿以善小而不为”（《诸葛亮集》）即此意。慎独慎微是人生修养的一种崇高境界。邵雍有诗告诫：“意未萌于心，言未出诸口。神莫得而窥，人莫得而咎。君子贵慎独，上不愧屋漏。人神亦吾心，口自处其后。”（《意未萌于心》）邪念从未萌生于心，恶语也从未出口。神灵都无法窥视，人就不会有罪过。君子贵在慎独，为人正直无愧于心，即便在暗中也不做坏事、不起坏念头。人神也在我的心中。蔡元定将“独行不愧影，独寝不愧衾”作为座右铭，时刻提醒自己为人要品行端正，独自行走时要无

愧于跟随自己的影子，独自卧眠时要对得起温暖自己的衾被。

康熙皇帝将“慎独”比喻为“暗室不欺”。林则徐将写有“慎独”二字的横匾悬挂于居所，时刻勉励、警醒自己。曾国藩告诫后人：“慎独则心安。自修之道，莫难于养心；养心之难，又在慎独。能慎独，则内省不疚，可以对天地质鬼神。人无一内愧之事，则天君泰然，此心常快足宽平，是人生第一自强之道，第一寻乐之方，守身之先务也。”(《诫子书》) 在独自居处的时候，也能自觉地严于律己，谨慎地对待自己的所思所行，防止有违道德的行为发生。“尧夫非是爱吟诗，诗是尧夫慎独时。”(邵雍《首尾吟一百三十五首·其一〇六》) 诗是吟诗人慎独时的最爱。一个人在没有监督的情况下，仍然没有放松对自己的要求，还能坚持谨慎自律，这是十分难能可贵的。

“能事参天地，元基慎独功。”(吴与弼《偶述》) 慎微就是从小处着眼、从小事做起，常怀戒惧之心。管子说：“谨于一家，则立于一家；谨于一乡，则立于一乡；谨于一国，则立于一国；谨于天下，则立于天下。是故其所谨者小，则其所立亦小；其所谨者大，则其所立亦大。”(《管子·形势解》) 谨慎对待一家的事情，则可在一个家庭里有所作为；谨慎对待一乡的事情，则可在一个乡里有所作为；谨慎对待一国的事情，则可在一国里有作为；谨慎对待天下的事情，则可在天下有作为。“不矜细行，终累大德。”(《尚书·周书·旅獒》) 不守小节，大节难保。小事小节如同一面镜子，反映的是人品、素质和作风。“小心谨慎者，必善其后，惕则无咎也。”(王永彬《围炉夜话》) 做人总要恪守慎独慎微，谨记“莫为暗处无人欺，举头三尺有神明”，严于律己的人，终将获得幸福的人生。据说书画名家伊秉绶最欣赏的一副对联是：“一生三事，一事收心，一事慎行，一事守口；一日三分，一分静坐，一分应物，一分读书。”慎独慎微是人们追求的一种崇高境界，是一种大智慧。

诗境深造：“不敢欺秋毫，高情洁冰玉。”(陈天麟《题南金慎独斋》)

246. 历览前贤国与家，成由勤俭破由奢　奢靡危亡

出处：《新唐书·列传第三十·褚遂良》：“雕琢害力农，纂绣伤女工，奢靡之始，危亡之渐也。”

解析：指奢侈和浮华是产生危险和导致灭亡的根源。

诗化：

咏史二首·其二（节选）

〔唐〕李商隐

历览前贤国与家，成由勤俭破由奢。

何须琥珀方为枕，岂得真珠始是车。

诗义：纵览历史上的历朝历代，凡是贤明的国家，其成功源于勤俭，而衰败则起于奢华。何必非要琥珀作枕头才能安睡？难道镶嵌了珍珠的才是好的座驾吗？

简评："侈不可极，奢不可穷。极则有祸，穷则有凶。"（邵雍《奢侈吟》）历史上商纣王荒淫暴虐、酒池肉林，周幽王千金买笑、烽火戏诸侯，这些奢靡事件，都导致了亡国。唐代刘禹锡曾赋诗讽刺奢靡的风气："台城六代竞豪华，结绮临春事最奢。万户千门成野草，只缘一曲后庭花。"（《台城》）六朝皇城一朝比一朝豪华，陈后主的结绮临春是最奢华的。可老百姓的千门万户却成了野草，只因为那一曲《玉树后庭花》。五代戴偃指出奢侈是导致国家危亡的原因："须把咽喉吞世界，盖因奢侈致危亡。若须抛却便抛却，莫待风高更亦深。"（《句》）

官场的奢靡之风危害甚大，从来都不可小觑。其一，会损害政府形象，影响执政基础。官员如果追求奢靡的生活，就会引起老百姓不满，失去群众的信任和支持，严重损害政府的执政基础和执政地位。其二，败坏社会风气。官风正，民风淳；奢靡这类不正官风，对社会风气会有不良的影响，会催生和助长社会上铺张浪费、贪图享乐之风。其三，造成社会资源的浪费。奢靡之风，讲排场，比规模，过度消费，浪费严重，近者伤及自身，远者祸及子孙。正所谓人无俭不立、家无俭不旺，勤俭看似小事，其实与个人命运甚至国家前途息息相关。

诗境深造："珠玉不到眼，遂无奢侈心。"（于濆《里中女》）

247. 出师未捷身先死，长使英雄泪满襟　鞠躬尽瘁

出处：《后出师表》："鞠躬尽瘁，死而后已。"

解析：指忠心耿耿、竭尽心力地贡献出全部力量，到死为止。

诗化：

咏怀古迹五首·其五

〔唐〕杜甫

诸葛大名垂宇宙，宗臣遗像肃清高。
三分割据纡筹策，万古云霄一羽毛。
伯仲之间见伊吕，指挥若定失萧曹。
运移汉祚终难复，志决身歼军务劳。

诗义：诸葛亮的英名千古流芳，形象肃穆清高，为世人所尊崇。他运筹帷幄，形成三分天下的格局，像千古的鸾凤翱翔云霄。他辅佐刘备，功劳与伊尹、吕尚不分上下，指挥从容镇定，连萧何、曹参不能比超。然而时运不好，汉室实在难以复兴，诸葛亮心志虽坚，但也无力回天，终因军务繁忙死于积劳。

简评：三国时期，蜀国丞相诸葛亮辅助后主刘禅，主张联吴伐魏。在平定南部后，蜀军积蓄力量，准备北伐曹魏，为蜀国的生存争夺空间。出师前，诸葛亮给刘禅上了奏表，名曰《出师表》，劝刘禅虚心纳谏，重用人才，全心全力治理国家。可惜第一次北伐失败了。养精蓄锐几年后，诸葛亮又决定北伐中原。当时，蜀国许多大臣觉得蜀国力量太小，老是战伐非国家之福，因此反对北伐。诸葛亮又上表给刘禅，对当时的敌我形势进行了详细分析，坚决主张北伐，这第二道表史称《后出师表》。在这道表的最后，诸葛亮表示他一心为国，鞠躬尽瘁，死而后已："凡事如是，难可逆见。臣鞠躬尽瘁，死而后已。至于成败利钝，非臣之明所能逆睹也。"

杜甫有诗赞诸葛亮曰："三顾频烦天下计，两朝开济老臣心。出师未捷身先死，长使英雄泪满襟。"（《蜀相》）

诗境深造："推诚扶社稷，尽瘁鞠烝黎。"（胡应麟《寄赵相国一百韵》）

248. 不讦不谀持正大，能经能济洞几微　守法持正

出处：《司空奚公神道碑》："守法持正，嶷如秋山。"

解析：指严格遵守法律制度，主持公道正义。

诗化：

梅花绝句二首·其一

〔宋〕陆游

幽谷那堪更北枝，年年自分着花迟。

高标逸韵君知否，正在层冰积雪时。

诗义：深谷里生长着一棵背阴的梅花，加上枝条向北生长，终年日照比较少，因此，每年开花总是比较迟缓。但是它高超的品格、迥异流俗的风致你可曾知道？它开花的时候，正是那冰雪覆盖、最为严寒的寒冬时节。

简评："言非法度不出于口，行非公道不萌于心。"（杨炯《杜袁州墓志铭》）守法持正是为官者应具备的基本职业道德。首先，要崇法守法，保持对法律纪律的信仰和敬畏。只有崇法，心存敬畏，才会深刻认识为官者的责任担当；只有崇法，才能做到心中有杆秤，不偏袒，不徇私，牢牢守住公正的底线。其次，要"称物平施，为政以公，毫厘不差……志守公平，体兼正直……存信去诈，以公灭私"（姚崇《执秤诫》），只有这样，才会"心苟至公，人将大同。心能执一，政乃无失"（姚崇《执秤诫》）。再其次，要修身守廉。权力是一把双刃剑，面对纷繁复杂的社会，为官者必须经受住外来的形形色色的利益诱惑，用好手中的权力，干干净净做事，明明白白做人。

"不讦不谀持正大，能经能济洞几微。"（度正《上茶使赵伯川二首·其二》）要做到守法持正必须自觉地抵制和摒弃各种各样的潜规则。潜规则的实质是公权私用、公事私办、私事公办、以权谋私，是把商品交换的原则用到了不该用的地方和领域。"省风传隐恤，持法去烦苛。"（戴叔伦《奉同汴州李相公勉送郭布殿中出巡》）面对潜规则，要敢于说"不"，要从我做起，既保持自身廉洁自律，又担当起监督和抵制的责任。

诗境深造："推诚鱼鳖信，持正魑魅怛。"（独孤及《代书寄上李广州》）

249. 人生到处知何似，应似飞鸿踏雪泥　功成不居

出处:《道德经·第二章》:“生而不有，为而不恃，功成而弗居。”

解析：指立了功而不把功劳归于自己，不骄傲自大。

诗化：

卜算子·咏梅

毛泽东

风雨送春归，飞雪迎春到。已是悬崖百丈冰，犹有花枝俏。　俏也不争春，只把春来报。待到山花烂漫时，她在丛中笑。

诗义：风雨把春天送回，飞雪又在迎接春天。已是冰封雪冻最寒冷的时候，悬崖边上还盛开着艳丽的梅花。梅花虽然美丽，但并不炫耀自己，只是预告着春天到来的消息。等到百花盛开的时候，它将在百花丛中同百花共享春日之喜悦。

简评：这首诗不仅赞颂梅花美丽、积极、坚贞的品格，也赞扬了其谦虚低调、功成不居的风骨。“零落成泥碾作尘，只有香如故。”(陆游《卜算子·咏梅》) 功成不居是一种高尚的人格修养。人的一辈子不可能全是成绩，也不会全是过失，总是既有成绩，又有过失。因此，如何对待功与过是检验一个人品德的试金石。应当是有成绩说成绩，有过失说过失，实事求是，既不夸大也不缩小，既不炫耀也不遮掩，不能遇到成绩就抢，遇到过失就推，无美不归己，无丑不归人。有的人说到成绩，眉飞色舞，津津乐道，唯恐天下不知；说到过失，缄口不言，默然无声，唯恐避之不及。“心底无私天地宽”（陶铸《赠曾志》)，能够消除种种私心杂念，正确地看待自己的功过得失，就能做到功成不居。要有“人生到处知何似，应似飞鸿踏雪泥”（苏轼《和子由渑池怀旧》) 的气度，人生所经历的事，像是天上的大雁偶尔踩在雪地上留下的爪痕一样不足挂齿，何须居功自傲呢？正是：“功成不居拂衣去，洞庭渺渺君山青。”(丁鹤年《赠玄溟炼师》)

梅花是“花中四君子”之一。梅花最令诗人倾倒的，是一种宁静中的恬淡，一种“凌寒独自开”的孤傲。它不屑与凡桃俗李在春光中争艳，而是在天寒地冻、万木不禁寒风时，独自傲然挺立，在大雪中开出满树繁花，幽幽

冷香随风袭人。历代歌咏梅、兰、竹、菊的诗歌数不胜数，以梅花诗最为多见。“俏也不争春，只把春来报。待到山花烂漫时，她在丛中笑”，这种功成不居是多么高尚的品格呀！

诗境深造：“功成拂衣去，归入武陵源。”（李白《登金陵冶城西北谢安墩》）

250. 须将大道为奇遇，莫踏人间龌龊踪　光明磊落

出处：《晋书·石勒载记》：“大丈夫行事，当磊磊落落，如日月皎然。”《朱子语类》：“譬如人，光明磊落底便是好人，昏昧迷暗底便不是好人。”

解析：指人的行为正直坦诚，毫无不可告人之处。

诗化：

寄洪与权

〔宋〕王令

剑气寒高倚暮空，男儿日月锁心胸。
莫藏牙爪同痴虎，好召风雷起卧龙。
旧说王侯无世种，古尝富贵及耕佣。
须将大道为奇遇，莫踏人间龌龊踪。

诗义：寒光逼人的剑气闪耀在暮色中，男儿要有光明磊落的胸襟，拥抱日月的光辉。不要学深藏着牙爪的痴虎，而要像召唤风雷、乘势而起的卧龙，行云施雨润泽天下。王侯将相并非世代相传，受雇佣耕田的人也有获得富贵的时候。因此在困穷之中不谋苟且进身，等待有利时机为世所用，不要学那些钻营、猎取功名，图谋利禄的卑鄙行为。

简评：这首诗意气高昂，感情强烈，表达了作者光明磊落、积极进取的志向和坚持正义的高尚节操。“光明齐于日月兮，文采耀于玉石。”（刘向《九叹·怨思》）光明磊落、襟怀坦荡是做人行事的基本原则。古时衙署大堂上悬挂的“正大光明”匾额，就是为官者对黎民百姓的承诺，为官者光明磊落，方能感召、团结群众共谋发展。“事可语人酬对易，面无惭色去留轻。”（刘过《送王简卿归天台》）如果所做的事情都可以公之于众，那么无论遇到什么情

况都很容易应对；如果能对自己的行为问心无愧，那么不管是离职或留任都不放在心上。人前人后唯公是举，不匿私心，不愧屋漏，不欺暗室，树立浩然正气。孔子有言："君子坦荡荡，小人长戚戚。"（《论语·述而》）为官者当涵养坦荡君子之风，经得起评说，勇于仗义执言、吐纳真言，向全社会劲吹清风正气。正是："黄河落天走东海，万里写入胸怀间。"（李白《赠裴十四》）

诗境深造："磊落星月高，苍茫云雾浮。"（杜甫《发秦州》）

二十六、处事篇

老是把自己当作珍珠

就时时有被埋没的痛苦

把自己当作泥土吧

让众人把你踩成一条道路

——鲁藜《泥土》

处事是指处理事情的方式方法。人的一生会面临许多问题和矛盾。解决问题、处理矛盾，要讲究方式方法。要坚持“己所不欲，勿施于人”的原则，秉持“和以处众，宽以接下，恕以待人”，“宠辱不惊，闲看庭前花开花落；去留无意，漫随天外云卷云舒”的气度胸怀，坚守和而不同、各美其美、恰如其分的尺度，严于律己，宽以待人。“横看成岭侧成峰，远近高低各不同。”要善于换位思考，理解人、体谅人，努力做到无私奉献、克己奉公。

251. 乃知正人必正己，己既不正如人何　推己及人

出处：《论语·卫灵公》："子贡问曰：'有一言而可以终身行之者乎？'子曰：'其恕乎！己所不欲，勿施于人。'"

解析：自己做不到或不愿意做的事，不要强求别人做到或强迫别人去做。

诗化：

寄兴

〔宋〕戴复古

黄金无足色，白璧有微瑕。

求人不求备，妾愿老君家。

诗义：黄金无足赤，白玉也会有瑕疵。人无完人，不应求全责备，我愿意在你家终生同你相伴。

简评："己所不欲，勿施于人"蕴含的哲理是推己及人。要尽量理解和包容别人，自己有理想的生活，就要想到别人也会对其自身的生活有所期待；自己不愿意别人怎样对待自己，就不要那样对待别人；希望自己在事业和生活上如何发展，就尽可能帮助别人实现发展。总之，要从自己的内心出发，推及他人，去理解他人，对待他人。正是："乃知正人必正己，己既不正如人何。"（李延兴《正己堂》）

"己所不欲，勿施于人"是处理人与人之间关系，乃至国与国之间关系的重要准则。自己所做不到的事切莫强加于人，这就要求人们在待人接物、处理各项事务时要有宽容的态度。在处理和他人的关系时，多站在对方的角度考虑，人与人之间的关系才不易走向极端。宋代林逋说："和以处众，宽以接下，恕以待人。"（《省心录》）要和气地与众人相处，宽厚地对待下属，宽恕别人的过失。明代唐伯元指出："仁者爱己，义者正己。枉己直人，所济有几。"（《二戒预外事》）切莫对别人用一套标准，对自己用另一套标准。

诗境深造："存心民必济，正己吏自格。"（熊禾《与程县尹》）

252. 秋隼得时凌汗漫，寒龟饮气受泥涂　宠辱不惊

出处：《小窗幽记》：“宠辱不惊，闲看庭前花开花落；去留无意，漫随天外云卷云舒。”

解析：指坦然对待人生的进退得失、顺境逆境。宠不喜，辱不惊，无论面对荣耀还是屈辱，都能保持正常的心态。

诗化：

定风波

〔宋〕苏轼

莫听穿林打叶声，何妨吟啸且徐行。竹杖芒鞋轻胜马，谁怕？一蓑烟雨任平生。　　料峭春风吹酒醒，微冷，山头斜照却相迎。回首向来萧瑟处，归去，也无风雨也无晴。

诗义：不要在乎那穿林打叶的雨声，不妨一边吟咏，一边悠然地漫步。竹杖和草鞋轻捷得胜过骑马，这点风雨有什么可担心的？一身蓑衣，任凭风吹雨打，照样潇洒地过一生。带着寒意的春风吹散了我的酒意，山冈上斜阳迎面照来。回首曾经风吹雨打处，回去吧，对我来说既无所谓风雨，也无所谓天晴。

简评：宠辱不惊是苏轼真实的人生历练之所得。元丰二年（1079）乌台诗案之后，苏轼被贬官黄州，但苏轼并没有因仕途的突变而消沉，反而对人生持更加豁达开朗的态度。其诗作转向对人生的思考，淡泊旷达、宠辱不惊的心境更加显露出来。《赤壁赋》《念奴娇·赤壁怀古》《定风波》《卜算子·黄州定慧院寓居作》等传世佳作都是这个时期的作品，留下了“江山如画，一时多少豪杰”“竹杖芒鞋轻胜马，谁怕？一蓑烟雨任平生”“此心安处是吾乡”等千古绝句。其中《定风波》（莫听穿林打叶声）描述的是苏轼与友人出游，风雨忽至，友人深感狼狈，他却毫不在乎，泰然自若，吟咏长啸，缓步而行。诗中通过偶遇风雨的小事，表现出诗人宠辱不惊的心态、旷达超脱的胸襟、超凡脱俗的人生境界。了解了苏轼的人生经历再拜读诗人的大作，也许大家的感觉会与林语堂一样，“一提到苏东坡，中国人总是亲切而温暖地会心一笑”（《苏东坡传》）。

传说苏轼推崇禅学，也觉得自己的禅定功夫修炼到家了。在一次禅坐之后，他写了一首诗："稽首天中天，毫光照大千。八风吹不动，端坐紫金莲。"随后苏轼差书童过江送给佛印大师，让大师来评价一番。佛印大师看后，给苏轼回了两个字"放屁"。苏轼本以为佛印大师会赞扬自己一番，看到"放屁"二字勃然大怒，立即过江与佛印大师论理，但佛印大师早已锁门出游，门上留下一副对联："八风吹不动，一屁打过江。"这是告诫苏轼，毁誉关没过，怎能做到八风吹不动？修炼功夫还差得很远。

"宠辱无休变万端，阿谁能向静中看。"（胡宏《宠辱》）宠辱不惊既是一种超凡脱俗的心态，也是一种百折不挠的意志，更是一种极高的境界。庄子说："举世誉之而不加劝，举世非之而不加沮。"（《庄子·逍遥游》）指要做到面对天下人的称赞而不骄傲，面对天下人的责难而不沮丧。"天下有大勇者，卒然临之而不惊，无故加之而不怒。此其所挟持者甚大，而其志甚远也。"（苏轼《留侯论》）苏轼认为，天下真正的英雄，遇到突发的事情时不惊慌，蒙不白之冤时不愤怒，刘邦与项羽的成败，就在于能忍与不能忍之间，"观夫高祖之所以胜，而项籍之所以败者，在能忍与不能忍之间而已矣。项籍唯不能忍，是以百战百胜而轻用其锋；高祖忍之，养其全锋而待其弊，此子房教之也"（《留侯论》）。刘邦能满足韩信"要官"，是能忍的表现；刘邦向项羽交出秦国玉玺并表示俯首称臣，也是一种"能忍"。陆游有诗论述宠辱不惊："得福常廉祸自轻，坦然无愧亦无惊。平生秘诀今相付，只向君心可处行。"（《书室名可斋或问其义作此告之》）一个人对于该做什么、不该做什么，始终应该有内在的道德尺度来把握，重要的是能无愧于心，走运顺利时也不忘廉洁自律，才能福重祸轻。陆游悟到人生秘诀是只做不违背良心的事，故将书斋命名为"可斋"。

"秋隼得时凌汗漫，寒龟饮气受泥涂。"（刘禹锡《乐天寄重和晚达冬青一篇，因成再答》）宠辱不惊是一种重要的品格。罗贯中在《三国演义》中描写曹操与刘备青梅煮酒论英雄，曹操说："龙能大能小，能升能隐：大则兴云吐雾，小则隐介藏形；升则飞腾于宇宙之间，隐则潜伏于波涛之内。方今春深，龙乘时变化，犹人得志而纵横四海。龙之为物，可比世之英雄。"宠辱不惊，能大能小，能升能隐，能屈能伸，是龙的品格，也是英雄人物的品格。

诗境深造："谤议不足怨，宠辱讵须惊。"（陈子昂《座右铭》）

253. 自昔英豪忌苟同，此身易尽学难穷　和而不同

出处：《论语・子路》："君子和而不同，小人同而不和。"

解析：指和谐而不苟同，即和睦相处的同时又不随便附和、盲目跟从。

诗化：

梁雅歌・臣道曲

孝义相化，礼让为风。
当官无媚，嗣民必公。
谦谦君子，謇謇匪躬。
谅而不讦，和而不同。
诫之诫之，去骄思冲。
弘兹大雅，是曰至忠。

诗义：行孝重义相互教化，礼貌谦让蔚然成风。为官不阿谀奉承、溜须拍马，对待百姓必须公正公平。做一个谦让平和、彬彬有礼的君子，为人正直诚恳。大度宽容而不揭他人短处，与他人和睦相处，同时不随意附和追随。切记切记，要摒弃骄横自大，保持谦虚谨慎。弘扬高尚雅正的作风，可谓忠心耿耿。

简评：乐府诗《臣道曲》是对为官者的劝告，具有一定的教育意义。诗中强调为官者应注意谦虚谨慎，加强道德修养，对待群众要公平公正；为人正直宽容，不阿谀奉承；处理人与人之间的关系时要保持和谐友善，注意和而不同，不要盲目跟随附和。"以和为贵"是中华传统文化的基本价值取向。"君子和而不同，小人同而不和"一句中，"和"指不同事物的和谐统一，"同"指事物同一或一致；"和"是抽象的、内在的，"同"是具体的、外在的。孔子认为，君子要善于与不同思想、不同意见的人平等和睦相处，相互尊重、取长补短，而不是盲目附和，也不是独断专横、唯我独尊。"自昔英豪忌苟同，此身易尽学难穷。"（刘克庄《自昔》）坚持和而不同，妥善地处理好

人与人之间的关系，并非易事。

中华传统文化以儒家思想为主流，也吸收和融合了道家、佛家的文化与思想，充分体现了中华传统文化的包容性，体现了和而不同的文化特征。一是关于世界观。儒家认为世界是展现才华的舞台，提倡立功立德立言；道家主张世界是人类赖以生存的环境，要追求人与自然和谐相处的天人合一的境界；佛家认为相由心生，世界就在自己心中，一念之差，便可创造地狱或极乐。二是关于人生观。儒家文化提倡积极进取、建功立业的人生观，属于进取文化、入世文化；道家文化提倡顺其自然、自我完善的人生观，属于规律文化、出世文化；佛家文化提倡慈爱众生、无私奉献的人生观，属于奉献文化，以出世的思想做入世的事业。三是关于人生的修炼要求。儒家提倡仁、义、礼、智、信的标准；道家提倡领悟道、修养德、求自然、守本分、淡名利的标准；佛家提倡诸恶莫作、众善奉行、遵守十戒、心灵安定、运用智慧的标准。

以不同的心态度过不同的人生阶段，梁武帝萧衍的《会三教诗》正体现了大多数古代中国文人信奉的法则："少时学周孔，弱冠穷六经。孝义连方册，仁恕满丹青。践言贵去伐，为善存好生。中复观道书，有名与无名。妙术镂金版，真言隐上清。密行贵阴德，显证表长龄。晚年开释卷，犹日映众星。苦集始觉知，因果乃方明。"青少年学儒、尊儒，积极入世，奋斗进取，博取功名，建功立业；中年学道、奉道，有所为而不为，顺其自然，淡泊名利；老年学佛、守佛，清心寡欲。

"大虚圆满，妙觉混融。如春化物，和而不同，力不在东风。"（释祖钦《跋圆觉经》）达到圆融境界恰如春天滋润万物，和谐又不尽相同，促进生长的力量并不是春风的吹拂，而是万物生长变化的规律。"和而不同"是对"和"这一理念的丰富和发展。"和而不同"追求内在的和谐统一，而不是表象上的相同一致。"君子和而不同，小人同而不和。"君子内心所见略同，但其外在表现未必都一样。能与别人协调，但并不盲目地重复或附和别人，故能达成和谐。表面上随大流模仿别人，反而会导致不和谐。"有直终为讦，能和乃不同。"（项安世《呈罗机宜》）要形成"和"的局面，只有在大目标不冲突的前提下，包容尊重差异，才能化解矛盾，共同繁荣。

唐代虞世南的小诗《蝉》也表达了和而不同、不随波逐流的哲理："垂緌饮清露，流响出疏桐。居高声自远，非是借秋风。”小蝉吸吮着清澈甘甜的露水，悦耳的蝉鸣从梧桐间传出。蝉声传得远是因为蝉处在高树上，而非附和着阵阵的秋风。虽然似乎悦耳的蝉声与秋风之声都在共鸣合奏，但它们彼此的声音是有区别的。

诗境深造：“和同而不浊，退屈而不陵。”（黄庭坚《仰山简和尚真赞》）

254. 买骨须求骐骥骨，爱毛宜采凤凰毛　择善而从

出处：《论语·述而》：“三人行，必有我师焉。择其善者而从之，其不善者而改之。”

解析：指向好的学习，向榜样学习，照好的去做，追随贤明的领导者。也指采纳正确的建议、选择好的方法或好的制度并加以实行。

诗化：

偶题二首·其一

〔唐〕徐夤

买骨须求骐骥骨，爱毛宜采凤凰毛。
驽骀燕雀堪何用，仍向人前价例高。

诗义：买骨就要买千里骏马的骨头，爱羽毛就要采集凤凰的羽毛。那些劣质的马匹和平庸的小鸟又有什么用？却仍然以高价示于人前。

简评：传说神光仰慕达摩大师的英明，决意拜达摩为师，达摩却因为神光傲慢而不肯收留。神光追随达摩到少林五乳峰，服侍达摩面壁修炼九年，之后达摩离开面壁洞，回到少林寺院。一日达摩坐禅，神光在亭外听命。夜晚下起鹅毛大雪，积雪淹没了神光的双膝，使他好似披了毛绒雪毯。第二天早晨，达摩看到神光在雪地里站着，便问道：“你站在雪地里干吗？”神光答道：“向佛祖求法。”达摩说：“要我给你传法，除非天降红雪。”神光意识到这是指点他悟禅的奥秘，立即抽出戒刀，向左臂砍去，鲜血染红了积雪。达摩意识到神光拜师求教的意志和毅力，遂传衣钵、法器予他，并赐法名“慧可”。慧可成为少林寺第二代禅宗，称为“二祖”。为了纪念慧可立雪断臂，

寺僧们将“达摩亭”改为“立雪亭”。清乾隆皇帝瞻游中岳时，对“立雪断臂”的故事颇有感触，遂挥毫撰写“雪印心珠”匾一块，悬挂于立雪亭佛龛上方，以示后人。

择善而从对于从师、从帅而言都是一项高明的智慧。在平常的工作生活中要善于发现、辨别身边的“善”，以“善”为榜样，以“善”为目标，向榜样学习，向榜样靠近。当择善而从成为一种习惯，我们就走上了一条通向吉祥与崇高的通途。

诗境深造：“息阴无恶木，饮水必清源。”（王维《济上四贤咏·郑霍二山人》）

255. 梅须逊雪三分白，雪却输梅一段香　各美其美

出处：《“美美与共”和人类文明》：“各美其美，美人之美，美美与共，天下大同。”

解析：指每个人既要懂得欣赏自身的美，又要学会欣赏和包容他人的美，像这样将自我之美和他人之美结合起来，才有可能实现理想中共同的美。

诗化：

雪梅

〔宋〕卢梅坡

其一

梅雪争春未肯降，骚人阁笔费评章。
梅须逊雪三分白，雪却输梅一段香。

其二

有梅无雪不精神，有雪无诗俗了人。
日暮诗成天又雪，与梅并作十分春。

诗义：梅花和雪花争春互不相让，究竟是谁最出风头？这可难坏了古今文人墨客。梅花比雪花差了几分剔透洁白，而雪花却不如梅花那般清香。有梅花却没有雪，景色就显得缺乏神韵；有了雪而没有诗的衬托，景致又显得俗气。临近黄昏，刚刚写好一首诗，天下起了雪，再加上梅花，这样就组成

了一幅完美的景象。

简评：“自古逢秋悲寂寥，我言秋日胜春朝。”（刘禹锡《秋词二首·其一》）任何事物都各有所长、各有所短。明代冯梦龙在《广笑府》讲述了茶与酒争高低的故事。茶对酒说：“战退睡魔功不少，助成吟兴更堪夸。亡家败国皆因酒，待客如何只饮茶。”茶夸自己能战退睡魔、提神醒脑，有益于作诗赋词，指责酒是亡家败国的祸根。而酒回答茶说：“瑶台紫府荐琼浆，息讼和亲意味长，祭祀筵宾先用我，何曾说着淡黄汤？”酒说那些高贵雅致的地方和重要喜庆的时刻都会上酒来助兴，酒是大家喜爱的饮品。茶与酒各夸自己有能耐，争论不休。水出面调解说：“汲井烹茶归石鼎，引泉酿酒注银瓶，两家切莫争闲气，无我调和总不成。”水指出没有自己的调和，茶和酒都无法冲泡或酿制。

“梅须逊雪三分白，雪却输梅一段香。”每个人乃至每个民族，都有各自的审美标准，同一个民族在不同的时期审美观也不一样。自己认为是美的东西，在别人或别的民族看来不一定美。如唐代的审美标准是“丰肥浓丽、热烈放姿”，美女形象多为面如满月、丰颊秀眉、腰肢圆浑，贵妃杨玉环是其中典型；到了宋代，又以“蛾眉青黛、身轻如燕、身姿窈窕”的纤瘦型身材为美。各美其美要求人们学会以包容的心态欣赏不同的美，发现他人的长处，掌握“美人之美，美美与共”的处世智慧。

诗境深造：“万物各美恶，一室有面背。”（陈傅良《临桂尉杨渭夫以诗来因次其韵兼简同僚》）

256. 世事从来满则亏，十分何似八分时　恰如其分

出处：《周易·节卦·彖传》：“‘节，亨’，刚柔分而刚得中。‘苦节不可贞’，其道穷也。说以行险，当位以节，中正以通。”

解析：指为人办事、说话十分恰当，尤指为人处世，宽严的分寸拿捏得恰到好处。

诗化：

题成都武侯祠联

〔清〕赵藩

能攻心则反侧自消，从古知兵非好战；

不审势即宽严皆误，后来治蜀要深思。

诗义：用兵采取攻心为上策，反叛会自然消除，历史上真正善用兵者并不好战。不预判形势，政策过宽或过严都会出现失误，后来的治理者要认真思考。

简评：《题成都武侯祠联》总结了诸葛亮治蜀的成功经验。诸葛亮北伐中原前，为了解除后顾之忧，先率军平定南中。他采用"攻心"之法，七擒七纵孟获，平定南中叛乱，且不驻一兵一卒就确保了南中社会安定。在施政方面，诸葛亮在认真审度、准确判定形势后，针对刘璋治蜀不力、德政不举、威刑不肃，蜀中豪强专权自恣的局面，采取了"威之以法""限之以爵"的严刑峻法，使蜀国形成了"吏不容奸，人怀自厉，道不拾遗，强不侵弱，风化肃然"（陈寿《进〈诸葛亮集〉表》）的局面。这是治理施政恰到好处的一个典型例子。

"世事从来满则亏，十分何似八分时。青山作计常千古，只露岩前月半规。"（刘鉴《月岩》）在为人处世方面，学会恰如其分、得体合宜地待人接物非常重要。如果能把握好分寸，说话有度，交往有节，通常就会事事通达；如果不懂分寸，说话冒失，举止失礼，那么在人际交往中就有可能受挫。恰如其分有很多要领，能够真正掌握好分寸，是非常不容易的。分寸不单囿于"情"字，也不单拘于"理"字，通情达理者可识分寸，可见"分寸"二字就在情理之间。要学会把握好分寸，就必须通人情、晓世故，提高修养。

诗境深造："弦依高张断，声随妙指续。"（沈约《咏筝诗》）

257. 持心廉谨务律己，处事公勤思称职　严于律己

出处：《谢曾察院启》："严于律己，出而见之事功；心乎爱民，动必关夫

治道。”

解析：指严格约束自己，对自己有高要求，做到自我批评和自我检讨。

诗化：

书端州郡斋壁

〔宋〕包拯

清心为治本，直道是身谋。

秀干终成栋，精钢不作钩。

仓充鼠雀喜，草尽兔狐愁。

史册有遗训，毋贻来者羞。

诗义：清心寡欲、大公无私是吏治的根本，正直公道的品性是修身的方法。良木终成栋梁之材，经过百炼的精钢不会被拿去制作小器。仓廪丰实让鼠雀之辈窃喜，草粮枯竭就会让那些贪婪的兔狐发愁。在这方面，历史上留下了许多教训，不要做出被后人耻笑的事情。

简评：保持清心才能寡欲，进退不失其正，故谓“治本”。直道而行，光明坦荡，是其“身谋”。包拯这首诗写得正气堂堂、风骨凛然，是秉公无私的宣言书，是矢志不移的行动指南。据说包拯曾以诗婉拒皇帝的贺礼：“铁面无私丹心忠，做官最忌念叨功。操劳本是分内事，拒礼为开廉洁风。”后人有诗赞包拯：“龙图包公，生平若何？肺肝冰雪，胸次山河。报国尽忠，临政无阿。杲杲清名，万古不磨。”（《孝肃包公遗像赞》）

张潮在《幽梦影》里说：“律己宜带秋气，处世宜带春气。”检查自己的言行要像秋风那样严厉，待人处世要像春风般温和。“严于律己，宽以待人”体现了高素质、高涵养的品格，也是一种情操的升华。严于律己方能保持初心，保持对理想、正义的追求，从而勇于担当，做出佳绩。正是：“持心廉谨务律己，处事公勤思称职。”（区子复《公署述怀》）

诗境深造：“律己贵廉勤，御事要明断。”（戴复古《送来宾宰》）

258. 何当共剪西窗烛，却话巴山夜雨时　同心同德

出处：《尚书·周书·泰誓中》："受有亿兆夷人，离心离德。予有乱臣十人，同心同德。"《周易·系辞上》："二人同心，其利断金；同心之言，其臭如兰。"

解析：指思想统一，信念一致，目标一致，行动一致。

诗化：

夜雨寄北

〔唐〕李商隐

君问归期未有期，巴山夜雨涨秋池。
何当共剪西窗烛，却话巴山夜雨时。

诗义：难说归期是何期，巴山连夜暴雨让水涨满了秋池。归去，共剪西窗烛花，同你分享这巴山夜雨的美妙，是我们共同的愿望。

简评：同心同德，心往一处想，劲往一处使，为实现特定的目标而不懈努力，对于任何国家、任何民族来说都非常重要。同心同德，事业就会兴旺发达。孟子说："一乡之善士斯友一乡之善士，一国之善士斯友一国之善士，天下之善士斯友天下之善士。"（《孟子·万章下》）优秀人士也需要与一乡、一国乃至全天下的优秀人士对话交流而产生共鸣、实现合作。毛泽东指出："团结一致，同心同德，任何强大的敌人，任何困难的环境，都会被我们战胜的。"（《关于共产国际解散问题的报告》）有道是"人心齐，泰山移"，同心同德，从上到下齐心协力，就能战胜一个个巨大的困难。

唐贞观初年天下大旱。唐太宗李世民为了稳定社稷、造福百姓，决定开渭河引水灌溉，但遭到大臣们的反对。有人说开渭河会像隋炀帝开运河那样连累百姓，导致怨声载道。唐太宗对众臣说："诸位担心朕将如隋炀帝那样，开渭河累及百姓，使天下怨声载道，劝朕慎思。朕慎思再三。古时大禹开山治水与百姓同苦同利。隋炀帝开运河，修建奢侈的宫殿，损害的是天下臣民，所以百姓揭竿而起。今日朕开渭河，为的是百姓，图的是五谷丰登，与百姓同苦同利！"这番话让上下认识达成一致，人们同心同德开河引水灌溉，缓解了旱情。

诗境深造：“相知岂在多，但问同不同。”（白居易《别元九后咏所怀》）

259. 横看成岭侧成峰，远近高低各不同　换位思考

出处：《周易·系辞上》：“仁者见之谓之仁，智者见之谓之智。”

解析：指互相宽容、理解，多站在别人的角度或处境去思考问题。

诗化：

题西林壁

〔宋〕苏轼

横看成岭侧成峰，远近高低各不同。
不识庐山真面目，只缘身在此山中。

诗义：从不同的角度观看庐山，就会看到庐山各种不同的样子。无法认清庐山的真实面目，只因自己就在这座山之中。

简评：《题西林壁》是苏轼游历了庐山之后，从不同的角度观察庐山而得出的感悟，此诗提炼出了精辟的哲理，并依托景物描写而阐发，给人以哲思的启迪。智者善于从不同的角度去看待问题、分析问题。仁者见仁，智者见智，对于同一个问题，不同的人从不同的角度看会有不同的看法，得出不同的结论。王守仁的《蔽月山房》云：“山近月远觉月小，便道此山大于月。若有人眼大如天，当见山高月更阔。”其蕴含的哲理与苏轼的《题西林壁》有异曲同工之妙。

“尧舜净，汤武生，桓文丑旦，古今来几多角色；日月灯，云霞彩，风雷鼓板，宇宙间一大戏台。”人在一生中要扮演不同角色，要想形成良好的人际关系，就应学会换位思考，即从别人所处的位置来考虑问题，不要得寸进尺、逼人太甚，能做到这样，大家在一起工作才容易协调，才能真正团结在一起。换位思考是一种十分重要的工作方法和处世之道。

诗境深造：“远近高低树，东西南北云。”（姚合《题刑部马员外修行里南街新居》）

260. 春蚕到死丝方尽，蜡炬成灰泪始干　克己奉公

出处：《后汉书·铫期王霸祭遵列传》："遵为人廉约小心，克己奉公。"

解析：指克制自己的私欲，一心为公。

诗化：

无题（节选）

〔唐〕李商隐

相见时难别亦难，东风无力百花残。
春蚕到死丝方尽，蜡炬成灰泪始干。

诗义：相见时机会难得，分别时也难舍难分，在这暮春时节百花凋零，更加使人伤感。春蚕到死亡时才停止吐丝，蜡烛直到烧尽才停止流泪。

简评：克己奉公，首先，要保持清醒的头脑，正确认识权力，正确行使权力，防微杜渐，从严律己，不为权所惑、不为欲所使、不为利所驱，秉公用权，廉洁行政，以身示范，身正影正。其次，打铁还需自身硬，只有肩膀硬、腰杆直、作风正，才能一身正气、忠于职守。再其次，要无私奉献，极勤极俭。要主动作为，敢于担当，任劳任怨，始终涌动着干事创业的激情，保持踏石留印、抓铁有痕的精气神，面对矛盾敢抓敢管，面对困难百折不挠，面对风险奋勇向前。曾国藩告诫其后人要做到极勤极俭："大禹、墨子皆极俭以奉身而极勤以救民。"（《诫子书》）极俭就是要涵养廉洁品格，清白做人、廉洁自律、不徇私情、不谋私利；极勤就是要养成过硬作风，不做推诿扯皮、不思进取的庸官。

"春蚕到死丝方尽，蜡炬成灰泪始干"，正是对默默无闻、克己奉公、无私奉献精神的诗意阐述。

诗境深造："秉公守廉节，敷政从宽仁。"（陈镒《呈丽水吴明府》）

二十七、修身篇

沿着薄冰走来的，
那便是春？
为着把桃红柳绿带给人间，
路，也这般艰险而泥泞？
想那寒流滚滚的季节，
关闭的门窗，瑟缩的心灵，
真应该永远地冻结！
沿着薄冰走过来的，
那便是春？

——徐刚《薄冰》

人生是一场漫长的修行，唯有淡泊明志，方可宁静致远。修身重在见贤思齐，见不贤而自省，做到“心同野鹤与尘远，诗似冰壶见底清”。修身的关键是要做到知足。“他人骑大马，我独跨驴子。回顾担柴汉，心下较些子。”一个人能否真正快乐，关键在于能否知足知止。知足，就是要常怀感恩、奉献、进取之心；知止，就是要摒弃不当、不公、不义之欲。修身的最高境界是独善其身，“宁为宇宙闲吟客，怕作乾坤窃禄人”。

261. 浮名浮利浓于酒，醉得人心死不醒　淡泊明志

出处：《诫子书》：“非淡泊无以明志，非宁静无以致远。”

解析：指不追逐名利才能使志趣高洁，使志向远大。

诗化：

偶题（节选）

〔唐〕郑遨

帆力劈开沧海浪，马蹄踏破乱山青。
浮名浮利浓于酒，醉得人心死不醒。

诗义：帆船乘风破浪，骏马奔驰于崇山峻岭。虚浮的名利比酒还浓烈，人一旦沉醉其中便至死不得清醒。

简评：“实澹泊而寡欲兮，独怡乐而长吟。”（曹植《蝉赋》）如能做到淡泊明志，那么即使外界环境变化，本心也能不受影响，信念坚定，做到“大浸稽天而不溺，大旱金石流、土山焦而不热”，“举世誉之而不加劝，举世非之而不加沮，定乎内外之分，辩乎荣辱之境”（《庄子·逍遥游》）。

“滚滚长江东逝水，浪花淘尽英雄。是非成败转头空。青山依旧在，几度夕阳红。白发渔樵江渚上，惯看秋月春风。一壶浊酒喜相逢。古今多少事，都付笑谈中。”（杨慎《临江仙》）滚滚长江向东流去，有多少英雄被翻飞的浪花淘洗而消逝。说什么是非与成败，转眼之间都不复存在。唯有青山依旧，夕阳轮回。古往今来多少事，都付诸谈笑之中。人生只不过是时间长河中奔腾的浪花，稍纵即逝，既要拿得起、进得去，还要放得下、跳得出。淡泊名利，才能走得更轻松、更潇洒。

“秋容何处佳，淡泊寄寒水。无滓湛遥天，我心正如此。”（胡寅《题四画·潭溪秋碧》）淡泊明志能提升思想境界，有利于身心健康。庄子说：“为善无近名……缘督以为经，可以保身，可以全生，可以养亲，可以尽年。”（《庄子·养生主》）为善不是贪图名声，而应是遵从自然规律顺势而为，可以保护生命、保全天性、颐养天年。诸葛亮《诫子书》说：“夫君子之行，静以修身，俭以养德。非淡泊无以明志，非宁静无以致远。”养生之道是中华传统文化内容之一。宽厚待人、淡泊名利的思想境界，积极乐观的人生态度和健

康的生活方式，都有助于养生。

“行到水穷处，坐看云起时。”（王维《终南别业》）行走到水的尽头，已经无路可走，干脆就地而坐，悠闲自得地欣赏白云生起，这是多么乐观的心境。顺境、逆境都无法改变高洁的志趣、高尚的品格。顺境中保持平常的心态，不骄不躁；逆境中恬淡乐观，不争不抢，但求无愧于心。

诗境深造：“恬澹无人见，年年长自清。”（储光羲《咏山泉》）

262. 摇落深知宋玉悲，风流儒雅亦吾师　见贤思齐

出处：《论语·里仁》：“见贤思齐焉，见不贤而内自省也。”

解析：指见到德才兼备的人就以他为榜样，向他学习，做到像他那样。

诗化：

咏怀古迹五首·其二

〔唐〕杜甫

摇落深知宋玉悲，风流儒雅亦吾师。
怅望千秋一洒泪，萧条异代不同时。
江山故宅空文藻，云雨荒台岂梦思。
最是楚宫俱泯灭，舟人指点到今疑。

诗义：摇曳飘落的枯叶似在同情宋玉的不幸，他风流儒雅、才华横溢，堪当我的老师。惆怅回望千秋往事洒下伤心的泪水，同出一辙的凄凉境遇在不同时代发生。江山和故宅还在，但斯人已去，只有文辞还流传下来。宋玉《高唐赋》中关于巫山云雨高台的故事还真是荒唐的梦思。最遗憾的是那楚王宫殿早已灰飞烟灭，船工指向的遗迹让人半信半疑。

简评：“闻义贵能徙，见贤思与齐。”（陆游《示儿》）见贤思齐，尚贤为本，是中华传统文化的一个重要理念。要成为一个有道德、有见识、有才干的人，必须向有贤德的人看齐。见到德才兼备的贤良之士就以他为榜样，向他学习并努力赶上他。“见人之过，得己之过；闻人之过，得己之过。”（杨万里《庸言》）看到不贤之人则要反省自己有没有跟他相似的毛病。

墨家认为治理社会和国家必须崇尚德才兼备的人，以其为楷模，选拔和荐举这样的人来治理。在《墨子·尚贤上》中，墨子提出了贤才的标准："厚乎德行，辩乎言谈，博乎道术。"墨子认为贤良之士是国家的财富，说："是故国有贤良之士众，则国家之治厚；贤良之士寡，则国家之治薄。故大人之务，将在于众贤而已。"墨子指出，古今治理国家者，都希望国家能够富强、社会能够安定、人民能够安居乐业，但结果往往事与愿违，他认为"不得富而得贫，不得众而得寡，不得治而得乱"的原因是"不能以尚贤事能为政也"。墨子认为，一个国家，贤良之士多了，这个国家就一定能管理好，反之就管理不好，因此提出"尚贤者，政之本也"。

杜甫在《咏怀古迹五首·其二》这首诗中表达了对宋玉的崇敬和缅怀，把宋玉作为学习的榜样。宋玉是战国时期辞赋家，被誉为中国古代十大美男之一，崇尚老庄，才华横溢，著有大量辞赋作品，如《九辩》《风赋》《高唐赋》《神女赋》《登徒子好色赋》《对楚王问》等。宋玉文采华丽潇洒，学识深厚渊博，他的作品在中国文学史上有较高地位。李白曾评价说："屈宋长逝，无堪与言。"

诗境深造："愿君学长松，慎勿作桃李。"（李白《赠韦侍御黄裳二首·其一》）

263. 人物风流还似晋，衣冠儒雅尚如唐　博学省己

出处：《荀子·劝学》："君子博学而日参省乎己，则知明而行无过矣。"

解析：指广博地读书学习，积累知识，并能经常反省自己所存在的不足，总结经验教训。

诗化：

三省二首·其一

〔宋〕朱熹

曾子尚忧三者失，自言日致省身功。

如何后学不深察，便欲传心一唯中。

诗义：曾子曾担忧他在忠心、诚信和温习三方面做得不够，自己提出每日要进行多次省己的功课。对待读书人学习、钻研不够深入细致的问题，唯一方法便在于深刻领悟经典著作，使之深入内心。

简评：“博观而约取，厚积而薄发。”（苏轼《稼说送张琥》）博学省己是修身的重要方法，博学是实现格物致知的途径，读万卷书，可以博古通今；行万里路，才能见识多广。省己就是在学习、实践的过程中，还要注意回过头来看看还有哪些不足，要进行归纳总结，要学会反省自身存在的问题。孔子说：“吾日三省吾身：为人谋而不忠乎？与朋友交而不信乎？传不习乎？”（《论语·学而》）博学使知识、阅历更加宽厚，省己则能加强内在修养。通过不懈地博学省己，能够修炼成文质彬彬的君子气质。“风标自落落，文质且彬彬。”（杨炯《和刘长史答十九兄》）所谓的君子气质是指一个人内在品质与言谈举止相符合，既有高尚的道德修养，又有优雅的外在表现。古人说“腹有诗书气自华”，又说“三日不读书，便觉言语无味，面目可憎”。博学省己在于颐养情操，提升精神境界，令人高雅脱俗。

在古代，关公被褒封为“关圣帝君”、崇为“武圣”，与“文圣”孔子齐名。民间把关公作为文武忠义的象征，视为博学省己、文质彬彬的代表人物。其中，关羽夜读《春秋》是一段千古佳话。东汉建安五年（200），曹操挥师横扫刘备，在徐州将关羽及其两位皇嫂俘获。曹操敬佩关羽的才华，试图劝关羽归降，但百般劝诱均不奏效，便使出美人计。他把关羽与两位貌美的皇嫂同关一室，图谋以后将此事宣扬出去，以绝关羽回归刘备的念头。夜幕降临，关羽面对两位皇嫂满脸羞红，如坐针毡，遂秉烛奋读《春秋》，激励自己。湘潭关圣殿对联曰：“天地一完人，文武才情忠义胆；古今几夫子，英雄面目圣贤心。”赞其是世上一位文武兼备、忠肝义胆、十全十美的人，是既有英雄相貌又有圣贤内在的君子。又有诗赞曰：“汉末才无敌，云长独出群，神威能奋武，儒雅更知文。天日心如镜，《春秋》义薄云。昭然垂万古，不止冠三分。”（罗贯中《三国演义》）

“人物风流还似晋，衣冠儒雅尚如唐。”（郝经《静香亭二首·其二》）博学省己是一个人成长、成熟的有效途径，经此而修炼出来的文质彬彬则是一个人的内秀和风雅，也是一个民族的内秀和风雅。

诗境深造：“无一非吾事，要在博所学。”（陈淳《闲居杂咏三十二首·博学》）

264. 随富随贫且欢乐，不开口笑是痴人　安步知足

出处：《战国策·齐策四》：“晚食以当肉，安步以当车，无罪以当贵，清静贞正以自虞。”

解析：指能保持心中的安详与宁静，享受缓步徐行就知足了。

诗化：

偶题·其二

〔唐〕王梵志

他人骑大马，我独跨驴子。
回顾担柴汉，心下较些子。

诗义：人家骑着高头大马，只有我骑着毛驴。可是看看那个挑着柴的汉子，心里又好受一些了，不再有失落的感觉。

简评：王梵志是唐代杰出的诗僧，以写白话诗著称于世。其诗歌以说理为主，风格浅显平易而又诙谐有趣，往往寓生活哲理于嘲啁谐谑之中，寄嬉笑怒骂于琐事常谈之内，注重扬善惩恶。

“知足常足，终身不辱；知止常止，终身不耻。”（《增广贤文》）一个人能否把持住自己，堂堂正正地为人处世，获得真正的快乐，关键在于能否知足知止。知足，就要常怀感恩、奉献、进取之心，就要摒弃不当、不公、不义之欲。“罪莫厚于甚欲，咎莫憯于欲得，祸莫大于不知足。故知足之足，常足矣。”（《道德经·第四十六章》）贪得无厌会招致祸殃，唯有知道满足才能获得永恒的足。老子提倡“知足者富”（《道德经·第三十三章》），“知足不辱，知止不殆，可以长久”（《道德经·第四十四章》）。知道满足，就不会受到屈辱；懂得适可而止，就不会陷入危险。知足知止，才可以获得长久的平安。老子把自己比作“婴儿之未孩”，满足于婴儿的澄明心境，以此表达自己的高尚志向：“众人熙熙，如享太牢，如春登台。我独泊兮，其未兆，如婴儿之未孩；傫傫兮，若无所归。众人皆有余，而我独若遗。我愚人之心也哉，沌沌兮！”

（《道德经·第二十章》）静若止水，混沌如愚，淡泊恬静，澄澈透明。像尚未长成孩子的婴儿那般纯洁天真、恬淡自然。众人都有所富余，我却孑然一身。我是个愚蠢的人，世人都聪明、清醒，唯独我糊涂；世人都为自己打算，唯独我昏庸无能。是这样吗？不是的，我淡泊的心志像大海一样辽阔，故“澹兮，其若海；飂兮，若无止”（《道德经·第二十章》）。

白居易在五十五岁时被贬去做管理图书档案的官员，但他并没有因此而失落，还收获了重新思考富贵贫贱的人生感悟：“林园傲逸真成贵，衣食单疏不是贫。专掌图书无过地，遍寻山水自由身。”（《闲行》）他在晚年心境更加豁达：“空门寂静老夫闲，伴鸟随云往复还。家酝满瓶书满架，半移生计入香山。”（《香山寺二绝·其一》）“任凭弱水三千，我只取一瓢饮。”（曹雪芹《红楼梦》）知足的心态有助于保持人生的安宁和幸福。杭州灵隐寺有对联一副：“人生哪能多如意，万事只求半称心。”万事不要去攀比，只求半称心是一种豁达和智慧。正是：“蜗牛角上争何事，石火光中寄此身。随富随贫且欢乐，不开口笑是痴人。”（白居易《对酒五首·其二》）

古人云：“储水万担，用水一瓢；广厦千间，夜卧六尺；家财万贯，日食三餐。”心贪就不能心安，也就谈不上安步。常戒浮躁之心可以安步。张君房说：“神静而心和，心和而形全；神躁则心荡，心荡则形伤。”（《云笈七签》）心浮气躁、心烦意乱，会使人难以做出正确的决断，无法专心致志地做事，或急功近利，或患得患失，或怨天尤人，或迷失自我，弄得身心疲惫。左宗棠说：“发上等愿，结中等缘，享下等福；择高处立，就平处坐，向宽处行。”人要胸怀远大志向，只求中等缘分，知足安享普通人的生活。眼界境界要高，为人处世保持低调，做事要留有余地。“穷居省事亦欣然，老屋中间易一篇。安步当车蔬当肉，笔耕为耒纸为田。”（陈杰《穷居》）知足可以使人沉着冷静而有定力，可以保持俭朴和清心寡欲，可以修身养性成就远大志向。安步可以养成良好的生活习惯和健康的生活方式，包括合理的作息时间和饮食结构、适当的体育锻炼、良好的人际交往、乐观的心态、宽厚的情怀等。

“单足兽羡慕百足虫脚多，百足虫妒忌蛇无足奔走，蛇敬佩风奔走无形，风喜欢眼睛的光速，眼睛迷恋心灵的神机妙算。宇宙万物，谁是主宰，谁是王者，哪是止境？安分的心是万物的主宰，满足的心是宇宙的王者，无边的欲海止于安分的心。安分的心，能使单足兽骄傲于单足可行，百足虫享受腿脚众多的轻松，蛇自豪无足疾飞，风满足于自由地来去，眼睛迷恋这美妙的山水。”（陈立基《惠风和顺·安分的心》）安步知足是一种人生智慧。要想享受安步之福，关键在于知足。常思贪欲之祸可以知足。

“云霞白昼孤鹤，风雨深山卧龙。闭门追思故典，著述已足三分。”（白居易《自述》）能够忙里偷闲地进行散步或跑步等锻炼，享受安步当车之乐，也是一种满足；若能像香山居士那样闭门研读经典，著书述作简直就是一种富足的人生，白居易道其“已足三分”，其实这足以成为“十分”之乐。“泰山不要欺毫末，颜子无心羡老彭。松树千年终是朽，槿花一日自为荣。”（白居易《放言五首·其五》）“旧酒投，新醅泼，老瓦盆边笑呵呵。共山僧野叟闲吟和。他出一对鸡，我出一个鹅，闲快活。”“南亩耕，东山卧，世态人情经历多。闲将往事思量过。贤的是他，愚的是我，争什么！”（关汉卿《四块玉·闲适》）在南边地里耕种，在东边山上仰卧。聪明的是他，愚蠢的是我，有什么可争的呢！不比就能“安”，不争所以“贵”，无名利之烦恼，无浮躁之困扰，才堪保持内心的安详与宁静。

诗境深造：“知足自不辱，古人乃患辱。”（濮肃《知足》）

265. 宁为宇宙闲吟客，怕作乾坤窃禄人　独善其身

出处：《孟子·尽心上》：“穷则独善其身，达则兼善天下。”

解析：指洁身自好，不受外界干扰地保持正直善良的美好品格和个人修养。

诗化：

自叙（节选）

〔唐〕杜荀鹤

酒瓮琴书伴病身，熟谙时事乐于贫。

宁为宇宙闲吟客，怕作乾坤窃禄人。

诗义：酒缸琴书陪伴着病弱的身体，熟知人情世故却乐于清贫。宁愿做

一名潇洒于天地之间的闲散诗人，也不愿投身官场做一个贪图功名、搜刮民脂民膏的人。

简评：“穷则独善其身，达则兼善天下。”当你处于穷困或不得志的时候，要坚守独善其身的原则，保持正直高洁的品行来做人做事；当你飞黄腾达或处于顺境之时，要以兼善天下的胸怀去服务大众、奉献社会、诚信行事。《自叙》正体现了作者“穷则独善其身，达则兼善天下”的思想境界和梅骨兰风的品格。在人生的旅途中，无论是贫穷还是富有，能始终保持这样的心态，便具备了一种战无不胜的生存智慧。独善其身须保持宁静的心态和清醒的头脑。相传宋代有弟子向高僧宗元诉说久修不悟的苦恼，求其相助。宗元说：“诸事皆可相助，唯五事无能为力。”弟子问：“何事？”宗元曰：“吃饭穿衣，大解小解，皆不能代。你身下有双腿，自己须驮着走！”弟子闻之顿悟。

有“小隐隐于野，中隐隐于市，大隐隐于朝”的说法。逃避现实的隐者沉醉于世外桃源，满足于身处僻地荒野，以此忘却世事，这是小隐；勇于面对现实的智者隐匿于市井之中，游历大千世界，这是中隐；顶尖的隐者会隐身于朝野之中，面对喧嚣的尘世大智若愚、淡然处之，面对功名利禄则严格约束自己。正所谓：“为谋须求心无愧，作事莫幸人不知。”（邵雍《首尾吟一百三十五首·其一〇六》）闲逸潇洒的生活不一定要到林泉野径去才能得到，更高层次的隐逸生活是在繁华都市中独善其身，找到一份宁静。“古来圣贤皆寂寞”（李白《将进酒》），古代圣贤们大多是在寂寞孤寂之中成就伟大事业的，如姬昌在监狱里仰观俯察、精心琢磨，推演出《周易》；又如孔子在天下大乱、诸侯相伐、人心浮动的时候，守住孤寂而著《春秋》。

诗境深造：“独善与兼善，此道一而二。”（王绂《独善堂为施惟政赋》）

266. 潜心矻矻先修己，安命栖栖不怨天　修己安人

出处：《论语·宪问》：“子曰：‘修己以敬。’曰：‘如斯而已乎？’曰：‘修己以安人。’曰：‘如斯而已乎？’曰：‘修己以安百姓。修己以安百姓，尧、舜其犹病诸？’”

解析：指修行己身以做出表率、树立威信、赢得人心，使他人安于本分，

各得其所。

诗化：

芙蓉楼送辛渐

〔唐〕王昌龄

寒雨连江夜入吴，平明送客楚山孤。

洛阳亲友如相问，一片冰心在玉壶。

诗义：朦胧的烟雨在夜色中笼罩了吴地江天，清晨送别你后只剩楚山一片孤影。若是洛阳亲友问起我来，就请你转告他们，我的心依然像纯净的冰盛放在玉质的壶中一样，信念坚定，未受污染。

简评：《芙蓉楼送辛渐》是一首送别诗，“一片冰心在玉壶”表明自己还是冰清玉洁、胸怀坦荡。修己安人是注重修身以安抚他人的智慧。“小胜靠力，中胜靠智，大胜靠德。”孔子在谈到治理国家时说：“足食，足兵，民信之矣。”（《论语·颜渊》）治理国家就要保障粮食充足、军备充足，使百姓信任。子贡问孔子，如果军备、粮食和人民的信任这三样东西只能选择两样，可以舍弃哪一样？孔子说不要军备。子贡又问孙子，如果剩下粮食和人民的信任，可以舍弃哪一样？孔子说不要粮食。可见，在孔子眼里，人民的信任比军备、粮食乃至生命更重要。

孔子认为“修己以安人”才能算得上君子。“修己”即修身，是人格的自我涵养与完善，是安身立命的根本。“修己安人”即修养自身以安抚天下苍生，下学而上达，学以致其道。修己之道有几个重点。其一重在“笃信好学，守死善道”（《论语·泰伯》）。“学”，需要博学、善学、乐学。其二重在深思而熟虑，涵养内在品质。孔子主张从“视思明，听思聪，色思温，貌思恭，言思忠，事思敬，疑思问，忿思难，见得思义”（《论语·季氏》）等九个方面涵养内在品质。其三重在见贤思齐，自省自新。孔子主张“见贤思齐焉，见不贤而内自省也”（《论语·里仁》），即见到贤者就向其看齐，见到不贤者就反省自己是否有类似的问题；“择其善者而从之，其不善者而改之”（《论语·述而》），以善者为师，同时以别人的过失为鉴。其四重在患自身不能，提升胜任之能力。只需忧虑自己是否有能力做出成绩，不必忧虑别人不了解自己，重在提升自身的本领。

扬雄专门就修身问题进行过论述。他认为："修身以为弓，矫思以为矢，立义以为的，奠而后发，发必中矣。"（《法言·修身》）以修身为基础，以矫枉思为方法，以立义为目标，有了合适的时机就行动，方可成大业。修身、矫思、立义是成大业必不可少的三要素。扬雄指出修身要注意在"四重四轻"上下功夫："重言，重行，重貌，重好。言重则有法，行重则有德，貌重则有威，好重则有观。""言轻则招忧，行轻则招辜，貌轻则招辱，好轻则招淫。"（《法言·修身》）分别从言谈举止、仪表喜好上对人的修养提出了要求，倡导人们要重视自己的语言、行为、外貌、喜好，是一种内外兼修的修身法则。

"潜心矻矻先修己，安命栖栖不怨天。"（孙应符《恭次家大人鬻田训子诗韵》）修己安人是智慧之道。首重修己，诚恳待人待事，打好安身安人的根基；博学善学而乐学，增进学养；修养自身内在品质，常怀仁爱之心，好礼好义而好信；坚守忠恕之道，善于将心比心，推己及人，力求深思熟虑；讲均衡，求和谐，力求让人们可以各安其位、各司其职、各尽所能、各得其所。

诗境深造："莅人惟简直，修己在谦冲。"（徐玑《送赵状元赴湖州幕》）

267. 要使从容归大雅，须教敦厚更温柔　温柔敦厚

出处：《礼记·经解》："温柔敦厚，《诗》教也。……其为人也，温柔敦厚而不愚，则深于《诗》者也。"

解析：指为人态度温和，性情老实厚道。

诗化：

娇女诗（节选）

〔清〕周映清

闺门尚德不尚艺，四诫初不夸词章。
岂知陶冶有妙用，能使冰炭消中肠。
温柔敦厚本诗教，幽闲贞静传闺房。
但令至性得浚发，勿务浮艳鸣荒唐。

诗义：传统的闺门礼仪偏重女子道德而非才华，所谓“闺门四诫”并不重视女子诗词文章之艺。持这种观点的人哪能知道诗词有陶冶情操的作用呢？它能够使极端的情绪、暴躁的性格和冷漠的脾气都化于内心。性情温柔敦厚都是诗教的结果，优雅贞纯的涵养因诗而传入闺房。但愿诗教能培养那些优秀的品性，教导人不要做出那些浮躁妖艳的荒唐的事情来。

简评：孔子十分重视《诗》的教化作用，指出：“入其国，其教可知也，其为人也，温柔敦厚，《诗》教也。”（《礼记·经解》）到一地，从一些小节就可以看出那里教化情况。如果人们温柔敦厚，那就是《诗》发挥了教化作用。孔子还说：“疏通知远，《书》教也；广博易良，《乐》教也；洁静精微，《易》教也；恭俭庄敬，《礼》教也；属辞比事，《春秋》教也。故《诗》之失，愚；《书》之失，诬；《乐》之失，奢；《易》之失，贼；《礼》之失，烦；《春秋》之失，乱。其为人也，温柔敦厚而不愚，则深于《诗》者也。”（《礼记·经解》）若是通晓远古之事，那是《书》教的结果；若是心胸广阔坦荡，那是《乐》教的结果；若是光洁宁静、洞察细微，那是《易》教的结果；若是端庄恭敬，那是《礼》教的结果；若是善于辞令和铺叙，那是《春秋》教的结果。如果学《诗》学过了头，就会愚蠢；如果学《书》学过了头，就会狂妄；如果学《乐》学过了头，就会奢靡；如果学《易》学过了头，就会执迷；如果学《礼》学过了头，就会烦琐；如果学《春秋》学过了头，就会犯上作乱。作为一个子民，如果温和柔顺、朴实忠厚而不愚蠢，那就是真正把《诗》学好了。

“要使从容归大雅，须教敦厚更温柔。”（黄淮《与节庵论唐人诗法因赋长律三十五韵》）诗教的特殊教育作用主要有如下几个方面。其一，心灵教育。诗教能教人们向上、向善，洗涤心灵。进入传统经典诗词世界，许多经典名句会震撼、感化我们的心灵。其二，智慧教育。传统诗词蕴含着丰富的智慧和哲理，是历代诗人们通过自己长期的积淀和感悟而总结、提炼出来的。这些智慧有认识和处理自然关系的智慧，比如“天人合一”的智慧：“阳春布德泽，万物生光辉。”（《长歌行》）“沧海桑田”的智慧：“白浪茫茫与海连，平沙浩浩四无边。暮去朝来淘不住，遂令东海变桑田。”（白居易《浪淘沙》）“见微知著”的智慧：“竹外桃花三两枝，春江水暖鸭先知。蒌蒿满地芦芽短，正是河豚欲上时。”（苏轼《惠崇春江晚景二首·其一》）其三，审美教育。语言美、韵律美、情景美和意境美是诗词的显著特征，诗教能在潜移默化中把人带入诗意、审美、艺术的境界。其四，情感教育。诗词蕴含着丰富的情感，对于涵养人的情怀、胸襟和旨趣具有积极意义。孔子把诗教纳入道德教化的轨道，通过诗的教化，实现修身的目标，达到“仁”的境界，即人的自我修养和人格完善之境，亦即自我完善的“成己”与兼善天下的“成物”。

“高风所洎，薄俗以敦。”（王安石《贺留守侍中启》）清风正气所能到达的地方，那些粗痞劣俗也会变得敦厚。儒家传统希望通过诗歌对人进行道德伦理的教化，使粗鄙野蛮之人变得温柔敦厚、遵守礼教，故以此作为治国的举措之一。“服民以道德，渐民以教化。”（欧阳修《三皇设言民不违论》）要以高尚的精神使人民信服，用教育的手段使人民逐渐受到教化。近代鸿儒辜鸿铭总结出中国人的性格和中国文明的四大特征是深沉、博大、纯朴和灵敏。他说，中国人给人留下的总体印象是“那种难以言表的温良”（《中国人的精神》）。在中国人的温良形象背后，隐藏着他们的“赤子之心”和“成年人的智慧”。聪明的极致是厚道。大巧若拙，精明不如厚道。厚道是懂得感恩，知恩图报；是懂得宽容，胸襟广阔。也许正是中国古老而丰富的诗歌文化、延绵不息的诗教传统，培育了中国人“温良”“厚道”的性格。正是：“若问正葩何自始，温柔敦厚是诗源。”（章甫《论诗·其一》）

诗境深造：“清修堪立传，敦厚称为诗。”（邵宝《读陆民望墓铭》）

268. 未出土时先有节，便凌云去也无心　谦虚谨慎

出处：《礼记·缁衣》：“谨于言而慎于行。”《晋书·张宾载记》：“封濮阳侯，任遇优显，宠冠当时，而谦虚敬慎，开襟下士。”

解析：指人要虚心礼让，小心谨慎，警惕产生骄傲和急躁的心理。

诗化：

蜀葵

〔唐〕陈标

眼前无奈蜀葵何，浅紫深红数百窠。
能共牡丹争几许，得人嫌处只缘多。

诗义：眼前的蜀葵浅紫深红地开了数百棵，实在令人无奈。本来它是可以与牡丹媲美几分的，可是它开得太多太盛了反而讨人嫌。

简评："能共牡丹争几许，得人嫌处只缘多。"蜀葵开得太多太盛，以致给人的感觉是过犹不及。要学学"未出土时先有节，便凌云去也无心"（徐庭筠《咏竹》）的竹子，还没出土就有竹节，即便是高耸入云仍然保持虚心。人要保持正直清廉、谦虚谨慎的品格。

诸葛亮指出："不傲才以骄人，不以宠而作威。"（《将苑》）不因有才华而在他人面前表现傲慢，不因为受宠而在他人面前作威作福。元稹指出："远处从人须谨慎，少年为事要舒徐。"（《贻蜀五首·张校书元夫》）胡宏认为："行谨则能坚其志，言谨则能崇其德。"（《知言·文王》）谦虚而成熟的人应有的修养是"闻志广博而色不伐，思虑明达而辞不争"（《大戴礼记·哀公问五义》），也就是说见多识广而没有骄傲自大的神色，思维明达而不说争胜好强的言辞。毛泽东指出："戒骄戒躁，永远保持谦虚进取的精神。"（《在中国共产党全国代表会议上的讲话》）"虚心使人进步，骄傲使人落后。"（《中国共产党第八次全国代表大会开幕词》）陈继儒在《小窗幽记》中归纳出"安详是处事第一法，谦退是保身第一法，涵容是处人第一法，洒脱是养心第一法"的为人处世四法，指出："多躁者，必无沉毅之识；多畏者，必无卓越之见；多欲者，必无慷慨之节；多言者，必无质实之心；多勇者，必无文学之雅。"浮躁的人对事物缺乏深刻的认识。

"温恭谦节著，仁惠德风扬。"（李商叟《寿辛太尉》）无论是为了进步还是为了保身，谦虚谨慎都是一种修身、处世、从业的大智慧。

诗境深造："谦虚终受益，傲惰恐招危。"（杨士奇《题竹为族孙挺》）

269. 心同野鹤与尘远，诗似冰壶见底清　澄澈洗心

出处：《杂帖》："镜湖澄澈，清流泻注。"《周易·系辞上》："圣人以此洗心。"

解析：指以纯洁的思想和意念洗涤心灵，陶冶情操。

诗化：

洗心吟

〔宋〕邵雍

人多求洗身，殊不求洗心。
洗身去尘垢，洗心去邪淫。
尘垢用水洗，邪淫非能淋。
必欲去心垢，须弹无弦琴。

诗义：人都要求沐浴身体，却很少要求洗涤心灵。沐浴身体洗去灰尘污垢，洗涤心灵则是洗去邪念淫欲。去尘垢要用水来冲刷，邪念则不是能用水洗刷掉的。一定要清除心灵污垢的话，必须依靠意念奏响无弦之琴。

简评：何谓洗心？荣毅仁解释为："洗心者，用以洗心中无形之污耳，借以寓警，非真可以泉水洗人心也。"（《洗心泉记》）葛洪的《抱朴子》有言："洗心而革面者，必若清波之涤轻尘。"孟浩然的《和于判官登万山亭因赠洪府都督韩公》说："迟尔长江暮，澄清一洗心。"柴元彪的《人心吟》道："长江万顷深，风静波自止。人心仅一寸，日夜风波起。桑田倏沧海，汩没势未已。安得今人心，常如古井水。"一寸之心，因私心杂念就风波不断。颜钧认为心灵决定人的方向："仰观心字笑呵呵，下笔功夫不用多。横画一勾还向上，傍书两点有偏颇。做驴做马皆因此，成佛成仙也是他。劝奉四方君子道，中间一点是弥陀。"（《心字吟》）洗心就是经常自觉地克服贪欲，清除私心杂念，拒绝外部诱惑，让心灵超越世俗。"是故五色乱目，使目不明；五声哗耳，使耳不聪；五味乱口，使口爽伤；趣舍滑心，使行飞扬。此四者，天下之所养性也，然皆人累也。故曰：嗜欲者，使人之气越；而好憎者，使人之心劳；弗疾去，则志气日耗。"（《淮南子·精神训》）洗心就必须做到起居饮食、思虑情绪相对简单，精神内敛而使之不外越，才能做到耳聪目明，九窍通利。否则，厚味膏粱，声色靡音，好多恃强，就会乱己身心。洗心是自警自励，将心洗练得洁净透明，有心似无心，心胸宽阔便胜天胜海。坚守"苟日新，日日新，又日新"（《大学·礼记》），做到"洗手奉职，不以一钱假人"（韩愈《唐故中散大夫少府监胡良公墓神道碑》）。正是："一片澄心似太清，浮云了不碍

虚明。”（郭印《秋日即事八首·其六》）

“心同野鹤与尘远，诗似冰壶见底清。”（韦应物《赠王侍御》）苍天之所以常葆湛蓝，在于经受雨雪风暴的洗涤。心灵要保持“苟日新，日日新，又日新”，必须坚持洗心。阅读经典并勤做笔记是洗心，笔耕不辍地习作诗文是洗心，终身学习、终日思考也是洗心。洗心在于练好内功，让心灵真正健康、强大。古人云：“行善如春园之草，不见其长，日有所增；作恶如磨刀之石，不见其损，日有所损。”（金缨《格言联璧》）人格的塑造、品德的修炼，是一个由量变到质变的过程，需要洗心不止。洗心不止，可让世界充满光明，做到“当旧词在舌尖上完结，新的曼妙之音又从心中涌出；在旧途将断之处，新境界又奇迹般地铺展开”（泰戈尔《吉檀迦利》）。

诗境深造：“苗以泉水灌，心以理义养。”（萧抡谓《读书有所见作》）

270. 早起三朝当一工，常余一勺成千钟　俭故能广

出处：《道德经·第六十七章》：“夫慈故能勇，俭故能广，不敢为天下先，故能为成器长。”《墨子·辞过》：“俭节则昌，淫佚则亡。”

解析：指平时注意朴素俭省，所以能够富足。

诗化：

题胡逸老致虚庵

〔宋〕黄庭坚

藏书万卷可教子，遗金满籯常作灾。
能与贫人共年谷，必有明月生蚌胎。
山随宴坐图画出，水作夜窗风雨来。
观水观山皆得妙，更将何物污灵台。

诗义：藏书万卷可以用来教育子女，留存满箱金银却常常导致祸灾。能拿粮食出来与贫穷的人共享，定有吉祥的回报。山景在安逸的座席前如画般展现，夜晚流水声像风雨声在窗外飒飒作响。观赏山水都能领略其中之妙趣，还有什么能污染这澄澈的心灵。

简评：“克勤于邦，克俭于家。”（《尚书·虞书·大禹谟》）“侈而惰者贫，而力而俭者富。”（《韩非子·显学》）清代左宗棠指出：“自奉宁过于俭，待人宁过于厚。”“一切均从简省，断不可浪用……惜福之道，保家之道也。”对待自己宁可过于节俭，对待他人宁可过于宽厚。所有的事情都要从简单节省出发，绝对不能浪费，这是珍惜福祉之道，是保持家业不败的途径。勤劳节俭是古今中外都推崇的一种文化和品德。

明代朱柏庐在《朱子家训》指出：“一粥一饭，当思来处不易；半丝半缕，恒念物力维艰。”自然资源有限，人的欲望无穷。发展不是为了挥霍，发展和节俭都是为了更好地生存。《小儿补语》有言：“早起三朝当一工，常余一勺成千钟。”每天早起，三个清晨干的活就相当于多做了一天工；每天省下一勺粮食，最终也能积蓄成仓。历史表明，一个没有艰苦奋斗、勤俭节约精神作支撑的民族，难以自立自强，难以发展进步。大力发扬艰苦奋斗、勤俭节约的精神是我们克服一个又一个困难、夺取一个又一个胜利的保证。

诗境深造：“衣食当须纪，力耕不吾欺。”（陶渊明《移居二首·其二》）

二十八、劝学篇

所有的日子，所有的日子都来吧，
让我编织你们，用青春的金线，
和幸福的璎珞，编织你们。
……
所有的日子都去吧，都去吧，
在生活中我快乐地向前，
多沉重的担子我不会发软，
多严峻的战斗我不会丢脸。

——王蒙《青春万岁·序诗》（节选）

劝学即劝告、引导人们读书学习。“书山有路勤为径，学海无涯苦作舟。”读书学习首先要刻苦勤奋，珍惜时光，“三更灯火五更鸡，正是男儿读书时。黑发不知勤学早，白首方悔读书迟”。其次要知行合一，学思践悟，“古人学问无遗力，少壮工夫老始成。纸上得来终觉浅，绝知此事要躬行”。再其次要博古通今，不耻下问，温故知新，厚积薄发。

271. 纸上得来终觉浅，绝知此事要躬行 知行合一

出处：《传习录》：“知是行的主意，行是知的功夫；知是行之始，行是知之成。”

解析：指将学习与实践有机统一起来。或认为知是指“良知”，强调人们的日常行为要符合道德规范。

诗化：

冬夜读书示子聿八首·其三

〔宋〕陆游

古人学问无遗力，少壮工夫老始成。

纸上得来终觉浅，绝知此事要躬行。

诗义：古人做学问从来不遗余力，年少时就开始刻苦努力，往往到了老年才有所成效。从书本上获得的知识终究觉得肤浅不透彻，必须亲身实践，才能真正悟出道理。

简评：中华文化追求知行合一、经世致用，从《大学》修齐治平的远大志向到“为天地立心，为生民立道，为去圣继绝学，为万世开太平”（张载《张子语录》）的崇高理想，最终的目标都落在解决现实问题的行动之上。鉴于此，明代哲学家王守仁创立了知行合一学说，包括几个方面的内容。其一，“知”即致吾心之良心，“行”即致良知于各种事物，二者是统一的整体，互相联系、互相包含。其二，真知即所以为行，不行不足以谓知。其三，知是行之始，行是知之成。其四，知是行之主意，行是知之功夫。其五，知之真笃即是行，行之明察即是知。其六，未有学而不行者，不行不可以为学。王守仁用四句话总结其思想之精髓：“无善无恶是心之体，有善有恶是意之动，知善知恶是良知，为善去恶是格物。”（《传习录》）人心的本体纯洁无瑕，无善也无恶，但一旦产生欲望的意念，善恶就随之而来；有区分何为善、何为恶的觉悟和本领即为良知，而能做到为善去恶就是“格物”。

王守仁一生颇具传奇色彩，他经历过廷杖的耻辱、下狱待毙的恐惧、贬谪异乡的绝望、瘟疫肆虐的危险、身处荒山野岭的孤寂、无人问津的落寞，直至经历悟道的狂喜、得道的平静，方才逐渐通过“知行合一”拥有足以改

变世界的力量。凭借知行合一的强大力量，王守仁成就了不凡事业。

“纸上得来终觉浅，绝知此事要躬行。”陆游此说强调做学问的诀窍在于学习书本上的知识之后亲自实践，在实践中加深理解体会，指出只有这样，才能把书本知识变成自己的实际本领。这就是知行合一的体现。苏轼曾写一篇散文讽刺不了解实际的人：“蜀中有杜处士，好书画，所宝以百数。有戴嵩《牛》一轴，尤所爱，锦囊玉轴。一日曝书画，有一牧童见之，拊掌大笑，曰：‘此画斗牛也，牛斗，力在角，尾搐入两股间，今乃掉尾而斗，谬矣。’处士笑而然之。古语云：‘耕当问奴，织当问婢。’不可改也。”（《书戴嵩画牛》）斗牛时，牛的力气用在角上，尾巴紧紧地夹在两腿中间，处士收藏的画上，牛却是摇着尾巴在斗，错在创作者不了解实际情况。

“不打通义利关头，且莫轻言学问；能参透圣贤语默，还须实力躬行。”（邹应华《斋联》）宋代的儒学大师们也对知行合一作了精辟的论述。程颐指出：“涵养须用敬，进学则在致知。”（《河南程氏遗书》）人的道德修养的提升主要依靠自身的内在修炼，学习的提升则需要不断地学习积累、理解感悟。朱熹认为：“大抵学问只有两途，致知力行而已。”（《答吕子约》）做学问只有汲取知识和亲身实践两个途径。朱熹还说：“学之之博，未若知之之要；知之之要，未若行之之实。”（《朱子语类》）学得广博不如把握要领，把握要领不如付诸行动。吕本中指出“少年学问要躬行，世人营营勿与争”（《送晁公庆西归》），强调“平生务躬行，圣处久收功”（《教授郑国材挽词》）。

诗境深造：“读书要躬行，俗事不厌简。”（吕本中《送詹慥秀才》）

272. 泉源有本渊渊静，学海无涯步步深　学海无涯

出处：《古今贤文》：“书山有路勤为径，学海无涯苦作舟。”

解析：形容知识和学问浩瀚无边际，学习是没有止境的，必须刻苦努力。

诗化：

劝学诗

〔宋〕朱熹

少年易老学难成，一寸光阴不可轻。

未觉池塘春草梦，阶前梧叶已秋声。

诗义：青少年时代容易逝去，掌握学问却很不容易，每一寸光阴都要珍惜。池塘边的青草还没从春天的美梦醒来，台阶前枯黄的梧桐叶就已经在秋风中发出沙沙的响声。

简评：联合国教科文组织在《学会生存——教育世界的今天和明天》一书中提出“我们再也不能刻苦地一劳永逸地获取知识了，而需要终身学习如何去建立一个不断演进的知识体系——‘学会生存’”“教育应扩展到一个人的整个一生，教育不仅是大家都可以得到的，而且是每个人生活的一部分，教育应把社会的发展和人的潜力的实现作为它的目的”“人是一个未完成的动物，并且只有通过经常地学习，才能完善他自己。如果确实是如此，那么教育就要终生进行，要在所有现存的情况和环境中进行”“每一个人必须终身继续不断地学习。终身教育是学习化社会的基石”等观点。学海无涯，因此必须坚持终身学习，坚持勤奋学习，而处理好学与习的关系也十分重要。孔子说：“学而时习之，不亦说乎？”（《论语·学而》）学就是要在思想、知识、修养上有所觉悟；习就是要仿效、模仿，要反复去做。班固的《白虎通义》释义道：“学之为言觉也，以觉悟所不知也。”尚未觉悟者需要已觉悟者传授。勤于学习、善于学习是一种优秀的品格。“不学自知，不文自晓，古今行事，未之有也。”（王充《论衡·实知篇》）一个人即便拥有再好的天赋，如果没有后天的良好教育，不刻苦地读书学习，也终将一事无成。

“年年岁岁花相似，岁岁年年人不同。寄言全盛红颜子，应怜半死白头翁。”（刘希夷《代悲白头翁》）历代有所成就之人，无不惜时如金、勤勉发奋，常以诗联自励自勉，留下了千古绝句。《周易·乾文言》曰：“君子终日乾乾，夕惕若，厉，无咎。”提醒人们努力发奋，不仅白日刻苦用功，夜间无人的时候也要小心谨慎，如临危境，切莫松懈。杜秋娘的《金缕衣》曰：“劝君莫惜金缕衣，劝君惜取少年时。花开堪折直须折，莫待无花空折枝。”相传，苏轼曾“发奋识遍天下字，立志读尽人间书”。姚勉认为：“泉源有本渊渊静，学海无涯步步深。”（《示同学》）张载有联曰：“夜眠人静后，早起鸟鸣先。”郑成功以“养心莫若寡欲，至乐无如读书”一联自勉。沈钧儒则以“立志须存千载想，闲谈无过五分钟”一联赠人，劝人志存高远、珍惜光阴。

陆游就是终身学习的典型。他一生笔耕不辍，坚持终身读书，诗词文赋均有很高成就。陆游非常重视对子女的教育。在他创作的九千多首诗中，有两百多首涉及读书、教子。陆游以诗化形式强调勤学俭朴、报国忧民的家风，影响子孙后代。他在《冬夜读书示子聿八首》组诗中，教育其子读书学习应当不遗余力，只有从小刻苦钻研，养成良好的习惯，并孜孜不倦、持之以恒，才能取得成效：“宦途至老无余俸，贫悴还如筮仕初。赖有一筹胜富贵，小儿读遍旧藏书。”（《冬夜读书示子聿八首·其一》）陆游虽然做了一辈子官，却两袖清风没有留下多余的俸银，如同当年未做官时一样一贫如洗，但有一样东西远胜过钱财官爵，那就是他的孩子将他的藏书读遍了。“易经独不遭秦火，字字皆如见圣人。汝始弱龄吾已耄，要当致力各终身。”（《冬夜读书示子聿八首·其二》）唯有《周易》未遭秦火焚烧，读每一个字都如同见到圣人。身为父亲的陆游鼓励其子应刻苦努力，也自勉要终身读书学习。

“志欲小天下，特来登泰山。仰观绝顶上，犹有白云还。”（杨继盛《登泰山》）登上了泰山，忽然发现并非所说的绝顶，绝顶上还有傲气的白云，学习永无止境。学海无涯，勤学苦练是成才成长的一条踏实路径。法演禅师有诗曰：“白云相送出山来，满眼红尘拨不开。莫谓城中无好事，一尘一刹一楼台。”世间处处皆有学问，学习的途径并不局限于学校、课堂、书本，“一尘一刹一楼台”都有值得我们学习、感悟和“见贤思齐”的地方。

诗境深造：“人生处万类，知识最为贤。”（韩愈《谢自然诗》）

273. 三更灯火五更鸡，正是男儿读书时　业精于勤

出处：《进学解》：“业精于勤，荒于嬉；行成于思，毁于随。”

解析：指学业精进在于勤奋。

诗化：

劝学诗

〔唐〕颜真卿

三更灯火五更鸡，正是男儿读书时。
黑发不知勤学早，白首方悔读书迟。

诗义：三更时灯还亮着，五更鸡鸣又起身了，正是读书感悟的最好时候。年少时不知道发奋读书学习，到老的时候才后悔时间不够用，后悔没能再早点勤奋读书。

简评：颜真卿是唐代著名书法家，还是一位清廉的名臣和战功赫赫的军事统帅。他书法精妙，擅长行书、楷书，其独创的“颜体”被称为“颜筋”。颜真卿与唐代欧阳询、柳公权及元代赵孟頫并称为“楷书四大家”。唐开元时期，颜真卿登进士第，历任监察御史、殿中侍御史，安史之乱时率义军对抗叛军，立下赫赫战功。颜真卿自幼勤奋刻苦读书，练习书法，“少好儒学，恭孝自立。贫乏纸笔，以黄土扫墙，习学书字，攻楷书绝妙，词翰超伦”（因亮《颜鲁公集行状》）。他勤奋砥砺、自强不息，终成一代书法家。

“业精于勤，荒于嬉；行成于思，毁于随。”学业在勤奋中精进，在嬉戏无为中荒废；事情因严谨缜密地思考而成功，因随意马虎而一事无成。勤劳是中华民族的优秀品格，也是让中华民族生生不息的宝贵财富。唐代刘希夷感慨岁月无情，人生易老：“宛转蛾眉能几时？须臾鹤发乱如丝。但看古来歌舞地，唯有黄昏鸟雀悲。”（《代悲白头翁》）明代文嘉劝告世人珍惜今天时光：“今日复今日，今日何其少！今日又不为，此事何时了？人生百年几今日，今日不为真可惜！若言姑待明朝至，明朝又有明朝事。为君聊赋今日诗，努力请从今日始。”（《今日诗》）钱福也告诫世人珍惜光阴：“明日复明日，明日何其多。我生待明日，万事成蹉跎。世人若被明日累，春去秋来老将至。朝看水东流，暮看日西坠。百年明日能几何？请君听我明日歌。”（《明日歌》）世上凡取得成功之人，均为勤奋惜时之人。

清代曾国藩曾给自己立下每天读书的十二条规矩：“一、主敬：整齐严肃，清明在躬，如日之升。二、静坐：每日不拘何时，静坐四刻，正位凝命，如鼎之镇。三、早起：黎明即起，醒后不沾恋。四、读书不二：一本书未完，不看他书。五、读史：念二十三史，每日圈点十页，虽有事不间断。六、谨言：刻刻留心，第一工夫。七、养气：气藏丹田，无不可对人言之事。八、保身：节劳，节欲，节饮食。九、日知其所无：每日读书，记录心得语。十、月无忘其所能：每月作诗文数首，以验积理的多寡，养气之盛否。十一、作字：饭后写字半时。十二、夜不出门。”这十二条读书规矩，前三条是为读书作充分的准备，第四、五、九、十、十一条是读书的方法，而第六、七、八、十二条要求自己集中精力读书以保证读书质量和效果。正是：“美玉琢磨终作器，分阴须惜莫蹉跎。”（佟素衡《勉儿勤学》）

诗境深造：“学向勤中得，萤窗万卷书。”（汪洙《勤学》）

274. 曾经沧海难为水，除却巫山不是云　博古通今

出处：《孔子家语·观周》：“吾闻老聃博古知今。”《晋书·石崇传》：“君侯博古通今，察远照迩，愿加三思。”

解析：指通晓了解古今中外之事。

诗化：

读书

〔唐〕皮日休

家资是何物，积帙列梁梠。
高斋晓开卷，独共圣人语。
英贤虽异世，自古心相许。
案头见蠹鱼，犹胜凡俦侣。

诗义：家中的财产都是些什么？那就是满屋子的书籍。在优雅安静的书斋轻轻打开书卷，徜徉于书海之中，博古通今，与圣贤进行心灵对话。先贤们虽然没有在同一时代，但自古以来他们心心相印，志趣相通，互相赞许欣赏。在书案上漫读好书的欣慰，胜过与阔别已久的友人相聚。

简评：汉代王充指出：“人不博览者，不闻古今，不见事类，不知然否，

犹目盲、耳聋、鼻痈者也。”（《论衡·别通篇》）只有博古通今才能见多识广。“朝菌不知晦朔，蟪蛄不知春秋。”（《庄子·逍遥游》）朝菌朝生夕死，所以它不知道昼夜的交替；寒蝉春生夏死或夏生秋死，所以不知春秋的变化。“井蛙不可以语于海者，拘于虚也；夏虫不可以语于冰者，笃于时也；曲士不可以语于道者，束于教也。”（《庄子·秋水》）井底之蛙，不可以跟它谈论大海，是因为它受到空间的限制；只活一夏的虫子，不可以跟它谈论冰雪，是因为它受到时间的限制；乡曲之士，不可以跟他们讨论大道，是因为他们受到教育的限制。只有经历的事情多了，才能丰富见识，才能站得高、看得远。

“曾经沧海难为水，除却巫山不是云。”（元稹《离思五首·其四》）曾经见过汹涌浩瀚的大海，他方之水难以称之为水；看过巫山美丽的云彩，别处的云彩便不值一提。读万卷书，行万里路，才能博古通今，才能见识多广。博古通今就要做到“知者不惑，仁者不忧，勇者不惧”（《论语·子罕》），在不断学习历练的过程中，达到不惑、不忧、不惧的境界，从容生活。汉代桓谭说：“能读千赋则善赋，能观千剑则晓剑。”（《新论》）英国哲学家培根在其《谈读书》中说：“读史使人明智，读诗使人灵秀，数学使人周密，科学使人深刻，伦理学使人庄重，逻辑修辞之学使人善辩：凡有所学，皆成性格。”宋代苏轼说：“腹有诗书气自华。”（《和董传留别》）博古通今就是将古今各种思想流派的观点和与之相关的文化融会贯通。“天下同归而殊途，一致而百虑。”（《周易·系辞下》）会通是中华文化的一个重要特征，比如主张实行仁政是儒家的政治观点，同时儒家也赞成道家“君无为而臣有为”的观点，这体现了儒、道的会通。

“儿时挟弹长安市，不信人间果有愁。行遍江南江北路，始知愁会白人头。”（刘克庄《题壁》）只有经历过千辛万苦，有了丰富的阅历，才能有深刻的人生体验和感悟，塑造深厚的人格。博古通今就是借鉴古人的智慧和经验，举一反三做好现在的事，有助于塑造高尚的人格。以史为鉴，人可以吸取历史经验与教训，用更加完善的认识去指导生活。

诗境深造：“博古通今识，超群迈秀姿。”（贺德英《圣小儿诗》）

275. 犹疑转战逢勍敌，更向军中问左车　不耻下问

出处：《论语·公冶长》："敏而好学，不耻下问。"

解析：指虚心向他人学习、请教。

诗化：

咏史诗·泜水

〔唐〕胡曾

韩信经营按镆铘，临戎叱咤有谁加。
犹疑转战逢勍敌，更向军中问左车。

诗义：韩信掌握着强大的兵权，叱咤战场，其名声威震四方。遇到强劲的对手时，往往虚心地前去请教军中的降将李左车。

简评：荀子说"知而好问，然后能才"（《荀子·儒效》），又说"学问不厌"（《荀子·大略》）。学习不仅要刻苦勤奋，还要善于虚心求教，不要认为求教于人是丢脸的事。"知不足者好学，耻下问者自满。"（林逋《省心录》）聪明而善于向别人请教，才能成才，才能做成大事。韩愈指出："人非生而知之者，孰能无惑？惑而不从师，其为惑也，终不解矣。生乎吾前，其闻道也固先乎吾，吾从而师之；生乎吾后，其闻道也亦先乎吾，吾从而师之。吾师道也，夫庸知其年之先后生于吾乎？是故无贵无贱，无长无少，道之所存，师之所存也。"（《师说》）求师不分高低贵贱，不分年长年幼，学问道义存在的地方，就是老师所在的地方。刘开指出："贵可以问贱，贤可以问不肖，而老可以问幼，唯道之所成而已矣。"（《问说》）高位者可以请教低位者，贤德者可以请教品行不好的人，年长者可以请教年幼者，重要的是看他人之所长。

李左车，赵国名将李牧之孙，被封为广武君。公元前204年，刘邦派大将韩信、张耳率兵打赵国，兵进井陉口。李左车说汉军千里匮粮，士卒饥疲，只要严守，万无一失。赵国守将陈余却不以为意，出关应战。结果，韩信大破赵军，斩陈余，擒赵王，赵国灭亡。后来，李左车归附韩信，韩信则以师礼待之，向他请教攻灭齐、燕方略。李左车献策曰："按甲休兵，镇赵安民，派人以兵威说降。"韩信采用李左车计策，燕国不攻而破。

诗境深造："多能宜下问，博学更旁求。"（胡天游《送侄胡文章修江馆》）

276. 千淘万漉虽辛苦，吹尽狂沙始到金　锲而不舍

出处：《荀子·劝学》："锲而舍之，朽木不折；锲而不舍，金石可镂。"

解析：指工匠不停地雕刻，比喻坚持不懈。

诗化：

浪淘沙九首·其八

〔唐〕刘禹锡

莫道谗言如浪深，莫言迁客似沙沉。

千淘万漉虽辛苦，吹尽狂沙始到金。

诗义：不要说谗言像惊涛骇浪一样总令人恐惧，不要说被贬谪者像河底的沙子会被永远埋没。千万次地淘洗过滤虽然非常辛苦，但淘尽沙土才能得到金子。

简评：锲而不舍是一种持久而坚定的意志力。"骐骥一跃，不能十步；驽马十驾，功在不舍。"（《荀子·劝学》）西汉太初元年（公元前104），司马迁接替其父亲进行《史记》的创作。然西汉天汉三年（公元前98），李陵战败并向匈奴投降，司马迁因向汉武帝解释事情原委而被捕入狱，并被处以宫刑，在肉体和精神上受到巨大创伤。他出狱后任中书令，忍辱负重，锲而不舍，前后经历十数个春秋，完成中国第一部纪传体通史《史记》。

庄子在《庄子·达生》中讲孔子途经楚国时发生的一个故事。孔子看见一个驼背老人正用竿子粘蝉，就好像在地上拾取一样简单轻松，技术非常娴熟。老人的体会是凡事必须咬定目标、专心致志："虽天地之大，万物之多，而唯蜩翼之知。吾不反不侧，不以万物易蜩之翼，何为而不得！"天地很大，事物很多，他心无旁骛，只专注于蝉的翅膀而不左顾右盼，不因繁杂的万物而分散对蝉翼的注意，有什么不成功呢！孔子赞叹说："用志不分，乃凝于神。其佝偻丈人之谓乎！"万事只要专心致志，锲而不舍，勤学苦练，排除干扰，持之以恒，哪怕存在先天不足也能将之克服，取得成功！锲而不舍不仅要刻苦勤奋，还需要守得住寂寞。"窗外卷帘侵碧落，槛前敲竹响青冥。黄昏不欲留人宿，云起风生龙虎醒。"（周匡物《自题读书堂》）尽管秋风萧瑟，落英满阶，但夜幕降临了，该送客了。夜晚该是我生龙活虎、神思翱翔的读书时

候。请理解包容孤寂的读书人！

锲而不舍需要执着的恒心。“天地有恒心，所以清而宁。四时更相代，两曜迭光明。化机运无息，品汇咸自亨。君子存恒心，谅由仁义行。养亲致诚孝，事君竭忠贞。不以贫贱移，不以富贵淫。始终守其恒，讵云非性成。我歌恒心诗，为君座右铭。”（梁兰《恒心诗》）终守恒心，才能成就一番事业。锲而不舍需要执着地追求，“十里崎岖半里平，一峰才送一峰迎。青山似茧将人裹，不信前头有路行”（袁枚《山行杂咏》）。十里山路，崎岖不平，走过一峰又一峰。陡峭的山峰好像就是蝉茧一样把人给包裹在其中，让人感觉无路可走，但再坚持一下，前面还是可走下去的。锲而不舍还需要有耐得住孤寂的煎熬。“灞原风雨定，晚见雁行频。落叶他乡树，寒灯独夜人。空园白露滴，孤壁野僧邻。寄卧郊扉久，何年致此身。”（马戴《灞上秋居》）旅途虽然孤寂悲凉，但无法撼动那颗锲而不舍、专心致志、刻苦研读的恒心。

诗境深造：“人若有恒心，早晚终毕业。”（赵清瑞《示嘉儿》）

277. 旧书不厌百回读，熟读深思子自知　温故知新

出处：《论语·为政》：“温故而知新，可以为师矣。”

解析：能通过温习学过的知识而获得新的理解与体会，就足以成为老师了。

诗化：

游山西村

〔宋〕陆游

莫笑农家腊酒浑，丰年留客足鸡豚。
山重水复疑无路，柳暗花明又一村。
箫鼓追随春社近，衣冠简朴古风存。
从今若许闲乘月，拄杖无时夜叩门。

诗义：不要笑话农家腊月里酿的酒浑浊，在丰收的年景里待客菜肴已非常丰足。山峦重叠、水流蜿蜒，正担心前面没有路可走，可忽然柳树成荫、繁花似锦，又一个山村呈现在眼前。吹箫打鼓的春社之期已经接近，衣帽简

朴的村民依然保持着古老的习俗。如果往后能趁着大好月色出外闲逛，夜里我一定拄着拐杖随时来敲你的家门。

简评："山重水复疑无路，柳暗花明又一村"蕴含着丰富的哲理。在事业发展或读书学习的过程中，常常会遇到挫折和困难。只要锲而不舍，在不断学习和反复思考中继续前行，往往会豁然开朗，发现一片前所未见的新天地。

苏轼说："旧书不厌百回读，熟读深思子自知。"(《送安惇秀才失解西归》)温故知新是一种重要的学习方法，朱熹的解释得到普遍认可："故者，旧所闻。新者，今所得。言学能时习旧闻，而每有新得，则所学在我，而其应不穷，故可以为人师。若夫记问之学，则无得于心，而所知有限，故《学记》讥其'不足以为人师'，正与此意互相发也。"(《四书章句集注》)

"昨夜江边春水生，艨艟巨舰一毛轻。向来枉费推移力，此日中流自在行。"（朱熹《泛舟》）读书学习不仅要勤奋努力，还要掌握学习规律，温故知新是一个事半功倍的好方法。"故"是基础，"新"是发展，知识的增长、思想的进步是一个不断积累发展的过程。温故知新关键在于融会贯通、举一反三，达到"柳暗花明又一村"的境界。要实现温故知新就应该"学而时习之"，通过长期坚持不懈、反复温习来吸收新知识。只有使学习经常化、常态化，自觉学习、不断学习，才能学有所获、学有所成，促使学习效果从量变转为质变。

温故知新，是一种成长、成才、成功的好方法、好途径、好智慧。

诗境深造："时取古书读，那复能知新。"(赵孟頫《酬潘提举》)

278. 志人厚积而迟发，春花不待秋风吹　厚积薄发

出处：《稼说送张琥》："博观而约取，厚积而薄发，吾告子止于此矣。"

解析：指大量、充分地积蓄，再慢慢地、一点点地释放。形容只有准备充分才能办好事情，经历长期的积累和努力，才能取得一定成效。

诗化：

奉赠韦左丞丈二十二韵（节选）

〔唐〕杜甫

甫昔少年日，早充观国宾。
读书破万卷，下笔如有神。
赋料扬雄敌，诗看子建亲。
李邕求识面，王翰愿卜邻。
自谓颇挺出，立登要路津。
致君尧舜上，再使风俗淳。

诗义：我在少年时就是具有资格参观王都的宾客了。读书翻破万卷，写起文章来下笔如有神助。辞赋能与扬雄媲美，诗篇可跟曹植匹敌。李邕请求和我见个面认识一下，王翰希望成为我的近邻。自以为是一个超群的人，一定很快就会身居要职，辅助君王使他超越尧舜，使社会风气再度变得淳朴。

简评：“志人厚积而迟发，春花不待秋风吹。”（杨士奇《题竹送周蒙南归二首·其二》）荀子说：“积土成山，风雨兴焉；积水成渊，蛟龙生焉；积善成德，而神明自得，圣心备焉。故不积跬步，无以至千里；不积小流，无以成江海。”（《荀子·劝学》）意思是积累泥土成为高山，风雨就从会那儿发生；汇积河流成为深渊，蛟龙就会在那出现；积累善行养成高尚的品德，自然就会获得最高的智慧，达到圣贤的精神境界。没有一步步的积累，就无法到达千里之远；不积累细小的流水，就无法汇成江河大海。庄子也认为：“水之积也不厚，则其负大舟也无力。”（《庄子·逍遥游》）水积得不深，就难以承载大船。颜之推指出：“观天下书未遍，不得妄下雌黄。”（《颜氏家训》）没有读遍天下的书，就不能胡乱评价、妄下结论。如今读遍天下的书很难，但就某个领域、某个专题而言，不阅读大量有关书籍、查阅大量相关资料就信口开河，便是治学不严谨、缺乏基本科学素养的表现。“非畜道德而能文章者，无以为也。”（曾巩《寄欧阳舍人书》）要成就一番事业，当以“文以载道”“士以弘道”为理念，以博学、审问、慎思、明辨、笃行为准则，以深厚的道德修养赢得尊重，以高尚的人格魅力引领风气。“十年窗下无人问，一举成名天下知。”（高明《琵琶行》）经历十年寒窗，刻苦磨砺、厚积薄发，一举成名天下知晓。厚积薄发是一种智慧、一种方法，更是一种意志品格。

诗境深造：“读书与磨剑，旦夕但忘疲。”（李中《勉同志》）

279. 爱好由来下笔难，一诗千改始心安　精益求精

出处：《论语·学而》：“《诗》云：‘如切如磋，如琢如磨。’”朱熹注解：“言治骨角者，既切之而复磋之；治玉石者，既琢之而复磨之，治之已精，而益求其精也。”

解析：指已经非常好了，但还要追求更加完美。

诗化：

遣兴

〔清〕袁枚

爱好由来下笔难，一诗千改始心安。
阿婆还似初笄女，头未梳成不许看。

诗义：不轻易动笔，一首诗写出来后经过反复修改才安心。老婆婆心性还像青春少女一般，发型没有梳好就不许别人看。

简评：清代袁枚认为，凡优秀的作品，都是作者千锤百炼、去瑕留璧、一诗千改的成果。他认为改诗比作诗更难：“兴会已过，大局已定，有一二字于心不安，千力万气，求易不得，竟有隔一两月，于无意中得之者。”（《随园诗话》）“爱好由来下笔难，一诗千改始心安”，这是一种精益求精、追求完美、务实严谨的态度。要做到精益求精，就必须做到“惟精惟一”（《尚书·虞书·大禹谟》），把心神镇定宁静下来，一心一意地把一件事情做好。“业精于勤，荒于嬉。”（韩愈《进学解》）要精益求精还要勤奋努力。明代徐光启指出“特臣于数者之中，更有两言焉：曰求精，曰责实”（《拟上安边御虏疏》），强调要严谨务实、精益求精。正是：“处世间法，或伸或屈。用观察智，无固无

必。出世间法，勿违勿失。用决定信，惟精惟一。曲尽其妙，退藏于密。"（晁迥《并用存心微妙诀》）

唐代贾岛是精益求精的典型。宋代阮阅的《诗话总龟》记录了这样一个故事："贾岛初赴举，在京师。一日于驴上得句云：'鸟宿池边树，僧敲月下门。'又欲'推'字，炼之未定，于驴上吟哦，引手作推敲之势，观者讶之。时韩退之权京兆尹，车骑方出，岛不觉行至第三节，尚为手势未已。俄为左右拥止尹前。岛具对所得诗句，'推'字与'敲'字未定，神游象外，不知回避。退之立马久之，谓岛曰：'"敲"字佳。'遂并辔而归，共论诗道，流连累日，因与岛为布衣之交。"贾岛由此写出脍炙人口的《题李凝幽居》："闲居少邻并，草径入荒园。鸟宿池边树，僧敲月下门。"此事之后，"推敲"一词被沿用至今。贾岛对精益求精的艰苦深有体会，他有诗感叹："两句三年得，一吟双泪流。知音如不赏，归卧故山秋。"（《题诗后》）意思是苦苦寻思多年才写出这两句诗，读来不禁流下两行热泪。若知己好友不能欣赏理解，他也只好回老家去在山里秋风中躺着了。

唐代卢延让对诗词创作应精益求精的感悟特别深刻："莫话诗中事，诗中难更无。吟安一个字，捻断数茎须。险觅天应闷，狂搜海亦枯。不同文赋易，为著者之乎。"（《苦吟》）经典的作品都是经过艰苦创作而成，来不得半点虚假。"吟安一个字，捻断数茎须"，一字一句都是心血的结晶，与"一诗千改始心安"异曲同工。宋代朱熹说："敬业者，专心致志，以事其业也。"（《仪礼经传通解》）敬业就是对待工作认真、尽职尽责。没有敬业精神，工作就会懒散，缺乏效率，乃至因粗心大意而导致失误。敬业精神关系到民众的精神风貌，关系到国家的强弱、民族的兴衰。一项事业要取得成功，行事者不仅要敬业，还要做到精业，追求精益求精。从尽职尽责上升到尽善尽美，才能从优秀跨越到卓越。

诗境深造："操术必求精，济人不谋利。"（蔡清《题盛用阳师省卷》）

280. 文章功用不经世，何异丝窠缀露珠　学思践悟

出处：《论语·为政》："学而不思则罔，思而不学则殆。"《论语·子张》：

“博学而笃志，切问而近思。”《礼记·中庸》：“博学之，审问之，慎思之，明辨之，笃行之。”

解析：指学习、思考、实践、感悟四体结合。这是一个循序渐进的过程，也是一个循环往复的过程。

诗化：

读书

〔宋〕陆九渊

读书切戒在慌忙，涵泳工夫兴味长。
未晓不妨权放过，切身须要急思量。

诗义：读书一定要戒除粗心匆忙，要沉思深悟书中的奥妙和思想，才能体会出无穷的兴趣与意味。有弄不懂的地方可暂且放过，优先思考并把握与自己比较相关的内容。

简评：学思践悟既是学习方法，也是工作方法。学习、思考、实践、感悟四体结合为一个有机联系的整体，相互促进。“年年岁岁笑书奴，生世无端同处女。世上何人不读书，书奴却以读书死。”（李贽《书能误人》）读书学习如果不与思考、实践、感悟结合，就成了读死书，人就成了“书奴”。“学而不思则罔，思而不学则殆。”在学习中思考，就是要深刻把握事物的内涵、实质、规律和特点。“夫耳闻之不如目见之，目见之不如足践之，足践之不如手辨之。”（刘向《说苑·政理》）耳朵听到的不如眼睛看到的，眼睛看到的不如脚踩到的，脚踩到的不如亲手拿来分辨的。

“文章功用不经世，何异丝窠缀露珠。”（黄庭坚《戏呈孔毅父》）在思考中实践，就是按照事物的实质、规律来行动，科学地推动工作。在实践中感悟，就是通过实践学会总结经验，领悟其要义，吸收其精华，把表象的感觉深刻化，把感性的认识理性化，进一步提高工作能力。感悟才能“深造自得”，孟子指出：“君子深造之以道，欲其自得之也。自得之，则居之安；居之安，则资之深；资之深，则取之左右逢其原，故君子欲其自得之也。”（《孟子·离娄下》）君子要以高尚的德行来加深造诣，习得更高深的学问。学问造诣深，心态才能祥和安定；心态安详，才能坚持高尚的品德；坚持高尚的品德，才能游刃有余地处理不同事务。因此，君子都希望能深造自得。只有边学习、边思考、边实践、边领悟，才能够真正做到学以致用、用以促学、学用相长。

诗境深造：“一语不能践，万卷徒空虚。”（林鸿《饮酒》）

二十九、笃行篇

你锥形的影子遮满了圆圆的井口
你独立，承受各方的风向
你在宇宙的安置中生长
因了月光的点染，你最美也不孤单

风霜锻炼你，雨露润泽你
季节交替着，你一年就那么添了一轮
不管有意无情，你默默无言
听夏蝉噪，秋虫鸣

——辛笛《山中所见——一棵树》

笃行即专心致志、脚踏实地地做事。笃行是一种宽容、宁静、坚韧的品行。笃行方能始终保持自强不息，厚德载物。笃行之人既有智圆行方的智慧，又有卑以自牧的品格。

281. 更逢卑处须流惠，有不平时即发声　上善若水

出处：《道德经·第八章》："上善若水，水善利万物而不争。处众人之所恶，故几于道。居善地，心善渊，与善仁，言善信，正善治，事善能，动善时。夫唯不争，故无尤。"

解析：指行为与品德高尚，如同水的品性一样，泽被万物而不争名利。

诗化：

咏水

〔唐〕张文琮

标名资上善，流派表灵长。
地图罗四渎，天文载五潢。
方流涵玉润，圆折动珠光。
独有蒙园吏，栖偃玩濠梁。

诗义：水的天性被标榜为至善，水的支流纵横而源远流长、润泽四方。大地上陈列着四大水系，天空中分布着五车星座。水流如玉石般温润，水波像珍珠般耀眼。唯独庄子，在濠水之桥上悠闲地休息游玩。

简评："更逢卑处须流惠，有不平时即发声。"（韦骧《咏水》）上善之人其性若水。水恩泽万物而不争名利，这也是一种为人处世的智慧。水者，乃万物之本。万物生长离不开水，无水则万物枯萎，绿野变沙漠。水乃日常之必需，人每日皆离不开水：晨起洗漱，午需补水，夜必沐浴。水孕育人之生命，孕育人类之文明并推动其发展。中华传统文化对水有特别的情怀。老子说"江海所以能为百谷王者，以其善下之，故能为百谷王"（《道德经·第六十六章》），又说"天下莫柔弱于水，而攻坚强者莫之能胜，以其无以易之"（《道德经·第七十八章》）；庄子说"且夫水之积也不厚，则其负大舟也无力"（《庄子·逍遥游》）；孔子则说"知者乐水"（《论语·雍也》）。水有其固有的特性。

其一，与物无争。"谦光乃自卑，上善诚若水。"（胡俨《杂诗·其一》）水具有滋养万物而与物不争的无私德行，其赐予万物以利益又甘居卑下，从不与万物争利。

其二，海纳百川，包容万象。江河湖海宽广无边，渊深浩渺，具有无尽的包容感化之气度。为人处世要像大海一样“有容”，要有辽阔胸襟。

其三，水静犹明。静水善鉴万物，心静以察天地，镜万物之玄妙。水动泥沙俱起，浑浊浮动；人心若物欲充斥，则杂念横生，心浮气躁。庄子曰：“万物无足以铙心者，故静也……圣人之心静乎！天地之鉴也，万物之镜也。夫虚静恬淡寂寞无为者，天地之平而道德之至，故帝王圣人休焉。”（《庄子·天道》）世间各种纷扰不能动摇那一颗虚静澹远的心，这样的心境就可以作为天地的明镜，可以作为万物的明镜。恬静淡然能忍受寂寞的毅力、不为名利所困扰的境界，这是天地的基准和道德的极致，也是道德高尚之人的气质。要效法静水，不偏不倚、公正无私对待万事万物；要远功名利禄所扰，避动水之浑浊，保明净剔透之心；要坚持不为轩冕肆志，不为穷约趋俗，不以无人而不芳，不以穷困而改节。

其四，以柔克刚。世上最为柔弱却能击穿坚强者，莫过于水。老子曰：“天下莫柔弱于水，而攻坚强者莫之能胜，以其无以易之。弱之胜强，柔之胜刚，天下莫不知，莫能行。”（《道德经·第七十八章》）“天下之至柔，驰骋于天下之至坚。”（《道德经·第四十三章》）柔能克刚，是自然界的一条重要法则。“人之生也柔弱，其死也坚强。草木之生也柔脆，其死也枯槁……是以兵强则灭，木强则折。强大处下，柔弱处上。”（《道德经·第七十六章》）水性至柔，然滴水可穿石，其有坚忍不拔、无坚不摧的一面。

储光羲吟道：“山中有流水，借问不知名。映地为天色，飞空作雨声。转来深涧满，分出小池平。恬澹无人见，年年长自清。”（《咏山泉》）上善若水，以水为楷模，善待万物、与世无争、淡泊名利，人生岂不纯正美好乎？天下岂不和谐乎？

诗境深造：“泽被鱼鸟悦，令行草木春。”（李白《赠张相镐二首·其一》）

282. 齐民但示蒲鞭辱，报国应同竹节坚　厚德载物

出处：《周易·坤卦·象传》：“地势坤，君子以厚德载物。”

解析：指夯实高尚质朴的道德情操，积累博大精深的学识，像大地一样

能容养万物，如海一般可纳百川。

诗化：

岳麓山道林二寺行（节选）

〔唐〕杜甫

一重一掩吾肺腑，山鸟山花吾友于。

宋公放逐曾题壁，物色分留与老夫。

诗义：层层叠叠的山林是我的肺腑，山鸟山花是我的朋友弟兄。宋之问放逐岭南路过这里时曾赋诗题壁，他还留了这份美景同我分享。

简评：《周易》有云，“天行健，君子以自强不息”，又“地势坤，君子以厚德载物”。天体的运行刚强劲健，贤良应刚毅坚卓，奋发图强；大地的气势厚实和顺，贤良应增厚美德，容载万物。“一重一掩吾肺腑，山鸟山花吾友于。”山林是我的肺腑，山鸟山花是我的朋友弟兄，这体现出一种包容精神。唐代杜荀鹤的“宁为宇宙闲吟客，怕作乾坤窃禄人”（《自叙》）也是诗人践行厚德载物的具体行动。宁愿安守穷途，做天地间一个隐逸诗人，也决不愿窃取俸禄，当庸俗的贪官污吏，这是何等的气概、何等的品格。诗句上下对仗，一取一舍，泾渭分明，掷地有声，震慑人心。这掷地有声的语言，进一步表现出诗人冰清玉洁的品格。厚德载物，保持谦让诚善，切莫张狂暴横，看那残暴一世的猛虎也有被扒皮的一天。“猛虎凭其威，往往遭急缚。雷吼徒咆哮，枝撑已在脚。忽看皮寝处，无复睛闪烁。人有甚于斯，足以劝元恶。”（杜甫《遣兴五首·其四》）

“兰生幽谷，不为莫服而不芳；舟在江海，不为莫乘而不浮；君子行义，不为莫知而止休。”（刘安《淮南子·说山训》）人生在世世事变迁，角色不断转换，但自强不息、厚德载物的品格不能变换。再清贫也要保持良好的心态、高尚的情操，权位再高也要保持清正廉洁、大公无私。正是：“齐民但示蒲鞭辱，报国应同竹节坚。莫恃才名轻庶政，冥冥中自有青天。”（玄烨《巡省江浙见闻阎有起色示诸臣省刑爱民》）

诗境深造：“君子期法坤，厚德以载物。”（温纯《纪怀并引·其九》）

283. 富贵不淫贫贱乐，男儿到此是豪雄　智圆行方

出处：《淮南子·主术训》："凡人之论，心欲小而志欲大，智欲圆而行欲方，能欲多而事欲鲜。"

解析：指做人要知识广博，谋事要周密完备，行事要方正不苟。

诗化：

秋日偶成二首·其二

〔宋〕程颢

闲来无事不从容，睡觉东窗日已红。
万物静观皆自得，四时佳兴与人同。
道通天地有形外，思入风云变态中。
富贵不淫贫贱乐，男儿到此是豪雄。

诗义：心安恬淡，从容不迫，静观万物，悠闲自得，赏四季绝妙的景色。道理贯通天地之间一切有形无形的事物，思想渗透在风云变幻之中。富贵而不被迷惑，贫贱而保持安乐，能够做到这个份上的人就是真正的英雄豪杰。

简评：智圆行方是一种做人的原则，一种处世的智慧。"方如行义，圆如用智。动如逞才，静如遂意。"（李泌《咏方圆动静》）李泌认为行为应遵循道义，坚守正义；智慧要灵活通变，足智多谋。"智圆"意味着开放包容、灵活变通，要博古通今，力求知识体系完整，考虑问题时注重整体性、系统性。"行方"强调的是做人、做事的原则。"为人君，止于仁；为人臣，止于敬；为人子，止于孝；为人父，止于慈；与国人交，止于信。"（《礼记·大学》）要严于律已、公正公道、严谨求实，具有原则性、纪律性。修身主要是修"孝、悌、忠、信、礼、义、廉、耻"八德，古人认为这八德是做人的根本，也是孔孟德育的精髓。

诗境深造："处世行八德，修身率祖神。"（范仲淹《范文正公家训百字铭》）

284. 高淡清虚即是家，何须须占好烟霞　卑以自牧

出处：《周易·谦卦·象传》："谦谦君子，卑以自牧也。"

解析：以谦卑的态度加强自身的修行和历练。

诗化：

野居偶作

〔五代〕贯休

高淡清虚即是家，何须须占好烟霞。
无心于道道自得，有意向人人转赊。
风触好花文锦落，砌横流水玉琴斜。
但令如此还如此，谁羡前程未可涯。

诗义：清心寡欲是心灵的归宿，何须去占据山水名胜，占尽功名利禄。顺其自然便自然得道，有意结交的人往往会导致疏远，适得其反。风吹繁花盛开让大地如织锦，阶前的流水声如玉琴般清雅。我愿如此心灵澄澈直至永远，不羡慕他人占尽功名利禄的灿烂前程。

简评：《周易》中的谦卦是比较特殊的一卦。在《周易》的六十四卦中，唯有第十五卦谦卦，六爻皆吉，无一不利。谦卦训导人们谦虚低调。关于“谦”的意义，《周易》对谦卦之解正是对“谦”的充分论述。“谦：亨。君子有终。”一个人如果始终保持谦卑的处世方式，最终将有好的结果。“天道亏盈而益谦，地道变盈而流谦，鬼神害盈而福谦，人道恶盈而好谦。谦尊而光，卑而不可逾，君子之终也。”万事万物之规律，是使满而外溢者缺损，而补偿未满者。天地鬼神人皆好谦之德，此谦之所以亨也。“谦谦君子，用涉大川，吉。”保持低调谦虚，君子拥有这样的美德便能跨越大江大河的艰难险阻，获得吉祥。“劳谦君子，万民服也。”取得功劳、拥有业绩的人能够做到谦虚不傲慢，会赢得天下人的敬仰与佩服。

“谦者才高而不自许，德高而不自矜，功高而不自居，名高而不自誉，位高而不自傲。”（高亨《周易大传今注》）人们应以谦逊的态度，自守其德，修养自身，把谦逊作为一种修身养性的基本准则，恪守“满招损，谦受益”的箴言。谦逊之美德，大足以守其天下，中足以守其国，小足以守其身。启功说：“气傲皆因经历少，心平只为折磨多。”人生经历的苦难磨砺多了，就容易看淡荣辱沉浮，遇到烦心的事不烦恼，碰到品行不端的人不生气，在名利得失上不惊不乍，始终保持卑以自牧的心态，从容自若地看待人生的起起落落。青勃说：“绿叶红花，岂能分主仆，何必分高下。红花绿叶，都是大地的儿女，一起把春天描绘。”（《绿叶红花》）

诗境深造：“谦谦卑自牧，处约人皆忻。”（李廌《送王仲求》）

285. 枉教一室尘如积，天下何曾扫得来　始于足下

出处：《道德经·第六十四章》：“合抱之木，生于毫末；九层之台，起于累土；千里之行，始于足下。”

解析：指路途从脚下开始，比喻事情是从头做起、逐步进行的。再宏大的事情，也要从基础做起，从一点一滴做起，切勿好大喜功，心急浮躁。

诗化：

读陈蕃传

〔宋〕杨万里

仲举高谈亦壮哉，白头狼狈只堪哀。
枉教一室尘如积，天下何曾扫得来。

诗义：陈蕃高谈阔论、豪言壮语，到头来满头白发、狼狈不堪。枉自让房间积满尘土，无心打理，哪里又能扫得来天下？

简评：要开始“千里之行”，必须有踏实的精神。“不积跬步，无以至千里；不积小流，无以成江海。”（《荀子·劝学》）“千仓万箱，非一耕所得；干天之木，非旬日所长。”（葛洪《抱朴子·内篇·极言》）“凡聚小所以就大，积一所以至亿也。”（葛洪《抱朴子·内篇·极言》）所有事业的成功都起始于一步步的努力奋斗，要从小处做起，从一点一滴积累，抓好关键细节。从量变与质变的辩证关系来看，任何事物的发展必须从出发点做起，远大理想、崇高目标必须同脚踏实地、埋头苦干的精神结合起来才可能实现。“不驰于空想，不骛于虚声。”（李大钊《史学要论》）只有坚持不懈，一步一步扎扎实实地做，才能取得成功。

诗境深造：“易展垂天翼，难踏实地脚。”（刘克庄《古意二十韵》）

286. 公道世间唯白发，贵人头上不曾饶　公平正直

出处：《论语·子路》："其身正，不令而行；其身不正，虽令不从。"《贞观政要·公平》："理国要道，在于公平正直。"

解析：指执权者处事要公平，为人要正直。

诗化：

鲁欹器图

〔宋〕郑思肖

此心安分即逍遥，无欲何愁外境摇。
才有秋毫失中正，一杯水亦不能消。

诗义：内心安守本分不妄为就是逍遥自在，淡泊名利，没有非分的欲望何苦外界的嚣扰。鲁时的欹器多注入一滴水就会失去中正平衡，做人就应该像鲁欹器一样公平正直。

简评："古来欹器戒覆倾，真宰之柄常恶盈。"（林景熙《荷珠》）欹器是我国古代一种摆放在座位右边的"示警器"。"吾闻宥坐之器，虚则欹，中则正，满则覆，明君以为至诫，故常置之于坐侧。"（《孔子家语·三恕》）欹器形状上大下小，挂在一个架子的横轴上。空的时候，它是倾斜的；若装上适量的水，它就会自动直立平衡；而若把水装满，它又会将水倾倒恢复如初。欹器蕴含着满则溢、虚不及的寓意，骄傲自满，贪欲过盛，或者空虚不实都会倾覆。乾隆皇帝以欹器为题材，写下《题养正图六十首·欹器示戒》的诗篇："周庙右座器，非尊亦非爵。宣尼阐明训，义富其言约。恶有满不覆，凛乎御朽索。"

"公正无私，一言而万民齐。"（《淮南子·修务训》）公正无私之人的一句话就能使天下信服。"上邪下难正，众枉不可矫。"（何承天《上邪篇》）在上位的人走邪道，下面的人就很难走正道，等到歪风邪气形成气候，就很难纠正。公平正直也是一种勇气，贾岛呐喊："十年磨一剑，霜刃未曾试。今日把似君，谁为不平事？"（《剑客》）所以，为官者要正直廉洁，不偏袒，不营私。正是："公道世间唯白发，贵人头上不曾饶。"（杜牧《送隐者一绝》）

诗境深造："身正人自治，此化行如神。"（文同《邛州俯听三省堂》）

287. 侧身转臂着马腹，霹雳应手神珠驰　强魂健体

出处：《体育之研究》："欲文明其精神，先自野蛮其体魄；苟野蛮其体魄矣，则文明之精神随之。""体育之效，至于强筋骨，因而增知识，因而调感情，因而强意志。"

解析：指通过体育运动塑造健全的人格、顽强的意志，增强健康的体格。

诗化：

效赵学士体成口号十章献开府太师·其十

〔宋〕司马光

八十聪明强健身，况从壮岁秉鸿钧。

功名富贵古亦有，无事归来能几人。

诗义：开府太师八十岁高龄了依然耳聪目明，身体强壮健康，况且他从壮年时就开始担负起繁重操劳的事务。自古以来，功名富贵很多人都会有，但及至暮年身体仍无大碍的人却不多。

简评：毛泽东重视强魂健体的问题，他在其论文《体育之研究》中写道："愚自伤体弱，因欲研究卫生之术。"受恩师杨昌济的影响，他在读书时常进行冷水浴、游泳、登山、体操、练拳等锻炼，坚持身体锻炼和意志锻炼相结合。1936 年他在陕北时曾说："体育锻炼确实对我有不少帮助，使我后来南征北战，受益匪浅。"

强魂健体是指通过体育运动来培养和铸造强大的精神力量。毛泽东在《体育之研究》中说："体者，为知识之载而为道德之寓者也。其载知识也如车，其寓道德也如舍。体者，载知识之车而寓道德之舍也。""体育于吾人实占第一之位置，体强壮而后学问道德之进修勇而收效远。"强魂就是培养道德高尚、爱国奉献、吃苦耐劳、作风过硬等品格和情操，健体是指锻炼强壮的体格、过硬的体能。要做到魂体合一、强魂健体，才能打牢成才、创业、报国的基础。唐玄宗李隆基也充分肯定了体育运动的作用，他在《观拔河俗戏》中写道："壮徒恒贾勇，拔拒抵长河。欲练英雄志，须明胜负多。"壮士们鼓足勇气，拔河比力气。若要历练英雄志气，必须在胜负之间磨砺。

"息精息气养精神，精养丹田气养身。有人学得这般术，便是长生不死

人。”（吕岩《绝句三首·其一》）若想做到“八十聪明强健身”，必须每天锻炼一小时，如此才能健康工作五十年，幸福生活一辈子。强魂健体是锻造四肢发达而头脑不简单之人的智慧。应努力锻造“侧身转臂着马腹，霹雳应手神珠驰”（韩愈《汴泗交流赠张仆射》）的矫捷身手和强健体魄。

诗境深造：“明智诵诗书，强壮力耕桑。”（顾璘《周氏世寿堂诗》）

288. 浓绿万枝红一点，动人春色不须多　举要治繁

出处：《文心雕龙·总术》：“乘一总万，举要治繁。思无定契，理有恒存。”

解析：指抓工作、做文章要抓住重点、抓住关键，对芜杂的部分加以修改。

诗化：

题画竹

〔清〕郑燮

四十年来画竹枝，日间挥写夜间思。

冗繁削尽留清瘦，画到生时是熟时。

诗义：四十年来画竹枝，白天作画夜间思悟。删繁就简尽显竹子的清癯，感觉到创作变难的时候便是艺术修养又有了一个飞跃。

简评：唐代司马承祯指出：“要须断简事物，知其闲要，较量轻重，识其去取，非要非重，皆应绝之。”（《坐忘论》）面对纷繁复杂的事物，举要治繁、化繁为简是一种技巧，也体现着处世的水平。清代戴震说：“至仁必易，大智必简。”（《原善》）简单是一门处世哲学，把复杂的事情简单化是智慧。简单是效率，简单意味着低成本。许多伟人一生简朴，简单生活，却安静地从事思想深处的挖掘工作，成就了一番伟业。简单是一种文化，也是一种境界。

在具体的工作实践中，必须善于突出重点、抓住关键，从纷繁复杂的事务中提纲挈领、抓住要害。宋代苏轼指出：“举大体而不论小事，务实效而不为虚名。”（《贺杨龙图启》）他认为要抓好关键的大事而不去计较无关紧要的

小事，讲究实际效果而不追求虚名。清代曾国藩则说：“天下事当于大处着眼，小处下手。”（《致吴廷栋》）天下之事应从大处去考虑，从具体的小事去着手推进。古人有云：“将军赶路，不追小兔。”目标既定就不可三心二意，切忌因小失大，而要全心全意以大局为重，全力以赴朝既定目标努力。

历史上被称为“鹅湖之会”的辩论是在学术创作和学术修养上举要治繁的一个实例。相传宋孝宗淳熙二年（1175），理学大师朱熹和心学大师陆九渊应邀到江西鹅湖寺探讨学问，史称“鹅湖之会”。会上两派就治学的方法、治学的修养进行了激烈的辩论。心学派首先赋诗曰：“留情传注翻榛塞，着意精微转陆沉。”批评理学阐释注疏的烦琐方法像荆棘杂草一样堵塞道路，认为精准微妙的心学显得积淀厚重。陆九渊更是亲自赋诗道：“易简工夫终久大，支离事业竟浮沉。”认为自己做学问的方法是“易简工夫”，而朱熹做学问的方法是“支离事业”。朱熹毫不退让，赋诗反驳：“旧学商量加邃密，新知培养转深沉。”说自己的方法是“邃密”“深沉”，是在前人的基础上寻求新知。

在治学的过程中，无论是“邃密”的深邃细致、泛观博览，还是“易简”的提纲挈领、简明扼要，其实都有各自的优缺点。比如在绘画创作过程中，清代郑燮历来主张以最简练的笔墨表现最丰富的内容，可谓“删繁就简三秋树”。在文章的创作之中，举要治繁显得更为重要。文章不仅要简短，更要强调主题集中，中心突出，结构紧凑，文字精练。唐代刘禹锡的《陋室铭》可谓传世佳作，全文仅八十一个字，却朗朗上口，句句在理，突出了处变不惊、处危不屈、坚守节操、荣辱从容的主题。“浓绿万枝红一点，动人春色不须多。”（王安石《咏石榴花》）在艺术创作中举要治繁、画龙点睛是非常重要的智慧。

诗境深造：“诗正情怀澹，禅高论语稀。”（林逋《送思齐上人之宣城》）

289. 力穑勿忘家世俭，堆金能使子孙愚　勤俭耕读

出处：《尚书·虞书·大禹谟》：“克勤于邦，克俭于家。”施耐庵：“以耕读为本，以勤俭为德。”

解析：指树立勤劳俭朴地劳作及读书的理念和习惯。

诗化：

嘲少年（节选）

〔唐〕李贺

生来不读半行书，只把黄金买身贵。
少年安得长少年，海波尚变为桑田。
荣枯递转急如箭，天公不肯于公偏。
莫道韶华镇长在，发白面皱专相待。

诗义：那些纨绔子弟从小就不肯念书识字，只知道用金钱买得身价高贵，但是少年如何能永远是少年？曾经波澜滔滔的大海尚且还会变成桑田，又何况是人？繁荣与枯朽之间的转化如箭般飞快，老天爷岂会特别照顾你，让你年少不老？不要以为青春的时光可以永驻，白发皱纹正等着你。

简评：勤俭耕读是中华传统文化中家训的重要内容。明代张履祥提出勤俭为立德之本。就个人而言，"静以修身，俭以养德"（诸葛亮《诫子书》）；就家庭而言，"持家以勤俭为主"。勤俭是国计民生的根本，"民生在勤，勤则不匮"（《左传·宣公十二年》）。张履祥主张"耕读不可偏废"，并指出"读而废耕，饥寒交至；耕而废读，礼义遂亡"（《训子语》）。在书画、诗词等方面均有卓越成就的才子唐寅，年轻时并非像现在影视剧作中戏说的那样浪荡不羁，而是一位早立远志、勤俭耕读的有志青年。他在诗作《夜读》中写道："人言死后还三跳，我要生前做一场。名不显时心不朽，再挑灯火看文章。"听说人死了之后要请巫师、和尚、戏班做几场戏，他则立志在有生之年就做一场大戏，不出人头地不死心，挑灯夜战，刻苦读书。诗作表达了唐寅的远大志向。纵观历史，大凡有成就之人必定早立远志、久磨品格、勤俭耕读。

安徽徽州的西递、宏村是典型的崇尚耕读文化的村落。西递、宏村的民居祠堂内悬挂着许多楹联，主要内容是弘扬儒家文化，教育后人勤俭持家、孝顺长辈、多行善事、勤于读书。如教人读书行善的"万世家风惟孝悌，百年世业在诗书""敦伦在读书，大业惟修德"；警示后人治家的"凛遗绪于前人克勤克俭，善贻谋于后嗣学礼学诗""读书好营商好效好便好，创业难守成难知难不难”“继先祖一脉真传克勤克俭，教子孙两行正路惟读惟耕”；教人淡泊名利的“名心澹在如黄菊，诗旦清求似白鸥”“但于得时思失时，知足常乐不极乐”“养成大拙方为巧，学到如愚乃是贤”；宣导谦虚谨慎的“素位而行无不自得，居易以俟乐在其中”“遇事虚怀观一是，与人和气察群言”“世事每逢谦处好，人伦常在忍中全”；等等。

这些楹联中，“几百年人家无非积德，第一等好事只是读书”“传家无别法非耕即读，裕后有良图惟俭与勤”两副最令人深思。其实无论是有上百年历史的家族还是有几千年历史的国家，秉承“积德”与“耕读”都是保证繁荣兴盛的重要因素。宋代刘克庄在《贫居自警三首·其三》中写道：“力穑勿忘家世俭，堆金能使子孙愚。俗儿未识贫中乐，妄议书生骨相臞。”

诗境深造：“古来贤达人，起身自耕牧。”（王冕《耕读轩》）

290. 儿孙力作莫辞勤，仁政如天四海春　仁者无敌

出处：《孟子·梁惠王上》：“仁者无敌。王请勿疑。”

解析：指施行仁政，必然赢得民众的拥戴，上下一心，众志成城，是无人可敌的。又指具有高超智慧、高尚人格魅力、心地善良的仁者会得到普遍尊重，被以礼相待，天下无敌。

诗化：

道州将赴衡州酬别江华毛令

〔唐〕吕温

布帛精粗任土宜，疲人识信每先期。

明朝别后无他嘱，虽是蒲鞭也莫施。

诗义：新官上任穿着要得体，入乡随俗，简单朴素比较合适，老百姓往往从这些细节中去观察和认识你。明天别离后没有别的嘱咐，为政要以仁为本，即便是用蒲草做成的鞭子也不要轻易施用。

简评：传统的儒家思想认为仁者应该具有孝悌、忠君、惠民、爱人等品格，并遵守忠、信、恭、宽、敏、惠、智、勇等行为准则和道德规范。具备

这些品格、遵守这些行为准则和道德规范的人堪称仁者，可天下无敌。仁是儒家思想中最高尚的道德境界，仁者具有永恒的仁爱之心，具有“己所不欲，勿施于人”(《论语·颜渊》)的宽恕之心，还具有“以天下为己任”(《南史·孔休源传》)的担当。

“仁政如慈父，蒲人得所依。”(司马光《和尧夫见寄》)仁政是指以德治感化为主的施政方针，同时改善人民的生活。“爱人者，人恒爱之；敬人者，人恒敬之。”(《孟子·离娄下》)对老百姓施以仁政就会得到他们的爱戴和拥护。“文景之治”是实行仁政的典型。汉文帝对秦代以降的刑法做了重大改革，建立法治，减轻刑罚。秦代大多数犯人都没有刑期，终生服劳役。汉文帝重新制定法律，根据犯罪情节轻重规定服刑期限。汉文帝下诏废除秦时期残酷的肉刑，改用笞刑，其子汉景帝又减轻了笞刑。汉文帝时许多官吏能够断狱从轻，持政务在宽厚、不事苛求，人民所受的压迫比秦时显著减轻。

那些满腹经纶的诗人，内心充满了仁爱之心，充满了对仁政的渴望和推崇，这在他们的作品中都有所体现：“汉水横冲蜀浪分，危楼点的拂孤云。六年仁政讴歌去，柳绕春堤处处闻。”(杜牧《寄牛相公》)“南客西来话使君，涔阳风雨变行春。四邻耕钓趋仁政，千里烟花压路尘。”(齐己《寄澧阳吴使君》)“祖训昭昭日月新，由来治国本天伦。令名要使传千载，仁政须教及万民。”(方孝孺《侍世子奉献蜀王十首·其三》)

诗境深造：“仁爱周华夏，英聪贯古今。”(周必大《光宗皇帝挽诗二首·其二》)

三十、诚信篇

一个浪，一个浪
无休止地扑过来
每一个浪都在它脚下
被打成碎沫，散开……

它的脸上和身上
像刀砍过的一样
但它依然站在那里
含着微笑，看着海洋……

——艾青《礁石》

诚信是做人的重要品德。“足食，足兵，民信之矣。”“人而无信，不知其可也。”自古以来，“言必行，行必果”就被认为是做人的重要原则。“自古驱民在信诚，一言为重百金轻。”为人处世必须以诚实守信为荣。

291. 陈侯立身何坦荡，虬须虎眉仍大颡　有孚威如

出处：《周易·家人卦》：“上九，有孚威如，终吉。”

解析：指只有诚信才能立威严。

诗化：

君子行

〔三国·魏〕曹植

君子防未然，不处嫌疑间。

瓜田不纳履，李下不正冠。

嫂叔不亲授，长幼不比肩。

劳谦得其柄，和光甚独难。

周公下白屋，吐哺不及餐。

一沐三握发，后世称圣贤。

诗义：德行修炼比较高的人能防患于未然，谨言慎行，处处避免嫌疑。路过瓜田时，切忌弯腰提鞋；走在李树下不举手摘帽，以避免旁人误认为你摘瓜摘李。嫂嫂和小叔子不伸手递交东西，长辈和后辈不要并坐，要注意长幼辈分分明、男女界限清楚。勤劳谦恭是品德修炼的根本所在，谦虚内敛、不露锋芒比慎独来约束自己还要难。周公下行访贫问苦，为见贤才急忙吐出口中的食物而来不及吃饭，洗一次头三次握着头发出来见客，唯恐怠慢了贤才，所以后世称周公为圣贤。

简评：中华传统文化非常重视诚信的品格，诚信被认为是道德修养和人格构成的重要内容，是为人处世的立身之本。庄子指出：“凡交，近则必相靡以信，远则必忠之以言。”（《庄子·人间世》）为人处世，与相近的朋友交往一定要相互信任，与远方的朋友交往一定要信守自己的诺言。孔子也特别注重诚信，他对诚信有着一系列的观点。“子贡问政。子曰：‘足食，足兵，民信之矣。’子贡曰：‘必不得已而去，于斯三者何先？’曰：‘去兵。’子贡曰：‘必不得已而去，于斯二者何先？’曰：‘去食。自古皆有死，民无信不立。’”（《论语·颜渊》）在孔子的思想中，诚信比军备和粮食都重要。“人而无信，不知其可也。”（《论语·为政》）人若无信用，那是万万不行的。孔子还说：“言必

信，行必果。”（《论语·子路》）说话一定要讲信用，做事一定要有决断。“恭，宽，信，敏，惠。恭则不侮，宽则得众，信则人任焉，敏则有功，惠则足以使人。”（《论语·阳货》）

“瓜田不纳履，李下不正冠。”这是一种自律、自省、自觉的行为规范，这样的规范无形之中树立了一种诚信的威严。《周易·家人卦》：“上九，有孚威如，终吉。”具备诚信的威严，终得吉祥。诚信，涉及个人、社会和国家几个方面的维度，是一种价值理念，人无信不可，民无信不立，国无信不威。正是：“陈侯立身何坦荡，虬须虎眉仍大颡。”（李颀《送陈章甫》）

诗境深造：“却敌非干橹，信威藉纪纲。”（朱熹《感事》）

292. 一诺要之不可轻，古人于事贵能行　一诺千金

出处：《史记·季布栾布列传》：“得黄金百斤，不如得季布一诺。”

解析：指说话要算数，许下的诺言要兑现。

诗化：

季布

〔宋〕徐钧

一诺千金汉重臣，平生恩力报何曾。

朱家不德人传美，殊愧张苍父事陵。

诗义：季布因一诺千金之德为汉室所重用，他以毕生之忠诚来回报家国恩情。朱家行侠仗义，曾助季布脱险却不求回报，其不自夸但因有德行而美名远扬。或许，季布会因为无法同张苍一般回报救命恩人而心中有愧、抱憾无穷吧。

简评：“匹夫立大义，一诺同山河。诚信贯金石，盟誓其奈何。”（彭孙贻《君子行·其一》）相传在秦末汉初，有一个叫季布的楚人，重承诺、守信用，把诚信看作如人的生命一样珍贵。楚地人多流传，得黄金千两，不如季布的承诺，“一诺千金”便在后世流传下来。能否兑现承诺是关乎为人诚信与否的大问题，在生活和工作中，不要轻易做出承诺，一旦做出承诺就要信守诺

言。中华传统文化十分注重承诺。孔子说“夫子之说君子也，驷不及舌”（《论语·颜渊》），也就是我们常说的“一言易出，驷马难追”（释智愚《颂古一百首·其九二》）。荀子指出：“言无常信，行无常贞，唯利所在，无所不倾，若是，则可谓小人矣。”（《荀子·不苟》）管子认为讲诚信是普天下行为准则的关键所在：“诚信者，天下之结也。”（《管子·枢言》）诚信也是建立友谊、构筑信任的基础。“若有人兮天一方，忠为衣兮信为裳。”（卢照邻《中和乐九章·总歌第九》）人若心中有他人，即使天各一方，用诚信也可以架筑彼此友谊的桥梁。

诗境深造：“一诺成泰岱，千金化纤尘。”（张元凯《杂咏十首·其六》）

293. 诚信之言是道根，出门句子要区分　正心诚意

出处：《礼记·大学》：“欲正其心者，先诚其意。”

解析：儒家提倡的一种修养方法。也指心地端正诚恳。

诗化：

酬崔五郎中（节选）

〔唐〕李白

海岳尚可倾，吐诺终不移。

是时霜飙寒，逸兴临华池。

起舞拂长剑，四座皆扬眉。

因得穷欢情，赠我以新诗。

诗义：大海可以干枯，山岳可以倒塌，许下的诺言始终不可改变。正是寒风凛冽、霜气逼人之时，而我们意气豪情地游历华丽的池湖。起身舞起长剑，四座皆投来赞许的目光。因为这兴高采烈的欢聚，崔五郎中赠了一首新诗给我。

简评：李白是我国著名的浪漫主义诗人，一生喜好游历名山大川、结交朋友，与杜甫、孟浩然都是至交。除了超群的才华，李白为人真诚与诚恳也是大家喜欢与李白为友的原因。从李白为朋友们所作的诗歌中，就能感觉到

他为人的真诚和淳朴。如他写给孟浩然那首名传千古的《黄鹤楼送孟浩然之广陵》："故人西辞黄鹤楼，烟花三月下扬州。孤帆远影碧空尽，唯见长江天际流。"给杜甫的《鲁郡东石门送杜二甫》："醉别复几日，登临遍池台。何时石门路，重有金樽开。秋波落泗水，海色明徂徕。飞蓬各自远，且尽手中杯。"《沙丘城下寄杜甫》："我来竟何事？高卧沙丘城。城边有古树，日夕连秋声。鲁酒不可醉，齐歌空复情。思君若汶水，浩荡寄南征。"给王昌龄的《闻王昌龄左迁龙标遥有此寄》："杨花落尽子规啼，闻道龙标过五溪。我寄愁心与明月，随风直到夜郎西。"悼念贺知章的《对酒忆贺监二首》："四明有狂客，风流贺季真。长安一相见，呼我谪仙人。昔好杯中物，翻为松下尘。金龟换酒处，却忆泪沾巾。""狂客归四明，山阴道士迎。敕赐镜湖水，为君台沼荣。人亡余故宅，空有荷花生。念此杳如梦，凄然伤我情。"

也正是在"海岳尚可倾，吐诺终不移"这一理念的指引下，李白与友人们的情谊给世人留下了无数佳话。要牢记正心诚意是处世的根本，"诚信之言是道根，出门句子要区分"（释智愚《送信禅人》）。

诗境深造："欲得心常明，无过用至诚。"（邵雍《至诚吟》）

294. 自古驱民在信诚，一言为重百金轻　南门立木

出处：《史记·商君列传》："（商鞅）令既具，未布，恐民之不信，已乃立三丈之木于国都市南门，募民有能徙置北门者予十金。民怪之，莫敢徙……有一人徙之，辄予五十金，以明不欺。"

解析：指用具体事实来证明推行新的法令、制度的决心。现代多用于形容取信于民。

诗化：

商鞅

〔宋〕王安石

自古驱民在信诚，一言为重百金轻。
今人未可非商鞅，商鞅能令政必行。

诗义：自古以来，治理百姓在于讲信用，要说到做到。商鞅就很讲信用，以一言为重，以百金为轻。今人不可非议商鞅，只有商鞅那不屈不挠的精神，新法才能有令必行。

简评：公元前 359 年，商鞅立法欲以诚信富国强兵。为了取信于民，商鞅在城南门立了一块高三丈的木头，并出告示说，谁把此木移到北门，谁就能获奖赏十金。由于当时的秦国社会普遍缺乏诚信氛围，大家以为这只是游戏一场，无人当真。商鞅把赏金提到五十金，有好奇之人就抱着试试的心理移木到北门，果然获得了赏金。"南门立木"是体现契约精神的典型事例。"南门立木"之后，秦国的国家信用深深植根于社会，讲信用的风气在秦国社会迅速发展。商鞅推行改革，颁布新法收到良好效果，秦国遂政行令通。

魏徵提出诚信是立国的基础："臣闻为国之基，必资于德礼，君之所保，惟在于诚信。诚信立则下无二心，德礼形则远人斯格。然则德礼诚信，国之大纲。"（吴兢《贞观政要·诚信》）他认为道德礼教是国家的基础，国君地位的牢固在于诚实信用。有了诚信，就不会有二心。实行德政，边疆的人民也会来归顺。德、礼、诚、信是国家的纲领。司马光认为信用是人君的法宝："夫信者，人君之大宝也。国保于民，民保于信。非信无以使民，非民无以守国。是故古之王者不欺四海，霸者不欺四邻，善为国者不欺其民，善为家者不欺其亲。"（《资治通鉴》）国由民来保卫，而民心靠信义来保持，没有信义就会失去人民，没有人民就无法保卫国家。

诗境深造："一诺黄金信，三复白珪心。"（骆宾王《夏日游德州赠高四》）

295. 人凭信行当钱使，无本皆因无信人　闲邪存诚

出处：《周易·乾文言》："闲邪存其诚。"

解析：指约束戒除邪念，保持诚实纯真。

诗化：

述怀（节选）

〔唐〕魏徵

季布无二诺，侯嬴重一言。

人生感意气，功名谁复论。

诗义：季布说过的话、答应的事，一定算数，决不失信，从不许二诺。侯嬴为践行自己的诺言而舍去生命。人生意气风发，能践行志趣便已足够。何必在乎凡人世俗眼中的功名利禄？

简评：“诚者，天之道也。诚之者，人之道也。诚者，不勉而中不思而得：从容中道，圣人也。诚之者，择善而固执之者也。”（《礼记·中庸》）真诚是天道，追求真诚则是为人之道。天生真诚的人，不用强求就能做到，不用思考就能拥有，自然而然地符合上天的原则，这样的人是圣人。努力做到真诚，就要选择美好的目标并执着地追求。“人凭信行当钱使，无本皆因无信人。”（颜钧《各安生理二首·其一》）中华传统文化将诚信视作天下伦理秩序的关键核心，认为诚信是立身为人的基本道德准则，是治国理政的基本原则。此外，诚信也是人际交往的重要准则。

“何当化作天边月，夜夜清辉照见君。”（梁存让《月下怀弟存诚》）在为人处世之中，自觉戒除邪念，约束自我，不欺暗室，慎独慎微，是保持人际关系的重要原则。汉代杨震“不受四知金”的故事就是“闲邪存诚”的典型例子。相传杨震在赴任东莱郡太守的途中，经过昌邑县。昌邑县令王密是杨震过去推荐的秀才，他深夜带了十斤黄金来看望杨震，并要以金相赠。杨震坚决不接受。王密说：“夜深人静，没有人能知道。”杨震回绝说：“天知道，地知道，你知道，我知道。怎么可以说没有谁知道呢！”王密十分惭愧，带着黄金离开了。

诗境深造：“推诚至玄化，天下期为公。”（李适《丰年多庆，九日示怀》）

296. 存诚至要先穷理，穷理神功在尽诚　抱诚守真

出处：《坟·摩罗诗力说》：“上述诸人，其为品性言行思惟，虽以种族有殊，外缘多别，因现种种状，而实统于一宗：无不刚健不挠，抱诚守真。”

解析：指待人志在真诚，恪守不违。

诗化：

论诚

〔宋〕郑侠

万事以诚立，不诚心不专。

诚心非铁石，铁石被诚穿。

诗义：任何事情都必须以诚心诚意和抱诚守真为基础，缺乏诚意就做不到一心一意、专心致志。诚心绝非铁石，但铁石能被诚心穿破。

简评："欲修其身者，先正其心；欲正其心者，先诚其意。"（韩愈《原道》）想要在道德人品上进行修炼的人，首先要使自己的思想纯正。而要使思想纯正，就要使自己的意念真诚。诚信是所有道德的基础和根本。抱诚守真，为人处世必须以诚信为本，这是五千年中华传统文化积淀下来的精华，也是中华文明得以传承的根本。大力弘扬诚信道德，提升民众的诚信意识，建设诚信社会，具有十分重要的现实意义。

"存诚至要先穷理，穷理神功在尽诚。"（李道纯《咏儒释道三教总赠程洁庵：儒理十五首·其七》）孔子的弟子曾参提出修身的要领："吾日三省吾身：为人谋而不忠乎？与朋友交而不信乎？传不习乎？"（《论语·学而》）忠人之事唯诚，信与人交唯义，学而时习唯智。忠于内心、信于他人、习于学问，把握住这三个方面的修炼，就能养成正气浩然的君子人格。人人坚守诚信观念，践行诚信的道德规范，社会才能更加和谐有序。缺乏诚信甚至尔虞我诈的社会，人人自危，相互防范，就很难促进社会成员之间的团结，如果社会成员之间的互相认同与接纳受到影响，和谐社会的建设将无从谈起。

陶安有诗赞抱诚守真的品格："君心诚信能确守，带砺不盟天亦祐。君心诚信苟有亏，带砺虽盟终自欺。"（《河如带》）

诗境深造："海岳尚可倾，吐诺终不移。"（李白《酬崔五郎中》）

297. 不如鄙性好诚实，退无取议进不谀　守信不渝

出处：《诗经·郑风·羔裘》：“彼其之子，舍命不渝。”

解析：指坚守信用，不轻易改变。

诗化：

诗经·邶风·柏舟（节选）

我心匪石，不可转也。

我心匪席，不可卷也。

威仪棣棣，不可选也。

诗义：我心并非圆滑的鹅卵石，不能随便来滚转，变来变去。我心并非柔软的草席，不能任意卷来卷去，反复无常。仪表威严，优雅大方，不能随意被欺凌，不会轻易屈服。

简评：诚信不仅对为人处世、社会治理非常重要，而且对于军队治理也同样重要。《百战奇略·信战》指出：“凡与敌战，士卒蹈万死一生之地，而无悔惧之心者，皆信令使然也。上好信以任诚，则下用情而无疑，故战无不胜。”与敌军交战，士兵们能赴汤蹈火而无所畏惧，是因为将帅真诚守信的品格与作为感化了他们。《握奇经·八阵总论》则认为：“治兵以信，求胜以奇。”统领军队要讲信用，要打胜仗必须用谋略。尹宾商《兵垒》强调：“信而又信，重袭于身，乃通于天。以此治兵，则无敌矣。”以信义治军则天下无敌。

据说曹操征讨张绣发兵进攻宛城时，出兵前发布军令：“大小将校，凡过麦田，但有践踏者，并皆斩首。”（罗贯中《三国演义》）骑兵经过麦田时纷纷下马缓步而行。可是，曹操的马却因受惊而践踏了麦田。他请执法官员为自己定罪。执法官按照传统惯例，认为不能处罚担任要职的人。曹操说，他自己定下并发布的规矩，自己却又违反，怎么取信于军？即使他是全军统帅，也应受到一定处罚。他拿起剑割发并传示三军：“丞相践麦，本当斩首号令，今割发以代。”（罗贯中《三国演义》）正是：“不如鄙性好诚实，退无取议进不谀。”（刘过《寄竹隐先生孙应时》）

诗境深造：“作诗寄微诚，诚语无彩绘。”（王安石《寄曾子固》）

298. 忠诚所感金石开，勉建功名垂竹帛　诚至金开

出处：《后汉书·光武十王列传》：“精诚所加，金石为开。”

解析：指人的诚心能感天动地，连金石都会为之开裂。

诗化：

不欺

〔唐〕贾岛

上不欺星辰，下不欺鬼神。
知心两如此，然后何所陈。
食鱼味在鲜，食蓼味在辛。
掘井须到流，结交须到头。
此语诚不谬，敌君三万秋。

诗义：上不欺日月星辰，下不欺鬼神，光明磊落，不违天理。交友亦如此，彼此推心置腹、坦诚相待。食鱼关键是品尝鱼的鲜味，食蓼在于品尝蓼的酸辣味道。挖井要挖到见水，交友要自始至终守信相待，不能半途而废。这些都是真诚的实话，可以与君共勉万年。

简评：“忠诚所感金石开，勉建功名垂竹帛。”（陆游《秋日村舍》）诚至是中华传统文化中重要的道德规范，也是高尚的道德标准。古人对诚至有精辟的论述。《礼记·中庸》指出：“唯天下至诚，为能经纶天下之大经，立天下之人本，知天地之化育。”庄子曰：“真者，精诚之至也，不精不诚，不能动人。”（《庄子·渔父》）王充说：“精诚所加，金石为亏。”（《论衡·感虚篇》）范晔指出：“精诚所加，金石为开。”（《后汉书·列传第三十二·广陵思王荆》）凌濛初在《初刻拍案惊奇》中亦有“精诚所至，金石为开，贞心不寐，死后重谐”的说法，堪称千古名句。

诗境深造：“至诚通造化，惠泽及飞翔。”（方孝孺《次危纪善五十韵倍成千字献蜀王》）

299. 尽诚可以绝嫌猜，徇公可以弭谗诉　不轻然诺

出处：《壶天录》："如严某者，其亦浊世之铮铮，而不轻然诺者与！"

解析：指不随便许诺什么。形容人为了恪守信用，不轻易许诺。也形容处事谨慎。

诗化：

论语绝句一百首·其七十五

〔宋〕张九成

一诺要之不可轻，古人于事贵能行。

若还行得方为诺，不尔徒言未必诚。

诗义：许诺的重要性切不可轻视，对于许诺之事，古人十分看重能否兑现。行得通、做得到的事方可承诺，不然光说空话，许诺的事无法做到，就是不守诚信。

简评：张九成这首诗准确地把握了《论语》中对于诚信的看法。一是强调诚信十分重要。"自古皆有死，民无信不立。"（《论语·颜渊》）孔子认为足兵、足食、民信三者中，民信最重要。如果一个国家的老百姓对政府和国家失去信任，那么这个国家就难以存在。二是诚信必须符合道义准则。"信近于义，言可复也。"（《论语·学而》）所承诺之事应符合道德规范，这种许诺约言才可兑现。三是诚信必须实事求是。"知之为知之，不知为不知，是知也。"（《论语·为政》）懂就是懂，不懂就是不懂，能办就办，办不到就说办不到，不要花言巧语，说空话。四是说到做到，一诺千金。"言必信，行必果。"（《论语·子路》）说到一定做到，做事一定坚持到底。"不轻然诺"体现了传统文化中"诺不轻信，则人不负我；诺不轻许，则我不负人"的行为准则，也体现了"谨言慎行"的修养。坚守"不轻然诺"，就能够做到"尽诚可以绝嫌猜，徇公可以弭谗诉"（刘禹锡《上杜司徒书》）。诺言许下以后，就要兑现，如果做不到的，就不要轻易许诺。

"域中信称大，天下乃为轻。"（崔元翰《奉和圣制中元日题奉敬寺》）历史上"退避三舍"的典故讲的便是一个许诺后就要兑现的故事。春秋时期晋公子重耳逃亡至楚国，楚成王将他当作重要宾客接待。楚成王在接待他时问道：

“你如果回到晋国执政的话，要怎样报答我呢？”重耳说道：“楚国人杰地灵，比晋国富庶多了，我拿什么报答您呢？”楚成王又说：“话虽然这样说，那你还是报答一下我吧。”重耳说：“若以您的贤明，让我回国，以后如果晋楚会师中原，交起战来，我将率兵后退三舍（九十里）！”后来，重耳返晋执政，晋楚两国城濮之战，晋军果然“辟君三舍”。

诗境深造：“片辞贵白璧，一诺轻黄金。”（李白《经乱离后天恩流夜郎忆旧游书怀赠江夏韦太守良宰》）

300. 千金未必能移性，一诺从来许杀身　讲信修睦

出处：《礼记·礼运》：“大道之行也，天下为公。选贤与能，讲信修睦。”

解析：人与人之间，国与国之间，讲究信用，谋求和睦。讲究诚信，培养和睦。

诗化：

上湖南崔中丞

〔唐〕戎昱

山上青松陌上尘，云泥岂合得相亲。
举世尽嫌良马瘦，唯君不弃卧龙贫。
千金未必能移性，一诺从来许杀身。
莫道书生无感激，寸心还是报恩人。

诗义：山上的青松与田头的尘埃就像云和泥土，岂能相合相亲。世上的人都嫌弃骨瘦如柴的骏马，唯有先生不嫌弃栋梁奇才的清贫。万千金钱未必能使人改变志向和秉性，许下的承诺，即使可能引来杀身之祸也得去办。不要说读书人性情冷漠，我愿以微小的心愿报答恩人。

简评：讲究信誉，对于个人来说非常重要，对于国家更重要。“信，国之宝也，民之所庇也。”（《左传·僖公二十五年》）诚信是国家的根基，也是人民做事的根据。信誉是立国之本，也是处理国与国之间关系的基本原则。要实现国家发展、同别国睦邻友好，必须讲信誉。国家信誉无存，则国家也会

处在危急关头。“烽火戏诸侯”就是代表国家形象和利益的统治者不讲信誉的例子。

《史记》记载，周幽王的宠妃褒姒不太爱笑，周幽王想方设法让她笑，但她还是不笑。周幽王就动用军事防御设置烽火台和大鼓来给褒姒逗乐。周幽王点燃烽火台，各诸侯看见烟火都纷纷率兵赶来。然而，诸侯赶到后却发现没有敌人，褒姒看到诸侯惊慌失措的样子，便幸灾乐祸地笑了起来。周幽王十分高兴。此后，为了取乐褒姒，他多次点燃烽火。数次以后诸侯们便对烽火不以为意，烽火台的报急信誉不复存在。后来，周幽王废申后与太子宜臼，申后之父申侯便联合缯国、犬戎等攻打周幽王。周幽王点燃烽火求诸侯前来援救，诸侯却没有采取援救行动。犬戎最终杀死周幽王，俘虏褒姒，西周灭亡。正是：“千金未必能移性，一诺从来许杀身。”（戎昱《上湖南崔中丞》）

诗境深造：“兄弟敦和睦，朋友笃信诚。”（陈子昂《座右铭》）

美质卷

三十一、境界篇

红烛啊！
流罢！你怎能不流呢？
请将你的脂膏，
不息地流向人间，
培出慰藉的花儿，
结成快乐的果子！

红烛啊！
你流一滴泪，灰一分心。
灰心流泪你的果，
创造光明你的因。

红烛啊！
“莫问收获，但问耕耘。”

——闻一多《红烛》（节选）

美学境界是指艺术创作中体现的思想觉悟和精神境界。中国传统美学注重生命的体验和超越，强调生命的安顿、心灵的转化、道德的提升和境界的升华，“但令心有赏，岁月任渠催”。通过文辞、诗词、音乐等艺术美育的手段和形式改变陋习，提高人们的道德情操，弘扬真善美，是文化创作最根本的目的。崇高的审美境界体现为美善相乐、尽善尽美、仁义为美，境界高的美能实现以乐正内、乐以安德、澹然无极。

301. 移风易俗归醇酿，均令天下跻虞唐　移风易俗

出处:《荀子·乐论》:“乐者，圣人之所乐也，而可以善民心，其感人深，其移风易俗，故先王导之以礼乐而民和睦。”

解析：指文化艺术改变社会风气、风俗，提升人们审美境界的教育、教化作用。

诗化：

宋泰始歌舞曲十二首·白纻篇大雅（节选）

在心曰志发言诗，声成于文被管丝。
手舞足蹈欣泰时，移风易俗王化基。

诗义：将内心的志向以诗歌来表达，把要表达的语言写成文章并以丝管乐器演奏出来。快乐兴奋到极盛时免不了手舞足蹈，通过音乐、文学、诗歌等艺术的潜移默化，就能达到移风易俗的教化作用。

简评：“移风易俗归醇酿，均令天下跻虞唐。”（陈淳《叙赵守备学释菜会馂》）中国传统美学注重生命的体验和超越，强调生命的安顿、心灵的转化、道德的提升和境界的升华。“观乎天文，以察时变，观乎人文，以化成天下。”（《周易·贲卦·彖传》）观察自然的运动变化，可以把握自然的变化规律，历览前人的文化成果，可以用来教化天下百姓而实现移风易俗。儒家的审美观认为艺术要追求仁和善的精神境界，比较注重政教伦理，注重审美的社会功能；道家追求齐同万物、冥然物化，比较着重于自然情性，更多地关注心理效应和感悟；禅学则追求保任圆成的境界。

“温惠柔良者，《诗》之风也；淳庞敦厚者，《书》之教也；清明条达者，《易》之义也；恭俭尊让者，《礼》之为也；宽裕简易者，《乐》之化也。”（《淮南子·泰族训》）通过文辞、诗词、音乐等艺术美育的手段和形式改变陋习，提高人们的道德情操，弘扬真善美，这才是大美，也是文化艺术创作的最根本的目的。“道莫大于无为，行莫大于谨敬。何以言之？昔舜治天下也，弹五弦之琴，歌南风之诗，寂若无治国之意，漠若无忧天下之心，然而天下大治。”（陆贾《新语·无为》）通过文化移风易俗，实现无为而治、天下大治。

"穆穆众君子，和合同乐康。"（曹丕《于谯作诗》）孔子认为："兴于《诗》，立于礼，成于乐。"（《论语·泰伯》）以诗歌来激发意志，促使人们自觉向善求仁，以礼实现人的自立，最后在音乐等艺术的教育熏陶下实现最高人格的养成。孔子还指出："《诗》，可以兴，可以观，可以群，可以怨。"（《论语·阳货》）指出了诗歌艺术可以起到陶冶、感染人的思想和情感，振奋人心，促进和谐等社会功能。

荀子指出："故乐行而志清，礼修而行成，耳目聪明，血气和平，移风易俗，天下皆宁，美善相乐。"（《荀子·乐论》）通过美育的教化，共同构建温柔敦厚、诚信和睦、环境优美、社会和谐的大美是美育的意义和目的。《毛诗序》提出："故正得失，动天地，感鬼神，莫近于诗。先王以是经夫妇，成孝敬，厚人伦，美教化，移风俗。"匡正人间取舍，感动天地鬼神，没有比诗歌更有效的。先世圣贤用诗歌规范夫妇规矩，养成孝敬父母、敬重长者的风气，厚植人伦道德修养，使教化、风俗向美好的方向转变。柳冕主张"文章本于教化，形于治乱，系于国风"（《与徐给事论文书》），周敦颐主张"文，所以载道"（《通书·文辞》），李觏主张文章是"治物之器"（《上李舍人书》），曾巩主张"文章之得失，岂不系于治乱哉"（《王子直文集序》），朱熹主张"道者文之根本，文者道之枝叶"（《朱子语类》）。

"移风易俗之本，乃在开其心正其精。"（王符《潜夫论·卜列》）转变风俗习惯的根本，在于打开人的心扉，振奋其精神。美学和美育重在移风易俗，重在净化人心，提升道德水准，提升文明素养。

诗境深造："政自诗书出，民从教化迁。"（戴复古《送季明府赴太平倅·其二》）

302. 白日放歌须纵酒，青春作伴好还乡　美善相乐

出处：《荀子·乐论》："君子以钟鼓道志，以琴瑟乐心。动以干戚，饰以羽旄，从以磬管。故其清明象天，其广大象地，其俯仰周旋有似于四时。故乐行而志清，礼修而行成，耳目聪明，血气和平，移风易俗，天下皆宁，美善相乐。"

解析：指大美的理念是礼乐相统一，美善相统一。

诗化：

闻官军收河南河北

〔唐〕杜甫

剑外忽传收蓟北，初闻涕泪满衣裳。
却看妻子愁何在，漫卷诗书喜欲狂。
白日放歌须纵酒，青春作伴好还乡。
即从巴峡穿巫峡，便下襄阳向洛阳。

诗义：剑门外忽然传来收复蓟北的喜讯，初闻此事欢喜得泪洒衣衫。回头看看妻儿，他们的忧愁也消散了，欣喜若狂地把书卷收拾好。在大白天放声高歌，畅饮美酒，趁着这美好的时光，我也好返回故乡。心想马上就乘船从巴峡东下，穿越巫峡，一路顺流而下，过了襄阳，便直向洛阳。

简评：杜甫的《闻官军收河南河北》表现的是作者忽闻叛乱已平的捷报，急于奔回老家的喜悦，是一首体现美善相乐、美善统一的好作品。“剑外忽传收蓟北，初闻涕泪满衣裳。”蓟北收复，战乱平息，黎民百姓不再受战乱疾苦，国家得以安定，这是作品表达善的一面；“白日放歌须纵酒，青春作伴好还乡”描写的则是作者美好、喜悦的心情和神态。

中国传统美学追求的是美与善相结合、相统一的美。“乐者，天地之和也；礼者，天地之序也。和故百物皆化，序故群物皆别。”（《礼记·乐记》）“故乐者，所以道乐也。金石丝竹，所以道德也。”（《荀子·乐论》）音乐等美的形式既能给人们带来审美的愉悦，也能通过这些美德形式来陶冶情操、净化风气。“姿绝伦之妙态，怀悫素之洁清。修仪操以显志兮，独驰思乎杳冥。在山峨峨，在水汤汤，与志迁化，容不虚生。明诗表指，喟息激昂。气若浮云，志若秋霜。”（傅毅《舞赋》）舞姿的优美展现到极致，也反映了舞者纯洁质朴的品格；她美丽的仪容、姿态与其内在的素养、情操，正是美善相乐、美善一致的反映。“传奇之妙，在雅俗并陈，意调双美，有声有色，有情有态，欢则艳骨，悲则销魂，扬则色飞，怖则神夺。”（屠隆《章台柳玉合记叙》）“意调双美”指语言表达要有文采，不可鄙俗；音律优美感人，所表达的精神要高雅至善，以达到美善相乐的审美境界。

王羲之的《兰亭序集》是一篇书与文俱佳，形式与内容和谐统一的美善相乐的佳作："是日也，天朗气清，惠风和畅，仰观宇宙之大，俯察品类之盛，所以游目骋怀，足以极视听之娱，信可乐也。"崇山峻岭、茂林修竹与天朗气清、惠风和畅构成了一幅美丽的画卷，而群贤毕至，少长咸集，一觞一咏，畅叙幽情，用大地上的万物来舒展眼力、开阔胸怀，极尽视听的欢娱，此情此景无一不鼓舞作者写下这清新朴实、流畅优美的千古名篇。

刘安指出："美之所在，虽污辱，世不能贱；恶之所在，虽高隆，世不能贵。"(《淮南子·说山训》)美好的事物，就算受到玷污辱没，也不会变得低贱；丑恶的事物，就算有人鼓噪吹捧，抬高其身价，也不会变得尊贵。在构思创作时，美善相乐、美善一致的作品才有可能成为佳作。正是："美善见韶箫，揖逊亲唐尧。"(庞嵩《闻大成乐》)

诗境深造："临风飘白雪，向日奏阳春。"(欧阳衮《听郢客歌阳春白雪》)

303. 动地经天物不伤，高情逸韵住何方　尽善尽美

出处：《论语·八佾》："子谓《韶》：'尽美矣，又尽善也。'谓《武》：'尽美矣，未尽善也。'"

解析：非常完美，没有缺陷。美学中指达到善与美相统一的境界。

诗化：

观沧海

〔三国·魏〕曹操

东临碣石，以观沧海。
水何澹澹，山岛竦峙。
树木丛生，百草丰茂。
秋风萧瑟，洪波涌起。
日月之行，若出其中；
星汉灿烂，若出其里。
幸甚至哉，歌以咏志。

诗义：向东而行登上碣石山，来观赏那浩瀚的大海。海面广阔浩荡，山岛高耸挺立。树木丛生，百草繁茂。秋风横扫树木发出悲吼声，大海翻滚着滔天巨浪。太阳和月亮仿若是从这浩瀚的大海中出现的。银河星光璀璨，也好像是从海洋里出没。心情愉悦，就用这首诗歌来表达心中的志向。

简评：曹操的《观沧海》描写的是在登碣石山望海时的感想。作者用饱蘸浪漫主义色彩的手笔，描绘河山的雄伟壮丽，大海吞吐日月、包蕴万千的景象，以景托志，抒发其胸怀天下、自强不息、积极进取的精神，是一首尽善尽美的优秀作品。

“文明履运，车书同轨。巍巍赫赫，尽善尽美。”(《享太庙乐章·景云舞》)孔子认为与善结合才是美追求的最高境界。孔子在对乐舞《韶》和《武》的简评中提出了“尽善尽美”的观点，认为《韶》“尽美矣，又尽善也”,《武》“尽美矣，未尽善也”，认为《韶》舞表现尧、舜以德受禅，既“尽善”，又“尽美”,《武》舞则表现武王以武力征服而取得天下，乐舞的形式是美的，但道义内容却“未尽善”。朱熹认为审美与内容美、形式美、德行、人格美密切相关：“美者，声容之盛；善者，美之实也。”(《四书章句集注》)朱熹强调美与善的统一，同时更强调善，主张以善制美。追求尽善尽美的大美是中国传统美学的崇高境界。正是：“动地经天物不伤，高情逸韵住何方。扶持燕雀连天去，断送杨花尽日狂。”(崔涯《咏春风》)

诗境深造：“尽美固可扬，片善亦不遏。”(孟郊《投所知》)

304. 辉辉赫赫浮玉云，宣华池上月华新　文物昭德

出处：《左传·桓公二年》孔颖达疏：“昭德，谓昭明善德，使德益彰闻也。”“德在于心，不可闻见，故圣王设法以外物表之。”

解析：指古代用礼乐典章制度等显示君王之美德和威望。

诗化：

元日

〔唐〕李世民

高轩暧春色，邃阁媚朝光。

彤庭飞彩旆，翠幌曜明珰。
恭己临四极，垂衣驭八荒。
霜戟列丹陛，丝竹韵长廊。
穆矣熏风茂，康哉帝道昌。
继文遵后轨，循古鉴前王。
草秀故春色，梅艳昔年妆。
巨川思欲济，终以寄舟航。

诗义：高耸的轩台映衬着明媚和煦的春色，幽深的楼阁沐浴在朝霞之中。朱红的宫廷内旌旗飘扬，翠玉珠帘映耀着明亮的玉佩。以先辈圣明君主为榜样，恭谨勤俭地治理着天下，使国家安定繁荣。此时殿堂将士们威武列队，戟戈森森，宫殿内丝竹声优雅回荡。浩荡的和煦之风吹拂在华夏大地上，康盛的帝业运途昌盛。我将继承周文王的伟业，遵循他的做法，借鉴先辈帝王的经验来治理国家。春天来临了，小草又像以前一样沐浴在春风里，鲜艳的梅花也像往年一样凌雪怒放。若要渡过宽大的河流顺利到达彼岸，最终必须依靠平稳的舟船。

简评:《元日》这首诗表现了李世民学习历代明君，积极听取群臣的意见，以德治天下，虚心纳谏、厉行节约、劝课农桑，使百姓安居乐业，国泰民安，开创盛世之志。"高轩暧春色，邃阁媚朝光。彤庭飞彩旆，翠幌曜明珰。""霜戟列丹陛，丝竹韵长廊。"描写的是宫廷的景色、军队的威严强大、国家的盛世。"恭己临四极，垂衣驭八荒。""穆矣熏风茂，康哉帝道昌。继文遵后轨，循古鉴前王。""巨川思欲济，终以寄舟航。"则体现了李世民继续恭谨勤俭理政，虚心纳谏，依靠良臣辅助和广大百姓的力量把国家治理得更好的愿望。

"辉辉赫赫浮玉云，宣华池上月华新。"（李衍《宫词》）古人认为官室建筑、饮食和味、冠带革履、服饰文章、车饰旌旗等外物，皆可作为昭明善德之用，历代统治者衣、食、住、行都提出了美化要求，并以此作为体现和弘扬美德、美质的象征。《左传·桓公二年》："君人者，将昭德塞违，以临照百官。"孔颖达疏："昭德，谓昭明善德，使德益彰闻也。"

注重德行的修炼提升，也就是注重内在美，是中国传统美学的特征。内在美的主要内容有勤、朴、诚、孝、恭、勇、慧等。内在美的构筑比较注重内在磨砺、自我修炼、反观自察，同时也讲究文物昭德、内美外饰、蕴内著外的外在美。《诗经·卫风·淇奥》："有匪君子，充耳琇莹，会弁如星。瑟兮僩兮。赫兮咺兮，有匪君子，终不可谖兮。"赞美一位文质彬彬的先生，在精美的良玉垂耳边，宝石如星闪的外饰打扮下，显得神态庄重，胸怀广阔，举止威严。

诗境深造："百川留禹迹，万国戴尧天。"（《晋昭德成功舞歌·武功舞歌二首·其二》）

305. 一饭偶然怜饿者，千金何必重王孙　仁义为美

出处：《孟子·公孙丑下》："齐人无以仁义与王言者，岂以仁义为不美也？"

解析：仁义等道德精神是审美内容。

诗化：

过漂母祠

〔清〕秦文超

清淮水涨岸添痕，望里长堤古庙存。
一饭偶然怜饿者，千金何必重王孙？
母能忘报真高谊，汉不酬功实寡恩。
我亦江湖垂钓客，经过聊为荐芳荪。

诗义：清淮河水上涨给岸堤留下了痕迹，长堤上的漂母古庙令人肃然起敬。漂母偶然的一顿饭拯救了饥饿的韩信，而韩信日后的千金重谢亦不仅仅看中权贵。漂母不求回报真是高尚，而汉高祖不酬谢功臣实在是刻薄寡情。我只是一名浪迹江湖的闲人，经过此地闲谈算是为大家推荐芳荪草吧！

简评："一饭偶然怜饿者，千金何必重王孙。母能忘报真高谊，汉不酬功实寡恩。"后人读这首《过漂母祠》，会被漂母的善良感动，也会被韩信的感恩之心感动，亦会被诗中所体现的仁义之美感动。漂母的善良正是一种内

在的人格美。杜甫的“安得广厦千万间，大庇天下寒士俱欢颜！风雨不动安如山。呜呼！何时眼前突兀见此屋，吾庐独破受冻死亦足”（《茅屋为秋风所破歌》）表现了诗人忧国忧民的博大胸襟和崇高理想，也是表现仁义之美的作品。

儒家的美学观点十分注重仁义道德的精神和风格。孔子认为仁是审美的最高境界，子曰：“里仁为美。择不处仁，焉得知？”（《论语·里仁》）“克己复礼为仁。一日克己复礼，天下归仁焉。为仁由己，而由人乎哉？”（《论语·颜渊》）主张通过人们的道德修养自觉地遵守礼的规定，将仁的审美上升到了人格审美的高度。孟子认为人的内在道德精神能够表现于人的外在形体。“君子所性，仁义礼智根于心，其生色也睟然，见于面，盎于背，施于四体，四体不言而喻。”（《孟子·尽心上》）有道德修养的君子，仁义礼智植根在心中，它们产生的气色是纯正和润的，显现在脸上，充盈在体内，延伸到四肢，四肢不必等他的吩咐，便明白该怎样做了。表现于外在的道德行动和人格精神也能带来审美的愉悦和快感。

“水性虚而沦漪结，木体实而花萼振，文附质也。”（刘勰《文心雕龙·情采》）文章的文采要以文章的思想内容为依托。缺乏内在美的作品是空洞的，单一的，没有内涵的。文章以思想内容为主，以修辞文采为辅。

诗境深造：“事以诗书立，国惟仁义昌。”（汪梦斗《金陵僦舟渡江至仪真登陆·其三》）

306. 有声元在无声里，听到无声思转深　以乐正内

出处：《说苑·修文》：“故君子以礼正外，以乐正内。内须臾离乐，则邪气生矣；外须臾离礼，则慢行起矣。”

解析：指音乐等艺术美育可以陶冶人的情操，净化社会风气。

诗化：

月夜听卢子顺弹琴

〔唐〕李白

闲坐夜明月，幽人弹素琴。

忽闻悲风调，宛若寒松吟。

白雪乱纤手，绿水清虚心。

钟期久已没，世上无知音。

诗义：在宁静的月色中闲坐，听幽人卢先生弹奏古琴。忽然听见《悲风》的曲调，一会儿又好像是低吟的《寒松》曲。《白雪》的曲子让指法快捷，《绿水》的音节令人心境澄澈。只可惜钟子期已经逝去，世上再也没有那样的知音。

简评："绿水清虚心。"美育不仅能引导人欣赏美质，更能起到教化人心的作用。孔子重视乐对人的感化作用："兴于《诗》，立于礼，成于乐。"（《论语·泰伯》）认为人格的完成、完善、完美，有赖于乐的教化作用。孟子说："仁言不如仁声之入人深也，善政不如善教之得民也。善政，民畏之；善教，民爱之。善政得民财，善教得民心。"（《孟子·尽心上》）认为礼乐的教化比单纯的说教更有效果，更深入人心，充分肯定了音乐"以乐正内"的教化作用。

司马迁指出："正教者皆始于音，音正而行正。故音乐者，所以动荡血脉，通流精神而和正心也。"（《史记·乐书》）"夫礼由外入，乐自内出。故君子不可须臾离礼，须臾离礼则暴慢之行穷外；不可须臾离乐，须臾离乐则奸邪之行穷内。"（《史记·乐书》）阮籍认为音乐的作用是以乐正内，"礼定其象，乐平其心；礼治其外，乐化其内。礼乐正而天下平。"（《乐论》）庄元臣提出："乐治人之性情，礼治人之筋骨。性情条畅，则筋骨舒和，故乐可兼礼。若筋骨束缚，而性情不治，譬犹衣猿狖以周公之服也。故礼不可兼乐。"（《叔苴子》）

《诗经》是中国古代诗歌的开端，是中国最早的一部诗歌总集，具有抒情性、现实性、音乐性和教化性的特点。孔子对《诗经》的教育意义给予了高度评价："不学《诗》，无以言。""不学《礼》，无以立。"（《论语·季氏》）"《诗》可以兴，可以观，可以群，可以怨。"（《论语·阳货》）"诵《诗》三百，授之以政，不达；使于四方，不能专对。虽多，亦奚以为？"（《论语·子路》）《诗经》是美育的教化，更具道德的教化之美。《诗经》的教化之美在于潜移默化、春风化雨，在于可触摸、可呼吸、可反观对照，能直抵灵魂深处。这样的美，对于学诗抑或学做人，皆有益处。那么，诗歌之类的艺术门类又是如何实现教化作用的呢？《毛诗序》认为："上以风化下，下以风刺上，主文而谲谏，言之者无罪，闻之者足以戒。”执政者用诗教化民众，民众用诗谏劝国君，用丰富的文采巧妙地劝谏，言者无罪，听者应引起警醒。由于具有道德思想的教化作用，《诗经》被后世用作教科书。正是：“漠漠微云生晓阴，满庭虚籁薄霜林。有声元在无声里，听到无声思转深。”（李延兴《立秋夜听秋声》）

诗境深造：“诗成独高咏，灵府炯澄澈。”（陆游《月下作》）

307. 君能洗尽世间念，何处楼台无月明　乐以安德

出处：《左传·襄公十一年》：“夫乐以安德，义以处之，礼以行之，信以守之，仁以厉之，而后可以殿邦国，同福禄，来远人，所谓乐也。”

解析：指音乐可以让人安于道德，行礼守信，居仁处义。泛指文化艺术有利于巩固德行，安养德行。

诗化：

清夜琴兴

〔唐〕白居易

月出鸟栖尽，寂然坐空林。
是时心境闲，可以弹素琴。
清泠由木性，恬澹随人心。
心积和平气，木应正始音。
响余群动息，曲罢秋夜深。
正声感元化，天地清沉沉。

诗义：月亮出来了，鸟儿都栖睡了。独坐空林下，万籁俱寂。此刻，心境安闲，恰是弹琴的时候。清冷的琴声源自天然的木质，而恬澹的心境源自平和的心态。内心充满了恬淡宁静之气，木琴也表露了这纯正的雅音。一曲终了，余音袅袅，直至所有的回响都没有了，更显得这秋夜的深沉寂静。这纯正优雅的琴声伴随着我安闲平静的心，融化在幽静澄澈的天地里。

简评：白居易这首《清夜琴兴》以优雅的琴声给人的感受表现了虚融清静、超俗脱世、淡泊致远的意境。自古以来，修身是积极入世的先决条

件。如何修其身、养其性是中国古代哲学的主要内容之一。所谓的“乐以安德”“乐以风德”“乐以象德”都是中国传统美学对“乐”的社会教化功能和德育功能的肯定。“清泠由木性，恬澹随人心。”通过琴弦之类的乐器以及其他美育来达到安德修身的目的是中国传统审美观的特色。师旷指出：“夫乐以开山川之风也，以耀德于广远也。风德以广之，风山川以远之，风物以听之，修诗以咏之，修礼以节之。夫德广远而有时节，是以远服而迩不迁。”（《国语·晋语》）音乐是传播风气、教化德行的好途径，通过音乐可以将美好德行传播到辽远的地方。

刘向《说苑·修文》言：“乐之可密者，琴最宜焉，君子以其可修德，故近之。”刘向在《列仙传》的故事中，还虚构了音乐能度人成仙的故事：“箫史者，秦穆公时人也。善吹箫，能致孔雀白鹤于庭。穆公有女，字弄玉，好之，公遂以女妻焉。日教弄玉作凤鸣，居数年，吹似凤声，凤凰来止其屋。公为作凤台，夫妇止其上，不下数年。一旦，皆随凤凰飞去。故秦人为作凤女祠于雍宫中，时有箫声而已。箫史妙吹，凤雀舞庭。”（《列仙传·箫史》）

“西塞山前吹笛声，曲终已过洛阳城。君能洗尽世间念，何处楼台无月明。”（陆游《排闷六首·其四》）音乐能够把心中的杂念邪念排除，不管身处顺境或是逆境，内心都不会迷失方向。“世之人，碌碌风尘，躁心、妄心、利心、欲心时时熏蒸，求其一刻之正、一念之诚，奚可得乎？要惟琴学一事，庶几可以稍祛尘念。”（祁豸佳《松风阁琴谱序》）汪绂的《立雪斋琴谱小引》说：“士无故不彻琴瑟，所以养性怡情。先王之乐，惟淡以和。淡，故欲心平；和，故躁心释。”而杨表正的《弹琴杂说》则指出：“琴者，禁邪归正，以和人心。是故圣人之制，将以治身，育其情性，和矣！抑乎淫荡，去乎奢侈，以抱圣人之乐。所以微妙在得夫其人，而乐其趣也。”其实，在人生的旅途中，何止琴乐能以安德，所谓“荷叶参差卷，榴花次第开。但令心有赏，岁月任渠催”（王安石《题何氏宅园亭》），只要心中有美，拥有美的欣赏对象，寄情于物，寄志于事，就不怕光阴荏苒。

诗境深造：“高歌谁和余，空谷清音起。”（辛弃疾《生查子·独游雨岩》）

308. 气清更觉山川近，意远从知宇宙宽　澹然无极

出处：《庄子·刻意》："若夫不刻意而高，无仁义而修，无功名而治，无江海而闲，不道引而寿，无不忘也，无不有也，澹然无极而众美从之。此天地之道，圣人之德也。"

解析：指的是不用刻意地雕琢、追求而达到的朴素自然的境界。

诗化：

戏赠天竺灵隐二寺寺主

〔唐〕权德舆

石路泉流两寺分，寻常钟磬隔山闻。

山僧半在中峰住，共占青峦与白云。

诗义：蜿蜒的石径和溪流将天竺、灵隐两座寺庙分隔，平时的钟磬声隔山而听。山里的僧人幽居在半山腰，两寺的僧侣共同分享着青山和白云。

简评：澹然无极是庄子的美学思想，其追求的是朴素、澹然的审美境界。"天地有大美而不言，四时有明法而不议，万物有成理而不说。圣人者，原天地之美而达万物之理，是故至人无为，大圣不作，观于天地之谓也。"（《庄子·知北游》）天地具有伟大的美但却静默虚张，四时运行具有特定的规律而不去妄议，万物的变化具有现成的规律而不加以评论。圣贤的人，探究天地的大美，通晓万物生长的规律，所以顺应自然而不妄为，这是对天地自然规律观察明了、细致掌握的结果。庄子推崇自然美、天然美，他认为天籁最美，天放之马最俊，天乐之乐最乐。荀子则认为："心平愉，则色不及佣而可以养目，声不及佣而可以养耳，蔬食菜羹而可以养口……故无万物之美而可以养乐，无势列之位而可以养名。"（《荀子·正名》）自然中和，澹然无极是中国传统审美的至高境界。

"气清更觉山川近，意远从知宇宙宽。"（许谦《三月十五夜登迎华观》）要做到澹然无极，首先应该做到涤除玄览。所谓的涤除玄览，是指洗垢除尘，排除杂念，静观深照。老子说："涤除玄览，能无疵乎？"（《道德经·第十章》）"致虚极，守静笃。万物并作，吾以观其复。"（《道德经·第十六章》）认为只有排除一切功利欲望的干扰，保持内心淡泊清静，才能达到最佳的审美境界。

荀子提出“虚壹而静”的理念也是澹然无极的表现，“人何以知道？曰：心。心何以知？曰：虚壹而静。心未尝不臧也，然而有所谓虚；心未尝不满也，然而有所谓一；心未尝不动也，然而有所谓静。”“不以梦剧乱知谓之静。”（《荀子·解蔽》）只有虚心、专一而冷静地学习观察事物，潜心思考感悟才能获得正确的知识和学问。

画家宗炳提出“澄怀观道”。“澄怀”是指历练、澄澈心灵中美的源泉，锻造胸襟廓然、脱净尘俗的审美境界，养成审美的主体条件。“观道”，就是用审美的眼光去感受和领悟客体具象中的灵魂、生命，突出审美客体。陆机提出“伫中区以玄览，颐情志于典坟”（《文赋》），认为要深入持久地观察客观世界，博览经典名著以陶冶情感志趣。刘勰提出：“陶钧文思，贵在虚静。”（《文心雕龙·神思》）只有通过“涤除玄览”“澄怀观道”，才能“静观深照”，从而达到“澹然无极”的境界，才能创作出优秀的艺术作品。

诗境深造：“恬澹无人见，年年长自清。”（储光羲《咏山泉》）

309. 高标逸韵君知否，正是层冰积雪时　君子比德

出处：《荀子·法行》：“夫玉者，君子比德焉。温润而泽，仁也。”

解析：用自然对象的美质来比喻、象征高尚的人格和美德。

诗化：

南轩松

〔唐〕李白

南轩有孤松，柯叶自绵幂。
清风无闲时，潇洒终日夕。
阴生古苔绿，色染秋烟碧。
何当凌云霄，直上数千尺。

诗义：南窗外有一棵孤寂的青松，枝繁叶茂。清风不时地吹拂着它的枝条，整天显得潇洒惬意。树荫下早已长满了青苔，秋天的云雾到此也被它染成绿色。这棵孤松什么时候才能长成参天大树，直插云霄，高耸数千尺，巍

然挺拔？

简评：李白的《南轩松》是用自然对象的美质来比喻和象征高尚品德的典型佳作。诗中借用“孤松”“清风”“古苔”“秋烟”“云霄”等事物作比拟，赋予诗意以雄浑壮丽、积极向上的气势，让人产生激昂振奋的激情，衬托出“孤松”潇洒高洁、顽强挺拔的品性，“何当凌云霄，直上数千尺”表现出诗人凌云霄的志气和远大的抱负。

兴寄比喻是中国传统审美中一种借客观事物来表达主观情志的方式，是一种体现天人之间、物我之间精神联系的创作手法。君子比德、以物寄情、借物寓意都是此类方式。郑玄在《周礼注疏》中引郑众的话：“比者，比方于物也。兴者，托事于物也。”比是用物来打比方，兴就是用物来寄托。审美对象从岁寒三友的松梅竹，到玉石、石灰、陶瓷等无所不含。比如古代文人将美玉与高尚的君子相比，《荀子·法行》：“夫玉者，君子比德焉。温润而泽，仁也；栗而理，知也。”杨倞注：“似智者处事坚固又有文理。”刘向《说苑·杂言》：“玉有六美，君子贵之，望之温润，近之栗理。”

诗词中兴寄比喻之手法，常把在严寒中盛开的梅花比作高洁坚韧的志士，如毛泽东的《卜算子·咏梅》：“风雨送春归，飞雪迎春到。已是悬崖百丈冰，犹有花枝俏。俏也不争春，只把春来报。待到山花烂漫时，她在丛中笑。”陆游的《梅花绝句二首·其一》：“幽谷那堪更北枝，年年自分着花迟。高标逸韵君知否，正在层冰积雪时。”谢枋得的《武夷山中》：“十年无梦得还家，独立青峰野水涯。天地寂寥山雨歇，几生修得到梅花。”兰花也常作为高洁典雅的象征出现在文艺作品中，如方回的《兰花》：“雪尽深林出异芬，枯松槁槲乱纷纷。此中恐是兰花处，未许行人着意闻。”也有咏蜜蜂以赞美勤劳和奉献的，如罗隐的《蜂》：“不论平地与山尖，无限风光尽被占。采得百花成蜜后，为谁辛苦为谁甜。”还有咏石灰以颂扬清廉品格的，如于谦的《石灰吟》：“千锤万凿出深山，烈火焚烧若等闲。粉骨碎身浑不怕，要留清白在人间。”

诗境深造：“露自金盘洒，风从玉树吹。”（李德林《咏松树诗》）

310. 词林根柢须人品，四海声名谁藉甚 德盛文缛

出处：《论衡·书解篇》：“德弥盛者文弥缛，德弥彰者人弥明。”

解析：指道德修养高尚深厚的人，其文学艺术创作才能丰富多彩。

诗化：

夜吟二首·其二

〔宋〕陆游

六十余年妄学诗，工夫深处独心知。

夜来一笑寒灯下，始是金丹换骨时。

诗义：六十年来我无章法地学诗，功夫是否到家只有我自己知道。夜来独坐寒灯下读诗感悟，读到豁然通达，心领神会地顿悟，不由得发出会心的一笑，就像是服下了金丹，有脱胎换骨的舒畅感觉。

简评：“六十余年妄学诗，工夫深处独心知。”陆游一生经历坎坷，年轻时刻苦读书，立志报国，投身军旅，奋力抗金。他一生笔耕不辍，尤其到了晚年，随着思想品德的修炼，诗词文的成就更加深厚，兼具李白的雄奇奔放与杜甫的沉郁悲凉，尤以爱国诗词对后世影响深远。

道德修养是艺术创作的基础，道德功底决定着艺术美质的层次。孟子指出：“颂其诗，读其书，不知其人，可乎？是以论其世也。”（《孟子·万章下》）诵读一个人的诗书就能了解他的品格与为人。王充论述道：“德弥盛者文弥缛，德弥彰者人弥明。”（《论衡·书解篇》）认为道德愈高尚的人文章愈精彩，美德愈显著的人为人愈明智。“文由胸中而出，心以文为表。”（王充《论衡·超奇篇》）德盛文缛之“德盛”是指道德修养比较高，充实而圆满；“文缛”指的是艺术修炼和水平精彩绝伦，丰富多彩。在“德盛”与“文缛”的关系中，“德盛”是基础，对“文缛”具有决定作用。

德盛文缛与道根文枝有着异曲同工之处，朱熹认为道根文枝指的是道为根本，文为枝叶：“道者，文之根本；文者，道之枝叶。惟其根本乎道，所以发之于文皆道也。”（《朱子语类》）道与文是主从的关系。

“伫中区以玄览，颐情志于典坟。遵四时以叹逝，瞻万物而思纷。悲落叶于劲秋，喜柔条于芳春。心懔懔以怀霜，志眇眇而临云。咏世德之骏烈，诵

先人之清芬。游文章之林府，嘉丽藻之彬彬。”（陆机《文赋》）生活是文学创作的源泉，经典是陶冶情操的楷模。只有专心致志地观察思考，才能引发丰富的思绪。内心肃然若胸怀霜雪，志趣高远直上青云。孟子说：“颂其诗，读其书，不知其人，可乎？是以论其世也。”（《孟子·万章下》）韩愈则认为：“根之茂者其实遂，膏之沃者其光晔。仁义之人，其言蔼如也。”（《答李翊书》）叶燮指出：“志高则其言洁，志大则其辞弘，志远则其旨永。”（《原诗·外篇上》）作品伟大与否取决于作者品行、格调和思想境界的高低，所以，作者的立志要高远脱俗，学习先人优秀的品格，继承先贤的高尚节气，饱览优美的文章，以此来提高自己的思想境界，提升艺术修养。

中国传统画论强调“技而进乎道”“艺而进乎道”，将其作为最高追求目标。“道”就是人生修养的境界，人的境界决定艺术作品的境界和水准。李日华指出“人品不高用墨无法”（《紫桃轩杂缀》），方薰认为“笔墨亦由人品为高下”（《山静居画论》）。所谓：“读书最上乘，养气亦有以。气充可意造，学力久相倚。”（吴昌硕《勖仲熊》）“养气”即思想品性方面的修养。因此，人品上的表现对艺术作品格调的影响十分显著。正是：“词林根柢须人品，四海声名谁藉甚。”（汪藻《何子应少卿作金华书院要老夫赋诗因成长句一首》）

诗境深造：“文光分北斗，人品重南金。”（陶安《幽居九首次监郡韵·其九》）

三十二、大美篇

水向东流
月向西落——
诗人，
你的心情
能将她们牵住了么

——冰心《春水·三十九》

大美常表现在自然界造化的、令人赏心悦目的自然胜景，或是艺术家创造的、给人以精神鼓舞、令人回味无穷的艺术形象或作品之中。中国传统美学追求天人合一、浑然天成、自然中和等境界，讲究出神入化、妙造自然、言不尽意、以形写神、悦志悦神的艺术效果，符合参差万象、纤秾合度、疏密有致等审美风格。

311. 天接云涛连晓雾，星河欲转千帆舞　浑然天成

出处：《上襄阳于相公书》："阁下负超卓之奇材，蓄雄刚之俊德，浑然天成，无有畔岸。"《玉堂丛语·文学》："为诗用事，浑然天成，不见痕迹。"

解析：指布置匀整，结构谨严，融合成一个整体，形成完美自然而无雕琢的美感。

诗化：

渔家傲

〔宋〕李清照

天接云涛连晓雾，星河欲转千帆舞。仿佛梦魂归帝所。闻天语，殷勤问我归何处？　　我报路长嗟日暮，学诗谩有惊人句。九万里风鹏正举。风休住，篷舟吹取三山去！

诗义：清晨天色朦胧，晨雾弥漫，云涛翻腾，银河欲转，千帆如梭逐浪飘。梦魂仿佛又回到了天庭。天帝殷勤地问道：何处是你的归宿？我回应天帝说：路途遥远且天色已晚。学作诗，却少有惊人的妙句。长空九万里，大鹏迎风翱翔。风啊！你千万别停下，让这一叶轻舟送我上蓬莱三仙岛。

简评：这首《渔家傲》是李清照独特的豪放词，整首词气势磅礴、音调豪迈。词的开头展现了一幅辽阔、壮美的海天一色图卷。汹涌的波涛，弥漫的云雾，倒转的星河，逐浪的飞帆自然地组合在一起，形成一种浑茫无际的境界，形成了浑然天成的壮美画卷，既富于生活的真实感，也具有梦境的虚幻性，虚虚实实，使梦幻与生活、历史与现实融为一体，构成气度恢宏、格调雄奇的意境。

中国传统美学将艺术创作、艺术作品看成是一个个生命形成的动态过程。浑然天成有浑而为一、浑然一体之意。"大浑而为一。"（《淮南子·原道训》）浑然天成是一种境界较高的艺术美质。艺术作品表现直己而发，自然流畅，无须雕琢，融汇和谐。在情与景、浓与淡、疏与密、繁与约、肥与瘦等美质的构成和布局上外师造化，自然融合，浑然天成。蔡邕认为书法源于自然："夫书肇于自然。自然既立，阴阳生焉；阴阳既生，形势出矣。"（《九势》）刘熙载提出艺术创作应以自然为师："与天为徒，与古为徒，皆学书者所有事也。

天，当观于其章；古，当观于其变。”（《艺概·书概》）

王勃著名的《滕王阁序》属浑然天成的风格：“披绣闼，俯雕甍，山原旷其盈视，川泽纡其骇瞩。闾阎扑地，钟鸣鼎食之家；舸舰弥津，青雀黄龙之舳。云销雨霁，彩彻区明。落霞与孤鹜齐飞，秋水共长天一色。渔舟唱晚，响穷彭蠡之滨；雁阵惊寒，声断衡阳之浦。”（《滕王阁序》）文章描绘了一幅远近、高低、上下、虚实相衬的浑然天成的美妙画卷。比较注重作品的整体效果、整体美感，大气派、大景象是中国传统审美的气度和风骨。李商隐的《忆梅》：“定定住天涯，依依向物华。寒梅最堪恨，常作去年花。”虽然短小，但浑然天成，意味深远，耐人寻味。

诗境深造：“清水出芙蓉，天然去雕饰。”（李白《经乱离后天恩流夜郎忆旧游书怀赠江夏韦太守良宰》）

312. 千里稻花应秀色，五更桐叶最佳音　自然中和

出处：《文心雕龙·明诗》：“人禀七情，应物斯感，感物吟志，莫非自然。”《礼记·中庸》：“喜怒哀乐之未发，谓之中；发而皆中节，谓之和。”

解析：指处于优美与壮美两极之间刚柔相济的综合美。意味着刚柔兼备，情感力度适中，多种审美因素和谐统一，具有含蓄、典雅、静穆等特性。

诗化：

春晓

〔唐〕孟浩然

春眠不觉晓，处处闻啼鸟。
夜来风雨声，花落知多少。

诗义：春日里酣睡不知不觉天亮了，四周是叽叽喳喳的鸟鸣声。昨晚整夜的风雨声一直不断，那些娇美的春花不知被吹落了多少？

简评：《春晓》这首短诗自然真切，天成有趣，若初春的天籁。“中也者，天下之大本也；和也者，天下之达道也”。（《礼记·中庸》）中和是中华传统文化的精髓所在。传统审美观比较追求平淡、冲淡、恬静的审美境界，崇

尚自然和谐之美，不主张过分的藻丽。“一语天然万古新，豪华落尽见真淳。”（元好问《论诗三十首·其四》）《春晓》这首小诗的美学特征就是自然中和，它的艺术魅力不在于华丽的辞藻，不在于奇绝的手法，而在于自然中和的韵味。整首诗的风格如行云流水般自然平和，悠远深厚，独臻妙境。

“迟日江山丽，春风花草香。泥融飞燕子，沙暖睡鸳鸯。”（杜甫《绝句二首·其一》）中国传统美学把合乎自然当作审美标准，认为人的情感既有天地的因素，也有人本身的因素，只有情感出自自然，言辞传达自然之情，才能赢得艺术创作审美价值；同时认为天下万物都可分为阴阳二极。阳刚与阴柔相结合的“中和之美”，是中国古典艺术的理想境界。比如李白的《金门答苏秀才》：“鸟吟檐间树，花落窗下书。缘溪见绿筱，隔岫窥红蕖。采薇行笑歌，眷我情何已。月出石镜间，松鸣风琴里。”这首诗描绘了自然之美，以及诗人对这种自然造化的胜景的一往情深。叶绍翁的“春色满园关不住，一枝红杏出墙来”（《游园不值》）描绘的也是春意盎然、真趣优美、自然中和的景致。曾几的“千里稻花应秀色，五更桐叶最佳音”（《苏秀道中自七月二十五日夜大雨三日，秋苗以苏，喜而有作》）描写了自然之秋色，雨打梧桐成了美妙的秋声。刘熙载说，“书要兼备阴阳二气。大凡沉着屈郁，阴也，奇拔豪达，阳也。……书，阴阳刚柔不可偏陂”。（《艺概·书概》）刚中有柔，柔中有刚，婉而愈劲，婀娜中含遒健，正是理想的中和之境。兼容两极，适度而不走极端，便会取得中和的审美效果。

诗境深造：“野旷天低树，江清月近人。”（孟浩然《宿建德江》）

313. 无为道士三尺琴，中有万古无穷音　出神入化

出处：《翰林记》：“真所谓精能之至、出神入化者。”

解析：指技艺达到了高超的美学水准和神妙的艺术境界。

诗化：

赠无为军李道士二首·其一

〔宋〕欧阳修

无为道士三尺琴，中有万古无穷音。

音如石上泻流水，泻之不竭由源深。

弹虽在指声在意，听不以耳而以心。

心意既得形骸忘，不觉天地白日愁云阴。

诗义：无为道士手把三尺琴，琴中有深邃高远的无穷无尽的天籁。曲声宛如岩石上流淌的流水，源源不断从深处流出。虽然是手指在弹奏，发出的声却表达情意，人听着不在于耳而在于心。奏者之技出神入化，听者心领神会，忘却了具体的形状，忘却了天地是晴朗还是阴沉。

简评："心意既得形骸忘，不觉天地白日愁云阴。"优秀的艺术作品，会让人神情专注，精神自足，忘乎所以。同时，也令人陶醉，使人沉迷，摄人魂魄，达到身心融入作品、"化"入作品的境界。柳宗元说："心凝形释，与万化冥合。"（《始得西山宴游记》）

"出神入化"的美学意蕴包含三个层次的审美境界。其一，穷神化之，德之盛也。《周易·系辞下》："穷神知化，德之盛也。"探求事物的神妙，了解事物的神奇，从自然的独特天资和审美中汲取智慧、灵感、美质。其二，通神入化，必待天工。张岱指出："通神入化，必待天工。"（《石匮书·妙艺列传》）这是艺术创作的第二层次，艺术家通晓理解特点、规律、审美，把抒写对象的神情、体态自然地表现出来，达到较高的艺术境界和水平。其三，出神入化，相契相合。"听月楼高太清，南山对户分明。昨夜姮娥现影，嫣然笑里传声。"（王昌龄《望月》）高楼望月，万籁俱静，仿佛听见夜空里佳人的嫣然笑声，诗作传神至极。出神入化是艺术创作和艺术欣赏的最高境界。创作上，高超的艺术造诣已经超越了自然本身的天资和美质，达到天人合一，自然与艺术高度契合的境界。而从欣赏的角度来理解"出神入化"，指的是欣赏者融入艺术家的审美境界，身心化入作品所描绘的世界和意境之中。欧阳修的"弹虽在指声在意，听不以耳而以心"，就表达了赏乐者因演奏者出神入化的琴技而得以体验"出神入化"的美妙心情。

诗境深造："掬水月在手，弄花香满衣。"（于良史《春山夜月》）

314. 自然入手造神妙，所以举世称良工　妙造自然

出处：《二十四诗品·精神》：“欲返不尽，相期与来。明漪绝底，奇花初胎。青春鹦鹉，杨柳楼台。碧山人来，清酒深杯。生气远出，不著死灰。妙造自然，伊谁与裁。”

解析：指艺术作品充满生机和灵动，微妙到与大自然同化的程度，甚至在某些方面超越自然。

诗化：

送人游江南

〔宋〕晁冲之

涌金门外断红尘，衣锦城边著白蘋。
不到西湖看山色，定应未可作诗人。

诗义：涌金门外的自然景色屏蔽了尘世的喧嚣，衣锦城边的湖面上白苹点点。如果不曾到过西湖这样秀美的地方体验大自然的湖光山色，肯定成不了能妙造自然的诗人。

简评：虽然艺术作品是人创造的，但优秀的艺术作品能像自然一样美妙，甚至在独创性、主题性、意境性上超越自然。唐代司空图指出：“欲返不尽，相期与来。明漪绝底，奇花初胎。青春鹦鹉，杨柳楼台。碧山人来，清酒深杯。生气远出，不著死灰。妙造自然，伊谁与裁。”好诗如清水能够见底，又如同奇花即将绽开。若写得微妙，以至于与大自然同化，谁还能够加以指责评裁？妙造自然是艺术创作的表现形式，也是艺术创作的追求境界，更是难以言表的美质。艺术源于自然，源于生活。“不到西湖看山色，定应未可作诗人。”妙造自然既是艺术创作的境界，也是艺术美质的来源。

“天长落日远，水净寒波流。”（李白《登新平楼》）“自然”“中和”是中国传统美学的核心观念。自然是万物的本源，自然即天然，既包括自然变化、自然规律，也包括人的自然性情、自然欲望。中国古典审美认为，艺术创作应以自然为师，艺术情感表现要真切自然，艺术手法要摒弃人工雕琢，艺术风格要浑然天成，艺术境界要妙造自然、超越自然。唐代王维在《山水诀》中指出：“夫画道之中，水墨最为上，肇自然之性，成造化之功。”清代唐

岱在《绘事发微》中指出：盖自然者，学问之化境，而力学者，又自然之根基……造化入笔端，笔端夺造化。”王国维在《宋元戏曲史》中指出：“古今之大文学，无不以自然胜。”创作主体只有处于自然的状态，创作灵感才会自然地流露和激发，才能达到妙造自然的境界，才能创作出艺术的“妙品”“神品”“逸品”。妙品是指艺术作品的审美意象能再造自然，北宋黄休复认为妙品的妙在于“笔精墨妙，不知所然”（《益州名画录》）。神品是指艺术创作达到造化同工妙理自然的境界。逸品指超脱世俗、天性自然、飘逸不群、意趣超常的作品。他把画分为四品，逸品为最，而逸品的重要特征是“笔简形具，得之自然”（《益州名画录》）。

“自然入手造神妙，所以举世称良工。”（曾棨《赠笔工陆继翁》）所谓的“天造地设”“天作之合”“天生丽质”“天香国色”都是与妙造自然的审美境界一脉相承的。

诗境深造：“物有秀而灵，唯吾贵淳朴。”（黄玠《黄一峰莫莫斋》）

315. 妙手何人为写真，只难传处是精神　言不尽意

出处：《周易·系辞上》：“书不尽言，言不尽意。”

解析：指艺术美质寓意曲折深远，言语难以全部表达。

诗化：

浣溪沙

〔宋〕张孝祥

妙手何人为写真，只难传处是精神。一枝占断洛城春。　暮雨不堪巫峡梦，西风莫障庾公尘。扁舟湖海要诗人。

诗义：造诣高超的画家不是为绘画而绘画，最难画的是那风采神韵，言不尽意。一笔一画就占尽了整个洛阳城的春色。傍晚的雨无法承受那妖艳的诱惑骚扰，西风也抵御不住权贵势力的嚣张气焰。还是泛舟湖海、归隐山林，做一个飘逸的诗人。

简评：“妙手何人为写真，只难传处是精神。”这首诗充分表达了中国传

统美学中最妙之处就是能表现出言语难以表达的，让人意犹未尽、遐想联翩的艺术境界。南朝梁钟嵘认为："文已尽而意有余。"（《诗品》）宋代欧阳修引梅尧臣的话："状难写之景如在目前，含不尽之意见于言外。"（《六一诗话》）高超的艺术造诣能以有限的语言文字、笔墨手法形象地传递和表达无穷的审美意趣和境界，获得一唱三叹的效果。"门外水流何处？天边树绕谁家？山色东西多少？朝朝几度云遮。"（皇甫冉《问李二司直所居云山》）

关于言不尽意的艺术境界，唐代皎然有着深刻的认识："两重意已上，皆文外之旨。若遇高手如康乐公，览而察之，但见情性，不睹文字，盖诣道之极也。"（《诗式·重意诗例》）皎然所指的"两重意""文外之旨"就是言不尽意的隐喻、遐想。皎然的诗作大多含有言不尽意的美质："左右香童不识君，担簦访我领鸥群。山僧待客无俗物，唯有窗前片碧云。"（《酬秦山人见寻》）"岁岁湖南隐已成，如何星使忽知名。沙鸥惯识无心客，今日逢君不解惊。"（《酬郑判官湖上见赠》）"白云关我不关他，此物留君情最多。情著春风生橘树，归心不怕洞庭波。"（《别洞庭维谅上人》）"山僧不厌野，才子会须狂。何处销君兴，春风摆绿杨。"（《戏呈薛彝》）这些作品，每一首都能让人屏住呼吸、目不转睛地捕捉诗中的意犹未尽、言不尽意之处。

诗境深造："日落西山暮，方知天下空。"（王绩《咏怀》）

316. 糟粕所传非粹美，丹青难写是精神　以形写神

出处：《魏晋胜流画赞》："人有长短，今既定远近以瞩其对，则不可改易阔促，错置高下也。凡生人亡有手揖眼视而前亡所对者，以形写神而空其实对，荃生之用乖，传神之趋失矣。空其实对则大失，对而不正则小失，不可不察也。一象之明昧，不若晤对之通神也。"

解析：指书画创作时，通过生动地描绘物象外形以表现出内在精神的本质。

诗化：

送许八拾遗归江宁觐省，甫昔时尝客游此县，

于许生处乞瓦棺寺维摩图样，志诸篇末（节选）

〔唐〕杜甫

看画曾饥渴，追踪恨淼茫。

虎头金粟影，神妙独难忘。

诗义：看画的时候如饥似渴，追寻它的踪迹，感到深邃渺茫。顾恺之先生画的维摩诘像，以形写神，神妙至极，很难忘却。

简评："写神""入神""神品"是中国传统美学的重要精神内涵，而以形写神则是创作的高超手法和目的。顾恺之被誉为中国古代画第一人，传世作品有《女史箴图》《洛神赋图》《维摩诘图》等。顾恺之强调画人重在传神，神须借形以表现之，但形似易而神似难，神似比形似更重要。他倡导书画的最高境界为"以形写神"："以形写神而空其实对，荃生之用乖，传神之趋失矣。"（《魏晋胜流画赞》）画是以形写神，用形态来表现精神的。既然是用形状表现精神，那么形状就必须正确，形状正确，精神才能生动。"妙手何人为写真，只难传处是精神。"顾恺之所画的维摩诘像极其传神，影响深远。杜甫所说"神妙独难忘"，表达的就是这个意思。苏颂评价顾恺之之画为"气象超远，仿佛如见当时之人物"（《题顾恺之画维摩诘像》），张彦远的《历代名画记》则评论道："顾生首创维摩诘像……陆与张皆效之，终不及矣。"

"当其下手风雨快，笔所未到气已吞。"（苏轼《王维吴道子画》）以形写神也是历代书法评论与书法欣赏的基本法则。王僧虔认为："书之妙道，神采为上，形质次之，兼之者方可绍于古人。"（《笔意赞》）好书法要以形写神，形神兼备。"形"指的是点画线条以及由此而形成的书法结构；而"神"主要指书法的神韵。张怀瓘进一步指出："深识书者，惟观神采，不见字形。若精意玄鉴，则物无遗照，何有不通。"（《文字论》）真正深谙书法的人，着意鉴赏神韵风采，而不拘泥于文字的形体。王安石也认为绘画艺术最难的就是精神气质的表达："糟粕所传非粹美，丹青难写是精神。"（《读史》）郑燮赞美黄慎的作品时说："爱看古庙破苔痕，惯写荒崖乱树根。画到精神飘没处，更无真

相有真魂。”他极其欣赏黄慎艺术那神韵缥缈的风格。

诗境深造：“举手可近月，前行若无山。”（李白《登太白峰》）

317. 晴空一鹤排云上，便引诗情到碧霄　悦志悦神

出处：《钴鉧潭西小丘记》：“枕席而卧，则清泠之状与目谋，潆潆之声与耳谋，悠然而虚者与神谋，渊然而静者与心谋。”

解析：指审美主体在精神境界方面所产生的愉悦感。它是审美主体在审美活动最高层次上获得的一种精神满足，是因人生理想的实现而产生的愉悦感。

诗化：

秋词二首·其一

〔唐〕刘禹锡

自古逢秋悲寂寥，我言秋日胜春朝。
晴空一鹤排云上，便引诗情到碧霄。

诗义：自古以来，人们每逢秋天都在感叹秋天的凄凉。我却认为秋天远胜于春天。秋天晴空万里，气候宜人，一只白鹤直上云霄，激发我的诗情高万丈。

简评：《秋词》一扫历代文人悲秋的习惯，表现出激昂向上、乐观积极的豪迈气概和开阔胸襟，诗作气势雄浑、意境壮丽，融情、景、理于一体，唱出了非同凡响的秋歌，让人精神振奋，激励读者奋发有为、提升境界，读来有悦神悦志的作用。

所谓悦志悦神，是指在审美活动中人们的精神境界所产生的愉悦，产生积极奋发有为的动力。“洞庭潇湘意渺绵，三江七泽情洄沿。”（李白《当涂赵炎少府粉图山水歌》）悦神悦志是人们在审美活动最高层次上获得的精神满足，是人生理想的实现而产生的愉悦。南朝宋宗炳提出“畅神”：“是以观画图者……畅神而已。神之所畅，孰有先焉！”“圣人以神法道而贤者通，山水以形媚道而仁者乐，不亦几乎？”（《画山水序》）指欣赏山水画具有怡悦性情、

展畅精神的审美功能。王微指出："望秋云，神飞扬，临春风，思浩荡，虽有金石之乐，圭璋之琛，岂能仿佛之哉？披图按牒，效异山海，绿林扬风，白水激涧。"（《叙画》）眺望秋云耸立就能使神采飞扬，沐浴春风就能体验天地浩荡的气象，鼓舞人心。

"何物风摽可悦神，数竿修竹杂兰荪。开轩翠色连书幌，隐几清阴落酒樽。"（王翰《慈竹轩》）悦神悦志不仅能使身心愉悦，还能使人产生积极奋发有为的动力，相传春秋时期管仲在辅佐齐桓公时，就善于创作和运用军旅歌曲来鼓舞士气，提高战斗力。一次，为了摆脱敌人的追杀，管仲曾写了一首名为《黄鹄》的歌曲，并教军士歌唱，将士们边唱边撤，很快摆脱了敌人的追击。还有一次，齐桓公和管仲带领部队在山路上行进，由于山地起伏，车马难行，管仲又创作了《上山歌》和《下山歌》供将士吟唱。军士唱起歌来，山上山下你唱我和，很快通过了山地。齐桓公感叹道："寡人今日知人力可以歌取也。"（《东周列国志》）

"心赏丹青会，神融翰墨知。"（顾清《悦清为卢永清赋》）悦志悦神的作用可以概括为以下几方面：在学术境界方面，人是求真；在道德伦理境界方面，人是求善；在艺术审美境界方面，人是求美。由于人是一个整体，因此人生的各种境界也会相互影响，相互联系。我们追求的是"真""善""美"的统一。悦志悦神，是对艺术创作的更高要求，既能让人们感受到艺术的美，又能够启迪人、教育人、鼓舞人，做到美与真的相融、美与善的相融。

诗境深造："片言苟会心，掩卷忽而笑。"（李白《翰林读书言怀呈集贤诸学士》）

318. 江花岛树影参差，海日晴开万象时　参差万象

出处：《晓望》："清霜散漫似轻岚，玉阙参差万象涵。"

解析：参差交错的各种事物或形态所构成的美质。

诗化：

绝句四首·其三

〔唐〕杜甫

两个黄鹂鸣翠柳，一行白鹭上青天。

窗含西岭千秋雪，门泊东吴万里船。

诗义：两只黄鹂在柳树间婉转地鸣叫，一行整齐的白鹭翱翔在碧空上。窗前的西岭银装素裹覆盖着厚厚的积雪，门前停泊着从远方东吴归来的船只。

简评：这首诗虽然只有四句，但包含了参差万象的美质。其一是动静结合。“两个黄鹂鸣翠柳，一行白鹭上青天”，黄鹂的鸣叫和白鹭翱翔是动景；“窗含西岭千秋雪，门泊东吴万里船”中被框于窗内的千秋雪和停泊着的万里船是静景。其二是远近结合。黄鹂和翠柳是近景，白鹭和青天是远景。其三是色彩的结合。嫩黄的小鸟，翠绿的柳林，雪白的鹭鸶，蔚蓝的青天，多彩的颜色给人以深刻的印象。其四是数字的搭配。“两个”与“一行”，“千秋”和“万里”，给人以具象感的同时也开拓了想象的空间。此外还有取景角度的参差，如“窗含”与“门泊”，使人感觉到万象的美景。“清霜散漫似轻岚，玉阙参差万象涵。独上秦台最高处，旧山依约在东南。”（翁承赞《晓望》）无论是自然界还是人间都存在着各式各样的美景，关键是如何发现、挖掘和表现这些美景，这就需要自身加以修炼了。

“江花岛树影参差，海日晴开万象时。”（张煌言《甲辰元旦》）对于绘画创作中有关山的创作技艺，郭熙指出：“山有三远：自山下而仰山颠，谓之高远；自山前而窥山后，谓之深远；自近山而望远山，谓之平远。高远之色清明，深远之色重晦，平远之色有明有晦。高远之势突兀，深远之意重叠，平远之意冲融而缥缈。”（《林泉高致·山水训》）将山的高低、远近、明晦作了精辟论述，对作品追求一种超脱、平淡、豁达、澄澈、宁静的境界，以达到浑然天成的艺术意境。正如王国维指出的，“一切之美皆形式之美也”（《古雅之在美学上之位置》），参差万象的美质是大自然和生命万物赋予的本来面目，无论是自然万象还是人间万象都存在着纷呈的各种形式美景，关键是如何发现、挖掘和表现这一美质。“参差相叠重，刚耿陵宇宙。”（韩愈《南山诗》）无论是文学、绘画，还是音乐，能够表现出参差万象的美质才是出类拔萃的优秀作品。

诗境深造："大漠孤烟直，长河落日圆。"（王维《使至塞上》）

319. 欲把西湖比西子，淡妆浓抹总相宜　纤秾合度

出处：《洛神赋》："秾纤得衷，修短合度。肩若削成，腰如约素。"

解析：指事物内外相称、肥瘦合度、浓淡恰当、大小称宜、低矮匀称的美质。

诗化：

饮湖上初晴后雨二首·其二

〔宋〕苏轼

水光潋滟晴方好，山色空蒙雨亦奇。

欲把西湖比西子，淡妆浓抹总相宜。

诗义：天气晴朗时西湖波光粼粼，景色宜人，但雨天更奇妙，在雨中四周山色迷蒙，若隐若现。若把西湖比作美女西施，淡妆浓抹都是那样适宜，纤秾合度。

简评："天空浮修眉，浓绿画新就。"（韩愈《南山诗》）多姿多彩的自然世界构成了浓淡相宜、复浅复深、相互交辉的美景。也只有至文高艺、浓淡得宜的高超艺术，才能创造出纤秾合度的美质。"度"既包括审美外在形式的尺度，也包括内在品质的尺度，而内在品质相对比较难衡量与把握。"彼其之子，美无度。"（《诗经·魏风·汾沮洳》）中华传统文化里认为审美的尺度是发展的、变化的、灵活的，而不是僵化的、凝固的、死板的。审美的"合度"原则就是根据不同事物的时空、对象、地位等来选择合适的尺度，"有法无法，因时为业；有度无度，因物而合。故曰'圣人不朽，时变是守'"（司马迁《史记·太史公自序》引司马谈《论六家之要指》）体现的就是"合度"的原则。在各艺术门类里都十分注重"合度"的审美原则，比如绘画中注重"布置落墨，广狭大小，横斜曲直，莫不合度"（《宣和画谱》）；书法创作强调"婆娑偃仰，无不合度"（汪之元《天下有山堂画艺》）；在舞蹈艺术里则讲究"身

不虚动，手不徒举。应节合度，周其叙时”(傅玄《铎舞歌·云门篇》)。

“万事云烟忽过，一身蒲柳先衰。而今何事最相宜。宜醉宜游宜睡。”(辛弃疾《西江月·以家事付几曹，示之》)除了追求“合度”，还强调“称宜”。“称”指对称，对称原则是把审美对象作为一个整体来审视。对人的内在素质与外表，艺术的内涵与表现，文辞的内容与形式，都有内外相称以及各种审美元素相称的要求。“宜”指相宜得当，无论是建筑、文章、书画、音乐、舞蹈，在布局、结构、体裁、文字、曲调、姿容等方面，都应讲究相宜得当。

诗境深造：“虞筋与柳骨，浓纤皆合度。”(葛胜仲《比作青萝山塔记并徐敏求墓铭皆蒙宏道为书作诗以谢》)

320. 青嶂浅深当雨静，古松疏密向风悲　疏密有致

出处：《答湘东王上王羲之书》：“试笔成文，临池染墨，疏密俱巧，真草皆得。”

解析：指自然和人文景观的布局或书画艺术的布局有疏密浅淡，搭配布局合理，富有艺术性。

诗化：

渡江云(节选)

〔宋〕杨泽民

渔乡回落照，晚风势急，鹜鹭集汀沙。解鞍将憩息，细径疏篱，竹隐两三家。山肴野蔌，竞素样、都没浮华。回望时，绕村流水，万点舞寒鸦。

诗义：夕照洒落在渔乡上，晚风吹得比较急，野鸭和鹭鸶团缩在沙滩上。解马卸鞍即将憩息，渔村里小径蜿蜒，柴篱稀疏，竹林里隐约住着两三户人家。晚餐尽是山中的野味和野菜，都是普通的饭菜，没有豪华的宴席。回眸整个渔村，河流环绕着村庄，群鸦在空中飞舞盘旋。

简评：“高高下下天成景，密密疏疏自在花。”(陆游《西园》)如果说纤秾合度注重内外相称的审美标准，那么疏密有致则更注重事物空间布局的审

美效果。疏密是指事物布局的时空距离，有致而合理的时空距离才能产生美感，才能产生清简、空灵、虚淡、逸静的意境。疏朗、疏阔、疏宕的美质是人们所欣赏的。历代文人赞赏梅花，除赞人们赋予梅花的高洁、傲骨、坚强、美丽、不畏严寒、独天下而春等品格，还特别欣赏梅花在美学造型上“疏影”“疏枝”的美质。“疏影横斜水清浅，暗香浮动月黄昏。”（林逋《山园小梅二首·其一》）“月澹黄昏欲雪时，小窗犹欠岁寒枝。暗香疏影无人处，唯有西湖处士知。”（辛弃疾《和傅岩叟梅花二首·其一》）

“青嶂浅深当雨静，古松疏密向风悲。”（李郢《骊山怀古五首·其四》）在书画艺术上也讲究疏密布局，宋代姜夔指出：“书以疏欲风神，密欲老气。如‘佳’之四横，‘川’之三直，‘魚’之四点，‘畫’之九画，必须下笔劲净，疏密停匀为佳。当疏不疏，反成寒乞；当密不密，必至凋疏。”（《续书谱·疏密》）明代董其昌认为：“疏则不深邃，密则不风韵，但审虚实，以意取之，画自奇矣。”（《画禅室随笔》）因此，疏密有致的时空布局是审美的重要质素。“过雨樱桃血满枝，弄色奇花红间紫。”（董解元《西厢记诸宫调》）

诗词艺术中也有疏密之论，明末清初顾炎武指出：“韵律之道，疏密适中为上，不然，则宁疏无密。文能发意，则韵虽疏不害。”（《日知录·次韵》）在园林艺术设计中也注重疏密有致的效果，疏密的经营也是为了形成对比，避免单调，在连续的园林空间里搭配出丰富的感受和层次。与疏密形成对应的是虚实，与大小形成对应的是开阔与幽深。疏与密的位置经营是用曲折蜿蜒的方式与藏与露的手法糅合在一起，形成有张有弛的连续的园林空间。山水亭廊花木要素中山为实，水为虚；园林的亭廊建筑本身兼具虚实两种意境特质；花木更是通过配置可虚可实，可孤植成景，可片植成林。

诗境深造：“疏密共晴雨，卷舒因晦明。”（纳兰性德《夜合花》）

三十三、文辞篇

石破
天惊
秋雨吓得骤然凝在半空
这时，我乍见窗外
有客骑驴自长安来
背了一布袋的
骇人的意象
人未至，冰雹般的诗句
已挟冷雨而降
我隔着玻璃再一次听到
羲和敲日的叮当声
哦！好瘦好瘦的一位书生

瘦得
犹如一支精致的狼毫
你那宽大的蓝布衫，随风
涌起千顷波涛

——洛夫《与李贺共饮》（节选）

自古以来，文辞既是治国理政的重要手段，也是文学创作与欣赏的重要形式。“天子恭让，群臣守义，文辞烂然，甚可观也。”回眸千百年来中华灿烂的文明，那些经世大作几乎具有班香宋艳、拔地倚天、彪炳可玩、波澜老成、沈博绝丽、沉思翰藻、流风回雪、遒文壮节、辞约旨丰、金相玉质的美质。

321. 入妙文章本平淡，逸群翰墨争传夸　班香宋艳

出处:《桃花扇》:“早岁清词，吐出班香宋艳。中年浩气，流成苏海韩潮。”

解析：指班固文采俊美、宋玉辞赋艳丽，比喻文辞华丽精工。

诗化：

冬至日寄小侄阿宜诗（节选）

〔唐〕杜牧

经书括根本，史书阅兴亡。
高摘屈宋艳，浓薰班马香。
李杜泛浩浩，韩柳摩苍苍。
近者四君子，与古争强梁。

诗义：经书概括事物的规律，史书阅览历史兴亡。屈原、宋玉的骚赋辞藻华丽，班固、司马迁的史传情味浓郁。李白、杜甫的诗风宽广浩瀚，韩愈、柳宗元的文采深厚高远。这些文豪造诣相当，各有千秋，自古难分高低。

简评：这是杜牧写给其侄子阿宜的一首诗，目的是鼓励侄子刻苦读书，日后考取功名。诗中介绍了杜牧自己的学习体会和经验。他指出经典是了解事物的关键，史书则能让人知道并借鉴历史的兴衰。屈原、宋玉文采华艳，班固、司马迁的史学巨著可让人深受熏陶。屈原的主要作品有《离骚》《天问》《九章》等，艺术形式上瑰丽奇异，大气磅礴，节奏明快，精练华美，极富表现力，蕴含深刻哲理；艺术内涵上弘扬真善美，鞭挞假丑恶，追求人格美。宋玉主要作品有《九辩》《风赋》《高唐赋》《登徒子好色赋》等，他的辞赋谋篇布局大气磅礴，立意构思高远，运用寓言丰富，“下里巴人”“阳春白雪”“曲高和寡”“宋玉东墙”等典故都与他有关。班固的主要作品有《汉书》《白虎通义》《两都赋》等，“言皆精练，事甚该密”（刘知几《史通·六家》)，规模宏大，情词俱尽，别具特色。司马迁的主要作品是《史记》，主要的艺术风格是“辨而不华，质而不俚”“不虚美、不隐恶”(《汉书·司马迁传》)。柳宗元评价《史记》说：“朴素凝练、简洁利落，无枝蔓之疾；浑然天成、滴水不漏，增一字不容；遣词造句，煞费苦心，减一字不能。”

“入妙文章本平淡，逸群翰墨争传夸。”(张应昌《集句联》) 李白的诗歌风

格气势奔放、雄浑劲健、充满浪漫色彩，尤其以雄伟奇险山水景致著称；杜甫的诗歌风格沉着高古，尤其以现实主义题材而闻名；韩愈的作品气势浩荡不凡，雄奇奔放，内容广博，立意高远，构思新颖，气盛言宜；柳宗元的作品则有一种强烈、抑郁而激愤的色彩，立意新颖，结构细密，语言简洁精美，形成了浓郁而峻洁的美学风格。

诗境深造："男儿生世间，笔端吐白虹。"（黄庭坚《次韵杨明叔见饯十首·其二》）

322. 孤峰倚天旭日上，危石拔地秋风生　拔地倚天

出处：《与王霖秀才书》："譬玉川子《月蚀诗》、杨司城《华山赋》、韩吏部《进学解》……莫不拔地倚天，句句欲活。"

解析：拔地指突兀而起，倚天指靠近天空；比喻文辞气势磅礴、雄健有力。

诗化：

忆秦娥·娄山关

毛泽东

西风烈，长空雁叫霜晨月。霜晨月，马蹄声碎，喇叭声咽。　　雄关漫道真如铁，而今迈步从头越。从头越，苍山如海，残阳如血。

诗义：寒风凛冽，大雁鸣空，晓月当空。晓月当空，马蹄声疾，军号声声低回。长征路上险峻的娄山关像铁般难以逾越，而今我们重新部署，重整旗鼓去征服它。翻越娄山关后，远眺群山苍茫如大海，夕阳嫣红如碧血。

简评：这首词描写红军铁血长征中娄山关激战的紧张场面，通过紧张的行军气氛透露出激战的先兆，并采用凛冽的西风声、凄厉的雁鸣声、急促的马蹄声和悲咽带涩的号声暗喻战斗惨烈，又通过描写跌宕起伏的苍山、如鲜血般殷红的残阳表现浴血奋战、英勇牺牲的壮烈情景，体现了作者面对困难和危险从容不迫的气度和博大的胸怀。这是一首气势磅礴、雄健有力、倚天拔地的好作品。

"孤峰倚天旭日上，危石拔地秋风生。"（蓝仁《余复婴近以方壶所写大王

峰转惠暇日展玩殊有幽趣因题》）倚天拔地属磅礴、大气、雄浑、劲健的美质。倚天拔地的风格宜用于表现高大的建筑物、巍峨的群山，以及辽阔的自然景色。如唐代王勃的《滕王阁序》：“豫章故郡，洪都新府。星分翼轸，地接衡庐。襟三江而带五湖，控蛮荆而引瓯越。物华天宝，龙光射牛斗之墟；人杰地灵，徐孺下陈蕃之榻。雄州雾列，俊采星驰。台隍枕夷夏之交，宾主尽东南之美。”倚天拔地是政论文赋应有的审美风格，如汉代贾谊的《过秦论》：“及至始皇，奋六世之余烈，振长策而御宇内，吞二周而亡诸侯，履至尊而制六合，执敲扑而鞭笞天下，威振四海。”“雄关漫道真如铁，而今迈步从头越。”倚天拔地是有雄才大略之人的普遍风格。“老骥伏枥，志在千里。烈士暮年，壮心不已。”（曹操《龟虽寿》）“倚天绝壁参银汉，拔地穹崖构梵宫。时向望中闲极目，神机造化正鸿蒙。”（朱元璋《钟山云雨》）

诗境深造：“学以经纶展，才缘著述雄。”（戴梓《赠王大京兆国安》）

323. 彪炳文章智使然，生成在我不在天　彪炳可玩

出处：《诗品》：“宪章潘岳，文体相辉，彪炳可玩。始变永嘉平淡之体，故称中兴第一。”

解析：指文采焕发值得玩味。

诗化：

醉花阴

〔宋〕李清照

薄雾浓云愁永昼，瑞脑消金兽。佳节又重阳，玉枕纱橱，半夜凉初透。　东篱把酒黄昏后，有暗香盈袖。莫道不消魂，帘卷西风，人比黄花瘦。

诗义：薄雾轻漫，云层厚重，心情不畅，龙脑香在金兽香炉中弥绕。重阳节又到了，躺在玉枕纱帐中，半夜被凉风浸透。在东边的篱栏边小酌直到天黑，菊花的清香溢满了衣袖，不要说秋天不令人伤感，西风吹起了珠帘，帘内的人比秋菊还要消瘦。

简评：李清照是宋代词作家中具有代表性的人物之一。“莫道不销魂，帘

卷西风，人比黄花瘦”三句令人绝倒，无须更多的言语，刻骨铭心的相思之情已是最销魂。这几句短词压倒了众多宋代词作，相思之苦令人憔悴，人竟比那清逸的菊花还消瘦。

“彪炳文章智使然，生成在我不在天。”（皎然《苕韦山人隐起龙文药瓢歌》）彪炳可玩属华丽、飞扬、大气的美质。彪炳可玩的文采是议论文、散文等常运用的风格。比如陆机的《文赋》：“伫中区以玄览，颐情志于典坟。遵四时以叹逝，瞻万物而思纷。悲落叶于劲秋，喜柔条于芳春。心懔懔以怀霜，志眇眇而临云。咏世德之骏烈，诵先人之清芬。”《文赋》修辞华丽，深刻阐明了文章的物、文、意三者的意义、作用和关系。又如欧阳修的《秋声赋》：“初淅沥以萧飒，忽奔腾而砰湃，如波涛夜惊，风雨骤至。其触于物也，鏦鏦铮铮，金铁皆鸣；又如赴敌之兵，衔枚疾走，不闻号令，但闻人马之行声。”《秋声赋》立意新颖，脉络清晰，波澜起伏，彪炳可玩，立意深远。欧阳修的《醉翁亭记》亦有此特质：“若夫日出而林霏开，云归而岩穴暝，晦明变化者，山间之朝暮也。野芳发而幽香，佳木秀而繁阴，风霜高洁，水落而石出者，山间之四时也。朝而往，暮而归，四时之景不同，而乐亦无穷也。”文章语句铿锵，布局整齐，文采奕奕，而且形成一种独特的骈散结合风格。正是：“文章亦是千秋事，兴则为云降为雨。”（陈恭尹《送屈翁山之金陵》）

诗境深造：“文采承殊渥，流传必绝伦。”（杜甫《寄李十二白二十韵》）

324. 庾信文章老更成，凌云健笔意纵横　波澜老成

出处：《敬赠郑谏议十韵》：“思飘云物外，律中鬼神惊。毫发无遗恨，波澜独老成。”

解析：形容诗文气势雄壮，功力雄厚。

诗化：

戏为六绝句（节选）

〔唐〕杜甫

庾信文章老更成，凌云健笔意纵横。
今人嗤点流传赋，不觉前贤畏后生。

杨王卢骆当时体，轻薄为文哂未休。

尔曹身与名俱灭，不废江河万古流。

诗义：庾信越老其文越成熟，他的文章超旨雄浑，文思泉涌，波澜老成。庾信之后有文人嘲讽他的文章，如此“雄才”，或许连庾信也要觉得“后生可畏”。王勃、杨炯、卢照邻和骆宾王“四杰”，他们的作品达到了其生活年代同类作品的最高境界，如今“四杰”的文章却被守旧的文人讥笑。那些守旧腐儒的文人，在历史的长河中本微不足道，只能身名俱败，而庾信、“四杰”等人及其作品却将如江河一般万古长流。

简评：庾信，字子山，河南南阳人，北周文学家。庾信晚年辞赋波澜老成，最著名的为《哀江南赋序》，是他为哀悼南朝梁的覆亡而作：“日暮途远，人间何世！将军一去，大树飘零；壮士不还，寒风萧瑟。荆璧睨柱，受连城而见欺；载书横阶，捧珠盘而不定。钟仪君子，入就南冠之囚；季孙行人，留守西河之馆。申包胥之顿地，碎之以首；蔡威公之泪尽，加之以血。钓台移柳，非玉关之可望；华亭鹤唳，岂河桥之可闻！”作者在文章中将家世与国史融会在一起，将个人不幸与民族灾难联系起来，概括了梁朝由盛至衰的历史变迁，作者自身由南而北的经历，思想感情深挚动人，风格苍凉雄劲，波澜老成，具有史诗般的规模和气魄，是辞赋史上的传世名篇。

波澜老成属雄浑、沉着、劲健的美质。庾信的名篇还有《枯树赋》《小园赋》《春赋》《伤心赋》《竹杖赋》等。汉代王充认为能著波澜老成文章的人都是人之杰：“笔能著文，则心能谋论，文由胸中而出，心以文为表。观见其文，奇伟俶傥，可谓得论也。由此言之，繁文之人，人之杰也。”（《论衡·超奇篇》）

诗境深造：“波澜独老成，健笔自抖擞。”（钱谦益《读方尔止龠山诗藁却寄二十韵》）

325. 小点墨池成巨浪，就中飞出北溟鱼　沈博绝丽

出处：《答刘歆书》：“雄为郎之岁，自奏少不得学，而心好沈博绝丽之文。”

解析：指文辞的内容丰富，含义深远，文辞美妙。

诗化：

临江仙·几度夕阳红

〔明〕杨慎

滚滚长江东逝水，浪花淘尽英雄。是非成败转头空。青山依旧在，几度夕阳红。　　白发渔樵江渚上，惯看秋月春风。一壶浊酒喜相逢。古今多少事，都付笑谈中。

诗义：长江滚滚向东流，多少英雄豪杰像翻飞的浪花稍纵即逝。不管是非功名，还是成败得失，都已经随着岁月的流逝而去。可当年的江山依旧存在，太阳依然东升西落，永不停歇地轮回。那江边的白发隐者，早已看惯这历史岁月的变迁。和知己老友难得相见，痛痛快快地一起畅饮。古往今来多少世事，都被拿来当作谈资。

简评：这是一首咏史词，通过叙述历史更替、朝代更替、国家兴亡、人物起落来抒发人生感慨，内容丰富，文辞优美，豪放中有含蓄，高亢中有深沉。读来令人荡气回肠，回味无穷，万千感慨，折射出高远的意境和深邃的人生哲理。无情也无奈的历史恰似那波涛滚滚的长江之水，将多少叱咤风云的一代天骄淹没淘汰，而丝毫无损于青山依旧、日月轮回，多少历史兴衰，多少人生沉浮，与永恒的宇宙天地相比都显得渺小，又有多少古往今来的事情，成了一壶浊酒的佐料呢？

“小点墨池成巨浪，就中飞出北溟鱼。”（顾陈埒《砚》）沈博绝丽属超旨、深邃、奇思、绮丽的美质。南朝梁刘勰的《文心雕龙》即属此类作品。“古人云：‘形在江海之上，心存魏阙之下。’神思之谓也。文之思也，其神远矣。故寂然凝虑，思接千载；悄焉动容，视通万里；吟咏之间，吐纳珠玉之声；眉睫之前，卷舒风云之色：其思理之致乎？故思理为妙，神与物游。神居胸臆，而志气统其关键。”（《文心雕龙·神思》）这一段论述的大意是，虽然身居卑微，但内心依旧坚守道义，心秉家国情怀，这是“神思”应当坚守的原则。在这一基础上发挥想象力，海阔天空，扶摇万里，穿越时空，凝精聚神，创作精妙的文章。《文心雕龙·神思》描述的是关于写作的构思技巧和方法，这样的思维可以尽情地发挥作者的想象力和才华，不受作者所在客观条件和时空的限制，可以海阔天空，超越时空地进行创作。

《文心雕龙》是中国古代文学现存最早的一部比较系统、严谨、细致地论述文学创作和评论的理论专著，也是一部研究语言文学的审美本质、审美标准及其美学创造、鉴赏规律的专著，属于关于文艺创作的议论文。刘勰文笔精湛，其文论内容丰富、文采焕发，亦堪称沈博绝丽。

诗境深造：“高文缀翡翠，茂学掩麒麟。”（褚亮《伤始平李少府正己》）

326. 天机云锦用在我，剪裁妙处非刀尺　沉思翰藻

出处：《〈昭明文选〉序》：“事出于沉思，义归于翰藻。”

解析：指文章思想深刻，文辞华丽，内容形式和谐统一。

诗化：

浪淘沙令

〔宋〕王安石

伊吕两衰翁，历遍穷通。一为钓叟一耕佣。若使当时身不遇，老了英雄。　汤武偶相逢，风虎云龙。兴王只在谈笑中。直至如今千载后，谁与争功！

诗义：伊尹和吕尚两位老者，失意和困境都经历过。一位是渔夫，一位是农伯。假若英雄不是遇到明君，结果也只能老死于山野荒林。他们偶然与成汤和周武王相遇而得到重用，贤君遇良臣，好像云生龙、风随虎一般，谈笑中建起了伟业。如今过去了上千年，谁又能与他们所建立的丰功伟业相比呢？

简评：这首词以古托今，明志自励，以讲述伊尹、吕尚两人曾是渔翁和农夫“历遍穷通”的人生经历，只因为遇到了成汤和周武王这样贤明的君主，才得以重用，卓越的才华才能有机会发挥，有舞台表现，君臣才能建立名垂千载的功业。诗词以此抒发作者取得宋神宗的赏识之后，在政治上大展宏图、春风得意的豪迈情怀。这正是王安石在政治上春风得意时真实思想感情的流露。全词通篇叙史论史，以史托今，思想深刻，文辞华丽，沉思翰藻。

“天机云锦用在我，剪裁妙处非刀尺。”（陆游《九月一日夜读诗稿有感走笔作歌》）沉思翰藻属华丽、超旨、洗练的美质。司马迁的《史记》属沉思翰藻的好作品，鲁迅称赞其为“无韵之《离骚》”（《汉文学史纲要》）。《史记》不仅是一部大气磅礴的史学名著，而且是一部波澜壮阔的文学著作，具有思想清新、文辞精美、内容丰富、史料翔实、结构严谨的特点。对于其文学性，后世给予了高度的评价，集中体现在以下几个方面。其一，叙事艺术的真实性、生动性和戏剧性。比如《鸿门宴》一篇，司马迁用简短精练的语言描绘了故事人物的出场退场、表情神态、对话语言、动作步伐等具体细节，使这个关系到楚汉争霸成败的关键时刻故事高潮迭起、扣人心弦。其二，人物塑造的多样性、复杂性、独特性。《史记》中关于人物的塑造数量众多、类型丰富、特征鲜明，用大量的历史人物传记构成了宏大的历史篇章。其三，语言艺术的通俗性、简洁性和生动性。《史记》的语言通俗易懂，简洁朴实，语言生动，富有感染力。

司马迁以其“究天人之际，通古今之变，成一家之言”（司马迁《报任安书》）的卓越才华创作了中国首部纪传体通史《史记》，成为名副其实的鸿儒。怎样才能称得上鸿儒？王充定义得非常准确：“能说一经者为儒生，博览古今者为通人，采掇传书以上书奏记者为文人，能精思著文联结篇章者为鸿儒。故儒生过俗人，通人胜儒生，文人逾通人，鸿儒超文人。故夫鸿儒，所谓超而又超者也。”（《论衡·超奇篇》）能精心思考，写成沉思翰藻文章并著成书之人即是鸿儒。

诗境深造：“壮思如泉涌，逸藻似云翔。”（徐勉《和元帝诗》）

327. 李杜操持事略齐，三才万象共端倪　流风回雪

出处：《诗品》：“范诗清便婉转，如流风回雪。邱诗点缀映媚，似落花依草。故当浅于江淹，而秀于任昉。”

解析：比喻文笔飘逸曲折，也形容女子婀娜多姿。

诗化：

虞美人

〔南唐〕李煜

春花秋月何时了？往事知多少。小楼昨夜又东风，故国不堪回首月明中。　　雕栏玉砌应犹在，只是朱颜改。问君能有几多愁？恰似一江春水向东流。

诗义：那春花秋月的美景何时才能了结？因为一看见这景象就会有无数的往事涌上心头。昨夜小楼上又吹来了春风，在这皓月当空的夜晚，怎承受得了回忆故国的悲伤。故都金陵华丽的宫殿大概还在，但人已憔悴。要问我内心有多少哀愁，就像那滚滚东流的一江春水一样流不尽。

简评：《虞美人》是李煜的代表作，也是其绝命词。据说宋太宗赵炅因其“故国不堪回首月明中”之词句而加害了李煜。词作在结构上，通篇一气盘旋，波涛起伏，围绕着对故国的缅怀、对亡国的悲愤、对漫漫人生的悲愁，道出了恰似一江春水永无休止的悲愁。这首词文笔飘逸曲折，婀娜多姿，明净凝练，高度概括并淋漓尽致地表达了词人从国君沦为阶下囚的悲苦愤慨的真实感情。

“李杜操持事略齐，三才万象共端倪。”（李商隐《漫成五章·其二》）流风回雪属飘逸、婀娜的美质。比如范仲淹的《岳阳楼记》：“至若春和景明，波澜不惊，上下天光，一碧万顷，沙鸥翔集，锦鳞游泳，岸芷汀兰，郁郁青青。而或长烟一空，皓月千里，浮光跃金，静影沉璧，渔歌互答，此乐何极！登斯楼也，则有心旷神怡，宠辱偕忘，把酒临风，其喜洋洋者矣。”该文融叙事、写景、抒情、议论于一体，动静相生，文笔飘逸，音节和谐。

曹植的作品也具有流风回雪的美感，如其杰作《洛神赋》：“其形也，翩若惊鸿，婉若游龙。荣曜秋菊，华茂春松。仿佛兮若轻云之蔽月，飘摇兮若流风之回雪。远而望之，皎若太阳升朝霞；迫而察之，灼若芙蕖出渌波。秾纤得中，修短合度。肩若削成，腰如约素。延颈秀项，皓质呈露。芳泽无加，铅华弗御。云髻峨峨，修眉联娟。丹唇外朗，皓齿内鲜。明眸善睐，靥辅承权。瑰姿艳逸，仪静体闲。柔情绰态，媚于语言。”作者以浪漫主义的手法，通过梦幻的境界，描写人神之间的真挚爱情。言辞华丽，沉思翰藻，清新俊逸，令人神爽。文章讲究排偶对仗，音律整饬，凝练生动，文辞优美。

诗境深造：“笔落惊风雨，诗成泣鬼神。”（杜甫《寄李十二白二十韵》）

328. 世间好句世人共，明月自满千家墀　遒文壮节

出处：《唐故工部员外郎杜君墓系铭》：“曹氏父子鞍马间为文，往往横槊赋诗，故其遒文壮节，抑扬怨哀悲离之作，尤极于古。”

解析：指文辞刚劲有力，节律强。

诗化：

水调歌头·金山观月

〔宋〕张孝祥

江山自雄丽，风露与高寒。寄声月姊，借我玉鉴此中看。幽壑鱼龙悲啸，倒影星辰摇动，海气夜漫漫。涌起白银阙，危驻紫金山。　表独立，飞霞佩，切云冠。漱冰濯雪，眇视万里一毫端。回首三山何处，闻道群仙笑我，要我欲俱还。挥手从此去，翳凤更骖鸾。

诗义：江山无比雄伟壮丽，秋风轻拂，寒意阵阵。寄语月中的仙女，可否借我镜子让我看清这月下的秀色？那深渊中的鱼龙凄厉地长鸣不绝，水面上的星辰随波飘动，夜幕下雾气弥漫，黑夜沉沉。月光下那紫金山上的银阙晶宫高高耸起。以飞霞为玉佩，彩云为高冠，遗世独立俯瞰人间大地。月光如雪，万里河山明亮澄澈。回首遥望那海上的三座仙山，仿佛群仙都在对我微笑，邀我与他们一同游畅。乘着那鸾鸟驾驶点缀着美丽凤羽的马车，挥挥手潇洒而去。

简评：张孝祥这首《水调歌头·金山观月》体现了他的豪放文风，整首作品浑然一体，气势磅礴，风格豪迈。辽阔的河山，洁白澄澈的月色，形成了一幅浑然天成的壮美画卷。作者面对如此壮丽的景色，心物感应由外在的直觉渐渐发展到内心的感受，内外相互渗透，创造出更为浪漫的飘然欲仙的艺术境界，显示出旷达洒脱的胸怀，布局整齐，结构谨严，形成了完美自然

的整体美的效果。

“世间好句世人共，明月自满千家墀。”（苏轼《次韵孔毅父集古人句见赠五首·其一》）遒文壮节属劲健、豪放、雄奇的美质。李白的文章《春夜宴从弟桃花园序》属于此类风格：“夫天地者，万物之逆旅也；光阴者，百代之过客也。而浮生若梦，为欢几何？古人秉烛夜游，良有以也。况阳春召我以烟景，大块假我以文章。会桃花之芳园，序天伦之乐事。群季俊秀，皆为惠连；吾人咏歌，独惭康乐。幽赏未已，高谈转清。开琼筵以坐花，飞羽觞而醉月。不有佳咏，何伸雅怀？”这篇文章遒文壮节，豪情纵横，潇洒飘逸，行云流水，热情饱满，昂扬向上，令人神清气爽。梁启超的《少年中国说》也是一篇遒文壮节的美文：“少年智则国智，少年富则国富，少年强则国强，少年独立则国独立，少年自由则国自由，少年进步则国进步，少年胜于欧洲，则国胜于欧洲，少年雄于地球，则国雄于地球。红日初升，其道大光。河出伏流，一泻汪洋。潜龙腾渊，鳞爪飞扬。乳虎啸谷，百兽震惶。鹰隼试翼，风尘翕张。奇花初胎，矞矞皇皇。干将发硎，有作其芒。天戴其苍，地履其黄。纵有千古，横有八荒。前途似海，来日方长。美哉我少年中国，与天不老！壮哉我中国少年，与国无疆！”这篇文章慷慨激烈，热情奔放，酣畅淋漓，节奏明快，绮丽纷呈，非常富有感染力和号召力，让人读罢热血澎湃，富有极大的鼓动性。

诗境深造：“道浓礼自略，气舒文转遒。”（卢僎《稍秋晓坐阁，遇舟东下扬州，即事寄上族父江阳令》）

329. 辞约意博鲁史笔，品题迥出风尘外　辞约旨丰

出处：《文心雕龙·宗经》：“至根柢槃深，枝叶峻茂，辞约而旨丰，事近而喻远。是以往者虽旧，余味日新。”

解析：指文辞文字简练但旨意丰富。

诗化：

春日忆李白

〔唐〕杜甫

白也诗无敌，飘然思不群。
清新庾开府，俊逸鲍参军。
渭北春天树，江东日暮云。
何时一樽酒，重与细论文。

诗义：李白的诗无人能比肩，他那飘逸高超的才思超众出群。李白的诗既有庾信诗作的清新高雅，也有鲍照作品那种俊逸洒脱。如今，我在渭北独自远看春天的树木，而你在江东遥望那日暮薄云，天各一方，无奈之下只能遥相思念。什么时候才能一起对饮，再次详尽探讨我们的文章与诗作呢？

简评：辞约旨丰是指文章简练，内容丰富。《春日忆李白》是杜甫赞美和思念李白的作品。诗作虽然简短扼要，文辞简约，一目了然，但旨意丰厚，情感丰富，耐人寻味。杜甫在诗中赞扬李白的诗作像庾信一样清新，像鲍照一样飘逸，把对人及其诗的倾慕与怀念结合得十分紧密，如水乳交融。以景寓情的手法更是出神入化，把作者的思念之情写得无比深厚。简约是文辞美的关键，刘勰指出："文以辨洁为能，不以繁缛为巧；事以明核为美，不以环隐为奇。此纲领之大要也。若不达政体，而舞笔弄文，支离构辞，穿凿会巧，空骋其华，固为事实所摈；设得其理，亦为游辞所埋矣。"（《文心雕龙·议对》）辞约是传统美学的重要概念。

"辞约意博鲁史笔，品题迥出风尘外。"（王家枚《十字碑》）陶渊明的作品属此类思想深刻、辞约旨丰的文章，如《桃花源记》整篇散文约四百字，但构思奇特，辞约旨丰，情操高尚，意境优美，是一篇千古杰作。又比如其散文《五柳先生传》："黔娄之妻有言：'不戚戚于贫贱，不汲汲于富贵。'其言兹若人之俦乎？衔觞赋诗，以乐其志，无怀氏之民欤？葛天氏之民欤？"全文仅一百多字，但笔墨简洁，思想深刻，成功地塑造了一个清高洒脱、怡然自得、安贫乐道的隐者形象，五柳先生亦成为寄托中国古代士大夫理想的人物形象。他的《归去来兮辞》也是一篇简约的辞赋："怀良辰以孤往，或植杖而耘耔。登东皋以舒啸，临清流而赋诗。聊乘化以归尽，乐夫天命复奚疑！”珍惜美好的时光和景色，要不就扶杖锄草耕种。登上东边山坡我放歌长啸，傍着清清的溪流赋诗吟唱。顺随自然的变化，渡到生命的尽头。乐安天命，还有什么可疑虑的呢？这首辞赋表达了作者委任自然、安乐天命的人生观。欧阳修评价《归去来兮辞》说：“晋无文章，唯陶渊明《归去来兮辞》一篇而已。”

诗境深造：“清谈语言约，老笔文字古。”（冯山《答王载监簿惠诗依韵》）

330. 玉质金相翠带围，霜华月色共辉辉　金相玉质

出处：《诗经·大雅·棫朴》：“追琢其章，金玉其相。勉勉我王，纲纪四方。”

解析：指作品的形式和内容十分完美，也形容人或物的外表和内质皆美。

诗化：

忆江南词三首·其一

〔唐〕白居易

江南好，风景旧曾谙。日出江花红胜火，春来江水绿如蓝。能不忆江南？

诗义：江南的风景多么秀丽，如画的景色久已熟悉。旭日东升，朝霞映照着江边的红花，胜似一团团火焰。春天时节，碧绿的江水恰如鲜嫩的蓝草。怎能叫人不思念江南？

简评：白居易这首诗具有金相玉质的美，体现了江南春色绚丽、明艳的美质以及生机盎然的景象。金相玉质是指思想内容和艺术形式都臻至完美的作品。“屈原之词，诚博远矣。自终没以来，名儒博达之士，著造词赋，莫不拟则其仪表，祖式其模范，取其要妙，窃其华藻。所谓金相玉质，百世无匹，名垂罔极，永不刊灭者矣。”（王逸《楚辞章句序》）金相玉质的作品能傲视百代、名垂千古。白居易这首《忆江南》就是一首典型的金相玉质的绝世作品。诗人用红绿蓝三种颜色，做足了春风浩荡、百花盛开、山花烂漫、姹紫嫣红的春天文章，词语简洁而华丽，可谓金玉其相。讲究文字修辞的华丽是古人

十分讲究的美学特质。“名儒辞赋，莫不拟其仪表，所谓金相玉质，百世无匹者也。”（刘勰《文心雕龙·辨骚》）

周敦颐的《爱莲说》也属金相玉质风格的佳作。“予独爱莲之出淤泥而不染，濯清涟而不妖，中通外直，不蔓不枝，香远益清，亭亭净植，可远观而不可亵玩焉。”作者通过对莲花的赞美，颂扬那“出淤泥而不染”的品质，这是文章的内涵。而行文自由活泼，波澜起伏，篇幅精短，正面衬托与反面衬托结合，这是文章的外在表现。作者借物言志，以莲喻人，表现出不慕名利、洁身自好的人生态度，是一篇不可多得的金相玉质佳作。除了文学作品，古人还会用金相玉质来形容水仙花、菊花、梅花、兰花等花卉，如“玉质金相翠带围，霜华月色共辉辉”（张新《水仙花》），“花到金相玉质精，真纯和粹更幽清”（庄昶《司训廖先生家观菊·其五》），“金相玉质旧同科，暗里清香万斛多”（袁燮《蜡梅》）。

诗境深造：“随风潜入夜，润物细无声。”（杜甫《春夜喜雨》）

三十四、诗词篇

把一首
在抽屉里锁了三十年的情诗
投入火中

字
被烧得吱吱大叫
灰烬一言不发
它相信
总有一天
那人将在风中读到

——洛夫《诗的葬礼》

中国是诗的国度，诗词融入了我们社会和生活的方方面面。“入其国，其教可知也。其为人也，温柔敦厚，《诗》教也。”优秀的诗词作品具有雄浑劲健、豪放旷达、沉着高古、含蓄蕴藉、飘逸流动、空灵洗练、典雅清奇、婉约绮丽、芙蓉出水、凌云健笔等美质。优美的诗词是诗性与哲性的统一。诗词的最高境界就是诗性与哲性的统一，诗性是文辞美、节律美，而哲性则是道义美、人性美、智慧美和哲理美。

331. 大鹏飞兮振八裔，中天摧兮力不济　雄浑劲健

出处：《沧浪诗话·诗辩》：“诗之品有九：曰高、曰古、曰深、曰远、曰长、曰雄浑、曰飘逸、曰悲壮、曰凄婉。”《周易·乾文言》：“大哉乾乎，刚健中正，纯粹精也。”

解析：指给人雄伟博大、壮阔苍茫、刚健强劲、轩昂威武的艺术美感。

诗化：

上李邕

〔唐〕李白

大鹏一日同风起，扶摇直上九万里。
假令风歇时下来，犹能簸却沧溟水。
世人见我恒殊调，闻余大言皆冷笑。
宣父犹能畏后生，丈夫未可轻年少。

诗义：大鹏总有一天会乘风而起，凭借风力翱翔在九天之外。如果风停歇了，大鹏飞降下来，能扬起江海的水面，波浪翻滚。人们见我总是唱高调，听了我的豪言壮语都轻蔑冷笑。孔子曾说过“后生可畏”，大丈夫不可小看年轻人的远大志向。

简评：中国传统美学特别强调雄浑的大美、劲健的壮美，强调雄浑劲健的博大神奇、浑厚深远。雄浑是指雄伟、浑厚的美质。司空图对雄浑诗词美学的描绘是“大用外腓，真体内充。返虚入浑，积健为雄。具备万物，横绝太空。荒荒油云，寥寥长风。超以象外，得其环中。持之匪强，来之无穷”（《二十四诗品·雄浑》）。外饰华丽，内容充实。回归虚静，进入浑然，蓄积正气，笔力方显豪雄。雄浑的美质有包罗万物的气势，横贯浩渺的太空，像苍茫滚动的飞云，如浩荡翻腾的长风。超越生活的表面描写，掌握作品的核心内容。追求雄浑，不可勉强拼凑，自然得来，就会意味无穷。“行神如空，行气如虹。巫峡千寻，走云连风。饮真茹强，蓄素守中。喻彼行健，是谓存雄。”（司空图《二十四诗品·劲健》）心神坦荡如同广阔的天空，气势充盈好像横贯的长虹。巫峡高耸万丈，飞云伴随轻风。作品饱含着纯真，培育着刚强，积累质朴品德，保持明洁心胸，好像天体稳健不息地运行，就能达到浑

厚雄劲之境。其实，诗词的美学特质与其他艺术的美质原理是一致的。

劲健指雄健、刚毅有力的美学风格，其常与雄浑结合在一起，其中雄浑侧重于博大神奇、浑厚深远，劲健强调强劲有力、阳刚之气。李白在诗中借庄子的“大鹏”表达了志向远大、刚健有力、自由翱翔的意境。大鹏是庄子《逍遥游》中描写雄浑劲健的象征：“鹏之徙于南冥也，水击三千里，抟扶摇而上者九万里，去以六月息者也。”大鹏迁徙到南方的大海，翅膀拍击水面激起三千里的波涛，凭借狂风盘旋而上飞向九万里高空，飞翔六个月才停歇下来。毛泽东也借“鲲鹏”表现雄浑劲健的美质：“鲲鹏展翅，九万里，翻动扶摇羊角。背负青天朝下看，都是人间城郭。”(《念奴娇·鸟儿问答》)

李白是盛唐时期最为杰出的诗人，素有“诗仙”之称。欣赏李白的诗歌，既能看到神奇宏大的自然画面，又能领略到浪漫豪迈的激情。如其《醉兴》：“江风索我狂吟，山月笑我酣饮。醉卧松竹梅林，天地借为衾枕。”既有银河落九天的空间感，又有已过万重山的时间感。李白的诗歌以雄浑劲健为特征，体现出显著的阳刚、浑厚、博大之美。进入李白诗歌的世界，是一个“巨灵咆哮，洪波喷流。风驰雨骤，雪浪排樯。金蛇电掣，雷震天鼓。平地春雷，看鹤冲天”的壮观世界，如：“君不见黄河之水天上来，奔流到海不复回。”(《将进酒》)“燕南壮士吴门豪，筑中置铅鱼隐刀。感君恩重许君命，太山一掷轻鸿毛。”(《结袜子》)

诗境深造：“词锋倚天剑，学海驾云涛。”（元稹《送东川马逢侍御使回十韵》）

332. 我醉欲眠卿且去，明朝有意抱琴来　豪放旷达

出处：《香祖笔记》：“词家绮丽、豪放二派，往往分左右袒。”《张翰》：“旷达清才轻爵禄，秋风才动便思鲈。此中杯酒一时乐，却道他时名不如。”

解析：指富于想象、夸张、奔放、浪漫的审美风格，属于阳刚、豪迈、壮美的美质。

诗化：

望庐山瀑布二首·其二

〔唐〕李白

日照香炉生紫烟，遥看瀑布挂前川。

飞流直下三千尺，疑是银河落九天。

诗义：在阳光的照耀下，香炉峰升起了袅袅的紫色烟霞，远远望去，瀑布似一幅白色绢绸悬挂在庐山的前面。奔腾的瀑布好像从几千尺的高崖飞流而下，让人恍惚以为银河从天上泻落到了人间。

简评：豪放是一种豪迈奔放、气势雄浑的美质。杨廷芝将"豪放"解释为："豪则我有可盖乎世，放则物无可羁乎我。"(《诗品浅解》）杨振纲的《诗品解》引《皋兰课业本原解》论"旷达"说："惟旷则能容，若天地之宽；达则能悟，识古今之变。"

"两人对酌山花开，一杯一杯复一杯。我醉欲眠卿且去，明朝有意抱琴来。"（李白《山中与幽人对酌》）豪放旷达也是李白诗歌的美质特征之一，如其《行路难三首·其一》："金樽清酒斗十千，玉盘珍羞直万钱。停杯投箸不能食，拔剑四顾心茫然。欲渡黄河冰塞川，将登太行雪满山。闲来垂钓碧溪上，忽复乘舟梦日边。行路难，行路难，多歧路，今安在？长风破浪会有时，直挂云帆济沧海。"此外，如"天生我材必有用，千金散尽还复来"（《将进酒》），或"兴酣落笔摇五岳，诗成笑傲凌沧洲"（《江上吟》），也体现了这种美质。

旷达是崇尚自然、不拘一格的审美观，也可以指对人生的一种态度。李白对人生的态度是洒脱旷达的，这一点，其诗多有体现。"问余何意栖碧山，笑而不答心自闲。桃花流水窅然去，别有天地非人间。"（《山中问答》）"花性飘扬不自持，玉心皎洁终不移。"（《怨情》）"众鸟高飞尽，孤云独去闲。相看两不厌，只有敬亭山。"（《独坐敬亭山》）阅览诗仙的不朽之作，感慨古人之才华和中华文化之博大，诗仙珠玉在前，甚至会让人产生读了李白诗不愿再作诗的感觉。

诗境深造："行到水穷处，坐看云起时。"(王维《终南别业》)

333. 为人性僻耽佳句，语不惊人死不休　沉着高古

出处：《白石道人诗说》：“沉着痛快，天也。自然与学到，其为天一也。”《二十四画品·高古》：“即之不得，思之不至。寓目得心，旋取旋弃。”

解析：指深沉厚重、高雅古朴的美学风格和境界。

诗化：

江上值水如海势聊短述（节选）

〔唐〕杜甫

为人性僻耽佳句，语不惊人死不休。
老去诗篇浑漫兴，春来花鸟莫深愁。

诗义：自己向来有喜欢在孤寂中思考寻觅佳句的癖性，如果写不出动人的佳句，死也不肯罢休。如今已经老了，作诗也只是随便而已，对春天的花鸟等景致也不去苦思冥想构思妙句了。

简评：沉着高古是审美的重要品格。沉着指深沉、浑厚、幽古、苍茫的美质和意境。艺术风格往往表现为淡定、浑厚的心境，洒脱、豪逸的语言，它能使人感觉诗风的超俗绝尘、沉思凝聚。“祝融万丈拔地起，欲见不见轻烟里。山翁爱山不肯归，爱山醉眠山根底。山童寻着不敢惊，沉吟为怕山翁嗔。梦回抖擞下山去，一径萝月松风清。”（韩愈《游祝融峰》）司空图在《二十四诗品》中对沉着的描述是：“绿杉野屋，落日气清。脱巾独步，时闻鸟声。……海风碧云，夜渚月明。如有佳语，大河前横。”茂林中一间简朴的小屋，日暮时分天清气朗。洒脱地四周漫步，听到鸟声嘹亮……海风轻拂，碧云满天，月光洒落在沙洲上。在这样优雅的环境中，人的心境恬淡超俗，自然就有沉着风格的佳作产生。

高古是指高雅古朴、意境深远的美质。“月出东斗，好风相从。太华夜碧，人闻清钟。虚伫神素，脱然畦封。黄唐在独，落落玄宗。”（司空图《二十四诗品·高古》）万籁澄碧而宁静，唯有悠扬的钟声荡漾，坚守质朴、超脱的秉性，追求古朴、深邃的意境。诗词史上，杜甫的诗歌是沉着高古、悲慨忧思、含蓄天成、雄浑壮丽的风格之典型，蕴含着极高的艺术性和思想性。杜甫的一生，经历了唐王朝由繁盛走向衰败，由统一走向割据的剧变。

唐天宝十四年（755）爆发，历时八年的安史之乱造成了社会的大动荡，人民生活陷于苦难。杜甫以高度的社会责任感，站在同情人民的立场上，以具有高度艺术性的诗篇全面而深刻地反映了这一时期的历史真实，形成了乱离世事的悲歌，达到唐代诗歌的现实主义高峰。“朱门酒肉臭，路有冻死骨。”（杜甫《自京赴奉先县咏怀五百字》）杜诗透过纷纭复杂的生活现象，取其精华，其精练的语言表达，具有沉着高古的美，比如：“水深鱼极乐，林茂鸟知归。”（《秋野五首·其二》）“无边落木萧萧下，不尽长江滚滚来。”（《登高》）陈继儒感叹有一定的阅历和积淀之后才能领悟杜诗：“兔脱如飞神鹘见，珠沉无底老龙知。少年莫漫轻吟咏，五十方能读杜诗。”（《读少陵集》）

以少胜多，由此及彼，以有限来暗示无限，这是沉着美的艺术技巧，也是创造美的智慧。沉着高古为诗家偏好的美学风格：“欲问芗林秋露。来自广寒深处。海上说蔷薇，何似桂华风度。高古。高古。不著世间尘污。”（向子諲《如梦令二首·其一》）“表出尘埃外，浓薰兰蕙香。风流晋人物，高古汉文章。”（戴复古《李深道得苏养直所写深字韵诗》）“意淳自高古，言雅思变风。”（皇甫泌《送梵才上人归天台二首·其二》）“见山无诗僧亦俗，诗不高古犹无诗。”（艾性夫《赠后山僧谦自牧游》）

诗境深造：“飘飘何所似，天地一沙鸥。”（杜甫《旅夜书怀》）

334. 压树早鸦飞不散，到窗寒鼓湿无声　含蓄蕴藉

出处：《朱子语类》：“至于上大夫之前，则虽有所诤，必须有含蓄不尽底意思，不如侃侃之发露得尽也。”《〈古文简要〉序》：“或含蓄而深婉，或沉郁而顿挫。”

解析：指作品的情感表达自然委婉，藏而不露。多指朴实天然的艺术表现意犹未尽，耐人寻味。

诗化：

江雪

〔唐〕柳宗元

千山鸟飞绝，万径人踪灭。

孤舟蓑笠翁，独钓寒江雪。

诗义：连绵起伏的高山中，一只飞鸟都没有，所有的道路都没有人的踪迹。江上的孤舟里，渔翁披蓑戴笠，无畏严寒地于冰雪中独自垂钓。

简评：含蓄蕴藉是一种优雅的美质，指拥有而不卖弄，深蕴而不炫耀。所谓的含蓄是指意蕴悠远、意味悠长、难以言传的艺术境界。唐代司空图在《二十四诗品·含蓄》中论述道："不著一字，尽得风流。语不涉难，已不堪忧。是有真宰，与之沉浮。如渌满酒，花时返秋。"不用一字，就能表现无限的风光。文辞虽未说及自己，读时却使人深陷其中。事物存在着实在的情理，作品和它一起沉浮呼吸。

含蓄，就像漉酒时酒汁渗漏不尽，又如同花开时遇到满天霜气。空中的沙尘游荡不定，海里的泡沫漂荡涌流。唐代柳宗元的《江雪》一诗描绘的是面对寒冷、孤寂的环境所表现出来的坚强意志品格和高傲的气节，但字里行间并不出现坚强、高傲的字眼，正是所谓的"不著一字，尽得风流"。万物不断变化聚散，需要博采精收。该诗的最后一句"独钓寒江雪"还体现了"万取一收"的效果。薛逢的《长安夜雨》："压树早鸦飞不散，到窗寒鼓湿无声。"句中未曾提及夜雨，但却通过描绘树鸦翅湿无法起飞，鼓湿而擂不响，含蓄地表现了夜雨的状况。

"红酥肯放琼苞碎，探著南枝开遍未。不知蕴藉几多香，但见包藏无限意。"（李清照《玉楼春》）含蓄之美需要有长期扎实的文化修炼和坚实广博的艺术积淀。能欣赏含蓄美质的人具有比较聪颖的美学感悟潜能。比如唐代贺知章的《回乡偶书二首·其一》就是一首比较含蓄的作品："少小离家老大回，乡音无改鬓毛衰。儿童相见不相识，笑问客从何处来。"诗中抒发了诗人的无限感慨：经历了数十年风雨漂泊，如今年迈衰颓回归故里，然而却变主为宾，心头别有一番滋味。全诗虽写哀伤之情，却从欢乐场面入手；虽写自己，却从儿童一面翻出。李白的《黄鹤楼送孟浩然之广陵》："故人西辞黄鹤楼，烟花三月下扬州。孤帆远影碧空尽，唯见长江天际流。"这首诗并不单纯写景，而是在写景之中含蓄地表达了诗人对朋友孟浩然的一片深情。这份友情被诗人用烟花三月的春色，用舟行长江的宽阔画面，用目送孤帆远影的细节，极为传神地表现了出来。

又比如五代灵云志勤禅师的《无题》:“三十年来寻剑客，几回落叶又抽枝。自从一见桃花后，直到如今更不疑。”三十年来苦苦寻觅人生的真谛，秋去春来芳华几何。自从看到盛开的桃花便生顿悟，直到如今不再怀疑人生。该诗描写自己长期寻求人生真谛的艰难和苦恼，反映了思想的顿悟和豁然开朗的心境。再比如宋代苏舜钦的《淮中晚泊犊头》:“春阴垂野草青青，时有幽花一树明。晚泊孤舟古祠下，满川风雨看潮生。”春日的阴湿笼罩着芳草萋萋的原野，偶然有一束野花在枝头盛开，顿觉豁然一亮。夜晚将小舟停泊在古庙边，只见风雨满河，潮水慢慢上涨。全诗借景物言志，含蓄蕴藉，意境悠远，正是“不著一字，尽得风流”。含蓄蕴藉的艺术效果是大美智慧的具体呈现。

类似的诗作还有宋代杜耒的《寒夜》:“寒夜客来茶当酒，竹炉汤沸火初红。寻常一样窗前月，才有梅花便不同。”这首诗的含蓄之处在于最后一句“才有梅花便不同”。而究竟是怎样的不同，里边就蕴涵着丰富的内容，读者可以有千般联想，究竟是“疏影横斜水清浅，暗香浮动月黄昏”(林逋《山园小梅二首·其一》)，或是“梅须逊雪三分白，雪却输梅一段香”(卢梅坡《雪梅二首·其一》)，还是“雪满山中高士卧，月明林下美人来”(高启《梅花九首·其一》)，需读者自己品味琢磨。正是:“蕴藉含文雅，散朗溢风飙。”(沈约《怀旧诗九首·其三》)

诗境深造:“清霜醉枫叶，淡月隐芦花。”(许有壬《荻港早行》)

335. 正疑白鹭归何晚，一片雪从天际来　飘逸流动

出处:《二十四诗品·飘逸》:“落落欲往，矫矫不群。缑山之鹤，华顶之云。高人惠中，令色氤氲。御风蓬叶，泛彼无垠。”《四溟诗话》:“务新奇则太工，辞不流动，气乏浑厚。”

解析:指洒脱自然的动作，潇洒脱俗的气质，或清新洒脱、意境高远、流畅自然的美质。通常用飘逸来形容人物气质好，动作自然好看。

诗化：

天净沙·秋

〔元〕白朴

孤村落日残霞，轻烟老树寒鸦，一点飞鸿影下。青山绿水，白草红叶黄花。

诗义：西下的落日带着几分黯淡的彩霞，映照在孤寂的村庄上。薄雾飘起，几只乌鸦栖息在佝偻的古树上，远处的一只鸿雁飞掠而下，飘逸地划过天际。青山绿水间，发白的小草、殷红的秋叶、金黄的菊花，组成一幅美丽的画卷。

简评：飘逸流动是指飞动奔放之美，属于动态之美。动态之美是美质形态的重要形式。运动是物质存在的形式，也是生命存在的形式。人类的审美活动在不断运动的世界中产生、获取和分享。“旷野悠悠新水，远山望望晴云。湖北湖南白鹭，三三两两成群。”（张谓《白鹭》）天象云彩的流动之美，飞鸟走兽的运动之美，河流溪涧的奔腾之美，等等，都是动态之美。

“正疑白鹭归何晚，一片雪从天际来。”（陆游《秋日杂咏》）正当纳闷天色已晚，为何白鹭还不归来，一片洁白的雪花飘然而至，这是一幅何等飘逸的画卷。宋代欧阳修的《采桑子·轻舟短棹西湖好》：“轻舟短棹西湖好，绿水逶迤，芳草长堤，隐隐笙歌处处随。无风水面琉璃滑，不觉船移，微动涟漪，惊起沙禽掠岸飞。”西湖景色迷人，划着小舟逍遥自在。碧绿的湖水悠悠，芳草笼罩着长堤，远处传来隐约的音乐歌声。宁静的湖面，光滑得好似琉璃一样，让人感觉不到船儿在前进，只有微微的细浪在船边荡漾。被船儿惊起的沙鸥，正掠过湖岸飞翔。晏殊的《破阵子·春景》：“燕子来时新社，梨花落后清明。池上碧苔三四点，叶底黄鹂一两声。日长飞絮轻。巧笑东邻女伴，采桑径里逢迎。疑怪昨宵春梦好，元是今朝斗草赢。笑从双脸生。”这是描写春天大自然的动态美景。李清照的《如梦令·常记溪亭日暮》：“常记溪亭日暮，沉醉不知归路。兴尽晚回舟，误入藕花深处。争渡，争渡，惊起一滩鸥鹭。”这也是一首表现自然和谐、充满飘逸流动美质的佳作，读罢让人不由得想与诗人一道逸荡荷丛，嬉戏鸥鹭，共沐夕阳，沉醉不归。明代高启的“惊鸥飞过片片轻，有似梅花落江水”（《忆昨行寄吴中故人》）一句，惊起的鸥鹭轻盈飞过，宛如一片片梅花飘落江面——何等飘逸灵动。

人类还通过舞蹈艺术、体育运动、影视动画等创造了许多动态艺术形式。“飘然转旋回雪轻，嫣然纵送游龙惊。小垂手后柳无力，斜曳裾时云欲生。烟蛾敛略不胜态，风袖低昂如有情。”（白居易《霓裳羽衣歌》）舞者轻盈的旋转如随风飘舞的雪花，前进时的飘忽疾速如游龙受惊。时而挥舞轻柔的广袖，若弱柳迎风；时而轻曳罗裙的下摆，似流云缭绕，充满动态之美。“溪上人家凡几家，落花半落东流水。蹴鞠屡过飞鸟上，秋千竞出垂杨里。”（王维《寒食城东即事》）此诗描写了春天里人们进行蹴鞠、打秋千等游戏活动的场景。清代查慎行的《登宝婺楼》：“斗杓倒插势凌虚，高出城端五丈余。一雁下投天尽处，万山浮动雨来初。”这也是一首充满飞动之美且动感十足的作品。

“人如野鹤何飘逸，目送飞鸿去渺茫。”（戴复古《朱子昂司户登滕王阁》）飘逸是一种飘洒流动的艺术风格，是一种意趣清远、胸无芥蒂的境界。

诗境深造：“风云飘逸气，山水写冲襟。”（王恭《欧阳明府弦歌亭》）

336. 醉后不知天在水，满船清梦压星河　空灵洗练

出处：《闲情偶寄·词曲部》：“说话不迂腐，十句之中定有一二句超脱；行文不板实，一篇之内但有一二段空灵，此即可以填词之人也。”《论诗十二绝句》：“想到空灵笔有神，每从游戏得天真。”

解析：空灵指清新灵气、不染俗尘的美感和艺术特质。洗练指简洁凝练的美学特质。这是艺术塑造升华至韵味这一高度的表现，体现出作品的思想性和艺术性都已非常成熟。

诗化：

遐瞩楼·其一

〔清〕弘历

宇空千里近，楼迥一窗虚。

坐久尘氛远，旷怀寄太初。

诗义：天空一尘不染，千里之遥却宛若近在眼前，遐瞩楼高耸险峻，无垠的空际映入一窗之中。久久地坐在窗前，远离尘嚣，将旷达的胸怀寄托给这茫茫的寰宇。

简评：《遐瞩楼·其一》这首小诗描绘了一幅空渺的画面，千里澄明，一尘不染，透露出诗人旷达、超然的心境，是一首空灵洗练的佳作。"空中之音，相中之色，水中之月，镜中之象"（严羽《沧浪诗话·诗辩》），空灵的艺术风格若萧萧天籁，似水中明月，如明镜之像，晶莹剔透又意味无穷。洗练是指淘洗、取精，"犹矿出金，如铅出银。超心炼冶，绝爱缁磷"（司空图《二十四诗品·洗练》）。洗练像在矿石中提炼黄金，从铅锭块里提取白银，需要精心提取去除杂质。洗练让艺术作品如清澈的流水、晶莹的月光，使之保持品性高洁，求得心灵的纯净。

"醉后不知天在水，满船清梦压星河。"（唐珙《题龙阳县青草湖》）空灵洗练、澄澈天真是一种高超的美质智慧。大多数人会将贾岛的《寻隐者不遇》视作最具空灵特质的短诗："松下问童子，言师采药去。只在此山中，云深不知处。"这首诗简洁凝练、朴实无华，所描写的自然景象浓淡相宜，并无高远雄伟之景，其空灵的意境却让人觉得意象万千、回味无穷。苍苍青松，悠悠白云，不见隐者，但总觉得隐者就在眼前。贾岛类似的诗还有："倚杖望晴雪，溪云几万重。樵人归白屋，寒日下危峰。野火烧冈草，断烟生石松。却回山寺路，闻打暮天钟。"（《雪晴晚望》）

王维被称为空灵诗人。空灵洗练是他的诗风特色，比如："木末芙蓉花，山中发红萼。涧户寂无人，纷纷开且落。"（《辛夷坞》）这首诗体现了禅意无穷、太虚空灵的境界。又如："空山不见人，但闻人语响。返景入深林，复照青苔上。"（《鹿柴》）空寂的山谷中看不见人影，却能听到人讲话的声音。落日的余晖反射入幽暗的深林，斑斑驳驳的树影映在青苔上。诗人以空灵的感觉，描绘了空山深林傍晚的景色。这首诗是诗、画、音乐的和谐结合。

空灵洗练是多数诗人追求的审美境界："草深烟景重，林茂夕阳微。不雨花犹落，无风絮自飞。"（释守璋《晚春》）"空灵霞石峻，枫栝隐奔峭。青春犹无私，白日亦偏照。"（杜甫《次空灵岸》）"幽涧经行尽，惟山镇曰青。鸟言成慧辩，水色宕空灵。"（彭孙贻《永明寿禅师塔塔首·其二》）"缥缈三湘瑟，空

灵八月槎。碧天无界限，秋水是人家。”（孙原湘《湘妃曲·其一》）

中国传统绘画的留白也是空灵的一种表现形式。留白注重内在和整体的平衡和谐，注重精神气质和内涵的协调，在美质上呈现出均衡美、立体美、空灵美的特征。画家李可染指出：“空白，含蓄，是中国艺术一门很大的学问。”另一位大师潘天寿认为：“中国画要求有藏有露，即所谓‘神龙见首不见尾’。必须留下发人想象的余地，一览无余不是好画。”

空灵超脱还是一种极高的人生境界，只有把自己的心态置于空灵幽静，人才能体会到何谓幸福。

诗境深造：“渚烟空翠合，滩月碎光流。”（皇甫冉《归渡洛水》）

337. 天阶夜色凉如水，卧看牵牛织女星　典雅清奇

出处：《论衡·自纪篇》：“深覆典雅，指意难睹，唯赋颂耳！”《文心雕龙·体性》：“典雅者，镕式经诰，方轨儒门者也。”《诗品臆说》：“清对俗浊言，奇对平庸言。”

解析：典雅指优美而不粗俗，清奇指诗歌风格的超凡脱俗、奇妙清雅。该词指超凡脱俗、清雅奇妙的美质和艺术境界。

诗化：

山居秋暝

〔唐〕王维

空山新雨后，天气晚来秋。
明月松间照，清泉石上流。
竹喧归浣女，莲动下渔舟。
随意春芳歇，王孙自可留。

诗义：初雨后，群山显得更加空旷，夜里的清凉使人感到已是初秋。明月从松树的间隙洒下银色光辉，清澈的溪水在岩石上淙淙流淌。竹林里传来洗衣姑娘归来的喧闹声，莲叶轻摇，远处荡下了轻舟。春日的芳菲不妨任它消失远去，秋日的山中让人可以久留。

简评：典雅清奇、以清胜远是王维山水田园诗的典型风格，《山居秋暝》表现出雅秀、清韵、超脱的美质。除《山居秋暝》外，还有《春中田园作》："屋上春鸠鸣，村边杏花白。持斧伐远扬，荷锄觇泉脉。归燕识故巢，旧人看新历。临觞忽不御，惆怅远行客。"《田园乐七首·其六》："桃红复含宿雨，柳绿更带朝烟。花落家童未扫，莺啼山客犹眠。"《竹里馆》："独坐幽篁里，弹琴复长啸。深林人不知，明月来相照。"等等。王维的山水田园诗描绘了大自然的美景，同时也表达了闲居生活中的闲逸潇洒，或静谧恬淡，或气象萧索，或幽寂冷清。生活在山水田园中是中国古代诗人的一大幸事，也是历代诗人的情趣。以清胜远的山水田园诗，反映了王维敬重大自然、热爱大自然的哲学理念。当一个人能够以典雅清奇的目光去欣赏这个世界时，他的思想和心态就更加内敛、深刻、洗练，就能创造出美质更加厚重的作品。

雅的美质涵盖了典雅、高雅、优雅。典雅一般用于描述文字辞藻、美术绘画、雕刻塑造的艺术风格。清奇指的是清雅脱俗的美质风格。司空图所描述的典雅是："玉壶买春，赏雨茅屋。坐中佳士，左右修竹。白云初晴，幽鸟相逐。眠琴绿荫，上有飞瀑。落花无言，人淡如菊。书之岁华，其曰可读。"（《二十四诗品·典雅》）一壶春酒，茅屋赏雨。与士畅谈，翠竹回绕。初霁云飘，鸟儿逐戏。绿荫倚琴，瀑布飞溅。花落无声，隐士恬淡。这样典雅的胜境，入诗共品。杜牧的《秋夕》就是一首文字风格典雅的诗作："银烛秋光冷画屏，轻罗小扇扑流萤。天阶夜色凉如水，卧看牵牛织女星。""高雅"是指人的言谈举止、处世生活的态度与众不同，比如高雅的生活，又如形容人高雅的气质、言谈。"俏丽若三春之桃，清素若九秋之菊。"（曹雪芹《红楼梦》）"优雅"指人的动作优美，气质与众不同。"闲静时如姣花照水，行动处似弱柳扶风。"（曹雪芹《红楼梦》）徐玑的《秋行》宛如一曲清奇的短笛，给人以心灵上的抚慰，意境轻快闲适："戛戛秋蝉响似筝，听蝉闲傍柳边行。小溪清水平如镜，一叶飞来细浪生。"韦元旦的《雪梅》典雅清奇、清幽明洁："古木寒鸦山色，小桥流水人家。昨夜前村弥雪，阳春又到梅花。"施闰章的《山行》更是一首典雅清奇的佳作："野寺分晴树，山亭过晚霞。春深无客到，一路落松花。"

张继的《枫桥夜泊》也是一首表现典雅清奇美质的优秀作品："月落乌

啼霜满天，江枫渔火对愁眠。姑苏城外寒山寺，夜半钟声到客船。”枫桥与寒山寺的宁静，姑苏城的秀雅，这些都是典雅的美，吸引着这位满怀旅愁的诗人，使他感悟到一种情味隽永的诗意美，写下了这首意境典雅清奇的千古绝句。《枫桥夜泊》的美除了体现在月色、乌啼、渔火和钟声上，更重要的是还体现在了感悟美上。感悟是人对世界的认知和对人生的体验，而感悟美就是对审美对象所包蕴的美学素质的认知与体验。据说每年的元旦和除夕都有成百上千的域外游客远涉重洋来到苏州，在冬夜的寒风中排着长长的队伍聆听那寒山的钟声。他们在冰冷的寒风中欣赏、聆听的，单单是寺院的钟声吗？不，他们是在细细品味《枫桥夜泊》中的场景，在内心千百遍地回味着这首诗所形成的典雅清奇的画面，感觉着“画者，天地无声之诗。诗者，天地无色之画”（叶燮《赤霞楼诗集序》）的美感，感受着“竹声铮铮，泉声铮铮；耳非有闻，听于无声”。

诗境深造：“鸡声茅店月，人迹板桥霜。”（温庭筠《商山早行》）

338. 笑渐不闻声渐悄，多情却被无情恼　婉约绮丽

出处：《文赋》：“或清虚以婉约，每除烦而去滥。”《偶题》：“前辈飞腾入，余波绮丽为。”

解析：指诗词的委婉柔美、简约高雅。

诗化：

蝶恋花·春景

〔宋〕苏轼

花褪残红青杏小。燕子飞时，绿水人家绕。枝上柳绵吹又少。天涯何处无芳草。　　墙里秋千墙外道。墙外行人，墙里佳人笑。笑渐不闻声渐悄。多情却被无情恼。

诗义：春天将要结束，百花凋谢，杏树枝头长出了青涩的果实。燕子飞翔，清澈的河水环绕着村落。柳枝上的柳絮已被风吹得越来越少，天边到处都长满了茂盛的芳草。院墙里面有妙龄少女正在荡秋千，发出了欢快的笑声。

围墙外的行人听到了笑声。行人远去，欢笑声也渐渐远去。少女无忧无虑的欢笑同行人的心绪并不相通，反倒让行人更添几分失意感伤。

简评：婉约绮丽是古诗词的主要风格流派之一。其写作形式大都婉丽柔美，文辞优美，含蓄蕴藉，情景交融，声调和谐。诗词的内容主要表达故园情怀、男女情爱、离情别绪、伤春悲秋、山光水色等，主要的代表人物有温庭筠、韦庄、晏殊、欧阳修、秦观、李清照等。

苏轼的作品以豪放著称，但他也有不少婉约绮丽的作品。其婉约词的特点是用清浅的忧愁表达旷达的心胸，用深沉的哀愁表达浓重的情爱，用绰约的隐愁表达鲜明的个性。苏轼继承并发展了传统的婉约词，让婉约之风得以高扬。这首《蝶恋花》表露的伤春、惜春之情带有明显的婉约风格，其中“天涯何处无芳草”“多情却被无情恼”极有理趣，表达了客观存在的人生哲理。

苏轼还有不少婉约词佳作，如《江城子·乙卯正月二十日夜记梦》：“十年生死两茫茫，不思量，自难忘。千里孤坟，无处话凄凉。纵使相逢应不识，尘满面，鬓如霜。夜来幽梦忽还乡，小轩窗，正梳妆。相顾无言，唯有泪千行。料得年年肠断处，明月夜，短松冈。”又如《阮郎归·初夏》：“绿槐高柳咽新蝉，薰风初入弦。碧纱窗下水沉烟，棋声惊昼眠。微雨过，小荷翻。榴花开欲燃。玉盆纤手弄清泉，琼珠碎却圆。”

诗境深造：“山花如绣颊，江火似流萤。”（李白《夜下征虏亭》）

339. 唯有绿荷红菡萏，卷舒开合任天真　芙蓉出水

出处：《诗品》：“谢诗如芙蓉出水，颜如错彩镂金。”

解析：比喻诗词清新雅致，不庸俗。

诗化：

宿建德江

〔唐〕孟浩然

移舟泊烟渚，日暮客愁新。

野旷天低树，江清月近人。

诗义：小船停泊在烟雾朦胧的小洲边，日落时分一股新愁又涌上旅人的心头。旷野无边无际，远处的天空比树还低沉，江水清澈，水中的明月似乎与人更近了。

简评：“唯有绿荷红菡萏，卷舒开合任天真。”（李商隐《赠荷花》）芙蓉出水属自然、清新、冲淡的美质。芙蓉出水是诗词美的重要创作风格。“古之名篇，如出水芙蓉，天然艳丽。”（郎廷槐《师友诗传录》）芙蓉出水是一种天然朴实之美。这首诗淡而有味，含而不露；自然流出，风韵天成，如同芙蓉出水，颇有特色。《宿建德江》这首诗从近到远，从高到低，从天与树、月与人的时空错位，实现了虚实结合、相互映衬、互为支撑，构成了一种特殊的意境。孟浩然的诗风以清新冲淡为主，表现出自然天成的艺术风格，如《春晓》：“春眠不觉晓，处处闻啼鸟。夜来风雨声，花落知多少。”又如《过故人庄》这首诗，自然流畅，朴实无华，意境清新，描写农家生活简朴亲切，反映田园景致清新恬静，表达情谊真挚深厚：“故人具鸡黍，邀我至田家。绿树村边合，青山郭外斜。开轩面场圃，把酒话桑麻。待到重阳日，还来就菊花。”

“清水出芙蓉，天然去雕饰。”（李白《经乱离后天恩流夜郎忆旧游书怀赠江夏韦太守良宰》）芙蓉出水的美质指作品不做作、不涂饰、不堆砌，语言文字精练准确，表现得非常自然，能显露出勃勃生机，富有韵味。历代有许多体现芙蓉出水美质的作品，如王维的《山居秋暝》：“空山新雨后，天气晚来秋。明月松间照，清泉石上流。竹喧归浣女，莲动下渔舟。随意春芳歇，王孙自可留。”诗人描写泉水、青松、翠竹、莲叶，不单纯是描摹自然的景色，也通过白描自然的笔法，以物芳而明志洁，表现诗人向往高尚的情操，烘托出诗人的理想境界。王维的《山中》亦然：“荆溪白石出，天寒红叶稀。山路元无雨，空翠湿人衣。”小溪、白石、红叶、山路组成了山中初冬的景色，自然流露的笔墨，使全诗富于诗情画意，清新明快，意境空蒙。

类似的还有谢朓的《晚登三山还望京邑》：“余霞散成绮，澄江静如练。喧鸟覆春洲，杂英满芳甸。”方棫的《失题》：“午醉醒来晚，无人梦自惊。夕阳如有意，长傍小窗明。”李白的《夜下征虏亭》：“船下广陵去，月明征虏亭。山花如绣颊，江火似流萤。”孟浩然的《秋登兰山寄张五》：“天边树若荠，江畔洲如月。”刘长卿的《逢雪宿芙蓉山主人》：“柴门闻犬吠，风雪夜归人。”

赵师秀的《雁荡宝冠寺》："行向石栏立，清寒不可云。流来桥下水，半是洞中云。欲住逢年尽，因吟过夜分。荡阴当绝顶，一雁未曾闻。"除了呈现芙蓉出水的风格，也有直接歌咏芙蓉美质的作品："一天霞采正流虹，出水芙蕖欲吐红。纵是连宵困寒雨，终然危干独凌风。"（孙慎行《芙蓉》）"芙蓉初出水，桃李忽无言。"（尉迟匡《观内人楼上踏歌》）

诗境深造："荷笠带斜阳，青山独归远。"（刘长卿《送灵澈上人》）

340. 一语天然万古新，豪华落尽见真淳　凌云健笔

出处：《戏为六绝句·其一》："庾信文章老更成，凌云健笔意纵横。今人嗤点流传赋，不觉前贤畏后生。"

解析：指诗词风格笔力劲健，气势高迈而超尘出俗。

诗化：

水调歌头·赋三门津

〔金〕元好问

黄河九天上，人鬼瞰重关。长风怒卷高浪，飞洒日光寒。峻似吕梁千仞，壮似钱塘八月，直下洗尘寰。万象入横溃，依旧一峰闲。　仰危巢，双鹄过，杳难攀。人间此险何用，万古秘神奸。不用燃犀下照，未必佽飞强射，有力障狂澜。唤取骑鲸客，挝鼓过银山。

诗义：黄河像是从九天上下来，黄河的险峻让人鬼俯瞰而不敢跨越。狂风怒号，波浪滔天，浪花在阳光下闪着寒光。河水所掀起的浪涛似乎高过那吕梁群山，涛声之势堪比那八月的钱塘江潮，横空而下，洗尽尘寰。河水巨浪冲溃万物，面对滔天巨浪，砥柱山气定神闲，岿然不动。砥柱山陡峭高峻，宛如危巢，难以攀缘。人世间有这样的险峻之境有何用呢？哦！原来是为了辨别忠奸，越是艰险之境就越能辨别忠奸。不必燃犀角去观看水下的景象，也不必轻疾善射，便可力挽狂澜。呼唤那位勇敢的侠客，擂击着战鼓飞越银山。

简评：这首词是金代元好问的代表作之一，凌云健笔，刚健沉雄，气势

纵横，想象丰富，为历代豪放词的佳作。元好问还是著名的文学批评家，他主张天然真醇，反对堆砌雕琢，重视独创精神，对诗歌创作有独到见解。著有传世之作《论诗三十首》，其中的诗歌理论和文学观点对后世产生了重要影响，“一语天然万古新，豪华落尽见真淳”“纵横诗笔见高情，何物能浇块垒平”“心画心声总失真，文章宁复见为人”“慷慨歌谣绝不传，穹庐一曲本天然”“万古文章有坦途，纵横谁似玉川卢”“纵横正有凌云笔，俯仰随人亦可怜”等句，也是凌云健笔、流芳千古之佳句。

凌云健笔属劲健、豪迈、奔放的美质。凌云健笔具有笔力劲健、气势豪迈、超尘脱俗的风格，具有英雄主义、浪漫主义的特色，尤其为唐代李白、杜甫及宋代苏轼等所推崇。唐代司空图将劲健解释为：“行神如空，行气如虹。巫峡千寻，走云连风。饮真茹强，蓄素守中。喻彼行健，是谓存雄。”（《二十四诗品·劲健》）诗词的风格心神坦荡如广阔天空，气势横贯长虹。若要创造出这样的作品，必须保持纯真，培育刚强，积累质朴的品德，保持宽阔明朗的胸怀。

诗境深造：“千山动鳞甲，万谷酣笙钟。”（苏轼《行琼儋间肩舆坐睡梦中得句》）

三十五、音乐篇

乐句在灯光的背后浮动着
你的翅膀在曲线中缓缓展开
像树枝上栖息的一只斑蝶
像鼓翼的风筝，牵在我的手中

是明亮的风掠过草坪的律动么
还是沉浮中目光溅起的波浪
我是被声音翻松的土地
静默中我听见音符咬断草根的声音

——韩作荣《音乐》（节选）

音乐是重要的艺术形式。音乐常常被认为有纯净风气、净化人心的作用，甚至有人将其功用上升到治国安邦的高度。“凡音者，生于人心者也。乐者，通伦理者也。”“是故审声以知音，审音以知乐，审乐以知政，而治道备矣。”优秀的音乐作品必定是正声雅音，有如萧萧天籁，具有余音绕梁、高山流水、曲尽其妙、曲终奏雅、八音克谐、朱弦三叹、龙言凤语、驷马仰秣等美质。

341. 三百正声传世后，五千真理在人间　正声雅音

出处：《通玄子栖宾亭记》："其正声雅音，笙师之吹竽，豳人之鼓籥，不能过也。"

解析：比喻纯正优雅的音乐，也比喻有益于风教的诗歌和音乐等。

诗化：

临江仙

〔宋〕秦观

千里潇湘挼蓝浦，兰桡昔日曾经。月高风定露华清。微波澄不动，冷浸一天星。　　独倚危樯情悄悄，遥闻妃瑟泠泠。新声含尽古今情。曲终人不见，江上数峰青。

诗义：千里潇湘江上，渡口水波碧绿，这里曾经驶过屈原大夫的兰舟。明月高悬夜空，清风停息，月光明洁。此时风平浪静，满天星斗映衬在冰凉的江水之中。独自倚靠着高高的桅杆，沉醉在这美好的夜色之中，远处传来清幽的琴声，似乎在低声诉说着古今情怀。一曲终罢，不见人影，江上依然耸立着数座青峰。

简评："正声感元化，天地清沉沉。"（白居易《清夜琴兴》）正声是指中和平正之声。"正声感人而顺气应之，顺气成象而和乐兴焉。"（《礼记·乐记》）正声能使人的内心产生正气，正气有助于和乐的产生。"正德以出乐，和乐以成顺。"（《吕氏春秋·音初》）孔子说："兴于《诗》，立于礼，成于乐。"（《论语·泰伯》）人的修炼成长始于学诗，自立于学礼，完成于学乐。这是儒家培养和教育人的三个基本层面。诗启迪人的心灵，引导人们接受善与美的教育。礼则引导人构建自我，使人形成基本的道德观、价值观和人生观。"凡音者，生于人心者也。乐者，通伦理者也。"（《礼记·乐记》）成于乐是指人的全面塑造阶段，音乐可以把人的心灵和精神提升到更高的境界。"是故审声以知音，审音以知乐，审乐以知政，而治道备矣。"（《礼记·乐记》）通过纯正优雅的音乐教化、纯净人的心灵，可以达到纯洁社会风气的目的。《吕氏春秋》指出："故治世之音安以乐，其政平也；乱世之音怨以怒，其政乖也；亡国之音悲以哀，其政险也。凡音乐，通乎政而移风平俗者也，俗定而音乐化之矣。

故有道之世，观其音而知其俗矣，观其政而知其主矣。故先王必托于音乐以论其教。”太平盛世的音乐是安详愉悦的，反映政治安定；乱世的音乐是哀怨、愤怒的，反映政治不协调；国家灭亡的音乐悲哀凄凉，反映政治险恶，出现危机。音乐若与政治相通，其便可改变风俗，风俗形成就是音乐教化的作用。“世治兴和乐，阳来符正声。”（范祖禹《乐通神明》）

“乐府正声三百首，梨园新入教青娥。”（孟简《酬施先辈》）音乐在中华传统文化里占有重要的历史地位，中国传统音乐源远流长，博大精深，丰富多彩。其中《高山流水》《梅花三弄》《夕阳箫鼓》《汉宫秋月》《阳春白雪》《渔樵问答》《胡笳十八拍》《广陵散》《平沙落雁》《十面埋伏》等传世名曲是中国传统音乐的精华。正是：“三百正声传世后，五千真理在人间。”（齐己《咏怀寄知己》）

诗境深造：“去兹郑卫声，雅音方可悦。”（李世民《帝京篇十首·其四》）

342. 君听月明人静夜，肯饶天籁与松风　萧萧天籁

出处：《庄子·齐物论》：“汝知之乎？汝闻人籁而未闻地籁，汝闻地籁而未闻天籁夫！”《月华清·忆别》：“瑟瑟秋声，萧萧天籁，满庭摇落空翠。”

解析：指自然界的声响，比喻美妙、动听的声音。比喻诗文浑然天成，有自然的意趣。

诗化：

赠花卿

〔唐〕杜甫

锦城丝管日纷纷，半入江风半入云。
此曲只应天上有，人间能得几回闻。

诗义：锦官城里的音乐声婉约悠扬，一半随着江风荡漾，一半冉冉飘入了云间。这样的乐曲也许只能在天上有，人间哪能听见几回呢？

简评：这首诗描写锦城的音乐美妙动人，只应在天上才有，而天上才有的只能是宛若天籁之妙音了。

在古代，人们认为，地籁是从万种窍穴里发出的风声，人籁是从各种不同的竹管里发出的声音。人籁受制于人，地籁受制于风，都受制于外力，天籁则是天然形成的，是自然而然发出的声音。“地籁则众窍是已，人籁则比竹是已，敢问天籁。”子綦曰：“夫吹万不同，而使其自己也。咸其自取，怒者其谁邪？”（《庄子·齐物论》）

诗人们对天籁有十分深厚的情感。“天籁激微风，阳光铄奔箭。”（储光羲《苏十三瞻登玉泉寺峰入寺中见赠作》）“时与天籁合，日闻阳春歌。”（元稹《和东川李相公慈竹十二韵》）“寂寞天籁息，清迥鸟声曙。”（李涉《题清溪鬼谷先生旧居》）“天籁吟风社燕归，渚莲香老碧苔肥。”（和凝《宫词百首·其五十二》）风声与松涛的结合亦属天籁：“肃肃凉风生，加我林壑清。驱烟寻涧户，卷雾出山楹。去来固无迹，动息如有情。日落山水静，为君起松声。”（王勃《咏风》）

“君听月明人静夜，肯饶天籁与松风。”（吴融《阌乡寓居十首·蛙声》）人们用天籁形容最美的音乐。何为最美的音乐？庄子认为与“道”相合，源于自然、顺应自然之乐，才是最美的音乐。“夫明白于天地之德者，此之谓大本大宗，与天和者也；所以均调天下，与人和者也。与人和者，谓之人乐；与天和者，谓之天乐。”（《庄子·天道》）《吕氏春秋》分析了各种音质的效果及其对人的影响，提出“夫音亦有适”，认为适中的音乐最美，声音太大易使人意志飘荡，声音太小会使人意志不强，声音太清越又使人心神不安，声音太浑浊则使人意志消沉，所以声音太响、太低、太清越、太混浊都不适宜听。

“天籁鸣松壑，古意满苔径。”（严粲《招提游·其一》）冷谦认为最美的音乐有十六法则：“轻、松、脆、滑、高、洁、清、虚、幽、奇、古、淡、中、和、疾、徐。”“清者。音之主宰。地僻则清，心静则清，气肃则清，琴实则清，弦洁则清。”（《琴声十六法》）徐上瀛在《溪山琴况》中提出和、静、清、远、古、澹、恬、逸、雅、丽、亮、采、洁、润、圆、坚、宏、细、溜、健、轻、重、迟、速这二十四况是琴乐最重要的美质。

诗境深造：“遥光泛物色，余韵吟天籁。”（刘禹锡《客有为余话登天坛遇雨之状，因以赋之》）

343. 绝妙暮山登啸处，余音缭绕答樵歌　余音绕梁

出处：《列子·汤问》："昔韩娥东之齐，匮粮，过雍门，鬻歌假食，既去而余音绕梁，三日不绝，左右以其人弗去。"

解析：指歌声或乐曲悦耳动听，耐人寻味，使人久久不能忘怀。

诗化：

春夜洛城闻笛

〔唐〕李白

谁家玉笛暗飞声，散入春风满洛城。
此夜曲中闻折柳，何人不起故园情。

诗义：一阵阵悠扬的笛声，不知是从谁家中飘出来的？随着柔和的春风飘扬，余音缭绕，传遍整个洛阳城。在这样孤寂的夜晚，听到伤感的《折杨柳》曲子，有谁的思乡之情不会油然而生呢？

简评：《折柳》即《折杨柳》笛曲，是我国古代乐府"鼓角横吹曲"的调名，内容多写离情别绪，曲调委婉感人。古典乐曲还有《落梅花》等。有许多赞颂这些乐曲的诗句。杜甫《吹笛》："故园杨柳今摇落，何得愁中曲尽生？"王之涣《凉州词二首·其一》："羌笛何须怨杨柳，春风不度玉门关。"《列子·汤问》所提的韩娥是春秋时期韩国民间善歌之人，她不但容貌美丽，嗓音优美，而且为人善良。人们听了她的歌声，"一里老幼悲愁，垂涕相对，三日不食，遽而追之"，"既去而余音绕梁，三日不绝，左右以其人弗去"。韩娥的歌声停止后，余音好像还在绕着屋梁回旋，三日不绝。

有许多诗词写出了美好乐声余音绕梁之情境。李白的《金陵听韩侍御吹笛》："韩公吹玉笛，倜傥流英音。风吹绕钟山，万壑皆龙吟。王子停凤管，师襄掩瑶琴。余韵度江去，天涯安可寻。"悠扬的笛声渡江而去，一路飘至天涯。白朴的《驻马听·吹》："裂石穿云，玉管宜横清更洁。霜天沙漠，鹧鸪风里欲偏斜。凤凰台上暮云遮，梅花惊作黄昏雪。人静也，一声吹落江楼月。"那美妙的笛声让鹧鸪也随之翩翩起舞；那悠扬的笛声，惊动了梅花，梅花顿作黄昏雪；那余音缭绕的笛声，把江楼上的月亮都吹落了。"绝妙暮山登啸处，余音缭绕答樵歌。"（许传霈《香亭招饮竹屋》）"试问今宵涧底声，何如

三叹有余音。”（张栻《和择之赋泉声》）“一曲南薰石欲开，余音犹绕九成台。”（林弼《韶石》）

诗境深造：“竹林怀微风，余韵久回复。”（陈与义《积雨喜霁》）

344. 白雪阳春虽寡和，高山流水有知音　高山流水

出处：《列子·汤问》：“伯牙善鼓琴，钟子期善听。伯牙鼓琴，志在登高山，钟子期曰：‘善哉！峨峨兮若泰山！’志在流水，钟子期曰：‘善哉！洋洋兮若江河！’伯牙所念，钟子期必得之。”

解析：指乐曲高妙，也比喻知己或知音，或指山水相映的自然景色。

诗化：

听蜀僧濬弹琴

〔唐〕李白

蜀僧抱绿绮，西下峨眉峰。
为我一挥手，如听万壑松。
客心洗流水，余响入霜钟。
不觉碧山暮，秋云暗几重。

诗义：蜀僧濬怀抱着绿绮琴，他来自西蜀的峨眉峰。他洒脱地为我演奏了一首名曲，我好像听到万壑间那凛冽的松风。高山流水的雅曲洗涤我的心灵，余音缭绕融入了秋天那悠扬的霜钟。不经意间青山已笼罩在暮色之中，秋云也变得越来越浓密。

简评：“白雪阳春虽寡和，高山流水有知音。”（张景修《石桥》）高山流水具有多重修辞含义，可以指乐曲美妙，也可以用于比喻知己知音，还可以用于描写优美的风景。知音是因高山流水的曲调而生。传说春秋时期，琴师伯牙有一次在高山上弹琴，樵夫钟子期能领会哪一段是表达“峨峨乎志在高山”，哪一段是描述“洋洋乎志在流水”。伯牙惊曰：“善哉，子之心与吾同。”子期死后，伯牙痛失知音，摔琴断弦，终身不操，故有高山流水之说。

《高山流水》亦是古琴曲名，人们将其与《梅花三弄》《广陵散》《阳关三

叠》等并称为“中国十大古琴曲”。到了唐代，它被分为《高山》《流水》二曲，前者表现高山的雄伟、博大与深沉，寓意仁者乐山；后者表现流水的妩媚、轻柔与明净，表达智者乐水。两首曲子气势宏大、深邃高妙。两千多年来，《高山》《流水》这两首古琴曲承载着伯牙鼓琴遇知音的故事，代代相传至今。伯牙子期的知音佳话，使得历代文人都期盼能在人生旅途上遇到志同道合的知己，成就了大量寻觅知音、珍惜知音、怀念知音的佳作。其中，宋代邵雍的《知音吟》认为，虽然孔子与孟子生活在不同的时代，但他们是志同道合的知音，知音的身上有“黄金”：“仲尼始可言无意，孟子方能不动心。莫向山中寻白玉，但于身上觅黄金。山中白玉有时得，身上黄金无处寻。我辈何人敢称会，安知世上无知音。”春秋末期，孔子在讲学和谈话中创立了儒家思想，及至战国，孟子追随孔子的思想，继承和弘扬儒学，不为利欲所动，坚守仁义，将儒家思想进一步发扬光大。有人能从知音的身上发现黄金般的品格和学识，但这样的知音很少。

历史上，还有不少表达对高山流水遇知音的向往或祈愿的作品，比如：“千里黄云白日曛，北风吹雁雪纷纷。莫愁前路无知己，天下谁人不识君？”（高适《别董大二首·其一》）“高山流水琴三弄，明月清风酒一樽。”（牟融《写意二首·其一》）“道合何妨过虎溪，高山流水是相知。与君一别无多日，梦到琅然夜榻时。”（苏轼《寄崔闲》）“昨夜寒蛩不住鸣。惊回千里梦，已三更。起来独自绕阶行。人悄悄，帘外月胧明。白首为功名。旧山松竹老，阻归程。欲将心事付瑶琴。知音少，弦断有谁听？”（岳飞《小重山》）

诗境深造：“高山与流水，清风及朗月。”（赵蕃《在伯沅陵俱和前诗复次韵五首·其一》）

345. 别有幽愁暗恨生，此时无声胜有声　曲尽其妙

出处：《文赋序》：“故作《文赋》以述先士之盛藻，因论作文之利害所由，他日殆可谓曲尽其妙。”

解析：比喻委婉细致地把美妙之处全部表达出来。

诗化：

琵琶行（节选）

〔唐〕白居易

千呼万唤始出来，犹抱琵琶半遮面。
转轴拨弦三两声，未成曲调先有情。
弦弦掩抑声声思，似诉平生不得志。
低眉信手续续弹，说尽心中无限事。
轻拢慢捻抹复挑，初为霓裳后六幺。
大弦嘈嘈如急雨，小弦切切如私语。
嘈嘈切切错杂弹，大珠小珠落玉盘。
间关莺语花底滑，幽咽泉流冰下难。
冰泉冷涩弦凝绝，凝绝不通声暂歇。
别有幽愁暗恨生，此时无声胜有声。
银瓶乍破水浆迸，铁骑突出刀枪鸣。
曲终收拨当心画，四弦一声如裂帛。
东船西舫悄无言，唯见江心秋月白。

诗义：经过多次的呼唤和请求她才缓步走出来，怀里抱着琵琶还半遮着脸蛋。拧紧琴轴拨动琴弦试了几声琴音，未开始弹奏那神态就非常有韵味。曲调凄凉悲切，琴音带有深沉的思念，似乎在诉说平生的不如意。她低着头随手连续地弹奏，似乎要用琴声把无限的心中往事说出来。轻轻地拢，慢慢地捻，一会儿抹，一会儿挑，最初弹起《霓裳羽衣曲》，接着又弹奏了《六幺》。大弦声调浑厚悠长，嘈嘈如暴风骤雨；小弦和缓轻柔，切切如窃窃细语。嘈嘈声切切声相继交错地弹奏，宛如大小珠子一串串地散落玉盘。琵琶声一会儿像花间婉转流畅的鸟语声，一会儿又像水在冰下受阻时郁郁低沉、呜咽断续的声音，接着又好像冰泉冷涩琵琶弦被凝结，不顺畅的琴声渐渐停歇。一种愁思怨恨之情暗暗地滋生，此时无声却比有声更动人。忽然间，好像撞破了水瓶水花四溅，又好像铁骑冲杀刀枪齐鸣。曲终时，她对准琴弦中心用力划拨，四弦齐声奏响好像撕裂了布帛。东船西舫的人们全神贯注地聆听着，万籁俱静，唯有江心中映衬着洁白的秋月。

简评：白居易是一位具有仁爱之心、关心和同情人民疾苦的诗人，在《琵琶行》这首诗中，他塑造了一个让人怜惜的歌女形象。这首诗表达了对社会动荡、人生起伏、世态炎凉的感慨，以及对歌女命运的同情，抒发了诗人同病相怜、同声相应的情感。白居易也由于这首诗而家喻户晓。三十年后，唐宣宗李忱有诗赞白居易曰："童子解吟长恨曲，胡儿能唱琵琶篇。"（《吊白居易》）连少数民族的儿童都能咏唱《琵琶行》，可见其影响之大。

在《琵琶行》中，诗人通过一系列的生动比喻，让音乐的听觉感受转化成了视觉形象，有落玉盘的大珠小珠，有流转花间的间关莺语，有水流冰下的丝丝细细，有细到没有了的"此时无声胜有声"，有突然而起的银瓶乍裂、铁骑金戈，它使听者时而悲凄，时而舒缓，时而心旷神怡，时而又惊魂动魄。"东船西舫悄无言，唯见江心秋月白。"听众都入迷了，演奏已经结束，而大家还沉浸在音乐的世界里，周围鸦雀无声，只有水中倒映着一轮明月。诗人把琵琶女的高超琴技表现得淋漓尽致，曲尽其妙。香山居士对音乐艺术情有独钟，他的《夜筝》相较于《琵琶行》，又能给人以不同的审美体验："紫袖红弦明月中，自弹自感暗低容。弦凝指咽声停处，别有深情一万重。"

曲尽其妙是一种通过联想来获得的审美体验，李颀欣赏胡笳演奏时产生了奇妙的联想："空山百鸟散还合，万里浮云阴且晴。嘶酸雏雁失群夜，断绝胡儿恋母声……幽音变调忽飘洒，长风吹林雨堕瓦。迸泉飒飒飞木末，野鹿呦呦走堂下。"（《听董大弹胡笳弄兼寄语房给事》）这样的联想是由妙曲所激发的，诗人由此产生非常丰富的联想，进而形成新的美学形式，并用诗的语言和意境表现出来。

诗境深造："弹筝奋逸响，新声妙入神。"（《今日良宴会》）

346. 曲终却从仙官去，万户千门唯月明　曲终奏雅

出处：《史记·司马相如列传》："相如虽多虚辞滥说，然其要归引之节俭，此与《诗》之风谏何异。扬雄以为靡丽之赋，劝百风一，犹驰骋郑卫之声，曲终而奏雅，不已亏乎？"

解析：指乐曲在结束的时候奏出了最雅正的乐章。也形容文章或艺术作品在结尾时显得特别精彩，达到高潮。

诗化：

江城子·江景

〔宋〕苏轼

凤凰山下雨初晴，水风清，晚霞明。一朵芙蕖，开过尚盈盈。何处飞来双白鹭，如有意，慕娉婷。　　忽闻江上弄哀筝，苦含情，遣谁听！烟敛云收，依约是湘灵。欲待曲终寻问取，人不见，数峰青。

诗义：雨后初晴的凤凰山，风轻云淡，明艳的晚霞映衬着湖光山色。湖面上的一朵莲花亭亭玉立，盛开之后依然轻盈美丽。不知从何处飞来一对白鹭，好像被这朵莲花吸引了一样，特意来欣赏花的美丽姿态。江上忽然传来哀伤的调子，满含着悲苦，这样忧伤的曲调有谁忍心去听？烟霭为之敛容，云彩为之收色，这曲子就好像是湘水女神在奏瑟倾诉自己的哀伤。一曲终了，她已经飘然远去，只见青翠的山峰仍然伫立在水边，仿佛那哀怨的乐曲仍然缭绕在山水之间。

简评："曲终却从仙官去，万户千门唯月明。"（李白《桂殿秋》）曲终奏雅是一种美学安排，在戏曲方面表现为故事情节大团圆、大圆满的结局；在音乐方面表现为乐曲到终结处奏出典雅纯正的乐音；在文章诗词方面表现为结尾尤其精彩，妙句横生，让人回味无穷。王国维指出："吾国人之精神，世间的也，乐天的也，故代表其精神之戏曲、小说，无往而不著此乐天之色彩：始于悲者终于欢，始于离者终于合，始于困者终于亨。非是而欲餍阅者之心，难矣。"（《〈红楼梦〉评论》）"永老无别离，万古常完聚，愿普天下有情的都成了眷属。"（王实甫《西厢记》）《西厢记》《牡丹亭》《长生殿》等，都收束于一个大圆满的结局，这是符合我国传统美学中"和谐圆满"的审美理念和审美追求的。即便是故事情节非常悲凄的《孔雀东南飞》，在焦仲卿和刘兰芝为爱殉情后，作品的结尾也以充满浪漫色彩的手法来铺排："两家求合葬，合葬华山傍。东西植松柏，左右种梧桐。枝枝相覆盖，叶叶相交通。中有双飞鸟，自名为鸳鸯。仰头相向鸣，夜夜达五更。"以焦刘的合葬、枝叶的相交、鸟儿的双飞、鸳鸯的和鸣，象征男女主人公的爱情延绵不绝，终得团圆，以满足人们的审美心理。

“曲终调绝忽飞去，洞庭月落孤云归。”（《琵琶》）曲终奏雅的表现手法常常体现在诗文戏剧之中，陶宗仪说：“乔吉博学多能，以乐府称，尝云：‘作乐府亦有法，曰凤头、猪肚、豹尾六字是也。’大致起要美丽，中要浩荡，结要响亮。尤贵在首尾贯穿，意思清新。”（《南村辍耕录》）开头要精彩夺目，引人入胜，美如凤头；文章的主体要丰满厚实，紧凑势雄，实如猪肚；文章的结尾要转出别意，雄劲潇洒，劲如豹尾。“仰天大笑出门去，我辈岂是蓬蒿人。”（李白《南陵别儿童入京》）“人生如逆旅，我亦是行人。”（苏轼《临江仙·送钱穆父》）“问君能有几多愁？恰似一江春水向东流。”（李煜《虞美人·春花秋月何时了》）“落红不是无情物，化作春泥更护花。”（龚自珍《己亥杂诗三百一十五首·其五》）这些都是曲终奏雅在诗词作品中的表现，这样的神来之笔，让人回味无穷，感慨万千。

诗境深造：“曲终人不见，江上数峰青。”（钱起《省试湘灵鼓瑟》）

347. 龙吟虎啸一时发，万籁百泉相与秋　八音克谐

出处：《尚书·虞书·舜典》：“诗言志，歌永言，声依永，律和声。八音克谐，天相夺伦，神人以和。”

解析：指多种声音协和在一起，构成美妙和谐、悦耳动听的乐声。

诗化：

听安万善吹觱篥歌（节选）

〔唐〕李颀

世人解听不解赏，长飙风中自来往。
枯桑老柏寒飕飗，九雏鸣凤乱啾啾。
龙吟虎啸一时发，万籁百泉相与秋。
忽然更作渔阳掺，黄云萧条白日暗。
变调如闻杨柳春，上林繁花照眼新。
岁夜高堂列明烛，美酒一杯声一曲。

诗义：人们只会听曲子的音却不懂得欣赏曲子的含义，奏乐的人就像独行在暴风之中。像风吹枯桑古柏沙沙作响，又像九只雏凤啾啾啼叫。似龙吟虎啸同时发出，如秋天的百泉汇集万籁齐鸣。突然又变为《渔阳曲》低沉悲壮，大白天顷刻黑云翻腾。一会儿又变为《杨柳枝》般轻快的曲调，好像置身于上林苑的似锦繁花中。除夕夜高堂明照，灯火辉煌，来一杯美酒，再欣赏一支觱篥曲。

简评：觱篥是汉朝时期的一种管乐器，形似喇叭，以芦苇作嘴，以竹作管，吹出的声音显得悲凄。八音克谐是指八类乐器所发出的不同声音，应该在整体上产生和谐美妙的韵律。八音是指金、石、土、革、丝、木、匏、竹这八类物质制作出的乐器奏出的声音。金是指以金属制造的乐器，如钟、铃、镈、锣、铙等。石是指以石或玉制成的乐器，如石磬和玉磬。土是指以泥土烧制而成的埙、缶等。革是指以兽皮为主要材料制成的乐器，如鼓等。丝是指以蚕丝等物作琴弦的琴和瑟等乐器。木是指用木板制成的乐器。匏是指用葫芦制作而成的笙、竽等乐器。竹是指以竹子制成的箫、管等乐器。

八类不同材质制作的乐器所发出的音色有所不同，各有千秋。“金尚羽，石尚角，瓦丝尚宫，匏竹尚议，革木一声。”（《国语·周语》）金属乐器演奏的声音洪亮，音质饱满，音色清脆，代表着中国古代乐器的金石之声，金属乐器中最重要的是编钟。石制乐器的音质特点是铿锵洪亮，磬是比较常见的石制乐器。土制的埙音色悠远低沉，浑厚婉转，音质圆润。不仅是不同材质能产生不同的声音，乐器的大小也会对声音产生影响。

兴于商周、盛于春秋战国时期的编钟是中国古代组合打击乐器的代表。编钟由若干大小不同的青铜钟有次序地悬挂在木架上编为一组或几组而成，演奏时用木槌和棒敲打钟，发出音高各不相同的音。编钟演奏是典型的音乐协奏模式。目前，考古发现最完整、最精美的编钟是出土于湖北随州的战国时期曾国的曾侯乙编钟。该编钟组合乐器共有六十五枚，全部为青铜铸造，工艺精美。这些钟挂列在曲尺形的钟架上，分上、中、下三层。上层钟十九枚，中、下层钟是编钟的主体部分，分为三组形状各异的钟。编钟的尺寸和形状会对音质和音量产生很大影响，钟体小的编钟音调高但音量小，钟体大的编钟音调低但音量大。曾侯乙编钟反映了我国战国时期的冶铸技术和工艺技术水平，以及声学、乐律学方面的成就。

八音克谐是对音乐整体协调性的美学要求。正所谓“声一无听，物一无文”（《国语·郑语》），单一的声音无法奏出美妙的音乐，单一的颜色无法产生华丽的文采，音乐甚或更广泛形式的艺术，都需要创作者、表演者将不同的、多样的元素和谐统合起来构成整体作品。

诗境深造：“急管韵朱弦，清歌凝白雪。”（李世民《帝京篇十首·其四》）

348. 大木百围生远籁，朱弦三叹有遗音　朱弦三叹

出处：《礼记·乐记》：“《清庙》之瑟，朱弦而疏越，一唱而三叹，有遗音者矣。”

解析：指音乐美妙动听。

诗化：

听流人水调子

〔唐〕王昌龄

孤舟微月对枫林，分付鸣筝与客心。

岭色千重万重雨，断弦收与泪痕深。

诗义：夜晚，一弯月儿照着江面上的孤舟，两岸是黑压压的枫林。孤独的旅人演奏着低婉压抑的筝乐，乐曲充满了惆怅的乡愁，就像绵绵的秋雨，飘洒在山岭之上。突然，筝弦断了，乐曲停止，弦断之处，泪水已经打湿衣衫。

简评：“大木百围生远籁，朱弦三叹有遗音。”（苏轼《答仲屯田次韵》）朱弦即练朱弦，是用练丝即熟丝制作的琴弦。丝弦乐器的种类比较多，有琴、瑟、筝、箜篌、秦琴、琵琶、三弦、胡琴等。琴的音色千变万化，丰富多彩，十分优美。古琴的音色分三大类，即泛音、散音和按音。泛音清脆高远，轻盈活泼；散音浑厚沉着，内敛坚实；按音婉约柔情，圆润细腻。

琴在中国传统音乐中具有重要的地位，古琴被视为完善人格、实现人生理想的工具之一。“众器之中，琴德最优，故缀叙所怀，以为之赋。”（嵇康《琴赋序》）“故学道者，审音者也。于八音之中，以一音而调五声，唯琴为然。”

（夏溥《徐青山先生琴谱序》）古人总结出十六种琴声、四大类演奏技艺、八种表现方式和二十四种最美的音质，产生了《绿水》《游春》《长清》《短清》《酒狂》《离骚》《潇湘水云》等数以百计的琴曲，形成了《新论·琴道》《琴操》《琴史》《琴律说》《琴议》《论琴》《溪山琴况》等理论著作。在中国音乐史上，古琴独领风骚，有完善的记谱法、丰富的作品和系统的演奏理论、美学思想。

古代诗人喜欢用“朱弦三叹”描绘音乐之美，或形容美文之饶有回味：“朱弦疏越清庙奏，一唱三叹音有余。”（刘一止《送楼伴张吏部还朝一首》）“朱弦曾闻三叹曲，青松自长千岁枝。”（李复《次韵钱穆父内翰题刘掾诗集》）“我读残编食忘味，朱弦三叹有遗音。”（陆游《读书》）“流水一弹真绝调，朱弦三叹有遗音。”（查慎行《谒座主相国泽州公于邸第见示予告后新诗恭上二章·其二》）

诗境深造：“白雪寡和曲，朱弦三叹音。”（欧大任《少司寇大庾刘公出示郑少谷所书李空同何大复诗同赋》）

349. 檀槽一曲黄钟羽，细拨紫云金凤语　龙言凤语

出处：《会仙歌》：“轻轻蒙蒙，龙言凤语何从容，耳有响兮目无踪。”

解析：比喻曼妙悠扬的音乐之声。

诗化：

风中琴

［唐］卢仝

五音六律十三徽，龙吟鹤响思庖羲。
一弹流水一弹月，水月风生松树枝。

诗义：风中琴发出五音六律的动人乐声，像是龙的吟啸、鹤的啼鸣，使人浮想联翩，怀念起传说中琴瑟的发明者伏羲。风中琴一会儿在弹奏流水，一会儿在弹奏明月，又宛若流水和明月伴随着清风，在苍茫的松林里掀起了阵阵涛声。

简评：古代用“五音六律”指代音乐，“十三徽”指琴。庖羲即伏羲，中

华神话中人类之始祖，对中华文化有着极为重大的贡献。传说庖羲氏发明了琴。“琴，伏羲所造，长七尺二寸而有五弦。”（张揖《广雅》）蔡邕的《琴操》：“伏羲氏作琴，弦有五者，象五行也。”中国的文人雅士把弹奏琴作为追求恬逸、虚静、致远境界，寄托个人志向与情感的方式之一。这样的寄托和追求体现在大量与琴有关的诗词里：“月出鸟栖尽，寂然坐空林。是时心境闲，可以弹素琴。清泠由木性，恬澹随人心。心积和平气，木应正始音。响余群动息，曲罢秋夜深。正声感元化，天地清沉沉。”（白居易《清夜琴兴》）“阴阴花院月，耿耿兰房烛。中有弄琴人，声貌俱如玉。清泠石泉引，雅澹风松曲。遂使君子心，不爱凡丝竹。”（白居易《和顺之琴者》）“江上调玉琴，一弦清一心。泠泠七弦遍，万木澄幽阴。能使江月白，又令江水深。始知梧桐枝，可以徽黄金。”（常建《江上琴兴》）“檀槽一曲黄钟羽，细拨紫云金凤语。”（李群玉《王内人琵琶引》）

美妙的音乐会让人陶醉，也会让人惆怅，唐代李益的《夜上受降城闻笛》：“回乐峰前沙似雪，受降城外月如霜。不知何处吹芦管，一夜征人尽望乡。”在边关月色如霜的秋夜，听见凄凉的芦管曲子，一夜间让征战的将士个个思念故乡。这首诗是出塞诗的佳作，让人百读不厌。

诗境深造：“笛奏龙吟水，箫鸣凤下空。”（李白《宫中行乐词八首·其三》）

350. 梦入神山教神妪，老鱼跳波瘦蛟舞　驷马仰秣

出处：《淮南子·说山训》：“瓠巴鼓瑟，而淫鱼出听；伯牙鼓琴，驷马仰秣；介子歌龙蛇而文君垂泣。”

解析：指驾车的马都驻足仰首，谛听琴声。形容音乐美妙动听。

诗化：

李凭箜篌引

〔唐〕李贺

吴丝蜀桐张高秋，空白凝云颓不流。

江娥啼竹素女愁，李凭中国弹箜篌。

昆山玉碎凤凰叫，芙蓉泣露香兰笑。

十二门前融冷光，二十三丝动紫皇。
女娲炼石补天处，石破天惊逗秋雨。
梦入神山教神妪，老鱼跳波瘦蛟舞。
吴质不眠倚桂树，露脚斜飞湿寒兔。

诗义：用吴丝蜀桐制成的箜篌在深秋的夜晚奏响。听到美妙的乐曲声，连天上的白云也停下脚步不再飘动。湘娥听了泪洒斑竹，素女也被感动得充满忧愁。这都是因为李凭演奏起了箜篌。清脆的乐声好像是昆仑美玉被击碎，又像是凤凰的啼鸣；美妙的乐曲时而使芙蓉花在露水中抽泣，时而使香兰畅怀欢笑。清脆的乐声，使人感觉到整个长安城都沉浸在清冷之中。二十三根弦丝高弹轻拨，美妙和谐，打动了高高在上的天帝。高亢的乐声直冲云霄，冲破女娲炼石补过的天际，导致石破天惊，绵绵的秋雨纷纷落下。梦境中，乐师仿佛进入了神山，把演奏技艺向美丽的仙女传授；老鱼在水中兴奋地跳跃，瘦蛟也欢快地翩翩起舞。月宫中的吴刚被乐声打动，倚在桂树边彻夜难眠。月亮里的玉兔冒着湿冷的寒风，全神贯注地聆听。

简评：李凭是唐宪宗时期比较受欢迎的宫廷乐师。李贺这首诗用一系列夸张比喻的手法，表现了李凭弹奏箜篌的高超技艺，用了大量笔墨来渲染表演惊天地、泣鬼神的动人效果，大量的联想、想象和神话传说，使作品充满浪漫主义色彩。全诗语言俏丽，构思新奇。杨巨源有诗赞曰："听奏繁弦玉殿清，风传曲度禁林明。君王听乐梨园暖，翻到云门第几声。"（《听李凭弹箜篌二首·其一》）

箜篌是中国古代的一种弹弦乐器，距今有两千多年的历史。其音域宽广、音色柔美清澈，表现力极强。据《史记·封禅书》记载："于是塞南越，祷祠太一、后土，始用乐舞，益召歌儿，作二十五弦及空侯琴瑟自此起。"《隋书·音乐志》记载："今曲项琵琶、竖头箜篌之徒，并出自西域，非华夏之乐器。"箜篌在古代有卧箜篌、竖箜篌、凤首箜篌三种形制。箜篌的音质清亮、空灵、浮泛、飘忽，宛如泠泠的清泉之声。

箜篌成为连通中国古代音乐与诗词的媒介，尤其受到唐代诗人的青睐，彼时有许多关于箜篌的诗词："公无渡河音响绝，已隔前春复去秋。今日闲窗拂尘土，残弦犹迸钿箜篌。”（元稹《六年春遣怀八首·其三》）“谁家女儿楼上头，指挥婢子挂帘钩。林花撩乱心之愁，卷却罗袖弹箜篌。箜篌历乱五六弦，罗袖掩面啼向天。相思弦断情不断，落花纷纷心欲穿。”（卢仝《楼上女儿曲》）“千重钩锁撼金铃，万颗真珠泻玉瓶。恰值满堂人欲醉，甲光才触一时醒。”（张祜《楚州韦中丞箜篌》）“玲珑箜篌谢好筝，陈宠觱栗沈平笙。清弦脆管纤纤手，教得霓裳一曲成。”（白居易《霓裳羽衣歌》）“净扫黄金阶，飞霜皓如雪。下帘弹箜篌，不忍见秋月。”（薛奇童《吴声子夜歌》）

诗境深造：“仰秣胡驹听，惊栖越鸟知。”（白居易《听芦管》）

三十六、书画篇

不经意的
那么轻轻一笔
水墨次第渗开
大好河山为之动容
为之战栗，为之
晕眩

所幸世上还留有一大片空白
所幸
左下侧还有一方小小的印章
面带微笑

——洛夫《水墨微笑》

书画艺术是中国传统美学的一朵奇葩，具有独特的审美风格，一招一式、一笔一画都闪烁着智慧之光，折射着民族精神和人格的力量。书画的美有入木三分、骨法用笔、质直浑厚的劲健，有笔走龙蛇、行云流水、龙蛇飞动的潇洒飘逸，也有烘云托月、画龙点睛的神妙，更有立象尽意、淡墨清岚的气韵。

351. 墨妙三分惭入木，华褒一字重编年　入木三分

出处：《书断·王羲之》：“晋帝时，祭北郊，更祝版，工人削之，笔入木三分。”

解析：形容书法绘画笔力刚劲，也比喻见解、分析、论断深刻。

诗化：

王右军

〔唐〕李白

右军本清真，潇洒出风尘。
山阴过羽客，爱此好鹅宾。
扫素写道经，笔精妙入神。
书罢笼鹅去，何曾别主人。

诗义：王羲之天性清朗天真，具有潇洒的品性，超脱风尘。他在山阴遇到一位养鹅的道士，对道士的鹅痴迷不已，于是挥毫写下道经，笔力遒劲，入木三分。写罢他又赶着道士赠予的鹅飘然而去，甚至无暇回头谢别主人。

简评：“墨妙三分惭入木，华褒一字重编年。”（杨亿《笔》）王羲之是晋代著名的书法家，曾官封右军，史上有“书圣”之称。南朝梁武帝萧衍评论说：“王羲之书字势雄逸，如龙跳天门，虎卧凤阙。”（《今古书人优劣评》）唐代张怀瓘称赞王羲之的书法道：“尤善书，草、隶、八分、飞白、章、行，备精诸体，自成一家法，千变万化，得之神功，自非造化发灵，岂能登峰造极？”（《书断》）王羲之的书法艺术取法高古，博采众长，备精诸体，精研体势，心摹手追，自成一家，笔势委婉含蓄，遒美健秀，兼善隶、草、楷、行各体，形成了妍媚、古淡、雄强、奇崛、飘逸的书法风格。其代表作《兰亭序》被誉为天下第一行书。据传，王羲之曾到一门生家做客，一时兴起，提起笔在一张新做的条几上写下《梁甫吟》，字写得笔力雄健，气势奔放。可那门生的父亲不识货，觉得新做的条几上写满字很可惜，就拿湿抹布去擦。他擦了一遍又一遍，墨色是淡了，可字迹老是去不掉，最后竟拿刀来刮，刮了半日，才把几面上的字清除干净。消息传开后，人们便用“入木三分”来形容王羲之的书法遒劲有力。

中国传统美学十分注重骨风，所谓的骨风是指通过语言、笔法、画法以及结构等审美形式所表现出来的刚健有力或柔中带刚的艺术风格。南朝梁刘勰的《文心雕龙·体性》曰：“辞为肌肤，志实骨髓。”清代赵翼曾言：“向来枉自求知己，垂老今才得替人。入木三分诗思锐，散霞五色物华新。”（《杨雪珊自长垣归来出示近作叹赏不足诗以志爱北诗钞》）中国书画艺术非常重视骨法用笔。入木三分是骨法用笔，属刚健遒劲的美质。南朝齐谢赫认为：“风范气候，极妙参神。但取精灵，遗其骨法。”（《古画品录》）唐代荆浩指出凡笔有四势：“谓筋、肉、骨、气。笔绝而不断谓之筋；起伏成实谓之肉；生死刚正谓之骨；迹画不败谓之气。”（《笔法记》）精神刚正、有生命力量之势的叫作骨。宋代苏轼说：“书必有神、气、骨、肉、血，五者阙一，不为成书也。”（《论书》）赵孟坚指出：“态度者，书法之余也；骨格者，书法之祖也。”（《论书法》）

诗境深造：“请君看入木，一寸乃非虚。”（李峤《书》）

352. 鸾翔凤翥众仙下，珊瑚碧树交枝柯　笔走龙蛇

出处：《送元大》：“胸中翻锦绣，笔下走龙蛇。”

解析：比喻书法或文章洒脱雄健，很有气势。

诗化：

草书歌行（节选）

〔唐〕李白

少年上人号怀素，草书天下称独步。
墨池飞出北溟鱼，笔锋杀尽中山兔。
八月九月天气凉，酒徒词客满高堂。
笺麻素绢排数箱，宣州石砚墨色光。
吾师醉后倚绳床，须臾扫尽数千张。
飘风骤雨惊飒飒，落花飞雪何茫茫！
起来向壁不停手，一行数字大如斗。
恍恍如闻神鬼惊，时时只见龙蛇走。
左盘右蹙如惊电，状同楚汉相攻战。

诗义：年少的怀素，草书技艺风格奇特，独步天下。他的草书犹如墨池里飞出的北溟鲲鱼，气势磅礴；其笔锋遒劲犀利，仿佛可将山中的兔子杀尽。秋高气爽，诗人坐满了高堂。地上摆满了白布和纸笺，桌上的宣州石砚黝黑发亮，大家都希望怀素题字。怀素喝醉后在绳床上小憩，突然起身，挥毫泼墨，转眼间写完了几千张纸。如同疾风骤雨，飒飒惊魂；又像花飞雪飘，苍苍茫茫。他对着粉白的墙壁手不停笔，所书作品字大如斗。观看的人个个神魂颠倒，满眼的龙飞凤舞，神蛇游走。笔势左盘右收，如同满天的闪电，又像楚汉之争你攻我退。

简评：怀素为唐代书法家，字藏真，俗姓钱，年幼时出家为僧，怀素系其僧名。怀素用笔圆劲有力，奔放流畅，一气呵成，书法史上将他的草书称为"狂草"。他与唐代另一位草书家张旭齐名，人称"张颠素狂"或"颠张醉素"。怀素的主要作品有《自叙帖》《苦笋帖》《食鱼帖》《圣母帖》《论书帖》《大草千文》《小草千字文》《四十二章经》《千字文》《藏真帖》《七帖》《北亭草笔》等。

"鸾翔凤翥众仙下，珊瑚碧树交枝柯。"（韩愈《石鼓歌》）笔走龙蛇属矫健、狂放、飘逸、生动的美质。具体可表现为狂放不羁、不守成法、淋漓尽致，艺术家可自由展现其才能和独特风格，这种美质在书法、绘画和诗赋文辞中都有体现。汉代蔡邕赞狂草曰："为书之体，须入其形。若坐若行，若飞若动，若往若来，若卧若起，若愁若喜，若虫食木叶，若利剑长戈，若强弓硬矢，若水火，若云雾，若日月。纵横有可象者，方得谓之书矣。"（《笔论》）魏晋之际思想家杨泉认为："唯六书之为体，美草法之最奇。杜垂名于古昔，皇著法乎今斯。字要妙而有好，势奇绮而分驰。"（《草书赋》）宋代陆游一生酷爱草书，这体现了他豪迈、奔放的性格特点，他在诗中描绘了草书笔走龙蛇的美质："今朝醉眼烂崖电，提笔四顾天地窄。忽然挥扫不自知，风云入怀天借力。"（《草书歌》）"有时寓意笔砚间，跌宕奔腾作诙诡。徂徕松尽玉池墨，云梦泽干蟾滴水。心空万象提寸毫，睥睨醉僧窥长史。联翩昏鸦斜著壁，郁屈瘦蛟蟠入纸。神驰意造起雷雨，坐觉乾坤真一洗。"（《草书歌》）

历代赞美书法笔走龙蛇之势的佳句有："笔端舒锦绣，手下走龙蛇。罢益银钩势，休添丽泽华。"（王粲《文不加点》）"诗锵金石音尤古，笔走龙蛇意自闲。”（林季仲《次韵酬赵宝学》）“笔走龙蛇，词倾河汉，妙年德艺双成。”（石孝友《满庭芳·上张紫微》）“诗好盈编堆锦组，字奇随笔走龙蛇。”（韩琦《过全福寺》）“笔惊风雨落蛮笺，字走龙蛇出天意。”（史谨《陪景章诸公游城南兰若》）

诗境深造：“胸中翻锦绣，笔下走龙蛇。”（高登《送元大》）

353. 经纶余沥洒秋风，流水行云看染翰　行云流水

出处：《答谢民师推官书》：“所示书教及诗赋杂文，观之熟矣，大略如行云流水，初无定质，但常行于所当行，常止于不可不止。”

解析：形容书法、绘画等艺术作品自然流畅。

诗化：

醉后赠张九旭

〔唐〕高适

世上谩相识，此翁殊不然。
兴来书自圣，醉后语尤颠。
白发老闲事，青云在目前。
床头一壶酒，能更几回眠？

诗义：世上的人广交朋友，而这位老翁给人的印象却不寻常。他独来独往，兴致一来书法自然天成，喝醉后豪放癫狂，胡言乱语。老来悠闲自乐，不问他事，眼睛里只有狂荡不羁的草书，宛如天上的白云自由飘荡。床头边总放着一壶酒，人生能得几回醉呢！

简评：张旭，字伯高，唐代书法家，以草书著称，生性好酒。《旧唐书》记载，张旭“每醉后号呼狂走，索笔挥洒，变化无穷，若有神助，时人号为张颠”。张旭之作品，落笔力顶千钧，倾势而下，行笔婉转自如，有急有缓地荡漾在舒畅的韵律中。他的字奔放豪逸，笔画连绵不断，似有飞檐走壁之险。草书之美其实就在于信手拈来，一气呵成，给人以痛快淋漓之感，张旭的主要作品有《古诗四帖》《草书心经》等。

“经纶余沥洒秋风，流水行云看染翰。”（唐锦《登黄鹤楼步韵》）行云流水属自然、流畅、飘逸的美质。行云流水最主要的美质是“逸”，即神逸、飘逸，逸在审美意境中地位最高。“画之逸格，最难其俦。拙规矩于方圆，鄙精研于彩绘，笔简形具，得之自然，莫可楷模，出于意表，故目之曰逸格尔。”（黄休复《益州名画录》）逸格定位，是绘画艺术最难达到的艺术境界，只有别出心裁、造诣精深的杰出画家才能胜任。逸的美质有着丰富的内涵：一是强调虚隐、朦胧状态。技艺表现在有与无、虚与实之间。南朝齐谢赫说：“出入穷奇，纵横逸笔，力遒韵雅，超迈绝伦。”（《朝画品录》）二是表现脱尘遗世，超然淡泊。唐代皎然说：“体格闲放曰逸。”（《诗式》）三是自然随性，见素抱朴。明代董其昌指出：“画家以神品为宗极，又有以逸品加于神品之上者，曰出于自然而后神也。”（《画旨》）

诗境深造：“忽睹词章丽，还惊翰墨工。”（陶益《鹤门关念斋见寄所作朱明诗帖书法并佳因以怀之》）

354. 酒为旗鼓笔刀槊，势从天落银河倾　龙蛇飞动

出处：《西江月·平山堂》：“三过平山堂下，半生弹指声中。十年不见老仙翁。壁上龙蛇飞动。”

解析：形容书法笔势的劲健生动。

诗化：

草书屏风

〔唐〕韩偓

何处一屏风，分明怀素踪。
虽多尘色染，犹见墨痕浓。
怪石奔秋涧，寒藤挂古松。
若教临水畔，字字恐成龙。

诗义：不知道从哪里寻得的这个屏风，上面分明写有怀素的书法笔迹。虽然灰尘覆盖、颜色斑驳，但仍能清晰地辨认出厚重的墨痕。写的字好像秋

天山涧间的怪石，竖的和勾的笔画就像枯藤倒挂在古松下。如果把屏风摆到水边，恐怕每个字都要化成蛟龙，畅游到水里去了。

简评：草书是我国的五大书体之一，其主要美质有四点。一是气势恢宏。草书结字正欹呼应，章法的疏密、大小及黑白变化较大，波澜壮阔，气势非凡，给人以力量，给人以遐想。二是节奏鲜明。草书轻重起伏、提按收放、顿挫跌宕、偃仰徐疾等各种笔法，创造出千姿百态的构型，给人以视觉的冲击与震撼。三是构图奇妙。草书采取疏密虚实、大小正欹、粗细轻重等构图，表现出书法的不同魅力。四是阴阳和谐。草书通过点画行笔的技巧手法，表现枯涩湿润、险绝平稳、欹正逶迤、空旷密集、墨白浓淡、粗狂纤细，追求阴阳对立的和谐之美。

“酒为旗鼓笔刀槊，势从天落银河倾。”（陆游《题醉中所作草书卷后》）唐代书法评论家孙过庭对草书评论道：“观夫悬针垂露之异，奔雷坠石之奇，鸿飞兽骇之姿，鸾舞蛇惊之态，绝岸颓峰之势，临危据槁之形。或重若崩云，或轻如蝉翼；导之则泉注，顿之则山安。纤纤乎似初月之出天涯，落落乎犹众星之列河汉，同自然之妙有，非力运之能成。信可谓智巧兼优，心手双畅，翰不虚动，下必有由。一画之间，变起伏于峰杪，一点之内，殊衄挫于毫芒。”（《书谱》）

龙蛇飞动属大气恢宏、豪放狂野的美质。“忽然飞动更惊人，一声霹雳龙蛇活。”（吴融《赠䛒光上人草书歌》）“龙蛇飞动从椽笔，昔看公孙舞剑来。何得却知颠草妙，为随宾客到金台。”（李新《送张少卿赴召十首·其九》）“字体真浑远到古，神马初见八卦图。精神熠熠欲飞动，鸾凤鼓舞龙蛇摅。”（韩琦《谢宫师杜公寄惠草书》）“金戟交撑日月轮，银钩倒画龙蛇影。”（方行《观吴孟周司训真草书谱》）“墨要干研清神思，点画临时要廓落。形势奇状似龙蛇，平头大小宜斟酌。”（赵炅《缘识·其四十》）

诗境深造：“削简龙文见，临池鸟迹舒。”（李峤《书》）

355. 点端屹如泰山立，画劲森似长戟陈　质直浑厚

出处：《苕溪渔隐丛话前集·韩吏部下》：“语多质直浑厚，计应似其为人。”

解析：指书法等艺术作品质朴厚重。常用以形容书法、诗文等的笔力、风格。

诗化：

和楼志国范君武读胡尉临安所获颜鲁公书断碑（节选）

［宋］强至

不由名氏验体法，气质浑厚知颜筋。
点端屹如泰山立，画劲森似长戟陈。
宁同枣木浪传刻，少陵尤恶肥失真。
苍茫疑闻地灵泣，为失此石后土贫。

诗义：不用去追寻作者的落款姓氏，看那气质浑厚庄严的字体就知道是颜体了。点落得端庄有力若泰山耸立，横竖劲健刚毅好比长戟列阵。宁愿用枣木刻成雕版传给后世，杜甫尤其厌恶字体臃肥失真。苍天为之疑闻，大地为之哭泣，只因失去此碑，后世将土地贫瘠。

简评："颜体"是唐代书法家、文学家颜真卿创作的一种楷书字体。颜体的艺术风格是结体方正茂密，笔画横轻竖重，笔力雄强圆厚，气势庄严雄浑。清代王文治有诗赞颜书曰："曾闻碧海掣鲸鱼，神力苍茫运太虚。间气古今三鼎足，杜诗韩笔与颜书。"（《论书绝句三十首·其十四》）一般认为颜真卿的书法艺术可分为三个阶段：一是立坚实骨体，求雄媚书风；二是究字内精微，求字外磅礴；三是活泼神妙，具有生灵的活性。其书法作品主要有《东方朔画赞碑》《多宝塔感应碑》《麻姑仙坛记》《颜勤礼碑》《颜氏家庙碑》等。其中，《东方朔画赞碑》是颜真卿的鼎盛之作，该作品结构严整、浑厚刚健、骨力遒劲、气势清雄。历史上颜真卿还是文武双全、秉性正直、笃实醇厚、刚正威武的忠臣。宋代李行中有诗赞曰："平生肝胆卫长城，至死图回色不惊。世俗不知忠义大，百年空有好书名。"（《读颜鲁公碑》）

雄浑阳刚与婉约柔美是中国书法的主要艺术风格。雄浑阳刚强调骨感、力量和气势，婉约柔美强调神韵、韵味和逸趣；阳刚追求方、厚、直、急、枯的表现形式，婉约则追求圆美、收藏、曲线、缓和、润滑的形式。质直浑厚属浑厚、雄浑、厚重的美质。浑厚的审美境界主要有三：其一，艺术表现神妙，意境浑厚；其二，艺术功力深厚，笔力厚重；其三，艺术内涵丰富，情谊深厚。

诗境深造："学诗当学陶，学书当学颜。"（陆游《自勉》）

356. 题诗洒墨江东驿，笔力犹能挽怒涛　骨法用笔

出处：《古画品录》："夫画品者，盖众画之优劣也。图绘者，莫不明劝戒、著升沉，千载寂寥，披图可鉴。虽画有六法，罕能尽该，而自古及今，各善一节。六法者何？一，气韵生动是也；二，骨法用笔是也；三，应物象形是也；四，随类赋彩是也；五，经营位置是也；六，传移模写是也。"

解析：比喻书画等艺术作品用笔有骨力。

诗化：

题范宽小雪山图

〔元〕郑东

雪压寒林万木垂，经旬不与野人期。

蹇驴借得如黄犊，犹怕山桥不敢骑。

诗义：厚厚的积雪把树木压得低垂，好久没与山里的猎户相聚了。骑着骨瘦如柴又笨得如同一头小牛的驴子，最害怕的是过险峻的山桥，都不敢骑了。

简评："题诗洒墨江东驿，笔力犹能挽怒涛。"（萨都刺《大同驿》）骨法用笔是书画艺术的重要审美风格。宋代赵孟坚指出："态度者，书法之余也；骨格者，书法之祖也。今未正骨格，先尚态度，几何不舍本而求末耶？戒之，戒之。"（《论书法》）姿态是书法的末节，骨格才是书法的根本。

范宽是宋代画家，善画山水、雪景，以落笔雄伟老硬的艺术风格著称，传世作品有《溪山行旅图》《雪景寒林图》《雪山萧寺图》等。宋代冯时行称赞范宽的作品骨感鲜明："画山画骨更画魂，范宽此中高出群。"（《绍兴六年十月六日同信可舜弼进道谒隐甫》）范宽作画用笔苍劲，气魄宏伟，景物逼真，山势逼人。明代董其昌评价范宽的作品曰："范宽山川浑厚，有河朔气象。瑞

雪满山，动有千里之远，寒林孤秀，挺然自立。物态严凝，俨然三冬在目。”（《画禅室随笔》）范宽山水画的风格特点是“峰峦浑厚，势状雄强，抢笔俱匀，人屋皆质”（郭若虚《图画见闻志》），又“真石老树，挺生于笔下，求其气韵，出于物表，而又不资华饰”（刘道醇《圣朝名画评》）。

范宽所绘《溪山行旅图》，巍峨的高山矗立在画面正中，占有三分之一的画面，顶天立地，壁立千仞，充满雄伟的气势。范宽“画山画骨更画魂”，表现出了峰峦之浑厚，势壮雄强，采用远望不离座外的突兀构图，采取远取其势、近取其质的手法，配以枯老、劲硬的墨线勾勒和均匀、浑厚的雨点皴技巧，体现出充满质感、量感的雄武美质。而《雪景寒林图》《雪山萧寺图》则表现了山势雄厚、雪景深莽的壮丽美质。画风笔墨浓重润泽，层次分明，以粗壮的线条勾勒山石、林树，结实、严紧，山石质感鲜明，体现了“写山真骨”“与山传神”的精湛技艺。

诗人们特别欣赏范宽的山水画和雪景图，如“大雪洒天表，孤峰入云端。何人向渔艇，拥褐对巑岏”（文同《题范宽画四首·雪中孤峰》），“岩壑层层古，全非近日山。山中最深处，置我于其间”（释函可《题范宽真迹》），“巧将墨汁染鹅溪，远势高分近却低。忆昔天坛坛上望，日精东畔月华西”（岳正《题范宽山水卷》），“冈峦楼阁斗清妍，一段空明水玉天。不到阆城东向望，范家神妙若为传”（许有壬《范宽积雪图》）。

诗境深造：“挥翰银钩活，摛辞玉佩锵。”（方孝孺《次危纪善五十韵倍成千字献蜀王》）

357. 桃花潭水深千尺，不及汪伦送我情　烘云托月

出处：《西厢记》金圣叹批：“所谓画家烘云托月之秘法。”

解析：指在书画等艺术作品的创作中，从侧面加以点缀或描绘，从而突出主题，是一种以宾衬主的艺术创作和表现手法。

诗化：

题《渔父图》

〔元〕吴镇

目断烟波青有无，霜凋枫叶锦模糊。

千尺浪、四腮鲈，诗筒相对酒葫芦。

诗义：水面上一望无际，烟波浩渺，凋零的枫叶锦色迷蒙。风急浪高，水里有四鳃鲈鱼，诗画筒与酒葫芦相对着。

简评：吴镇，元代画家，擅画山水、梅花、竹石，创作风格水墨苍莽、淋漓雄厚，与黄公望、倪瓒、王蒙合称“元四家”，存世作品有《渔父图》《双松平远图》《洞庭渔隐图》《芦花寒雁图》等。其中的《渔父图》，远山丛树，流泉曲水，平坡老树，坡旁水泽，小舟闲泊。渔夫头戴草笠，一手扶桨，一手执竿，坐船垂钓。烘云托月是中国传统山水画的艺术手法之一：“山水篇幅以山为主，山是实，水是虚。画水村图，水是实，而坡岸是虚。写坡岸平浅远淡，正见水之阔大。凡画水村图之坡岸，当比之烘云托月。”（蒋和《学画杂论》）吴镇在《渔父图》里，以平冈丛树这一疏密有致之景，衬托出渔父驾小舟游于山水间之逍遥，突出了“诗筒相对酒葫芦”那种超尘脱俗、清幽隐逸的意境。

“李白乘舟将欲行，忽闻岸上踏歌声。桃花潭水深千尺，不及汪伦送我情。”（李白《赠汪伦》）此处李白以桃花潭的千尺水深来衬托出与汪伦的深情厚谊。烘云托月是艺术创作中以宾衬主的艺术创作和表现手法。金圣叹批《西厢记》时指出：“欲画月也，月不可画，因而画云。画云者，意不在于云也；意不在于云者，意固在于月也。然而意必在于云焉。”艺术创作在物象之外渲染衬托，使主题更加突出。

诗境深造：“江碧鸟逾白，山青花欲燃。”（杜甫《绝句二首·其二》）

358. 谁遣通身鳞甲活，画龙容易点睛难　画龙点睛

出处：《历代名画记·张僧繇》：“又金陵安乐寺四白龙，不点眼睛，每云：

‘点睛即飞去。’”

解析：指创作书画等艺术作品时在关键处点缀，使作品更加生动传神。

诗化：

题竹石牧牛

〔宋〕黄庭坚

野次小峥嵘，幽篁相倚绿。
阿童三尺棰，御此老觳觫。
石吾甚爱之，勿遣牛砺角。
牛砺角尚可，牛斗残我竹。

诗义：野坡上怪石峥嵘，怪石边长着茂盛的竹林丛。一个牧童手持三尺鞭子，悠闲地骑在一头老牛背上。我很喜欢这块怪石，小牧童请你别让牛在它上面磨牛角。磨牛角尚且还能忍受，但不要让牛群相互争斗，踩坏了我那一片翠竹。

简评：“草圣欲成狂便发，真堪画入醉僧图。”（怀素《题张僧繇醉僧图》）张僧繇是南朝梁著名画家，擅长画龙、鹰和佛像。他的画对唐代画家吴道子和雕塑家杨惠之影响较大，有人把张僧繇与吴道子同晋代顾恺之、南朝宋陆探微并称为“画家四祖”。

《竹石牧牛图》是宋代苏轼和李公麟共同创作的一幅画。苏轼画了丛竹怪石，李公麟增画了牧儿骑牛，黄庭坚觉得这幅画特别有趣，便题了这首诗。《竹石牧牛图》中的旷野、竹石均为景色，其画龙点睛之处在于牧童骑的牛。牛引出了“石吾甚爱之，勿遣牛砺角。牛砺角尚可，牛斗残我竹”的意境。

“百年神物在泥蟠，俗笔多从委蜕看。谁遣通身鳞甲活，画龙容易点睛难。”（查慎行《戏为四绝句呈西崖桐野两前辈·其三》）画龙点睛能使艺术作品产生更好的艺术效果。宋代张择端的《清明上河图》或许是中国绘画史上最著名的作品，浓缩了宋代太平盛世的民俗特征和城乡风物。其中，起到画龙点睛艺术效果的莫过于汴河上的虹桥盛况。画中的虹桥不仅展现了赶集的热闹、水运的忙碌、京城的繁华，它那流畅的反弯曲线造型更展现了中国古代建筑的线条之美、飞动之美、灵动之美。诗人常用画龙点睛来赞美画作之

神美："世人画龙得龙皮，叔也画龙得龙髓。"（唐顺之《题龙图》）"风雷澒洞西窗夜，只讶僧繇已点睛。"（蓝仁《题画龙》）

从文赋诗词的角度来看，"文眼"就具有画龙点睛的效果。所谓的"文眼"，是作品最精华、最要旨之处。清代刘熙载认为："文家皆知炼句炼字，然单炼字句则易，对篇章而炼字句则难。字句能与篇章映照，始为文中藏眼，不然，乃修养家所谓瞎炼也。"（《艺概·经义概》）

诗境深造："作诗为写神，浓墨洒寒碧。"（陈镒《自题绿猗亭·其四》）

359. 古画画意不画形，梅诗咏物无隐情　立象尽意

出处：《周易·系辞上》："圣人立象以尽意，设卦以尽情伪，系辞焉以尽其言，变而通之以尽利，鼓之舞之以尽神。"

解析：指绘画、书法、诗词等艺术形象可以表达丰富复杂、内涵深邃的意念和思想。

诗化：

盘车图（节选）

〔宋〕欧阳修

古画画意不画形，梅诗咏物无隐情。

忘形得意知者寡，不若见诗如见画。

诗义：古人绘画注重意境，而不过分追求形似。梅尧臣的诗则比较强调写实，咏物直白而不含蓄。对于绘画上的"忘形得意"很少人理解，诗词创作如果过分求实，则不如学学绘画画意不画形的手法，以意境为主，使人读一首诗如同看一幅画。

简评："乾坤易缊仲尼宣，立象端知意已传。"（弘历《无尽意轩》）立象尽意是传统的审美哲学和思想，强调艺术形象要表现思想情感。"圣人立象以尽意"，古人用确立《易》象的办法来充分表达自己的意念。"象"指具体可感的形象，"意"指思想、情意。"象生于意，故可寻象以观意。"（王弼《周易略例·明象》）"象"对于"意"的表现，应注意以小喻大、以少总多、由此及

彼、由近及远的特点："其称名也小，其取类也大。其旨远，其辞文，其言曲而中，其事肆而隐。"(《周易·系辞下》)

唯有精湛的绘画笔法技艺才能体现立象尽意，产生"古画画意不画形"的效果。荆浩提出六要："夫画有六要：一曰气；二曰韵；三曰思；四曰景；五曰笔；六曰墨。气者，心随笔运，取象不惑；韵者，隐迹立形，备仪不俗；思者，删拨大要，凝想形物；景者，制度时因，搜妙创真；笔者，虽依法则，运转变通，不质不形，如飞如动；墨者，高低晕淡，品物浅深，文采自然，似非因笔。"(《笔法记》)

诗境深造："悟彼立象意，契此入德门。"（朱熹《斋居感兴二十首·其十一》)

360. 淡扫明湖开玉镜，丹青画出是君山　淡墨清岚

出处：《淡墨秋山诗帖》："淡墨秋山画远天，暮霞还照紫添烟。故人好在重携手，不到平山谩五年。"

解析：比喻书画艺术上一种手法，墨色淡如山间雾气一般缭绕，表现一种清幽澹远的意境。

诗化：

画

〔唐〕王维

远看山有色，近听水无声。
春去花还在，人来鸟不惊。

诗义：远看山色苍翠，淡墨清岚，近处却听不见流水的声音。春天过去了，但花儿盛开不败。人靠近了，树上的鸟儿却不惊慌。

简评：王维山水诗写得好，其山水画亦是一绝，董其昌推其为"南宗"之祖，认为中国文人画始于王维。王维绘画艺术的主要风格是淡墨清岚，其特点有二。其一，水墨为尚。王维开创了水墨之画风。"始用渲淡，一变勾斫。"（董其昌《画旨》）谢邁有诗赞曰："此公盘礴万物表，胸中炯炯秋空晓。

戏磨淡墨污绢素，世上丹青擅场少。”（《王摩诘四时山水图》）其二，画中有诗。苏轼评论道：“味摩诘之诗，诗中有画；观摩诘之画，画中有诗。”（《书摩诘〈蓝田烟雨图〉》）王维诗作《山中》云：“荆溪白石出，天寒红叶稀。山路元无雨，空翠湿人衣。”这不正是一幅诗画吗？王维的主要绘画作品有《辋川图》《雪溪图》《山居图》《伏生授经图卷》。这些优秀作品不仅建立在高超的绘画技艺上，更厚植于王维对绘画的深刻理解和感悟上。

“淡扫明湖开玉镜，丹青画出是君山。”（李白《陪族叔刑部侍郎晔及中书贾舍人至游洞庭五首·其五》）淡墨清岚属苍润、澹远、深邃、空灵的美质。传统绘画美学注重格高思逸，笔妙墨精。“夫天地之名，造化为灵。设奇巧之体势，写山水之纵横。或格高而思逸，信笔妙而墨精。”（萧绎《山水松石格》）与王维那些空灵、澹远、苍润、高古的诗词作品一样，王维的绘画作品也包含着格高、思逸、笔妙、墨精的美质。而此类美学风格的形成自然与作者通过修炼所形成的内心世界有关。正如扬雄所指：“故言，心声也；书，心画也。声画形，君子小人见矣。”（《扬子法言·问神》）郭若虚指出：“窃观自古奇迹，多是轩冕才贤，岩穴上士，依仁游艺，探赜钩深，高雅之情，一寄于画。人品既已高矣，气韵不得不高；气韵既已高矣，生动不得不至。”（《图画见闻志》）王维在《山水论》中谈到创作的体会：“有雨不分天地，不辨东西。有风无雨，只看树枝。有雨无风，树头低压，行人伞笠，渔父蓑衣。雨霁则云收天碧，薄雾霏微，山添翠润，日近斜晖。早景则千山欲晓，雾霭微微，朦胧残月，气色昏迷。晚景则山衔红日，帆卷江渚，路行人急，半掩柴扉。”这些原则和要领正体现在他的作品中。

淡墨清岚已成为中国传统美学的特征之一。“画中最妙言山水，摩诘峰峦两面起。李成笔夺造化功，荆浩开图论千里。范宽石澜烟树深，枯木关仝极难比。江南董源僧巨然，淡墨轻岚为一体。”（沈括《图画歌》）“腾龙纷野马，非雾亦非烟。心共春山远，诗凭淡墨传。”（胡寅《题四画·石峰春霭》）王希孟的《千里江山图》在传统的淡墨清岚手法的基础上，采用青绿重设色，以此来突出山河秀丽，使画面雄浑壮阔，气势磅礴，是一幅既写实又富有意境的传世佳作。

诗境深造：“谷口清岚染，岩尖紫翠缝。”（赵吉士《欲归》）

三十七、建筑篇

镗然起了，
嗡然远了，
渐殷然散了；
枫离镇上的人，
寒山寺里的僧，
九月秋风下痴着的我们，
都跟了沉凝的声音依依荡颤。
是寒山寺的钟么？
是旧时寒山寺的钟声么？

——俞平伯《凄然》（节选）

中国传统建筑是中华传统文化和民族特色最精彩、最直观、最鲜明的传承载体和表现形式，其特点体现在千门万户、琼楼玉宇、高台厚榭的大气上；体现在飞阁流丹、小桥流水的灵气上；体现在美轮美奂、雕栏玉砌的贵气上；体现在水木清华、曲径通幽的生气上。这些美质都是“天人合一”美学理念的表现。

361. 栋宇翚飞洲渚间，窗扉轮奂烟云里　美轮美奂

出处：《礼记·檀弓下》："美哉轮焉，美哉奂矣！歌于斯，哭于斯，聚国族于斯。"

解析：比喻建筑物雄伟壮观、富丽堂皇，也形容雕刻或建筑艺术的精美效果。

诗化：

临高台（节选）

〔唐〕王勃

临高台，高台迢递绝浮埃。
瑶轩绮构何崔嵬，鸾歌凤吹清且哀。
俯瞰长安道，萋萋御沟草。
斜对甘泉路，苍苍茂陵树。
高台四望同，帝乡佳气郁葱葱。
紫阁丹楼纷照耀，璧房锦殿相玲珑。
东弥长乐观，西指未央宫。
赤城映朝日，绿树摇春风。
旗亭百队开新市，甲第千甍分戚里。
朱轮翠盖不胜春，叠榭层楹相对起。
复有青楼大道中，绣户文窗雕绮栊。

诗义：登临高台，台上险峻，仿佛远离尘世。美丽的楼阁高大雄伟，鸾凤鸣啸清脆而悲婉。俯瞰长安古道，宫墙的外御沟芳草萋萋。斜对着的是通往甘泉宫的大道，汉武帝陵园中树木郁郁苍苍。向四周瞭望，帝都瑞气缭绕，祥云笼罩。紫红色的亭台楼阁交相辉映，用玉璧和锦缎装饰的宫殿精美玲珑。向东与长乐观相连，向西直指未央宫。红色的宫城辉映着朝日，翠绿的树木在春风中摇曳。旗亭下四通八达之处是新开张的市场，千万座高门府第是达官贵人的驻地。红轮的马车覆盖着碧翠的盖伞，高低错落的楼台亭榭相对而起。那些青楼耸立在大道上，雕刻有龙腾凤舞的门窗格外秀美。

简评：中国的传统建筑具有较高的审美价值，宛若一幅幅画。这些建筑

在结构上基本上是铺开成面的“群”，具有体积感的单体不是独立自在之物，而是作为群体的一部分存在，其共性，比如平面围绕院落的布局，代表着共同的生活方式、理想、宇宙观和审美习惯等基本价值原则。在色彩上，中国传统建筑非常注重色彩艺术。北方的红墙、红柱、黄瓦彩画，有若工笔重彩，金碧辉煌，代表着皇家气派；南方的园林寺观，白墙黑柱青瓦，小桥流水，平和淡泊，好似水墨写意，透露出文人气息。无论是北方建筑还是南方建筑，都堪称美轮美奂。

“栋宇翚飞洲渚间，窗扉轮奂烟云里。”（《垂虹亭》）美轮美奂属宏大、雄伟、壮阔、气派的美质。秦朝阿房宫有“天下第一宫”之称，唐代杜牧曾详细描绘阿房宫的雄伟壮阔：“二川溶溶，流入宫墙。五步一楼，十步一阁；廊腰缦回，檐牙高啄；各抱地势，钩心斗角。盘盘焉，囷囷焉，蜂房水涡，矗不知其几千万落。长桥卧波，未云何龙？复道行空，不霁何虹？高低冥迷，不知西东。歌台暖响，春光融融；舞殿冷袖，风雨凄凄。一日之内，一宫之间，而气候不齐。”（《阿房宫赋》）

诗境深造：“云日隐层阙，风烟出绮疏。”（李世民《帝京篇十首·其一》）

362. 九天开出一成都，万户千门入画图　千门万户

出处：《史记·孝武本纪》：“于是作建章宫，度为千门万户。”

解析：形容建筑物规模庞大，门户众多，也形容许许多多的人家。

诗化：

帝京篇（节选）

〔唐〕骆宾王

山河千里国，城阙九重门。
不睹皇居壮，安知天子尊？
皇居帝里崤函谷，鹑野龙山侯甸服。
五纬连影集星躔，八水分流横地轴。
秦塞重关一百二，汉家离宫三十六。
桂殿嵚岑对玉楼，椒房窈窕连金屋。

三条九陌丽城隈，万户千门平旦开。

复道斜通鳷鹊观，交衢直指凤凰台。

诗义：大唐山河千万里，都城有数不清的门户层层叠叠。不曾见过帝都长安里皇宫的雄伟壮丽，何曾知道皇帝的尊贵威严？帝都坐落于崤山与函谷关，秦地龙山一带都属于京畿地区。五星连缀与日月有序运行，八川交错纵横于地轴之上。秦地关塞有一百二十重，汉家离宫也有三十六座。高耸的宫殿对着华丽的楼宇，幽深的后宫连着金碧的屋室。帝都的角落也都是纵横大道，千门万户一到清晨次第打开。凌空的复道斜着伸向鳷鹊观，道路要冲直接通向凤凰台。

简评：千门万户用以形容建筑物宏大、壮丽的美质。这首《帝京篇》主要描绘了长安繁华、壮丽、大气的景象，体现大唐盛世的富庶强盛和欣欣向荣的风貌。中国古典建筑，尤其是王家、衙门建筑是礼制的象征，其对建筑门类、建筑构件，甚至建筑体量的大小、高低、造型、色彩、雕饰等都有严格的规定。这些规定主要是出于礼制的考虑。《礼记·礼器》：“天子之堂九尺，诸侯七尺，大夫五尺，士三尺。”宋代李诫所著的《营造法式》对这些规定和要求都有详尽的记载。《营造法式》是我国古代最完整的建筑技术书籍，标志着中国古代建筑已经发展到了较高阶段。

“不睹皇居壮，安知天子尊？”北京故宫是世界上现存规模最大、保存最为完整的古建筑之一，是典型的体现千门万户的建筑群，被誉为世界五大皇宫之首。故宫整体建筑大气恢宏，群落雄伟，主次分明，外观壮丽，造型丰富，雕饰精美，显示出庄严肃穆、唯帝王独尊的气势。故宫的整个建筑群体高低错落，壮观雄伟，在空间、造型、比例、色彩、装饰等方面达到了协调统一，形成了故宫建筑艺术特有的空间造型美。故宫体现了中国古代建筑美学的优秀传统和独特风格，是中国古代建筑艺术的绝品。

不少诗人留下了描写千门万户之景的诗句，比如：“入春解作千般语，拂曙能先百鸟啼。万户千门应觉晓，建章何必听鸣鸡。”（王维《听百舌鸟》）“千门俨西汉，万户擅东京。”（张正见《煌煌京洛行》）“金城十二重，云气出表里。万户如不殊，千门反相似。”（王融《望城行》）“九天开出一成都，万户千门入画图。草树云山如锦绣，秦川得及此间无。”（李白《上皇西巡南京歌十首·其二》）“春风卷入碧云去，千门万户皆春声。”（李白《侍从宜春苑奉诏赋龙池柳色初青听新莺百啭歌》）“千门万户雪花浮，点点无声落瓦沟。”（朱湾《长安喜雪》）“长安回望绣成堆，山顶千门次第开。一骑红尘妃子笑，无人知是荔枝来。”（杜牧《过华清宫绝句三首·其一》）“台城六代竞豪华，结绮临春事最奢。万户千门成野草，只缘一曲后庭花。”（刘禹锡《台城》）“千门开锁万灯明，正月中旬动帝京。三百内人连袖舞，一时天上著词声。”（张祜《正月十五夜灯》）“标奇耸峻壮长安，影入千门万户寒。”（林宽《终南山》）

诗境深造：“绮殿千寻起，离宫百雉余。”（李世民《帝京篇十首·其一》）

363. 画栋朝飞南浦云，珠帘暮卷西山雨　飞阁流丹

出处：《滕王阁序》：“层峦耸翠，上出重霄，飞阁流丹，下临无地。”

解析：飞阁指架空建造的阁道，流丹指鲜艳多彩的彩饰。飞阁流丹形容装饰精巧华丽的建筑物向上腾升的气势。

诗化：

滕王阁

〔唐〕王勃

滕王高阁临江渚，佩玉鸣鸾罢歌舞。
画栋朝飞南浦云，珠帘暮卷西山雨。
闲云潭影日悠悠，物换星移几度秋。
阁中帝子今何在？槛外长江空自流。

诗义：雄伟高耸的滕王阁俯临着江心的沙洲，佩玉、鸾铃鸣响的华丽歌舞早已停息。清晨，画栋飞上了南浦的云；傍晚，珠帘卷入了西山的雨。悠悠的白云倒映在江水之中，时光流逝，人事变迁，斗转星移，不知又过了多少个春秋。昔日游览于高阁中的滕王如今不知身在何处，唯有那栏杆外滚滚的长江独自流向远方。

简评：飞阁流丹属劲健、飞昂、雄伟、华丽的美质。“披绣闼，俯雕甍，

山原旷其盈视，川泽纡其骇瞩。闾阎扑地，钟鸣鼎食之家；舸舰弥津，青雀黄龙之舳。云销雨霁，彩彻区明。落霞与孤鹜齐飞，秋水共长天一色。渔舟唱晚，响穷彭蠡之滨；雁阵惊寒，声断衡阳之浦。”（王勃《滕王阁序》）滕王阁位于江西南昌赣江畔，因唐太宗李世民之弟——滕王李元婴而得名，与湖南岳阳的岳阳楼、湖北武汉的黄鹤楼并称为“江南三大名楼”。韩愈题记：“江南多临观之美，而滕王阁独为第一，有瑰伟绝特之称。”（《新修滕王阁记》）

“飞阁流丹碧水涯，遥奇近概览无遗。”（弘历《得全阁》）飞阁主要体现中国传统建筑与园林艺术追求体势向上升腾的美感，“势”体现内在的生命活力显露于外的动感美。其特点有三。其一，凌空飞昂。古建筑在外观上通过各种建筑构件表现出飞升的美感，“飞枊之形，类鸟之飞”（李善注《昭明文选》）。飞枊、檐、阁道等强调飞升的美感，以示天地人相通相合的追求。王夫之指出：“论画者曰‘咫尺有万里之势’，一‘势’字宜着眼。若不论势，则缩万里于咫尺。”（《夕堂永日绪论》）在建筑造型上，追求静穆中有飞动飘逸的美感。其二，重叠厚重。古建筑比较注重屋檐构件的重叠繁复，“桁梧复叠，势合形离”（何晏《景福殿赋》），表现一种繁复、厚重之美。其三，展翼飞翔。展翼就是建筑物的体势像鸟的双翅一般向两边展开。“如跂斯翼，如矢斯棘，如鸟斯革，如翚斯飞”（《诗经·小雅·斯干》），宫殿宏大庄严如人之高竦，规制严整如急矢向上直冲，飞檐造型如大鸟振翅翱翔，色彩斑斓远看如锦鸡飞腾。

流丹表现建筑物色彩的华丽、鲜明。古代不同的建筑有着鲜明的色彩特征，江南的园林和民居是白墙黛瓦、绿水青山的淡雅宁静，北国的宫殿则是黄顶红墙、金碧琉璃的华丽大气。简约淡雅、繁复华丽都是中国传统审美的风格。黄色被誉为居中正统的颜色，为中和之色。“君子黄中通理，正位居体，美在其中而畅于四支，发于事业，美之至也。”（《周易·坤文言》）红色代表着火、太阳，蕴含着吉祥、旺盛、生机勃勃的寓意。

诗境深造：“凝霜依玉除，清风飘飞阁。”（曹植《赠丁仪》）

364. 秋山春雨闲吟处，倚遍江南寺寺楼　琼楼玉宇

出处:《夜航船》:“乾祐间尝于江岸玩月，或问:‘此中何所有?’翟笑曰:‘可随吾指观之。’俄见月规半天，琼楼玉宇烂然。”

解析: 指月中宫殿，仙界楼台，形容富丽堂皇的建筑物。

诗化:

念奴娇·中秋

〔宋〕苏轼

凭高眺远，见长空万里，云无留迹。桂魄飞来，光射处，冷浸一天秋碧。玉宇琼楼，乘鸾来去，人在清凉国。江山如画，望中烟树历历。　我醉拍手狂歌，举杯邀月，对影成三客。起舞徘徊风露下，今夕不知何夕?便欲乘风，翻然归去，何用骑鹏翼。水晶宫里，一声吹断横笛。

诗义: 登高远望，天空辽阔，万里无云。月光从天上倾泻下来，使秋天的碧空更加清冷。在月宫的琼楼玉宇上，仙女们乘鸾凤欢快地飞来飞去。我羡慕月宫里的清净悠闲，江山如画卷般美丽，朦胧的月色里树影婆娑。开怀畅饮，酒醉后手舞足蹈，放声长歌，把明月和自己的影子当作好朋友，三人一起蹁跹起舞，愉快地度过美妙的良宵，忘却此时此刻。我若乘风而去，用不着借大鹏的翅膀。在月宫里，一声声地吹着横笛，深情悠远。

简评: 楼是重叠构筑的高层建筑类型。“《说文》云: 重屋曰‘楼’。《尔雅》云: 陕而修曲为‘楼’。言窗牖虚开，诸孔慺慺然也。造式，如堂高一层者是也。”(计成《园冶》) 中国古代四大名楼为岳阳楼、滕王阁、黄鹤楼和鹳雀楼，其中光是黄鹤楼，就引得不少诗人作诗称赞:“东望黄鹤山，雄雄半空出。四面生白云，中峰倚红日。”(李白《望黄鹤楼》)“十载飘然绳检外，樽前自献自为酬。秋山春雨闲吟处，倚遍江南寺寺楼。”(杜牧《念昔游三首·其一》)“郡楼乘晓上，尽日不能回。晚色将秋至，长风送月来。”(韩愈《奉和虢州刘给事使君三堂新题二十一咏·北楼》)

玉宇指华丽的宫殿。颜师古注《汉书》:“古者屋之高严，通呼为殿。”张居正《宫殿纪》:“高皇帝定鼎金陵，文皇帝建都燕蓟，我皇上龙飞襄郢。三大都在寰宇间，皆据百二之雄胜，萃岳渎之灵秀。鸿图华构，鼎峙于南北。”

中国的著名宫殿有长乐宫、未央宫、故宫、布达拉宫等，其中故宫的太和殿最为金碧辉煌。“九重宫阙晨霜冷，十里楼台落月明。白发苍颜君勿笑，少年惯听舜韶声。”（陆游《四鼓出嘉会门赴南郊斋宫》）

诗境深造：“塔势如涌出，孤高耸天宫。”（岑参《与高适薛据同登慈恩寺浮图》）

365. 燕归画栋帘栊静，莺下雕栏院宇深　雕栏玉砌

出处：《虞美人》：“雕栏玉砌应犹在，只是朱颜改。问君能有几多愁？恰似一江春水向东流。”

解析：形容装饰富丽的建筑物。

诗化：

废墟

李叔同

看一片平芜，家家衰草迷残砾。

玉砌雕栏溯往昔，影事难寻觅。

千古繁华，歌休舞歇，剩有寒螀泣。

诗义：旷野一望无际，家家户户的残砖败瓦混杂着荒草萋萋。玉石台阶和雕花栏杆让人回忆起往昔，但如同幻影般的往事再也难以寻觅。那久远的繁华早已歌休舞歇、人去楼空，只剩下寒蝉在孤独地鸣泣。

简评：中国建筑十分注重群落风格，群落建筑除了殿、堂、楼、阁、厅、馆、亭、廊，还配有精美讲究的建筑装饰，比如牌楼、影壁、华表、狮子、日冕、龟鹤、香炉等。古建筑的装饰基本上会与建筑本身的构件相结合，如柱、梁、枋等往往有精美的装饰，房顶、屋身、门窗、屋檐、基座也常有装饰。装饰的类别一般有两种，如动物中的龙、虎、凤、龟、狮子、麒麟、鹿、鹤、鸳鸯等，以及植物中的松、梅、竹、兰、菊、柏、荷等。建筑中的这些装饰，就是中华文化的标记和美学元素，它们为我们留住了记忆，留住了中华民族的建筑美质。

中国现存最高的古代木构建筑——山西应县木塔，就是一座装饰精美的古老建筑。应县木塔建于辽代，距今约有千年历史。塔高六十余米，底层直径约三十米，平面为八角形，外观为五层六檐，但是塔内夹有暗层四层，故实为九层。九层高塔全部用红松木建造。木塔设计精密，工艺精湛，建造雄伟，融建筑、木艺、雕塑、宗教文化于一体，是世界上最迷人的古建筑之一。

"燕归画栋帘栊静，莺下雕栏院宇深。"（文同《和子山春日雨中书事见寄二首·其一》）栏杆是中国传统建筑比较常见的组成部分，无论是亭台楼阁，还是小桥池溪，都离不开石栏杆。雕栏就是经过装饰雕刻的栏杆，比如柱头雕有狮子、圆球、莲花、莲瓣、云龙等。根据应用场景的不同，一般会雕刻不一样的图案，常见的有花鸟走兽、吉祥图案，也常雕刻传统神话传说的图案。寺庙用的石栏杆则常雕刻佛教的吉祥花纹。

诗境深造："绮疏晃飞翚，雕栏灿朱华。"（李堪《仙楼道院》）

366. 水轩花榭两争妍，秋月春风各自偏　高台厚榭

出处：《墨子·非乐上》："非以高台厚榭邃野之居以为不安也。"

解析：园林中供休憩和观赏周边景观的建筑物。

诗化：

静夜相思

〔唐〕李群玉

山空天籁寂，水榭延轻凉。
浪定一浦月，藕花闲自香。

诗义：山色空明，万籁俱静，在水榭上凭栏远眺，凉意习习。水面风平浪静，一轮明月映衬在水中，荷花盛开，散发出阵阵清香。

简评：台榭是楼台等建筑物的泛称。《墨子·辞过》："台榭曲直之望，青黄刻镂之饰。""榭者，藉也。藉景而成者也。或水边，或花畔，制亦随态。"（计成《园冶》）榭是一种借助于周围景色而修建的休憩观赏建筑。局部建造于水上的建筑称水榭，用以休憩和观赏水景，其特点是在水边建平台，一半

伸入水中，一半靠在岸边，上面建亭形建筑物，四周柱间设栏杆等，临水一面特别开敞。“竹映红蕖水榭开，门闲乳雀下青苔。伊人何恋五斗粟，不作渊明归去来。”（梅尧臣《依韵和希深游乐园怀主人登封令》）有的台上的建筑，用各式漏窗粉墙或圆洞落地罩加以分隔，外围成回廊，四周立面开敞，供人们休息和观景。“仙人有待乘黄鹤，海客无心随白鸥。屈平词赋悬日月，楚王台榭空山丘。”（李白《江上吟》）也有建于花畔间的，称“花榭”。“水轩花榭两争妍，秋月春风各自偏。唯有此亭无一物，坐观万景得天全。”（苏轼《和文与可洋川园池三十首·涵虚亭》）

历史上著名的台榭有芙蓉榭、藕香榭等。顾况曾以《芙蓉榭》为名题诗一首：“风摆莲衣干，月背鸟巢寒。文鱼翻乱叶，翠羽上危栏。”芙蓉榭是苏州拙政园的一处临水风景建筑，小榭前有水景，水中植芙蓉，小榭之名由此而来。每当皓月当空，明月、清风、月影、荷香齐至，美不胜收。藕香榭为《红楼梦》大观园里的景观建筑，史湘云曾在藕香榭开海棠社，设螃蟹宴。藕香榭有对联曰：“芙蓉影破归兰桨，菱藕香深泻竹桥。”（曹雪芹《红楼梦》）池中莲花的影子被归舟的兰桨荡破，菱藕深处的阵阵幽香泻过竹桥，描绘了藕香榭的美丽秋色。

描绘花榭的著名诗句有：“花榭香红烟景迷，满庭芳草绿萋萋。”（毛熙震《浣溪沙七首·其二》）“城市居何僻，山林境颇同。竹窗风细细，花榭日融融。”（王冕《幽居次韵》）“衡门缘径启，花榭倚云成。照水月初出，近人虫自鸣。”（张时彻《次南禺见新月有怀》）“柳台花榭寄尘踪，名籍蓬莱第几宫。晚出人间风露表，佩声夜夜响瑶空。”（林鸿《挽沙阳朱氏·其九》）

关于水榭的诗句则另有一番韵味：“林端落照尽，湖上远岚清。水榭芝兰室，仙舟鱼鸟情。”（刘禹锡《和重题》）“北斗三更席，西江万里船。杖藜登水榭，挥翰宿春天。”（杜甫《春夜峡州田侍御长史津亭留宴》）“俯仰林泉绕舍清，经年闲卧济南城。山田雨足心无事，水榭华开眼更明。”（曾巩《酬强几圣》）“水榭山林向夕幽，笛声遥在木兰舟。江空处处多明月，不用相寻秉烛游。”（边贡《题陆子引画》）

诗境深造：“高轩临碧渚，飞檐迥架空。”（李世民《置酒坐飞阁》）

367. 水边楼阁眠鸥鹭，天上亭台集凤凰　亭台楼阁

出处：《儿女英雄传》："虽然算不得大园庭，那亭台楼阁、树木山石，却也点缀结构得幽雅不俗。"

解析：指供游赏、休憩的建筑物。

诗化：

苏溪亭

〔唐〕戴叔伦

苏溪亭上草漫漫，谁倚东风十二阑。

燕子不归春事晚，一汀烟雨杏花寒。

诗义：苏溪亭边芳草萋萋。是谁随着春风吟唱着阑干十二曲？燕子还没归来，美好的春天就要远去。迷茫的烟雨笼罩着沙洲，杏花在带有寒意的春风中摇曳。

简评："水边楼阁眠鸥鹭，天上亭台集凤凰。"（黎贞《饯何子海先生北上》）亭是最富有中华民族特色的建筑，是一种有屋顶而无围蔽，供游人驻足休憩眺望的建筑。"亭者，停也，人所停集也。"（刘熙《释名》）在中国古代建筑中，亭建筑本身具有灵活多变的形制和优美简洁的造型。亭身四面空灵，空间通透，常常成为一个空间中的视线集中点或放射点。亭顶的设计从三角、六角到八角，自方到圆，有扇面、梅花、单檐、重檐，造型丰富，气势生动。"唯有此亭无一物，坐观万景得天全。"（苏轼《和文与可洋川园池三十首·涵虚亭》）亭的建筑空间完全融于园林的环境之中，能集纳园中的景色，实现亭与景的内外交融、浑然一体。亭的美质在于造型、选址，其与周边环境形成整体的景观，是有限空间与无限空间的融合。

"亭台开月榭，楼阁接云轩。"（林占梅《友人询潜园近景，作此答之》）亭也是文人墨客抒怀、怀念、送别之处。曹丕《于明津作诗》："遥遥山上亭，皎皎云间星。远望使心怀，游子恋所生。驱车出北门，遥望河阳城。"李白《菩萨蛮》："玉阶空伫立，宿鸟归飞急。何处是归程？长亭更短亭。"柳永《雨霖铃》："寒蝉凄切，对长亭晚，骤雨初歇。"李叔同《送别》："长亭外，古道边，芳草碧连天。晚风拂柳笛声残，夕阳山外山。天之涯，地之角，知交半

零落。一壶浊酒尽余欢，今宵别梦寒。”

“飞阁缨虹带，层台冒云冠。”（陆机《拟青青陵上柏诗》）阁是类似楼房的建筑物，供远眺、游憩、藏书和供佛之用。“阁者，四阿开四牖。汉有麒麟阁，唐有凌烟阁等，皆是式。”（计成《园冶》）“初秋凉气发，庭树微销落。凝霜依玉除，清风飘飞阁。”（曹植《赠丁仪》）“道经盈竹笥，农书满尘阁。怆怆秋风生，戚戚寒纬作。”（鲍照《临川王服竟还田里》）“艾叶弥南浦，荷花绕北楼。送日隐层阁，引月入轻帱。”（沈约《休沐寄怀》）“丹霞拂层阁，碧水泛蓬莱。鳌岫含烟耸，莲崖照日开。”（释惠标《咏山诗三首·其三》）“落星初伏火，秋霜正动钟。北阁连横汉，南宫应凿龙。”（庾信《奉和初秋》）

诗境深造：“楼阁摇清波，亭台隐孤屿。”（郑鹏《湖山观》）

368. 燕子不归春事晚，一汀烟雨杏花寒　水木清华

出处：《游西池》：“惠风荡繁囿，白云屯曾阿。景昃鸣禽集，水木湛清华。”

解析：形容景色十分雅致、秀丽、清幽。

诗化：

新安江路

〔唐〕权德舆

深潭与浅滩，万转出新安。
人远禽鱼净，山深水木寒。
啸起青蘋末，吟瞩白云端。
即事遂幽赏，何心挂儒冠。

诗义：新安江一路布满了深潭和浅滩，经过百转曲折才来到新安城。远离人声的地方，禽鸟鱼儿非常清净，深山里江水和草木显得格外清寒。清脆的啸声起于青蘋之末，抒怀的吟诵跃上白云之端。沿江逐个宁静安详地欣赏眼前的景色，还有何心思去牵挂那些功名的事情呢？

简评：“燕子不归春事晚，一汀烟雨杏花寒。”（戴叔伦《苏溪亭》）水木清华属清雅、清旷、自然、疏野的美质，特别用于形容环境雅致清幽的园林美

景。清雅指自然风光或艺术风格秀丽雅致、清灵秀美。何为水木清华？水木清华的山林地是造园的理想之地。计成《园冶》指出："唯山林最胜，有高有凹，有曲有深，有峻而悬，有平而坦，自成天然之趣，不烦人事之工。"水木清华是景致优美的胜地，水木清华处鸟鸣禽集、人静鱼乐。"景昃鸣禽集，水木湛清华。"（谢混《游西池》）"人鱼皆静乐，水木亦清华。"（杨璇《咏东山广福院》）"春流绕屋似江湖，绿树当门作画图。白日风波浑不见，一双鸥鸟起投壶。"（廖大圭《南墅十二诗·水木清华》）

水木清华的幽境给诗人带来恬淡、脱俗、闲适、愉悦的心境。"师住青山寺，清华常绕身。虽然到城郭，衣上不栖尘。"（孟郊《赠建业契公》）"春声一两啭，水木已清华。娇鸟不知处，时时惊落花。"（屈大均《江皋作》）"林居病时久，水木澹孤清。闲卧观物化，悠悠念无生。"（陈子昂《感遇诗三十八首·其十三》）"水木自清华，方壶纳景；烟云共澄霁，圆镜涵虚。"（弘历《俯鉴室联》）

诗境深造："芰荷叠映蔚，水木湛清华。"（金兆燕《清华堂联》）

369. 幽溪鹿过苔还静，深树云来鸟不知　曲径通幽

出处：《题破山寺后禅院》："清晨入古寺，初日照高林。曲径通幽处，禅房花木深。山光悦鸟性，潭影空人心。万籁此都寂，但余钟磬音。"

解析：形容景致僻静、幽雅。

诗化：

下终南山过斛斯山人宿置酒（节选）

〔唐〕李白

暮从碧山下，山月随人归。
却顾所来径，苍苍横翠微。
相携及田家，童稚开荆扉。
绿竹入幽径，青萝拂行衣。

诗义：黄昏从终南山下山，山月跟随着行人而归。仔细看来时走过的山

间小路，山林一片苍茫青翠。偶遇一位姓斛斯的隐士，相随到了他家，孩童赶紧打开柴门。走进竹林，穿过幽静弯曲的小路，青萝枝叶轻拂着衣衫。

简评：曲径通幽属含蓄、高古、隐喻、寻幽之美。中国传统美学对“曲”和“幽”有着近乎天然的偏好。“懒穿幽径冲鸣鸟，忍踏清阴损翠苔。不似闭门欹枕听，秋声如雨入轩来。”（李中《对竹》）“曲”在中国传统美学里蕴含着“以曲折之意取其幽深”的哲理，曲折回环、曲折蜿蜒都能使人感觉到无穷意趣。曲尽其妙，有往复无尽的时空感。“曲径萦纡入翠林，无人风自落来禽。山中不记今为晋，一刻清闲直万金。”（苏洞《遣兴》）关于曲折，计成《园冶》有“曲折有情，疏源正可”“随形而弯，依势而曲”“任高低曲折，自然断续蜿蜒”“深奥曲折，通前达后，全在斯半间中，生出幻境也”等论述。

“幽溪鹿过苔还静，深树云来鸟不知。”（钱起《山中酬杨补阙见过》）“幽”体现了中国传统美学追求藏、掩、隐、抑的理念，“幽”能产生空间无限的感觉。“善藏者未始不露，善露者未始不藏；景愈藏，境界愈大，景愈露，境界愈小。若主露而不藏，便浅而薄。”（唐志契《绘事微言》）“空山不见人，但闻人语响。返景入深林，复照青苔上。”（王维《鹿柴》）这首诗描绘了和谐宁静的自然景色，又表达了诗人恬淡的心境，做到藏而不露、含蓄有致。曲径通幽是一种幽静绝美的环境，能使人进入忘却尘俗之境。正如孟浩然《夜归鹿门歌》所言：“鹿门月照开烟树，忽到庞公栖隐处。岩扉松径长寂寥，唯有幽人夜来去。”“幽”的美质，体现在诗中所写的曲折的、幽静的山岩和松间小路上，更隐喻于幽人独自来去，从尘杂世俗到寂寥自然的隐逸道路上。

描绘幽径、曲径的诗词，其呈现的景象大多非常别致。“山人久陆沉，幽径忽春临。决渠移水碓，开园扫竹林。”（庾信《幽居值春》）“岩岫草木黄，飞雁遗寒声。坠叶积幽径，繁露垂荒庭。”（胡师耽《登终南山拟古诗》）“乔岩簇冷烟，幽径上寒天。下瞰峨眉岭，上窥华岳巅。”（李衎《幸秦川上梓潼山》）“幽径行迹稀，清阴苔色古。萧萧风欲来，乍似蓬山雨。”（司空曙《竹里径》）“一道涧声飞石壁，两边山色锁云根。杜鹃花里啼幽径，往事依稀似诉论。”（《大力寺诗碣》）

诗境深造：“曲径通幽处，禅房花木深。”（常建《题破山寺后禅院》）

370. 小桥流水过古寺，竹篱茅舍通人家　小桥流水

出处：《人月圆·三衢道中有怀会稽》："松风十里云门路，破帽醉骑驴。小桥流水，残梅剩雪，清似西湖。而今杖履，青霞洞府，白发樵夫。不如归去，香炉峰下，吾爱吾庐。"

解析：形容景色宜人、环境幽雅的地方。

诗化：

天净沙·秋思

［元］马致远

枯藤老树昏鸦，小桥流水人家，古道西风瘦马。夕阳西下，断肠人在天涯。

诗义：黄昏，一群乌鸦落在枯藤缠绕的老树上，发出凄惨的哀鸣。小桥下流水潺潺，小桥边茅屋低矮，古道上一匹瘦马在秋风中缓缓前行。夕阳从西边落下，孤独的旅人在遥远的地方漂泊。

简评："小桥流水过古寺，竹篱茅舍通人家。"（萨都剌《清明游鹤林寺》）小桥流水属娴雅、宁静、淡泊的美质，特别适合形容悠闲、安宁、雅致的小村庄。清代杨伯夔解释"娴雅"为："疏雨未歇，轻寒独知。茶烟化青，煮藤一枝。秋老茅屋，檐挂虫丝。叶丹苔碧，酒眠悟诗。饮真抱和，仙人与期。其曰偶然，薄言可思。"（《续词品·娴雅》）体现出娴雅、宁静、淡泊、疏野是艺术家偏好和追求的风格。"枯藤老树昏鸦，小桥流水人家，古道西风瘦马。"小桥流水人家多出现在悲秋的画面里，在孤寂的旅途中，小桥、流水与安详、宁静人家的对比，更显出诗境的古意、沉着。

"日暖泥融雪半销，行人芳草马声骄。九华山路云遮寺，清弋江村柳拂桥。"（杜牧《宣州送裴坦判官往舒州时牧欲赴官归京》）桥是架于水上或空中方便通行的建筑。桥不仅具有交通功能，而且具有景观功能。尤其在中国传统的园林景观中，小桥流水更是重要的景观。中国传统建筑特别注重水的布局，"水不在深，妙在曲折"，曲折蜿蜒的流水能产生流水不尽的感觉，而在曲折的流水上配上精美的小桥则能起到画龙点睛的效果。据说唐时扬州城内水道纵横，有茶园桥、大明桥、九曲桥等二十四座桥。"青山隐隐水迢迢，秋尽江南草未凋。二十四桥明月夜，玉人何处教吹箫。"（杜牧《寄扬州韩绰判官》）

无论是村落茅舍，还是庭院园林，小桥流水都是一道怡人的风景。“小桥聊驻马，流水有佳声。”（孙应时《早行》）“曲巷斜街信马，小桥流水谁家。”（陈师道《临江仙》）“茅屋八九家，小桥跨流水。”（陈孚《潇湘八景·山市晴岚》）“古木寒鸦山径，小桥流水人家。昨夜前村微雪，诗思欲问梅花。”（陈士元《村居四首·冬景》）“三间五间茅屋，千山万山落霞。欲觅先生何处，小桥流水桃花。”（张英《拟王右丞田园诗十首·其五》）“山雨松风拂翠微，小桥流水掩柴扉。”（沈梧《题画二十四首·其十二》）

诗境深造：“小桥烟外过，流水月中闻。”（范梈《壬戌秋录囚晚行宁州道中追录》）

三十八、园林篇

清明之后，谷雨之前，
江南田野上的油菜花，
一直伸展到天边。

只有小桥、河流切断它，
只有麦田和紫云英变换它，
油菜花伸展到下一站，下一站。

透过最好的画框，
江南旋转着身子，
让我们从后影看到前身。

——徐迟《江南》（节选）

中国古典园林是建筑艺术的杰作，追求自然天成的审美境界，提倡“虽由人作，宛自天开”的审美理念，蕴含着深厚的中华传统文化的内蕴。圆明园、避暑山庄、拙政园和留园被誉为中国古典四大名园，而扬州园林更具“南秀北雄”的独特风格。

371. 圣贤气象心为大，天地根萌人是仁　正大光明

出处：《答吕伯恭书》：“大抵圣贤之心，正大光明，洞然四达。”《朱文公文集·卷三十八·答周益公》：“至若范公之心，则其正大光明，固无宿怨，而拳拳之义，实在国家。”

解析：原指心怀坦荡，言行正派。此处指圆明园四十景之一的正大光明殿。

诗化：

圆明园四十景诗·其一·正大光明（节选）

〔清〕弘历

胜地同灵囿，遗规继畅春。
当年成不日，奕代永居辰。
义府庭罗璧，恩波水泻银。
草青思示俭，山静体依仁。

诗义：优美之地如同仙境一般，祖宗留下的制度在畅春园得以延续。当年用不了多久就建成了，历代可以永久居宿。义理之府藏雕梁画栋，先祖的浩恩上善若水，恩泽惠施。芳草萋萋应当常思节俭，山色厚重承载着仁爱。

简评：圆明园是清代最负盛名的皇家园林，由康熙皇帝玄烨命名，“圆明”含义为：“圆而入神，君子之时中也；明而普照，达人之睿智也。”（《圆明园记》）“圆”是指人的品德修养圆满无缺，超越常人；“明”是指国家治理明光普照，惠及万物。乾隆皇帝弘历标举圆明园内四十景：正大光明、勤政亲贤、九州清晏、镂月开云、天然图画、碧桐书院、慈云普护、上下天光、杏花春馆、坦坦荡荡、茹古涵今、长春仙馆、万方安和、武陵春色、山高水长、月地云居、鸿慈永祜、汇芳书院、日天琳宇、澹泊宁静、映水兰香、水木明瑟、濂溪乐处、多稼如云、鱼跃鸢飞、北远山村、西峰秀色、四宜书屋、方壶胜境、澡身浴德、平湖秋月、蓬岛瑶台、接秀山房、别有洞天、夹镜鸣琴、涵虚朗鉴、廓然大公、坐石临流、曲院风荷、洞天深处。与其他中国古典园林一样，圆明园也追求“真善美”的统一，其中“真”是园林表现出的自然原生态的天然画境，“善”体现在园林所表现出的对道德境界、哲学信念

和审美理想的追求，“美”体现在“正大光明”的人格美同自然美、建筑美的融合与统一。

“正大光明”是指襟怀坦白、言行正派、光明磊落、正大无私的人格修养，以此来命名圆明园的正殿，寄托着当时统治者的理想目标和追求。“心体光明，暗室中有青天；念头暗昧，白日下有厉鬼。”（洪应明《菜根谭·概论》）正大光明殿内有雍正皇帝手书楹联：“心天之心而宵衣旰食；乐民之乐以和性怡情。”乾隆皇帝曾赋诗诠释“正大光明”，以物托志：“无偏极建福时敛，顺应物来量始宏，利用国观惟俊呼，自呈鉴照待群情。”他也曾给正大光明景题联：“遹求宁观成，无远弗届；以时对育物，有那其居。”在公务和居家之中，都能够感悟和体验仁知之乐。“乐，喜好也。知者达于事理而周流无滞，有似于水，故乐水；仁者安于义理而厚重不迁，有似于山，故乐山。动静以体言，乐寿以效言也。动而不括故乐，静而有常故寿。程子曰：‘非体仁知之深者，不能如此形容之。’”（朱熹《四书章句集注》）

“圣贤气象心为大，天地根萌人是仁。”（方逢振《峡中和卜彦才韵》）正大光明体现了中华传统文化中文物昭德的理念。《左传·桓公二年》孔颖达疏：“昭德，谓昭明善德，使德益彰闻也。”“德在于心，不可闻见，故圣王设法以外物表之。”园林建筑、服饰文章、车饰旌旗等，皆可作为昭明善德的代表。孔子说：“《志》有之：‘言以足志，文以足言。’不言，谁知其志？言之无文，行而不远。”（《左传·襄公二十五年》）设置正大光明景，表明当时的统治者希望公平公正、光明磊落地治理国家，建立安宁祥和的社会。春秋时期楚国大夫伍举指出“夫美也者，上下、内外、大小、远近皆无害焉，故曰美。若于目观则美，缩于财用则匮，是聚民利以自封而瘠民也，胡美之为？”又说“臣闻国君服宠以为美，安民以为乐，听德以为聪，致远以为明。不闻其以土木之崇高、彤镂为美，而以金石匏竹之昌大、嚣庶为乐；不闻其以观大、视侈、淫色以为明，而以察清浊为聪”（《国语·楚语》）。正大光明是一种大美，国泰民安、社会祥和，自古就是仁人志士追求的美的高尚境界。

诗境深造：“清静有古意，正大无阴谋。”（刘克庄《昔坡公倅杭有悯囚·其二》）

372. 武陵溪水清无尘，武陵桃树花长春　武陵春色

出处：《武陵春色》：“武陵春色好，十二酒家楼。大醉方回首，逢人不举头。”

解析：武陵春色是圆明园四十景之一，是摹写陶渊明《桃花源记》艺术意境的园中园，初名为桃花坞，被英法联军焚毁，现仅存遗迹。

诗化：

桃源行（节选）

〔唐〕王维

渔舟逐水爱山春，两岸桃花夹去津。
坐看红树不知远，行尽青溪不见人。
山口潜行始隈隩，山开旷望旋平陆。
遥看一处攒云树，近入千家散花竹。

诗义：渔舟在溪流中漂逐，追寻着那美妙的春色，两岸的桃花映红了渡口。坐在船头欣赏着缤纷的桃树，却忘记了行舟的路程，到了青溪尽头还是没有人影。穿过曲折幽深的山口，眼前是一片豁然开朗的平川。远远望去绿树如云，郁郁葱葱，进村只见家家户户环抱在翠竹鲜花之中。

简评：王维这首《桃源行》取材于陶渊明的散文《桃花源记》，在艺术上以诗的形式对“桃花源”进行了再创造。圆明园武陵春色景也是以《桃花源记》的艺术意境为题材而造的，为乾隆皇帝题圆明园四十景之第十四景。弘历《武陵春色》：“循溪流而北，复谷环抱，山桃万株，参错林麓间。落英缤纷，浮出水面。或朝曦夕阳，光炫绮树，酣雪烘霞，莫可名状。复岫回环一水通，春深片片贴波红。钞锣溪不离繁囿，只在轻烟淡霭中。”

陶渊明的《桃花源记》描绘的是一幅远离尘俗的图景，是自然美、社会美和理想美的高度融合，“世外桃源”也成为人们追求的生存、生活和安居的理想世界的代名词。自然美是桃红柳绿、清溪澄澈、芳草鲜美、落英缤纷的景色，社会美是民风淳朴、阡陌交通、怡然自乐的情景，理想美是平等相处、安居乐业、和睦相处、老幼皆欢的美好图景。如此自然环境、社会环境和居住环境，自古就是人们追求的。将武陵春色作为圆明园的景色之一，也体现

了建园者的苦心和追求。

陶渊明笔下远离尘俗纷扰的桃花源是虚构的一处理想胜境，但切实地为其后诗人、画家和园林家提供了创作的主题。“露暗烟浓草色新，一番流水满溪春。可怜渔父重来访，只见桃花不见人。”（李白《桃源二首·其二》）“一路鲜云杂彩霞，渔舟远远逐桃花。渐入空蒙迷岛道，宁知掩映有人家。”（权德舆《桃源篇》）“千叶桃花胜百花，孤荣春晚驻年华。若教避俗秦人见，知向河源旧侣夸。”（杨凭《千叶桃花》）“桃花深处蜜蜂喧，山近前峰鸡犬村。若有胡麻泛流水，武夷转作武陵源。”（刘子翚《桃源》）“武陵溪水清无尘，武陵桃树花长春。会买渔舟谢宾客，来作武陵山下人。”（刘敞《桃源》）

诗境深造：“水回青嶂合，云度绿溪阴。”（孟浩然《武陵泛舟》）

373. 云阶月地幽人室，水远山高隐士居　月地云居

出处：《周秦行纪》：“香风引到大罗天，月地云阶拜洞仙。共道人间惆怅事，不知今夕是何年。”

解析：意为云彩栖息在月亮之上，比喻风景若仙境般的地方。圆明园四十景之一。

诗化：

良岳百咏·泉石厅

〔宋〕李质

萦迂流碧与环山，月地云阶在两间。

有此清泠居物外，方知尘土属人寰。

诗义：清澈的碧泉蜿蜒迂回于山间，仙境般的美景在山水之间。有如此这般风神秀异的自然景物，才感悟到这大千世界还是人间最美好。

简评：月地云居亦是圆明园四十景之一，又名“清净地”。建筑格局有山门、钟楼、鼓楼、天王殿、东西配殿、大雄宝殿等，属汉地佛教寺院的传统风格。建筑的题额有“清净地”“妙证无声”“莲花法藏”“心空彼岸”等反映佛教思想的内容。“大千乾闼，指上无真月。觉海沤中头出没，是即那罗延

窟。何分西土东天，倩他装点名园。借使瞿昙重现，未肯参伊死禅。”（弘历《清平乐·月地云居》）月地云居是借意造景的典范。

“云阶月地幽人室，水远山高隐士居。”（高颂禾《集字联》）月地云居是造园者根据佛学清净理念而构建的理想仙境。中国传统美学认为，艺术创造的境界有三：“一曰物境，二曰情境，三曰意境。物境一，欲为山水诗，则张泉石云峰之境极丽绝秀者，神之于心，处身于境，视境于心，莹然掌中，然后用思，了然境象，故得形似。情境二，娱乐愁怨，皆张于意而处于身，然后驰思，深得其情。意境三，亦张之于意而思之于心，则得其真矣。”（王昌龄《诗格》）月地云居属想象和幻想中的艺术意境，也属于心境的理想之地。

诗人们的心中也深藏着对月地云居的向往。“云阶月地一相过，未抵经年别恨多。最恨明朝洗车雨，不教回脚渡天河。”（杜牧《七夕》）“一撒轻云埋晓凉，等闲曾入汉宫庄。千年抛掷瑶池远，化作云阶月地香。”（吴惟信《和友人玉簪花韵》）“篱桂冬荣疑月地，瓶梅夜落想云居。笑他脉望空干死，绛帕蒙头读好书。”（钱谦益《病榻消寒杂咏四十六首·其三十三》）“武林山高九十丈，回峦复壑含万象。旧时灵隐今云林，月地云居虚且朗。”（弘历《飞来峰歌》）

诗境深造：“更剪剪梅花，落云阶月地。”（赵以夫《征招·雪》）

374. 西岭松声落日秋，千枝万叶风飔飔　万壑松风

出处：《听蜀僧濬弹琴》：“蜀僧抱绿绮，西下峨眉峰。为我一挥手，如听万壑松。”

解析：形容无数山谷中的松涛雄风。此处指清代康熙皇帝题避暑山庄三十六景之第六景。

诗化：

松声

〔宋〕俞紫芝

万壑摇苍烟，百滩渡流水。

下有跨驴人，萧萧吹冻耳。

诗义：万丈深谷弥漫着茫茫的云雾，江滩上流水潺潺。山下有位旅人孤独地骑着驴子，萧萧的寒风刮着冻僵的耳朵。

简评：万壑松风在避暑山庄松鹤斋之北，是避暑山庄最早建设的一组宫殿。万壑松风是康熙皇帝批阅奏章、召见百官和眺望湖光山色之地，也是乾隆皇帝少年时聆听祖训、读书修炼之地。万壑松风属天籁，不事雕琢，自然天成。以万壑松风作为构园主题，体现了天人合一、物我同化的审美境界。庄子认为天籁是最美的声音："夫大块噫气，其名为风。是唯无作，作则万窍怒呺。而独不闻之翏翏乎？山林之畏隹，大木百围之窍穴，似鼻，似口，似耳，似枅，似圈，似臼，似洼者，似污者。激者、謞者、叱者、吸者、叫者、譹者、宎者，咬者，前者唱于而随者唱喁，泠风则小和，飘风则大和，厉风济则众窍为虚。而独不见之调调之刁刁乎？"（《庄子·齐物论》）天籁之所以美妙，就是因为天籁是自然而然产生的。"夫吹万不同，而使其自己也，咸其自取，怒者其谁邪？"（《庄子·齐物论》）天籁虽然有万般不同，但它们的发生和停息都源于它们自身。

万壑松风属天籁。"极炼如不炼，出色而本色，人籁悉归天籁。"（刘熙载《艺概·词曲概》）万壑松风有豪放、壮阔、疏野之美质。千百年来，诗人们在松风的陪伴下，留下了书写绝美天籁的作品。松风是一种极美的天籁。"重峦下飞骑，绝浦渡连旌。涧水寒逾咽，松风远更清。"（薛道衡《从驾幸晋阳诗》）"团团素月净，翛翛夕景清。谷泉惊暗石，松风动夜声。"（杨广《月夜观星诗》）"西岭松声落日秋，千枝万叶风飕飗。美人援琴弄成曲，写得松间声断续。"（皎然《风入松》）松风是特立独行的人生最温柔的伴侣。"松风侵晓哀，霜雰当夜来。寂寥千载后，谁畏轩辕台。"（萧绎《幽逼诗四首·其三》）"幽涧常沥沥，高松风飕飕。其中半日坐，忘却百年愁。"（寒山《诗三百三首·其二十二》）"懒摇白羽扇，裸袒青林中。脱巾挂石壁，露顶洒松风。"（李白《夏日山中》）"试问朝中为宰相，何如林下作神仙。一壶美酒一炉药，饱听松风清昼眠。"（张令问《寄杜光庭》）

诗境深造："终宵皎无寐，万壑响松风。"（李曾伯《题剑门寺贺费伯矩韵》）

375. 落日扁舟依绿屿，清宵万壑抱沧流 青枫绿屿

出处：《扬子江楼》："驿道青枫外，人烟绿屿间。晚来潮正满，数处落帆还。"

解析：指枫林青翠碧绿，色泽秀美而又娇嫩。此处指避暑山庄三十六景之第二十一景。

诗化：

热河三十六景诗·其二十一·青枫绿屿

〔清〕玄烨

石蹬高盘处，青枫引物华。

闻声知树密，见景绝纷哗。

绿屿临窗牖，晴云趁绮霞。

忘言清静意，频望群生嘉。

诗义：山径盘旋而上，山顶上的青枫显得格外秀丽。听见林木发出的涛声就知道树林的浓密，看到这美妙的景色就让人忘却了世俗的喧嚣和纷扰。窗外一片绿洲，晴空上云朵追逐着彩霞。这清静的幽境难以用语言表达，贪婪地凝望着美丽的景色，衷心地祝愿万物生生不息。

简评："青枫多秀色，乍可傲霜朝。"（弘历《青枫绿屿》）青枫绿屿景色位于北枕双峰亭与南山积雪亭之间的庭园。四周多为枫树，枝叶茂盛，浓密的枫树让这里仿佛成了一个小岛，故称"绿屿"。据载，乾隆皇帝喜欢在每年中秋策马登山，登高远眺、听鸟观山、吟诗赏月，特别喜欢青枫绿屿这绿树如茵、生机盎然的气象。南向殿额题有"青枫绿屿"，乾隆帝在此殿欣赏四周美景，欣赏霜秋层染、锦树缤纷、丹霞夕照。

"从来不识汉江秋，湛湛枫林寄古愁。落日扁舟依绿屿，清宵万壑抱沧流。"（郭之奇《见月落秋空云敛波出悠然有感》）青枫绿屿是园景的构建者内心的愿望，"忘言清静意，频望群生嘉"，热忱地祝愿万物繁茂生长，老百姓也能像这茂盛的枫树一样，生机勃勃，生生不息，红红火火。中国传统美学提倡为情造文。"昔诗人什篇，为情而造文；辞人赋颂，为文而造情。"（刘勰《文心雕龙·情采》）内心有真实的情感才能创造出优美的文辞。青枫绿屿也

符合中国传统美学“拟容取心”的原则。“诗人比兴，触物圆览。物虽胡越，合则肝胆。拟容取心，断辞必敢。攒杂咏歌，如川之澹。”（刘勰《文心雕龙·比兴》）从眼前生机盎然的青枫联想到万物生长，才能创造出这样优美的文辞。

青枫绿屿，望群生嘉，也符合儒家重视当下和关注苍生的理念。“天地之大德曰生。”（《周易·系辞下》）“生生之谓易。”（《周易·系辞上》）天地伟大的德行就是给予事物以生命，使生命生机勃勃，和谐繁荣，由生生之德走向生生之美。正是：“夜气不盈握，浩然天地清。风行石不动，云走月常明。陋巷颜回乐，深山大舜耕。此心无旦昼，万物自生生。”（刘瓛《夜气》）

诗境深造：“石壁泉源邃，青枫绿屿蕤。”（弘历《避暑山庄百韵诗》）

376. 漭沆澄波叠翠涵，天光云影适来参　澄波叠翠

出处：《河清颂》：“澄波万壑，洁澜千里。”《灞桥赋》：“连山叠翠而西转，群树分形而北疏。”

解析：指水面泛起微波涟漪，清澈见底，山色层叠翠绿。此处指避暑山庄三十六景之三十景。

诗化：

热河三十六景诗·其三十·澄波叠翠

〔清〕玄烨

叠翠耸千仞，澄波属紫文。

鉴开倒影列，反照共氤氲。

诗义：苍翠的群峰，层层叠叠，高耸千仞，清澈的湖水泛着紫色的波纹。明镜般的湖面，映照出群山的倒影，夕阳反照在湖面上，与弥漫的雾气相融，景色十分怡人。

简评：澄波叠翠浓缩了山水园林的精华，如果说山是园林的骨架，那么，水就是园林的血肉。山水是大千世界的尤物，如果没了山水，也就没有园林。“一峰则太华千寻，一勺则江湖万里。”（文震亨《长物志》）一山有险峻千仞，

一水有江湖浩渺。澄波叠翠属奇丽、秀美、自然的美质。

“漭沆澄波叠翠涵，天光云影适来参。”（弘历《太液池泛舟·其三》）中华传统文化对山水有着根深蒂固的崇尚。“桑苎未成鸿渐隐，丹青聊作虎头痴。久知图画非儿戏，到处云山是我师。”（赵孟頫《题苍林叠岫图》）艺术家应外师造化，以自然山水为师，寄情于山水，提升对自然的领悟能力和表现水平。“知者乐水，仁者乐山；知者动，仁者静；知者乐，仁者寿。”（《论语·雍也》）智者喜爱水，仁者喜爱山。在园林美学中，山水是主要元素。山水成为人与自然交流、吐故纳新的必需之地。

诗境深造：“澄波寒浸郭，叠翠冷支天。”（释智圆《山堂落成招林处士》）

377. 著雨胭脂点点消，半开时节最妖娆　海棠春坞

出处：《藏春坞》：“朱阁前头露井多，碧桃花下美人过。寒泉未必能如此，奈有银瓶素绠何。”

解析：指海棠花开春满坞。此处指苏州拙政园的别致景色。

诗化：

吴园

［清］刘履芬

拙政山榛怨老梅，百年池榭几遗栽。

碧桃临水才三足，犹背东风滴泪开。

诗义：拙政园里苍翠的山茶埋怨着老态龙钟的古梅，古老的池苑台榭数度移主。水边鲜艳的桃花初开，好像背对着春风含着泪珠绽放。

简评：“著雨胭脂点点消，半开时节最妖娆。”（何希尧《海棠》）拙政园是苏州园林的杰作。整座园子以水为主题，有错落有致的假山，布局合理、雅致匀称的江南建筑，花草茂盛，奇木幽深，曲径通幽。园林设计精巧，一步一景，一处一景，每一道门廊，每一面石墙，每个亭子，甚至每扇窗户都体现着江南的韵味。“晴坞夕阳媚，暖梢春意留。”（喻良能《海棠坞》）海棠春坞是拙政园中一个别致的景点。以海棠为名，春天观赏最佳。海棠被誉为“花

中神仙”，为文人雅士所偏好。“春风用意匀颜色，销得携觞与赋诗。秾丽最宜新著雨，娇饶全在欲开时。”（郑谷《海棠》）拙政园整体风格追求平和淡泊，格调宁静素雅，建筑不求富丽堂皇，环境氛围讲究低调和谐、清淡雅致，体现着文人雅士欲隐居于世外桃源的意趣。

中国古典园林艺术体现了以小喻大、即小见大的美学思想。“其称名也小，其取类也大。其旨远，其辞文，其言曲而中，其事肆而隐。”（《周易·系辞下》）物象虽小，取喻事类的范围却十分宽广，意旨深远，语言切中事理，典故明透而哲理深刻。“观夫兴之托喻，婉而成章；称名也小，取类也大。”（刘勰《文心雕龙·比兴》）每一座小园林，每一处小景点，都寓意着大千世界，蕴含着悲欢人生。正所谓的：“尘映世界，瞬含永远。”

“灵迹偶一经，神工嗟独绝。”（姚燮《狮子林》）苏州园林是中国古代园林的经典之作，属于城市山林的代表作。中国古代城市山林体现着返璞归真、隐逸处世的思想意识，即所谓的“隐之为道，朝亦可隐”（《晋书·邓粲传》）。随着经济和城市的发展，在城市中隐逸成为越来越多人的选择：“大隐住朝市，小隐入丘樊。丘樊太冷落，朝市太嚣喧。不如作中隐，隐在留司官。似出复似处，非忙亦非闲。”（白居易《中隐》）香山居士选择了走进城市山林的中隐。中隐在文人雅士的思想意识里，相当于市隐。“邻虽近俗，门掩无哗……足征市隐，犹胜巢居，能为闹处寻幽，胡舍近方图远；得闲即诣，随兴携游。”（计成《园冶》）正是这样的隐逸文化意识让苏州园林有了许多以“隐”“逸”命名的园林，比如朝隐堂、道隐园、小隐亭、静逸园、乐隐园等。

诗境深造：“暖日薰杨柳，浓春醉海棠。”（陈与义《放慵》）

378. 瀑布横飞翠壑间，泉声入耳送清寒　清寒澄碧

出处：《寒碧庄宴集序》：“竹色清寒，波光澄碧。”

解析：指清朗月素、清澈碧绿的格调。此处指苏州留园的风格。

诗化：

春去后游留园八首·其六

〔清〕吴研因

曲径斜桥别有天，竹篱曲处草葱芊。

昨宵汩汩桃花水，流向红尘何处边。

诗义：蜿蜒的小路，别致的小桥，竹篱下芳草青翠茂盛，留园真是别有一番景致。昨夜那潺潺的桃花春水，不知流向何处人家。

简评：苏州留园、苏州拙政园、北京颐和园、承德避暑山庄并称中国四大名园。留园是江南建筑艺术的典范，建筑工艺精湛，厅堂装饰华丽，庭院布局复杂而富有灵性。留园集住宅、祠堂、家庵、园林于一身，庭院幽深雅致，山石奇峻，池水清碧，深藏厚重的传统文化底蕴，有“不出城郭而或山林之趣”之美誉。全园主要分为东、中、西、北四个部分，各部分景致不一，各有特色。在留园可以欣赏到山水、田园、山林、庭园的风景，园林的空间、平面布局非常巧妙。园内奇石众多，其中瑞云峰、冠云峰和岫云峰被称为“留园三峰”，冠云峰更是玲珑剔透，集“瘦、皱、漏、透”四奇于一身，享有“中国第一太湖石”的美誉。

“瀑布横飞翠壑间，泉声入耳送清寒。天然一曲非凡响，万颗明珠落玉盘。”（程太虚《漱玉泉》）留园的美在于清寒澄碧。所谓“清寒”是指素雅明洁，宛如月色般的纯洁，即“空明浸清寒，霜月同一气”（魏源《出都前夕与周子坚夜步月下》）。在这样清寒素雅的园林里，内心会沉淀下来，变得静谧，进而融于澄碧。

诗境深造：“极望渺无际，悠然澄碧波。”（吕陶《寄题洋川与可学士公园十七首·其二》）

379. 摇到四桥烟雨里，拨开一片水云天　四桥烟雨

出处：《瑞龙吟·送梅津》：“还背垂虹秋去，四桥烟雨，一宵歌酒。”

解析：指远眺大虹桥、长春桥、春波桥、莲花桥处在朦胧雨雾之中的景

色。此处指扬州二十四景之四桥烟雨。

诗化：

浣溪沙·芜城晚眺

〔清〕石颐

一片幽怀付短筇。绿荫深处夕阳红。落花流水影重重。　　廿四桥荒烟雨里，十三楼寂管弦中。朱帘不见卷春风。

诗义：一片幽深的情感都寄托在那短杖之中，茂盛的绿树深处透射出夕阳的红霞。水面上漂着落花一层又一层。二十四桥淹没在朦胧的烟雨里，歌舞楼台也寂寞地伫立于丝管乐声之中。朱帘紧闭，不再随春风飘动，俨然一片凄凉景象。

简评：扬州自古就享有“园林之盛，甲于天下”的美誉。清乾隆时期有卷石洞天、西园曲水、虹桥览胜、冶春诗社、长堤春柳、荷浦熏风、碧玉交流、四桥烟雨、春台明月、白塔晴云、三过流淙、蜀岗晚照、万松叠翠、锦泉花屿、双峰云栈、山亭野眺、临水红霞、绿稻香来、竹市小楼、平岗艳雪、绿杨城廓、香海慈云、梅岭春生、水云胜概等二十四景之说，尤以瘦西湖周边景致最为集中，那里汇聚了扬州园林的精华，形成了“两堤花柳全依水，一路楼台直到山”的美丽风景。扬州园林兼容并蓄、博采众长，融合了江南私家园林的灵秀和北方皇家园林的雄浑。扬州地属江南，决定了扬州园林具备江南园林灵性的特质。而历史上的扬州在政治、经济上有着特殊地位，扬州官商为迎合帝王贵族出游，园林风格上模仿北方皇家园林的特点，这就形成了扬州园林兼收并蓄、融合发展的格局。宋代诗人晁说之曾为扬州之美景与繁华感叹：“风常欢喜月常愁，愁有盈亏喜自由。客到扬州已迷路，不须特地上迷楼。”（《扬州三绝句·其二》）

“摇到四桥烟雨里，拨开一片水云天。”（郑燮《锦湖行舫联》）四桥烟雨是扬州二十四景之一，指恰逢烟雨时节在旧的四桥烟雨楼登高远眺，大虹桥、长春桥、春波桥、莲花桥同处烟雨朦胧之中，形成了不同韵味的山水画卷。据传，乾隆皇帝每次巡察江南都要登四桥烟雨楼凭窗远望，欣赏四桥烟雨的景色。在烟雨朦胧的时节，于白墙黛瓦之下，吟咏着宋代才子蒋捷的《虞美人·听雨》，别有一番滋味："少年听雨歌楼上，红烛昏罗帐。壮年听雨客舟中，江阔云低，断雁叫西风。而今听雨僧庐下，鬓已星星也。悲欢离合总无情，一任阶前，点滴到天明。"

四桥烟雨，让一代枭雄隋炀帝杨广如痴如醉，他凿运河、造龙船，下扬州赏烟雨柳腰。"湖上柳，烟里不胜垂。宿露洗开明媚眼，东风摇弄好腰肢。烟雨更相宜。环曲岸，阴覆画桥低。线拂行人春晚后，絮飞晴雪暖风时。幽意更依依。"（杨广《望江南·其二》）境由心生，在不同的心境下，人会有不同的体验，或是诗意盎然春萌，或是富于浪漫的思恋，或是无可奈何的落花流水。

诗境深造："平野水云际，画桥烟雨间。"（戴复古《题董侍郎山园》）

380. 如伴风流萦艳雪，更逐落花飘御园　平岗艳雪

出处：《答徐秀才》："清诗舞艳雪，孤抱莹玄冰。"《蝶三首·其一》："初来小苑中，稍与琐闱通。远恐芳尘断，轻忧艳雪融。"

解析：此处指古扬州的美景。

诗化：

答徐秀才（节选）

〔唐〕韦应物

清诗舞艳雪，孤抱莹玄冰。

一枝非所贵，怀书思武陵。

诗义：清雅的诗篇随着艳丽的香雪飞舞，独立远大的志向冰清玉洁，举第登科并非最为珍贵的，胸中酝酿着宏大的策论，却始终向往着武陵那世外桃源的生活。

简评：平岗艳雪是扬州二十四景中的著名景致。清代画家袁耀作有《万松叠翠》《平流涌瀑》《平岗艳雪》《春台明月》四条屏山水画，被收藏于故宫。平岗艳雪位于景点临水红霞的桃花庵后，河岸遍植梅花树，寒冬腊月，花开如雪，故名"平岗艳雪"。也有说腊月飘雪时分，粉红色的梅花将白雪映衬为

艳红色，宛如天空飘下艳雪。严格地说，平岗艳雪属自然园林景观，但也可以通过人工规模栽种各类花木来造景，达到“艳雪”的效果。

中国古代园林为文人雅士隐居休憩之地，设计者秉持自然、宁静、低调的人生态度，在园林的风格上追求自然雅致、幽寂脱俗。园林风景的色彩自然而平静，无论是苏州的拙政园、留园、西园，还是无锡的寄畅园，基本都是白墙灰瓦，门窗立柱素雅，没有大红大紫的色彩。栽种的植物比较偏好于青竹松柏，水生植物多为荷莲，一般选择色彩鲜艳的植物作为点缀。而平岗艳雪则让人眼前一亮，耳目一新。“如伴风流萦艳雪，更逐落花飘御园。”（韦应物《五弦行》）艳雪的诗意更加浓厚，更加浪漫，让人充满遐想。

诗境深造：“素艳雪凝树，清香风满枝。”（许浑《闻薛先辈陪大夫看早梅因寄》）

三十九、舞蹈篇

歌者蓄满了声音

在一瞬的震颤中凝神

舞者为一个姿势

拼聚了一生的呼吸

——陈敬容《力的前奏》（节选）

舞蹈是一门身体艺术。闻一多有言：“舞是生命情调最直接、最实质、最强烈、最尖锐、最单纯而又最充足的表现。”中国古代舞蹈艺术具有独特的形态和神韵，具有翩跹而舞、矫若游龙、翩若惊鸿、缓歌慢舞、翾风回雪、衣袂飘飘、瑞彩蹁跹、舞姿曼妙、舞姿生风、鸾回凤翥的美质。

381. 状似明月泛云河，体如轻风动流波　翩跹而舞

出处：《朱砂担》：“我把这唐巾按，舞蹁跹两袖风翻。”

解析：形容轻快柔美、旋转曼妙的舞姿。

诗化：

白纻曲

〔南朝〕刘铄

仙仙徐动何盈盈，玉腕俱凝若云行。
佳人举袖辉青蛾，掺掺擢手映鲜罗。
状似明月泛云河，体如轻风动流波。

诗义：翩跹徐动的舞步多么轻盈优美，碧玉般的臂腕好像云彩飘行。美丽的佳人挥洒着衣袖扬起了青黛般的眉毛，纤细的玉手映照着亮丽的丝巾，好似明月荡漾在银河之中，娇柔的身体宛若轻风吹拂流水的轻波。

简评：蹁跹而舞属柔美、轻盈、飘逸、流动的美质。中国传统舞蹈具有独特的美质和特点，主要体现为以情带舞、以舞传情，动而合度、形变神真，技艺结合、引人入胜，等等。其一，以情带舞、以舞传情。“夜寒湛湛夜未央，华灯空烂月悬光。从风衣起发芬香，为君起舞幸不忘。”（张率《白纻歌九首·其六》）“将军自起舞长剑，壮士呼声动九垓。功成献凯见明主，丹青画像麒麟台。”（李白《司马将军歌》）舞蹈是一种通过肢体语言来传递情感的表演，舞蹈家通过表述特定的生活内容，抒发丰富的情感，使观众在审美中产生情感的共鸣，进而受到陶冶和感染。其二，动而合度、形变神真。“美人不眠怜夜永，起舞亭亭乱花影。新裁白苎胜红绡，玉佩珠缨金步摇。”（戴叔伦《白苎词》）舞蹈动作是舞蹈艺术最重要的技艺，只有经过提炼美化才能形成节律化的动作，进而达到“动而合度、形变神真”的境界。其三，技艺结合、引人入胜。“纤腰弄明月，长袖舞春风。”（刘希夷《春女行》）“舞袖倾东海，纤腰惑九州。”（苏曼殊《佳人》）高超的舞蹈技艺必须与富有感染力的表演能力相结合，达到技和艺的高度结合统一，才能塑造美的舞蹈形象。只有准确把握舞蹈的特点、风格、韵律、节奏，才能创作出鲜明生动的舞蹈形象，产生引人入胜的艺术效果。

《白纻舞》是中国古代的名舞，因舞者穿用白纻制成的舞衣表演而得名。其特点是以袖舞为主，舞步轻盈飘逸，注重眼神的表演和运用；节奏由轻缓转快速，舞技偏重轻飘，要有翩翩起舞的效果。历代有很多赞美《白纻舞》的诗词，如晋代的《白纻舞歌诗》：“轻躯徐起何洋洋，高举两手白鹄翔。宛若龙转乍低昂，凝停善睐容仪光。”南齐王俭的《齐白纻辞》：“阳春白日风花香，趋步明月舞瑶裳。情发金石媚笙簧，罗袿徐转红袖扬。”唐代李白的《白纻辞三首·其三》：“吴刀剪彩缝舞衣，明妆丽服夺春晖。扬眉转袖若雪飞，倾城独立世所稀。”

诗境深造：“罗衣何飘飘，轻裾随风还。”（曹植《美女篇》）

382. 飘然转旋回雪轻，嫣然纵送游龙惊　矫若游龙

出处：《玉合记·义姤》：“看他矫若游龙，超逾集鸟。……夜月红楼，树下霓裳出月。是好舞也。”《晋书·王羲之传》：“尤善隶书，为古今之冠，论者称其笔势，以为飘若浮云，矫若惊龙。”

解析：形容舞姿娇柔婀娜，或书法艺术矫健飞动。

诗化：

霓裳羽衣歌（节选）

〔唐〕白居易

飘然转旋回雪轻，嫣然纵送游龙惊。
小垂手后柳无力，斜曳裾时云欲生。
烟蛾敛略不胜态，风袖低昂如有情。
上元点鬟招萼绿，王母挥袂别飞琼。
繁音急节十二遍，跳珠撼玉何铿铮。
翔鸾舞了却收翅，唳鹤曲终长引声。

诗义：飘然旋转的舞姿如回风轻雪，嫣然纵步宛如游龙般矫捷。小手轻垂时像柳丝般娇柔无力，斜飘的舞裙仿佛青云欲升。淡黑色的眉毛流露出说不尽的娇美风姿，舞袖迎风起伏伴着万种风情，就像上元夫人招来的仙女萼

绿华，又像西王母挥袖送别仙女许飞琼。十二遍的曲破繁音急促而动听，就像跳动的珍珠击打着玉片铿锵有力。舞罢如飞翔的鸾凤收起了翅膀，终曲收尾时的长鸣声如鹤般高亢鸣叫。

简评：矫若游龙属轻盈、飘逸、流动的美质。《霓裳羽衣曲》又称《霓裳羽衣舞》，是唐代舞蹈的代表作之一，相传其曲为唐玄宗李隆基在西凉节度使杨敬述所献《婆罗门曲》之基础上加以润色并填歌词而成，也有说其前半为唐玄宗所作，后吸收《婆罗门曲》成全曲。该曲在安史之乱后失传。《霓裳羽衣舞》属于唐代音乐、舞蹈、诗歌三相结合的大型乐舞，是带有宗教意识的、表现仙女的艺术佳作。舞蹈运用了舞袖、旋转技巧，表现出飘飘欲仙的艺术美感。“天阙沉沉夜未央，碧云仙曲舞霓裳。一声玉笛向空尽，月满骊山宫漏长。”（张祜《华清宫四首·其二》）在结构上，它有严格的程式和风格。由“散序”而入，开始由磬、箫、筝、角器乐曲依次进入，引出一个飘然舒展、含蓄朦胧的意境。中序起拍之后，舞者翩然起舞，从柔缓的节拍、悠然轻妙的节奏，渐渐转到节律快速的拍子，进入“入破”部分。这时舞蹈的节奏由略快到急促，并逐渐激烈达到精彩的高潮部分。最后，乐器长吹一声，舞蹈出人意料地戛然而止，全舞在“仙境”的“忘我”中结束。《霓裳羽衣舞》的配乐、舞蹈和服饰都表现出无穷的“仙意”。在艺术风格上，它以汉文化为主，融合了西域的艺术风格，无论是音乐还是舞蹈，都实现了本民族的艺术风格与印度、西域艺术的完美融合。

诗境深造：“翩如兰苕翠，婉如游龙举。”（李群玉《长沙九日登东楼观舞》）

383. 翻身入破如有神，前见后见回回新　翩若惊鸿

出处：《洛神赋》：“其形也，翩若惊鸿，婉若游龙。”

解析：形容舞蹈表演体态轻盈，舞姿轻柔。

诗化：

王郎中妓席五咏·舞

〔唐〕顾况

汗浥新装画不成，丝催急节舞衣轻。

落花绕树疑无影，回雪从风暗有情。

诗义：汗水湿透了新设计的服装，妆容有些不齐。快速的丝乐、急促的节拍伴随着轻妙的舞衣，衣袂飘飘。一会儿像绕着树木飘落的鲜花无影无踪，一会儿宛若流风回雪、翩若惊鸿满怀绵绵的柔情。

简评：翩若惊鸿属流动、飘逸、优雅的美质。曹植在《洛神赋》中用“翩若惊鸿，婉若游龙”来描绘洛神优雅的美态，此后，“翩若惊鸿”就被用于形容女子轻盈曼妙的身姿。“伤心桥下春波绿，曾是惊鸿照影来。”（陆游《沈园二首·其一》）“泱泱洛水清无底，谁见惊鸿照影时。”（凌云翰《洛神图》）“惊鸿照出水盈盈，雾夕霞朝别有情。”（汤右曾《忆安宜旧游杂成十咏·其五》）

“翩若惊鸿”也常用来形容轻盈的舞姿。“身轻近识吴宫燕，目断还惊洛浦鸿。”（刘筠《无题二首·其二》）“姗姗微步上瑶台，笑看惊鸿艳影来。”（丘逢甲《席上有赠》）“惊鸿”还常常用于形容孤寂的旅人：“霜露已凄凄，星汉复昭回。朔风中夜起，惊鸿千里来。”（韦应物《秋夜二首·其二》）“风惊鸿雁行，吹落秋江上。为扫碧岩边，问叔今无恙。”（黄庭坚《送六十五弟贲南归》）

诗境深造：“赴曲迅惊鸿，蹈节如集鸾。”（陆机《日出东南隅行》）

384. 轻云岭上乍摇风，嫩柳池边初拂水　缓歌慢舞

出处：《长恨歌》：“缓歌慢舞凝丝竹，尽日君王看不足。”

解析：形容柔和的歌声和舒缓的舞姿。

诗化：

舞

〔唐〕张祜

荆台呈妙舞，云雨半罗衣。
袅袅腰疑折，褰褰袖欲飞。
雾轻红踯躅，风艳紫蔷薇。
强许传新态，人间弟子稀。

诗义：舞者在舞台上跳起了曼妙的舞蹈，身穿轻飘的衣裙好像天上飘动的彩云。她们柔软的腰肢好像要被折断，飘动的衣袖似乎要飞出去。她们身上的衣裙宛若薄雾之中的红杜鹃，又好像风中艳丽的紫蔷薇。这是仙女传授的新舞姿，人世间能学到的人很稀少。

简评："轻云岭上乍摇风，嫩柳池边初拂水。"（杨玉环《赠张云容舞》）缓歌慢舞属柔美、飘逸、流动的美质。舞蹈以人体的躯干和四肢作为工具，通过头、眼、颈、手、腕、肘、臂、肩、身、胯、膝、足等部位的协调活动，构成具有节奏感的舞蹈动作、姿态和造型，直接表达人的内心活动，反映社会生活。而表演性的舞蹈艺术则以舞蹈动作、舞蹈动作组合、造型、手势、表情、构图、哑剧等为表现手段，塑造典型化的舞蹈形象，表达人物的思想感情，体现完整的内容美和形式美。舞蹈艺术的共同特征是律动性、动态性、抒情性和象征性。

周朝的文舞与唐代的软舞都属于缓歌慢舞的舞蹈类型。文舞注重仪态，表现文雅内省，如《云门》《咸池》《大韶》《大夏》等；软舞强调妙曼舒缓、温馨雅致、行云流水、温柔妩媚，如《绿腰》《凉州》《霓裳羽衣舞》《明君》《浣纱记》等。传说比较擅长软舞的舞蹈家有西施、绿珠、梅妃、杨贵妃等。

诗境深造："弦歌随绰约，巾舞斗轻盈。"（杨慎《赋得流风回雪》）

385. 弦鼓一声双袖举，回雪飘摇转蓬舞　翾风回雪

出处：《长生殿·舞盘》："逸态横生，浓姿百出。宛若翾风回雪，恍如飞燕游龙，真独擅千秋矣。"

解析：形容舞姿轻盈。

诗化：

胡旋女（节选）

〔唐〕白居易

胡旋女，胡旋女。心应弦，手应鼓。
弦鼓一声双袖举。回雪飘摇转蓬舞。
左旋右转不知疲，千匝万周无已时。

人间物类无可比，奔车轮缓旋风迟。

诗义：跳胡旋舞的女孩呀！心神随着舞曲的旋律，动作伴随着鼓点在舞动。鼓乐一响双袖就举起，宛如雪花在空中飞舞，又像蓬草迎风翻飞。舞者不知疲倦地左旋右转，千圈万圈地转个不停。世上无人能与她比拟，她的旋转比飞转的车轮和疾风还要快。

简评：翾风回雪属飘逸、流动、节律的美质。胡旋舞是古代由西域传来的民间舞蹈，因跳舞时须快速不停地旋转而得名，属健舞类舞蹈，其特点是旋律快、节奏快、转圈多而难分面背。《旧唐书·志第九·音乐二》载："急转如风，俗谓之胡旋。"《新唐书·志十一·礼乐十一》载："胡旋舞，舞者立球上，旋转如风。"白居易这首诗歌生动地描写了胡旋女的舞姿神态和特点，诗中说，胡旋女在鼓乐声中急速起舞，转得很快，观众几乎不能看清她的脸和背，这种描写突出了胡旋舞的特点。

元稹也在诗中赞叹胡旋舞的舞姿："蓬断霜根羊角疾，竿戴朱盘火轮炫。骊珠迸珥逐飞星，虹晕轻巾掣流电。潜鲸暗吸笡波海，回风乱舞当空霰。"（《和李校书新题乐府十二首·胡旋女》）李端的《胡腾儿》也生动地描绘了西域舞蹈劲健、欢快、飞旋的风格："扬眉动目踏花毡，红汗交流珠帽偏。醉却东倾又西倒，双靴柔弱满灯前。环行急蹴皆应节，反手叉腰如却月。丝桐忽奏一曲终，呜呜画角城头发。"

翾风回雪的舞姿，化作许多诗人诗词中的妙句。"遏云歌响清，回雪舞腰轻。"（李商隐《歌舞》）"舞疑回雪态，歌转遏云声。"（许浑《陪王尚书泛舟莲池》）"舞翻回雪随清吹，歌遏行云度美腔。"（史浩《待明守赵殿撰致语口号》）"承云歌历历，回雪舞翩翩。"（王安中《睿谟殿曲宴诗》）"回雪舞腰来洛浦，仰天歌韵有秦风。"（韩维《和三兄晚饮》）"歌引行云来绮席，舞翻回雪下春波。"（张昱《湖上漫兴四首·其四》）

诗境深造："骧袅柳牵丝，炫转风回雪。"（元稹《曹十九舞绿钿》）

386. 秾李雪开歌扇掩，绿杨风动舞腰回　衣袂飘飘

出处：《与殷晋安别》："飘飘西来风，悠悠东去云。"《丰陵行》："清风飘飘轻雨洒，偃蹇旗旆卷以舒。"

解析：指舞者衣袖和衣衫随风飘动，形容舞姿飘逸流畅。

诗化：

赠张云容舞

〔唐〕杨玉环

罗袖动香香不已，红蕖袅袅秋烟里。

轻云岭上乍摇风，嫩柳池边初拂水。

诗义：衣袖随着舞蹈的舞动送来阵阵香风，纤细柔软的身姿亭亭玉立，曼妙的舞姿像秋天里袅袅的炊烟。娇柔的身体和玉臂轻缓舞动，像轻云在山岭上随风飘动，又像柔嫩的柳条随着徐徐清风轻拂着池水。

简评：唐代的小型舞蹈分为健舞、软舞两种。健舞主要表现矫健之美，软舞主要表现柔和之美。健舞以《剑器舞》《柘枝舞》《胡旋舞》为代表。软舞以《绿腰》《凉州》《春莺啭》《乌夜啼》为代表。杨玉环所描绘的张云容舞属于软舞。诗中的舞者衣袖飘逸如轻风柔拂，舞姿轻盈宛若青烟袅袅。"秾李雪开歌扇掩，绿杨风动舞腰回。"（武元衡《摩诃池宴》）李群玉有诗赞《绿腰》："南国有佳人，轻盈绿腰舞。华筵九秋暮，飞袂拂云雨。翩如兰苕翠，婉如游龙举。越艳罢前溪，吴姬停白纻。慢态不能穷，繁姿曲向终。低回莲破浪，凌乱雪萦风。坠珥时流盼，修裾欲溯空。唯愁捉不住，飞去逐惊鸿。"（《长沙九日登东楼观舞》）

诗境深造："霓裳曳广带，飘拂升天行。"（李白《古风·其十九》）

387. 舞势随风散复收，歌声似磬韵还幽　瑞彩蹁跹

出处：《代曲江老人百韵》："掉荡云门发，蹁跹鹭羽振。"

解析：形容舞态多姿多彩，给人带来吉祥的气氛。

诗化：

玉女舞霓裳

〔唐〕李太玄

舞势随风散复收，歌声似磬韵还幽。

千回赴节填词处，娇眼如波入鬓流。

诗义：舞者的舞姿宛如随风盛开的花朵，缓缓散开又收起，歌声如乐器一样铿锵清脆，富有韵律且十分悠扬。她踩着节拍翩翩起舞，抒发情怀，发鬓间那对娇媚的眼睛，如水波一样清澈而含情脉脉，让人神魂颠倒。

简评：“舞势随风散复收，歌声似磬韵还幽。”李太玄的这首诗描写了舞者表演唐代著名舞蹈《霓裳羽衣舞》的场景。诗中所描写的婀娜的舞蹈、强烈的节奏感、舞者传情的眼神及舞者的一举一动、一颦一笑，都充满了抒情和传神的气息。最让人难以忘却的，就是舞者转身前留给观者的那一个妩媚的眼神。相传《霓裳羽衣舞》乐声节奏感很强，女子舞起来婀娜多姿，十分妩媚。《霓裳羽衣舞》同时具有软舞和健舞的特征。

诗境深造：“轻盈作纤步，翩若云端游。”（魏学泂《长水怨》）

388. 酣来自作青海舞，秋风吹落紫绮冠　舞姿曼妙

出处：《聊斋志异·陈云栖》：“见有少女在堂，年可十八九，姿容曼妙，目所未睹。”

解析：形容舞姿轻盈曼妙。

诗化：

东山吟

〔唐〕李白

携妓东土山，怅然悲谢安。

我妓今朝如花月，他妓古坟荒草寒。

白鸡梦后三百岁，洒酒浇君同所欢。

酣来自作青海舞，秋风吹落紫绮冠。

彼亦一时，此亦一时，浩浩洪流之咏何必奇？

诗义：我带着美丽的舞伎，来到东土山祭奠谢安，心情怅然悲伤。如今我的美妓如花似月、美丽可爱，而谢安当年喜欢的美姬早已埋在这荒草萋萋的古坟之中。谢安梦见白鸡的故事至今已过去三百年，我在你的墓前为你洒酒，与你一起酣畅痛饮。喝到高兴的时候，我还为你献上自编的青海舞，秋风吹落了我华丽的紫色帽子。你我当年也曾风光一时，也曾失落一时，但在这洪流滚滚的历史长河里，时势不同、情况各异，也没什么值得奇怪的。

简评：《东山吟》是悼念谢安之作。谢安是李白的偶像，曾任东晋宰相，他多才多艺，善行书，通音乐，在儒、道、佛等方面有较高的素养，治国以儒、道互补，性情儒雅温和，处事公允，廉洁自律，不居功自傲，有宰相气度、儒将风范，曾策划指挥了以少胜多的著名战役——淝水之战。

“醉后犹传青海舞，白鸡梦断已千秋。”（孙一元《谢安》）青海舞，也称青海波舞，据称是唐朝的乐舞，后来传入日本。日本紫式部的《源氏物语》也有诗句曰：“心多愁恨身难舞，扇袖传情知不知？”“唐人扇袖谁能解？绰约仙姿我独怜。”唐代是中华民族的鼎盛时期，国力强盛，经济繁荣，文化兴盛。除了精美绝伦的诗词，唐代的舞蹈艺术也是值得称颂的，其舞蹈形式多样，技艺精湛，宫廷舞蹈服饰华丽，场面富丽堂皇，著名的大型舞蹈有《破阵乐》《庆善乐》《上元乐》等。小型舞蹈则分健舞和软舞，舞蹈风格开朗明快、健康挺拔。

诗境深造：“宫莺娇欲醉，檐燕语还飞。”（李白《宫中行乐词八首·其七》）

389. 美人起舞色微酡，轻身蹑节影婆娑　婆娑起舞

出处：《诗经·陈风·东风之枌》：“东门之枌，宛丘之栩。子仲之子，婆娑其下。”

解析：形容姿态优美地跳舞。

诗化：

咏舞

〔唐〕萧德言

低身锵玉佩，举袖拂罗衣。

对檐疑燕起，映雪似花飞。

诗义：俯下身去，身上的玉佩发出清脆的声音，抬起手轻拂着细柔的衣裙。舞姿轻盈得像屋檐上飞过的燕子，又宛若空中飘荡的雪花。

简评：婆娑起舞属流动、飘逸、轻柔的美质。舞蹈是时空表现艺术和动态造型艺术，它以艺术化的肢体动作，即通过人体协调、流动、富有韵律和节奏的美感化的动作、姿势、造型，以及动作之组合和动作过程来表达思想情感，是人类审美意识和情感表达在人体动态形式中的具象化。动作是舞蹈艺术最基本的语言。唐代杨师道《咏舞》："二八如回雪，三春类早花。分行向烛转，一种逐风斜。"舞蹈艺术是在音乐、舞美等多种手段的配合下，通过动作的姿态、节奏、速度、空间走向、力度等，表达情感，塑造人物，展示复杂的心境和情感冲突，创造各具特色、生动鲜明舞蹈形象的一个艺术门类，具有造型美、流动美、情感美的欣赏价值。

"美人起舞色微酡，轻身蹑节影婆娑。"（汪枢《白纻词》）舞蹈表演要求以简代繁，以少总多，讲究生动传神，通过外在形象的塑造抒发主体的思想情怀。从整体追求上看，要求含蓄蕴藉，追求神似，注重当众展现人物的灵魂和情感，注重整体效果的传神写意。

诗境深造："风姿入清古，气象脱凡陋。"（饶节《润屋轩诗》）

390. 万里横戈探虎穴，三杯拔剑舞龙泉　鸾回凤翥

出处：《临江仙》："风引宝衣疑欲舞，鸾回凤翥堪惊。"

解析：如鸾鸟回旋、凤凰飞举，形容舞姿轻盈曼妙。

诗化：

观公孙大娘弟子舞剑器行（节选）

〔唐〕杜甫

㸌如羿射九日落，矫如群帝骖龙翔。

来如雷霆收震怒，罢如江海凝清光。

诗义：公孙大娘的剑舞剑光闪耀夺目，好像后羿射落九日。舞姿矫健，步伐敏捷，恰似天帝驾龙飞翔。起舞时剑势如万钧雷霆，狂风怒号，舞罢剑光凝固，风平浪静，水波澄澈。

简评：剑舞，又称剑器舞，是中国古代的一种舞蹈，盛行于汉唐时期，延续至宋代。剑舞一般是由表演者手持短剑表演的具有格斗风格、刚柔结合的舞蹈。表演者自由甩动、旋转短剑，并伴有有节律的音乐，与优美的舞姿相辅相成。剑舞起初为男性舞蹈，后来逐渐演变为曼妙、轻缓、优雅的女性舞蹈。先秦时期，中国古代就有持剑而舞祭神祭祖的习俗。“吉日兮辰良，穆将愉兮上皇。抚长剑兮玉珥，璆锵鸣兮琳琅。”（屈原《九歌·东皇太一》）子路向孔子拜师，戎装舞剑行拜师礼。从春秋至大汉，剑舞表演成为一种必需的礼仪，助兴于宴席、客厅，以招待亲朋宾客和来使。鸿门宴中，“君王与沛公饮，军中无以为乐，请以剑舞”，“项庄拔剑起舞，项伯亦拔剑起舞，常以身翼蔽沛公，庄不得击”（司马迁《鸿门宴》），正是对剑舞这一文化习俗的反映。

“万里横戈探虎穴，三杯拔剑舞龙泉。”（李白《送羽林陶将军》）在崇文尚武的盛唐，舞剑不仅是武将的专长，也是文人的时髦。在那些激扬的文字间，充满唐代诗人的剑胆诗魂。李贺的《春坊正字剑子歌》：“先辈匣中三尺水，曾入吴潭斩龙子。隙月斜明刮露寒，练带平铺吹不起。”张说的《幽州夜饮》：“正有高堂宴，能忘迟暮心。军中宜剑舞，塞上重笳音。”李白的《司马将军歌》：“北落明星动光彩，南征猛将如云雷。手中电击倚天剑，直斩长鲸海水开。”颜真卿的《裴将军诗》：“剑舞跃游电，随风萦且回。”其时崇文尚武的风气，造就了一代人文武双全的才华，铸造了一个民族剑胆诗魂的气质，也成就了一个空前繁荣的盛世。

诗境深造：“从风回绮袖，映日转花钿。”（王暕《咏舞诗》）

四十、工艺篇

收拢纸扇

细腰的苏堤

又一寸寸地

折进了

梦中的晚秋

你最好把扇子搁在窗口

风来时

当可听到隔世的啁啾

那便是

柳浪闻莺

——洛夫《杭州纸扇》（节选）

中华文化中有着许多传统工艺，如雕塑、刺绣、瓷器等。传统工艺题材内容丰富，别出心裁；形式风格多样，随物赋形；所使用的材质广泛，具有浓郁的民族特色。技法上巧夺天工，鬼斧神工，吹影镂尘；艺术构思上独具匠心，刻雕众形；艺术表现上惟妙惟肖，栩栩如生，玲珑剔透。

391. 人间巧艺夺天工，炼药燃灯清昼同　巧夺天工

出处：《水调歌头·赠都科邵子和还嘉禾》：“别有梓人传，精艺夺天工。便使玉人雕琢，妙手略相同。”

解析：指人工的精巧胜过天然制成，形容手工技艺十分高超精妙。

诗化：

赠放烟火者

〔元〕赵孟頫

人间巧艺夺天工，炼药燃灯清昼同。
柳絮飞残铺地白，桃花落尽满阶红。
纷纷灿烂如星陨，燿燿喧豗似火攻。
后夜再翻花上锦，不愁零乱向东风。

诗义：人间的烟火技艺精湛，焰火和灯光把夜晚照得如同白天一样明亮。烟花的纸穗如同柳絮般铺满了地面，又像桃花花瓣染红了台阶。闪烁的礼花宛如流星坠落划过夜空，如雷般震耳的响声如同火攻。夜深了，烟火再添新的花色，不要担心礼花被东风吹散。

简评：巧夺天工属精美、精致、细腻的美质。烟花产生的美感有巧夺天工的效果。火药是中国古代的四大发明之一，烟花也是中国传统艺术瑰宝之一。人类自古以来就对火有着特殊的感受，烟花之美，首先在于它是火，其次在于它具有综合的构成美的基本要素。比如烟花飞行在夜空中，构成了美的线条；烟花鞭炮所发出的各种响声，构成了美的声音；烟花那斑斓的色彩构成了美的画面；它各种各样的形态构成了美的造型。在 2008 年北京奥运会开幕式上，象征奥运历史足迹的 29 个巨大的“焰火脚印”正是烟花造型美的杰作。此外，烟花还具有独特的刺激美。

中国是烟花的发明地，历代有许多赞美烟花的诗句。隋炀帝杨广的《元夕于通衢建灯夜升南楼》：“灯树千光照，花焰七枝开。”唐代苏味道的《正月十五夜》：“火树银花合，星桥铁锁开。暗尘随马去，明月逐人来。游伎皆秾李，行歌尽落梅。金吾不禁夜，玉漏莫相催。”宋代辛弃疾的《青玉案·元夕》：“东风夜放花千树。更吹落、星如雨。宝马雕车香满路。凤箫声动，玉

壶光转，一夜鱼龙舞。”明代瞿佑的《烟火戏》：“天花无数月中开，五色祥云绕绛台。堕地忽惊星彩散，飞空频作雨声来。怒撞玉斗翻晴雪，勇踏金轮起疾雷。更漏已深人渐散，闹竿挑得彩灯回。”

诗境深造：“人巧夺天工，天工欣有代。”（张问安《筒车》）

392. 苦无妙手画於菟，人间雕刻真成鹄　鬼斧神工

出处：《庄子·达生》：“梓庆削木为鐻，鐻成，见者惊犹鬼神。”

解析：艺术技巧高超，像是鬼神制作出来的，形容建筑、雕塑等技艺的高超精巧。

诗化：

宝剑篇

〔唐〕郭震

君不见昆吾铁冶飞炎烟，红光紫气俱赫然。
良工锻炼凡几年，铸得宝剑名龙泉。
龙泉颜色如霜雪，良工咨嗟叹奇绝。
琉璃玉匣吐莲花，错镂金环映明月。
正逢天下无风尘，幸得周防君子身。
精光黯黯青蛇色，文章片片绿龟鳞。
非直结交游侠子，亦曾亲近英雄人。
何言中路遭弃捐，零落漂沦古狱边。
虽复尘埋无所用，犹能夜夜气冲天。

诗义：你见过昆吾铁石炼成的宝剑吗？炉火通红，剑锋上射出紫色的光芒。能工巧匠们经过很多年的锻造冶炼，才铸出这把举世无双的龙泉宝剑。宝剑的颜色如霜雪般铿亮，剑工们也叹为观止，不绝地称赞宝剑的奇绝。像琉璃玉匣里吐出的白莲，剑柄上的金环映照着日月的光辉。此剑出世，正逢天下没有战事，庆幸被翩翩君子佩带防身。耀眼的剑芒像青蛇游动，鞘上的花纹如浮起的绿色龟鳞。不仅游侠们见了十分珍爱，英雄豪杰亦曾特别钟情。

为什么要一个劲儿地说它曾中途遭到抛弃，飘零沦落在荒凉的古狱旁边呢？虽然被泥土掩埋不能发挥作用，但其赫赫剑气所发出的非凡光芒，仍然夜夜都能照亮夜空。

简评：剑是古代冷兵器之一，素有“百兵之君”的美称。宝剑是中华传统文化的一种象征，尤其是传说中的胜邪、纯钧、湛泸、巨阙、鱼肠、泰阿、龙渊、工布、干将、莫邪十大名剑，更是正德、正身、正义的气节的象征。中国传统美学特别强调“正”的审美观。治世之音为正，正风正雅就是治世之音。“苦无妙手画於菟，人间雕刻真成鹄。”（辛弃疾《归朝欢》）龙泉剑又名龙渊剑，是中国古代名剑，代表着正义、诚信、高洁，传说是由欧冶子和干将两大剑师联手所铸。《越绝书》记载，楚王命令风胡子到越地寻找欧冶子，请他制造宝剑。于是欧冶子走遍江南名山大川，最后来到龙泉，经两年努力，终于铸成龙渊、泰阿、工布三把斩铜剁铁如削泥去土的神剑。正是：“雕镂出手总玲珑，颇费三年刻楮功。鸾竟能飞虎能舞，莫夸鬼斧过神工。”（黄遵宪《日本杂事诗·其一百七十九》）

在中华文化中，剑早已超越兵器的概念，代表了古代文人的侠客形象，体现着高贵、优雅的气质、格调和品位。文人学士都以书剑为时尚，以表“高士之风”与“王者气象”。诗仙李白就是一位书剑侠客。《新唐书·列传第一百二十七·李白》记载，李白“喜纵横术，击剑，为任侠”。李白亦自称“十五好剑术……三十成文章”（《与韩荆州书》）。李白自幼喜爱剑术，他的父亲曾赠他龙泉剑，他带着剑遍访名山大川。李白一生中创作了上千首诗歌，其中与剑有关的有上百首，如：“壮士愤，雄风生。安得倚天剑，跨海斩长鲸。”（《临江王节士歌》）“晓战随金鼓，宵眠抱玉鞍。愿将腰下剑，直为斩楼兰。”（《塞下曲六首·其一》）“知音不易得，抚剑增感慨。当结九万期，中途莫先退。”（《赠从弟宣州长史昭》）“抚剑夜吟啸，雄心日千里。誓欲斩鲸鲵，澄清洛阳水。”（《赠张相镐二首·其二》）可谓诗中有剑，剑中有诗，借剑抒情，以剑寓志，达到了诗剑合一的境界，这些作品蕴含了诗人的剑胆和诗魂，反映了诗人豪放雄浑的诗风。一千多年后，余光中在《寻李白》中用月光和剑气总结了李白的诗性与人生特色：“酒入豪肠，七分酿成了月光，余下的三分啸成剑气，绣口一吐就半个盛唐。”

诗境深造：“晶荧龙宫献，错落鬼斧镌。”（吴莱《大食瓶》）

393. 卷却天机云锦段，从教匹练写秋光　惟妙惟肖

出处：《读聊斋杂说》：“形容惟妙惟肖，仿佛《水经注》造语。”

解析：形容描写、模仿得非常逼真，形象生动。

诗化：

观郑州崔郎中诸妓绣样

〔唐〕胡令能

日暮堂前花蕊娇，争拈小笔上床描。
绣成安向春园里，引得黄莺下柳条。

诗义：黄昏时分，大堂前面盛开着娇媚艳丽的花朵，绣女们拿着描绘的彩笔，精心地把花卉绘在绷着绣布的绣架上。绣成的屏风就摆放在春日的庭院里，因刺绣工艺好，绣得非常精巧逼真，竟引得柳树上的黄莺飞下，扑向绣障中的花丛。

简评：刺绣是中华传统文化的代表之一。刺绣的美，美在其惟妙惟肖。“妙”是中国传统审美过程中一种超越物象的形式与情感，让人有回味无穷之体验的美感。“无名，万物之始；有名，万物之母。故常无欲，以观其妙；常有欲，以观其徼。”（《道德经·第一章》）“神也者，妙万物而为言者也。”（《周易·说卦》）神妙能使万物变化生成，无形存在于有形之中，自然化成。神妙莫测，不见端倪。妙就是一种把握审美对象的神奇技巧和奥妙。

“卷却天机云锦段，从教匹练写秋光。”（苏轼《和文与可洋川园池三十首·横湖》）苏绣、粤绣、湘绣和蜀绣被并称为我国的四大名绣。苏绣自古便以精细素雅著称于世。苏绣图案秀丽、色彩清雅、构思巧妙，绣工细致、针法活泼、圆转自如，绣技具有平、齐、细、密、和、光、顺、匀的特点。粤绣图案构图饱满、均齐对称，色彩对比强烈、富丽堂皇，在针法上具有针步均匀、纹理分明、处处见针、针针整齐的特点。湘绣的美学特点是它以中国画为主，充分发挥针法的表现力，达到构图严谨、形象逼真、色彩鲜明、质

感强烈、形神兼备的艺术境界。蜀绣的题材丰富，花草树木、飞禽走兽、山水鱼虫、人物肖像等皆可“入绣”。蜀绣讲究针脚整齐、线片光亮、紧密柔和、车拧到家，是观赏性与实用性兼备的精美艺术品。

诗境深造：“若教临水畔，字字恐成龙。”（韩偓《草书屏风》）

394. 又如吴生画鬼神，魑魅魍魉惊本身　栩栩如生

出处：《庄子·齐物论》：“昔者庄周梦为蝴蝶，栩栩然蝴蝶也，自喻适志与！不知周也。俄然觉，则蘧蘧然周也。”

解析：形容艺术形象生动逼真，就像活的一样。

诗化：

屏风绝句

〔唐〕杜牧

屏风周昉画纤腰，岁久丹青色半销。
斜倚玉窗鸾发女，拂尘犹自妒娇娆。

诗义：屏风上周昉画的佳人柳腰莲脸，体态婀娜。因岁月久远，画上的颜色大半已褪。那半靠在玉窗梳着鸾凤形发髻的美女，拂去画上的灰尘还会让人妒忌她的美貌。

简评：屏风是中华传统文化中具有代表性的文化元素，一般陈设于室内的显著位置，起到分隔、美化、挡风等作用，主要有立式屏风、折叠式屏风等。古代屏风工艺精湛，用料讲究，风格各异。古典屏风有浮雕、透雕、彩绘、镶嵌等手法，可以把山水花鸟、飞禽走兽、民俗风情、神州传说、金石墨宝、历史人物等图案刻绣在屏风上。“逍遥游桂苑，寂绝到桃源。狭石分花径，长桥映水门。管声惊百鸟，人衣香一园。定知欢未足，横琴坐石根。”（庾信《咏画屏风诗二十五首·其五》）北周庾信的《咏画屏风诗》组诗是我国最早的咏屏风诗，其中描绘的屏风上的场面，以春游景致、小桥流水、欢宴歌舞、登高远眺、林栖谷隐为主，内容非常丰富，形象也栩栩如生。其题材构思奠定了后世屏风画取材的基础。

“又如吴生画鬼神，魑魅魍魉惊本身。”（苏涣《赠零陵僧》）王室贵族的屏风比较讲究，在镶嵌工艺上，采用玉石、珐琅、翡翠、金银等贵重物品。民间的屏风崇尚实用朴素。唐人对屏风艺术有较深入的研究，留下大量关于屏风的作品，典型的有白居易《素屏谣》：“当世岂无李阳冰之篆字，张旭之笔迹，边鸾之花鸟，张璪之松石？吾不令加一点一画于其上，欲尔保真而全白。”表明了其对素屏的崇尚之意。袁恕己《咏屏风》：“绮阁云霞满，芳林草树新。鸟惊疑欲曙，花笑不关春。山对弹琴客，溪留垂钓人。请看车马客，行处有风尘。”

诗境深造：“始知化工巧，不与丹青共。”（范景文《望华楼山》）

395. 玲珑剔透万般好，静中见动青山来　吹影镂尘

出处：《关尹子·一宇》：“言之如吹影，思之如镂尘，圣智造迷，鬼神不识。”

解析：指用嘴吹影子，在尘土的微粒上雕刻，比喻工艺精细到不见形迹。

诗化：

水调歌头·赠都科邵子和还嘉禾

〔元〕张雨

别有梓人传，精艺夺天工。便使玉人雕琢，妙手略相同。宝殿网珠窗户，华盖狻猊床座，金碧斗玲珑。花萼间芝草，细缕一重重。　看挥斤，除鼻垩，连成风。多少巧心奇思，舞凤更翔龙。纵使棘端猴小，与刻三年楮叶，难比锦心胸。快袖吴刚斧，修取广寒宫。

诗义：邵子和工匠别有一番大师的传奇，他的雕刻技艺能巧夺天工，即便是雕琢玉雕，技艺水平也相当精湛。宝殿上的雕栏画栋窗花栏格，屋顶和床座上的狻猊瑞兽祥物，金碧辉煌，玲珑精巧。花卉中的灵兰芝草，精细地雕刻着一道又一道。看他挥斤如斧，除垩成风，具有熟练的雕刻技术。这些精湛的工艺凝聚了多少巧妙的构思和奇想，构建了多少龙翔凤舞的佳作。纵然是古时候在针端上刻的猴子与三年才雕刻成的一枚楮叶，也难以同他的

杰作相媲美。他的技艺就好像月亮蟾宫里那修建了美妙的广寒宫的伐桂快手吴刚。

简评："玲珑剔透万般好，静中见动青山来。"（弘历《咏白玉金边素瓷胎》）玉器是古老悠久的中华文明的重要标志之一。华夏祖先早在数千年前就在磨制石器的过程中认识了玉石的珍贵。此后，工匠们剖璞取玉，琢玉成器，创造了独特的玉器艺术。先秦时期，玉器不仅是具有审美价值之物，而且是身份、财富和权力的象征，在礼仪、交往等方面有重要作用，甚至成为道德情操高尚的谦谦君子的象征。玉器承载着人们祛祸祈福、安康吉祥的美好愿望。中国古代玉器艺术蕴含着中华民族的心理、意识、志趣和好尚，是中国古代灿烂文化与艺术的重要组成部分。

玉在中国传统审美里有着特别的象征意义。一是权以神授。远古时期，掌控祭祀大权者，身上佩戴玉器以增加神秘的色彩，人们用珍贵的美玉制作祭器，玉器上雕饰着人们想象中的神的形貌。人们希望借玉器特有的质地、造型、花纹与符号，产生神的法力，与神和祖先交流，汲取他们的智慧，获得福庇。二是象征尊贵。古代比较讲究地位高低和礼仪尊卑。"王执镇圭，公执桓圭，侯执信圭，伯执躬圭，子执谷璧，男执蒲璧。"（《周礼·春官》）六瑞形制大小各异，以示爵位等级的高低。"以玉作六器，以礼天地四方：以苍璧礼天，以黄琮礼地，以青圭礼东方，以赤璋礼南方，以白琥礼西方，以玄璜礼北方。"（《周礼·春官宗伯》）六瑞礼器有玉璧、玉琮、玉圭、玉璋、玉琥、玉璜，分别代表天、地和东、南、西、北四方。三是以玉比德。孔子说："君子比德于玉焉，温润而泽，仁也。"（《礼记·聘义》）儒家更是将玉视作仁、智、义、礼、乐、忠、信、天、地、德、道等品格的象征。"温润而泽，有似于智；锐而不害，有似于仁；抑而不挠，有似于义；有瑕于内必见于外，有似于信；垂之如坠，有似于礼。"（刘向《五经通义》）《诗经·秦风·小戎》曰："言念君子，温其如玉。"以物譬人，故而"古之君子必佩玉"（《礼记·玉藻》），"谦谦君子，温润如玉"（金庸《书剑恩仇录》），"宁可玉碎，不能瓦全"（《北齐书·列传第三十三·元景安》），"君子如玉玉生香，美玉含香香亦长"。

诗境深造："照兽金涂爪，钗鱼玉镂鳞。"（韩偓《无题》）

396. 剪裁用尽春工意，浅蘸朝霞千万蕊　别出心裁

出处：《文心雕龙·原道》："莫不原道心以敷章，研神理而设教。"

解析：指独特的艺术风格和美质。比喻艺术作品等的构思创作独具一格，与众不同。

诗化：

戏为六绝句·其四

〔唐〕杜甫

才力应难夸数公，凡今谁是出群雄。

或看翡翠兰苕上，未掣鲸鱼碧海中。

诗义：才华和能力很难超越唐初王勃、杨炯、卢照邻、骆宾王四位奇才，但如今谁的成就又能超出群雄呢？你们的作品是华丽纤巧之作，类似翡翠飞翔在兰苕之上，缺乏掣取鲸鱼于碧海之中那样雄健和豪壮的大气魄，有的仅仅是一些别出心裁的小技巧而已。

简评：除了指称一种美玉，翡翠也是一种鸟的名称，其毛色十分美丽，通常有蓝、绿、红、棕等颜色。一般来说，翡翠雄鸟的羽毛为红色，谓之"翡"；雌鸟的羽毛为绿色，谓之"翠"。清代寸开泰的《腾越乡土志》记载："腾为萃数，玉工满千，制为器皿，发售滇垣各行省。上品良玉，多发往粤东、上海、闽、浙、京都。"

"剪裁用尽春工意，浅蘸朝霞千万蕊。"（柳永《木兰花·杏花》）翡翠雕艺与其他雕塑艺术一样，具有形神兼备、灵动之趣、大巧若拙的审美特质。形神兼备指艺术作品不但有美妙的形态且有神韵。形与神是中国传统美学非常重视的美学理念，"形"属于物质，"神"是精神状态，形体与精神矛盾而又统一，相辅相成，合则双美，离则俱伤。"作画形易而神难。形者，其形体也；神者，其神采也……神采，自非胸中过人，有不能为者。"（袁文《瓮牖闲评》）中国传统美学追求形与神的统一，只有使艺术形象形神兼备，作品才富有生命力。"不恒相似，时似耳！恒似是形，时似是神。"（《世说新语·排调》）形神兼备，要求艺术作品"不似似之"，既不具象，又不抽象，徘徊于有无之间，斟酌于形神之际。以神统形，以意融形，形神结合乃至达到神超形越的

境界。只有形神兼备的作品才具有别出心裁的艺术风格。

诗境深造："淡香浮画槛，斜影映丹楹。"（王均元《赋得月过楼台桂子清得清字》）

397. 翠竹法身碧波潭，滴露玲珑透彩光　玲珑剔透

出处：《赵盼儿风月救风尘》："那厮爱女娘的心，见的便似驴共狗，卖弄他玲珑剔透。"

解析：形容山石、建筑、工艺品等精致通透，结构精巧，也形容人聪明机灵。

诗化：

咏玉

〔唐〕韦应物

乾坤有精物，至宝无文章。

雕琢为世器，真性一朝伤。

诗义：玉是天地的精灵，过度的人工雕琢会使其失去玉的精华。一旦被雕琢成为世俗的器皿，玉就失去了朴实无华的品性。

简评："玉"是一个美好高尚的字眼，人们常用玉来比喻和形容一切美好的人和事物，故在中华文化中，玉总是和美好的事物联系在一起，如常用"玉颜"来赞美美人的姿色，此外还有形容人的风致的"亭亭玉立""玉树临风""玉洁冰清"等。玉也是和平的象征。好的玉有玉色纯净、质地坚密的特点，因此人们也常用它来比喻贞操、节义，如"守身如玉""玉洁冰清""宁为玉碎，不为瓦全"。"翠竹法身碧波潭，滴露玲珑透彩光。脱胎玉质独一品，时遇诸君高洁缘。"玉如翠竹般坚韧美丽，又似碧潭般澄澈深邃，其光泽似露珠般晶莹剔透，散发出五彩的光芒。玉经打磨，脱胎换骨，往往成为佳品，文人雅士之所以能相识，都是因为品位高洁、志同道合。

玉的美质最能表达中国传统美学关于"外文内质"的审美理念。所谓"外文内质"是指事物的外表和本质、形式与内容应统一。"书以笔为质，以

墨为文。凡物之文见乎外者，无不以质有其内也。”（刘熙载《艺概·书概》）书法是以笔力为本质，而墨只是其形式而已。玉首先质地要美，其次才是形式美和造型美。形式美和造型美也是十分重要的。据载，唐太宗李世民曾说：“玉虽有美质，在于石间，不值良工琢磨，与瓦砾不别。若遇良工，即为万代之宝。”（吴兢《贞观政要·论政体》）意思是玉虽有美好的本质，但藏在石头里，没有好的工匠去雕琢研磨，那就和瓦块碎石没有什么区别。如果遇上好的工匠，就可以成为流传万代的珍宝。玉雕是良工之作，是中华传统文化的标志之一。品玉重在追求玉的形式美，主要体现在质地美、外形美和结构美上。

诗境深造：“玉雪窍玲珑，纷披绿映红。”（吴师道《莲藕花叶图》）

398. 沉檀雕柱阙玉螭，丽华吹笙彩云里　刻雕众形

出处：《庄子·大宗师》：“覆载天地，刻雕众形而不为巧。”

解析：指雕刻成各种物体的形象。

诗化：

咏白玉金边素瓷胎

〔清〕弘历

白玉金边素瓷胎，雕龙描凤巧安排。
玲珑剔透万般好，静中见动青山来。

诗义：这瓷器洁白得宛如美玉，镶嵌着金色的花边，雕龙画凤栩栩如生。玲珑剔透，非常精美，在宁静之中又恰似青山扑面而来。

简评：“齑万物而不为戾，泽及万世而不为仁，长于上古而不为寿，覆载天地、刻雕众形而不为巧。”（《庄子·大宗师》）宇宙自然的形象，都是天然造化而成，并非人工所为，因此，庄子提出“天地有大美而不言，四时有明法而不议，万物有成理而不说”（《庄子·知北游》）。天地自然而然产生的美为大美，这样的美是朴素自然的，是美的最高境界。“朴素而天下莫能与之争美。”（《庄子·天道》）中国传统雕塑艺术如同书法、绘画艺术一样，追求作

品表现传神是最高的境界。雕塑分为铜雕、石雕、木雕、玉雕、根雕、贝雕、漆雕等。

“沉檀雕柱阙玉螭，丽华吹笙彩云里。”（杨维桢《三阁图》）中国古代雕塑最著名的是秦兵马俑，秦俑反映了秦军强大的军威，众多俑群构成规模庞大的秦军体系，兵马俑刻雕众形，千姿百态，形神兼备，栩栩如生，显现出崇尚写实、手法严谨的美学特点。汉代画像则是汉雕塑艺术的杰作，主要是画像石、画像砖浮雕或半浮雕的艺术，主要在墓葬、祠堂、庙阙中出现，作品题材众多：一是表现车马出行、楼阁宴居、宴饮庖厨、乐舞百戏、战争场面等题材，二是表现西王母、东王公、伏羲、女娲等神灵和各种奇禽怪兽、祥瑞灵异的题材，三是表现古代帝王圣贤、忠臣义士、孝子烈女的历史故事类题材。汉画像主要为物象外留有粗犷凿纹的浅浮雕，其布局简洁疏朗，物象鲜明醒目，具有古朴豪放、深沉雄大的美学特点。鲁迅曾指出：“唯汉人石刻，气魄深沉雄大，唐人线画，流动如生，倘取入木刻，或可另辟一境界也。”

魏晋南北朝是佛教在我国盛行的时期，这一时期出现了莫高窟、云冈石窟、龙门石窟和麦积山石窟，这些石窟的雕刻艺术主要体现了佛教艺术的特点，继承了秦汉时期艺术造型的风格。其中莫高窟是一座融绘画、雕塑和建筑艺术于一体，以壁画为主、塑像为辅的大型石窟，里面的作品雄浑宽广，鲜艳瑰丽，具有形象生动的艺术风格和特色。云冈石窟的佛、菩萨、罗汉、飞天面相多为圆胖脸，有祥气和和悦的神态，艺术造型比较注重形态和精神。龙门石窟造像面相瘦削，菩萨广额、秀颈，眉宇开朗，神情恬淡；飞天清丽俊秀，飞扬动荡，是西域文化和中原文化进一步结合的产物。麦积山石窟中佛与菩萨的面相由瘦长向丰圆转变，头发为小的螺旋形。佛像端庄，菩萨慈祥，弟子和悦，都较为固定。魏晋南北朝之后，大型的雕塑艺术逐渐被书画艺术所取代，书画成为艺术的主角。

诗境深造：“有生妙镌刻，铁笔随指爪。”（李东阳《先府君墓焚新刻手稿感而有述示兆蕃》）

399. 织为云外秋雁行，染作江南春水色　独具匠心

出处：《题王右丞山水障》："精华在笔端，咫尺匠心难。"

解析：指具有独到的想法或创造性。

诗化：

谒金门·赠雕銮匠

〔元〕善住

天赋巧，刻出都非草草。浪迹江湖今欲老，尽传生活好。　　万物无非我造，异质殊形皆妙。游刃不因心眼到，一时能事了。

诗义：上天赋予工匠大师心灵手巧，雕刻出来的作品都并非草率之作。浪迹天涯，奔走四方到如今也快老了，到处创作，留下了精美的艺术作品。世间万物并非我来创造，但各种奇异的材质、特殊的形状都能自然地表现得很奇妙。雕刻艺术，要日积月累长期地磨炼才能达到游刃有余的水平，靠耍小聪明，投机取巧是做不到的！

简评：在我国传统的木雕、根雕艺术中，尤其是根雕常常可以欣赏到大师们独具匠心的作品。根雕是充分挖掘、利用奇根异木而创造的艺术，蕴含着天人合一、与天同创、妙造自然的美学境界。根雕的美学特征主要有两个方面。其一，自然美。"刻雕万象出冥昧，不见刀斧曾经营。"（曾巩《奉和滁州九咏九首·琅琊泉石篆》）根雕创作注重尊重自然、顺其自然，注意发现、挖掘根木的自然形态、构造、造型、纹理、颜色、神韵等要素，结合人文修养进而创作出超越根木自身的作品，可以说"制器尚象"是根雕创作的重要原则。其二，残缺美。自然的神奇力量，塑造了无穷无尽、千姿百态的根木，产生了无数或具象或抽象的艺术造型，也会形成残缺美。"留得残荷听雨声"不也是一种残缺美吗？根雕艺术的残缺美不仅保持了根木天然造化的自然美，也让人在欣赏过程中有"迁想妙得""言不尽意"的审美体验。

"不逢仁人，永为枯木。"（刘安《屏风赋》）经过根艺大师的创作加工，一件件被埋在地下的根才真正化为一件件永恒的艺术作品，成为一棵棵"永恒的树"。"太阳给了你生命的照拂，大地给了你身躯的养哺，倘若你只是取暖的炭株，干脆就在草莽中干枯。岂不辜负了大自然的禀赋，怎对得起雷的劈

削，雨的鞭驱，只有超越树的老秃你才真正是一棵永恒的树”。（陈立基《鹏风翱翔》）

诗境深造：“良工采峄桐，斗为绿绮琴。”（释智圆《古琴诗》）

400. 古画画物无定形，随物赋形皆逼真　随物赋形

出处：《书蒲永升画后》：“画奔湍巨浪，与山石曲折，随物赋形，尽水之变，号称神逸。”

解析：指艺术创造按照客观事物本来的面貌和造型，雕刻、描绘和刻画各种事物的形象。

诗化：

狮子峰

〔宋〕朱熹

石骨苔衣虽赋形，蹲空独逞忒狰狞。

威尊百兽终何用，宁解当年吼一声。

诗义：虽然大自然坚硬的岩石和阴湿的藓苔赋予了山峰栩栩如生的狮子造型，一只巨大的狮子蹲在那里呈现出非常狰狞凶狠的面貌。可静卧此地在百兽中凸显着威严有何用处？宁愿要像当年一声威震天下的吼声。

简评：随物赋形是强调按客观事物的自然属性来创作艺术作品的美学观点。《周礼·冬官考工记》指出：“审曲面势，以饬五材，以辨民器，谓之百工。”指工匠做器物时审度材料的曲直，做具体安排营造。刘胜在《文木赋》中最早提出了制作实木家具和根雕木雕的思想：“制为乐器，婉转蟠纡。凤将九子，龙导五驹。制为屏风，郁岪穹隆。制为杖几，极丽穷美。制为枕案，文章璀璨，彪炳焕汗。制为盘盂，采玩踯蹰。猗欤君子，其乐只且。”中国传统的各种雕塑雕刻类艺术，包括玉雕、石雕、根雕、漆雕等，也是遵循随物赋形的艺术理念进行创作的。

“古画画物无定形，随物赋形皆逼真。”（赵孟坚《王翠岩写竹求诗》）随物赋形的美学观念不仅仅体现在雕塑艺术中，也可以运用于文学创作中。苏

轼在《自评文》中说："吾文如万斛泉源，不择地皆可出，在平地滔滔汩汩，虽一日千里无难，及其与山石曲折，随物赋形，而不可知也。所可知者，常行于所当行，常止于不可不止，如是而已矣。其他虽吾亦不能知也。"苏轼的文赋创作，常常根据自然景色的特点，赋予其相匹配的人生哲理、思想观点、人生感悟，使其与自然景物、内心立意高度契合，由景向理自然过渡，再借景立论。其《赤壁赋》《喜雨亭记》《石钟山记》《放鹤亭记》《凌虚台记》等，均融记叙和抒情于一体，作者随物赋形的思想和才华从中得以充分展现。

朱熹这首《狮子峰》属于典型的将随物赋形手法运用于诗词创作。狮子峰位于江西南昌西郊梅岭西北，因山峰形如蹲狮而得名。作者用拟人的形式嘲笑这只巨大的狮子，虽然面目狰狞，貌相威严，但空有其名，不如当年轰轰烈烈地干事创业更有意义。类似的作品还有"石貌苍颜迥不殊，天工偶尔赋形躯。顽然本是无情物，应误行人指望夫"（周兑《石姥山》）。随物婉转、拟容取心、神与物游都属此类审美理念。

诗境深造："琢磨工有绪，古朴制无奇。"（弘历《白玉杯》）

四十一、戏曲篇

高山上
泉水穿入一只巨大的横箫的体内
从萧孔里
流出

红木凝听
溪石摩奏
山翠浓浅浓浅地伴着
入谷出谷
入云出云
谷凝听
云摩奏

直到
瀑布一泻

——叶维廉《箫孔里的流泉》（节选）

中国传统戏曲是曲与剧的结合、诗与剧的结合、曲与戏的结合。与诗词、文赋比较，戏曲具有容纳量更广阔、体裁结构更复杂、故事情节更曲折、表演形式更丰富的艺术能力。所谓的“唐诗宋词元曲”，说明元代戏曲取得了与唐诗、宋词并列的崇高地位。

401. 横玉叫云天似水，满空霜逐一声飞　意调双美

出处：《章台柳玉合记叙》："传奇之妙，在雅俗并陈，意调双美，有声有色，有情有态。"

解析：指思想内容、声音唱腔和演艺技巧优美感人，达到相互统一的境界。

诗化：

调笑令·莫不是梵王宫

〔元〕王实甫

莫不是梵王宫，夜撞钟？莫不是疏竹潇潇曲槛中？莫不是牙尺剪刀声相送？莫不是漏声长滴响壶铜？潜身再听在墙角东，元来是近西厢理结丝桐。

诗义：莫不是大梵王宫寺庙里的撞钟声？莫不是风吹竹林在院子曲栏中发出的潇潇呼声？莫不是象牙尺子与剪刀相碰发出的撞击声？莫不是铜滴漏的报时声？在那东边的墙角弓着身侧耳再听，原来是从西厢房传出的清妙的弹琴声。

简评："横玉叫云天似水，满空霜逐一声飞。"（崔橹《闻笛》）中国传统戏曲是中华传统文化的一个重要组成部分，堪称国粹，它以独特而富于艺术魅力的表演形式为历代民众所喜爱。中国传统戏曲的美学特征主要体现在综合性、程式性和虚拟性上。综合性是指戏曲融唱、舞、乐、白、科、诨、武打于一体，将曲词、音乐、美工、服饰、表演有机结合起来，体现了曲词美、情感美和形象美；程式性是指戏曲表演中生活动作的规范化、固定化、舞蹈化、节律化；虚拟性是指舞台时空、布景道具和表演动作处理的灵活性、假设性，让人产生自由灵活的想象，获得丰富的审美情感。与诗词、文赋比较，戏曲具有容纳量更广阔、体裁结构更复杂、故事情节更曲折、表演形式更丰富的艺术能力。较为成熟的戏曲自元代开始，经历明、清的不断发展成熟而进入现代，历经近千年繁盛不败。

《西厢记》是我国古典戏剧意调双美的杰出作品，全剧以爱情为主线，表达了"普天下有情人都成眷属"的美好祈愿。全剧唱词华丽优美，情感丰富，富于诗的意境，体现出朴素与华丽的完美融合。意调双美是指作品反映世态

人情真实，唱词唱腔感人肺腑。“有声有色，有情有态，欢则艳骨，悲则销魂，扬则色飞，怖则神夺。”（屠隆《章台柳玉合记叙》）戏曲的审美原则重在剧情与表演艺术达到完美统一，缺一不可。

诗境深造：“调雅偏盈耳，声长杳入神。”（欧阳衮《听郢客歌阳春白雪》）

402. 秋风一奏沉湘曲，流水千年作恨声　声情并茂

出处：《续板桥杂记·丽品》：“余于王氏水阁听演《寻亲记·跌包》一出，声情并茂，不亚梨园能手。”

解析：指朗读、演唱时音色优美，感情丰富感人。

诗化：

桃花扇·余韵·哀江南

〔清〕孔尚任

俺曾见金陵玉殿莺啼晓，秦淮水榭花开早，谁知道容易冰消！眼看他起朱楼，眼看他宴宾客，眼看他楼塌了！这青苔碧瓦堆，俺曾睡风流觉，将五十年兴亡看饱。那乌衣巷不姓王，莫愁湖鬼夜哭，凤凰台栖枭鸟。残山梦最真，旧境丢难掉，不信这舆图换稿！诌一套《哀江南》，放悲声唱到老。

诗义：曾见过南京城里莺歌燕舞，也曾见过秦淮河畔百花绽放，可谁会想到这一切会冰消雪融得那么快。看着他曾大兴土木，看着他豪宴宾客，也看着他的大厦倾塌！这长满苔藓的残瓦砾堆，我曾经在里面睡过风流觉，把这五十年的兴盛衰亡都看在眼里。那负有盛名的乌衣巷不再姓王，莫愁湖边鬼魂夜哭，凤凰台上只有夜鹰栖息。曾经在残山上的梦境就像是真实的，往事的记忆难以忘却，不敢相信这江山已经易主！只好作一首《哀江南》，将这悲伤的歌曲一直唱到年华老去。

简评：《桃花扇》是清代孔尚任创作的优秀作品，是一出表现亡国之痛、男女之情与兴亡之感的历史剧。作者将明末侯方域和秦淮名姬李香君的悲欢离合与南明弘光朝的兴亡有机结合在一起，塑造了一系列栩栩如生的人物形象，悲剧的结局突破了才子佳人大团圆的传统模式，使作品得到了哲理性的

升华。

“秋风一奏沉湘曲，流水千年作恨声。”（雍裕之《听弹沉湘》）声情并茂是中国传统戏曲的美学要求，作品本身，以及演唱者的音色、唱腔和表达的感情都要感人。首先，曲要感人至深。明末清初黄周星说：“论曲之妙无他，不过三字尽之，曰‘能感人’而已。感人者，喜则欲歌欲舞，悲则欲泣欲诉，怒则欲杀欲割，生趣勃勃、生气凛凛之谓也。”（《制曲枝语》）其次，声要动人耳目。“天下之物最易动人耳目者，最易入人之心。是故老师巨儒，坐皋比而讲学，不如里巷歌谣之感人深也；官府教令，张布于通衢，不如院本平话之移人速也。君子观于此，可以得化民成俗之道矣。”（俞樾《余莲村劝善杂剧序》）可见，声情并茂更能打动人心。

诗境深造：“悲歌吐清响，雅舞播幽兰。”（陆机《日出东南隅行》）

403. 落花绕树疑无影，回雪从风暗有情　圆美流转

出处：《南史 · 王筠传》：“谢朓常见语云：好诗圆美流转如弹丸。”

解析：指戏剧表演、诗词文辞等要做到声韵和谐流畅，语言明朗畅达，字句简练工稳。

诗化：

牡丹亭 · 惊梦 · 皂罗袍

〔明〕汤显祖

原来姹紫嫣红开遍，似这般都付与断井颓垣。良辰美景奈何天，赏心乐事谁家院。朝飞暮卷，云霞翠轩，雨丝风片，烟波画船，锦屏人忒看得这韶光贱。

诗义：这样姹紫嫣红的春色却无人欣赏，都付与了破败的断井颓垣。这美好的春景、美妙的春光是怎样度过的呢？赏心悦目的事又落在了谁家？那朝霞飞扬，暮色漫卷，飞阁流丹，翠瓦亭台，如云霞般多彩绚丽。轻柔的春风，带着迷蒙的细雨，画船在烟波浩渺的水中飘动，可深闺里的佳人却辜负了这美好韶华。

简评：这是《牡丹亭》中一段圆美流转的唱词。《牡丹亭》是明代汤显祖一部浪漫主义和现实主义相结合的作品。明代吕天成曾评价曰："惊心动魄，且巧妙迭出，无境不新，真堪千古矣！"（《曲品》）中国传统戏曲是诗化的艺术，"曲"是从诗词演化而来的，不仅具有明显的诗性美学特征，而且要根据不同剧情的悲欢苦乐来选择相应的宫调旋律，使曲词唱起来圆美流转，悦耳动人。"用宫调须称事之悲欢苦乐，如游赏则用仙吕、双调等类；哀怨则用商调、越调等类。以调合情，容易感动得人。"（王骥德《曲律·论剧戏》）

"落花绕树疑无影，回雪从风暗有情。"（顾况《王郎中妓席五咏·舞》）圆美流转是戏曲演员素质的表现。明代潘之恒认为，才、慧、致是戏曲演员最重要的素质："人之以技自负者，其才、慧、致三者，每不能兼。有才而无慧，其才不灵；有慧而无致，其慧不颖。颖之能立见，自古罕矣。"（《鸾啸小品》）才是天生丽质和表演天赋，慧是记忆、理解、感悟、表达能力，致是演员表演自如发挥、从容把控的能力。

诗境深造："纤姿翻紫翮，逸态度青苹。"（常纪《赋得轻燕受风斜》）

404. 借问梅花何处落，风吹一夜满关山　曲快人情

出处：《曲律·杂论下》："故吾谓：快人情者，要毋过于曲也。"

解析：指戏曲、歌唱艺术的审美效果最佳，使人心情愉悦。

诗化：

四块玉·闲适

〔元〕关汉卿

南亩耕，东山卧，世态人情经历多。闲将往事思量过。贤的是他，愚的是我，争什么！

诗义：像陶渊明一样在南山悠然地采菊耕作，像谢安一样在东山上隐居避世，经历了那么多的世态炎凉、人情世故。闲暇时把往事一一回顾。精明的是他，愚蠢的是我，有什么好争的呢！

简评：关汉卿是元代戏剧作家，与白朴、马致远、郑光祖并称为"元曲

四大家”，著名的剧作有《窦娥冤》《单刀会》《救风尘》《望江亭》等，其作品的美学特征是格调清新刚劲，题材内容丰富多彩，具有很高的艺术价值。

“借问梅花何处落，风吹一夜满关山。”（高适《塞上听吹笛》）中国传统戏曲具有特殊的审美风格和美学特征，历代以来为人们所喜爱。明代徐渭认为：“夫曲本取于感发人心，歌之使奴、童、妇、女皆喻。”（《南词叙录》）曲以感发人心为本，而且通俗易懂。王骥德比较了诗、词、曲三者的特征，得出“快人情者，要毋过于曲也”的结论。他认为曲后来居上，在表现人情方面更具广度和深度。张琦也指出：“曲也者，达其心而为言者也，思致贵于绵渺，辞语贵于迫切。”（《衡曲麈谭·填词训》）

诗境深造：“遏云歌响清，回雪舞腰轻。”（李商隐《歌舞》）

405. 自把玉钗敲砌竹，清歌一曲月如霜　有板有眼

出处：《曲律·论板眼》：“盖凡曲，句有长短，字有多寡，调有紧慢，一视板以为节制，故谓之板眼。”

解析：指戏曲、戏剧的演唱和表演把握得当，在韵律上节奏分明，变化有条不紊，也比喻做事有条不紊，办事有条理、合章法。

诗化：

拨不断·大鱼

〔元〕王和卿

胜神鳌，夯风涛，脊梁上轻负着蓬莱岛。万里夕阳锦背高，翻身犹恨东洋小，太公怎钓？

诗义：这条大鱼力量超过了神鳌，其力量之大可以碾碎风浪，能轻松地背负整个蓬莱岛。万里夕阳都无法照全它的全身，只能见到它雄伟高耸的脊背。就是翻个身也还嫌东洋太小。这样的大鱼，姜太公怎么钓得到呢？

简评：“慢态不能穷，繁姿曲向终。”（李群玉《长沙九日登东楼观舞》）板眼是指戏曲唱腔音乐中的板式结构，基本上分慢板、快板、二八板、流水板、散板等板类。在各类板式中，强拍为板，弱拍为眼，板式的强弱关系就是所

谓的板眼。传统京剧伴奏中，打鼓者右手拿一根竹棍，左手拿着檀板，竹棍打鼓，声音清脆称为“眼”，檀板打出的声音就叫“板”。板眼对伴奏和唱腔的节奏快慢及强弱起到指挥的作用。

“自把玉钗敲砌竹，清歌一曲月如霜。”（高适《听张立本女吟》）有板有眼也可以指演员的表演技艺。明代潘之恒提出了“度、思、步、呼、叹”法则。清代王德晖、徐沅澂提出“度曲八法”，即戏曲表演要把握审题、叫板、出字、做腔、收韵、换板、散板、撤声。

诗境深造：“弦随流水急，调杂秋风清。”（萧悫《听琴诗》）

406. 别裁伪体亲风雅，转益多师是汝师　意取尖新

出处：《闲情偶寄·词曲部》：“尤物足以移人，尖新二字，即文中之尤物也。”

解析：指戏剧曲艺题材新颖，立意创新，用词语句也比较新。

诗化：

如梦令·祝子山居

〔明末清初〕李渔

远望山卑屋小。行到林深水渺。幽径少人行，黄叶多年未扫。休恼，休恼，今日苍苔破了。

诗义：远远望去山岭低矮，房屋矮小。等到行至山前才发现林深树茂，溪流婉转。幽深蜿蜒的小径很少有人行走，飘落的枯叶已多年没人打扫。莫要烦恼，莫要担忧，今日苔藓被人踩破了，久违的客人到来了。

简评：李渔是明末清初戏曲家、文学家，著述十分丰富，有《闲情偶寄》《笠翁十种曲》《无声戏》《十二楼》等著作，提出了较为完善的戏剧理论体系，被誉为“中国戏剧理论始祖”。李渔对戏曲的美学贡献主要有五个方面。一是关于戏曲的审美构成。他认为戏曲的情理、传奇是戏曲最重要的审美构成。情理是内容，内容要虚实结合；传奇多为虚构，要在新奇上做文章。“人唯求旧，物唯求新。新也者，天下事物之美称也。而文章一道，较之他物，尤加

倍焉。戛戛乎陈言务去，求新之谓也。”（《闲情偶寄·词曲部》）二是关于戏曲的功能。李渔提出戏曲应“劝善惩恶”“有裨风教”。三是关于戏曲的艺术结构。他主张把结构放在首位，注重结构的内涵构思；立意要正；内容要合乎情理，切忌荒唐；情节设计要立主线，重细节。四是关于戏曲的表演。他强调演员要为所扮演的角色“设身处地”，要先代人立心。五是关于戏曲的创作。他指出要为所扮演的人设身处地，要为演员的表演设身处地，要为观众的观赏设身处地。

“别裁伪体亲风雅，转益多师是汝师。”（杜甫《戏为六绝句·其六》）意取尖新是李渔提出的戏曲审美观点，他提倡选择精美、生动、活泼、富有感染力和吸引力的语言来丰富戏曲艺术的内涵。

诗境深造：“知书服大义，意向多卓识。”（吴鼎芳《唐嘉会妻》）

407. 戏场亦有真歌泣，骨肉非无假应酬　按情行腔

出处：《梨园原·宝山集》：“曲者，勿直。按情行腔，阴阳缓急，板眼快慢，当时情理如何，身段如何，与曲合之为一，斯得之亦。”

解析：唱曲要将情理、身段、曲调结合起来。

诗化：

塞鸿秋

〔元〕郑光祖

雨余梨雪开香玉，风和柳线摇新绿。日融桃锦堆红树，烟迷苔色铺青褥。王维旧画图，杜甫新诗句。怎相逢不饮空归去。

诗义：雨逐渐停歇，雪白的梨花绽放，馨香飘散；和风微拂，嫩绿的柳条摇曳。和煦的阳光里，桃红烂漫如锦，在缥缈的雾气里，碧草宛如给大地铺上了一层青毡。这美景被王维绘入画卷，杜甫为之吟作新的诗句。与老友相逢，怎不开怀畅饮，就轻易地把家回呢？

简评：“戏场亦有真歌泣，骨肉非无假应酬。”（俞樾《齐物诗·其七》）按情行腔体现了情与曲、内容与形式的关系。曲由情定，内容决定形式。元代

汤显祖指出："为旦者常自作女想，为男者常欲如其人。其奏之也，抗之入青云，抑者如绝丝，圆好如珠环，不竭如清泉。微妙之极，乃至有闻而无声，目击而道存。使舞蹈者不知情之所自来，赏叹者不知神之所自止。"（《宜黄县戏神清源师庙记》）表演者要加强自身修炼，才能真正步入艺术世界。

清代李渔说："唱曲宜有曲情。曲情者，曲中之情节也。解明情节，知其意之所在，则唱出口时，俨然此种神情，问者是问，答者是答，悲者黯然魂销而不致反有喜色，欢者怡然自得而不见稍有瘁容；且其声音齿颊之间，各种俱有分别，此所谓曲情是也。"（《闲情偶寄·演习部》）表演者要深刻理解曲文中的内容，体验人物的思想感情，这样才能做到按情行腔。李渔还指出："言者，心之声也，欲代此一人立言，先宜代此一人立心。若非梦往神游，何谓设身处地？"（《闲情偶寄·词曲部》）要有精彩的表演，必须先代人立心，后代人立言。

诗境深造："仪凤谐清曲，回鸾应雅声。"（李峤《舞》）

408. 哀筝一弄湘江曲，声声写尽湘波绿　音声迭代

出处：《文赋》："暨音声之迭代，若五色之相宣。虽逝止之无常，固崎锜而难便。"

解析：指戏剧曲艺富有的华丽唱词和唱腔，以及抑扬顿挫的节律美、音乐美。

诗化：

叨叨令·道情

〔元〕邓玉宾

白云深处青山下，茅庵草舍无冬夏。闲来几句渔樵话，困来一枕葫芦架。您省的也么哥，您省的也么哥？煞强如风波千丈担惊怕。

诗义：白云缥缈的青山脚下，有几间茅草屋远离尘喧，夏无酷暑，冬无严寒。闲暇时与渔父或樵夫闲聊，困了便枕着葫芦架睡上一觉。哥，你知道吗？你醒悟了吗？你能领悟这样生活的乐趣吗？这远远强于险恶而让人担惊

受怕的官场。

简评：“哀筝一弄湘江曲，声声写尽湘波绿。”（晏几道《菩萨蛮》）中国传统戏曲以唱为主，特别重视音乐的美，对唱的著述和研究颇丰。元代燕南芝庵对唱法有着完整而深入的研究：“歌之节奏：停声，待拍，偷吹，拽棒，字真，句笃，依腔，贴调。凡歌一声，声有四节：起末，过度，揾簪，攧落。凡歌一句，声韵有一声平，一声背，一声圆。声要圆熟，腔要彻满。凡一曲中，各有其声：变声，敦声，杌声，啀声，困声，三过声；有偷气，取气，换气，歇气，就气；爱者有一口气。”（《唱论》）明代魏良辅指出：“五音以四声为主，四声不得其宜，则五音废矣。”（《曲律》）魏良辅还提出了戏曲唱腔的三大准则：“曲有三绝：字清为一绝，腔纯为二绝，板正为三绝。”（《曲律》）清、纯、正构成了戏曲音声的主要美质。“凡曲：北字多而调促，促处见筋；南字少而调缓，缓处见眼。北则辞情多而声情少，南则辞情少而声情多。”（王世贞《曲藻》）辞情和声情构成了曲艺的主要审美元素。

诗境深造：“低回莲破浪，凌乱雪萦风。”（李群玉《长沙九日登东楼观舞》）

409. 高吟千首精怪动，长啸一声天地开　抑扬顿挫

出处：《遂志赋序》：“崔蔡冲虚温敏，雅人之属也。衍抑扬顿挫，怨之徒也。岂亦穷达异事，而声为情变乎。”

解析：指声音、语调等高低起伏、停顿转折。

诗化：

滚绣球

〔元〕关汉卿

有日月朝暮悬，有鬼神掌着生死权，天地也，只合把清浊分辨，可怎生糊突了盗跖、颜渊？为善的受贫穷更命短，造恶的享富贵又寿延。天地也，做得个怕硬欺软，却原来也这般顺水推船。地也，你不分好歹何为地？天也，你错勘贤愚枉做天！哎，只落得两泪涟涟。

诗义：日月明镜高悬，把人世间的是非黑白看在眼里，有鬼神掌控着生

死的大权，天地应该把清浊分辨清楚，可怎么竟颠倒了盗跖和颜渊？盗跖暴虐为恶却得善终，颜渊善良贤能却早亡。为善的受贫穷命更短，造恶的享受富贵又长寿。天和地原来也欺软怕硬，顺水推舟。地呀，你不分好歹，如何为地？天哪，你错判贤愚，枉做了天！这样的世道我还能说什么，只落得满心悲愤，两眼泪汪汪。

简评：《窦娥冤》是元代关汉卿的杰作，受到广泛的欢迎。《窦娥冤》《汉宫秋》《梧桐雨》《赵氏孤儿》是元杂剧四大悲剧。悲剧的审美价值在于能泣风雨、动鬼神、撼人心、警人世。"剧界佳作，皆为悲剧，无喜剧者。夫剧界多悲剧，故能为社会造福，社会所以有庆剧也；剧界多喜剧，故能为社会造孽，社会所以有惨剧也。"（蒋观云《中国之演剧界》）。《窦娥冤》中的这首《滚绣球》，抑扬顿挫、荡气回肠，窦娥在将赴刑场处斩的时刻，将她所遭遇的苦难、痛楚、冤屈、悲愤，顷刻表达了出来，真是叫天天不应，喊地地不灵。这一曲，使观众听完之后，耳畔总响起痛苦辛酸的悲歌，让人心碎痛楚。《滚绣球》全用口语化语言，自然流畅，气势充沛，具有很强的艺术感染力。一曲《滚绣球》，直直道出窦娥的深深怨恨，足以让人感叹千年。

窦娥在蒙冤被斩之前，为了让人们知其冤屈，希望能感动天地以惩治邪恶，立下了"血溅白练""六月飞雪""亢旱三年"三桩誓愿。这样的剧情安排是浪漫主义的美学手法，增强了剧情的感染力，使整部戏曲达到寓褒贬、别善恶、明是非、弘正义的目的，符合戏曲艺术恪守忠孝道义、伸张正义、惩恶扬善的审美原则。明代贾仲明认为戏曲要有明确的是非伦理观："将贤愚善恶分，戏台上考试人伦，大都来一时事，搬弄出千载因，辨是非好歹清浑。"（《凌波仙·挽王仲元》）明辨是非是中国戏曲的审美原则，这使戏曲在社会生活中具有特殊的教化、美育功能。

诗境深造："弦歌奏新曲，游响拂丹梁。"（曹丕《于谯作诗》）

410. 齐纨未是人间贵，一曲菱歌敌万金　字正腔圆

出处：《顾误录》："唯腔与板两工，唱得出字真，行腔圆，归韵清，收音准，节奏细体乎曲情，清浊立判于字面，久之娴熟。"

解析：指戏剧、曲艺等说唱吐字准确，唱腔圆熟。

诗化：

汉宫秋·幺篇

〔元〕马致远

伤感似替昭君思汉主，哀怨似作薤露哭田横，凄怆似和半夜楚歌声，悲切似唱三叠阳关令。

诗义：忧伤得似乎在替昭君思念汉元帝，哀怨得似乎是为哭田横所作的挽歌，那凄怆声似乎在和着半夜的楚歌声，那悲切声似乎在吟唱阳关三叠离别曲。

简评：《汉宫秋》是元代马致远创作的历史剧，主要讲述王昭君的故事。相传汉元帝进行民间选美，王昭君美貌出众，但因不肯贿赂画师毛延寿，被他在美人图上做了手脚，入宫后无法得到汉元帝的宠爱。汉元帝偶然看到昭君弹琵琶，爱其美色，将她封为明妃，并欲将毛延寿问罪。毛延寿逃至匈奴，将昭君画像献给呼韩邪单于，让他向汉元帝索要昭君为妻。汉元帝舍不得昭君和番，但满朝文武无人敢应战，昭君为了避免战争的灾难，自愿前往和亲……

历代诗人从不同角度围绕王昭君的境遇写过不少诗作。有的对昭君和亲出塞、实现边关和平的壮举大加赞赏，如唐代汪遵的《昭君》："汉家天子镇寰瀛，塞北羌胡未罢兵。猛将谋臣徒自贵，蛾眉一笑塞尘清。"宋代华岳的《阏明妃传》："一万边兵不立功，却令娄敬自和戎。犬羊不伏称臣妾，甘拜君王作妇翁。""汉家金帛作山堆，无奈酋奴眼不开。今日单于恭子婿，方知娄敬是良媒。"许棐的《明妃》："汉宫眉斧息边尘，功压貔貅百万人。好把香闺旧脂粉，艳妆颜色上麒麟。"赵希逢的《和阏明妃传·其一》："安边良将不收功，公主如何嫁犬戎。若使外孙知大父，单于不自杀其翁。"也有的为昭君的遭遇或感到惋惜，或抱不平，比如南朝梁沈满愿的《王昭君叹二首·其一》："早信丹青巧，重货洛阳师。千金买蝉鬓，百万写蛾眉。"唐代徐夤的《明妃》："不用牵心恨画工，帝家无策及边戎。香魂若得升明月，夜夜还应照汉宫。"王睿的《解昭君怨》："莫怨工人丑画身，莫嫌明主遣和亲。当时若不嫁胡虏，只是宫中一舞人。”宋代曹勋的《王昭君》:“好恶由来各在人，况凭图像觅天真。君王视听能无壅，延寿何知敢妄陈。”清代刘献廷的《王昭君二首·其二》:“汉主曾闻杀画师，画师何足定妍媸。宫中多少如花女，不嫁单于君不知。”

戏曲的唱词，是戏曲语音美、诗性美、音乐美的集中体现。字正腔圆是戏曲表演要遵循一字一音的“古乐正声”原则，设计出为听众所喜爱的唱腔和道白。戏曲声乐以字为主，唱腔旋律由字声生发，其四声阴阳包含着旋律及最合适的演唱方法。腔由字生，乐出既成，曲依调行。明代释真空对这些原则做了精辟的概括:“平声平道莫低昂，上声高呼猛烈强。去声分明哀远道，入声短促急收藏。”(《玉钥匙歌诀》)戏曲可分为曲牌体和板腔体两种唱法。曲牌体创作最难的地方在于其词曲的结合，即选用了曲牌之后，各个句子中哪个地方要用哪个声调的字就基本固定下来了。板腔体虽然要灵活一些，但也有七字句、十字句等句式的限制，对韵脚也有一定的要求，这样演唱起来才能够声韵和谐，体现戏曲字正腔圆的美学特点。正是:“齐纨未是人间贵，一曲菱歌敌万金。”(张籍《酬朱庆馀》)

诗境深造:“唱调独顾慕，含怨复含娇。”(王锜《楚妃吟》)

四十二、体育篇

啊，体育，你就是美丽！

你塑造的人体变得高尚还是卑鄙，

要看它是被可耻的欲望引向堕落，

还是由健康的力量悉心培育。

没有匀称协调，便谈不上什么美丽。

你的作用无与伦比，可使二者和谐统一；

可使人体运动富有节律；

使动作变得优美，柔中含有刚毅。

——顾拜旦《体育颂》（节选）

古代中国没有“体育”一词，为了便于理解，本书仍使用“体育”一词称古代中国出现、流行，甚至影响至今的用于身体锻炼、军事习武、竞技游戏的活动。有着悠久历史的中国，出现了五禽戏、八段锦、易筋经等健身导引方法；伴随着战争，出现了骑射、角力、武艺、拳术等强兵练武的方法；随着社会的发展，涌现出了龙舟竞渡、蹴鞠、围棋、拔河、秋千、风筝等强身健体的休闲娱乐活动。中国古代的“体育”，有大量的文献记载，青铜器、绘画、雕刻之中也有所体现，当然，也表现在古诗词之中。

411. 前骑长缨拖绣球，后骑射中如星流　驰马试剑

出处：《孟子·滕文公上》："吾他日未尝学问，好驰马试剑。"

解析：指骑马挥剑。形容刻苦习武练兵。

诗化：

白马篇（节选）

〔三国·魏〕曹植

白马饰金羁，连翩西北驰。
借问谁家子，幽并游侠儿。
少小去乡邑，扬声沙漠垂。
宿昔秉良弓，楛矢何参差。
控弦破左的，右发摧月支。
仰手接飞猱，俯身散马蹄。
狡捷过猴猿，勇剽若豹螭。
边城多警急，虏骑数迁移。

诗义：饰着金黄笼头的白马，向西北飞驰而去。这是谁家的弟子？他们是幽州和并州的游侠骑士。他们自小就离开了家乡，到边塞去保家卫国。楛木弓箭从不离身，下苦功练就了一身好武艺。开弓如满月左射右发，命中靶心不差毫厘。抬手就能射中飞跳的猿猴，俯身就能射破箭靶。身手灵巧敏捷赛过猿猴，勇猛轻疾如同豹螭。国家边关敌情紧，敌骑一次又一次来进犯。

简评：曹植的《白马篇》描写了一位骑射武艺高强的游侠形象。"控弦破左的，右发摧月支。仰手接飞猱，俯身散马蹄。"诗人从上下左右不同的方位描写了游侠的高强本领。

在漫长的冷兵器时代，我国是世界上较早拥有骑兵的国家之一。骑马作战以其强大的机动性、灵活性和快速性长期为我国古代军队所采用，为了建设强大的骑兵，无论是国家还是民间，都十分重视骑射的普及和训练。最早组建骑兵的是春秋战国时期的赵国，史有"胡服骑射"的典故。相传赵武灵王提倡向胡人学习骑马射箭。要学习骑射，首先必须改革服装，采取胡人的短衣、长裤服式。武灵王力排众议，下令在全国改穿胡人的服装，因为胡服

在日常生活中便于人们做事。武灵王在胡服措施成功之后，接着训练骑兵改善军事装备，使赵国的国力逐渐强大起来，成为当时的“七雄”之一。

汉代的骑兵有轻骑和重骑两支队伍。轻骑兵基本无盔甲，武器以弓箭为主。重骑兵着甲，武器为矛、环首刀等近战武器，并配备高大的马匹用于冲锋陷阵。卫青、霍去病的骑兵是汉武帝的精锐骑兵，为汉武帝巩固西域做出了卓越贡献。卫青、霍去病多次率兵，采用迂回包抄、深入敌后等战法大破匈奴。公元前 119 年，卫青、霍去病各带五万骑兵出击，霍去病部深入匈奴腹地两千余里，大破敌军，封狼居胥山（在今蒙古国）后凯旋。正是：“护羌校尉朝乘障，破虏将军夜渡辽。玉靶角弓珠勒马，汉家将赐霍嫖姚。”（王维《出塞作》）

“前骑长缨拖绣球，后骑射中如星流。”（楼钥《题龙眠画骑射拖球戏》）骑射常常表现出潇放宏逸、雄劲酣畅的超凡美质：“边头射雕将，走马出中军。远见平原上，翻身向暮云。”（李益《观骑射》）体现俊逸嫖姚之美：“骏马似风飙，鸣鞭出渭桥。弯弓辞汉月，插羽破天骄。”（李白《塞下曲六首·其三》）体现犷悍遒劲之美：“风劲角弓鸣，将军猎渭城。草枯鹰眼疾，雪尽马蹄轻。忽过新丰市，还归细柳营。回看射雕处，千里暮云平。”（王维《观猎》）“月黑雁飞高，单于夜遁逃。欲将轻骑逐，大雪满弓刀。”（卢纶《和张仆射塞下曲六首·其三》）

诗境深造：“振臂联驱马，翻身仰射雕。”（范纯仁《骑射》）

412. 气压关河力拔山，绝人武勇更无前　拔山扛鼎

出处：《史记·项羽本纪》：“籍长八尺余，力能扛鼎，才气过人。”“力拔山兮气盖世，时不利兮骓不逝。”

解析：形容气力超乎常人，力量巨大或气势非常雄伟。

诗化：

题墙上画相扑者

愚汉勾却白汉项，白人捉却愚人骹。

如人莫辨输赢者，直待墙隤始一交。

诗义：傻汉子勾住白汉子的脖子，而白汉子却抱住傻汉子的腰。若想分出输赢胜负，要等到墙壁轰然倒塌的那一决定胜负的回合！

简评：这首小诗出自《角力记》一书。《角力记》记载了我国古代关于类似现代摔跤的角抵、角力、手搏、相扑等活动的历史，是我国现存最早的一部关于角力的专著，作者为宋代的调露子。角抵等类似于现代的摔跤运动。据记载，角抵起源于战国时期的角力游戏，盛行于秦汉隋唐，唐时又称为相扑，是宫廷、军队中的主要娱乐活动之一。在民间，这种体育竞技活动也广为流行。角力比赛时，双方用摔、绊、背等招式，以把对方摔倒在地为胜。“临迥望之广场，程角抵之妙戏。乌获扛鼎，都卢寻橦。冲狭燕濯，胸突铦锋。跳丸剑之挥霍，走索上而相逢。”（张衡《西京赋》）远望京城的广场，角抵比赛展示着选手的巧妙本领，如扛鼎、爬竿、冲狭、燕濯、锐器刺胸等绝技，在弹丸、利剑之中跳来跳去，在空中走绳索等。

中国古代有类似现代举重的体育项目，如扛鼎、翘关等。唐太宗将翘关、长垛、马射、步射、平射、负重等作为武考科目。“翘关扛鼎，抃射壶博。”（左思《吴都赋》）古代把举重称为翘关。“病夫岂有力翘关，腹愤胸奇漫结蟠。”（刘克庄《居厚弟示和诗复课十首・其六》）“翘关负重俱细事，拔山扛鼎焉能为。”（陈棣《古游侠行》）“力可扛鼎志干云。食如漏卮气如熏。”（陆机《百年歌十首・其三》）“只手扛鼎非吾力，百步穿杨非吾射。”（邹浩《送曾仲敷赴庆州司户》）

拔山扛鼎能体现力量之美。力量之美，有气势如虹、荡气回肠、酣畅淋漓之美，也有铿锵有力、掷地有声、挥斥方遒之美。“气压关河力拔山，绝人武勇更无前。”（陈淳《西楚霸王庙二绝・其一》）摔跤体现了力量、技术、勇气之美。诗人们也留下了许多有关摔跤活动的作品，如先秦项羽的《垓下歌》：“力拔山兮气盖世。时不利兮骓不逝。骓不逝兮可奈何！虞兮虞兮奈若何！”宋代杨万里的《角抵》：“广场妙戏斗程材，未得天颜一笑开。角抵罢时还宴罢，卷班出殿戴花回。”

诗境深造：“猛奋拔山势，健伸扛鼎力。”（唐文凤《骁将》）

413. 忽如裴旻舞双剑，七星错落缠蛟龙　掷剑入云

出处：《图画见闻志》：“掷剑入云，高数十丈，若电光下射。旻引手执鞘承之，剑透室而入。观者千百人，无不凉惊栗。”

解析：指剑术非常高超。比喻武艺高强，技艺精湛。

诗化：

赠裴旻将军

〔唐〕王维

腰间宝剑七星文，臂上雕弓百战勋。
见说云中擒黠虏，始知天上有将军。

诗义：裴将军腰间佩着一把七星宝剑，臂上挽着一张立下赫赫战功的雕弓。听说将军在边塞云中曾擒获狡黠的敌人，天下才知道将军武艺超凡。

简评：裴旻为唐代开元年间的大将军，裴旻的剑舞和李白的诗、张旭的草书并称为唐代“三绝”。裴旻剑术高超，相传他“掷剑入云，高数十丈，若电光下射。旻引手执鞘承之，剑透室而入”，即把剑抛上数十丈高的空中，还能用手持的剑鞘接住落下的剑，使其直入鞘中。这是裴旻将军的剑术绝招，他本人被誉为“剑圣”。颜真卿有《赠裴将军》诗赞曰：“大君制六合，猛将清九垓。战马若龙虎，腾凌何壮哉。将军临八荒，烜赫耀英材。剑舞若游电，随风萦且回。登高望天山，白云正崔巍。入阵破骄虏，威名雄震雷。一射百马倒，再射万夫开。匈奴不敢敌，相呼归去来。功成报天子，可以画麟台。”

“忽如裴旻舞双剑，七星错落缠蛟龙。”（苏涣《赠零陵僧》）剑术是中华传统文化的精华之一，庄子对剑术的技巧和修养有详尽的论述：“夫为剑者，示之以虚，开之以利，后之以发，先之以至。”（《庄子·说剑》）击剑的要领是故意把弱点暴露给对方，再用有机可乘之处引诱对方，后于对手发起攻击，同时要抢先击中对手。剑法有劈、刺、削、击、点、崩、搅、撩、斩、挑、扎等。剑术体现了潇洒、飘逸、敏捷的美质。隋唐时期，佩剑成为一种时尚，并有着严格的制度。《隋书·礼仪志》记载：“一品，玉具剑，佩山玄玉。二品，金装剑，佩水苍玉。三品及开国子男、五等散品名号侯虽四、五品，并银装剑，佩水苍玉。侍中已下，通直郎已上，陪位则像剑。带真剑者，入宗

庙及升殿，若在仗内，皆解剑。”佩剑成为一种仪仗等级文化。

古代许多诗人都是剑术的爱好者，常以剑来寄托思想、情感、志向、抱负。“抚剑夜吟啸，雄心日千里。誓欲斩鲸鲵，澄清洛阳水。”（李白《赠张相镐二首·其二》）“壮士愤，雄风生。安得倚天剑，跨海斩长鲸。”（李白《临江王节士歌》）“晓战随金鼓，宵眠抱玉鞍。愿将腰下剑，直为斩楼兰。”（李白《塞下曲六首·其一》）以诗来颂扬剑术之美，杜甫有诗曰：“㸌如羿射九日落，矫如群帝骖龙翔。来如雷霆收震怒，罢如江海凝清光。”（《观公孙大娘弟子舞剑器行》）剑光璀璨夺目，如后羿射落九日。舞姿矫健敏捷，似天龙飞翔。起舞时剑势如雷霆万钧令人屏息，收舞时好像江海凝聚的波光一样平静。施惠《一枝花·咏剑》云：“离匣牛斗寒，到手风云助。插腰奸胆破，出袖鬼神伏。正直规模，香檀把虎口双吞玉，沙鱼鞘龙鳞密砌珠。挂三尺壁上飞泉，响半夜床头骤雨。”

诗境深造：“萧散弓惊雁，分飞剑化龙。”（白居易《重寄》）

414. 熊经鸟引聊终老，岩下疏松正好攀　熊经鸟申

出处：《庄子·刻意》：“吹呴呼吸，吐故纳新，熊经鸟申，为寿而已矣。”

解析：指像熊一样攀爬，像鸟一样伸展，泛指传统养生导引方法。

诗化：

临江仙

〔宋〕曾慥

子后寅前东向坐，冥心琢齿鸣鼍。托天回顾眼光摩。张弓仍踏弩，升降辘轳多。　三度朝元九度转，背摩双摆扳弩。虎龙交际咽元和。浴身挑甲罢，便可蹑烟萝。

诗义：在子时之后寅时之前，面向东方而坐，排除杂念，平心静气，做上下口齿鸣天钟的动作；双手合掌虚托，头部朝后扭转，眼睛向后看去。双手交替从胸前做拉弓动作，两脚用力舒伸呈踏弩状，两手顺势像转轮向两肋弯曲摆动。津水每次吞三口，一共三次，摆动肩部，双向摇转，呈扳弩状；

以舌取津漱口，分三次吞咽，并意念至丹田；鼻子吸气后屏住呼吸，搓揉两手至发热，然后擦遍全身，举手齐发，遍挑十指，便可达到调离身心的效果。

简评：曾慥这首《临江仙》用词的形式讲述了养生导引术的基本要领，解说简明扼要，语言生动，富有诗意。中华传统文化十分重视生命的意义，尤其重视爱护和维护生命，自古就形成了独特的养生健身的理念和方法。“缘督以为经，可以保身，可以全生，可以养亲，可以尽年。”（《庄子·养生主》）“呼翕九阳，抱一含元，引新吐故，云饮露餐。”（陆机《列仙赋》）中国古代产生了许多养生导引的方法，其中五禽戏和八段锦就是两个比较古老和普遍的方法。“吾有一术，名五禽之戏：一曰虎，二曰鹿，三曰熊，四曰猿，五曰鸟。亦以除疾，兼利蹄足，以当导引。体有不快，起作一禽之戏，怡而汗出，因以著粉，身体轻便而欲食。”（《后汉书·方术列传下》）五禽戏是由名医华佗所创造的，主要是模仿虎、鹿、熊、猿和鸟的动作而成的导引法。五禽戏成为古人养生休闲的手段之一。“清晓焚香罢，书窗只自娱。时为五禽戏，闲看六牛图。”（林希逸《偶题》）八段锦创造于宋代，是较为科学的导引锻炼方法，八段锦一直流行到现在，受到人们的普遍欢迎。“仰掌上举以治三焦者也；左肝右肺如射雕焉；东西独托，所以安其脾胃矣；返复而顾，所以理其伤劳矣；大小朝天，所以通其五脏矣；咽津补气，左右挑其手，摆鳝之尾，所以祛心之疾矣；左右手以攀其足，所以治其腰矣。”（曾慥《道枢·众妙篇》）

“熊经鸟引聊终老，岩下疏松正好攀。”（耶律楚材《继武善夫韵》）作为一名医者，孙思邈对如何养生有精辟的论述：“怒甚偏伤气，思多太损神。神疲心易役，气弱病相侵。勿使悲欢极，当令饭食均。再三防夜醉，第一戒晨嗔。亥寝鸣云鼓，寅兴漱玉津。妖邪难犯己，精气自全身。若要无诸病，常当节五辛。安神宜悦乐，惜气保和纯。寿夭休论命，修行本在人。若能遵此理，平地可朝真。”（《养生铭》）许多诗人是养生导引的倡导者、践行者。白居易十分重视养生锻炼：“杲杲冬日出，照我屋南隅。负暄闭目坐，和气生肌肤。初似饮醇醪，又如蛰者苏。外融百骸畅，中适一念无。旷然忘所在，心与虚空俱。”（《负冬日》）苏轼著有《上张安道养生诀论》《问养生》《续养生论》《广心斋铭》《静常斋记》《养老篇》等，是一位造诣很深的养生专家，还写有关于养生锻炼方面的诗词，如“软蒸饭，烂煮肉；温羹汤，厚毡褥；少饮酒，惺惺宿；缓缓行，双拳曲；虚其心，实其腹；丧其耳，立其目；久久行，金丹熟”（《养生三字经》）。陆游不仅提倡保健，对养生也颇有见解，写了很多与养生有关的诗词，“一帚常在傍，有暇即扫地。既省课童奴，亦以平血气。按摩与导引，虽善亦多事。不如扫地法，延年直差易”（《冬日斋中即事六首·其二》）即是一例。

诗境深造：“外融百骸畅，中适一念无。”（白居易《负冬日》）

415. 棹影斡波飞万剑，鼓声劈浪鸣千雷　竞渡争标

出处：《五月四日与同僚南楼观竞渡·其八》：“竞渡本来缘救溺，凌波初不为争标。今人不解古人意，得胜归来笑语嚣。”

解析：指划龙舟争夺头标。

诗化：

减字木兰花·竞渡

〔宋〕黄裳

红旗高举，飞出深深杨柳渚。鼓击春雷，直破烟波远远回。　欢声震地，惊退万人争战气。金碧楼西，衔得锦标第一归。

诗义：高挂着红旗的龙舟，从杨柳茂盛的水洲冲出。鼓声响如春雷，龙舟劈波斩浪，直奔远处的夺标目的地。围观人群的呼声震天，有惊退万敌的争战气势。在金碧辉煌的阁楼西面，夺得锦标的第一名龙舟凯旋。

简评：黄裳的《减字木兰花·竞渡》描绘了龙舟竞渡争标热烈隆重的气氛，以及龙舟竞赛的紧张激烈程度，笔势豪迈，语言生动。赛龙舟是我国传统习俗文化，后来演变成为一项传统体育项目。关于赛龙舟的起源，有不同的说法，其中以为了纪念正直的爱国诗人屈原而创立该活动之说最为流行。每年农历五月初五前后，人们举行赛龙舟活动，后来，竞渡争标就成为端午节的传统活动。龙舟文化体现了崇尚忠贤、团结协作、奋勇争先的精神，弘扬了勇立潮头、奋发有为、创新进取的精神。人们在考古中发现了装饰“竞

渡纹”的文物，如宁波出土的战国时期的羽人划舟纹青铜钺、成都出土的战国宴乐水陆攻战纹铜壶、贵港出土的西汉羽人划舟纹铜鼓等文物上都有反映竞渡的纹样。

有许多关于龙舟的诗词佳作。有的通过龙舟竞渡表达对屈原的缅怀，如白居易的《和万州杨使君四绝句·竞渡》：“竞渡相传为汨罗，不能止遏意无他。自经放逐来憔悴，能校灵均死几多。”张耒的《和端午》：“竞渡深悲千载冤，忠魂一去讵能还。国亡身殒今何有，只有离骚在世间。”有的描写龙舟比赛场面，如卢肇的《竞渡诗》：“石溪久住思端午，馆驿楼前看发机。鼙鼓动时雷隐隐，兽头凌处雪微微。冲波突出人齐谶，跃浪争先鸟退飞。向道是龙刚不信，果然夺得锦标归。”张建封的《竞渡歌》：“鼓声三下红旗开，两龙跃出浮水来。棹影斡波飞万剑，鼓声劈浪鸣千雷。鼓声渐急标将近，两龙望标目如瞬。坡上人呼霹雳惊，竿头彩挂虹霓晕。”吴融的《和集贤相公西溪侍宴观竞渡》：“片水耸层桥，祥烟霭庆霄。昼花铺广宴，晴电闪飞桡。浪叠摇仙仗，风微定彩标。都人同盛观，不觉在行朝。”苏轼的《六幺令·天中节》：“虎符缠臂，佳节又端午。门前艾蒲青翠，天淡纸鸢舞。粽叶香飘十里，对酒携樽俎。龙舟争渡，助威呐喊，凭吊祭江诵君赋。”阮恩滦的《夏初临·平山堂看龙舟》：“高阁凌霄，长坂掣练，正逢竞渡芳游。遥指旌旗，回旋三两龙舟。满湖烟景齐收。沸笙歌、乱逐中流。锦波荡桨，春雷叠鼓，作势昂头。”

诗境深造：“标随绿云动，船逆清波来。”（储光羲《观竞渡》）

416. 一身能擘两雕弧，虏骑千重只似无　虎坐鹰翻

出处：《游灵岩寺十二韵》：“虎坐俄拿攫，虬潜欲奋扬。”《构屋石塘峪漫成五首·其二》：“鹿叫寒岩雨，鹰翻绝壁风。”

解析：指武功姿势稳如虎踞，动若鹰翻，形容武术中又稳又狠的攻防绝技。

诗化：

景阳冈伏虎行（节选）

〔元末明初〕施耐庵

上下寻人虎饥渴，一掀一扑何狰狞！
虎来扑人似山倒，人往迎虎如岩倾。
臂腕落时坠飞炮，爪牙爬处成泥坑。
拳头脚尖如雨点，淋漓两手猩红染。

诗义：饥饿的老虎正四处寻找食物，看见武松就露出狰狞的面目，上来就来了个饿虎扑食。老虎扑食好像山倒一般压下去，人直面老虎就如同岩石倾覆。老虎的肘腕落下时若飞炮轰击，锋利的爪牙所爬之处成为一道泥坑。武松动作敏捷，虎坐鹰翻，拳脚像雨点一样落在虎身上，双拳鲜血淋漓，猩红的血迹染满了老虎全身。

简评：《景阳冈伏虎行》这首诗，生动地刻画了饿虎的凶猛、行者武松武艺的高强以及武松与老虎搏斗的激烈场面。武术既是军事战争中一种传承的技术、一项强身健体的方法，同时也是一门防身自保的技术。武术是由踢、打、摔、拿、击、刺等攻防格斗技术组成的传统体育项目。武术门类众多，派别林立，器械多样，形式丰富。按运动形式分为套路运动和搏斗运动，按拳种分为少林、武当、峨眉、南拳四大派，按武术器械又分为剑、刀、枪、棍、棒、戟、叉、拐、斧、钺、鞭、简、锤等上千种。十八般武艺中的“小十八般”就是指刀、枪、剑、戟、棍、棒、槊、镋、斧、钺、铲、钯、鞭、锏、锤、叉、戈、矛等兵器。

拳术是武术中徒手技法的总称，有技击、手搏、使拳、拳法、白打等称谓，长期以来形成了许多拳种流派，各有不同的运动风格和特点。长拳姿势舒展，动作快速；太极拳舒展柔和，轻灵圆活；形意拳动作简练，发力较刚；南拳步稳势烈，刚劲有力……在不同种类文艺作品中常出现的醉拳，是以醉态醉形来迷惑对手的象形拳术，其特点是脚步灵活，快速多变，出奇制胜。醉拳在外形上东倒西歪，醉形逼真，要求做到“形醉意不醉，步醉心不醉”。但不管哪一种拳术，稳准狠的攻防技能是基本的要求。

中国传统拳术之一的八卦掌，势势连绵，身灵步活，以摆、扣、顺步法为基础，以拧、翻、走、转为基本攻守路线，以掌法的变化为主要攻击手段，在走转中全身一致，步似行云流水，虎坐鹰翻是其技术特点。身法上，要求拧转、旋翻等协调完整，走如游龙，翻转似鹰；手法上，主要有推、托、穿、插、劈、撩、横、撞、扣、翻、拿等。虎坐鹰翻表现出猛虎扑食之凶猛，老鹰凌空翻身之敏捷，既稳准狠，又变化无常。正是："一身能擘两雕弧，虏骑千重只似无。"（王维《少年行四首·其三》）

诗境深造："麞鹿下腾倚，猴猿或蹲跂。"（薛道衡《和许给事善心戏场转韵诗》）

417. 蹴鞠屡过飞鸟上，秋千竞出垂杨里　貔貅跳梁

出处：《过同年颜淡园寓观蹴鞠》："吾闻黄帝开球场，貔貅习练都跳梁。"

解析：指貔貅这种传说中的祥兽也喜欢玩耍足球，比喻足球受到普遍的喜爱。

诗化：

鞠城铭

〔汉〕李尤

圆鞠方墙，仿象阴阳。

法月衡对，二六相当。

建长立平，其例有常。

不以亲疏，不有阿私。

端心平意，莫怨其非。

鞠政犹然，况乎执机。

诗义：鞠球是圆的，而场地四周的墙是方的，它象征着天圆地方，蕴含着阴阳的对立统一。效法一年十二个月来设置的，参赛人数两队各六人，共十二人。设置裁判员，并制定比赛规则，做到竞赛的公平。裁判员公平公正，不因亲疏而徇私舞弊，不偏袒任何一方。球员要心平气和地服从裁判，切莫

抱怨裁判的裁决。蹴鞠运动尚有如此严格的制度和秩序，管理一个国家更应该讲究规矩和法治，使社会秩序安定平稳。

简评：李尤这首《鞠城铭》详细地描写了古代蹴鞠的比赛场地、参加人数、裁判设置、比赛规则等，非常具体，并将蹴鞠赛事与治国理政联系起来，是一首写实的作品。诗中提到的竞赛应公正公平、赛中应尊重裁判等，对于当今社会仍有启迪意义。蹴鞠在中国历史久远、影响较大，是一朵有别于琴棋书画的体育文化奇葩。据记载，蹴鞠可追溯至战国时期的齐国："临菑甚富而实，其民无不吹竽鼓瑟，弹琴击筑，斗鸡走狗，六博蹋鞠者。"（司马迁《史记·苏秦列传》）蹴鞠是现代足球的鼻祖，曾有广泛的社会作用。

其一，训练军队。"习手足，便器械，积机关，以立攻守之胜者也。"（《汉书·艺文志》）"打球者，往之蹴鞠古戏也，黄帝所作兵势，以练武士。"（蔡孚《打球篇序》）"此戏生于黄帝，蹴鞠意在军戎也。"（李匡义《资暇集》）这些历史传说认为，自黄帝开始，蹴鞠就成为训练军队的手段之一。据称霍去病通过蹴鞠训练和竞赛来培养、锻炼和鼓舞士气。"其在塞外，卒乏粮，或不能自振，而骠骑尚穿域蹋鞠。事多此类。"（司马迁《史记·卫将军骠骑列传》）

其二，休闲娱乐。进入汉代之后，随着军队骑兵的崛起，蹴鞠逐步演变为娱乐活动。在汉代有专门的蹴鞠艺人，称为"蹴鞠客"，并有《蹴鞠》专著。唐代，蹴鞠逐渐成为贵族和平民百姓普遍喜好的娱乐活动。我们可以从那些大诗人的诗歌里管窥当时的蹴鞠："蹴鞠屡过飞鸟上，秋千竞出垂杨里。"（王维《寒食城东即事》）"王侯象星月，宾客如云烟。斗鸡金宫里，蹴鞠瑶台边。"（李白《古风·其四十六》）"公子途中妨蹴鞠，佳人马上废秋千。"（李隆基《初入秦川路逢寒食》）"近密被宣争蹴鞠，两朋庭际角输赢。"（赵佶《宫词·其四十五》）"蹴鞠场边万人看，秋千旗下一春忙。"（陆游《晚春感事》）

诗境深造："蹴鞠花阴外，轻盈复悍骁。"（王佐《芳春蹴鞠》）

418. 忘忧清乐在枰棋，坐隐吴图悟道机　棋布错峙

出处：《代滕甫论西夏书》："陛下因而分裂之，即用其酋豪，命以爵秩，棋布错峙，务使相仇。"

解析：指对弈双方的棋局交错对峙，你中有我，我中有你。

诗化：

重送绝句

〔唐〕杜牧

绝艺如君天下少，闲人似我世间无。

别后竹窗风雪夜，一灯明暗覆吴图。

诗义：像先生这样棋艺精湛的人天下很少，而像我这样的闲人，世上也没有几个。送别先生之后的夜晚风雪交加，在一盏忽明忽暗的灯下反复研究刚才与您对弈的棋局。

简评：唐代诗人杜牧也是一位围棋迷，这首诗描写了他对围棋的痴迷。相传围棋起源于尧舜时代，后来成为中华传统文化中琴棋书画四艺之一。先秦《世本》记载："尧造围棋，丹朱善之。"围棋蕴含着丰富的哲学、美学、教育、军事、健身、生态和娱乐等方面的文化内涵，是博大精深的中华文化与源远流长的中华文明的集中体现。经过长期的发展，今天的围棋具备高度的科学性、文化性、教育性和娱乐性。

围棋的哲学内涵体现在围棋的大与小、强与弱、重与轻、急与缓、厚与薄、松与紧、攻与防等辩证关系上，而这些关系都处在变化之中。汉代班固指出："局必方正，象地则也；道必正直，神明德也；棋有白黑，阴阳分也；骈罗列布，效天文也。四象既陈，行之在人，盖王政也。成败臧否，为仁由己，道之正也。"（《弈旨》）天圆地方、阴阳黑白、正直明德都蕴含着丰富的哲学思想。围棋具有较强的教育功能，对净化心灵、陶冶情操、提升逻辑思维能力等都有积极意义，是中国古代的教育内容之一。"尧造围棋，以教子丹朱。或云舜以子商均愚，故作围棋以教之。"（张华《博物志》）围棋具有明显的军事性，其术语广泛取材于军事术语，比如"冲""打""征""布阵""围堵"等。正如马融所说："略观围棋兮法于用兵，三尺之局兮为战斗场。陈聚士卒兮两敌相当，拙者无功兮弱者先亡。"（《围棋赋》）宋代出现的《棋经十三篇》更是将围棋与军事思想和战略战术相结合，如"彼众我寡，先谋其生。我众彼寡，务张其势。善胜者不争，善阵者不战。善战者不败，善败者不乱。

夫棋始以正合，终以奇胜”（《棋经十三篇·合战篇》），形成了系统、完整的围棋理论体系。

围棋还体现了中国传统美学的典型特征。一是朴素的自然之美。黑与白是最简单、朴实的颜色，代表日月、阴阳，蕴含着一黑一白、一正一反、一阴一阳、一乾一坤的美学内涵。二是均衡有序的和谐美。围棋用子分黑白，棋盘纵横各十九道，总计三百六十一个交叉点，天元位居中央，东南西北四隅和谐，其整体体现了中华传统文化天圆地方、昼夜轮回、四季更迭的自然观，表达了天人合一、和谐共生的思想。三是雅致神韵之美。“夫围棋之品有九：一曰入神，二曰坐照，三曰具体，四曰通幽，五曰用智，六曰小巧，七曰斗力，八曰若愚，九曰守拙。九品之外，不可胜计，未能入格，今不复云。”（《棋经十三篇·品格篇》）古人下围棋，或在长松亭亭如盖的树荫下纹枰手谈，或在烟云缭绕宛若仙境的石凳前敲子对弈，怡情养性，无处不体现出雅致的神韵。

古代将琴棋书画视为高雅活动，四艺中关于棋的诗篇不少。有的体现下棋恬静优雅的氛围。唐代白居易的《池上二绝·其一》：“山僧对棋坐，局上竹阴清。映竹无人见，时闻下子声。”宋代赵佶的《七绝》：“忘忧清乐在枰棋，坐隐吴图悟道机。乌鹭悠闲飞河洛，木狐藏野烂柯溪。”赵师秀的《约客》：“黄梅时节家家雨，青草池塘处处蛙。有约不来过夜半，闲敲棋子落灯花。”明代余玉馨的《与姑对弈》：“听雨开芸阁，看花倚绣楹。遣怀棋数局，原不为输赢。”有的由棋联想到人生哲理和境界。唐代张说的《咏方圆动静示李泌》：“方如棋局，圆如棋子。动如棋生，静如棋死。”李泌由围棋引发的对人生的思考似更胜张说一筹：“方如行义，圆如用智。动如逞才，静如遂意。”（《咏方圆动静》）南唐李从谦的《观棋》：“竹林二君子，尽日竟沉吟。相对终无语，争先各有心。恃强斯有失，守分固无侵。若算机筹处，沧沧海未深。”宋代范仲淹的《赠棋者》：“一子贵千金，一路重千里。精思入于神，变化胡能拟。”有的由棋联想到历史沉浮。唐代杜牧的《送国棋王逢》：“玉子纹楸一路饶，最宜檐雨竹萧萧。羸形暗去春泉长，拔势横来野火烧。守道还如周柱史，鏖兵不羡霍嫖姚。浮生七十更万日，与子期于局上销。”还有的描写对弈的激烈。唐代杜荀鹤的《观棋》：“对面不相见，用心同用兵。算人常欲杀，顾己自贪生。得势侵吞远，乘危打劫赢。有时逢敌手，当局到深更。”

诗境深造：“劲卒衡围度，奇军略地旋。”（王绩《围棋》）

419. 任他巨力来打我，牵动四两拨千斤　游龙闪电

出处：《霓裳羽衣歌》：“飘然转旋回雪轻，嫣然纵送游龙惊。”《剑舞》：“鼓三尺之莹莹，云间闪电；横七星之凉凉，掌上生风。”

解析：指龙游于天，见首不见尾，行踪不定，动作迅速。比喻武术拳法，尤其是太极拳步法灵活，身手矫捷，虚实兼并，动作迅速，让对手防不胜防。

诗化：

打手歌

〔清〕王宗岳

掤捋挤按须认真，上下相随人难进。
任他巨力来打我，牵动四两拨千斤。
引进落空合即出，粘连黏随不丢顶。

诗义：掤捋挤按四大基础劲别要认真对待、重点练习，要认真领悟四大劲别的搏击特点，研究上下肢相互配合的要诀。要注意太极拳的关键是借力巧用，掌握了这一原理即便对手用巨大的力量打过来，也能做到四两拨千斤。太极拳强调动作环环相扣，化被动为主动，趁对方进击之时，游龙闪电，随势引化，使之出击落空并处于无防御的状态，然后顺势出击，与对手的劲力相连相随，如胶似漆，随屈就伸，不丢不顶，引进落空，就是太极拳的独特风格。

简评：王宗岳为内家拳名家，精通拳法、剑法、枪法，并著有《太极拳论》《阴符枪谱》等。王宗岳的《打手歌》简明扼要地介绍了太极拳的关键要领，虽然只有短短六句，但含义深邃，是学习太极拳术的经典诗句。太极拳是中华传统文化的瑰宝，数个流派的太极拳成为国家级非物质文化遗产，2020年太极拳还列入联合国教科文组织人类非物质文化遗产代表作名录。太极拳是

在中华传统文化中有关太极、阴阳辩证哲理的基础上，汲取易学的阴阳五行理论、中医经络学、导引术和吐纳术而形成的一种集强身健体、技击对抗、修身养性于一体的拳术。太极拳蕴含着中华传统文化中天人合一、阴阳平衡的哲学理念和思想，承载着尊师重道及学拳不可不敬、不可狂、不可满等价值取向和要求。

“动静结合守意中，刚柔兼备大智勇。出其不意拳无拳，修德炼性是神功。”（陈立基《体育魂·体育百戏·太极拳》）太极拳风格柔和、缓慢、轻灵、刚柔相济，适合所有人群练习，没有性别、年龄、体质等方面的限制。“太极者，无极而生，阴阳之母也。动之则分，静之则合。无过不及，随曲就伸。人刚我柔谓之走，我顺人背谓之黏。动急则急应，动缓则缓随。虽变化万端，而理唯一贯。”（王宗岳《太极拳论》）太极拳的审美体现在虚实、内外、动静、刚柔、曲直、方圆结合的拳法技艺上。“虚领顶劲，气沉丹田，不偏不倚，忽隐忽现。左重则左虚，右重则右杳。仰之则弥高，俯之则弥深。进之则愈长，退之则愈促。一羽不能加，蝇虫不能落。人不知我，我独知人。”（王宗岳《太极拳论》）太极拳的具体动作蕴涵着气、力、骨、独、势等刚健的审美特征，又包含着淡、静、空、松、柔、圆等审美特质，也体现在风、生、逸、韵、妙等审美境界上。太极拳锻炼的最高境界是中正安舒，即自己打得舒服，人家看得舒服。中正安舒是太极拳的审美特征和审美境界的具体表现。中正安舒，恰到妙处，动作技法始终不越界限，不狂不躁，始终保持中和之美，和顺之美。

诗境深造：“狡捷过猴猿，勇剽若豹螭。”（曹植《白马篇》）

420. 弓弯满月不虚发，双鸧迸落连飞髇　百步穿杨

出处：《史记·周本纪》：“楚有养由基者，善射者也，去柳叶百步而射之，百发而百中之。”

解析：指能在一百步以外射穿杨树叶子，形容枪法或箭法非常准。

诗化：

哀江头（节选）

〔唐〕杜甫

辇前才人带弓箭，白马嚼啮黄金勒。

翻身向天仰射云，一笑正坠双飞翼。

诗义：车前英姿飒爽的宫中女官佩着弓箭，雄俊的白马细嚼着金黄的马勒。只见她翻身仰头朝天上射箭，一笑之间一对双飞的鸟儿便从天上坠落了下来。

简评：《哀江头》是杜甫一首著名的叙事诗，描写了长安曲江的盛衰历史，这里节选的诗句描写了宫女百步穿杨的高超箭术："翻身向天仰射云，一笑正坠双飞翼。"射箭在中国有着久远的历史，可谓中国古代体育项目的鼻祖。首先，射箭的应用与人类生存、生活的需要有密切关系。"断竹，续竹。飞土，逐肉。"（赵晔《吴越春秋·勾践阴谋外传》）"王弓、弧弓，以授射甲革、椹质者；夹弓、庾弓，以授射豻侯、鸟兽者；唐弓、大弓，以授学射者、使者、劳者。其矢箙皆从其弓。"（《周礼·夏官司马》）人们长期将弓箭应用于狩猎，应对野兽的攻击。古代有"后羿射日"的神话，后羿被誉为神箭手。其次，射箭是冷兵器时代主要的攻击武器。在我国古代漫长的历史里，射箭是提升战斗力的武器，也是训练和选拔将士的方法。西周时期，由于军事的需要，射艺受到普遍重视，以"礼射"的制度被固定下来。礼射是选拔贤者能者的竞技场，也是评价贵族品德的场合。"故明乎其节之志，以不失其事，则功成而德行立，德行立则无暴乱之祸矣。功成则国安，故曰：'射者所以观盛德也。'"（《礼记·射义》）再次，射箭是教育的主要内容之一。射箭是古代教育内容之一："养国子以道，乃教之六艺：一曰五礼，二曰六乐，三曰五射，四曰五驭，五曰六书，六曰九数。"（《周礼·地官司徒》）周朝要求贵族学生掌握礼、乐、射、御、书、数六艺。最后，射箭是健身娱乐的手段。

诗人笔下的弓箭充满了报国的壮志、英雄的豪气、沙场的血气、箭术的神气。韩愈的《雉带箭》："原头火烧静兀兀，野雉畏鹰出复没。将军欲以巧伏人，盘马弯弓惜不发。地形渐窄观者多，雉惊弓满劲箭加。冲人决起百余尺，红翎白镞相倾斜。将军仰笑军吏贺，五色离披马前堕。”令狐楚的《少年行四首·其三》：“弓背霞明剑照霜，秋风走马出咸阳。未收天子河湟地，不拟回头望故乡。”李世民的《帝京篇十首·其三》：“雕弓写明月，骏马疑流电。惊雁落虚弦，啼猿悲急箭。”李涉的《看射柳枝》：“玉靶朱弦敕赐弓，新加二斗得秋风。万人齐看翻金勒，百步穿杨逐箭空。”李白的《行行游且猎篇》：“金鞭拂雪挥鸣鞘，半酣呼鹰出远郊。弓弯满月不虚发，双鸧迸落连飞鹘。”

诗境深造：“遥弯落雁影，虚引怯猿声。”（李峤《弓》）

四十三、自然篇

云中的神啊，雾中的仙，
神姿仙态桂林的山！

情一样深啊，梦一样美，
如情似梦漓江的水！

……

啊！桂林的山来漓江的水——
祖国的笑容这样美！

——贺敬之《桂林山水歌》（节选）

自然美是指自然界中具有审美价值的事物或现象。自然美是天地大美，天造地设，人间仙境。自然美是风月无边，引人入胜。自然美是水碧山青，林籁泉韵，山水诗境。

421. 青苍峻峭插霄汉，无乃天造地设成　天造地设

出处：《问道堂后园记》："回思向所辟诸境，几若天造地设。"《艮岳记》："真天造地设，神谋化力，非人力所能为者。"

解析：指自然景色、事物或艺术作品天然形成，合乎理想，没有人为的加工雕琢。

诗化：

卜算子·送鲍浩然之浙东

〔宋〕王观

水是眼波横，山是眉峰聚。欲问行人去那边？眉眼盈盈处。　才始送春归，又送君归去。若到江南赶上春，千万和春住。

诗义：流水像少女含情脉脉的眼波，延绵的山峦如美人横撇的秀眉。若问行人去哪里，到山水融合交汇的地方。刚送走了春天，又要送你归去。假如你到江南，还能赶上春天的话，千万要把春天那万紫千红的景色留住。

简评："圣人者，原天地之美而达万物之理，是故至人无为，大圣不作，观于天地之谓也。"（《庄子·知北游》）至人对世界的认识，应是从天人合一的哲学认识，逐步进入大美不言的审美认识，达到自然而然、自然会妙的至高境界。"雕削取巧，虽美非秀矣，故自然会妙。"（刘勰《文心雕龙·隐秀》）从诗词文赋到戏剧曲艺，从书法绘画到园林建筑，中国传统的审美观念都追求与自然的契合，以自然之美为美。王维指出："肇自然之性，成造化之功。"（《山水诀》）计成则说："虽由人作，宛自天开。"（《园冶》）

"水是眼波横，山是眉峰聚。"天造地设是中国传统美学追求的最高境界。艺术都是人创造的，而这样的创造就应该"做"像没有"做"过一样，不露任何人为痕迹，"做"得就像自然生成的一样。"然烟霭天成，不劳于妆点；容华格定，无待于裁熔；深浅而各奇，秾纤而俱妙，若挥之则有余，而揽之则不足矣。"（刘勰《文心雕龙·隐秀》）烟霭或深或浅，各显奇景，容貌或胖或瘦，都各有妙处，只要听其自然就美好有余，若加以人为造作便显得不够自然了。要求艺术创作必须以自然为最高标准，对人为的雕琢和加工进行规避，在师法自然的原则下规避人为的秩序。

“青苍峻峭插霄汉，无乃天造地设成。”（江源《丁参戎邀游明山六祖寺》）大美无华、天造地设、自然会妙、自然至美都是自然美的最高境界。

诗境深造：“野竹分青霭，飞泉挂碧峰。”（李白《访戴天山道士不遇》）

422. 春山叶润秋山瘦，雨山黯黯晴山秀　天地大美

出处：《庄子·知北游》：“天地有大美而不言，四时有明法而不议，万物有成理而不说。”

解析：指天地之间的美、大自然的美无穷无尽。

诗化：

鸟鸣涧

〔唐〕王维

人闲桂花落，夜静春山空。
月出惊山鸟，时鸣春涧中。

诗义：春天的夜晚，寂无人影，芬芳的桂花悄然飘落。四周一片静谧，春日的山谷显得十分空寂。月亮升起惊动山中的鸟儿，清脆的鸟叫声时而回荡在山涧中。

简评：“春山叶润秋山瘦，雨山黯黯晴山秀。”（杨万里《题黄才叔看山亭》）天地是大美造化的高超匠人，天地之美，在于宏伟，在于柔和，天地大美是一种无是非、无差异的齐一醇和之美。天地万物的生息消长相替，开始和终结宛若一环，不见其规律，却达到一种真正的大和之境。天地大美蕴含着天人相和的生态之美、阴阳相生的生命之美以及日新其德的含蓄之美。大美的天地是我们拥有的财富，可以尽情地欣赏和拥抱。正如苏轼所说：“且夫天地之间，物各有主，苟非吾之所有，虽一毫而莫取。惟江上之清风，与山间之明月，耳得之而为声，目遇之而成色，取之无禁，用之不竭。是造物者之无尽藏也，而吾与子之所共适。”（《前赤壁赋》）天地万物各有所归，唯有江上的清风、山间的明月，这是造物者恩赐的宝藏，你我可以一起享用。“江风索我吟，山月唤我饮。醉倒落花前，天地为衾枕。”（杨万里《自赞诗》）大美的天

地让我们日有所思，夜有所获，“于是余有叹焉。古人之观于天地、山川、草木、虫鱼、鸟兽，往往有得，以其求思之深而无不在也”（王安石《游褒禅山记》）。观天看地皆有所思，赏山川草木皆有所获。天地大美更是艺术创作的源泉。刘勰在《文心雕龙·原道》中指出：“文之为德也大矣，与天地并生者何哉？夫玄黄色杂，方圆体分，日月叠璧，以垂丽天之象；山川焕绮，以铺理地之形。此盖道之文也。”这充分肯定了艺术与天地并生的关系。

诗人们创作了无数赞扬天地大美的诗篇。称其宏伟，体现大自然雄奇、壮美的有“千山鸟飞绝，万径人踪灭”（柳宗元《江雪》），“星垂平野阔，月涌大江流”（杜甫《旅夜书怀》），“大漠孤烟直，长河落日圆”（王维《使至塞上》），“登山俯平野，万壑皆白云”（杨万里《中元日晓登碧落堂望南北山二首·其一》）。称其柔美的有“竹香新雨后，莺语落花中”（张籍《晚春过崔驸马东园》），“桃花春水绿，水上鸳鸯沐”（韦庄《菩萨蛮》），“淑气催黄鸟，晴光转绿蘋”（杜审言《和晋陵陆丞早春游望》），“泥融飞燕子，沙暖睡鸳鸯”（杜甫《绝句二首·其一》），“梨花千树雪，柳叶万条烟”（李白《送别》）。天地大美还表现在高山大河的汹涌之势，山间小溪的潺潺之音；河流的蜿蜒流淌，大江湖泊的烟波浩渺；微风涟漪的宁静素雅，急流奔腾的勃勃生机；瀑落深潭，声震故里，泉涌如驰，生机盎然——一山一水、一景一物都能表现出大自然的美丽和魅力。

在那些浪漫而富有想象力的诗人眼里，就连秋天的残荷也是美的。“白露凋花花不残，凉风吹叶叶初干。无人解爱萧条境，更绕衰丛一匝看。”（白居易《衰荷》）面对秋冬之荷，残枝断苹，红消翠衰，白居易忍不住绕着衰荷一圈又一圈地品味。“竹坞无尘水槛清，相思迢递隔重城。秋阴不散霜飞晚，留得枯荷听雨声。”（李商隐《宿骆氏亭寄怀崔雍崔衮》）李商隐在雨打枯荷的沙沙声中寻找到了秋思之美。曹雪芹笔下多愁善感的林黛玉则将“留得枯荷听雨声”改为“留得残荷听雨声”，可谓恰到好处。天地间，一片普普通通的荷叶，从绿荷的葱郁到残荷的枯败，从“映日荷花别样红”（杨万里《晓出净慈寺送林子方》）到“留得枯荷听雨声”，这一春去秋来的轮回，能勾起多少美妙遐想，寄托多少人间的喜怒哀愁？

天地有大美而不言，美在哪儿呢？美在春夏秋冬四季的轮转交替中。“春景则雾锁烟笼，树林隐隐，远水拖蓝，山色堆青；夏景则林木蔽天，绿芜平阪，依云瀑布，行人羽扇，近水幽亭；秋景则水天一色，簌簌疏林，雁鸿秋水，芦岛沙汀；冬景则即地为雪，水浅沙平，冻云匝地，酒旗孤村，渔舟倚岸，樵者负薪。”（荆浩《画山水赋》）美在于发现，在于邂逅，在于不经意的灵感之中。“去年今日此门中，人面桃花相映红。人面不知何处去，桃花依旧笑春风。”（崔护《题都城南庄》）

诗境深造：“云景共澄霁，江山相吞吐。”（陶翰《乘潮至渔浦作》）

423. 尽道此中如画景，不知此景画中无　风月无边

出处：《六先生画像赞·濂溪先生》：“风月无边，庭草交翠。”

解析：指自然和人文风景非常优美，风光无限。

诗化：

鹊桥仙

〔元〕滕宾

斜阳一抹，青山数点，万里澄江如练。东风吹落橹声遥，又唤起、寒云一片。　残鸦古渡，荒鸡村店，渐觉楼头人远。桃花流水小桥东，是那个、柴门半掩。

诗义：黄昏，在一道夕阳的映照下，远处的几座青峰依稀可见，万里江流映衬在碧空下，宛如一条素练。东风送来远处摇橹的响声，似乎唤起了一片片飘浮的云朵。古渡口上盘旋着几只乌鸦，村舍荒坡上散落数只鸡，渐渐感觉到楼顶上的人影越来越远。在桃花溪流上那座小桥的东边，有一扇半遮半掩的柴门。

简评：这是一首非常绝妙、意境悠远、富有神韵的词。在斜阳洒射的黄昏，数座青山远远地矗立着，光波在江面上呈现出了澄静的光彩，描绘了景色的恢宏、绚烂。用古道寒鸦和野村荒店，衬托了旅人的孤独寂寞。视野由远及近，由近而远，心境由外而内，由内而外，给人一种风月无边的感觉。风月无边属自然和人文的大美。历史上关于风月无边有着非常有趣的故事。

相传乾隆皇帝下江南时曾游历西湖，行至湖心亭，被西湖的美景吸引，便题下了“虫二”二字。这两个字取自繁体字“風月”二字的中间部分，把外框去掉就变成“虫二”，寓意“风月无边”。正是：“世间何处觅西湖，风月无边酒一壶。尽道此中如画景，不知此景画中无。”（顾逢《西湖如画轩》）

“月色更添春色好，芦风似胜竹风幽。”（贾至《别裴九弟》）风月狭义上指风景，广义上还包含丰富、美妙的人文故事、传说、佳话，以及清幽闲适的审美境界。体感江上的清风，眼见山间的明月，耳闻万物的天籁……那些“赏之不尽”的美景便是无边的风月。无边即无限，有言不尽意之美。“东风吹落橹声遥，又唤起、寒云一片”“桃花流水小桥东，是那个、柴门半掩”这两句都有无边的味道。风月无边的悠远、浪漫，能激发文人骚客的豪情，“风月歌诗健，江山气象雄”（强至《上知府少卿》），“风月趋吟笔，乾坤入坐筹”（李觏《林屯田思轩》）。与无边的风月为伴，是人生的快乐，“古今为绝观，风月快平生”（韦骧《介亭二十韵呈杭守祖龙图》），“溪山行老我，风月不欺予”（朱翌《地僻》）。

“行到水穷处，坐看云起时。”（王维《终南别业》）风月无边是景色的韵味、景致，能让审美主体的思绪和心情进入出神入化的境界，以至于景与情相契，意与景相合，从自然的审美上升为艺术的审美，从具象的审美上升为意境的审美，达到万化冥合、神通达化的心灵追求。“闲云随舒卷，安识身有无。”（李白《赠丹阳横山周处士惟长》）

诗境深造：“江山宜独往，风月要清吟。”（李穑《独夜·其三》）

424. 有逢即画元非笔，所见皆诗本不言　引人入胜

出处：《世说新语·任诞》：“酒正自引人著胜地。”

解析：形容优美的风景把人引入美妙的境地，也比喻文艺作品吸引人。

诗化：

早发白帝城

〔唐〕李白

朝辞白帝彩云间，千里江陵一日还。

两岸猿声啼不住，轻舟已过万重山。

诗义：早晨告别了笼罩在彩云中的白帝城，千里迢迢的江陵一天就抵达了。两岸的猿声还不停地在耳边回响，但这轻快的一叶小舟已越过万重山峦。

简评：《早发白帝城》是李白的千古名篇之一，将引人入胜的美景与诗人洒脱的心境完美地结合在了一起。全诗清丽飘逸，自然天成，令人神往。引人入胜的是让人着迷忘怀、流连忘返的胜境、佳境。胜境无法以诗画表达，也无须用诗画表达，“有逢即画原非笔，所见皆诗本不言”（洪炎《四月二十三日晚同太冲、表之、公实野步》）。胜境常常指物质世界，但也可以指精神世界。历史上，中国被誉为胜境的地方很多，比如方壶胜境、漓江胜境等。方壶胜境是圆明园中最为宏伟美丽的建筑，是以想象中的仙山楼阁为题材而建造的。乾隆皇帝有《方壶胜境》诗赞曰：“飞观图云镜水涵，拿空松柏与天参。高冈翙羽鸣应六，曲渚寒蟾印有三。”1860 年 10 月，整个胜境景群被英法联军劫掠后焚毁。画家李可染从中国传统美学的原理出发，通过“以大观小”的创造性实践以及有胆有识的艺术发挥，创作出《漓江胜境图》，堪称精神之胜境。

什么样的风景才能引人入胜？唯有诗境。何为诗境？具有清朗、澄明、幽静、神逸的美景，才能称为诗境。白居易的诗境是闲逸的：“朝衣薄且健，晚簟清仍滑。社近燕影稀，雨余蝉声歇。闲中得诗境，此境幽难说。”（《秋池二首・其二》）道潜的诗境在于动中取静：“雨暗苍江晚未晴，井梧翻叶动秋声。楼头夜半风吹断，月在浮云浅处明。”（《江上秋夜》）吴龙翰的诗境是澄明的：“流水环诗境，未容尘土侵。步迂松径曲，坐占草堂深。秋句蛩分和，山杯鸟劝斟。好怀无客共，相对一瑶琴。”（《诗境》）王昌龄从诗学的角度，实实在在地对诗学中的诗境做了扼要的总结：“诗有三境：一曰物境，二曰情境，三曰意境。物境一，欲为山水诗，则张泉石云峰之境，极丽绝秀者，神之于心。处身于境，视境于心，莹然掌中，然后用思。了然境象，故得形似。情境二，娱乐愁怨，皆张于意而处于身。然后驰思，深得其情。意境三，亦张之于意，而思之于心，则得其真矣。”（《诗格》）“放生鱼鳖逐人来，无主荷花到处开。水枕能令山俯仰，风船解与月徘徊。”（苏轼《六月二十七日望湖楼醉书·其二》）苏轼这首诗通过描写望湖楼引人入胜的景色，实现了物境与情境的高度融合。

诗境深造：“江作青罗带，山如碧玉篸。”（韩愈《送桂州严大夫同用南字》）

425. 澄江如练明橘柚，万峰相倚摩青苍　人间仙境

出处：《游庐山吊大林》：“康庐第一推仙境，遂使如今忍陆沉。”

解析：比喻不受外界影响的幽静、优美的地方，也比喻理想中的世外桃源。

诗化：

点绛唇·桃源

〔宋〕秦观

醉漾轻舟，信流引到花深处。尘缘相误，无计花间住。　烟水茫茫，千里斜阳暮。山无数，乱红如雨。不记来时路。

诗义：我酒醉后划着小船，飘荡在湖面上，听任流水把小船推向繁花深处。无法摆脱尘世间的名利纠缠，也没有办法在这仙境般的地方久留。离开水面时烟雾茫茫，大地笼罩在夕阳的余晖里。两岸青山无数，晚风吹来，落花如雨。再回头，已经不记得来时走过的路。

简评：“澄江如练明橘柚，万峰相倚摩青苍。”（黄庭坚《奉送周元翁锁吉州司法厅赴礼部试》）传说蓬莱是人间仙境，为八仙过海之地。蓬莱是中国人心目中的理想之地，其概念范围包括蓬莱岛上的蓬莱、方丈、瀛洲、岱舆和员峤五座山。陶弘景笔下的人间仙境是这样的：“山川之美，古来共谈。高峰入云，清流见底。两岸石壁，五色交辉。青林翠竹，四时俱备。晓雾将歇，猿鸟乱鸣；夕日欲颓，沉鳞竞跃。实是欲界之仙都。”（《答谢中书书》）李白诗中的人间仙境则是：“千岩万转路不定，迷花倚石忽已暝。熊咆龙吟殷岩泉，栗深林兮惊层巅。”（《梦游天姥吟留别》）

也有人将心安之处喻为仙境，哪怕是陋室一房、茅屋一间。刘禹锡的仙境正是那一间陋室：“山不在高，有仙则名。水不在深，有龙则灵。斯是陋室，

惟吾德馨。苔痕上阶绿，草色入帘青。谈笑有鸿儒，往来无白丁。可以调素琴，阅金经。无丝竹之乱耳，无案牍之劳形。南阳诸葛庐，西蜀子云亭。孔子云：何陋之有？”（《陋室铭》）邵雍也钟情于这样的仙境：“心安身自安，身安室自宽。心与身俱安，何事能相干。谁谓一身小，其安若泰山。谁谓一室小，宽如天地间。”（《心安吟》）

诗境深造：“人行明镜中，鸟度屏风里。”（李白《清溪行》）

426. 丹枫万叶碧云边，黄花千点幽岩下　旖旎风光

出处：《官场现形记》：“一霎时局已到齐，真正是翠绕珠围，金迷纸醉，说不尽温柔景象，旖旎风光。”

解析：指美丽的自然风光或柔和而美丽的风韵气质。

诗化：

周庄河

〔唐〕王维

清风拂绿柳，白水映红桃。

舟行碧波上，人在画中游。

诗义：柔和的春风轻拂着翠绿的杨柳，清澈的水面倒映着粉红的桃花。小船荡漾在碧波之上，我们就像漫游在描绘旖旎风光的画中。

简评：王维这首《周庄河》虽然短小，但却具备了清韵、柔婉、绮丽、自然的美质，让人读起来觉得轻松直白、韵味悠长。“韵”是中国传统美学的重要审美理念。在人格美方面，韵可表达人物超凡脱俗的情操、节气、神态和风度。“阮浑长成，风气韵度似父。”（《世说新语·任诞》）“小立背秋千，空怅望、娉婷韵度。”（张震《蓦山溪·春半》）在绘画方面，谢赫在《古画品录》中常用“韵”来评论和衡量绘画的水平：“情韵连绵”“神韵气力”“体韵遒举，风彩飘然”。黄庭坚在《题摹燕郭尚父图》中指出：“凡书画当观韵。”在诗词方面，“且以文章言之，有巧丽，有雄伟，有奇，有巧，有典，有富，有深，有稳，有清，有古……其次一长有余，亦足以为韵”（范温《潜溪诗眼》）。

“韵”的美质成为各类艺术审美的重要标准。

“惠崇烟雨归雁，坐我潇湘洞庭。欲唤扁舟归去，故人言是丹青。”（黄庭坚《题郑防画夹五首·其一》）要将身心融入风光旖旎的山水之中，把握山水的特性和情调，同时融入丰富多彩的实践之中，了解真实生活的内涵与情感，才能有利于艺术作品的创作。“丹枫万叶碧云边，黄花千点幽岩下。”（张抡《踏莎行·秋入云山》）唐志契《绘事微言》认为：“凡画山水，最要得山水性情。得其性情，山便得环抱起伏之势，如跳，如坐，如俯仰，如挂脚，自然山性即我性，山情即我情，而落笔不生软矣。”王履《华山图序》提出：“吾师心，心师目，目师华山。”

诗境深造：“青山声入雁，绿水影含芦。”（黄省曾《寒芦落雁渔舟图一首》）

427. 尽道此中如画景，不知此景画中无　沧浪入画

出处：《楚辞·渔夫》：“沧浪之水清兮，可以濯吾缨；沧浪之水浊兮，可以濯吾足。”《塘上行》：“发藻玉台下，垂影沧浪泉。”《合江亭》：“长绠汲沧浪，幽蹊下坎坷。”

解析：指如诗如画的自然水面，泛指风景如画的大自然。

诗化：

玉楼春

〔宋〕周邦彦

桃溪不作从容住。秋藕绝来无续处。当时相候赤栏桥，今日独寻黄叶路。　烟中列岫青无数。雁背夕阳红欲暮。人如风后入江云，情似雨余粘地絮。

诗义：奔流的桃花溪不肯从容地歇息片刻。秋日的莲藕一断就无法再连接。回想昔日你我互相等候在赤栏桥上，今日却独自一人徘徊在秋叶覆盖的路上。云烟缭绕在耸列的山岫中，青苍点点难以指数。归雁背负着夕阳，已近黄昏，满天彩霞。人生宛若随风飘在江天上的浮云，离别的情思就像雨后粘在地上的花絮，难以自拔。

简评：这首《玉楼春》是典型的婉约爱情词，其中“烟中列岫青无数，雁背夕阳红欲暮”两句，描绘出一幅高低错落、缥缈萦绕、色彩丰富、时空苍茫、意境深沉的画面，又让其成为典型的沧浪入画之绝品。

“尽道此中如画景，不知此景画中无。”（顾逢《西湖如画轩》）优美的生态环境是一首诗、一幅画。“桂叶藏金屿，藤花闭石林。天窗虚的的，云窦下沉沉。”（沈佺期《从崇山向越常》）寥寥数句就生动地勾画出一幅仙境般的桂林山水风景画。“空山新雨后，天气晚来秋。明月松间照，清泉石上流。竹喧归浣女，莲动下渔舟。随意春芳歇，王孙自可留。”（王维《山居秋暝》）这首诗被后人评价为：“写景之句，以工致为妙品，真境为神品，淡远为逸品。”（冒春荣《葚原诗说》）苏轼评价王维的诗画时说：“味摩诘之诗，诗中有画；观摩诘之画，画中有诗。”（《书摩诘〈蓝田烟雨图〉》）

“一溪红叶随流水，万叠青山隐白云。”（谢复《秋兴》）优美的生态环境不仅是金山银山，是宜居生活的天堂，更是幸福美好生活的仙境。不长草木的金山银山是没办法生存的，更谈不上诗意地栖息。“苍苍森八桂，兹地在湘南。江作青罗带，山如碧玉篸。户多输翠羽，家自种黄甘。远胜登仙去，飞鸾不假骖。”（韩愈《送桂州严大夫同用南字》）在这首诗中，诗人描绘了桂林的生态美，“江作青罗带，山如碧玉篸”；青山绿水带来了金山银山，“户多输翠羽，家自种黄甘”，同时也造就了人间仙境，“远胜登仙去，飞鸾不假骖”。

赵孟頫提出要外师造化，拜自然山水为师，提升对自然美的领悟力和表现力。“桑苎未成鸿渐隐，丹青聊作虎头痴。久知图画非儿戏，到处云山是我师。”（《题苍林叠岫图》）沧浪入画是人化自然的一种形式，是人在认识自然的实践活动中，使自然界成为自身的作品，成为人化的自然界，形成从“优美”的“有我之境”到“壮美”的“无我之境”的过程。沧浪入画是主动地认识自然和能动地创造自然美的实践活动。

诗境深造：“江山入图画，天海快澄清。”（金应澍《启秀楼小憩赋诗》）

428. 乐山乐水亦人情，仁智元来一体成　乐山乐水

出处：《论语·雍也》：“知者乐水，仁者乐山。知者动，仁者静。知

者乐，仁者寿。”

解析：指大自然的山水景致、秉性为人们所钟爱，也常常比喻每个人的爱好不同。

诗化：

即事

〔明〕胡居仁

人心无物欲，随处皆天理。
在山则乐山，在水则乐水。
在家则家齐，在国则国治。
在学则学明，在乡风俗美。
窃叹此等人，岂不为至贵。
彼哉昏迷子，何为欲所蔽。

诗义：假若人心没有过分的物欲，无论身处何境，处处都是道德义理。于山就能乐怀于山，于水就能乐怀于水。居家能整治家风，使家庭和睦、后人孝贤；在朝能把国家治理好。读书学习能学以明理、学以明道，在乡村能使民风淳朴和美。暗自感叹这样的人，岂不是最为尊贵的人吗？哎，那些愚昧迷惑的人，何必被物欲名利所蒙蔽呢？

简评：乐山乐水是人们的一种审美哲学理念，是一种美好的人文情怀，也是一种处理人与自然关系的智慧。这种智慧和情怀首先是由孔子提出来的，孔子提出“知命畏天”，对生命和大自然充满了热爱和敬畏之心。他提出：“知者乐水，仁者乐山。”“知者”和“仁者”都是有道德修养的君子。君子要有“泛爱众，而亲仁”之心，只有心中充满了仁爱之情，才会“乐山乐水”，爱护好山山水水，只有保持一种同情心，对水中的鱼、山中的鸟才不会赶尽杀绝。孔子把“乐山乐水”与成为仁人志士联系起来，作为培养儒家理想君子人格的一种道德行为规范。君子要仁民、爱人、乐水，这就把生态教育有机地融入了道德教育之中。兰州五泉书院有楹联云：“云阶月路引人来，乐水志在水，乐山志在山，随处襟怀随处畅；学海书城延客入，见仁谓之仁，见智谓之智，自家门径自家求。”

为什么是“知者乐水，仁者乐山”？朱熹解释道：“知者达于事理而周流无滞，有似于水，故乐水；仁者安于义理而厚重不迁，有似于山，故乐山。”（《四书章句集注》）思维敏捷的知者，通晓事物的规律和特点，思维如同流水一般川流不息，所以尤为喜欢水。宽厚仁德的仁者，恪守遵循基本的道德行为准则，如同巍峨雄伟的大山般纹丝不动，因此喜欢山。朱熹深有感触地吟道：“静有山水乐，而无车马喧。”（《寄题梅川溪》）“仁者乐如山之安固，自然不动，而万物生焉。”（何晏《论语集解》引包咸注）袁枚通过对雨、云和山的观察，感受到了山的稳固与厚重：“雨过山洗容，云来山入梦。云雨自往来，青山原不动。”（《雨过》）风雨无常，来去匆匆，唯有青山岿然不动。无论是山还是水，在山水之间都可以得到心灵慰藉，其乐无穷。欧阳修说：“野芳发而幽香，佳木秀而繁阴，风霜高洁，水落而石出者，山间之四时也。朝而往，暮而归，四时之景不同，而乐亦无穷也。”（《醉翁亭记》）

“知者乐水，仁者乐山。知者动，仁者静。知者乐，仁者寿。”山静以养性，水动以愉情。动与静皆万物之形态，知者也会静若处子，仁者不避脱兔。动为阳，静为阴，阴中有阳，动静互补。春风和顺，夏日炎炎，秋高气爽，冬沐白雪，月落日升，斗转星移，都是自然雅性。动与静皆恩泽人生，需动则动，该静就静。动是风格，静是境界。何必在乎是知者还是仁者？正是：“乐山乐水亦人情，仁智元来一体成。”（湛若水《访李鳌峰别驾于西台遍观胜景乐而有作六首·其三·仁智堂》）

诗境深造：“何必丝与竹，山水有清音。”（《子夜四时歌·冬歌》）

429. 龙吟虎啸一时发，万籁百泉相与秋　林籁泉韵

出处：《汉文学史纲要·自文字至文章》：“故凡虎斑霞绮，林籁泉韵，俱为文章。”

解析：指风吹林木和泉石相击而产生的悦耳声音，形容天籁。

诗化：

山店松声二首·其二

〔宋〕杨万里

松本无声风亦无，适然相值两相呼。

非金非石非丝竹，万顷云涛殷五湖。

诗义：松树本来是没有声音的，风也是无声的，而当两者偶然相遇时便会发出美妙的天籁。不是金石之声，也非丝竹之音，而是好像万里云海震动五湖的浩瀚之声。

简评：林籁泉韵属自然、清新、典雅的美质。林籁是指风吹林木发出的悦耳声音。南朝梁刘勰《文心雕龙·原道》："至于林籁结响，调如竽瑟；泉石激韵，和若球锽。"唐代沈亚之《歌者叶记》："一歌而林籁振荡，再歌则行云不流矣。""林籁静更响，山光晚逾鲜。"（欧阳修《会峰亭》）"月下生林籁，天边展雁行。"（朱高炽《秋风》）泉韵指潺潺的水流声。"激石泉韵清，寄枝风啸咽。"（孟郊《与二三友秋宵会话清上人院·其一》）"积翠含微月，遥泉韵细风。"（马戴《宿翠微寺》）

中国传统美学对韵的美质特别青睐，有清韵、泉韵、风韵、神韵之说。艺术创作十分注重韵的境界，韵是艺术的重要风格。宋代范温认为韵是美的灵魂："凡事既尽其美，必有其韵，韵苟不胜，亦亡其美。"（《潜溪诗眼》）南齐谢赫提出气韵是绘画艺术创作的首要之法："六法者何？一气韵生动是也，二骨法用笔是也，三应物象形是也，四随类赋彩是也，五经营位置是也，六传移模写是也。"（《古画品录》）绘画中，以"情韵连绵""神韵气力""体韵遒举，风彩飘然""力遒韵雅，超迈绝伦"（谢赫《古画品录》）来评价绘画艺术。清代黄钺也提出，气韵是画作的首要品格，"六法之难，气韵为最。意居笔先，妙在画外。如音栖弦，如烟成霭。天风泠泠，水波濊濊。体物周流，无小无大。读万卷书，庶几心会"（《二十四画品·气韵》）。对于音乐而言，韵也是音乐美的极高境界，是音乐艺术的最高标准。"妙畅自然乐，为此玄云歌。韶尽至韵存，真音辞无邪。"（葛洪《法婴玄灵之曲二首·其二》）"援琴起何调，幽兰与白雪。丝管韵未成，莫使弦响绝。"（鹿悆《讽真定公诗二

首·其二》)

三国魏曹植谓琴的清韵是雅："聆雅琴之清韵，记六翮之末流。"(《白鹤赋》)清韵也是历代诗人心仪的美质。唐代白居易《官舍小亭闲望》："风竹散清韵，烟槐凝绿姿。"宋代贺铸《南歌子二首·其二》："傍水添清韵，横墙露粉颜。"清代姚鼐《送郑羲民郎中守永州》："清韵倏邈远，南行指湘漓。"

诗境深造："影逐花雨飞，韵与泉流急。"(王洪《滴翠轩为求无已赋》)

430. 一折青山一扇屏，一湾碧水一条琴　山水诗境

出处：《诗境》："流水环诗境，未容尘土侵。步迂松径曲，坐占草堂深。秋句蛩分和，山杯鸟劝斟。好怀无客共，相对一瑶琴。"

解析：指大自然所形成的能给人以美感的意境。

诗化：

山园小梅二首·其一

〔宋〕林逋

众芳摇落独暄妍，占尽风情向小园。
疏影横斜水清浅，暗香浮动月黄昏。
霜禽欲下先偷眼，粉蝶如知合断魂。
幸有微吟可相狎，不须檀板共金樽。

诗义：百花已经凋零，唯有梅花迎着寒风怒放，那鲜艳的景色占尽了小园的风光。稀疏的花影，曲枝横斜在清浅的水中，淡淡的芬芳浮动在黄昏的月色之下。寒雀欲飞下来，抢先偷看梅花一眼；如果蝴蝶知道梅花如此妍美，定会失魂落魄。所幸的是我能轻声吟诵，和梅花亲近，用不着鼓舞相伴，只手持金杯，喝着小酒来品赏梅花。

简评："疏影横斜水清浅，暗香浮动月黄昏"二句，把梅花的气质和风姿惟妙惟肖地表现了出来，突出了梅花的神清骨秀、高洁端庄、幽独超逸，真实地表现了诗人在朦胧月色下漫步在清澈的水边，对梅花清幽香气的感受——那静谧的意境、疏淡的梅影、缕缕的清香，无一不使人陶醉。这两句

浓缩了梅花独特的美学特征，给予人们丰富的想象和意境，是表现梅花诗境的千古绝句。

中国传统美学认为，艺术作品的美学风格与特定的自然风物、自然山水有一定的联系，这就是刘勰所谓的“江山之助”说：“若乃山林皋壤，实文思之奥府，略语则阙，详说则繁。然屈平所以能洞监风骚之情者，抑亦江山之助乎？”（《文心雕龙·物色》）董其昌提出“诗与山川，互相为境”的观点：“大都诗以山川为境，山川亦以诗为境。名山遇赋客，何异士遇知己？一入品题，情貌都尽。后之游者，不待按诸图经，询诸樵牧，望而可举其名矣。”（《画禅室随笔》）情貌并进是山水诗的最高境界。山水林泉，肥沃原野，是启发文思的宝库和源泉。屈原创作《离骚》，离不开江山之助。

“千重云岫连平远，五色霜林映渺茫。”（钱惟善《奉和太常博士柳公浦阳十咏·南江夕照》）山水诗是指描写大自然风景或自然界事物的诗，并不局限于山水。正所谓：“一折青山一扇屏，一湾碧水一条琴。无声诗与有声画，须在桐庐江上寻。”（刘嗣绾《自钱塘至桐庐舟中杂诗》）诗境是诗人所营造的给人以美感的意境。“疏影横斜水清浅，暗香浮动月黄昏”的诗境就是梅花超凡脱俗、内涵高雅、骨感俊逸的形象和品格。张道洽的《岭梅》：“到处皆诗境，随时有物华。应酬都不暇，一岭是梅花。”山水诗境是人与自然相融合，创作和产生更加美好的景象，比如“采菊东篱下，悠然见南山”（陶渊明《饮酒二十首·其五》），达到了物我不分的诗境。“大自然的智慧，永远难以理喻。每一方土地，都是读不完的书。”（孔林《智慧》）也只有优美的自然风景才能让人产生山水诗境。“诗境何人到，禅心又过诗。”（刘商《酬问师》）

山水景色是艺术创作的源泉。“法不孤生自古同，痴人乃欲镂虚空。君诗妙处吾能识，正在山程水驿中。”（陆游《题庐陵萧彦毓秀才诗卷后·其二》）诗词妙句来自山程水驿，源于丰富的社会生活。

诗境深造：“白云抱幽石，绿筱媚清涟。”（谢灵运《过始宁墅》）

四十四、四季篇

风，把红叶

掷到脚跟前。

噢，

秋天！

绿色的生命也有热血，

经霜后我才发现……

——沙白《红叶》

一年四季，美无时不在，无处不在。春光明媚属秀丽、神旷的美质，夏树苍翠属润泽的美质，桂子飘香属清雅的美质，白雪皑皑属明洁、清旷的美质。

431. 留连戏蝶时时舞，自在娇莺恰恰啼　春光明媚

出处：《斗鹌鹑·踏青》："时遇着春光明媚，人贺丰年，民乐雍熙。"

解析：形容春天的景物绚丽美好，怡人可爱。

诗化：

绝句二首·其一

〔唐〕杜甫

迟日江山丽，春风花草香。
泥融飞燕子，沙暖睡鸳鸯。

诗义：春日渐长，春光明媚。江山沐浴着春光，秀丽多姿；春风送来花草的阵阵芳香。泥土开始融化松软，燕子在大地上欢快地飞来飞去忙着筑新巢，温暖的沙滩上成双成对的鸳鸯正在睡觉。

简评：春光明媚属自然、明净、秀丽、神旷的美质。杜甫这首《绝句二首·其一》经过细心的观察，通过春日、春风，山川、花草来表达春光明媚、惠风和顺、鸟语花香的春天大场景，又更进一步通过燕子与融泥、鸳鸯与暖沙来描绘春天的小场景，更通过细微地刻画燕子的轻盈欢快和鸳鸯的娇慵睡意来表现春天的自然、柔美、和谐。诗人笔法高妙，以诗为画。"水是眼波横，山是眉峰聚。欲问行人去那边？眉眼盈盈处。才始送春归，又送君归去。若到江南赶上春，千万和春住。"（王观《卜算子·送鲍浩然之浙东》）春天多么美好，以至于送别之时还不忘提醒一句"千万和春住"。

"风暖鸟声碎，日高花影重。"（杜荀鹤《春宫怨》）古人对春色的美景有精辟的总结："谓如春有早春雪景、早春雨景、残雪早春、雪霁早春、雨霁早春、烟雨早春、寒云欲雨、春雨春霭、早春晓景、早春晚景、上日春山、春云欲雨、早春烟霭、春云出谷、满溪春溜、远溪春溜、春雨春风、春山明丽、春云如白鹤，皆春题也。"（郭熙《林泉高致·画题》）

描绘春色的诗词中还有很多佳作。《古乐府》："青天含翠彩，素日扬清晖。"谢朓《晚登三山还望京邑》："喧鸟覆春洲，杂英满芳甸。"李白《村居》："径曲萋萋草绿，溪深隐隐花红。凫雁翻飞烟火，鹧鸪啼向春风。"杜甫《江畔独步寻花七绝句·其六》："黄四娘家花满蹊，千朵万朵压枝低。留连戏蝶

时时舞，自在娇莺恰恰啼。”杜甫《春日江村五首·其一》：“农务村村急，春流岸岸深。乾坤万里眼，时序百年心。”韩翃《寒食》：“春城无处不飞花，寒食东风御柳斜。日暮汉宫传蜡烛，轻烟散入五侯家。”苏轼《蝶恋花·春景》：“花褪残红青杏小。燕子飞时，绿水人家绕。枝上柳绵吹又少。天涯何处无芳草。墙里秋千墙外道。墙外行人，墙里佳人笑。笑渐不闻声渐悄。多情却被无情恼。”王安石《泊船瓜洲》：“京口瓜洲一水间，钟山只隔数重山。春风又绿江南岸，明月何时照我还。”

诗境深造：“花暖能醺眼，山浓欲染衣。”（杨万里《和仲良春晚即事五首·其三》）

432. 柳色烟光正斗青，桃花落尽杏花惊　杏花春雨

出处：《山水图》：“展卷令人倍惆怅，杏花春雨隔江南。”

解析：形容初春杏花遍地、细雨润泽的景象。

诗化：

绝句

〔宋〕志南

古木阴中系短篷，杖藜扶我过桥东。
沾衣欲湿杏花雨，吹面不寒杨柳风。

诗义：把小船停靠在岸边的古木树荫下，拄着拐杖走过桥的东面。三月的春天，杏花开放，绵绵细雨像是故意要沾湿我的衣裳。拂面的春风没有寒意，却带着杨柳的清新气息，令人陶醉。

简评：“柳色烟光正斗青，桃花落尽杏花惊。”（白玉蟾《春雨》）杏花春雨属艳丽、润泽、梦幻、朦胧的美质。王蒙曾经说过：“雨是梦的，风是灵的，自然的雨风被赋予了超自然的神灵与心灵的品格。”（《雨在义山》）春雨后万物复苏，“昨夜一霎雨，天意苏群物。何物最先知，虚庭草争出”（孟郊《春雨后》）。杏花春雨带有梦幻，也带有灵性，更有着艳丽和润泽。春雨不同于秋雨，秋雨往往引起人们的哀愁，而春雨给人带来的多为窃窃的欢喜。杜甫在

《春夜喜雨》中流露出发自内心的喜悦：“好雨知时节，当春乃发生。随风潜入夜，润物细无声。”周邦彦眼中的春雨朴实无华：“耕人扶耒语林丘，花外时时落一鸥。欲验春来多少雨，野塘漫水可回舟。”(《春雨》)

春雨也带来远离尘世、心境淡泊的轻松。丘为《寻西山隐者不遇》：“草色新雨中，松声晚窗里。及兹契幽绝，自足荡心耳。”王维《田园乐七首·其六》：“桃红复含宿雨，柳绿更带朝烟。花落家童未扫，莺啼山客犹眠。”羊士谔《泛舟入后溪》：“雨余芳草净沙尘，水绿滩平一带春。唯有啼鹃似留客，桃花深处更无人。”陆游《临安春雨初霁》：“世味年来薄似纱，谁令骑马客京华。小楼一夜听春雨，深巷明朝卖杏花。”郯韶《题倪元镇春林远岫图四首·其一》：“杏花帘幕看春雨，深巷无人骑马来。独有倪宽能忆我，黄昏蹑屐到苍苔。”

杏花春雨的季节，也是情意绵绵的思春季节，蒋伟的《杏花春雨》就以春光诉情意：“好花容易占春光，十二阑干倚额妆。寄语曲江春燕子，共邀雨露待新郎。”罗隐的《杏花》则充满对人生的感悟：“暖气潜催次第春，梅花已谢杏花新。半开半落闲园里，何异荣枯世上人。”荣枯宠辱、起起落落都是人生的常态。“渭城朝雨浥轻尘，客舍青青柳色新。劝君更尽一杯酒，西出阳关无故人。”(王维《渭城曲》)杏花春雨给人以缥缈的梦幻美感。

诗境深造：“细雨鱼儿出，微风燕子斜。”(杜甫《水槛遣心二首·其一》)

433. 蛱蝶飞来过墙去，却疑春色在邻家　红瘦绿肥

出处：《桃源忆故人·春暮》：“画桥流水飞花舞，柳外斜风细雨。红瘦绿肥春暮，肠断桃源路。”

解析：形容花草枝叶茂盛、花瓣逐渐凋落的暮春景象。

诗化：

如梦令

〔宋〕李清照

昨夜雨疏风骤。浓睡不消残酒。试问卷帘人，却道海棠依旧。知否。知否。应是绿肥红瘦。

诗义：昨夜风急雨疏，酣睡了整夜可睡意犹浓。试问卷帘的侍女海棠花怎么样了，她说海棠花依然如旧。可你知道吗？知道吗？那该是绿叶繁茂，红花凋零。

简评：李清照这首词的美学意境是含蓄、委婉，形象地描写出了暮春时节草木枝繁叶茂而百花逐渐凋落的景象，表达了对春天将逝的惋惜，对艳丽的海棠花凋零的遗憾。词句虽短，但含蓄蕴藉，意味深长，以景衬情，对人物情绪和思想的刻画栩栩如生。

暮春是春天逐渐结束，夏天即将来临的日子。在婉约派词人的眼里，暮春带有几分惆怅，因此写暮春的诗词，其风格也比较忧伤。比较典型的作品是张炎的《高阳台·西湖春感》："接叶巢莺，平波卷絮，断桥斜日归船。能几番游？看花又是明年。东风且伴蔷薇住，到蔷薇、春已堪怜。更凄然，万绿西泠，一抹荒烟。"词中将西湖暮春的凄凉景致与亡国的悲痛结合在一起，以景触情，情景交融。李中《子规》："暮春滴血一声声，花落年年不忍听。带月莫啼江畔树，酒醒游子在离亭。"刘克庄《暮春》："燕子来时春事空，杖藜来往绿阴中。静怜朱槿无根蒂，开落惟销一阵风。"也有诗人用乐观的态度欣赏暮春："暮春多淑气，斜景落高舂。日照池光浅，云归山望浓。入林迷曲径，渡渚隔危峰。"（萧绎《游后园诗》）"昼静帘疏燕语频，双双斗雀动阶尘。柴扉日暮随风掩，落尽闲花不见人。"（元稹《晚春》）

"蛱蝶飞来过墙去，却疑春色在邻家。"（王驾《雨晴》）肥与瘦是中国传统审美风格中的一对范畴。从书画的角度来看，肥代表着笔墨饱满，圆润熟丰；瘦代表瘦硬削拔，骨力劲健。在对肥与瘦尺度的把握上有两个主要的原则：其一，以瘦为美。"善笔力者多骨，不善笔力者多肉；多骨微肉者谓之筋书，多肉微骨者谓之墨猪；多力丰筋者圣，无力无筋者病。"（卫铄《笔阵图》）最典型的就是以瘦为美的梅花。"谁将醉里春风面，换却平生玉雪身。赖得月明留瘦影，芳心香骨见天真。"（杨平洲《红梅》）其二，肥瘦匀称。"用笔不欲太肥，肥则形浊；又不欲太瘦，瘦则形枯。"（姜夔《续书谱》）"书之要，统于'骨气'二字。骨气而曰洞达者，中透为洞，边透为达。洞达则字之疏密肥瘦皆善，否则皆病。"（刘熙载《艺概·书概》）红绿肥瘦都是美，各有各的美态。"短长肥瘦各有态，玉环飞燕谁敢憎。"（苏轼《孙莘老求墨妙亭诗》）

诗境深造：“绿肥千个竹，红瘦一庭花。”（费墨娟《暮春》）

434. 山云吞吐翠微中，淡绿深青一万重　夏山如碧

出处：《山海经·西山经》：“又西百五十里高山，其上多银，其下多青碧、雄黄。”

解析：指夏季的山岭一片碧绿葱茏的景色。

诗化：

鹧鸪天

〔宋〕苏轼

林断山明竹隐墙，乱蝉衰草小池塘。翻空白鸟时时见，照水红蕖细细香。　村舍外，古城旁，杖藜徐步转斜阳。殷勤昨夜三更雨，又得浮生一日凉。

诗义：远处茂密的树林尽头，耸立着一座清晰可见的高山，近处苍翠的竹林围绕的房屋旁，有一个长满荒草的小池塘，蝉声四起。天空中偶有白色的小鸟掠过，塘中的荷花散发着阵阵幽香。在村子的野外，古城墙的旁边，我手持藜杖缓缓散步，转眼间已是黄昏。昨夜天公降下一场好雨，让闲逸的我又享受了一天的舒心清凉。

简评：夏山如碧是大自然的恩惠。“林断山明竹隐墙，乱蝉衰草小池塘。”苏轼在这短短的两句诗里，就用了林、山、竹、墙、蝉、草、池塘七种景物来描写夏日的自然景象，容量如此之丰富，堪为妙笔。苏轼另一首描写夏日的词也堪称绝唱：“绿槐高柳咽新蝉，薰风初入弦。碧纱窗下水沉烟，棋声惊昼眠。微雨过，小荷翻，榴花开欲然。玉盆纤手弄清泉，琼珠碎却圆。”（《阮郎归·初夏》）这首词用一幅幅无声的画来展示大自然夏季的生机，营造出一种悠闲清雅的生活情趣。

夏山的美质在于苍翠、葱茏。“夏有夏山晴霁、夏山雨霁、夏山风雨、夏山晚行、夏山早行、夏山村馆、夏雨山行、夏山林木怪石、夏山松石平远、夏山平远、夏山雨过平远、浓云欲雨、骤风急雨、夏山雨罢云归、夏雨溪谷

溅瀑、夏山烟晓、夏山烟晚、夏日山居、夏云多奇峰，皆夏题也。”（郭熙《林泉高致·画题》）诗人眼中的夏山是美不胜收的。“崇山过新雨，苍翠浓欲滴。林深不通人，溪回有吟客。日落古道空，天青暮云碧。何处一声蝉，幽栖仍自得。”（米友仁《题董源夏山图》）“山云吞吐翠微中，淡绿深青一万重。此景只应天上有，岂知身在妙高峰。”（元好问《台山杂吟》）“树映楼台水映空，溪容林意两溶溶。夏山如醉无人画，远处微茫近处浓。”（赵秉文《济源四绝·其三》）“长夏山居风物清，百花开遍绿阴成。山遥每送当门色，树老常疑带雨声。”（余榜《山居》）

“得天地之美，四时和矣。”天地的运行规律表现为不同的季节和节气有不同的美，在天地大美之中，我们获得了美好的体验和灵感。董仲舒认为，“四时不同气，气各有所宜，宜之所在，其物代美，视代美而代养之，同时美者杂食之，是皆其所宜也”，因此他提出：“故仁人之所以多寿者，外无贪而内清净，心平和而不失中正，取天地之美以养其身。”（《春秋繁露·循天之道》）顺应自然，养育身体是董仲舒“天人感应”思想的重要观点，我们可以从中得到启发，取天地之美，以养己心，提升审美境界。

诗境深造：“怪藤摇苍烟，芳林滴晴雨。”（叶颙《游三洞金盆诸峰绝句二十首·其十八》）

435. 狂风落尽深红色，绿叶成荫子满枝　夏树苍翠

出处：《林泉高致·山水训》：“真山水之烟岚，四时不同：春山澹冶而如笑，夏山苍翠而如滴，秋山明净而如妆，冬山惨淡而如睡。”

解析：指夏季的草木葱茏茂盛。

诗化：

叹花

〔唐〕杜牧

自是寻春去校迟，不须惆怅怨芳时。

狂风落尽深红色，绿叶成阴子满枝。

诗义：独自踏春去得太晚，此时已是春尽花谢的时候了，暮春花谢是自然规律，又何须因此幽怨惆怅呢？狂风骤雨将仅剩的鲜花刮落，春天固然过去了，但那一个绿叶繁茂、果实累累的季节也将到来。

简评："故天地之化，春气生，而百物皆出，夏气养，而百物皆长，秋气杀，而百物皆死，冬气收，而百物皆藏。"（董仲舒《春秋繁露·循天之道》）夏季万物生长，植物茂盛，郁郁葱葱，夏树苍翠是夏天最迷人的景色。充满生机的自然现象在夏日里无处不在。唐代虞世南的《蝉》写道："垂緌饮清露，流响出疏桐。居高声自远，非是藉秋风。"宋代赵师秀描写夏夜的《约客》："黄梅时节家家雨，青草池塘处处蛙。有约不来过夜半，闲敲棋子落灯花。"杨万里的夏荷诗："毕竟西湖六月中，风光不与四时同。接天莲叶无穷碧，映日荷花别样红。"（《晓出净慈寺送林子方》）元代白朴的《天净沙·夏》聚焦夏日雨后的闲适日常："云收雨过波添，楼高水冷瓜甜，绿树阴垂画檐。纱厨藤簟，玉人罗扇轻缣。"明代刘基的雨过万蛙鸣："风驱急雨洒高城，云压轻雷殷地声。雨过不知龙去处，一池草色万蛙鸣。"（《五月十九日大雨》）

值得一提的是魏晋南北朝时期的夏日诗，简短而明了，让人赏心悦目："炎光烁南溟，溽暑融三夏。霮䨴重云荫，砰棱震雷咤。"（李颙《夏日诗》）"炎光歇中宇，清气入房栊。晚荷犹卷绿，疏莲久落红。"（徐怦《夏日诗》）"朱帘卷丽日，翠幕蔽重阳。五月炎蒸气，三时刻漏长。麦随风里熟，梅逐雨中黄。开冰带井水，和粉杂生香。衫含蕉叶气，扇动竹花凉。早菱生软角，初莲开细房。愿陪仙鹤举，洛浦听笙簧。"（庾信《奉和夏日应令诗》）

夏树苍翠属秀润、自然、疏野的美质。"润"是中国传统美学的重要审美风格。书法美学上以润取秀，讲究墨色的晕染，以湿润为运墨的手法。音乐审美上也追求"润"的美质。

诗境深造："崇山过新雨，苍翠浓欲滴。"（米友仁《题董源夏山图》）

436. 停车坐爱枫林晚，霜叶红于二月花　秋色宜人

出处：《望三湖诗》："葳蕤向春秀，芸黄共秋色。"《寄杨五桂州谭》："五岭皆炎热，宜人独桂林。"

解析：指秋天的景色美丽迷人，气候、温度、湿度舒适宜人。

诗化：

山行

〔唐〕杜牧

远上寒山石径斜，白云生处有人家。

停车坐爱枫林晚，霜叶红于二月花。

诗义：沿着蜿蜒的小路爬上已带凉意的山，云雾缥缈之处隐约有几户人家。停下马车惬意地欣赏傍晚美丽的枫林景色，那被秋霜打过的枫叶比二月的花儿还要嫣红。

简评：秋色总是那样宜人。秋色属绚丽、清奇、自然、疏野等美质。杜牧的这首《山行》向人们展现了一幅动人的山林秋色图。诗中将寒山、石径、白云、人家、枫林等高低远近的景物有机地联系在一起，主次分明，形成了一幅立体和谐的画卷。"霜叶红于二月花"是整首诗的主题。《唐诗笺注》评论："'霜叶红于二月花'，真名句。诗写山行，景色幽邃，而致也豪荡。"《唐人绝句精华》称："读此可见诗人高怀逸致。霜叶胜花，常人所不易道出者。一经诗人道出，便留诵千口矣。"

"野旷沙岸净，天高秋月明。"（谢灵运《初去郡》）宜人的秋色是诗人、画家创作的主题，郭熙指出："秋有初秋雨过、平远秋霁、秋风雨霁、秋云下陇、秋烟出谷、秋风欲雨、秋风细雨、西风骤雨、秋晚烟岚、秋山晓意、秋山晚照、秋晚平远、远水澄秋、疏林秋晚、秋景林石、秋景松石、平远秋景，皆秋题也。"（《林泉高致·画题》）在杨万里的笔下，秋色似乎更有韵味："小小园亭亦自佳，晚云过雨却成霞。烂开栀子浑如雪，已熟来禽尚带花。"（《初秋行圃四首·其二》）"花梢飞下两鸣鸠，欲住还行行复留。拾得来禽吞不得，啄来啄去竟成休。"（《初秋行圃四首·其三》）"落日无情最有情，遍催万树暮蝉鸣。听来咫尺无寻处，寻到旁边却不声。"（《初秋行圃四首·其四》）

"清波收潦日，华林鸣籁初。芙蓉露下落，杨柳月中疏。"（萧悫《秋思》）秋天进入白露秋分时节，就有一场秋雨一场凉、一场白露一场霜的感觉，但秋日仍然赋予了人们浪漫、活力和激情。秋色是诗人常书写的创作主题。阳休之有《秋》："日照前窗竹，露湿后园薇。夜蛩扶砌响，轻蛾绕烛飞。"刘禹锡《秋词》："自古逢秋悲寂寥，我言秋日胜春朝。"杜甫《月夜忆舍弟》："戍鼓断人行，秋边一雁声。露从今夜白，月是故乡明。"杜牧《秋晚江上遣怀》："蝉吟秋色树，鸦噪夕阳沙。"李峤《风》："解落三秋叶，能开二月花。"辛弃疾《水龙吟·登建康赏心亭》："楚天千里清秋，水随天去秋无际。"

朱庭玉的《天净沙·秋》充满想象力："庭前落尽梧桐，水边开彻芙蓉。解与诗人意同。辞柯霜叶，飞来就我题红。"那殷红的霜叶飞到我的身边，让我题写诗句——多么浪漫的意境。红叶题诗有着许多美丽的传说。据传唐僖宗时，一名宫女在红叶上写了一首诗："流水何太急，深宫尽日闲。殷勤谢红叶，好去到人间。"红叶顺着水流漂出宫外。书生于祐无意中捡到后在叶子上添诗写道："曾闻叶上题红怨，叶上题诗寄阿谁？"而后，又把叶子带到上游，让它流入皇宫里，正巧叶子又被那宫女拾到，最终两个有情人终成眷属。

诗境深造："寒山转苍翠，秋水日潺湲。"（王维《辋川闲居赠裴秀才迪》）

437. 江汉光翻千里雪，桂花香动万山秋　桂子飘香

出处：《灵隐寺》："桂子月中落，天香云外飘。"

解析：指桂花绽放，散发淡淡的清香。

诗化：

鹧鸪天·桂花

〔宋〕李清照

暗淡轻黄体性柔。情疏迹远只香留。何须浅碧深红色，自是花中第一流。　梅定妒，菊应羞。画阑开处冠中秋。骚人可煞无情思，何事当年不见收。

诗义：淡黄色的桂花，并不艳丽，但秉性柔和。它性情疏淡，只在不引人注意的幽静之处，留给人们无尽的芳香。桂花不需要那些名花的浓妆艳抹，它色淡味浓，是花中的上上品。梅花会妒忌，菊花也自当羞惭。桂花是秋天里的花中之冠。可遗憾的是屈原却对桂花没有情意，不然，他在《离骚》中

赞美那么多花，为何就没有提到桂花呢？

简评：“江汉光翻千里雪，桂花香动万山秋。”（谢榛《中秋宴集》）桂花为木樨科常绿灌木或小乔木，花生叶腑间，花冠合瓣四裂，其形较小，品种繁多，最具代表性的有金桂、银桂、丹桂、月桂等。桂树是集绿化、美化、香化于一体的观赏与实用兼备的优良园林树种，桂花则是中国传统十大名花之一，其香清可绝尘，浓能远溢，堪称一绝。尤其是仲秋时节，丛桂怒放、夜静轮满之际，把酒赏桂，桂香扑鼻，令人神清气爽。香气浓郁的花，或清或浓，不能两兼。然而，桂花却具有清浓两兼的特点，它清芬袭人，浓香远逸，它那独特的带有一丝甜蜜的幽香，总能把人带到美妙的境界。

“秋云几片剪衣裳，吹尽西风骨更香。”（张昱《桂花仙子图》）桂花自古就深受中国人的喜爱，在中国古代的咏花诗词中，咏桂作品的数量也颇为可观，如王绩《古意六首·其五》：“桂树何苍苍，秋来花更芳。自言岁寒性，不知露与霜。幽人重其德，徙植临前堂。”李峤《桂》：“未殖银宫里，宁移玉殿幽。枝生无限月，花满自然秋。”吕胜己《点绛唇》：“桂子飘香，江南秋老霜风作。自怜漂泊。几度伤离索。孤馆迢迢，满引村醪酌。情无著。好音难托。又失黄花约。”

诗境深造：“桂子月中落，天香云外飘。”（宋之问《灵隐寺》）

438. 山明水净夜来霜，数树深红出浅黄　层林尽染

出处：《西厢记》：“晓来谁染霜林醉？”

解析：形容树林的绚丽颜色，像是被染过了一样。

诗化：

沁园春·长沙

毛泽东

独立寒秋，湘江北去，橘子洲头。看万山红遍，层林尽染；漫江碧透，百舸争流。鹰击长空，鱼翔浅底，万类霜天竞自由。怅寥廓，问苍茫大地，谁主沉浮？　　携来百侣曾游。忆往昔峥嵘岁月稠。恰同学少年，风华正茂；书生意气，挥斥方遒。指点江山，激扬文字，粪土当年万户侯。曾记否，到

中流击水，浪遏飞舟？

诗义：在带有寒意的深秋，我独自伫立在橘子洲头，望着湘江缓缓北流。群山已经变成了红色，层叠的树林好像被染过颜色一样；江水清澈澄碧，一艘艘船只乘风破浪，争先恐后。雄鹰在天空翱翔，鱼在清澈的水里畅游，万物都在深秋季节里竞相自由地生活。面对无边无际的宇宙，我不禁自问：这苍茫大地的盛衰兴废由谁来主宰呢？

回想当年，我和同学们经常结伴来到这里游玩。那些不平凡的岁月至今还萦绕在我的心头。同学们正值青春年少，风华正茂；大家踌躇满志，意气风发。我们评论国家大事，写出了慷慨激昂、忧国忧民的文章，把那些军阀官僚看得如同粪土。还记得吗？那时我们在湍急的江中游泳，那激起的波浪好像挡住了疾驰而来的船只。

简评：层林尽染属绚丽、多彩、自然的美质。清、淡、素、雅是传统的审美主色调，但也不排除丰富多彩的颜色。《沁园春·长沙》描绘了一幅山红水碧的秋景图：山上的植物，如红霞般绚烂，树林像是染上了红色；江上行驶的船，如同万马奔腾。仰观鹰飞，俯瞰鱼游，“万类霜天竞自由”呈现出一幅幅色彩斑斓、生机勃勃的湘江秋色图，美不胜收，使人沉醉其中。从宋玉的“悲哉，秋之为气也！萧瑟兮草木摇落而变衰”（《九辩》）起，悲秋就成了中国文人墨客创作的重要主题，比如刘彻《秋风辞》有“秋风起兮白云飞，草木黄落兮雁南归”，曹丕《燕歌行二首·其一》道“秋风萧瑟天气凉，草木摇落露为霜”，不一而足。

也有诗人从另一个角度观视秋色那万山红遍之美，赞许层林尽染之美。在诗词作品里有大量赞许多彩色泽的名句，比如白居易的《忆江南》：“日出江花红胜火，春来江水绿如蓝。”苏轼的《赠刘景文》：“一年好景君须记，最是橙黄橘绿时。”杨万里的《秋凉晚步》：“秋气堪悲未必然，轻寒政是可人天。绿池落尽红蕖却，荷叶犹开最小钱。”《晓出净慈寺送林子方》：“接天莲叶无穷碧，映日荷花别样红。”毛泽东的《菩萨蛮·大柏地》：“赤橙黄绿青蓝紫，谁持彩练当空舞？”

国画大师李可染以“万山红遍，层林尽染”为主题创作了一系列《万山红遍》作品，融汇中西艺术手法，在山水画的明暗处理中，加入了西画的处理手段，采用了“积墨”与“破墨”并用的方法，其中积墨就是层层皴染，在画上逐渐加深，使画面浑厚华滋，具有深度和体积感。李可染的山水作品意境开阔，笔墨浑厚，气韵生动，具有丰富的层次感、造型感以及丰富的文学性、音乐性。

诗境深造：“红叶醉秋色，碧溪弹夜弦。”（湘驿女子《题玉泉溪》）

439. 皑皑白云拥龙峰，万壑千岩在画中　白雪皑皑

出处：《薜荔园诗集 · 三洲十景叙》：“大风吹浪不知来几千里，白雪皑皑，疑为广陵八月涛也。”

解析：形容洁白的积雪发出银光而耀目的景象。

诗化：

霁雪

〔唐〕戎昱

风卷寒云暮雪晴，江烟洗尽柳条轻。

檐前数片无人扫，又得书窗一夜明。

诗义：傍晚时大风卷走寒云，雪停了，天气晴朗了，江边的云雾被一扫而空，柳树的枝条显得更加轻柔。屋檐下空地上的积雪没有人打扫，这一夜又能得到洁白明亮的雪光照窗读书。

简评：雪景是一种清纯、浪漫的自然景象。白雪皑皑属自然、清旷、平淡的美质。平淡指艺术风格平和、静谧，意境自然、淡泊。戎昱这首《霁雪》描绘的是雪后天晴，风卷烟云，江天如洗，柳条轻盈，婀娜摆动的景象，从自然景色的平淡、清旷转为人内心平和与静谧的意境。“檐前数片无人扫，又得书窗一夜明。”屋檐前还堆积着洁白的残雪，显得环境格外清幽，雪光映照在书窗上，可以借着这光在书桌前夜读。

谢惠连的《雪赋》对雪景的描写细致逼真，形神兼备，把雪的色、形、动、静描写得极为传神：“台如重璧，逵似连璐，庭列瑶阶，林挺琼树，皓鹤

夺鲜，白鹇失素，纨袖惭冶，玉颜掩姱。若乃积素未亏，白日朝鲜，烂兮若烛龙，衔耀照昆山。”楼台恰似重叠的玉璧，道路宛如连缀的美玉；庭院陈列着玉阶，林木像是挺立的玉树；白鹤被夺去了光彩，鹇鸟失去了鲜艳；纨袖佳人自惭形秽，玉颜女子掩面失色；积雪尚未消融时，在阳光的照耀下，如鲜艳的烛火照耀昆仑。该作品语言精美、遒劲，极富感染力，句势长短穿插，错落有致，表现出较强的节奏感和韵律美，不愧为表现雪的美质的经典佳作。

白雪皑皑是诗人喜好的美景。“古戍苍苍烽火寒，大荒沉沉飞雪白。”（李颀《听董大弹胡笳声兼寄语弄房给事》）“三日柴门拥不开，阶平庭满白皑皑。”（韩愈《酬王二十舍人雪中见寄》）“六出飞花四面来，连山连水皓皑皑。”（朱淑真《咏雪》）“蔼蔼层阴送雪来，乱山深处白皑皑。”（李纲《雪中过分水岭六首·其三》）“皑皑白云拥龙峰，万壑千岩在画中。”（文彭《鸡林八景诗为赵都谏赋四首·其三》）

诗境深造：“云卷四山雪，风凝千树霜。”（许浑《晨装》）

440. 晨起开门雪满山，雪晴云淡日光寒　千里冰封

出处：《沁园春·雪》：“北国风光，千里冰封，万里雪飘。”

解析：形容冰天雪地、广袤无垠的景象。

诗化：

白雪歌送武判官归京（节选）

〔唐〕岑参

北风卷地白草折，胡天八月即飞雪。

忽如一夜春风来，千树万树梨花开。

诗义：呼啸的北风席卷大地，把野草吹折，西域的天空从八月就飘降大雪。宛如一夜之间春风吹来，好像是千树万树雪白的梨花盛开。

简评：千里冰封属雄浑、清旷、自然的美质。千里冰封，描绘了天地浑然一色、冰天雪地、广袤无垠的北国风光。郭熙《林泉高致·画题》：“寒云欲雪，冬阴密雪，冬阴霰雪，朔风飘雪，山涧小雪，回溪远雪，雪后山家，

雪中渔舍，踏雪远沽，雪溪平远，风雪平远，绝涧松雪，松轩醉雪。”

“撒盐空中差可拟……未若柳絮因风起。”（谢道韫《咏雪联句》）冰雪世界的美景历来为诗人所赞美。柳宗元《江雪》：“千山鸟飞绝，万径人踪灭。孤舟蓑笠翁，独钓寒江雪。”描绘的是茫茫的天空下，皑皑的江雪，表现出雄浑、清旷的美质。而在那浩瀚的旷野下，一只孤舟，一个蓑笠翁更显得孤寂、清幽。飞鸟绝迹，人踪湮没，遐景苍茫，迩景孤冷，宛如一幅江山雪景图。祖咏《终南望余雪》：“终南阴岭秀，积雪浮云端。林表明霁色，城中增暮寒。”诗中描写了一幅美丽的冬雪自然景色。雪后的山色秀美，积雪如浮入云端。雪后天晴，山林沐浴着夕阳的光辉，小城的傍晚更加寒冷。郑燮《山中雪后》：“晨起开门雪满山，雪晴云淡日光寒。檐流未滴梅花冻，一种清孤不等闲。”早晨起来打开门，前面的山头已被大雪覆盖。天空开始放晴，但透过淡淡的白云，阳光还是寒冷的。房檐的积雪还没开始融化，梅花树的枝条仍然被冰雪凝冻。这样清冷的氛围，非常不寻常。

诗境深造：“渊冰厚三尺，素雪覆千里。”（《子夜四时歌·冬歌》）

四十五、湖海篇

永无止息地运动，
应是大自然有形的呼吸，
一切都因你而生动，
波浪啊！

没有你，天空和大海多么单调，
没有你，海上的道路就可怕得寂寞；
你是航海者最亲密的伙伴，
波浪啊！

——蔡其矫《波浪》（节选）

湖海之美在于湖光山色、水天一色的自然美，在于烟波浩渺、海阔天空、万顷烟波的壮阔美，在于波光潋滟、碧波荡漾的婉约美，在于波澜壮阔、海立云垂的雄浑劲健美。

441. 松排山面千重翠，月点波心一颗珠　湖光山色

出处：《梦粱录·历代人物》：“杭城湖光山色之秀，钟为人物，所以清奇杰特，为天下冠。”

解析：指湖上风光、山中景色。形容风光优美秀丽。

诗化：

望洞庭

〔唐〕刘禹锡

湖光秋月两相和，潭面无风镜未磨。

遥望洞庭山水翠，白银盘里一青螺。

诗义：秋夜，月光与湖光相映融合，湖面上风平浪静，犹如未磨的铜镜。遥望洞庭的湖光山色，令人浮想联翩，翠绿的君山宛如银盘里的一枚玲珑的青螺。

简评：湖光山色属自然、空旷、澹远的美质。计成指出：“江干湖畔，深柳疏芦之际，略成小筑，足征大观也。悠悠烟水，澹澹云山；泛泛渔舟，闲闲鸥鸟。漏层阴而藏阁，迎先月以登台。”（《园冶》）湖光山色蕴含着天人合一的哲学理念，在这美好的景致之中，可以领略“天地与我并生”“万物与我为一”的感觉。湖光山色还是一种天然去雕饰的审美境界，人的身心会融化在大自然的优美环境里。“至若春和景明，波澜不惊，上下天光，一碧万顷，沙鸥翔集，锦鳞游泳，岸芷汀兰，郁郁青青。而或长烟一空，皓月千里，浮光跃金，静影沉璧，渔歌互答，此乐何极！”（范仲淹《岳阳楼记》）在湖光山色之中，情感也会随之而变化，“天人之际，合而为一”，心情会随之而愉悦舒畅。

“予观夫巴陵胜状，在洞庭一湖。衔远山，吞长江，浩浩汤汤，横无际涯，朝晖夕阴，气象万千，此则岳阳楼之大观也。”（范仲淹《岳阳楼记》）湖光山色易激发文人创作灵感，出现千古佳作。在洞庭湖的湖光山色之中，诗仙李白的风格还是那样豪气：“楼观岳阳尽，川迥洞庭开。雁引愁心去，山衔好月来。云间连下榻，天上接行杯。醉后凉风起，吹人舞袖回。”（《与夏十二

登岳阳楼》）孟浩然留下了“八月湖水平，涵虚混太清。气蒸云梦泽，波撼岳阳城”（《望洞庭湖赠张丞相》）的名句。白居易则洒脱地写道：“湖上春来似画图，乱峰围绕水平铺。松排山面千重翠，月点波心一颗珠。”（《春题湖上》）在中华传统文化中，水代表灵性和智慧，山代表厚实和仁慈，有山有水才是完美的结合。

诗境深造：“明湖映天光，彻底见秋色。”（李白《秋登巴陵望洞庭》）

442. 谁将素练染霜毫，幻作空蒙万里涛　烟波浩渺

出处：《将归海东巉山春望》：“目极烟波浩渺间，晓乌飞处认乡关。”

解析：形容烟雾笼罩的江湖水面广阔无边。

诗化：

卜算子

〔宋〕吴潜

春事到西湖，处处梅花笑。抖擞长安车马尘，眼底青山好。　　身世两悠悠，岁月闲中老。极目烟波万顷愁，此意谁知道。

诗义：春天来到美丽的西湖，到处是绽放的梅花。抖落了长安城里沾染的官场俗气，眼前是一片大好的青山绿水。感叹身世浮沉，年华在闲散中匆匆流逝。远眺这烟波浩渺的湖面，惆怅满怀，这种苦闷只能埋藏在心里，无人知晓。

简评：“谁将素练染霜毫，幻作空蒙万里涛。一片孤帆何处落，千峰雨色暗红皋。”（柴贞仪《题烟江叠嶂图》）烟波浩渺属神妙、空旷、壮阔的美质。烟波浩渺易使人产生神妙、浮想、幻觉。神妙是一种意味无穷的审美境界。何为神？何为妙？“阴阳不测之谓神。”（《周易·系辞上》）“神也者，妙万物而为言者也。”（《周易·说卦》）“妙：百般滋味曰妙。”（窦蒙《语例字格》）各门类艺术创作都在追求神妙的境界。沈括提出“书画之妙，当以神会”（《梦溪笔谈·书画》）。黄钺则认为绘画的神妙在于造化于我，造化于心，神妙是众多美质的最高品质：“云蒸龙变，春交树花。造化在我，心耶手耶？驱役众史，

不名一家。工似工意，尔众无哗。偶然得之，夫何可加？学徒皓首，茫无津涯。”（《二十四画品·神妙》）

“一幅湘山千里色，碧天如水盖秋宽。”（释德洪《琛上人所蓄妙高墨戏三首·其三》）诗词的美也在神妙：“文之神妙，莫先于诗。若妙与神，则吾岂敢？如梦得‘雪里高山头白早，海中仙果子生迟’‘沉舟侧畔千帆过，病树前头万木春’之句之类，真谓神妙！”（白居易《刘白唱和集解》）在烟波浩渺的壮阔景色中，张孝祥也有难以言表的神妙之感：“洞庭青草，近中秋、更无一点风色。玉鉴琼田三万顷，着我扁舟一叶。素月分辉，明河共影，表里俱澄澈。悠然心会，妙处难与君说。”（《念奴娇·过洞庭》）秋月下洞庭湖风平浪静，烟波浩渺，一碧万顷，诗人泛舟其上。皎洁的明月和灿烂的银河，在这浩瀚的玉镜中映出她们的芳姿，水面上下一片明亮澄澈。体会着万物的空明，这种神妙的美感体验却不知如何说出来与旁人分享。神妙是无法用语言表达出来的美质，正是：“昔闻洞庭水，今上岳阳楼。吴楚东南坼，乾坤日夜浮。”（杜甫《登岳阳楼》）

诗境深造：“驾浪沉西日，吞空接曙河。”（元稹《洞庭湖》）

443. 风樯水槛尽飞花，一曲春波潋滟斜　波光潋滟

出处：《浪淘沙》：“今日北池游。漾漾轻舟。波光潋滟柳条柔。如此春来春又去，白了人头。”

解析：指水波荡漾，水面闪着粼光的景色。

诗化：

饮湖上初晴后雨二首·其二

〔宋〕苏轼

水光潋滟晴方好，山色空蒙雨亦奇。
欲把西湖比西子，淡妆浓抹总相宜。

诗义：在灿烂阳光的照耀下，秀美的西湖水波荡漾，波光粼粼，但雨天更奇妙，在雨幕的笼罩下四周山色迷蒙，若隐若现。如果把西湖比作美女西

施，那它无论是浓施粉黛还是淡描娥眉，总是风姿绰约，比较适宜的。

简评：波光潋滟属秀丽、自然、流动的美质。秀丽是指清秀美丽，艺术形式上为华美。传统美学比较注重“丽”，“丽”的审美风格不同于“媚”，“丽”源自“雅”，“媚”出于“妖”。诗词文赋提倡“丽”。刘勰将“雅”与“丽”并提：“然则圣文之雅丽，固衔华而佩实者也。”（《文心雕龙·征圣》）刘勰还说：“妙极生知，睿哲惟宰。精理为文，秀气成采。”（《文心雕龙·征圣》）“原夫登高之旨，盖睹物兴情。情以物兴，故义必明雅；物以情观，故词必巧丽。丽词雅义，符采相胜。”（《文心雕龙·诠赋》）在传统音乐中，“丽”也是重要的美质。“丽者，美也，于清静中发为美音。丽从古淡出，非从妖冶出也。若音韵不雅，指法不隽，徒以繁声促调触人之耳，而不能感人之心，此媚也，非丽也。”（徐上瀛《溪山琴况》）

“丽者，美也。”宽广的湖面一望无边，让心一连就到了天际，让思绪直冲九霄。远处的波光潋滟，诗意的柔情万千，天上自在的云，水上细语的波，空中无声的风，都给人无尽的遐想。情由境生，诗人总能在这样的景色之中迈入诗境，如：“树色参差绿，湖光潋滟明。”（卢纶《上巳日陪齐相公花楼宴》）“势横绿野苍茫外，影落平湖潋滟间。”（方干《题应天寺上方兼呈谦上人》）“秋老芙蓉一夜霜，月光潋滟荡湖光。”（唐寅《题画》）“风樯水槛尽飞花，一曲春波潋滟斜。”（朱彝尊《鸳鸯湖棹歌一百首·其五十》）这些清丽秀雅的诗句余韵无穷，充满美感。

诗境深造：“林虚星华映，水澈霞光净。”（骆宾王《夏日游德州赠高四》）

444. 风翻白浪花千片，雁点青天字一行　碧波荡漾

出处：《梦游天姥吟留别》：“谢公宿处今尚在，渌水荡漾清猿啼。”

解析：形容水面上青绿色的波浪起伏不定的宜人景象。

诗化：

黄鹤楼送孟浩然之广陵

〔唐〕李白

故人西辞黄鹤楼，烟花三月下扬州。

孤帆远影碧空尽，唯见长江天际流。

诗义：老朋友与我相别于黄鹤楼，在这春暖花开、柳絮如烟的三月顺江而下去扬州。他乘坐的帆船的影子渐渐远去，消失在碧空的尽头，只看见滔滔的长江向遥远的天际奔流而去。

简评：两位挚友在碧波荡漾的长江之滨话别，各自奔向远方。《黄鹤楼送孟浩然之广陵》体现了君子之交淡如水的情怀，也反映了两位诗人在大自然的绚丽山水之间遨游不羁的心态。历史上，李白与孟浩然志同道合的友情是一段佳话。“吾爱孟夫子，风流天下闻。红颜弃轩冕，白首卧松云。”（李白《赠孟浩然》）从诗中我们可以看出李白非常敬重孟浩然超尘脱俗、淡泊名利、宠辱不惊的人格和胸怀。李白的诗词风格属豪放派，但也不失婉约柔情：“青山横北郭，白水绕东城。此地一为别，孤蓬万里征。浮云游子意，落日故人情。挥手自兹去，萧萧班马鸣。”（《送友人》）“李白乘舟将欲行，忽闻岸上踏歌声。桃花潭水深千尺，不及汪伦送我情。”（《赠汪伦》）从这些诗句中，看得出李白是一个有情有义的汉子。

碧波荡漾属浩荡、空旷、大气的美质。面对碧波荡漾，苏轼也发出无奈的感叹：“寄蜉蝣于天地，渺沧海之一粟。哀吾生之须臾，羡长江之无穷。”（《前赤壁赋》）但“江湖浩瀚，游泳自在，各足深水，无复往还，彼此相忘”（成玄英《庄子疏》），无须羡慕江河之浩渺、感叹时光的无情，也无须因离别而伤感，不如“挟飞仙以遨游，抱明月而长终”（苏轼《前赤壁赋》）。和志同道合的朋友在这碧波荡漾的江边告别，各自奔向各自的江湖，与仙人携手遨游万水千山，与明月相拥共沐日月光辉。“且夫天地之间，物各有主，苟非吾之所有，虽一毫而莫取。惟江上之清风，与山间之明月，耳得之而为声，目遇之而成色，取之无禁，用之不竭，是造物者之无尽藏也，而吾与子之所共适。”（苏轼《前赤壁赋》）在各自行走的江湖上，共享那明月清风，抚摸感受那大自然无穷的宝藏。“梦想平生在一丘，暮年方此得优游。江湖相忘真鱼乐，怪汝长谣特地愁。”（王安石《寄吴氏女子》）“风翻白浪花千片，雁点青天字一行。”（白居易《江楼晚眺景物鲜奇吟玩成篇寄水部张员外》）

诗境深造：“漾漾泛菱荇，澄澄映葭苇。”（王维《青溪》）

445. 月光浸水水浸天，一派空明互回荡　水天一色

出处：《滕王阁序》：“落霞与孤鹜齐飞，秋水共长天一色。”

解析：指水和天几乎同为一色，形容水天相接的辽阔浩瀚的景象。

诗化：

行香子・过七里滩

〔宋〕苏轼

一叶舟轻，双桨鸿惊。水天清、影湛波平。鱼翻藻鉴，鹭点烟汀。过沙溪急，霜溪冷，月溪明。　　重重似画，曲曲如屏。算当年、虚老严陵。君臣一梦，今古空名。但远山长，云山乱，晓山青。

诗义：驾一叶轻舟，荡起双桨，像惊飞的鸿雁，飘逸地掠过水面。水天一色，湛蓝澄明，波平如镜。水中的游鱼不时跃出明镜般的水面，白鹭眠沙，悠闲自得。匆匆地领略了白昼清澈之溪、清晓清寒之溪、月下明洁之溪的妙境。两岸山峦连绵，重重叠叠，如卷卷画作；曲曲折折，如扇扇翠屏。笑当年东汉功臣严光在此虚度光阴，不曾真正领悟到此山此水的妙处。皇帝刘秀和隐士严当，而今也已是黄粱一梦，只留下空名。只有江山依旧，但见远山连绵，云绕千峰，晓山青翠。

简评：苏轼的这首词文笔清丽，画面优美，意境深邃，展现出一幅清丽的画卷，同时蕴含深刻的哲理，体现出一位文豪乐山乐水的气质，及其旷达、洒脱的人生境界，可谓刚柔相济，韵味深远。水天一色属清远、旷达、开阔的美质。“旷”是重要的审美境界。在人格美方面，老子指出：“敦兮，其若朴；旷兮，其若谷；混兮，其若浊。”（《道德经・第十五章》）嵇康说：“旷然无忧患，寂然无思虑。”（《养生论》）海涵旷达、虚怀若谷、博厚澄明，是

超凡脱俗的人格魅力。“生者百岁，相去几何？欢乐苦短，忧愁实多。何如尊酒，日往烟萝。”（司空图《二十四诗品·旷达》）纵然人生苦短，亦要且行且歌。

在诗词的美质方面，历代文人也追求旷达的意境。皎然在《诗式》中指出：“达：心迹旷诞曰达。”“东坡之词旷，稼轩之词豪。”（王国维《人间词话》）王国维认为，要创作出具有清旷意境的诗词，最重要的是诗人的人格修炼要先达到旷达的境界，具有超凡脱俗的胸怀才能发掘自然美，把主观情志与山水相结合，才能创造出具有清旷风格的艺术作品。“摇首出红尘，醒醉更无时节。生计绿蓑青笠，惯披霜冲雪。晚来风定钓丝闲，上下是新月。千里水天一色，看孤鸿明灭。”（朱敦儒《好事近·渔父词》）

在水天一色的自然美景中，那些具备超凡脱俗胸怀的诗人创作出了清旷佳作。“移舟泊烟渚，日暮客愁新。野旷天低树，江清月近人。”（孟浩然《宿建德江》）“水兼天一色，秋与月争辉。浦近青山隐，沙明白鹭飞。”（文徵明《石湖泛月》）“云敛天长净，风恬水不惊。水天澄彻处，万里自分明。”（朱诚泳《书昉上人太虚卷》）

诗境深造：“云霞竞相逐，水天同一色。”（戴大宾《九鲤湖》）

446. 晚江如画晚山孤，万顷烟波一钓徒　万顷烟波

出处：《潮阳海岸望海》：“客间供给能消底，万顷烟波一白鸥。”

解析：形容广阔的水面雾气弥漫、波浪起伏荡漾的景色。

诗化：

秋江晓望

〔唐〕皮日休

万顷湖天碧，一星飞鹭白。
此时放怀望，不厌为浮客。

诗义：碧波万顷的湖面上晴空无瑕，一只翱翔的白鹭划过碧空，宛如一颗星星点缀在蓝蓝的天空中。此时放怀远眺，极目千里，早已忘记自己是一

个漂泊的旅人。

简评："万顷湖天碧，一星飞鹭白。"万顷碧天与一星鹭白形成了数量上的对比，而碧与白两种颜色相衬，使得画面自然、清新、宁静。李白也有类似的手法，如"两岸青山相对出，孤帆一片日边来"（《望天门山》）。从两岸的青山之间远望，长河无际，水天相接处，孤帆、红日似乎相依相伴。其量感之真切、色彩之清晰、层次之鲜明，给人以强烈的动静感与和谐美。

万顷烟波属雄大、高远、旷达的美质。历代有许多赞美万顷烟波的诗句："漫漫万顷铺琉璃，烟波阔远无鸟飞。"（张碧《秋日登岳阳楼晴望》）"层峦叠嶂几重重，万顷烟波浩渺中。"（张孝祥《过三塔寺·其二》）"帆去帆来何曾歇，万顷烟波属钓翁。"（曾几《过松江》）"一川风月有余地，万顷烟波无尽天。"（许月卿《答云甫程文·其一》）"晚江如画晚山孤，万顷烟波一钓徒。"（先竹深府《江上即事三首·其二》）

诗境深造："云归碧海夕，雁没青天时。"（李白《秋日鲁郡尧祠亭上宴别杜补阙范侍御》）

447. 万里昆仑谁凿破，无边波浪拍天来　波澜壮阔

出处：《登大雷岸与妹书》："旅客贫辛，波路壮阔。"

解析：形容水面辽阔，波涛翻滚。现一般比喻声势雄壮或规模宏大。

诗化：

观夜潮

〔清〕吴锡麒

高楼极目大江宽，为待潮生夜倚阑。
隔岸忽沉灯数点，如山涌到雪千盘。
鱼龙卷地秋风壮，星斗摇天海气寒。
明月渐低声已歇，一枝塔影卧微澜。

诗义：在高楼上极目远眺，大江江面宽阔，一望无际。斜倚着栏杆，迫切地等候夜潮奇观的到来。忽然，潮水像山一样铺天盖地席卷而来，对岸宛

若沉入了江底，只剩下稀疏的灯光在浪尖上闪烁。江潮洪波随着呼啸的秋风掀起，像是要把江里的各种鱼鳖虾蟹都卷到岸上；海潮铺天盖地，好像天上星斗都为之撼动，使人心惊胆寒。夜深月落，江面渐渐恢复了平静，潮声亦慢慢弱化以至消散，月光下一抹纤细的塔影横卧在荡漾的余波之中。

简评：吴锡麒的《观夜潮》展现出潮水来时波澜壮阔、地动天摇、惊涛拍岸的情景，表现出一种倚天拔地的立体美、整体美。“万里昆仑谁凿破，无边波浪拍天来。”（王安石《狼山观海》）波澜壮阔属壮美、浩瀚、宏大的美质。在书画、诗词的创作过程中，波澜壮阔是优秀作品的重要品格之一。比如，关于书画的品格，黄钺指出：“目极万里，心游大荒。魄力破地，天为之昂。”（《二十四画品·沉雄》）关于诗词的创作，郎廷槐认为：“七言则须波澜壮阔，顿挫激昂，大开大阖耳。”（《师友诗传续录》）苏轼有《六月二十七日望湖楼醉书·其一》：“黑云翻墨未遮山，白雨跳珠乱入船。卷地风来忽吹散，望湖楼下水如天。”这首诗即兴描绘了一幅壮阔的西湖骤雨图景。苏轼的另一首诗作《有美堂暴雨》云：“游人脚底一声雷，满座顽云拨不开。天外黑风吹海立，浙东飞雨过江来。十分潋滟金樽凸，千杖敲铿羯鼓催。唤起谪仙泉洒面，倒倾鲛室泻琼瑰。”这首诗也体现了波澜壮阔的美感。曾巩有《西楼》：“海浪如云去却回，北风吹起数声雷。朱楼四面钩疏箔，卧看千山急雨来。”海上巨浪滔天，好像是白云来回飘荡，北风夹带着轰鸣的雷声呼啸而过，同样具有波澜壮阔的万钧气势。

诗境深造：“潮平两岸阔，风正一帆悬。”（王湾《次北固山下》）

448. 江汉但归沧海阔，丘陵难学太山高　海阔天空

出处：《一片石·宴阁》：“空江夜气凉如水，共记滕王阁下时，海阔天空任所之。”

解析：指大海宽广辽阔，天空无边无际。形容海洋和天空的辽阔宏大。

诗化：

送朴山人归新罗

〔唐〕尚颜

浩渺行无极，扬帆但信风。

云山过海半，乡树入舟中。

波定遥天出，沙平远岸穷。

离心寄何处，目断曙霞东。

诗义：大海浩渺无垠，无边无际，扬帆启航凭风远去。像山一样的白云遮盖了一半的大海，在远航的船上想起了家乡的景色。大海风平浪静，海阔天高，海岸线沙滩平缓，一望无际。离别之情向何处诉说，唯有向曙光初露的东方寄予祝福。

简评：海阔天空属澹远、宽阔、恢宏、包容的美质。“浩渺行无极，扬帆但信风”，是作者描绘的一幅气势恢宏的海景画卷。广阔无垠的大海没有尽头，扬起风帆向着目的地御风而行。这风是顺风、好风、利风，承载了诗人对行者的美好祝愿。“白云在空，好风不收。瑶琴罢挥，寒漪细流。偶尔坐对，啸歌悠悠。遇简以静，若疾乍瘳。望之心移，即之销忧。于诗为陶，于时为秋。”（黄钺《二十四画品·澹远》）海阔天空，漫无边际，极目无涯，心胸开阔。“大海从鱼跃，长空任鸟飞。”（元览《题竹》）在这澹远的海空之下，浑然就是王国维所指的“有有我之境，有无我之境。……有我之境，以我观物，故物皆著我之色彩”。海阔天空会让人产生自由自在、包容万物的理想。王安石有诗曰：“江汉但归沧海阔，丘陵难学太山高。”（《寄郎侍郎》）

海阔天空可以指浩瀚的大海景象：“日悬沧海阔，水隔洞庭深。”（刘希夷《江南曲八首·其一》）“势连苍海阔，色比白云深。”（姚合《杭州观潮》）“海阔天光入，帆轻水影涵。”（林希逸《挂席上南斗》）“山沉江海阔，月行天中央。”（郭祥正《和法宗上人月下怀故人》）“天回河络角，海阔斗阑干。”（陆游《夜归》）“海阔月先到，山高日半衔。”（李畅《浈江》）“海阔浮云远，天空独鸟还。”（林大钦《秋望》）“海阔浮孤屿，天空挂一帆。”（郑岳《野望》）海阔天空也常被用于形容心襟开阔、包容、澄澈的意境：“青松寒不落，碧海阔逾澄。”（杜甫《寄峡州刘伯华使君四十韵》）“莫爱一掬水，海阔观狂澜。”（王洋《题徐明叔海舟横笛图》）“胸涵沧海阔，心与玉壶清。”（徐溥《送宪副张来凤之浙》）

诗境深造：“天清一雁远，海阔孤帆迟。”（李白《送张舍人之江东》）

449. 忽闻海上有仙山，山在虚无缥缈间　海市蜃楼

出处：《史记·天官书》：“海旁蜃气象楼台，广野气成宫阙然。”

解析：指一定条件下海洋等地方出现的自然奇异幻景，也用于比喻虚幻的事物。

诗化：

浪淘沙·望海

〔清〕纳兰性德

蜃阙半模糊，踏浪惊呼。任将蠡测笑江湖。沐日光华还浴月，我欲乘桴。　　钓得六鳌无，竿拂珊瑚。桑田清浅问麻姑。水气浮天天接水，那是蓬壶。

诗义：伫立海边，眺望着茫茫大海，那梦幻般的海市蜃楼令人不由得惊呼起来。听任用贝瓢来量海，回头却笑江湖渺小。我欲乘着木筏沐浴着日月的光辉。希望钓得大鳌，但只钓起了小珊瑚。沧海桑田的变化，只有麻姑知晓。云蒸霞隐，水天相接，哪里才是蓬壶？

简评：海市蜃楼是地球上的物体反射的光经大气折射而形成的虚像，蜃景与地理位置、地球物理条件以及那些地方在特定时间的气象特点有密切关系，属于一种光学幻景。“忽闻海上有仙山，山在虚无缥缈间。”（白居易《长恨歌》）海市蜃楼属于隐隐约约、若有若无的缥缈美质，极其富有美感。林景熙记载：“第见沧溟浩渺中，矗如奇峰，联如叠巘，列如崪岫，隐见不常。移时，城郭台榭，骤变欻起，如众大之区，数十万家，鱼鳞相比，中有浮图老子之宫，三门嵯峨，钟鼓楼翼其左右，檐牙历历，极公输巧不能过。”（《蜃说》）袁可立详细描述了其在海边观看到的蜃景：“登楼披绮疏，大水色相溶。云霭泽无际，豁达来长风。须臾蜃气吐，岛屿失恒踪。茫茫浩波里，突忽起崇墉。

垣隅迥如削，瑞采郁葱葱。阿阁叠飞槛，烟霄直荡胸。遥岑相映带，变幻纷不同。峭壁成广阜，平峦秀奇峰。高下时翻覆，分合瞬息中。云林荫琦珂，阳麓焕丹丛。浮屠相对峙，峥嵘信鬼工。村落敷洲渚，断岸驾长虹。人物出没间，罔辨色与空。倏显还倏隐，造化有元功。”(《甲子仲夏登署中楼观海市》)

海市蜃楼蕴含着中国传统美学里有与无的美学理念，道家“有无相生，有生于无”“大音希声，大象无形”“至乐无乐，至誉无誉”等思想对传统审美产生了重大影响。汤显祖提出：“诗乎，机与禅言通；趣与游道合。禅在根尘之外，游在伶党之中，要皆以若有若无为美。”（《如兰一集序》）体现若有若无之美的有王维的《江汉临泛》：“江流天地外，山色有无中。”杜甫的《倦夜》：“重露成涓滴，稀星乍有无。”吴融的《红白牡丹》：“不必繁弦不必歌，静中相对更情多。”一切美的景色、美的境界似乎都在无声、无息、不语、不歌之中，让人得以感受和体验出更美的景致、更动人的声音、更美妙的境界。

诗境深造：“草木露未晞，蜃楼气若藏。”(陈陶《蒲门戍观海作》)

450. 卷地黑风吹海立，直将波浪过西天　海立云垂

出处：《朝献太清宫赋》：“九天之云下垂，四海之水皆立。”

解析：形容自然界云端下垂、海水立起的景致，也比喻文辞雄伟，有压倒一切的气势。

诗化：

有美堂暴雨

〔宋〕苏轼

游人脚底一声雷，满座顽云拨不开。

天外黑风吹海立，浙东飞雨过江来。

十分潋滟金樽凸，千杖敲铿羯鼓催。

唤起谪仙泉洒面，倒倾鲛室泻琼瑰。

诗义：一声轰鸣的雷声在游人的足下响起，有美堂上乌云密布，挥散不去。狂风裹挟着乌云自天边刮来，把海水吹得如山一样直立起来。暴雨从浙

东飞过钱塘江，向杭州城袭来。西湖好像一盏金樽，装满了雨水，几乎要溢出来了。雨点击打着湖边的树林，像羯鼓般急切。想用清爽的泉水泼醒沉醉的诗仙李白，请他看看这美妙的景色，宛如倾倒鲛人的宫殿，把珠玉撒遍人间。

简评："卷地黑风吹海立，直将波浪过西天。"（姚中《诗一首》）海立云垂属雄浑、劲健的飞动之美。"返虚入浑，积健为雄。具备万物，横绝太空。荒荒油云，寥寥长风。"（司空图《二十四诗品·雄浑》）雄浑描写的是包罗万物、横贯太空的气势，宛如苍茫滚动的飞云，好似浩荡翻腾的长风。

描写海立云垂自然景致的诗句有："当日潮来如箭激，万弩迎潮射鸣镝。风吹海立犹至今，雪卷千堆溅青壁。"（周紫芝《次韵庭藻观潮》）"云垂海立涌金鳌。隔岸越山浑不见，水比山高。"（查慎行《浪淘沙·钱塘观潮》）形容文采、书法豪气雄奇的佳作有："南流四杰俱惊才，醉心尤在渭南伯。江翻海立富篇章，跃马弯弓老梁益。"（王戬《读放翁集》）

诗境深造："云垂大鹏翻，波动巨鳌没。"（李白《天台晓望》）

四十六、山川篇

山的腾飞
峰的飘荡

松的遐思
瀑的狂想

泉的和弦
花的意象

蜜蜂的憧憬
彩蝶的翅膀

太阳失踪了
风，在寻觅太阳

——晏明《黄山印象》（节选）

“到处云山是我师”，山川之美，美在千岩万壑、重岩叠嶂、崇山峻岭、奇峰突起的劲拔奇峻，美在钟灵毓秀、山红涧碧、涧流岩曲的清雅韵秀，美在奔流不息、波涛滚滚的豪放壮阔。

451. 万壑有声含晚籁，数峰无语立斜阳　千岩万壑

出处：《世说新语·言语》："顾长康从会稽还，人问山川之美。顾云：'千岩竞秀，万壑争流，草木蒙笼其上，若云兴霞蔚。'"

解析：山峦连绵，高低重叠。形容山峰、山谷极多，连绵不绝。

诗化：

送蒙士贤游泰山三首（其二）

〔明〕李英

日观闻山钟，风烟几万重。

飞倦如可觅，真蹑白云踪。

诗义：日观峰上传来悠扬的山寺钟声，苍茫的云雾烟海层层叠叠。飞倦的鸟儿好像在寻觅什么，真诚地追逐着白云的踪影。

简评："万壑有声含晚籁，数峰无语立斜阳。"（王禹偁《村行》）千岩万壑属劲健、峻峭、豪放、韵秀的美质。"行神如空，行气如虹。巫峡千寻，走云连风。"（司空图《二十四诗品·劲健》）泰山是一座蕴藏丰富美质且能激发灵感、触动爱国情思的名山。"昔盘古氏之死也，头为四岳，目为日月，脂膏为江海，毛发为草木。秦汉间俗说盘古氏头为东岳，腹为中岳，左臂为南岳，右臂为北岳，足为西岳。"（梁任昉《述异记》）传说中泰山乃盘古氏头部化成，成为五岳之首。历代有文人墨客把泰山视为"国家柱石""民族精神"的象征，他们留下了大量诗文和一千多处摩崖石刻。泰山之美，美在壮丽，累叠的山势，厚重的形体，苍松顽石的古朴，云烟岚光的变幻；泰山之美，美在险峻，悬崖峭壁，山势陡峭，大自然把泰山雕琢成神态各异的面孔。

古代文人墨客留下了大量赞美泰山的作品。李白在游历泰山后，运用奇妙的想象与夸张手法，写出了《游泰山六首》，其中第五首以"千峰争攒聚，万壑绝凌历。缅彼鹤上仙，去无云中迹"数句，描绘了泰山的美丽、雄伟和神奇。李白还有展现泰山之巍峨的《早秋单父南楼酬窦公衡》："泰山嵯峨夏云在，疑是白波涨东海。散为飞雨川上来，遥帷却卷清浮埃。"杜甫也有"会当凌绝顶，一览众山小"（《望岳》）的绝句。李德裕的《泰山石》也是一首赞泰山的佳作："鸡鸣日观望，远与扶桑对。沧海似熔金，众山如点黛。遥知

碧峰首，独立烟岚内。此石依五松，苍苍几千载。”泰山的美质在于巍峨、雄奇、沉浑、俊秀，它集雄、奇、险、秀、幽、奥等于一体，雄浑中兼有明丽，静穆中透着神奇，自然中包含人文，是我国山水名胜中的集大成者。

诗境深造：“万壑树参天，千山响杜鹃。”（王维《送梓州李使君》）

452. 天姥连天向天横，势拔五岳掩赤城　崇山峻岭

出处：《兰亭集序》：“此地有崇山峻岭，茂林修竹。”

解析：形容山势高大而陡峭。

诗化：

望黄山诸峰

〔唐〕缪岛云

峰峰寒列簇芙蕖，静想嵩阳秀不如。
峭拔虽传三十六，参差何啻一千余。
浮丘处处留丹灶，黄帝层层隐玉书。
终待登临最高顶，便随鸾鹤五云车。

诗义：峻峭群峰簇拥着莲花峰，仔细思量着嵩山的确不如黄山秀丽。虽然传说只有三十六峰，但大大小小的山峰何止千余座。浮丘仙人到处留下了炼丹的炉灶，黄帝在层层山峰中隐藏着玉书。等到登临黄山最高峰峰顶时，就可以随着鸾鹤乘着五云车随风而去了。

简评：黄山被誉为“天下第一奇山”，自古有“五岳归来不看山，黄山归来不看岳”之说。黄山延绵数百里，崇山峻岭，千峰万壑。黄山的美质体现在峥嵘、险壑、奇峻、缥缈之中。黄山山峰林立，莲花峰、光明顶、天都峰三座主峰高风峻骨，鼎足而立，直撑青天。莲花峰主峰突出，小峰簇拥，峻峭高耸，气势雄伟，宛如初绽的莲花。画家石涛《前海观莲花峰》诗云：“壁立不知顶，崔嵬势接天。”黄山的奇峻指奇松、奇石，可以说黄山无峰不石，无石不松，无松不奇。黄山松苍翠浓密，干曲枝虬，千姿百态，倚岸挺拔。黄山一年大部分时间处在缥缈云雾之中。云海波澜壮阔、一望无边，黄山的

山峰、沟壑都淹没在云涛雪浪里，共同构成了绝世美景。

“天姥连天向天横，势拔五岳掩赤城。”（李白《梦游天姥吟留别》）峥嵘除了可以形容山势险峻，也可用于形容诗文的气象万千和绚丽多彩。苏轼指出：“大凡为文，当使气象峥嵘，五色绚烂，渐老渐熟，乃造平淡。”（周紫芝《竹坡诗话》）李白的山水诗就体现了气象峥嵘的艺术风格。富有峥嵘美质的诗文，境界纵横奔放，物象灿烂且生机勃勃。李白曾云游黄山，写下了著名的《送温处士归黄山白鹅峰旧居》：“黄山四千仞，三十二莲峰。丹崖夹石柱，菡萏金芙蓉。伊昔升绝顶，下窥天目松。仙人炼玉处，羽化留余踪。亦闻温伯雪，独往今相逢。采秀辞五岳，攀岩历万重。归休白鹅岭，渴饮丹砂井。凤吹我时来，云车尔当整。去去陵阳东，行行芳桂丛。回溪十六度，碧嶂尽晴空。他日还相访，乘桥蹑彩虹。”诗人以丰富的想象力、生动的语言描绘了黄山壮丽多姿的崇山峻岭的景象，表现出气象峥嵘、飘然欲仙的浪漫主义色彩，能使人产生身临其境的美感。

诗境深造：“鸟道峰形直，龙湫石影深。”（齐己《寄仰山光味长者》）

453. 八重岩崿叠晴空，九色烟霞绕洞宫　重岩叠嶂

出处：《水经注·江水二》：“自三峡七百里中，两岸连山，略无阙处，重岩叠嶂，隐天蔽日。自非亭午夜分，不见曦月。”

解析：形容山岭重重叠叠，连绵不断。

诗化：

北岳庙（节选）

〔唐〕贾岛

天地有五岳，恒岳居其北。

岩峦叠万重，诡怪浩难测。

诗义：天地之间有五大名山，恒山位于北方。恒山重岩叠嶂，山势诡谲怪异，浩荡缥缈，难以观测。

简评：“八重岩崿叠晴空，九色烟霞绕洞宫。”（章八元《天台道中示同行》）

重岩叠嶂属峻峭、雄奇的美质。峻峭常用于形容豪迈峻拔、险峰绝壁、奇松怪石、穷崖绝谷的自然物象。北岳恒山位于今山西东北部，其主峰在大同浑源东南，与泰山、华山、衡山、嵩山并称为“五岳”，为中国壮美河山的一个重要标志。魏源在《衡岳吟》中说：“恒山如行，岱山如坐，华山如立，嵩山如卧，惟有南岳独如飞。”据称恒山有108峰，其山脉西衔雁门关，东连太行山，横跨山西、河北两省。山势莽莽苍苍，巍峨耸峙，气势雄伟。天峰岭与翠屏峰，是恒山主峰的东西两峰。两峰对望，断崖绿带，层次分明，美如画卷，充满了神奇风光。悬根松、紫芝峪、苦甜井更是自然景观中的奇迹。恒山也是历代文人向往的地方，元好问《北岳》诗云：“大茂维岳古帝孙，太朴未散真巧存。乾坤自有灵境在，地位岂合他山尊。中原旌旗白日暗，上阶楼观苍烟屯。谁能借我两黄鹄？长袖一拂玄都门。”汪承爵有《登恒山》：“云中天下脊，尤见此山尊。八水皆南汇，群峰尽北蹲。仙台临日迥，风窟护云屯。剩有搜奇兴，空怜前路昏。”

长江三峡亦属重峦叠嶂的风景。三峡是长江瞿塘峡、巫峡和西陵峡的总称，西起重庆奉节白帝城，东至湖北宜昌南津关，全长193千米，沿途风光壮美。郦道元有散文赞曰：“两岸连山，略无阙处。重岩叠嶂，隐天蔽日……春冬之时，则素湍绿潭，回清倒影，绝巘多生怪柏，悬泉瀑布，飞漱其间，清荣峻茂，良多趣味。每至晴初霜旦，林寒涧肃，常有高猿长啸，属引凄异，空谷传响，哀转久绝。”（《水经注·江水二》）

峻峭也可以用来形容和表达诗文的风格和美质，如“风清骨峻，篇体光华。”（刘勰《文心雕龙·风骨》）李白、李贺的诗歌都具有峻峭挺拔、风清骨峻的风格。李攀龙还将重岩叠嶂比作雷声雨色：“出峡还何地，杉松郁不开。雷声千嶂落，雨色万峰来。”（《广阳山道中》）

诗境深造：“返照乱流明，寒空千嶂净。”（钱起《杪秋南山西峰题准上人兰若》）

454. 桂林山水甲天下，玉碧罗青意可参　奇峰突起

出处：《南山诗》：“西南雄太白，突起莫间篴。”

解析：形容奇异险怪的山峰高耸而突起。

诗化：

独秀峰

〔清〕袁枚

来龙去脉绝无有，突然一峰插南斗。
桂林山水奇八九，独秀峰尤冠其首。
三百六级登其巅，一城烟水来眼前。
青山尚且直如弦，人生孤立何伤焉？

诗义：无法知道独秀峰的来龙去脉，突然间一座山峰陡然而起，直插南斗星。桂林山水十有八九奇绝卓异，独秀峰更是高居其冠。要爬三百六十级阶梯才能登上其峰顶，全城风光可尽收眼底，但见薄雾缭绕，烟雨朦胧。青山尚且能够矗立直如琴弦，那坚守正直却孤寂无助的人生又何必伤感呢？

简评：桂林山水属于典型的喀斯特地貌，山清、水秀、洞奇、石美，为著名的风景地，形成了“城在景中、景在城中、城景交融、相映成趣”的绝世景观。从古至今，有许多赞美桂林山水的艺术作品，诗词方面就有唐代韩愈赞曰：“苍苍森八桂，兹地在湘南。江作青罗带，山如碧玉篸。”（《送桂州严大夫用同南字》）张固《独秀山》诗云：“孤峰不与众山俦，直入青云势未休。会得乾坤融结意，擎天一柱在南州。”宋代王正功有：“桂林山水甲天下，玉碧罗青意可参。”（《独秀峰石刻其二》）清代张宝有《叠彩山口占一绝》：“奇石嵯峨古渡头，訾洲红叶桂林秋。洞中穿过高楼望，人在荆关画里游。”现代陈毅有诗云：“不愿做神仙，愿做桂林人。”

古人将奇峰峻岭作为艺术创作灵感的源泉。清代画家石涛说：“山川脱胎于予也，予脱胎于山川也。搜尽奇峰打草稿也，山川与予神遇而迹化也，所以终归之于大涤也。”（《石涛画语录·山川章》）石涛在游历大江南北的奇峰怪石中寻找创作的灵感和素材，有《搜尽奇峰打草稿图》《淮扬洁秋图》《云山图》《山水清音图》《梅竹图》《墨荷图》等传世。

诗境深造：“地拔双崖起，天余一线青。”（潘问奇《金梢峡》）

455. 兴云致雨泽枯槁，钟灵毓秀产至人　钟灵毓秀

出处：《红楼梦》："亦且琼闺绣阁中亦染此风，真真有负天地钟灵毓秀之德了！"

解析：美好的山川孕育出优秀的人才，指山河秀美，人杰地灵。

诗化：

湖口望庐山瀑布泉

〔唐〕张九龄

万丈红泉落，迢迢半紫氛。
奔流下杂树，洒落出重云。
日照虹霓似，天清风雨闻。
灵山多秀色，空水共氤氲。

诗义：万丈瀑布好像从天上落下，天空呈现半红半紫的云雾。飞瀑穿过树丛飞奔而下，飞溅出重重云雾。阳光照射下展现出美丽的虹霓，天气晴朗时却似乎听到了风雨声。庐山钟灵毓秀，云烟氤氲。

简评：钟灵毓秀属灵秀、清旷、清奇的美质。庐山位于今江西省九江市，山势雄伟，峭壁悬崖，瀑布飞泻，云雾缭绕，钟灵毓秀，险峻与柔丽相济，大山、大江、大湖浑然一体，以"雄""奇""险""秀"闻名于世，被人们认为是中华十大名山之一。庐山钟灵毓秀，人文荟萃。"秀"是中国传统美学的重要美质之一，比如清秀、韶秀、隐秀、秀丽、秀美等。"间架是立，韶秀始基，如济墨海，此为之涯。媚因韶误，嫩为秀歧，但抱骨妍，休憎面媸。有如艳女，有如佳儿，非不可爱，大雅其嗤。"（黄钺《二十四画品·韶秀》）

历代诗人留下了不少关于庐山的佳作，其中最著名的当数唐代李白的《望庐山瀑布》："日照香炉生紫烟，遥看瀑布挂前川。飞流直下三千尺，疑是银河落九天。"诗人以夸张的手法，将飞流直泻的瀑布描写得雄伟奇丽、气象万千，让人仿佛看到了一幅生动的山水画。李白还在《庐山谣寄卢侍御虚舟》中写道："庐山秀出南斗傍，屏风九叠云锦张。影落明湖青黛光，金阙前开二峰长，银河倒挂三石梁。香炉瀑布遥相望，回崖沓嶂凌苍苍。翠影红霞映朝日，鸟飞不到吴天长。登高壮观天地间，大江茫茫去不还。黄云万里动风色，

白波九道流雪山。”诗人以大手笔描绘了庐山雄奇壮丽的风光，被誉为赞美庐山秀美的千古绝唱。孟浩然的《晚泊浔阳望庐山》展现了庐山秀美的风光和深厚的人文底蕴：“挂席几千里，名山都未逢。泊舟浔阳郭，始见香炉峰。尝读远公传，永怀尘外踪。东林精舍近，日暮空闻钟。”宋代苏轼的《题西林壁》蕴含认识事物时应站在不同角度看待的哲理：“横看成岭侧成峰，远近高低各不同。不识庐山真面目，只缘身在此山中。”明代李时勉的《庐山》则描绘了秋天庐山千里清秋、林籁泉韵的景象：“匡庐高起郁嶙峋，翠拥连峰倚断云。天阔秋阴千里合，风清林籁半空闻。松岩过雨泉声出，仙掌飞霞树色分。终古名山留胜概，几回临眺到斜曛。”

浙江的天台山也属于钟灵毓秀的名山，不仅自然风光绮丽秀美，而且人文积淀深邃厚实，曾有晋代孙绰留下千古佳作《游天台山赋》：“双阙云竦以夹路，琼台中天而悬居。朱阁玲珑于林间，玉堂阴映于高隅。”作者在赋中展开了丰富的想象，妙笔生花，展现了天台山彤云斐玉、皎日炯晃、八桂森挺、五芝含秀、惠风伫芳、醴泉涌流的神奇灵秀景色。正因为这篇《游天台山赋》，天台山声名大振，奠定了后来天台山“佛窟仙源，山水神秀”的名气。

诗境深造：“浦泽钟灵气，珠宫散暖烟。”（吴光登《游珠泉》）

456. 山红涧碧人家好，箫鼓丛祠岁屡丰　山红涧碧

出处：《山石》：“山红涧碧纷烂漫，时见松枥皆十围。”

解析：指山花鲜红灿烂，涧水清澈碧绿。

诗化：

山下泉

〔唐〕皇甫曾

漾漾带山光，澄澄倒林影。
那知石上喧，却忆山中静。

诗义：荡漾澄澈的清波映照着秀美的山色，倒映着婆娑的树影。哪知这山涧流水的喧闹声，却更让人回忆起山中的幽静。

简评：“山红涧碧人家好，箫鼓丛祠岁屡丰。”（胡助《五度朝晖》）山红涧碧属清雅、清幽、清韵的美质。以清为美，是中华传统文化重要的审美追求，从内容到形式，从意境到风格，在艺术审美上追求清新、清雅、清远、清幽。司空图指出：“娟娟群松，下有漪流。晴雪满汀，隔溪渔舟。可人如玉，步屧寻幽。载行载止，空碧悠悠。神出古异，淡不可收。如月之曙，如气之秋。”（《二十四诗品·清奇》）黄钺说：“皓月高台，清光大来。眠琴在膝，飞香满怀。冲霄之鹤，映水之梅。意所未设，笔为之开。可以药俗，可以增才。局促瑟缩，胡为也哉！”（《二十四画品·清旷》）中国古代文人特别青睐在山红涧碧的地方，选择奇峰怪石、灵泉深潭、老木嘉草、视野旷远等幽境作为山居生活之处。古人认为这样清幽的山居生活有八种德行和四条原则：“山居胜于城市，盖有八德：不责苛礼，不见生客，不混酒肉，不竞田宅，不问炎凉，不闹曲直，不征文逋，不谈仕籍。如反此者，是饭僧牛店、贩马驿也。”“居山有四法：树无行次，石无位置，屋无宏肆，心无机事。”（陈继儒《岩栖幽事》）李白对此更有切身的体会：“问余何意栖碧山，笑而不答心自闲。桃花流水窅然去，别有天地非人间。”（《山中问答》）

以清比德，讲究人格审美的自我完善。儒家提倡激浊扬清，正本清源。孟子说：“心清则眸子瞭。”荀子指出：“源清则流清，源浊则流浊。”道家提倡清静无为，静而徐清。诗人也偏好清流之美质，如：“松竹挺岩崖，幽涧激清流。消散肆情志，酣畅豁滞忧。”（王玄之《兰亭诗》）“清流含日彩，奔浪荡霞晖。还如漳水曲，鸣笳启路归。”（弘执恭《奉和出颍至淮应令》）“春山多秀木，碧涧尽清流。不见子桑扈，当从方外求。”（储光羲《游茅山五首·其一》）“山叠云重一径幽，苍苔古石濑清流。出岩树色见来静，落涧泉声长自秋。”（刘沧《过沧浪峡》）

诗境深造：“近涧涓密石，远山映疏木。”（谢灵运《过白岸亭诗》）

457. 涧下流泉涧上松，清阴尽处有层峰　涧流岩曲

出处：《游钟山诗应西阳王教》：“八解鸣涧流，四禅隐岩曲。”

解析：指山涧中的流水沿着弯曲的岩石流淌。

诗化：

武陵泛舟

〔唐〕孟浩然

武陵川路狭，前棹入花林。
莫测幽源里，仙家信几深。
水回青嶂合，云度绿溪阴。
坐听闲猿啸，弥清尘外心。

诗义：武陵的江水水路狭窄，划船驶入了桃花林。测不出幽深的桃花源里，仙人隐居的地方究竟有多深远。溪水迂回，青嶂环抱，云朵飘过来，清澈的溪水也随之变得荫浓。恰巧听到悠闲的山猿啼叫，更加净化了我超脱尘世的心。

简评："涧下流泉涧上松，清阴尽处有层峰。"（叶梦得《忆朱氏西涧·其一》）涧流岩曲属清雅、清奇、清新的美质。孟浩然开创了盛唐时期诗词的清新风格，创作了大量描绘涧流岩曲自然山水的诗歌。他的诗突出了清疏、简朴的美质。王士源在《孟浩然集》序中称其为"骨貌淑清，风神散朗"。陈贻焮评论说："继陶之后，大力写作田园、隐逸题材，并将之与谢灵运所开创，谢朓所发展的山水、行旅题材结合起来，开盛唐山水田园诗派风气之先的，当首推孟浩然。"（《〈孟浩然诗选〉后记》）孟诗的美学风格主要有三。

其一，清疏。孟浩然的诗注重与清疏、清野的自然之景结合，描写蕴含清音、清风、清泉、清晖、清波的情景，给人以心旷神怡、婉兮清扬的自然之美。比如："松泉多逸响，苔壁饶古意。"（《寻香山湛上人》）"松月生夜凉，风泉满清听。"（《宿业师山房期丁大不至》）"落景余清晖，轻桡弄溪渚。"（《耶溪泛舟》）"垂钓坐磐石，水清心益闲。"（《万山潭作》）

其二，清幽。主要是在描写清幽的山水时与恬淡幽静的情怀结合。比如："岩扉松径长寂寥，惟有幽人夜来去。"（《夜归鹿门歌》）"烟容开远树，春色满幽山。"（《游凤林寺西岭》）"幽赏未云遍，烟光奈夕何？"（《夏日浮舟过陈大水亭》）

其三，清旷。孟浩然深受道家和禅宗思想的影响，注重清净、淡泊品格的修炼，这种虚静恬淡的境界也常表现在他的诗歌之中。"野旷天低树，江清月近人。”（《宿建德江》）“地偏香界远，心净水亭开。”（《来阇黎新亭作》）“试览镜湖物，中流见底清。”（《与崔二十一游镜湖寄包贺二公》）“鱼行潭树下，猿挂岛藤间。”（《万山潭作》）

孟浩然的诗充满了明澈、清空、灵动的情韵，蕴含着清疏、清幽、清旷的美质。

诗境深造：“映地为天色，飞空作雨声。”（储光羲《咏山泉》）

458. 玉露初团入夜清，澄江如练月如晶　澄江如练

出处：《晚登三山还望京邑》：“余霞散成绮，澄江净如练。”

解析：指清澈明净的江水，像一条白绢一样。

诗化：

塞鸿秋·浔阳即景

〔元〕周德清

长江万里白如练，淮山数点青如淀，江帆几片疾如箭，山泉千尺飞如电。晚云都变露，新月初学扇。塞鸿一字来如线。

诗义：万里长江宛如一条长长的白绸缎飘向远方，淮河岸边的青山苍翠碧绿。江上的几艘帆船如同离弦的箭，飞快地行驶着。山上的泉水从高耸的山崖上飞流而下，仿佛是划过的闪电。夜幕降临，天空中的云层渐渐模糊，弯弯的新月像一把慢慢张开的扇子。从边塞归来的大雁在天上排成一字，好像一根飘动的银线。

简评：澄江如练属清新、明净、洁白的天然美质。“清”在中国传统美学里有着重要的地位，历代文人在人格修养、生活品位和艺术审美方面大都追求“清”的境界。“天得一以清，地得一以宁，神得一以灵，谷得一以盈，侯王得一以为天下正。”（《道德经·第三十九章》）“躁胜寒，静胜热。清静为天下正。”（《道德经·第四十五章》）阮籍就“清”写下了《清思赋》，言美质必清，“窈窕而淑清”；论心境品格则“冰心玉质，则激洁思存；恬淡无欲，则泰志适情”；论身体健康则“沐洧渊以淑密兮，体清洁而靡讥”；论语言文字

要“清言窃其如兰兮，辞婉娩而靡违”。诗词、绘画、音乐艺术审美也追求“清”的境界。清代黄钺将“清旷”列为一品：“皓月高台，清光大来。眠琴在膝，飞香满怀。冲霄之鹤，映水之梅。意所未设，笔为之开。可以药俗，可以增才。局促瑟缩，胡为也哉！”（《二十四画品·清旷》）“清旷”是天然清新的质朴的审美原则。“清水出芙蓉，天然去雕饰。”（李白《经乱离后天恩流夜郎忆旧游书怀赠江夏韦太守良宰》）

如练的美质贵在清。古代文人十分偏好“如练”一词，有春色如练、碧天如练、月光如练、心境如练等描述。古诗词中有不少关于“如练”的佳句，比如萧绎的《春别应令诗四首·其一》：“昆明夜月光如练，上林朝花色如霰。花朝月夜动春心，谁忍相思不相见。”李白的《陵城西楼月下吟》：“月下沉吟久不归，古来相接眼中稀。解道澄江净如练，令人长忆谢玄晖。”徐凝的《庐山瀑布》：“虚空落泉千仞直，雷奔入江不暂息。今古长如白练飞，一条界破青山色。”张正一的《和武相公中秋锦楼玩月得苍字》：“高秋今夜月，皓色正苍苍。远水澄如练，孤鸿迴带霜。”陈德武的《水龙吟·问津扬子江头》：“雪销天气，澄江如练，碧峰无数。银瓮春回，金山钟晓，梦闲鸥鹭。早归来，尽日风平人静，孤舟横渡。”郭之奇的《露团》：“玉露初团入夜清，澄江如练月如晶。无边秋色随风乱，不尽山光到水明。”

诗境深造：“瀑布悬如练，月影落潭晖。”（拾得《诗·其四十八》）

459. 登高壮观天地间，大江茫茫去不还　奔流不息

出处：《论语·子罕》：“子在川上曰：逝者如斯夫，不舍昼夜。”《千字文》：“孝当竭力，忠则尽命。临深履薄，夙兴温凊。似兰斯馨，如松之盛。川流不息，渊澄取映。容止若思，言辞安定。”

解析：指江河水流奔腾而不停止，也用于指某种精神或力量延续不断。

诗化：

春江花月夜（节选）

〔唐〕张若虚

江天一色无纤尘，皎皎空中孤月轮。

江畔何人初见月？江月何年初照人？

人生代代无穷已，江月年年望相似。

不知江月待何人，但见长江送流水。

诗义：江天一色，万里澄澈，皎洁的明月高高地悬挂在空中。江边上是谁最初看见月亮，江上的月亮又是哪一年最初照耀着人间？人生一代代无穷无尽，只有江上的月亮每一年总是十分相似。不知江上的月亮在等待什么人，只见长江之水奔流不息，永无休止。

简评：《春江花月夜》是唐诗中的名篇。张若虚在诗中把江月渲染得淋漓尽致，一夕江月穿越时空，情感真挚，跌宕起伏，成为不朽之作。闻一多评价此首诗时说："在这种诗面前，一切的赞叹是饶舌，几乎是亵渎。"奔流不息属沉雄、流动的美质。沉雄指沉稳、厚重、雄健。"登高壮观天地间，大江茫茫去不还。"（李白《庐山谣寄卢侍御虚舟》）沉雄是艺术创作的风格之一，形容书画风格沉毅雄健，古朴飘逸。黄钺对沉雄的解释是："目极万里，心游大荒，魄力破地，天为之昂，括之无遗，恢之弥张。名将临敌，骏马勒缰，诗曰魏武，书曰真卿，虽不能至，夫亦可方。"（《二十四画品・沉雄》）"与时敏砥砺画学，以董源、巨然为宗，沉雄古逸，虽青绿重色，书味盎然。"（《清史稿・王时敏传》）

诗词也以沉雄为美，蓄积正气，笔力方可显出豪雄。沉雄的诗具有包罗万物的气势，似浩渺无际的太空，像苍茫滚动的飞云，如浩荡翻腾的长风。敖陶孙的《诗评》就有"魏武帝如幽燕老将，气韵沉雄"的评价。

诗境深造："江流天地外，山色有无中。"（王维《汉江临眺》）

460. 九曲黄河万里沙，浪淘风簸自天涯　波涛滚滚

出处：《楚昭公疏者下船》："便有那波涛滚滚长江限，假若是无敌手战应难。"

解析：指江河大水汹涌奔流的样子，形容江河奔流而来或迅猛发展的潮流。

诗化：

南乡子·登京口北固亭有怀

〔宋〕辛弃疾

何处望神州？满眼风光北固楼。千古兴亡多少事？悠悠。不尽长江滚滚流。　　年少万兜鍪，坐断东南战未休。天下英雄谁敌手？曹刘。生子当如孙仲谋。

诗义：什么地方可以遥望中原大地？就在北固楼上，四处都是绚丽的风光。从古至今，多少朝代兴亡之事，谁又说得清呢？历史如同这不尽的长江之水波涛滚滚地奔流不息。当年孙权年纪轻轻便做了三军统帅，占据东南，独霸一方，从不向强敌屈服。天下英雄谁是孙权的敌手呢？只有曹操和刘备而已。也就难怪曹操惊叹："生下的儿子就应当如孙权一般。"

简评："九曲黄河万里沙，浪淘风簸自天涯。"（刘禹锡《浪淘沙》）波涛滚滚属壮美、壮阔的美质。壮美指豪放雄浑、劲健宏伟的风格。"不尽长江滚滚流"表现的是长江的壮美。历代诗词中赞美长江壮美的佳作不少，如李白的《黄鹤楼送孟浩然之广陵》："故人西辞黄鹤楼，烟花三月下扬州。孤帆远影碧空尽，唯见长江天际流。"杜甫的《登高》："风急天高猿啸哀，渚清沙白鸟飞回。无边落木萧萧下，不尽长江滚滚来。"《旅夜书怀》："细草微风岸，危樯独夜舟。星垂平野阔，月涌大江流。"崔季卿的《晴江秋望》："八月长江万里晴，千帆一道带风轻。尽日不分天水色，洞庭南是岳阳城。"苏轼的《念奴娇·赤壁怀古》："大江东去，浪淘尽，千古风流人物。故垒西边，人道是，三国周郎赤壁。乱石穿空，惊涛拍岸，卷起千堆雪。"吴潜的《水调歌头·焦山》："长江万里东注，晓吹卷惊涛。天际孤云来去，水际孤帆上下，天共水相邀。远岫忽明晦，好景画难描。"曾公亮的《宿甘露寺僧舍》："枕中云气千峰近，床底松声万壑哀。要看银山拍天浪，开窗放入大江来。"

诗境深造："白日依山尽，黄河入海流。"（王之涣《登鹳雀楼》）

四十七、星辰篇

繁星闪烁着——

深蓝的天空

何曾听得见他们对语？

沉默中

微光里

他们深深地互相颂赞了。

——冰心《繁星》

星辰具有日月光华、旭日东升的壮丽、绚丽之美，有月明如水、月白风清的明净、清雅之美，也有落日余晖的悲壮之美，更有新月如钩、星月皎洁、明星荧荧的幽邃、澹远、明净之美。

461. 九重佳气郁葱葱，日月光华万国同　日月光华

出处：《尚书·虞夏传》："日月光华，旦复旦兮。"

解析：指日月光辉灿烂，永恒照耀人间。

诗化：

日

〔唐〕李峤

旦出扶桑路，遥升若木枝。
云间五色满，霞际九光披。
东陆苍龙驾，南郊赤羽驰。
倾心比葵藿，朝夕奉光曦。

诗义：早上，太阳从东方的扶桑树上升起，遥遥升到若木的枝头。天空的云霞被太阳照得五光十色，无比绚丽。自东方七宿处升腾，霞光如朱鸟之羽一般赤红，洒满南天。我心如向日葵一样忠诚，从早到晚都沐浴着太阳的光辉。

简评："九重佳气郁葱葱，日月光华万国同。"（王立道《拟汉京篇》）日月是中国传统美学的一个重要意象。所谓意象是指客观物象经由创作主体独特的情感活动而创造出来的一种艺术形象，多用于艺术通象。根据《说文解字》，意象是表达意思的形象。《周易·系辞》中有"圣人立象以尽意"，"观物取象"之说。崇阳恋阴的审美理念是中华传统文化崇拜日月的一个体现。"日"代表阳，象征着刚性、旺盛和进取，表示壮美；"月"代表阴，象征柔性、温和、宽容，表示秀美。崇阳恋阴的审美理念对阳与阴的美质都持肯定的态度。"大哉乾元，万物资始，乃统天。"（《周易·乾卦·彖传》）"至哉坤元，万物资生，乃顺承天。"（《周易·坤卦·彖传》）崇阳恋阴就是对"日"表示崇敬，对"月"表示爱恋。"乾始能以美利利天下，不言所利，大矣哉，大哉乾乎，刚健中正，纯粹精也。六爻发挥，旁通情也，时乘六龙，以御天也。云行雨施，天下平也。"（《周易·乾卦·文言传》）

崇阳恋阴的审美理念也体现在诗词作品之中，许多诗词作品里，日月意象有重要的地位。如汉乐府："青青园中葵，朝露待日晞。阳春布德泽，万

物生光辉。”（《长歌行》）南齐谢朓的《和徐都曹出新亭渚诗》：“日华川上动，风光草际浮。桃李成蹊径，桑榆荫道周。”唐代李贺的《梦天》：“老兔寒蟾泣天色，云楼半开壁斜白。玉轮轧露湿团光，鸾珮相逢桂香陌。黄尘清水三山下，更变千年如走马。遥望齐州九点烟，一泓海水杯中泻。”刘禹锡的《八月十五夜玩月》：“天将今夜月，一遍洗寰瀛。暑退九霄净，秋澄万景清。星辰让光彩，风露发晶英。能变人间世，翛然是玉京。”

诗境深造：“宇宙一传舍，日月双车轮。”（方岳《溪行》）

462. 日出江花红胜火，春来江水绿如蓝　旭日东升

出处：《诗经·邶风·匏有苦叶》：“雝雝鸣雁，旭日始旦。”

解析：指早晨太阳从东方升起，也比喻朝气蓬勃的景象。

诗化：

咏初日

〔宋〕赵匡胤

太阳初出光赫赫，千山万山如火发。
一轮顷刻上天衢，逐退群星与残月。

诗义：一轮红日喷薄而出，炎热炽盛，光芒四射，就像千山万壑的火山喷发。太阳瞬间就升到广袤的天空，驱退了星星和残月。

简评：旭日东升属壮丽、绚丽、盛美、阳刚的美质。旭日东升如一个朝气蓬勃的生命，流溢着生命的激情，跳动着生命的神韵，迸发着对山川大地的咏唱，对自然精神的观照充满了磅礴气势。宋太祖赵匡胤的《咏初日》诗意质朴而又粗犷，境界开阔而又壮观。以红日初升自况，以群星、残月比喻当时各方的割据势力，并以红日逐退星月普照大地，表达了铲平割据、统一天下的雄心壮志。

旭日自古就是艺术创作的主题之一。诗歌方面有傅玄的《日升歌》：“东光升朝阳。羲和初揽辔，六龙并腾骧。逸景何晃晃，旭日照万方。”栾清的

《莲叶二客诗·其二》:“朝浮旭日辉，夕荫清月华。营营功业人，朽骨成泥沙。”白居易的《忆江南·江南好》:“日出江花红胜火，春来江水绿如蓝。”韦应物的《秋郊作》:“清露澄境远，旭日照林初。一望秋山净，萧条形迹疏。”韩偓的《晓日》:“天际霞光入水中，水中天际一时红。直须日观三更后，首送金乌上碧空。”羊士谔的《燕居》:“秋斋膏沐暇，旭日照轩墀。露重芭蕉叶，香凝橘柚枝。”杨万里的《过扬子江二首·其一》:“天开云雾东南碧，日射波涛上下红。”刘翾的《元旦即事录似鹏飞照磨》:“旭日微云淡淡晴，早朝鸦鹊寂无声。龙楼凤阁浑如梦，水国山城謾有情。”

诗境深造:“旭日衔青嶂，晴云洗绿潭。”(寒山《诗三百三首·其一三〇》)

463. 花落却嗔风扫地，云开最喜日中天　如日中天

出处:《诗经·邶风·简兮》:“日之方中，在前上处。”

解析:指中午时候的阳光最强烈，最灿烂。形容事物发展到最兴盛的阶段。

诗化:

夏花明

〔唐〕韦应物

夏条绿已密，朱萼缀明鲜。
炎炎日正午，灼灼火俱燃。
翻风适自乱，照水复成妍。
归视窗间字，荧煌满眼前。

诗义:夏季绿树茂盛，生机盎然，艳红的花朵点缀在绿丛上显得格外鲜艳。正午时分，炎炎烈日正当空，阳光火辣辣的，像火燃烧一样。一阵风吹过，花瓣纷飞凌乱，倒映在水面上显得十分艳丽。回来看到窗前的景象，眼前一片乱红纷飞。

简评:如日中天属大美。《周易》指出:“乾，元亨利贞。”乾卦取象为天，象征太阳永恒不息，光芒永射。乾卦所提到的元亨，意为阳刚、刚健，利贞表示劲健、蓬勃的性情，如日中天蕴含着生机勃勃、奋发有为、积极向上的

大美。何为大美？大功德，大功业，谓之大美。“天地有大美而不言。”（《庄子·知北游》）才能品格优秀谓之大美。“论大功者不录小过，举大美者不疵细瑕。”（《汉书·陈汤传》）君子自强不息是大美。泽被大地、普照大地的灿烂阳光是大美。

“花落却嗔风扫地，云开最喜日中天。”（谢迁《船字韵拾遗四首·其一》）如日中天属阳刚、劲健、蓬勃的美质。阳刚之美是一种雄拔刚健的风格，“其得于阳与刚之美者，则其文如霆，如电，如长风之出谷，如崇山峻崖，如决大川，如奔骐骥；其光也，如杲日，如火，如金镠铁；其于人也，如凭高视远，如君而朝万众，如鼓万勇士而战之”（姚鼐《复鲁絜非书》）。如日中天是典型的阳刚之美。

鲍照《学刘公干体五首·其五》中也有表现如日中天的佳句：“白日正中时，天下共明光。”一轮灿烂的太阳悬于中天，万物沐浴着这明媚的阳光，生机盎然。表现这种大美之势的佳句还有：“宛洛佳遨游，春色满皇州。结轸青郊路，迴瞰苍江流。日华川上动，风光草际浮。”（谢朓《和徐都曹》）“万物皆相见，文明午日中。”（方回《后天易吟三十首·其六》）

诗境深造：“赫日中天正，清风养物深。”（周必大《端午帖子·皇帝阁》）

464. 曾伴浮云归晚翠，犹陪落日泛秋声　落日余晖

出处：《庐陵王墓下作》：“晓月发云阳，落日次朱方。”

解析：指太阳刚落山时所照射出的阳光。

诗化：

登乐游原

〔唐〕李商隐

向晚意不适，驱车登古原。
夕阳无限好，只是近黄昏。

诗义：傍晚心情不快，驾着车登上古原。此刻，夕阳西下，景色迷人，无限美好，但很遗憾已是黄昏。

简评：落日余晖属悲壮、苍润、绚丽的美质。夕阳西下是一天中太阳最绚丽的时候，可那短暂的绚丽瞬间，总是使人们带着主观的情感去描绘它。“日沉红有影，风定绿无波。”（白居易《湖亭望水》）在中国传统审美中，夕阳是一个比较特别的审美意象，诗人们常借夕阳来抒发对世界、对人生的感悟。

有人抱着欣赏的态度去赞美夕阳，如“落霞与孤鹜齐飞，秋水共长天一色。”（王勃《滕王阁序》）“大漠孤烟直，长河落日圆。”（王维《使至塞上》）“高城眺落日，极浦映苍山。”（王维《登河北城楼作》）“白日依山尽，黄河入海流。欲穷千里目，更上一层楼。”（王之涣《登鹳雀楼》）“紫阁峰西清渭东，野烟深处夕阳中。”（白居易《县西郊秋寄赠马造》）“一道残阳铺水中，半江瑟瑟半江红。”（白居易《暮江吟》）“蝉声驿路秋山里，草色河桥落照中。”（韩翃《送王光辅归青州兼寄储侍郎》）“夕阳秋更好，敛敛蕙兰中。极浦明残雨，长天急远鸿。僧窗留半榻，渔舸透疏篷。莫恨清光尽，寒蟾即照空。”（郑谷《夕阳》）

有人站在悲凉无奈的角度去看夕阳，如“夕阳无限好，只是近黄昏。”夕阳虽美，可惜好景不长，难免让人产生一种悲愁的情感。“枯藤老树昏鸦，小桥流水人家，古道西风瘦马。夕阳西下，断肠人在天涯。”（马致远《天净沙·秋思》）就是性格豪放、放荡不羁的诗仙李白在夕阳之下，也不免产生悲愁的情绪：“黄河走东溟，白日落西海。逝川与流光，飘忽不相待。春容舍我去，秋发已衰改。人生非寒松，年貌岂长在。吾当乘云螭，吸景驻光彩。”（《古风·其十一》）

有人将夕阳下视线浑浊不清的景象比喻为前景的晦暗，比如杜甫的《同诸公登慈恩寺塔》：“羲和鞭白日，少昊行清秋。秦山忽破碎，泾渭不可求。俯视但一气，焉能辨皇州。回首叫虞舜，苍梧云正愁。”也有诗人将夕阳与怀古联系起来：“云和积雪苍山晚，烟伴残阳绿树昏。数里黄沙行客路，不堪回首思秦原。”（周朴《春日秦国怀古》）“曾伴浮云归晚翠，犹陪落日泛秋声。世间无限丹青手，一片伤心画不成。”（高蟾《金陵晚望》）

诗境深造：“天意怜幽草，人间重晚晴。”（李商隐《晚晴》）

465. 春江潮水连海平，海上明月共潮生　皓月当空

出处：《偈颂二十一首·其一》：“皓月当空，寒江不动。万里清光，曾非别共。”

解析：指明亮圆满的月亮在夜中照耀着大地，形容月光皎洁，天气清朗。

诗化：

把酒问月·故人贾淳令予问之

〔唐〕李白

青天有月来几时，我今停杯一问之。
人攀明月不可得，月行却与人相随。
皎如飞镜临丹阙，绿烟灭尽清辉发。
但见宵从海上来，宁知晓向云间没。
白兔捣药秋复春，嫦娥孤栖与谁邻。
今人不见古时月，今月曾经照古人。
古人今人若流水，共看明月皆如此。
唯愿当歌对酒时，月光长照金樽里。

诗义：我放下酒杯，问天上明月是何时升起的。人想登上明月但永远无法实现，月亮却可以随着人行走。月亮如镜照耀着宫阙，雾霭散去月光洒遍大地。月亮从海上升起，早晨又隐没在云间。秋去春来，月亮上的白兔辛勤地捣着仙药，孤独的嫦娥与谁为邻？今人见不到古时的月亮，但现在的月亮却曾经照过古人。古人与今人如流水般消逝，共同看到的月亮皆如此。但愿对酒当歌之时，月光能长久地照在酒杯里。

简评：“春江潮水连海平，海上明月共潮生。”（张若虚《春江花月夜》）皓月当空属清雅、圆浑的美质。清雅指清澈明洁、秀丽文雅，圆浑有浑厚天然、和合圆满之意。李白创作了大量关于月亮的诗歌，不仅表现了月亮的属性，而且赋予月亮丰富的思想感情、深邃的象征意义和高度人格化的内涵。

其一，寄托相思之情。“床前明月光，疑是地上霜，举头望明月，低头思故乡。”（《静夜思》）“月下飞天镜，云生结海楼。仍怜故乡水，万里送行舟。”（《渡荆门送别》）“我寄愁心与明月，随君直到夜郎西。”（《闻王昌龄左迁龙标

遥有此寄》）“孤灯不明思欲绝，卷帏望月空长叹。”（《长相思》）“花间一壶酒，独酌无相亲。举杯邀明月，对影成三人。”（《月下独酌》）“天借一明月，飞来碧云端。故乡不可见，肠断正西看。”（《游秋浦白笴陂二首·其二》）

其二，表达人生的理想和追求。“俱怀逸兴壮思飞，欲上青天揽明月。”（《宣州谢朓楼饯别校书叔云》）“我欲因之梦吴越，一夜飞度镜湖月。”（《梦游天姥吟留别》）

其三，对高洁人品的敬慕和向往。“了见水中月，青莲出尘埃。”（《陪族叔当涂宰游化城寺升公清风亭》）“天清江月白，心静海鸥知。”（《赠汉阳辅录事》）“云见日月初生时，铸冶火精与水银。”（《上云乐》）“屈平词赋悬日月，楚王台榭空山丘。”（《江上吟》）“卷帘见月清兴来，疑是山阴夜中雪。”（《单父东楼秋夜送族弟沈之秦》）“观心同水月，解领得明珠。”（《赠宣州灵源寺仲浚公》）

诗境深造：“澄江涵皓月，水影若浮天。”（萧绎《望江中月影诗》）

466. 纤云四卷天无河，清风吹空月舒波　月明如水

出处：《峰顶寺》：“月明如水山头寺，仰面看天石上行。”

解析：指月光皎洁柔和，宛如闪着光波、缓缓流动的清水。形容月色美好的夜晚。

诗化：

江楼感旧

〔唐〕赵嘏

独上江楼思渺然，月光如水水如天。
同来望月人何处？风景依稀似去年。

诗义：我思绪茫然，独自来到这江边的高楼。此时，月色如水而水色又如月。还记得曾经与你们一同来赏月，而如今你们又在何处？你们知道吗，这月光如水的景色，和去年所见一样优美轻柔。

简评：月明如水属明净、明洁、清新、自然的美质。洁净是中国传统美

学提倡的审美取向。绘画上注重明净的美质。清代黄钺指出："虚亭枕流，荷花当秋。紫花的的，碧潭悠悠。美人明装，载桡兰舟。目送心艳，神留于幽。净与花竞，明争水浮。施朱傅粉，徒招众羞。"（《二十四画品·明净》）音乐上偏好明洁、清雅的琴音。"洁：欲修妙音者，必先修妙指。修指之道，从有而无。因多而寡，一尘不染。"（冷谦《琴声十六法》）

南朝宋谢庄的《月赋》是描画秋夜月色的名篇："升清质之悠悠，降澄辉之蔼蔼。列宿掩缛，长河韬映，柔祇雪凝，圆灵水镜。"明月冉冉而升，向广阔的原野洒下柔美的光辉。星光被清朗的月光所掩盖，那漫长的银河，也因明月而失去了清晖。皎洁的月光给大地蒙上了一层白雪。蔚蓝的夜空宛如一片澄明的镜子。清代厉鹗的月夜却是清冷、孤寂的："夜寒香界白，涧曲寺门通。月在众峰顶，泉流乱叶中。一灯群动息，孤磬四天空。归路畏逢虎，况闻岩下风。"（《灵隐寺月夜》）

历代均有文人钟情于明月如水的意境。如："纤云四卷天无河，清风吹空月舒波。"（韩愈《八月十五夜赠张功曹》）"夜深静卧百虫绝，清月出岭光入扉。"（韩愈《山石》）"山暝闻猿愁，沧江急夜流。风鸣两岸叶，月照一孤舟。"（孟浩然《宿桐庐江寄广陵旧游》）"洞庭秋月生湖心，层波万顷如镕金。"（刘禹锡《洞庭秋月行》）"月明如水山头寺，仰面看天石上行。夜半深廊人语定，一枝松动鹤来声。"（张祜《峰顶寺》）"江月随人影，山花趁马蹄。"（张谓《送裴侍御归上都》）"月皎疑非夜，林疏似更秋。"（庾肩吾《奉和春夜应令诗》）"一叶扁舟晚泊时，羁怀恰与景相宜。月明如水江如镜，何处渔人唱竹枝。"（孙承恩《晚泊》）"明月净松林，千峰同一色。"（欧阳修《自菩提步月归广化寺》）"芦苇丛中泊钓舟，月明如水满天秋。江湖梦稳渔家乐，不羡人间万户侯。"（张廷寿《题画》）"月光浸水水浸天，一派空明互回荡。"（查慎行《中秋夜洞庭对月歌》）"一星水中央，众流浩渺弥。"（洪朋《寄题揽结亭》）"清辉回雪月，玄想结云霞。"（丁鹤年《赠李仙姑》）

诗境深造："月出惊山鸟，时鸣春涧中。"（王维《鸟鸣涧》）

467. 山下白云横匹素，水中明月卧浮图　月白风清

出处：《后赤壁赋》："有客无酒，有酒无肴，月白风清，如此良夜何？"

解析：形容夜色美好幽静。

诗化：

虞美人·有美堂赠述古

〔宋〕苏轼

湖山信是东南美。一望弥千里。使君能得几回来。便使尊前醉倒、且徘徊。　　沙河塘里灯初上。水调谁家唱。夜阑风静欲归时。惟有一江明月、碧琉璃。

诗义：大自然的湖光山色，要数此地最美。登高远望，风光尽收眼底。你这一去，何时才归来？再痛饮几杯吧，但愿你醉倒再别离去。沙河塘华灯初上，不知是谁在弹唱动人的《水调》曲子？夜静风轻我们欲归去时，在一轮明月的映照下，钱塘江水澄澈得宛若一面翠绿的琉璃。

简评："山下白云横匹素，水中明月卧浮图。"（苏轼《十月十五日观月黄楼，席上次韵》）月白风清属清雅的美质。月亮是古诗词中使用比较多的意象之一，特别是在苏轼的诗词中，月亮有不同的色彩。"明月几时有？把酒问青天。不知天上宫阙，今夕是何年。我欲乘风归去，又恐琼楼玉宇，高处不胜寒。起舞弄清影，何似在人间？"（《水调歌头·明月几时有》）是一首非常浪漫的词；"参横斗转欲三更，苦雨终风也解晴。云散月明谁点缀？天容海色本澄清"（《六月二十日夜渡海》）是一首寄托高洁的情怀的作品；而"缑山仙子，高清云渺，不学痴牛骙女。凤箫声断月明中，举手谢时人欲去。客槎曾犯，银河波浪，尚带天风海雨。相逢一醉是前缘，风雨散、飘然何处？"（《鹊桥仙·七夕》）是一首离别之作，其中月色虽透出哀愁，但全文又让人感到豪气纵横，引人驰骋想象，仿若遨游于天界银河。

月白风清之夜常常美妙得让人难以入眠："转缺霜轮出海边，故人千里共婵娟。山阴此夜明如练，月白风清人未眠。"（林用中《岳后步月》）月白风清之夜也是弹琴听音的好时光："无人学得广陵散，月白风清试一弹。万籁不鸣群动息，九霄云外舞青鸾。"（董纪《题扇》）

诗境深造：“皓月危峰影，清风细浪声。”（彭汝砺《夜泊睦州桐江》）

468. 初月如弓未上弦，分明挂在碧霄边　新月如钩

出处：《五洲夜发》：“夜江雾里阔，新月迥中明。”

解析：指农历每月初出现的弯钩形的月亮。

诗化：

望江南·咏弦月

〔清〕纳兰性德

初八月，半镜上青霄。斜倚画阑娇不语，暗移梅影过红桥，裙带北风飘。

诗义：初八的月亮，如同悬挂在碧空中的半面镜子。佳人斜靠在雕花的栏杆上妩媚不语，梅花的影子随着月光流转悄悄地移过红桥，佳人的裙裾在北风的吹拂下飘展。

简评：新月如钩属于简洁、自然、清新的美质。中国传统美学比较注重简与繁的拿捏和处理。“繁而不忧乱，变而不忧惑，约以存博，简以济众，其唯《彖》乎？”（王弼《周易注》）王弼认为：“简易者，道也、君也。万物是众，道能生物，君能养民。物虽繁，不忧错乱；爻虽变，不忧迷惑。”刘勰指出：“凡精虑造文，各竞新丽，多欲练辞，莫肯研术。落落之玉，或乱乎石；碌碌之石，时似乎玉。精者要约，匮者亦鲜；博者该赡，芜者亦繁；辩者昭晰，浅者亦露；奥者复隐，诡者亦曲。”（《文心雕龙·总术》）创作必须简明扼要。“厚不因多，薄不因少。旨哉斯言，朗若天晓。务简先繁，欲洁去小。人方辞费，我一笔了。喻妙于微，游物之表。夫谁则之？不鸣之鸟。”（黄钺《二十四画品·简洁》）

“初八月，半镜上青霄。”简洁的美质，恰如夜空中的一弯新月，意味深远，韵味无穷。明月永远是文人心中的小镜子，如：“三五夜中新月色，二千里外故人心。”（白居易《八月十五日夜禁中独直对月忆元九》）“初月如弓未上弦，分明挂在碧霄边。时人莫道蛾眉小，三五团圆照满天。”（缪氏子《赋新月》）“晚来风定钓丝闲，上下是新月。千里水天一色，看孤鸿明灭。”（朱敦儒

《好近事·渔父》）“玉露金风报素秋，穿针楼上独含愁。双星何事今宵会，遗我庭前月一钩。”（德容《七夕二首·其一》）“一院落花无客醉，五更残月有莺啼。”（温庭筠《经李徵君故居》）落花满园，残月五更，除了新月，还有客愁。

诗境深造：“大漠沙如雪，燕山月似钩。”（李贺《马诗二十三首·其五》）

469. 一天星月清吟外，万里江山极望中　星月皎洁

出处：《秋声赋》：“星月皎洁，明河在天。四无人声，声在树间。”

解析：指星星和月亮一起闪耀，分外明亮。

诗化：

旅夜书怀

〔唐〕杜甫

细草微风岸，危樯独夜舟。
星垂平野阔，月涌大江流。
名岂文章著，官应老病休。
飘飘何所似，天地一沙鸥。

诗义：轻风吹拂着江岸上的小草，耸立着桅杆的小船在夜里孤独地停泊着。星星低垂，平野愈显开阔；月光随江波涌动，大江滚滚东流。我岂是因为文章而著名？年老病多，也该告老还乡了。独自到处漂泊像什么呢？就像天地间那孤独的沙鸥。

简评：《旅夜书怀》全诗意境雄浑，旷达豪放，气象万千。诗中情景交融，景中有情，烘托出一个飘零于茫茫天地间的孤独形象。星月皎洁属明净、简洁、空灵的美质。皎洁形容明亮洁白，是历代诗人和画家比较赞赏的美学境界。南朝宋谢灵运曰：“浮云褰兮收泛滟，明舒照兮殊皎洁。”（《怨晓月赋》）唐代李端云：“婵娟更称凭高望，皎洁能传自古愁。”（《和李舍人直中书对月见寄》）宋代范成大有诗：“君游东山东复东，安得奋飞逐西风。愿我如星君如月，夜夜流光相皎洁。”（《车遥遥篇》）

皎洁还蕴含着清白、廉洁、光明磊落之意。晋代葛洪曰："玄冰未结，白雪不积，则青松之茂不显；俗化不弊，风教不颓，则皎洁之操不别。"（《抱朴子·广譬》）南朝宋谢灵运云："美人卧屏席，怀兰秀瑶璠。皎洁秋松气，淑德春景暄。"（《日出东南隅行》）南朝宋鲍照云："兹晨自为美，当避艳阳天。艳阳桃李节，皎洁不成妍。"（《学刘公干体五首·其三》）唐代顾况有诗："新系青丝百尺绳，心在君家辘轳上。我心皎洁君不知，辘轳一转一惆怅。"（《悲歌·其五》）宋代孔平仲诗云："一天星月清吟外，万里江山极望中。"（《夜坐舟中偶成》）

诗境深造："星临万户动，月傍九霄多。"（杜甫《春宿左省》）

470. 天河夜转漂回星，银浦流云学水声　明星荧荧

出处：《阿房宫赋》："明星荧荧，开妆镜也；绿云扰扰，梳晓鬟也；渭流涨腻，弃脂水也；烟斜雾横，焚椒兰也。"

解析：指夜空中星光璀璨、繁星点点的景象，也形容繁华的景象。

诗化：

一丛花·溪堂玩月作（节选）

〔宋〕陈亮

冰轮斜辗镜天长，江练隐寒光。危阑醉倚人如画，隔烟村、何处鸣榔？乌鹊倦栖，鱼龙惊起，星斗挂垂杨。

诗义：夜空明月西斜，长天明洁如镜，江面清澈如一匹白练，隐映着一片清寒的月光。我倚着高楼的栏杆，带着醉意欣赏这如画的风景。隔着烟雾弥漫的渔村，不知从何处传来渔舟捕鱼时的木梆声。乌鹊倦栖在林子里，鱼儿从水中惊跃，满天繁星静悄悄地挂在柳树梢头。

简评：明星荧荧属幽邃、澹远、明净的美质。在浩瀚辽阔的夜空里，明星荧荧，时而明净如水，时而给人以幽邃的感觉。幽邃是审美的重要意境，幽邃的关键在于艺术创造和审美中对显隐要素的把握。显是指明朗显豁，浅显易懂，一目了然；隐则指幽深隐晦，含蓄蕴藉，隐而不露。在显隐都不可

偏发的情况下，把握好显隐结合的度，显中带隐，就会产生深邃的审美效果。“山不在高，惟深则幽。林不在茂，惟健乃修。”（黄钺《二十四画品·幽邃》）

三国曹操的《碣石篇·观沧海》：“星汉灿烂，若出其里。”唐代李贺的《天上谣》：“天河夜转漂回星，银浦流云学水声。”韩愈的《岳阳楼别窦司直》：“星河尽涵泳，俯仰迷下上。”宋代秦观的《鹊桥仙·纤云弄巧》：“纤云弄巧，飞星传恨，银汉迢迢暗度。”张孝祥的《临江仙·试问梅花何处好》：“星稀河影转，霜重月华孤。”这些句子都有幽邃之感。

诗境深造：“星垂平野阔，月涌大江流。”（杜甫《旅夜书怀》）

四十八、花木篇（上）

遍江北底野色都绿了。
柳也绿了。
麦子也绿了。
细草也绿了。
水也绿了。
鸭尾巴也绿了。
茅屋盖上也绿了。
穷人底饿眼儿也绿了。
和平的春里远燃着几团野火。

——康白情《和平的春里》

花木是大自然中最平常，也是最丰富的美景，无论是苍翠欲滴、郁郁葱葱、柳暗花明，还是枯木逢春、叶落知秋，都蕴含着自然、清新的美质；而国色天香、万紫千红、含苞欲放、花团锦簇、争奇斗艳，则饱含纤秾、多彩的美质。

471. 空翠入窗浓欲滴，夜凉扶月静尤孤　苍翠欲滴

出处：《冬日晚郡事隙》："苍翠望寒山，峥嵘瞰平罢。"

解析：形容树木野草等植物翠绿得仿佛要滴落下来一样。

诗化：

辋川闲居赠裴秀才迪

〔唐〕王维

寒山转苍翠，秋水日潺湲。

倚杖柴门外，临风听暮蝉。

渡头余落日，墟里上孤烟。

复值接舆醉，狂歌五柳前。

诗义：傍晚寒冷的深山显得格外苍翠，秋天的溪水在轻缓地流淌。我倚着拐杖伫立在柴门外，迎风聆听那深秋老蝉的吟唱。太阳快要落山了，渡头一片宁静，村子里炊烟袅袅。又碰到这狂放的裴迪喝醉了酒，在我这隐居的人面前放声唱歌。

简评：苍翠欲滴属苍润、深邃、清旷、韵秀的美质。宋代郭熙《山川训》云："春山澹冶而如笑，夏山苍翠而欲滴，秋山明净而如妆，冬山惨淡而如睡。"春天的山恬淡秀丽，生机盎然，恰如欢快的微笑；夏天的山葱茏翠绿，那翠绿的颜色好像要滴落下来；秋天的山十分明净，像是梳妆打扮过；冬天的山黯淡无色，似乎昏然入睡。"崇山过新雨，苍翠浓欲滴。林深不通人，溪回有吟客。日落古道空，天青暮云碧。何处一声蝉，幽栖仍自得。"（米友仁《题董源夏山图》）

"空翠入窗浓欲滴，夜凉扶月静尤孤"（郑刚中《秋夜山居》）苍翠是大地最美的芳华，欲滴是那芳华中最纯净、最灵秀的明珠。唐人对"苍翠"爱不释手。春色之美难以言表，唯苍翠二字尚可一书："出门见南山，引领意无限。秀色难为名，苍翠日在眼。"（李白《望终南山寄紫阁隐者》）"片云隔苍翠，春雨半林湍。藤长穿松盖，花繁压药栏。"（钱起《中书王舍人辋川日居》）即便是描写凋零的秋寒，也要把苍翠带上："凤凰所宿处，月映孤桐寒。槁叶零落尽，空柯苍翠残。"（王昌龄《段宥厅孤桐》）"桑榆郁相望，邑里多鸡鸣。秋

山一何净，苍翠临寒城。”（王维《赠房卢氏琯》）“只谓一苍翠，不知犹数重。晚来云映处，更见两三峰。”（裴夷直《前山》）“苍翠”二字更适合意会，韵味无穷。

诗境深造：“清冬见远山，积雪凝苍翠。”（王维《赠从弟司库员外絿》）

472. 澄波澹澹芙蓉发，绿岸毵毵杨柳垂　枝繁叶茂

出处：《荔枝》：“色映离为火，甘殊木作酸。枝繁恐相染，树重欲成团。”《园居漫兴·其二十二》：“茂叶团阴密，繁枝结实低。”

解析：指植物的枝叶繁盛茂密，也比喻人丁兴旺，后代多。

诗化：

题度支杂事典庭中柏树

〔唐〕骆浚

干耸一条青玉直，叶铺千叠绿云低。
争如燕雀偏巢此，却是鸳鸯不得栖。

诗义：树干高耸直立如同一条青玉，枝繁叶茂地铺了千层，好像绿色的云朵低沉。燕雀争相来到树上筑巢，然而可怜的鸳鸯却无法栖息。

简评：“澄波澹澹芙蓉发，绿岸毵毵杨柳垂。”（孟浩然《高阳池送朱二》）枝繁叶茂属雄浑、高古、幽远的美质，常常用于表达生机勃勃、繁荣旺盛的场面，能烘托出“物我相融，天人合一”的美妙境界。“郁郁涧底松，离离山上苗。以彼径寸茎，荫此百尺条。”（左思《咏史》）“芳树千株发，摇荡三阳时。气软来风易，枝繁度鸟迟。春至花如锦，夏近叶成帷。”（李爽《芳树》）“芳树不自惜，与藤相萦系。岁久藤枝繁，见藤不见树。”（王廷相《芳树》）

诗境深造：“林岭蔼春晖，程程入翠微。”（林逋《送思齐上人之宣城》）

473. 晴日暖风生麦气，绿荫幽草胜花时　郁郁葱葱

出处：《论衡·恢国》：“初者，苏伯阿望春陵气郁郁葱葱。”

解析：形容草木苍翠茂盛，生机勃勃。也形容事物发展趋势良好、发展前景美好的样子。

诗化：

清平乐·会昌

毛泽东

东方欲晓，莫道君行早。踏遍青山人未老，风景这边独好。会昌城外高峰，颠连直接东溟。战士指看南粤，更加郁郁葱葱。

诗义：东方晨曦初露，不要说你来得早。遍踏青山仍正当年华，这边的风景独好。会昌县城外面高峻的山峰，绵延连接东海。战士们眺望指点南粤，那边更为郁郁葱葱。

简评：郁郁葱葱属自然、疏野、厚实的美质，多用于描写春夏的美景，形容大地、山川、郊野草木茂盛，生机盎然。“郁郁千寻树，葱葱大小山。影移沧海里，色射碧云间。”（王宾《凤山八景》）“郁郁复葱葱，劲干挺百尺。英爽实式凭，斋前有老柏。”（王季珠《落落斋丙午存草》）“遥知郁郁葱葱地，只在熙熙攘攘间。沙鸟窥鱼鸥觅渚，试看何物是清闲。”（袁宏道《登晴川阁望武昌》）“至若春和景明，波澜不惊，上下天光，一碧万顷；沙鸥翔集，锦鳞游泳；岸芷汀兰，郁郁青青。”（范仲淹《岳阳楼记》）

郁郁葱葱也用于表达生机勃勃、吉祥平和之氛围。“荧碧小龙湫，郁葱腾佳气。独有洗心人，一歃知清味。”（温纯《浮光八咏·七里泉》）“长安此去无多地，郁郁葱葱佳气浮。良人得意正年少，今夜醉眠何处楼。”（刘氏《闻夫杜羔登第》）“今朝寿酒泛黄花，郁郁葱葱气满家。愿得唐儿舞一曲，莫嫌国小向长沙。”（苏轼《赵倅成伯母生日致语口号》）“神化还随苍震始，天颜却映少阳温。新年喜气知多少，郁郁葱葱覆九门。”（胡宿《大庆殿元会》）

诗境深造：“饱霜犹郁葱，立雪故清润。”（曾几《岁寒亭》）

474. 苍松翠柏不知老，参天际地蟠深根　苍松翠柏

出处：勉县定军山武侯墓楹联：“古石幽香名士骨，苍松翠柏老臣心。”

解析：指常青的松柏，常比喻具有高贵品质和节操的贤士。

诗化：

书院二小松

〔唐〕李群玉

一双幽色出凡尘，数粒秋烟二尺鳞。

从此静窗闻细韵，琴声长伴读书人。

诗义：两棵苍翠的松树岿然挺拔，苍劲非凡，数枚翠绿的新叶挂在二尺高的松树上。从此在宁静的书窗旁就能听那阵阵松涛，它宛如清澈的琴声长久伴着恬静的读书人。

简评：苍松翠柏属苍古、超脱、健拔、韶秀的美质。“古”是中国传统美学中重要的审美理念和风格，在艺术创作和审美偏好上，古朴、古雅、古典、古意是一道永不褪色的风景线。老子崇尚古朴的自然风格：“能知古始，是谓道纪。”（《道德经·第十四章》）孔子则提出：“述而不作，信而好古。”（《论语·述而》）在诗词方面，“古”是绝美的风格，所谓“虚伫神素，脱然畦封。黄唐在独，落落玄宗”（司空图《二十四诗品·高古》）。诗词要坚持质朴的感情和超脱世俗的习性，向往远世寄托雅致的意趣，坚守孤芳自赏的高古诗风。在书画方面，赵孟頫指出“作画贵有古意”，强调“若无古意，虽工无益”（张丑《清河书画舫》）。在音乐上，“古”也是其美质之一，“音淡而会心者，吾知其古也”（徐上瀛《溪山琴况》）。

把松柏拟作高洁之士，为历代诗家所常用。李白的《南轩松》：“南轩有孤松，柯叶自绵幂。清风无闲时，潇洒终日夕。阴生古苔绿，色染秋烟碧。何当凌云霄，直上数千尺。”杜荀鹤的《小松》：“自小刺头深草里，而今渐觉出蓬蒿。时人不识凌云木，直待凌云始道高。”无可的《松》：“枝干怪鳞皴，烟梢出涧新。屈盘高极目，苍翠远惊人。待鹤移阴过，听风落子频。青青寒木外，自与九霄邻。”成鹫的《题百鹿图为陈母程太君寿》：“苍松翠柏不知老，参天际地蟠深根。”

诗境深造：“疏竹摇秋雨，苍松凝晚烟。”（柯九思《题边武画苍松图》）

475. 漠漠水田飞白鹭，阴阴夏木啭黄鹂　绿树成荫

出处：《怅诗》：“狂风落尽深红色，绿叶成阴子满枝。”

解析：指树木茂盛，绿叶覆盖成荫。

诗化：

竹枝词

〔清〕郑燮

水流曲曲树重重，树里春山一两峰。

茅屋深藏人不见，数声鸡犬夕阳中。

诗义：流水蜿蜒曲折，林木茂盛，绿树成荫，从树丛中远望，隐约能看到几座青山。在这幽静的山谷里还藏着茅屋，却不见人影，夕阳里传来了鸡鸣犬吠的声音。

简评：“漠漠水田飞白鹭，阴阴夏木啭黄鹂。”（王维《积雨辋川庄作》）绿代表自然，是春天和生命的象征，蕴含着勃勃生机。绿色是大自然中最为普遍的颜色，青山绿水、绿草如茵。绿意是自然的美质。唐代王维有《送别》：“春草年年绿，王孙归不归？”温庭筠有《菩萨蛮·满宫明月梨花白》：“小园芳草绿，家住越溪曲。”宋代杨万里有《江水》：“水色本正白，积深自成绿。”陈师道有《楝花》：“密叶已成荫，高花初著枝。幽香不自好，寒艳未多知。”方岳有《春思》：“无何桃李又成荫，水抱孤村岸岸深。迳草不锄随意绿，要观天地发生心。”这些诗词都描写了大自然中的绿。

诗境深造：“密林含余清，远峰隐半规。”（谢灵运《游南亭》）

476. 春风不识愁人意，柳暗花明自逐村　柳暗花明

出处：《游山西村》：“山重水复疑无路，柳暗花明又一村。”

解析：形容柳树成荫、繁花似锦的美丽景色，也比喻在困难中遇到转机。

诗化：

咏柳

〔唐〕贺知章

碧玉妆成一树高，万条垂下绿丝绦。

不知细叶谁裁出，二月春风似剪刀。

诗义：高大的柳树长满了翠嫩的新叶，万千条柳枝像飘拂的绿丝带，轻柔地垂下来。这精巧的嫩叶是谁剪裁出来的呢？哦，是二月那和煦的春风，它就像一把灵巧的剪刀。

简评：柳在中华传统文化里代表柔美、轻盈、流动、飘逸的美质。唐代白居易诗云："一树春风千万枝，嫩于金色软于丝。"（《杨柳枝词》）李咸用的《咏柳》："解引人情长婉约，巧随风势强盘纡。天应绣出繁华景，处处茸丝惹路衢。"宋代辛弃疾的《武陵春》："桃李风前多妩媚，杨柳更温柔。"张先的《千秋岁》："雨轻风色暴，梅子青时节。永丰柳，无人尽日花飞雪。"朱服的《渔家傲》："小雨纤纤风细细。万家杨柳青烟里。"葛胜仲的《追贤院食已度岭历宋胡诸庵转山夜归》："春风不识愁人意，柳暗花明自逐村。"

除了这些美质，柳还可以用来表达"以柳赠别""以柳诉愁"的感情。自汉代起，古人就常以折柳相赠来寄托依依惜别之情，也借柳抒发远方旅人的思乡之情。汉代有著名的《折杨柳》曲调。唐代长安的灞陵桥旁栽满了杨柳树，是古人折柳送别最著名的地方。"箫声咽，秦娥梦断秦楼月。秦楼月，年年柳色，灞陵伤别。"（李白《忆秦娥》）"江雨霏霏江草齐，六朝如梦鸟空啼。无情最是台城柳，依旧烟笼十里堤。"（韦庄《台城》）

诗境深造："柳暗百花明，春深五凤城。"（王维《早朝》）

477. 桃花一簇开无主，可爱深红爱浅红　桃之夭夭

出处：《诗经·周南·桃夭》："桃之夭夭，灼灼其华。之子于归，宜其室家。"

解析：形容桃花茂盛艳丽，后比喻事物的繁荣兴盛。

诗化：

敷浅原见桃花

〔宋〕刘次庄

桃花雨过碎红飞，半逐溪流半染泥。

何处飞来双燕子，一时衔在画梁西。

诗义：一场风雨过后，那满地的桃花花瓣又被春风吹起，零落纷飞，一半随着溪流飘向远方，另一半化作了泥香。一对燕子不知从何处飞来，嘴里衔着几片桃花在彩绘屋梁的西边飞来飞去。

简评：“桃花一簇开无主，可爱深红爱浅红。”（杜甫《江畔独步寻花七绝句·其五》）桃之夭夭属美丽、绚丽、艳丽、繁荣的美质。“艳阳天气，烟细风暖，芳郊澄朗闲凝伫。渐妆点亭台，参差佳树。舞腰困力，垂杨绿映，浅桃秾李夭夭，嫩红无数。度绮燕、流莺斗双语。”（柳永《夜半乐·艳阳天气》）桃花常常用于描写春天的景色。“竹外桃花三两枝，春江水暖鸭先知。”（苏轼《惠崇春江晚景二首·其一》）“隔岸桃花红未半。枝头已有蜂儿乱。惆怅武陵人不管。清梦断。亭亭伫立春宵短。”（王安石《渔家傲·隔岸桃花红未半》）桃花是春天的象征，也是美丽的象征。“去年今日此门中，人面桃花相映红。”（崔护《题都城南庄》）“人间四月芳菲尽，山寺桃花始盛开。”（白居易《大林寺桃花》）“烟滋雨濯浅深红，石畔夭夭一两丛。海国芳菲春不管，碧桃花嫁鲤鱼风。”（六十七《题碧桃花》）

诗境深造：“夭夭桃李花，灼灼有辉光。”（阮籍《咏怀八十二首》）

478. 苍龙日暮还行雨，老树春深更著花　枯木逢春

出处：《景德传灯录》：“枯树逢春时如何？师曰：‘世间希有。’”

解析：指即将枯死的树木遇到了春天，获得重生。常比喻事物重新获得生机。

诗化：

古树

〔唐〕崔道融

古树春风入，阳和力太迟。

莫言生意尽，更引万年枝。

诗义：春风吹醒了古树，古树枯木逢春开始发芽，它回春的速度和能力还是比较迟缓，比不上那些正处在茁壮时期的树木茂盛。但是也不要说古树没了生机，假若有一天萌发出嫩芽新枝，它定会长成参天大树。

简评："苍龙日暮还行雨，老树春深更著花。"（顾炎武《又酬傅处士次韵·其二》）枯木逢春属朴拙、含蓄、自然的美质。朴拙是中国传统美学的审美概念。老子说"大巧若拙"（《道德经·第四十五章》），陈师道也提出"宁拙毋巧，宁朴毋华，宁粗毋弱，宁僻毋俗"（《后山诗话》）。中国传统美学欣赏"见朴抱素""返璞归真"的自然之美。枯木之所以成为朴拙一类审美对象，正因为它历经百年的沧桑之后，虽着眼之处尽是布满粗拙纹理的枝干，形容枯槁，却蕴藏着自然之魂。刘禹锡的《酬乐天扬州初逢席上见赠》："沉舟侧畔千帆过，病树前头万木春。"仲并所题《画枯木》："乞与空斋伴我闲，风霜谙尽各苍颜。不妨黛色凌云干，蟠屈生绡寻尺间。"吕留良的《述怀》："寒冰不能断流水，枯木也会再逢春。""上百年炎热的煎烹，数百个春秋的苦雨凄风，锻造了那根曲折的树精，纵然是心肺都被掏空了，那副铮铮铁骨依然闪耀着迷人的金星。"（陈立基《鹏风翱翔》）

枯木不仅在诗人眼里具有特别的美质，在画家眼里也具有无尽的韵味。董其昌说，山水画中，无枯木则不能出苍古之态。苏轼的惊世之作《枯木怪石图》，画作中没有高山流水，没有茂林修竹，只有一株枝节甚是张牙舞爪的枯木，配以形状怪异的石头。"散木支离得自全，交柯蚴蟉欲相缠。不须更说能鸣雁，要以空中得尽年。"（苏轼《题过所画枯木竹石三首·其二》）从苏轼的题诗中，观者便能领略几分"枯木怪石"之意：枯木绿意不再而归于沉静，表达的是画者本人的处世之态。

诗境深造："枯枝长不朽，落叶又敷荣。"（张嗣纲《枯木回春》）

479. 秋阴不散霜飞晚，留得枯荷听雨声　叶落知秋

出处：《淮南子·说山训》："以小明大，见一叶落而知岁之将暮。"

解析：看到树上枯叶飘落，便知秋天到了，比喻从细微的变化可以推测事物的发展趋向。

诗化：

苏幕遮·怀旧

〔宋〕范仲淹

碧云天，黄叶地。秋色连波，波上寒烟翠。山映斜阳天接水。芳草无情，更在斜阳外。　黯乡魂，追旅思。夜夜除非，好梦留人睡。明月楼高休独倚。酒入愁肠，化作相思泪。

诗义：碧空上白云飘，大地落满了黄叶。秋景倒映在江中的轻波上，波上弥漫着苍翠的寒烟。山峦映照着夕阳，水天相接。芳草不知人的情感，一直延绵到斜阳照不到的天边。独自思念着故乡，引发了伤感，羁旅愁思难以挥去，除非夜夜都做美梦才能得到些许安慰。月明之夜切莫独倚高楼。借酒消愁，佳酿也化作思念的泪水。

简评："戛戛秋蝉响似筝，听蝉闲傍柳边行。小溪清水平如镜，一叶飞来细浪生。"（徐玑《秋行二首·其一》）夏秋蝉都在鸣叫，很难分辨出是夏天还是秋天，唯有那秋风扫下的一片黄叶，才使人意识到秋的到来。叶落知秋是中国传统美学创造美的方法之一。"夫《易》，彰往而察来，而微显阐幽，开而当名，辨物正言断辞，则备矣。其称名也小，其取类也大。其旨远，其辞文，其言曲而中，其事肆而隐。"（《周易·系辞下》）所谓"称名也小""取类也大"，就是以个别的卦象符号象征某种事物或宇宙中某个现象的审美方法。刘熙载《艺概·诗概》所说"以鸟鸣春，以虫鸣秋，此造物之借端托寓也。绝句之小中见大似之"就是这个道理。

"忽看落叶知秋早，偶坐吟诗到日斜。"（丘葵《古藤》）落叶是秋天的信号，是秋天绚丽的美景。自古以来，文人对秋日就有着不同的审美体验，也因此产生了具有不同审美取向的作品。有对秋景之壮阔的审美感悟，如刘禹锡的《秋词》："自古逢秋悲寂寥，我言秋日胜春朝。晴空一鹤排云上，便引诗情到

碧霄。”黄庭坚的《登快阁》：“痴儿了却公家事，快阁东西倚晚晴。落木千山天远大，澄江一道月分明。”有对秋意之悲凉的感悟，如庾信的《重别周尚书》：“阳关万里道，不见一人归。惟有河边雁，秋来南向飞。”白居易的《暮立》更是发出悲秋愁断肠的感慨：“黄昏独立佛堂前，满地槐花满树蝉。大抵四时心总苦，就中肠断是秋天。”此外还有杨徽之的《宿东林》：“开尽菊花秋色老，落残桐叶雨声寒。”王实甫的《西厢记》：“碧云天，黄花地，西风紧，北雁南飞。晓来谁染霜林醉？总是离人泪。”项鸿祚的（《水龙吟·秋声》）：“莫更伤心，可怜秋到，无声更苦。满寒江剩有，黄芦万顷，卷离魂去。”

“动弦别曲，落叶知秋。人平不语，水平不流。只因脚底无羁绊，去住纵横得自由。”（释宗演《颂古十七首·其八》）“秋阴不散霜飞晚，留得枯荷听雨声。”（李商隐《宿骆氏亭寄怀崔雍崔衮》）听雨枯荷是一种特别的美，如此秋意显得恬静自在。走过四季，最坦然的还是那淡泊宁静的心境：“少年不识愁滋味，爱上层楼。爱上层楼，为赋新词强说愁。而今识尽愁滋味，欲说还休。欲说还休，却道天凉好个秋！”（辛弃疾《丑奴儿·书博山道中壁》）也许，对大多数人来说，那“天凉好个秋”的淡泊、坦然、沉稳更值得追求。

诗境深造：“白露蒹葭落，西风蟋蟀吟。”（何景明《十四夜》）

480. 从来洛花天下最，姚黄魏紫尤奇异　姚黄魏紫

出处：《绿竹堂独饮》：“姚黄魏紫开次第，不觉成恨俱零凋。榴花最晚今又拆，红绿点缀如裙腰。”

解析：形容花卉美丽、多姿多彩的样子，多指牡丹花。

诗化：

凤栖梧·牡丹

〔宋〕曹冠

魏紫姚黄凝晓露。国艳天然，造物偏钟赋。独占风光三月暮。声名都压花无数。　蜂蝶寻香随杖屦。睍睆莺声，似劝游人住。把酒留春春莫去。玉堂元是常春处。

诗义：晶莹的晨露点缀着华丽高贵的牡丹花。造物赋予她天生绝世的美艳。独占了三月暮春的好风光，其美名艳压群芳。蜜蜂、蝴蝶绕着带有花香的手杖与鞋子上下纷飞，莺鸟声清丽婉转，好像要劝说游人留步。举杯想要留住春光，这才感悟到原来自家的宅第便是春常驻之处。

简评："从来洛花天下最，姚黄魏紫尤奇异。"（袁甫《见牡丹呈诸友》）姚黄魏紫属艳丽、妖艳的美质，属色彩美。色彩美普遍存在于自然界和艺术创造之中。自然界中天然形成的山川河流、蓝天白云、大漠荒烟等都会给人以赏心悦目的色彩美感，艺术作品则通过艺术家高超的技艺和对色相、明度、纯度的调配、组合构成色彩美。中国传统美学青睐丰富的色彩，《国语·郑语》指出："声一无听，物一无文，味一无果，物一不讲。"意思是单一的声音，不会有优美的音乐；单一的颜色，不会有美丽文采；只有一种味道，就不能成为美味；只是一种事物，就无法进行衡量比较。牡丹花被誉为"花中之王"，品种繁多，花色丰富多彩，有黄色、绿色、肉红、深红、银红等，以姚黄、魏紫、赵粉、欧碧最为名贵。其中，姚黄是指千叶黄花牡丹，魏紫则指千叶肉红牡丹。宋代欧阳修《洛阳牡丹记·花释名》记载："姚黄者，千叶黄花，出于民姚氏家。……魏家花者，千叶肉红花，出于魏相仁溥家。"姚黄花之态，形如细雕，质若软玉，自有一种高洁气质。"人谓牡丹花王，今姚黄真可为王，而魏花乃后也。"（欧阳修《洛阳牡丹记·花释名》）

诗境深造："天香夜染衣，国色朝酣酒。"（李正封《咏牡丹》）

四十九、花木篇（中）

冰雪里的梅花呵！

你占了春先了

看遍地的小花

随着你零星开放

——冰心《春水·一八》

寓意比德是中华传统文化的独特形式。梅、兰、竹、菊被誉为“花中四君子”，分别代表傲、幽、坚、淡四种品格。梅花暗香疏影、傲雪凌霜，蕴含着高洁、脱俗的美质，代表高洁志士的品格；兰花高雅美好、清婉素淡，具有清幽、自傲的美质。

481. 疏影横斜水清浅，暗香浮动月黄昏　暗香疏影

出处：《山园小梅二首·其一》："疏影横斜水清浅，暗香浮动月黄昏。"

解析：指梅花稀疏的树影和扑鼻的清香，形容梅花超凡脱俗的气质和意境。

诗化：

卜算子·咏梅

〔宋〕陆游

驿外断桥边，寂寞开无主。已是黄昏独自愁，更着风和雨。　　无意苦争春，一任群芳妒。零落成泥碾作尘，只有香如故。

诗义：在驿馆外面的断桥边，一枝孤寂的梅花正在绽放。在黄昏的暮色下，它显得更加孤寂愁闷，还经受着凄风疾雨的吹打。梅花压根儿就没想到要独占春芳，任由群芳的妒忌和嘲讽。纵然片片花瓣凋落在地，被碾作泥尘，梅花也永远保持着自身的芬芳清气。

简评：中国历代文人雅士都对梅花情有独钟，认为梅花是花魁。暗香疏影是文人对梅花的传统审美情结，也是诗人偏好的创作主题。"天文惟雪诗最多，花木惟梅诗最多。雪诗自唐人佳者已传，不可偻数；梅诗尤多于雪。"（李东阳《怀麓堂诗话》）宋代诗人范成大酷爱梅花，晚年退居石湖，筑"石湖别墅"，广植梅花于所居村庄，著《范村梅谱》。一般认为《范村梅谱》是我国最早的梅花专著。范成大认为梅乃"天下尤物。无问智贤愚不肖，莫敢有异议"，又"梅以韵胜，以格高，故以横斜疏瘦与老枝怪奇者为贵"（《范村梅谱》），指出了梅花的美学特征。戴复古认为梅以枯老、曲奇、疏蕊为美："老干百年久，从教花事迟。似枯元不死，因病反成奇。玉破稀疏蕊，苔封古怪枝。谁能知我意，相对岁寒时。"（《得古梅两枝》）

明代陈仁锡认为梅有四贵："贵稀不贵繁，贵老不贵嫩，贵瘦不贵肥，贵含不贵开。"（《潜确类书》）而在内在的美质上，梅花具有神清骨秀、高洁端庄、幽独娴静的气质风韵。历代文人都将梅花视为坚贞、顽强、高洁及清傲的象征，赋予它"无意苦争春，一任群芳妒。零落成泥碾作尘，只有香如故"的风骨和"万花敢向雪中出，一树独先天下春"（杨维桢）的品格。

宋代著名隐士林逋曾在江淮一带漫游，后隐居杭州西湖孤山，一生无妻无子，酷爱梅花与白鹤，人称梅妻鹤子，他的著名诗篇《山园小梅二首》尤能表现出他那超凡脱俗的气质。后人对林逋的品格大加称颂并表现出无限的敬意："结庐旧与青山对，修竹萧疏半不存。惟有亭前古梅在，暗香疏影几黄昏。"（方岳《林和靖墓》）"遗稿曾无封禅文，鹤归何处认孤坟。清风千载梅花共，说著梅花定说君。"（吴锡畴《林和靖墓》）

诗境深造："遥知不是雪，为有暗香来。"（王安石《梅花》）

482. 不是一番寒彻骨，争得梅花扑鼻香　傲雪凌霜

出处：《张天师》："梅花云：我这梅花……玉骨冰肌谁可匹，傲雪欺霜夺第一。"

解析：形容不畏霜雪严寒，条件越是艰苦越有斗志。比喻经过长期磨炼，面对艰难困苦的环境也无所畏惧、毫不退缩。

诗化：

梅花落

〔南北朝〕鲍照

中庭杂树多，偏为梅咨嗟。问君何独然？念其霜中能作花，露中能作实。摇荡春风媚春日，念尔零落逐寒风，徒有霜华无霜质。

诗义：庭院中生长着各种各样的树木，我则偏偏赞赏梅花。要问我为何对梅情有独钟，是因为梅能在寒霜中开花，在冷露中结果。而那些杂树只能在春风中闲逸，在春日里妩媚。即使有的偶尔能在霜中开花，也都很快随寒风飘落凋零，徒有抗寒霜的外表，没有拒严寒的品质。

简评："念其霜中能作花，露中能作实。"梅花不畏严寒的风骨，为历代文人所称颂，这与中华传统文化提倡的"天行健，君子以自强不息"的积极的人生态度是分不开的。我们的传统文化注重"浩然之气"，注重培育坚强旺盛的内在精神力量，以应对各种艰难险阻，成就人生的各种事业，这是中华传统文化偏爱梅花的文化根源，信奉"不是一番寒彻骨，争得梅花扑鼻香"

（黄檗禅师《上堂开示颂》）的理念。

鲍照在我国文学史上有重要的地位，尤其是在诗歌方面，是被称为“上挽曹、刘之逸步，下开李、杜之先鞭”（胡应麟《诗薮》）的诗人。其艺术风格俊逸豪放，奇矫凌厉，思想深沉含蓄，意境清新幽邃，辞藻华美流畅，抒情淋漓尽致。杜甫曰：“白也诗无敌，飘然思不群。清新庾开府，俊逸鲍参军。”（《春日忆李白》）沈德潜曰：“明远乐府，如五丁凿山，开人世所未有。后太白往往效之。”（《古诗源》）鲍照为李白所尊崇，朱熹云：“鲍明远才健……李太白专学之。”（《朱子语类·论文下》）鲍照的乐府歌行还直接影响了李白的乐府歌行，为李白尊崇之“先师”。鲍照的咏梅诗开创了文人以梅比德的风气和传统，他的梅花诗风格别致，以物喻人，由物及人，通篇以梅为线，向读者传递的却是诗人傲雪凌霜、独立不移的品格。

诗境深造：“朔吹飘夜香，繁霜滋晓白。”（柳宗元《早梅》）

483. 雪虐风饕愈凛然，花中气节最高坚　雪胎梅骨

出处：《怜香伴·香咏》：“小姐这等诗真有雪胎梅骨，冷韵幽香。”

解析：形容品行高洁，意志坚韧，人格高尚。

诗化：

眼儿媚·咏梅

〔清〕纳兰性德

莫把琼花比澹妆，谁似白霓裳。别样清幽，自然标格，莫近东墙。　冰肌玉骨天分付，兼付与凄凉。可怜遥夜，冷烟和月，疏影横窗。

诗义：莫以为琼花就是淡雅素妆，哪一种花能像梅花那样有洁白的霓裳？梅花风姿自然，仪态优美，另有一番清气和幽雅，仪态优雅得只可远处观赏。梅花的冰肌玉骨是上天赐予的，具有孤寂高冷的气质。长夜漫漫，梅花在月光之下绽放冷艳，疏朗的铁骨横落在窗前。

简评：“雪虐风饕愈凛然，花中气节最高坚。”（陆游《落梅二首·其一》）梅系落叶乔木，属蔷薇科，是一种传统的观赏植物。梅在中国传统艺术中占

有重要的地位，是各类艺术创作的重要题材。在诗词方面，宋代苏轼有《再用前韵》：“罗浮山下梅花村，玉雪为骨冰为魂。”又《红梅三首·其一》：“故作小红桃杏色，尚余孤瘦雪霜姿。”林逋有《山园小梅二首·其一》：“众芳摇落独暄妍，占尽风情向小园。疏影横斜水清浅，暗香浮动月黄昏。”陆游有《卜算子·咏梅》：“驿外断桥边，寂寞开无主。已是黄昏独自愁，更着风和雨。无意苦争春，一任群芳妒。零落成泥碾作尘，只有香如故。”元代叶颙有《再次槎字韵述怀》：“一径梅香云满地，半窗花影月笼纱。”清代宁调元有《早梅叠韵》：“姹紫嫣红耻效颦，独从末路见精神。溪山深处苍崖下，数点开来不借春。”

和诗人一样，历代画家也以梅花为题材创作了大量作品。据记载，梅花作为绘画题材，最早出现在南朝梁，张僧繇曾画过《咏梅图》。到了唐代，画梅先是勾勒着色。宋人画梅，大都疏枝浅蕊，多表达清冷孤高的审美追求。元代，以王冕为代表的画梅名家的作品则显得珠玉迸发，清气袭人。其中，王冕的《墨梅图》《南枝春早图》较为著名。近现代吴昌硕、齐白石、陆俨少、关山月等也各擅盛名，留下了风格多样、技法精妙的众多梅画精品。当代王成喜的梅花作品具有气盛、意浓、笔新、情沛的特点，为大众所喜爱。

诗境深造：“烂开梅骨峭，高耸玉峰寒。”（薛季宣《诚台雪望怀子都五首·其一》）

484. 含情最耐风霜苦，不作人间第二花　冰肌玉骨

出处：《洞仙歌》：“冰肌玉骨，自清凉无汗。”

解析：指高洁脱俗的气质和品格。

诗化：

西江月·梅花

〔宋〕苏轼

玉骨那愁瘴雾，冰姿自有仙风。海仙时遣探芳丛。倒挂绿毛么凤。　素面翻嫌粉涴，洗妆不褪唇红。高情已逐晓云空。不与梨花同梦。

诗义：冰肌玉骨的品性怎会在乎那些丑陋的瘴雾，那高雅的气质是它天生的高贵气度。海上的仙人时常派使者来看望这芬芳的花丛，那使者原来就是能倒挂在树上的披着绿羽毛的鹦鹉。抹上粉饰还嫌弄脏了她那素雅的面容，就算雨雪洗去了妆色，那红唇花瓣也不会褪去。梅花那高尚的情操已经追随万里晴空，它不会与梨花有同一种理想和追求。

简评："含情最耐风霜苦，不作人间第二花。"（罗泽南《题寒梅图》）冰肌玉骨是古人对梅花枝干的美称，形容梅花高洁、脱俗的美质和品格。"冰姿琼骨净无瑕，竹外溪边处士家。若使牡丹开得早，有谁风雪看梅花。"（赵希槛《次萧冰崖梅花韵》）梅花为天下一奇，为历代文人所酷爱。宋代出现了范成大的《范村梅谱》、宋伯仁的《梅花喜神谱》和张镃的《梅品》三篇关于梅花的专论。《范村梅谱》重点介绍梅花的品种性状，以及栽培嫁接和应用的技艺，属有关梅的科普文献；《梅花喜神谱》以木刻版画和诗咏手法，讴歌梅花的品格，把梅花上升到了艺术高度；《梅品》侧重从审美角度介绍品梅、赏梅的标准和方法。

诗境深造："枝横却月观，花绕凌风台。"（何逊《咏早梅》）

485. 忽然一夜清香发，散作乾坤万里春　凌寒留香

出处：《十一月八日夜灯下对梅花独酌累日劳甚颇自慰也》："移灯看影怜渠瘦，掩户留香笑我痴。"

解析：指梅花冒着严寒绽放芬芳。

诗化：

梅花

〔宋〕王安石

墙角数枝梅，凌寒独自开。
遥知不是雪，为有暗香来。

诗义：墙角里有几枝梅花在严寒中绽放。在远处就知道那不是雪，因为它不时传来阵阵幽香。

简评：王安石的《梅花》语言朴素，对梅花的形象并没有太多描绘，但意蕴深刻，耐人寻味。墙角的梅花，即便是被人冷落，处于逆境之中，但依然不畏严寒，傲雪绽放，这就是中华传统文化提倡的“孔孟之乐”——不为莫服而不芳，不因穷困而失节。“为有暗香来”，“暗香”就是梅花的清香，诗句以梅拟人，比喻品格高贵，暗香沁人，才气横溢。朱熹也有类似的梅花诗：“君欲赋梅花，梅花若为赋？绕树百千回，句在无言处。”（《赋梅》）此诗不写梅花神清骨秀的风姿，也不写梅花傲雪凌霜的骨气，“绕树百千回，句在无言处”——对梅花的万千宠爱尽在无言之中，此时无声胜有声。

“忽然一夜清香发，散作乾坤万里春。”（王冕《白梅》）古人有赏梅、品梅的雅趣。张镃的《梅品》就是一部专门阐述品味、品赏梅花的著作。《梅品》分析了欣赏梅花的主体。不同的人，由于文化修养、社会阅历、思想境界、心理特点有所不同，审美的层次和态度也不尽相同。《梅品》认为比较懂得品梅的人有林间吹笛者、膝上横琴者、石枰下棋者、扫雪煎茶者、美人淡妆簪戴者等，而品梅最适宜的环境则有二十六种：“为澹阴，为晓日，为薄寒，为细雨，为轻烟，为佳月，为夕阳，为微雪，为晚霞，为珍禽，为孤鹤，为清溪，为小桥，为竹边，为松下，为明窗，为疏篱，为苍崖……”“寻常一样窗前月，才有梅花便不同。”（杜耒《寒夜》）同样是一个寻常之夜，却因为窗前几枝梅花而显得格外特别。阴天、小雪、轻烟、微寒、细雨、清晨、黄昏等是赏梅的最佳时机，清溪畔、小桥边、竹松下、窗篱旁……则都是赏梅的最佳环境。比如陆游的《卜算子·咏梅》：“驿外断桥边，寂寞开无主。已是黄昏独自愁，更着风和雨。”断桥边，黄昏时，风雨中，这一环境就非常适合赏梅。

诗境深造：“梅花擎雪影，和月度疏篱。”（赵葵《雪夜》）

486. 长林众草入秋荒，独有幽姿逗晚香　蕙心兰质

出处：《七夕赋》：“金声玉貌，蕙心兰质。”

解析：指心地像兰花一样纯洁，品质似香草一样高雅。也可形容女子性情高雅，心地纯洁。

诗化：

兰花

〔明〕孙克弘

空谷有佳人，翛然抱幽独。
东风时拂之，香芬远弥馥。

诗义：空寂的山谷中生长着一枝兰花，悄然融汇在这幽静孤寂之中。东风不时地吹拂着，孤寂中它仍然向远处散发着迷人的芳香。

简评：蕙心兰质属天然、纯洁、雅丽的美质。兰花，属兰科，是备受人们喜爱的多年地生常绿草本植物，与竹、菊、梅合称“四君子”。兰花素而不寡，亭亭玉立；兰叶多而不乱，自茎部簇生，呈线状披叶。仰俯自如，姿态端秀，别具神韵。自古以来人们对兰花就有“看叶胜看花”之说。

“长林众草入秋荒，独有幽姿逗晚香。”（静诺《咏秋兰》）在中华传统文化中，兰花出于幽谷、独立自处、馨香远溢的形象，代表独立不倚、孤芳自赏的高贵品质，是君子的象征。历代有大量赞美兰花的诗词，如唐代张九龄：“兰叶春葳蕤，桂华秋皎洁。欣欣此生意，自尔为佳节。谁知林栖者，闻风坐相悦。草木有本心，何求美人折！”（《感遇十二首・其一》）明代杨慎：“秋风众草歇，从兰扬其香。绿叶与紫茎，猗猗山之阳。结根不当户，无人自芬芳。”（《采兰引》）张羽：“能白更兼黄，无人亦自芳。寸心原不大，容得许多香。”（《兰室五咏・其五》）清代郑燮更是感叹：“兰花不是花，是我眼中人。难将湘管笔，写出此花神。”（《题兰》）“此是幽贞一种花，不求闻达只烟霞。采樵或恐通来径，更写高山一片遮。”（《兰》）

诗境深造：“秀色濯清露，鲜辉摇惠风。”（李德裕《春暮思平泉杂咏二十首・花药栏》）

487. 名流赏鉴还堪佩，空谷知音品自扬　空谷幽兰

出处：《幽兰赋》：“阳和布气兮，动植齐光；惟披幽兰兮，偏含国香。吐秀乔林之下，盘根众草之旁。”

解析：指山谷或僻静地方生长的优美兰花，常用来比喻人品高洁、气质高雅。

诗化：

为人题山月幽兰图

姚蕴素

空谷孤明月，寒辉照国香。
禅心和皓魄，应共海天长。

诗义：幽兰在空寂的山谷中，唯有明月相伴，皎洁的月光照耀着孤寂的幽兰。幽兰那超尘脱俗、洁身自好、宠辱不惊的心境与皓月冰清玉洁、一尘不染、无私不争的精神相惜相依，志同道合，与海天共长存。

简评："名流赏鉴还堪佩，空谷知音品自扬。"（静诺《咏秋兰》）人们将幽兰比喻为坚贞执着、淡泊名利的君子，认为幽兰具有宠辱不惊、不为莫服而不芳的品格，对其格外宠爱。姚蕴素这首短诗是历代咏兰诗的精品，短小易懂，寓意深远。孔子酷爱兰花，称赞兰有"王者之香"："芝兰生于深林，不以无人而不芳；君子修道立德，不以困穷而改节。"（《孔子家语·在厄》）孔子周游列国宣传和推行他的哲学思想、治国理念与政治主张，但都没有得到认可和重视，甚至差点性命难保。在返回鲁国的途中，他看到那有"王者之香"的兰花竟然与杂草混在一起，触景生情，写下了著名的《猗兰操》："习习谷风，以阴以雨。之子于归，远送于野。何彼苍天，不得其所。逍遥九州，无所定处。世人暗蔽，不知贤者。年纪逝迈，一身将老。"

《猗兰操》为中国早期的托物言志诗，对后世影响很大。在"空谷幽兰"思想的影响下，出于对孔子的敬仰以及对孔子之经历的同情，韩愈曾仿作《猗兰操》诗："兰之猗猗，扬扬其香。不采而佩，于兰何伤……"幽兰在风中摇曳，芳香洋溢纷扬。即便无人赏识采摘佩戴，兰花也不会伤感，不会因此而不芳……历代诗人对兰花那不为莫服而不芳的精神赞誉有加。如："山深春亦寒，野鸟声绵蛮。山花随处发，香风吹幽兰。"（陈允平《山中吟·其五》）"幽兰在南坡，爱之亦何趣。为爱幽兰香，须识香来处。"（庄昶《题兰·其一》）"深林无人行，幽兰方旎旎。采之欲遗谁，君子在万里。"（刘崧

《题幽篁古木兰》)

陶渊明爱菊几乎无人不知，若说起他也爱兰，可能了解的人就不多了。兰花色淡香清，多生幽僻之处，为谦谦君子的象征，人们赋予其和菊一样高尚的精神。陶渊明留有佳句："幽兰生前庭，含薰待清风。清风脱然至，见别萧艾中。"(《饮酒·幽兰生前庭》)

诗境深造："日丽参差影，风传轻重香。"(李世民《芳兰》)

488. 翠葆参差竹径成，新荷跳雨泪珠倾　茂林修竹

出处：《兰亭集序》："此地有崇山峻岭，茂林修竹。"

解析：形容高大茂密的树林竹林。

诗化：

晚春归山居题窗前竹

〔唐〕钱起

谷口春残黄鸟稀，辛夷花尽杏花飞。

始怜幽竹山窗下，不改清阴待我归。

诗义：暮春时节，山谷口百花凋零，黄莺的叫声也稀疏了，迎春花已落尽，杏花还随风飘落。春天匆匆地走了，山窗下那让人爱怜的修竹依然郁郁葱葱，幽雅含韵，静候着我的归来。

简评："翠葆参差竹径成，新荷跳雨泪珠倾。"（周邦彦《浣溪沙·其二》）茂林修竹属自然、清淡的美质。茂林修竹之地是抒怀畅饮之地，也是萌发灵感、创作出杰出作品之地。"永和九年，岁在癸丑，暮春之初，会于会稽山阴之兰亭，修禊事也。群贤毕至，少长咸集。此地有崇山峻岭，茂林修竹，又有清流激湍，映带左右，引以为流觞曲水，列坐其次。虽无丝竹管弦之盛，一觞一咏，亦足以畅叙幽情。是日也，天朗气清，惠风和畅，仰观宇宙之大，俯察品类之盛，所以游目骋怀，足以极视听之娱，信可乐也。"(王羲之《兰亭集序》)一篇思考和探索人生问题的美文就在这崇山峻岭、茂林修竹、清流激湍之地产生了，一幅伟大的传世书法绝品《兰亭集序》也由此产生。

在《兰亭集序》中，王羲之就人生问题做了四点思考。一是人生短暂，即“夫人之相与，俯仰一世”。二是生命无常，终有尽时，即“修短随化，终期于尽”。三是人的爱好和追求都很可能随着时间或场合的变化而变化，即“或取诸怀抱，悟言一室之内；或因寄所托，放浪形骸之外。虽趣舍万殊，静躁不同，当其欣于所遇，暂得于己，快然自足，不知老之将至；及其所之既倦，情随事迁，感慨系之矣”。四是活着是值得珍惜和珍重的，即“死生亦大矣”。王羲之很可能在读书多为做官的观念熏染下，也曾热衷于进入官场；但真的体味了其中的丑恶昏昧后，他便滋生厌恶，从而更喜好老庄，喜爱山水，乐于在书法艺术中舒展个性情意。

诗境深造：“茂林修竹地，枕石漱流人。”（文同《书隐者壁》）

489. 一双幽色出凡尘，数粒秋烟二尺鳞　竹苞松茂

出处：《诗经·小雅·斯干》：“如竹苞矣，如松茂矣。”

解析：形容竹松繁茂。也用来比喻家门兴盛，人丁兴旺。

诗化：

题竹

〔唐〕李群玉

一顷含秋绿，森风十万竿。

气吹朱夏转，声扫碧霄寒。

诗义：上百亩的竹林在秋天依然郁郁葱葱，秋风吹拂，十万竿绿竹攒动。竹海散发出清凉的空气使夏日转凉，竹海发出的声浪横扫着秋日的寒意，似乎要扫清云霄。

简评：竹总是给人以清新、鲜活、雅韵的审美体验。“暮从碧山下，山月随人归。却顾所来径，苍苍横翠微。相携及田家，童稚开荆扉。绿竹入幽径，青萝拂行衣。”（李白《下终南山过斛斯山人宿置酒》）竹也是中华传统文化比德的象征，其被赋予的道德上的意义集中在五个方面。其一，竹子四季常青，象征着生机勃勃，青春常在，象征着顽强的生命力。“君莫爱南山松树枝，竹

色四时也不移。寒天草木黄落尽，犹自青青君始知。”（岑参《范公丛竹歌》）“秋风昨夜渡潇湘，触石穿林惯作狂。惟有竹枝浑不怕，挺然相斗一千场。”（郑燮《题画竹》）其二，竹子的空心代表虚怀若谷、谦虚谨慎的品格。“且让青山出一头，疏枝瘦干未能遒。明年百尺龙孙发，多恐青山逊一筹。”（郑燮《题画竹》）其三，其枝弯而不折，象征柔中带刚的处世原则。“咬定青山不放松，立根原在破岩中。千磨万击还坚劲，任尔东西南北风。”（郑燮《竹石》）其四，竹子生而有节、竹节毕露，是高风亮节的象征。“袅袅孤生竹，独立山中雪。苍翠摇动风，婵娟带寒月。狂花不相似，还共凌冬发。”（皎然《寒竹》）“谁种萧萧数百竿，伴吟偏称作闲官。不随夭艳争春色，独守孤贞待岁寒。”（王禹偁《官舍竹》）其五，竹子的挺拔洒脱、正直清高、清秀俊逸是高尚的人格追求。“露涤铅粉节，风摇青玉枝。依依似君子，无地不相宜。”（刘禹锡《庭竹》）“幽溪人疏篁，翠色连远坞。清夜天风来，不隔鸾凤语。”（鲜于侁《洋州三十景·竹坞》）“一节复一节，千枝攒万叶。我自不开花，免撩蜂与蝶。”（郑燮《竹》）

松、竹经冬不凋，梅则迎寒开花，故称松、竹、梅为“岁寒三友”，又因松丑而文、竹瘦而寿、梅寒丽秀，故也有三益友之意。郑燮有诗赞曰：“一竹一兰一石，有节有香有骨，满堂皆君子之风，万古对青苍翠色。有兰有竹有石，有节有香有骨，任他逆风严霜，自有春风消息。”（《题画》）松茂不单纯是枝叶茂盛、生机盎然之景象，更体现着刚健遒劲、古拙苍莽的美。“一双幽色出凡尘，数粒秋烟二尺鳞。从此静窗闻细韵，琴声长伴读书人。”（李群玉《书院二小松》）罗运崃的《连理松歌》赞美了古松的苍美：“玄黄孕形无一奇，千年老松连理枝。天寸地尺支两臂，龙腾虎跃颠双髀。混沌萌芽忆新吐，雷霆变化雄交驰。磐石潜根息以踵，清风吹柯鳞而飞。”

诗境深造：“孤根蟠地底，高节凌云端。”（周巽《苍松》）

490. 满园花菊郁金黄，中有孤丛色似霜　孤标傲世

出处：《红楼梦》：“孤标傲世偕谁隐，一样花开为底迟？”

解析：形容菊花傲霜独立的形态。比喻人格的傲然不群和不随俗流。

诗化：

菊花

〔唐〕元稹

秋丛绕舍似陶家，遍绕篱边日渐斜。

不是花中偏爱菊，此花开尽更无花。

诗义：茂盛的菊花丛环绕着房屋，酷似喜爱菊花的陶渊明的住家。绕着篱笆欣赏着菊花，不知不觉太阳渐渐西落。不是因为在百花中我偏爱菊花，只是因为冬日将至，菊花开过后便不能够看到更美的花了。

简评：元稹在《菊花》一诗中呈现的其爱菊的原因似乎与别人不一样。他仰慕陶渊明的人格，他爱"秋丛绕舍似陶家"的情景，他珍惜"此花开尽更无花"的秋景，更爱菊花历尽风霜而后凋的孤标傲世的坚贞品格。历代文人也将菊作为比德的审美对象。钟会总结菊花有五美："圆花高悬，准天极也；纯黄不杂，后土色也；早植晚登，君子德也；冒霜吐颖，象劲直也；流中轻体，神仙食也。"(《菊花赋》)

陶渊明对菊花情有独钟，不仅在自家周围大种菊花，还自酿自产菊花酒，在他的作品中有许多关于菊花的佳句："采菊东篱下，悠然见南山。"（《饮酒二十首·其五》）"我屋南窗下，今生几丛菊？"（《问来使》）"酒能祛百虑，菊为制颓龄。"（《九日闲居》）"秋菊有佳色，浥露掇其英。泛此忘忧物，远我遗世情。"（《饮酒二十首·其七》）"芳菊开林耀，青松冠岩列。怀此贞秀姿，卓为霜下杰。"（《和郭主簿二首·其二》）诗人褒扬了菊花的高洁坚贞，表达了对高逸贞洁品格的敬佩和向往。菊花成为陶渊明山村生活的重要精神支柱。

其实，并非唯独陶渊明爱菊，历代诗人也大多对秋菊偏爱有加，借吟咏菊以表达对超凡脱俗、高洁不染的人格的追求，如："清景持芳菊，凉天倚茂松。名山何必去，此地有群峰。"（李德裕《题罗浮石》）"风劲香逾远，天寒色更鲜。秋天买不断，无意学金钱。"（石延年《丛菊》）"客子厌京尘，长街风眯目。安得卧南阳，清潭渍寒菊。"（贺铸《答陈传道五首·其一》）还有借菊花寄托思念、缅怀、送别等深厚情谊的，如："九日重阳节，开门有菊花。不知来送酒，若个是陶家。"（王勃《九日》）"九日山僧院，东篱菊也黄。俗人多泛酒，谁解助茶香。”（皎然《九日与陆处士羽饮茶》）“新诗远寄将，字字脱尘俗。时节近重阳，何由同把菊。”（吴芾《和任宰元绍见寄十首以归来问信湖山抚摩松菊为韵·其十》）

诗境深造：“清香留晚节，佳色壮重阳。”（陈崇德《咏菊》）

五十、花木篇（下）

习习的秋风啊！吹着！吹着！

我要赞美我祖国底花！

我要赞美我如花的祖国！

请将我的字吹成一簇鲜花，

金底黄，玉底白，春酿底绿，秋山底紫……

然后又统统吹散，吹得落英缤纷，

弥漫了高天，铺遍了大地。

——闻一多《忆菊》（节选）

花卉通常分为木本花卉、草本花卉和观赏草类等，还包括草本或木本的地被植物、花灌木、开花乔木等，是可供观赏的花草的统称，是极为多样化的一类植物。花卉的美，在于姹紫嫣红、万紫千红、花团锦簇的形色之美，在于国色天香的馥郁之美，在于含苞欲放的羞涩之美，在于逞娇呈美的张扬之美。

491. 姹紫嫣红态不同，艳阳庭院绮罗丛　姹紫嫣红

出处：《牡丹亭》："原来姹紫嫣红开遍，似这般都付与断井颓垣。"

解析：形容各式各样、各种颜色的花朵在一起盛开，比喻娇艳、绚丽、美丽。

诗化：

桃花

〔唐〕吴融

满树和娇烂漫红，万枝丹彩灼春融。
何当结作千年实，将示人间造化工。

诗义：花开满树，姹紫嫣红，万千枝绚丽的花朵将春天融化。如此美丽的桃花，如何才能让它千年常在，年年都结出丰硕的果实，用来显示人间和自然界的创造力呢？

简评："姹紫嫣红态不同，艳阳庭院绮罗丛。"（弘历《邹一桂春华图》）姹紫嫣红属绚丽、艳丽的美质，它构成了一个五彩缤纷的视觉世界。色彩是构成形式美的重要因素之一，要取得形式美的效果就要注意色彩的平衡性、和谐性和对比性。"池塘悄寂春芳歇，姹紫嫣红睡不醒。惟爱芭蕉与小竹，经冬历夏总青青。"（吴灏《题芭蕉小竹图》）色彩的平衡性是指人的视觉感到的一种平衡状态，是由不同色彩的分布面积，色彩的不同明度、纯度，以及材料的变化造成的一种心理平衡。用中国传统美学的理念来看，就是追求中和的审美观在色彩方面的体现，讲究色彩的柔和度，以和为美。"花魂四月尚勾留，姹紫嫣红斗未休。"（袁枚《雨中送春·其三》）色彩的和谐性指丰富的色相和深浅浓淡不同的色阶巧妙地搭配在一起，产生谐调的视觉效果，也就是指色彩的称宜合度。沈约说："夫五色相宣，八音协畅。"（《宋书·列传第二十七·谢灵运》）色彩的对比性指把不同的色彩并列在一起，形成强烈的反差和分明的层次，也就是"化工赋物，浓淡相成"（铁桥山人、向津渔者、石坪居士《消寒新咏》）。

诗境深造："霞影兼昏晓，花深转淡浓。"（区元晋《次韵赏紫菊·其一》）

492. 万紫千红处处飞，满川桃李漫成蹊　万紫千红

出处：《赏花时·弄花香满衣》："万紫千红妖弄色，娇态难禁风力摆。"

解析：形容百花齐放，色彩艳丽。一般指百花盛开的繁盛景象，也比喻事物丰富多彩。

诗化：

和沈石田落花诗三十首·其十九

〔明〕唐寅

万紫千红莫谩夸，今朝粉蝶过邻家。
昭君偏遇毛延寿，高颎不怜张丽华。
深院青春空自锁，平原红日又西斜。
小桥流水闲村落，不见啼莺有吠蛙。

诗义：万紫千红的景色不必过分夸耀，今早那些蝴蝶已经奔邻家的花丛去了。美貌也不必夸耀，王昭君有美貌却遇到了贪婪的毛延寿，最终远嫁匈奴，张丽华有美貌却被高颎比作妲己而被处死。深深的庭院白白地禁锢了青春，旷野上的红日又一次西斜。小桥流水的村子已萧瑟零落，流莺没了踪影，只有青蛙在鸣叫。

简评："万紫千红处处飞，满川桃李漫成蹊。"（邵雍《落花吟》）万紫千红属绚丽、妍美、盛美的美质。中国传统美学注重自然唯美，主张以朴素为美，但并不排斥万紫千红的丰富美质，肯定美质的多样性。《国语·郑语》指出："声一无听，物一无文，味一无果，物一不讲。"说一种声响不成音乐，没有听头；一种颜色不成文采，没有看头；一种味道不成美食，没有吃头；一种事物没有比较，无法品评。刘勰《文心雕龙·情采》："五色杂而成黼黻，五音比而成韶夏，五情发而为辞章，神理之数也。"五色渲染而成悦目的锦绣，五音运用而成悦耳的声律，五情抒发而成动人的辞章，这是自然的规律。五色是指青、赤、黄、白、黑五种颜色。

"等闲识得东风面，万紫千红总是春。"（朱熹《春日》）"佳人不同体，美人不同面，而皆说于目；梨、橘、枣、栗不同味，而皆调于口。……西施、毛嫱，状貌不可同，世称其好，美钧也；尧、舜、禹、汤，法籍殊类，得民

心一也。”（《淮南子·说林训》）“是故运墨而五色具，谓之得意。”（张彦远《历代名画记》）这五种颜色相互调和搭配，就构成了万紫千红的美丽画卷。

诗境深造：“千红与万紫，盛极一时阑。”（张耒《三月小园花已谢独芍药盛开》）

493. 谁道群花如锦绣，人将锦绣学群花 花团锦簇

出处：《西游记》：“真个是花团锦簇！那一片富丽妖娆，真胜似天堂月殿，不亚于仙府瑶宫。”

解析：形容五彩缤纷、十分华丽的景象。

诗化：

江畔独步寻花七绝句·其六

〔唐〕杜甫

黄四娘家花满蹊，千朵万朵压枝低。

留连戏蝶时时舞，自在娇莺恰恰啼。

诗义：黄四娘家种植的鲜花茂盛得把路都遮蔽了，万千朵花儿把枝条压得低低的。彩蝶在芬芳的花丛间飞舞，娇媚的黄莺自由自在地发出悦耳的啼叫声。

简评：杜甫这首绝句描写了生机勃勃、花团锦簇、戏蝶娇莺、万物和美的春日景象。和美是自然与人和谐相处的天人合一之美。“中者，天之用也；和者，天之功也。举天地之道而美于和，是故物生皆贵气而迎养之。”（董仲舒《春秋繁露·循天之道》）

“芳郊锦簇千林满，好鸟音传百啭清。”（邓云霄《花朝听莺》）花团锦簇属秀美、艳美、华丽的美质。花色艳美且茂盛，显得生机盎然。“花团锦簇”一类的意象宜用于描述春景。“诗家清景在新春，绿柳才黄半未匀。若待上林花似锦，出门俱是看花人。”（杨巨源《城东早春》）“洛阳春日最繁华，红绿阴中十万家。谁道群花如锦绣，人将锦绣学群花。”（司马光《看花四绝句·其三》）“花团锦簇”也多用来表达花朵茂盛。“夹路疏篱锦作堆，朝开暮落复朝开。”

（杨万里《道旁槿篱》）“花傍孤村红锦簇，麦浮新陇绿波平。”（王云凤《确山道中》）

各种各样的花卉都可以用“花团锦簇”来形容。“花簇柔枝疑蜜窍，蒂含新蕊似蜂房。外无梅粉铅花饰，中有兰心紫晕香。”（姚西岩《蜡梅》）“桃花簇簇有人家，寂历炊烟晚照斜。满眼芳春无处著，一机新锦濯烟霞。”（程公许《正月二十五日过真溪见桃花·其二》）“散作千花簇作团，玲珑如琢巧如攒。风来似欲拟明月，好与三郎醉后看。”（张新《绣球》）

诗境深造：“芍药何夭艳，丛开绕翠帷。”（张元凯《豹孙宅赏芍药花》）

494. 绿杨烟外晓寒轻，红杏枝头春意闹　争奇斗艳

出处：《能改斋漫录·方物·芍药谱》：“名品相压，争妍斗奇，故者未厌，而新者已盛。”

解析：形容百花竞放，十分艳丽。也用来比喻花与美貌女子。

诗化：

晚春

〔唐〕韩愈

草树知春不久归，百般红紫斗芳菲。

杨花榆荚无才思，惟解漫天作雪飞。

诗义：花草树木知道春天很快就会离去，它们想方设法要把春天留住，于是就争奇斗艳，形成了万紫千红的绚丽景象。那没有艳丽姿色的杨花榆钱，只好像零乱的雪花随着风漫天飞舞。

简评：“绿杨烟外晓寒轻，红杏枝头春意闹。”（宋祁《玉楼春·春景》）争奇斗艳属艳美、华丽的美质。博大的中国传统美学思想并非一味强调淡雅、朴素，也提倡“争奇斗艳”。怎样才能实现“争奇斗艳”？应尊重自然之道，让宇宙间各种各样的美展现出来，莫要轻举妄动破坏自然。“是故至道无为，一龙一蛇；盈缩卷舒，与时变化；外从其风，内守其性；耳目不耀，思虑不营。其所居神者，台简以游太清，引楯万物，群美萌生。是故事其神者神去

之，休其神者神居之。”（《淮南子·俶真训》）

诗人用文字描绘一幅幅百花各展风姿、争奇斗艳的绝美景象。“闽南十月已春回，无限风光暗里催。桃李海棠俱斗艳，谁云梅是百花魁。”（华岳《矮斋杂咏·小春》）人说梅花是百花之魁，桃李、海棠不服，便相互争奇斗艳。“一岁烦君领众芳，水边石畔占春光。自将孤洁酬霜雪，懒与繁华斗艳阳。”（张英《梅花诗三十首·其二十二》）孤冷的梅花孤芳自赏，高傲得懒得与众卉斗艳丽。

诗境深造：“安得春常在，日日斗红紫。”（郑国藩《题林镜湖家藏花卉册》）

495. 有情芍药含春泪，无力蔷薇卧晓枝　百花争妍

出处：《和文与可洋川园池三十首·涵虚亭》：“水轩花榭两争妍，秋月春风各自偏。”

解析：形容百花盛开、生机勃勃的景象。

诗化：

行香子

〔宋〕秦观

树绕村庄，水满陂塘。倚东风、豪兴徜徉。小园几许，收尽春光。有桃花红，李花白，菜花黄。　远远围墙，隐隐茅堂。飏青旗、流水桥旁。偶然乘兴，步过东冈。正莺儿啼，燕儿舞，蝶儿忙。

诗义：树木环绕村庄，春水充盈池塘。吹拂着和煦的东风，尽兴地四处漫步。园子虽小，却饱含春光。桃花粉红，李花雪白，菜花金黄，百花争妍。远处的一圈围墙处，隐隐约约可以看见几间茅草屋。青色的酒幌飘扬，小桥横跨溪上。趁着游兴，迈步走到东面的山冈。莺歌燕舞，彩蝶纷飞，正是一派大好春日美景。

简评：“有情芍药含春泪，无力蔷薇卧晓枝。”（秦观《春日五首·其二》）百花争妍属艳丽、妍美、繁华的美质。花卉是自然界中最普遍、最直观、最令人亲切，也是最丰富的审美客体，被誉为美的使者。世上的花卉有千百

种，但归根结底，其最基本的审美特征就是形、色、香这三大要素。形是指花卉在花冠、花型、花瓣、枝叶等方面的造型美、形态美，比如牡丹花朵娇艳饱满，花瓣重重叠叠，表现出雍容华贵的气质；梅花枝干虬曲、横斜、疏瘦、怪奇，苍劲嶙峋，风韵洒落，具有饱经沧桑、威武不屈之美。色指花卉的花色、叶色和枝色，比如梅花的花色有红、粉、紫、白、黄等颜色，被称为"冷艳"，而冷梅、冷香、冷艳，透出了梅的冷峻风骨，常以瘦梅、孤梅、峭梅的姿形呈现，十分清丽、高雅。香是指花卉特有的自然气味，比如桂花的馨香、茉莉的清香、玉兰的幽香。

"五味舛而并甘，众色乖而皆丽。"（葛洪《抱朴子·外篇·辞义》）五味各异而皆甘美，众色不同而皆绮丽。百花争妍，各自以其独特的形、色、香展示在世人面前。韦应物《夏花明》云："翻风适自乱，照水复成妍。"苏轼《西江月·咏梅》道："渡波清彻映妍华。倒绿枝寒凤挂。"李彭《庭梅》曰："莫怪庭梅晚来好，尚堪桃李与争妍。"柳永《雪梅香·景萧索》说："雅态妍姿正欢洽，落花流水忽西东。"朱淑真《东马塍》叹："蚕事正忙农事急，不知春色为谁妍？"这些都是状写百花争妍的佳句。

诗境深造："绿艳闲且静，红衣浅复深。"（王维《红牡丹》）

496. 国色天香人咏尽，丹心独抱更谁知　国色天香

出处:《咏牡丹》:"闲花眼底千千种，此种人间擅最奇。国色天香人咏尽，丹心独抱更谁知。"

解析：形容绝美的牡丹。比喻容颜比较好的女子，也是富贵吉祥、繁荣兴旺的象征。

诗化：

赏牡丹

〔唐〕刘禹锡

庭前芍药妖无格，池上芙蕖净少情。
唯有牡丹真国色，花开时节动京城。

诗义：庭院中的芍药虽然妖艳，但格调不高；池面上的荷花倒是明净，却缺少热情。只有牡丹才是真正的国色天香，是最美的花，到它开花的时候，它的艳丽就会惊动整个京城。

简评：国色天香属华美、艳丽的美质。牡丹美在花朵硕大、花瓣肥厚，预示着饱满厚实，圆融幸福；美在五彩缤纷、绚丽娇艳，代表着雍容华贵，吉祥幸福。牡丹有着"君形"的气度风范，被誉为"国色天香"可谓当之无愧。所谓的"君形"是指形象、外表具有王者、统帅的形貌和神态。中国传统美学注重统帅的仪态和神貌，形成了别善恶、分正丑和好人好相、坏人坏相的审美观。"公忠者雕以正貌，奸邪者刻以丑形。"（吴自牧《梦粱录》）同时，认为"神"，即气质、涵养、内在品格比外表更重要，"神制则形从，形胜则神穷"（《淮南子·诠言训》）。牡丹被赋予了许多美好寓意，乃花中"君形"。

历代诗人有大量赞美牡丹的诗篇，如唐代王维的《红牡丹》："绿艳闲且静，红衣浅复深。花心愁欲断，春色岂知心。"皮日休的《牡丹》："落尽残红始吐芳，佳名唤作百花王。竞夸天下无双艳，独立人间第一香。"裴说的《牡丹》："数朵欲倾城，安同桃李荣。"宋代范成大的《再赋简养正》："南北梅枝噤雪寒，玉梨皴雨泪阑干。一年春色摧残尽，更觅姚黄魏紫看。"明代冯琦的《牡丹·其一》："百宝阑干护晓寒，沉香亭畔若为看。春来谁作韶华主，总领群芳是牡丹。"俞大猷的《咏牡丹》："闲花眼底千千种，此种人间擅最奇。国色天香人咏尽，丹心独抱更谁知。"

诗境深造："无色真国色，有韵自天香。"（宋祁《句·其十三》）

497. 风含翠筱娟娟净，雨裛红蕖冉冉香　含苞欲放

出处：《蔷薇篇》："偷将纤指尝红露，折得含苞笼绛绡。"

解析：指花朵将开而未开，花骨朵还在叶片里，很快就要开放出来。也比喻充满青春气息的少女。

诗化：

浪淘沙

〔宋〕苏轼

昨日出东城，试探春情。墙头红杏暗如倾。槛内群芳芽未吐，早已回春。　绮陌敛香尘，雪霁前村。东君用意不辞辛。料想春光先到处，吹绽梅英。

诗义：昨天出东城踏青试探春天的气息。墙上的杏花红得发紫，茂密得像是快要倾塌下来。栏杆内的各种花卉还没有吐苞，春日的消息还没有送到这里。蜿蜒的村间小路飘着落花，路上弥漫着淡淡的花香，前面的村子刚刚下过雪。这是春神不辞辛劳的脚步。想必春天来到的时候，春风一定会先吹开梅花。

简评："风含翠筱娟娟净，雨裛红蕖冉冉香。"（杜甫《狂夫》）含苞欲放属清新、自然的美质。唐代杜牧有《赠别二首·其一》："娉娉袅袅十三余，豆蔻梢头二月初。春风十里扬州路，卷上珠帘总不如。""豆蔻梢头"像二月初含苞欲放的花蕾般稚嫩。宋代李清照有《玉楼春》："红酥肯放琼苞碎，探著南枝开遍未。不知蕴藉几多香，但见包藏无限意。"以"琼苞"形容梅花花苞的美好，十分准确地抓住了梅花的特征，"肯放琼苞碎"则是对"含苞欲放"的巧妙化用。再如明代徐熥《山居四时词·其三》："天末金风荐爽，夜深玉露生寒。黄菊含苞欲吐，芙蓉褪粉将残。"于若瀛《山茶》："丹砂点雕蕊，经月独含苞。既足风前态，还宜雪里娇。"

诗境深造："缘溪见绿筱，隔岫窥红蕖。"（李白《金门答苏秀才》）

498. 几队红妆拥盖青，凌波仙子立娉婷　凌波仙子

出处：《洛神赋》："凌波微步，罗袜生尘。"《长恨歌》："楼阁玲珑五云起，其中绰约多仙子。"

解析：凌波仙子是水仙花的别称，也是对水仙、荷花等水生花卉的泛称。形容女子步履轻盈，绰约多姿。

诗化：

王充道送水仙花五十枝，欣然会心，为之作咏

〔宋〕黄庭坚

凌波仙子生尘袜，水上轻盈步微月。
是谁招此断肠魂，种作寒花寄愁绝。
含香体素欲倾城，山矾是弟梅是兄。
坐对真成被花恼，出门一笑大江横。

诗义：凌波仙子宛若洛神美女，在水面轻盈地踏着月色。是谁招引出洛神的断肠惊魂，养育出这冬日里的冷艳寒花，寄托洛神的深愁？凌波仙子典雅素洁，蕴含着倾城的芬芳，山矾是她弟弟，梅花是其兄长。我与水仙花相对独坐，欣赏她的清雅，联想到洛神之思，人竟然变得多愁善感起来。出门散心，但见大江横流、气势磅礴，心情豁然开朗，莞尔一笑。

简评：凌波仙子为水仙花的别称，属典雅、秀美、清奇、自然的美质。诗人以其灵动的文采书写水仙花的清丽姿态。黄庭坚的《刘邦直送早梅水仙花四首·其三》："得水能仙天与奇，寒香寂寞动冰肌。仙风道骨今谁有？淡扫蛾眉簪一枝。"《次韵中玉水仙花二首·其一》："借水开花自一奇，水沉为骨玉为肌。暗香已压酴醿倒，只比寒梅无好枝。"也有以凌波仙子称荷花的。范成大的《州宅堂前荷花》："凌波仙子静中芳，也带酣红学醉妆。有意十分开晓露，无情一饷敛斜阳。泥根玉雪元无染，风叶青葱亦自香。想得石湖花正好，接天云锦画船凉。"姚勉的《玉井亭观莲》："几队红妆拥盖青，凌波仙子立娉婷。晚凉孤坐香风里，如在西湖四望亭。"吴师道的《莲藕花叶图》："玉雪窍玲珑，纷披绿映红。生生无限意，只在苦心中。"郭沫若的《题画莲》："亭亭玉立晓风前，一片清香透碧天。尽是污泥不能染，昂首浑欲学飞仙。"

李白也对荷花情有独钟："涉江玩秋水，爱此红蕖鲜。攀荷弄其珠，荡漾不成圆。"（《折荷有赠》）"碧荷生幽泉，朝日艳且鲜。秋花冒绿水，密叶罗青烟。"（《古风·其二十六》）"渌水明秋月，南湖采白蘋。荷花娇欲语，愁杀荡舟人。"（《渌水曲》）仅从这些婉约的诗句，谁又能想到它们竟出自以雄奇豪放之诗风而闻名的李白之手呢？

诗境深造：“芙蓉含露时，秀色波中溢。”（李德裕《思平泉树石杂咏一十首·重台芙蓉》）

499. 万姿千态逞娇神，谁更娇神与赛真　逞娇呈美

出处：《怀香记·春闺寄简》：“凭栏轩晓望迟迟，满苑逞娇呈美。”

解析：指花草显示出美丽的姿态和颜色。

诗化：

牡丹

〔唐〕徐凝

何人不爱牡丹花，占断城中好物华。
疑是洛川神女作，千娇万态破朝霞。

诗义：有谁不喜爱牡丹呢？牡丹盛开的时候就是城里最美的季节。好像洛水女神的美貌，牡丹千娇万态如同灿烂的朝霞，魅力四射。

简评：逞娇呈美属艳丽、娇媚的美质。娇美指娇艳、美好。“粉脸霞生一缕。掩映绿云秋水。言语更雍容，具足十分娇美。无比。无比。要比除非镜里。”（史浩《如梦令·其二》）娇美也指美貌、美丽，但更具有诱人的姿貌和迷人的气质。“一身生长簪缨裔，幸天然娇媚。暮读诗书，晨行孝义，岂碌碌与寻常比。”（杨柔胜《玉环记·七娘子》）

用“逞娇呈美”来形容花卉是历代诗人的喜好。“娇娆万态逞殊芳，花品名中占得王。莫把倾城比颜色，从来家国为伊亡。”（朱淑真《牡丹》）劝世人不要把牡丹比作倾城之色。“万姿千态逞娇神，谁更娇神与赛真。”（张淮《牡丹百咏·其二十八》）将牡丹誉为“娇神”。“夜泊长洲见水神，不修娇媚任天真。香飘老树风惊鹤，影入清江月近人。”（刘璟《梅花·其四》）赞许梅花不迎合世俗对娇媚的偏好，保持素朴天然的气质。

诗境深造：“闲花逞娇姿，笑舞春风里。”（叶颙《游三洞金盆诸峰绝句二十首·其十八》）

500. 云锁蓬莱海接天，琪花瑶草簇春烟　琪花瑶草

出处：《梦仙谣三首·其一》："前程渐觉风光好，琪花片片粘瑶草。"

解析：指古人想象中仙境的花草。形容晶莹美丽的花草。

诗化：

春草

〔清〕袁枚

离离春草遍山中，寂寂飞香过涧东。
尽有灵根堪济世，无人来采自摇风。

诗义：茂盛的春草遍布群山，清香冉冉飘过溪涧的东边。春草都有堪称济世的根苗，只因没有人到深山中采摘，只能随着清风独自摇曳。

简评：琪花瑶草描绘的是自然、奇丽、清新的美质。袁枚这首《春草》运用拟人的手法，借吟咏春草抒发仁爱普世、博施济众的宏愿，赞赏春草孤芳自赏、独立不移的人格。其内容情真意切，风格清新空灵，淡雅淳朴，物中见情，寄寓深意，是咏草的传世佳作，富有语言美和意境美。

历代诗人偏好把草作为拟人的对象，以草入诗。有的歌咏小草坚韧不拔的生命力，如："离离原上草，一岁一枯荣。野火烧不尽，春风吹又生。"（白居易《赋得古原草送别》）"寒草才变枯，陈根已含绿。始知天地仁，谁道风霜酷。"（梅尧臣《寒草》）有的赞扬小草低调谦卑的品格，如："庭草根自浅，造化无遗功。低回一寸心，不敢怨春风。"（曹邺《庭草》）"一簇墙阴绿正繁，不依朱户傍雕栏。竹光苔色深相映，只许闲人静处看。"（姜特立《庭草》）有的赞美小草朴实无华的品格，如："茸茸生意悦春华，绿藻闲庭衬落花。几度生金风偃处，官居浑似隐人家。"（徐庸《公余八景·一庭草色》）还有的为小草的命运鸣不平，如："天涯随意绿匆匆，只与牛羊践踏空。挽着便堪供药味，谁令汝不遇神农。"（苏泂《咏草》）

有关草的诗词还有很多，比如："柳丝袅袅风缫出，草缕茸茸雨剪齐。"（白居易《天津桥》）"昨夜一霎雨，天意苏群物。何物最先知，虚庭草争出。"（孟郊《春雨后》）"天街小雨润如酥，草色遥看近却无。"（韩愈《早春呈水部张十八员外二首·其一》）"色嫩似将蓝汁染，叶齐如把剪刀裁。"（徐夤《草》）"枝

上柳绵吹又少。天涯何处无芳草。”（苏轼《蝶恋花·春景》）“金谷年年，乱生春色谁为主。余花落处，满地和烟雨。又是离歌，一阕长亭暮。王孙去，萋萋无数。南北东西路。”（林逋《点绛唇》）

诗境深造：“玉树后庭前，瑶草妆镜边。”（李煜《后庭花破子》）

五十一、云霞篇

敲罢了三声晚钟，
把银的波底容，
黛的山底色，
都消融得黯淡了，
在这冷冷的清梵音中。

暗云层叠，
明霞剩有一缕；
但湖光已染上金色了。
一缕的霞，可爱哪！
更可爱的，只这一缕哪！

——俞平伯《暮》（节选）

云霞是最富有想象空间和浪漫色彩的自然景观，既有云淡风轻、云气氤氲之清雅、自然、飘逸的美质，又有云蒸霞蔚、云舒霞卷之艳丽、绮丽、多彩的美质，还有云雾缥缈、烟雨朦胧之神妙、幽邃、遐想的美质，更有霞光万道、余霞成绮之纤秾和绮丽的美质。

501. 满地月明仙鹤语，碧天如水一枝箫　云淡风轻

出处：《都梁十景诗·杏花园春昼》："风轻云淡午天春，花外游人载酒樽。"

解析：指微风轻拂，天空云少、轻薄而淡，形容晴朗舒适的天气。

诗化：

春日偶成

〔宋〕程颢

云淡风轻近午天，傍花随柳过前川。
时人不识余心乐，将谓偷闲学少年。

诗义：白云淡薄，风和日丽，临近正午。沿着鲜花盛开、柳树如茵的小路，向前面的江边走去。旁人无法理解我恬静愉悦的心情，还以为我在学年轻人来这里闲逛呢。

简评：云淡风轻的日子总能给人带来愉悦的心情。程颢这首《春日偶成》描写了春天自然和谐、生机勃勃的氛围，表达了对恬静淡泊、安宁平和的修身境界的追求，平易自然，语言通俗。

云淡风轻属清雅、自然、飘逸的美质。中国传统美学以"清""淡"为贵。"花之淡者其香清，友之淡者其情厚。耐人寻绎，正在于此，故贵淡。天以空而高，水以空而明，性以空而悟。空则超，实则滞。"（孙麟趾《词径》）司空图将淡作为诗的品格之一，认为"素处以默，妙机其微。饮之太和，独鹤与飞。犹之惠风，荏苒在衣。阅音修篁，美曰载归。遇之匪深，即之愈希。脱有形似，握手已违"（《二十四诗品·冲淡》）。

云淡风轻描写秋日景象最为适宜。"秋云轻比絮，秋草细如毛。"（商山三丈夫《秋月联句》）"秋云岩叶两悠悠，半逐风驰半水流。"（释重显《送觉海大师》）"空山落日秋云薄，人在秋云第几重。"（金铭《题画·其二》）"云淡秋空。一江流水，烟雨蒙蒙。岸转溪回，野平山远，几点征鸿。"（韩淲《柳梢青》）

诗境深造："风高白云飞，澄波送归篷。"（陶安《送程子厚还新安》）

502. 云兴霞蔚九天上，水绕山围一万重　云蒸霞蔚

出处：《八声甘州 · 雨花台》：“长干南去，复岭平冈，似霞蔚云蒸。”

解析：指云霞升腾聚集起来。形容景物灿烂绚丽，也形容事物蓬勃兴起，蔚为大观。

诗化：

咏云

〔唐〕李邕

彩云惊岁晚，缭绕孤山头。
散作五般色，凝为一段愁。
影虽沉涧底，形在天际游。
风动必飞去，不应长此留。

诗义：年终岁末彩云缭绕着高高的孤峰。云彩散开时呈现出五颜六色，凝聚在一起时则化为一片密云。彩云的影子虽然沉在涧水的下面，云朵却已经飘到了天边。风一吹，云朵必定远去，不会在此长久停留。

简评：《咏云》描写了黄昏时分云蒸霞蔚、彩云缤纷的绚丽景象。云蒸霞蔚属艳丽、绮丽、多彩的美质。中国传统美学的审美风格十分丰富，崇尚高超淡泊、含蓄委婉的同时，也不排除艳丽夺目、绚丽多彩，既偏爱豪放劲健，也喜欢婉约温柔。清代孙麟趾在《词径》中指出：“高澹婉约，艳丽苍莽，各分门户。欲高澹学太白、白石，欲婉约学清真、玉田，欲艳丽学飞卿、梦窗，欲苍莽学蘋洲、花外。至于融情入景，因此起兴，千变万化，则由于神悟，非言语所能传也。”不同美学风格的作品构成了绚丽多彩的美学宝库。

“会作五般色，为祥覆紫宸。”（李中《云》）云变换色彩，预示着祥瑞覆盖在皇宫之上。“灵山蓄云彩，纷郁出清晨。”（陆畅《山出云》）灵山上积聚云彩朵朵，清晨就飘出来，景象美丽盛大！“每向湖中望高处，却来高处望湖中。云兴霞蔚九天上，水绕山围一万重。”（苏洞《题极览亭》）景致壮阔，气势磅礴。“云兴霞蔚控千山，势压江南广殿寒。风偃万松斜日晚，卧看风雨落人间。”（蔡莱《西宫》）

诗境深造：“云来山更佳，云去山如画。”（张养浩《雁儿落兼得胜令 · 退隐》）

503. 泰山嵯峨夏云在，疑是白波涨东海　云舒霞卷

出处：《芙蓉城》："珠帘玉案翡翠屏，云舒霞卷千俜停。"

解析：形容云彩姿态万千，色彩斑斓。

诗化：

晚春江晴寄友人

〔唐〕韩琮

晚日低霞绮，晴山远画眉。
春青河畔草，不是望乡时。

诗义：黄昏彩霞低垂，云舒霞卷，色彩斑斓。远处青山蜿蜒，恰似美人的黛眉。春天的芳草在河边长得绿油油一片，如此美妙的景色，真不是思念家乡的时候。

简评：韩琮这首小诗用短短几句描绘了在晚霞的照耀下，云彩色彩斑斓，风景如画的春日美景，主要是写景，同时有情景交融的特点。云舒霞卷属绮丽、雅丽、绚丽的美质。关于云舒霞卷的佳句，李白有："泰山嵯峨夏云在，疑是白波涨东海。"（《早秋单父南楼酬窦公衡》）张孝祥有："竹舆晓入青阳，细风凉月天如洗。峰回路转，云舒霞卷，了非人世。"（《水龙吟·望九华山作》）元好问有："文杏堂前千树红，云舒霞卷涨春风。"（《冠氏赵庄赋杏花四首·其二》）许有壬有："云舒霞卷万妆秾。倒影水天红。"（《太常引·其四》）

"丽"是中国传统美学的审美风格之一。文赋诗词讲究"雅丽"的美质。"情以物兴，故义必明雅；物以情观，故词必巧丽。丽词雅义，符采相胜。"（刘勰《文心雕龙·诠赋》）古人主张将雅的内容与丽的形式结合起来，还提倡将典与丽结合："权衡轻重，斟酌古今，和而能壮，丽而能典，焕乎若五色之成章，纷乎犹八音之繁会。"（《周书》）音乐也讲究"丽"，"丽者，美也，于清静中发为美音。丽从古淡出，非从妖冶出也"（徐上瀛《溪山琴况》）。书法艺术也提倡"丽"，"体外有余曰丽"（窦蒙《语例字格》）。

诗境深造："山雨初含霁，江云欲变霞。"（宋之问《度大庾岭》）

504. 天忽作晴山卷幔，云犹含态石披衣　云雾缥缈

出处：《长恨歌》："忽闻海上有仙山，山在虚无缥缈间。"

解析：形容云雾隐隐约约、若有若无的美感。

诗化：

寻隐者不遇

〔唐〕贾岛

松下问童子，言师采药去。

只在此山中，云深不知处。

诗义：在苍劲的古松下向书童询问隐士的去向，他说师傅去山中采药了，就在这座深山里，在那云雾缭绕的地方。

简评：《寻隐者不遇》只有简单直描的四句，但为历代文人所赞许，清代黄叔灿评说："语意真率，无复人间烟火气。"（《唐诗笺注》）诗中以苍松、白云隐喻隐者的高洁与风骨，"只在此山中，云深不知处"两句更表达了诗人对隐者的钦慕敬仰之情，隐者神秘莫测的行踪，让人充满遐想。全诗通俗易懂，遣词清丽，言繁笔简，感情深厚，白描无华，是一首难得的佳作。云雾缥缈蕴含着神妙、幽邃、遐想的美质。"天忽作晴山卷幔，云犹含态石披衣。"（王庭珪《二月二日出郊》）神妙指千变万化、不拘一格的艺术风格。"云蒸龙变，春交树花。造化在我，心耶手耶？驱役众美，不名一家，工似工意，尔众无哗。偶然得之，夫何可加？学徒皓首，茫无津涯。"（黄钺《二十四画品·神妙》）

在中国传统审美中，山与云相互衬托。元代张养浩指出了山与云的关系："云来山更佳，云去山如画。山因云晦明，云共山高下。倚杖立云沙，回首见山家。野鹿眠山草，山猿戏野花。云霞，我爱山无价。看时行踏，云山也爱咱。"（《雁儿落兼得胜令·退隐》）在云雾缥缈之中，山显得更加幽峻。"江上风烟积，山幽云雾多。"（王勃《别人四首·其二》）"锁断山川秀，包藏云雾深。"（洪壮《石门》）"不辨孤峰处，遥知云雾生。"（施闰章《寄高峰寺僧》）

古人对雾的观察十分细致，诗人笔下的雾就有多种颜色，有白雾："白雾埋阴壑，丹霞助晓光。"（李隆基《早登太行山中言志》）"寒阴白雾涌，飞度碧峰前。"（朱熹《汲清泉渍奇石置熏炉其后香烟被之江山云物居然有万里趣因作

四小诗·其二》）有黄雾：“山沉黄雾里，地尽黑云中。”（庾肩吾《登城北望》）还有红雾：“江边日出红雾散”（苏轼《犍为王氏书楼》），“响穿红雾楼台晓”（谢宗可《卖花声》），如是等等，各具其美。

诗境深造：“腾云似涌烟，密雨如散丝。”（张协《杂诗十首·其三》）

505. 枕中云气千峰近，床底松声万壑哀　云气氤氲

出处：《九华扇赋》：“效虬龙之蜿蝉，法虹霓之氤氲。”

解析：指飘荡的云气、弥漫的烟云，形容云气或雾气浓郁。

诗化：

富春至严陵山水甚佳

〔清〕纪昀

浓似春云淡似烟，参差绿到大江边。
斜阳流水推篷坐，翠色随人欲上船。

诗义：浓厚似春日的云彩，轻淡像一缕青烟，参差不齐的绿树倒映在江面上。夕阳斜下流水悠悠，忍不住推开船篷席地而坐，翠绿的富春江山水似乎追随着旅人涌上船头。

简评：纪昀的这首绝句描写了富春江云气氤氲的动人景色。云气氤氲属飘逸、朦胧、流动、自然的美质。“落落欲往，矫矫不群。缑山之鹤，华顶之云。高人画中，令色氤氲。御风蓬叶，泛彼无垠。”（司空图《二十四画品·飘逸》）潇洒自如的行止，与众不同的风采，像缑山上乘鹤登仙之态，像华山顶峰的云彩，像画中高人的容颜，元气氤氲飘飘若仙，乘风驾着一片蓬叶，飘飘荡荡无边际。飘逸的情境好像恍惚抓不住，又好像能够领会其中的精神。描绘飘逸的意境只能心领神会，执着于现实反而越离越远。正是：“枕中云气千峰近，床底松声万壑哀。要看银山拍天浪，开窗放入大江来。”（曾公亮《宿甘露寺僧舍》）

“浓似春云淡似烟，参差绿到大江边。”云气氤氲给人以梦幻般的美感。“望秋云，神飞扬，临春风，思浩荡。虽有金石之乐，珪璋之琛，岂能仿佛之

哉！”（王微《叙画》）美丽的自然景致能激起人丰富的情感，令人从自然界中获得愉悦。“杨柳青青江水平，闻郎江上唱歌声。东边日出西边雨，道是无晴却有晴。”（刘禹锡《竹枝词二首·其一》）

诗境深造：“灵山多秀色，空水共氤氲。”（张九龄《湖口望庐山瀑布泉》）

506. 一道残阳铺水中，半江瑟瑟半江红　霞光万道

出处：《柳毅传书》：“满目霞光笼宇宙，泼天波浪渗人魂。”

解析：形容日出日落时霞光散射的宏大绚丽景象，也形容名贵的珍宝放出耀眼的光辉。

诗化：

晓日

〔唐〕韩偓

天际霞光入水中，水中天际一时红。
直须日观三更后，首送金乌上碧空。

诗义：天边绚丽的霞光映入水中，一时间水面和天边都展现出一片红彤彤的。只要在泰山日观峰一直等到三更以后，就会看到初升红日被送上蔚蓝天空的景致。

简评：“一道残阳铺水中，半江瑟瑟半江红。”（白居易《暮江吟》）霞光万道属宏大、磅礴、纤秾、绮丽的美质。宏大是艺术表现上的壮美、大气等风格。“裁制绝壮曰宏。”（窦蒙《语例字格》）动美与静美都是美，萧疏清淡是美，宏大浑厚也是美。宏大磅礴的情景易使人产生激情澎湃的情感，从而创作出壮阔豪气的作品。据载，唐代吴道子的山水画风是大气豪放、气势磅礴的，画作风气高迈，离、披、点、画，变化多端，属于“风颠酒狂”之风格。通常认为吴道子的画风是受豪气剑侠的影响。相传“开元中，将军裴旻善舞剑，道玄观旻舞剑，见出没神怪，既毕，挥毫益进”（张彦远《历代名画记》）。“时将军裴旻厚以金帛，召致道子……道子封还金帛，一无所受，谓旻曰：‘闻裴将军旧矣，为舞剑一曲，足以当惠，观其壮气，可助挥毫。’”（朱景玄《唐

朝名画录》）

诗境深造："水作琉璃碧，霞为琥珀红。"（曾丰《檄充晋康考官舟行薄暮霞光与水相映缅怀诸幕》）

507. 千寻濯水流文采，一片经天赖化工　余霞成绮

出处：《晚登三山还望京邑》："余霞散成绮，澄江静如练。"

解析：形容晚霞像美丽的锦缎一样，色彩绚丽。

诗化：

村行

〔宋〕王禹偁

马穿山径菊初黄，信马悠悠野兴长。
万壑有声含晚籁，数峰无语立斜阳。
棠梨叶落胭脂色，荞麦花开白雪香。
何事吟余忽惆怅，村桥原树似吾乡。

诗义：骑着马儿穿行在山间小路上，路边的菊花已微微泛黄，我任由马儿自由地行走，兴致融入了疏野旖旎的风光之中。耳边回荡着夜晚山谷里的天籁，眼前是数座山峰在夕阳下静默无语。棠梨的落叶与胭脂一样嫣红，洁白的荞麦花芳香扑鼻。什么事让我在吟诗时忽然觉得惆怅？哦！原来是乡间的小桥流水、旷野的芳树太像我的家乡！

简评：《村行》构成了一幅静穆悠远、清雅蕴藉、余霞成绮的画卷。余霞成绮属绚丽、纤秾的美质。霞光是一种极为绚丽的天象，无论是朝霞还是晚霞都为历代艺术创作的题材。光是诗词方面，就有唐代刘禹锡的《浪淘沙·其五》："濯锦江边两岸花，春风吹浪正淘沙。女郎剪下鸳鸯锦，将向中流匹晚霞。"白居易的《庾顺之以紫霞绮远赠，以诗答之》："千里故人心郑重，一端香绮紫氛氲。开缄日映晚霞色，满幅风生秋水纹。"宋代陈师道的《登快哉亭》："夕阳初隐地，暮霭已依山。"林用中的《晚霞》："晚霞掩映祝融峰，衡岳高低烂熳红。愿学陵阳修炼术，朝餐一片趁天风。"明代释今儆的《初入

丹霞》："树如荒荠临川口，地本莲花载化城。最是晚来霞蔚起，重重古锦裹峥嵘。"郭廙的《霞绮》："东望扶桑拂曙红，参差罅影五云同。千寻濯水流文采，一片经天赖化工。"清代王士祯的《真州绝句五首·其四》："江干多是钓人居，柳陌菱塘一带疏。好是日斜风定后，半江红树卖鲈鱼。"如此千古佳句实在不胜枚举。

诗境深造："林壑敛暝色，云霞收夕霏。"（谢灵运《石壁精舍还湖中作》）

508. 细雨湿衣看不见，闲花落地听无声　清风细雨

出处：《陪衡阳王游耆阇寺》："清风吹麦垄，细雨濯梅林。"

解析：指柔和的轻风和细雨。常比喻方式方法或态度温和而不粗暴。

诗化：

雨中漫兴·其六

〔明〕朱诚泳

地僻尘嚣少，斋居坐晏如。
清风回枕簟，细雨润琴书。
野竹当窗密，山云入座虚。
自缘非吏隐，能与世情疏。

诗义：地处荒村僻地，远离世俗的打扰，闲居安然自若。清爽的风吹拂着枕席，细雨滋润着琴和书。窗边的野竹浓密茂盛，山里的白云来做客。只因为没有利禄缠心，就能与各种势力疏远。

简评：风雨最能引发诗人的诗兴。明代李东阳认为："风雨字最入诗。"（《怀麓堂诗话》）唐诗中有许多脍炙人口的着眼风雨的佳句，如"山雨欲来风满楼"（许浑《咸阳城东楼》）、"风雨时时龙一吟"（杜甫《滟滪》）等。清风细雨属清丽、自然、冲淡的美质。清丽指清新、秀丽、雅致的审美风格。诗词注重"清丽"的品格，唐代皎然指出："诗有七德：一识理，二高古，三典丽，四风流，五精神，六质干，七体裁。"（《诗式》）文章也讲究"清丽"，晋代陆机说："或藻思绮合，清丽千眠，炳若缛绣。凄若繁弦。"（《文赋》）

“轻风生翠影，细雨醒香霏。”(张侃《游西湖李氏园池》)对于清风细雨的自然美景，唐代韦庄有《登咸阳县楼望雨》：“乱云如兽出山前，细雨和风满渭川。尽日空蒙无所见，雁行斜去字联联。”刘长卿有《别严士元》：“春风倚棹阖闾城，水国春寒阴复晴。细雨湿衣看不见，闲花落地听无声。”更为巧妙的是李商隐的《微雨》：“初随林霭动，稍共夜凉分。窗迥侵灯冷，庭虚近水闻。”诗中无一“雨”字，却句句有雨，仅借助周围环境中相关的事物和诗人的主观感受，就能给人全诗处处与微雨有关的印象，令人叫绝。肯学诸儒辈，书窗误一生。唐代章孝标的《风不鸣条》：“旭日悬清景，微风在绿条。入松声不发，过柳影空摇。”则不失为描写微风的佳作。宋代刘敞的《雨后池上》：“一雨池塘水面平，澹磨明镜照檐楹。东风忽起垂杨舞，更作荷心万点声。”也是描绘轻风细雨的好作品。

诗境深造：“清风乱荷叶，细雨出鱼儿。”(苏轼《道者院池上作》)

509. 细雨斜风作晓寒，淡烟疏柳媚晴滩　烟雨朦胧

出处：《江下初秋寓泊》：“濛濛烟雨蔽江村，江馆愁人好断魂。”

解析：指雨雾迷蒙、模糊不清的景色。

诗化：

山村五绝·其二

〔宋〕苏轼

烟雨蒙蒙鸡犬声，有生何处不安生。
但令黄犊无人佩，布谷何劳也劝耕。

诗义：朦胧的细雨中传来鸡狗的叫声，人这一生有什么地方不能安心生活呢？只见小牛犊没有人牵管，春天到了，何劳布谷鸟去劝耕呢？

简评：烟雨朦胧往往给人以宁静、安逸的感受。“烟雨蒙蒙鸡犬声，有生何处不安生？”在烟雨朦胧的山村之中，苏轼收获的是对安稳、安定人生的向往和对当下生活的满足。烟雨朦胧属朦胧、缥缈的美质。所谓的朦胧美是指艺术创作用朦胧、模糊的形式和手法来表现美，将景物渲染得若即若离、

似暗非暗、空空蒙蒙。艺术作品中的朦胧美，其手法和语言多用隐喻、比兴、象征、暗喻等，表达的内容和思想含蓄蕴藉而不直露。朦胧美具有含蓄、悠远、深邃的意境。唐代李商隐的诗歌有明显的朦胧美。如："君问归期未有期，巴山夜雨涨秋池。何当共剪西窗烛，却话巴山夜雨时。"（《夜雨寄北》）"相见时难别亦难，东风无力百花残。春蚕到死丝方尽，蜡炬成灰泪始干。"（《无题》）宋代欧阳修有《梦中作》："夜凉吹笛千山月，路暗迷人百种花。棋罢不知人换世，酒阑无奈客思家。"这首诗亦给人以朦胧、缥缈的美感。

"细雨斜风作晓寒，淡烟疏柳媚晴滩。"（苏轼《浣溪沙》）自然界里的烟雨朦胧、云雾缭绕、空茫迷蒙等都属于朦胧美。"和气吹绿野，梅雨洒芳田。新流添旧涧，宿雾足朝烟。"（李世民《咏雨》）"漠漠秋云起，稍稍夜寒生。但觉衣裳湿，无点亦无声。"（白居易《微雨夜行》）"竹影朦胧松影长，素琴清簟好风凉。"（卢纶《题贾山人园林》）描写烟雨朦胧的诗词，还有唐代韩偓的《寒食夜》："恻恻轻寒剪剪风，小梅飘雪杏花红。夜深斜搭秋千索，楼阁朦胧烟雨中。"杜牧的《题宣州开元寺水阁阁下宛溪夹溪居人》："深秋帘幕千家雨，落日楼台一笛风。惆怅无因见范蠡，参差烟树五湖东。"宋代苏轼的《望江南·暮春》："春未老，风细柳斜斜。试上超然台上看，半壕春水一城花。烟雨暗千家。寒食后，酒醒却咨嗟。休对故人思故国，且将新火试新茶。诗酒趁年华。"明末清初吴伟业的《鸳湖曲》："鸳鸯湖畔草粘天，二月春深好放船。柳叶乱飘千尺雨，桃花斜带一溪烟。"

诗境深造："烟雨晚晴天，零落花无语。"（魏承班《生查子》）

510. 林花著雨燕脂落，水荇牵风翠带长　烟雨纷飞

出处：《南轩》："细雨纷纷不见山，卷帘烟景画图间。"

解析：指如烟如雾的细雨纷纷飞洒飘落的样子。

诗化：

望江南·暮春

〔宋〕苏轼

春未老，风细柳斜斜。试上超然台上看，半壕春水一城花。烟雨暗千

家。　寒食后，酒醒却咨嗟。休对故人思故国，且将新火试新茶。诗酒趁年华。

诗义：春天还没过，轻风微拂，柳梢飘扬。登上超然台欣赏风景，护城河灌满了碧绿的春水，整座城市百花盛开，烟雨纷飞，千家万户隐隐约约。寒食节已过，酒醒后却因思乡而叹息不已。请不要在老朋友面前思念故乡了，重新点燃薪火，烹煮一壶刚采摘的新茶，趁着美好的岁月赋诗品酒。

简评：烟雨纷飞也是成就诗人情怀的一类景致。在大多数诗人笔下，烟雨纷飞带有凄美的气质。李商隐在烟雨纷飞之中，移情寄物："春日在天涯，天涯日又斜。莺啼如有泪，为湿最高花。"（《天涯》）叹黄莺悲啼而垂泪，而泪水打湿了那孤零零的、最高的，也是最后的春花。李煜则在烟雨纷飞中，感叹着流水落花的无奈："帘外雨潺潺，春意阑珊。罗衾不耐五更寒。梦里不知身是客，一晌贪欢。独自莫凭栏，无限江山。别时容易见时难。流水落花春去也，天上人间。"（《浪淘沙》）。在苏轼的诗句里，烟雨纷飞却更多体现其宠辱不惊、旷达超脱的人生境界："竹杖芒鞋轻胜马，谁怕？一蓑烟雨任平生……回首向来萧瑟处，归去，也无风雨也无晴。"（《定风波》）表达了超然物外、摆脱世俗的平淡，以及珍惜时光、享受超然的诗境审美。而烟雨纷飞时候对李清照而言，有时增添了几分哀愁："满地黄花堆积，憔悴损，如今有谁堪摘？守着窗儿，独自怎生得黑！梧桐更兼细雨，到黄昏、点点滴滴。这次第，怎一个愁字了得！"（《声声慢》）有时则是春心萌动之时。"暖雨晴风初破冻，柳眼梅腮，已觉春心动。酒意诗情谁与共？泪融残粉花钿重。"（《蝶恋花》）

"城上春云覆苑墙，江亭晚色静年芳。林花著雨燕脂落，水荇牵风翠带长。"（杜甫《曲江对雨》）烟雨纷飞属朦胧、梦幻、浪漫的美质。欧阳修特别迷恋宜人的湖光山色，他曾在游览安徽颍州的西湖之后，因被西湖秀美的景色吸引，一连写下十首《采桑子》来赞美西湖景色，其中第七首就描写了在烟雨纷飞的时节欣赏荷花的情景："荷花开后西湖好，载酒来时。不用旌旗，前后红幢绿盖随。画船撑入花深处，香泛金卮。烟雨微微，一片笙歌醉里归。"西湖风光好，荷花开后清香缭绕，划船载着酒宴来赏玩，用不着旌旗仪仗，自有红花为幢绿叶为盖随船而来。彩船驶进了荷花丛的深处，金杯上泛起加了荷香的酒香。傍晚烟雾夹着微雨，在一片音乐声里，船儿载着醉倒的游客归去了。

诗境深造：“卧迟灯灭后，睡美雨声中。”（白居易《秋雨夜眠》）

五十二、冰雪篇

我爱你，塞北的雪

飘飘洒洒漫天遍野

你的舞姿是那样轻盈

你的心地是那样纯洁

你是春雨的亲姐妹哟

你是春天派出的使节，春天的使节

——王德《我爱你，塞北的雪》（节选）

冰雪的美往往令人沉醉。在诗人眼里，冰雪蕴含着浪漫的审美情趣和高洁的人格追求，故有“天文惟雪诗最多，花木惟梅诗最多”之说。冰雪之美，有万里雪飘、山舞银蛇之雄浑、浩瀚，有冰天雪地、银装素裹之清新、典雅，有玉麟飞舞之飘逸、浪漫，有粉妆玉砌之清澈、高洁。

511. 野营万里无城郭，雨雪纷纷连大漠　万里雪飘

出处：《沁园春·雪》："北国风光，千里冰封，万里雪飘。"

解析：指苍茫辽阔之地处处飘雪，形容雪非常大。

诗化：

别董大二首·其一

〔唐〕高适

千里黄云白日曛，北风吹雁雪纷纷。

莫愁前路无知己，天下谁人不识君。

诗义：乌云延绵千里，遮天蔽日，天色昏沉，呼啸的寒风送走南飞的雁群，又纷纷扬扬地飘下大雪。不要担心遥远的旅途上没有知心朋友，普天之下谁不敬慕您的美名呢?

简评："郊野鹅毛满，江湖雁影空。"（李商隐《咏雪》）万里雪飘是一种雄浑、旷远、浩瀚和大气的美质。"北国风光，千里冰封，万里雪飘"描绘了一个冰天雪地、广袤无垠、雪花飘舞的银色世界，同时也体现了诗人的高远视野和恢宏气魄，将人们引向深邃的想象，意境更加开阔。邵雍这样描述大寒的景象："旧雪未及消，新雪又拥户。阶前冻银床，檐头冰钟乳。清日无光辉，烈风正号怒。人口各有舌，言语不能吐。"（《大寒吟》）我们仿佛看到了一场接一场的大雪，看到了地面上结着冰，房檐上结着冰溜子，太阳无光，寒风呼啸。没有经历过北方零下二三十度的大寒之冷，是想象不出这种景象的。而在李颀的印象中，茫茫大漠的雪景便是万里雪飘的壮阔："野营万里无城郭，雨雪纷纷连大漠。"（《古从军行》）

诗境深造："乱云低薄暮，急雪舞回风。"（杜甫《对雪》）

512. 飘飘瑞雪下山川，散漫轻飞集九埏　瑞雪纷飞

出处：《玄圃观春雪》："同云遥映岭，瑞雪近浮空。"

解析：指应时而下、雪量适中的好雪飞扬之景。

诗化：

春雪

〔唐〕韩愈

新年都未有芳华，二月初惊见草芽。

白雪却嫌春色晚，故穿庭树作飞花。

诗义：新年已来到，还感知不到春天的气息，却在这二月初惊喜地看见小草长出嫩芽。天上的白雪也嫌春色来得太迟，故意化作纷飞的花儿在庭院里的树丛间飘扬。

简评："飘飘瑞雪下山川，散漫轻飞集九埏。似絮还飞垂柳陌，如花更绕落梅前。"（宗楚客《奉和圣制喜雪应制》）数千年来，在中华传统文化中，瑞雪向来是一个吉祥信号。中国民间有着丰富的关于瑞雪的谚语："冬天麦盖三层被，来年枕着馒头睡。""冬有大雪是丰年。""江南三尺雪，人贺十年丰。""大雪兆丰年，无雪要遭殃。"农家认为，瑞雪之后，来年肯定是丰收之年。

"瑞雪兆丰年"是一个有科学依据的农谚。一来，雪使土壤保暖，积水则能利田。冬季天气寒冷，下雪之后，雪融化前，就像盖在大地上的棉被，能保护庄稼不受冻害。等到天气回暖后，雪慢慢融化，相当于为庄稼积蓄了大量的水，对春耕播种以及庄稼的生长发育都十分有利。二来，雪为土壤增加肥料。雪中含有很多氮化物。雪融化后，这些氮化物被融雪水带到土壤中，可以滋养作物。三来，雪能冻死害虫。化雪的时候，雪水渗入土地里，土壤的温度会大幅降低，害虫就会冻死。因此，古人对瑞雪赞许有加。陆游的《开岁连日大雪》："开岁大雪如飞鸥，转盼已见平檐沟。村深出门风裂面，况复取醉湖边楼。从来春雪不耐久，卧听点滴无时休。去年久旱绵千里，犁不入土蝗虫稠。今年冬春足膏泽，天意似欲滋农畴。岂惟养猪大作社，更卖宝剑添耕牛。"表达了诗人对瑞雪的喜悦和对丰收的期待。戴复古的《除夜》亦因瑞雪而预见丰年："生盆火烈轰鸣竹，守岁筵开听颂椒。野客预知农事好，三冬瑞雪未全消。"

瑞雪纷飞也会给人带来无限的惬意，陆游就是这样享受瑞雪之夜的："北风吹雪四更初，嘉瑞天教及岁除。半盏屠苏犹未举，灯前小草写桃符。"（《除夜雪二首·其二》）虽然已是四更天了，但北风吹来的这场大雪却让诗人彻夜难眠。这是上天赐给大地的瑞雪呀！它预示着来年的丰收，怎能不让这位忧国忧民的诗人兴奋呢？还没来得及举起盛了半盏屠苏酒的酒杯庆贺已经飘来的瑞雪，迎接即将到来的新年，便在灯光下写下迎春的桃符。

诗境深造：“天人宁许巧，剪水作花飞。”（陆畅《惊雪》）

513. 忽如一夜春风来，千树万树梨花开　银装素裹

出处：《沁园春·雪》：“须晴日，看红装素裹，分外妖娆。”

解析：指下雪过后万物都被银白色包裹的景象。形容雪后一片白色的世界的场景或冬天雪后的美丽景色。

诗化：

终南望余雪

〔唐〕祖咏

终南阴岭秀，积雪浮云端。

林表明霁色，城中增暮寒。

诗义：终南山的北面景色秀美，山顶上的皑皑白雪好似与天上的浮云相连接。雪后天气放晴，银装素裹，树林间闪烁着余晖，傍晚时分城中又增添了几分寒意。

简评：银装素裹属自然、清新、典雅的美质。推开窗门，映入眼帘的，无论是“窗含西岭千秋雪”（杜甫《绝句四首·其三》），还是“梨花满院飘香雪”（毛熙震《菩萨蛮》），或是“忽如一夜春风来，千树万树梨花开”（岑参《白雪歌送武判官归京》），那白雪皑皑、银装素裹的景致，无一不让人心旷神怡、赏心悦目。寂然无声的大雪何时飘然而至又覆盖了大地？置身于这银装素裹的冰雪童话世界里，浪漫、宁静，自由自在。

银装素裹的宁静特别能产生丰富的意境。王维营造的是深巷的空静与素雅的闲庭意境：“寒更传晓箭，清镜览衰颜。隔牖风惊竹，开门雪满山。洒空深巷静，积素广庭闲。借问袁安舍，翛然尚闭关。”（《冬晚对雪忆胡居士家》）

焦郁着眼于雪后山野之空旷静谧："春雪空蒙帘外斜，霏微半入野人家。长天远树山山白，不辨梅花与柳花。"（《春雪·其二》）银装素裹下座座山峰都是白的，分不出哪些是梅花，哪些是柳花。韦应物将冰清寒流、漫山的白雪与清雅的诗句联合起来："九日驱驰一日闲，寻君不遇又空还。怪来诗思清人骨，门对寒流雪满山。"（《休暇日访王侍御不遇》）

卢梅坡在银装素裹里看到的是梅雪争春的蓬勃景象："有梅无雪不精神，有雪无诗俗了人。日暮诗成天又雪，与梅并作十分春。"（《雪梅二首·其二》）杨万里的《观雪》则书写落雪掩芳华之无情："落尽琼花天不惜，封他梅蕊玉无香。倩谁细撚成汤饼，换却人间烟火肠。"上苍毫不怜惜，把琼花般的飘雪撒下，将梅蕊、海棠封存于冰雪之中，花香杳无。有谁再将这高洁的雪做成汤和饼来温饱人世间的肠胃？鲁交有句句无"雪"而又写尽雪之形态的《大雪》："万象晓一色，皓然天地中。楚山云母障，汉殿水精宫。远近梅花信，高低柳絮风。吟魂清不彻，和月上晴空。"郑燮在雪后看到的是梅花的品格："晨起开门雪满山，雪晴云淡日光寒。檐流未滴梅花冻，一种清孤不等闲。"（《山中雪后》）清晨起，打开门看到的是满山的皑皑白雪。雪后初晴，白云惨淡，连日光都变得寒冷。房檐的积雪未化，院落的梅花枝条仍被冰雪凝冻。诗人赞叹的是寒梅那坚忍纯洁的品格。

诗境深造："冻云宵遍岭，素雪晓凝华。"（李世民《望雪》）

514. 天山雪云常不开，千峰万岭雪崔嵬　山舞银蛇

出处：《沁园春·雪》："山舞银蛇，原驰蜡象，欲与天公试比高。"

解析：指在大雪中遥望覆盖着白雪的绵延起伏的山和丘陵，仿佛是一条银白色的蛇在舞动。

诗化：

雪后晚晴四山皆青惟东山全白赋最爱东山晴后雪二绝句·其一

〔宋〕杨万里

只知逐胜忽忘寒，小立春风夕照间。
最爱东山晴后雪，软红光里涌银山。

诗义：只顾欣赏美丽的雪景而忘了天气的严寒，短暂地伫立在余晖之中，沐浴着轻柔的春风。最为喜好的是天晴后东山上那山舞银蛇的雪景，微弱的霞光涌动，映着那一座座银色的雪山。

简评：山舞银蛇属雄浑、大气、飘逸的美质。杨万里这首诗的妙句是“最爱东山晴后雪，软红光里涌银山”。最喜爱东山天晴之后的雪景，这雪景就是夕阳下那白雪覆盖的巍巍群山，还涌动着霞光。

“天山雪云常不开，千峰万岭雪崔嵬。”（岑参《天山雪歌送萧治归京》）在浩瀚的苍穹下，巍峨的雪山常常能使人们发挥无穷的想象力。1935 年 10 月，中央红军主力胜利到达陕北。1936 年 2 月，毛泽东率领红一方面军准备东渡黄河，开赴抗日前线。在陕西省清涧县高杰村镇附近的袁家沟，面对大雪过后银装素裹的大好河山，毛泽东触景生情，豪情满怀地写下了壮丽的《沁园春·雪》：“北国风光，千里冰封，万里雪飘。望长城内外，惟余莽莽；大河上下，顿失滔滔。山舞银蛇，原驰蜡象，欲与天公试比高。须晴日，看红装素裹，分外妖娆。”李世民有《饮马长城窟行》：“塞外悲风切，交河冰已结。瀚海百重波，阴山千里雪。”塞外悲凉的风刮得急切，交河上的凌冰已经冻结。广袤的沙漠上，沙丘连绵不断，阴山之下千万里全都落满了白雪。这首诗描写了塞外的壮阔浩瀚，渲染出壮烈豪迈的气概，表现了诗人指点江山、总揽寰宇的决心。

诗境深造：“倾耳无希声，在目皓已洁。”（陶渊明《癸卯岁十二月中作与从弟敬远》）

515. 玉龙睡起长风激，尽蜕玉鳞漂八极　玉鳞飞舞

出处：《学刘公干体五首·其三》：“胡风吹朔雪，千里度龙山。集君瑶台上，飞舞两楹前。”

解析：指雪花像玉麟般飞翔飘舞。

诗化：

寿阳曲·江天暮雪

〔元〕马致远

天将暮，雪乱舞，半梅花半飘柳絮。江上晚来堪画处，钓鱼人一蓑归去。

诗义：黄昏时分，天上下起了大雪，漫天飞舞的雪花像绽放的梅花，又像飘荡的柳絮。江畔的晚景宛如一幅美丽的风景画，一位身披蓑衣的渔夫正划着渔舟归去。

简评："玉龙睡起长风激，尽蜕玉鳞漂八极。"（陈造《喜雪六首·其三》）玉麟飞舞是一种飘逸、浪漫、雄浑的美质。古人喜欢将纷飞的雪花与柳絮、梅花、梨花、杨花相提并论，或把雪花比作梨花、柳絮，晋代谢道韫就将雪花飞扬比喻为"柳絮因风起"。

梅雪共赏、梅雪相怜是历代诗人的喜好，宋代张孝祥有《卜算子》："雪月最相宜，梅雪都清绝。去岁江南见雪时，月底梅花发。今岁早梅开，依旧年时月。冷艳孤光照眼明，只欠些儿雪。"吕本中的"雪似梅花，梅花似雪。似和不似都奇绝"（《踏莎行》），表现雪花像梅花一样洁白，梅花又像雪般晶莹，无论是像还是不像，都一样绝美。元代王旭把梅与雪做了一番比较："两种风流，一家制作。雪花全似梅花萼。细看不是雪无香，天风吹得香零落。虽是一般，惟高一着。雪花不似梅花薄。梅花散彩向空山，雪花随意穿帘幕。"（《踏莎行·雪中看梅花》）

唐代岑参将雪花形容为梨花，"忽如一夜春风来，千树万树梨花开"（《白雪歌送武判官归京》）。温庭筠有"三月雪连夜，未应伤物华。只缘春欲尽，留着伴梨花"（《嘲三月十八日雪》）。五代后蜀毛熙震有"梨花满院飘香雪，高楼夜静风筝咽"（《菩萨蛮三首·其一》）。元末明初杨基有《菩萨蛮》："水晶帘外娟娟月，梨花枝上层层雪。花月两模糊，隔窗看欲无。月华今夜黑，全见梨花白。花也笑姮娥，让他春色多。"

诗境深造："彤云垂四野，六出舞漫天。"（金朋说《冬雪吟》）

516. 白雪却嫌春色晚，故穿庭树作飞花　漫天飞絮

出处：《柳枝词》："大堤杨柳雨沉沉，万缕千条惹恨深。飞絮满天人去远，东风无力系春心。"

解析：指雪花如飘飞的柳絮一般漫天飞舞。

诗化：

晴后再雪四首·其四

〔宋〕杨万里

八盘岭上雪偏清，万斛琼尘作一倾。
空里仰看都不见，碧山映得却分明。

诗义：八盘岭上的飞雪晶莹剔透，纯清明洁，好像万斛美玉的细末在刹那间倾泻下来。可抬头仰望天空，似乎也看不到漫天飞絮的样子，唯有青山在白雪的照映下显得格外分明。

简评："万斛琼尘作一倾"，漫天的飞雪，纷纷扬扬，轻盈飘逸，这是杨万里对漫天飞絮飘雪景象的生动写照。漫天飞絮属雄浑、豪放、飘逸的美质。面对大自然赐予的尤物，诗人们总是怀着浪漫的心境去赞美她。韦应物有《咏春雪》："裴回轻雪意，似惜艳阳时。不悟风花冷，翻令梅柳迟。"李商隐有"寒气先侵玉女扉，清光旋透省郎闱。梅花大庾岭头发，柳絮章台街里飞"（《对雪二首·其一》）。孙道绚将漫天飞絮描写为"悠悠扬扬，做尽轻模样。半夜萧萧窗外响，多在梅边竹上。朱楼向晓帘开，六花片片飞来"（《清平乐·雪》）。

韩愈的《春雪》将飞雪喻作飞花："新年都未有芳华，二月初惊见草芽。白雪却嫌春色晚，故穿庭树作飞花。"毛滂的《上林春令·十一月三十日见雪》之喻体更为丰富："蝴蝶初翻帘绣。万玉女、齐回舞袖。落花飞絮蒙蒙，长忆着、灞桥别后。浓香斗帐自永漏。任满地、月深云厚。夜寒不近流苏，只怜他、后庭梅瘦。"诗人将飞动的雪花比作"蝴蝶""玉女""落花""飞絮"，漫天飞雪时而像蝴蝶翩翩飞越绣帘，时而像天女散花、舒袖长舞，时而像落花纷飞，时而像飞絮蒙蒙，给人鲜明的飘逸动感，能激发引人入胜的艺术魅力。

诗境深造："夜深知雪重，时闻折竹声。"（白居易《夜雪》）

517. 冻云垂地雪纷飞，日暮天寒雁已归 冰天雪地

出处：《鸡毛房》："冰天雪地风如虎，裸而泣者无栖所。"

解析：冰雪漫天盖地，形容极寒冷。

诗化：

雪望

〔清〕洪昇

寒色孤村暮，悲风四野闻。
溪深难受雪，山冻不流云。
鸥鹭飞难辨，沙汀望莫分。
野桥梅几树，并是白纷纷。

诗义：严冬的黄昏笼罩着一个孤零零的小村子，寒风呼啸肆虐。大雪覆盖了深溪，山岗和流云似乎都被冻得凝固了。风雪中飞翔的沙鸥与鹭鸶难以辨认，沙滩被大雪覆盖也难分边界。野桥边上的几树梅花都是银白色的，已分不清哪些是白梅、哪些是白雪。

简评："冻云垂地雪纷飞，日暮天寒雁已归。"（周行己《潇湘暮雪》）冰天雪地属自然、纯净、明洁的美质，呈现空灵、深邃的意境。诗人们往往不直接描写冰天雪地的情景，而是通过描绘另外一些景象来表现落雪的程度。比如白居易的《夜雪》："已讶衾枕冷，复见窗户明。夜深知雪重，时闻折竹声。"夜深的时候就知道雪下得很大，是因为不时能听到雪把竹枝压折的声音。岑参的《白雪歌送武判官归京》："北风卷地白草折，胡天八月即飞雪。忽如一夜春风来，千树万树梨花开。"北风席卷大地，漫天飘降大雪，就好像一夜之间春风吹来，树上犹如梨花竞相开放。高骈的《对雪》："六出飞花入户时，坐看青竹变琼枝。如今好上高楼望，盖尽人间恶路岐。"雪落四野，青竹仿佛成了晶莹玉树，放眼望去，只见茫茫雪原，不见纵横道路。张耒的《破幌》："破幌一点白，卧知千里明。低窗通雪气，乔木尚风声。"仅从透过帘间的一丝白光，便知窗外已是洁白的冰雪世界。

诗境深造："日暮苍山远，天寒白屋贫。"（刘长卿《逢雪宿芙蓉山主人》）

518. 奇峰诡石玉雕锼，飞阁还凭素练流　粉妆玉砌

出处：《金瓶梅》："粉妆玉琢，娇艳惊人。"

解析：把雪景比作用粉化过妆、用玉修砌而成的样子。形容雪景的美丽。

诗化：

山中雪后

〔清〕郑燮

晨起开门雪满山，雪晴云淡日光寒。

檐流未滴梅花冻，一种清孤不等闲。

诗义：早晨起来打开门，就看到对面的山头已被大雪覆盖。这个时候，天空已经开始晴朗，天高云淡，却让人感到阳光里含有逼人的寒意。房檐下的冰溜还没有开始融化，梅花仍然被冰雪凝冻，梅花这样冰清冷艳的气质，是多么超凡脱俗！

简评："奇峰诡石玉雕锼，飞阁还凭素练流。点缀天然成迥句，不须烛照费冥搜。"（弘历《题张宗苍雪景》）粉妆玉砌属清澈、高洁、典雅的美质。在中华传统文化中，雪具有特殊的文化意蕴，冰雪常常被用来象征高洁、无瑕的品格。除了诗人以冰雪作为创作的题材，画家们也常以冰雪入画。自古以来，冰雪题材的传世画作也不少。比如唐代王维的《江山雪霁图》，以雪景为主题，集山水、树石、人物于一体，构图奇巧，层次分明，既营造出雪霁清丽、万木萧瑟的自然景色，又呈现出温婉、浪漫的诗人情怀，体现了作者"物我相融，天人合一"的美学思想和精神追求。五代宋初巨然的《雪图》，运用平远、深远、高远的手法描绘了雪如凝脂、祥瑞宁静、古雅清秀的景致。宋代范宽的《雪景寒林图》表现了秦陇山川雪后的磅礴气象，作品气势恢宏，意境深远。郭熙的《雪山图轴》以立轴图式表现了深山春雪覆盖的景色，山峦叠影，民舍掩映，山泉垂下汇入溪流，静中有动，静中有声，尤以利用光影衬托出雪山的明暗最为独到，使人恍入幻境。元代黄公望的《九峰雪霁图》以独特的图式，描绘了雪霁后江南松江一带九座名山的景象，九峰深壑纵横、层峦叠嶂，组织疏密得当、错落有序。清代石涛的《雪景山水图》则在很大程度上突破了传统山水画"以工为主"的程式规范，作品中的天空、水面

以水墨涂抹，墨色浸润，笔法简括洗练，书写意味厚重，给人以酣畅淋漓的享受。

诗境深造：“倚杖望晴雪，溪云几万重。”（贾岛《雪晴晚望》）

519. 枯条缕缕皆成带，溜汁涓涓可染衣　寒江雪柳

出处：《江雪》：“孤舟蓑笠翁，独钓寒江雪。”《除日淮上》：“冰桥艰渡马，雪柳亦栖鸦。”

解析：指严寒天气下，江河岸边的树木凝结着晶莹的雾凇。文学作品中常将雾凇比喻为雪柳。

诗化：

望雪

〔唐〕李世民

冻云宵遍岭，素雪晓凝华。
入牖千重碎，迎风一半斜。
不妆空散粉，无树独飘花。
萦空惭夕照，破彩谢晨霞。

诗义：寒冷的夜晚，山岭上空的云都好像被冻住了，早晨洁白的冰雪覆盖了大地。雪花飞入窗后就融化了，在风中则漫天飞舞，忽东忽西。天空不施粉黛却处处光洁匀净似有脂粉膏泽修饰，没有树木却到处飘着美丽的花瓣。晶莹剔透的雪花映亮整个天空，让残阳显得黯淡，使朝霞失去光彩。

简评：“枯条缕缕皆成带，溜汁涓涓可染衣。”（凌云翰《雪中八咏次瞿宗吉韵·雪柳》）寒江雪柳属清奇的美质。洁白的飞雪让人充满遐想，婀娜的柳枝也是诗境的尤物，文人们往往将奇美的雾凇比作雪柳，雪与柳结合在一起就显得更加圣洁、美丽。艺术创作也离不开雪和柳的搭配。南朝梁吴均的《咏雪》：“微风摇庭树，细雪下帘隙。萦空如雾转，凝阶似花积。不见杨柳春，徒见桂枝白。零泪无人道，相思空何益。”风摇寒枝，皓雪飘转，因雪积于草木不见春意而喟叹自身之孤寂、相思之徒然。唐代戎昱的《霁雪》：“风卷寒

云暮雪晴，江烟洗尽柳条轻。檐前数片无人扫，又得书窗一夜明。”描绘了一幅大风卷寒云，江柳轻盈，随风婀娜多姿的景象，同样状写残雪，给人的印象却是无限喜悦和留恋。

诗境深造：“萦空如雾转，凝阶似花积。”（吴均《咏雪》）

520. 千峰笋石千株玉，万树松萝万朵银　玉树琼花

出处：《霍小玉传》：“但觉一室之中，若琼林玉树，互相照耀，转盼精彩射人。”

解析：指高寒地区的雾凇景观，也形容寒冷地区霜冻后，出现像美玉般的白色的树和白色的花儿之景象。

诗化：

苏幕遮·对雪

〔清〕张素

冻云浓，寒雾起。万片鹅毛，堆积空庭里。玉树玲珑摇冷砌。今夜啼乌，怎样枝头寄。　画帘垂，朱户闭。独自围炉，遥想人天际。季子貂裘应已敝。叮嘱琼花，莫洒南来骑。

诗义：严冬里浓云密布，寒冷的雾气弥漫。鹅毛大雪在广袤的天空下飞舞，堆满了空旷的庭院。树木通体晶莹剔透，在冰冷的台阶前轻轻摇曳。唉，这么寒冷的夜晚，那哀鸣的乌鸟如何在冰冷的枝头栖宿？画有精美图案的窗帘已经垂落，朱红色的大门紧闭。我独自坐在火炉边，挂念着远方的亲人。小儿子的貂皮大衣应该已经破旧了。叮嘱那琼花般的雪花，切莫飘落到自南边骑马来的人身上。

简评：张素这首词简短精美，通俗易懂，情景交融，是清词典雅清美的典范。北方冬季的雾凇美景可以形容为玉树琼花。雾凇是一种自然现象，是一种冰雪的美景。赞美雾凇雪景的诗词有：“园林日出静无风，雾凇花开树树同。记得集贤深殿里，舞人齐插玉珑璁。”（曾巩《雾凇》）“昼漏沉沉禁苑清，苑中飞雪入帘轻。天低玉树连双阙，风送琼花下五城。”（胡俨《禁中对雪次

韵》）“才见岭头云似盖，已惊岩下雪如尘。千峰笋石千株玉，万树松萝万朵银。”（元稹《南秦雪》）“万树琼花一夜开，都和天地色皑皑。素娥腰细舞将彻，白玉堂深曲又催。”（邵雍《和李审言龙图大雪》）

霜冻也能形成玉树琼花的美景。杨万里的《晓霜过宝应县三首·其二》是描写霜后景象的诗词中较为典型的一首：“看来不信是霜华，白日青天散晓霞。只怪野田生玉树，更于腊月发琼花。”在一个冬日的清晨，诗人看到结满霜花的景象，简直不敢相信这是清晨的霜花，它在白日青天下映着闪闪晨光。田野上甚至长出了洁白的玉树，在寒冬腊月绽放晶莹的琼花。

诗境深造：“玉树晓青苍，琼花接混茫。”（黎民表《晓经西苑》）

五十三、西湖篇

只为等我到此一聚
苏堤打扮了好几百年
于今，水牵我而来
让我坐在
苏东坡横躺过的湖中
只见水面走来
一位打着花布洋伞的女子
他想的是朝云
我想的是水月
我跑到桥上俯首细看
原也是
花暗柳明的另一个好梦

——洛夫《西湖二题·苏堤》

西湖是中国的著名景点，集山水风光、园林建筑、人文历史于一身。西湖十景是分布在西湖周围的著名景点，素有“景在城中立，人在画里游”的美称。正所谓“一日湖上行，一日湖上坐。一日湖上住，一日湖上卧”，要体验和享受西湖的自然与人文之美，需在行、坐、住、卧之中亲身体认。

521. 绿纹新涨含烟翠，倒影花光漾明媚　苏堤春晓

出处：《西湖游览志》：“苏公堤，自南新路属之北新路，横截湖中。”《中国园林艺术大辞典》：“晨晓苏堤，柳丝如烟，春风骀荡，莺鸟幽鸣，清颖怡人，故题名‘苏堤春晓’。”

解析：西湖十景之首，指寒冬过后苏堤美妙的春色。

诗化：

湖山十景 · 苏堤春晓

〔宋〕王洧

孤山落月趁疏钟，画舫参差柳岸风。

莺梦初醒人未起，金鸦飞上五云东。

诗义：伴随着稀疏的钟声，月儿落到了西边的孤山上，华丽的游船沐浴着柳岸边的春风交错来往。刚刚从美妙的梦中醒来而不愿起床，太阳已经飞到东边的五云山上了。

简评：“绿纹新涨含烟翠，倒影花光漾明媚。”（弘历《春水泛舟》）杭州之美尽在西湖，西湖之美则当数苏堤，苏堤春晓被认为是西湖十景之首。苏堤春晓之景，南起花港观鱼，北接曲院风荷，是一条贯穿西湖风景区南北的林荫大堤。苏轼知杭州时，疏浚西湖，取湖泥葑草堆筑成堤，该堤便得名苏堤。苏堤两侧遍种花木，垂柳依依，漫步在堤上，新柳如烟，春风骀荡，莺鸟和鸣，意境动人。苏堤望山桥南面的御碑亭里立有康熙题写的“苏堤春晓”碑刻。有很多称颂苏堤的佳句：“梨花风起正清明，游子寻春半出城。日暮笙歌收拾去，万株杨柳属流莺。”（吴惟信《苏堤清明即事》）“柳暗花明春正好，重湖雾散分林鸟。何处黄鹂破暝烟，一声啼过苏堤晓。”（杨周《苏堤春晓》）“一株杨柳一株桃，夹镜双湖绿映袍。蓄眼韶光看不足，北高峰影接南高。”（弘历《苏堤二首 · 其二》）现代著名诗人洛夫也留下了浪漫的诗句：“只为等我到此一聚，苏堤打扮了好几百年。于今，水牵我而来。让我坐在，苏东坡横躺过的湖中。只见水面走来，一位打着花布洋伞的女子。他想的是朝云，我想的是水月。我跑到桥上俯首细看，原也是，花暗柳明的另一个好梦。”（《西湖二堤 · 苏堤》）

苏堤春晓属纤秾、艳丽、自然的美质。苏堤春晓能让人感觉到春天的气息，苏堤则化身为明丽的报春使者。杨柳夹岸，艳桃灼灼，湖光山色，琼塔倩影，风月无边。正所谓“化工赋物，浓淡相成”（《消寒新咏·李增官序》），浓与淡都是能让人产生美的感受的质地。色彩、味觉、嗅觉都有浓淡之分。中国传统美学偏好“淡”，也不排斥“浓”。司空图就对“浓”赞许有加：“采采流水，蓬蓬远春。窈窕深谷，时见美人。碧桃满树，风日水滨。柳荫路曲，流莺比邻。乘之愈往，识之愈真。如将不尽，与古为新。”（《二十四诗品·纤秾》）浓淡相配，相互交映，才能形成佳境。“桃满西园淑景催，几多红艳浅深开。此花不逐溪流出，晋客无因入洞来。”（杜牧《酬王秀才桃花园见寄》）“红白莲花开共塘，两般颜色一般香。恰似汉殿三千女，半是浓妆半淡妆。”（杨万里《红白莲》）

诗境深造：“春水碧于天，画船听雨眠。”（韦庄《菩萨蛮·人人尽说江南好》）

522. 接天莲叶无穷碧，映日荷花别样红　曲院风荷

出处：《曲院风荷》：“西湖曲院，为宋时酒务地，荷花最多，是有曲院风荷之名。兹处红衣印波，长虹摇影，风景相似，故以其名名之。”

解析：西湖十景之一，位于西湖西北角，主要是供游人赏夏荷。

诗化：

晓出净慈寺送林子方

〔宋〕杨万里

毕竟西湖六月中，风光不与四时同。
接天莲叶无穷碧，映日荷花别样红。

诗义：六月中旬的西湖，其景色与其他季节真的不一样。那密密麻麻的荷叶与碧空相接，形成一望无际的青翠碧绿；那亭亭玉立的荷花绽放，在阳光的照耀下，显得格外艳丽鲜红。

简评：曲院风荷位于西湖北岸的苏堤北端西侧，以夏日观赏荷花为主，

在视觉上呈现出“接天莲叶无穷碧，映日荷花别样红”的景致。曲院，原为南宋时期设在洪春桥畔的酿造官酒的作坊，取金沙涧之水以酿官酒。因该处多荷花，每当夏日荷花盛开，香风徐来，荷香与酒香四处飘溢，有“暖风熏得游人醉”（林升《题临安邸》）的意境。诗人们在曲院风荷处留下了许多优美的诗篇。“避暑人归自冷泉，步头云锦晚凉天。爱渠香阵随人远，行过高桥旋买船。”（王洧《湖山十景·曲院风荷》）

夏天赏荷是历代文人的嗜好，历史上涌现了大量与赏荷有关的文学作品，古人高雅的文趣就体现在这些诗词文赋里。唐代杜甫有《狂夫》：“万里桥西一草堂，百花潭水即沧浪。风含翠筱娟娟净，雨裛红蕖冉冉香。”李商隐有《赠荷花》：“世间花叶不相伦，花入金盆叶作尘。惟有绿荷红菡萏，卷舒开合任天真。此花此叶常相映，翠减红衰愁杀人。”卢照邻有《曲池荷》：“浮香绕曲岸，圆影覆华池。常恐秋风早，飘零君不知。”孟浩然有《夏日南亭怀辛大》：“荷风送香气，竹露滴清响。”宋代周敦颐有《爱莲说》：“予独爱莲之出淤泥而不染，濯清涟而不妖，中通外直，不蔓不枝，香远益清，亭亭净植，可远观而不可亵玩焉。”周邦彦有《苏幕遮》：“叶上初阳干宿雨，水面清圆，一一风荷举。”李清照曾流连忘返于荷花丛中，留下了千古绝唱《如梦令》：“常记溪亭日暮，沉醉不知归路。兴尽晚回舟，误入藕花深处。争渡，争渡，惊起一滩鸥鹭。”常回忆起溪亭日暮时的美景，沉醉在其中，流连忘返。一直玩到兴尽才乘舟返回，却误入藕丛的深处。划呀划，惊起了一群在滩上栖息的鸥鹭。

在众多倾心于荷花的文人中，写得最妙的莫过于宋代杨万里。除了“接天莲叶无穷碧，映日荷花别样红”，他的另一首诗作《小池》中“小荷才露尖尖角，早有蜻蜓立上头”两句也堪称千古绝句。他还在雨中赏荷时收获了更多的灵感：“午梦扁舟花底，香满西湖烟水。急雨打篷声，梦初惊。却是池荷跳雨，散了真珠还聚。聚作水银窝，泻清波。”（《昭君怨·咏荷上雨》）雨珠在荷叶上跳动，就像珍珠一样散落聚集，让人眼花缭乱。

诗境深造：“紫琼如芙蓉，风韵何清凉。”（白玉蟾《荷风荐凉会于御风台者六因赋古意示诸同我》）

523. 清夜湖光平似镜，冰轮冷浸玉壶秋　平湖秋月

出处：《方舆胜览》：“西湖十景，首平湖秋月。盖湖际秋而益澄，月至秋而逾洁。合水月以观，而全湖之精神始出也。”

解析：西湖十景之一。如今的平湖秋月观景点位于白堤西端，背倚孤山，面临外湖。唐代建有望湖亭，明代又增龙王祠，清康熙年间定该处为平湖秋月。也指清洁明净的月夜景色。

诗化：

湖山十景·平湖秋月

〔宋〕王洧

万顷寒光一夕铺，冰轮行处片云无。
鹫峰遥度西风冷，桂子纷纷点玉壶。

诗义：辽阔的湖面铺满了明洁的月光，皓月当空，万里无云。飞来峰上极目远眺，那凉飕飕的西风迎面吹拂，桂花缤纷点缀着玉壶御园。

简评：平湖秋月属自然、清奇、旷达的美质。平湖秋月，至若凉秋月夜，皓月当空，湖水粼波，其景其情，可谓难以言状。西湖的平湖秋月位于孤山路之东南侧，这里沿途有一条游览带，在绿化丛中除了东端的平湖秋月外，往西还有八角亭、“湖天一碧”西泠书画院等，其中湖天一碧楼有联曰：“万顷湖平长似镜，四时月好最宜秋。”每当清秋气爽之时，湖面平静如镜，皎洁的秋月当空，月光与湖水交相辉映，正是赏湖的最佳时节。

平湖秋月的美景历来为文人所赞美。如：“月浸寒泉凝不流，棹歌何处泛归舟。白蘋红蓼西风里，一色湖光万顷秋。”（孙锐《四景图·平湖秋月》）“平湖一色万顷秋，湖光渺渺水长流。秋月圆圆世间少，月好四时最宜秋。”（徐渭《平湖秋月》）“清夜湖光平似镜，冰轮冷浸玉壶秋。”（赵时远《四景诗和孙佥判颖叔韵·平湖秋月》）

诗境深造：“风静片云消，寒波浸凉月。”（张宁《西湖十咏为李载章题·平湖秋月》）

524. 孤山霁色无寻处，笑指梅花隔岁寒　断桥残雪

出处：《西湖游览志》："断桥，本名宝祐桥，自唐时呼为断桥。"

解析：西湖十景之一，以冬雪后桥面雪未化完，桥看起来似断非断而闻名。

诗化：

题杭州孤山寺

〔唐〕张祜

楼台耸碧岑，一径入湖心。
不雨山长润，无云水自阴。
断桥荒藓涩，空院落花深。
犹忆西窗月，钟声在北林。

诗义：楼台耸立在苍翠的山峰上，一条小路通向湖中央。哪怕没有下雨，山色也常常滴翠湿润；天空中没有云，水面一片湛蓝。断桥上苔藓斑驳，荒凉的院子里积满了落花。回忆起西窗上的明月，悠扬的钟声从玉皇山北面的丛林里传来。

简评："远水落霞萧寺外，孤峰残雪断桥西。"（胡应麟《西湖十咏·其三》）断桥残雪属高古、沉着、疏野的美质。每当瑞雪初霁，站在宝石山上向南眺望，西湖银装素裹，白堤横亘雪柳霜桃。断桥的拱面无遮拦，在阳光下冰雪消融，露出了斑驳的桥栏，而桥的两端还在皑皑白雪的覆盖下。桥身似隐似现，只依稀可辨，而涵洞中的白雪熠熠生光，同灰褐色的桥面形成反差，远望去桥似断非断，故称断桥。伫立桥头，放眼四望，远山近水，尽收眼底。

"孤山霁色无寻处，笑指梅花隔岁寒。"（尹廷高《西湖十咏·断桥残雪》）断桥残雪蕴含着一种特殊的残缺美。与西方美学一样，中国人的审美观里也包容了对残缺美的欣赏。瓷器的冰裂纹在人们眼中就是一种十分难得的残缺美，工匠们有意识地利用瓷器开裂的规律来制造冰裂纹。诗人们用断、荒、残、昏、枯、斜、衰、故、空、破、冷等字词，创作出富有高古、沉着、疏野、沧桑意境的作品。唐代白居易写有《暮江吟》："一道残阳铺水中，半江瑟瑟半江红。可怜九月初三夜，露似真珠月似弓。"用一个"残"字表现出夕阳斜照那苍凉、悲壮、绚丽的美。宋代陆游有（《卜算子·咏梅》）："驿外断

桥边，寂寞开无主。已是黄昏独自愁，更着风和雨。无意苦争春，一任群芳妒。零落成泥碾作尘，只有香如故。”一个“断”字更体现出梅花所处环境的人迹罕至、寂寥荒寒、备受冷落，更加烘托了梅花“无意苦争春，一任群芳妒”的坚韧品格。古诗词中的残鸦、残照、残月、残夜、残酒、断弦、断雁、孤灯、衰草、落花、冷月、枯木等意象，不是单纯写实，而往往是作者刻意写虚，是诗词中更高的艺术境界。“短篷南浦雨，疏柳断桥烟。”（赵长卿《临江仙·暮春》）“一轮月，一个我，半夜断桥相对坐。湖光照月月增清，月色当湖湖更大。满湖烟起将山蒸，山容若睡唤不应。我亦下桥觅归路，紧认僧庵一点灯。”（袁枚《月夜断桥独坐》）

诗境深造：“断桥本非桥，积雪亦无雪。”（钱大昕《断桥》）

525. 如簧巧啭最高枝，苑树青归万缕丝　柳浪闻莺

出处：《西湖志》：“柳浪桥，宋时在清波门外聚景园中，今已无存，考其地为灵芝寺显应观故址。绿堤植柳，北接亭子湾，即古所称柳洲是也。背负雉堞，面临方塘，架石梁于上。柳丝踠地，轻风摇扬如翠浪翻空。春时黄鸟睍睆其间，流连倾听，与画舫笙歌，相应答云。”

解析：西湖十景之一，位于西湖东南岸，是清波门处的大型园林，其间黄莺飞舞，竞相啼鸣，故称“柳浪闻莺”。

诗化：

柳浪闻莺

〔清〕赵士麟

柳绿千层浪，莺黄两翅金。
画船箫与鼓，只恐让啼音。

诗义：柳树成荫形成千层绿波，黄莺展开金色的翅膀飞翔。西湖上游船的箫鼓乐声，恐怕也只能让位给这婉转嘹亮的莺啼鸟鸣声了。

简评：柳浪闻莺属自然、清新、典雅的美质。历史上有不少称颂柳浪闻莺的诗作，如宋代王洧的《湖山十景·柳浪闻莺》：“如簧巧啭最高枝，苑树

青归万缕丝。玉辇不来春又老，声声诉与落花知。”王镃的《柳浪闻莺》：“茭风猎猎水烟昏，柳影沉沉到岸根。忽想绿荫谁打弹，啼莺飞过别花园。”元代尹廷高的《西湖十咏·柳浪闻莺》：“晴波淡淡树冥冥，乱掷金梭万缕青。应怪园林风景别，数声娅姹不堪听。”明代万达甫的《柳浪闻莺》：“柳荫深霭玉壶清，碧浪摇空舞袖轻。林外莺声啼不尽，画船何处又吹笙。”清代弘历的《柳浪闻莺》：“南渡宋家忘北金，相于丝管乐春深。新莺百啭非无意，河北由来有故林。”

古人写诗作词，常常将柳与莺联系在一起，创造了“柳辫莺娇”“柳莺花燕”等意象，以此象征生机勃勃的春天和美好的时光。唐代武元衡有《春兴》：“杨柳阴阴细雨晴，残花落尽见流莺。春风一夜吹乡梦，又逐春风到洛城。”细雨后杨柳苍翠，残花凋落，黄莺在枝头欢快啼鸣。春夜和风吹起了思乡梦，诗人在梦中追逐着春风飞回了洛阳城。莺的意象在古诗词中还代表浪漫、多情、活泼、欢快，如宋代梅尧臣就用莺隐喻多情的女郎：“桑间小妇好声音，映叶穿枝意已深。尽日呼郎郎不应，萧萧风雨到前林。”（《莺》）

诗境深造：“翠浪浮千树，金衣恰数声。”（苏葵《西湖十咏·柳浪闻莺》）

526. 玉萍掩映壶中月，锦鲤浮沉镜里天　花港观鱼

出处：《西湖游览志》：“第三桥曰望山，与西岸第四桥斜对。水名花港，所谓花港观鱼者是也。”《西湖志》：“苏堤第三桥口望山，与西岸第四桥斜对。水名花港，通花家山。山下有卢园，为宋内侍卢允升别墅。景物奇秀，凿池甃石，引湖水其中，蓄异鱼数十种，称花港观鱼。”

解析：西湖十景之一，地处苏堤南段西侧，介于小南湖与西里湖间，前身系南宋卢园，以赏花、观鱼称胜。

诗化：

花港观鱼

〔宋〕王镃

桃花落尽杏花嫣，碧港红沉水底天。

山雨忽晴风亦退，钓鱼人在小湖船。

诗义：桃花落尽的时候恰是杏花姹紫嫣红之时，花港中的锦鱼沉入水底，水面映照着碧蓝的天空。山雨忽然停止，风也退却了，天空变得晴朗，钓鱼的人悠闲自得地坐在小船上垂钓。

简评：据记载，有条小溪从花家山流入西湖，沿溪多花木，常有落英入水随之漂流，这条小溪就叫花溪。南宋时，内侍官卢允升在花溪侧建了一座山野茅舍，称为“卢园”。园内架梁为舍，叠石为山，凿地为池，立埠为港，畜养异色鱼类，广植草木。因景色恬静，游人萃集，雅士题咏，被称为“花港观鱼”。“半亩清池古寺东，锦鳞瀫水戏春风。”（李孙宸《西湖十咏·花港观鱼》）花港观鱼的石碑是乾隆皇帝下江南时所题，其中的“鱼”字，繁体写作“魚”，其下应是四点，代表火，据说乾隆皇帝题字时有意将其写作三点，代表水，寓意百姓生活风调雨顺，江山稳固太平。他作诗吟道：“花家山下流花港，花著鱼身鱼嘬花。最是春光萃西子，底须秋水悟南华。”（《花港观鱼》）

花港观鱼属纤秾、绚丽的美质。绚丽斑斓的锦鲤在中国文化里是吉祥、幸福、美好的象征。唐代陆龟蒙作有《奉酬袭美苦雨四声重寄三十二句·平上声》：“层云愁天低，久雨倚槛冷。丝禽藏荷香，锦鲤绕岛影。”据称这是最早的描写锦鲤的古诗词，也是现今世界上最早采用“锦鲤”这一名称的文字记录。其他诗词还有晋代孙绰的《兰亭诗二首·其二》：“莺语吟修竹，游鳞戏澜涛。”宋代白玉蟾的《题余府浮香亭》：“小亭低瞰小池边，日日春风醉管弦。盘礴好穷诗世界，登临疑是水神仙。玉萍掩映壶中月，锦鲤浮沉镜里天。芍药牡丹归去后，花开十丈藕如船。”祝庆夫的《池鱼》：“方池如鉴碧溶溶，锦鲤游扬逐浪中。伫看三春烟水暖，好观一跃化神龙。”清代吴敬梓的《春兴八首·其二》：“遽步连花港，兰舟系柳湾。”

诗境深造：“日暮紫鳞跃，圆波处处生。”（李白《观鱼潭》）

527. 丹崖翠壁出浮屠，倒映湖光入画图　雷峰夕照

出处：《西湖游览志》：“雷峰者，南屏山之支脉也。穹隆回映，旧名中峰，亦曰回峰，宋有道士徐立之居此，号回峰先生。”

解析：西湖十景之一，位于西湖南岸的夕照山上，因晚霞镀塔时余晖同塔身相映照，呈塔形横空之态而闻名。

诗化：

中峰

〔宋〕林逋

中峰一径分，盘折上幽云。
夕照前村见，秋涛隔岭闻。
长松含古翠，衰药动微薰。
自爱苏门啸，怀贤事不群。

诗义：一条小径将主峰分开，蜿蜒曲折，直上云端。夕阳照着前方的茂林，秋天的涛声隔着岸堤传来。高耸的青松披着翠绿古朴的叶子，稀疏的竹子散发着动人的清香。我独爱高雅的情趣，缅怀先贤卓越的德才，避世不群。

简评："丹崖翠壁出浮屠，倒映湖光入画图。任说雨晴无不好，何如返照望西湖。"（李孙宸《西湖十咏·雷峰夕照》）雷峰夕照属绚丽、纤秾、苍劲的美质。赞美夕照景色的诗词佳句不少，比如南齐谢朓的《晚登三山还望京邑》："余霞散成绮，澄江静如练。"落日余晖铺展开来就像彩锦，澄清的江水平静得如同白练。唐代王绩的《野望》："树树皆秋色，山山唯落晖。"每棵树都染上秋天的色彩，重重山岭都披覆着落日的余光，一幅壮阔绚丽的画卷呈现在眼前。王维的《送邢桂州》："日落江湖白，潮来天地青。"日落时湖光与落日余晖融成一片耀眼的白色，碧波滚滚而来时，整个天地又仿佛都染成了青色。描写雷峰夕照的作品也不少，如元代尹廷高的《西湖十咏·雷峰夕照》："烟光山色淡溟蒙，千尺浮屠兀倚空。湖上画船归欲尽，孤峰犹带夕阳红。"明代马洪的《南乡子·雷峰夕照》："高塔耸层层，斜日明时景倍增。常是游湖船拢岸，寻登，看遍千峰紫翠凝。暮色满觚棱，留照溪边扫叶僧。鸦背分金犹未了，生憎，几处人家又上灯。"清代许承祖的《雷峰塔》："黄妃古塔势穹隆，苍翠藤萝兀倚空。奇景那知缘劫火，弧峰斜映夕阳红。"

诗境深造："遥望紫翠间，斜阳映枫树。"（苏葵《西湖十咏·雷峰夕照》）

528. 云作奇峰峰作云，云峰片片相凌乱　双峰插云

出处：《西湖卧游图题跋·两峰罢雾图》："三桥龙王堂望湖西诸山，颇尽其胜。烟林雾障，映带层叠，淡描浓抹，顷刻百态，非董、巨妙笔，不足以发其气韵。"

解析：西湖十景之一，天目山东走，其余脉的一支遇西湖分弛为南山、北山，形成环抱状的景区，两山之巅即南高峰和北高峰。

诗化：

两峰插云

〔清〕陈璨

南北高峰高持天，两峰相以不相连。
晚来新雨未雨时，四山云雾锁二尖。

诗义：南高峰、北高峰高耸入云，遥遥相对却不相连。傍晚的雨将下未下之时，云雾缭绕，盘旋在两峰之下。

简评："云作奇峰峰作云，云峰片片相凌乱。"（汪缙《题王存素画黄山云海障子》）双峰插云属雄浑、豪放、自然的美质。双峰插云美在气势。宋代郭熙提出："真山水之川谷，远望之以取其深，近游之以取其浅。"（《林泉高致·山水训》）远远望去，南高峰与北高峰高耸入云，流云霞鹤，气势磅礴。近处寺庙古木参天，松柏森森，古色古香，庄严肃穆。南高峰、北高峰，是西湖周边的佛教名山，山顶都建有佛寺、佛塔。春秋时节，天高云淡，塔尖时隐时现，泛舟于西湖之上，远远望去，双峰插云，景色别有韵味。

双峰插云之景尤为宋代诗人所欣赏。杨万里有《庚戌正月三日约同舍游西湖十首·其四》："南北高峰巧避人，旋生云雾半腰横。纵然遮得青苍面，玉塔双尖分外明。"王洧有诗赞曰："浮图对立晓崔嵬，积翠浮空霁霭迷。试向凤凰山上望，南高天近北烟低。"（《湖山十景·两峰插云》）赵时韶有《云峰》："淡似衡山雾已开，浓如雨意黯阳台。黄错天际迷归鸟，错认林梢不下来。"陈岩有《云峰》："有动皆从静处生，岚光正与日争熏。山灵要眩游人眼，石缝中间旋出云。"南宋时，双峰插云成为西湖十景之一。

诗境深造："南高何巍巍，北高何巉巉。"（孙承恩《西湖十景册为唐饬轩题·双峰插汉》）

529. 净慈掩映对南屏，断续蒲牢入夜声　南屏晚钟

出处：《西湖志》："南屏山在净慈寺右、兴教寺之后，正对苏堤。寺钟初动，山谷皆应，逾时乃息。盖兹山隆起，内多空穴，故传声独远，响入云霄，致足发人深省也。"

解析：西湖十景之一，位于西湖南畔南屏山下的净慈寺，其在暮色苍茫时敲响的钟声，回荡于山林之间，意境悠远。南屏晚钟与雷峰夕照两个风景点隔路相对，塔影钟声组成了西湖十景中最迷人的晚景。

诗化：

南屏晚钟

〔明〕万达甫

玉屏青嶂暮烟飞，绀殿钟声落翠微。
小径般般惊鹤梦，山僧归去扣柴扉。

诗义：南屏山满目青翠，暮色中云烟缥缈。佛殿的钟声回荡在郁葱的茂林中。蜿蜒的小径上，鸟儿般般的叫声惊醒了睡梦中的白鹤，山僧回到家扣上了柴门。

简评：南屏山的钟声与南屏山独特的地貌形成共鸣，产生了浑厚悠长的钟声，在山麓间久久回荡，经久不息。尤其是净慈寺那口重十余吨的巨钟，晚钟敲响时，钟声穿穴回荡，传播山谷，据说古时能远飘大半个杭州城。康熙皇帝巡察杭州时，对这特别的钟声感悟有致，发出"天将破晓，夜气方清，万籁俱寂，钟声乍起，响入云霄，致足发人深省也"的感叹。宋代王洧的《湖山十景·南屏晚钟》："涑水崖碑半绿苔，春游谁向此山来。晚烟深处蒲牢响，僧自城中应供回。"元代尹廷高的《西湖十咏·南屏晚钟》："缥缈雷峰隔上方，数声风送到幽窗。柳昏花暝游人散，付与山僧带月撞。"明代李孙宸的《西湖十咏·南屏晚钟》："清歌妙舞未从容，画舫香车日日逢。独有南

屏山上寺，僧闲时打夕阳钟。”清代弘历的《题西湖十景·南屏晚钟》：“净慈掩映对南屏，断续蒲牢入夜声。却忆姑苏城外泊，寒山听得正三更。”陈时的《南屏山》：“翠屏春树绿，锦屏秋树红。其下净慈寺，亦在围屏中。晚烟过湖去，一杵斜阳钟。”这些诗词都描写了南屏晚钟。

钟声属高古、旷达、雄浑、超脱的美质，常常被诗人赋予特殊的意境。唐代常建有《题破山寺后禅院》：“清晨入古寺，初日照高林。曲径通幽处，禅房花木深。山光悦鸟性，潭影空人心。万籁此都寂，但余钟磬音。”万籁俱静，此时钟磬响起，余音缭绕，远远超出了“晨钟暮鼓”的报时意义，将人的心灵带入了纯净怡悦的世界。这钟磬声仿佛就是回荡在心灵深处的天籁，悠扬而洪亮，深邃而超脱。张继著有《枫桥夜泊》：“月落乌啼霜满天，江枫渔火对愁眠。姑苏城外寒山寺，夜半钟声到客船。”姑苏城外那寂寞清静的寒山古寺，半夜里敲钟的声音传到了客船上。卧听夜半钟声，这最鲜明深刻、最具诗意美的感觉，就是钟声的美学意境。张仲素的《山寺秋霁》：“水落溪流浅浅，寺秋山霭苍苍。树色犹含残雨，钟声远带斜阳。”秋山苍霭，溪流清浅，悠扬的钟声回荡在夕阳时分，给人以无限遐想。

诗境深造：“欲觉闻晨钟，令人发深省。”（杜甫《游龙门奉先寺》）

530. 十里蒹葭十里秋，平湖深处隐龙湫　三潭印月

出处：《西湖志》：“月光映潭，分塔为三，故有三潭印月之目。”

解析：西湖十景之一，位于西湖“湖中三岛”中最大的岛屿小瀛洲之南湖上，岛上风景秀丽、景色清幽，湖中三座石塔似浮于水面，月明之夜点燃塔内灯光，灯影月影在湖面辉映，难分真月与假月。

诗化：

西湖十咏·三潭印月

〔元〕尹廷高

波仙鼎立据平湖，天影清涵水墨图。

夜静老龙鳞甲冷，冰壶深处浴明珠。

诗义：三塔伫立在平静的西湖之中，水天一色宛若一幅水墨画。夜深人静时，波光粼粼，好像那冰寒的老龙鳞甲，西湖深处沐浴着夜明珠般的三塔。

简评：西湖中有小瀛洲、湖心亭与阮公墩三个小岛鼎足而立，合称“湖中三岛”。洲南湖中建有三座石塔，塔内镂空，塔体列有五个圆洞，在月明的夜晚，在洞口糊上薄纸，在塔中点燃灯光，圆形灯影印入湖面，仿佛出现无数个月亮，真假月亮映照在湖面上，波光粼粼，十分迷人，故称“三潭印月”。

“十里蒹葭十里秋，平湖深处隐龙湫。夜来吐作三珠弄，不碍寒空一镜收。”（李孙宸《西湖十咏·三潭印月》）三潭印月属以大观小的审美视觉。所谓的以大观小，是指观察者不是将视野固定集中于某一点上，而是把景致作为一个整体考虑。以大观小是中国山水画的空间建构之法，要求对山水、画面有整体的把握。“大都山水之法，盖以大观小，如人观假山耳……李君盖不知以大观小之法。”（沈括《梦溪笔谈·书画》）三潭印月是以立体、动态的视觉效果，将夜空、西湖、月亮、石塔、灯光、波光等作为整体总结提炼出来的美感。在此基础之上，文人骚客再糅进人文典故，就产生了精美的艺术作品。历史上有很多咏三潭印月的诗词佳作，如王镃的《三潭印月》：“草满咸平古屋基，梅花几度换横枝。黄昏若看一潭月，不出林逋两句诗。”王洧的《湖山十景·三潭印月》：“塔边分占宿湖船，宝鉴开奁水接天。横玉叫云何处起，波心惊觉老龙眠。”张宁的《西湖十咏为李载章题·三潭印月》：“片月生沧海，三潭处处明。夜船歌舞处，人在镜中行。”

诗境深造：“返照入潭心，万匹涚金练。”（夏伊兰《偕诸表姊妹游三潭印月》）

五十四、村落篇

小舟在垂柳荫间缓泛——

一阵阵初秋的凉风，

吹生了水面的漪绒，

吹来两岸乡村里的音籁。

我独自凭着船窗闲憩，

静看着一河的波幻，

静听着远近的音籁——

又一度与童年的情景默契！

——徐志摩《乡村里的音籁》（节选）

村落是人类文明的起点，也是许多人人生和生命的归宿。水郭山村、樵村渔浦、炊烟袅袅的优美环境，桑麻鸡犬的淳厚民风，是人们向往的足以安居乐业的世外桃源，也是让心灵恬静的人境。让我们在那些水碧山青的村落中聆听远近的天籁。

531. 水村山郭尽烟霞，万树桃花罨柳花　水村山郭

出处：《江南春》："千里莺啼绿映红，水村山郭酒旗风。"

解析：指依山傍水的村庄或城镇。

诗化：

天净沙·闲题

〔元〕吴西逸

江亭远树残霞，淡烟芳草平沙。绿柳阴中系马。夕阳西下，水村山郭人家。

诗义：江边的亭子映衬在远处的树林和更远处的残阳之下，平缓的沙岸上芳草萋萋，笼罩在淡淡的烟雾里。旅人把坐骑系在杨柳丛中。夕阳西下，前面有几户依山傍水的人家。

简评：乡村是具有自然、社会、经济特征的地域综合体，兼具生产、生活、生态、文化等多重功能，与城镇共生共存、互促互进，共同构成人类活动的主要空间。乡村独特的价值和田园牧歌的景象激起了人们对乡村难以割舍的向往和依恋。"风浦中流渔笛，烟波落日莲歌。归舟明月谁语，山客携琴夜过。"（钱起《舟兴》）生产上，农人顺天应地，四时循序，同各种各样的动植物打交道，呈现出丰富性、生动性、灵活性。生活上，田园宁静恬淡，自给自足，富有诗意，给人以悠闲浪漫的体验。生态上，乡村依山傍水，田园牧歌，渔海樵山，亲近自然，融入自然。苏轼就在水村山郭之中享受着浮生的惬意："林断山明竹隐墙，乱蝉衰草小池塘。翻空白鸟时时见，照水红蕖细细香。村舍外，古城旁，杖藜徐步转斜阳。殷勤昨夜三更雨，又得浮生一日凉。"（《鹧鸪天》）杖藜徐步于村舍之间，不知不觉已是夕阳西下，又过了一天清凉的乡村生活。文化上，村民淳朴憨厚、互助和谐。更为重要的是乡村在哲学上能满足"知者乐水，仁者乐山；知者动，仁者静；知者乐，仁者寿"（《论语·雍也》）的价值取向；在美学上能满足天人合一、天地大美的审美体验；在精神上能满足远离世俗喧嚣、洁身自好的追求。

乡村的一山一水、一草一木、一井一庭都能让诗人们产生丰富的想象，迸发出灵感的火花。在水郭山村间，孟浩然心清如水："垂钓坐磐石，水清

心亦闲。鱼行潭树下，猿挂岛藤间。游女昔解佩，传闻于此山。求之不可得，沿月棹歌还。”（《万山潭作》）在水郭山村间，韦应物自由悠闲，无所拘束：“独怜幽草涧边生，上有黄鹂深树鸣。春潮带雨晚来急，野渡无人舟自横。”（《滁州西涧》）在水郭山村间，王维有不愿再离开的情结：“空山新雨后，天气晚来秋。明月松间照，清泉石上流。竹喧归浣女，莲动下渔舟。随意春芳歇，王孙自可留。”（《山居秋暝》）水郭山村让诗人们依依不舍。“一望江城思有余，遥分野径入樵渔。青山经雨菊花尽，白鸟下滩芦叶疏。静听潮声寒木杪，远看风色暮帆舒。秋期又涉潼关路，不得年年向此居。”（刘沧《江城晚望》）“水村山郭尽烟霞，万树桃花罨柳花。燕子不须频顾语，一川春色在天涯。”（秦武域《伏羌城北春眺》）

诗境深造：“晚景含澄澈，时芳得艳阳。”（刘禹锡《春池泛舟联句》）

532. 夕阳牛背无人卧，带得寒鸦两两归　樵村渔浦

出处：《昭君怨·雪》：“昨日樵村渔浦，今日琼川银渚。”

解析：指秀丽而富有特色的山村水乡，泛指乡村。

诗化：

新晴野望

〔唐〕王维

新晴原野旷，极目无氛垢。
郭门临渡头，村树连溪口。
白水明田外，碧峰出山后。
农月无闲人，倾家事南亩。

诗义：雨后初晴，眺望那辽阔的田野，视野开阔，万里绝尘。城郭的门楼旁边就是摆渡的码头，村边的古树紧挨着溪流的入河口。田埂边的流水波光粼粼，苍翠的山峰高耸在山的后面。农忙季节没有闲散的人，农家在田里忙碌地干活。

简评：王维是山水田园派的著名诗人，其山水田园诗可归结为三个特点。

其一，诗画融合。苏轼曾高度赞扬王维诗画的成就："味摩诘之诗，诗中有画；观摩诘之画，画中有诗。"（《书摩诘〈蓝田烟雨图〉》）王维的作品融山水诗与山水画于一体，诗与画互相渗透。他的山水田园诗常常体现出绘画的构图、造型、色彩之美，并让自然景色体现人性的气质和精神，比如："空山不见人，但闻人语响。返景入深林，复照青苔上。"（《鹿柴》）其二，诗乐谐统。王维的诗歌作品，能够准确地捕捉自然界各种各样的天籁，使作品更加富有生命力，活灵活现，比如："人闲桂花落，夜静春山空。月出惊山鸟，时鸣春涧中。"（《鸟鸣涧》）其三，形神兼备。王维的山水田园诗既注重形象的描写，又通过直叙将诗境引入空灵妙想的传神境界，达到形神结合，比如："楚塞三湘接，荆门九派通。江流天地外，山色有无中。郡邑浮前浦，波澜动远空。襄阳好风日，留醉与山翁。"（《汉江临泛》）"萋萋春草秋绿，落落长松夏寒。牛羊自归村巷，童稚不识衣冠。"（《田园乐七首·其四》）

樵村渔浦是历代诗人写作的题材之一。"篱外谁家不系船，春风吹入钓鱼湾。小童疑是有村客，急向柴门去却关。"（崔道融《溪居即事》）"水绕陂田竹绕篱，榆钱落尽槿花稀。夕阳牛背无人卧，带得寒鸦两两归。"（张舜民《村居》）"小溪庄上掩柴扉，鸡犬无声月色微。一只小舟临断岸，趁潮来此趁潮归。"（释昙颖《小溪》）"村静鸟声乐，山低雁影遥。野阴时滉朗，冷雨只飘萧。"（元好问《乙卯十一月往镇州》）"夏至江村正好嬉。老红生翠一川迷。田娘箬帽分秧去，乡客泥船载草归。溪犊卧，水禽啼。日斜官路过人稀。一陂野葛花如雪，蚱蜢蜻蜓历乱飞。"（周星誉《鹧鸪天》）

诗境深造："飞凫拂轻浪，绿柳暗回塘。"（裴度《春池泛舟联句》）

533. 江村烟雨复何如，野外人家云外居　炊烟袅袅

出处：《浣溪沙·席上赠楚守田待制小鬟》："雾帐吹笙香袅袅，霜庭按舞月娟娟。"

解析：指人们做饭时徐徐轻烟回旋上升、随风飘移的景象，形容乡村幽静闲居的生活。

诗化：

吴门道中二首·其二

〔宋〕孙觌

一点炊烟竹里村，人家深闭雨中门。

数声好鸟不知处，千丈藤萝古木昏。

诗义：竹林里的小村子升起了袅袅炊烟，雨中村里人家的大门紧闭着。一阵鸟鸣不知从何处传来，唯有长长的藤萝攀爬着苍老的古树。

简评："又见炊烟升起，暮色罩大地，想问阵阵炊烟，你要去哪里。夕阳有诗情，黄昏有画意……"庄奴填词的这首《又见炊烟》曾经让无数人对歌中那小山村向往不已。炊烟袅袅属含蓄、朦胧、飘逸的美质。中国传统山水绘画讲究含蓄隐藏，常借烟云掩映隐去山间水涯的许多景物，实现"无景色处似有景色""形不见而意现"之效果，使人觉得江山无尽、气象万千，从而引发观赏者的想象，使有限变无限，画面反而更显丰富了。炊烟属烟霭的美学范畴，烟霭在艺术创作上有许多题材，如春雨春霭、早春烟霭、夏山晓烟、夏山晚烟、秋晚烟岚、秋烟出谷、暮山烟霭等。关于烟霭在山水画中的作用，郭熙在《林泉高致·山水训》中有着精辟的论述："山以水为血脉，以草木为毛发，以烟云为神彩，故山得水而活，得草木而华，得烟云而秀媚""山无烟云，如春无花草""山欲高，尽出之则不高，烟霞锁其腰则高矣"……烟霭有着重要的烘托、反衬、点睛的作用。

正如绘画艺术，烟霭、炊烟也是诗词创作的好选题，历代文人留下了不少佳作。赵长卿的《菩萨蛮·秋老江行》："炊烟一点孤村迥。娇云敛尽天容净。雁字忽横秋。秋江泻客愁。银钩空寄恨。恨满凭谁问。袖手立西风。舟行秋色中。"高观国的《留春令·淮南道中》："断霞低映，小桥流水，一川平远。柳影人家起炊烟，仿佛似、江南岸。"张煌言的《春雨望茅舍炊烟》："江村烟雨复何如，野外人家云外居。松爨苍寒春杜曲，茅檐清迥古秦余。水云半入渔樵宅，烟火堪传风俗书。最爱阴晴刚社日，衔泥小燕傍精庐。"

诗境深造："炊烟横鸟道，晓雾暗车尘。"（彭玉麟《游匡庐晓行太阳山白鹤峰道中次李少荃韵》）

534. 入眼青山看不厌，傍船白鹭自相亲　水碧山青

出处：《桐庐县作》："钱塘江尽到桐庐，水碧山青画不如。白羽鸟飞严子濑，绿蓑人钓季鹰鱼。"

解析：形容景色和环境十分优美。

诗化：

洛中逢韩七中丞之吴兴口号五首·其四

〔唐〕刘禹锡

骆驼桥上蘋风起，鹦鹉杯中箬下春。

水碧山青知好处，开颜一笑向何人。

诗义：骆驼桥上吹起了微风，鹦鹉杯中盛满了箬下春酒。水碧山青的景致间是最好的栖息之地，开怀的惬意无须去找谁倾诉。

简评：水碧山青属自然、清奇、绮丽的美质。自古以来，中国人就对山水之美有特殊的情感，《诗经》中那些让人怦然心动的美好情感流淌在水碧山青的自然景色之中。"关关雎鸠，在河之洲。窈窕淑女，君子好逑。"（《诗经·周南·关雎》）青春靓丽的少男少女那美好的情感在水边激荡起来。"蒹葭苍苍，白露为霜。所谓伊人，在水一方。"（《诗经·秦风·蒹葭》）所思念的那个人儿，就在水的那一方。"北风其凉，雨雪其雱。惠而好我，携手同行。"（《诗经·邶风·北风》）尽管北风凄凉，雨雪纷飞，但假若真心相爱，天寒地冻也与你同行。"泛彼柏舟，在彼中河。髧彼两髦，实维我仪。"（《诗经·鄘风·柏舟》）心中倾慕的美少年就荡漾在河的中央，那双髻分垂的小伙子，是我爱上的人。"高山仰止，景行行止。"（《诗经·小雅·车舝》）先生的大德如高山让人敬慕，行正若大道令人追随。

在《诗经》的熏陶下，孔子提出了"乐山乐水"的重要审美思想。"知者乐水，仁者乐山；知者动，仁者静；知者乐，仁者寿。"（《论语·雍也》）将山水的情怀从《诗经》中少男少女的思慕提升到了哲理和社会的大美层次。水，富有灵气与生机，代表知者的智慧和灵性；山，坚实与厚重，代表仁者的胸怀和气度。乐山乐水成了艺术家的精神追求。"仁知微分动静间，不师端木即师颜。图中隐者无名姓，乐水何妨更乐山。"（凌云翰《画·仁知山水》）"乐山

乐水亦人情，仁智元来一体成。不用游人更分别，诸天踏遍又蓬瀛。”（湛若水《访李鳌峰别驾于西台遍观胜景乐而有作六首·仁智堂》）

感情丰富的诗人们则将观山水之所得回归情感。“我见青山多妩媚，料青山、见我应如是。情与貌，略相似。”（辛弃疾《贺新郎》）人与青山相互欣赏，相互寄托，超尘绝俗的诗人将孤寂的情感寄托给了山水。“万木惊秋各自残，蛩声扶砌诉新寒。西风不是吹黄落，要放青山与客看。”（汪若楫《绝句》）“启窗日日对青山，山色青青不改颜。我问青山何日老，青山问我几时闲。”（《题陈山壁》）在碧水青山之中，人们体验水的灵性和山的厚实，涵养智慧、仁爱、恬静和自在，抒发对山水、对生活的真挚情感。正是：“入眼青山看不厌，傍船白鹭自相亲。”（刘著《月夜泛舟》）

诗境深造：“野竹分青霭，飞泉挂碧峰。”（李白《访戴天山道士不遇》）

535. 桑麻鸡犬自成村，溪口云深绝洞门　桑麻鸡犬

出处：《桃源图》：“桑麻鸡犬自成村，天遣渔郎得问津。”

解析：泛指宁静悠闲、安逸简朴的乡村田园生活。

诗化：

田园言怀

〔唐〕李白

贾谊三年谪，班超万里侯。

何如牵白犊，饮水对清流。

诗义：贾谊因倡导改革遭谗言而被贬到长沙任官三年，班超远赴万里安定西域也才封了个定远侯，二人皆羁旅异方。这怎么比得上牵着白牛犊的高人巢父，潇洒地隐居躬耕于清澈的河水间？

简评：这首短诗与李白一贯的豪迈、浪漫、潇洒的风格有点不一样。一提到李白，总让人想到那些荡气回肠的诗句：“长风破浪会有时，直挂云帆济沧海。”（《行路难三首·其一》）“天生我材必有用，千金散尽还复来。”（《将进酒》）“飞流直下三千尺，疑是银河落九天。”（《望庐山瀑布》）何曾想到李白也

有羡慕归隐、向往村落田园生活的时刻。也许，这是人生的普遍归宿，无论曾经多么辉煌，走过千山万水后，方知平平淡淡才是真。那些曾经名噪一时、功业丰硕的诗人无不殊途同归——归于田园，归于乡村，归于简朴，归于宁静。司空图有“行神如空，行气如虹。巫峡千寻，走云连风”（《二十四诗品·劲健》）的气势，也钟情于“新霁田园处，夕阳禾黍明。沙村平见水，深巷有鸥声”（《河上二首·其二》）的沙村深巷。陆游从“丈夫五十功未立，提刀独立顾八荒”（《金错刀行》）的豪气，归于“山崦桑麻路，柴门鸟雀声。老巫祈社雨，小妇饷春耕”（《湖山九首·其三》）的平淡。田园诗成了诗人们普遍的归宿，就像一抹殷红的夕阳，深沉而绚丽，苍茫而深邃，从容而淡定。

“桑麻鸡犬自成村，溪口云深绝洞门。”（徐熥《访黄道晦》）桑麻鸡犬指的是悠闲宁静的乡村田园生活，而以歌咏乡村生活为主的田园诗是我国诗词艺术的一个重要类型。陶渊明是田园诗派的代表人物。东晋义熙元年（405），陶渊明辞去彭泽县令，开始了他归隐田园的生活。回归田园之初，他怀着欣喜的心情写下《归去来兮辞》：“富贵非吾愿，帝乡不可期。怀良辰以孤往，或植杖而耘耔。登东皋以舒啸，临清流而赋诗。”回归田园生活的陶渊明，若游鱼得水，心情格外舒畅：“少无适俗韵，性本爱丘山。误落尘网中，一去三十年。羁鸟恋旧林，池鱼思故渊。开荒南野际，守拙归园田。方宅十余亩，草屋八九间。榆柳荫后檐，桃李罗堂前。暧暧远人村，依依墟里烟。狗吠深巷中，鸡鸣桑树颠。户庭无尘杂，虚室有余闲。久在樊笼里，复得返自然。”（《归园田居五首·其一》）平日，陶渊明陶醉于桑麻鸡犬的平淡生活里：“春秋多佳日，登高赋新诗。过门更相呼，有酒斟酌之。农务各自归，闲暇辄相思。相思则披衣，言笑无厌时。此理将不胜？无为忽去兹。衣食当须纪，力耕不吾欺。”（《移居二首·其二》）他也沉醉在朴实淳厚的民风中：“昔欲居南村，非为卜其宅。闻多素心人，乐与数晨夕。怀此颇有年，今日从兹役。敝庐何必广，取足蔽床席。邻曲时时来，抗言谈在昔。奇文共欣赏，疑义相与析。”（《移居二首·其一》）

诗境深造：“鸡犬田家静，桑麻岁事新。”（徐玑《黄碧》）

536. 笑歌声里轻雷动，一夜连枷响到明　男耕女织

出处：《过居庸关》：“男耕女织天下平，千古万古无战争。”

解析：指农耕社会一家一户经营，男的种田、女的织布的小农经济模式。

诗化：

乡村四月

〔宋〕翁卷

绿遍山原白满川，子规声里雨如烟。
乡村四月闲人少，才了蚕桑又插田。

诗义：山坡上草木葱茏茂盛，稻田里水天一色。杜鹃声中烟雨蒙蒙。乡村的四月正是最忙碌的时候，农人刚刚忙完蚕桑的活儿就又要忙着插秧了。

简评：勤劳是中华传统文化中的重要特征。中华传统文化提倡“天行健，君子以自强不息”(《周易·乾卦·象传》)和“地势坤，君子以厚德载物”(《周易·坤卦·象传》)，崇拜大自然的奋发有为、刚强劲健，鼓励君子处世，应像天一样刚毅坚卓，发愤图强；同地一般宽厚豁达，包容万物。千百年前，人们的生产和生活活动就已经按天，即自然规律的运行来安排，现在我们的许多生产、生活节奏，无论是农忙时节还是节庆假日，依旧是按中华传统文化中的二十四节气来安排。《诗经》那些朴素的诗句就反映了我国先民的勤劳品格：“七月流火，八月萑苇。蚕月条桑，取彼斧斨。以伐远扬，猗彼女桑。七月鸣鵙，八月载绩。载玄载黄，我朱孔阳，为公子裳。”(《诗经·豳风·七月》)中华传统文化信奉“业精于勤，荒于嬉；行成于思，毁于随”(韩愈《进学解》)，以及“古圣贤，尚勤学”“有为者，亦若是”“勤有功，戏无益”(《三字经》)的智慧，自隋唐开始的科举制度也极大鼓舞了年轻人的勤奋精神。

出于对乡村生活的深厚情感，古诗词中有大量描写男织女耕场景的佳句。华岳的《田家十绝·其四》用朴实的语言描绘了农人辛勤劳作的景象：“鸡唱三声天欲明，安排饭碗与茶瓶。良人犹恐催耕早，自扯蓬窗看晓星。”范成大的《四时田园杂兴六十首·其四十四》书写了农家打谷的热闹场面：“新筑场泥镜面平，家家打稻趁霜晴。笑歌声里轻雷动，一夜连枷响到明。”新建的稻场平坦得像镜子一样，家家户户趁着秋天的晴日打稻子，欢笑的歌声如

轻雷鸣响，入夜打稻子的连枷声一直响到天亮。

诗境深造：“男耕而禾稼，女桑而襦裙。”（度正《次韵安抚侍郎劝耕喜雨之什》）

537. 鬓眉雪色犹嗜酒，言辞淳朴古人风　民淳俗厚

出处：《敦睦堂记》：“海东之邑，闻有民淳俗厚如邹、鲁者，必张氏之化也。”

解析：指民风质朴敦厚。

诗化：

过故人庄

〔唐〕孟浩然

故人具鸡黍，邀我至田家。
绿树村边合，青山郭外斜。
开轩面场圃，把酒话桑麻。
待到重阳日，还来就菊花。

诗义：老朋友备好了丰盛的饭菜，邀请我到他家做客。绿树成荫，环绕着村庄，青翠的山峦在城郭外横斜延绵。推开窗户面对谷场和菜园，共饮美酒，闲聊农事。等到重阳节，我还要再来赏菊花。

简评：孟浩然也是一位著名的山水田园诗人，这首《过故人庄》描写了乡村恬静闲适的生活情景和民风淳厚的生活气息。全诗语言朴实，自然流畅，感情真挚，诗意醇厚。民淳俗厚是乡村的内在美，包括民风淳朴、勤劳节俭、待人热情、尊老爱幼、儿孙贤孝、家庭和睦、邻里和谐等等。

有许多反映乡村民淳俗厚的佳作。“春半南阳西，柔桑过村坞。袅袅垂柳风，点点回塘雨。蓑唱牧牛儿，篱窥蒨裙女。半湿解征衫，主人馈鸡黍。”（杜牧《村行》）“鬓眉雪色犹嗜酒，言辞淳朴古人风。乡村年少生离乱，见话先朝如梦中。”（韦应物《与村老对饮》）“茅檐低小，溪上青青草。醉里吴音相媚好，白发谁家翁媪？大儿锄豆溪东，中儿正织鸡笼。最喜小儿亡赖，溪头卧剥莲

蓬。”（辛弃疾《清平乐·村居》）“草满池塘水满陂，山衔落日浸寒漪。牧童归去横牛背，短笛无腔信口吹。”（雷震《村晚》）

诗境深造：“俗俭憎浮侈，民淳力钓耕。”（陆游《春晚书村落间事》）

538. 稻熟酒新鹅鸭大，村歌社舞贺秋成　村歌社舞

出处：《宿新市徐公店二首·其二》：“春光都在柳梢头，拣折长条插酒楼。便作在家寒食看，村歌社舞更风流。”

解析：指乡村民间的歌舞和喜庆活动。

诗化：

破阵子·春景

〔宋〕晏殊

燕子来时新社，梨花落后清明。池上碧苔三四点，叶底黄鹂一两声，日长飞絮轻。　巧笑东邻女伴，采桑径里逢迎。疑怪昨宵春梦好，元是今朝斗草赢，笑从双脸生。

诗义：燕子飞来的时候正是社祭之时，梨花凋谢后清明就到了。几片绿苔点缀在池塘的水面上，黄鹂在树的枝叶下鸣啼，白日渐长，柳絮轻飞。在采摘桑叶的路上遇上笑语盈盈的东邻姑娘。猜想她是不是昨夜做了个美梦，原来是刚刚斗草赢了，忍不住满脸欢笑。

简评：晏殊这首《破阵子》运用白描的手法，描绘了一幅村歌社舞、春光明媚的春景图。受古老的农耕文化的影响，我国的乡村形成了不同风格、不同主题的村歌社舞习俗，包括庆祝一年一度的各种节日，如春节、元宵节、清明节、端午节、夏至节、七夕节、中秋节、重阳节、冬至节、除夕等等，还有各种祈祷风调雨顺、五谷丰登、国泰民安的节日，比如龙头节、社日、寒食节、祭灶节等。其中，社日是祭拜土地神的节日，分为春社日和秋社日，主要是汉族地区的传统风俗，每逢初一和十五祭拜土地神。土地神在不同的地方有不同称谓，如“福德正神”“土地公公”“土地公”“土地爷”“后土”“土正”“社神”“土伯”等。因为民间认为土地神掌管着土地、把控着收成，故祭

拜土地神就相当于祭祀大地。祭拜土地神主要有祈福、保平安、保收成之意，寄托了中国劳动人民祛邪、避灾、祈福的美好愿望。

中国古代有庆祝五谷丰登、祈盼国泰民安的传统。修建于明朝的北京先农坛是明清两代皇帝祭祀先农和帝王亲耕的象征，也是重视农业生产的体现。每年仲春亥日，皇帝率领文武百官到先农坛祭祀先农神并亲自耕种，以寓意五谷丰登，足见丰收在传统的农耕文化中具有至高无上的地位。先农祭祀是中华传统文化中十分重要的祭祀典礼。

诗人笔下有许多描写村歌社舞的作品。唐代王驾的《社日》：“鹅湖山下稻粱肥，豚栅鸡栖半掩扉。桑柘影斜春社散，家家扶得醉人归。”刘禹锡的《踏歌词四首·其一》：“春江月出大堤平，堤上女郎连袂行。唱尽新词欢不见，红霞映树鹧鸪鸣。”《踏歌词四首·其三》：“新词宛转递相传，振袖倾鬟风露前。月落乌啼云雨散，游童陌上拾花钿。”宋代郭印的《夔州元宵和曾端伯韵四首·其一》：“绮陌家家不下帘，花光世界总成莲。村歌社舞欢呼处，都道今年胜去年。”白玉蟾的《农歌》：“上田稻似下田青，乳鸭儿鹅阵阵行。稻熟酒新鹅鸭大，村歌社舞贺秋成。”陆游也有两首关于社日的诗作：“雨余残日照庭槐，社鼓冬冬赛庙回。又见神盘分肉至，不堪沙雁带寒来。书因忌作闲终日，酒为治聋醉一杯。记取镜湖无限景，蘋花零落蓼花开。”（《秋社》）“社日取社猪，燔炙香满村。饥鸦集街树，老巫立庙门。虽无牲牢盛，古礼亦略存。醉归怀余肉，沾遗遍诸孙。”（《春社日效宛陵先生体四首·社肉》）

诗境深造：“九农成德业，百祀发光辉。”（杜甫《社日两篇·其一》）

539. 湖山胜处放翁家，槐柳荫中野径斜　安居乐业

出处：《道德经·第八十章》：“甘其食，美其服，安其居，乐其俗。”《汉书·货殖列传》：“各安其居而乐其业，甘其食而美其服。”

解析：指稳定、愉快地生活、置业和劳动。

诗化：

江村

〔唐〕杜甫

清江一曲抱村流，长夏江村事事幽。
自去自来堂上燕，相亲相近水中鸥。
老妻画纸为棋局，稚子敲针作钓钩。
多病所须唯药物，微躯此外更何求。

诗义：一湾清澈的江水环绕着村庄，漫长的夏日里，村中的一切都显得格外幽静。屋堂前的燕子自在地来回飞翔，水中的鸥鹭相互追逐嬉戏。老妻正在用纸画棋盘，小儿子敲打着针做鱼钩。只要有好朋友送少许的钱米，除了这些我别无奢求。

简评：《江村》这首诗，描写的是杜甫在饱经颠沛流离之后，对重获安居乐业生活的满足和坦然。安居乐业是老百姓向往的生活。“夹岸人家临镜，孤村灯火悬星。乔木千枝鹭下，深潭百尺龙吟。”（岑参《村居》）王维在幽静的隐逸生活中，感受到安居乐业的雅致：“山下孤烟远村，天边独树高原。一瓢颜回陋巷，五柳先生对门。”（《田园乐七首·其五》）陆游晚年也享受着安居乐业的幸福：“湖山胜处放翁家，槐柳阴中野径斜。水满有时观下鹭，草深无处不鸣蛙。箨龙已过头番笋，木笔犹开第一花。叹息老来交旧尽，睡余谁共午瓯茶。”（《幽居初夏》）赵恒认为安居不需要高堂厚榭：“安居不用架高堂，书中自有黄金屋。”（《劝学诗》）

安居乐业不仅是老百姓的愿望，也是圣哲们的苦心追求。老子是安居乐业的积极倡导者。他小国寡民、返璞自然的主张都是为了建立一个人们能够安居乐业的理想世界。“小国寡民。使有什伯人之器而不用；使民重死而不远徙。虽有舟舆，无所乘之；虽有甲兵，无所陈之。使民复结绳而用之。甘其食，美其服，安其居，乐其俗。邻国相望，鸡犬之声相闻，民至老死，不相往来。”（《道德经·第八十章》）在老子看来，理想的社会是国家小、人口少，有各种各样的手段和措施却并不妄为；人民重视生命而不背井离乡。有船只车辆，却不必经常使用；有武器装备，却因没有战事而“无用武之地”。使民风恢复为淳朴厚实的状态。老百姓吃得香，穿得好，安居乐业。国与国之间互相望得见，鸡犬的叫声都可以听见，老百姓从生到死也不互相往来。孔子思想的核心是仁，而仁的本质就是让老百姓过上安居乐业的生活，“克己复礼为仁。一日克己复礼，天下归仁焉”（《论语·颜渊》）。

诗境深造：“偶地即安居，满庭芳草积。”（柳宗元《赠江华长老》）

540. 渔舟逐水爱山春，两岸桃花夹去津　世外桃源

出处：《漫兴》：“似闻世外桃源路，先倩陶潜与问津。”

解析：指环境优美、安逸幽静的地方。比喻与现实社会隔绝、生活安乐的理想境地，也比喻脱离现实而至空想的世界。

诗化：

寻张逸人山居

〔唐〕刘长卿

危石才通鸟道，空山更有人家。
桃源定在深处，涧水浮来落花。

诗义：似乎唯有鸟才能飞过的山路，悬崖峭壁，危石耸立。但这样万籁空寂的山中依然有人家居住。看到随山涧溪泉漂流而下的落花，让人猜想到这个张逸人所居的世外桃源一定在山中更幽深的地方。

简评：这首诗表达了诗人对世外桃源的向往。陶渊明的《桃花源记》展现了一个环境优美、宜居的理想化的世外桃源：“晋太元中，武陵人捕鱼为业。缘溪行，忘路之远近。忽逢桃花林，夹岸数百步，中无杂树，芳草鲜美，落英缤纷……土地平旷，屋舍俨然，有良田、美池、桑竹之属。阡陌交通，鸡犬相闻。”从此，“世外桃源”就成了历代文人的向往之处。

“月明松下房栊静，日出云中鸡犬喧。”（王维《桃源行》）环境和心灵的宁静，是中华传统文化追求的一个重要境界。老子曰：“大音希声，大象无形。”（《道德经·第四十一章》）“致虚极，守静笃。万物并作，吾以观其复。夫物芸芸，各复归其根。归根曰静，是谓复命。复命曰常，知常曰明。不知常，

妄作，凶。”（《道德经·第十六章》）强调让心灵的虚寂达到极点，坚守身心的清静。与万物和谐共生，详尽考究其往复的规律。万物纷纷芸芸，各自回归它的本根。回归本根就是清静，清静即复归于生命。复归于生命就叫自然，体认和知晓自然规律就叫作智慧，不认识和尊重自然规律的轻妄举止，往往会酿出大乱和灾祸。庄子继承了老子的哲学理念，提出保持心灵的虚静就能做到逍遥游。“万物无足以铙心者，故静也。水静则明烛须眉，平中准，大匠取法焉。水静犹明，而况精神！圣人之心静乎！天地之鉴也，万物之镜也。夫虚静恬淡寂漠无为者，天地之平而道德之至。”（《庄子·天道》）做到万物无法扰乱心灵，就是虚静的境界。而宁静恬淡、虚怀若谷、不轻举妄为，是天地的基准，是道德修养的最高境界。《管子·内业》中记录了管子“人主安静”“能正能静，然后能定。定心在中，耳目聪明，四肢坚固，可以为精舍”“静则得之，躁则失之”“心能执静，道将自定”等关于内心安宁的观点。人们向往世外桃源，是因为认为它有助于心灵的宁静，是一个能让人心安的地方。“此心安处是吾乡”（苏轼《定风波·南海归赠王定国侍人寓娘》），其实，无论在哪里，心安之处便是世外桃源。

王维心中的世外桃源是：“渔舟逐水爱山春，两岸桃花夹去津。坐看红树不知远，行尽青溪不见人。”（《桃源行》）“采菱渡头风急，策杖林西日斜。杏树坛边渔父，桃花源里人家。”（《田园乐七首·其三》）在刘禹锡看来，世外桃源则是：“坛边松在鹤巢空，白鹿闲行旧径中。手植红桃千树发，满山无主任春风。”（《伤桃源薛道士》）

诗境深造：“远浦渔歌入，前林鸟语喧。”（佘翔《西岩杂咏·桃花源》）

五十五、渔樵篇

隐居者、常绿树
用荫影抚摸羊肠小径。
竹林里的弦丝居然断了
因为我曾经听到你的低语。

不禁想起你在青苔上
踏着雀跃的脚步，
我把身子变成一个圆规
吻着轻快的音符。

——俞铭传《隐居者》

自古以来，“渔樵于江渚之上”的幽居生活是人们所向往的。居于深山野林，与山水为伴，避而不仕、怡然自乐、躬耕自足。在长林丰草、竹篱茅舍之中，过着枕山栖谷、林栖谷隐的生活。一身绿蓑衣，悠然于南山，多么惬意，多么潇洒！

541. 闲花野竹三间屋，皓月清风万首诗　渔樵耕读

出处：《前赤壁赋》：“况吾与子渔樵于江渚之上，侣鱼虾而友麋鹿。”

解析：泛指渔夫、樵夫、农夫与书生四种在农耕社会比较重要的职业。也用来形容闲逸的隐居生活。

诗化：

江村即事

〔唐〕司空曙

钓罢归来不系船，江村月落正堪眠。
纵然一夜风吹去，只在芦花浅水边。

诗义：三更半夜，江边的小村笼罩在西沉的月色之下，渔夫钓鱼归来，正是可安然入睡的好时分。懒得把船只的缆绳系上，任凭它随风飘荡。即使刮了整夜的风，船也不会漂得很远，只会停搁在浅水岸边的芦花丛中。

简评：“耕读传家久，诗书继世长。”耕读文化是中华文化一种历久弥新的珍贵传统，耕与读成为传统教育最基本、最主要的手段。张履祥指出：“读而废耕，饥寒交至；耕而废读，礼仪遂亡。”（《训子语》）耕是农耕社会最基本的生活方式和生存手段，可以维持生计，可以体察基层社会，可以磨砺意志品格，修身养性。读可以进而为仕，可以明诗书礼仪，可以实现儒家“正心、修身、齐家、治国、平天下”的理想。

“闲花野竹三间屋，皓月清风万首诗。”（方回《思家五首·其一》）如果说耕读是传统教育中人生存、成长、发展的最基本、最重要的手段，那么渔樵就进一步丰富、美化、诗化、神化了生存、生活、磨砺、修炼的方式和手段。姜太公钓鱼等典故神化了渔夫的形象，也奠定了“渔”在渔樵耕读传统中的首要位置，庄子和屈原都曾作过以《渔父》为题的文章。渔樵更有隐居、避世的寓意。“白发渔樵江渚上，惯看秋月春风。一壶浊酒喜相逢。古今多少事，都付笑谈中。”（杨慎《临江仙》）诸葛亮出仕之前躬耕陇亩，隐居隆中。陶渊明辞官归隐、“躬耕自资”、寄意田园，开创了渔樵耕读的新境界。任环以《渔樵耕读》为题作了四首诗，高度概括了渔樵耕读的文化特性：“明月扁舟，芦花浅水。鱼无深愁，漫兴而已。”“云山砍破，挑此一肩。留彼新松，以

待参天。”“一犁春雨，万顷秋风。击壤而歌，伊谁之功。”“刺股悬梁，囊萤映雪。达之思兼，穷亦归洁。”卢肇鼓励弟弟勤勉耕读：“去日家无担石储，汝须勤苦事樵渔。古人尽向尘中远，白日耕田夜读书。”（《送弟》）

“平明闾巷扫花开，薄暮渔樵乘水入。”（王维《桃源行》）渔樵耕读具有丰富的审美意境，其传递的，是对山水田园风光和闲适隐逸生活的向往，是对淡泊自如的人生境界的向往。因家国沦陷、漂泊他乡而悲愤、寂寞的陈与义，也试图在渔樵人生中寻找解脱：“忆昔午桥桥上饮，坐中多是豪英。长沟流月去无声。杏花疏影里，吹笛到天明。二十余年如一梦，此身虽在堪惊。闲登小阁看新晴。古今多少事，渔唱起三更。”（《临江仙·夜登小阁忆洛中旧游》）古往今来多少事，都让渔夫在半夜里来咏吟。“日落江路黑，前村人语稀。几家深树里，一火夜渔归。”（项斯《江村夜泊》）渔樵或许是最逸荡、最潇洒的生活方式。

诗境深造：“晨耕陇上田，夕咏窗间书。”（蓝智《题汪思原耕读轩》）

542. 山中人兮芳杜若，饮石泉兮荫松柏　长林丰草

出处：《与山巨源绝交书》：“赴蹈汤火，虽饰以金镳，飨以嘉肴，逾思长林而志在丰草也。”

解析：幽深的树林，茂盛的野草。指禽兽栖止的山林草野，旧时常用来比喻隐士隐居的地方。

诗化：

竹里馆

〔唐〕王维

独坐幽篁里，弹琴复长啸。

深林人不知，明月来相照。

诗义：独自闲坐在幽深寂静的竹林中，时而弹琴，时而放声高歌。没有人知晓我在这密林中，皎洁的月光照耀着我，静静地与我相伴。

简评：“山中人兮芳杜若，饮石泉兮荫松柏。”（屈原《九歌·山鬼》）幽居

于深山野林，与山水为伴，避而不仕、怡然自乐、躬耕自足，是古人隐居的普遍方式，也是儒与道在某种条件下的价值取向。孔子说："笃信好学，守死善道。危邦不入，乱邦不居。天下有道则见，无道则隐。邦有道，贫且贱焉，耻也；邦无道，富且贵焉，耻也。"（《论语·泰伯》）又说："道不行，乘桴浮于海。"（《论语·公冶长》）天下有道就出仕，天下无道就隐居，乘船四海游荡。孟子说："得志，泽加于民；不得志，修身见于世。穷则独善其身，达则兼善天下。"（《孟子·尽心上》）人生有时确有无奈，才华横溢也不一定就让你去施展。潘岳就有这样的体会："几陋身之不保，而奚拟于明哲，仰众妙而绝思，终优游以养拙。"（《闲居赋》）无法改变现实，还不如搁置对纷繁复杂尘世的思考，在长林丰草之中过着悠闲的生活，这样还能保持对美好人生的态度，从另一个角度享受人生、体验人生。

嵇康是魏晋时玄学的代表人物，与阮籍、山涛、向秀、阮咸、王戎及刘伶等人并称"竹林七贤"。"竹林七贤"主张老庄之学，向往田园疏野生活。"逾思长林而志在丰草也。"所谓"世上诗难得，林中酒更高"（姚合《送刘詹事赴寿州》），与长林丰草为伴，不愿同流合污，却又保持心怀天下、正直善良、忠诚耿直的品格，是渔樵耕读文化传统的价值核心。正如陶渊明所描述的："种豆南山下，草盛豆苗稀。晨兴理荒秽，带月荷锄归。道狭草木长，夕露沾我衣。衣沾不足惜，但使愿无违。"（《归园田居五首·其三》）披星戴月，长林丰草，纵然豆荚依稀、夜露湿衣，只要不违背做出归耕田园决定的初心就满足了。

诗境深造："风入松下清，露出草间白。"（李白《淮南卧病书怀寄蜀中赵徵君蕤》）

543. 更无俗物当人眼，但有泉声洗我心　枕山栖谷

出处：《后汉书·左周黄列传》："诚遂欲枕山栖谷，拟迹巢、由，斯则可矣。若当辅政济民，今其时也。"

解析：指居住在山谷，与深山峡谷为伴。犹指过着安逸宁静的隐居生活。

诗化：

华子岗

〔唐〕裴迪

落日松风起，还家草露晞。

云光侵履迹，山翠拂人衣。

诗义：日落时分，松林里微风阵阵。步行回家时，发现路边荒草上的露珠早已晒干。余晖掩映着刚才走过的原野，山峦苍翠，清风微微吹拂着衣衫。

简评：“更无俗物当人眼，但有泉声洗我心。最爱晓亭东望好，太湖烟水绿沉沉。”（白居易《宿灵岩寺上院》）中华民族对自然山水有着特殊的情感。“知者乐水，仁者乐山；知者动，仁者静；知者乐，仁者寿。”（《论语·雍也》）在追求生存、生活和审美的价值的道路上，枕山栖谷就是实现“天人合一”这一最高目标的一种途径。枕山栖谷是一种山林者之乐，是中华传统文化中人生观、价值观、审美观的体现。庄子说“至人无己，神人无功，圣人无名”（《庄子·逍遥游》），认为人生的最高境界是顺应客观，忘掉自我，德高者没有功绩心和名望心。欧阳修指出：“夫穷天下之物无不得其欲者，富贵者之乐也。至于荫长松，藉丰草，听山溜之潺湲，饮石泉之滴沥，此山林者之乐也。而山林之士视天下之乐，不一动其心。或有欲于心，顾力不可得而止者，乃能退而获乐于斯。彼富贵者之能致物矣，而其不可兼者，惟山林之乐尔。”（《浮槎山水记》）山林者之乐放心于物外，摆脱名利的羁绊，欣赏并享受山林泉石之美。

“水清石出鱼可数，林深无人鸟相呼。”（苏轼《腊日游孤山访惠勤惠思二僧》）山水是主要的审美源泉，山水之美对感官的刺激是重要的审美体验和审美情趣，山水美是艺术创作的重要对象。在枕山栖谷的人生经历中，诗人有着不同的审美体验。帛道猷的《陵峰采药触兴为诗》：“连峰数千里，修林带平津。云过远山翳，风至梗荒榛。”常建的《宿王昌龄隐居》：“清溪深不测，隐处唯孤云。松际露微月，清光犹为君。茅亭宿花影，药院滋苔纹。余亦谢时去，西山鸾鹤群。”弯弯曲曲的溪水在山间流淌，王昌龄的故居就隐藏在白云缭绕的深处，枕山栖谷俱是孤高出尘、超凡脱俗的主人其向往之体现。

杜牧的《山行》：“家住白云山北，路迷碧水桥东。短发潇潇暮雨，长襟落落秋风。”暮雨潇潇，短发飘散，秋风飒飒，长襟拂起。据传，苏轼在被贬黄州的日子里，曾在野外睡了一宿，醒后趁着这枕山栖谷的快意写下了《西江月》词一首：“照野弥弥浅浪，横空暖暖微霄。障泥未解玉骢骄，我欲醉眠芳草。可惜一溪明月，莫教踏破琼瑶。解鞍欹枕绿杨桥，杜宇一声春晓。”

诗境深造：“山居何所有，万籁奏清音。”（吴洞明《和章清隐山居》）

544. 风入寒松声自古，水归沧海意皆深　林栖谷隐

出处：《唐摭言·慈恩寺题名游赏赋咏杂记》：“迩来林栖谷隐，栉比鳞差。”

解析：指居住在风光旖旎的深山峡谷之中，也比喻隐居的状况。

诗化：

感遇十二首·其一

〔唐〕张九龄

兰叶春葳蕤，桂华秋皎洁。
欣欣此生意，自尔为佳节。
谁知林栖者，闻风坐相悦。
草木有本心，何求美人折。

诗义：春天的兰草枝叶茂盛，秋日的桂花高洁清新。世上万物生机勃勃，都是顺天应时，发生在最美好的季节。林栖谷隐的高士，闻到春兰秋桂的芬芳而心情愉悦。草木散发高雅的芳香源自其本性，并不奢求美人的折取，也不会因为无人而不芳！

简评：“风入寒松声自古，水归沧海意皆深。”（刘威《欧阳示新诗因贻四韵》）在传统的渔樵耕读文化中，如果说耕读是在勤勉之中磨砺、修炼的一种状态，“渔得鱼心满意足，樵得樵眼笑眉舒。一个罢了钓竿，一个收了斤斧，林泉下偶然相遇，是两个不识字渔樵士大夫。他两个笑加加的谈今论古”（胡祇遹《沉醉东风》），那么，渔樵则是游历、栖息在山水之间的一种感悟、审美的宁静状态，这种状态是诗性的、审美的、哲理性的，是一种“自适之

适”的恬淡。“流磻平皋，垂纶长川。目送归鸿，手挥五弦。俯仰自得，游心泰玄。嘉彼钓叟，得鱼忘筌。”（嵇康《赠秀才入军五首·其四》）目送着南归的鸿雁，信手挥弹五弦琴。一举一动都悠然自得。因对大自然的奥妙之道能够心领神会而十分快乐！不禁赞赏《庄子》中那位捕到了鱼就忘掉了筌，不再需要凭借的渔翁。

“卧闻百舌呼春风，起寻花柳村村同。城南古寺修竹合，小房曲槛欹深红。”（苏轼《安国寺寻春》）林栖谷隐是一种诗性的人生审美状态，陶渊明崇尚自然，在《形影神三首》中阐明了顺应自然、恬淡宁静的人生态度：“天地长不没，山川无改时。草木得常理，霜露荣悴之。谓人最灵智，独复不如兹。适见在世中，奄去靡归期。奚觉无一人，亲识岂相思。但余平生物，举目情凄洏。我无腾化术，必尔不复疑。愿君取吾言，得酒莫苟辞。”（《形影神三首·形赠影》）人是所谓的万物灵长，在生命这个话题上，却不能像那些植物一样得到永恒。适才还在世间相见，可转眼就去了另一个世界，永无归期。“三皇大圣人，今复在何处？彭祖爱永年，欲留不得住。老少同一死，贤愚无复数。日醉或能忘，将非促龄具？立善常所欣，谁当为汝誉？甚念伤吾生，正宜委运去。纵浪大化中，不喜亦不惧。应尽便须尽，无复独多虑。”（《形影神三首·神释》）人固有一死，上古时代的三皇如今又在哪里？传说彭祖活了八百岁，可无论如何也有终结之时，再想留在人间实在不可能了。无论是老人还是小孩、是贤人还是小人，都难逃一死，而死后就都没有区别。顺应天命，放浪于造化之间，听从天的安排，顺其自然，不因长生而喜，也不因短寿而悲。待到老天安排人生到了尽头，那就到了，无须多忧虑。

诗境深造：“樵入千岩静，松含万籁寒。”（黄庭坚《伯父祖善耆老好学于所居紫阳溪后小马鞍山为放隐斋远寄诗句意欲庭坚和之幸师友同赋率尔上呈》）

545. 夜深静卧百虫绝，清月出岭光入扉　竹篱茅舍

出处：《卖花声·悟世》：“尖风薄雪，残杯冷炙，掩青灯竹篱茅舍。”

解析：指乡村中因陋就简的屋舍或田园风光。形容文人雅士简朴的田园农家生活。

诗化：

书湖阴先生壁

〔宋〕王安石

茅檐长扫净无苔，花木成畦手自栽。

一水护田将绿绕，两山排闼送青来。

诗义：茅草房的庭院常常被打扫得没有一丝青苔，主人亲手栽种的花草树木成行成垄。庭院外一条小河环绕着绿油油的田地，两行青山像推开的两扇门送来满目的苍翠。

简评："夜深静卧百虫绝，清月出岭光入扉。"（韩愈《山石》）耕读文化在我国隋唐、两宋时期得到了飞速发展，其中最重要的原因是科举制度的实施，寒门子弟有机会通过刻苦攻读改变人生。正如宋真宗赵恒所指出的："富家不用买良田，书中自有千钟粟。安居不用架高堂，书中自有黄金屋。出门莫恨无人随，书中车马多如簇。娶妻莫恨无良媒，书中自有颜如玉。男儿若遂平生志，六经勤向窗前读。"（《劝学诗》）王安石正是在这样的背景下，自幼勤奋好学，博览群书，二十一岁中进士而步入仕途。宋神宗时期，王安石曾出任宰相，大力推行变法，史称"王安石变法"。同时，王安石也是著名的文学家，在诗、文、词方面都有杰出成就。

"山中习静观朝槿，松下清斋折露葵。"（王维《积雨辋川庄作》）"肝肠百炼炉间铁，富贵三更枕上蝶，功名两字酒中蛇。尖风薄雪，残杯冷炙，掩清灯竹篱茅舍。"（乔吉《卖花声·悟世》）历尽功名利禄，见过繁花似锦，方知最惬意的人生还是青灯竹篱茅舍。史料记载，王安石一家都是勤勉耕读的读书人，故王安石自幼受耕读文化的影响，养成了体恤民情的好习惯。他向往竹篱茅舍的田园生活，这能从他的诗词作品中感悟到，比如："柳叶鸣蜩绿暗，荷花落日红酣。三十六陂春水，白头想见江南。"（《题西太一宫壁二首·其一》）改革失败后，王安石遭遇了人生的重大挫折，竹篱茅舍的田园生活成了他的归宿："石梁茅屋有弯埼，流水溅溅度两陂。晴日暖风生麦气，绿阴幽草胜花时。"（《初夏即事》）

诗境深造："竹色溪下绿，荷花镜里香。"（李白《别储邕之剡中》）

546. 五岳寻仙不辞远，一生好入名山游　海怀霞想

出处:《秋夕书怀》:“海怀结沧洲，霞想游赤城。”

解析:指远游山川大海。本托意仙游，后多指远游旅行、隐居避世。

诗化:

秋夕书怀

〔唐〕李白

北风吹海雁，南渡落寒声。
感此潇湘客，凄其流浪情。
海怀结沧洲，霞想游赤城。
始探蓬壶事，旋觉天地轻。
澹然吟高秋，闲卧瞻太清。
萝月掩空幕，松霜结前楹。
灭见息群动，猎微穷至精。
桃花有源水，可以保吾生。

诗义:北风起，南飞的海雁发出哀鸣声。游历潇湘大地，对此般萧瑟的秋景感叹不已，那流浪凄悲的心情与飞雁共鸣。心中思念着沧洲胜境，幻想着能游赏赤城。开始探究蓬壶的仙境，顿觉天地无足轻重。在这秋高气爽的时节恬静地吟咏，闲来无事正好卧看长空。明月在藤萝间忽现忽隐，青松在前楹闪耀着银光。看见万物归元，众生息止，各种念头也随着冷寂安定，尽心探究追求，希望达到精细微妙的境界。桃花源流水潺潺，可以在那里闲度一生。

简评:李白是海怀霞想、云游四方的“诗仙”。他一生最喜游历祖国的大好河山，“五岳寻仙不辞远，一生好入名山游”(李白《庐山谣寄卢侍御虚舟》)。李白创作了大量奇彩纷呈的山水诗作，刻画了祖国雄奇秀丽的山水风光。后人评价李白的山水诗为“半亭清风山与水，一船明月酒和诗”。李白山水诗的特点是明朗清新、意境开阔，如:“犬吠水声中，桃花带露浓。树深时见鹿，溪午不闻钟。野竹分青霭，飞泉挂碧峰。无人知所去，愁倚两三松。”(《访戴天山道士不遇》)“渡远荆门外，来从楚国游。山随平野尽，江入大荒流。月下飞天镜，云生结海楼。仍怜故乡水，万里送行舟。”(《渡荆门送别》)

中国传统审美观特别强调美在自然，无论是创作理念还是诗文风格，都极力提倡质朴清纯，反对人为矫情；无论是诗文还是绘画的创作，都十分强调意境。“抱叶寒蝉静，归来独鸟迟。”（杜甫《秦州杂诗二十首·其四》）现实世界的景和体验中的情就构成了意境。所谓触景生情，景是具象的，情是抽象的，意境就是抽象和意象的统一。“我见青山多妩媚，料青山、见我应如是。情与貌，略相似。”（辛弃疾《贺新郎》）中国幅员辽阔，江山秀美，风光无限，三山五岳险峻雄奇，大江大河雄伟壮阔，江南水乡清秀典雅……这些都给历代人文墨客提供了丰富的具象情景。在远游名山大川的旅途上，在海怀霞想的岁月里，无论是在塞外边关还是在田园水乡，无论是在名刹古寺还是都会小镇，他们的丰富情感与具象结合，产生了大量沈博绝丽、凌云健笔的优秀作品。“适与野情惬，千山高复低。好峰随处改，幽径独行迷。霜落熊升树，林空鹿饮溪。人家在何许？云外一声鸡。”（梅尧臣《鲁山山行》）同样的一座山、一条河、一座城，不同的作者有着不同的感悟，可谓“江山留胜迹，我辈复登临”（孟浩然《与诸子登岘山》）。

诗境深造：“山光悦鸟性，潭影空人心。”（常建《题破山寺后禅院》）

547. 林间暖酒烧红叶，石上题诗扫绿苔　岩居川观

出处：《史记·范雎蔡泽列传》：“君何不以此时归相印，让贤者而授之，退而岩居川观。”

解析：指居住在山崖岩穴，观赏川流瀑布。形容隐居生活悠闲自适，超然世外。

诗化：

雪晴晚望

〔唐〕贾岛

倚杖望晴雪，溪云几万重。
樵人归白屋，寒日下危峰。
野火烧冈草，断烟生石松。
却回山寺路，闻打暮天钟。

诗义：拄着手杖远眺晴空下的雪景，只见溪流上白云层层叠叠。打柴人回到了厚雪覆盖的茅屋，闪着寒光的冷日在险峻的高峰上徐徐落下。野火烧着了山上的茂草，时断时续的浓烟从山石中的松林升起。走在返回山寺的小路上，听见远远传来的暮钟声。

简评：“千里云山何处好，几人襟韵一生休。”（杜牧《自宣城赴官上京》）除了田园村落，山崖岩穴也是隐者选择的一个好去处。贾岛就是这样一位岩居川观的诗人。“两句三年得，一吟双泪流。”（贾岛《题诗后》）贾岛是个半俗半僧半仙的诗人，也被称为苦吟诗人，在诗词创作上精益求精。他的苦吟，其实就是在炼意、炼句、炼字等方面都要下一番苦功夫：“一日不作诗，心源如废井。笔砚为辘轳，吟咏作縻绠。朝来重汲引，依旧得清冷。书赠同怀人，词中多苦辛。”（《戏赠友人》）

“林间暖酒烧红叶，石上题诗扫绿苔”（白居易《送王十八归山寄题仙游寺》）贾岛喜欢栖息在适宜的名川大山里，与生活在深山峡谷的贤者、高僧交往，这在他的诗歌作品中有所体现。如：“松下问童子，言师采药去。只在此山中，云深不知处。”（《寻隐者不遇》）“中秋期夕望，虚室省相容。北斗生清漏，南山出碧重。露寒鸠宿竹，鸿过月圆钟。此夜情应切，衡阳旧住峰。”（《寄慈恩寺郁上人》）“十里寻幽寺，寒流数派分。僧同雪夜坐，雁向草堂闻。静语终灯焰，余生许峤云。由来多抱疾，声不达明君。”（《就可公宿》）“已知归白阁，山远晚晴看。石室人心静，冰潭月影残。微云分片灭，古木落薪干。后夜谁闻磬，西峰绝顶寒。”（《寄白阁默公》）这些诗作具有明显的美学特点，在具象方面是自然朴实、素淡白描、色彩平淡的，有青山白云、山崖奇川、明月青松；在意象方面体现了云山深处隐者的身份，从而产生了恬淡宁静、与世无争的境界。

诗境深造：“千山鸟飞绝，万径人踪灭。”（柳宗元《江雪》）

548. 烟销日出不见人，欸乃一声山水绿　樵山渔海

出处：《留别马倩若兼订毗陵之游》：“渔海樵山过此生，向平儿女未忘情。”

解析：指下海打鱼、上山砍柴的普通生活。形容淡泊宁静、宠辱不惊、悠闲惬意的幽居生活。

诗化：

黄子陂

〔唐〕司空曙

岸芳春色晓，水影夕阳微。
寂寂深烟里，渔舟夜不归。

诗义：清晨岸堤春意盎然，百花盛开；傍晚夕阳渐渐落下，余晖映入水面。夜幕深沉，烟雾弥漫，渔舟还没归来。

简评：渔樵指打鱼、砍柴，行打鱼、砍柴之事的渔父和樵叟也并称“渔樵”。在中华传统文化里，“渔樵”是文人乐此不疲创作描摹的主题。诗词文赋、书画琴乐都有大量关于“渔樵”的作品。其中，渔父的角色在中国古代文化中有不同的表现，题材十分丰富。“不饵而钓，仰咏俯吟”的姜太公是一个博学多闻、足智多谋的角色；庄子笔下的渔父是一个持守其真、还归自然、率性直爽的人物；屈原笔下的渔父是一个高蹈遁世、吟啸烟霞的隐者。渔父在中国传统美学追求中，成了或儒或道的论辩人物。在大多数作品里，渔父的形象是避于乱世、不求功名、置身田园、游荡山水、快意余生，不再争论儒道释的逍遥隐者，渔父成了自由、出世、隐逸的艺术符号，表达着一种情怀、操守、希冀和理想。有人称昔日姜太公垂竿，为入世之渔父；严子陵坐钓，乃出世之渔父；沧浪翁放歌，是出入混沌间之渔父。

古代诗人创作了大量关于渔父的诗歌，如杜牧的《渔父》：“白发沧浪上，全忘是与非。秋潭垂钓去，夜月叩船归。烟影侵芦岸，潮痕在竹扉。终年狎鸥鸟，来去且无机。”柳宗元的《渔翁》：“渔翁夜傍西岩宿，晓汲清湘燃楚竹。烟销日出不见人，欸乃一声山水绿。”齐己的《渔父》：“夜钓洞庭月，朝醉巴陵市。却归君山下，鱼龙窟边睡。生涯在何处，白浪千万里。曾笑楚臣迷，苍黄汨罗水。”船子和尚的《拨棹歌·其一》：“千尺丝纶直下垂，一波才动万波随。夜静水寒鱼不食，满船空载月明归。”苏轼的《渔父四首·其二》：“渔父醉，蓑衣舞。醉里却寻归路。轻舟短棹任斜横，醒后不知何处。”这些诗歌都体现了李颀在《题璿公山池》中所说的“清池皓月照禅心”的意境。

渔父也是中国古代绘画的题材之一，李唐的《清溪渔隐图》、马远的《秋江渔隐图》、吴镇的《渔父图》，还有其他归棹图、闲钓图、渔浦图、渔村图等等，都表现了渔父那“一叶随风万里身”（吴镇《渔父》）的隐逸情思和自得其乐的人生境界。垂钓也是人生一大乐趣，王彬之《兰亭诗二首·其二》：“鲜葩映林薄，游鳞戏清渠。临川欣投钓，得意岂在鱼。”

诗境深造：“心远喧常寂，山深拙可藏。”（释居简《闰月九日刘检详入山问近作》）

549. 绿蓑为衣青箬笠，九陌黄尘不留迹　绿蓑青笠

出处：《渔歌子》：“西塞山前白鹭飞，桃花流水鳜鱼肥。青箬笠，绿蓑衣，斜风细雨不须归。”

解析：指绿草编织的蓑衣和青竹芒草编的斗笠。比喻渔夫、樵夫的风格，常用来形容隐士。

诗化：

牧竖

〔唐〕崔道融

牧竖持蓑笠，逢人气傲然。
卧牛吹短笛，耕却傍溪田。

诗义：身披蓑衣、头戴斗笠的牧童，遇到人便做出一副很神气的样子。放牧时，他趴在牛背上轻松地吹着笛子；牛耕田时，他就悠闲地在溪田边上玩耍。

简评：“绿蓑为衣青箬笠，九陌黄尘不留迹。”（唐文凤《格山隐居八景诗八章为休阳胡希永赋·闵渡渔歌》）牧童在传统的渔樵耕读文化里是诗意化、寓情化的人物，寄托着人们悠闲自得、无拘无束、无忧无虑的理想人生的化身。在古诗词和绘画艺术作品中，牧童、老牛、短笛构成了一幅逍遥悠闲的画面。牧童代表纯真、无瑕的美质，老牛代表憨厚、淳朴的美质，短笛代表

乐观、逍遥的美质。

历代诗人以牧童为题材创作了很多脍炙人口的诗词。如唐代杜牧的《清明》:“清明时节雨纷纷,路上行人欲断魂。借问酒家何处有?牧童遥指杏花村。”卢肇的《牧童》:“谁人得似牧童心,牛上横眠秋听深。时复往来吹一曲,何愁南北不知音。”栖蟾的《牧童》:“牛得自由骑,春风细雨飞。青山青草里,一笛一蓑衣。日出唱歌去,月明抚掌归。何人得似尔,无是亦无非。”宋代黄庭坚的《牧童》:“骑牛远远过前村,吹笛风斜隔岸闻。多少长安名利客,机关用尽不如君。”邵雍的《牧童》:“随行笠与蓑,未始散天和。暖戏荒城侧,寒偎古冢阿。数声牛背笛,一曲陇头歌。应是无心问,朝廷事若何。”雷震的《村晚》:“草满池塘水满陂,山衔落日浸寒漪。牧童归去横牛背,短笛无腔信口吹。”释正觉的《牧童》:“水牯老行步稳,蓑郎痴歌笑繁。物外初无尘滓,胸中别有丘园。”而清代袁枚的“牧童骑黄牛,歌声振林樾。意欲捕鸣蝉,忽然闭口立”(《所见》)更是将一位活泼可爱、天真顽皮的牧童描绘得活灵活现。一个牧童悠闲地骑着牛,一边唱着嘹亮的歌儿,歌声在林中缭绕。忽然,他停住了歌唱,静悄悄地停在那里。哦,原来他是想捉那树上鸣叫的蝉呢。

诗境深造:“桑野就耕父,荷锄随牧童。”(孟浩然《田家元日》)

550. 问余何意栖碧山,笑而不答心自闲　悠然南山

出处:《饮酒二十首·其五》:“采菊东篱下,悠然见南山。”

解析:指怡然自得、超凡脱俗地与大自然融为一体的心境和生活。

诗化:

饮酒二十首·其五

〔晋〕陶渊明

结庐在人境,而无车马喧。
问君何能尔?心远地自偏。
采菊东篱下,悠然见南山。
山气日夕佳,飞鸟相与还。
此中有真意,欲辨已忘言。

诗义：将房屋建造在人来人往的地方，却不会受到世俗交往的打扰。有人问我为什么能做到这样超脱，我回答说，只要内心能远远地摆脱世俗的束缚，自然就会觉得所处地方僻静了。在东篱之下采摘菊花，悠然眺望远处的南山。傍晚时分南山景致甚佳，雾气峰间缭绕，飞鸟结伴而还。这悠然的生活状况和心境蕴含着真正的人生意义，想要辩说，却忘记怎样表达了。

简评："问余何意栖碧山，笑而不答心自闲。桃花流水窅然去，别有天地非人间。"（李白《山中问答》）悠然南山代表一种独立、洒脱、超然的心态和处世观念。《饮酒二十首・其五》是陶渊明在经历了《形影神三首》的思想矛盾和苦思冥想之后，精神境界升华而产生的佳作。在《形影神三首・形赠影》中，诗人表达了思想的矛盾："天地长不没，山川无改时。草木得常理，霜露荣悴之。谓人最灵智，独复不如兹……我无腾化术，必尔不复疑。愿君取吾言，得酒莫苟辞。"天地、山川可以永恒，草木枯荣能够交替，而人的身体也要死亡消失，为何不及时饮酒行乐呢？在《形影神三首・影答形》中，作者又表达其自身不甘于落至饮酒寻欢的消极人生："……身没名亦尽，念之五情热。立善有遗爱，胡为不自竭？酒云能消忧，方此讵不劣！"针对前诗的观点，影对形的回答是既然生命不可能永恒，不如尽力立下善德，遗留给后世，这比饮酒行乐更要高尚。这是典型的中国古代文人的精神追求，人生在世最大的追求莫过于"立功立德立言"，这也曾是陶渊明的人生追求。在《形影神三首・神释》中，陶渊明说："……日醉或能忘，将非促龄具？立善常所欣，谁当为汝誉？甚念伤吾生，正宜委运去。纵浪大化中，不喜亦不惧。应尽便须尽，无复独多虑。"针对形、影思想的苦恼和矛盾，神做了解答和引导，认为生命永恒不可能实现，人终有一死。但饮酒行乐使人折寿，立善乃至立功立德立言，也会被人不当一回事。过分担忧生死荣辱之事反而会伤害生命。不如顺其自然、不喜不惧、宠辱不惊，以豁达的人生态度坦然对待，不必多虑。《形影神三首》反映了陶渊明因"不为五斗米折腰"而辞官之后的复杂心态。《饮酒二十首》中的"采菊东篱下，悠然见南山"，正是《形影神三首・神释》中顺其自然、坦然接受的人生观的体现。庄子说："出入六合，游乎九州，独往独来，是谓独有。独有之人，是之谓至贵。"（《庄子・在宥》）独立自在，自我和谐，自我完善，懂得如何与自己相处，使个体的生命处于积极、和谐的状态，这就是“至贵”之人。庄子还指出：“独与天地精神往来，而不敖倪于万物。不谴是非，以与世俗处。”（《庄子·天下》）独自与天地精神往来而不傲视万物，不拘泥于是非，能与世俗相处，这样的独立之人才能过上悠然南山的生活。

悠然南山代表一种自然、平淡、朴素的美质。《饮酒二十首·其五》是陶渊明淡泊超脱、恬静自然心境的代表作，集中体现了陶诗的美质特征。其一，自然朴素。“俯拾即是，不取诸邻。俱道适往，著手成春。”（司空图《二十四诗品·自然》）自然朴素是陶渊明诗歌审美的主要特征，也是他人生追求的志趣。诗词语言白描朴素，真诚直率，润物无声。在生活中到处能发现诗，不需要挖空心思追寻，顺应情理写作，就能着手成春。陶诗所描绘的，大多是为人们熟悉的“青松”“秋菊”“孤云”“飞鸟”等景象，呈现的是平淡的田园风光和农村生活，反映的是百姓日常起居劳作。这些既是客观物象，也是诗人主观情感的载体。其二，疏野绮丽。“惟性所宅，真取弗羁。拾物自富，与率为期。”（司空图《二十四诗品·疏野》）陶诗系诗人充分张扬性情所得，真情显现，不受拘束。万象在胸就会取材丰富，率真描绘才能运笔自如。陶渊明之诗作，尤其是其田园诗，不拘泥于对广泛用典的追求，清新自然。其三，超诣洗练。超诣是超迈不俗、超乎常流的诗品境界。陶渊明赋诗作文，用语寻常而精练，又善于将自己所思所悟之哲理、所感所动之情感，以率真恬淡的语言寓于诗文所描绘的寻常景象之中，表达其恬淡超脱的心境，体现了物我两忘的艺术境界。杜甫评论陶诗曰：“陶谢不枝梧，风骚共推激。紫燕自超诣，翠驳谁剪剔。”（《夜听许十损诵诗爱而有作》）苏轼说：“至于诗亦然。苏李之天成，曹刘之自得，陶谢之超然，盖亦至矣。”（《书黄子思诗集后》）“苏李”指苏武和李陵，“曹刘”指曹植和刘桢，“陶谢”则指陶渊明和谢灵运，“天成”“自得”“超然”是对六人诗风的准确概括。

诗境深造：“无波真古井，有节是秋筠。”（苏轼《临江仙·送钱穆父》）

五十六、禅意篇

晚钟
是游客下山的小路
羊齿植物
沿着白色的石阶
一路嚼了下去

如果此处降雪

而只见
一只惊起的灰蝉
把山中的灯火
一盏盏地
点燃

——洛夫《金龙禅寺》

禅意美，美在智慧、幽默、雅趣、顿悟的意趣；美在修禅所获得的禅悦清安、参禅悟理、清妙高峙；美在那高古、洗练、沉着的林泉之心；美在一朝风月，万古长空。

551. 迷疑千卷犹嫌少，悟了一言尚太多　妙禅以趣

出处：《列仙传·关令尹》：“俱济流沙，同归妙趣。”《云笈七签》：“微旨幽邃，妙趣难详。”

解析：指通过禅悟、禅趣获得美妙的感悟和意境。

诗化：

观潮

〔宋〕苏轼

庐山烟雨浙江潮，未至千般恨不消。
到得还来别无事，庐山烟雨浙江潮。

诗义：神话般的庐山烟雨，雄伟壮观的钱塘江大潮，都很值得去观赏一番。如果没有机会去观赏，那的确会终身遗憾。可亲临这些地方，观赏到庐山烟雨和钱塘江潮水后，却发现过去的渴望和冲动也不过如此，并没有多大的惊奇，只觉得庐山烟雨就是庐山烟雨，钱塘江潮水就是钱塘江的潮水，并不值得大惊小怪。

简评：《观潮》是苏轼人生中的最后一首诗，也是写给他儿子的。他用短短的二十八个字把一生的经历、感悟和人生智慧提炼了出来，教导后人如何面对人生。诗中把人生分为三个境界。前两句是第一境——庐山和钱塘江潮都风光无限，若没有驻足欣赏的机会，会觉得非常遗憾；第三句为第二境界——等到真的亲临其境，却发现景象并没有未见之时想象中那么美好，甚至还有许多烦恼；最后一句是第三境界——其实不管你去不去看，山和水都不会改变。山水就是内心所追求和坚守的执念，这就是苏轼在生命的尽头彻悟的智慧之结晶，不以物喜，不以己悲。“回首向来萧瑟处，归去，也无风雨也无晴。”（苏轼《定风波》）

“迷疑千卷犹嫌少，悟了一言尚太多。”（善昭禅师《迷悟同源》）若糊涂迷惑，即便阅读上千卷也是少的，但能够感悟其中的奥妙，即便是一句话也是多余的。妙禅意趣是通过修禅道而获得的自我体验的趣味，妙禅以趣则是通过禅的艺术、诗词、语言等形式来获得趣味、理趣，属于智慧、幽默、雅趣、顿悟的美质。中国传统美学将趣味、理趣作为美学范畴。“曲每奏，钟子期辄

穷其趣。"（《列子·汤问》）弹奏每个曲子，钟子期总能寻根究源他的情趣。"道之出口，淡乎其无味。"（《道德经·第三十五章》）"怪伟伏平易之中，趣味在言语之外。"（叶适《跋刘克逊诗》）艺术作品通过给人以审美体验来提高人们的审美趣味。而理趣则是指将理融于趣，趣合乎于理。理就是指原理、道理、规律、法则、伦理等，趣指的是情趣、兴趣、趣味。

佛教传入中国后，逐渐与中国传统的儒家、道家等文化相结合，兼收并蓄地包含了各家的精旨，形成了具有中国特色的禅文化。一般认为，禅宗可上溯至南北朝时期的楞伽师，相传菩提达摩为禅宗初祖。至唐后期，禅宗拥有极大的影响力，在宋代蓬勃发展，其影响及至宋明理学。禅宗美学有自身独特的特点。其一，强调"自性""心"可包万物、生万境。与艺术创作所强调的想象的作用原理相通。唐代画家张璪"外师造化，中得心源"的思想就受到禅宗哲学的影响。其二，主张"心"本身无形。认为感性和理性是交融统一，不可分割的。其三，禅宗文化偏好孤寂清凄的"禅境"。"渐通玄妙理，深得坐忘心。"（孟浩然《游精思题观主山房》）强调深沉自觉的自我独立意识。这与儒家提倡的积极入世，具有"天将降大任于是人"（《孟子·告子下》）的抱负和"舍我其谁""杀身成仁"的豪气恰好相反。或许正是如此担当、作为精神和勇气，使儒家文化成为中华传统文化的主流。

诗境深造："澹然离言说，悟悦心自足。"（柳宗元《晨诣超师院读禅经》）

552. 烟霞清净尘无迹，水月空灵性自明　禅悦清安

出处：《四月戊申赋盐万岁山中仰怀外舅谢师厚》："禅悦称性深，语端入理近。"

解析：通过身心的修炼达到较高的境界，使人心神安定、愉悦。

诗化：

赠惠山僧惠表

〔宋〕苏轼

行遍天涯意未阑，将心到处遣人安。

山中老宿依然在，案上楞严已不看。

欹枕落花余几片，闭门新竹自千竿。

客来茶罢空无有，卢橘杨梅尚带酸。

诗义：行遍了海角天涯、万水千山仍意犹未尽，能安放心灵之处才能让人安定。山中的老衲依然健在，案上的《楞严经》已经不再翻看。倚着枕头欣赏窗外片片落花，闭门赏竹，竹苑又长出了千竿新竹。客人来茶后之外无物相待，枇杷、杨梅还没有成熟，有些发酸。

简评：“行遍天涯意未阑，将心到处遣人安。”修禅可以得到愉悦，愉悦之源泉就是清安。苏轼体验到人生无常，心安便是归处，正所谓“万里归来颜愈少，微笑，笑时犹带岭梅香。试问岭南应不好，却道，此心安处是吾乡”（《定风波·南海归赠王定国侍人寓娘》），万里归来依旧是少年，心安之处便是故乡。心安最重要的是做到与天乐、与人乐。“夫明白于天地之德者，此之谓大本大宗，与天和者也。所以均调天下，与人和者也。与人和者，谓之人乐；与天和者，谓之天乐。”（《庄子·天道》）漂泊异乡，客落异土，若能做到与自然相和谐，与社会相和谐，与人相处和睦，哪有心不安之说。心安便美，美即故乡！

“烟霞清净尘无迹，水月空灵性自明。”（普陀山法雨禅寺楹联）人生之路并非只有坦途，也有不少崎岖与坎坷，甚至会有一时难以跨越的沟坎儿。宁静的心，质朴无瑕，回归本真，便是参透人生，便是禅。修炼的境界要高，而不是一般的物象之境，绝非看山是山的境界，而是洞穿天地之境，是“思与境偕”“境与意会”“意境融彻”。王昌龄认为诗有三境，即物境、情境、意境。修禅达到一定的境界，心就会豁然明净，皎洁定心，心乐美妙，超凡入圣、不可为喻。关于修禅的效果，黄檗禅师有诗曰：“心如大海无边际，广植净莲养身心。自有一双无事手，为作世间慈悲人。”（《心如广大》）释咸杰诗云：“有物先天地，无形本寂寥。能为万象主，不逐四时凋。”（《偈公六十五首·其一》）王安石修炼的收获则是：“纷纷扰扰十年间，世事何尝不强颜。亦欲心如秋水静，应须身似岭云闲。”（《赠僧》）

诗境深造：“我心素已闲，清川澹如此。”（王维《青溪》）

553. 安禅不必须山水，灭得心中火自凉　参禅悟理

出处：《授吴升太子左赞善大夫制》："吴升悟理明达，用心微妙，博以才艺，精于谈吐。"

解析：指通过个人静修感悟哲理，达到淡泊名利、超然世外的境界。

诗化：

插秧诗

〔五代〕契此

手捏青苗种福田，低头便见水中天。

六根清净方成稻，后退原来是向前。

诗义：手中拿着秧苗一棵棵地把水田插满，低头便看到水面上倒映着湛蓝的天空。心地清净、一尘不染就是佛道，退却一步其实就是在进步。

简评：感悟是人们因有所感触而对客观世界和主观世界，尤其是对人生有所认识、领悟。悟理是将对事物的直觉认识、感性认识上升到理性的思维。参禅悟理就是通过修炼对人世间的道理有理解，进而达到较高的人生境界，这种悟境，有人说是诗性的或哲性的。"六根清净方成稻，后退原来是向前。"农夫插秧，一面插青秧，一面一步步往后退，一直退到田边，一畦田的秧苗才插好。表面上是往后退，其实是不断接近目标。"后退原来是向前"，颇有哲理意味。

"三伏闭门披一衲，兼无松竹荫房廊。安禅不必须山水，灭得心中火自凉。"（杜荀鹤《夏日题悟空上人院》）禅诗蕴含着丰富的哲理。南朝梁傅翕的《颂二首・其一》："空手把锄头，步行骑水牛。人从桥上过，桥流水不流。"山不转水转，人不转心转，人的心境若被境遇束缚则烦恼，心境能超脱乃至驾驭境遇才能愉悦。唐代居遁的《偈颂・其四十四》："朝看花开满树红，暮观花落树还空。若将花比人间事，花与人间事一同。"人生有聚有散，事物有盛有衰，不必过于悲喜。宋代某尼的《悟道诗》："尽日寻春不见春，芒鞋踏遍陇头云。归来笑撚梅花嗅，春在枝头已十分。"蕴含着凡事切莫过于强求，太过执着，顺其自然或许效果更好。茶陵郁禅师的《开悟诗》："我有明珠一颗，久被尘劳关锁。今朝尘尽光生，照破山河万朵。"初心本是清净明澈，只

是被世俗的名利、欲望、烦恼所掩盖，只有把心灵上的这些尘垢除去，内心才能明澈，获得真正的幸福。饶节的《晚起》："月落庵前梦未回，松间无限鸟声催。莫言春色无人赏，野菜花开蝶也来。"对于人生而言，哪怕处在再平凡的环境、再卑微的地位，也会有欣赏自己的知音，也能在平凡的生活里发现无限的乐趣。

诗境深造："须知澹泊听，声在无声中。"（聂夷中《题贾氏林泉》）

554. 气清更觉山川近，意远从知宇宙宽　清妙高峙

出处：《郭有道碑文》："委辞召贡，保此清妙。"《闲居赋》："浮梁黝以径度，灵台杰其高峙。"

解析：指通过修行达到较高的精神境界。

诗化：

清夜吟

〔宋〕邵雍

月到天心处，风来水面时。
一般清意味，料得少人知。

诗义：一轮明月升到了夜空的正中央，微风轻轻拂过沐浴着银色月光的水面。明月、轻风和波光共同营造出清妙高峙的意境，料定这样超尘脱俗的境界是很少有人能够理解和感悟的。

简评："气清更觉山川近，意远从知宇宙宽。"（许谦《三月十五夜登迎华观》）清妙高峙属冲淡、自然、清奇的美质。在中国传统审美观念中，人心思"清"，为人清正，为政清廉，为文清雅。"神者智之渊也，神清则智明；智者心之府也，智公则心平。人莫鉴于流潦而鉴于澄水，以其清且静也，故神清意平乃能形物之情，故用之者必假于不用者。夫鉴明者则尘垢不污也，神清者嗜欲不误也。"（《文子·守清》）清体现为澄澈明洁，正所谓"沧浪之水清兮，可以濯我缨。沧浪之水浊兮，可以濯我足"（《孟子·离娄上》）。

以"清"为美，"清"与恭、宽、信、敏、惠等都属古代审美范畴。"野

有蔓草，零露溥兮。有美一人，清扬婉兮。”（《诗经·郑风·野有蔓草》）人以眉清目秀、婉约为唯美。“娟娟群松，下有漪流。晴雪满汀，隔溪渔舟。可人如玉，步屧寻幽。载行载止，空碧悠悠。神出古异，淡不可收。如月之曙，如气之秋。”（司空图《二十四诗品·清奇》）诗以似黎明前的月光那样明净、像初秋时的天气那样清秀为美。“皓月高台，清光大来。眠琴在膝，飞香满怀。冲霄之鹤，映水之梅。”（黄钺《二十四画品·清旷》）画以清旷为美。

“片石孤峰窥色相，清池皓月照禅心。”（李颀《题璿公山池》）思想上的澄澈明洁、心灵上的清妙淡逸，能使人的精神世界步入高峙的境界。“水清澄澄莹，彻底自然见。心中无一事，水清众兽现。心若不妄起，永劫无改变。若能如是知，是知无背面。”（寒山《诗三百三首·其二百十》）这个境界是“心空境寂，其乐无喻”（憨山《憨山老人自序年谱实录》）。达到清妙高峙的境界，即便是掌管图书的小官，白居易的心境也是悠然山水的自在：“林园傲逸真成贵，衣食单疏不是贫。专掌图书无过地，遍寻山水自由身。”（《闲行》）杜荀鹤的清妙高峙境界是不再去理会那些世俗杂事、烦事，仿佛是一个置身事外的人：“逢人不说人间事，便是人间无事人。”（《赠质上人》）而陆游清妙高峙的心境是坦然：“得福常廉祸自轻，坦然无愧亦无惊。平生秘诀今相付，只向君心可处行。”（《书室名可斋或问其义作此告之》）苏轼清妙高峙的境界则是心安：“万里归来颜愈少，微笑，笑时犹带岭梅香。试问岭南应不好，却道，此心安处是吾乡。”（《定风波·南海归赠王定国侍人寓娘》）

诗境深造：“浮云自高闲，明月常空净。”（孟郊《忆周秀才素上人时闻各在一方》）

555. 云山既不求吾是，林泉又不责吾非　林泉之心

出处：《上兖州张司马启》：“虽则放旷林泉，颇得闲居之趣。”

解析：指摆脱了世俗功利观念，陶醉于山水之间，以闲逸恬淡的心境来看待人生和事物的心境。

诗化：

诗三百三首·其三十一

〔唐〕寒山

杳杳寒山道，落落冷涧滨。
啾啾常有鸟，寂寂更无人。
淅淅风吹面，纷纷雪积身。
朝朝不见日，岁岁不知春。

诗义：通往寒山的道路昏暗寂静，冷寂的涧溪清寒寥落。常有鸟儿啾啾地啼叫，四周空寂无人。寒风吹打在我的脸上，纷纷扬扬的雪花落在我的身上。身处山中几乎每日都见不到阳光，也不知道何时是春天。

简评："云山既不求吾是，林泉又不责吾非。"（元好问《最高楼·商于鲁县北山》）林泉之心属高古、洗练、沉着的美质。中国审美的哲学具有根深蒂固的山水情怀。"知者乐水，仁者乐山；知者动，仁者静；知者乐，仁者寿。"（《论语·雍也》）"山林与，皋壤与？使我欣欣然而乐与！"（《庄子·知北游》）"若乃山林皋壤，实文思之奥府。"（刘勰《文心雕龙·物色》）这种山水情怀是一种亲近自然的情怀。优美、壮阔的山水，成为历代文人身的住所、心的寄托、作品的源泉、讴歌的对象，养育着文人们的林泉之心。"山中何所有，一味静难名。暗谷流泉响，疏林落叶声。夜深寒月白，霜重晓钟清。早出松间路，衣裘空翠凝。"（刘安上《宿方潭》）"山中何所有，岭上多白云。只可自怡悦，不堪持赠君。"（陶弘景《诏问山中何所有赋诗以答》）"随风万里。已无心出岫，浮游天地。为问山中何所有，此意不堪持寄。淡薄相依，行藏自适，一片松阴外。石根苍润，飘飘元是清气。长伴暗谷泉生，晴光潋滟，湿影摇花碎。浊浊波涛江汉里，忽见清流如此。枝上瓢空，鸥前沙净，欲洗幽人耳。白蘋洲上，浩歌一棹春水。"（张炎《湘月·赋云溪》）"山中何所有，古松与清泉。一泓涵素月，千尺摇苍烟。"（于石《山中何所有》）山中何所有？请感受那清风、素月、流泉、苍松、白云……还有林泉之心！

郭熙对所谓的"林泉美学"做了精辟的阐析："君子之所以爱夫山水者，其旨安在？……林泉之志，烟霞之侣……坐穷泉壑……斯岂不快人意，实获我心哉！……看山水亦有体，以林泉之心临之则价高，以骄侈之目临之则价低。”（《林泉高致·山水训》）君子之所以热爱山水美景，是因为山水可以寄托人的精神追求，使人获得愉悦和满足。具有“林泉之心”的人，才能真正体验到自然山水的审美价值，才能在虚静的心灵中形成艺术之山水，再将其进一步升华为心中的山水。心中的山水一旦形成，人就具备了“林泉之心”。在洪应明的笔下，林泉之心是志在林泉，胸怀廊庙，“居轩冕之中，不可无山林的气味；处林泉之下，须要怀廊庙的经纶”。（《菜根谭》）

诗境深造：“春深无客到，一路落松花。”（施闰章《山行》）

556. 物外烟霞为伴侣，壶中日月任婵娟　烟霞气象

出处：《锦带书十二月启·夹钟二月》：“敬想足下，优游泉石，放旷烟霞。”

解析：指云烟弥漫、氤氲缥缈的山林景象和风光。引申为超然脱俗、不卑不亢、一肩明月和两袖清风的品格和境界，也称山林气象。

诗化：

过香积寺

〔唐〕王维

不知香积寺，数里入云峰。
古木无人径，深山何处钟。
泉声咽危石，日色冷青松。
薄暮空潭曲，安禅制毒龙。

诗义：不知道香积寺在什么地方，走了好几里路进入了云雾朦胧的山峰。四周古木参天，根本就没有人可行于其上的路，深山里不知什么地方传来了古寺的钟声。湍急的溪流撞击在怪石上发出呜咽声，松林里连阳光也显得格外寒冷。黄昏时分独处在寂静的潭水边，心神安然，万虑澄澈。

简评：“物外烟霞为伴侣，壶中日月任婵娟。”（吕岩《七言·其十七》）禅宗美学提倡通过戒、定、慧的修持，去除那些庸俗不堪的东西，涵养宠辱不惊、超尘脱俗、两袖清风的品格，也就是烟霞气象或山林气象。王维这首

《过香积寺》，前面描写了氤氲山水的美景，诗眼则在“薄暮空潭曲，安禅制毒龙”这一句上。诗人在夕阳中面对“空”潭，在宁静的心境中观照“空潭曲”，通过修行来摆脱欲望，实现身心的空灵与自在，修炼成烟霞气象。王维的山水诗含有禅理禅趣，诗人凭借以虚静的心境观照山林时获得的那种澄明宁静、静谧空灵的心理体验，创造出“诗中有禅”的空灵的意境。

“孤灯寒照雨，湿竹暗浮烟。”（司空曙《云阳馆与韩绅宿别》）烟霞气象是中国传统美学追求的意境之一，属旷达、缥缈、高古、沉着的美质。莫是龙指出，“画家之妙，全在烟云变灭中”（《画说》）。其一，超尘脱俗的旷达。“意气青云里，爽朗烟霞外。不羡一囊钱，唯重心襟会。”（徐谦《短歌二首·其二》）“宦达翻思退，名高却不夸。惟存浩然气，相共赏烟霞。”（刘禹锡《和令狐相公寻白阁老见留小饮因赠》）其二，云霞缥缈。“从风疑细雨，映日似游尘。乍若飞烟散，时如佳气新。”（萧绎《咏雾》）“日照香炉生紫烟，遥看瀑布挂前川。飞流直下三千尺，疑是银河落九天。”（李白《望庐山瀑布》）“云是昔人藏书处，磊落万卷今生尘。江边日出红雾散，绮窗画阁青氛氲。”（苏轼《犍为王氏书楼》）其三，烟雾缭绕。“恍忽烟霞散，飕飗松柏阴。幽山白杨古，野路黄尘深。”（萧纲《被幽述志诗》）“雨余花点满红桥，柳絮沾泥夜不消。晓雾忽无还忽有，春山如近复如遥。”（葛长庚《晓行遇雾》）“淡处还浓绿处青，江风吹作雨毛腥。起从水面萦层嶂，恍似帘中见画屏。”（葛长庚《水村雾》）其四，风景壮阔。“千里烟霞色，四望江山春。梅风吹落蕊，酒雨减轻尘。”（柳謇《奉和晚日扬子江应制诗》）“乾坤造化有神功，胜地安然气象雄。马迹印开苍石上，龟头横插白云中。”（李世民《题龟峰山》）

诗境深造：“水华竞秋色，山翠含夕曛。”（卢照邻《赤谷安禅师塔》）

557. 圆满光华不磨莹，挂在青天是我心　明月入怀

出处：《代淮南王二首·其二》：“朱城九门门九闺，愿逐明月入君怀。”

解析：指人心胸开阔，善于宽恕、包容他人。

诗化：

野居偶作

〔五代〕贯休

高淡清虚即是家，何须须占好烟霞。
无心于道道自得，有意向人人转赊。
风触好花文锦落，砌横流水玉琴斜。
但令如此还如此，谁羡前程未可涯。

诗义：高淡清虚是心神安宁的家园，无须占据名山大川的好风光。不要刻意去求道便是得道，有意去结交的人却疏离远去。惠风吹拂百花盛开似的织锦，阶前流水发出的溪声宛如弹弹琴。我愿永远保持这般宁静的心境，不羡慕他人的辉煌前程和高官厚禄。

简评：宽恕包容是禅的一种至高境界，也是修禅的目的之一。包容是一种品格，也是一种修炼。包容了别人，自己也能在宽恕中体验快乐。“高淡清虚即是家，何须须占好烟霞。”禅宗认为，世界上是不存在对立的。所谓对立，不过是观念上的偏颇罢了。世人往往希望自己喜欢的总能一脉相守，自己憎恶的就一直避而不见，高兴的事情就要天天发生，痛苦的事就永远不要出现。但这在现实里是不可能的，禅的智慧就是让人摒弃这样的偏见，让胸襟始终保持在“烟霞清净尘无迹，水月空灵性自明”（普陀山法雨禅寺楹联）的境界。

禅诗中有不少体现“明月入怀”境界的作品，比如寒山的《诗三百三首》：“众星罗列夜明深，岩点孤灯月未沉。圆满光华不磨莹，挂在青天是我心。”（《诗三百三首·其一百九十九》）“秋到任他林落叶，春来从你树开花。三界横眠闲无事，明月清风是我家。”（《诗三百三首·其一百九十七》）“吾心似秋月，碧潭清皎洁。无物堪比伦，教我如何说。”（《诗三百三首·其五十一》）李翱的《赠药山高僧惟俨二首·其一》：“练得身形似鹤形，千株松下两函经。我来问道无余说，云在青霄水在瓶。”牛仙客的《碧流寺》：“步步穿篱入境幽，柏高松老几人游。花开花落非僧事，自有清风对碧流。”石屋的《山居》：“过去事已过去了，未来不必预思量。只今便道即今句，梅子熟时栀子香。”过去的事就让它随风而去，将来的事也不要过早地考虑。谁知道将来会怎样？还是立足当下，梅子熟了就品尝，栀子花开了就闻香。

诗境深造：“鸟宿池边树，僧敲月下门。”（贾岛《题李凝幽居》）

558. 芳树无人花自落，春山一路鸟空啼　落叶空山

出处：《山中》：“结茅临水石，淡寂益闲吟。久雨寒蝉少，空山落叶深。危楼乘月上，远寺听钟寻。昨得江僧信，期来此息心。”

解析：形容在幽静美丽的山里进行修炼的意境。

诗化：

闻钟

〔唐〕皎然

古寺寒山上，远钟扬好风。
声余月树动，响尽霜天空。
永夜一禅子，泠然心境中。

诗义：一座古老的寺院坐落在孤寂清冷的山峰上，伴随着悠远的钟声，吹来阵阵清新惬意的山风。钟声余音缭绕，月色下树丛都随之轻轻摇动，而后钟声渐静，月色如霜的天际又显得万籁虚空。更深夜静唯独参禅之人，沉浸在宁静安详的心境之中。

简评：《闻钟》表达了诗人在悠扬的钟声中所感悟的禅意，钟声仿佛一阵令人心旷神怡的清风，让人从山、月中感受到空寂、空灵，寥寥数语就勾勒出一幅清寒幽静的画面。落叶空山属空灵、超逸、含蓄、淡雅的美质。秋风萧瑟，落叶空山，万籁俱寂，能营造空灵、淡泊、超脱的境界。李华《春行即兴》中“芳树无人花自落，春山一路鸟空啼”一句也蕴含这样的意境。张问陶对空灵的美质和意境情有独钟，堪称性灵派独具特色的诗人和诗论家，认为空灵是超凡的艺术境界：“想到空灵笔有神，每从游戏得天真。笑他正色谈风雅，戎服朝冠对美人。”（《论诗十二绝句·其六》）“一片神光动魂魄，空灵不是小聪明。”（《题屠琴坞论诗图·其八》）“诗到空灵艺始成。”（《孟津县寄陈理堂》）

“寒花护月色，坠叶占风音。”（皎然《五言夜集联句》）空灵的境界，其内涵之深邃广阔，体现在诗书画等艺术作品中，反映了艺术家意境深远、韵味悠长的精神境界。贯休的《夜雨》：“夜雨山草湿，爽籁杂枯木。闲吟竺仙偈，清绝过于玉。”俞紫芝的《宿蒋山栖霞寺》：“独坐清谈久亦劳，碧松燃火暖衾袍。夜深童子唤不起，猛虎一声山月高。”高启的《支遁庵》：“闲登待月岭，远叩栖云关。石室闭千载，高僧犹未还。残灯黄叶下，古座青苔间。不见跏趺影，鹤鸣空此山。”施闰章的《山行》：“野寺分晴树，山亭过晚霞。春深无客到，一路落松花。”如此诗句，即便是残灯黄叶、万籁俱寂、春深无客，也让人怦然心动！

诗境深造：“万山秋叶下，独坐一灯深。”（何景明《十四夜》）

559. 磬声寂历宜秋夜，手冷灯前自衲衣　一朝风月

出处：《五灯会元》：“万古长空，一朝风月。”

解析：指修禅领悟必须从一点一滴、一朝一夕做起，着眼自身、着眼现实，才能体现“万古长空”的境界。

诗化：

烟寺晚钟

〔元〕陈孚

山深不见寺，藤阴锁修竹。
忽闻疏钟声，白云满空谷。
老僧汲水归，松露堕衣绿。
钟残寺门掩，山鸟自争宿。

诗义：寺院淹没在山林深处，藤蔓紧紧地缠绕在高高的竹子之上。远处忽然传来稀疏的钟声，片片白云盖满了山谷。年迈的僧人从山涧中汲水回来，松叶上的露水沾湿了衲衣。钟声远去，掩上寺门，山鸟正叽叽喳喳争着归巢。

简评：“万古长空，一朝风月”是修禅的最高境界。“一朝风月”是“万古长空”的一点一滴，若要体会“万古长空”，必须从现在做起，在心上用

功。《华严经》认为，一微尘映世界，一瞬间含永远，宣说“法界缘起”的世界观和“顿入佛地”之思想。一粒微尘与整个世界同性，对永恒之体悟须在当下实现。其实，这与道家“合抱之木，生于毫末；九层之台，起于累土；千里之行，始于足下”(《道德经·第六十四章》)的思想有异曲同工之妙。

禅是一门洞察人生命本性的艺术。据称，中国的禅宗改变了印度禅单一的晏坐冥想的修禅方式，将禅与日常生活相结合。所谓“平常心是道”，挑水劈柴，无非妙道。修禅的基本方法是从日常生活中的小事做起，修炼克制、忍耐的意志，抵抗世俗的诱惑；结合坐禅静虑，使身心迈入沉稳、安定、包容、宽厚之境。“院深勤扫地，帘静爱闻香。”(陆深《人日雪二首·其一》)“园为畦蔬到，门因汲水开。”(陆游《幽居岁暮五首·其一》)其实，每天的扫地、汲水、种菜也都是一朝风月的修炼。“禅室绳床在翠微，松间荷笠一僧归。磬声寂历宜秋夜，手冷灯前自衲衣。”(秦系《秋日送僧志幽归山寺》)一个禅僧在万籁俱静的秋夜，于寒灯下宁静地缝补着自己的寒衣——这岂不也是一种修炼呢?

诗境深造:“日日扫复洒，不容纤物侵。”(齐己《扫地》)

560. 萧萧远树疏林外，一半秋山带夕阳　枯木寒林

出处:《神灭论》:“如因荣木变为枯木，枯木之质，宁是荣木之体!”《叹逝赋》:“步寒林以凄恻，玩春翘而有思。”

解析:指荒郊野岭枯木、枯树、秃树的景象。形容久经磨砺的修炼，心无旁骛，固守本心，不为环境变化和名利所动。

诗化:

辞南平钟王召

〔唐〕耿章

摧残枯木倚寒林，几度逢春不变心。
樵客见之犹不采，郢人何事苦搜寻。

诗义:像那寒林中被摧残的枯木，多少回逢春也不会变心。樵夫见之也不会采伐，知己的高人何必再苦苦追寻呢?

简评："萧萧远树疏林外，一半秋山带夕阳。"（寇准《书河上亭壁四首·其三》）枯木寒林属苍古、残美、沉着、悲壮、深沉的美质。"禅心已作沾泥絮，不逐春风上下狂。"（道潜《口占绝句》）潜心修炼，心境澄澈，就像沾了泥的柳絮，不会再随风飘浮。历经风雨，褪尽繁华，枯木寒林纵然已是形容枯槁，却也能泰然安处，不为春华秋实的烟霞所动。其实枯木寒林岂不是一种美？这是一种枯槁之美。枯木寒林是中国传统美学中一个特别的审美视角。莫是龙的创作感悟是："枯树最不可少，时于茂林中间见，乃奇古。"（《画说》）

诗人们对枯木寒林有着独特的目光。韩愈的《枯树》："老树无枝叶，风霜不复侵。腹穿人可过，皮剥蚁还寻。寄托惟朝菌，依投绝暮禽。犹堪持改火，未肯但空心。"徐凝的《古树》："古树欹斜临古道，枝不生花腹生草。行人不见树少时，树见行人几番老。"张籍的《古树》："古树枝柯少，枯来复几春。露根堪系马，空腹定藏人。蠹节莓苔老，烧痕霹雳新。若当江浦上，行客祭为神。"杨万里的《晚风寒林二首·其一》："已是霜林叶烂红，那禁动地晚来风。寒鸦可是矜渠黠，踏折枯梢不堕空。"沈说的《古树》："古树被青藓，蟠溪作卧龙。穷冬不蔽日，入夏却生风。枝少禽难托，根空蚁聚封。幸为斤斧弃，得老雪霜中。"马致远的《天净沙·秋思》："枯藤老树昏鸦，小桥流水人家，古道西风瘦马。夕阳西下，断肠人在天涯。"马朴臣的《老树》："懒向东风更乞妍，离披生意转悠然。古墙卧藓画三面，秃干著花春半边。垂老子山休作赋，出关宣武合知怜。漫言臃肿无姿态，桃李何曾到百年。"

枯木寒林也是绘画艺术的重要题材之一。苏轼传世的画作并不多，《枯木怪石图》即其中之一。作品中，一株枯木状如鹿角，一具怪石形如蜗牛，怪石后伸出星点矮竹。行笔的轻重缓急，盘根错节，流露出很深的艺术功底。黄庭坚题诗点评这幅画："折冲儒墨阵堂堂，书入颜杨鸿雁行。胸中元自有丘壑，故作老木蟠风霜。"（《题子瞻枯木》）以枯木寒林为主题的著名画作还有董源的《寒林重汀图》，该作描绘了溪渚小丘，溪水回复，重汀辽阔。洲渚间，依小丘筑有一间间的屋舍，林木环绕，时值深秋初冬，大部分树木凋零，仅余枯枝，一派江南清旷而萧瑟的平远景色。李成的《寒林骑驴图》，画上的古松有凌云之势，间有枯树寒溪，亦意趣十足。

诗境深造："人烟寒橘柚，秋色老梧桐。"（李白《秋登宣城谢朓北楼》）

五十七、美女篇

众荷喧哗
而你是挨我最近
最静，最最温婉的一朵
要看，就看荷去吧
我就喜欢看你撑着一把碧油伞
从水中升起

——洛夫《众荷喧哗》（节选）

美女的话题自古已有，是人类审美的重要题目。人之美有风姿绰约、倾国倾城、闭月羞花、沉鱼落雁之分，美就美在柳腰莲脸、亭亭玉立、桃腮杏面、皓齿明眸、雍容华贵，以及红袖添香的事业有成之美。

561. 翠袖佳人修竹傍，风姿绰约破湖光　风姿绰约

出处:《庄子·逍遥游》:“肌肤若冰雪，绰约若处子。”

解析：形容气质优雅、体态柔美的美女。

诗化：

赠别（其一）

〔唐〕杜牧

娉娉袅袅十三余，豆蔻梢头二月初。
春风十里扬州路，卷上珠帘总不如。

诗义：风姿绰约、举止轻盈好像青春年少时，宛如二月初含苞欲放的豆蔻花。扬州城十里长街的佳丽们，还有那些卷起珠帘卖俏的美媛没有一个能与她相比。

简评：“翠袖佳人修竹傍，风姿绰约破湖光。”（刘迎《观古作者梅诗戏成一章》）风姿绰约属优雅的美质，这一美质可以使人愉悦并获得审美体验。“少年窈窕舞君前，容华艳艳将欲然。为君娇凝复迁延，流目送笑不敢言。”（汤惠休《白纻歌三首·其二》）对于人之美的看法，中国传统美学有着丰富而独特的理解。嵇康提出:“唯至人特钟纯美，兼周外内，无不毕备。降此已往，盖阙如也。”（《明胆论》）认为人的外表美、心灵美相统一，才是“至人”，才是完美。董仲舒指出:“衣服容貌者，所以说目也，声音应对者，所以说耳也，好恶去就者，所以说心也。故君子衣服中而容貌恭，则目说矣；言理应对逊，则耳说矣；好仁厚而恶浅薄，就善人而远僻鄙，则心说矣。故曰：行思可乐，容止可观。此之谓也。”（《春秋繁露·为人者天》）在穿着打扮上要让对方看着舒服，在言语交流中要让对方听着舒服，在待人接物时要让对方心里舒服，强调心灵美、行为美之统一才是真正的美。

诗境深造：“绰约多逸态，轻盈不自持。”（武平一《妾薄命》）

562. 回眸一笑百媚生，六宫粉黛无颜色　倾国倾城

出处:《诗经·大雅·瞻卬》:“哲夫成城，哲妇倾城。”

解析：多形容女子容貌极美，也比喻花卉十分美丽动人。

诗化：

北方有佳人

〔西汉〕李延年

北方有佳人，绝世而独立。

一顾倾人城，再顾倾人国。

宁不知倾城与倾国？佳人难再得。

诗义：北方有位佳人，绝美的姿容举世无双，她超俗出众，不屑与世俗为伍，孤傲群芳。她只要对守城士兵瞟上一眼，便可令城池失守；倘若再对君王暗送秋波，就会令国家灭亡。但即便是倾城、倾国，也不要失去得到佳人的机会。佳人世所难逢，不可再得啊！

简评：诗中所描述的佳人是李延年之妹，即后来成为汉武帝宠姬的李夫人。历史上由于出现了“商惑妲己”“周爱褒姒”这样的因国君沉溺于女色而致亡国的例子，产生了成语“倾城倾国”，也作“倾国倾城”，后来多以此作为对绝色美女的赞扬。南北朝何思澄有《南苑逢美人》曰：“洛浦疑回雪，巫山似旦云。倾城今始见，倾国昔曾闻。媚眼随娇合，丹唇逐笑分。风卷葡萄带，日照石榴裙。”诗中将所咏美女赞为冠绝当代，独此一人，其美貌的程度竟是看她一眼城邦就会倾覆，再看她一眼国家就会沦亡，和李延年《北方有佳人》的描绘手法一致，以“倾国倾城”来形容佳人之美。正是：“回眸一笑百媚生，六宫粉黛无颜色。”（白居易《长恨歌》）

诗境深造：“窈窕多容仪，婉媚巧笑言。”（陆机《日出东南隅行》）

563. 态浓意远淑且真，肌理细腻骨肉匀　雍容华贵

出处：《史记·司马相如列传》：“相如之临邛，从车骑，雍容闲雅甚都。”

解析：形容女子仪态大方、衣着华丽。

诗化：

清平调三首·其一

〔唐〕李白

云想衣裳花想容，春风拂槛露华浓。

若非群玉山头见，会向瑶台月下逢。

诗义：云彩是她的衣裳，鲜花是她的颜容；春风吹拂着雕栏，露珠润泽的花朵更加艳浓。如此天姿国色，不是群玉山上的翩跹仙女，就是月光下瑶台殿前相逢的神女嫦娥。

简评：李白这首《清平调三首·其一》，首句以云霞比衣裳，以花比容颜；第二句描写花受到春风露华的润泽，犹如杨贵妃受皇帝唐玄宗的恩宠；第三、四句进一步用仙女、嫦娥比贵妃。全诗通过反复形容作比的修辞手法，夸张地塑造了艳美宛若牡丹的美女形象。诗人采用拟人的手法，通过云、花、露、玉山、瑶台、月色等，赞美了杨贵妃如牡丹般雍容华贵的丰满姿容。雍容华贵属艳美、华丽的美质。它明媚艳丽，"远而望之，皎若太阳升朝霞；迫而察之，灼若芙蕖出渌波"（曹植《洛神赋》），又表现出"态浓意远淑且真，肌理细腻骨肉匀"（杜甫《丽人行》）的大气华美。

诗境深造："春露浥朝华，秋波浸晚霞。"（温庭筠《菩萨蛮·玉纤弹处真珠落》）

564. 沉鱼落雁鸟惊喧，羞花闭月花愁颤　闭月羞花

出处：《误入桃源》："引动这撩云拨雨心，想起那闭月羞花貌，撇的似绕朱门燕子寻巢。"

解析：形容女子的容貌美丽。

诗化：

南歌子

〔宋〕秦观

香墨弯弯画，燕脂淡淡匀。揉蓝衫子杏黄裙，独倚玉阑无语点檀唇。　人

去空流水，花飞半掩门。乱山何处觅行云？又是一钩新月照黄昏。

诗义：用香墨画上细弯的柳眉，在脸上抹上轻淡的胭脂。穿着得体合适的蓝衫和杏黄裙，独倚栏杆，悄悄地涂着口红。郎君去如流水，杳无音讯，半掩着房门期盼郎君归来。心情烦躁，郎君就像缥缈不定的流云，怎样才能寻觅到他的踪迹呢？又到了黄昏，又是一弯新月挂在天边，又是一个煎熬的夜晚，月不圆，人也难团圆。

简评："沉鱼落雁鸟惊喧，羞花闭月花愁颤。"（汤显祖《牡丹亭·惊梦·醉扶归》）"闭月"指貂蝉，中国古代民间传说中的"四大美女"之一，相传她的美貌能把月亮比下，让月亮羞得躲在云后面。罗贯中赞曰："原是昭阳宫里人，惊鸿宛转掌中身，只疑飞过洞庭春。按彻梁州莲步稳，好花风袅一枝新，画堂香暖不胜春。"（《三国演义》）

"羞花"指唐玄宗的贵妃杨玉环，其美丽的容颜让花儿都害羞得低下头。杨玉环天生丽质，姿质丰艳，知书达理，性格婉顺，精通音律，善弹琵琶，擅长歌舞，也是"四大美女"之一。白居易在《长恨歌》里描述其为："天生丽质难自弃，一朝选在君王侧。回眸一笑百媚生，六宫粉黛无颜色。"

诗境深造："樱唇朱滴滴，鸦鬓黑峨峨。"（张璨《恼公诗题游春士女图》）

565. 纤如皎月轻回风，沉鱼落雁还惊鸿　沉鱼落雁

出处：《庄子·齐物论》："毛嫱丽姬，人之所美也；鱼见之深入，鸟见之高飞，麋鹿见之决骤。四者孰知天下之正色哉？"

解析：鱼儿见了沉入水底，雁鸟见了降落沙洲，以此形容女子容貌绝美。

诗化：

西施

〔唐〕李白

西施越溪女，出自苎萝山。
秀色掩今古，荷花羞玉颜。
浣纱弄碧水，自与清波闲。

皓齿信难开，沉吟碧云间。

勾践征绝艳，扬蛾入吴关。

提携馆娃宫，杳渺讵可攀。

一破夫差国，千秋竟不还。

诗义：西施是越国苎萝山溪边生长的一位女子。她的美貌古今都在赞美，荷花见了她也会羞愧不如。她浣纱洗衣，自在得像清波一样悠闲。平时她矜持稳重，皓齿朱唇难开，一旦开口吟唱，歌声便飞入云霄，绕梁三日。越王勾践寻遍越国美色，目的是给对手吴王施美人计，西施自告奋勇就去了吴国。在吴王夫差的馆娃宫里，西施受到百般宠信，高不可攀。吴亡后，西施便随范蠡浪迹江湖，千年不复返。

简评："纤如皎月轻回风，沉鱼落雁还惊鸿。"（徐庸《为陈时彦赋女仙图庆寿》）"沉鱼落雁"原谓人之美，后人多以"沉鱼"指西施。西施为春秋时期越国美女，亦作"先施"，也有"西子"之称。因其自幼随母浣纱江边，故又称"浣纱女"。她天生丽质、秀媚出众，后来成为美女的代名词，其亦被认为是"四大美女"之一。其实，西施还是一位报国英雄。李白这首《西施》从两个方面描写西施：其绝色美貌和高尚品德。"秀色掩今古，荷花羞玉颜"两句描写了西施的美貌；"勾践征绝艳，扬蛾入吴关"两句展现的是西施挺身而出，报效家国的英勇气概。崔道融也从同样的角度赞美了西施："苎萝山下如花女，占得姑苏台上春。一笑不能忘敌国，五湖何处有功臣。"（《西施》）

"落雁"指王昭君。王昭君，名嫱，西汉南郡秭归人。汉元帝时，匈奴呼韩邪单于入朝求和亲，王昭君自请和亲，为边塞和平做出了重要贡献。昭君出塞后的相当长时间，汉匈保持了友好和睦的关系。

诗境深造："眉黛弯新月，瞳人剪碧波。"（张璨《恼公诗题游春士女图》）

566. 绿衣捧砚催题卷，红袖添香伴读书　红袖添香

出处：《花月痕》："从此绿鬓视草，红袖添香，眷属疑仙，文章华国。"

解析：指古时书生读书时有年轻貌美的女子陪读，不时往香炉里添香的

情景。借此形容年轻貌美的女子。

诗化：

寿简斋先生（节选）

〔清〕席佩兰

万里桥西野老居，五株杨柳宰官庐。

绿衣捧砚催题卷，红袖添香伴读书。

诗义：如同万里桥西边的杜甫，又似隐居五株杨柳旁的陶渊明，袁枚过着悠闲自在的晚年生活。在手捧砚台的绿衣书童的提醒下，在卷帛上题诗作文，红袖知己给香炉里添加香料并陪伴读书。

简评：红袖添香属优雅、含蓄、飘逸的美质。在书房中读书时，点一支线香，插在古铜香炉中，让那袅袅的香烟随意升起，孤寂的书房顿生暖意。古时候书生在读书时有知己的女子伴读，通称红袖添香。楼台亭阁，月影婆娑夜，柳暗花明，琴弦幽雅，红袖相伴，满室书香浓郁的氛围，有一种惬意的意境。“红袖添香”是一个优雅的词组，宋代姜夔有诗曰：“自作新词韵最娇，小红低唱我吹箫。曲终过尽松陵路，回首烟波十四桥。”（《过垂虹》）清代袁枚是一位勤勉的诗人，他对红袖添香有着深刻的体验：“寒夜读书忘却眠，锦衾香烬炉无烟。美人含怒夺灯去，问郎知是几更天！”（《寒夜》）久而久之，红袖添香成了有优雅的仪态、聪慧的头脑、温润的品格，具有较高教养的书香门第女子的代名词。

诗境深造：“翠屏遮烛影，红袖下帘声。”（白居易《人定》）

567. 纤飞蝶粉轻蝉翼，柳腰试着娇无力　柳腰莲脸

出处：《频访卢秀才》：“药诀棋经思致论，柳腰莲脸本忘情。”

解析：写女子腰如柳、脸似莲，形容女性之美。亦代指美女。

诗化：

采莲曲二首·其二

〔唐〕王昌龄

荷叶罗裙一色裁，芙蓉向脸两边开。

乱入池中看不见，闻歌始觉有人来。

诗义：采莲姑娘的绿罗裙和池塘里翠绿的荷叶融为一色，姑娘那美丽的笑脸与绽放的荷花相互映照。采莲姑娘进入莲池就无影无踪了，直到听到婉转的歌声，才发觉她们已近身边。

简评：柳腰莲脸属艳丽、娇媚的美质。在不同的时代、不同的地域和不同的文化背景下，人们有不同的审美偏好。柳腰莲脸是指细细的腰身，圆圆的脸蛋。中国古代的审美观比较喜欢圆脸蛋，如《长恨歌》里形容杨贵妃为"芙蓉如面柳如眉"，《红楼梦》里对薛宝钗的描述是"唇不点而红，眉不画而翠，脸若银盆，眼如水杏"，《金瓶梅》里的潘金莲是"粉浓浓红艳腮儿，娇滴滴银盆脸儿"……不管是"芙蓉"还是"银盆"，都以圆脸为女子之美。

"纤飞蝶粉轻蝉翼，柳腰试着娇无力。"（邓云霄《舞衣曲》）如杨柳的柔条般纤柔的腰身也是中国古代对女子的一种审美偏好。司马光《资治通鉴》记载："楚王好细腰，宫中多饿死。"对女子腰身纤细的审美竟让好多人饿死了。曹植《洛神赋》中的美女洛神"肩若削成，腰如约素"；汉成帝的皇后赵飞燕则"长而纤便轻细，举止翩然，人谓之飞燕"（伶玄《赵飞燕外传》）。杜牧有《遣怀》诗云："落魄江湖载酒行，楚腰纤细掌中情。十年一觉扬州梦，赢得青楼薄幸名。"诗中的"掌中轻"指的就是腰身纤细的赵飞燕。从这些文字可以看出，其实不仅楚人好细腰，及至汉朝亦以纤腰为美。

诗境深造："转盼如波眼，娉婷似柳腰。"（温庭筠《南歌子·转盼如波眼》）

568. 怪得清风送异香，娉婷仙子曳霓裳　亭亭玉立

出处：《杨侍御写真赞》："仙状秀出，丹青写似，亭亭玉立，峨峨岳峙。"

解析：指高挑婀娜的姿态和样子，多形容女子身材修长秀丽。也形容花

木等体态挺拔多姿。

诗化：

诗经·周南·关雎

关关雎鸠，在河之洲。窈窕淑女，君子好逑。

参差荇菜，左右流之。窈窕淑女，寤寐求之。

求之不得，寤寐思服。悠哉悠哉，辗转反侧。

参差荇菜，左右采之。窈窕淑女，琴瑟友之。

参差荇菜，左右芼之。窈窕淑女，钟鼓乐之。

诗义：在河中间的小洲上，雎鸠相伴关关和鸣。那苗条贤淑的姑娘，是君子们的好配偶。长短不一的荇菜，左右开弓不停采摘。那苗条贤淑的姑娘，做梦都想着去追求。追求不到的时候，日日夜夜都在思念她。漫长的思念，使人翻来覆去难以入眠。长短不一的荇菜，从左到右去采摘它。那苗条贤淑的姑娘，弹起琴瑟试图亲近她。长短不一的荇菜，从左到右去拔它。那苗条贤淑的姑娘，敲起钟鼓乐曲来讨她欢心。

简评：“怪得清风送异香，娉婷仙子曳霓裳。”（崔澹《赠王福娘》）亭亭玉立属匀称、苗条、婀娜的美质。尽管中国古代不同时期对美女的标准因审美不同而有差异，如先秦以“体长”为美、汉魏以“体轻”为美、唐代以“丰腴”为美等，但对匀称的要求大体上是一致的。这个“匀称”的标准就是审美的尺度。中国传统美学的尺度，是指审美讲究称宜合度，而所谓称宜合度，其基本标准是以人为基本的尺度，是人的生理尺度和心理尺度。“周制寸、尺、咫、寻、常、仞诸度量皆以人之体为法。”（许慎《说文解字》）匀称的美质包含着更为宽广的美学准则。

诗境深造：“修容耀姿美，顺风振微芳。”（阮籍《咏怀八十二首·其十九》）

569. 俏丽若三春之桃，清素若九秋之菊　桃腮杏面

出处：《西厢记》：“杏脸桃腮，乘着月色，娇滴滴越显得红白。”

解析：指脸似杏花白，腮如桃花红。形容女子容貌美丽。

诗化：

杂诗七首·其四

〔三国·魏〕曹植

南国有佳人，容华若桃李。
朝游江北岸，夕宿潇湘沚。
时俗薄朱颜，谁为发皓齿？
俯仰岁将暮，荣耀难久恃。

诗义：南方有个美丽的女子，她的面容如桃花般芳艳，如李花般清丽。早晨她来到江北岸游赏，夜晚她到湘江的小岛中休憩。世俗的风气总偏向妒忌美貌的人，皓齿轻启的微笑又为谁而绽放呢？岁月如梭，转眼间又到了年底，那青春靓丽的美貌总是难以永存。

简评："俏丽若三春之桃，清素若九秋之菊。"（曹雪芹《红楼梦》）桃腮杏面属柔美的美质，是中国传统审美标准之一。这种审美又因时代风气和个人偏好的差异，固有环肥燕瘦的差别。传统美学有男以刚毅劲健为美，女以柔美温雅为美的观点："阴阳殊性，男女异行。阳以刚为德，阴以柔为用；男以强为贵，女以弱为美。"（班昭《女诫》）从历史上不同风格的仕女画可以看出，不同时期也有不同的审美标准。魏晋南北朝时期风行的"秀骨清像"，经过隋代，在唐代壁画、陶俑中的女性形象呈现为浓丽丰肥、壮实丰满，反映了唐代以丰腴、华贵为美的审美观。

曹植多愁善感、才华横溢，历史上对他的评价很高，如钟嵘《诗品》赞曹植诗曰："骨气奇高，词彩华茂，情兼雅怨，体被文质，粲溢今古，卓尔不群。"曹植留下了许多描写美女的佳作，比如《美女篇》："美女妖且闲，采桑歧路间。柔条纷冉冉，落叶何翩翩。攘袖见素手，皓腕约金环。头上金爵钗，腰佩翠琅玕。"《洛神赋》："其形也，翩若惊鸿，婉若游龙。荣曜秋菊，华茂春松。仿佛兮若轻云之蔽月，飘摇兮若流风之回雪。远而望之，皎若太阳升朝霞；迫而察之，灼若芙蕖出渌波。秾纤得衷，修短合度。肩若削成，腰如约素。延颈秀项，皓质呈露。"这位才子眼中的美女是体态适中、高矮合度、肩窄如削、腰细如束、红唇鲜润、牙齿洁白、举止优雅、翩若惊鸿的形象。

诗境深造："红脸如开莲，素肤若凝脂。"（武平一《妾薄命》）

570. 明眸皓齿云鬟光，便儇绰约宛清扬　皓齿明眸

出处：《洛神赋》："丹唇外朗，皓齿内鲜，明眸善睐，靥辅承权。"

解析：指洁白的牙齿，明亮的眼睛。形容容貌美丽，也借指美女。

诗化：

定风波·南海归赠王定国侍人寓娘

〔宋〕苏轼

常羡人间琢玉郎，天应乞与点酥娘。尽道清歌传皓齿，风起，雪飞炎海变清凉。　万里归来颜愈少，微笑，笑时犹带岭梅香。试问岭南应不好，却道，此心安处是吾乡。

诗义：经常羡慕这玉雕般的俊美男子，上天也偏爱珍惜他，赠送他这般美貌淑惠的佳人相伴。大家都称赞那佳人歌声婉转，皓齿明眸，如凉风吹起，那歌声像飘来的雪花使炎炎夏日变得清凉。你从万里之外的地方归来却愈发显得年轻，笑容坦然，笑颜里好像还带着岭南梅花的芳香。我问你："岭南的气候风俗应该不容易适应吧？"你却坦然回答："心安之处便是我的故乡。"

简评："明眸皓齿云鬟光，便儇绰约宛清扬。"（孙承恩《题屏障》）中国古代看重人牙齿和眼睛的美。对牙齿的审美标准是晶莹洁白、整齐均匀、富有光泽。曹植在《洛神赋》中描绘："丹唇外朗，皓齿内鲜，明眸善睐，靥辅承权。"朱唇轻启，嫣然一笑，雪白整齐的牙齿能增添妩媚。评价"美目"的标准则是灵动明亮，清澈明亮，传神动人，脉脉含情，如："螓首蛾眉，巧笑倩兮，美目盼兮。"（《诗经·卫风·硕人》）"抑若扬兮，美目扬兮。……猗嗟名兮，美目清兮。"（《诗经·齐风·猗嗟》）"野有蔓草，零露瀼瀼。有美一人，婉如清扬。"（《诗经·郑风·野有蔓草》）

皓齿明眸属素朴、自然、清丽的美质。庄子认为"天地有大美"（《庄子·知北游》），又"朴素而天下莫能与之争美"（《庄子·天道》）。自然朴素

是审美的最高境界。素朴美是一种淳朴本真、素朴自然的美。天生丽质、皓齿明眸、肤若凝脂、云发丰艳、蛾眉青黛等都属于自然素朴的美质。黄金石的《秀华续咏·其二十》："皓齿明眸世所希，观金别玉辨几微。筵前唱罢翾风曲，四壁香尘不敢飞。"赵元安的《忆阿英》："芝兰女史唤阿英，皓齿明眸最有情。吹竹弹丝饶妩媚，携云握雨大宁馨。"

诗境深造："美目扬玉泽，蛾眉象翠翰。"（陆机《日出东南隅行》）

五十八、爱情篇

说是寂寞的秋的清愁，
说是辽远的海的相思。
假如有人问我的烦忧，
我不敢说出你的名字。

我不敢说出你的名字，
假如有人问我的烦忧：
说是辽远的海的相思，
说是寂寞的秋的清愁。

——戴望舒《烦忧》

爱情是人类最美好也最复杂的感情。这些美好的感情，有青春朦胧的一见钟情、青梅竹马，有情有独钟的红豆相思，有海誓山盟、海枯石烂的以身相许，有柔情似水、比翼双飞、相濡以沫、天长地久的不弃不离。

571. 只缘感君一回顾，使我思君朝与暮　一见钟情

出处：《西湖佳话》："乃蒙郎君一见钟情，故贱妾有感于心。"

解析：指第一次相见就产生好感甚至爱情。也指一见面就喜欢上某一样事物。

诗化：

题都城南庄

〔唐〕崔护

去年今日此门中，人面桃花相映红。
人面不知何处去，桃花依旧笑春风。

诗义：去年的今天就在这家的门里，有个姑娘的容貌与娇艳的桃花一样美丽。今日再来此处，那姑娘不知去了何处，人去屋空，没了她的倩影，只有那桃花依旧在春风中绽放。

简评：人世间最复杂也最美好的感情莫过于爱情，而一见钟情是最具浪漫色彩的，往往成为爱情故事的开始。崔护的《题都城南庄》隐喻地表达了一见钟情的情感。"去年今日此门中，人面桃花相映红"，人面桃花这幅美丽动人的情景，就定格了诗人的一见钟情，拨动了诗人的心弦。那宛若桃花的美丽容貌让人为之倾倒，双方脉脉含情，虽未通言语，却已心灵相通，一见钟情隐在诗句之中。第二年崔护忍不住故地重游，去寻找桃花依旧、笑容可掬、含情脉脉的画面。可是，那幽静的小园里，已经没有了那张桃花似的人面，"人面"不知何处去，唯有门前的一树桃花依旧在春风中绽放。

"只缘感君一回顾，使我思君朝与暮。魂随君去终不悔，绵绵相思为君苦。"（《古相思曲·其一》）一见钟情点燃了情感的火花，也让传统文学艺术产生了数不尽的或美好或悲凉的故事。王实甫《西厢记》里的张生第一次见到崔莺莺就钟情于她："颠不剌的见了万千，似这般可喜娘的庞儿罕曾见。则着人眼花撩乱口难言，魂灵儿飞在半天。他那里尽人调戏，亸着香肩，只将花笑拈。"经过几番周折，张生最终迎娶了莺莺，正是"永老无别离，万古常完聚，愿普天下有情的都成了眷属"（王实甫《西厢记》）。朱彝尊的《高阳台》描写的也是一见钟情，却是一个悲剧："桥影流虹，湖光映雪，翠帘不卷春深。

一寸横波，断肠人在楼阴。游丝不系羊车住，倩何人、传语青禽？最难禁，倚遍雕阑，梦遍罗衾。重来已是朝云散，怅明珠佩冷，紫玉烟沉。前度桃花，依然开满江浔。钟情怕到相思路，盼长堤、草尽红心。动愁吟，碧落黄泉，两处谁寻。”吴江一个气质非凡的才子叶元礼有一天经过流虹桥，有少女在楼上，对他一见钟情，日夜思慕，竟致忧郁成疾，绝望而死。诗人对这个故事有感而发，写下了这首词。

一见钟情的好感也许会埋藏一生，甚至海枯石烂。杜牧也经历过一见钟情的感情：“落魄江湖载酒行，楚腰纤细掌中情。十年一觉扬州梦，赢得青楼薄幸名。”（《遣怀》）“娉娉袅袅十三余，豆蔻梢头二月初。春风十里扬州路，卷上珠帘总不如。”（《赠别二首·其一》）错过一见钟情之人，也许就是一生的遗憾。杜牧在扬州错过了那位让他一见钟情的女子，错过了他的爱情，错过了他获得幸福的机会，以致他无奈地吟道：“自是寻春去校迟，不须惆怅怨芳时。狂风落尽深红色，绿叶成阴子满枝。”（《叹花》）

诗境深造：“一见即成欢，宁知共为客。”（王汝玉《送徐庭兰归包山》）

572. 得成比目何辞死，愿作鸳鸯不羡仙　青梅竹马

出处：《长干行二首·其一》：“郎骑竹马来，绕床弄青梅。同居长干里，两小无嫌猜。”

解析：形容男女幼时天真无邪地在一起玩耍的情状，常以此形容男女之间自小建立的亲密无间的情谊。

诗化：

钗头凤·红酥手

〔宋〕陆游

红酥手，黄縢酒。满城春色宫墙柳。东风恶，欢情薄。一怀愁绪，几年离索。错，错，错！　春如旧，人空瘦。泪痕红浥鲛绡透。桃花落，闲池阁。山盟虽在，锦书难托。莫，莫，莫！

诗义：你那双红润的手给我捧上了斟满黄縢酒的杯子。整个城市都洋溢

春天的气息，可你却像宫墙里的绿柳难以接近。无情的春风摧残了情窦初开的花朵，欢情是如此浅薄。内心充满了愁绪和幽怨，互相分离的几年来生活在萧索与孤独之中。真是错呀，错呀，错呀！明媚的春光依旧，人却因痛苦的思念而消瘦。泪水洗刷了脸上的胭脂，又把绸帕湿透。桃花凋落在这冷清的池边楼阁上。山盟海誓还在耳边回荡，可表达爱情的书信却难以传送。礼教难为，哀声长叹：罢了，罢了，罢了！

简评："得成比目何辞死，愿作鸳鸯不羡仙。"（卢照邻《长安古意》）青梅竹马、两小无猜的爱情总令人艳羡，陆游与唐琬的爱情故事却堪称历史上最让人悲伤的青梅竹马、两小无猜。陆游和唐琬是表兄妹，二人从小一同长大，并在陆游二十岁时喜结良缘。婚后，二人十分恩爱，深陷于二人世界，彼时的陆游也似乎全然忘却了功名与仕途之事，沉迷于爱情，整日吟诗作诗。陆游的母亲盼望儿子能考取功名，取得一官半职，自己也好对祖宗有个交代。因为此事，陆母对唐琬非常不满，认为陆游沉溺情爱都是唐琬引起的。最后，由于母命难违，陆游休了唐琬。两人分开之后又各自成家。有一次，陆游到沈园游玩，偶遇唐琬，唐琬差人送上酒食。陆游非常感伤，写下了这首凄婉的《钗头凤·红酥手》。唐琬看后，也填了一首《钗头凤·世情薄》相和，寄托对陆游的情感。后来，唐琬忧郁而终，陆游也开始了残酷的北上抗金的军旅生涯。

诗境深造："郎骑竹马来，绕床弄青梅。"（李白《长干行二首·其一》）

573. 天涯地角有穷时，只有相思无尽处　红豆相思

出处：《相思》："红豆生南国，春来发几枝？愿君多采撷，此物最相思。"

解析：比喻男女相思相亲相爱。

诗化：

蝶恋花

〔宋〕柳永

伫倚危楼风细细，望极春愁，黯黯生天际。草色烟光残照里，无言谁会凭阑意。　拟把疏狂图一醉，对酒当歌，强乐还无味。衣带渐宽终不悔，

为伊消得人憔悴。

诗义：独自一人倚靠在高楼的栏杆边，轻风拂面，离别的愁绪就像这一望无际的原野，从遥远的天际升起。芳草萋萋，暮色苍茫。默默无言，谁能知晓我此刻的心情？举杯高歌，想把这狂妄的心情给灌醉，可欢颜强笑反倒更加苍白无味。相思的折磨让我日渐消瘦，我却始终无悔，宁愿为了心爱的人而容颜憔悴。

简评：王维《相思》诗中象征思念、爱情的红豆，并非今日常见之赤小豆，而是红豆树、海红豆、相思子等植物的呈朱红色的种子之统称。相思的感觉既甜蜜又痛苦，既欢愉又折磨人，数千年来，无数人因相思而牵肠挂肚，也因此产生了多如繁星的讲述相思的文学作品。“青青子衿，悠悠我心。纵我不往，子宁不嗣音？青青子佩，悠悠我思……一日不见，如三月兮！”（《诗经·郑风·子衿》）李白领教了被相思所折磨的痛苦。他说：“相思相见知何日？此时此夜难为情！”（《三五七言》）彼此相思彼此挂念，却不知何时能相见。思念无休无止，痛苦不堪。早知道你这般惹人牵挂，还不如当初没有与你相识。他说：“相思无日夜，浩荡若流波。流波向海去，欲见终无因。遥将一点泪，远寄如花人。”（《寄远十二首·其六》）相思的情感永不停歇，不分昼夜，于浩荡东流的水间永不停歇。

“十年生死两茫茫，不思量，自难忘。千里孤坟，无处话凄凉。纵使相逢应不识，尘满面，鬓如霜。夜来幽梦忽还乡，小轩窗，正梳妆。相顾无言，惟有泪千行。料得年年肠断处，明月夜，短松冈。”（苏轼《江城子·乙卯正月二十日夜记梦》）“别后不知君远近，触目凄凉多少闷。渐行渐远渐无书，水阔鱼沉何处问。夜深风竹敲秋韵，万叶千声皆是恨。故欹单枕梦中寻，梦又不成灯又烬。”（欧阳修《木兰花》）欧阳修将秋风中的阵阵竹叶萧索声，形容为倾诉着相思的爱恨离愁。“长相思，长相思。若问相思甚了期，除非相见时。长相思，长相思。欲把相思说似谁，浅情人不知。”（晏几道《长相思》）“无情不似多情苦，一寸还成千万缕。天涯地角有穷时，只有相思无尽处。”（晏殊《玉楼春·春恨》）没有经历过相思之苦的人，哪里懂得相思的苦恼？一寸相思愁绪会化作万缕千丝。天涯海角再远也会有尽头，而只有那相思是没有尽头、永无休止的。

在古人丰富的比兴意象中，不仅红豆代表相思，红叶也能勾起无限的相思。“劳歌一曲解行舟，红叶青山水急流。日暮酒醒人已远，满天风雨下西楼。”（许浑《谢亭送别》）“不堪红叶青苔地，又是凉风暮雨天。莫怪独吟秋思苦，比君校近二毛年。”（白居易《秋雨中赠元九》）“一重山，两重山，山远天高烟水寒，相思枫叶丹。”（李煜《长相思》）“西风信来家万里，问我归期未？雁啼红叶天，人醉黄花地，芭蕉雨声秋梦里。”（张可久《清江引·秋怀》）

“衣带渐宽终不悔，为伊消得人憔悴。”甜蜜的相思，苦闷的相思，痛苦的相思，然而，思念你，纵然是日渐消瘦也不觉得懊悔，甘愿因思念你而颜色憔悴。

诗境深造：“欲问相思处，花开花落时。”（薛涛《春望词四首·其一》）

574. 妆罢低声问夫婿，画眉深浅入时无　柔情似水

出处：《鹊桥仙》：“柔情似水，佳期如梦，忍顾鹊桥归路。”

解析：比喻男女之间情意温柔缠绵。

诗化：

无题二首·其一

〔唐〕李商隐

昨夜星辰昨夜风，画楼西畔桂堂东。
身无彩凤双飞翼，心有灵犀一点通。
隔座送钩春酒暖，分曹射覆蜡灯红。
嗟余听鼓应官去，走马兰台类转蓬。

诗义：昨夜繁星满天，晚风怡人，我们把酒筵设在画楼的西侧、桂堂的东面。虽然身上没有彩凤的双翼，无法比翼齐飞，但我们心有灵犀，情感相通。互相进行着猜钩游戏，隔座对饮着暖心的春酒。大堂烛光高照，大家分组来行酒令，射覆猜码决胜负，气氛乐融融。可惜，时光短暂，听到五更鼓就该上朝应付差事了。就像随风飘转的蓬草，匆匆忙忙骑马赶到兰台公干。

简评：这是一首恋情诗，据说是诗人在参加了一次富贵人家的宴会后写就的，表达他与意中人席间偶遇而在内心产生的怀想和惆怅。甜蜜的爱情宛如水一般温柔，是人世间最美好的情感。怎样才能获得这美好的情感呢？司马相如曾感叹道："何缘交颈为鸳鸯，胡颉颃兮共翱翔！"（《琴歌二首·其一》）对此，李商隐给出了答案，这就是"身无彩凤双飞翼，心有灵犀一点通"。虽然不能像彩凤那样比翼双飞，但我们情感相通，心灵相连。人的观念随着岁月的增长而共同成熟，是心灵相连的关键，也是情感相通的基础。心有灵犀才有持久的柔情似水。

柔情似水表现在看似平常的一举一动之中。"妆罢低声问夫婿，画眉深浅入时无。"（朱庆馀《近试上张籍水部》）只有心心相印、永结同心，才有柔情似水的表现。"心心复心心，结爱务在深。一度欲离别，千回结衣襟。结妾独守志，结君早归意。始知结衣裳，不如结心肠。坐结行亦结，结尽百年月。"（孟郊《结爱》）两人相爱，自然务求爱得深挚，而爱到深处，那就是心心相连、心心相印，在心灵深处相亲相爱。这样的爱植根于感情的土壤，割断了物欲的牵累，摆脱了世俗的羁绊，如此才算是纯洁的爱、高尚的爱。

诗境深造："鸳鸯绿浦上，翡翠锦屏中。"（李白《长干行二首·其二》）

575. 愿我如星君如月，夜夜流光相皎洁　情有独钟

出处：《世说新语·伤逝》："圣人忘情，最下不及情；情之所钟，正在我辈。"

解析：指痴迷于某人某事，形容感情十分专注。

诗化：

离思五首·其四

〔唐〕元稹

曾经沧海难为水，除却巫山不是云。

取次花丛懒回顾，半缘修道半缘君。

诗义：曾经见过辽阔浩瀚的大海，他方之水就难以称之为水；除了巫山美丽的云，别处的云都不值一提。随便走过盛开的花丛，也懒得回头瞥一眼，

为何如此寡情？也许一半是因为修道人的清心寡欲，一半是因为曾经拥有你吧！

简评：《离思五首·其四》是元稹为悼念亡妻韦丛而作。诗人在诗中表达了对妻子情有独钟的怀念和至死不渝的感情。“曾经沧海难为水，除却巫山不是云。”见过浩瀚的大海、巫山的彩云，对那些小江河、其他地方的云彩就都不屑一顾了，借以表达对亡妻的情有独钟。“取次花丛懒回顾，半缘修道半缘君”运用了多重比喻的手法，曲折而又鲜明地表达了对亡妻的怀恋。

情有独钟是持久、执着的感情，如同星星伴着明月。范成大曾创作一首《车遥遥篇》表达其对思慕之人的情有独钟：“愿我如星君如月，夜夜流光相皎洁。月暂晦，星常明。留明待月复，三五共盈盈。”诗人运用比喻和夸张的手法，将自己比作星星，将心上人比作月亮，星星对月亮情有所钟，每一个夜晚星光与月光都相互辉映，长相厮守。即便是月儿被遮在云里，星星也会痴情地等待它的出现。拟物手法的运用更加鲜明地衬托了对爱人的思念。情有独钟才会让诗人也发出无奈的感叹：“君生我未生，我生君已老。君恨我生迟，我恨君生早。”（《铜官窑瓷器题诗》）

刘禹锡的《淮阴行五首·其四》也是一首表达情有独钟的佳作：“何物令侬羡？羡郎船尾燕。衔泥趁樯竿，宿食长相见。”什么东西令人羡慕？那就是郎君船尾的燕子。那些燕子呀，衔泥巴在船的樯竿做了窝，昼夜住在船上，日夜都能与郎君相见。刘禹锡的《杨柳枝》亦可见诗人一往而深之情：“清江一曲柳千条，二十年前旧板桥。曾与美人桥上别，恨无消息到今朝。”二十年前桥上一别，至今对她还是情有独钟，深切思念，只可惜到如今依然没有消息，再无联系。

痴迷的思念、无法自拔的钟情，往往化为诗化的埋怨和责怪，如：“嫁得瞿塘贾，朝朝误妾期。早知潮有信，嫁与弄潮儿。”（李益《江南曲》）情有独钟的妻妾埋怨夫君的归家无常，怨他总是把相约的日子耽误。她后悔嫁给了生意人，早知潮水的涨落这么守时，还不如嫁一个船工。“打起黄莺儿，莫教枝上啼。啼时惊妾梦，不得到辽西。”（金昌绪《春怨》）把窗前的黄莺赶跑，不让它们在那里叽叽喳喳。那鸟叫声坏了我的美梦，使我无法在梦里与在西域戍边的心上人见面。情有独钟往往通过最无理的方式和想法表达出来，然而，这无理之处却藏着最深的情爱、最焦灼的思念。

诗境深造："病来因染色，魂去为钟情。"（皇甫汸《寄侍二首·其二》）

576. 在天愿作比翼鸟，在地愿为连理枝　海誓山盟

出处：《满庭芳·吉席》："欢娱，当此际，山盟海誓，地久天长。"

解析：指对着高山和大海发誓，表示要像高山、大海一样永恒不变。一般指男女相爱时立下的爱情要像山和海一样永恒不变之誓言。

诗化：

上邪

上邪，我欲与君相知，
长命无绝衰。
山无陵，江水为竭；
冬雷震震，夏雨雪；
天地合，乃敢与君绝！

诗义：上天呀！我渴望与你相知相爱，此心永不磨灭。除非巍峨的群山夷为平地，除非奔腾的江河干涸枯竭，除非寒冬响起雷声阵阵，除非在酷暑飘下雪花，除非天和地合而为一，直到这样的事情全都发生了，我才敢同你断绝情谊！

简评：《上邪》是汉乐府名篇，或许也是中国古典诗词关于山盟海誓的作品中最经典、最令人震撼的一首。《上邪》是一个女子对爱情最深切和最浓烈的誓言，诗中的每字每句都表达了最炙热的爱恋和肺腑之言。全诗寥寥数字，就列举了五种不可能发生的自然现象——"山无陵，江水为竭；冬雷震震，夏雨雪；天地合"。群山不会消失，江水不会枯竭，寒冬不会有雷声，夏天不会下雪，天地更不会合为一体，可她却说只有这些不可能发生的事情出现了，爱情才会断绝，也就是说，爱情绝不可能断绝。

"在天愿作比翼鸟，在地愿为连理枝。"（白居易《长恨歌》）人世间的爱情都会经历沧桑、考验。爱情不只有春花秋月、花前月下的浪漫，还有吃喝拉

撒、柴米油盐等琐碎的生活杂事，甚至是挫折。但愿在经历这些无味的琐碎生活、走过人生的艰辛之后，身边的人还能保持初心，这样才能验证当初的誓言：山无陵，天地合，才敢与君绝。

诗境深造："生当复来归，死当长相思。"（苏武《留别妻》）

577. 海枯石烂此心存，比翼相栖木连理　比翼双飞

出处：《尔雅·释地》："南方有比翼鸟焉，不比不飞，其名谓之鹣鹣。"

解析：指翅膀挨着翅膀成双地并飞。比喻夫妻恩爱，相伴不离。也用于形容男女情投意合，在事业上并肩前进，结为伴侣。

诗化：

长恨歌（节选）

〔唐〕白居易

临别殷勤重寄词，词中有誓两心知。
七月七日长生殿，夜半无人私语时。
在天愿作比翼鸟，在地愿为连理枝。
天长地久有时尽，此恨绵绵无绝期。

诗义：临别时又殷勤寄托仙道捎话，表达君王思念的情意。寄语之中的誓言只有他俩心里知道。当年七月七日夜二人在长生殿的相会，夜半无人时的私语窃窃，一起指天立誓：在天上愿做比翼鸟，在地上愿为连理枝；即使是天长地久，也总会有终了的时候，唯有这生死遗恨，却永远没有尽头。

简评：《长恨歌》是白居易创作的一首长篇叙事诗。全诗叙述了唐玄宗李隆基与杨贵妃杨玉环的爱情悲剧。此处只选取诗中最后的部分，这八句描写了李隆基与杨玉环的生死离别以及李隆基对杨玉环的相思，语言优美和谐，感情真挚，具有浓郁的抒情色彩。"在天愿作比翼鸟，在地愿为连理枝。"传说有一种比翼鸟，名作鹣鹣，这种鸟只有一只眼睛、一只翅膀，必须两鸟紧靠在一起才能飞行，"比翼双飞"由此而来。在天上愿做比翼齐飞的鹣鹣，在地上愿为永不分离的连理枝，这是对爱情的盟誓，也是共同面对人生或事业

共同进步的愿望。

“海枯石烂此心存，比翼相栖木连理。”（袁华《织锦曲》）自然界一双大雁的生死曾深深地震撼了元好问：“问世间，情为何物，直教生死相许？天南地北双飞客，老翅几回寒暑。欢乐趣，离别苦，就中更有痴儿女。君应有语：渺万里层云，千山暮雪，只影向谁去？”（《摸鱼儿·雁丘词》）世间的爱情究竟是什么东西？竟会让两只大雁以生死来相互对待！在遥远的南飞北归的路途上，大雁始终比翼双飞，不管多少个冬寒夏暑，依旧相依为命，恩爱如常。双雁竟比人世间的儿女情长更加痴情！

元好问善于将自然界的现象与爱情相联系。相传金代泰和年间，大名府一对男女青年因相爱却不能如意结缘而一起投水自杀。一年后，在这对青年投水的池塘中有莲花盛开，而且皆为并蒂莲。元好问有感而发，写下了《双蕖怨》一词：“问莲根、有丝多少，莲心知为谁苦？双花脉脉娇相向，只是旧家儿女。天已许。甚不教、白头生死鸳鸯浦？夕阳无语。算谢客烟中，湘妃江上，未是断肠处。”诗人伤感地发问莲根还有多少藕丝相连着？莲心那么苦涩又是为谁而苦？并蒂的莲花为什么含情脉脉地对望？它们应该就是那对殉情青年男女的化身。可老天就是这样不公平。为什么不让相爱的人白头偕老，却让他们死于鸳鸯偶居的池塘里？面对这一系列发问，夕阳也无言以对，只能沉默不语，空留旁人满腔悲切。千百年来，情是何物？问你，问我，问世人，问苍天，有谁说得清楚？

诗境深造：“愿为比翼鸟，施翮起高翔。”（曹植《送应氏二首·其二》）

578. 若似月轮终皎洁，不辞冰雪为卿热　相濡以沫

出处：《庄子·大宗师》：“泉涸，鱼相与处于陆，相呴以湿，相濡以沫，不如相忘于江湖。与其誉尧而非桀也，不如两忘而化其道。”

解析：原指在困境中的鱼为了生存，互相用口中的水沫沾湿对方的身体。后比喻在艰难的处境里，用微薄的力量互相帮助，用来形容夫妻恩爱，也可用于朋友。

诗化：

夏夜示外

〔清〕席佩兰

夜深衣薄露华凝，屡欲催眠恐未应。

恰有天风解人意，窗前吹灭读书灯。

诗义：夜深人静，雾气凝结成了露珠，夫君穿着单衣正在灯下读书。数次试图去劝夫君早点休息但又担心丈夫不肯答应甚至责怪。恰好天解人意，一阵风把窗前的读书灯吹灭了，这样夫君不得不停下来上床休息。

简评：这首诗描写了一个温柔贤淑的妻子对丈夫无微不至的体贴关怀，体现了夫妻之间相濡以沫的真挚感情。在平凡的日子里，共同生活的夫妻相濡以沫、相互支持、相互理解，在年复一年、日复一日的轮回之中，相互感染、相互同化，已实现了精神和心灵的升华，融为一体。在日常不经意间去体贴对方，去关爱对方，一个眼神、一个笑容，都会和对方产生心灵的共鸣，都会使爱情得到升华。正是："若似月轮终皎洁，不辞冰雪为卿热。"（纳兰性德《蝶恋花》）

诗境深造："欢笑情如旧，萧疏鬓已斑。"（韦应物《淮上喜会梁川故人》）

579. 相恨不如潮有信，相思始觉海非深　海枯石烂

出处：《西楼曲》："海枯石烂两鸳鸯，只合双飞便双死。"

解析：形容历史久远，万物已变。一般用于盟誓，反衬意志坚定，永远不变。

诗化：

菩萨蛮

枕前发尽千般愿，要休且待青山烂。水面上秤锤浮，直待黄河彻底枯。　白日参辰现，北斗回南面。休即未能休，且待三更见日头。

诗义：二人在枕边千百次许下誓愿：爱情若要停止，除非等到青山溃烂，

待到秤锤能在水面上漂浮，直待黄河水彻底枯干，等到参星和商星二星同时在白天出现，等到北斗星移到南面。即使上面这些事情出现了，也不能断了彼此的爱情，除非是在那三更半夜里出现了太阳。

简评：海枯石烂常见于男女间的爱情誓愿，在美好的爱情面前，坚信天长地久的承诺、海枯石烂的誓言、天荒地老永的相守都是美好而浪漫的。这首《菩萨蛮》为了表达对爱情的坚贞不渝，使用了一连串精美的比喻立下爱情誓言，与汉乐府《上邪》有同工异曲之妙。《上邪》列举了高山夷为平地、江河干涸枯竭、寒冬雷声震震、炎夏雪花飞扬、天地合而为一五种不可能发生之事来反衬诉说者爱意之坚定，这首《菩萨蛮》也提到六种不可能发生的自然现象来突显主人公的心愿。在主人公心里，坚贞的爱情与山河同在，与日月共存。这首词圆熟流丽、挥洒曲折，是一首震撼人心、感天动地、千古不衰的民间爱情词。正是："借问江潮与海水，何似君情与妾心？相恨不如潮有信，相思始觉海非深。"（白居易《浪淘沙六首·其四》）

诗境深造："只有恋君心，海枯终不移。"（黄遵宪《今别离四首·其四》）

580. 天长地久有时尽，此恨绵绵无绝期　天长地久

出处：《道德经·第七章》："天长地久。天地所以能长且久者，以其不自生，故能长生。"

解析：意思是与天和地存在的时间那样长，借以形容爱情、情感、友谊等永远不变。

诗化：

鹊桥仙·纤云弄巧

〔宋〕秦观

纤云弄巧，飞星传恨，银汉迢迢暗度。金风玉露一相逢，便胜却、人间无数。　柔情似水，佳期如梦，忍顾鹊桥归路。两情若是久长时，又岂在、朝朝暮暮。

诗义：今夜天空上轻薄的云彩变幻多端，流星传递着思念的情愁，我悄

然渡过浩瀚无垠的银河。在这秋风白露的七夕夜与你相会，胜过人世间那些长年相守但貌合神离的夫妻千百倍。共诉衷肠，柔情绵绵，短暂的重逢如痴如醉，离别的时候不忍心去看那鹊桥的归路。只要两情忠贞相守，又何必在乎一时的卿卿我我和朝朝暮暮的欢愉呢？

简评：古人认为天地是永恒的，天地的存在最为长久，所以用“天长地久”比喻爱情、友谊等与天地共存，永久不变。“天长地久有时尽，此恨绵绵无绝期。”（白居易《长恨歌》）“两情若是久长时，又岂在朝朝暮暮”是秦观这首《鹊桥仙·纤云弄巧》的诗眼，天长地久的爱情，不在乎于朝朝暮暮的厮守，不纠结于一时一刻的缠绵。这两句点出了牛郎、织女的爱情故事，成为千百年来有情人树立正确爱情观的座右铭。这首词语言流畅，通俗易懂，婉约蕴藉，余味无穷，是一首跨越时空的优秀作品。

诗境深造：“愿得一心人，白头不相离。”（卓文君《白头吟》）

五十九、节庆篇

我的思念是圆的
八月中秋的月亮
也是最亮最圆的
无论山多高、海多宽
天涯海角都能看见它
在这样的夜晚
会想起什么?

——艾青《我的思念是圆的》(节选)

中国传统节庆源远流长，延绵数千年，融入生活的各个方面，是中华传统文化的重要内容，体现了中华文化的特色，寄托着中国人的信仰和期盼。不同的节庆有着不同的特色：春节欢天喜地，阖家团圆；清明踏青插柳，祭祀先人；中秋祈盼丰收，花好月圆……

581. 一片彩霞迎曙日，万条红烛动春天　恭贺新禧

出处：《清会典事例·礼部》："其恭贺太上皇帝传位表文，嗣皇帝登极表文，内阁另行恭进呈。"《福惠全书·禀启附·贺学台新正》："始和而诵新禧，椒花结彩；寰宇而依旧德，棫朴兴歌。"

解析：恭敬地祝贺新年幸福吉祥如意。

诗化：

元日·其一

〔宋〕胡仲弓

大书春帖当桃符，吟对窗前梅一株。

湖海相逢无老少，莫分先后饮屠苏。

诗义：将书写着大字的春帖当作桃符贴在门上，对着窗前绽放的一树梅花吟诵着春联。元日相聚老少皆兴高采烈，不分先后畅饮着屠苏酒。

简评：春节是农历正月初一，俗称"过年"，是中国民间最隆重、最热闹的传统节日。按照农历，正月初一古称元日、元辰、元正、元朔、元旦等，俗称年初一。民国时期改用公历，把公历的一月一日称为元旦，把农历的一月一日叫作春节。"一片彩霞迎曙日，万条红烛动春天。"（杨巨源《元日呈李逢吉舍人》）春节寓意着新一年的开始，意味着春天将要来临，万象复苏、草木更新，新一轮播种和收获的季节又要来到。春节寓意着除旧迎新，阖家团圆，欢乐喜庆，五谷丰登。春节有很多传统习俗，如祭拜祖先、除尘布新、穿新衣、舞龙狮、吃年糕等等。其中，守岁、贴春联、吃团圆饭等尤其具有代表性。

除夕守岁。指在旧年的除夕夜熬夜迎接新一年的到来，俗名"熬年"。"阶馥舒梅素，盘花卷烛红。共欢新故岁，迎送一宵中。"（李世民《守岁》）"儿童强不睡，相守夜欢哗。晨鸡且勿唱，更鼓畏添挝。"（苏轼《守岁》）在古代，无论是宫廷贵族还是平民百姓，都有守岁辞旧、喜度良宵、喜迎新年的习俗。

写对贴联。指为了迎接新年，寄托对新年的美好愿望，除夕之前人们书写、挑选特定的春联（也称门对、春贴、对子、桃符等）贴于门上，也包括贴窗花、年画、福字等。"爆竹声中一岁除，春风送暖入屠苏。千门万户曈

曈曈日，总把新桃换旧符。”（王安石《元日》）“桃符门挂映春联，爆竹声中又一年。队队轻衫香笼袖，斗鸡日费几千钱。”（范景文《和北吴歌·其十九》）“还将墨汁。自写春联帖。并书小字悬门，道以宁、谨谢客。”（董以宁《霜天晓角·辛卯除夜·其二》）

吃团圆饭。“元正启令节，嘉庆肇自兹。咸奏万年觞，小大同悦熙。”（辛萧《元正》）元日是开启新年的美好日子，喜庆吉祥。全家老小共聚一堂吃团圆饭是古老的习俗，大家开怀畅饮，共同庆祝新年的到来。“续明催画烛，守岁接长筵。旧曲梅花唱，新正柏酒传。”（孟浩然《岁除夜会乐城张少府宅》）

点鞭放炮。春节有燃放烟花爆竹的习俗，寓意是驱散鬼神、驱除病魔，喜迎新春。此外，燃放烟花爆竹也是孩童们的乐趣。“节物随时俗，端忧见旅情。土风犹记楚，辞赋谩讥伧。烈火琅玕碎，深堂霹雳鸣。但令休鬼瞰，非敢愿高明。”（刘敞《爆竹》）“儿童却立避其锋，当阶击地雷霆吼。一声两声百鬼惊，三声四声鬼巢倾。十声百声神道宁，八方上下皆和平。”（范成大《爆竹行》）“通宵爆竹一声声，烟火由来盛帝京。宝炬银花喧夜半，六街歌管乐升平。”（谢文翘《都门甲申新年词四首·其一》）

拜年压岁。大年初一，人们盛装打扮，相互拜年，恭祝吉利。晚辈要先给长辈拜年，长辈常备好压岁钱给晚辈。据说长辈给晚辈压岁钱最初是为压住邪祟，后因“岁”与“祟”为谐音，慢慢地就有了“压岁钱”之称。“酒脯今宵列绮筵，祭诗醉灶不遑眠。亲朋索写宜春帖，儿女争求压岁钱。”（王松《除夕书怀》）“百十钱穿彩线长，分来再枕自收藏。商量爆竹谈箫价，添得娇儿一夜忙。”（吴曼云《压岁钱》）“华盖芙蓉翠倚天，高堂彩服忆长年。家人共守迎春酒，童稚争分压岁钱。”（吴当《除夕有感·其二》）“爆竹声中又一年，光阴三十箭离弦。莱衣戏作儿童舞，博得高堂压岁钱。”（林朝崧《甲辰除夕杂咏七首·其一》）拜年压岁又给春节增添了一道诙谐的乐趣。

诗境深造：“人歌小岁酒，花舞大唐春。”（卢照邻《元日述怀》）

582. 千门开锁万灯明，正月中旬动帝京　火树银花

出处：《正月十五夜》：“火树银花合，星桥铁锁开。暗尘随马去，明月逐

人来。”

解析：灯火似树，焰火似花，形容张灯结彩或焰火灿烂的夜景，多用于描绘节日，尤其是元宵节的夜晚。

诗化：

生查子·元夕

〔宋〕欧阳修

去年元夜时，花市灯如昼。月到柳梢头，人约黄昏后。　今年元夜时，月与灯依旧。不见去年人，泪满春衫袖。

诗义：去年的元宵节，花市被彩灯照耀得如同白天。与相好的佳人在黄昏之后约会，那个时候月儿刚刚挂在柳梢头之上。今年的元宵节，月光与灯光如去年一般美丽，但再也见不到去年相约的佳人，思念的泪水沾满了衣袖。

简评：《生查子·元夕》描写了在不同年份但同样花好月圆、火树银花的元宵之夜因经历不同而产生的不同情感。前一年的元宵之夜，诗人曾与恋人在月影柳下情意绵绵，而今年的元宵却不见了去年相会的佳人，这真是悲伤难忍的体验。元宵节是正月十五晚上吃元宵赏月的节日。传说汉文帝时将正月十五定为元宵节。如今，人们庆贺元宵节，寄托了对生活美满幸福、阖家团圆之向往。元宵佳节礼花满天、歌舞翩跹、张灯结彩、满城璀璨，神州大地祥龙腾跃、瑞狮欢舞、欢声笑语、喜庆吉祥，主要习俗有赏花灯、吃元宵、猜灯谜、走高跷、摇旱船、扭秧歌等。

张灯结彩赏花灯。“千门开锁万灯明，正月中旬动帝京。三百内人连袖舞，一时天上著词声。”（张祜《正月十五夜灯》）“火树银花合，星桥铁锁开。暗尘随马去，明月逐人来。”（苏味道《正月十五夜》）苏味道笔下唐代的元宵夜，已经是一派灯火错落、光芒璀璨、人潮涌动、热闹非凡的景象。元宵夜，人们举首赏月，歌女们花枝招展，《梅花落》曲意悠扬。“有灯无月不娱人，有月无灯不算春。春到人间人似玉，灯烧月下月如银。满街珠翠游村女，沸地笙歌赛社神。不展芳尊开口笑，如何消得此良辰。”（唐寅《元宵》）唐寅的元宵诗里，展现了一幅花灯、满月、美人和笙歌共赏的喜庆场景。

团团圆圆吃元宵。“今夕知何夕，团圆事事同。汤官寻旧味，灶婢诧新功。星灿乌云里，珠浮浊水中。岁时编杂咏，附此说家风。”（周必大《元宵煮浮圆子前辈似未尝赋此坐间成四韵》）“元夜景尤殊。万斛金莲照九衢。锤拍豉汤都卖得，争如。甘露杯中万颗珠。应是着工夫。脑麝浓薰费小厨。不比七夕黄蜡做，知无。要底圆儿糖上浮。”（赵师侠《南乡子·尹先之索净圆子词》）宋代真是一个浪漫的朝代，连吃元宵都这么充满诗意。

兴高采烈猜灯谜。元宵节猜灯谜是个古老的习俗。灯谜既能增添节日气氛，又能启迪智慧，饶有兴趣。《红楼梦》中有专门描写元宵节的章回，曹雪芹借不同的人物巧妙地设计了各式灯谜题目：“有眼无珠腹内空，荷花出水喜相逢。梧桐叶落分离别，恩爱夫妻不到冬。”“能使妖魔胆尽摧，身如束帛气如雷。一声震得人方恐，回首相看已是灰。”“阶下儿童仰面时，清明妆点最堪宜。游丝一断浑无力，莫向东风怨别离。”

诗境深造：“火树银花合，星桥铁锁开。”（苏味道《正月十五夜》）

583. 清明寒食因循过，萱草蔷薇次第开　插柳踏青

出处：《郝志》：“十五日花朝，至三月上巳祓禊，清明插柳于门，其前五日始，一月中扫墓郊行，谓之踏青。”

解析：指清明节期间到野外游览和参加其他户外活动。插柳踏青是一种历史悠久的风俗。

诗化：

清明

〔唐〕杜牧

清明时节雨纷纷，路上行人欲断魂。
借问酒家何处有，牧童遥指杏花村。

诗义：清明时节阴雨蒙蒙，路上的行人心情凄迷纷乱。向旁人询问何处有小酒家，牧童指向远处的杏花村。

简评：清明节是我国重要的传统节日，约在每年4月4日至4月6日之间，以4月5日居多。清明节与寒食节几乎连在一起，故清明节与寒食节的

习俗比较相似。清明节的传统习俗有踏青、插柳、扫墓、禁火等，还有荡秋千、蹴鞠、打马球等体育娱乐活动。清明节是一个比较有特色且内容丰富的节日，既有祭扫先人坟墓的哀思，也有踏青游玩的欢笑声。清明节处于百花争奇斗艳的季节，“次第名花斗艳妆，新栽桃李渐成行。小园镇日飘红雨，蝴蝶一双飞过墙”（胡贞幹《清明二首・其一》）。清明时节也是一个落英纷飞的时节，“又是春残也，如何出翠帏。落花人独立，微雨燕双飞。寓目魂将断，经年梦亦非。那堪向秋夕，萧飒暮蝉辉”（翁宏《春残》）。在纷乱的落英之中，诗人孤寂地伫立，燕子双双在细雨中自由地戏耍，此情此景让人增添了暮春的伤感。

插柳踏青。贾思勰《齐民要术》记载，插柳踏青是为了辟邪消灾，“正月旦取杨柳枝著户上，百鬼不入家”。在古诗词中，有大量描写踏青插柳的诗句。如：“清明是处插垂杨，院宇深深绿翠藏。心地不为尘俗累，不簪杨柳也何妨。”（宋伯仁《清明插柳》）“梨花风起正清明，游子寻春半出城。日暮笙歌收拾去，万株杨柳属流莺。”（吴惟信《苏堤清明即事》）“春风陌上惊微尘，游人初乐岁华新。人闲正好路旁饮，麦短未怕游车轮。城中居人厌城郭，喧阗晓出空四邻。歌鼓惊山草木动，箪瓢散野乌鸢驯。”（苏轼《和子由踏青》）

祭祀扫墓。“佳节清明桃李笑，野田荒冢只生愁。雷惊天地龙蛇蛰，雨足郊原草木柔。人乞祭余骄妾妇，士甘焚死不公侯。贤愚千载知谁是，满眼蓬蒿共一丘。”（黄庭坚《清明》）“南北山头多墓田，清明祭扫各纷然。纸灰飞作白蝴蝶，泪血染成红杜鹃。日落狐狸眠冢上，夜归儿女笑灯前。人生有酒须当醉，一滴何曾到九泉。”（高翥《清明日对酒》）白天扫墓纸灰飘飞、泪血染红，夜晚齐家欢笑、醉饮灯前，这也是清明节习俗的集中体现。

禁火食素。寒食节是在冬至后的第 105 天，而清明节是冬至后的第 106 或第 107 天，故寒食节禁火食素的习俗基本也在清明节期间举行。“双燕冲帘报禁烟，唤惊昼梦耸诗肩。晚寒政与花为地，晓雨能令水作天。桃李海棠聊病眼，清明寒食又来年。老来不办雕新句，报答风光且一篇。”（杨万里《寒食雨作》）“鸟语留春春已回，落花随意卧苍苔。清明寒食因循过，萱草蔷薇次第开。”（王特起《绝句二首・其二》）苏轼在《望江南・暮春》中也提到寒食：“春未老，风细柳斜斜。试上超然台上看，半壕春水一城花。烟雨暗千家。寒食后，酒醒却咨嗟。休对故人思故国，且将新火试新茶。诗酒趁年华。”真正的超然就体现在诗酒之中，这是何等的超脱坦然。

诗境深造：“花燃山色里，柳卧水声中。”（范成大《清明日狸渡道中》）

584. 不效艾符趋习俗，但祈蒲酒话升平　风雨端阳

出处：《月令广义・岁令一・礼节》：“五月初一至初五日名女儿节，初三日扇市，初五日端阳节，十三日龙节。”

解析：指气候复杂、阴晴不定、风雨多变的端午节，也比喻端午节民间丰富多样的习俗和活动。

诗化：

渔家傲

〔宋〕欧阳修

五月榴花妖艳烘，绿杨带雨垂垂重。五色新丝缠角粽。金盘送，生绡画扇盘双凤。　　正是浴兰时节动，菖蒲酒美清尊共。叶里黄鹂时一弄。犹瞢忪，等闲惊破纱窗梦。

诗义：五月的石榴花嫣红妖艳，杨柳被细雨淋湿，枝叶沉沉地低垂着。人们用五彩线包扎角粽，煮熟了用镀金的盘子盛上，送给亲友品尝。闺中女子摇着绣有吉祥双凤的画扇。端午节这一天，人们采香草熬汤沐浴，挂菖蒲，饮雄黄酒，以此驱邪避害，祛除污垢秽气。窗外树林里黄鹂鸟的一阵鸣唱，不经意地打破了纱窗里睡眼惺忪的主人家的美梦。

简评：端午节在农历五月初五，又称端阳节、午日节、五月节、龙舟节、浴兰节等。关于端午节的起源有多种说法，有人认为端午节是古代吴越民间祭祀龙的节日，有人认为端午节源于周代的蓄兰沐浴，有人认为端午节是为纪念楚国诗人屈原而设，也有人认为端午节是为了纪念吴国忠臣伍子胥，还有人认为端午节源自春秋时期越王勾践操练水军。其中，认为端午节是为纪念屈原的说法较为常见，历代许多诗人曾在端午节赋诗缅怀屈原大夫，寄托哀思。“但夸端午节，谁荐屈原祠。把酒时伸奠，汨罗空远而。”（褚朝阳《五

丝》）“节分端午自谁言，万古传闻为屈原。堪笑楚江空渺渺，不能洗得直臣冤。”（文秀《端午》）“年年端午风兼雨，似为屈原陈昔冤。我欲于谁论许事，舍南舍北鹁鸠喧。”（赵蕃《端午三首·其二》）这些诗句成为端午纪念和缅怀屈原的历史痕迹。千百年来，端午节除了龙舟竞渡，还有很多不同的习俗。

插艾悬蒲。端午节家家户户都要打扫卫生，清洁门庭，把艾叶、菖蒲插于门楣或悬于堂中。“少年佳节倍多情，老去谁知感慨生。不效艾符趋习俗，但祈蒲酒话升平。”（殷尧藩《端午日》）“五月五日午，赠我一枝艾。故人不可见，新知万里外。”（文天祥《端午即事》）“深院榴花吐。画帘开、練衣纨扇，午风清暑。儿女纷纷夸结束，新样钗符艾虎。早已有、游人观渡。老大逢场慵作戏，任陌头、年少争旗鼓。溪雨急，浪花舞。”（刘克庄《贺新郎·端午》）“碧艾香蒲处处忙。谁家儿共女，庆端阳。细缠五色臂丝长。”（舒頔《小重山·端午》）

浴兰沐芳。端午节，民间有采艾草、菖蒲、柏叶、大风根、桃叶等煮水沐浴以祛邪保健的习俗，《荆楚岁时记》曰：“五月五日，谓之浴兰节。”“轻汗微微透碧纨，明朝端午浴芳兰。流香涨腻满晴川。彩线轻缠红玉臂，小符斜挂绿云鬟。佳人相见一千年。”（苏轼《浣溪沙·端午》）

竞渡食粽。举行龙舟竞渡活动和吃粽子，或许是端午节最具代表性的习俗。传说吃粽子出现在春秋时期祭祀祖先和神灵的场合。“灵均死波后，是节常浴兰。彩缕碧筠粽，香粳白玉团。”（元稹《表夏十首·其十》）“重五山村好，榴花忽已繁。粽包分两髻，艾束著危冠。旧俗方储药，羸躯亦点丹。日斜吾事毕，一笑向杯盘。”（陆游《乙卯重五诗》）“今日端午谢街坊，时节因缘要举扬。莫问腕头缠百索，且将粽子吃砂糖。”（释怀深《偈一百二十首·其四十一》）

诗境深造：“五月五日午，赠我一枝艾。”（文天祥《端午即事》）

585. 七夕今宵看碧霄，牵牛织女渡河桥　牛郎织女

出处：《古诗十九首·迢迢牵牛星》：“迢迢牵牛星，皎皎河汉女。纤纤擢素手，札札弄机杼。终日不成章，泣涕零如雨。河汉清且浅，相去复几许？

盈盈一水间，脉脉不得语。”

解析：牛郎、织女为一对夫妻，是从牵牛星、织女星的星名衍化而来的神话人物，传说他们二人每年七夕节才能相会一次。比喻分居两地的夫妻，也泛指恋人关系。

诗化：

秋夕

〔唐〕杜牧

银烛秋光冷画屏，轻罗小扇扑流萤。
天阶夜色凉如水，卧看牵牛织女星。

诗义：银色的烛光照着素雅的画屏，手持绫罗小扇扑打着飞萤。夜色中宫殿前的石阶冰凉如水，静坐下来遥望着银河两边的牛郎织女星。

简评：“七夕今宵看碧霄，牵牛织女渡河桥。”（林杰《乞巧》）牛郎织女的传说是一个非常凄婉而动人的故事。相传，牛郎是一个勤劳、忠厚、善良的青年，在放牛时无意救了灰牛大仙。在灰牛大仙的帮助下，牛郎与下凡的仙女织女相识并结为夫妻。这触犯了天条，王母娘娘把织女带回天上并划出天河隔开牛郎和织女。牛郎和织女的爱情感动了喜鹊，千万只喜鹊搭成鹊桥，让牛郎和织女每年七月七日相会于鹊桥上。七夕蕴含着人们对美好浪漫爱情的向往，体现了人们对忠贞不移的爱情观的歌颂，被认为是中华民族的爱情节或情人节。

浪漫美好的七夕节给了诗人们太多的想象，诗人们写下了许多千古佳作。宋代刘辰翁的《西江月·新秋写兴》：“天上低昂似旧，人间儿女成狂。夜来处处试新妆，却是人间天上。不觉新凉似水，相思两鬓如霜。梦从海底跨枯桑，阅尽银河风浪。”苏轼的《鹊桥仙·七夕送陈令举》：“缑山仙子，高情云渺，不学痴牛骏女。凤箫声断月明中，举手谢时人欲去。客槎曾犯，银河波浪，尚带天风海雨。相逢一醉是前缘，风雨散、飘然何处？”即便是浪漫的七夕，也体现了苏轼那纵横的豪气、驰骋的想象。

诗境深造：“天上分金镜，人间望玉钩。”（李贺《七夕》）

586. 小儿竞把青荷叶，万点银花散火城　中元水灯

出处：《宫词·其一三一》："法云寺里中元节，又是官家诞降辰。满殿香花争供养，内园先占得铺陈。"《续文献通考》："洪武五年正月十四日，敕近臣于秦淮河燃水灯万枝，十五日夜半竣事。"

解析：指中元节在江河或水边漂放水灯的习俗。

诗化：

眼儿媚·中元夜有感

〔清〕纳兰性德

手写香台金字经，惟愿结来生。莲花漏转，杨枝露滴，想鉴微诚。　欲知奉倩神伤极，凭诉与秋檠。西风不管，一池萍水，几点荷灯。

诗义：把亲手抄写的佛经放在香案上，祈求来世还能与你结缘。莲花状的更漏不停地转动，时光一点点地流失，黑夜就要过去，杨柳枝上滴下了露珠。我诚挚地抄写了一夜的经文，以此来表达我的赤诚。想要知道当年三国时奉倩因亡妻而伤心至极的心情，唯有这秋夜的荷灯可以做证。秋风无情，打散了浮萍，吹灭了荷灯。

简评：中元节在农历七月十五，一些地方在农历七月十四过这个节日。民间传统用新米祀祖，报告秋成，上坟扫墓，祭拜祖先，祷告亡灵。传说该日地府会放出全部鬼魂，民间于是在这天普遍进行祭祀鬼魂的活动，故这一天也被称为"鬼节"。"华灯浮白水，老衲诵冥文。漫说中元节，儒书惜未闻。"（仇远《中元》）关于中元节的起源有不同说法，一说其来源于道教将七月十五日视为地官生日，这一天用以赦免亡魂的罪；一说其来源于佛教目连"盂兰盆"救母赎罪。如今，中元节在中国民间已经演变为一个祭祀先祖、祷告亡灵、感激父母和祖先之恩德的节日。祭祖感恩、报效父母始终是中华传统文化的特色，儒释道归一融合的文化在中元节得到了充分体现：儒家祭祀祖先，道教祭祀亡灵，佛家布施饿鬼。

祭祀、上香、烧纸、放水灯是中元节的习俗。其中，放水灯是中元节最有特色的活动，故也称放莲灯。所谓水灯，是用纸和小木块扎成各式船灯，大多做成莲花状，故也称水莲灯。民间传说人死后魂都要过奈河桥，善者有

神佛护佑顺利过桥，恶者则被打入血河池受罪。水灯是给那些亡魂引路的，把冤魂引过奈河桥。放水灯的热闹情景堪比元宵节。“处处笙歌彻夜喧，香车宝马烂盈门。河灯万点飞星斗，应改中元作上元。”（彭廷选《盂兰竹枝词·其七》）“一派繁华眼欲迷，瑜伽接引向西溪。灯光灿烂千家共，人语喧呼百戏齐。直使水神惊耀蚌，重教鳞族诧燃犀。今宵暂驰金吾禁，归路频闻报晓鸡。”（林占梅《观盂兰放水灯》）“万树凉生霜气清，中元月上九衢明。小儿竞把青荷叶，万点银花散火城。”（庞垲《长安杂兴效竹枝体》）“上界秋光净，中元夜气清。”（殷尧藩《中元日观诸道士步虚》）从这些丰富的诗句中，能深深地感受到中华传统文化历史悠久、丰富多彩、海纳百川。

诗境深造：“漫说中元节，儒书惜未闻。”（仇远《中元》）

587. 吾心自有光明月，千古团圆永无缺　花好月圆

出处：《木兰花》：“人意共怜花月满。花好月圆人又散。”

解析：指鲜花盛开、婀娜多姿，月亮圆满明亮。比喻生活美好，幸福圆满；也形容中秋节秋高气爽、团圆美满的氛围。

诗化：

念奴娇·过洞庭

〔宋〕张孝祥

洞庭青草，近中秋，更无一点风色。玉鉴琼田三万顷，着我扁舟一叶。素月分辉，明河共影，表里俱澄澈。悠然心会，妙处难与君说。　应念岭海经年，孤光自照，肝胆皆冰雪。短发萧骚襟袖冷，稳泛沧浪空阔。尽吸西江，细斟北斗，万象为宾客。扣舷独笑，不知今夕何夕！

诗义：洞庭湖畔芳草萋萋，中秋将至，湖面风平浪静。秋月下，湖面碧波万顷，载着我的一叶轻舟。明月皎洁，星河灿烂，夜空映出明月与星河的浩瀚，水天上下万里澄澈。心境无比安详，这种美妙的时刻却无法与君诉说。想起曾经在岭南的仕途生涯，自己光明磊落、胸怀坦荡。此刻的我短发稀疏，衣衫单薄，心底无愧，安详地泛舟于这广阔浩渺的苍溟之中。勺尽西江之水，

慢慢地斟在北斗做成的酒斟中，把天地万象都请来做我的宾客。我尽情地拍打船舷，放声高歌，啊！已不知今夕是何年！

简评：中秋节在农历八月十五，又称月夕、秋节、八月节、追月节、团圆节等。中秋之月美不胜收。“才近中秋月已清，鸦青幕挂一团冰。忽然觉得今宵月，元不粘天独自行。”（杨万里《八月十二日夜诚斋望月》）中秋节寓意着团圆美满、花好月圆，人们寄托思念、祈盼丰收。中秋节有祭月赏月、品尝月饼等习俗。

祭月赏月。“金霞昕昕渐东上，轮欹影促犹频望。绝景良时难再并，他年此日应惆怅。”（刘禹锡《八月十五日夜桃源玩月》）“宝泽楼前明烛，琼恩堂后焚香。金盘瓜果侑瑶觞。等待团圆月上。端拜广寒仙姊，遥瞻北斗星皇。朱颜不改寿年长。更愿麒麟早降。”（夏言《西江月·为夫人中秋祭月作》）“中秋月。月到中秋偏皎洁。偏皎洁，知他多少，阴晴圆缺。阴晴圆缺都休说，且喜人间好时节。好时节，愿得年年，常见中秋月。”（徐有贞《忆秦娥·中秋月》）

品尝月饼。“小饼如嚼月，中有酥与饴。”（苏轼《留别廉守》）“盘中犹折半宫花，刻凤攒龙自内家。不是国师争袖得，也应坠破紫袈裟。”（袁宏道《元夕度门出宫中月饼同赋·其二》）“中秋节物未为低，火爔罗罗出釜齐。一样饼师新制得，佳名先向月中题。”（祁启萼《月饼》）

中秋抒怀。“吾心自有光明月，千古团圆永无缺。”（王守仁《中秋》）中秋之夜为月圆之夜，天气好时，碧空万里，月色皎洁。古人常把月作为咏物抒怀的对象，月亮的阴晴圆缺都能让诗人们诗兴大发，或寄托理想，或抒发感情。苏轼的《水调歌头·明月几时有》，当属史上最美的中秋词，其中的“人有悲欢离合，月有阴晴圆缺，此事古难全。但愿人长久，千里共婵娟”道出了人生的无奈与事实，为千古绝句。“君歌且休听我歌，我歌今与君殊科。一年明月今宵多，人生由命非由他。”（韩愈《八月十五夜赠张功曹》）

佳节思念。中秋节也被誉为“团圆节”。圆月被视为团圆的象征，因此，客居他乡的游子，往往向月寄托对故乡的思念之情，在故乡的诗人也会通过明月表达对远在他乡的亲人的深情。“中庭地白树栖鸦，冷露无声湿桂花。今夜月明人尽望，不知秋思落谁家？”（王建《十五夜望月寄杜郎中》）中秋之夜人们都仰望天上的明月，这绵绵的秋思之情不知落在了谁家？“万里无云镜九州，最团圆夜是中秋。满衣冰彩拂不落，遍地水光凝欲流。华岳影寒清露掌，海门风急白潮头。因君照我丹心事，减得愁人一夕愁。”（殷文圭《八月十五夜》）

诗境深造：“圆魄上寒空，皆言四海同。”（李峤《中秋月二首·其二》）

588. 江涵秋影雁初飞，与客携壶上翠微　九九重阳

出处：《九日与钟繇书》：“岁往月来，忽复九月九日。九为阳数，而日月并应，俗嘉其名，以为宜于长久，故以享宴高会。”

解析：指农历九月初九的重阳节。

诗化：

九月九日忆山东兄弟

〔唐〕王维

独在异乡为异客，每逢佳节倍思亲。
遥知兄弟登高处，遍插茱萸少一人。

诗义：独自在异乡生活，每逢节日就特别思念亲人。遥想着兄弟们在重阳日登高赏秋，头上插满茱萸叶，只可惜就缺少我一个人。

简评：这首脍炙人口的佳作是一首缅怀诗，自然朴素，含蓄深沉，“每逢佳节倍思亲”更是千古名句。从这首诗中，可以知道不少重阳节的传统习俗。重阳节为农历九月初九，二九相重，称为“重九”。重阳之意源于《周易》，《周易》中把“六”定为阴数，把“九”定为阳数，九月九日，日月并阳，两九相重，故而叫重阳。重阳节的寓意是生命长久、健康长寿。重阳节的传统习俗有敬老爱老、登高远眺、赏菊咏菊等。

敬老爱老。九月初九之“九九”谐音是“久久”，寓意天长地久，蕴含长久、长寿之意，传统上会在此日祭祖并推行敬老活动。“兹辰采仙菊，荐寿庆重阳。”（解琬《奉和九月九日登慈恩寺浮图应制》）

登高远眺。重阳正值秋高气爽之时，是登高远望的好时节。“江涵秋影雁初飞，与客携壶上翠微。尘世难逢开口笑，菊花须插满头归。但将酩酊酬佳节，不用登临叹落晖。古往今来只如此，牛山何必独沾衣。”（杜牧《九日齐山

登高》）“昨日登高罢，今朝更举觞。菊花何太苦，遭此两重阳？”（李白《九月十日即事》）

赏菊咏菊。佳节又逢菊花盛开，轻吟菊花诗，痛饮菊花酒，是诗人们的雅趣。“九日龙山饮，黄花笑逐臣。醉看风落帽，舞爱月留人。”（李白《九日龙山饮》）“九日重阳节，开门有菊花。不知来送酒，若个是陶家。”（王勃《九日》）“重阳应一醉，栽菊助东篱。”（许浑《溪亭二首·其二》）

遍插茱萸。从唐代开始，重阳节插茱萸的风俗就比较普遍。古人认为在重阳节插茱萸、佩戴茱萸香袋可以避难消灾。“冉冉秋光留不住，满阶红叶暮。又是过重阳，台榭登临处。”（李煜《谢新恩·冉冉秋光留不住》）“秋晚佳辰重物华，高台复帐驻鸣笳。邀欢任落风前帽，促饮争吹酒上花。溪态澄明初毕雨，日痕清澹不成霞。白头太守真愚甚，满插茱萸望辟邪。”（宋祁《九日置酒》）“琅琅新雨洗湖天，小景六桥边。西风泼眼山如画，有黄花休恨无钱。细看茱萸一笑，诗翁健似常年。”（张可久《风入松·九日》）

诗境深造：“待到重阳日，还来就菊花。”（孟浩然《过故人庄》）

589. 寻丈天灯百尺竿，高悬普照入云端　下元敬贤

出处：《容斋随笔·上元张灯》：“太平兴国五年十月下元，京城始张灯如上元之夕。”

解析：指传统民间节日下元节。下元节有祭祀先贤的习俗。

诗化：

南楼忆旧诗四十首·其三十一

〔清〕洪亮吉

才过中元又下元，赛神箫鼓巷头喧。

年来台阁多新样，都插宫花扮杏园。

诗义：中元节没过多久就到了下元节，敬贤祭神的箫鼓声在街头巷尾欢快地响起。近些年来，祭祀活动频出新花样，插满了五彩缤纷花朵的亭台楼阁被装扮得像华丽的杏花园。

简评：洪亮吉这首七绝生动地记录了古代下元节的热闹景象。下元节在农历十月十五。传统中，上元节为元宵节，是祈求幸福吉祥和庆祝美满团圆的节日；中元节也称鬼节，祭祀亡灵鬼神；下元节则祭祀先贤圣人。据说，下元节是"水官大帝"禹帝的生日，禹帝会在这一天下凡为民解厄。下元节有放孔明灯、走马灯等习俗。现在的节日数量和种类都比较多，主题也比较鲜明，但突出敬贤的节日却几乎没有，重新关注并重视下元节这个提倡崇敬贤能之人的传统节日，不失为一个好的选择。

燃放孔明灯。燃放孔明灯是民间对诸葛亮表达崇敬的一种方式。孔明灯也称为天灯，是三国时期的诸葛亮发明的。据说，诸葛亮被司马懿围困于平阳，无法派人出城求救。他算准风向，制作会飘浮的纸灯笼，系上求救书信，后来果然成功脱险。后世将这种灯笼称为孔明灯，并在下元节等节日燃放。"龙逐炎精下紫宫，夜深不肯落云中。光分霄汉三更黑，影乱星辰万点红。"（谢宗可《天灯》）"高挂长绳百尺余，直飞红焰上天衢。一包春髓蒸元气，九转灵丹炼太虚。彩凤抱成吞日卵，赤龙衔出照天珠。高高不受飞蛾扑，长使凡人仰面吁。"（萨都剌《天灯》）"寻丈天灯百尺竿，高悬普照入云端。光腾大内诸官喜，知是君王上泰坛。"（林熙春《亲郊恭纪三十首·起天灯》）

诗境深造："离海月盈丈，寒光万里明。"（陆游《十月十五夜对月》）

590. 半盏屠苏犹未举，灯前小草写桃符　除旧迎新

出处：《左传·昭公十七年》："彗，所以除旧布新也。"《论衡·解除篇》："故岁终事毕，驱逐疫鬼，因以送陈、迎新、内吉也。"

解析：指告别旧的一年，迎接新一年的到来。有庆贺新年的含义。

诗化：

除夜

〔宋〕戴复古

扫除茅舍涤尘嚣，一炷清香拜九霄。
万物迎春送残腊，一年结局在今宵。
生盆火烈轰鸣竹，守岁筵开听颂椒。

野客预知农事好，三冬瑞雪未全消。

诗义：打扫房屋清除尘埃，点上一炷清香祭拜上天。万物送别旧岁迎接新春，一年将在今夜结束。祭祀祖先的柴火高燃，爆竹轰鸣，摆开守岁的夜宴。高明的隐者预告来年农事会有好收成，冬天的瑞雪还没有消融。

简评：除夕为农历岁末最后一天的夜晚，又称大年夜、除夕夜、除夜等，也泛指农历一年的最后一天。除夕是除旧布新、阖家团圆、祭祀祖先的日子。除夕与元日连在一起，传统习俗与春节相似，有祭祖、守岁、团圆饭、贴年红、挂灯笼等。

备年馈岁。人们会在除夕前着手备置各种食品、用品。“近岁节，市井皆印卖门神、钟馗、桃板、桃符，及财门钝驴、回头鹿马、天行帖子”。（孟元老《东京梦华录》）“岁旦在迩，席铺百货，画门神桃符、迎春牌儿。”（吴自牧《梦粱录》）除了准备各种年货，在除夕的前几天，亲朋好友之间还会互赠年节礼物。“农功各已收，岁事得相佐。为欢恐无及，假物不论货。山川随出产，贫富称小大。置盘巨鲤横，发笼双兔卧。富人事华靡，彩绣光翻座。贫者愧不能，微挚出舂磨。官居故人少，里巷佳节过。亦欲举乡风，独唱无人和。”（苏轼《馈岁》）

吃年夜饭。除夕夜，一家老老少少会团聚一堂，享用年夜饭。“故人适千里，临别尚迟迟。人行犹可复，岁行那可追！问岁安所之？远在天一涯。已逐东流水，赴海归无时。东邻酒初熟，西舍彘亦肥。且为一日欢，慰此穷年悲。勿嗟旧岁别，行与新岁辞。去去勿回顾，还君老与衰。”（苏轼《别岁》）

除夕夜也是诗人们感悟人生，感慨时光飞逝，在喧闹中独自享受宁静的好时刻。“北风吹雪四更初，嘉瑞天教及岁除。半盏屠苏犹未举，灯前小草写桃符。”（陆游《除夜雪二首·其二》）“月映林塘静，风含笑语凉。俯窥怜绿净，小立伫幽香。携幼寻新药，扶衰坐野航。延缘久未已，岁晚惜流光。”（王安石《岁晚》）美妙的景色、美好的人生，在一年即将消逝之际，让诗人愈发珍惜光阴。“乾坤空落落，岁月去堂堂。末路惊风雨，穷边饱雪霜。命随年欲尽，身与世俱忘。无复屠苏梦，挑灯夜未央。”（文天祥《除夜》）

诗境深造：“共欢新故岁，迎送一宵中。”（李世民《守岁》）

六十、动物篇

一只受伤被缚的鹰，终于挣脱绳索，
奋力冲上了天空！

可是绳索撕去它一条腿，
鲜血淋漓，心肝如迸！

为了重获自由，即使只有片刻，
它也甘愿付出被缚的生命；

为了最后的飞翔，
它聚集起周身的力量，
忍受着难以忍受的剧痛！

盘旋着，盘旋着，一圈、一圈、一圈……
向大地倾洒无尽的柔情！

啊！……
山河收留了它的羽毛和血肉，
蓝天拥抱了它不死的魂灵！

——宫玺《最后的飞翔》

中华传统文化对动物有近乎天然的崇拜，在生肖习俗、成语故事、图腾形象、雕刻绘画等方面都有与动物有关的内容。以动物为吟咏对象也是古典诗词的一大特点，《诗经》中以动物命名的诗篇就有四十多首，如《黄鸟》《燕燕》《蟋蟀》《鹿鸣》等。动物是咏物言志的重要题材。

591. 龙腾九天跨四海，一水欲阻为可哈　龙腾虎跃

出处：《水调歌头》：“捉住天魂地魄，不与龙腾虎跃，满鼎汞花乾。”

解析：指好像龙飞腾、虎跳跃，形容动作矫健敏捷、灵活有力。常比喻奋起行动、有所作为、生气勃勃。

诗化：

龙铭

〔晋〕傅玄

丽哉神龙，诞应阳精。
潜景九渊，飞曜天庭。
屈伸从时，变化无形。
偃伏污泥，上凌太清。

诗义：神龙多么俊逸潇洒，沐浴吸纳着太阳的力量。它下可潜藏于九渊，上可遨游于天庭；审时度势而知进退，变化于无形之中；可蛰伏于污泥之中，亦可翱翔于万里的太空。

简评：“麟、凤、龟、龙，谓之四灵。”（《礼记·礼运》）龙并非真实存在的生物，而是中华民族的祖先创造出来的一种神异动物，象征着祥瑞。《辞源》云：“龙是古代传说中的一种善变化能兴云雨利万物的神异动物，为鳞虫之长。”而《辞海》记载龙是“传说中一种有鳞角须爪能兴云作雨的神异动物”。作为先民想象中的神物，龙综合了数种动物的特点并以想象增饰而成。数千年来，龙在人们的心目中是神秘而又神圣的。龙的图腾是不断发展变化的，并逐渐成为整个中华民族信奉的标志。

“龙腾九天跨四海，一水欲阻为可哈。”（王安石《和王微之登高斋三首·其二》）龙在中国人心目中有无比的威力，能呼风唤雨，变幻万千。它象征着神圣、权威、完美。“龙嘘气成云，云固弗灵于龙也。然龙乘是气，茫洋穷乎玄间，薄日月，伏光景，感震电，神变化，水下土，汩陵谷，云亦灵怪矣哉！”（韩愈《杂说·龙》）龙在空中遨游，神秘莫测，不仅能呼风唤雨，而且能遮天蔽日，能震雷撼电，让山谷沉沦。传说华夏民族的先祖炎帝和龙有密切关系，“有神龙首感女登于常羊山，生炎帝”（《宋书·志第十七·符瑞

上》)。中华民族自称为"龙的传人"。龙也是古代皇权的象征，比如"龙颜"指帝王的容貌，"龙德"指帝王之德，"龙威"指皇帝的威望和威严，等等。

古人对龙十分崇拜，创作了大量关于龙意象的诗词。"上有六龙回日之高标，下有冲波逆折之回川。"(李白《蜀道难》)在中国古代神话传说中，太阳乘着有六条龙牵引的御车，而羲和作为随从在空中行走。"熊咆龙吟殷岩泉，栗深林兮惊层巅。"(李白《梦游天姥吟留别》)龙和熊的怒吼嘶鸣使森林战栗，让高山震惊。"此时骊龙亦吐珠，冯夷击鼓群龙趋。"(杜甫《渼陂行》)彩灯照耀如骊龙吐珠，游船竞渡似群龙追逐。龙的美质体现在潇放宏逸、逸态飞腾、变幻莫测上。"吐处百里雷，泻时千丈壑。"(皮日休《奉和添酒中六咏·酒龙》)"振足化仙陂，回睛窥画牖。"(蔡襄《北苑十咏·龙塘》)

诗境深造："衔烛耀幽都，含章拟凤雏。"(李峤《龙》)

592. 锯牙钩爪利如锋，一啸寒生万壑风　虎啸龙吟

出处：《归田赋》："尔乃龙吟方泽，虎啸山丘。"

解析：指虎的吼啸、龙的嘶鸣，形容气势雄壮，也比喻事物的互相感应。

诗化：

虎豹豺狼四画为杨百户题·虎

〔明〕邓林

锯牙钩爪利如锋，一啸寒生万壑风。

徒手搏来羊犬缚，虎雄争似虎臣雄。

诗义：老虎的锯齿和钩爪如刀剑般锋利，它的呼啸能刮起让人畏惧的万壑狂风。老虎空手就能轻松擒获羊犬，它的威武雄风能震慑天下百兽。

简评：中华传统文化崇尚虎，虎成为勇猛、威武、吉祥、王者的象征，是十二生肖之一。在中华传统文化中到处都有虎的影子，如儿童的布老虎、老虎鞋、老虎帽，此时的老虎是孩子们健康成长的守护神。再如冯梦龙笔下知恩图报的义虎、蒲松龄《聊斋志异》中行孝守信的孝虎、《黔之驴》中的智虎。著名小说《水浒传》中有脍炙人口的"武松打虎""李逵杀虎"等故事，

梁山好汉以虎为荣，多名好汉的绰号与虎有关，如插翅虎雷横、花项虎龚旺、青眼虎李云、笑面虎朱富、锦毛虎燕顺、矮脚虎王英、跳涧虎陈达、中箭虎丁得孙、母大虫顾大嫂、病大虫薛永、打虎将李忠等等。许多典故和成语故事与虎有关，比如虎背熊腰、虎略龙韬、盘龙卧虎、藏龙卧虎、龙虎风云、龙争虎斗等。由于凶猛，老虎有时也被用来形容官僚对老百姓的欺压，所谓“苛政猛于虎也”(《礼记·檀弓下》)。

虎常常象征着压倒一切、所向无敌的威力。虎还象征着权力、热情和大胆。自古以来，中国人就喜欢虎，既视其为强壮、威武的象征，也认为它是代表吉祥与平安的瑞兽。虎有“兽中之王”之称，代表威严、权利、荣耀。据说，汉字里的“王”就是从老虎前额上的花纹而来。出于对虎的崇拜，古代帝王授予臣属兵权和调度军队的令牌被称为虎符。虎符是用铜或金做成的伏虎形状的令牌，劈为两半，其中一半交给将帅，另一半由帝王保存，只有两个虎符合并，持符者才能获得调兵遣将权。战国时期曾发生过窃符救赵的故事，秦国称霸东征，秦军包围了赵国国都邯郸，赵王向魏国求救，可魏王却畏惧秦国的实力，不敢去救。但唇亡齿寒，若是赵国被消灭了，下一个面临灭顶之灾的就是魏国了。危急关头，信陵君魏无忌疏通魏王姬妾如姬窃得虎符，调动军队，解救了赵国，缓解了魏国的危机。

老虎具有雄强、犷悍、遒劲的美质。李咸用老虎来寓意勇猛，歌咏烈士：“猛虎不怯敌，烈士无虚言。怯敌辱其班，虚言负其恩。爪牙欺白刃，果敢无前阵。须知易水歌，至死无悔吝。”(《猛虎行》)英勇、决不怯敌是猛虎和将士的共同特点，在阵前怯敌有辱猛虎之形象和将士的身份。储光羲的《猛虎词》则运用比拟的手法，赞扬老虎那顶天立地、义薄云天、有所为有所不为的大丈夫精神：“寒亦不忧雪，饥亦不食人。人肉岂不甘，所恶伤明神。太室为我宅，孟门为我邻。百兽为我膳，五龙为我宾。蒙马一何威，浮江一以仁。彩章耀朝日，爪牙雄武臣。高云逐气浮，厚地随声震。君能贾余勇，日夕长相亲。”梅尧臣笔下的猛虎具有“猛气吞赤豹，雄威蹑封狼”的气势：“山木暮苍苍，风凄茅叶黄。有虎始离穴，熊罴安敢当。掉尾为旗纛，磨牙为剑铓。猛气吞赤豹，雄威蹑封狼。不贪犬与豕，不窥藩与墙。”(《猛虎行》)

诗境深造：“猛虎啸洞壑，饥鹰鸣秋空。”(李白《登广武古战场怀古》)

593. 狮王哮吼出窟来，百兽千邪皆恐惧　龙鸣虎吼

出处：《殷芸小说》："唯有一剑，悬在空中，欲取之，剑便作龙鸣虎吼。"

解析：指龙的嘶鸣、虎的怒吼，比喻气势雄壮浩荡和雄浑震撼的声音。

诗化：

狮子

〔明〕夏言

金眸玉爪目悬星，群兽闻知尽骇惊。
怒慑熊罴威凛凛，雄驱虎豹气英英。
曾闻西国常驯养，今出中华应太平。
却羡文殊能服尔，稳骑驾驭下天京。

诗义：雄狮双瞳发出闪闪金光，爪子锋利，目如悬星，群兽听见狮子的吼叫都惊慌四散。狮子威风凛凛，震慑着熊罴虎豹。曾经听说西边的印度驯养狮子，如今它出现于我中华，应该预示着天下太平。真羡慕那文殊菩萨能降伏狮子，平稳地驾驭着狮子莅临天京。

简评：由于地理条件的限制，中国古代很少有野生的狮子。《礼记》记载的"四灵"没有狮子，十二生肖中也没有狮子，早期汉字中也没有"狮"字。传说狮子是随着佛教进入中国的。"月氏国遣使献扶拔、师（狮）子。"（《后汉书·肃宗孝章帝纪》）佛教中有许多与狮子有关的称谓，比如称佛为人中狮子，称佛说法为狮子吼，以佛法座为狮子座。在佛教艺术中，狮子是万兽之王，具有辟邪护法之作用，象征无畏和法力无边。狮子正是以佛教艺术造像为切入点而逐渐为中国民众所认识、接受和喜爱。

中国古代把狮子称为"狻猊"，不少文献中都有记载。"狻猊"一词最早出现在先秦古书《穆天子传》中，郭璞注曰："狻猊，狮子，亦食虎豹。"《尔雅·释兽》记载："狻麑，如虦猫，食虎豹。"郭璞注解道："即狮子也，出西域。"狮子传入中国，深受欢迎，也成为中华传统文化的象征和图腾之一，不少建筑物前常放置石狮子。石狮子代表了神灵、威严，有吉祥和辟邪的寓意。石狮子融合了中国"神兽"的特征，体现了龙、虎、麒麟、饕餮等形象特征。

古典诗词作品中有不少关于狮子的描述，主要是展现狮子的威武、雄壮，

比如："浙江涛惊狮子吼，稽岭峰疑灵鹫飞。"（刘禹锡《送元简上人适越》）"狮王哮吼出窟来，百兽千邪皆恐惧。"（张伯端《读雪窦禅师〈祖英集〉》）"古锦林边狮子吼，一声惊倒五溪蛮。"（王庭珪《寄子老·其二》）"百兽惟狮雄且武，钩爪锯牙能食虎。"（张萱《九月十二日儿孙扶侍登狮峰醉归放笔》）"威猛能令百兽低，当年闻自五台西。豺狼此地今应少，不待山巅吼狻猊。"（陈恭《黄峰三十六咏·狮子》）

诗境深造："风生百兽低，欲吼空山夜。"（高启《狮子林十二咏·狮子峰》）

594. 神骏遥从大宛来，追风万里绝驽骀　天马行空

出处：《淡水南北各有八景》："桥门日夕看山色，天马行空亦壮哉。"

解析：形容骏马奔驰，腾空飞行。比喻艺术作品气势豪放、潇洒、不受拘束。

诗化：

天马歌（节选）

〔唐〕李白

天马来出月支窟，背为虎文龙翼骨。
嘶青云，振绿发，兰筋权奇走灭没。
腾昆仑，历西极，四足无一蹶。
鸡鸣刷燕晡秣越，神行电迈蹑慌惚。
天马呼，飞龙趋，目明长庚臆双凫。
尾如流星首渴乌，口喷红光汗沟朱。
曾陪时龙蹑天衢，羁金络月照皇都。
逸气棱棱凌九区，白璧如山谁敢沽。
回头笑紫燕，但觉尔辈愚。

诗义：天马来自月支窟，它背上的皮毛像虎纹般漂亮，骨架子如苍龙一样坚韧有力。天马长啸嘶鸣，威震苍穹；飘逸的鬃毛闪闪发亮。它兰筋非凡，气质逸骏，飞驰而逝，无影无踪。腾过昆仑，飞越西极，驰骋如风，从无闪

失。拂晓它还在燕地整理鬃毛，黄昏就已悠闲地在越地吃草。它的神速宛若闪电，人只能见其影子不能见其形体。天马呼啸而过，就像飞龙般矫健。它目如星耀，膀若双凫，尾如彗星，首如瀉鸟，口喷火光，汗流如血。曾与宫中的御马在天街上奔驰，马络头金光闪闪照耀着皇宫。天马声威九州，价值难以估量，即便是堆积如山的白玉也无法比拟。那些紫燕之类的名马，真不值得与天马相提并论。

简评：马具有温驯、矫健、强壮、俊俏、威风的美质，深受人们的喜爱。马的行走，沉稳古逸、气度俊迈；马的腾跃，飞荡飘逸、流风回雪；马的奔驰，纵横驰骋、刚健豪迈。马既有大自然赋予的美质，又有人类赋予的高贵。马有力量的美、豪迈的美、仪态的美。“神骏遥从大宛来，追风万里绝驽骀。”（朱诚泳《天马词》）天马是古代骏马的美称，相传来自大宛，“初，天子发书《易》，云‘神马当从西北来’。得乌孙马好，名曰‘天马’。及得大宛汗血马，益壮，更名乌孙马曰‘西极’，名大宛马曰‘天马’云。”（司马迁《史记·大宛列传》）中国古代有紫骝、汗血、的卢、赤兔、绝影、黄骠、乌骓等名马。

马具有忠诚、坚毅、任怨、平和、高贵的品性。自古以来，人们咏物言志就多以马为喻，留下了许多咏马的作品。有颂扬马的勇猛和奉献精神的作品：“昔日从戎阵，流汗几东西。一日驰千里，三丈拔深泥。渡水频伤骨，翻霜屡损蹄。勿言年齿暮，寻途尚不迷。”（沈炯《咏老马》）“胡马大宛名，锋棱瘦骨成。竹批双耳峻，风入四蹄轻。所向无空阔，真堪托死生。骁腾有如此，万里可横行。”（杜甫《房兵曹胡马》）“此马非凡马，房星本是星。向前敲瘦骨，犹自带铜声。”（李贺《马诗二十三首·其四》）有赞美马的神俊的作品：“紫骝行且嘶，双翻碧玉蹄。”（李白《紫骝马》）“四蹄雷电去，一顾马群空。”（黄庭坚《咏伯时画太初所获大宛虎脊天马图》）“天地一孤啸，匹马又西风。”（方岳《水调歌头·平山堂用东坡韵》）有将名马比作人才的作品：“才如天马岂能羁，争看云霓笔下飞。”（王庭珪《和刘端礼·其三》）“壮气海鲲翻碧浪，逸才天马脱金羁。”（强至《送王敏夫判官赴举京师》）

诗境深造：“向风嘶一声，莽苍黄河曲。”（白居易《羸骏》）

595. 老牛粗了耕耘债，啮草坡头卧夕阳　五牛躬耕

出处：《奉和宴中山应制》：“养贤停八骏，观风驻五牛。”《出师表》：“臣本布衣，躬耕于南阳。”

解析：指牛勤劳、憨厚、朴实地进行劳动生产，形容默默无闻、甘于奉献的品格。

诗化：

病牛

〔宋〕李纲

耕犁千亩实千箱，力尽筋疲谁复伤？

但愿众生皆得饱，不辞羸病卧残阳。

诗义：病残的老牛耕耘千亩良田，生产了数不清的粮食，累得精疲力竭，而又有谁来可怜老牛的劳苦呢？为了众人都能吃饱，纵然拖垮了身体，倒卧在残阳之下，老牛也在所不辞。

简评：中华传统文化对牛比较崇拜，牛象征着勤劳朴实、吃苦耐劳、任劳任怨、忍辱负重的品格，具有刚毅、沉雄、朴实、宽容的内在美质，从“孺子牛”“拓荒牛”“老黄牛”等说法中便可一窥牛在中国文化中的形象。内美是中国传统美学的范畴，指内在的美好的品德。屈原首先提出了内美的概念：“纷吾既有此内美兮，又重之以修能。”（《离骚》）朱熹则进一步指出：“生得日月之良，是天赋我美质于内也。”（《楚辞集注》）中国传统美学提倡内美与外美相统一。人们将勤劳朴实等诸多美德加之于牛，牛有了内在美，成为艺术家创作的题材之一。韩滉创作的《五牛图》生动地刻画了牛的美好美质，画中五牛，或俯首，或昂头，或行，或驻，形象各异，神态生动，活灵活现，表现了牛任重、勤劳、刚毅、忠诚、温顺的品性。《五牛图》是中国十大传世名画之一，乾隆皇帝为《五牛图》题诗曰：“一牛络首四牛闲，弘景高情想象间。舐龁讵唯夸曲肖，要因问喘识民艰。”

历代赞美牛的诗词有很多。一是赞美牛忠诚朴实的精神。李家明的《咏卧牛》：“曾遭宁戚鞭敲角，又被田单火燎身。闲向斜阳嚼枯草，近来问喘为无人。”孔平仲的《禾熟》：“百里西风禾黍香，鸣泉落窦谷登场。老牛粗了耕

耘债，啮草坡头卧夕阳。”二是诵咏牛勤劳奉献的品格。梅尧臣的《和孙端叟寺丞农具十五首·耕牛》：“破领耕不休，何暇顾羸犊。夜归喘明月，朝出穿深谷。力虽穷田畴，肠未饱刍菽。稼收风雪时，又向寒坡牧。”三是歌颂牛刚毅坚强的性格。宋无的《老牛》：“草绳穿鼻系柴扉，残喘无人问是非。春雨一犁鞭不动，夕阳空送牧儿归。”杨果的《老牛叹》：“老牛带月原上耕，耕儿怒呼嗔不行。瘢疮满背股流血，力乏不胜空哀鸣。”

诗境深造：“朝耕及露下，暮耕连月出。”（王安石《和圣俞农具诗十五首·耕牛》）

596. 凄风淅沥飞严霜，苍鹰上击翻曙光　鹰击长空

出处：《云州秋望》：“风助群鹰击，云随万马来。”

解析：指雄鹰振翅翱翔在辽阔的天空。常常比喻有雄心壮志的人施展才华、奋发有为。

诗化：

禅机四首·俊鹰搏兔

〔宋〕何梦桂

霜风一掣下云霄，两翅雷奔眼电牢。
狡兔当场难弹避，却教大地鬼神号。

诗义：凛冽的寒风中雄鹰风驰电掣地从云霄俯冲而下，两只有力的翅膀飞快地闪扑，双眼放出闪电般的光芒，死死盯住猎物。再狡猾的兔子也难以逃脱，当场毙命，鹰之姿让整个原野都鬼哭狼嚎。

简评：“凄风淅沥飞严霜，苍鹰上击翻曙光。”（柳宗元《笼鹰词》）鹰是勇猛、力量、自由和向上的象征，具有飞荡雄逸、刚健清苍、洒脱无拘之美。鹰目光犀利、冷峻，双爪锋利、利索，外貌冷峻、瘦削，体现了犷悍雄肆的凶猛。“金眸玉爪气雄豪，闲向秋风刷羽毛。整顿锋棱十二翮，碧天万里海云高。”（胡奎《画鹰·其二》）“星眸未放瞥秋毫，频掣金铃试雪毛。”（章孝标《鹰》）“木落空山静，秋风肃羽毛。雄心思击搏，狐兔竟何逃。”（陈琏《画鹰二首·其

二》）鹰展翅翱翔，骨子里有一种傲视万物的自信。

鹰还被用来比喻许多优秀的品格以赞人才。其一，出类拔萃、品行高洁的人才。“当代论才子，如公复几人。骅骝开道路，鹰隼出风尘。”（杜甫《奉简高三十五使君》）“独立雄无敌，长空万里风。可怜此豪杰，岂肯困樊笼！一去渡沧海，高扬摩碧穹。秋深霜气肃，木落万山空。”（黄兴《咏鹰》）其二，志存高远、目标远大的志士。“秋寒鹰隼健，逐雀下云空。知是江湖阔，无心击塞鸿。”（钱珝《江行无题一百首·其七十五》）“八月边风高，胡鹰白锦毛。孤飞一片雪，百里见秋毫。寒冬十二月，苍鹰八九毛。寄言燕雀莫相啅，自有云霄万里高。”（李白《观放白鹰二首》）

诗境深造：“一击九千仞，相期凌紫氛。”（李白《赠郭季鹰》）

597. 一声鹤唳人间晓，吟起晴空彻杳冥　看鹤冲天

出处：《喜迁莺·街鼓动》：“家家楼上簇神仙，争看鹤冲天。”

解析：指飞鹤直上云天，也形容人才一枝独秀、脱颖而出。

诗化：

咏鹤

〔宋〕史弥逊

缟衣湖上月明天，雪影飘飘意欲仙。

世网从来禁不得，高飞冲破晚秋烟。

诗义：披着一身洁白的羽毛，白鹤逸荡在湖面上，翱翔在皓月照耀的夜空中，雪白的身影宛若神仙般飘然。人世间那些罗网从来无法将它禁锢，白鹤冲破深秋的重重烟霾，翱翔在万里高空。

简评：《咏鹤》赞扬了鹤高洁、脱俗、独立的品格。鹤在中华传统文化里有着丰富的寓意。其一，品格高洁雅士的象征。鹤雌雄相随，步行规矩，情笃不淫，古人认为其有很高的德行。古人多用翩翩然有君子之风的白鹤比喻具有高尚品德的贤能之士，把修身洁行而有世誉的人称为“鹤鸣之士”。白居易称颂鹤的品行高洁，不同流合污：“饥不啄腐鼠，渴不饮盗泉。贞姿自耿

介，杂鸟何翩翾。”（《感鹤》）陆游则认为鹤的精神在于自由洒脱：“万顷烟波鸥境界，九秋风露鹤精神。”（《寄赠湖中隐者》）郑昂的一句“天寒有鹤守梅花”（《林处士幽居》）描绘了白鹤与梅花这对高洁之士不畏严寒的品格和惺惺相惜的情谊，成为后世诗画的创作题材。其他咏鹤的佳句还有：“瘦玉萧萧伊水头，风宜清夜露宜秋。更教仙骥旁边立，尽是人间第一流。”（钱惟演《对竹思鹤》）“丹顶玄裳雪羽衣，水边石上最相宜。清高不入樊笼里，只许仙人渡海骑。”（郑文康《咏鹤》）“青山修竹矮篱笆，仿佛林泉隐者家。酷爱绿窗风日美，鹤梳轻毳乱杨花。”（缪鉴《咏鹤》）“孤云独鹤共悠悠，万卷经书一叶舟。”（严维《送薛居士和州读书》）其二，延年长寿的象征。书画艺术中常把鹤和挺拔苍劲的古松画在一起，寓意着长寿。其三，仙风道骨、无拘无束、逍遥自在。鹤性情高雅，形态美丽，看起来仙风道骨。“天风吹我上层冈，露洒长松六月凉。愿借老僧双白鹤，碧云深处共翱翔。”（戴叔伦《夏日登鹤岩偶成》）“认人眼睫有灵毛，独立瑶池意自高。万里摩天珠树宿，一声清唳彻云霄。”（张鹏翮《仙鹤》）

“一声鹤唳人间晓，吟起晴空彻杳冥。”（吕岩《西灵观》）鹤具有飘逸、神秀、遒雅、俊瘦的美质。鹤的举首抬足都显得飘然若仙、优雅神秀。宋徽宗赵佶的《咏鹤六首》把鹤的美质描写得淋漓尽致：“为爱婆娑态，援毫拂素纨。斜欺庭下凤，轻逐鉴中鸾。”（《舞风》）“露下秋容浅，天高夜色凉。粉毛寒涩淅，丹顶老榷藏。”（《警露》）“振羽神情暇，四眸志意高。自将仙袂整，似欲奋层霄。”（《理毛》）“本是神仙侣，何求燕雀知。玉阶聊引喙，不待稻粱肥。”（《啄苔》）“自有排空志，犹怀顾后情。网罗今不密，同首不须惊。”（《顾步》）“不使乘轩贵，常期在野闻。坐看方素上，嘹唳入青云。”（《唳天》）

诗境深造：“八风舞遥翮，九野弄清音。”（萧道成《群鹤咏》）

598. 几处早莺争暖树，谁家新燕啄春泥　莺歌燕舞

出处：《满江红·贺赵县丞》：“日丽风和薰协气，莺吟燕舞皆欢意。”

解析：指黄莺鸣啼、燕子飞翔，常用来形容事业兴旺蓬勃的气象。

诗化：

咏燕

〔唐〕张九龄

海燕何微眇，乘春亦暂来。

岂知泥滓贱，只见玉堂开。

绣户时双入，华轩日几回。

无心与物竞，鹰隼莫相猜。

诗义：燕子单薄渺小，只是趁着温暖的春天才暂时来到此地。燕子哪知道泥渣卑贱，只要看见玉堂门开着，哪怕是华堂绣户，也不辞辛苦地数次出入，衔泥巴构筑窝巢。燕子无心争权夺利，鹰隼不必猜忌提防它。

简评：张九龄的《咏燕》赞许的是燕子谦让、无争的品格。燕子在中华传统文化里有丰富的寓意，有大量关于燕子的诗词佳作。

其一，燕子寓意着美好的春光。“几处早莺争暖树，谁家新燕啄春泥。乱花渐欲迷人眼，浅草才能没马蹄。”（白居易《钱塘湖春行》）“春地满飘红杏蒂，春燕舞随风势。”（欧阳炯《清平乐》）“燕子来时新社，梨花落后清明。”（晏殊《破阵子·春景》）“烟红露绿晓风香，燕舞莺啼春日长。”（苏轼《和文与可洋川园池三十首·披锦亭》）“燕子呢喃，景色乍长春昼。睹园林、万花如绣。海棠经雨胭脂透。柳展宫眉，翠拂行人首。”（宋祁《锦缠道》）“燕子不曾来，小院阴阴雨。一角阑干聚落花，此是春归处。”（将春霖《卜算子》）

其二，燕子象征着对爱情、故乡的思念与眷恋。“燕燕于飞，差池其羽。之子于归，远送于野。”（《诗经·邶风·燕燕》）“笙歌散尽游人去，始觉春空。垂下帘栊，双燕归来细雨中。”（欧阳修《采桑子》）“燕鸿过后莺归去，细算浮生千万绪。长于春梦几多时，散似秋云无觅处。”（晏殊《木兰花》）

其三，燕子蕴含着对人世变迁的感慨。“朱雀桥边野草花，乌衣巷口夕阳斜。旧时王谢堂前燕，飞入寻常百姓家。”（刘禹锡《乌衣巷》）“无可奈何花落去，似曾相识燕归来。小园香径独徘徊。”（晏殊《浣溪沙》）“山河风景元无异，城郭人民半已非。满地芦花和我老，旧家燕子傍谁飞？”（文天祥《金陵驿二首·其一》）。

其四，燕子预示着大好的形势或吉祥的兆头。“千里来寻故地，旧貌变新颜。到处莺歌燕舞，更有潺潺流水，高路入云端。”（毛泽东《水调歌头·重上井冈山》）

在庄子眼里，燕子还具有智慧、专注、明断和谦让的品格。“鸟莫知于鷾鸸，目之所不宜处，不给视，虽落其实，弃之而走。”（《庄子·山木》）燕子非常智慧，感觉不适宜停歇就绝不留恋眷顾，即使掉落了食物也舍弃不顾径直飞走。燕子能敏锐辨别出危险的是非之地，并能做出果断的判断，绝不犹豫。智者应学习燕子明辨、果断、不贪小利的品格，具备明断、处变的能力。

诗境深造：“轻身翻燕舞，低语转莺簧。”（程垓《意难忘》）

599. 可要五更惊晓梦，不辞风雪为阳乌　闻鸡起舞

出处：《晋书·祖逖传》：“中夜闻荒鸡鸣，蹴琨觉，曰：‘此非恶声也。’因起舞。”

解析：指听到鸡鸣就起来练剑习武，比喻严格要求、勤奋刻苦、意志坚强的有志之士。

诗化：

咏鸡

〔元末明初〕张昱

凤凰有五色，鸡亦有五德。

鼓翼不妄啼，一声天下白。

诗义：凤凰有赤、黄、青、黑、白五色，鸡也有文、武、勇、仁、信五种品德。鸡振翅而不轻易鸣叫，一旦鸣叫就意味着天亮了。

简评：《咏鸡》旨在咏赞鸡的品德。中华传统文化中将鸡视为吉祥物，还将鸡作为咏物言志的对象，誉其为“五德之禽”。“首戴冠者，文也；足搏距者，武也；敌在前敢斗者，勇也；得食相告，仁也；守夜不失时，信也。”（韩婴《韩诗外传》）魏源将鸡鸣与人生巧妙地结合起来：“少闻鸡声眠，老听鸡声起。千古万代人，消磨数声里。”（《晓窗》）

其一，头顶红冠，鲜艳吉祥，文德也。“翠碧笙簧羽与声，有时离合不留情。清多本是仙家物，长向秋风独自鸣。”（黄裳《桐庐县仙人洞十题·碧鸡》）其二，脚踏斗距，虎步生风，武德也。“既取冠为胄，复以距为镦。天时得清寒，地利挟爽垲。”（韩愈《斗鸡联句》）其三，见敌应战，威武善斗，勇德也。“丹鸡被华采，双距如锋芒。愿一扬炎威，会战此中唐。利爪探玉除，瞋目含火光。长翘惊风起，劲翮正敷张。轻举奋勾喙，电击复还翔。”（刘桢《斗鸡诗》）其四，遇食分享，共品美餐，仁德也。“朱冠玄臆气横秋，得食相呼饱即休。语默从来有程度，不妨风雨夜飕飕。”（李光《元发惠鸣鸡·其二》）其五，守信按点，唱时报晓，信德也。“声早鸡先知夜短，色浓柳最占春多。沙头雨染斑斑草，水面风驱瑟瑟波。”（白居易《早春忆微之》）“稻粱犹足活诸雏，妒敌专场好自娱。可要五更惊晓梦，不辞风雪为阳乌。”（李商隐《赋得鸡》）“买得晨鸡共鸡语，常时不用等闲鸣。深山月黑风雨夜，欲近晓天啼一声。”（崔道融《鸡》）“檐前栖息傍蒿丛，风雨司晨尔有功。鹦鹉无能凭佞舌，侯门翻得养金笼。”（释智圆《鸡》）“鸡叫一声撅一撅，鸡叫两声撅两撅。三声唤出扶桑日，扫尽残星与晓月。”（朱元璋《金鸡报晓》）“头上红冠不用裁，满身雪白走将来。平生不敢轻言语，一叫千门万户开。”（唐寅《画鸡》）“不甘雌伏愿雄鸣，占尽人间第一声。有力唤回今古梦，无心数遍短长更。”（许梦青《鸡声·其二》）

诗境深造：“铁爪玉龙鳞，红冠不染尘。”（汪应辰《白雄鸡》）

600. 大鹏一日同风起，扶摇直上九万里　鹏风翱翔

出处：《庄子·逍遥游》：“鹏之徙于南冥也，水击三千里，抟扶摇而上者九万里。”“翱翔蓬蒿之间，此亦飞之至也。”《远游》：“凤凰翼其承旂兮，遇蓐收乎西皇。”《二十四诗品·委曲》：“水理漩洑，鹏风翱翔。道不自器，与之圆方。”

解析：指大鹏乘风展翅翱翔状。

诗化：

临路歌

〔唐〕李白

大鹏飞兮振八裔，中天摧兮力不济。

余风激兮万世，游扶桑兮挂石袂。

后人得之传此，仲尼亡兮谁为出涕。

诗义：大鹏翱翔啊振动八方，中途被摧折啊力气有所不济。其所余之风啊仍可激励万世，大鹏若展翅东游扶桑啊却被挂住了左袖。后人得此消息而口口相传，但是孔子已经去世了，谁又会像当年他哭麒麟那样为大鹏之死而痛哭呢？

简评：《临路歌》塑造了大鹏展翅奋飞而中途被摧折的悲壮情形，历史上有人将《临路歌》视为李白的绝笔，或是李白自撰的墓志铭。李白一生豪情满怀，对人生表现出积极的态度，这些都体现在他关于大鹏的作品里。李白笔下的大鹏是积极进取、奋发有为、才华横溢的。“历汗漫以夭矫，羾阊阖之峥嵘。簸鸿蒙，扇雷霆。斗转而天动，山摇而海倾。怒无所搏，雄无所争。”（《大鹏赋》）大鹏志存高远，目标远大，其身姿矫健，鹏翔万里，上下俯冲，撼动大海，鼓振风雷，震天动地。大鹏发怒，无所能敌；大鹏称雄，无所以争。“大鹏一日同风起，扶摇直上九万里。假令风歇时下来，犹能簸却沧溟水。”（《上李邕》）“神鹰梦泽，不顾鸱鸢。为君一击，鹏抟九天。”（《独漉篇》）

鹏为传说中的一种大鸟，由鲲变化而来，寓意着志气高远，奋发有为。庄子在《逍遥游》中创造了一个顺应自然、鹏风翱翔的逍遥自在的大鹏形象。“北冥有鱼，其名为鲲。鲲之大，不知其几千里也；化而为鸟，其名为鹏。鹏之背，不知其几千里也；怒而飞，其翼若垂天之云。”大鹏鸟由北方大海里的巨大鲲鱼变来，鲲之身体大到有几千里，大鹏的脊背也有几千里。飞翔时，那展开的翅膀宛若天边的云。鹏在庄子的作品中，代表了志存高远、奋发有为、智慧卓越、不慕名利、逍遥自在的化身，也是庄子心目中的理想人格，也成为千百年来中华民族仁人志士的孜孜追求。

“鲲化鹏飞羽翼齐，抟扶一举青霄上。”（释绍昙《偈颂一百零二首·其五十九》）大鹏具有坚强、奋发的美质。阮修勾画出的是一个志存高远、雄伟高大、傲视群雄的形象："苍苍大鹏，诞自北溟。假精灵鳞，神化以生。如云之翼，如山之形。海运水击，扶摇上征。翕然层举，背负太清。志存天地，不屑唐庭。"（《大鹏赞》）

诗境深造："云垂大鹏翻，波动巨鳌没。"（李白《天台晓望》）

参考书单

[1] 金炳华. 哲学大辞典：分类修订本 [M]. 上海：上海辞书出版社，2007.

[2] 张岱年. 中国哲学大辞典：修订本 [M]. 上海：上海辞书出版社，2014.

[3] 钱仲联，傅璇琮，王运熙，等. 中国文学大辞典 [M]. 上海：上海辞书出版社，1997.

[4] 朱立元. 美学大辞典：修订本 [M]. 上海：上海辞书出版社，2014.

[5] 萧涤非，等. 唐诗鉴赏辞典：2版 [M]. 上海：上海辞书出版社，2004.

[6] 上海辞书出版社文学鉴赏辞典编纂中心. 唐诗鉴赏辞典 [M]. 上海：上海辞书出版社，2017.

[7] 上海辞书出版社文学鉴赏辞典编纂中心. 元明清诗鉴赏辞典：新1版 [M]. 上海：上海辞书出版社，2018.

[8] 中华书局编辑部. 全唐诗：增订本 [M]. 北京：中华书局，1999.

[9] 唐圭璋，王仲闻，孔凡礼. 全宋词 [M]. 北京：中华书局，1999.

[10] 毛汉华，汤春发. 诗词同义类聚词典 [M]. 北京：中华书局，2013.

[11] 郭齐勇. 中国人的智慧 [M]. 北京：中华书局，2018.

[12] 陈望衡. 中国古典美学史:2版 [M]. 武汉：武汉大学出版社，2007.

[13] 林同华. 中华美学大词典 [M]. 合肥：安徽教育出版社，2000.

[14] 叶朗. 中国美学通史 [M]. 南京：江苏人民出版社，2014.

[15] 鉴晔，华欣，穆昭天. 中国古代诗词分类大典 [M]. 北京：华文出版社，1998.

[16] 姜以读，李容生. 中国古代政府管理思想精粹 [M]. 北京：国家行政学院出版社，2000.

[17] 宋锦绣. 中国传统管理智慧 [M]. 北京：国家行政学院出版社，1998.

[18] 邓牛顿. 中华美学感悟录 [M]. 北京：社会科学文献出版社，1996.

采乐调风集礼宣度，研书赏理敷文奏怀
——《诗教三卷》跋

在即将完成此书的全部稿子时，我也收到了正式的退休通知文件，《诗教三卷》的出版是对我退休的最好纪念，也是我人生最惬意的成果。年轻的时候我就对中华传统文化产生了浓厚的兴趣，并受益匪浅。多年来我徜徉在中华传统文化之中，聆听先贤们的教诲，感悟先贤们的智慧，“高斋晓开卷，独共圣人语。英贤虽异世，自古心相许。案头见蠹鱼，犹胜凡俦侣”（皮日休《读书》）。

古人“三立不朽”的妙谛深深激励着我，使我始终保持一颗赤子之心。“太上有立德，其次有立功，其次有立言，虽久不废，此之谓不朽。”（《左传·襄公二十四年》）人生最大的意义是在德行上至厚至善，其次是功业上有所成就，再其次是著书立说上有所建树。“三立不朽”是人生的一种态度、一种使命。而立什么样的德，立怎样的功，立什么言，才能谓之不朽？孔颖达在《春秋左传正义》中分别对立德、立功、立言做了明确的解释：“立德谓创制垂法，博施济众。”“立功谓拯厄除难，功济于时。”“立言谓言得其要，理足可传。”立德就是要具备健全的人格和高尚的道德；立功就是要建树社会功业，造福大众；立言就要立恒久不衰之言。简而言之，“三立不朽”就是要实现有意义、有价值的人生，就是要追求优秀，追求卓越。

同时，如何超越世俗，超越功利去追求学问的最高境界，王充给我们指明了方向：“能说一经者为儒生，博览古今者为通人，采掇传书以上书奏记者为文人，能精思著文联结篇章者为鸿儒。故儒生过俗人，通人胜儒生，文人逾通人，鸿儒超文人。故夫鸿儒，所谓超而又超者也。”（《论衡·超奇篇》）我坚持多年，笔耕不辍，精心思考，终于完成了这部联结篇章、辞约旨丰、沈博绝丽的作品。我喜欢将书稿放在枕边，不时浏览翻阅，内心充满了恬静足实，正是：“问余何意栖碧山，笑而不答心自闲。桃花流水窅然去，别有天地非人间。”（李白《山中问答》）

经过多年的思考、探索和实践，我认为要保持对事物不断进取的动力和兴趣，就要不断向更高的境界迈进，从技术层面向管理层面、战略层面发展，再向哲理层面迈进，而最高的层次和境界当属艺术层面，尤其是哲性的诗化艺术。《诗教三卷》实现了智慧、谋略、哲理、美质的诗化，诗化的学问和艺术是学业的最高境界，也是幸福人生的最高境界。“浮世荣枯总不知，且忧花阵被风欺。侬家自有麒麟阁，第一功名只赏诗。”（司空图《力疾山下吴村看杏花十九首·其六》）通过“诗教”树人是一名教育者的浪漫追求，“独将诗教领诸生，但看青山不爱名。满院竹声堪愈疾，乱床花片足忘情”。（皎然《题秦系山人丽句亭》）

立德要树立为人处世、知行合一的楷模。立功要建功立业，为民做事造福，须有天时地利人和，需要机遇与时势，有时自身难以把握。唯有立言可以靠勤勉、践悟而有所成就。将“文质兼备”的好作品奉献给读者更是文化人的责任，要立能穿越时空

本书运用诗词的文字美、韵律美、意境美和精神美使中华传统智慧更加具体、形象，以增强传播、教化的效果，使世人能更形象、生动地领略和接受中华传统审美精神的内涵和风格。

五是融合性。“一分为二二生三，四象五行从此出。”（李道纯《无一歌》）本书涵盖智慧、美德和美质三个方面，融文学、哲学、史学、政治于一体，集经典智慧、诗词文赋、治国理政、身心修养、正心明德于一身，几乎囊括了中华优秀传统文化的历史渊源、发展脉络、基本走向、文明成就、独特创造、价值理念，是一部综合性、立体性较强的作品。

本书中将“幸福”作为单独一篇进行阐述。退休之后我在家侍奉九旬的慈母，对幸福的含义又有了新的体验和认识。本人在职时恪尽职守、尽职尽责，问心无愧，“应念岭海经年，孤光自照，肝肺皆冰雪”（张孝祥《念奴娇·过洞庭》），退休时能尽孝感觉是莫大的幸福。“实粒躬耕修孝道，曾参谁道不能如。”（杨泉《赠孝子朱缙次韵》）每天给老母亲做饭、洗衣、倒水，服侍起居；母亲的牙已经嚼不动普通的食物了，就想方设法地做熟烂的饭菜，打果汁给她喝；时常跟母亲开玩笑，不停地与她逗乐，让她开心。在对新型冠状病毒感染实施“乙类乙管”后，我精心地对母亲进行重点保护，她幸免得“羊”，平安渡过了这一关。“闭户著书黄绢字，闲居奉母白华诗。”（赵翼《怀心余》）奉母共著书、赏诗是最大的休闲快乐。能在有生之年，为慈母尽孝道真是人生的一大幸福，而《诗教三卷》的出版也是我奉献给母亲的最好礼物。“闲花野竹三间屋，皓月清风万首诗。”（方回《思家五首·其一》）“田圃工夫日破除，小窗灯火夜诗书。”（吴与弼《夜读康节先生诗后作》）何等快哉！

在奉母、著书之余，我也向兄长、邻居们请教，学着打理院子里的花草树木，正是：“行遍天涯千万里，却从邻父学春耕。”（陆游《小园四首·其三》）在繁杂的提水劈柴锄草的劳动中，我更加领悟了“磬声寂历宜秋夜，手冷灯前自衲衣”（《秦系《秋日送僧志幽归山寺》）的澹远，心境恬淡宁静。“万物纵横在目前，随他动静任哗欢。圆明定慧终无染，似水生莲莲自干。”（张伯端《随他》）沉浸在中华传统文化的宝藏之中，内心安实知足。“止水中间别有天，濯缨人去自清涟。明珠万斛归尘土，不及山中一掬泉。”（胡仲弓《题山居十绝·掬清》）《诗教三卷》就是那一掬清泉，捧在手里恰似掬月在手，空灵澄澈。

因水平和精力有限，疏漏之处，敬乞诸君切实纠正，以匡未逮，感盼感盼！若本书能对您的人生有所帮助，这就是对鄙人的莫大鼓励！谨以此书献给关心支持我事业和兴趣发展的家人、同仁和朋友们！

陈立基

2023年4月于广西北海金滩之畔

的至道恒经之言，立正心明德之言，立片语警策之言，立下学上达之言，立风月无边之言，从而实现微言大义的目的。拙作《诗教三卷》正是追求这样的境界。“采乐调风集礼宣度，研书赏理敷文奏怀。”《诗教三卷》也力求系统、完整、全面地抒发这样的情怀。这部作品的出版也圆了我的人生之梦、理想之梦。

我几乎花了八年的业余时间来完成这本书，尽管在本书的序中已经将诗教的目的与作用讲得很详细了，但总觉得意犹未尽。中华传统文化体系完整、博大精深、精美绝伦，是一座巨大的宝库，几千年来一直支撑和指引中华这个宏大的国度和伟大的民族不断前进。思考如何系统地整理归纳、审视理解传统文化的精髓，达到熔古铸今、资政育人、传承和弘扬中华传统文化、增强文化自信和民族自豪感、增进民族凝聚力的目的，并将思考所得付诸实践，是当代文化人责无旁贷的使命和任务。

从传承和弘扬中华传统文化的角度来看，《诗教三卷》主要具有以下特点。

一是系统性。“学古应知亦有方，其间尚合细斟量。”（弘历《学古堂有会二首·其一》）本书分“智慧卷”“美德卷”“美质卷”。“智慧卷”包括圣贤、经典、天人、辩证、治国、理政、治制、法治、教育、财富、军事、谋略、化危、创新、科技、工程、中医、生态、节气、幸福等篇，分别介绍了中国历史上的伟大人物、经典著作、科技成就、宏伟工程等，以此解读中华传统文化的敬自然、讲仁爱、重民本、爱祖国、弘道义、尚和谐、求大同等智慧精髓。“美德卷”包括信念、报国、敬民、任贤、廉政、处事、修身、劝学、笃行、诚信等篇。而“美质卷”，则从境界、大美、文辞、诗词、音乐、书画、建筑、园林、舞蹈、工艺、戏曲、体育、自然、四季、湖海、山川、星辰、花木、云霞、冰雪、西湖、村落、渔樵、禅意、美女、爱情、节庆、动物等方面来介绍和传播中国传统美学精神，欣赏古典诗词之美，帮助读者实现“悟言一书之内，映心万里之外”的收获。三卷内容丰富，所涉主题均可在诗词文赋中觅得身影，可谓“万影归诗”。

二是经典性。“五车何必穷经典，半部犹堪佐太平。”（庞嵩《薛万钟由生员改充从予入朝将归携轴乞诗爱书勉之二首·其一》）本书旨在传承和弘扬中华优秀传统文化的价值、思想和理念，从众多历史经典著作、文选中优选、提炼有代表性的成语或短语词组，精选积极向上的诗词、人物、典故和名句对中华优秀传统文化的价值、思想和理念进行阐释和拓展。

三是实用性。“精义入神以致用，利用出入之谓神。”（邵雍《治乱吟五首·其三》）本书立足于经世致用，强调可读性、欣赏性，致力于让内容对工作、学习以及人生有较强的实用性、启迪性和教育性。本书试图以诗化智慧的形式雕刻心灵，在读者心中播下中华传统智慧的种子，培育中华传统诗词的诗性，铸造有用之才。本书旨在将中华优秀传统文化中诗词文赋与传世智慧这两大奇葩有机结合起来，使读者在汲取伟大智慧的同时，也能感受诗歌的真善美。

四是审美性。“意匠如神变化生，笔端有力任从横。”（戴复古《论诗十绝·其四》）